国家出版基金项目
NATIONAL PUBLICATION FOUNDATION
湖南省新闻出版基金资助项目

靠什么团结 凭什么胜利

中共七大启示录

丁晓平 —— 著

作家出版社
湖南人民出版社

党的七大在党的历史上具有重要里程碑意义，标志着我们党在政治上思想上组织上走向了成熟。在政治上，党通过延安整风，使全党团结在毛泽东的旗帜下，实现了党的空前统一和团结。在思想上，党确立了毛泽东思想在全党的指导地位，把毛泽东思想写入了党章。在组织上，党形成了一支高举毛泽东旗帜的久经考验的政治家集团。党的七大在党的历史上具有极其重要的地位，为党后来不断从胜利走向胜利指明了正确方向、开辟了正确道路。

——习近平（2022年10月27日）

目 录

序　章　决定中国命运的50天 / 001

第一章　"众星何灿烂，北斗住延安" / 013

第二章　"我们要向中央基准看齐，向大会基准看齐" / 121

第三章　"大会的眼睛要向前看，而不是向后看" / 257

第四章　"世界将走向进步，决不是走向反动" / 375

第五章　"放手发动群众，壮大人民力量" / 495

第六章　"没有我们的党，中国人民要胜利是不可能的" / 637

后　记　一本永远读不完的书 / 779

导读

序　章　决定中国命运的 50 天 / 001

第一章　"众星何灿烂，北斗住延安" / 013

1. 经过24年艰苦卓绝的斗争，中国共产党终于"在我们自己修的房子里开会"了 / 014
2. 中共为什么长达17年没有召开七大？毛泽东提出"使马克思主义在中国具体化" / 031
3. 共产国际紧急邀请毛泽东去莫斯科；周恩来在克里姆林宫医院撰写《中国问题备忘录》/ 064
4. 毛泽东扳着指头风趣地说：你们呢，也是长征，人数少一点，是小长征。/ 077
5. 毛泽东接二连三致电刘少奇："你的行止，以安全为第一，工作为第二。" / 101

第二章　"我们要向中央基准看齐，向大会基准看齐" / 121

1. 重塑中共中央党校，毛泽东提倡实事求是，有"的"放"矢"地"改造我们的学习" / 122

2 "惩前毖后，治病救人。""一个队伍经常是不大整齐的，所以就要常常喊看齐。"/ 141

3 "没有整风，党就不能前进。"只有从思想上建党，才能统一认识，团结全党 / 183

4 "赤脚天堂"里到处都有"韩荆州"，"作家到群众中去就能写出好文章" / 204

5 "一人向隅，满座为之不欢。"毛泽东三番五次为"抢救运动"的错误赔不是 / 233

第三章 "大会的眼睛要向前看，而不是向后看" / 257

1 "既放下了包袱，又开动了机器，既是轻装，又会思索，那我们就会胜利" / 258

2 要肃清山头主义，就要承认山头、照顾山头，才能缩小山头、消灭山头 / 283

3 决议历史：要英勇奋斗，又要谦虚谨慎；有漏洞就改，原则是"坚持真理，修正错误" / 305

4 "盛会相逢喜空前"。中国共产党第一次在中国公开召开全国代表大会，这是恰逢其时的盛会 / 320

5 "我们党要使人民胜利，就要当工具""当选中央委员的人，不要以为自己是做了官" / 341

附录　中国共产党第七次全国代表大会议程一览表 / 371

第四章 "世界将走向进步，决不是走向反动" / 375

1 "你们美国人吃的是面包，我们吃的是小米，你们美国人吃饱了饭愿意干什么是你们的事" / 376

2 "我们不放第一枪。一旦中国发生内战，希望美国对国共双方采取不插手政策" / 420

3 毛泽东说联合政府"这个口号好久没有想出来，可见找一个口号、一个形式之不易" / 434

4 毛泽东告诫：我们开这个会，不是决定割头！这个头割不得！还是执行"洗脸政策" / 456

5 "这条路线里面有一个队伍问题，有一个敌人问题，还有一个队伍的领导者、指挥官问题" / 473

第五章 "放手发动群众，壮大人民力量" / 495

1 "雷公为什么不打死毛泽东？"组织起来！"没有整风党是不能前进的，没有生产党也不能前进" / 496

2 如果把"农民"这两个字忘记了，"就是读一百万册马克思主义的书也是没有用处的" / 525

3 共产党为什么不怕资本主义？毛泽东"学习治国"，第一次提出检验政策好坏关键看生产力 / 560

4 "没有一个人民的军队，便没有人民的一切。"毛泽东把

农民战争升华为人民战争 / 587

5 要"准备应付大事变",毛泽东列出17条困难清单,坚信"要在中国这个海里淹死我们党,那是不可能的" / 620

第六章 "没有我们的党,中国人民要胜利是不可能的" / 637

1 确立毛泽东思想在全党的指导地位,团结在毛泽东的旗帜下,形成第一代中央领导集体 / 638

2 世界上需要共产党,就是为了团结大多数人。毛泽东开启党的建设"伟大的工程" / 672

3 "团结—批评—团结",不偷不装不吹,我们开的是政治工厂,要讲真理不要讲面子 / 697

4 没有预见就没有一切。"要做好准备,由小麻雀变成大鹏鸟";要到大城市开党的八大 / 725

5 一定要把黑暗的中国从地球上除掉,建设一个光明的中国,把中国变为人民的中国 / 759

后 记 一本永远读不完的书 / 779

为和平民主团结统一而奋斗

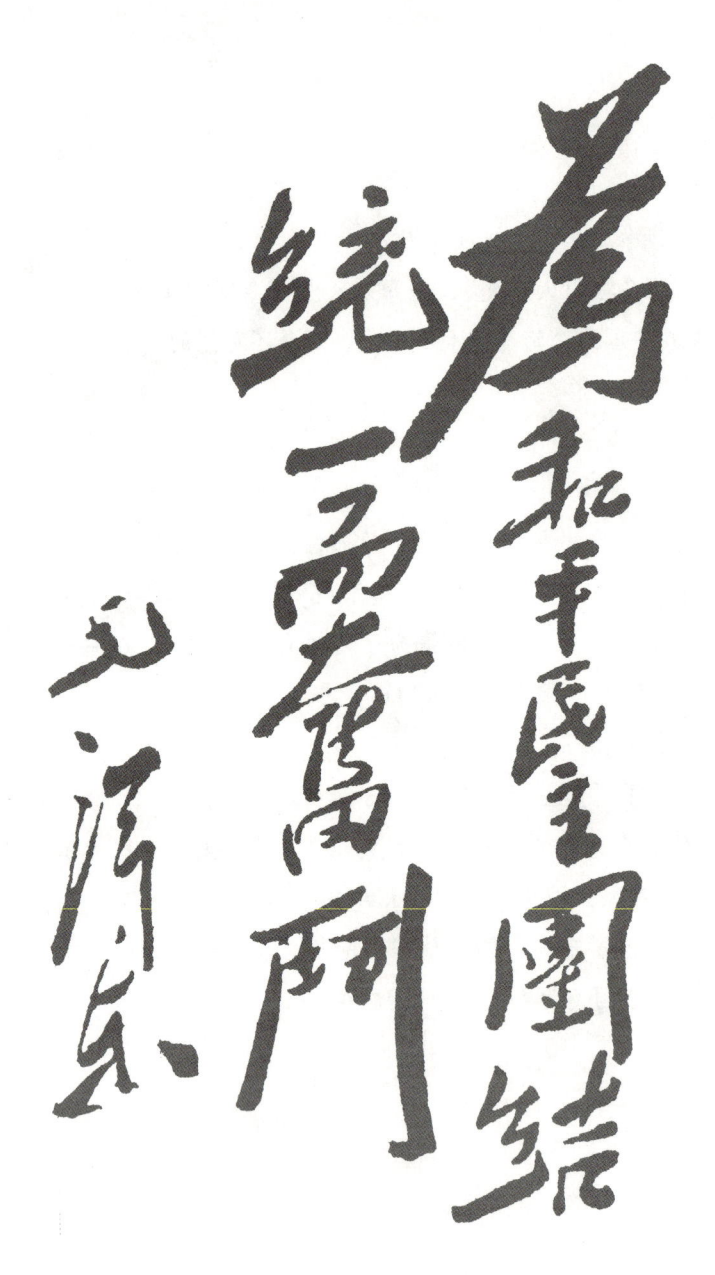

毛泽东

▶ 中国革命的落脚点和胜利的出发点——圣地延安

序 章

决定中国命运的 50 天

北国风光，千里冰封，万里雪飘。望长城内外，惟余莽莽；大河上下，顿失滔滔。山舞银蛇，原驰蜡象，欲与天公试比高。须晴日，看红装素裹，分外妖娆。

江山如此多娇，引无数英雄竞折腰。惜秦皇汉武，略输文采；唐宗宋祖，稍逊风骚。一代天骄，成吉思汗，只识弯弓射大雕。俱往矣，数风流人物，还看今朝。

再也没有什么文字比毛泽东的《沁园春·雪》作为本书的开篇更为合适了。

毛泽东是一位伟大的诗人，也是战争艺术的大师。尽管他创造性地提出了"农村包围城市""枪杆子里面出政权"的理论，但他打仗从来不仅仅靠"枪杆子"，他把"笔杆子"使用得也是出神入化、淋漓尽致，令他的对手眼花缭乱、刮目相看。他的诗词雄奇豪放、隐秀浪漫、磅礴壮美、跌宕多姿，在中国诗歌史上留下了独特的一页。这首1936年2月创作、1945年11月在重庆最早见诸报端的《沁园春·雪》，也可谓毛泽东"用'文房四宝'打败国民党'四大家族'"的经典"战例"。

众所周知，1945年重庆谈判期间，毛泽东在会见著名南社诗人柳亚子时，应柳亚子之邀手书了这首《沁园春·雪》相赠，一时间，人们争相传诵。然而，让毛泽东没想到的是，这首9年前在陕北高原即兴创作的词，竟然令蒋介石大动干戈，网罗各路文人，开动宣传机器，大搞舆论攻势，紧锣密鼓地发动了一轮"围剿"。[1] 已经回到延安的毛泽东，对蒋介石此举，一笑了之。

作为中华民族贡献给世界的伟人和一个时代的传奇，1945年，围绕着毛泽东的声望、地位、思想的各种神话已经遍地开花。毫无疑问，以毛泽东为核心的那一代中国共产党人，是20世纪中国最具忧患意识、最具牺牲精神、最有责任感和使命感的一代人，也是把个人命运与国家、民族、人民的命运紧紧维系在一起的一代人。伟大的人物就是一次历史运动中的战略支点，而其之所以伟大，就是因为他适时地出现在了彼时彼地，并适时撬动了他手中的杠杆。毛

[1] 1945年11月14日，《新民报·晚刊》副刊编辑吴祖光从王昆仑等友人处抄得《沁园春·雪》后，以《毛词·沁园春》为题在该报副刊《西方夜谭》上发表，立即轰动山城，许多教授和学者读后不禁拍案叫绝，觉得毛泽东的词气魄宏大，风调独绝。一些在政治上深受国民党舆论影响，把共产党人视作洪水猛兽、青面獠牙的人，读后也不得不佩服毛泽东雍容大度，"乃魏征之才也"，大有"人生感意气，功名谁复论"的气概。毛泽东的诗词公开发表在国民党的政治中心，这不是打蒋介石的脸吗？这不正是预示毛泽东领导的人民革命即将胜利、蒋介石国民党政权即将垮台吗？蒋介石气急败坏，亲自交代陈布雷："我看毛泽东的词有帝王思想，他想复古，想效法唐宗宋祖，称王称霸。你赶紧组织一批人，写文章以评论毛泽东诗

泽东就是这样的一个历史人物。在那个创造历史的现场，作为一个中国农民的儿子，毛泽东和当时中国政治的精英阶层几乎没有交集，他的政治和经济背景与蒋介石及其领导的国民政府高层官僚、"四大家族"或蒋介石的任何一个"拜把子兄弟"（历史证明，"拜把子兄弟"不是也不可能成为真正的兄弟）相比，都黯然失色。但是历史也同样告诉我们，在那个创造历史的现场，作为一个中国农民的儿子，毛泽东在黑暗中创造的光明、在苦难中创造的辉煌、在大无中创造的大有，令他的敌人或对手望尘莫及。

1945年，是20世纪世界历史的一个特别的年份。第二次世界大战结束了，中国人民抗日战争暨世界反法西斯战争获得了胜利，有历史学家把它称作"零年"——现代世界诞生的时刻[2]——旧的世界已经摧毁，新的世界尚未形成，一个世界走到了尽头，另一个焕然一新且前途未卜的世界正在徐徐拉开大幕，一切都在变化之中，一切又似乎刚刚开始……

的确，对于中国来说，1945年也是一个特别的年份。这一年，的确像毛泽东所说的那样——"在中国人民面前摆着两条路，光明的路或黑暗的路。有两种中国之命运，光明的中国之命运和黑暗的中国之命运"。显然，这是"两种中国之命运"的决战时刻，是决定和改变中国前途命运的关键时刻。作为后来人，以后见之明来看，毛泽东说得千真万确。

现在，我们言归正传，就从1945年4月23日说起吧。

4月23日，在20世纪40年代的中国史上，它是具有里程碑意义的日子——1945年的这一天，中国共产党第七次全国代表大会在延安召开了。仅仅4年之后，1949年的这一天，南京解放了。是夜，集结于鼓楼的第3野战军35军104师312团特务连奉命跑步占领了总统府。作为国民党统治中心的南京宣告解放，红旗插上总统府，中国历史进入新的篇章。

这是历史的巧合吗？

这绝不仅仅是巧合！

就在这一天，自1936年2月在陕北写下《沁园春·雪》之后，

词的名义，批判毛泽东的'帝王思想'，要让全国人民知道，毛泽东来重庆不是来和谈的，而是为称帝而来的。"国民党中央宣传部积极布置"围剿"毛泽东诗词，并把此项任务交给《中央日报》主笔兼副刊编辑王新命，网罗一大批御用文人，以唱和为名，大张挞伐。自12月4日始至1946年1月25日，共计发表各类文章30多篇，"鹦鹉学舌、款摆扬州"的丑陋面目自曝于光天化日之下，无非是"效王婆骂街之丑态而已"。后来，王若飞将国民党《中央日报》《和平日报》《益世报》发表的这些"围剿"《沁园春·雪》的诗词收集整理在一起，交给毛泽东审阅。毛泽东对这些"国民党骂人之作"淡然一哂："鸦鸣蝉噪，可以喷饭。"

[2] 荷兰历史学者伊恩·布鲁玛曾出版著作《零年：1945——现代世界诞生的时刻》。

13年来很少写诗的毛泽东，忽然诗兴大发，在北平香山双清别墅写下了著名的《七律·人民解放军占领南京》。诗曰："钟山风雨起苍黄，百万雄师过大江。虎踞龙盘今胜昔，天翻地覆慨而慷。宜将剩勇追穷寇，不可沽名学霸王。天若有情天亦老，人间正道是沧桑。"

战火纷飞，戎马倥偬。毛泽东的确很久没有写诗了，这首诗也是他战争题材诗词的最后一篇。今天的我们，没有经历过战争的我们，朗诵起这首气势磅礴的诗篇，依然能够从这充满豪气豪情的字里行间，读出流传千古的中国气派中国作风中国精神，其寓意之深远、气象之恢弘、格调之崇高，难怪郭沫若称赞此诗堪称"庆祝革命胜利的万古不磨的丰碑"。

这一夜，毛泽东彻夜未眠。第二天下午起床后，毛泽东高兴地在双清别墅院子里散步，嘴里喃喃吟诵着这首刚刚出炉的《七律》，秘书胡乔木兴冲冲地走过来，递给他一张刚刚印刷发行的《人民日报》号外，说："主席，南京解放的捷报出来了。"毛泽东接过报纸，坐在椅子上，怀着无比兴奋的心情从头到尾地认真阅读起来，报纸上"南京解放"的大字标题赫然醒目。恰好摄影师徐肖冰在场，就悄悄地连续按下快门，为历史留下了毛泽东阅读《南京解放》号外的珍贵瞬间。

是啊！谁能想得到呢？就连毛泽东和蒋介石也没有想到，甚至包括支持蒋介石的美国政府和政要及其盟友们也不会想到。当然，4年前的这一天——1945年4月23日，毛泽东在延安是预见过的，但胜利的速度如此之快，这是他始料未及的。

历史正按照历史规律的脚本上演着历史的悲喜剧，没有人能够导演它，剧中的角色也不知道自己的命运。但有一点是无法改变的，那就是谁掌握了历史前进的规律谁就是历史活剧的主角，而在这样浩浩荡荡不可逆转的历史洪流面前，历史主角的命运也不再是他和他们个人的命运，而是一个国家、一个民族、一个政党和一支军队的命运。这样的命运，既是中国人民的命运，也是历史的命运。

1945年4月23日，中国共产党第七次全国代表大会开幕了！毛泽东在延安一个名叫杨家岭的地方，在共产党人"自己修的房子"

里，在750多名代表参加的大会开幕式上，旗帜鲜明、开宗明义地为中国人民指出了中国的两种命运——

> 在中国人民面前摆着两条路，光明的路和黑暗的路。有两种中国之命运，光明的中国之命运和黑暗的中国之命运。现在日本帝国主义还没有被打败。即使把日本帝国主义打败了，也还是有这样两个前途。或者是一个独立、自由、民主、统一、富强的中国，就是说，光明的中国，中国人民得到解放的新中国；或者是另一个中国，半殖民地半封建的、分裂的、贫弱的中国，就是说，一个老中国。一个新中国还是一个老中国，两个前途，仍然存在于中国人民的面前，存在于中国共产党的面前，存在于我们这次代表大会的面前。

中国人民的命运必须掌握在中国人民手中。

中国人民的命运必须始终由中国人民主宰。

谁赢得了人民，谁就赢得了历史，赢得了现在和未来。

在延安，在中共一大召开24年之后，在与中共六大时隔17年之久召开的第七次全国代表大会上，毛泽东代表中共中央、代表中国共产党1211186名党员向中国人民和世界人民，开门见山理直气壮地宣告了中共七大的历史意义。他说："我们这个大会有什么重要意义呢？我们应该讲，我们这次大会是关系全中国四亿五千万人民命运的一次大会。中国之命运有两种：一种是有人已经写了书的；我们这个大会是代表另一种中国之命运，我们也要写一本书出来。我们这个大会要打倒日本帝国主义，把全中国人民解放出来。这个大会是一个打败日本侵略者、建设新中国的大会，是一个团结全中国人民、团结全世界人民、争取最后胜利的大会。"

在这里，毛泽东说"一种是有人已经写了书的"，指的是蒋介石1943年3月10日出版的《中国之命运》一书。《中国之命运》署名"蒋介石著"，实际上是其侍从秘书、曾任《中央日报》总主笔的陶希圣执笔起草，由正中书局出版。正中书局1931年由陈立夫创立于南京，是一家国民党中央经营的出版机构。蒋介石在《中国之命运》中，歪曲中华民族发展史和中国近百年革命史，鼓吹封建复古主义和法西斯主义，反对自由主义和共产主义；宣传三民主义是"推之四海而皆准"的永恒真理，"中国之命运完全寄托于中国国民党"，诬蔑共产党、八路军、新四军是"新式军阀""新式割据"，暗示两年内要以武力解决共产党。他在书中鼓吹"中国从前的命运在外交……而今后的命运，则全在内政"，认为"攘外必先安内"，把矛头指向中国共产党。全篇着力渲染蒋介石集团一个主义、一个政党、一个领袖的政治观点，把三民主义说成是"国民革命不变之最高原则""民族复兴唯一正确之路线"等，据此，其他党派应当放弃各自的主张。蒋介石在书中强调，中国国民党是"领导革命建设国家的总机关""永为中国唯一的革命政党"等，集中表述了其所奉行的"力行哲学"的宇宙观、认识论、伦理学和历史观，为其积极反共和坚持"一党独裁"进行粉饰。

在这里，毛泽东说："我们这个大会是代表另一种中国之命运，我们也要写一本书出来。"毛泽东要写一本什么书出来呢？现在，我们都已经知道了，这本书就是毛泽东第二天——1945年4月24日在中共七大上要作的书面政治报告《论联合政府》。

此时此刻，在延安杨家岭这座中国共产党人自己修建的大礼堂里，在中共七大开幕式上，毛泽东表情轻松而严肃，手势坚定而果断。他一身朴素的中山装，魁梧又挺拔，显得意志坚定又意气风发，信心满满又斗志昂扬。不妨，我们也来听一听。毛泽东说——

> 现在的时机很好。在欧洲，希特勒快要被打倒了。世界反法西斯战争的主要的一部分是在西方，那里的战争很快就要胜利了，这是苏联红军努力的结果。现在柏林已经听到红军的炮声，大概在不久就会打下来。在东方，打倒日本帝国主义的战争也接近着胜利的时节。我们的大会是处在反法西斯战争最后胜利的前夜。

满面春风的毛泽东，华发未生，乡音不改，一口湘潭话，有时甚至让坐在后排的北方代表们难以听清楚他说的话，但是现场所有人都懂得他话语中所表达的思想，及其全部的价值和意义所在——

既然日本现在还没有被打败，既然打败日本之后，还是存在着两个前途，那末，我们的工作应当怎样做呢？我们的任务是什么呢？我们的任务不是别的，就是放手发动群众，壮大人民力量，团结全国一切可能团结的力量，在我们党领导之下，为着打败日本侵略者，建设一个光明的新中国，建设一个独立的、自由的、民主的、统一的、富强的新中国而奋斗。我们应当用全力去争取光明的前途和光明的命运，反对另外一种黑暗的前途和黑暗的命运。我们的任务就是这一个！这就是我们大会的任务，这就是我们全党的任务，这就是全中国人民的任务。

我们的希望能不能实现？我们认为是能够实现的。这个可能性是存在的，因为我们现在已经具备了这样几个条件：

第一，有一个经验丰富和集合了一百二十一万党员的强大的中国共产党；

第二，有一个强大的解放区，这个解放区包括九千五百五十万人口，九十一万军队，二百二十万民兵；

第三，有全国广大人民的援助；

第四，有全世界各国人民特别是苏联的援助。

一个强大的中国共产党，一个强大的解放区，全国人民的援助，国际人民的援助，在这些条件下，我们的希望能不能实现呢？我们认为是能够实现的。这些条件，在中国是从来没有过的。多少年来虽然有了一些条件，但是没有现在这样完备。中国共产党从来没有现在这样强大过，革命根据地从来没有现在这样多的人口和这样大的军队，中国共产党在日本和国民党区域的人民中的威信也以现在为最高，苏联和各国人民的革命力量现在也是最大的。在这些条件下，打败侵略者，建设新中国，应当说是完全可能的。

毛泽东已经把任务、目标、方法、条件都说得清清楚楚明明白白。经过24年艰苦卓绝的斗争，中国共产党从来没有像现在这样强大过，中国共产党人已经为自己获得胜利、建设新中国创造了前所未有的机会和条件。

没有人怀疑，这是一个创造历史的现场。

更重要的是，创造历史的人们，他们知道自己正在创造历史。

这需要怎样的自信和意志！

这又需要怎样的决心和壮志！

这是多么伟大，这又是多么了不起！毫无疑问，在中国历史乃至世界历史上，他们都是极具政治才能的一代，他们的智慧、才能和勇气与人类历史上那些伟大的政治家们相比毫不逊色。

此时此刻，当我们静下心来认真聆听毛泽东这些激情澎湃的话语，我们也一定能够感受到他与时代同频共振的脉搏，感受到他与人民同呼吸共命运的心跳，从而感受到彼时彼刻已经发生的伟大事件以及正在发生的更为伟大的事件，进而感受到毛泽东那一代中国共产党人在那个历史的现场，不仅是思想家、政治家、战略家、军事家，同时也是已经被历史反复证明作出了正确预见的预言家——他们的确处于历史创造的现场，并正在创造崭新的历史。

正是从这个意义上说，毛泽东是一个实事求是的预言家。当着台上台下750余名中共七大代表，他实事求是地说——

我们需要一个正确的政策。这个政策的基本点，就是放手发动群众，壮大人民的力量，在我们党领导之下，打败侵略者，建设新中国。

中国共产党从一九二一年产生以来，已经二十四年了，其间经过了北伐战争、土地革命战争、抗日战争这样三个英勇奋斗的历史时期，积累了丰富的经验。到了现在，我们的党已经成了中国人民抗日救国的重心，已经成了中国人民解放的重心，已经成了打败侵略者、建设新中国的重心。中国的重心不在任何别的方面，而在我们这一方面。

我们应该谦虚，谨慎，戒骄，戒躁，全心全意地为中国人民服务，在现时，为着团结全国人民战胜日本侵略者，在将来，为着团结全国人民建设新民主主义的国家。只要我们能够这样做，只要我们有正确的政策，只要我们一致努力，我们的任务是必能完成的。

毛泽东的这篇开幕词，题为《两个中国之命运》。没错，他的讲话就是针对蒋介石的《中国之命运》。他要响亮地有力地坚决地彻底地告诉全中国人民、告诉全世界，中国的命运不是蒋介石所说的命运，中国人民的命运不掌握在封建地主阶级代表和帝国主义代理人蒋介石的手中，而是掌握在中国人民的手中。现在，摆在中国人民面前的中国的命运有两种，而不是一种，更不是蒋介石所说的那一种，而且中国的重心——中国共产党要带领中国人民改变中国的命运，要创造一个新的中国——一个光明的中国，一个中国人民得到解放的新中国，一个独立、自由、民主、统一、富强的新中国。这才真正是中国的命运和前途。

如今，毛泽东对中国命运的预见，已经由他带领中国共产党人在1949年就给了世界一个漂亮而庄严的答案。而这个答案，随着历史的前进，随着新中国的前进，随着一代又一代的不忘初心、牢记使命、永远奋斗的中国共产党人与时俱进、踔厉奋发，随着全面小康社会的建成，随着中国式现代化的行稳致远，随着实现中华民族伟大复兴中国梦的目标更进一步的接近，一个更加真实的强大的团结的中国在中国共产党的政治理想的胜利中得到更进一步的强化，并且已经固化到我们的记忆、希望和梦想之中。

从4月23日召开，到6月11日闭幕，中共七大整整开了50天。

这在中国共产党历史上是创纪录的，这也是决定并改变中国命运的50天。在这50天中，中国的两种命运，由中国共产党带领中国人民在智慧果敢、艰苦卓绝、英勇善战的斗争中作出了伟大、光荣、正确的选择！

我们知道，中共七大的召开距离中共六大的召开，已经过去了17年之久。由此可见，为了这次大会顺利而且胜利地召开，中国共产党人期待、准备和谋划的时间，同样也超出了我们肤浅的想象，创造了中共历史的纪录。因此，虽然会期一次次地被推迟或者延期，但这绝不是一次迟到的会议，而是一次及时的盛会，是一次在最恰当的时间、最恰当的地点、最恰当的时机由最恰当的人物来领导、组织和主持的一次大会，是一次完全掌握了天时、地利、人和的大会，的的确确是一次团结的大会、胜利的大会。

关于中共七大的历史及其显著的历史意义和历史成就，历史学家们早已做出了正确的结论和客观的评价，它不仅改变并强大了中国共产党的素质能力，塑造了世界大党的形象，同时为新中国的建立举行了奠基礼，而且改变和塑造了古老中国崭新的历史，包括我们自己的当代史。

为中共七大作出历史的结论，或许没有比"团结"和"胜利"这两个关键词更准确的了。因为，在中国共产党的历史词典中，"团结"和"胜利"绝不仅仅是一个漂亮、好听的形容词，而且是一个闪亮的名词，更是一个鲜活的动词。因为，在中国共产党人的行动纲领中，"团结"和"胜利"从来都不是空洞的口号，而是知行合一、言行一致、说到做到的生动、具体的伟大实践，是马克思主义和中国革命实际相结合的伟大创造。

靠什么团结？凭什么胜利？中共七大到底给了我们什么样的启示呢？或者说，毛泽东带领中国共产党用什么给中国人民创造了"另一种中国之命运"呢？

我在本书中将试图和大家一起回到历史的现场，一起来寻找这个答案。我自己对这些问题的回答，则包含在本书所讲述的故事之中。这些故事将尽可能地再现以毛泽东为核心的中国共产党人1941

年至1945年在延安这个"试验田"中的所思所想、所言所行和所作所为。而所谓试验田，也仅仅是一个比喻而已，因为现实从来不会给历史试验的机会。创造历史的人也从来不是靠"撞大运"，而是凭其德、才、机的结合，为了人类为了人民的解放，坚定信仰信念信心，坚守初心追求梦想，掌握了历史的规律，扼住了命运的咽喉，决不屈服，英勇战斗，直至胜利。我相信，那些穿着打着补丁的粗布衣衫却面带微笑而自信的老照片中的人物，那些穿越历史长河抵达我们耳畔的激情澎湃又抑扬顿挫的声音，是如此富有尊严、高贵和神秘的英雄气概，他们或许应该知道，今天依然生活在他们历史遗产之下的我们会来瞻仰他们，并聆听他们醍醐灌顶般的教诲……

"天若有情天亦老，人间正道是沧桑。"现在，我在这里重述历史，回望延安，用人们早已熟知的纪实笔法来讲述那一代的革命故事，我们只要站在人民的立场，就完全可以抛开意识形态的争论，寻找到最有价值的历史和历史中最有价值的那一部分，从而突破历史的局限和自身的局限，看到更加辽阔的现实和光明的未来。为了写好这本书，我搜寻了几乎能够找到的前辈历史学家、作家和亲历者给我们奉献的研究成果、档案文献、回忆文章和历史资料，琢磨了很久很久，我相信书中记录的每一个人物、每一个事件都是尽我所能掌握的全部技巧悉心讲述的，以展现一个个让今天的我们稍不留神就被忽略、却时时在启示着我们的历史，就像我的孩子喜欢的流行歌曲所唱的那样："夜空中最亮的星，请照亮我们前行。"

正如毛泽东所言："我们的大会是处在反法西斯战争最后胜利的前夜。"而在那个胜利的前夜，延安的天空，群星闪耀，星光灿烂，一个光明的中国、一个人民的中国即将拉开世界历史的序幕……

提高警惕

毛泽东

▶中共七大代表们步入中央大礼堂

第一章

"众星何灿烂,北斗住延安"

1. 经过24年艰苦卓绝的斗争，中国共产党终于"在我们自己修的房子里开会"了

"迟日江山丽，春风花草香。"1945年4月的延安，在中共七大代表的眼里和心中，那才真正是"人间最美四月天"，那里有诗，也有远方。

延安，古称肤施，北连榆林，南接关中咸阳、铜川、渭南，东隔黄河与山西临汾、吕梁相望，西邻甘肃庆阳，簇拥千沟万壑，有"三秦锁钥，五路襟喉"之称，中华民族人文始祖黄帝居住并陵寝于此，乃中华民族重要的发祥地。1935年10月，走过二万五千里长征的中共中央和中央红军顺利到达吴起镇。1936年10月，红四、红二方面军与红一方面军胜利会师，标志着红军长征胜利结束。1937年1月13日，毛泽东和中共中央、中央军委机关迁驻延安。次日上午，欢迎中共中央进驻延安大会在延安大操场举行。毛泽东在会上发表了重要讲话，号召军民要团结一致，抗日救国；加紧生产，支援前线；加强统一战线，一致对外，中国人不打中国人。随后，中共中央政治局、书记处、组织部、宣传部等中央机关也陆续进驻延安。从此，延安成为中共中央所在地、陕甘宁边区首府、抗日战争和解放战争的指挥中心，成为中国革命的落脚点和胜利的出发点。

看到了宝塔山，喝到了延河水，见到了毛主席，甭提有多高兴啦！瞧！在中共七大代表、时任太岳军区政治部组织部部长桂绍彬的眼中，"1945年4月，陕北的黄土高原开始换上了绿色的新装，银白色的宝塔山，在青山中更显雄伟挺拔，依傍着宝塔山的延河水，潺潺地流向远方"。[1] 时任中央党校第五部副主任、延安大学行政学院院长强晓初对延安这个春天的记忆，洋溢着美好和喜悦："1945年4月23日，是我终生难以忘怀的日子。这天，晨曦照耀下的宝塔山是那样的红，延河潺潺的流水是那样的清。树欲绿，花欲绽，春风袅袅，万象一新。庄严古老的山城，在迎接着中国共产党第七次全国代表大会的召开。清晨东方刚刚发白，我就离开床头，做好各种准备，带着激动紧张和无比兴奋的心情，去参加七大的开幕式。4月的

[1] 中共中央党史研究室第一研究部编：《七大代表忆七大》（下），上海人民出版社2006年版，第731页。

延安，早晚还是凉意袭人，但对于怀着一颗火热的心的青年来说算不了什么，整日感到热乎乎的，这大概是七大的光和热的反射。"

就在七大召开的第二天，即4月24日，妻子给强晓初生了一个宝贝千金。这天下午，一听完毛泽东作的口头政治报告，他就飞奔至兰家坪中央医院，和妻子一起分享着第一次做父母的快乐和幸福。回到学院，在山坡上，强晓初碰到了熟悉的同事，同事笑呵呵地跟他打招呼："院长，你今天双喜了，祝贺你！"是啊！说得好！是双喜，但最大、最重要的喜，还是全党全国人民关注的七大啊！在这"双喜临门"的夜晚，他躺在床上，久久不能入眠，七大和七大以后的战斗和任务一直在脑海里萦绕……[2]

"双喜临门"，对中国共产党、对毛泽东来说，何尝不是如此呢？

1945年4月23日，是星期一，天气晴朗。这天下午5时，中国共产党第七次全国代表大会在延安杨家岭中央大礼堂隆重开幕。大会主席由中共七大主席团常务委员兼秘书长任弼时担任。之所以选择下午5时开幕，原因无外乎两个：众所周知，战争年代的毛泽东是个"夜猫子"，晚上工作，白天睡觉，下午2时左右才起床，这是其一；另一个就是防止敌人空袭，那个年代无论是日本侵略者，还是国民党反动派，他们空军的飞机都没有夜航作战的能力。

此前两天，也就是1945年4月21日，中共七大举行了预备会议。在预备会议上，会议一致通过了六届七中全会向大会预备会议提出的六项提案，即大会主席团名单、大会正副秘书长名单、大会议事日程、代表资格审查委员会名单、七大会场规则和主席团常务委员名单。关于这些内容，本书将陆续在后面作出说明。其实，在预备会议召开的前一天，也就是1945年4月20日，中共中央为进行七大准备工作而召开的六届七中全会刚刚闭幕。六届七中全会是在一年前，即1944年5月21日开幕的，到1945年4月20日闭幕，整整开了11个月，这在中共党史上也是十分罕见的。由此可见，中共中央、毛泽东为筹备七大不能不说是慎之又慎、殚精竭虑，是在占有天时地利人和的时代背景和历史条件下，经过深思熟虑之后作出的重大决策，这也是七大迟迟未召开的原因之一。

[2] 中共中央党史研究室第一研究部编：《七大代表忆七大》（上），上海人民出版社2006年版，第125页。

中共七大开幕式的程序非常简单,首先由任弼时讲话宣布开幕,其次由毛泽东致开幕词《两个中国之命运》,接着由朱德、刘少奇、周恩来、林伯渠和日本共产党代表冈野进(野坂参三)相继发表演说,随后由彭真作《关于代表资格的审查报告》,最后开幕式在全体代表高唱《国际歌》中结束。

现在,中共七大终于开幕了,真是来之不易!距离中共六大召开已经17年之久了,世界正在发生翻天覆地的变化,中国正在发生翻天覆地的变化,中国共产党也正在发生翻天覆地的变化。诚如周恩来在讲话中所说:

> 在全世界反法西斯战争逼近胜利的今天,我们党的第七次全国代表大会胜利的开幕了。(鼓掌)我在此祝这个大会成功。(鼓掌)从我党第六次大会到今天,我们经过了十七个年头。在这两个大会之间,我们的党经历了国际、国内和党内的许多重大变化、重大事故。我们党走过了千辛万苦、艰难曲折的道路,终于把我们的党锻炼成为不仅是中国,而且是全世界的一个强大的有能力的党。(鼓掌)我们党现在有了一百二十一万党员,比之六次大会时算起来差不多已经大了三十多倍。现在我们在全国重要地区都有了组织,在全国有了很多报纸,和群众有了密切联系。这样有群众的共产党,我们可以说是中国有历史以来没有过的,这是我们最大的成功。我们党现在领导了中国解放区的九十一万多正规军队,二百二十多万民兵,上千万的人民自卫军,比六大时有很大不同,那时我们仅有散在各地的几万农民游击队。但是经过十七年的战争,我们已经给全国人民锻炼出了一支永远打不败的人民的军队。(鼓掌)我们党现在在敌后建立了十八个解放区,加上陕甘宁边区已经有十九个解放区,解放了九千五百五十多万人口,组织了九百多县人民自己选举出的民主政权。六大时,我们仅有很少数的几个工农兵苏维埃地方政权。但是经过

十七年的奋斗，我们已经给全国人民，在中国大块土地上，建立了永远推翻不了的人民政府。（鼓掌）这样的党，是怎样锻炼成的呢？二十五年当中，我们的党是从永远不息的反对国内、国际敌人的革命斗争中锻炼出来的，我们的党是从永远保持和群众联系中锻炼出来的，我们的党是从永远不放弃武器，保护人民利益的革命战争中锻炼出来的，我们的党是从反对民族中反动思想和派别的斗争中锻炼出来的，我们的党是从长期的反对党内"左"右倾机会主义斗争中锻炼出来的，（鼓掌）我们的党是从勇敢实行自我批评当中锻炼出来的。这样的党我们是依靠什么力量锻炼成的呢？二十五年当中，我们依靠了全党同志的共同努力，（鼓掌）我们依靠了数十万党内、党外革命先烈的流血牺牲，（鼓掌）我们依靠了上万万人民大众跟我们的共同奋斗，我们依靠了与国内各民主党派的合作和全世界进步人士的同情。但是最重要的还是依靠了我们党的领袖毛泽东同志的英明领导。（大鼓掌）他指示了我们新民主主义的方向，他教育了我们中国马克思主义的思想和学说，他领导我们经过了中国革命三个历史时期，克服了无数次的艰难困苦，达到了今天的成功和胜利。（鼓掌）（全场高呼毛主席万岁！）同志们！我们是快要胜利的党，我们党的七次全国代表大会在毛泽东同志领导之下，将要保证胜利的，领导中国走上新民主主义的胜利。（鼓掌）我们号召全中国人民，全中国的各民主党派，我们愿意和他们一道为打倒日本侵略者建设新中国而共同奋斗。我们号召全世界爱好和平的人民，我们愿意和他们一道为消灭世界法西斯主义及其最后残余，为重建世界和平而奋斗到底。我在此警告国内国外一切不愿意承认或不重视代表人民力量和意志的中国共产党的意见的人，如果他们还要继续这种态度，他们将不能解决中国的任何问题。

　　同志们！我们前面的困难还多，但是我们一定要克服困难。革命完全胜利的道路还长，但是我们一定要把它走完。

让我们高举起毛主席的旗帜前进！（大鼓掌）

消灭日本侵略者！（鼓掌）

抗日的人民战争胜利万岁！

新民主主义中国万岁！

中国共产党万岁！

毛泽东同志万岁！

（全场高呼万岁！万岁！……）[3]

[3] 中共中央党史研究室、中央档案馆编：《中国共产党第七次全国代表大会档案文献选编》第1卷，中共党史出版社2022年版，第266—268页。

周恩来的这篇讲话稿短短1300多字，从中央档案馆保存的现场速记员的记录来看，热烈鼓掌次数达13次，可见他真是说到了七大代表们的心坎上。

除了周恩来的精彩讲话，朱德的讲话也说出了七大引人注目的特点，他第一句话就开门见山地说："这次开会有一个特点，就是在我们自己修的房子里开会。过去是租的人家的房子秘密开会。毛主席主持我们的党二十五年，今天又在他亲自领导下来开会。"

亲爱的读者，你千万别以为朱德的这句话说得那么轻松、那么简单。朱德的这句话，一语双关，意味深长，不仅给亲历者留下了深刻印象，而且为历史做了最精辟的诠释。朱德朴实无华的话语中隐藏着深厚的历史情结，实际上是从一个特别的平民的角度为我们打开了中国共产党的历史之门。回溯历史，我们不难发现，从一大到六大，中国共产党都没有"自己的房子"，会议都是在别人的房子里召开的，要么是租，要么是借，只有这次大会不仅真正实现了在"自己修的房子"里召开，而且不再受共产国际的"指导"，真正是"我们的党找到了我们的领袖"，是在毛泽东主持下独立自主召开的。

中共七大与中共历史上的六次大会明显不同了，中国共产党比历史上的任何时期都更加自信了，都更加团结了，都更加有志气、骨气和底气了。七大是中共第一次完全独立自主召开的党代会。

——1921年7月23日，中国共产党第一次全国代表大会在上海法租界望志路106号（今兴业路76号）召开。这所典型的石库门房子和隔壁的108号都是一大代表李汉俊兄嫂李书城、薛文淑夫妇承租的寓所。当年因李书城去南方视察军务，只有其妻女住在108号。一大代表们的居住地分别为环龙路老渔阳里2号（今南昌路100弄铭德里2号）和蒲柏路博文女校（原白尔路389号，今太仓路127号）。出席一大的代表为国内各地党的早期组织的代表，共计13人，分别是上海的李达、李汉俊，武汉的董必武、陈潭秋，长沙的毛泽东、何叔衡，济南的王尽美、邓恩铭，北京的张国焘、刘仁静，广州的陈公博，旅日的周佛海，以及陈独秀指定代表包惠僧，代表全国50多名共产党员。共产国际代表马林和赤色职工国际代表尼克尔斯基参加了大会。7月30日晚，因受法租界巡捕房的袭扰，大会闭幕会不得不暂时中断。随后，于8月3日前后转移至浙江嘉兴南湖的一条游船（亦名丝网船、画舫，即今天的"红船"）上举行。这一天，从日头正浓到夕阳西下，参加一大南湖会议的10位代表[4]，经过热烈的讨论，在红船上通过了中国共产党第一个纲领和第一份决议，选举产生了中央局，完成了大会的全部议程，标志着中国共产党正式成立。

——1922年7月16日至23日，中国共产党第二次全国代表大会在上海公共租界南成都路辅德里625号（今老成都北路7弄30号）举行，这里是李达、王会悟夫妇的寓所。中共二大共召开3次会议，此后两次会议因为安全原因转移到英租界召开，地址不详。中共二大代表共计12人，代表全国195名共产党员，分别为上海代表杨明斋，北京代表罗章龙，山东代表王尽美，湖北代表许白昊，湖南代表蔡和森，广州代表谭平山，中央局委员陈独秀、张国焘、李达，中国劳动组合书记部代表李震瀛，中国社会主义青年团临时中央局代表施存统等。

——1923年6月12日至20日，中国共产党第三次全国代表大会在广州东山恤孤院后街31号（今恤孤院路3号）召开。出席会议的代表共30余名，代表全国420名共产党员。他们分别是陈独秀、李大钊、蔡和森、张国焘、毛泽东、瞿秋白、张太雷、何孟雄、罗章

[4] 何叔衡参加预备会议后就因事返回湖南，李汉俊因回避法租界巡捕追查未出席，陈公博因东方旅社杀人案请假偕妻去杭州度蜜月。

龙、邓培、王荷波、谭平山、阮啸仙、冯菊坡、刘尔崧、项英、林育南、陈为人、王用章、王俊、徐梅坤、王仲一、于树德等。大会有表决权的代表19名，有发言权的代表10余名，选举陈独秀、蔡和森、李大钊、谭平山、王荷波、毛泽东、朱少连、项英、罗章龙等9人为中央委员，邓培、张连光、徐梅坤、李汉俊、邓中夏5人为候补中央委员，由陈独秀、蔡和森、毛泽东、罗章龙、谭平山（后由于谭调职，改为王荷波）5人组成中央局，陈独秀为委员长，毛泽东为秘书，罗章龙担任会计，负责中央日常工作。本次大会还邀请来宾和非正式代表10余名列席会议，代表中共出席共产国际第四次代表大会的刘仁静和共产国际代表马林也参加了会议。三大结束当天，代表们来到黄花岗烈士墓前，在瞿秋白的指挥下，会议在集体高唱雄壮有力的《国际歌》中胜利闭幕。

——1925年1月11日至22日，中国共产党第四次全国代表大会在上海闸北横滨桥西南、铁路边的一幢石库门房屋内召开。这所房屋，是临时租来作为会场的。出席大会的有陈独秀、蔡和森、瞿秋白、谭平山、周恩来、彭述之、张太雷、陈潭秋、李维汉、李立三、王荷波、项英、向警予等20人，代表着全国994名党员。共产国际代表维经斯基参加了大会。陈独秀代表第三届中央执行委员会作了工作报告。中共四大最重要的贡献是第一次明确提出了无产阶级在民主革命中的领导权和工农联盟问题，指出中国民主主义革命的内容是在"反对国际帝国主义"的同时，既要"反对封建的军阀政治"，又要"反对封建的经济关系"，表明中共已把新民主主义革命基本思想的要点提出来了。大会围绕当前的中心工作，通过了《对于民族革命运动之议决案》等11个议决案，并选出了新的中央执行委员会。新当选的中央执行委员共9人：陈独秀、李大钊、蔡和森、张国焘、项英、瞿秋白、彭述之、谭平山、李维汉。候补执行委员5人：邓培、王荷波、罗章龙、张太雷、朱锦堂。在随后举行的中央执行委员会第一次会议上，陈独秀当选为中央总书记兼中央组织部主任，彭述之任中央宣传部主任，张国焘任中央工农部主任，蔡和森、瞿秋白任中央宣传部委员，以上5人组成中央局。

——1927年4月27日至5月9日，中国共产党第五次全国代表大会在武汉召开。会议先是在湖北省立第一小学即武昌第一小学大礼堂举行开幕式，随后转移到汉口黄陂会馆召开。出席大会的正式代表有陈独秀、蔡和森、瞿秋白、毛泽东、任弼时、刘少奇、邓中夏、张国焘、张太雷、李立三、李维汉、陈延年、彭湃、方志敏、恽代英、罗亦农、项英、董必武、陈潭秋、苏兆征、向警予、蔡畅、向忠发、罗章龙、贺昌、阮啸仙、王荷波、彭述之等82人，代表着57967名党员。由罗易、鲍罗廷、维经斯基等组成的共产国际代表团和由谭延闿、徐谦、孙科组成的中国国民党代表团，英国、法国、美国、苏联等共产党代表，以及中华全国总工会、全国农民协会、共产主义青年团、少年先锋队等代表出席了会议。陈独秀代表第四届中央执行委员会向大会作了《政治与组织的报告》，涉及中国各阶级、土地、无产阶级领导权、军事、国共两党关系等11个问题。报告既没有正确总结经验教训，又没有提出挽救时局的方针政策，反而为过去的错误进行辩护，继续提出一些错误主张。会上，瞿秋白将会前自己写成的《中国革命中之争论问题》发给大家，并着重论述了无产阶级和资产阶级争夺领导权问题。蔡和森在大会发言中指出，中国小资产阶级政党过去之弱点及现在动摇，说明领导革命到底并取得胜利的只有无产阶级政党。毛泽东主张把农民组织和武装起来，迅速加强农民的斗争。大会通过了《政治形势与党的任务议决案》《土地问题议决案》等，选出了由31名正式委员和14名候补委员组成的党的中央委员会。随后举行的五届一中全会选举陈独秀、蔡和森、李维汉、瞿秋白、张国焘、谭平山、李立三、周恩来为中央政治局委员，苏兆征、张太雷等为候补委员；选举陈独秀、张国焘、蔡和森为中央政治局常务委员会委员，陈独秀为总书记。大会第一次选举产生了中央监察委员会，由正式委员7人、候补委员3人组成。中共五大就土地革命及革命发展方向等问题进行了讨论，批评了陈独秀的错误，但对无产阶级如何争取领导权，如何领导农民进行土地革命，如何对待武汉国民政府和国民党，特别是如何建立党的革命武装等迫在眉睫的重大问题，都未能作出切实可行的回答，因此，难以承担在生死存亡的危急关头挽救大革命的重任。而真正结束中央所犯的右倾机会主义错误，制定正确的土地革命和武装反抗国民党反动派的总方针，是在3个月后的八七会议上完成的。

——1928年6月18日至7月11日，中国共产党第六次全国代表大会在莫斯科近郊的纳罗法明斯克区五一镇花园路18号的"银色别墅"秘密召开。1927年大革命失败后，在关于中国社会性质和革命性质、对象、动力、前途等关系革命成败的重大问题上，中共中央迫切需要召开一次党的全国代表大会认真加以解决。由于国内当时正处在极为严重的白色恐怖中，很难找到一个安全的开会地点，加上1928年春夏间将相继在莫斯科召开赤色职工第四次大会、共产国际第六次大会和少共国际第五次大会，考虑到届时中国共产党都将派代表出席这几个大会，而且中共中央也迫切希望能够得到共产国际的及时指导，遂决定党的六大在莫斯科召开。出席六大的代表共142人，其中有表决权的正式代表为84人。瞿秋白代表第五届中央委员会作《中国革命与共产党》的政治报告，周恩来作了组织报告和军事报告，李立三作农民问题报告，向忠发作了职工运动报告，共产国际代表布哈林作了《中国革命与中国共产党的任务》的报告。大会通过了关于政治、军事、组织、苏维埃政权、农民、土地、职工、宣传、民族、妇女、青年团等问题的决议，以及经过修改的《中国共产党党章》。六大选举产生了新的中央委员会：中央委员23人，候补中央委员13人。随后召开的六届一中全会选举苏兆征、项英、周恩来、向忠发、瞿秋白、蔡和森、张国焘为中央政治局委员，关向应、李立三、罗登贤、彭湃、杨殷、卢福坦、徐锡根为政治局候补委员；选举苏兆征、向忠发、项英、周恩来、蔡和森为中央政治局常委会委员，李立三、杨殷、徐锡根为常委会候补委员。六届中央政治局第一次会议选举向忠发为中央政治局主席兼中央政治局常委会主席，周恩来为中央政治局常委会秘书长。中共六大是在特定历史时期和历史条件下召开的具有重大历史意义的会议。[5]

回望历史，从1921年的中共一大到1927年的中共五大，我们可以看到，开会的场所不是自己的，东躲西藏，秘密地开会，与敌人

[5] 本章有关中共一大至六大的历史情况介绍，主要来源于中国共产党新闻网资料中心。

周旋，仿佛彼此在玩"猫捉老鼠"的游戏。而到了1928年召开六大时，中国共产党竟然在中国国内连一个安全的会议场所都找不到了，血雨腥风，万马齐喑！现实是如此残酷，简直令人难以想象。

必须砸碎一个旧世界，才能创造一个新世界。

必须砸碎一个旧中国，才能建设一个新中国。

这是中国共产党人的革命理想。经过24年的艰苦奋斗和流血牺牲，中国革命者在延安这个试验田里开始播种，也开始收获。从中共一大仅仅13名代表到今天中共七大的755名代表，从在上海石库门和嘉兴南湖红船秘密地开会到如今在延安轰轰烈烈地召开大会，从1921年全国仅仅50多名党员到如今1211186名党员，这是怎样的天翻地覆啊！这是多么了不起的发展壮大啊！现在，中共七大终于"在我们自己修的房子里"召开了，再也不像从前那样"寄人篱下"了，如今750多名代表堂堂正正气宇轩昂地坐在"我们自己修的房子"——杨家岭中央大礼堂里，那真是扬眉吐气、精神抖擞！

建筑艺术，是凝固的音乐，是立体的诗篇，是文化精神的象征，也是梦想之影和理想之光的雕塑，寄托着人们的追求和信仰。从1939年开始，延安开始规模化地设计建造像杨家岭中央大礼堂这样的中西合璧的新式建筑，它们同样也寄托着中国共产党人的政治信仰、价值和追求。所有这些新式建筑，从其建造材料和内部装修的物质条件上来说，"远远比不上现在的中南海怀仁堂和人民大会堂。但它的使用价值、政治意义、对社会的贡献，却可以和怀仁堂、人民大会堂相媲美"。[6]

那么，朱德所说的"我们自己修的房子"到底是一座什么样的房子，它又是如何设计修建的呢？

说起这座"我们自己修的房子"——杨家岭中央大礼堂的建造，它也随着中共七大会期的变化经历了一波三折。从现有资料可以发现，为了迎接中共七大的召开，中央办公厅于1939年、1940年和1941年先后3次选址建造中央大礼堂。而主持这项工程设计的是一位年轻人，名叫杨作材，时年27岁。

杨作材，原名杨克穆，1912年出生于江西德化（今九江市柴桑

[6] 陈其：《重回延安》，原载杨复沛、吴一虹主编《从延安到中南海——中共中央部分机要人员的回忆》，北京出版社1994年版，第95页。

区），1936年毕业于武汉大学法律系，同年加入中国共产党。1938年，他从大后方奔赴延安，进入中国人民抗日军政大学学习，分配到八路军总政治部敌工科任科员。1939年，因其在建筑设计上有特殊的才能和爱好，被调到延安自然研究院（正式成立时更名为"延安自然科学院"）参与筹备工作，担任该院总务处处长。随后出任中央军委办公厅副主任，主要主持中央所在地延安的建筑工作，负责独立设计并指挥施工建造杨家岭中央大礼堂、中央办公厅办公楼、王家坪中央军委机关礼堂。[7]

　　第一次领受建造中央大礼堂的任务，是在1939年冬至1940年春的时候。杨作材来到枣园中央办公厅报到，当晚他就遵照李富春等的指示，骑马赶到安塞县一个名叫李家塔的地方。在李家塔，他找到了工程项目负责人、陕北红军干部张子良。张子良是清涧人，对当地地理环境和工匠技术非常熟悉。"我到李家塔以后，他（即张子良，引者注）向我交待了任务，告诉我这个礼堂是为召开七大用的，要容纳一千人左右。同时要造三四百个窑洞，供代表们住宿，时间要求很紧。"27岁的杨作材，和所有奔向延安的热血知识青年一样，浑身充满着革命的热情和干劲，迅速进入战斗状态，"根据他的要求，我就在热炕头上连夜开始了设计，一连干了几个通宵，就把礼堂的设计图纸搞了出来。那时候的建筑不像现在这么复杂，用不着进行地质钻探，也不用画细部图，更没有水暖、电器设备那一套。构思好了，一个通宵就画出了平面图、立面图、侧面图和断面图。这个礼堂还有一个小楼。于是又画了一个总的侧面图和断面图。所有这些图都画在了一张纸上。至于那些局部细节，是在施工的过程中一边跟工人讲，一边拿根棍在地上画，再进行施工的"[8]。

　　作为一项政治任务，杨作材设计的李家塔大礼堂是一幢西式木石结构建筑，正面为两个石柱、三个圆拱，两侧为堡垒式二层楼，内里屋顶为九檩八椽木结构。杨作材天天泡在工地上，和工人们朝夕相处。整个工程建设由3个营大约300人的自卫军负责，临时雇佣一些石匠、木匠和瓦匠，采用分组承包制，速度很快，一个容纳千人的大礼堂和300多孔窑洞，只用三四个月就完成了。建造完毕后，

[7] 杨作材并非建筑专业科班出身，之所以在建筑设计上深有造诣，颇受其家庭的影响。他回忆说："我是三十年代的大学毕业生，不是学建筑专业的，但我对中外建筑非常有兴趣，很喜欢看有关建筑史方面的书刊。这大概与家庭影响不无关系吧！我祖父是油漆匠，父亲开始也是油漆匠，后来又搞木工和泥瓦工，并学会了房屋的设计与制图，自己开设了营造厂。我从少年时代起，在祖父和父亲的影响、教育下，也学到了一些房屋设计和制图方面的技能。在到延安之前，我曾去过一次日本，从那儿带回来好多建筑方面的书刊资料。"的确，杨作材父亲和爷爷均从事营造（建筑），他从小耳濡目染，深受家学

已经是1940年的春天，杨作材这才发现，坐落于朝北山洼里的这个大礼堂，虽然满足了防空的需要，但背阳、阴冷，且因多水易结冰，更重要的是距离延安路途太远，交通不便，不适宜召开七大这样高级别的大会。张子良立即让杨作材向李富春报告，恰好中共七大的会期又推迟了，于是杨作材又奉命赶回枣园，另选新址。

因为中共七大延期，刚刚落成的安塞李家塔大礼堂就另作他用了。回到枣园，杨作材奉命在枣园修建了一个容纳三四百人的小礼堂。枣园小礼堂是木结构，西洋风格，木料全部由边区建设厅提供，是延安城拆迁时留下来的木料。1940年秋天竣工后，作为中央书记处小礼堂。这座小礼堂建造完毕，中央办公厅计划在枣园后沟为七大召开建造中央大礼堂。这里树木茂盛、山高林密，便于隐蔽，石头可以就地取材，且距离市区比较近，各类物资采购和供应保障十分方便。在中共中央敌区工作委员会干部陈刚的负责下，选定后沟西边山坡比较平坦的山坳建造中央大礼堂，在附近山体修筑窑洞作为代表们的住处。待工程建设完毕后，发现后沟整个空间窄小，而且只有一口水井，水质也不好，无法保证会议期间几百名代表的饮水。于是，修建好的礼堂和窑洞又改作他用。

1941年底，经任弼时、李富春商议，把中央大礼堂的地址选在了杨家岭。设计建造的任务自然又落在了杨作材的肩头。杨家岭原名杨家陵，位于延安老城北门外大约2公里的一条山沟里，临近延河，因山上有明代兵部兼工部尚书杨兆（延安人）的陵墓而得名。1938年11月，日本侵略者的飞机持续轰炸延安后，延安老城毁于一旦，中共中央机关被迫移驻这里，改名杨家岭。这里地势开阔，距离市区较近，而且两边的山坡上建造了很多窑洞，中央党校的校舍也可以用作七大代表们的住处，更何况与中共中央办公厅隔河相望，十分方便。1941年，在完成枣园小礼堂的建设任务后，杨作材又领衔完成了中央办公厅大楼的设计建造任务。这座当时延安最早出现的西洋式三层建筑，依山而建，新颖玲珑，不事雕琢，简约朴实，富有现代感。从高处看，整个建筑中间高，两翼延展，如同一架停泊的飞机，因此得名"飞机楼"。

影响。民国时期，九江有两位知名的营造商，一为张谋知，一为杨达聪。前者是宋子文的岳父，后者就是杨作材的父亲。1921年，杨达聪在南昌以其父亲之名注册成立了杨荣献营造厂（即建筑公司），被誉为"民国三大建筑"之一的庐山图书馆（现为庐山抗战博物馆）就由他们设计建造。在领受设计建造中央大礼堂任务之前，杨作材已经在延安参加过纺织厂、造纸厂的营建工作。

[8] 杨作材：《我在延安从事建筑工作的经历》，原载武衡主编《抗日战争时期解放区科学技术发展史资料》第2辑，中国学术出版社1984年版，第269页。

枣园小礼堂和"飞机楼"的建造，为杨作材建造中央大礼堂做了技术上的过渡和准备。现在杨家岭中央大礼堂所在地，原为一座可以容纳三四百人的砖木结构的小礼堂。1941年冬的一个夜晚，住在这里的一位中央俱乐部主任在屋子里生了一盆炭火，自己则跑到鲁迅艺术文学院[9]跳舞去了，谁知炭火的火星溅到了他的床铺上，引燃了刚刚新发的过冬棉被，酿成了火灾，将这座小礼堂烧毁。

火灾后的第三天，杨作材就接到了中央办公厅主任李富春的通知，要求他在这座小礼堂的旧址上建造中央大礼堂。领受任务后，杨作材仔细考察地形地貌后，很快就拿出了两个设计方案。第一个方案，杨作材并不是把它建在旧址上，而是选择杨家岭沟口的一块大田地，准备把中共中央机关全部集中到一起，建成一个办公中心大楼。当他把易地建设的设计方案和在旧址建设的设计方案送到李富春的案头时，李富春开心地笑了，问道："你怎么了？你是要在这里建都怎么着？"

最后，中央办公厅研究决定，杨家岭中央大礼堂还是在原来小礼堂旧址上建造。杨作材第一时间就完成了中央大礼堂的设计图纸。他把三视图（平面图、正立面图、侧面图）和剖面图全部画在一张大图纸上，然后钉在办公桌上，供大家查看。至于细部施工图纸，则仍是按照老办法在施工现场临时画给工人们参考，或在木板上放个正式样子。好在施工队伍都是在李家塔、枣园等地多年合作的老班底，彼此熟悉，合作默契。

杨家岭中央大礼堂是一座木石结构，外观洋气、庄重、大方的精品建筑。整个建筑由多个体块组合而成，入口处是一座方形碉楼，楼顶设置旗杆，正门上方是一个特制的圆形气窗，嵌入一颗硕大的铸铁五角星，革命的标志醒目鲜明。其实，这颗大红五角星原是李家塔大礼堂用的，后来因故没有使用，现在把它用在中央大礼堂的大门上，恰到好处。大礼堂铸铁窗棂子是鲁迅艺术文学院的艺术家设计的，画的图案虽然挺漂亮，但是太繁琐，送到茶坊兵工厂后，负责铸造的同志将它修改铸造成了几个大格子。大礼堂分为大厅、舞厅和休息室三个部分，大厅可容纳1000人左右。中央大礼堂是陕

[9] 鲁迅艺术文学院，原名鲁迅艺术学院，成立于1938年4月10日，校址位于延安城东北的桥儿沟，1940年更名为鲁迅艺术文学院，简称"鲁艺"。

北体量最大的多功能建筑，正厅内部跨度为15.6米，杨作材采用4个大石拱作为主梁代替木梁，形成无柱脚穹顶式结构，避免大厅内出现两排阻挡视线的柱子，达到内部空间最大化效果，这在当时的陕北绝对是建筑技术的突破和创新。大厅和舞厅是互相垂直嵌入的矩形，三个一组的长窗形成明显的韵律。正厅窗户分两层，丰富了建筑表情。大礼堂共设4个出入口，两面对称又不雷同，生动而不呆板。正面大门的壁柱，采用的是希腊雅典的爱奥尼（Ionic）柱式，这是杨作材当时参考美国的一本大学教科书设计出来的。正门上方"中央大礼堂"为康生题写。

杨家岭中央大礼堂从1942年春开始修建，年底竣工，整个建筑庄严朴素，长35米、宽30米、高13米，屋顶呈穹庐状。从外部看，大礼堂像一座两层楼房，走进去却发现结构又似延安的窑洞。杨作材的设计，实现了西式建筑与陕北窑洞的完美结合，既节省木料，又坚固耐用，宽敞明亮，一建成便成为延安最为高大雄伟的标志性建筑，至今依然是延安革命建筑的地标之一。

杨家岭大礼堂的修建，克服了山体滑坡、经费紧张等困难，也曾面对一些同志的不理解和严厉批评。因为修建时，对工程的用途严格保密，许多人不明白为什么在边区经济十分困难的情况下大兴土木，甚至有人直接给中央写信，认为这是铺张浪费。[10] 这些批评不是没有道理，但新建筑的建设也是政治理想的另一种美好表达。为此，任弼时、李富春一面向大家做好解释工作，一面在保密其用途的情况下向中央建议不能停工。中央批准了他们的建议，也使得杨家岭中央大礼堂的建设在预算5万元法币的基础上，没有因物价上涨而停工，最终实际花费12万元法币，从而顺利完工。而等到七大召开时，当初持批评意见的人们才明白其中的原委，更加懂得朱德所说的"在我们自己修的房子里开会"的意义了。

"我们自己修的房子"终于建成了，七大的会场又是如何布置的呢？

现在，当你走进杨家岭中央大礼堂，仿佛能穿越时空瞬间进入七大的场景，隆重、简朴、庄严、肃穆又热烈。抬眼望去，只见主

[10] 同时期，延安还修建了中央办公厅大楼、陕甘宁边区参议院大礼堂等较大型建筑。林伯渠曾在西北局高干会议上真诚又动情地说："在建筑方面到处大动工程，一方面没钱，一方面又建筑，修石窑、盖礼堂，有一个县半年招待费达6000元，是多么阔绰！我们的钱应该用在战争上。"

席台中央核心空间高高悬挂着毛泽东、朱德的巨幅侧面头像,这是延安鲁迅艺术文学院教师钟敬之与何文今创作的。在画像下方,缀有中国共产党党徽,铁锤、镰刀、稻穗和麦穗紧紧围绕着它,色彩浓郁,丰满结实。主席台上除了悬挂毛泽东、朱德的画像之外,还悬挂着马克思、恩格斯、列宁、斯大林的群雕像,这是中央陶瓷厂、陕甘宁晋绥联防军玻璃陶瓷厂负责人祁峻创作的。为解决主席台毛泽东、朱德两人巨幅侧面像两旁的布局问题,设计者决定以悬挂党旗来修饰和烘托主像,两边分别各斜插3面共6面旗帜,象征中国共产党经历过的6次代表大会,党旗旗面有序展开共同形成一个巨大的"V"字。

主席台的陈设简单、朴素,前后与左右两侧的长条桌后各摆放着5把椅子,供主席团成员就座。主席台侧面还安放着几张供大会工作人员主要是记录人员用的桌椅。长条桌上一字形摆着5盆盛开的山花,那是杨家岭山头上就可以采摘到的打碗碗花、蒺藜花、木槿、丁香、马莲草,芬芳袭人,充满着节日的欢乐。大礼堂两侧的墙上挂有6个"V"字形的旗座,每个旗座上插着4面党旗,共24面,在每个旗座上还钉有一个标语牌,上书"坚持真理,修正错误"8个字;大厅的后墙上高高地悬挂着的是毛泽东亲笔题写的"同心同德"4个大字;主席台对面大门上方悬挂着横幅"九十三万大军跟随前进"。毫无疑问,这样的设计,既是昭示,也是激励,更是相信未来必胜的坚定信念,烘托着七大团结、胜利的主题。

会场上,有代表问道:"为啥挂24面党旗?"

鲁迅艺术文学院院长周扬回答说:"这24面党旗象征着党已经创建24年了。"

有代表问:"那党旗下面的三角木座是啥意思?"

周扬回答说:"这个'V'字是英文Victory的缩写,就是表示胜利的意思。"

代表们高兴地感叹道:"是啊,我们就要胜利了!"

周扬自豪地说:"这个会场是我们学院的美术教师设计的!毛主席像也是我们绘制的!"

有代表说："这红旗插得跟京剧中将帅出征时背上的靠旗似的……"大家都开心地笑起来。

有代表说："七大之后我们就要出征了，打败日本侵略者！建立新中国！"

礼堂大厅两侧挂着一副对联，上联是"坚持真理，修正错误"，下联是"团结全党，服务人民"。大厅里放着32排共200多张木质靠背长椅，每排能坐24人。大厅中间留着甬道，两旁还可以安放一些椅子作为边座。七大召开时，547名正式代表和208名候补代表，每人都有一个事先安排好的固定座位。时任中宣部秘书长、教育科科长赵毅敏清楚地记得自己的座位号码是第1排第1号。他回忆说："七大的大会会场，设在延安杨家岭专门修造的中央大礼堂里。当时条件有限，礼堂里安放着木制的长条板凳，非常简朴。台上挂着毛泽东和朱德的画像。代表们整队入场。开会时我坐在第一排（1排1号），靠主席台的边上。我和七大副秘书长李富春坐在一块儿，我和他老开玩笑，现在还令人难忘。"[11]

当然，最为引人注目的还是礼堂主席台主席团位置的高层空间，它由两幅标语共同构成。首先映入眼帘的是主席台前沿石拱上悬挂的巨大的红底镶着黄字的环形标语横幅，上面写着全党共识和会议主题："在毛泽东的旗帜下胜利前进"；另一条横幅是红色的巨幅会标——"中国共产党第七次全国代表大会"，14个大字是由时任中共中央研究院历史研究室研究员齐燕铭手书的，法度严谨，间架端方，雄健厚重。

如此精心又颇有意味和韵味的会场设计，来自鲁迅艺术文学院美术系教师钟敬之的创造，浸润着思想元素，充满了政治意蕴，令人惊羡而赞叹。毫无疑问，杨家岭中央大礼堂设计建造和会场布置的故事，已经成为中共七大历史的一部分，同样接受着来这里参观的人们的瞻仰和致敬。

其实，作为中共七大的主会场，杨家岭中央大礼堂在大会结束后立即成为机关干部、学校师生和部队官兵的"打卡地"。许多年轻人怀着惊奇和崇敬的心情，步行数十公里前来参观学习，同时还可

[11] 中共中央党史研究室第一研究部编：《七大代表忆七大》（上），上海人民出版社2006年版，第4页。

以从远处遥望毛泽东主席和中央首长们居住的窑洞，对杨家岭周围的优美环境、对七大会场庄严肃穆的布置，特别是对大礼堂建筑的弓形设计留下了美好的印象。

不是中共七大代表的陈模，时任中央组织部部长兼中央党校副校长彭真的秘书，因为彭真是七大代表资格审查委员会主任，他有机会参与并见证了七大的筹备及开会的全过程。他回忆说："开幕前，我根据彭真同志的指示，在主席台横梁上挂了一条以红布镶金黄美术字的横幅'在毛泽东的旗帜下胜利前进'。在主席台两侧白墙上，挂了两块用红灯芯绒做的幔帐，上面缝制着党纲上的两段话，一段是以'马列主义理论与中国革命实践之统一的毛泽东思想作为党的一切工作的指导方针'；一段是'为群众谋利益、谋解放是党的根本宗旨，一切为群众、走群众路线是党一切工作的出发点'。"

作为大会工作人员，陈模见证了七大开幕的庄严时刻。他说："七大开幕式，出席正式代表547人，候补代表208人，代表着121万党员。毛主席、刘少奇、周恩来、朱德、任弼时来了，党中央各部委、西北局、陕甘宁边区政府、联防司令部的领导人都来了，真是济济一堂，满堂生辉。我看见，当毛主席起立宣布七大开幕后，许多台下的代表激动得流下了眼泪。他的开幕词结束后，爆发了雷鸣般的掌声。"[12]

是啊，终于在"我们自己修的房子里开会"了，这是一件多么值得自豪、值得骄傲的事啊！不难想象，在那个历史的现场，中共七大代表们的心情该是多么激动，更何况许多代表是第一次参加党的全国代表大会。会场内外，多年不见的老战友久别重逢，更是亲切，到处充满着欢声笑语。华中代表团的宋时轮拉着邵式平的手走过来，对贺晋年神秘地说："知道吗？我们的邵大哥要当中央委员了。"贺晋年说："你怎么知道的？"宋时轮眨眨眼睛，指指邵式平的衣服说："你看，邵大哥连新衣服都准备好了呀！"贺晋年这才注意到身为陕北公学教育长的邵式平果然是一身新装，可能是有些不合身，举手投足间略微显得有些不自然。大家知道，宋时轮是在跟

[12] 陈模:《团结的大会 胜利的大会——我对党的七大的回忆》，原载中共中央党史研究室第一研究部编《团结的大会 胜利的大会——纪念中共七大召开60周年论文集》，上海人民出版社2006年版，第25页。

老战友开玩笑。因为在当年的延安，像邵式平这样能够专门穿上新衣服来参加七大的毕竟是少数，更多的代表没有条件换上新衣服，都是穿着平时穿的衣服来参加盛会，许多人的棉布军服褪色得都有些发白了。

第一天的会议结束了，此时此刻，夜色正浓，代表们有说有笑地走出了中央大礼堂，只见繁星满天，银河灿烂。出席七大开幕式的新四军军长陈毅，漫步走到延河边，忽闻对岸踏歌声："全国动刀兵，一起来出征，城楼上站定两位大将军，威风凛凛是哪个？朱德、毛泽东。"

是夜，陈毅即兴赋诗《七大开幕》，诗曰："百年积弱叹华夏，八载干戈仗延安。试问九州谁作主？万众瞩目清凉山。"

2 中共为什么长达17年没有召开七大？毛泽东提出"使马克思主义在中国具体化"

会议，百分之百是一个汉语词语。太史公司马迁在《史记·平津侯主父列传》中就有记载，曰："每朝会议，开陈其端，令人主自择，不肯面折庭争。"现在，按照汉语词典中的解释，会议的意思是指有组织、有领导、有目的的议事活动，它是在限定的时间和地点，按照一定的程序进行的。会议一般包括议论、决定、行动3个要素。因此，必须做到会而有议、议而有决、决而有行，否则就是闲谈或议论，不能成为会议。由此可见，会议是一种普遍的社会现象，几乎有组织的地方都会有会议，会议的主要功能包括决策、控制、协调和教育。

在新中国成立前后相当长的一个历史时期里，人民群众中广泛流传着"共产党的会，国民党的税"的俚语。熟悉这一段历史的人们都知道，这里面包含着这么几层意思：一是共产党的会多，国民党的税多；二是共产党开会得到民心，国民党收税失去民心；三是共产党的会，最终战胜了国民党的税，共产党的会议威力无穷。

共产党的会议是不是威力无穷呢？

考察中共七大召开的历史，或许能够让我们找到答案。

现在，问题来了——距离在莫斯科召开的中共六大已经过去了17年，中共七大为什么迟迟没有召开？

其实，召开七大的动议很早，准备工作也进行过几次，从来没有中断过。那为什么一而再再而三地延迟召开呢？

1991年11月7日，中共七大代表、曾任毛泽东秘书的胡乔木在写作《胡乔木回忆毛泽东》一书与编写组成员谈话时，就有同志提出：七大筹备的时间较长，原因何在？胡乔木回答说："最初一个主要的原因是战争，后来不是战争，主要的原因就是整风，就是要研究历史问题。把历史问题研究清楚了才能开。"[13]

胡乔木的回答，一语中的。

历史没有留下空白。为了把这一段历史说清楚，我们还是十分有必要回顾一下中共七大酝酿、筹划、准备的过程。

——1928年7月，中共六大颁布的党章规定，定期召开党的全国代表大会，一年一次。的确，从一大到六大，也基本上都是一年召开一次。这年10月，六大闭幕3个月之后，时任共产国际东方部副部长的米夫在其撰写的《中国共产党第六次代表大会》一文中专门提到：中共"第六次代表大会并未准备通过党纲。因此它做出了一项决议，委托新选出的中央委员会拟定中国共产党纲领草案，以便经地方组织事先讨论后，提请第七次代表大会审查和批准"。从米夫的文章中可以看出，审查和批准党纲成为七大必须完成的任务。[14]

——1928年11月12日，共产国际东方书记处中国委员会成立。这个新成立的委员会，主要任务是："预先仔细研究与中国工作有关的材料，以便于共产国际对中国共产党进行经常性的、定期的和系统的指导。"其中包括"制定中国共产党纲领草案，研究关于民族问题的材料，以便在以后的中国共产党第七次代表大会上提出这个问题"。[15]

上述从莫斯科传来的消息，的确说明，酝酿召开中共七大的准备工作已经开始。时任中国共青团驻少共国际代表、中共驻共产国

[13] 胡乔木：《胡乔木回忆毛泽东》（增订本），人民出版社2014年版，第76页。

[14] 中共中央党史研究室第一研究部编：《共产国际、联共（布）与中国革命文献资料选辑》（1927—1931·上）第11卷，中央文献出版社2002年版，第188页。

[15] 中共中央党史研究室第一研究部编：《联共（布）、共产国际与中国苏维埃运动（1927—1931）》第8卷，中央文献出版社2002年版，第38页。

际代表团成员陆定一，是1928年底赴莫斯科的，他在回忆这一段经历时，讲述了自己1929年7月与代表团的同事们筹备在莫斯科召开中共七大的往事。他说：中共中央鉴于国内形势发展的需要，准备在1930年内召开七大，写信给代表团，指定在莫斯科的同志负责起草党纲。党纲起草委员会由瞿秋白、张国焘、余茂松、陆定一、王若飞、蔡和森组成，以瞿秋白为书记。邓中夏因为要回国，中央没有要他参加。起草工作限3个月完成。6个月送到国内。苏联同志由谁参加，中央要代表团和国际东方部商定。这封信辗转到年底中共代表团才收到。瞿秋白的意见是，中国方面参加的应少一些，苏联同志多一些。他提议由莫洛托夫、库西宁、米夫、沙发洛夫、瞿秋白、邓中夏、张国焘组成起草委员会。邓中夏当时已暂不回国。国际东方部的意见是暂定1930年七八月间仍然在莫斯科召开，请中共中央考虑决定。这个时候代表团的处境已经很困难，这件事情也就没有认真进行。[16]

[16]《陆定一与共产国际》，原载《人物》1997年第3期。

虽然，中共七大的筹备受到莫斯科的关注，甚至对开会的时间、地点、议题和有关文件的起草工作都作出了指导和安排，但会议并没有在1929年召开，也没能在1930年召开，结果是不了了之。

如果从中共中央的会议决议来看，最早决定召开七大是1931年1月在上海召开的六届四中全会。在这次会议上，通过了1930年12月写就的《中共四中全会决议案》，把召开七大、总结苏维埃运动经验、通过党纲和其他文件作为"最不可延迟"的任务。但是，随着国民党军队对中央苏区进行第二次"围剿"，此后战事不断，中共中央在上海也站不住脚了，被迫转移到中央苏区。不久，中央苏区陷入了接二连三的"围剿"与反"围剿"的战争状态，炮火连天，弹痕遍地，直至被迫进行"举国迁徙"，及至红军长征抵达陕北，才算日渐安定下来。值得一提的是，长征途中，中共中央在1935年1月召开遵义会议之后，拥兵自重的张国焘竟然在这年10月公然反对中央北上，另立"中央""中央政府""中央军委"。1936年1月，为维护党的团结统一，毛泽东在其一生中的至暗时刻，主动打电报劝告张国焘北上，提出可以通过召开党的七大来"解决""党内过去争论"，"但组织上决不可逾越轨道，致自弃于党"。[17] 5月，在率兵南下不利、走投无路的情况下，张国焘表示同意"原则上争论由国际或七次大会解决"。[18]

中共中央第二次正式提出召开七大是在全民族抗战爆发之后。1937年12月9日至14日，中共中央召开政治局会议，史称十二月会议。13日，会议通过了《中共中央政治局关于召集第七次全国代表大会的决议》，认为"在最近时期内召集党的第七次全国代表大会，对于全中国人民解放斗争和党的工作，均有最严重的意义"。决议认为，七大的中心任务"在于讨论和规定如何在巩固和扩大以国共合作为基础的抗日民族统一战线总方针下，组织和保障全中国人民取得对日抗战的最后胜利；同时，党七次大会应对于自党六次大会以来的革命斗争经验作一个基本的总结"。

十二月会议还初步规定了七大的5项议事日程，并决定成立一个由毛泽东为主席、王明（陈绍禹）为书记的准备委员会。这个委员会成员分别是：毛泽东、王明、朱德、周恩来、项英、张闻天、张国焘、秦邦宪（博古）、赵容（康生）、廖陈云（陈云）、王稼祥、彭德怀、任弼时、邓发、刘少奇、何克全（凯丰）、林祖涵（林伯渠）、吴玉章、董必武、徐特立、曾山、张鼎丞、陈毅、杨靖宇、高岗。[19] 但事实上，这个委员会并没有开展多少实质性的具体工作。

王明是11月29日刚刚从莫斯科回国的，经乌鲁木齐来到延安。那时候他是中共驻共产国际代表团的团长，同时又是共产国际执行委员会委员、主席团委员和候补书记，是名副其实的"钦差大臣"。与其同行的还有康生和中共驻新疆代表陈云。毛泽东亲自到延安机场迎接他们，热情洋溢地发表了《饮水思源》的欢迎词。他说："欢迎从昆仑山上下来的'神仙'，欢迎我们敬爱的国际朋友，欢迎从苏联回来的同志们，你们回到延安是一件大喜事，这就叫作'喜从天降'。"毛泽东的讲话风趣幽默，情真意切。随后，在陕北公学大院，中共中央举行了欢迎大会。会上，擅长演说的王明发表了极有鼓动性的讲话。他首先说自己是共产国际派来的，是斯大林派回来的，是帮助指导国内抗日民族统一战线的。其次，他还"谦虚"地说自

[17] 中共中央文献研究室编:《毛泽东年谱（1893—1949）》(上卷)，人民出版社、中央文献出版社1993年版，第502页。

[18] 中共中央文献研究室编:《任弼时年谱（1904—1950）》，中央文献出版社2014年版，第278页。

[19] 中共中央党史研究室、中央档案馆编:《中国共产党第七次全国代表大会文献选编》第1卷，中共党史出版社2022年版，第4—5页。

己是党派驻共产国际的代表，本是一家人，没有什么地方值得欢迎的，应当欢迎的是毛泽东同志，"是毛泽东同志把中国共产党带入了一个新境界"。

王明如此称赞毛泽东，绝对不是空穴来风。在莫斯科6年的时间里，他躲避了血雨腥风和战火纷飞，坐镇共产国际遥控中共临时中央，完全知道毛泽东在共产国际的影响力已经显著提升。在1935年7月25日至8月20日召开的共产国际第七次代表大会上，毛泽东在没有出席的情况下，和周恩来、王明一起当选为共产国际执行委员。莫斯科不仅在组织上、政治上全力支持毛泽东成为中共的领袖，还重点翻译、发表和出版了毛泽东的著作，积极宣传、赞颂毛泽东的功绩，称赞毛泽东是"中国人民的领袖"。更重要的是，王明也不得不承认，毛泽东领导下的中国共产党和中国工农红军在经历了九死一生的残酷斗争和血染的长征之后，在陕北在延安的确开创了一个新的天地、新的境界。

在欢迎会上，毛泽东也发表了讲话，赞扬了王明参与起草的《八一宣言》（即《为抗日救国告全体同胞书》），为党进一步完善自己的统战政策和建立广泛的抗日民族统一战线作为中心任务指明了方向。毛泽东的讲话很热烈。他很兴奋，好像喝了点酒。

出马一条枪，出名靠文章。既不是建党元勋，又没有经过战争洗礼，对军事指挥更是一窍不通的王明，来到延安，真的像毛泽东所说的那样，是"喜从天降"吗？历史好比一个旋转舞台。靠"笔杆子"起家的王明和靠"枪杆子"起家的毛泽东，在那个内忧外患的战争年代，为了共同的革命理想，在这个旋转舞台上、在延安这个中国革命的试验田里，开始了激烈的交锋和较量。后来的事实反复证明，这位"昆仑山上下来的'神仙'"，不仅没有为中共七大的召开加速，反而成为中共七大顺利、及时召开的"绊脚石"。而中共中央、毛泽东之所以发动延安整风运动，与王明在延安的所作所为有着直接的千丝万缕的关系。

这一年，毛泽东44岁，王明33岁。

十二月会议召开的时候，中国的抗战局面和战场形势已经发生了急剧变化。

其一，1937年9月22日，国民党中央通讯社发表了周恩来在7月庐山谈判时向蒋介石提交的《中共中央为公布国共合作宣言》。第二天，蒋介石发表谈话，承认中国共产党在全国的合法地位，指出了团结救国的必要。这标志着以国共合作为基础的抗日民族统一战线的正式形成。但是，中国共产党党内在对待国共关系的问题上，也出现了分歧。一种"右的观点，就是不主张区别"的错误观点正在滋生发展——他们只看到国共两党一致的地方，而看不到两党在"全面抗战"（全国人民总动员的完全的民族革命战争）和"片面抗战"（不要人民群众参加的单纯政府的抗战）等根本问题上的原则分歧，而放弃了自己的责任。毛泽东指出这是一种十分危险的倾向。他说："如果共产党员忘记了这个原则性，他们就不能正确地指导抗日战争，他们就将无力克服国民党的片面性，就把共产主义者降低到无原则的地位，把共产党降低到国民党。他们就是对于神圣的民族革命战争和保卫祖国的任务犯了罪过。"[20] 根据毛泽东等的意见，中共中央做出决定："只有将国民党一党专政的政府转变为全民的统一战线的政府的时候"，中共才能参加。[21]

其二，11月12日，也就是王明从莫斯科飞抵新疆的前两天，上海失陷。中共中央在延安召开了党的活动分子会议，毛泽东在会上作了《上海太原失陷以后抗日战争的形势和任务》的报告，全面阐述了对统一战线和国共关系的看法，强调反对投降主义。毛泽东指出：在中国抗战中存在着国民党的片面抗战同中国共产党的全面抗战的原则分歧。目前处在片面抗战到全面抗战的过渡期中，片面抗战已经无力持久，全面抗战还没有到来。这是一个青黄不接危机严重的过渡期。他把洛川会议等酝酿过的抗日民族统一战线中的根本性问题，以更加明确具体的语言提了出来："在统一战线中，是无产阶级领导资产阶级呢，还是资产阶级领导无产阶级？是国民党吸引共产党呢，还是共产党吸引国民党？在当前的具体的政治任务中，这个问题即是说：把国民党提高到共产党所主张的抗日救国十大纲领和全面抗战呢，还是把共产党降低到国民党的地主资产阶级专政

[20] 毛泽东：《毛泽东选集》第2卷，人民出版社1991年版，第388页。

[21]《中央关于共产党参加政府问题的决定草案》，《六大以来》上册，人民出版社1981年版，第861页。

和片面抗战？"他明确地得出结论："必须尖锐地提出谁领导谁的问题，必须坚决地反对投降主义。"毛泽东的报告在延安的党员中引起很大震动。

王明就是在这样的政治氛围中，第一次踏上了中国的红区——延安的土地。对王明的到来，延安各界举行了隆重的欢迎。而做惯了莫斯科代言人的王明，真的如"神仙下凡"一样，四处做报告、发表演讲。在"王明万岁"的口号声中，王明自我感觉真是赛过神仙，不禁飘飘然起来。无论是与中共其他高级领导人晤面，还是在各种报告演讲时，王明告诉延安的同志们说，现在形势变了，党的路线也应该随之变化。过去我们的头号敌人是蒋介石，现在蒋介石应该是我们的朋友。我们同蒋介石的关系，如果还像过去那样，水火不相容，冰炭不同炉，同室操戈，谁会高兴呢？自然只有日本帝国主义高兴。因此，我们同蒋介石要化干戈为玉帛。他指出："只有日本帝国主义，才是我们首当其冲的敌人。所以，我们在政策上，要来一个根本的转变。现在一个重要的战略部署，就是要一切经过统一战线，要接受蒋介石的领导。"[22]

不可否认，在当时的政治环境中，王明的身份和背景决定了他讲话的重要性和指导性。他的这些新指示、新观点，自然也就作为共产国际的方针，成为延安中共党员和干部们思想和行动的新指南。王明的言论和毛泽东的思想出现了分歧，甚至有些格格不入。

十二月会议就是在这样的背景下召开的。会上，毛泽东与王明的分歧逐渐公开化。

十二月会议由中共中央总负责人张闻天主持。他首先代表中央作了《关于目前的政治形势与党的任务决议》的政治报告。王明紧接着作了《如何继续全国抗战和争取抗战的胜利呢？》的长篇报告，另外还作了一个口头报告。王明谈了"目前的中心问题是如何争取抗日战争的胜利。如何巩固统一战线，即是如何巩固国共合作问题"。他以批评的口吻指出："我们党虽然没有人破坏国共合作，但有同志对统一战线不了解，是要破坏统一战线的。"他认为，"蒋介石是中国人民有组织的力量。如果不联合蒋介石，客观上等于帮助

[22] 熊廷华：《王明的这一生》，湖北人民出版社2009年版，第219页。

日本"。接着，就国共两党关系问题，他强调说："在统一战线中两党谁是主要的力量？在全国政权与军事力量上要承认国民党是领导的优势的力量。我们不能提出要国民党提高到共产党的地位，共产党也不能投降国民党，两党谁也不能投降谁。现在不能空喊资产阶级领导无产阶级或无产阶级领导资产阶级问题，这是将来看力量的问题，没有力量空喊无产阶级领导是不行的。空喊领导，只有吓走同盟军。"

显然，在这个报告中，王明所提出的所谓新主张，就是批评洛川会议以来党中央和毛泽东采取的方针政策，批评中央过去太强调解决民主、民生问题，不赞成提改造国民党政府的口号；否认统一战线中的独立自主原则，反对提国民党和共产党谁吸引谁的问题，一厢情愿地主张"共同负责，共同领导"。他还说："过去提出国民党是片面抗战，是使他们害怕。要提出政府抗战很好，要动员广大人民来帮助，不要提得这样尖锐，使人害怕。"王明在报告中还提出许多其他批评，强调："今天的中心问题是一切为了抗日，一切经过抗日民族统一战线，一切服从抗日。现在我们要用这样的原则去组织群众。""我们要拥护统一指挥。八路军也要统一受蒋指挥。我们不怕统一纪律、统一作战计划、统一经济，不过注意不要受到无谓的牺牲。红军的改编不仅名义改变，而且内容也改变了。""要使人家一到特区，便感觉特区是中华民国的组成部分。"[23]

王明的批评和指责，显然与中共中央执行的洛川会议决议精神是背道而驰的，也自然把党内路线斗争的矛头指向了毛泽东。

当然，王明的讲话也并非一无是处。他在坚持联合国民党抗战的问题上还是发表了一些正确的意见。尤其在讲到红军的改编问题上，他强调要注意保持红军的独立性。他说："今天的中心问题是一切为了抗日，一切经过统一战线，一切服从抗日"，但"我们应该认识到，我们是中国的主人，中国是我们的，国民党是过渡的"；将来要争取不是国共关系破裂，而是革命与反革命完全分裂，使国民党内革命的分子到我们领导下来，"使右派最后滚出去"。王明的这些观点，虽然不是空穴来风，但多是纸上谈兵。因为这些生搬硬套的

[23] 金冲及：《毛泽东传（1893—1949）》，中央文献出版社2004年版，第523页。

新主张，不是来自中国革命的实际，缺乏具体的分析，大多都是他从共产国际带回来的。很少参加中国革命实践的王明，在共产国际和中共中央之间游刃有余地扮演了一个传声筒的角色。但也不可否认，他在谈论统战策略手法上的确表现出了相当的灵活性。以共产国际发言人身份自居的王明，提出的这些符合现实需要且看似合理的新主张，虽然与中共中央执行的洛川会议决议精神不同，却立即得到了大多数与会的中央政治局委员和候补委员的赞同。毛泽东提出的那些防范蒋介石国民党的策略主张，有很多在会议上却被否决了。

王明的报告得到了多数与会者的支持，许多领导人还在会上检讨了自己过去不够策略的做法，认为毛泽东"把独立自主提得太高"，"夸大了右倾的危险"；认为"王明对许多问题的提法很好"。

当时，毛泽东并没有完全否定王明的"新主张"，而是以"和为贵"的胸怀，部分地接受了王明的意见。诚如毛泽东在1943年11月13日中共中央政治局会议上发言时所说，十二月会议上"我是孤立的。当时，我别的都承认，只有持久战、游击战、统战原则下的独立自主等原则问题，我是坚持到底的"。随后，11月19日，毛泽东在延安整风期间的中共中央政治局会议上又插话强调说："十二月会议上有老实人受欺骗，作了自我批评，以为自己错了。"

在毛泽东的妥协之下，十二月会议于14日作出最后决定："决议：王明起草。"会后，毛泽东也立即发指示、写文章，要求所属部门切实贯彻十二月会议精神，"检查与纠正我们某些'左'的急性病与幼稚，甚至违反路线的行为"。尽管十二月会议就中共中央统一战线政策达成了某种程度上的一致，但由于在统一战线和战争战略问题上出现的分歧，会议并没有作出最后的结论。在组织问题上，王明在没有同任何人商量的情况下，拿出了一份16名政治局委员和候补委员的名单。因为除了增补王明、陈云、康生为书记处书记之外，人员没有太多的变化，名单也就顺利通过。中央书记处由原来的张闻天、毛泽东、周恩来、王稼祥、博古，改组为毛泽东、王明、张闻天、康生、陈云。

十二月会议上，张闻天提出自己不再担任总书记的职务，有意让给王明。因为在王明从莫斯科启程回国时，季米特洛夫曾经告诫过王明："你是共产国际的书记之一，但不要以共产国际书记身份出现，要尊重国内同志，尤其要尊重毛泽东同志"，"你回国后要与国内同志搞好关系，你与国内同志不熟悉，就是他们推选你当总书记，你也不要担任"。对这件事情，当时在莫斯科工作的师哲在回忆录《在历史巨人身边》中说，季米特洛夫曾提醒王明：你回去并不代表共产国际，而且你长期离开中国，脱离中国革命实际，所以回去以后要以谦逊的态度，尊重党的领导同志。中国党的领袖是毛泽东，不是你，你不要自封领袖。显然，王明没有忘记季米特洛夫的提醒，也不敢违背共产国际的指示，不得不作出谦让。因此，会议最后决定，中央暂不设总书记，由书记处集体领导。书记处初步分工为：党的工作由张闻天负责，军事问题由毛泽东处理，王明负责统一战线工作。同时，会议决定项英、周恩来、博古、董必武组成长江中央局赴武汉领导南方党的工作；王明、周恩来、博古、叶剑英组成中共代表团赴武汉同国民党谈判；刘少奇负责北方局，朱德、彭德怀负责北方军政委员会。

12月13日，南京失陷。这一天，十二月会议通过了《关于中共驻共产国际代表团工作报告的决议》和《关于召集七次全国代表大会的决议》，决定成立25人组成的准备委员会，由毛泽东任主席，王明任书记，秘书处由毛泽东、王明、张闻天、陈云、康生5人组成。值得一提的是，已经九年没有召开全国代表大会的中国共产党，为何在这个准备委员会除了设立"主席"之外又设立一个不伦不类的"书记"职务？这真可谓是"一山二虎"。难道是中共中央对王明这位"昆仑山上下来的'神仙'"的敬重？抑或是王明把季米特洛夫"不要自封领袖"的告诫当成了耳边风？令人匪夷所思的是，在这份文件上，参加会议的政治局全体成员竟然被破天荒地要求依次签名以示赞成。这在中共的历史上也是绝无仅有的一次。

历史为十二月会议的与会者留下了一张合影。从照片上看，王明稳坐前排居中位置，腰板挺直，趾高气扬，毛泽东则站在后排最右侧靠边位置，表情凝重，略显沉稳低调。而在此后召开的三月会议和六届六中全会上，也同样留下了与会者的合影，王明和毛泽东的位置又悄悄地发生了一些微妙的变化。历史照片也是一面镜子，我们或许能从中看出毛泽东、王明二人当年在中共中央政治局的地位和关系的微妙变化。

对十二月会议的情况，毛泽东在1945年6月10日中共七大上作关于选举候补中央委员问题的讲话中再次提起。他耿耿地说："遵义会议以后，中央的领导路线是正确的，但中间也遭过波折。抗战初期，十二月会议就是一次波折。十二月会议的情形，如果继续下去，那将怎么样呢？有人（即王明，引者注）说他奉共产国际命令回国，国内搞得不好，需要有一个新的方针。所谓新的方针，主要是在两个问题上，就是统一战线问题和战争问题。在统一战线问题上，是要独立自主还是不要或减弱独立自主；在战争问题上，是独立自主的山地游击战还是运动战。"[24]

参加十二月会议的彭德怀回忆说："会议时间很长，似快天明才散会的。会议上的精神是不一致的，感觉回去不好传达。""回去传达就只好是，毛主席是怎么讲，王明又怎么讲，让它在实践中去证明吧。"[25] 张国焘对王明在这次会议上的表现也有着清晰的记忆。他在回忆录中这么写道："王明当时俨然是捧着尚方宝剑的莫斯科'天使'，说话的态度，仿佛是传达'圣旨'似的，可是他仍是一个无经验的小伙子，显得志大才疏，爱放言高论，不考察实际情况，也缺乏贯彻其主张的能力与方法。他最初几天的表演造成了首脑部一些不安的情绪，我当时就料定王明斗不过毛泽东。"[26]

现在，在十二月会议上，筹备七大的工作总算提上议事日程了。1938年1月20日，刚刚成立的中共七大准备委员会秘书处发出了《关于地方党筹备七大工作的第一号通知》。通知要求各地方党必须立即进行如下五项工作：一是在口头上文字上宣传七大召集对于争取抗战胜利的重要性与意义；二是努力在争取抗战最后胜利的斗争中建立与扩大全国地方党的组织；三是物色培养与训练党的优秀干部准备出席大会代表的候选人；四是准备对大会的意见与提案；五是如何选举大会代表问题，以后另行通知。

[24] 中共中央文献研究室编：《毛泽东在七大的报告和讲话集》，中央文献出版社1995年版，第231页。

[25] 彭德怀：《彭德怀自述》，人民出版社1981年版，第226页。

[26] 张国焘：《我的回忆》第3册，现代史料编刊社1981年版，第424页。

这个时候，王明离开了延安。他在延安仅仅待了19天，窑洞的土炕还没有焐暖，就马不停蹄地跑到武汉跟蒋介石谈判去了。当然，他的工作岗位也发生了变化，出任中共中央长江局书记。1938年元旦，王明未经中共中央同意，即在武汉出版的《群众》周刊第4期发表了由他起草的《中国共产党对时局宣言——巩固国共两党精诚团结，贯彻抗战到底，争取最后胜利》和他撰写的文章《挽救时局的关键》。王明以中共中央名义发表的这篇"宣言"，内容实质上就是他在十二月会议上所作报告的主张，认为自卢沟桥事变以来，"开始形成了我统一的国家政权和统一的国家军队"，而且要进一步建立"有统一指挥、统一纪律、统一武装、统一待遇、统一作战计划的足够数量的新式武装的和政治坚定的国防军队"。同时，他还致电批评晋察冀边区军政民代表大会民主选举成立晋察冀边区临时行政委员会，认为"以此采取之已成事实的方式，通电逼蒋承认，对全国统一战线工作将发生不良影响"。

然而，王明在武汉的举动可谓是"热脸凑了个冷屁股"，国民党不仅派特务带领暴徒砸毁了汉口的《新华日报》营业部和印刷厂，还公然鼓吹"一个党、一个主义、一个领袖"，攻击八路军在华北是"游而不击"。遭到国民党蒋介石冷遇的王明，正如毛泽东后来所形容的那样：王明是"梳妆打扮，送上门去"，蒋介石是"一个耳光，赶出大门"。2月10日，无奈之下，根据王明的建议，《新华日报》发表了由王明起草的《毛泽东先生与延安新中华报记者其光先生的谈话》，公开批评了国民党宣传的"一个党、一个主义、一个领袖"主张。王明还以毛泽东的口吻告诫国民党人，不要幻想可以在政治上取消共产党，共产党人决不会放弃自己的组织和主张。在这个需要斗争的关键时刻，王明把毛泽东作为盾牌顶到了前面，自己却躲在后面不愿意得罪蒋介石。

现在，国际国内形势随着抗战形势又发生了新的变化。1938年1月11日，日本帝国主义举行了24年来没有召开过的御前会议，宣称："如中国现中央政府不来求和，则今后帝国不以此政府为解决事变的对手，将扶助建立新的中国政权。"也就是说，日本企图利用国共两党的分歧，升级其政治阴谋，制造国共分裂，妄图达到其以华治华的目的。鉴于抗战时局出现的新情况，中共中央接受长江局的建议，决定在延安召开中央政治局会议。王明和周恩来、博古等返回延安。

1938年2月27日至3月1日，中共中央召开政治局会议，史称"三月会议"。会议的主要议题有两个：一是讨论抗战形势和军事战略，二是研究党的七大的准备工作。张闻天、毛泽东、王明、周恩来、康生、凯丰、任弼时、张国焘等出席了会议。

三月会议，王明依然唱主角。在第一天的会议上，王明作了题为《目前抗战形势与如何继续抗战和争取抗战胜利》的政治报告。王明承认："现在蒋介石等国民党不承认国共合作，不许《新华日报》登国共合作，不许登共产主义、共产党等，即便陈立夫也认为只有共产党投降国民党。国民党认为军令统一，只有服从国民党军委会的命令；所谓军政统一，便是人事的统一，八路军干部要由他们调动。"王明还坦率承认"确实过去的宣言（即王明起草的《中国共产党对时局宣言》，引者注）在词句上是太让步了"，使得蒋介石以为可以取消共产党，在《扫荡报》上向共产党进攻。

但是，在会议上，王明并未改变其右倾错误的基本立场和依靠国民党正规战取得速胜的幻想。他认为，"国民党在政府和军队中均居于领导地位，为我国第一个大政党"，国民党的200万军队是抗战的主力，我们党应当承认国民党的领导地位，服从中央政府的领导。在军事上巩固统一的军队，实现在指挥、编制、武装、纪律、待遇、作战计划、作战行动等七个方面的"统一"，"关于统一军队问题须在党内外进行教育"；在战略方针上要"确定和普遍地实行以运动战为主，配合以阵地战，辅之以游击战的战略方针"；民运工作要以合法、统一和相互合作为原则；工作重心是以集中力量保卫大武汉，而不是着力创造许多敌后抗日根据地。

会议的第二天，毛泽东作了发言。他继续强调要坚持独立自主地发展自己的力量，同时对团结改造国民党的可能性持肯定的态度，要看到国民党在开始改革，并且在酝酿改组，国民党必须也可能通过改革清除腐败。但就抗日军事战略问题，毛泽东指出：中国抗战最后是必然胜利的，但必须经过许多困难。国民党的腐败与共产党的力量不足，日本兵力不足与野蛮政策，再加上复杂的国际条件，造成了中国抗战的长期性，即持久战。中国抗战应有战略退却，前一段没有大踏步的进退，只是硬拼，这是错误的。将来战争的具体形势，是内线外线作战相互交错，日军包围我们，我们在战役上也包围日军。中国抗战要争取外援，但主要是靠自己，强调自力更生。关于国共关系问题，毛泽东认为，为争取国民党继续抗战，合作形式将来可采用民主联盟或共产党员重新加入国民党，但是要保证共产党的独立性。

鉴于此前的十二月会议没有形成最后决议，王明抱怨他的主张没有得到贯彻执行，希望三月会议要形成一个政治决议。但在毛泽东、张闻天、任弼时的坚持下，王明的政治报告最后没有付诸表决，也没有被正式采纳，三月会议没有达成最终共识。但会议委托王明起草一个会议总结。

两次政治局会议都没有形成最后的决议，王明内心十分窝火，便提议派人向共产国际反映情况，请求共产国际裁决。于是，在三月会议上，中央政治局决定派任弼时立即去莫斯科，向共产国际说明中国抗战和国共两党的关系等情况。

由于日军逼近武汉，加上王明在武汉屡屡擅自以中共中央名义发表意见和指示，出于安全和政治上的考量，毛泽东在会上提议："王明同志在今天的形势下不能再到武汉去。"但一心高举统一战线大旗，仍寄希望于国民党的王明，执意要重返武汉。会议对毛泽东的提议进行表决，除张闻天、康生之外，多数人依然支持王明前往武汉。3月1日，三月会议正式通过了一个在毛、王之间寻求平衡的决定："王明同志留一个月即回来（如估计武汉、西安交通有断绝之时则提前）。"同时，派凯丰随同王明去武汉工作。但后来王明根本没有履行这个决定，到达武汉后就把中央政治局的决定抛到了九霄云外，直到半年后中央三令五申要他返回延安参加六届六中全会才不得不回来。

长江中央局作为中共中央的派出机构，理应服从中共中央指挥。王明作为政治局委员、书记处书记和长江局的书记，自然应在中央统一领导下工作。但王明的这些举动表明，他完全是以中共中央的决策者和莫斯科的"钦差大臣"自居，把长江局变成了"第二政治局"，甚至凌驾于中共中央之上。当时在延安的红军"洋顾问"李德（奥托·布劳恩）在其回忆录《中国纪事（1932—1939）》中这样写道："我们把华中局（应为长江局，下同。引者注）叫做'第二政治局'。事实上以后在华中局和延安中央委员会之间已经有了某种程度上的分工，华中局贯彻的是1937年12月决定的并得到共产国际执行委员会支持的统一战线的路线，而毛泽东在延安却采取了他自己的政策。"[27]

[27] 李德:《中国纪事（1932—1939）》，现代史料编刊社1980年版，第306页。

因为个人的沉浮，李德回忆录中的表述明显带有个人浓厚的感情色彩。但从这段文字来看，王明领导的长江局确实与延安的中共中央、与毛泽东发生了严重分歧。

实际上，在民族统一战线问题上，毛泽东也是同意十二月会议上决定的执行共产国际制定的路线的，与王明并不存在分歧。但，为什么在坚持抗日、坚持统一战线的共同主张下，毛泽东、王明之间会产生如此的分歧？他们之间的矛盾到底在哪里？对此，毛泽东后来在六届六中全会召开前总结说：现在党内没有大的原则上的分歧，对于国共合作、发展统一战线等原则都是一致的，只有工作上的不同意见。毛泽东说"只有工作上的不同意见"，指的又是什么呢？

显然，这是战略和战术贯彻执行的方式和方法问题。一言以蔽之，王明主张为了斗争以广泛的合作达到团结，而毛泽东主张通过斗争以有限的合作达到团结。王明的方法是使阶级斗争服从于民族斗争，以达到国家的团结，因为没有团结，中国将不能抵抗日本的侵略。但毛泽东始终不相信蒋介石是一个同盟者，他认为团结只有通过斗争才能达到。因为中共必须保持独立自主和自卫能力以防不测，通过促进民主进步和改善民生来强化民族团结，从而发动群众进行一场人民战争，以避免重演1927年大革命时期的历史悲剧。显然，与书生革命的王明相比，靠"枪杆子里面出政权"的毛泽东，目光更加远大。当他1936年2月站在陕北的黄土高坡上吟诵出《沁园春·雪》"数风流人物，还看今朝"的时候，他就已经立志要通过人民战争来"既打败日本又打败蒋"（张国焘语）了。

种种事实已经表明，自十二月会议之后，王明这位心理上多少有些扭曲的共产国际执行委员在国内政治上已经产生了某种野心，加上他长期在莫斯科颐指气使的"太上皇"作风，以及到达延安后被奉为"神仙"呼为"万岁"的良好自我感觉，使得他头脑开始发热，思想开始膨胀，对国内和党内的形势作出了不切实际的判断，并逐渐地走到目空一切、独断专行、自以为是的地步。王明对中央工作的横加批评，屡屡不经毛泽东、张闻天的同意就擅自以中共中央的名义发表谈话和声明，甚至随意起草和修改毛泽东等中共领导人的文章，在长江局与中央闹独立性，否认中央权威，让人不能不怀疑他意欲夺取中共中央的最高领导权。特别让延安中共中央书记处难以容忍的是，在张国焘叛逃，朱德、彭德怀、项英等经常去武汉，王稼祥、任弼时在莫斯科，武汉的政治局委员人数超过延安的情况下，王明居然提出延安的中央书记处不具合法性的问题，指责张闻天、毛泽东等不应以中央书记处的名义发布指示和文件。[28] 周恩来和博古后来就说，王明"目无中央"，甚至有另立"第二中央"之嫌。

王明和毛泽东的分歧与矛盾，其间既有他们个人之间的分歧，也有武汉与延安之间的矛盾。这里除了王明不经延安同意，就以中共中央的名义发表宣言、声明及擅自以毛泽东个人名义发表谈话的原因之外，焦点则应该是王明领导长江局直接或间接地与延安中共中央书记处分庭抗礼，竟至发展到公然否认延安中央书记处权威性的地步，乃至另立"第二中央"。这不禁让人联想起十二月会议时，王明为什么在中共七大准备委员会中设立一个"书记"的职务？尽管没有资料显示王明回国有夺权的阴谋，但他的这些闹独立性的非正常行径，不能不令人怀疑。于是，在武汉与延安之间、在王明与毛泽东之间，发生分歧和矛盾，也就是情理之中的事情。

一山不容二虎。

"中国党的领袖是毛泽东，不是你，你不要自封领袖。"——难

[28] 杨奎松：《毛泽东与莫斯科的恩恩怨怨》，江西人民出版社2008年版，第65页。

道王明真的忘记了回国前季米特洛夫专门送给他的嘱托了吗？或许，王明的所作所为，也是莫斯科和季米特洛夫所没有想到的吧？

难怪，毛泽东后来干脆说："十二月会议后中央已名存实亡。"

现在，在讲清楚王明与毛泽东在抗日民族统一战线等党的路线问题上的分歧之后，再回到三月会议讨论七大准备工作上来。之所以要如此详细地说明这些历史问题，是因为这些分歧直接影响了七大的准备工作。

在会议上，王明就七大在政治、组织上的准备和报告人提出了安排意见：

一、政治上的准备：1.十年来我党奋斗的提纲（毛［毛泽东］写）；2.统一战线提纲（王明写）；3.准备召集七大告全党同志书（洛甫［张闻天］写）；4.告全国同胞书（凯丰［何克全］写）；5.关于职工、农民、青年运动的论文（分配）。

二、组织上的准备：1.给地方党一个指示（王明写）；2.规定代表的数目、成分、男女、各种工作、各个地区，布置大会代表的交通网，专人负责（由康生计划）。

三、报告人的准备。

四、在党报等上的各种论文。[29]

关于召开七大，毛泽东认为：七大开会的时间须看战争的形势来决定，地点也要看形势的发展，人数决定于党的发展。今天可进行政治、组织上的准备工作。代表人数暂定500人。他在发言中还提出要"大大发展党员，中央应有新的决议"，"只有大党才能提拔大批干部"。对有关报告、文件的起草和准备人选，毛泽东也拿出了自己的建议：

报告的准备人：十年结论由洛甫［张闻天］、王明、毛［毛泽东］、张［张国焘］；统一战线由王［王明］、毛、周

[29] 中共中央党史研究室、中央档案馆编：《中国共产党第七次全国代表大会档案文献选编》第1卷，中共党史出版社2022年版，第11页。［］内文字系作者所加，下同。

[周恩来]、任[任弼时]；军事（副报告）由朱[朱德]、毛准备；职工运动由康生、国焘、王明；组织报告由周、博[博古]、董[董必武]。报告人现在不决定。[30]

[30] 中共中央党史研究室、中央档案馆编：《中国共产党第七次全国代表大会档案文献选编》第1卷，中共党史出版社2022年版，第11页。

从中央档案馆馆藏的上述史料来看，在七大的准备工作上，毛泽东和王明之间虽然没有原则性分歧，但在报告执笔起草者的人选、报告的议题上的意见并不完全一致。

3月10日，张闻天按照会议要求完成了《中共中央为召集中共第七次全国代表大会告全党同志书》。在这份文件中，张闻天认为："中共第七次全国代表大会，就是动员全国人民为争取民族抗战最后胜利的大会。""这个大会将更加高举起马克思列宁主义的旗帜而勇敢前进！""我们相信，有了强大的统一战线，有了强大的党，我们就能更有力量去展开全民族抗战的雄伟阵容，能更快地取得民族抗战的最后胜利！这就是我们今天的责任，也就是我们对于本党七次全国代表大会的实际准备！"

在三月会议上，中共中央政治局形成的毛泽东和王明"两雄并立"的局面，已经不是什么新闻了。所以，会议一结束，任弼时作为最合适的人选，受中共中央派遣立即前往莫斯科，向共产国际汇报中国共产党内的情况并争取共产国际的明确指示。说白了，就是希望共产国际对这"一山二虎"的局面进行裁决，究竟同意毛泽东和王明这两位领导人中的哪一位，成为中国共产党的领袖人物。由于共产国际长期对中国的实际情况缺乏了解，任弼时这次担当的可谓是历史使命，责任重大。1938年3月底，任弼时到达莫斯科。在这里，他得到了中共驻共产国际代表王稼祥的帮助。王稼祥是1936年10月经中共中央批准前往苏联治伤的，于1937年7月抵达莫斯科，经过两个月的治疗后，拖了4年的伤口终于痊愈。同年11月，在王明回国后，王稼祥接任中共驻共产国际代表。

4月14日，在王稼祥的积极联系和支持下，任弼时代表中共中央在共产国际执委会主席团会议上作了长达1.5万字的《中国抗日战争的形势与中国共产党的工作和任务》的书面报告，其中第五部分专门就七大的准备工作作了报告：

> 为着组织和保障全中国人民取得抗日战争的最后胜利，同时总结十年来斗争经验，中共中央决定于最近半年内召集党的第七次代表大会。
>
> 政治局拟定大会的议事日程是：
>
> （一）十年斗争的基本总结和当前斗争的基本方针；
>
> （二）如何组织和保障全中国人民对日抗战的胜利；
>
> （三）动员工人阶级积极参加对日抗战工作；
>
> （四）在新工作条件下党的建设问题；
>
> （五）改造党的中央领导机关。
>
> 为着系统地进行七次大会准备工作，已成立二十五人的准备委员会和各主要议程的报告草案委员会，并且发布告全党党员和国民书。
>
> 大会规定出席代表数五百人。
>
> 现在全党正在进行七次大会的动员和准备工作。
>
> 中共中央要求国际对第七次大会给以指示，并派代表指导七次大会工作。[31]

[31] 中共中央党史研究室、中央档案馆编：《中国共产党第七次全国代表大会档案文献选编》第1卷，中共党史出版社2022年版，第19页。

5月17日，任弼时又对书面报告作了口头说明和补充。其间，任弼时多次会见斯大林、季米特洛夫，并与共产国际的另外几位负责人进行深入交流，详细介绍了毛泽东对中国革命采取"农村包围城市、武装夺取政权"道路的主张。这些生动的报告，使共产国际对中国的实际情况包括国共两党关系和毛泽东有了更加具体的了解，对中国共产党有了新的认识。他们逐步认识到毛泽东所坚持的抗日民族统一战线中的独立自主方针是正确的，有效地制止了蒋介石的"溶共"企图。

6月11日，共产国际执委会主席团经过认真充分讨论后，通过了两个文件，即《共产国际执委会主席团关于中共代表报告的决议案》和《共产国际执委会主席团的决定》，充分肯定和赞扬了中国共产党实行的抗日民族统一战线中的独立自主政策，并且"声明共产国际与中华民族反对日寇侵略者的解放斗争是团结一致的"。共产国际还决定"号召全世界无产阶级、各国共产党以及一切热诚拥护民主与和平的人士"，"用一切方法加紧国际援华运动"。

共产国际的第二把手曼努伊尔斯基在任弼时汇报期间主动就王明的情况提了三个问题：第一，王明是否有企图把自己的意见当做中共中央意见的倾向？第二，王明是否总习惯于拉拢一部分人在自己的周围？第三，王明与毛泽东是否处不好关系？曼努伊尔斯基提出的这三个问题，令任弼时有些措手不及。他实在没有想到共产国际的领导人会直接问他这样具体而又尖锐的问题。于是，任弼时就如实地将王明回国后的种种表现，以及与中央书记处和毛泽东的分歧作了介绍。

据任弼时回忆，季米特洛夫在听了介绍之后明确地说，他对王明的印象一直不好，"这个人总有些滑头的样子"。根据共产国际干部部反映，王明在一些地方不很诚实，在苏联时就总是好出风头，喜欢别人把他说成是中共领袖。季米特洛夫的确不太喜欢王明的为人和作风。当季米特洛夫听说王明没有按照他的嘱咐去做，回国后反而引起中共党内混乱时，他非常失望，公开批评王明缺乏实际工作经验，自以为是，喜欢强加于人，习惯于拉帮结派，想当领袖。

此时，根据王稼祥提出回国工作的要求，中共中央同意由任弼时接替他出任中共驻共产国际代表团团长。7月初，在王稼祥动身回国前夕，季米特洛夫特意约王稼祥和任弼时谈话，就中共领导核心的团结以及中共领袖的人选问题谈了具体又明确的意见。王稼祥回忆说：在我要走的那一天，他向我和任弼时同志说了一番语重心长的话。"中国共产党的领导人毛泽东同志是久经考验的马克思列宁主义者，中国目前仍然应该坚持与国民党又合作又斗争的原则，警惕重复第一次国共合作的悲剧。"他说："应该告诉大家，应该支持毛泽东同志为中共领导人，他是在实际斗争中锻炼出来的，其他人，如王明，不要再去争当领导了。"[32]

8月初，王稼祥带着共产国际的最新指示，经过艰苦跋涉回到了

[32] 王稼祥1972年5月写的历史自述材料。引自丁晓平《王明中毒事件》，人民出版社2020年版，第66页。

延安。王稼祥的到来，对毛泽东来说，这才真叫"喜从天降"。在与王稼祥的交谈中，毛泽东终于听到了莫斯科支持他的信息。也就是从这个时候，他开始酝酿召开中共扩大的六届六中全会，统一全党的思想。

在武汉，王明接到中央在延安召开六届六中全会的通知，预感到共产国际的重要指示对他可能不利，于是就发电报给中央书记处，竟然要求全体中央委员到武汉召开六届六中全会，以提高自己的地位以及进一步表示中共对国民党的信任与合作。王明如此的表现，真的"使他看上去像是'红萝卜'（外红内白）"。[33]

接到王明的电报后，毛泽东非常生气地说："岂有此理！我们共产党的中央会议，为什么跑到国民党地区去开？谁愿意去谁去，就是抬我去，我也不去！"

9月8日，《新华日报》全文发表了王稼祥带回来的《共产国际执委会主席团的决定》中译本。随即，按照中央书记处的意见，经毛泽东同意，由王稼祥起草，立即给王明复电："请按时来延安参加六中全会，听取传达共产国际重要指示。你应该服从中央的决定，否则一切后果由你自己负责。"[34]

接到电报，王明非常无奈，只得离开武汉。到达西安后，王明竟然又向中央提出由他作政治报告。根据历史惯例，谁作政治报告，谁就在政治上处于主导地位。中央立即复电，政治报告谁作，由政治局讨论研究决定。9月10日前后，王明极不情愿地回到了延安。周恩来、博古、凯丰、徐特立等一起抵达。毛泽东仍然十分大度地和朱德亲自赶到延安南门迎接。

中共中央政治局会议从9月14日一直开到27日（中间18日休息了一天）。会前，政治局常委会决定由毛泽东在这次政治局会议上报告抗战的形势和抗战的总结。会议第一天，王稼祥就在会上正式传达了共产国际关于中共"要在毛泽东为首的领导下解决"中央领导问题的指示和季米特洛夫的意见。同时，他还传达了共产国际关于中共七大的指示："国际认为，中共七次大会要着重于实际问题，主要重于抗战中的许多实际问题，不应花很久时间去争论过去十年内

[33]〔美〕R.特里尔：《毛泽东传》，河北人民出版社1989年版，第205页。

[34] 朱仲丽：《黎明与晚霞——王稼祥文学传记》，解放军出版社1986年版，第288页。

战中的问题。关于总结十年经验，国际认为要特别慎重。七大决议要特别注意短期的、实际的东西。七大要吸引许多新的干部。"[35]

9月20日，王明在会上作了题为《抗战形势与党的任务》的政治报告。在这个报告中，王明改变了自己以前在报告、文章中速胜论的观点，开始承认毛泽东持久战的思想，但他依然坚持他的一些右倾落后主张，继续强调保卫大武汉的重要意义，继续宣扬军队的"统一"，继续坚持"一切为着抗日民族统一战线，一切经过抗日民族统一战线"。

9月24日，毛泽东作了长篇发言，共讲了五个问题：一、这次会议的意义；二、共产国际的指示；三、抗战经验总结问题；四、抗日战争与抗日统一战线的新形势；五、今后任务。他在讲话中充分肯定共产国际指示对中共政治路线的估计是"恰当的和必要的"，"这种成绩是中央诸同志和全党努力获得的"。他认为，共产国际指示的要点，"最主要的是党内团结"。他指出，共产国际的指示是这次会议成功的保证，也是中共六届六中全会和第七次全国代表大会的指导原则。他分析了武汉即将失守的危险和失陷后的形势，指出武汉失陷后抗日战争将开始进入一个新的阶段——战略相持阶段。党的任务是坚持抗战，坚持持久战，坚持统一战线，以团结全国力量，准备反攻。毛泽东着重论述了统一战线中统一与斗争的辩证关系，他说："统一战线下，统一是基本的原则，要贯彻到一切地方、一切工作中，任何时候、任何地方不能忘记统一。同时，不能不辅助之以斗争的原则，因为斗争正是为了统一，没有斗争不能发展与巩固统一战线，适合情况的斗争是需要的，对付顽固分子，推动他们进步是必要的。"[36]

9月26日，张闻天和刘少奇先后批驳了王明的右倾主张，并作了长篇发言，对会议作了结论。这次政治局会议还通过了扩大的六届六中全会的议程，决定改由毛泽东代表中央向全会作政治报告，王明只作关于国民参政会的报告并负责起草政治决议案，同时还决定由张闻天主持开幕式、致开幕词和作组织报告，由王稼祥传达共产国际指示。

[35] 王稼祥：《王稼祥选集》，人民出版社1989年版，第141页。

[36] 金冲及：《毛泽东传（1893—1949）》，中央文献出版社2004年版，第532页。

9月27日，在会议的最后一天，毛泽东再次强调，今后中央领导同志之间要真正的互相尊重、互相信任。鉴于王明在十二月会议以来一系列严重违背组织原则的做法，毛泽东建议在六中全会上通过一个中央工作规则。毛泽东说，这次政治局会议取得了"伟大的成功"，从而可以保证六届六中全会的成功。

9月29日至11月6日，具有重大历史意义的中共中央扩大的六届六中全会在延安桥儿沟天主堂召开。出席会议的中央委员有28人，各方面负责人53人。会议开了近40天。会议第一天，全会选举毛泽东、王稼祥、王明、康生、周恩来、朱德、彭德怀、博古、刘少奇、陈云、项英、张闻天为主席团委员。王稼祥担任全会秘书长。毛泽东宣布会议议事日程。

在第二天的会议上，王稼祥首先传达了共产国际和季米特洛夫的指示。会上，康生、陈云等明确提议应当推举毛泽东为中共中央总书记。彭德怀等军事领导人也在会上发言，称赞毛泽东十年来"基本上是正确的"，肯定毛是中国共产党的当然的领袖。

10月12日至14日，毛泽东代表中共中央向六中全会作《论新阶段》的政治报告。报告共包括八个部分：（一）五中全会到六中全会；（二）抗战十五个月的总结；（三）抗日民族战争与抗日民族统一战线发展的新阶段；（四）全民族的当前紧急任务；（五）长期抗战与长期合作；（六）中国反侵略战争与世界反法西斯运动；（七）中国共产党在民族战争中的地位；（八）党的七次全国代表大会。

在报告中，毛泽东首先明确指出：中国抗日战争将进入一个新阶段，它的基本特点是一方面更加困难，另一方面更加进步。在抗日战争的新阶段中，抗日民族统一战线必须以一种新的姿态出现，才能应付战争的新局面。"这种新姿态就是统一战线的广大的发展与高度的巩固。"他说："坚持抗战，坚持持久战，力求团结与进步——这就是十五个月抗战的基本教训，也就是今后抗战的总方针。"毛泽东的讲话使许多与会者感到豁然开朗。参加会议的张文彬在10月24日的会议发言中说："最初有人看到《论持久战》，还不了解我们如何才能停止敌人的进攻，此次毛的报告具体指出了过渡阶段的困难和克服困难的办法。"

为了使中共切实担当起自己的历史重任，毛泽东号召全党要努力学习马克思主义的理论，研究民族的历史和当前运动的情况与趋势。他说——

> 今天的中国是历史的中国的一个发展；我们是马克思主义的历史主义者，我们不应该割断历史。从孔夫子到孙中山，我们应当给以总结，承继这一份珍贵的遗产。这对于指导当前的伟大的运动，是有重要的帮助的。共产党员是国际主义的马克思主义者，但是马克思主义必须和我国的具体特点相结合并通过一定的民族形式才能实现。马克思列宁主义的伟大力量，就在于它是和各个国家具体的革命实践相联系的。对于中国共产党说来，就是要学会把马克思列宁主义的理论应用于中国的具体的环境。成为伟大中华民族的一部分而和这个民族血肉相连的共产党员，离开中国特点来谈马克思主义，只是抽象的空洞的马克思主义。因此，使马克思主义在中国具体化，使之在其每一表现中带着必须有的中国的特性，即是说，按照中国的特点去应用它，成为全党亟待了解并亟须解决的问题。洋八股必须废止，空洞抽象的调头必须少唱，教条主义必须休息，而代之以新鲜活泼的、为中国老百姓所喜闻乐见的中国作风和中国气派。[37]

[37] 毛泽东:《毛泽东选集》第2卷，人民出版社1991年版，第534页。

毛泽东的这段论述意义深远，是他从亲身经历中国革命失败的痛苦教训中、从同党内各种错误倾向进行的斗争中得出的重要结论。他响亮地向全党提出了"使马克思主义在中国具体化"——马克思主义中国化的论断，成为他对中国革命最重要的贡献之一。一个伟大的思想家和革命家就是在这样的斗争和磨炼中成长起来，并成为世界东方的巨星。

而王明得到了什么呢？正如张闻天在《1943年延安整风笔记》

中所描述的那样:"王明这时候碰到了三个钉子(一个是蒋介石的钉子,一个是中央内部的钉子,一个是王稼祥同志从国际带来的钉子),所以气焰也小些了。"

11月5日和6日的下午,毛泽东在六届六中全会上作结论报告,着重讲了统一战线中的独立自主问题、战争和战略问题。同时,毛泽东在结论报告中还着重强调了团结的问题。他说:"团结的要点是政治上的一致。此会上一切主要问题无不是一致的,这就保证了全党的团结。"此时,因为要参加国民参政会一届二次大会,王明和博古、林伯渠、吴玉章已于10月底离开延安去了重庆。

会议最后一天,刘少奇作了《党规党法的报告》。他指出,制定党规党法的目的是避免个别人破坏党的团结与统一,中央委员如果没有中央及政治局、书记处之委托,不能代表党发表对内对外的言论文件。鉴于处在抗日战争的新阶段,针对王明右倾机会主义和目无中央、违反党纪的现象,以及4月份张国焘叛党后搞分裂活动的情况,全会通过了《关于中央委员会工作规则与纪律的决定》《关于各级党委暂行组织机构的决定》《关于各级党部工作规则与纪律的规定》等几个组织纪律建设的文件。文件指出,"应当彻底肃清马克思列宁主义的凶恶敌人——思想上及工作上的公式主义、教条主义与机械主义",加强党的团结和组织纪律性,"认真实行党的民主集中制——个人服从组织,少数服从多数,下级服从上级,全党服从中央"。

张闻天在大会上宣布撤销长江局,设立中原局、南方局的决定。南方局负责西南国民党统治区党的工作,周恩来为书记;中原局管辖河南、湖北、安徽、江苏地区党的工作,刘少奇为书记;东南分局改为东南局,项英为书记;充实北方局,杨尚昆为书记。

扩大的六届六中全会通过了《政治决议案》,批准了以毛泽东为代表的中央政治局的政治路线,克服了王明右倾错误对党的工作的干扰。六届六中全会是在抗日战争进入新的发展阶段的重要历史时刻召开的,不仅标志着王明给毛泽东造成的政治波折终于画上了句号,也标志着中共进一步把发展自己的力量作为工作的重心。

关于召开七大的工作，六届六中全会讨论了七大准备委员会提交的《关于中共七次大会准备工作》报告。报告指出：自1937年12月中央政治局会议决定召集七大后，在9个月内，党在政治上和组织发展上取得了新的成绩，党的组织由10万人发展到25万人。共产国际指示要使中共成为群众的党基本上已经完成了，在斗争中增加了许多新的干部。但七大会议的具体技术准备工作还没有完成，准备委员会提请六届六中全会讨论决定一下具体问题：

> 一是会期：决定明年即1939年五一开会。二是议程：原决定的第一项议程（十年斗争的总结）与第二项议程（统一战线）合并。三是重新决定议程与分配报告人。具体分配如下：政治报告，毛泽东；组织报告，王明；军事报告，朱德；工运报告，刘少奇；青年报告，冯文彬；妇女报告，邓颖超；国共关系报告，周恩来。四是代表人数，决定260人。五是会议形式。秘密的，不要党外及记者参加。会期亦需保密，对外公布为七七（即7月7日）召开。六是经费，决定提出1.5万元做保证金。七是其他，具体问题由准备委员会决定。[38]

对于召集七大问题，毛泽东在《论新阶段》的最后专门进行了说明。他说："本来第七次全国代表大会准备在本年（即1938年，引者注）召集的，因为战争紧张的缘故，不得不把七大推迟到明年，而当前时局向我们提出了许多的问题，必须作明确的解决，以便争取抗战的胜利，所以召集了这次扩大的中央全会。"毛泽东强调：

> 同志们，我们党的全国代表大会，自从一九二八年开过第六次代表大会以来，由于环境的原因，已有十年没有开大会了。去年十二月政治局会议决定准备召集七次代表大会，但准备工作尚未完成，因此今年尚难召集。此次全会扩大会应该讨论加紧这个准备工作的问题，并决定在不

[38] 李蓉：《为新中国奠基：中共七大纪事》，人民日报出版社2018年版，第13页。

久时间实行召集大会。这次大会的政治意义是重大的，它将总结过去的经验，主要的是全国抗战与抗日民族统一战线的经验；讨论国内国际的政治形势；讨论如何进一步的团结全民族，团结国共两党及其他党派，进一步的巩固与扩大抗日民族统一战线；讨论如何在长期战争与长期合作中争取抗战最后胜利的方针方法与计划；讨论如何动员全国工人阶级及劳动人民更积极的参加抗战；并应讨论党在新的情况下如何进一步的团结自己，加强自己，巩固自己与国民党、其他党派及全国人民的联系，以便顺利地执行抗日民族统一战线的总方针。除了这些政治的与组织的问题之外，七次大会应该选举新的中央委员会，将全党中最有威信的许多领导同志选进中央委员会来，加强对于全党工作的领导。同志们，这次大会的意义如此重大，因此，扩大的六中全会闭幕之后，诸位同志回到各地工作，便应在努力发展党与巩固党的基础之上，依照民主的方法，适时地进行选举，使那些最优秀的最为党员群众所信托的干部与党员有机会当选为大会的代表，使七次大会能够集全党优秀代表于一堂，保证大会的成功。我们相信，这次全国代表大会一定能够成功，一定能够给日本帝国主义的侵略战争以最庄严的最有力量的回答，让日本帝国主义在我们的全国代表大会面前发起抖来，滚到东洋大海里去，中华民族是一定要胜利的。[39]

[39] 中共中央党史研究室、中央档案馆编：《中国共产党第七次全国代表大会档案文献选编》第1卷，中共党史出版社2022年版，第23—24页。

六届六中全会通过了《关于召集第七次全国代表大会的决议》，这是中央政治局继1937年12月做出决议之后为召开七大做出的第二个正式而专门的决议。这次决议认为"在不久的将来"召开七大，"对于全中华民族进行长期持久的民族自卫战争，争取对日抗战最后胜利，以谋中国独立、自由、解放的神圣事业上，对于巩固、扩大抗日民族统一战线，全民团结国共长期合作的事业上，对于党的工作更加进步与发展上，均有严重的历史意义"。

会议批准了十二月会议作出的关于召集党的七次全国代表大会的决议，并同意准备委员会向全会提出的报告。决议提出七次大会的中心任务是："讨论和规定在坚持抗战，坚持持久战，坚持巩固和扩大以国共合作为基础的抗日民族统一战线的总方针下，动员全民族的一切生动力量，团结起来，克服当前的困难，进行伟大的抗日战争，争取和保证抗日战争最后的胜利。大会要以中国共产党的统一与团结成为全民族团结的模范，它的一切工作要实事求是的解答今天克服困难、争取抗战最后胜利的一切主要问题。"

决议按照共产国际的意见，对七大的主要议事日程作了修改，由原来的5条改为4条，删除了任弼时在莫斯科报告的第一条"十年斗争的基本总结和当前斗争的基本方针"。为了"在较短时间内召集之"，全会要求"具体的加紧完成准备召集七次全国代表大会的一切必要工作"。决议还对代表名额分配、选举代表的办法，做出了若干规定，要按照各地党员的数量、质量和各地在抗日战争中的重要性分配，要求"除了某些因环境关系不能进行民主选举的地区外，须尽可能做到利用民主方法选举代表"。各地代表由各地省的或区的代表大会选出。八路军、新四军的代表，由师的党代表大会或支队党代表大会选出。各地党部应迅即向全党党员解释七次大会的重大意义，动员全党在坚决执行六中全会决议的实际行动中，努力从政治上、组织上、技术上进行大会的准备工作，保证大会的成功。

1938年11月25日，《解放》杂志第3卷第57期全文刊登了六届六中全会《关于召集第七次全国代表大会的决议》。

对七大代表名额的分配，六届六中全会也确定了数量，最初为260人，后又增加了90人，总数为350人。具体方案是：北方局63人，南方局46人，八路军65人，新四军、东南局47人，中原局35人，边区56人，陕西、甘肃、四川20人，东北三省8人，华侨5人，共计345人，另外5个名额作机动准备。这是中共七大准备工作启动以来，第一次将代表名额进行分配并下发各地党组织。

就在这个时候，1939年初，国民党中央委员会采取了一系列限制共产党的措施，先后出台了所谓《防制异党活动办法》《共党问题处置办法》和《沦陷区防范共党活动办法》等，导致国共关系出现了新的紧张局面，真诚协商开始逐渐消退，冲突加剧。面对这样的形势，中共中央和毛泽东还是采取了比较温和的态度，在对外宣传上采取了极其慎重的态度，用"摩擦"这个委婉的说法来描述他们与国民党的冲突。

那时候，中共中央所在地的陕甘宁边区是国民党顽固派制造"摩擦"的重点地区。他们派了19个步兵军和2个骑兵军，还有3个保安旅和17个保安队，共约40万人对边区进行包围封锁，还向边区许多县派去国民党的县长、县党部和保安队。毛泽东曾经在一封电文中这么描述道："谋我者处心积虑，百计并施，点线工作布于内，武装摧毁发于外，造作谣言，则有千百件之情报，实行破坏，则有无数队之特工。"[40]面对这突如其来的"摩擦"冲突，毛泽东虽早有准备，但中央高层对国共关系、对蒋介石的真实面目的认知依然存在模糊认识，依然有人错误地担心影响所谓的团结，生怕统一战线发生破裂。1939年2月8日，因为在如何处理国共关系问题上党内的意见没有达到统一，中央书记处会议认为必须要对党内开展斗争教育，因为要国民党进步不斗争是不行的，因此提议设立干部教育部。在这种情况下，原计划五一召开的七大，不得不延期举行。但七大的准备工作并没有停止，同时也为各地党代表的选举，提供了更宽裕的时间。

中共中央1938年3月10日发布《为召集中共第七次全国代表大会告全党同志书》和六届六中全会11月6日发布《关于召集第七次全国代表大会的决议》之后，各地党组织纷纷响应，许多地区致信中共中央，要求增加代表名额。怎么办？

1939年6月14日，中央书记处召开会议讨论召开七大等问题，会议由张闻天主持。会议根据六届六中全会可以临时增加代表名额的决定，特决定增加100人。于是，参加中共七大的代表总数由原定的350人增至450人。

为什么中央书记处同意增加七大代表的名额呢？主要是因为近年来党组织发展，党员人数有所增加。现在，又如何分配这新增的

[40] 萧劲光:《萧劲光回忆录》，解放军出版社1987年版，第235页。

100名代表的名额呢？经过讨论，中央书记处按照1939年各地党员数量、质量、环境、交通条件进行了科学合理的分配，有增有减，分配如下：北方局原定63人，增加11人，共74人；八路军原定65人，增加30人，共95人；新四军、东南局原定47人，增加3人，共50人；南方局（四川在内）原定46人，增加10人，共56人；边区（中央机关、留守兵团在内）原定56人，增加44人，共100人；中原局原定35人，增加15人，共50人；陕西省委15人；东北三省原定8人，暂减5人，共3人；华侨原定5人，暂减2人，改为特别旁听，共3人；新疆和兰州4人，共计450人。这个数字，与毛泽东当初预定的代表总数和任弼时向共产国际报告的代表总数500人，还是有50人的差距的。后来，中共七大秘书长任弼时在七大预备会议上（1945年4月21日）作报告时也专门为此作了说明。

就在6月14日中共中央书记处会议结束当天，中央书记处发布了《关于第七次全国代表大会通知第二号》，就选举代表的数量、质量及各地分配名额进行了公布和规定。通知尤其对七大代表的质量、党龄、素质、年龄、成分等提出了进一步的条件要求："代表质量要慎重选择：政治上绝对可靠、一年以上的正式党员、真正能代表该地组织、反映该地工作的各级干部、代表年龄一般的为20岁以上。"同时规定，"选举或指定代表时，要加紧提高警惕性，精密的考查人选。各地绝对保证不让敌探、奸细、叛徒等阶级敌人、暗害分子混入"。在代表成分上，按照六中全会的决定，"尽可能求得工人百分之二十，妇女、青年百分之十，工人成分尽可能求得其中有大城市、大产业、铁路、海员、矿山等工人参加，但必须注意代表质量和当地党员的具体情况，郑重选择，不得滥竽充数"。

现在有一个问题出现了，七大将选举新一届中央委员会，现任中央委员如何参加七大呢？《关于第七次全国代表大会通知第二号》作出了明确要求："各中央委员按其工作所在地区由当地选举。"也就是说，上一届中央委员会成员的代表资格，也必须经过其工作所在区域选举产生，是不天然具有七大代表资格的。这在中国共产党的历史上还是第一次。

6月25日，中共中央书记处致电共产国际领导人季米特洛夫和曼努伊尔斯基，报告了中共七大召开的时间、代表的选举、代表人数、产生地区及代表组成等情况。报告说："我党代表的选举工作不会早于8月1日结束。代表大会将于今年10月召开。根据六中全会的决议，代表人数共350人，而现在由于地方党组织的发展，已增加到450人。"同时将《关于第七次全国代表大会通知第二号》的内容也一并作了报告。

7月21日，中共中央书记处又发布了《关于第七次全国代表大会通知第三号》，就七大代表的选举问题作出了新的规定。内容如下：

一、各地选举代表除应注意中央第二号通知之原则外，同时应注意选举当地有信仰的党与群众领袖。

二、各地除照数选举正式代表外，并应选出三分之一的候补代表（总数为一百五十人）。遇正式代表因工作不能出席时，候补代表可按次递补为正式代表，在未得补为正式代表之候补代表亦可出席大会，但无表决权。

三、因各地选举工作迟缓，现改为九月一号前选举代表完毕待命，各地应严格遵守，不再推迟。

四、全体中央委员分配在各地选出，其名额不在各地原定代表名额数目之内。[41]

[41] 中共中央党史研究室、中央档案馆编:《中国共产党第七次全国代表大会档案文献选编》第1卷，中共党史出版社2022年版，第34页。

如果从1937年十二月会议成立七大准备委员会算起，中共中央先后于1938年11月、1939年6月和7月发布了3个通知。除了第一号通知是由七大准备委员会发布的之外，第二号和第三号通知均由中央书记处发布。也就是说，从1939年6月起，七大的准备工作已经由中央书记处直接负责。

从最后发布的第三号通知中，我们又看到了新的亮点，那就是七大开始设立候补代表制度，在原分配数额的基础上增加三分之一的候补代表。这在中国共产党的历史上也是第一次。可见，中共在战斗和工作的实践中，日益成熟。而党的全国代表大会就在这样细致、周密、周到的工作中体现了政治性、严肃性、权威性。

细心的读者或许还会在第三号通知中发现一个秘密，那就是关于现任中央委员的选举问题与第二号通知的要求明显不同，即：将第二号通知中的"各中央委员按其工作所在地区由当地选举"，改为"全体中央委员分配在各地选出，其名额不在各地原定代表名额数目之内"。这一小小的改动，可见中共中央用心良苦，它既遵守了选举的规定，同时也保证了中央委员会的连续性、稳定性，保证领导集体的高度团结。为此，中央书记处专门下发了《中央委员分配当选区域》的方案，对24名现任中央委员选举区域作出了分配，具体如下：

1. 新四军党大会须选项英、邓发为七大代表；

2. 东南局党大会须选陈绍禹、任弼时为七大代表；

3. 八路军党大会须选朱德、彭德怀、毛泽东、王稼祥为七大代表；

4. 冀晋豫区党大会须选洛甫、杨尚昆为七大代表；

5. 冀察晋边区党大会须选陈云、关向应为七大代表；

6. 南方局所属各省须选周恩来、博古、凯丰、吴玉章为七大代表；

7. 中原局所属各省党大会须选刘少奇、董必武为七大代表；

8. 山东党大会须选康生为七大代表；

9. 陕西省党大会须选李富春为七大代表；

10. 边区[陕甘宁边区]党大会须选林伯渠、罗迈[李维汉]、张浩[林育英]为七大代表；

11. 冀鲁豫边区党大会须选陈铁铮[孔原]为七大代表。[42]

自7月21日中共中央书记处第三号通知发出后，各党组织按照

[42] 中共中央党史研究室、中央档案馆编：《中国共产党第七次全国代表大会档案文献选编》第1卷，中共党史出版社2022年版，第60页。

要求必须在9月1日前完成七大代表的选举工作，时间不再推迟，须选出正式代表450名、候补代表150名，共计600人，再加上分配到各地的上一届中央委员和候补委员，共计624人。

至此，中共七大的准备工作应该告一段落，各地和军队系统均进行了认真的选举工作，代表们只待一声令下，即可奉命来到革命圣地延安，参加已经十年没有召开的党的全国代表大会。

然而，国际国内的形势再一次发生变化。

"万事俱备，只欠东风。"到底是什么原因导致七大在这样的关键时刻，又推迟了呢？胡乔木给了我们一个非常清楚的答案。他说："从这时起，国民党顽固派相继发动了两次反共高潮，随后日军又加紧向我根据地进攻，七大筹备工作受到影响。"[43]

的确，从1939年开始，国民党开始对陕甘宁南部和西部边界实行全面封锁。一年内，封锁部队达40万人，包括蒋介石最信任的、装备最好的胡宗南指挥的中央军。国民党中央政府给边区预算的补助也在1939年中断了，边区贸易陷于停顿。国民党的封锁导致许多生活用品都无法供应的陕甘宁边区，在政治尤其是经济上产生了严重困难，甚至爆发了局部激烈的军事冲突。军事冲突多数发生在华北根据地及其周围，始于夏季，持续到秋冬。中共党史上把1939年12月至1940年3月的这一时期称为"第一次反共高潮"。面对严峻形势，毛泽东宣布了对付国民党蒋介石的这些攻击的总政策是"有理、有利、有节"，也就是说，该出手时就出手，只要有利于我们自己。但是该打的时候，也必须遵循进攻不应超过国民党容忍的限度、不应损害中共在人民大众中的形象，要把打仗的主动权——何时打、能否打、打到什么程度、何时不打，牢牢掌握在自己手中。至于"第二次反共高潮"——皖南事变，读者朋友们都十分熟悉，在这里也就不再赘述了。

在国共两党出现"摩擦"的时候，日本人当然没有闲着，他们在华北开始了其所谓"强化治安"的行径，目的是想使中国共产党面临两面作战的境地。此后，八路军在华北地区开展了地道战、地雷战等小规模的游击战争，1940年8月又爆发了百团大战，此后日

[43] 胡乔木：《胡乔木回忆毛泽东》（增订本），人民出版社2014年版，第365页。

本侵略者在华北加紧进行残酷的"扫荡战",实行"三光"政策,华北地区面临严重危机。

在这样的困难和危机面前,中共七大不得不再次推迟。然而,事情并没有我们想象的那么简单。生活的真实永远超出我们肤浅的想象,历史也是如此。

3 共产国际紧急邀请毛泽东去莫斯科;周恩来在克里姆林宫医院撰写《中国问题备忘录》

现在,摆在你面前的是一份绝密级的书面报告。报告时间为1939年8月19日,报告人为莫尔德维诺夫(1938年至1940年任共产国际执委会干部部高级顾问),内容为共产国际中国问题小组的工作结论和建议,报告是写给共产国际执委会总书记季米特洛夫的。以下摘录的只是这份报告的第四部分。

如果国民党投降和国共合作破裂将成为事实,在这种最坏的情况下,如何继续抗日?

在这种情况下,中国共产党就应该号召中国人民、中国军队和一切忠诚的爱国者及国民党群众在各处继续同日本人展开游击战。

同日本人作斗争的社会基础不应该缩小。党应该提出一个主要口号"中国人不打中国人"。八路军和第四军应该全力开展斗争,把中国军队和广大民众吸引到自己方面来。党应该在日本人和傀儡政府所建立的各种群众组织中,特别是在中国傀儡军队和倾向投降派的国民党组织中加强自己的工作。党应该号召人民为实现孙逸仙的三民主义和1938年4月国民党非常代表大会所通过的主要决议而斗争。

特别是:1. 所有这些问题都应该向中共七大提出,但是在七大召开之前,必须同中共中央领导人讨论这些问题。

为此目的，为了直接作出通报和研究干部方面的一些问题，必须紧急邀请毛泽东和中共中央组织部长施平（即**陈云，引者注**）同志来莫斯科。安排他们来莫斯科应考虑到，使他们最多在一个月内就能返回延安。

2.在七大上必然会提出李德的作用问题，直到现在人们仍然认为他是共产国际执委会的代表。毛泽民（**毛泽东的弟弟**）同志在与我的一次谈话中明确地说，1932到1935年间，大家都认为李德是共产国际执委会的代表，但是他同博古实行了这样一条路线，使大量党的干部和三分之二的红军有生力量被消灭了。毛泽民认为，只是出于对共产国际的尊重，李德、博古等人才没有受到惩罚。

七大召开之前，必须对李德的问题进行专门的调查并作出决定。[44]

这份绝密报告，出自共产国际中国问题负责人之手，是有一定的时代背景的。当时，国际国内的政治形势，对苏联来说也存在不利因素，这当然引起了斯大林的警觉，他同样担心出现"东方慕尼黑"。

从1939年初开始，日本企图在政治上拉拢中国国民党，建立傀儡政府，在军事上截断国际交通。蒋介石所谓抗战到底是只要恢复七七事变以前的状态，实际上是承认割让东北。而且，日本提出的建立所谓东亚新秩序，对中国一方面是政治诱降，一方面是军事进攻，竟然得到了国民党江浙一带资产阶级的附和。

怎么办？毛泽东指出：现在是尽一切力量争取相持阶段的到来，在游击战争中发展我们的力量，准备反攻。针对国民党在陕甘宁边区制造的"摩擦"，搞"四面包围，中间破坏"，毛泽东提出了"一个方针"（即"一步不让"）和"两条原则"（即"人不犯我，我不犯人"和"人若犯我，我必犯人"）。他在不同场合和会议上反复强调，现在有新的慕尼黑协定和国民党反共投降的主要危险，国民党反共就是投降的准备。对当前的形势，毛泽东分析认为是由日本的诱降

[44] 中共中央党史研究室、中央档案馆编：《中国共产党第七次全国代表大会档案文献选编》第1卷，中共党史出版社2022年版，第39—40页。

政策、国际的压力和中国地主资产阶级动摇三个因素造成的。针对国民党存在的投降与继续抗战的两种可能，毛泽东指出："我们从来也没有设想过抗战应该是速胜论，直线论（一字论），而历来主张长期论与曲线论（之字论）。"当前的任务就是要从坏的可能性做准备，随时对付事变，吸取1927年大革命失败的教训，巩固扩大抗日民族统一战线，坚持国共合作与三民主义，积极帮助蒋介石与督促蒋向好一边走，但是"统一不忘斗争，斗争不忘统一，二者不可偏废，但以统一为主。'磨而不裂'"。毛泽东还指出："中国应该统一，不统一就不能胜利。"什么叫"统一"呢？"第一个，统一于抗战"；"第二个，统一于团结"；"第三个，统一于进步"。[45] 就在这个时候，7月24日，日本外相有田八郎与英国驻日大使克莱琪在东京签订了《有田—克莱琪协定》，英国公开牺牲中国主权与日本达成协定，成为"东方慕尼黑"阴谋的重要组成部分。29日，中共中央书记处发出《关于反对东方慕尼黑阴谋的指示》，要求党必须用最大的力量，推动各方共同起来，在舆论上行动上反对任何形式的"东方慕尼黑"阴谋，反对英日共同声明，反对英国首相张伯伦的妥协政策。

8月4日至15日，中共中央政治局连续开会，听取周恩来对两年来抗战和国内外时局的长篇分析报告。周恩来指出："中途妥协与内部分裂是目前的两大主要危险""克服危险的主要任务便是坚持抗战到底，反对妥协投降；坚持全国团结，反对内部分裂；力求全国进步，反对向后倒退"。[46]

8月23日，苏德签订互不侵犯条约。

9月1日，毛泽东就目前国际形势和中国抗战问题，对《新华日报》记者发表谈话，指出：《苏德互不侵犯条约》的签订，"打破了张伯伦、达拉第等国际反动资产阶级挑动苏德战争的阴谋，打破了德意日反共集团对于苏联的包围"。"日本对中国正面大规模军事进攻的可能性，或者不很大了；但是，它将更厉害地进行其'以华制华'的政治进攻和'以战养战'的经济侵略，而在其占领地则将继续疯狂的军事'扫荡'；并想经过英国压迫中国投降。"中国抗战的战略相持阶段已经到来，"从现时起，全国应以'准备反攻'为抗战的总

[45] 中共中央文献研究室编：《毛泽东年谱（1893—1949）》（修订本）中卷，中央文献出版社2013年版，第134页。

[46] 中共中央文献研究室编：《周恩来年谱（1893—1949）》（修订本），中央文献出版社1998年版，第455—456页。

任务"。

但是，谁也没有想到，就在9月1日这一天，德军向波兰发动了进攻。9月3日，英、法对德宣战，第二次世界大战全面爆发。

坐在杨家岭的窑洞里，毛泽东统筹国际国内两个大局、紧盯党内党外两个方向，不慌不忙，淡定从容，安之若素。

8月16日，周恩来的形势报告一结束，中央政治局就继续召开会议，讨论党的七大、党的工作路线、陕甘宁边区等问题。根据各地代表的选举情况和当前的形势，会议决定当选的七大代表1940年1月15日到达延安。由此可见，原定在1939年10月召开的中共七大，开幕的时间又推迟了。

在这一天的政治局会议上，对七大各类报告的准备和分工做了明确。会议决定：保留原有的政治报告、组织报告、工运报告、军事报告、党章报告，但青年报告、妇女报告、国共关系报告改为副报告，新增宣传工作、党报问题、八路军工作、政治工作四个副报告。同时，新设立七大党章准备委员会。各个报告的报告人也做了明确：政治报告（毛泽东），副统一战线工作报告（周恩来，1939年9月25日改为王明）；组织报告（王明，1940年4月23日改为周恩来），副青年工作报告（冯文彬），副妇女工作报告（邓颖超），副宣传工作报告（张闻天），副党报问题报告（凯丰）；工运报告（刘少奇）；军事工作报告（朱德），副八路军工作报告（彭德怀），副政治工作报告（王稼祥）；由陈云作七大关于干部问题报告；由王稼祥、刘少奇等负责起草七大关于组织问题的决议；新增的党章问题由张闻天报告，由刘少奇、陈云、康生、李富春、谭政、高岗参加党章准备委员会。

此外，会议还决定就有关地区和门类的工作邀请个别负责同志在七大上发表演讲，具体如下：（1）陕甘宁边区问题（高岗）；（2）晋察冀边区问题（聂荣臻）；（3）国民参政会问题（博古）；（4）东北工作（由东北工委准备）；（5）文化政策（未指定人选）；（6）政府工作问题（林伯渠）；（7）汉奸托匪问题（康生）；（8）农民工作问题（任弼时、王若飞），少数民族问题（邓发）。会议还决定七大会议的经费上调至2.5万元，各种技术准备由康生、陈云和李富春负责。

应该说，在8月16日的会议上，中央政治局就七大如何召开作出了十分具体的安排，这是继7月21日发出第三号通知之后再一次对七大召开作出的部署。

进入8月，延安的夏天正是知了叫得欢的时候，毛泽东自己种的小菜园里辣椒、茄子、西红柿已经熟了，早就作为餐桌上的美味佳肴，招待过一拨又一拨的客人。此时，世界却进入了多事之秋。

现在，让我们回到本节开头的这一份绝密书面报告上来。

8月19日，共产国际中国问题小组给执行委员会总书记季米特洛夫的这份绝密书面报告，不仅说明中国抗日战争的形势处于危机边缘，而且西方也存在着巨大风险。就是在这个关键时刻，中国问题小组特别建议"必须紧急邀请"毛泽东和陈云去莫斯科。

从目前中共党史研究的成果来看，在公开出版的毛泽东传记、年谱中，均没有发现共产国际正式邀请毛泽东访问莫斯科的记录，也没有看到中共中央、毛泽东对共产国际的这份绝密报告有过任何回应。但是，历史却在这个时候出现了一个特别的巧合，中共中央确实派了一个高级人物前往莫斯科。

他是谁？

他去莫斯科干什么？

他是代替毛泽东去的吗？

——这个人不是别人，正是周恩来。

7月10日，周恩来应邀去中共中央党校作报告，毛泽东同意江青去听一听。在同行的途中，周恩来因骑的马儿受到惊吓而坠地，身受重伤，造成右臂粉碎性骨折，"有成残废之虞"。在延安经过长达一个多月的治疗，伤情依然不见好转。8月1日，中共中央书记处致电斯大林和季米特洛夫：恳请速派一架飞机来延安，把周恩来接到莫斯科去治疗他的手臂，或者速派飞机运送骨科专家和外科医生以及做外科手术所必需的技术设备来延安。8月11日，季米特洛夫回电：同意周恩来前往苏联治疗，并已派医生乘汽车去延安接周恩来到兰州。[47] 8月20日，中共中央决定周恩来赴苏联医治。

从时间上来看，8月19日，共产国际的绝密报告建议"必须紧急邀请"毛泽东来莫斯科；第二天，中共中央决定周恩来赴苏联。这样的机缘巧合，不能不让我们产生联想：是否是中共中央在接到共产国际的紧急电报后，经过商量，决定由周恩来代替毛泽东前往莫斯科，恰好还可以根治周恩来的骨折，一举两得？

更重要的是，在这份绝密书面报告中，还有一个特别重要的细节非常值得研究：因为毛泽民的建议，共产国际决定在中共七大召开之前，"必须对李德的问题进行专门的调查并作出决定"。惊奇的是，周恩来、邓颖超、王稼祥一行是8月27日乘坐道格拉斯专机离开延安，经兰州转乌鲁木齐于9月中旬抵达莫斯科的，而在其同行的人员中就有李德。这位出生于德国慕尼黑的共产党员，以中共中央军事顾问身份，1933年和博古一起从上海来到中央苏区瑞金。脾气暴躁的他在"独立房子"里生搬硬套、纸上谈兵，其"瞎指挥"导致红军第五次反"围剿"失利，损失惨重，成为王明"左"倾错误的代表人物之一。俗话讲："请神容易送神难。"现在把李德送回莫斯科，既顺理成章，又两全其美。事实上，周恩来在莫斯科期间，季米特洛夫曾就李德的问题征求周恩来的意见。随后，共产国际监委主席弗洛林根据中共的意见，确实对李德问题进行了审查，最后审理的结论是"李德有错误"，但"免予处分"。[48]

周恩来抵达莫斯科后，经任弼时安排，得到了苏联方面的悉心照顾，住进了克里姆林宫医院治疗。10月8日，季米特洛夫电告中共中央，周恩来已于9月19日做完手术，并称："一周之后刀口愈合得很好。现在正在进行治疗程序。手臂的弯曲程度可能比预期的要大。但是手臂的活动不可能完全恢复。"[49]

10月12日，收到季米特洛夫的电报后，中共中央回电："我们打算于明年1月15日召开第七次代表大会。请您就所有问题给我们作出指示并及时让周恩来和陈林回到我们这里来。"陈林是任弼时的化名，时任中共驻共产国际代表。

10月14日，季米特洛夫在这封电报上作出批注："告诉陈林同志

---

[47] 中共中央党史研究室第一研究部编：《共产国际、联共（布）与中国革命档案资料丛书》第18卷，中共党史出版社2012年版，第244、247页。

[48] 师哲：《我的一生——师哲自述》，人民出版社2001年版，第110页。

[49] 中共中央党史研究室第一研究部编：《共产国际、联共（布）与中国革命档案资料丛书》第18卷，中共党史出版社2012年版，第289页。

和周恩来同志。"

从中共中央致季米特洛夫的这封电报来看，周恩来此次莫斯科之行，肯定不仅仅是治疗伤情，而且还担负着极其重要的历史任务。此外，我们可以在这份电报中发现七大的召开时间发生了变化，变成了1940年1月15日，这是8月16日中央政治局会议要求各地代表抵达延安的时间。实际上，七大是不可能在这个时间召开的。

也就在这几天，共产国际发表宣言，表示"日本帝国主义毒害中国已达两年之久，中国正为独立而战，共产国际援助为解放而战斗的弱小民族"。18日，延安的《新中华报》发表社论《拥护共产国际宣言》。

10月31日，周恩来和任弼时联名致信季米特洛夫，反映中共为八路军培养军事技术干部的军事学校，半年来由于缺乏军事技术和教员，致教学难以进行，要求帮助解决，或允许将学习较好的学员派到苏联办训练班。

11月26日，中共中央致电周恩来："后方机关（指党组织机关，引者注）的开支每月就有50万中国元。所有现金到今年年底才能拿到。党的第七次代表大会所需资金还没有着落。请与有关同志协商，积极解决这个问题。请于今年年底携带资金返回延安。"[50]

全民族抗战爆发后，中共财政收入主要依靠国民政府的抗日军饷和国内外进步人士的一些财力物力援助，但这些是远远不够的。此前的1939年7月，中共中央就曾致电共产国际执委会书记处："我们军队的开支，包括党组织和学校的开支，每月无论如何也不能少于500万元，而国民党每月发给八路军60万元，发给第四军13万元，每月缺少427万元。以前我们从我们所占领的地区获得收入，但是现在由于我们一大部分地域丧失和国民党政策的缘故，我们的财政状况极其困难。"报告最后请求共产国际给予500万美元的财政援助。[51]此后的1940年2月，中共中央再次致电季米特洛夫：蒋介石迄今每月拨给共产党73万元。这个数字只等于全部军事开支的四十分之一，而且现在不提供任何武器装备。[52]

现在，中共中央专门给周恩来拍来电报，请求共产国际给予经

[50] 中共中央党史研究室、中央档案馆：《中国共产党第七次全国代表大会档案文献选编》第1卷，中共党史出版社2022年版，第44页。

[51] 中共中央党史研究室第一研究部编：《共产国际、联共（布）与中国革命档案资料丛书》第18卷，中共党史出版社2012年版，第240、242页。

[52][53] 中共中央党史研究室第一研究部编：《共产国际、联共（布）与中国革命档案资料丛书》第19卷，中共党史出版社2012年版，第26页、第28—30页。

[54] 此款项在后来中共中央给共产国际的电文中也得到确认。1940年8月，中共致电季米特洛夫：5月底前已收到款项14.667万美元以及0.82万英镑，加上周恩来前往莫斯科之前收到的6.5万美元和0.75万英镑，共计26.9470万美元。但这是按照之前周恩来同索尔金（索尔金于1937年至1941年任共产

济支援，可见中共中央和毛泽东确实面临着极大的经济困难。而为中共争取经济援助，无疑也成为周恩来到莫斯科疗伤之外的重要使命之一。

按照中共中央的指示，周恩来向季米特洛夫说明了中共财政困难状况，并递交了1940年党和军队的开支预算，请求共产国际给予援助。从这份详细预算中，可以看到中共的每月开支总数为70.796万中国元，收入数是30万中国元，每月缺口40.796万中国元，合5.828万美元；军队每月开支总额为420万中国元，南京国民政府拨给军饷77万中国元，地方政府机构所拨军队收入133万中国元，每月缺口为210万中国元，合30万美元。中共党和军队每月财政赤字为35.828万美元。[53]

能言善辩，又极具亲和力、感染力的周恩来，天生就是一个外交家。他与季米特洛夫的沟通很快有了成效。1940年2月23日，在周恩来回国前，季米特洛夫就向中共提供财政援助一事专门致信斯大林："中共中央委托周恩来同志向我们提出了党和军队的开支预算，说明了党非常困难的经济状况，并请求提供资金援助。"季米特洛夫在信中表示，他已向周恩来说明"党应该动员国内现有一切资源来抵补这巨大的赤字，而不要指望外来援助"，同时向斯大林建议：考虑到中共的现实处境和保证党的报刊、宣传及培训党和军队干部的现有党校网络的需要，1940年度向中国共产党提供35万美元的援助是适宜的。尽管这一额度与中共每年的财政赤字有较大差距，但也在一定程度上缓解了财政困境。最后，斯大林批复给中共的援助金额为30万美元。[54]

12月下旬，周恩来正式出院——可见，他的伤确实不轻。然而，他还肩负着更为重要的使命：全权代表中共中央、毛泽东到莫斯科向共产国际汇报中国问题。

12月29日，周恩来完成了为共产国际撰写的长达5.5万字的《中国问题备忘录》(即《向共产国际执行委员会主席团所作的关于中国问题的报告》)。报告详细介绍了中国抗日战争的现状、中国抗日民族统一战线的形式和特点、党及八路军新四军的工作，最后介绍了

国际执委会国际联络部副部长、共产国际执委会通讯社副社长，1941年至1947年为共产国际执委会干部部高级顾问）所谈妥的英镑对美元汇率1：4所折算的。但现在中国每一英镑仅合3美元60美分。因此，中共请求共产国际按照目前英镑的价额折算，希望从共产国际处得到规定给中共30万美元款项中的余款8.741万美元。9月份，周恩来又收到共产国际经费4.3287万美元和1.15万英镑。次年2月17日，中共又收到2.45万美元及苏联驻华大使潘友新转来的3万美元（此3万美元是因英镑在中国不流通，中共遂将1940年9月份收到的1.15万英镑连同手中所持有的2015英镑寄回苏联，请共产国际一并兑换成美元寄回）。至此，周恩来在共产国际积极协调的30万美元已经落实。上述有关资料引自刘小花《抗战时期周恩来赴苏疗伤期间在共产国际活动的历史考察》，原载《党的文献》2016年第2期。

中共七大及其准备工作。

就中共七大问题，周恩来报告了四个方面的工作：一是大会代表选举、会期与日程，二是六大至七大期间党的政治路线及中央工作的总结，三是修改党章问题，四是选举党的领导机关问题。

看了这份《中国问题备忘录》，你就知道周恩来确实有备而来，确实是带着中共中央和毛泽东的嘱咐、期望而来。可以说，诸多关于党员、干部人员的数字、百分比，仅凭记忆是无法写出来的，即使像周恩来这样具有超强记忆力和智力的人。在报告中，周恩来在摆事实、讲道理的基础上，引用大量翔实、具体的数据，报告了两年多来中共为建立和维护抗日民族统一战线，为中国抗战作出的艰苦努力和不懈斗争。显然，周恩来有理有据的分析和说明，对亟须了解中国抗战形势的共产国际来说，是非常及时和必要的。周恩来的报告在共产国际执委会书记处和主席团引起强烈反响，在一定程度上打消了共产国际对中共中央能否维护统一战线、妥善处理国共关系的疑虑和担心，加深了他们对中共的理解、信任和同情，坚定了共产国际对中国取得抗战胜利的信心，同时也为共产国际进一步帮助、指导中共提供了重要决策依据。

中共七大代表、时任中共驻共产国际代表任弼时秘书师哲，亲身经历并见证了周恩来为此付出的努力。他回忆说："周恩来一向是不停地工作。住在医院里，治疗过程要忍受极大的痛苦，有时疼得晕死过去，醒过来仍然是工作、工作。这次在医院，他主要是准备了一个给共产国际的报告，中文稿有5.5万字。出院后，他就向国际执委会作了这个报告，题目是《中国问题备忘录》。"

师哲是在1925年由国民第2军派往苏联学习军事的，1926年加入中国共产党。1929年，他听从中共的安排，在苏联学习保卫工作。所谓学习，其实就是参加实际工作。1938年，苏联突然决定像保卫机关这样的核心机密部门不再安排"非基本民族"的人工作，师哲被工作了9年的保卫机关扫地出门。无奈之中，他就找到了中共驻共产国际代表团，担任了任弼时的秘书。在苏联工作15年的师哲，对苏共把持的共产国际的运作模式非常清楚，以欧洲各国共产党为主要成员的共产国际和苏共中央,对中国和中国革命问题总是弄不明白。他们虽然有不少人来过中国,但并没有一个真正了解中国,他们对中国革命的意见,往往是从他们的国情出发,而不是从中国的国情出发,因而行不通,可是他们还是不明白为什么行不通。以毛泽东为首的中国共产党为了让他们了解中国作了很多努力,周恩来在克里姆林宫医院完成的这份《中国问题备忘录》,就是这些努力中的重要部分。

正如师哲所见所闻,周恩来为了这份《中国问题备忘录》,做了认真、周密的准备,再配合一些地图和图表,向季米特洛夫等共产国际执委会领导人汇报了整整两天,加上翻译,每天要讲八至九个小时。周恩来一边讲,师哲一边翻译。两天下来,季米特洛夫笑眯眯地走到师哲跟前,摸摸师哲宽敞的额头,一脸惊奇又关心地问道:"你是活着的还是死的?你头不晕吗?"

师哲摇摇头,笑着说:"不晕,不晕。"

季米特洛夫不仅对师哲的翻译十分满意,而且十分理解他工作的紧张和思想的高度集中。其实,34岁的师哲并不十分担心自己的翻译,而是担心周恩来的这份报告能否让季米特洛夫他们真正了解中国。

散会后,一位共产国际的执委走到周恩来的面前,风趣地说:"恩来同志辛苦了!你讲的我们全知道了,但又全不明白。"

师哲听了,内心很受震动。的确,这位共产国际的执委的话极具代表性,他们看中国仍然像雾里看花,似懂非懂。但周恩来和他都相信,这次汇报达到了一个重要目的,就像一位西班牙代表在听完《中国问题备忘录》后所说的:各国的事情只有各国人民自己才能解决。师哲感叹道:达到这个认识真不容易!而且确实从此以后,共产国际和苏共中央不再对中国革命指手画脚了。这是一个了不起的收获!

鉴于中国局势和中国共产党复杂的斗争条件,季米特洛夫责成卡里利奥、迪阿斯、弗洛林、周恩来等组成的委员会,同中国同志和共产国际执委会干部部及其他部的工作人员一起讨论,为共产国际执委会主席团拟定相应的建议。

1940年1月29日，季米特洛夫专门致信斯大林：

亲爱的斯大林同志：

共产国际执委会主席团近日在其秘密会议上听取了来自中国的中共政治局委员周恩来同志的报告。

报告的主要论点在所附材料中作了简要叙述。近期在中国将举行共产党代表大会。

鉴于中国的局势和共产党的特别复杂的斗争条件，中共中央需要在两个基本问题上得到建议：

（1）为了防止中国统治集团向日本帝国主义投降，共产党应该采取怎样的方针和措施。

（2）为了在目前条件下继续进行斗争，特别是鉴于国民党领导集团实行迫害共产党和消灭特区及八路军、新四军的政策，共产党应该采取怎样的方针和措施。[55]

2月至3月间，根据斯大林的意见，共产国际执委会书记处和主席团就中国问题召开了一系列会议，作出了一系列决议。

2月8日，共产国际执行委员会书记处作出了《关于中共组织和干部问题的决议》。3月3日，共产国际执行委员会主席团作出了《关于中共组织和干部工作的决议》。同日，共产国际执行委员会主席团经飞行表决通过了《中共中央为即将举行的党的代表大会拟定的基本政治方针》，认为：目前民族统一战线分裂和向日本帝国主义投降的危险，是中国人民最主要和直接的危险。因此，动员千百万人民克服投降危险乃是共产党的中心任务。决议要求在继续搞好国共合作的同时，针对国民党制造的"摩擦"与冲突，中共不应接受以消灭或孤立边区、削弱八路军和新四军的战斗力为条件的妥协。而在3月3日通过的《共产国际执行委员会主席团根据中国共产党代表团的报告通过的决议》中，共产国际执委会主席团赞同中共领导为即将召开的党的第七次全国代表大会拟定的基本方针，肯定了中国共产

[55] 中共中央党史研究室、中央档案馆编：《中国共产党第七次全国代表大会档案文献选编》第1卷，中共党史出版社2022年版，第65页。

党的政治路线是正确的，认为"共产党在日中战争期间为动员中国人民的力量起来同日本侵略者作斗争做了大量工作，坚决实行抗日民族统一战线策略，近来在自己队伍的成长方面也取得了成绩，成了国内一个巨大的政治因素"。[56]

3月11日，共产国际执行委员会主席团通过了《关于中国问题的决议》。决议认为：

> 共产国际执委会主席团注意到中共中央领导的团结和党内有一些久经锻炼和战斗考验的干部，同时提请党的领导注意以下两点：
>
> 第一，中共没有彻底执行布尔什维克式的民主集中制原则和党内民主原则（尽管这在很大程度上是由中共所处的极其困难的斗争条件造成的）。党有11年未召开代表大会了，这期间也未举行过一次全党代表会议，因此，中央委员会成员中有80%的委员和候补委员是自行遴选的；六大关于吸收无产阶级分子参加党的领导机关的决议未得到履行（在目前的中共中央组成中工人只占11%），如此等等。
>
> 第二，中共对考察干部问题和把他们提拔到党的领导机关的问题尚未给以应有的重视。对干部工作（即对干部的登记、考察、提拔和教育）的组织还不令人满意。以前进入党的领导机关的人员中出现不少叛徒，这证明，在选择领导干部时，没有切实对他们进行必要的审查，没有保持足够的警惕性。综上所述，中共应该提出以下几点作为自己的重要任务：
>
> 1.中共领导机关应该遵守民主集中制原则和党内民主原则，为此，可以利用现有一切手段。必须提拔经受过考验的新干部，特别是来自工人当中的新干部担任领导工作，同时要更重视对他们的培养、对他们的马克思列宁主义教育和布尔什维克式的锻炼。

[56] 中共中央党史研究室、中央档案馆编：《中国共产党第七次全国代表大会档案文献选编》第1卷，中共党史出版社2022年版，第70页。

2. 为改进中共干部工作，中共中央最好设干部部，其任务应是挑选、考察和经中央书记处或中央政治局批准提拔党的领导干部。干部部的领导应由一名中央书记担任。

3. 鉴于即将举行中共七大和改选党的领导机关，要认真注意选拔经受过考验的诚实的人参加党的领导机关。

4. 中央政治局要成立一个小型委员会，审查现有有关某些中央委员活动情况的材料。[57]

1940年2月25日，周恩来伤愈离开莫斯科，经阿拉木图启程回国。临行前，季米特洛夫把决议的草稿交给了周恩来，并说这是在斯大林亲自主持下讨论和草拟的。共产国际对中国问题的决议还是采取了比较审慎的态度，希望在决议完成表决之前征求中共中央的意见，于是让周恩来把它的中文译本随身携带回国。同时，季米特洛夫特此致电中共中央，告知周恩来会通报共产国际就中国问题所讨论和协商的所有情况，如果中共中央在某些问题上有不同意见，请速告共产国际并说明理由。电报末尾特别交代：周恩来抵达后请立即电告。

3月26日，在苏联停留了5个多月后，周恩来返回延安。途经西安时，他从胡宗南、蒋鼎文那里要回了国民政府发给八路军的一批薪饷。当晚，在欢迎大会结束之后，周恩来为大家放映了他从苏联带回来的影片，并将俄语对白翻译成中文。这一次，他从莫斯科带回了《列宁在十月》《列宁在1918》《夏伯阳》《高尔基的青年时代》等5部苏联电影胶片和一台电影放映机。当时，延安还没有人会放电影，周恩来就担任电影放映员和翻译解说员。

对于中共七大，共产国际和苏共中央高度重视，认为这是了解中国和中国革命的极好机会，所以决定派代表参加中共七大。但是，共产国际、斯大林又考虑到中共当时处于非执政党地位，而且受到国民党监视，所以就不敢派一个外国人来，季米特洛夫遂决定派师哲代表共产国际参加中共七大，会后返回共产国际汇报。

周恩来回到延安后，中共中央从3月底至5月上旬接连举行会

[57] 中国社会科学院近代史研究所翻译室编译：《共产国际有关中国革命的文献资料（1936—1943）》第3辑，中国社会科学出版社1990年版，第45—47页。

议，听取他的汇报，讨论了一系列重大问题，并对包括召开中共七大在内的各项工作进行调整，作出具体部署。

尽管周恩来右臂骨折的伤情此后一直没有得到彻底恢复，留给人们的永远是右臂提在腰际的形象，但他十分出色地完成了中共中央、毛泽东交代的历史使命，同时也达到了共产国际"必须紧急邀请毛泽东"访问莫斯科的特殊目的。

周恩来告诉毛泽东，在他回国之前，季米特洛夫特意举行了家宴，为周恩来饯行。席间，季米特洛夫请周恩来向那些战斗在前线和后方的抗日战士们问好，他举起酒杯高兴地说："我相信，中国革命胜利的日子已经不远了！"[58]

[58] 中共中央文献研究室编：《周恩来年谱（1898—1949）》（修订本），中央文献出版社1998年版，第463页。

4 毛泽东扳着指头风趣地说：你们呢，也是长征，人数少一点，是小长征。

就在周恩来前往莫斯科的时候，全国各地当选的中共七大代表们也陆续踏上了奔赴延安的征程。

我们知道，出席中共七大的代表共有755名，其中正式代表547名，候补代表208名，代表全党1211186名党员。其中陈潭秋、廖承志（何柳华）、马明方、赵振声（李葆华）四人没有出席七大，仍当选候补中央委员。当年因为信息阻隔，陈潭秋其时已在新疆被反动军阀盛世才秘密杀害，中央没有得到消息，误以为他仍被关押在狱中；马明方也被盛世才关押；廖承志则被国民党顽固派关押；赵振声因为传达中央整风精神离开了延安。

1939年7月21日，中央书记处发出关于第七次全国代表大会的第三号通知，确定七大代表总数为600人，其中正式代表450人、候补代表150人。1943年8月，中央又作出决定：太行、太岳、冀察晋边区各增加15名代表，山东、冀南各增加10名代表，晋绥增加20名代表，陕甘宁增加25至30名代表，共计增加约120人，加上此前的600人，共计720人。到七大开幕前，因各地报告的党员数目发生动态变化，中央将代表数目再次作出了调整。1945年4月21日，大会秘书处为任弼时准备的中共七大预备会议《关于七大准备工作的通知》中，对此专门作出了说明："现在全党共有党员1211186人，某些地区党员增加了，而原分配的代表数目比较少者，则增加代表，反之则减少代表。"经过调整后，代表总数由720名增至809名。但因有些地区路途遥远，到会的代表并不足额，所以实到的代表数额为752人。

现在问题来了，在4月21日七大预备会议上，作为大会秘书长的任弼时，报告出席大会的代表人数为752人，而后来实际出席中共七大的代表总数却是755名，为啥少了3名呢？更让人奇怪的是，在4月23日开幕式上彭真在七大代表资格审查报告中宣布七大代表为752人（正式代表544名、候补代表208名），同日大会通过的代表资格审查决议也是752人。5月1日，《新华日报》发表的新华社消息《中国共产党举行第七次全国代表大会》，同样也是752人。然而，6月14日，《新华日报》在社论《团结的大会 胜利的大会》中又将出席七大代表的总数确认为755名，其表述为"代表着120万党员的547位正式代表和208位候补代表"。出席七大的代表到底是755名还是752名？

这究竟是怎么回事呢？经查，1945年4月23日七大开幕后，晋冀鲁豫代表团的代表唐天际、张际春因交通原因还未抵达延安，迟到了。5月1日，七大主席团在杨家岭中央大礼堂休息室召开会议，大会秘书长专门报告了唐天际、张际春和关向应的代表资格问题。唐天际原来是候补代表，经研究决定增补为正式代表。关向应是上一届中央委员会委员并已经当选七大正式代表，因为病重不能出席大会，所以在七大召开前夕让其他同志替补了他的正式代表资格，会议决定恢复他的正式代表资格。张际春本来就是正式代表，只是因为在大会召开前未能及时向秘书处报到。现在，终于搞清楚了，出席中共七大的正式代表应为547人，候补代表208人，总数为755人。实际上，董必武（正式代表）、陈家康（候补代表）因为赴美国旧金山参加联合国成立大会没有出席大会，王稼祥（正式代表）因为身体患病也没有出席大会。但是，无论从代表数量，还是从党员数量来看，中共七大都是历史上空前规模的一次全国代表大会，它表明中国共产党在民族解放斗争中已经由小到大、由弱变强，成长为名副其实的马克思主义大党。

中共七大共分为中直军直、陕甘宁边区、晋绥、晋察冀、晋冀鲁豫、山东、华中和大后方8个代表团。除了中直军直、陕甘宁边区、晋绥代表团工作所在地在延安地区或距离延安比较近外，其他代表团距离延安相对比较远，尤其是华中和大后方代表团，需要跨过长江、黄河，穿越整个中国的南方来到北方，战火纷飞，路途遥远而艰难，时时刻刻都面临着生死存亡的危险。

然而，延安是共产党人心中的圣地，那是他们一辈子都向往的地方，任何艰难险阻、任何炮火硝烟、任何敌人，也阻挡不了中共七大代表的脚步。

1939年9月8日，冀南区的七大代表们在南宫、威县交界的大宁村集中。在冀南军区武装部队的护送下，他们将从这里向西出发，向延安进发。

太阳还没有出来，警卫员就在门口敲门，喊道："王同志，起来吧！"

沉睡中的王从吾在梦中惊醒，赶紧穿好衣服，洗漱，到厨房吃早饭。29岁的他，作为冀南区区委委员兼豫北地委书记，组织上命令冀南七大代表团由他和于光汉、马国瑞带队。昨天晚上，兴奋不已的他在日记本上高兴地写道："在冀鲁豫这个边界上，已快斗争13年的我，于明晨即伴同战场上的男女大小伙伴们西去了！西去了！暂时离开这块土地颇觉高兴，也觉得不平常。理由是：离开这长时间活动的一望无际的平原，经过高山峻岭、汾水黄河，直赴世界闻名的陕甘宁，这是一生的头一次，又是个人早已盼望的，的确值得高兴。环境变化了，个人的一切也得随着变化。死不学习的恶习，在这一刹那，也该云消雾散了。"

匆匆地吃完饭，王从吾和"核桃"（冀南区委民运部部长张策的化名）、小冲等同志聊了一会儿，出发的时间就快到了。他赶紧来到

"电光"同志（冀南区委书记李菁玉）处辞别。

李菁玉站在门口，笑着说："昨天的文章写了半篇，怎么办呢？"

王从吾满面愁容又惭愧的样子看着书记，一边笑着，一边挠了挠头。

"半篇也得登，后边写个'没写完'……"李菁玉笑着说。

王从吾知道李菁玉是在"故意为难"他，笑嘻嘻地说："西去回来，我多写几篇。"

说着话儿，队伍就要动身了。大家都穿上了军服，挎着饭包，威风凛凛的样子，整队集合了。六匹大马满驮着西去的衣被、零用品。这时，军区司令员宋任穷来了，做了一个简单的动员，讲了鼓励祝福的话，与大家一一握手送行。

温暖的阳光照耀着华北平原，三四级的北风嗖嗖地吹着，刮歪了遍地快要成熟的庄稼，蝉儿躲在树枝间一声紧似一声地热烈鸣叫着，蔚蓝的天空显得更加辽阔而宁静。踏着长满树木的沙岗中的小道，行军的队伍排列得像长蛇一样，逶迤前行。透过一片枣林，望着农民收割庄稼的身影，王从吾和大家一样都兴奋地走着、唱着，在大自然的怀抱中享受着一种从未有过又说不出来的感觉，那感觉或许就叫幸福、就叫希望吧。

下午两点，队伍抵达冀南青年纵队的防地巨鹿的一个小村庄。吃完午饭，代表团召集了负责同志干部会议，检查批评了行军途中出现的散漫现象，明确了党的组织、行军纪律和事务的总的负责人。当天，因为大家感到十分疲乏，又要准备通过敌人封锁的公路，代表团决定今晚就地休息，明天下午再出发。

在干部会议上，王从吾被推荐为事务上的负责人，负责后勤管理保障工作。要知道，前往延安的路途遥远，一路上的给养保障更加困难。为了保证安全，每人必须准备3天的给养。于是，他赶紧想办法筹集白老布，督促大家缝好布袋子，再用白袋子将米、料、盐、菜等装好，驮在预先备好的马背上。

9月9日下午3点半，队伍又要出发了。王从吾心里顿时有了唐僧西天取经的感觉。这一天，他在日记中写道：

> 三部分到齐后，队长、指导员讲了话。西去约七八里，一侦察员报告："巨鹿敌人一百五六，分三个村子住着修汽路。"又走三里地，天已黑了，队伍稍休息，叫百姓弄水喝。多闭门不敢出来，只有一个老太太，知道是八路军在休息，在队伍中好像找人的样子，走一遍，才与我们的女同志谈起话来。
>
> 浅黑的傍晚，弯曲的队形，只听见脚步声、马蹄声，向灾区蠕蠕移动。正走中间，一道水沟，隔住行程，马背的东西，全弄下搬到彼岸，约需一点多钟，一个小沟就如此费时，无数的沟，的确能阻碍敌人机械兵团运动。
>
> 走过一村又一村，村村被水包围着，这就是所谓水灾区。虽未见到灾民的苦形，在朦胧的夜间，可见到处都是水凹白地，老百姓吃什么就可想而知了。
>
> 多半夜了，才过了汽车路。天色忽变，一霎时，滴点的小雨下了。路又黑，水又多，每个人疲乏得稍停即躺在地下睡着了。行着军，打瞌盹，有的掉水里。特别是我们年青可爱的××同志，骑着马在坑沿上唱了"落马湖"，几乎失掉联络。[59]

[59] 中共中央党史研究室第一研究部编：《七大代表忆七大》（上），上海人民出版社2006年版，第622页。

从9日下午4点出发，一直走到10日早晨5点，十几个小时的行军，让代表团的每一个人都盔歪甲斜，感觉寸步难行了，好在很快就到达了目的地南河口，找到房子即休息了。9月10日这一天，王从吾一行见到了徐向前副司令员，得知汉奸部队王子耀又在尧山城活动了，八路军准备在这里和他们打一仗。

第二天，沿着弯曲的河堤，代表团在武装部队的护送下继续向西南方向前进。远远望去，四处都是一望无际的白地，走近一看才知道是被水淹没的庄稼地，麦子、高粱的影子都见不到了，只见不知名字的水鸟时起时落，再也看不到其他任何东西，真是荒凉凄惨。王从吾心中掠过一丝悲怆，写下了一首小诗。诗曰："平原乾土绝，陌阡人踪灭。水洼露裸体，黄瘦捞鱼者。"

行至护送队伍的集合地——闫庄，只见四周全部被水包围着，形同孤岛。村子里男女老少，一个个面黄肌瘦，站在门口注视着行军的队伍。看着贫苦的农民，王从吾心酸得掉下了眼泪，听同行的护送同志说，这个村庄里有200多人患上了疟疾。

这天中午12时，队伍渡过了滏河，乘船到了隆平县连子镇。王从吾从护送同志那里得知，这个村庄是伪军王子耀的根据地之一，因为他的部下有40多人在这里娶了老婆，所以他"兔子不吃窝边草"，对别的村庄烧杀抢掠，但从不袭扰这里的百姓，所以村民们也不说这个汉奸的坏话。

就这样一路向西前进。进入10月，代表团由内丘县过境平汉铁路，不料被敌人发现，"红枪会"呼喊，队伍不得不退回巨鹿县西部。直到11月底，代表团才在冀南部队的护送下，由内丘县北、尧山县西通过平汉铁路敌人的封锁线，然后向西南穿插，到达邢台将军墓太行一地委驻地。

这时，恰逢1940年元旦，太行一地委书记郭峰热情地请七大冀南代表团一行会餐。随后，代表团经浆水、罗罗川，到达中共中央北方局驻地——山西长治武乡县的王家峪。在这里，冀南代表团向北方局负责同志汇报了冀南的工作，朱德、杨尚昆、刘锡五、李大章、张友清等领导在听了汇报后作了指示讲了话。不久，彭德怀又先后两次为代表团作了形势报告，要求代表团建立学习制度，推荐他们阅读《列宁主义概论》《大众哲学》《共产主义运动中的"左派"幼稚病》《联共（布）党史简明教程》《社会民主党在民主革命中的两种策略》等。

这时，山东、太行、太岳的七大代表团也陆续到了北方局，住在武乡县的上北漳、下北漳村。因为日寇对太行区实施封锁，安全形势紧张，北方局决定这4个七大代表团随聂荣臻率领的晋察冀讨顽部队，过正太路，先到晋察冀，然后过同蒲路，经晋西北，过黄河，到延安。就在1940年4月，北方局决定将冀南区委划分为两个党委：冀南区党委和冀鲁豫区党委。冀南区党委仍由李菁玉担任书记；新成立的冀鲁豫区党委由王从吾担任书记，并兼任冀鲁豫军区政治委员，辖3个地委、15个县委和3个工委。

到了1940年5月下旬，冀南、山东、太行、太岳的七大代表团一行五六十人，在山东代表、八路军山东纵队司令员张经武和山东代表郭洪涛的率领下，跟随晋察冀部队，跨过正太铁路，经晋察冀边区的平山县，抵达阜平县晋察冀中央分局驻地。

从5月到9月，王从吾和4个七大代表团的其他同志，在晋察冀抗日根据地进行了5个多月的参观学习。这年8月20日至次年1月下旬，八路军在华北地区向日军占领的交通线发动了一次大规模的破袭战——百团大战，破袭了正太、平汉、北宁、津浦、同蒲路，同时摧毁交通线两侧和根据地内的日伪军据点，反击日军的"扫荡"。就是在百团大战期间，冀南、山东、太行、太岳等七大代表团的代表和后来到达的上海、浙江、福建、广东等南方各省七大代表在阜平县会合。一行百余人，在晋察冀骑兵团的护送下，经五台山，从崞县越过同蒲路，穿过90公里的敌占区，在护送骑兵部队与敌人展开激烈战斗后，代表们顺利渡过汾河，抵达晋西北抗日根据地娄烦镇八路军第120师兵站，于9月16日到达兴县县城。时值中秋佳节，贺龙、林枫设宴招待了七大代表团。随后，代表团从神木渡过黄河，经过佳县、米脂、绥德，于9月底抵达延安。

西去延安，历时一年多，通过敌人三道封锁线，行程1000多公里，付出了护送部队伤亡十余人、代表伤1人（冀南代表陈化增臀部被敌人子弹击中）的代价，给王从吾留下了一辈子难忘的回忆。他说："大家一路行军，一路看书学习，调查研究，豪情满怀，歌声阵阵，充满对美好未来的憧憬，来到久仰的革命圣地，精神抖擞，心情振奋。"

当然，更让王从吾没有想到的是，作为晋冀鲁豫代表团的代表，在中共七大酝酿中央委员、候补中央委员候选人名单时，本来不在最初候选人之列的他，被代表们推选为候补中央委员候选人，并在无记名投票中获得了半数以上代表的支持，当选为候补中央委员。

这是极其不容易的。要知道，中央委员才44人、候补中央委员才33名，而且这个名额全凭候选人最终获得的票数现场决定，超过半数者才有资格。王明、博古是毛泽东一再做工作才获得代表们投票的，王稼祥也是毛泽东在大会上耐心解释才获得代表支持的。

在七大会议召开期间，王从吾当选候补中央委员成为一个不大不小的新闻，被代表们啧啧称赞。来自上海的七大代表王明远对此印象深刻："当时是等额选举，但你不同意某个候选人允许画'×'，再补别人，有空格。但要过半数当选很不容易。候选人里边没有王从吾，圈掉别人，补上他，把他选出来做候补中央委员，真不容易。他是唯一的一个不在候选人当中而当选的。"[60]

王从吾的西去延安，虽然历经道路曲折和战火考验，但与来自上海、浙江、福建、广东等省的七大代表们的经历相比，那就是小巫见大巫了。

如果从路途耗费时间长短来说，华中代表团代表李士英的经历更为坎坷。贫农家庭走出来的李士英，15岁在家乡内黄县参加革命，从1927年开始就在白区从事地下党的秘密交通工作，先后在天津中共北方局和上海中央特科担任锄奸工作。1932年在上海打叛徒时不幸被捕，被关押在监狱中6年之久，受尽酷刑，甚至两次被国民党判处死刑。经党组织营救和不懈斗争，李士英在1937年8月淞沪抗战中乘日机轰炸混乱之机，死里逃生，于当年11月来到延安。

1939年秋，周恩来离开延安去莫斯科治疗右臂骨折，曾在上海中央特科工作的李士英受命护送。任务完成后，他被安排到莫斯科郊外共产国际办的中国党校政治班学习。1941年6月，苏德战争爆发，德国法西斯大举入侵苏联，中国党校被迫停办，李士英和李天佑、卢冬生等一行十余人，由苏联军方派人护送出境，同年8月抵达蒙古乌兰巴托。在中央派去的交通员陪送下，他和李天佑、卢冬生准备从蒙古启程，原计划穿越边界，翻过大青山，经内蒙古到陕北。让他没有想到的是，因为日寇严密封锁，道路无法通行，只好折回乌兰巴托，前后竟然滞留了一年多时间。但是，他们没有放弃回到延安的信念和决心，一面设法维持生计，一面多方打听回国

[60] 中共中央党史研究室第一研究部编：《七大代表忆七大》（下），上海人民出版社2006年版，第1159页。

途径。

1943年夏天，李士英了解到由乌兰巴托向西，经蒙古西南部，绕过日军控制的蒙中边界，有一条道路可以进入宁夏，再转延安。但是，这条道路必须要穿越戈壁沙漠、无人地带和国民党统治区，迂回曲折，且行程逾3000里，有许多难以想象的困难。李士英和李天佑回国心切，发誓一定要回到延安，决心冒险启程。8月，他们请了一位蒙古向导带路，踏上了归程。为了安全，他们打扮成蒙古商人，每人备了三头骆驼，驮上皮货、食品和水，义无反顾地走进了茫茫大沙漠。几十年后，他在《回忆我参加七大前后》的文章中说：

> 农历七月初七那天，骄阳似火，烤得人汗流浃背。走着走着，蒙古向导迷了路。这时，我们口干舌燥，想喝水，才发现骆驼背上六个铜鳖子里装的水，全在路上颠簸光了。我们心里有点紧张，想起了唐僧取经路过火焰山的传说："难道就这样渴死不成？"向导也急得团团转，到处找水，直到傍晚，终于找到了一口被丛生野草掩盖着的水井。真是天无绝人之路啊！我们高兴至极，连忙掏出蒙古木碗，没命地喝，我一口气喝了十几碗。没想到，李天佑喝了不久就肚子难受，幸亏我带了点药救急。这时，人困驼乏，夜幕降临，几个人就在水井边和衣宿营。次日黎明，接着上路，继续在沙漠中艰难地行进。尽管这段路程十分艰险，差一点渴死，但我们仍非常乐观。一想到要回延安了，就精神振奋，我们互相帮助，互相鼓励。就这样，走呀，走呀，一连走了13天，终于走出沙漠，并遇上一个汉人。这是我们13天来见到的唯一的一个人。经向这个人了解情况后，又在戈壁滩走了几天，才到达宁夏阿拉善旗首府定远营。
>
> 我们在定远营设法找到了蒙古国设在这里的秘密联络站，住了几天。把骆驼和皮货卖掉，买了上国民党统治区

的通行证，换上汉人服装，离开了定远营。沿途我们以经商为名，闯过不少关卡。可是，到了中卫县的黄河渡口，又被国民党警察盘查拦住，几经交涉均未通过。一天，又碰上一个警察，我听他的口音像河南浚县人，就同他攀起老乡，说自己是河南滑县人（滑县与浚县相邻），到此地做买卖亏了本，要赶回老家去，但过不了河。边聊边给他递烟，套近乎，加上我乡音很浓，警察信以为真，答应帮忙。于是找来一名船工，划着一只羊皮筏子，我们两人上了羊皮筏子，每人抓着一根小竹竿，在风浪中颠簸两三个小时，终于渡过了黄河。

过黄河后，本应向东南方向行走，只有几十里就可进入陕甘宁边区。可是，蒋介石的嫡系胡宗南部队把边区围得水泄不通，盘查更为严密。我们只好转向西南，绕道甘肃平凉，再去西安找八路军办事处。10月14日到达西安，由于去延安的路被国民党特务机关截断，只好在我军办事处住下来。谁知一住又是半年。直到1944年春，我党驻重庆办事处的同志乘车经西安赴延安，持有特别通行证，我和李天佑同他们一起走。从离开莫斯科回延安，历经两年多辗转奔波，长途跋涉，终于在1944年3月28日回到了朝思暮想的革命圣地延安。[61]

[61] 中共中央党史研究室第一研究部编：《七大代表忆七大》（下），上海人民出版社2006年版，第1036页。

回到延安后，中共七大的准备工作正在进行，各地代表已陆续抵达延安，整风运动也进入了最后阶段，开始进行干部审查。康生搞的"抢救失足者运动"，使审干工作出现严重偏差，造成了大批冤假错案。于是，组织上就安排李士英去西北公学（中央社会部和军队培养情报、保卫干部的干部学校）参加领导甄别工作，一边补学整风文件。没过几天，李士英就接到中央社会部副部长李克农派人送来的消息，告诉他已当选中共七大代表。意外的惊喜，让李士英激动得掉下了眼泪，他做梦也没有想到自己能成为七大代表，想起自己在白区九死一生的经历，想起自己在沙漠里面临绝境的遭遇，内心感到无比幸运又无比光荣。那一年，他33岁。

和李士英一样，28岁的新四军军部直属教导队政治教员罗琼，1939年8月在安徽泾县云岭出席新四军党代会时，出乎意料地被选为中共七大候补代表（后增补为正式代表）。她在晚年回忆起这件往事的时候，依然激动不已："当宣布被选名单时，读到我的名字，我心情激动，面孔通红，全身发热，难于用言语形容。千言万语，归结到一句话，感谢党和同志们对我的教育和信任。"

罗琼原名徐寿娟，1932年从江苏省立苏州女子师范学校毕业后，开始追求革命。1934年参加了中共领导的学术团体——中国农村经济研究会。第二年参加革命工作，成为上海《妇女生活》等进步刊物的撰稿人。和"七君子"之一的史良一起参与发起了上海妇女界救国会，任该会理事、宣传部主任，揭露中国妇女在帝国主义侵略、封建主义压迫下的悲惨生活，揭示妇女被压迫的根源及解放途径，动员妇女参加抗日救亡运动，反对国民党反动派的"攘外必先安内""妇女回家"的反动行径。1937年全民族抗战爆发后，她奔赴南昌、长沙、武汉参加妇女界、文化界抗日救亡运动。于1938年5月参加共产党，同年8月奔赴皖南参加新四军，成为军部直属教导队的一名政治教员。

1940年3月，罗琼接到了去延安参加七大的通知，4月启程，经过半年的跋涉，于10月顺利抵达红都。在中途，她遇见了前往延安参加革命的著名电影艺术家陈波儿[62]，两人成了无话不谈的好朋友。虽然去延安的任务不同，但两个人都不约而同地多次谈起了一个共同的愿望：到延安，一定要晋谒毛主席，面聆教诲。到了延安后，第二天她们俩又结伴到位于延安城北小沟坪的中组部报到。负责接待工作的陈坦[63]热情地接待了她们，她们也各自汇报了来延安的任务。

听了汇报，陈坦笑着对罗琼说："党的七大将延期召开，你还有什么要求吗？"

罗琼想了想，说："我想到马列学院学习。提高理论水平，将来回去，我还想当一个好教员。"

---

[62] 陈波儿（1907—1951），原名陈舜华，广东潮安（今潮州）人，人民电影事业的组织者和领导人。1929年在上海艺术大学读书时加入上海艺术剧社，从事左翼戏剧活动，主演《街头人》《梁上君子》《炭坑夫》等剧；主演的电影有《青春线》《桃李劫》《生死同心》等。1937年加入中国共产党，1938年赴延安。1946年主持拍摄了新闻纪录片《民主东北》17辑，并编导了新中国第一部木偶片《皇帝梦》，领导摄制了新中国第一部动画片《瓮中捉鳖》。

[63] 陈坦（1911—1989），广东兴宁人。1929年加入中国共产党，1930年赴上海做地下工作，同年被捕，1937年出狱，赴延安中央党校学习。1940年在中组部工作，系中共七大代表。七大结束后，先奉命南下，后转赴东北。新中国成立后在铁道部、外交部工作，曾任驻叙利亚大使。1982年当选中纪委委员。

听着罗琼开朗大方的回答，陈坦高兴地说："那好，请放心，我会跟有关部门反映的，商量好了就告诉你。"

说完了，罗琼跟陈波儿互相看了一眼，会心一笑，那表情似乎是心中还有什么话没有说出来似的。

陈坦是个细心的人，好像从两个姑娘的眼睛里发现了什么秘密，轻轻地问道："你们还有什么意见没有？"

罗琼睁着大眼睛，看看陈波儿，又看看陈坦，犹豫不决的样子，似乎没有那个胆量。

就在罗琼想开口又未敢开口的迟疑之际，陈波儿鼓起勇气先开口了，悄悄地说："我们想谒见毛主席。"

见陈波儿说出了心中的秘密，罗琼赶紧补充了一句："对！我们就想谒见毛主席，又不敢说，他日理万机，生怕打扰他的工作。"

面对两张充满期待又担心的美丽脸庞，陈坦笑着说："我向领导报告一下，有消息了再答复你们。"

说完，两个年轻人开开心心地离开了小沟坪。谁知，没过几天，罗琼和陈波儿就接到了通知，毛泽东同意接见她们，时间是第二天上午11时。这让她们俩兴奋得一晚上没睡着。

  第二天上午11时。我们准时到了杨家岭毛主席的窑洞，从窗口见到毛主席正在伏案写作，未敢惊动，便在窑洞外等候。毛主席抬头时看见了，热情地招呼我们，亲切地和我们握手。我恭恭敬敬地向毛主席行了军礼，对毛主席说："皖南的同志想念您，向您问好。"毛主席深情地说：我也很怀念皖南的同志们。接着，他让我们进窑洞坐下来谈。他知道我在上海和沈兹九等一起办《妇女生活》杂志，和史良等发起组织妇女界抗日救国会，关怀地询问"七君子"的情况。我和他们已分别近两年，对他们的近况不甚了解。陈波儿知道得多，她详细地汇报了，我只是补充了一些。毛主席听得很仔细，边听边问，使我体会到毛主席调查研究的作风。接着毛主席还说：你们这些文化人真有本领，硬是把蒋介石搞得很恼火。我对毛主席说：我是穷学生，小学教员出身，没有多少"文化水平"，只是跟着干；波儿主演的电影，在群众中颇有影响。毛主席笑着说：你也不差，在新四军还是模范教员啦。把我说得面孔都红了。

说着说着，吃饭的时间到了。勤务员过来，把饭桌放在窑洞门外，毛主席请我们吃饭。碧绿的青菜，鲜红的辣椒，金黄的小米饭，在延安已是美味佳肴。饭间，毛主席问：你们吃辣椒吗？我们两人笑着摇头，毛主席风趣地说：那你们和我不是一个党，我是辣党，你们是甜党，干革命还是辣的好。大家都笑了。后来毛主席又问我："七大还不开，中组部对你怎样安排？"我告诉他，我已要求到马列学院学理论，回皖南后，我还想当教员。毛主席看着我，严肃地说：学马列主义理论要同中国的实际联系才好。当时我并不懂他说这句话的背景和深刻内涵，但是毛主席的态度使我意识到不是一般讲讲。我真心实意地说：一定向这方面努力。当我们向毛主席告别后，人是离开了，脑子里还想着毛主席的身教言传，特别是思考理论要同中国实际联系这句话的内涵。[64]

[64] 中共中央党史研究室第一研究部编：《七大代表忆七大》（下），上海人民出版社2006年版，第1027—1028页。

罗琼是幸运的。不仅一到延安就见到了毛主席，而且一路平顺。可是，同样是从安徽泾县丁家山出发前往延安的，且比她早走3个月的新四军战地服务团（亦称"江南服务团"，以下简称"服务团"）就没有那么幸运了。

你肯定觉得奇怪，新四军战地服务团是个啥部队啊？的确，这是一个在党史、军史上没有正式编制也少有记载的临时组织，人员不多，才42个人，但是它的级别可不低，成员全部都是中共七大代表，当然是重点保护对象。

他们都是谁？都是从哪里来的呢？

要把他们搞清楚、搞准确还真不容易，即使是他们自己的回忆也都各不相同，人名、地名也都存在差异，我们得像在夜色中穿越隧道一样小心翼翼地去寻找那一份光亮，找到符合我们好奇心的那一个答案。

翻开回忆之书，打开记忆之门，先辈们一个个从历史中向我们走来，从战火硝烟中向我们走来，在山水沟壑的跋涉中向我们走来，他们是那么坚定、那么从容、那么阳光，且充满着必胜的信心。

现在，让我告诉你吧，他们来自当时大后方的10个地区，分别是上海市、浙江省、福建省、闽西南潮梅特委（即闽粤赣边区省委）、广东省、香港市、广西省、湖南省、江西省和苏南。具体名单如下：

上海市代表（7人）：卢伯明、王明远、张妙根、芦宁（卢离棠、卢宁）、顾德熙（顾炳章）、张云增（大张）、刘 贞（女）

浙江省代表（5人）：林一心、肖 岗、林辉山、孙绍奎、刘发羡（刘先）

福建省代表（6人）：范式人、聂显书、毛 标、方 言、徐莲娇（女）、程 序

闽西南潮梅特委代表（4人）：伍洪祥、苏 惠（女）、谢南石、王 维

广东省代表（5人）：古大存、区梦觉（女）、朱 荣、方 华（罗响）、唐 初（阿唐）

香港市代表（5人）：吴有恒、钟 明、周小鼎、何 潮、周 才

广西省代表（1人）：陈 岸

湖南省代表（2人）：毛朗明（周石生）、李明秋（大陈）

江西省代表（6人）：李 辉、吴继周、钟 平、余 昕、王只谷、罗其南

苏南代表（1人）：周婉如（女）

上海的7位代表恰好是六男一女，被大家戏称为"七君子"。

1939年11月20日（一说是24日）早晨，除了张云增之外，他们6个人按照秘密约定，分别到十六铺码头集合，乘船先到宁波，由卢伯明秘密与新四军联络站接上头，之后到溪口搭乘新四军送寒衣的军车，经新昌、嵊县、义乌、永康、金华、兰溪，到达浙皖边境的威坪镇。这里是国民党的哨卡，被老百姓称作"鬼门关"，他们以回上海探亲的新四军人员身份，骗过了国民党宪兵的搜查，最后经皖南的歙县、太平，绕了一个大圈圈，抵达目的地新四军军部泾县云岭，赶到东南局机关驻地丁家山集中。

浙江省的七大代表本来是13名，分别是刘英、龙跃、王光焕、张麒麟、顾玉良、林一心、郑丹甫、杨思一、丁魁梅、林辉山、孙绍奎、刘发羡和肖岗，他们是1939年7月在浙江平阳县凤卧乡冠尖山村召开的省第一次党代会上选举产生的。1939年10月底，浙江省委书记刘英带领9位代表，从金华到皖南泾县东南局驻地报到，转赴延安参加七大。龙跃、王光焕、顾玉良和丁魁梅因工作需要没有成行。谁知在东南局机关驻地等待期间，发生晋西事变（又称"十二月事变"），国内形势恶化，中央决定刘英不去延安，返回浙江坚持斗争。刘英愉快地接受命令，与项英商量后，决定带张麒麟、杨思一、郑丹甫3位特委书记返回，浙江省七大代表团改由林一心带队，前往东南局机关驻地丁家山集中。

1939年11月上旬，参加七大的闽西南潮梅特委代表在中共闽赣省委书记方方的带领下，一行五人，从广东梅县启程，乘坐一辆租来的汽车赶到韶关。当时，因广州沦陷，韶关成为国民党广东省政府所在地，八路军总部也在这里设立了办事处，由廖承志坐镇，主任为李克农。因为特务猖獗，中共七大代表的行踪必须保密。在这里集合的还有广东和香港的七大代表，共计15人。人员到齐后，决定临时组成一个代表团，由广东省代表团参加过大革命的老红军古大存带队，化装到达桂林。在桂林，方方接到南方局要他去重庆汇报工作的指示，中途离开。就在这个时候，代表团接到中共中央来电，因为时局恶化，蒋介石加紧反共，南方各省七大代表前往延安不宜再走西安等大城市，要走敌后根据地。于是，在李克农的安排下，古大存带领的七大代表团换上新四军战士的服装，由挂着国民党少校副官军衔的龙飞虎陪同，乘坐军车向新四军总部进发。经过7天7夜的晓行夜宿，代表团途经湖南衡阳，江西吉安、兴国、南丰、上饶和浙江开化，到达新四军留守处安徽徽州岩寺，然后步行经屯溪、茂林，抵达云岭。休整数日后，他们赶赴东南局机关驻地丁家山。

不久，广西、湖南、江西和苏南的代表们，也辗转抵达。项英、陈毅、袁国平、曾山等领导纷纷前来看望，或给他们讲形势、传经验、教方法，或加强其军政锻炼，提高其生存技能和行军本领。

现在，南方各省42名七大代表会聚丁家山，对东南局和新四军来说，是盛事，也是喜事。但问题也来了，如何把他们安全地护送出自己的辖区，这是一项重大的政治任务。

出发的时间到了。这是1940年新年的第一天。"服务团"在团长古大存的带领下，在新四军军部一个连的护卫下，从丁家山向北前进。这个时候，新四军粉碎了日寇对铜陵、繁昌的"扫荡"，北上的通道已经打通。日夜兼行，风雨无阻，队伍于1月20日前后抵达长江岸边，隐蔽在铜陵县小河口附近的一个小码头，准备随时渡江。

28日凌晨，"服务团"静悄悄地登上了两艘大木船，准备起航。谁知，刚刚出港，就听见了日军巡逻艇马达的轰鸣声，老船工只好赶紧掉转船头回到港湾隐蔽。有惊无险，敌人巡逻艇很快就走远了，老船工再次起航。月黑风高，浪花翻滚，能见度极低，肉眼看不见十米外的景物，经验丰富的老船工奋力驾驶，破浪前进，向北岸冲去。船过江心，危险解除了，大家齐声唱起了新四军将士特别喜爱的歌曲《渡长江》，伴随着激越昂扬的旋律，胜利的喜悦让他们忘记了彻夜未眠的疲劳。

"划呀哟嗬，划呀哟嗬！薄雾弥漫着江面，江水冲击着堤岸，当这黑沉沉的午夜，我们要渡过长江。饥寒困苦算得什么？敌舰上下弋游，我们不怕。长江是我们的，我们千百次自由地来去，我们要渡过长江，获得更大的胜利！……"这首《渡长江》是时任新四军第1师宣传部文艺科科长赖少其作词、新四军教导总队文化队长何士德作曲的。1940年春，战斗在大江南北的新四军，利用薄雾和夜色，神出鬼没地与日寇周旋，打破敌舰封锁，开辟了江上南北交通线。赖少其和何士德深入前线，创作出这首反映江上战斗生活的革命歌曲《渡长江》，充满着战斗豪情和乐观精神，新四军的战士人人会唱爱唱。

值得一提的是，1942年12月，何士德调入延安鲁迅艺术文学院音乐系任教，讲授声学和指挥，后来同样当选中共七大候补代表。"服务团"的战友们没有想到，时隔两年，在延安和当年教他们唱歌的老战友何士德在七大会场见面了。更让他们没想到的是，在七大开幕式上，正是这位来自新四军的音乐家站在主席台上指挥全体代表高唱《国际歌》。那天，在大会主持人任弼时宣布唱《国际歌》之前，陈毅向毛泽东提议说："我们这里有一位新四军的代表、音乐家何士德，建议请他上来指挥唱《国际歌》。"因为谱写过《新四军军歌》，陈毅对何士德非常熟悉。毛泽东听了说："好啊！"当即让任弼时宣布："请何士德同志上台指挥唱《国际歌》。"何士德一听，精神为之一振，当即站起身，跑上台来，只见他张开双臂，深情、有力地指挥，伴着雄健的旋律，灰布军装的袖口好像有风在吹——"起来，饥寒交迫的奴隶！起来，全世界受苦的人！"

现在，"服务团"的战友们在长江上高唱《渡长江》，那情境那感觉那心情，又岂是歌声所能表达的呢？

在长江上航行了一个多小时，拂晓时分，队伍在长江北岸无为县码头镇附近安全登陆。全团在新四军战士的护送下，进入无为县江北游击纵队辖区，接待他们的是一个名叫桂蓬的传奇人物。据说，他在上海做地下工作时遭到敌人追捕，他大变活人，满头黄发，使敌人误以为他是外国人，最终逃过敌人的魔掌。"服务团"在这里过了春节。随后，队伍在新四军含山支队的护送下继续北上，很快进入了新四军第2师辖区境内。

来自上海的七大代表刘贞回忆说："我们从皖中到皖东北，由第2师司令员（应为师长。引者注）罗炳辉率领部队亲自护送我们。罗炳辉，斯诺在《西行漫记》上称他为'神行太保'，果然名不虚传。他的部队走得并不快,但部队的每个人间隔很均匀,井然有序,除了跨越铁路时有小跑步以外,正常的行军速度保持在1小时五六公里,跟他长途行军并不吃力,没有掉队的。我们从这时起,沿路冲过无数道封锁线,每到敌人封锁最严密的地方,都看到军事首长站在最危险的地点指挥。我们过津浦线时,在出发前,罗师长向部队作了动员。他说,敌人的封锁虽严密,但他不过是两根铁轨,只要我们注意隐蔽,不被敌人发觉,就可一跨而过,两根铁轨没有什么了不起,但要随时准备敌人突然袭击。在半夜过铁路时天色朦胧,紧靠铁路有一位身材高大、头上戴着一个小竹笠帽的人指挥我们冲过敌人封锁线,我一看他就是罗炳辉师长。我军的指挥员在危险、困难的时刻,总是站在最前线,对干部和士兵都十分爱护,这给我留下十分强烈的印象。"[65]

穿过津浦线,"服务团"抵达定远,在新四军江北指挥部所在地半塔集,跟部队一起学习、一起战斗,许多同志还应邀担任了营教导员或连指导员,前前后后共计半年时间。在这里,他们见到了刘少奇、张云逸、张爱萍、邓子恢、赖传珠、江华等新四军的高级指挥员。刘少奇化名胡服,刚刚从华北调到华中工作,身材瘦削,胃痛的老毛病也犯了。作为新上任的中原局书记,他专门来看望"服务团"的同志,还赠送了一本他的著作《论共产党员的修养》,每人一册。七大代表、时任上海地下党学委书记王明远回忆说:"那时,我们对这本书的认识没有很高的水平,理解不深,只是觉得写得好,头一回听到共产党员应该怎么做,这书的道德水平是很高的。这本书我带到延安,一路上翻着看,如获至宝,这是我得到的第一个正式文件。刘少奇在那里给我们谈话时说,我们党经过那么多的挫折和苦难,不用说大家都知道,我们党的领袖是毛泽东。"[66]

其间,刘少奇还给大家专门作了题为《从华北的经验,看华中的工作》的报告,尤其是报告的第一部分《历史行程的曲折性》,给大家留下了深刻印象。刘少奇说,历史有的时候发展得很慢,而有的时候却发展得很快,突飞猛进,一天等于20年。我们的工作要适应形势,不能像小脚女人走路那样,裹足不前,跟不上历史形势的

[65] 中共中央党史研究室第一研究部编:《七大代表忆七大》(下),上海人民出版社2006年版,第1134页。

[66] 中共中央党史研究室第一研究部编:《七大代表忆七大》(下),上海人民出版社2006年版,第1158页。

发展。华北的经验是大踏步前进，大刀阔斧地向前发展，华中的工作也应该是这样。接着，刘少奇讲到了华中的工作，要积极开展抗日游击战争和反顽斗争，努力壮大新四军，充分发动群众，进行减租减息，建立抗日民主政权，建立华中根据地。

讲着讲着，一位参谋人员从会场后面走了进来，跟参谋长赖传珠耳语了几句。赖传珠跟刘少奇说了两句，就立即起身快步离开会场。刘少奇仍继续作报告，慷慨激昂地说："我们的原则是'人不犯我，我不犯人；人若犯我，我必犯人'。顽军竟敢来进攻我们，我们就坚决自卫，把它消灭。"

刘少奇话音未落，全场已爆发出雷鸣般的掌声。

报告会一结束，来自浙江的七大代表肖岗一脸好奇地问那位参谋，刚才赖传珠参谋长为啥急急忙忙地离开了会场。这一问才知道，原来是顽军国民党韩德勤部调动了5个团的兵力向我路东半塔集抗日根据地进攻，已接近指挥部驻地。赖传珠出去就是集合部队，做战斗准备去了。但是会场上作报告的人和听报告的人仍然安如磐石，若无其事，会议一直进行到最后。这让肖岗惊叹不已，共产党领导的人民军队的精神状态和战斗力量，深深地教育了"服务团"的七大代表们。

事实上，当时国民党江苏省政府主席韩德勤调动大批军队攻打新四军，叶飞、罗炳辉率部粉碎了国民党的进攻，活捉了韩德勤。为了维护抗日民族统一战线，新四军又释放了韩德勤。谁知，韩德勤违反承诺，再次进攻新四军，没想到再次被活捉。战斗胜利了，大家拍手称快。部队的报纸立即出了一份《号外》。刘少奇知道后，马上通知将《号外》收回来。大家感到非常奇怪，这是为啥？"服务团"的七大代表们也感到疑惑。刘少奇笑着说："我们打韩德勤，纯属自卫反击，一定要懂得策略，一定要坚定执行党中央、毛主席提出的团结抗战和有理、有利、有节的斗争，不要授人以柄。"

"服务团"在战火中不仅得到了战争的洗礼，也得到了深刻的政治教育，增长了斗争经验。刘少奇告诉大家：党中央现在已经从山东调黄克诚部南下，这样长江以北、陇海以南、大别山以东、黄海以西50多个县，就形成了比较巩固的六七个抗日根据地。现在，第二次世界大战爆发了，国民党又开始进攻我们了，党中央决定延期召开七大。你们渡江来这里也快半年时间了，根据中央安排，你们随江华的部队到山东第115师去，再从那里向延安进发。

"服务团"又出发了，向北，继续向北。

刘少奇站在路口，为他们送行，一一握手告别。

"服务团"在新四军的护送下，渡过古运河，越过陇海铁路，穿过残垣断壁的台儿庄，抵达了鲁南山区八路军第115师师部驻地抱犊崮。

这个时候，经过几个月的敌后行军，"服务团"七大代表们的体质和行军能力大大提高了，一夜走一百二三十里路，也不成问题了。而且，他们向部队要了几头骡马，以代替行李挑夫，每组一骑，既驮行李，也驮病号。没有了挑夫，队伍更加精干了，还建立了医疗组、行李组、炊事班，分别由钟明、周小鼎、李明秋负责。这样，"服务团"就自办伙食，可以成为一个独立单位了。

在抱犊崮生活了一周的时间，八路军第115师师部派主力老6团团长贺东生亲率一个加强连送"服务团"去鲁西地区，继续北上，向沂蒙山区前进。为了隐蔽，队伍都是夜间行军，每夜走八九十里路。在这次行军途中，"服务团"又遭遇了艰难险阻，经受了战场的考验。肖岗在他的回忆文章《赴延安参加七大纪行》中有着十分精彩的记录。他这么写道：

> 有一天夜晚，天空漆黑，大雨滂沱，伸手不见五指，山路崎岖，跋涉艰难，好多同志跌倒。实在没有办法时，古大存通知每人把绑腿布解下，结成一条长绳，全队依次手牵着绑腿布前进，这样就好得多了。因为没有雨具，每人身上内外的衣服全被雨水淋湿透了。但雨停几小时后，又被身上的体温暖干了。马背上的行李，虽有油布蒙着，但有的也被雨浸湿了。我们的目的地是到山上一个只有几户人家的小村宿营，护送部队与我们全团同志均挤在这几

间小屋里栖身，地上横七竖八地睡满了人。我因为需要了解各班的位置，进屋晚了一些，地上已没有可躺之地，只好爬到锅台上，曲身围着锅沿睡了一宿。第二天天晴，日照很好，部队和我们在山上隐蔽了一天，晾干了衣服，也得到了休息。晚上又走一夜的山路，到达距大汶河仅有几十里的一个村子里，白天隐蔽休息，晚上再下山，黎明前渡过大汶河，到离河三四里的一个村子里宿营。贺东生团长考虑到我们多数人是"文弱书生"，还有女同志，连日行军已经疲劳，因此准备在这里休息两天。不料第二天凌晨，我们遭到了当地"红枪会"改编的伪军的包围和袭击。一时枪声大作，我们均在睡梦中惊醒，纷纷跃起，夺路而出。我顾不得收拾行李，只提起一个小挂包跑出门外，几步即跑到齐腰高的麦子地里。贺东生已经组织部队反击、突围。他自己提着匣子枪就在麦子地里等待我们。见到我后即指挥我向西北方向一个小村子边集结。路上，我见到了古大存，他问我：丢了什么东西？我告诉他：全部路费（伙食费用）和党的文件，都在我挂包里。因此，他也就放心了。过了个把小时，枪声渐息，敌人撤走，同志们陆续到达集结地点。一查人数，走失了广东的两位同志。无奈不能久待，我们在部队掩护下走了十几里路，到一个村子里做午饭充饥。鉴于战斗后目标已经暴露，此地不能久留，贺东生提出：白天拟通过与津浦铁路并行的公路，在距铁路不远处吃晚饭，准备夜间偷越津浦铁路，到路西泰西根据地。古大存同意这个部署。于是，下午两三点钟，我们在灰尘滚滚中跑步通过了公路。白天通过敌人控制的公路封锁线，这在我们还是第一次，也是我们赴延安长途行军中仅有的一次。当日白天，我们就在离津浦铁路20里的一个村里休息。进村后部队立即封锁消息，村民只准进，不准出，以防走漏消息，发生敌情。这一带的群众真好，当天就引领因敌人袭击而失散的两位同志归队。老百姓是一路打听才找来。群众还把我们突围时丢失的衣服行李、餐具、马匹等携来，送还我们，真是军民一家，鱼水深情。[67]

队伍继续前进。悄悄越过津浦路，抵达泰西地区。他们在这里见到了第115师政委罗荣桓，还与陈光、杨勇、萧华、梁兴初等高级将领有过亲密接触。随后，他们经过梁山泊，向西北的东平前进，到达湖西地区。护送"服务团"的贺东生团长原路返回鲁南，由一名营长率领一个连队护送七大代表团渡过东平湖，抵达鲁西。不幸的是，这位走过二万五千里长征的老营长，在完成护送任务返回时遭到敌人袭击，壮烈牺牲。

现在，时令已进入盛夏。"服务团"在鲁西地区不敢久留，在第115师鲁西地区部队护送下，从湖西郓城县北渡黄河，在8月中下旬进入冀豫大平原。天气炎热，久晴不雨，每天行军都汗流浃背。七大代表们一路向西，经范县、观城、南乐、莘县、馆陶，顺利进入冀南的肥乡、丘县、威县、巨鹿、任县，来到冀南抗日根据地的中心——冀南军区、行署所在地和八路军第129师师部驻地南宫。他们将要从这里跨越平汉铁路，前往晋东南的太行八路军总部。

平汉铁路是日寇占领控制华北的大动脉。日寇为了维护其对冀鲁豫三省的统治，切断八路军太行山与冀鲁豫平原的联系，对平汉铁路实现了严酷封锁。铁路两侧挖了宽4米、深5米的壕沟。只每隔一段距离，或重要交通要道，设置一个路口，派驻日军或伪军严防死守，真可谓是"一夫当关万夫莫开"。晚上，敌人的铁甲列车载上全副武装的士兵频繁巡逻。要想通过封锁线，就非要走敌人预留的路口不可，两个路口的哨所之间可以互相呼应，一旦有情况发生，敌人就把信号灯熄灭以通报左右，几分钟内就可以把信息传到日寇的据点，据点里的敌人马上就会鸣枪出兵，奔赴出事地点。铁路两侧的村子里还有敌寇强制组织的"护路队"巡逻守卫，如果他们知情不报就要受连坐之罪。因此，平汉铁路成为"服务团"前往延安难以逾越的一道封锁线。

这是8月底的一个黑夜。冀南军区决定派一个团，护送"服务

[67] 中共中央党史研究室第一研究部编：《七大代表忆七大》（下），上海人民出版社2006年版，第1166—1167页。

团"通过平汉路。队伍从距离铁路30里的村子出发，到达距离平汉路5里处潜伏下来，等待时机。谁知，前头部队刚刚接近铁路，就被哨所中的敌人发现。敌人立即熄灭了信号灯，接着沿路哨所连锁熄灯，敌人据点里吹响了集合出动的哨声，前方很快枪声大作。行动已经暴露，穿越封锁线未能成功，队伍不得不迅速传令撤退，返回原来的出发地，转到永年县一带暂住。

过了十多天，部队派出一个营再次护送"服务团"过路。这天夜里，队伍另找一条小路潜行，还是到靠近铁路路口5里的地方等待机会。不久，派出的侦察组传回消息，可以继续前进到铁路一二里外待命。营长带领一个突击班悄悄地接近了铁路路口的哨所，"服务团"也随之悄悄地前进。就在这个时候，只见营部那位十六七岁的通讯员悄悄地搜索到哨所门前，突然以迅雷不及掩耳之势一跃而起，闯进了哨所，用枪口堵住了两个伪军，大声喝道："举起手来！不准熄灯！不然就打死你们！"两个伪军被这突如其来的袭击吓蒙了，两腿直打哆嗦，乖乖听命。这时迟，那时快，营长立即抬手命令队伍跑步前进，冲过铁路，一口气跑了十多里，才在一个村子里休息。

终于安全越过了平汉铁路。

"服务团"进入了冀西地区，队伍继续西行，两三天后到了八路军第129师后方机关驻地索堡。在这里，他们遇见了刘伯承、邓小平、陈赓等大名鼎鼎的人物。不数日，又出发了。在第129师派出的部队护送下，他们进入深山区，经桐峪、麻田、占壁，到达晋东南太行山八路军总部。在这里，他们见到了彭德怀、左权、罗瑞卿等高级将领，还亲身经历了彭德怀发起的关家垴战斗。这场战斗激战两昼夜，消灭日寇三四百人，但敌机整天轮番轰炸，又从两面派来援兵，在未能全部歼灭敌人的情况下，我军不得不撤出战斗。

时节已近深秋，山区的天气渐渐变冷了。八路军总部给"服务团"每人发了棉衣。一个月后，大家接到了准备出发西行的命令。听到这个消息，"服务团"马上沸腾了。一打听才知道，徐向前将由山东经总部去延安，八路军总部将派两个团的兵力护送他们通过同蒲路和汾河封锁线，甚至做好了打一仗的准备。

这是向延安前进的最后一道封锁线了，也是难度最大的一道。

"服务团"告别八路军总部，向西出发了！经蟠龙、武乡向太岳山脉转移，随后又到达晋中平原。这一带是山西的产粮区，也是军阀阎锡山的势力范围。下山后，队伍在黎明前进入一个大庄院，随即封锁消息，禁止行人出入。这是一个四角砌有碉堡角楼的大庄院，四周是高高的围墙，整齐的石板甬道，几十栋房子，竟然住下了两个团的全部人马。队伍在这里隐蔽了整整一天一夜。第二天黄昏时分，天还没有完全黑下来，又静悄悄地出发了，继续向西急行军。是夜，队伍连过5道封锁线——先是通过5条公路，然后冲过同蒲路，再渡过汾河，最后越过一条公路，直到天色大亮的时候，队伍经过150里的跋涉，终于进入了吕梁山区。这也是"服务团"从安徽泾县丁家山出发以来，徒步最长的一次夜行军。

终于闯过了最后一道难关，大家高兴得忘记了辛劳、忘记了艰难，兴奋得高唱起《我们冲过封锁线》："星光映着汾河湾，月色迷着吕梁山，我们雄壮民族革命队伍，走在敌人碉堡下面。我们马儿不嘶，我们整装向前，冲过同蒲线。你看！山头火光引照我们在前方。你听！同志们的呼吸坚定而沉着，钢铁般有力。星火映着汾河湾，月色迷着吕梁山，我们雄壮民族革命队伍，走过敌人封锁线。克服一切困难，变敌后方为前线。新中国的强大在眼前，新中国的强大在眼前！"[68] 嘹亮的歌声在吕梁山山谷间回荡，回荡……

雄壮有力的战歌伴随着"服务团"翻越了海拔2831米的关帝山，到达吕梁地区临县。八路军第120师师部和晋西北行署都曾驻扎在这里。休息两天后，"服务团"又出发了，跟随部队走了几天山路，很快就进入交城、文水地区，来到晋西北抗日根据地。从这里出发，他们顺利通过方山县城，抵达黄河河套，在一个名叫咀头的小渡口再渡黄河。过了黄河，"服务团"抵达了陕甘宁边区的吴堡，然后渡过无定河到达绥德，随后经清涧、延川、延长，终于到达他们魂牵梦绕的地方——延安。

[68] 歌曲《我们冲过封锁线》，词曲作者为朱力生（又名朱节），1939初创作于抗日前线，作者时任晋东南八路军总部抗大一分校宣传干事。

1940年12月16日,"服务团"经过13个月的跋涉,跨越11个省、10个解放区,跋山涉水,行程万里,走过春夏秋冬,历经风风雨雨,战严寒斗酷暑,终于抵达目的地。当他们抬头远远望见宝塔山的时候,激动得热泪双流,情不自禁地齐声高唱起《延安颂》,气势恢宏激昂流畅的旋律响彻了山谷……

"夕阳辉耀着山头的塔影,月色映照着河边的流萤,春风吹遍了平坦的原野,群山结成了坚固的围屏……千万颗青年的心,埋藏着对敌人的仇恨……"[69]他们虽然衣衫褴褛,但他们的歌声十分嘹亮。当他们抵达延安城下的时候,身上已经一无所有,许多代表只剩下一根裤袋拴着一只口杯,一个个好像叫花子。然而,他们一个个精神抖擞,像在前线打了胜仗的士兵,从战场载誉归来……

听说大后方的七大代表抵达了延安,中央组织部副部长李富春前往迎接。1941年元旦,中组部部长陈云也前往看望慰问。毛泽东在杨家岭亲切接见了全体代表。因为窑洞太小,仅各省代表团的负责人进入窑洞,毛泽东高兴地与他们一一握手。古大存代表全体同志向毛泽东表示敬意,简要汇报了"服务团"一路行军的情况。

不一会儿,毛泽东走出窑洞,跟全体代表见面,热情地跟大家挥手致意,动情地说:"同志们,祝贺你们胜利到达了延安,来到了中央!希望你们利用这个机会好好学习。"接着,毛泽东扳着指头风趣地说:"你们过了长江,又过了黄河,过了津浦路,又过了同蒲路,还翻越了太行山,中国有名的河流、山川、铁路,都让你们走过来了!我们过去叫长征,你们呢,也是长征,人数少一点,是小长征……"

[69]《延安颂》创作于1938年的延安,是由鲁迅艺术学院文学系学生莫耶作词、音乐系学生郑律成作曲并演唱的歌曲。

5 毛泽东接二连三致电刘少奇:"你的行止,以安全为第一,工作为第二。"

"啊,延安!你这庄严雄伟的古城,到处传遍了抗战的歌声。啊,延安!你这庄严雄伟的古城,热血在你胸中奔腾……"20世纪三四十年代的延安就像歌声所唱的那样，那是热血青年对美好生活的向往，那就是人间的天堂。

现在，全国各地当选的七大代表同样也是怀着这种心情，从四面八方向延安进发，渴望着早日奔赴延安的怀抱。同样，在前线指挥作战或在各省市进行地方工作的中共高级领导干部，也陆续接到了回延安的通知。对他们来说，与其说是出发，不如说是回家。

然而，这回家的路，不仅不平坦，而且还充满着危险。

时任晋察冀边区合作总社社务部部长王纯接到去延安学习的通知时，已经是1944年7月份。8月，中央分局程子华、李葆华在河北阜平晋察冀分局和军区司令部驻地百垴村找他谈话，派他去延安执行的任务是三项：一是学习，二是送文件，三是带一批人去延安。那时，他还不是七大代表。10月30日，王纯带领队伍出发了，部队派了一个排的战士护送他们。一路上，因为日寇"扫荡"，他们必须要偷偷地穿过敌人一道又一道的封锁线，炮楼、观察哨、铁丝网、壕沟、拒马。这些我们在战争电影、电视剧中看到的东西，不时出现在他们前进的道路上。

的确，共产党人就是在战争中学会了战争。王纯在前进的道路中也摸索出了经验："我们就绕着敌人的炮楼走；朝有火光的村庄，估计敌人烧了村庄已离开的地方走；在没有路的山顶上找路走。"不过，行军的路途中也有好玩有趣的事儿。队伍中有一个13岁的男孩，走着走着，趴在地上大哭起来，说什么也不走了。原来，这个孩子是一个孤儿，父母都被日本鬼子杀死了。走的时候，村里的叔伯大爷告诉他，一过黄河，就有汽车，坐了汽车，又有火车来接。可是，走着走着，走了一个星期，既没有见到汽车，也没有见到火车，只见路越来越窄，山越来越高，行走越来越艰难，他就索性不走了。这可怎么办？这个时候，王纯的爱人有孕在身，妊娠反应很大，他的那匹马平时就让爱人骑着。看到这种情况，王纯就让爱人步行，让这个男孩骑着马前进。

12月28日，王纯一行终于抵达延安，梦寐以求的愿望实现了，大家情不自禁地欢呼起来："到延安了！到延安了！"

王纯是幸运的，因为来得晚，战场的形势发生了有利于八路军的变化，所以一路上比较顺利。更幸运的是，3个月后，奉命到延安著名的模范合作社南区合作社学习考察回到中央党务研究室时，一位工人出身名叫李铮的同志通知他："王纯同志，你当上七大代表了！"

　　"这怎么可能呢？"王纯还以为同事跟他开玩笑。因为他知道，早在1939年，晋察冀地区的七大代表就已经选举完了。

　　然而，李铮告诉他的消息是真实的，并不是跟他开玩笑。原来，根据中共中央决定，考虑到晋察冀地区近年来党员发展比较多，按照党员总数比例，增补了一些七大代表，王纯和李铮两个人都被增补为七大晋察冀代表团的候补代表。

　　代表们来了！

　　延安更加热闹了！

　　七大召开在即，战斗在前线和大后方的中央委员接到毛泽东的通知，也陆续赶回来了。

　　八路军总司令朱德和夫人康克清都当选为中共七大代表，接到通知的时候朱德正在山西王家峪八路军总部指挥作战。我们知道，1939年冬到1940年春，共产党人面临着双面夹击——不仅面对日寇的袭击，还要面对国民党顽固派发动的反共高潮，后者形势更加严峻。

　　1940年4月25日，朱德决定从山西潞城经河南洛阳返回延安。

　　临出发时，康克清小心翼翼地问丈夫："被国民党抓住，坐牢怎么坐法？"

　　"不知道。"朱德回答道。

　　康克清又问："我们两人一起坐牢还好办，遇事有个商量。若是分开怎么办？"

　　朱德说："当然分开。既然抓起来，他们就不会把我们两人关在一起。"

　　康克清听了，不免有些顾虑。

　　看出康克清略显紧张的心情，朱德笑着说："我的好同志，你放心,卫立煌这个人不是顽固派,他一贯主张国共合作抗日,反共摩擦不是他的本意。我们处处团结他、争取他,他这次既然来电报欢迎我去,就决不会把我们抓起来。当然,提高警惕是必要的。"

为了保证总司令的安全,左权专门挑选了一个军政素质都过硬的连队作为卫队,护送朱德。

5月5日,朱德一行抵达河南省济源县,夜宿刘坪。济源有一座山,名叫王屋山,古代寓言《愚公移山》的故事就发生在这里。朱德经过王屋山时,兴致勃勃地给随行的八路军战士们讲了"愚公移山"的故事。现在,我们都知道,《愚公移山》是战国时期思想家列子创作的一篇寓言小品文,叙述了愚公不畏艰难,坚持不懈,挖山不止,最终感动天帝而将大山挪走的故事。愚公的坚持不懈与智叟的胆小怯懦,以及"愚"与"智"的对比,表现了中国古代劳动人民的信心和毅力,说明了要克服困难就必须坚持不懈的道理。这是一篇具有朴素的唯物主义和朴素的辩证法思想的寓言故事。

讲完故事,朱德深有感慨地说:"愚公移山的故事告诉我们一个简单却又深刻的道理,要想干成一件事,就必须坚守自己的信仰,必须要有坚定的信念、坚强的信心和坚韧的决心,必须要有恒心、毅力和勇气。"

5月6日,朱德一行离开太行。7日,渡过黄河。马上就要离开浴血奋战三年的太行山脉,面对汹涌澎湃的黄河,朱德心潮起伏,思绪万千,诗兴大发,写下了著名的七绝《出太行》:"群峰壁立太行头,天险黄河一望收。两岸烽烟红似火,此行当可慰同仇。"

正如朱德所了解的那样,卫立煌果然十分友好,专门派人、派车到黄河边上迎接朱德来到洛阳。其间,谈判气氛十分融洽,朱德提的要求大多得到满足。

卫立煌是国民党高级将领中的抗战派,是一名爱国将军,被他打败的日本人称其为"支那虎将",与他合作的美国人称其为"常胜将军"。1939年9月,重庆国民政府任命第一战区司令长官卫立煌兼任河南省政府主席。当时河南的省会设在洛阳,八路军在洛阳设有办事处。在其主政河南时期,他和共产党、八路军高级指挥员之间往来更加密切。《彭德怀自述》中说，十八集团军（即八路军）"是受他指挥的，但他从未指挥过"，也就是说卫立煌默许并支持中国共产党领导的军队坚持独立自主的方针，不干预、不夺权、不搞"摩擦"，还顶住压力给八路军调拨了大批武器弹药、食品、服装等军需物资。1938年春，他曾一次拨给八路军子弹100万发、手榴弹25万颗。卫立煌访问延安时，毛泽东对其坚持抗战给予褒奖。林伯渠书赠："黄河保卫华北，先生保卫黄河。"每当周恩来、彭德怀、林彪、薄一波、萧克、左权等共产党和八路军的领导人来洛阳，卫立煌都是亲自迎接，设宴款待，并招待看戏。后来，朱德在向中共中央书记处报告工作时，特别强调了团结"中间分子"的重要性。他说，洛阳是国民党特务机关集中的地方，但因为有卫立煌这个中间力量在，情况比西安还要好一些。这些意见，后来也出现在七大的会议文件中，成为抗日民族统一战线的主流声音。

几天后，朱德一行离开洛阳，乘火车前往西安。刚刚从延安赶来准备去重庆主持南方局工作的周恩来，赶到车站迎接。自六届六中全会后，两人已经两年多没见面了。就在朱德即将离开西安的时候，有一批准备前往延安的大后方进步人士、知识青年和地下干部因被国民党当局阻拦而滞留西安，其中包括著名文学家茅盾（沈雁冰）先生。这一天，他们在七贤庄八路军办事处与朱德、周恩来不期而遇。周恩来在了解他们的困难后，笑着说："现在去延安的确不像前两年那么方便自由了，不过你们的运气真是不错，正巧朱老总过两天也要回延安，你们就搭总司令车队的车一起回去吧。"

5月24日，朱德、康克清和茅盾等同行，分乘3辆大卡车向延安奔去。途中，朱德提议拜谒中华祖先黄帝陵。经过一个月的行程，朱德顺利回到了延安。

和朱德相比，刘少奇回延安的行程就没有那么顺利了，前前后后历时9个多月，穿越了103道敌人封锁线，那真是历经千辛万苦、走过千难万险、走遍千山万水，堪比万里长征走一回。

在1938年11月召开的中共六届六中全会上，刘少奇被任命为中共中央中原局书记。1939年1月，他离开延安到河南省确山县竹沟镇组建中原局领导机关，部署贯彻中共中央关于发展华中的战略方针，发展敌后抗日游击战争，建立华中抗日根据地。同年3月至9月，他回延安参加中共中央政治局会议，并在马列学院作《论共产党员的修养》的著名讲演，对共产党员的思想意识修养和组织纪律修养进行详细论述，教育了一代又一代共产党人，在中国共产党加强自身建设方面产生了广泛而深远的影响。随后，他又在中共中央华中局党校发表《论党内斗争》等讲演。1941年皖南事变后，他临危受命，任新四军政治委员和中共中央华中局书记，同陈毅等一起重建新四军军部，领导华中军民粉碎国民党企图消灭新四军的阴谋，发展壮大了新四军和华中抗日根据地。

1941年9月26日，中共中央书记处召开工作会议，会议同意刘少奇回延安休养，刘少奇担任的华中局书记与新四军政治委员职务由饶漱石代理。

为什么在这个时候要求刘少奇回到延安呢？刘少奇长年患有胃病，需要休养保健，这是其一；其二，更重要的是，毛泽东深感身边需要左膀右臂，工作起来才能得心应手。

一个月前的8月27日，中共中央政治局会议在讨论中央机关组织与编制问题时，决定在七大召开前不改变中央书记处的组织，但为增强中央工作效能起见，除每周一次政治局会议外，以住在杨家岭的政治局委员毛泽东、王稼祥、任弼时、张闻天、王明、陈云、凯丰七人组成中央书记处工作会议，同时决定任弼时任中共中央秘书长，李富春任副秘书长。在9月10日至10月22日举行的中央政治局扩大会议上，毛泽东作了关于反对主观主义和宗派主义的报告，号召"打倒两个主义，把人留下来，反对主观主义和宗派主义，把犯了错误的干部健全地保留下来"。这个时候，毛泽东开始在中央高层进行整风，王明就开始称病不参加政治局会议了。

在中央做出要刘少奇回延安参加七大的决定之后，毛泽东在延安接二连三地致电刘少奇，对其返延的问题给予了罕见的关心和照顾，尤其是对沿途的安全保卫工作更是无微不至，这在毛泽东的交往史中是从来没有过的。

[70] 关于要刘少奇回延安参加中共七大的电报问题，中共中央党史研究室、中央档案馆编的《中国共产党第七次全国代表大会档案文献选编》一书中有记载。原文如下：1941年1月13日，中央书记处致中原局电："中央决定少奇同志回延参加七大，少奇回来时由饶漱石同志代理中原局书记并代理新四军政委。望少奇同志即将工作交代，携带电台动身回延。何日可起程，望告。"中共党史出版社2022年版，第91页。

10月3日，毛泽东致电刘少奇并告陈毅：中央决定刘少奇来延安一次，并望能参加七大。何时可以动身盼告。[70] 刘少奇复电：华中工作还有些困难，须要进行解决，请中央考虑可否暂缓回延安。10月11日，毛泽东复电：（一）即来延安，既于目前工作不利，自宜缓期。（二）七大大约还需等半年才开，甚望你能到会。请与陈毅、饶漱石各同志商量，能否在两三个月内帮助他们解决一些问题，两三月后动身来延参加七大，七大后你在延安休养，即在延安指挥华中。（三）依国内外大局看，蒋介石及国民党不会投降，亦不可能大举"剿共"，华中我军主要是对敌伪分散作战，你来延安指挥华中，似对华中工作不会有大损失，而你的身体得到休养，则有大益。

1942年1月21日，中共中央派刘少奇去解决山东问题。2月13日，毛泽东复电陈毅、刘少奇："少奇返延，须带电台，并带一部分得力武装沿途保卫。"20日，毛泽东在起草中央书记处致刘少奇及华中局的电报中再次强调："护卫少奇的手枪班须是强有力的，须有得力干部为骨干。"第二天，他在给周恩来的电报中，在谈及中共六届四中全会以来的中央路线问题时说："结论已写好，尚待七大前周（周恩来）及少奇、德怀回来方能讨论决定，交七大通过，在内部发表（对外不发表）。现在高级学习组中可以讨论过去问题，但不牵涉人的问题。研究宗旨是惩前毖后，治病救人。"

3月19日，刘少奇从苏北阜宁单家港启程，踏上了返延的征途。按照毛泽东的指示，他还带领华中的100多名干部赴延安学习深造，八路军第115师派了一个团的兵力护卫。

3月21日，当毛泽东获悉刘少奇出发返延，立即致电刘少奇："必须路上有安全保障才能启程。"

山东抗日根据地是全国重要的抗日基地，战略位置十分重要。在毛泽东看来，"山东实为转移的枢纽"，"掌握山东任务须请"刘少奇"担负之"。此时，由于山东军政领导人之间产生了一些分歧，毛泽东希望刘少奇在回延安的途中顺便代表中央解决这个问题。在淮北区党委所在地周村听取了邓子恢、彭雪枫的工作汇报后，刘少奇一行安全通过陇海铁路，进入鲁南抗日根据地。

4月初，刘少奇来到位于沂蒙山区南麓的临沭县朱樊村，这里是山东分局和八路军第115师驻地。因为日寇开始对华北进行残酷"扫荡"，刘少奇一边做好山东的工作，一边跟随115师师部在鲁南、苏北一带与日军"兜圈子"。

6月1日，毛泽东复电刘少奇："因沿途通过无保障，山东又缺乏统筹之人，故你不宜西进亦不宜南返，以中央全权代表资格长驻一一五师，指挥整个山东及华中党政军全局似较适宜，如同意，中央即下正式通知。盼复。"

7月9日，毛泽东致电刘少奇："我们很望你来延并参加七大，只因路上很不安全，故不可冒险，仍以在敌后依靠军队为适宜。""你的行止，以安全为第一，工作为第二，以此标准来决定顿在山东还是仍回军部。"

同时，毛泽东就山东工作的重要性问题与刘少奇进行"商酌"："我们的方针是极力团结国民党，设法改善两党关系，并强调战后仍须合作建国。"国民党在战后仍有与我党合作的可能，虽然亦有内战的另一种可能，但我们应争取前一种可能变为现实。考虑到战后的一些复杂情况，则"山东实为转移的枢纽"，"故掌握山东及山东的一切部队（一一五师、山纵、杨〔杨得志〕苏〔苏振华〕纵队）造成新四（军）向北转移的安全条件，实有预先计及之必要"。"上述掌握山东任务须请你担负之，至于执行此任务，自以你在山东为便利，但如苏北比山东更安全，则在苏北亦可执行。""在你确定行止后，中央即通知华中、山东及北方局付托你以指挥山东、华中全局的权力。""日寇攻我方针之一是寻找我主要指挥机关给以打击，八路总部被袭，左权阵亡是一严重教训，今春一一五师师部亦曾遇到危险，请予严重注意，一切主要指导机关及主要指导人总以安全为第一义。"在电报中，毛泽东向刘少奇通报了延安整风学习情况："学习二十二个文件[71]在延安收到绝大效果（延安有一万干部参加学习），在学习中发现各种纷歧错杂的思想并获得纠正，绝大多数干部都说两个月学习比过去三年学习效果还大，请你按照敌后特点注意指导此种学习。掌握思想领导是掌握一切领导的第一位。"[72]

[71] 1942年4月3日，中共中央宣传部在《关于在延安讨论中央决定及毛泽东整顿三风报告的决定》中规定了整风学习的18个文件：（1）毛泽东二月一日在党校的报告；（2）毛泽东二月八日在延安干部会上的报告；（3）康生两次报告；（4）中央关于增强党性的决定；（5）中央关于调查研究的决定；（6）中央关于延安干部学校的决定；（7）中央关于在职干部教育的决定；（8）毛泽东在陕甘宁边区参议会的演说；（9）毛泽东关于改造学习的报告；（10）毛泽东论反对自由主义；（11）毛泽东农村调查序言二；（12）《联共（布）党史简明教程》结束语六条；（13）斯大林论党的布尔什维克化十二条；（14）刘少奇《论共产党员的

7月下旬，刘少奇一边做好山东的工作，一边向延安方向前进。这时，为了缩小目标，他决定轻装简从，只带几个工作人员和警卫班同行，原本准备跟随其一道奔赴延安的100多名华中干部全部返回新四军军部。同时，他决定放弃主力部队护送，改由鲁南铁道游击队化装护送。他们日夜兼程，一路急行军，渡过沭河、沂河，经临沂、费县和抱犊崮山区，到达枣庄西南，冒着枪林弹雨穿越了津浦铁路，向微山湖地区挺进。

　　"西边的太阳快要落山了，微山湖上静悄悄，弹起我心爱的土琵琶，唱起那动人的歌谣……"每当我们唱起这首《弹起我心爱的土琵琶》，就被《铁道游击队》的英雄故事所感染，充满着崇敬和向往。然而，现实的斗争是残酷的，并没有歌曲中唱的那么浪漫。当时的微山湖周围二三百里都是敌占区，碉堡林立，微山湖根据地是华东、华中地区通向延安的唯一通道。在湖西军分区的掩护下，穿越芦苇荡，刘少奇在微山湖的渔船上隐蔽了数日。随后，在湖西军分区骑兵连的护送下，抵达鲁西。途中，他们与日伪军侦察分队激烈交火。

　　现在，摆在刘少奇面前的是平汉铁路，这是一道通往晋冀豫地区的巨大障碍，因为日寇在铁路沿线投入大量人力物力，除了沿线两侧挖掘了四五米深的封锁沟之外，每隔500米就建筑一座碉堡，派驻一小队日军把守，而且封锁线一道接着一道，层层设卡，真是插翅难飞。然而，再困难的事，也难不住中国共产党人，也难不住人民群众。面对日寇的封锁，刘少奇决定将随行人员化整为零，分组分批行动。行动之前，刘少奇请鲁西区地方负责人给随行人员每人准备了一盒火柴和几元钱，如果万一被敌人打散，出现险情就立即把文件烧毁。

　　安排妥当后，凭着自己在白区工作的丰富经验，刘少奇把自己打扮成商人模样，在地下党的安排下搞到了一张通行证，通过伪军的地下关系乘坐小汽车，在白天顺利地通过了平汉路。在地下交通队伪装成的伪军的掩护下，第二天也非常顺利地穿过了第一道封锁线。到了第三天，因为晚上没有找到安全的住宿地，刘少奇临时决

修养》第二章第二、第三、第四、第五节；（15）陈云论怎样做一个共产党员；（16）红四军九次代表大会论党内不正确倾向；（17）宣传指南小册；（18）中央宣传部关于在延安讨论中央决定及毛泽东整顿三风报告的决定。4月16日，中共中央宣传部在《关于增加整风学习材料及学习时间的通知》中又增加了4个整风学习文件：（1）斯大林论领导与检查；（2）列宁、斯大林等论党的纪律与党的民主；（3）斯大林论平均主义；（4）季米特洛夫论干部政策与干部教育政策。

［72］中共中央文献研究室编：《毛泽东年谱（1893—1949）》（修订本）中卷，中央文献出版社2013年版，第391—392页。

定继续赶路。情急之下，他派副官冒险找到当地一名伪保长，敲开家门，亮明身份，把手枪顶在伪保长的脑门上，公开说明来意："我们是从太行山下来的八路军，现在请你送我们过沟，你必须老老实实，要不然就不客气了。"胆小怕死的伪保长不敢怠慢，连连点头。就这样，刘少奇一行通过冀鲁豫地区的秘密交通线，很顺利地穿过了三四道封锁线。

当时，中共冀鲁豫地区党委与北方局、八路军总部建立了南线、北线和两条中线共4条地下秘密交通线。这次，刘少奇就是通过南线，从封邱、延津两县结合部起，过淇县、辉县，中间通过卫河，穿过平汉铁路封锁线，直达太行林县临淇镇交通站。9月中旬，刘少奇抵达八路军第129师师部所在地涉县赤岸村，受到刘伯承、邓小平的热情接待——吃了一顿干羊肉，这是当地最好的食物了。刘少奇也立即给延安和华中各发了一封平安电报。

9月21日，在得知刘少奇平安到达八路军129师后，毛泽东十分高兴，致电刘少奇："安抵一二九师无限欣慰，望休息短期然后来延，并对华北工作加以考察。关于最近时局情况我有电至总部，可索阅。来延路上安全保障，请商刘、邓作周密布置。"

稍事休整后，刘少奇就马不停蹄地继续前进，赶往北方局和八路军总部驻地晋东南的左权县麻田村，见到了八路军副总司令兼北方局书记彭德怀。

身在延安的毛泽东，始终牵挂着刘少奇的行程和安全。10月17日，他致电彭德怀，询问刘少奇的情况：是否还在八路军总部？过封锁线是否有困难？毛泽东的担心不是没有道理。来延安出席七大的代表们，不仅要克服关山阻隔漫漫征程的艰苦，还要冒着生命的危险。

北方局晋察冀分局的七大代表在前往延安的路上，就付出了生命的代价。1940年5月，北方局晋察冀分局决定，北岳区党委、冀中区党委、冀东区党委选出的七大代表在阜平县集中，由赵振声、鲁贲、吴德等带队前往延安参会，随队带了一个警卫连。5月18日，队伍按照计划经太原以北阳曲县白水村通过同蒲路。这天傍晚，队伍下山了，走到铁路边时，天已经全黑。鲁贲、吴德、李葆华、栗再温、姜占春等领导同志骑着牲口走在前面，带领队伍安全过了铁路。又走了十多里路，进了山，谁知一进山，敌人就开枪了。这时候，前、后道路都被敌人封锁了，进不能进，退不能退。警卫连战士冲上去战斗，鲁贲等人带头从山头跳下了悬崖。敌人走到悬崖边，拿机枪扫射了一阵子，就走了。第二天早晨到了集合地点，才发现队伍损失惨重，冀中区委副书记兼民运部长鲁贲、地委书记吴健民在遭遇战中牺牲了，全部代表的鉴定表丢失，彭德怀给中央的信件和中央的密码被焚毁。5月27日，彭真在给北方局和中共中央的电报中指出："被袭击因系封锁消息及侦察搜索不严密，战斗准备不充分，对我代表团的重视不够。未指定足够部队专门掩护等主观上的疏忽是主要原因。"[73]

10月下旬，刘少奇离开北方局继续西行，向太岳山区进发。凭着一双脚板，翻山越岭，星夜兼程，赶到了太岳军区司令部所在地晋东南沁源县的阎寨村。此时，日寇正在对太岳地区发动秋季作战，企图东西夹击"围剿"太岳军区司令部。刘少奇紧随陈赓一起行动，在山里转来转去，并在频繁的转移中，发现了人民群众的伟大创造——地雷战。他十分欣赏陈赓汇报的民兵游击队用地雷炸日本鬼子的战斗形式，建议太岳军区总结推广地雷战的经验。从地道战到地雷战，刘少奇一边走一边调查研究，及时发现抗日根据地军民的伟大创造，丰富了人民战争的内容和形式。

为了保护刘少奇的安全，陈赓建议刘少奇一行同军区机关分开行动，以脱离敌人"扫荡"区，待机继续前行。刘少奇同意了陈赓的建议，随即转移到沁源县东北端的山村，这里处于几个县的交界地带，沟壑纵横，地势险要，且距离日军据点比较远。晋西南工委接过了护送刘少奇到晋绥地区的任务，并责成由中共平介县委书记成克负责护送工作。

平介，是那个年代一个特别的地名，位于晋中平原，取平遥、介休、汾阳、孝义四个县各一部分，素有汾河"河套"之称，也是华东、华北和陕北联系的一条要道，自然也成为日军侵略的重点地

[73] 中共中央党史研究室、中央档案馆编：《中国共产党第七次全国代表大会档案文献选编》第1卷，中共党史出版社2022年版，第85页。

区。在这里，日寇设置了3道异常复杂的封锁线，企图割断陕北与其他解放区的联系，割断晋东南和晋西北两大抗日根据地的联系。要想从晋东南的太岳军区到晋西北的晋绥区，就必须横跨日寇严密封锁的150里的晋中大平原。

  时值晚秋，庄稼收割完毕，没有了青纱帐的掩护，隐蔽就更困难了，只能赶夜路。晋西南工委书记带着电台和一个营的兵力，住在太岳山边的一个小村庄。11月16日，毛泽东得知刘少奇即将通过同蒲路，马上致电八路军第120师前线领导人，要求在派人接护刘少奇过路时要非常小心机密，不要张扬，要谨慎敏捷。随后，刘少奇再次化装成商人，化名许行仁，踏着夕阳的余晖，在由地下交通队化装成的武工队的掩护下，在深夜穿过同蒲路，抵达文水县徐家镇渡口。

  徐家镇渡口不大，是地下秘密交通点，但是也被敌人盯上了，一到黑夜他们就把船只拉走或打伏击。此时恰好是敌人秋季征粮时节，为了掩护刘少奇顺利过关，地下党秘密发动群众想办法故意拖延送粮时间，从白天一直拖延到晚上。敌人看见群众晚上还在不停地送粮，也就放松了警惕，刘少奇一行就混在其中，当晚飞速渡过湍急的汾河，于凌晨一点到达对岸。上岸后，刘少奇一行乘着黑夜，经平遥的东良庄、回回堡，急行军到达仁庄。尽管四周都是日寇据点，但仁庄群众基础好，有"小延安"之称。刘少奇在村庄东头一个小商人家的偏僻院落借宿一夜，主人家招待十分周到，还专门给他包了一顿饺子。第二天傍晚，刘少奇继续赶路，在文水县苏家堡一座破旧的古庙里等待接应。谁知，侦察员回来报告说，敌人风闻有八路军队伍经过，在孝义镇和上贤村之间设下了埋伏。于是，刘少奇大胆决定，返回仁庄。

  已经是隆冬，天气十分寒冷。第三天傍晚，刘少奇一行轻装上路，不骑骡马，不走大路，而是顺着敌人据点的田间小路，徒步行军。月黑风高，又是雨夹雪，凹凸狭窄的田野小道更加泥泞难走了。经过60里的夜行奔袭，终于越过太汾公路，进入了山区。寒风呼啸，雨雪凛冽，飞沙走石，扑打在脸上就像刀割一样。彻骨的严寒也抵挡不住革命者的热情，阻挡不了他们前进的脚步。深夜12点半，队伍终于赶到了文水县康家堡。成克知道刘少奇的身体不好，就想找一匹牲口让他骑着。可是，在村子里找了半天，也没有找到。原来，老乡们为了躲避鬼子的"扫荡"，坚壁清野，把牲口都赶到后山藏了起来。没有找到牲口，大家就找了一间屋子和衣而睡，稍事休息。天不亮，又出发了。就这样赶到了晋西北的崖头村，时任八路军第358旅7团政治委员杨秀山赶紧前来迎接。随后，在晋绥三分区部队的护送下，刘少奇穿过离岚公路，直奔第120师师部，于12月初抵达晋西北区党委所在地山西兴县，从此安全无忧了。

在晋西北停留两个星期后，刘少奇又继续赶路。在这里，贺龙看到刘少奇穿着破旧的棉袄，难以抵御山区的风寒，就特地请裁缝给刘少奇做了一件皮大衣。这件大衣，刘少奇一直穿着，直到20世纪60年代出访苏联时还穿着它。此后的行程，都由根据地的兵站接力护送完成，从晋西北跨过黄河，进入陕北米脂、绥德、清涧、延川，于12月30日抵达延安。[74]

[74] 李蓉:《中共七大轶事》，人民出版社2009年版，第58—66页。

从1942年3月于江苏阜宁出发，途经山东、河南、河北、山西，穿越日军103道封锁线，历时9个月，刘少奇安全回到了延安。总结这次"回家"之行，刘少奇幽默地说：我们也等于进行了一次二万五千里长征，一路上大家吃尽了千辛万苦。

1943年1月1日，中共中央办公厅在杨家岭中央大礼堂举行干部晚会，进行团拜活动庆祝新年，并欢迎刘少奇从华中回到延安。毛泽东出席晚会并讲话，指出1943年前方敌后抗日根据地的任务是战斗、生产、学习，后方陕甘宁边区的主要任务是生产和学习。号召大家努力工作，发展生产和教育，援助前方，争取胜利。刘少奇报告了华中和华北抗日民主根据地坚持抗战的情况，朱德也出席了晚会并讲话。

一而再再而三地叮咛，三番五次五次三番地嘱咐，毛泽东热切盼望的刘少奇终于平安回到延安。我们无法知道，刘少奇回到延安的那一天，毛泽东跟他是如何见面的，都谈了什么，但从毛泽东为刘少奇一路发出的这些情真意切的电报的字里行间，可以清清楚楚地看到毛泽东的内心世界，以及他对刘少奇无与伦比的欣赏、信任和期待。那个时候，毛泽东知道，党的工作需要刘少奇，七大的召开需要刘少奇，他自己的工作也需要刘少奇。

转眼就到了夏天。1943年7月，中共七大的筹备工作进入了一个新的阶段。

7月17日，毛泽东主持召开中央书记处会议。会议决定：向中央政治局提议在八至九个月内召开党的第七次全国代表大会；电告彭德怀、聂荣臻、薄一波、吕正操、朱瑞等来延安参加七大；由中宣部选定一批历史文件，指定几本马列书籍，准备于九月起在七大代表及延安高级干部中进行研究；由中央办公厅准备召集一次干部晚会欢迎周恩来、林彪回到延安。

8月1日，就中共七大代表到延安出席大会的问题，中央政治局致电北方局、太行分局、冀察晋分局、山东分局、冀鲁豫区党委、冀中区党委，指出：

（一）党的七次大会决定在年底举行，并决定彭德怀、罗瑞卿、蔡树藩、薄一波、聂荣臻、吕正操、朱瑞、苏振华诸同志来延出席大会。在彭、罗、蔡、聂来延期间由邓小平代理北局［即北方局，下同］书记，以宋任穷为一二九师副政委并代理政治部主任，以程子华代理冀察晋分局书记及军区政委，以萧克代理军区司令员，以刘澜涛为军区副政委，薄一波职务由北局指定人代理。山东分局书记由罗荣桓代理，苏振华职务由黄敬代理。来延诸人交代职务后即行动身，近者九月内，远者十月内，到达延安参加预备会。

（二）太行、太岳、冀察晋各根据地各再推选代表十人至十五人，山东、冀鲁豫、冀中、冀南各再推选代表五人至十人来延出席大会，各地名额由北局及各分局决定分配及推选，不必召集大会选举。各地代表须各区党委或地委或部队的负责同志，但任何有政治问题的人均不得为代表。

（三）出席大会代表须于最近期间启程来延。

（四）来延诸人不得携带任何秘密文件。[75]

8月27日，聂荣臻从晋察冀边区启程返回延安。

9月中旬，彭德怀、刘伯承等一行20余人从太行启程返回延安。

对于陈毅是否回延安参加七大的事情，经历了一些波折。

1943年8月15日，陈毅、饶漱石就新四军参加七大师级代表问题，致电毛泽东、刘少奇，"建议在华中及各师现有负责干部抽几个人来参加"。16日，中央书记处复电，"同意华中及各师现有负责干部中，共抽十至二十人来延参加七大，要是完全可靠，政治较开展，能回去传达七大精神的"。

9月2日，陈毅、饶漱石就整风情况和参加七大人选问题再次请示毛泽东、刘少奇。电文说："经过周密考虑后，调各师旅负责同志参加七大事实上很困难，若调次要干部，出席意义不大，除调傅秋涛来延参加七大及受训外，我们认为大会后，中央不能派专人来华中传达，则应从我们两人中，抽一人来参加七大。陈因应付战争环境，不便远离，则以饶来延参加为宜。"第二天，毛泽东、刘少奇复电："军事整风审干甚忙，往返及留延需一年半，至两年。陈饶不宜离开华中，请考虑派谭震林来，各战略单位，除傅秋涛外请考虑派政治上可靠之次要干部，每处一二人共五人至十人，可在军直抗大党校中挑选组成一班由谭、傅及潘汉年率领来延，有很大利益。"

9月7日，就参加七大人选问题，陈毅、饶漱石又致电毛泽东、刘少奇："因二师改组不久各方整风需时，谭震林无法抽出，我除派傅秋涛、刘子久来延外，并指定刘培善、周俊鸣、朱涤新、孔石泉、温玉成、喻屏、刘宁一（如果喻、刘经中央审查认为无问题的话）等九人代表华中各战略单位，其他主要干部或因身体关系不便长途跋涉，或因工作关系无法抽调不再加派，至于赴延学习干部，仍继续商议抽派。"

[75] 中共中央党史研究室、中央档案馆编：《中国共产党第七次全国代表大会档案文献选编》第1卷，中共党史出版社2022年版，第101—102页。

11月8日，因华中地区一时间无法确定增选人选，中共中央书记处决定："调陈毅来延安参加七大，就此谈通历史和现在的一些问题，新四军军长职务由张云逸代理。"同日，毛泽东致电陈毅并告饶漱石："我们希望陈来延安参加七大。前次你们来电要求以一人来延，那时我们不知你们间不和情形，现既有此种情形，而其基本原因，因为许多党内问题没有讲通。如陈来延安参加七大，并在此留住半年左右，明了党的新作风及应作重新估计的许多党内历史上重大问题，例如四中全会是错误的，四中全会至遵义会议期间王明宗派的新立三主义，一九三八年武汉长江中央局时期王明宗派的新陈独秀主义以及其他问题等，如对此类问题充分明了，则一切不和均将冰释，并对党有极大利益。中央同志包括我及少奇在内，对陈是信任的，提议陈来参加七大，丝毫不含不信任的意思在内。陈来延期间的职务由云逸暂行代理，七大后仍回华中，并传达七大方针。"[76]

毛泽东的这封电报，不仅体现了对陈毅的信任，而且把中共党内正如火如荼开展的整风运动的目的和意义说得非常清楚。毛泽东知道，这一切都是七大能在团结的气氛中召开的必然条件。为了党在政治、思想和行动上实现高度的团结、统一，毛泽东在七大召开之前必须解决历史问题，下大气力做好团结的工作。

11月25日，接到毛泽东的电报后，陈毅奉命奔赴延安。他是从新四军军部驻地江苏盱眙县黄花塘出发的。出发前，他将妻儿托付其他同志照顾，内心涌起波澜，或许想起在梅岭坚持三年游击战争的往事，想起自己曾经写过的"绝命诗"《梅岭三章》，不禁又诗兴大发，作诗《赴延安留别华中诸同志》。诗曰："战斗相依久，初别意怆然。长记叮咛语，早去复早还。知我二三子，情亲转无言。去去莫复道，松柏耐岁寒。时局纵谈罢，举酒祝长征。明朝策骏马，萧瑟唯此心。西去路漫漫，风物仔细看。不知霜露重，应悔着衣单。敌后军威壮，朝中竞献降。莫骂程不识，应学郭汾阳。行行过太行，迢迢赴延安。细细问故旧，星星数鬓斑。众星何灿烂，北斗住延安。大海有波涛，飞上清凉山。"

[76] 中共中央党史研究室、中央档案馆编：《中国共产党第七次全国代表大会档案文献选编》第1卷，中共党史出版社2022年版，第118页。

渡过洪泽湖，陈毅来到半城新四军第4师师部，与副军长张云逸交代好工作，依依惜别。

11月28日拂晓，陈毅经泗阳、宿迁进入邳县，抵达淮北军区第三军分区司令部驻地五工头。这里东靠徐州，北接陇海铁路，南通海郑公路，东临古运河，是通往延安的重要交通要道，战略位置非常重要。陈毅叮嘱淮北军区的同志一定保持高度警惕，千万不可麻痹大意。小憩之时，他念旧怀古，将沿途的所见所闻以诗记之，作诗《泗宿道中》。诗曰："夜走泗宿道，晨过旧黄河。古邳解鞍马，煮酒醉颜酡。半规残月照，铁骑送长征。百里吠村犬，穿插敌伪惊。畅游根据地，沿途劳送迎。相见问安好，老苍惊故人。"临行前，淮北地委和军区第三军分区将过去战斗中缴获、由机要科长期保存的一些金条和一个金弥勒佛交给陈毅，请他转送中央，作为向七大的献礼。

12月1日拂晓，陈毅在穿越陇海路之后到达运河支队驻地许杨村。随后，他在支队的护送下到达枣庄的临城（今枣庄市薛城区）沙沟之间的茶棚村，在铁道游击队——鲁南军区独立支队第二大队大队长刘金山、副大队长王志胜的护送下，通过铁路到达路西，又在鲁南军区独立支队副政委杨广立的接护下，从微山湖边的葫芦头登上一条小木船，抵达湖中的鸭棚休息。5个月前，刘少奇也曾通过微山湖地区前往延安。12月上旬，陈毅经沛县、丰县、曹县，过黄河，向太行山前进。热爱作诗的陈毅，一路行军，一路行吟，每到一地就写下诗歌以作纪念，比如《过微山湖》《在微山湖遥望微子墓》《夜过丰沛》《过曹南》《再过旧黄河》等，这些诗歌后来都收入了《陈毅诗词全集》。

毛泽东对陈毅的行程安全也十分关心。12月25日，他亲自致电邓小平："陈毅同志到时，请告他可在沿途略作休息，以免过劳，大会要在四月后开。"但此时，陈毅尚未抵达太行山。

12月底，陈毅越过平汉铁路，沿着清漳河抵达太行山。途中，他作词《长相思·冀鲁豫道中》。词曰："山一程，水一程，万里长征足未停。太行笑相迎。昼趱行，夜趱行，敌伪关防穿插勤。到处有军屯。"

1944年1月中旬,陈毅抵达八路军前线指挥部山西左权县麻田村,与邓小平、滕代远相见。1月14日,他致电毛泽东,报告自己已经抵达太行,并决定在太行了解整风经验后再赴延安。

这一年的春节,陈毅是在太行山过的。不等元宵过完,陈毅就上路了。2月初抵达太谷,过同蒲路,进入晋绥区。随后,他像其他前往延安的七大代表一样,穿过汾河平原,越过同蒲封锁线,夜渡汾河,翻过吕梁山。途中多次遭遇大雪天气,在小山村停留。其间,他先后赋诗《过太行山书怀》《由太行山西行阻雪》《元夜抵胡家坪》《过汾河平原》《水晶坡又阻雪》《过骨接岭》《过吕梁山》《寄内》等,豪放激昂中写满了革命英雄主义和乐观主义。

——比如《过太行山书怀》:"吁嗟乎!黄河东走汇百川,自来表里太行山。万年民族发祥地,抗战精华又此间。山西在怀抱,河北置左肩。山东收眼底,河南示鼻端。长城大漠作后殿,提携捧负依陕甘。更有人和胜天时,地利攻守相攸关。创业不拔赖基地,我过太行梦魂安。"

——比如《过汾河平原》:"饮马汾河蜀客忙,悠悠河水诉兴亡。霸图衰歇三分晋,块土开基一统唐。屡沦夷狄空形胜,豪夺人民腐稻粱。丘貉古今同一慨,曳兵弃甲暗投降。"

——比如《过吕梁山》:"峥嵘突兀吕梁雄,我来冰雪未消融。花信迟迟春有脚,夕阳满眼是桃红。林壑深幽胜太行,收罗眼底不辞忙。雪海冰山行不得,飞岩绝壁路偏长。"

陈毅满腹诗书,才情满怀,好学不倦,在行军作战中,心有所感,发为歌吟,直抒胸臆,不事雕琢,把写景、抒情与政论三者结合在一起,一气呵成,斐然成章。

3月7日,历时3个多月,陈毅平安抵达延安,比刘少奇返回时顺利多了。毛泽东、刘少奇、彭德怀、李富春等欢迎他的到来,并合影留念。

来到延安,住在杨家岭的陈毅,立即投入紧张的七大准备工作中。新四军的老战友去拜访他,看到他天天伏案写作,几乎没有时间说话。陈毅在写什么呢？原来，中央书记处已经给他布置了任务：一是写新四军和华中斗争的总结，要在七大全体大会上发言，他和彭德怀分了工，彭德怀负责八路军；二是帮助起草七大的军事报告，即《建军报告》。此后，大家都不敢多去打扰他了。

不过，陈毅忙里偷闲，写诗的习惯始终保持着。1944年春天，他写了《延安宝塔歌》，借景抒怀，借物明理，对领袖与同志、党和人民群众的关系，以及延安自力更生、艰苦奋斗的精神进行了热情的讴歌。诗曰："延安有宝塔，巍巍高山上。高耸入云端，塔尖指方向。红日照白雪，万众齐仰望。塔尖喻领导，备具庄严相。犹如竖战旗，敌军胆气丧。又如过险滩，舵手平风浪。又如指南针，航海必依傍。再视塔尖下，千万砖块放。层层从地起，累累逾百丈。大小不同等，愈下愈稳当。塔脚宽且厚，塔腰亦粗壮。方知塔尖高，群砖任鼎扛。塔尖无塔脚，实在难想象，塔脚无塔尖，塔亦不成状。延安劳模会，其理正一样：君不见，劳动经验有万科，模范创造应讴歌。条条经验个人得，系统推行领导多。吾党军政善料理，而今生产执斧柯。新人新物新政策，抗建由我不由它。"

实事求是

▶1938年4月，毛泽东在鲁迅艺术学院讲演

第二章

"我们要向中央基准看齐，向大会基准看齐"

1 重塑中共中央党校，毛泽东提倡实事求是，有"的"放"矢"地"改造我们的学习"

"心口呀莫要这么厉害地跳，灰尘呀莫把我眼睛挡住了，手抓黄土我不放，紧紧儿贴在心窝上。几回回梦里回延安，双手搂定宝塔山。千声万声呼唤你——母亲延安就在这里！杜甫川唱来柳林铺笑，红旗飘飘把手招。白羊肚手巾红腰带，亲人们迎过延河来。满心话登时说不出来，一头扑在亲人怀。"开阔的蓝天、黄褐色的高原、绿油油的庄稼、血红的落日，对中共七大代表们来说，无论是第一次来延安，还是从外地回到延安，延安的一切都是那么新鲜、那么热烈、那么亲切，如诗如画，如梦如幻。诗人贺敬之的这首激情澎湃的诗篇《回延安》，或许正是他们当时心情最好也是最美的表达。

曾任张学良的副官、秘书、参谋处长、团长，参加过西安事变，1937年5月加入共产党，率东北军第691团参加抗战，随后率部脱离东北军，担任冀中人民自卫军司令员，后来担任八路军第3纵队兼冀中军区司令员、晋绥军区司令员的吕正操将军，他传奇的革命经历就像一部小说，折射着一名爱国军人追求光明和进步的精神之光。作为中共七大晋察冀代表团的代表，他是带着夫人刘莎和刚满两周岁的儿子一起举家奔赴延安来参加七大的。他清楚地记得，"到延安那天，刚刚下过一场小雪，山川、宝塔、延河、窑洞，在蓝蓝的天空下，显得格外明净。这里的一切，都使我感到是那么熟悉，又是那么亲切，好像是重新回到了自己久别的家乡"。[1]

东西南北来陕北，五湖四海聚延安。现在，来自各根据地的七大代表们陆陆续续高高兴兴地来到了革命圣地，七大开会的具体时间还没有确定下来，代表们住在哪里呢？他们做什么工作呢？对他们又是如何管理的呢？来了这么多人，延安能够接待得了吗？

对特别善于组织的中国共产党来说，这些都是小菜一碟。1941年，根据中央组织部的统一安排，来自地方党政系统的七大代表主要安排在中央党校和马列学院学习，来自军队系统的七大代表主要安排在军政学院学习。进入1942年后，在延安其他院校学习的七大

[1] 中共中央党史研究室第一研究部编:《七大代表忆七大》（上），上海人民出版社2006年版，第498页。

代表，都集中到中央党校学习。但是，有的七大代表是在学习一段时间后分配了工作，有的七大代表则是先工作再参加学习，还有一部分七大代表是一边工作一边学习。

说白了，七大代表来延安要做的第一件事，就是学习。

那么，七大代表们都学了什么？又是怎么学的呢？

现在，我们来看看新四军战地服务团来到延安后，中共中央是怎么安排这个不远万里较早抵达的大后方代表团的。

1940年12月底，"除古大存等几位由中央安排到几个单位外，其余大部分同志均安排进当时以邓发为校长的特别班学习"。来自浙江省的七大代表肖岗回忆说："为了确保党的秘密，中央组织部通知：大后方来的代表，一律改用化名，以普通学员名义对外活动，不得用七大代表的名义；并通知我们每人填写履历表，写自传，写自己工作地区的工作报告。"时任中共闽粤赣边区军事部长兼青年部长伍洪祥回忆说："中央党校还特地把校务部住的平房让出来给我们南方来的同志住，怕我们不习惯住窑洞。从1941年元旦到春节期间，我们基本上是在休整，分批到中央医院检查身体，还到鲁迅艺术文学院、枣园、女子大学参观访友。虽然延安周边山上树木很少，和南方比较显得荒凉，但在结了冰的延河上有许多人滑冰，却是一派北国风光。"

在中央党校安顿好之后，新四军战地服务团的七大代表首先对一年多来万里奔赴延安的经历进行回顾总结。随后，按照中央组织部提出的要求，各代表团将各省市工作情况向中央写出报告。伍洪祥负责起草闽粤赣边区代表团的报告，主要总结了新四军第二支队北上后闽粤赣边区的斗争形势和特点、抗日救亡群众运动的发展情况，以及党的组织建设等几个方面。报告完成后，交给全体代表讨论修改，再交给中央。浙江省代表团向中央汇报了浙江省各方面的情况，仅浙南部分就写了6万多字。

1941年元旦过后的一个星期天，闽粤赣边区的代表伍洪祥、苏惠和王维结伴去杨家岭看望他们的老领导、闽粤赣边区原省委书记、新四军第2支队司令员张鼎丞。他们聊着聊着，古大存来了，请张鼎丞带他去看望毛泽东。张鼎丞就住在毛泽东窑洞的左侧，距离不过几十米。张鼎丞在请示后，带着他们四个人去见毛泽东。王维清楚地记得："因为是张鼎丞带着，卫兵问都没有问就让我们进去了。毛主席办公和居住在朝南的一排四间窑洞里。毛主席在西边的一间窑洞办公，里面和其他几间窑洞有门相通。我们进去时，毛主席站着和古大存及我们一一握手。他的窑洞里靠窗南北向摆着一张不大的、油漆过的木制办公桌，桌后一张木椅，靠里一点背靠西墙放有一张旧沙发。毛主席招呼我们坐在靠东边的一排木椅上，他自己就坐在沙发上。古大存先简略讲了从广东来延安的经过，并代表广东党组织向毛主席问好。"

毛泽东问道："蒋介石现在是不是还在杀人？"

古大存答说："蒋介石从未停止过杀人。"

"蒋介石真蠢！"毛泽东表情瞬间变得严肃起来，抬起左手，用右手的食指掰着左手的一个个指头说，"每个人都有父、母、兄、弟、亲戚朋友，杀一个人就要得罪好多人，杀人多了就把自己孤立起来了。"

毛泽东对闽西很关心，殷切垂问闽西群众斗争和生活的情况。

伍洪祥向毛泽东作了如实汇报，说："留在闽西坚持工作的干部很少，新四军北上后斗争情况很复杂；保留了土地革命果实的地区，群众生活还比较好；被地主收回土地的地方，我们反收回土地的斗争很紧张，这些地方群众生活很苦；游击根据地党组织是巩固的，但许多地方遭受国民党特务破坏，主要在于秘密工作做得不好。"

毛泽东说："国民党顽固派总是要破坏我们，必须提高警惕。闽西群众很好，要依靠群众，做好群众工作。游击根据地要搞武装自卫。"

看到毛泽东太忙了，谈了半个多小时，大家起身告辞。从毛泽东办公室走出来，张鼎丞又带他们去参观了毛泽东的藏书室。藏书室在毛泽东窑洞的上一层，也是一排四间窑洞，毛泽东的秘书陈伯达住在这里。走进去一看，大家大开眼界，一排排书架上，从马列著作到《红楼梦》《西游记》《封神演义》，放满了各种各样的图书。

他们没有想到，毛泽东竟然也看传奇小说。从毛泽东窑洞里出来，应古大存要求，张鼎丞又带着他们去看了王明、孟庆树夫妇。他们夫妇就住在毛泽东窑洞右下方不远的地方。

春节前，中共中央在中央党校旁边的中山食堂宴请了南方各省到达延安的七大代表，中央领导朱德、陈云、任弼时、李富春、王明、博古都出席了。那天，毛泽东因为工作忙，是最后一个来的。进来后，和大家一一握手问候，就近坐在门口一桌。肖岗说："毛主席原来是准备向我们大家讲一次话的，但因宴会厅内屏风那边张闻天在宴请延安一些文化界人士，为了保密，所以未讲话。对此，我们都感到很可惜！"

为了等待七大的召开，像肖岗这样从大后方到延安比较早一些的七大代表，前前后后在中央党校学习了4年又4个月，其间曾转到马列学院学习，后来又搬回中央党校。

中央党校的前身是1933年3月创办于中央革命根据地瑞金的马克思共产主义学校。1935年随中国工农红军长征到达陕北后改称中央党校。1937年1月中央党校随中央机关迁到延安，校址在延安城东5公里处的桥儿沟，从当年4月起由李维汉接任校长，成仿吾为教务主任。1938年3月，康生接任校长，王学文、刘芝明先后任教务主任，方仲如任校务部长；10月，谢觉哉任副校长。这时，中央党校成立了马列主义、政治经济学、中国问题、党的建设4个教研室，开设的课程有哲学、政治经济学、联共（布）党史、中国近代史、中国基本问题、军事、文化等，已招生11个班，学员1000余人。1939年初，中央党校由桥儿沟（即鲁迅艺术文学院旧址）迁至延安北关小沟坪。1940年10月2日，中央党校开始兴建礼堂，至11月竣工，此时由邓发任中央党校校长。

马列学院，全称是马克思列宁主义学院。1938年5月5日，马克思诞辰120周年纪念日，在延安成立。马列学院校址在延安城北4公里处的兰家坪，土石山上的一排窑洞就是校舍，同杨家岭隔延河相望，由张闻天兼任院长。马列学院是抗日战争时期中共中央创办的以学习、研究马克思列宁主义基本理论为重点的干部学校。学院从

1938年5月开办起到1941年7月改组时，共招收过5个班，即5期学员，加上为七大代表专门开设的两个班100多人，前后共招收学员八九百人。1941年7月，马列学院改组为马列研究院，8月改组为中共中央研究院。1943年5月，研究院并入中共中央党校，为党校第三部。

那个年代，马列学院的物质条件是十分简陋的。所谓教室，其实就是空空荡荡的一间屋子而已，没有桌椅板凳，学员们上课都要自带小木凳，以双膝为课桌。但是开设的课程十分丰富，有哲学、政治经济学、中国历史、世界历史、联共（布）党史等；师资力量也很强，除了张闻天之外，授课的教授还有艾思奇、王思华、范文澜、柯柏年、吴亮平等，毛泽东也应邀来讲过课。

八路军军政学院是中共中央和八路军总部直接领导下的高级军政干部学校，位于延安著名的文化沟——大砭沟八路军大礼堂后身北山的半山坡上。[2] 1940年5月21日，在延安设立，院长由八路军总政治部主任王稼祥兼任，副院长由总政治部副主任谭政兼任，教育长为张如心。1941年1月1日开学，开设的课程有哲学、政治经济学、中国问题、联共（布）党史、日本问题和军事学等，先后举办了3期，授课的有谭政、王若飞、徐特立、陆定一、张如心、王学文、和培元等。1941年底停办。

山东代表团的七大代表朱德兴，抵达延安当晚就被分配到马列学院学习，和他一起来的还有山东代表团的袁泽民、郭子化、牟海波，被编在特别支部，他当选支部委员，分工负责学习。特别支部的成员，有来自上海、浙江、福建、湖南、湖北、广东、河南的，还有晋东南、晋察冀地区的七大代表。党小组也是如此，差不多一个人代表一个地区或者一个省。朱德兴最喜欢跟来自上海、浙江、天津、湖北以及冀中的陈洪、赵尚志、李坚等同志一起散步，说家乡的方言，谈故乡的风土，论社会人情。在他心中，这一段学习的时间是人生最幸福的时光，身心愉悦，没有任何疾病干扰，也不用求医问药。尤其令他难忘的是一位名叫甘思和的老红军，对他的健康特别关心，还极力推荐他当小组长，成为他的良师益友。

[2] 大砭沟为啥叫文化沟呢？当年，大砭沟共有近30家机关单位和社会团体，如八路军军政学院、八路军军事学院、八路军大礼堂、八路军总政治部电影团（延安电影团）、文化俱乐部、延安电影制片厂、泽东青年干部学校、陕甘宁边区民族学院、西北青年救国会、西北文艺工作团、青年艺术剧院、延安杂技团、青年体育场、延安中山图书馆、延安清真寺、八路军直属门诊部、中央军事工业局、延安炼铁厂、陕甘宁边区民众剧团、部队生活报社等，包含了政治、军事、文化、教育、工业和医疗卫生等各个方面，因此被人们称作"文化沟"。

时任八路军总部卫生部政治部主任王英高，是1940年10月从太行山赶来延安参加七大的，被分配到文化沟的军政学院学习。在这里，他进一步学习了政治经济学，此前他在抗日军政大学学过一点儿，但没有学懂弄通，现在有机会再学，真是一件再好不过的事情。现在增设了哲学，他过去没有学过，有些畏难胆怯，但又很想学好。学习后，没想到老师的讲解，通俗易懂，深入浅出，他越学越有兴趣，开始认识到马克思主义哲学是一门伟大的完整的科学，既有高度的革命性，又有严格的学理性。他第一次懂得了这样的哲学原理：一切事物都是运动的，没有静止不动的事物，而它的运动是有规律的，规律是可以认识、可以掌握的，但不以人们的意志为转移。

来自晋察冀代表团的代表姜占春来到延安后，听毛主席说，开七大的时机不成熟，代表们要好好学习学习。1941年下半年，七大代表100多人按照考试成绩编为特别班。因为他和二十七八个老红军文化底子薄，就编入预备班，派了3个教员，教他们学习文化。毛主席告诉他们说："从头学起。"

这个时候，七大代表们都学习什么呢？从现在公开的资料和当事人的回忆中，可以知道学习的主要教材是《中国近代革命史》《论民族民主革命》《中国问题指南》《新民主主义论》和《联共（布）党史简明教程》等。

在1940年和1941年的时候，七大代表们在延安的生活还是十分艰苦的，当时大多数住窑洞，吃的是大锅饭——饭是小米干饭，菜是煮北瓜、土豆，一人一勺，八个人凑一小盆，吃饭就在野地里，或站或蹲或找个砖块、石头、树根坐下来。到了冬天，天气冷了，大家就自己上山割草，编成草褥子铺在床上；没有棉衣，每人发了一件羊皮壳篓；棉鞋没有了，自己找些碎皮毛条子缝在鞋子里，一不小心脚就生了冻疮，肿了、破了、流血了，也不觉得苦，大家依然十分乐观。代表们的窑洞都发了一盏小煤油灯，每人还发了一个洗脸盆和一个口杯；牙刷坏了就自己用马尾巴穿上，剪齐，再用。别看这个小口杯，有时也派上了大用场，被代表们用作小铁锅来使用。不光是学员，中央党校的教员、干部也是如此。1942年春节，来自闽粤赣边区的七大代表苏惠去看望教员柯柏年，他很高兴，就用口杯当作小铁锅，炖红枣、猪肉来招待这位学生代表。说起来，现在的年轻人或许都不会相信，在延安五年，女代表苏惠从来没有用过肥皂，洗澡也只是用清水擦擦身子而已。

慢慢地条件好了，中央党校尽可能努力地为大家改善生活条件，每个月发给每个学员10张油光纸作为学习用纸，这是一件非常了不起的事情。要知道，延安那个时候特别缺纸张。时任八路军留守兵团政治部主任莫文骅回忆说："由于是战争环境，再加之国民党的封锁，当时延安物资供应很紧张。七大需要赶印大量的会议材料，而纸张又恰恰是最奇缺的。这难不倒咱延安人。在陕甘边区，路边旷野长着一簇簇绿色的马兰草，它的叶子又扁又长，很有韧性，是一种很好的造纸材料。我们土法上马，利用这种廉价的原材料造出了一种比较适用的马兰纸。七大的会议材料包括毛泽东《论联合政府》的报告都是用这种纸赶印的。"[3] 七大代表们都知道纸张珍贵，为了节省着用，就把纸裁开，自己装订成笔记本。

从1941年到1943年，中央党校确实是一年一个变化。如何把这一段历史说得更清楚，笔者也是绞尽脑汁，认真梳理，努力还原历史现场，从而让你更清晰地看到，为了把中共七大开成一个团结的大会、胜利的大会，毛泽东是如何利用中央党校这个重要平台，又是怎样对它改造和重塑的。

这个时候，聚集在中央党校的七大代表们并不知道：七大为什么一而再再而三地推迟召开？各地的七大代表为什么一年接着一年陆陆续续地赶来？中央党校的组织架构为什么要一改再改？延安高层为什么要开展如此广泛的学习活动？这些问题，七大代表们是慢慢地、持续地通过学习、整风、审干、再学习等环节，一步步地拉直了心中的那些问号。事实上，奉命前来参加七大的他们，并不是碰巧赶上一次大学习，而是中共中央、毛泽东与时俱进、审时度势精心组织的计划安排。正如毛泽东后来所讲的那样，他要发动一场思想的革命，他希望有一河大水，一河马克思列宁主义的革命的大水，就像延河春夏之交的汛期一样，冲去中共党内严重存在的主观

[3] 中共中央党史研究室第一研究部编：《七大代表忆七大》（上），上海人民出版社2006年版，第179—180页。

主义、教条主义和宗派主义的污泥浊水，让真正的马克思列宁主义的革命大水汹涌澎湃，滚滚奔流……

与其说这是一次学习的革命，不如说这是一场思想的革命。

如何进行思想的革命，毛泽东知道，首先必须进行学习的革命，那就要"改造我们的学习"。

1941年5月19日，毛泽东在延安高级干部会议上作了《改造我们的学习》的报告，提出改造全党学习方法和学习制度的任务，公开严厉批判了理论和实际脱离的主观主义，特别是教条主义，倡导实事求是。这一天，部分已经抵达延安的七大代表参加了这次会议，聆听了毛泽东的报告，心灵受到巨大震撼，如同地震。

从井冈山走出来的毛泽东，被主观主义者、教条主义者讥讽为"山沟里出不了马克思主义"，把他的理论扔进了"茅坑"。他在报告中第一次提出了实事求是的观点，号召大家要"有的放矢"。他辩证地教导延安的同志："中国共产党的二十年，就是马克思列宁主义的普遍真理和中国革命的具体实践日益结合的二十年。"但在这一结合方面，还存在着很大的缺点，即不注重研究现状，不注重研究历史，不注重研究马克思列宁主义的应用。学习马克思列宁主义理论，有两种互相对立的态度：一种是马克思列宁主义的态度。学习马克思列宁主义，是"为着解决中国革命的理论问题和策略问题而去从它找立场，找观点，找方法。这种态度，就是有的放矢的态度。'的'就是中国革命，'矢'就是马克思列宁主义"。另一种是主观主义的态度。我们党内许多人学习马克思列宁主义的方法是直接违背马克思主义的，违背了理论和实际统一这一条马克思主义的基本原则，只是抽象地无目的地去研究马克思列宁主义的理论，许多做研究工作的人对于研究今天的中国和昨天的中国一概没有兴趣，许多做实际工作的人往往单凭热情，把感想当政策。他们都凭主观，忽视客观实际事物的存在，夸夸其谈，自以为是。

毛泽东声色俱厉地指出："这种作风，拿了律己，则害了自己；拿了教人，则害了别人；拿了指导革命，则害了革命。""反科学的反马克思列宁主义的主观主义的方法，是共产党的大敌，是工人阶级的大敌，是人民的大敌，是民族的大敌，是党性不纯的一种表现。大敌当前，我们有打倒它的必要。只有打倒了主观主义，马克思列宁主义的真理才会抬头，党性才会巩固，革命才会胜利。"

这个时候，参加毛泽东在延安组织的哲学小组的青年哲学家艾思奇，由《中国文化》主编调任马列研究院中国文化思想研究室主任，跟毛泽东一起用马克思主义哲学武器，投入了反对主观主义，宣传毛泽东提倡的从实际出发、理论联系实际、实事求是的思想方法和思想路线的理论工作。艾思奇在听了毛泽东《改造我们的学习》的讲演后，深有感触，联系延安思想理论界的实际，在《解放日报》发表了一篇《"有的放矢"及其他》。他这么写道："中国民间传说中有一种专门捣蛋的五通神，得罪了他时，你明明拿在手里的黄金不觉就会变成粪土。理论自然是真金子，你常洋洋得意，以为掌握了这些财宝了，却不知什么时候，你的手里就只有一把毫无用处的粪土，这不是因为你得罪了五通神，而是因为你自己违背了实际精神。不但马恩列斯书本上的黄金，搬到中国来会不知不觉变成粪土，就是党的决定、指示，这是已经把马恩列斯的理论精神正确应用于中国的实际了的，它也常常会在我们的手里不知不觉变为泥土。马恩列斯的原则和精神是指南，依据它来解决中国的实际问题，就有党的决定。党的决定是马克思主义理论在中国条件之下真正活的应用。它对于各个工作岗位上的同志，又成为理论原则，又成为指南，只有依据它的方向，来具体解决各工作岗位上的实际斗争问题时，它才能够成为活的决定，才是真正有黄金价值的中国的马克思主义理论。"[4] 其间，他还写了《反对主观主义》《谈主观主义及其来源》《不要误解"实事求是"》等文章。在他看来，主观主义有两种表现：一种是教条主义，一种是经验主义。在党的历史上，教条主义曾经给革命造成很大损失，经验主义也给革命造成危害。为此，他不仅大力批判教条主义，还写了《反对经验主义》等文章，助力思想整风。

时任延安《解放日报》副刊《中国妇女》编辑主任罗琼，是来自新四军的七大代表。她在现场聆听了毛泽东的演说，心灵受到震

[4] 艾思奇:《"有的放矢"及其他》，原载《解放日报》1942年5月5日。

撼。当听到毛泽东讲主观主义的学习态度,"即没有马克思列宁主义的理论与实践统一的态度,就叫做没有党性,或叫做党性不完全"的时候,她说:"把我吓了一跳,难道我也是党性不完全的党员吗?他又为主观主义者画了像:'墙上芦苇,头重脚轻根底浅;山间竹笋,嘴尖皮厚腹中空。'我把这几句话对照一下自己,除掉'嘴尖皮厚'四个字之外,其他都不同程度地对得上号。我原想自己一切服从党,全心全意为党工作,就是党性纯的表现,听了报告,才知道自己认识如何肤浅!毛主席指出要培养理论同实践统一的态度,实事求是的态度,这是一个共产党员应有的态度,就是党性的表现。只有用马列主义的立场、观点、方法来分析中国的实际,由此才能做出正确的决策,所以改造客观世界必须同改造主观世界统一。"[5]

在报告中,毛泽东突出地强调了"实事求是"的重要性,认为只有这种态度才是马克思列宁主义的态度。何谓实事求是的态度?就是要求对周围环境作系统的周密的调查研究;要求不单懂得外国,还要懂得中国;不单懂得中国的今天,还要懂得中国的昨天和前天;要求有目的地研究马克思列宁主义的理论,使马克思列宁主义的理论和中国革命的实际运动结合起来。

"实事求是"这个词语最早见于班固《汉书·河间献王传》,班固赞扬汉景帝刘启的儿子刘德"修学好古,实事求是"。但是,毛泽东对"实事求是"作了别具一格的精辟阐述:"'实事'就是客观存在着的一切事物,'是'就是客观事物的内部联系,即规律性,'求'就是我们去研究。我们要从国内外、省内外、县内外、区内外的实际情况出发,从其中引出其固有的而不是臆造的规律性,即找出周围事变的内部联系,作为我们行动的向导。而要这样做,就须不凭主观想象,不凭一时的热情,不凭死的书本,而凭客观存在的事实,详细地占有材料,在马克思列宁主义一般原理的指导下,从这些材料中引出正确的结论。这种结论,不是甲乙丙丁的现象罗列,也不是夸夸其谈的滥调文章,而是科学的结论。这种态度,有实事求是之意,无哗众取宠之心。这种态度,就是党性的表现,就是理论和实际统一的马克思列宁主义的作风。这是一个共产党员起码应该具

[5] 中共中央党史研究室第一研究部编:《七大代表忆七大》(下),上海人民出版社2006年版,第1028页。

备的态度。"

从班固用"实事求是"定义考据学的方法,到以"实事求是"为校训的岳麓书院在湖湘文化中将其发展为治学的科学态度,再到毛泽东在延安将"实事求是"发展为马克思主义认识论,尽管有其内在的传承性,但毛泽东提出的"实事求是"相较于古人所持的"实事求是",其内涵和外延更加丰富,思想高度完全不一样了。也就是说,毛泽东所说的实事求是,是马克思主义的实事求是,实现了马克思主义与中华优秀传统文化的完美结合。今天,当我们跨越千年梳理实事求是思想的发展脉络,可以从一个侧面管窥中国文化历史的发展脉络。这条脉络一方面批判地继承了传统儒家文化经世致用、即物穷理的传统理念,一方面科学结合了马克思主义与中华民族优秀传统文化,实现了马克思主义中国化的创新性发展和创造性转化。深受湖湘文化影响、滋润而成长的毛泽东,在经历过生死存亡、流血牺牲的革命斗争之后,以其超越先人、超越历史的智慧,把"实事求是"这个源远流长的文化地理坐标,发展并确立为中国共产党人的精神坐标。弦歌不绝,生生不息,"实事求是"已成为中国共产党思想路线的核心所在,也是马克思主义中国化的历史经验和活的灵魂。

1941年冬天,毛泽东亲笔为中央党校题词:"实事求是。"从此,实事求是成为中央党校的校训。毛泽东的题词,当时书写得不算大,时任中央党校秘书科科长、七大代表柳运光负责将这幅题词放大,这就是现在人们常见的四个刚劲有力的大字。

七大代表、时任中共中央太行分局副书记薄一波,在延安学习体会最深的就是毛泽东关于实事求是的论述。他说:"'实事求是'这句普通的成语,在中国已经用了近两千年,而毛主席对它做了新的解释和阐发:'实事',就是客观存在的一切事物;'是',就是客观事物的内部联系即规律性;'求',就是我们去研究。他用这句成语教育全党同志首先是领导干部,应当从客观存在的实际情况出发,从中引出其固有的规律性,作为行动的指南。这句成语,经过毛主席的解释,便具有了深刻的现实意义,几十年来它一直成为指导我们工作的极其重要的原则，成为毛泽东思想的精髓和党的思想路线。"

薄一波是1943年11月初抵达延安的，中央组织部安排他住在杨家岭。因为其在山西主持牺牲救国同盟会，组建山西青年抗敌决死队，和军阀阎锡山搞统一战线，推动了山西的抗日救亡运动，深受中共中央和毛泽东的认可。第二天，毛泽东就接他到枣园谈话。薄一波回忆说："这是我第一次见到他。谈话非常引人入胜，甚至他的话题已经开始了，我还没有感觉到，还以为是闲谈哩。他首先紧握着我的手说：'你就是薄一波同志……'又自言自语地反复说：'如履薄冰，如履薄冰！'这也许是他为了加强对我的姓氏的记忆。接着就讲了汉朝薄昭的故事。谈话自始至终都是漫谈式的，像似聊天，使我很快就摆脱了初次见面的拘束。他详细地讲了党内整风的情况。他说，王明'左'倾教条主义路线在党内的统治长达四年之久，使党受到极大的损失，白区百分之百，苏区百分之九十。还讲了'教条宗派'和'经验宗派'两者的关系。在听了我的汇报后，话题又转到白区工作、监狱斗争、在山西跟阎锡山搞上层统一战线上。毛主席对每一个问题都用高度概括的语言做了结论。"

毛泽东对薄一波说："过去，对你们的活动我们不怎么了解，你们在白区，我们在苏区，消息被国民党封锁了。你的名字还是听少奇同志和彭真同志说的。少奇同志的《论共产党员的修养》写得很好，你读过没有？"

薄一波微笑着点点头。

毛泽东接着说："他讲'修养'，我讲'整风'，意思是一样的。彭真同志作过一个关于晋察冀抗日民主政权问题的报告，讲得也很好，是马列主义的。中国革命有两个方面军，苏区是一个方面军，白区是一个方面军。少奇同志就是党在白区工作的正确路线的代表。"随后，毛泽东问到薄一波的经历。

薄一波回答说："我是大革命时期入党的，入党时还不满18岁，不懂什么。"

毛泽东说："我们的革命，开始就是一批普通的年轻人搞起来的嘛。"

薄一波说："当时我对马列主义没有什么认识，就是凭一股热情，认定只有革命才有出路。那时，什么书都读，读什么书信仰什么书，《三民主义》读过，《胡适文存》《独秀文存》《陈独秀先生讲演录》读过，有关巴枯宁、克鲁泡特金无政府主义的书也读过一些，直到入了党，才对马克思主义有点认识，但很肤浅。"

毛泽东笑着说："大家都是这样过来的。我也是什么都信过，小时候还同母亲一起到南岳去拜过佛，后来才信了马克思主义。"

接着，薄一波向毛泽东汇报了他在北平监狱中的一些情况。毛泽东还问了与他同时出狱的还有哪些同志和他们的情况，十分关切地说："你们这些人来自五湖四海，出来以后分派到各地方去，又回到五湖四海，填补了白区缺乏干部的空隙，做了不少工作，是起了很大的作用的。"

谈话结束时，按照毛泽东的要求，薄一波写了一个经党营救出狱的同志的名单。薄一波还向毛泽东汇报了在山西搞特殊形式统一战线工作的详细情况。薄一波说："我们跟阎锡山的合作，是在日寇进逼山西的紧急关头、在抗日这个交叉点上的合作。我们时刻警惕着他的翻脸，并时刻以大革命失败的教训作为我们工作的警戒。阎锡山发动十二月事变，我们早有准备，并不感到突然。"

"对！"毛泽东说，"你们以少数人团结了多数人，取得了胜利，这是我们党统一战线政策的一个成功的例证。"

与毛泽东的谈话，持续了8个钟头，给薄一波留下了终生难忘的印象。薄一波回忆说："他的谈话深入浅出，言简意赅。一句很普通的话，从他的口里说出来，被赋予新的涵义，使你顿时感到其中所包含的全部力量，并从中悟出哲理，同时也使你感到他的智慧的广袤和深邃。他有高度的概括能力，善于归纳问题。向他汇报工作，谈问题，他常常用几句话就对你所谈的问题做了结论，使你开阔了眼界，提高了认识，获得教益。通过这次谈话，我深深感到毛泽东不愧为我们党的伟大领袖，不愧为杰出的革命战略家。他把马列主义同中国革命的实践相结合，集中全党的智慧，使之结晶、升华，形成指导中国革命的正确路线和战略策略，形成中国共产党人的光荣的革命传统和革命风格。"[6]

现在，毛泽东在革命圣地延安，高举起实事求是的大旗，运用有的放矢的方法，向全党大声号召"改造我们的学习"，为即将开始的整风运动发出了动员令。

对闽粤赣边区七大代表伍洪祥来说，这是他参加革命斗争以来第二次聆听毛泽东的报告。第一次还是1934年1月在江西瑞金，那时毛泽东担任中华苏维埃共和国中央执行委员会主席，听的是毛主席做的工作报告。这次不同，听到的是毛泽东做的学习理论的报告，感受特别，记忆犹新。伍洪祥回忆说："1941年5月，我们听了毛主席作的《改造我们的学习》的报告，听报告的只有省委、地委级以上的干部……毛主席的报告深入浅出，词句简明深刻，使每个人都极易领会，特别是用比喻来说明问题，使我们这些文化程度不高的工农干部听了记得住，领会得深刻。像我这样的工农干部，因文化水平较低，觉得学好理论很难，听了毛主席报告后，大大地提高了信心。毛主席讲，学习理论不是要死记教条，而主要是领会精神实质。学马列主义，主要是学习马列主义的立场、观点和方法，学习的目的在于运用。马列主义是个好武器，好像一把弓箭，我们要学会使用这把弓箭射中国革命这个'的'。不要为空讲理论而学理论，学理论的目的是为了指导革命的实践。毛主席指出，有两种学习态度：一种是主观教条主义态度，也就是理论与实际脱节的，不联系实际的，学了只会死记词句，背教条。但是，抱这种学习态度的人，你不能看轻他，他会引用词句来吓唬'土包子'，使你做他的俘虏。这种学习态度，往往既害人，又害己。我们要摒弃这种态度，否则听其自然，就要亡党。我们要提倡实事求是的理论和实际相结合的学习态度。只有这种态度才真正是马列主义的态度。毛主席引了列宁的话：马克思主义的理论不是教条，而是行动的指南。这一报告深刻地批判了教条主义者的思想方法和主观主义的学习态度，使我们的思想豁然开朗，思想认识得到很大提高。最重要的是，开始将漫长革命斗争实践中胜利和失败的历史，联系起来思考，克服了盲

[6] 中共中央党史研究室第一研究部编:《七大代表忆七大》(上)，上海人民出版社2006年版，第612页。

目性。"[7]

在毛泽东作了《改造我们的学习》的报告之后，中共中央决定对中央党校进行改革重塑，延安的部分院校并入中央党校，参加七大的代表和大批可造的中青年干部进入中央党校学习，为全党普遍整风作了准备。整风运动由此拉开序幕。

这一年的12月17日，中共中央政治局通过了《中共中央关于延安干部学校的决定》，指出："中央党校为培养地委以上及团级以上具有相当独立工作能力的党的实际工作干部及军队政治工作干部的高级与中级学校。"并规定"中央党校直属中央党校管理委员会"。中央党校管理委员会由邓发、彭真、陆定一、王鹤寿、胡耀邦5人组成，校长由邓发担任。毛泽东在修改该决定时，加写了两段话："关于马列主义的教授与学习，应坚决纠正过去不注重领会其实质而注重了解其形式，不注重应用而注重死读的错误方向。学校当局及教员必须全力注意使学生由领会马列主义实质到把这种实质具体地应用于中国环境的学习。"

1942年2月1日，中央党校第一期学员开学典礼在中央党校礼堂举行，毛泽东作了《整顿学风党风文风》的报告。

2月8日，中共中央宣传部召集的干部会议在中央党校礼堂举行，毛泽东发表《反对党八股》的演说，指出：党八股是主观主义、宗派主义的一种表现形式，打倒党八股，就使主观主义、宗派主义没有藏身之地。整风运动在全党普遍展开。

2月28日，毛泽东出席中央政治局会议，讨论在职干部教育问题，指出，政治局五大业务中以思想为第一位，要抓住思想首先要以干部教育为主。现在有些干部"习非胜是"，把不正确的东西也习以为是。纠正干部的毛病，要精细，不能粗暴。但必须造成一个风气，要造成一河大水，马克思列宁主义的革命的水，实行思想革命，用马克思列宁主义的水，彻底改革各部门的工作。过去中宣部只想用一两桶水是无法彻底改革的。党校课程要改造。现在党校教中国古代史及西方史，离现实太远。应首先进行反对主观主义与宗派主义的教育，总课题为党的路线，研究季米特洛夫论干部政策与干部

[7] 中共中央党史研究室第一研究部编：《七大代表忆七大》（下），上海人民出版社2006年版，第1249—1250页。

教育政策、列宁《共产主义运动中的"左派"幼稚病》和《六大以来》。会议按照毛泽东起草的第三次草案修改通过《中共中央关于在职干部教育的决定》，会议还通过《关于中央党校组织及教育方针的新决定》，确定"今后党校直属中央书记处，其政治指导由毛泽东同志负责，组织指导由任弼时同志负责。其日常工作由邓发、彭真、林彪三同志组织管理委员会管理之"。

1942年初春，军政学院、中共中央研究院、军事学院的学员陆续转隶到中共中央党校学习。现在，七大代表们为了一个共同的目标，从五湖四海走到了一起，来到了延安，住的是窑洞，穿的是布衣，吃的是小米，走路靠双脚，说话是南腔北调，风土人情，个性习惯，和而不同，生活一下子好像变成了"万花筒"。大家做梦也没有想到真的过上了"大学"生活，感到每一天的太阳都是新的。"三人行，必有我师。"无论物质条件多么艰苦，来自外地的七大代表们很快就适应了陕北高原的气候，很快就融入延安的革命文化，能吃、能喝、能睡，也爱学习。他们或从烽火连天的战场，或从血雨腥风的地下，或从敌顽斗争的前线，回到了延安，回到了课堂，感受革命圣地难得的岁月静好，男男女女，老老少少，没有高低贵贱，没有尔虞我诈，一切仿佛都是透明的，连空气也散发着圣地天堂般的味道。

在他们当中，有的曾经是北大、清华等著名高校的高材生，有的是初出茅庐的中学就辍学肄业的红小鬼，甚至还有从未进过学堂的老革命。现在群英会聚，济济一堂，重新分配，建立新的支部，组成新的小组，互帮互助，共同学习。新的支部把军队和地方代表混编在一起，不管是高级干部还是普通干部，一概进行了文化测验，根据文化成绩的高低，混合编入15个支部。其中，第1支部至第10支部为政治理论学习支部，第11支部至第15支部为文化学习支部。

当然，学习之余，中央党校的文体活动也是很多的，比如打排球、打篮球、打扑克、跳舞等。那个时候，晚上没有电灯，大家聚在一起散步、侃大山、交流人生心得，也是一种美好的精神享受。也有很多人不喜欢跳舞。比如，八路军山东纵队第8支队科长朱春和就不爱跳舞，但他不反对别人跳。上海地下党学委书记王明远就更保守了，他"不赞成搞舞会也不学跳舞，总觉得我们过的是艰苦日子"。燕京大学新闻系毕业的王明远，为了参加革命毅然与上海相恋多年的女友分手了，因为不愿意跟随他一起到南京工作，女友后来考取了一个妇女团体的奖学金到美国留学去了。因此，王明远直到37岁才解决单身问题，同为七大代表的陈修良笑话他"为了革命把爱人都丢了"。

到了延安，外地的七大代表全身心地感到了从未有过的彻底的放松和愉悦。后来，经过大生产运动，中央党校的条件越来越好了。晋冀鲁豫代表团的王锐是山西左权县人，时任太岳区四地委组织部部长、浮山县委书记，他来延安参加七大比较晚，是1943年10月才抵达的，没有怎么感受到延安生活的艰苦，在革命的现实主义之外又多了一些浪漫主义。他回忆说："从战火硝烟的抗日前线到了边区，我的精神一下子就解放了，感到了和平环境的可贵。我一直都是在沦陷区、游击区中工作，天天有战斗，天天在战斗。有时一天没有听到枪响倒不习惯，就去袭扰敌人，打上几枪，回来再找个地方睡觉。过了黄河，我们就再也不考虑战争的问题，到处是和平的景象。边区军民响应党中央和毛主席的号召，自己动手，丰衣足食。到延安看到的小报，好多都是讲吃的，今天四菜一汤，明天八菜一汤，讲的都是吃。我们到中央党校一部报到。党校分一、二、三、四部，一部由古大存负责。窑洞里为我们烧了盆炭火，很暖和。我们到延安就像回家一样，组织上为我们想得很周到，给我们发了被子、褥子、棉衣及一整套的日用品。要抽烟的，还发给每人半斤烟叶。第二年就不管了，让自己种。烟叶自己种，西红柿也自己种。"[8] 正如王锐所回忆的这样，在他1943年10月抵达延安进入中共中央党校的时候，党校已经基本完成了组织机构的改造。

1943年3月20日，中共中央政治局召开会议，通过了《中共中央关于中央机构调整及精简的决定》，推定毛泽东为政治局主席，并决定他为书记处主席。在中央政治局及书记处之下，设立宣传委员会与组织委员会。毛泽东任宣传委员会书记，刘少奇任组织委员会

[8] 中共中央党史研究室第一研究部编：《七大代表忆七大》（下），上海人民出版社2006年版，第705页。

书记。中央党校由毛泽东兼任校长。也就是说，从此，中央党校归中央政治局及书记处领导下的宣传委员会管理。中央党校改组后设两个部，第一部学员为地委、旅级以上干部和少数地委以下的七大代表，军事学院高级班全部合并到第一部；第二部学员为县团级干部。5月4日，中共中央研究院并入党校，为党校第三部，该部学员多为知识分子、文化界人士。同时成立第四部，学员多是文化水平较低的地委、旅级以上的干部。到了1944年初，中央又决定将西北局党校并入中央党校，成立了第五部、第六部。

那时，彭真担任中央党校副校长，负责中央党校的日常工作。他有个想法，就是要在中央党校6个部中，找一些能代表各个方面、同群众有联系的高级干部来负责，如各个历史时期、各个方面军、各个根据地和白区地下党等，便于联系群众，深入实际。于是，他就把这个任务交给对苏区和红军干部工作比较熟悉的黄火青负责。作为中央党校秘书长的黄火青就由管行政事务转变到做干部管理工作。他回忆说："整风学习期间，一部各支部天不亮就来找我汇报学习讨论情况，9点钟我再去向彭真汇报。我那时才42岁，记忆力强，何人何事，何时何地，头头尾尾都记得很清楚。那段时间，夜里开会往往开到凌晨两三点钟，我刚躺下要睡觉，汇报的人就来了，真是十分劳累。苏枚（黄火青的夫人，引者注）老实，不好意思挡驾请他们晚一点来，只好搬个凳子在门口坐着，干着急。"[9]

黄火青的调查研究，经过彭真斟酌确认后，报校长毛泽东批准，中央党校各个部的负责人很快就确定下来，分别是：第一部主任古大存（中共广东省委统战部长，系粤、桂、湘、赣、沪、浙、闽、闽粤赣边等地出席中共七大代表团"新四军战地服务团"团长、支部书记），副主任刘芝明（中央党校政治经济学教研室主任、教务处主任）；第二部主任张鼎丞（中共闽粤赣边区原省委书记），副主任安子文（中共太岳区委书记）；第三部主任郭述申（新四军第五支队政治委员、军政委员会书记），副主任张如心（中共中央研究院中国政治研究室主任，1941年12月任毛泽东的读书秘书）、阎达开（中共冀东区党委组织部长）；第四部主任张启龙（中共中央机关事务

[9] 中共中央党史研究室第一研究部编：《七大代表忆七大》（上），上海人民出版社2006年版，第22页。

管理局局长），副主任程世才（抗大分校校长）；第五部主任白栋材（中共西北局党校教务主任、副校长），副主任强晓初（延安行政学院院长、党委书记）；第六部主任马国瑞（中央党校原三部副主任、中共西北局党校副校长），副主任谷云亭（中共西北局党校二区主任）。

至此，中共中央党校的组织架构就完成了整体重塑。

延安时期中央党校情况一览表

部别	职能	原部门	负责人	驻地
第一部	主要培训参加中共七大的地委、旅级以上干部和少数地委以下的七大代表，后来军事学院高级班全部合并到第一部	中组部	主　任：古大存 副主任：刘芝明	小沟坪
第二部	主要培训七大代表以外的地方县级干部和军队团级干部	延安大学	主　任：张鼎丞 副主任：安子文	王家坪
第三部	主要培训学员为知识分子、文化界人士和文化工作干部	中共中央研究院	主　任：郭述申 副主任：张如心 阎达开	兰家坪
第四部	主要培训原军政学院学员和党校原有学员中文化水平较低的工农干部	军政学院	主　任：张启龙 副主任：程世才	文化沟
第五部	主要培训陕甘宁边区的县、区级干部及部分参加长征的团、营级干部	西北局党校	主　任：白栋材 副主任：强晓初	七里铺和韩家窑子
第六部	主要培训从敌后和国民党统治区来的县、区级干部和投奔延安的青年知识分子	西北局党校	主　任：马国瑞 副主任：谷云亭	马家湾

经过一轮又一轮的改革，中央党校涅槃重生，焕然一新。这个时候，中央党校全校学员达3000人，加上工作人员共约6000人。校部和一部设在原中央组织部旧址的小沟坪。

当时，日本侵略者疯狂地对共产党抗日根据地进行"扫荡"，八路军为了保存有生力量，许多主力兵团撤出根据地，主要靠地方游击队小型分散地坚持游击战争，而将大批干部抽调出来，到中央党校学习，以储存干部，提高干部理论思想水平。同时，在国民党统治区，由于国民党实行法西斯专政，加紧反共破坏，中共中央审时度势，在国民党统治区实行"隐蔽精干，长期埋伏，积蓄力量，以待时机"的方针，把大批在当地已经暴露或不利于在当地隐蔽埋伏的干部，有机会地撤退到延安来，让他们都进入党校学习。显然，这是中共中央、毛泽东为统一全党思想、迎接抗战胜利、争取全国解放作出的重大决策，为七大的胜利召开创造了条件。从此，中央党校成为中共培育、发现、发展、储备干部和人才的摇篮、基地和宝库。

2 "惩前毖后，治病救人。""一个队伍经常是不大整齐的，所以就要常常喊看齐。"

1941年至1945年，对身在延安的中共七大代表们来说，学习就是一场革命。而对中共中央高层来说，学习不仅仅是革命，更是政治。在《改造我们的学习》报告中，毛泽东尖锐地批评理论脱离实际的倾向，认为"这种反科学的反马克思列宁主义的主观主义的方法，是共产党的大敌，是工人阶级的大敌，是人民的大敌，是民族的大敌，是党性不纯的一种表现。大敌当前，我们有打倒它的必要"，其"谬种流传，误人不浅"。时任毛泽东秘书的胡乔木在现场听了毛泽东的报告，几十年后回忆起来，深有感慨地说："毛主席讲话用语之辛辣，讽刺之深刻，情绪之激动，都是许多同志在此前从未感受到的。"

作为毛泽东身边工作人员，胡乔木的这种感受，从外地来延安的七大代表们或许是很难感同身受的。

然而，让毛泽东没有想到的是，他的这篇观点鲜明措辞尖锐的重要讲话,"在听讲的干部中引起了思想震动,但是当时负责理论宣传教育的领导同志没有理解它的深刻意义,对它没有予以重视,因此,也没有在延安报上宣传报道"。[10] 在中共中央高层,只有张闻天等少数人在听了毛泽东的报告后,思想上产生了极大的震动,主动与毛泽东进行思想上的谈心和沟通,并诚恳接受了毛泽东的批评。尽管毛泽东通过任弼时、康生、陈云等人,终于以谈心交心、当面锣对面鼓的方式,"打通"了博古、张闻天等中共中央高层的几位"犯思想病最顽固"的领导人的思想,使其基本承认江西时期所犯错误的历史问题属于路线错误,但要彻底解决党内的主观主义和教条主义,并非那么轻而易举。

尤其是王明,对毛泽东的批评,依然顽固抵抗。在中国女子大学传达毛泽东《改造我们的学习》的报告时,王明轻描淡写地要求,今后理论联系实际的问题要注意,只是强调学习理论要适当地联系实际,反对这也联系,那也联系,变成了"乱联系"。他还说,不要怕人说教条,教条就是教条,学他几百条,学会了,记住了,碰到实际自然会运用。如果一条都记不住,一条都不会,哪能谈得上运用? 把理论运用于实际是对的,但是先有了理论才能运用,一条也没有哪儿去运用? [11]

作为中共高层教条主义的代表人物,王明教条主义的思想武装依然没有解除,这使毛泽东意识到问题的严重性。他决定采取迂回战略,先从统一高级干部的思想入手,再来一个"从农村包围城市",肃清党内的教条主义。血的教训,让毛泽东明白,如果教条主义不根除,中国革命的前途命运必将再次遭受挫折。

本来,王明从莫斯科回来,毛泽东十分敬重他,称他为"昆仑山上下来的'神仙'"。可是,这位"钦差大臣"竟然不识抬举,时时处处事事仍然以"太上皇"自居,有些不知天高地厚了。凭着口若悬河的口才和死记硬背马列主义理论著作的硬功夫,他在延安成了明星式的权威理论家。延安大大小小的机关和院校邀请他进行讲演,他乐此不疲。王明的讲演给干部群众留下了深刻印象,确实"征服"了一大批刚刚参加革命的年轻人,甚至有人当场高呼"王明

[10] 胡乔木:《胡乔木回忆毛泽东》(增订本),人民出版社2014年版,第193页。

[11] 周国全、郭德宏、李明三:《王明评传》,安徽人民出版社1989年版,第371页。

万岁"。他俨然成为中共党内的理论"巨人"。

延安中央医院护士李坚曾专门负责王明的特护工作，笔者在2010年创作《王明中毒事件调查》一书时曾登门采访过她。她说："那时，王明在延安作报告，他比毛主席阔气，山头上都站着岗。王明头一次给我们作报告，各个学校都到。听说，他是领导中国党和日本党，（地位）在毛主席上面。王明的名气大，过去在延安被称作'天才的口才家'，讲演好，马列主义都很熟。王明是女大校长。从女大调来的学生，有一个和我是好朋友，叫周易，有一首校歌说'女大是我们的母亲'，她说'王明是我们的母亲'。"[12] 由此可见当时延安的青年学生对王明的崇拜。王明的妻子孟庆树时任中国女子大学政治部主任，在女干部中也是鼎鼎有名。

不可否认，王明的名气当时在延安确实相当响亮，尤其在中共马列主义理论水平整体不高的情况下。毛泽东确实感到了一种危机，他开始迫切地感到中国共产党必须要建立自己的理论。也就是说，要想把中共从王明教条主义束缚下解放出来，必须依靠马列主义，让党员干部真正懂得和掌握马列主义这个武器。因此，毛泽东决定加强全党的马列主义理论的学习，即他在六届六中全会上所倡导的"把马克思主义在中国具体化"。而所谓的具体化，就是"洋八股必须废止，空洞抽象的调头必须少唱，教条主义必须休息"。其矛头所指非常清楚，就是中共党内那些在苏联喝过洋墨水的、擅长引经据典的领导人。自然，王明就是最主要的代表。

没有漂洋过海走出国门的毛泽东，完全是一个土生土长的中国人。他读过的马列主义著作也大多是翻译过来的二手资料，不懂外语的他没有读过任何马列主义的原著。因此当大批留苏学生被提拔到中共中央领导岗位，并运用他们在苏联学习的理论在中央苏区指手画脚的时候，毛泽东就痛感自己理论方面的不足了。留苏学生多了，一方面加强了党的理论水平和理论队伍建设，但另一方面也滋生了生搬硬套的教条主义。后来，毛泽东对这些张口"马列"、闭口"马列"，自封为"马克思主义理论家"的人给予了尖锐的讽刺，挖苦他们死守教条，唯我独"左"，"自卖自夸，只此一家，别无分

[12] 作者采访李坚的谈话记录，2010年6月9日，北京。《王明中毒事件调查》2012年由中国青年出版社出版，2020年人民出版社再版时改名《王明中毒事件》。

店"，这些"我们老爷的'马克思主义与列宁主义'是不顾时间、地点与条件的"，其"特点是夸夸其谈，从心所欲，无的放矢，不顾实际"，而"谁要是在时间、地点与条件上面提出问题，谁就是'机会主义'"。他们"只知牛头不对马嘴地搬运马克思、列宁、斯大林，搬运共产国际，欺负我党与中国人民对马克思主义的认识水平与对于中国革命实践的认识水平的暂时落后而加以剥削"。毛泽东甚至感慨道："我常觉得，马克思主义这种东西，是少了不行，多了也不行的。中国自从有那么一批专门贩卖马克思主义的先生们出现以来，把个共产党闹得乌烟瘴气，白区的共产党为之闹光，苏区与红军为之闹掉百分之九十以上……都是吃了马克思主义太多的亏。"[13]

其实，早在江西中央苏区"靠边站"的时候，为了提高自己的马列主义理论水平，毛泽东就开始"恶补"理论，"望得书报如饥似渴"。到了延安以后，他更是认真做功课，发愤读书。在杨家岭的窑洞里，一张小方凳、一张旧方桌、一盏昏暗的小油灯，伴着毛泽东度过了一个又一个长夜。这个时期，他不仅阅读了大量的马克思主义哲学著作，还阅读了许多古今中外的军事理论著作。比如，1937年9月，他阅读了艾思奇的《哲学与生活》，写下了3000多字的辑录；1938年，他阅读了李达的《社会学大纲》和潘梓年的《逻辑与逻辑学》。其间，他还阅读了著名军事学家克劳塞维茨的名著《战争论》。

经历了大革命、土地革命和抗战爆发以来的成功与失败，毛泽东清楚地知道必须将马克思主义与中国革命的具体实践相结合，才能系统回答中共所面临的现实问题。因此，他提出必须要有"中国作风、中国气派"。正是这样的刻苦学习和探索，自发表《中国革命战争的战略问题》《矛盾论》《实践论》《论持久战》之后，毛泽东又接连发表了《〈共产党人〉发刊词》《中国革命和中国共产党》《新民主主义论》等文章，在中国第一次旗帜鲜明地提出了新民主主义的完整理论，将中国共产党关于现阶段民主革命的理论和纲领这面大旗更鲜明地立了起来。用毛泽东后来的话说："在抗日战争前夜和抗日战争时期，我写了一些论文，例如《中国革命战争的战略问题》

[13] 毛泽东：《驳第三次"左倾"路线——关于一九三一年九月至一九三五年一月期间中央路线的批判》，1941年。

《论持久战》《新民主主义论》《〈共产党人〉发刊词》，替中央起草过一些关于政策、策略的文件，都是革命经验的总结。那些论文和文件，只有在那个时候才能产生，在以前不可能，因为没有经过大风大浪，没有经过两次胜利和两次失败的比较，还没有充分的经验，还不能充分认识中国革命的规律。"他说，只有经过两次胜利和两次失败，在抗日战争时期，"中国民主革命这个必然王国才被我们认识，我们才有了自由"。[14]

毛泽东不仅自己加强了中国革命理论的艰苦学习和探索，还号召全党努力学习理论。在六届六中全会上，他甚至号召全党来一个"学习竞赛"。他说："我们的任务，是领导一个几万万人口的大民族，进行空前的伟大的斗争。所以，普遍地深入地研究马克思列宁主义的理论的任务，对于我们，是一个亟待解决并须着重地致力才能解决的大问题。我希望从我们这次中央全会之后，来一个全党的学习竞赛，看谁真正地学到了一点东西，看谁学的更多一点，更好一点。"[15] 显然，毛泽东要把中国共产党锻造成一个学习型的政党、一个创新型的政党、一个拥有自己的理论和领袖的政党、一个独立自主的政党。

但令毛泽东非常头痛的问题是，他发愤读书和发愤著述，他也无法改变那些留苏学生出身的中共高层领导者及被其影响者们"唯书唯上"的思维习惯和工作方法。"唯书"是指来自苏联的理论著作，"唯上"是指来自莫斯科苏共中央和共产国际的指示，产生于中国革命实际和实践中的毛泽东的理论著作和毛泽东的指示，是不包括在其中的。在浓厚的意识形态氛围中，延安完全笼罩在教条主义的阴影之中。为了执行六届六中全会关于学习问题的决议，1939年2月17日，中共中央特设了干部教育部，由张闻天出任部长，李维汉任副部长，领导和组织全党的马列主义理论学习。

为了警惕全党同志主观主义、教条主义、宗派主义的危害，1939年10月4日，毛泽东在《〈共产党人〉发刊词》一文中，分阶段性地总结了中国共产党成立18年来的历史经验。他指出，在党的幼年时期，革命失败的主要原因，就在于"还不善于将马克思列宁主

[14]《毛泽东著作选读》（下册），人民出版社1986年版，第825—826页。

[15] 毛泽东:《毛泽东选集》第二卷，人民出版社1991年版，第533页。

义的理论和中国革命的实践相结合",在土地革命战争时期,"一部分同志曾在这个伟大斗争中跌下了或跌下过机会主义的泥坑,这仍然是因为他们不去虚心领会过去的经验,对于中国的历史状况和社会状况、中国革命的特点、中国革命的规律不了解,对于马克思列宁主义的理论和中国革命的实践没有统一的理解而来的"。

"前途是光明的,道路是曲折的。"在中国抗日军政大学,毛泽东告诫学员们,中国革命的道路如河流一样曲折蜿蜒,要准备走"之"字路,这是世界上任何事情发展的原则。说白了,一切都是需要斗争才能赢得主动,赢得胜利。中国共产党人要从斗争中创造新局面。在延安,毛泽东之所以要高高地树立起"新民主主义"大旗,他说,"目的主要为驳顽固派"。其实,它的意义远远超出这个范围。1940年1月,毛泽东在陕甘宁边区文化协会第一次代表大会上发表《新民主主义的政治与新民主主义的文化》[16]的长篇讲话,开宗明义地提出"中国向何处去"的问题,他十分明确地指出:"我们要建立一个新中国。"他说:"我们共产党人,多年以来,不但为中国的政治革命和经济革命而奋斗,而且为中国的文化革命而奋斗;一切这些的目的,在于建设一个中华民族的新社会和新国家。"

毛泽东说他主要是为了驳斥"顽固派",这里的顽固派,是指国民党内的顽固派。当政治中心在武汉时,顽固派们就大肆鼓吹"一个主义""一个政党"的主张。国家社会党的张君劢公开要与毛泽东讨论"共产党之理论",要毛泽东"将马克思主义暂搁一边"。中国共产党的叛徒、国民党"理论家"叶青甚至宣称国民党外的一切党派,不只今天,就是将来也没有独立存在的理由。蒋介石1939年9月发表《三民主义之体系及其实行程序》的长文,鼓吹所谓"以党治国""以党建国","要使抗战胜利之日,即为建国完成之时"。[17]这就把"中国向何处去"这个问题,十分尖锐地摆到每一个关心国家前途命运的人的面前,这就要求中国共产党必须对这个问题系统地表明自己的立场和观点。

在《新民主主义论》中,毛泽东系统地阐述了新民主主义的理论和纲领。他强调指出,我们要建立的"这个新社会和新国家中,

[16] 即《新民主主义论》,原载1940年2月15日《中国文化》创刊号,2月20日发表于《解放》第98、99期合刊。

[17] 蒋介石:《三民主义之体系及其实行程序》,《青年中国季刊》创刊号,1939年9月30日。

不但有新政治、新经济,而且有新文化"。同时,毛泽东再一次谈到马克思主义中国化的问题。他说:"形式主义地吸收外国的东西,在中国过去是吃过大亏的。中国共产主义者对于马克思主义在中国的应用也是这样,必须将马克思主义的普遍真理和中国革命的具体实践完全地恰当地统一起来,就是说,和民族的特点相结合,经过一定的民族形式,才有用处,决不能主观地公式地应用它。"毛泽东把新民主主义国家的政治、经济、文化的基本特征和具体内容,把中国共产党所要建立的新中国是怎样的一个国家,为人们勾画了一个清晰而完整的轮廓。

《新民主主义论》是一篇具有严密的理论体系的文章,也是一篇有着很强论战性的文章。连一向攻击共产党没有自己的理论的反动文人叶青也不得不表示,读了《新民主主义论》,"我对于毛泽东,从此遂把他作共产党理论家看待了"。[18]

[18] 叶青,本名任卓宣(1896—1981),四川南充人。1922年任旅欧中国共产主义青年团执行委员,后转为中国共产党党员。1928年被捕后叛变,担任过国民党中央宣传部副部长。本段文字引自其《毛泽东思想批判》,帕米尔书店1974年版,第5页。

毛泽东树立新民主主义的目的,除了驳斥国民党顽固派之外,还有非常重要的原因,就是要在中共党内提出一套符合中国特色和实践需要的理论体系。他清楚地知道,以王明为代表的来自莫斯科的"理论权威"们依然把持着意识形态的话语权和领导权,而且在党内的政治思想路线上,有相当一大批党员干部,对王明等留苏学生出身的中央领导非常迷信。就连他本人也不得不对他们敬而远之,尽可能不去涉足他们的"专业领地"和"理论王国"。而令毛泽东尴尬的是,他的《论持久战》《新民主主义论》等一系列重要革命理论著作和文章,不仅没有得到负责理论报刊宣传工作的领导人的重视,甚至连《新华日报》都拒绝发表。而《新民主主义论》出版后,中共中央宣传部也"只把毛泽东同志的著作,列入临时的策略教育与时事教育之内,只当作中央的一般政策文件看待"。可见,延安中共高层的理论宣传和教育工作引经据典——苏联的"经"和共产国际的"典",在相当长的一段时间内蔚然成风。

毛泽东深知,这种局面必须打破,必须突出重围。因此,他在六届六中全会上明确提出:"使马克思主义在中国具体化,使之在其每一表现中带着必须有的中国的特性,即是说,按照中国的特点去应用它,成为全党亟待了解并亟须解决的问题。"他还指出:"在这个问题上,我们队伍中存在着的一些严重的错误,是应该认真地克服的。"他所说的"一些严重的错误",其实就是指以王明为代表的"左"倾教条主义错误。

六中全会后,王明口头上说"党要团结在毛泽东领导之下",实际上却依然坚持过去的错误。在全党掀起马列主义理论学习运动,毛泽东发表一系列"马列主义中国化"革命理论著作之后,王明也感到了一种危机。显然,他不甘心自己被毛泽东定义为教条主义者。同时,他本能地产生了逆反心理,认为毛泽东是在用"新民主主义"来对抗列宁主义,并建议毛泽东作出修改。显然,这是毛泽东绝对不能接受的。当然,王明也不是傻子,他已经明显感到毛泽东所倡导的"马列主义中国化",其矛头就是指向自己。

1940年3月,王明将自己1931年所写、后来被认为集中反映他"左"倾错误观点、被称为"教条主义纲领"的《两条路线》一书,改名为《为中共更加布尔塞维克化而斗争》,在延安印刷了第三版。该书的第二版是1932年在莫斯科印刷的。不言自明,从这个书名的更改上,就可以看出王明把矛头直接地指向了毛泽东,他要以此来证明他才是中共正确路线的真正代表。

在《为中共更加布尔塞维克化而斗争》的序言中,王明说:"反李立三和反罗章龙路线斗争距今将近十年了。本书已经成为历史文件,本无再出版的价值;不过因为我们党近几年来有很大的发展,成千累万的新干部新党员,对我们党的历史发展中的许多事实,还不十分明了。本书所记载着的事实,是中国共产党发展史中的一个相当重要的阶段,因此,许多人要求了解这些历史事实,尤其在延安各学校学习党的建设和中共历史时,尤其需要这种材料的帮助。"

王明在序言中还说:"任何人的思想,历史的事实,都是向前发展的,都是整个发展过程中的一定片断,而当事过境迁之后,再去审察已经过去时期的事实和理论,当然比当时当地当事人容易明白得多。但是,每个忠诚的辩证唯物主义和历史唯物主义者,不能离开一定的时间和空间条件来看待和处理是非问题,不能把昨日之是,一概看作今日之非；或把今日之非，一概看作异地之非；或把异地之非，一概断定不能作为此地之是。"

欲说还休，意犹未尽。王明不是省油的灯。不能否认，他上述这段话虽然蕴含着某些朴素的道理和辩证法，但"司马昭之心，路人皆知"。显然，处心积虑的王明是在危机中寻找转机，渴望以自己权威的理论武器来压毛泽东。中共七大代表、时任中共中央秘书处处长、张闻天的夫人刘英说："1939年至1940年，王明还是很自以为了不起的。1938年底，他从重庆回到延安以后，不仅没有认识错误，从过去所犯的'左'倾和右倾错误中吸取教训，而且坚持错误，甚至把错误说成正确。1940年还将他的'左'倾冒险主义代表作《为中共更加布尔塞维克化而斗争》重新出版，并且王婆卖瓜写序言自我吹嘘，要把这本书作为新干部、新党员学习党的建设和中共党史的材料。他还攻击毛主席的《新民主主义论》实际上是反列宁主义、反社会主义的理论和行动纲领，是中国民族资产阶级的理论和行动纲领。"[19]

显然，王明的举动，是一个极具挑战性的行为。"这样一来，王明究竟是个什么人，他搞的一套究竟是对还是错，就成了一个问题了。这就要算历史账，才能搞清楚。"[20]

然而，王明错误的理论观点和方针路线，在党内确实还有市场，他的著作到1943年的时候依然被当作党的文件在学习。七大晋冀鲁豫代表团代表王锐1943年8月接到去延安的通知，一开始以为是去学习——当时人们都想到延安去学习，提高自己的觉悟和水平。既然是学习，他也没有带别的东西，就带了一本王明的《为中共更加布尔塞维克化而斗争》。到了太岳区党委驻地，他才知道自己当选了七大代表，叫去延安开会。同王锐一道在太岳区工作，也是七大代表的任志远先到延安。王锐到了延安后，就告诉任志远，自己带了一本王明的书来。任志远说："这可是不该带的，王明的观点是错误的啊！"那么，王锐为什么还从太岳带来王明的书呢？他回忆说："实际上，延安经过了整风运动，我们太岳区1942年也进行了整风学习，但并没有公开点名批评王明，所以我并不知道王明的书有什

[19] 中共中央党史研究室第一研究部编：《七大代表忆七大》（上），上海人民出版社2006年版，第45页。

[20] 胡乔木：《胡乔木回忆毛泽东》（增订本），人民出版社2014年版，第45—46页。

么错。我们到延安时,'抢救运动'已经结束了,审查干部也结束了,但'左'的影响还有。"[21]

七大代表王锐的亲身经历,从另一个角度说明,至1943年8月,毛泽东组织的批判王明"左"倾错误路线的斗争,是中共中央高层的党内事务,并没有公开,是党内秘密。

在毛泽东一而再再而三的忍耐、宽容和引导下,王明依然固执己见,死磕到底。于是,应该怎样看待党的历史上路线是非这个问题,迫切地摆到了中共中央和毛泽东的面前。其实,对于党的历史问题,六届六中全会前,中共中央就曾考虑在准备召开的七大上进行讨论,但没有得到共产国际的同意。王稼祥在六届六中全会上传达共产国际的指示时说:中共七大要着重于实际问题,主要着重于抗战中的许多实际问题,不应花很久时间再争论过去十年内战中的问题。关于总结十年经验,国际认为要特别慎重。因为战争形势以及中共中央高层的思想路线、领导权等诸多问题还没有得到统一解决,七大就一直难以召开,有关党的历史问题的讨论也就一直拖了下来。

让王明没有想到的是,选择在这个时机再版《为中共更加布尔塞维克化而斗争》,自己搬石头砸了自己的脚,这本书反而成了自己"左"倾错误路线的证明材料。三年后的1943年9月21日,刘少奇在读到这本书后,在上面批注道:"这本罪恶的小册子记载着罪恶的党内斗争材料不少。然而它使我们能从这些材料中窥见四中全会及其前后党内斗争的黑幕,使我们对于党内这段历史有完全新的了解。马克思主义者必须利用这本材料将党内这段历史重新写过,并作出结论说:王明这一派人在其所谓'反立三路线'斗争中,不独没有真正反对立三路线,不独没有任何功绩,而且有莫大的罪过。"[22]

此时,更让王明没有想到的是,毛泽东一直备受共产国际的赞誉,称他是"为中国人民的解放而战斗的英勇战士,中国共产党的组织者和领导者之一,真正的布尔塞维克,学者,杰出的演说家,军事战略家和天才组织者",其影响力越来越大。中共中央名义上

[21] 中共中央党史研究室第一研究部编:《七大代表忆七大》(下),上海人民出版社2006年版,第706页。

[22] 戴茂林、曹仲彬:《王明传》,中共党史出版社2008年版,第245页。

的最高领导人张闻天，在1939年的春天就已经把政治局会议的地点主动移到毛泽东的住处，开始有意识地主动让位给毛泽东。而到了1940年，他更是事实上承认毛泽东是党的领袖，把各项权力统统交给毛泽东了。不知道是出于什么心理，王明也悄悄地跟随共产国际唱起了毛泽东的赞歌。1940年5月3日，他来到延安泽东青年干部学校，在开学典礼上，做了一场题为"学习毛泽东"的报告。他说："对于青年学生学习问题，我只贡献五个字'学习毛泽东'。青年干部学校以毛泽东同志的光辉名字来命名，那就要名副其实，就是要学习毛泽东同志的生平事业和理论。"随后，习惯长篇大论作报告的王明，发挥了他理论家和演讲家的特长，热情洋溢地赞颂毛泽东。

王明一边暗中与毛泽东分庭抗礼，一边公开大唱毛泽东赞歌，而且像这样高调的赞歌，似乎还从来没有人唱过。这与他后来在《中共五十年》一书中诬蔑和指责毛泽东的描述截然相反，简直令人难以置信。王明的葫芦里到底卖的是什么药？无论是真情还是假意，王明的赞歌，毛泽东听起来似乎并不怎么顺耳。

此时，毛泽东一边大力领导抗日根据地军民开展大生产运动，一边积极巧妙地抵御国民党反动派的"摩擦"，充分利用抗日民族统一战线的有利因素和相对和平环境，开始深入冷静地思考历史、总结历史。他清楚地看到，中国共产党成立以来，经历过巨大的胜利和严重的失败，出现过"左"的和右的机会主义错误，其中给中共带来危害最大的就是以王明为代表的"左"倾教条主义错误。遵义会议和六届六中全会，分别纠正了王明在土地革命战争后期的"左"倾错误和抗日战争初期的右倾错误，但由于没有来得及对党的历史经验进行系统的总结，特别是没有从政治路线的高度对党内历次错误的思想根源进行深刻的总结，所以，党内在指导思想上仍存在一些分歧。这些分歧，从根本上说，就是一切从实际出发，按具体情况办事，还是主观主义地凭"想当然"或照着某些"本本"办事。这个问题如果不能得到很好的解决，就谈不上党内思想上、政治上的统一和行动上的一致，去同心同德地夺取胜利。还有一个原因是，中国共产党这时已发展成拥有80万党员的大党，其中百分之九十以上是抗战以后入党的新党员。毛泽东认为，这些干部，"如不提高一步，就不能掌握将来的新局面"。[23]

此时此刻，已是皖南事变的前夜，形势十分严峻，毛泽东工作十分繁忙。但他一点也没有放松对党的历史经验、统一战线策略上的新经验等问题进行全面系统的总结。

1940年12月4日，中共中央召开政治局会议，毛泽东在会上第一次比较集中地谈到了中共历史上的右倾和"左"倾错误，特别是十年内战后期打倒一切的"左"倾错误及其给中国革命造成的严重损失。中央政治局会议对毛泽东提出的这些问题进行了认真讨论。会上，王明、博古、朱德、康生、张闻天、陈云等相继发言。博古坦然表示愿意对当时的错误负责，希望有机会能够作出检讨。但对毛泽东说苏维埃后期的错误是路线错误的观点，不但王明、博古无法接受，其他人对此也表示异议，存在分歧。同为留苏学生，并且作为当时中共中央主要负责人的张闻天就表示：在苏维埃后期虽然因反立三路线不彻底又犯了"左"的错误，但当时还是进行了艰苦的斗争的，还是为马列主义而奋斗的，路线上并没有错。

12月25日，在中共中央全面总结这方面经验的基础上，毛泽东求同存异，起草了一份关于时局与政策的党内指示。[24]毛泽东批评了土地革命时期出现过的一些"左"倾机会主义错误，指出："现在的抗日民族统一战线政策，既不是一切联合否认斗争，又不是一切斗争否认联合，而是综合联合和斗争两方面的政策。"但在说到土地革命战争后期的许多"左"的政策时，毛泽东也不得不同意不用路线错误的提法。

就是在这个时候，1941年1月6日，皖南密林里的枪声再次警醒了毛泽东，警醒了中共中央。以毛泽东为首的中共中央面对国民党蒋介石的猖狂进攻，针锋相对，坚决地"采取了尖锐的对立政策"，并逐渐形成了"政治上取攻势，军事上取守势"的方针，成功地实行了政治上的全面大反攻，使得"以为可以关起门来打内战，消灭共产党，至少可以消灭新四军；以为日本人会鼓励他，至少会中立、不作声"的蒋介石，在发动皖南事变后，才知道他的算盘打错了。

[23] 金冲及：《毛泽东传（1893—1949）》，中央文献出版社2004年版，第647—648页。

[24] 这份指示中的政策部分即收入《毛泽东选集》的《论政策》。

结果，不仅日本人打了他，更让蒋介石没有想到的是国内国际上反对他的声音越来越强烈了。进退失据的蒋介石掀起的第二次反共高潮，被中共奋力反击打了下去，而且比第一次反共高潮败得还要惨。

以皖南事变为转折，中共打退了蒋介石第二次反共高潮的一系列方针政策，在整个抗日战争时期，是毛泽东统一战线思想发展的又一个具体生动的成功实践。通过这次斗争，中共对王明右倾错误的认识更清楚了。皖南事变以血的代价"让我们在军事受了那么大的损失，政治上却有很大进展，并对以后的军事发展有利"，同时也"表现出毛泽东发展统一战线的策略思想更具体化、更丰富"。这是一段很精彩的历史，也是毛泽东在抗日战争时期最紧张的一段时间。

1941年春天，打退国民党反共高潮之后，毛泽东明显感觉到，自己在六届六中全会上倡导的"使马克思主义在中国具体化"的号召，如今依然还是一句空话。于是，他决定采取强有力的措施，要求全党从中国革命的实际和中国革命的具体利益出发，考虑问题，决定政策。皖南事变几个月后，毛泽东就公开批评中共中央有些人没有把普遍真理的马列主义与中国革命的具体实际联系起来的问题。他说：有些人把马列主义当成死的教条，"对于研究今日的中国和昨天的中国一概无兴趣，只把兴趣放在脱离实际的空洞'理论'研究上"，"言必称希腊"，"自以为是，'老子天下第一'，'钦差大臣'满天飞"，专门唬那些不懂理论的工农干部和青年学生。为了引起全党重视，毛泽东要求把反对教条主义的问题提到党性的高度来认识。

不言而喻，毛泽东所说的"言必称希腊"的"钦差大臣"，就是指习惯于唯书唯上、唯莫斯科共产国际马首是瞻的以王明为首的教条主义者，即所谓的"国际派"。博古犯错误，乃至项英犯错误，在一贯重视实践、轻视教条的毛泽东看来，都是一个问题，那就是，理论脱离了实际。说白了，就是他们考虑问题、做事情，没有从中国的国情出发，没有从中国革命的实际利益出发。像维经斯基、李德、马林、米夫等这些外国人，为了他们国家或组织的利益，这么做是没有办法的事情。但中国共产党特别是中央领导人，如果一味地按照莫斯科的指示或苏联的模式生搬硬套地去做中国的事情，势必会付出血的代价。如不悬崖勒马，一旦有个风吹草动，即使共产国际不干涉，中共中央内部也必然在党的指导思想上产生严重分歧，从而给中国革命的伟大事业带来意想不到的损失。

皖南事变之后，看到中国共产党日渐壮大独立的毛泽东，灵活地与莫斯科进行了小心翼翼的周旋。显然，打退国民党的反共高潮，让毛泽东感到更有底气。5月14日，他致电周恩来，直截了当地批评苏联军事总顾问崔可夫，让他不要对中共指手画脚，中共怎么做自有中共的道理，"不要随便乱说"。他同时告诫周恩来，对俄国人的话，"不可不听，又不可尽听"。

为了改变中共党内理论脱离实际的问题，实现全党尤其是中共中央高层在政治上、思想上和行动上的统一，同心同德战胜困难，夺取抗日战争的最后胜利，毛泽东决定从思想和舆论上着手，开始发动思想整风——革思想的命。为此，经过精心准备，在1941年春天，毛泽东不慌不忙地做了四件在当时看来似乎有些不太起眼，但事后看来却有些惊天动地、不同凡响的事。

现在按时间顺序，我们一一来看。

毛泽东做的第一件事，是编辑再版《农村调查》。

1941年4月，毛泽东在延安为什么决定要出版这部十年前的旧作呢？《农村调查》是毛泽东1930年至1933年间在中央苏区所作的农村调查报告，1937年10月他就已经编好。1940年3月，王明再版了他的旧作《两条路线》，改名为《为中共更加布尔塞维克化而斗争》，增写了序言。毛泽东这次也为自己的《农村调查》重新写了序和跋。他申明："出版这个参考材料的主要目的，在于指出一个如何了解下层情况的方法，而不是要同志们去记那些具体材料及其结论。"他指出："现在我们很多同志，还保存着一种粗枝大叶、不求甚解的作风，甚至全然不了解下情，却在那里担负指导工作，这是异常危险的现象。对于中国各个社会阶级的实际情况，没有真正具体的了解，真正好的领导是不会有的。"他又指出："实际工作者须随时去了解变化着的情况，这是任何国家的共产党也不能依靠别人预备的。所以，一切实际工作者必须向下作调查。对于只懂得理论不懂得实际情况的人，这种调查工作尤有必要，否则他们就不能将理论和实际相联系。'没有调查就没有发言权'，这句话，虽然曾经被人讥为'狭隘经验论'的，我却至今不悔；不但不悔，我仍然坚持没有调查是不可能有发言权的。"[25]可见，之所以再版《农村调查》，毛泽东已经说得明明白白，其目的就是针对以王明为首的"国际派"所奉行的主观主义。

[25] 毛泽东：《毛泽东选集》第3卷，人民出版社1991年版，第791页。

毛泽东做的第二件事，就是改组延安新闻机构。

1941年5月15日，毛泽东为中共中央书记处起草了一份关于出版《解放日报》的通知，明确指出："五月十六日起，将延安《新中华报》《今日新闻》合并，出版《解放日报》，新华通讯社事业亦加改进，统归一个委员会管理。一切党的政策，将通过《解放日报》与新华社向全国宣达。《解放日报》的社论，将由中央同志及重要干部执笔。各地应注意接收延安的广播。重要文章除报纸、刊物上转载外，应作为党内、学校内、机关部队内的讨论与教育材料，并推广收报机，使各地都能接收，以广为宣传，至为至要。"第二天，由毛泽东题写报名并写发刊词的《解放日报》诞生了。在发刊词中，毛泽东阐明了该报创刊的宗旨和任务。他指出："本报之使命为何？团结全国人民战胜日本帝国主义一语足以尽之。这是中国共产党的总路线，也就是本报的使命。"同时还指出，"中国共产党的政策，始终是抗日民族统一战线政策"，"团结，团结，团结，这就是我们的武器，也就是我们的口号"。这个发刊词论证了党报使命与中国共产党使命的一致性，党报就是要准确地宣传党在不同时期的政治任务及为了完成政治任务而制定的路线、方针、政策，成为教育人民群众、指导革命工作的武器。《解放日报》出版后，尽管新华社本身已经有了一些规模，但改革后以"报"为中心，"社"是附属"报"。胡乔木回忆说："由于形势的骤变，'左'的思想有所抬头，在有的根据地的广播与战报上，出现了一些违反党的政策和中央指示的言论。再加各根据地处于分散隔离的状态，各地报刊、通讯社的宣传报道往往发生偏离党中央方针政策的情况。因此，党中央、毛主席决定创办一张大型日报，以适应新的斗争形势，统一全党宣传舆论口径，更有力地推动各方面工作的开展。为集中力量办好《解放日报》，党中央的其他刊物，如《解放周刊》等相继停刊。"[26] 在"政治形势之紧张，敌人谋我之尖锐，党派斗争之激烈"的情况下，毛泽东创刊《解放日报》作为中共中央的喉舌，就是为了统一思想、统一舆论，掌握舆论主动权、主导权。

毛泽东做的第三件事，就是5月19日在延安高级干部会议上作《改造我们的学习》的报告。前文已经叙述。

毛泽东做的第四件事，是整理出版"党书"《六大以来》。

《六大以来》的编辑整理工作，其实是从1940年下半年开始的。这项工作一开始是由王首道负责，中央秘书处的裴桐负责文献收集。毛泽东主持收集、编辑和整理、研究六大以来的重要历史文件时，系统完整地读到了许多过去自己在中央苏区无法看到的历史材料，更深刻地感受到教条主义的危害。1941年2月，毛泽东点名把胡乔木调到身边担任秘书，负责该书的编辑和校对工作。《六大以来》分上下两册，上册是政治性文件，下册是组织性文件，汇集了从1928年6月党的第六次代表大会到1941年11月间党的历史文献519篇，280多万字。它最初的目的并不是编印一本书，而是为预定于1941年上半年召开的七大准备材料，总结党的第六次代表大会以来的历史经验。胡乔木回忆说："但是即使在党的高级干部中，在1941年，也还有一些人对这条'左'倾错误路线[27]缺乏正确的认识，甚至根本否认有过这么一条错误路线。在这样一种思想状态下，要成功地召开七大是不可能的。为了确保七大开得成功，毛主席认为有必要首先在党的高级干部中开展一个学习和研究党的历史的活动，以提高高级干部的路线觉悟，统一全党的认识。于是在1941年八九月的一次中央会议上，毛主席建议把他正在审核的为七大准备的六大以来的历史文献汇编成册，供高级干部学习与研究党的历史用。会议同意了毛主席的这一建议。"[28]

毛泽东对这些文件的审核是相当认真的，不仅每篇必读，而且对某些文献的题目作了修改。因为文献史料太多太庞杂，通读一遍都有困难，学习研究更谈不上。于是，毛泽东有意识地对文献进行

[26] 胡乔木：《胡乔木回忆毛泽东》（增订本），人民出版社2014年版，第446页。

[27] 主要是指王明的"左"倾路线和"立三路线"所带来的主观主义、教条主义。

[28] 胡乔木：《胡乔木回忆毛泽东》（增订本），人民出版社2014年版，第176页。

了筛选，先后挑选出86篇有代表性的重要文献，以散页形式发给了延安的高级干部学习研究。因此，《六大以来》实际上有两个版本，一个是汇集本，一个是选集本。汇集本仅仅印刷了500套，只发中央各部机关、中央局、军委、军分区等大单位，不对个人发放。后来在撤离延安时因携带不便只由中央秘书处带出了几套，其余全部销毁。因此，从某种意义上来说，《六大以来》的编印其实就是要解决中共党史上一些常识性的问题，比如像王明路线、"立三路线"到底是什么，算一算历史账，在政治上说清楚。"现在把这些文件编出来，说那时中央一些领导人存在主观主义、教条主义就有了可靠的根据。有的人就哑口无言了。毛主席怎么同'左'倾路线斗争，两种领导前后一对比，就清楚看到毛主席确实代表了正确路线，从而更加确定了他在党内的领导地位。从《六大以来》，引起整风运动对党的历史的学习、对党的历史决议的起草。《六大以来》成了党整风的基本武器。"[29]

《六大以来》的出版，对中共高中级干部认识党的历史"发生了启发思想的作用"，"同志们读了以后恍然大悟"，"个别原先不承认犯了路线错误的同志，也放弃了自己的观点，承认了错误"。[30]后来，在1943年10月6日举行的中共中央政治局会议上，毛泽东把采取上述措施后引起的变化说得非常明白："1941年5月，我作《改造我们的学习》的报告，毫无影响。6月后编了党书[31]。党书一出许多同志解除武装，故可能开'九月会议'。"

毛泽东在做好上面四件事之后，中央办公厅和中组部在杨家岭开办了党史学习研究班，把七大代表中的省地级领导干部集中起来学习研究《六大以来》。学习研究班的组长是陈郁，副组长为郭洪涛。此前，由范文澜花了几个月时间带着这些七大代表学习了中国历史。毛泽东知道，仅仅学习中国历史是明显不够的，中共党员如果连中共党史都不知道，如何去干革命？开班时，陈云专门做了动员，说明党史文件学习研究的任务和方法，提倡独立思考精神，发扬民主，进行研究讨论。

《六大以来》中的文件大都是党内的秘密，对七大代表们来说，

[29] 胡乔木：《胡乔木回忆毛泽东》（增订本），人民出版社2014年版，第48页。

[30] 在当时这种积极影响下，许多同志要求研究党史应该从一大开始。于是毛泽东在1942年开始着手编辑《六大以前》，并要求资料工作由陶铸和胡乔木负责。这年10月，《六大以前》在延安出版，上下两册共收入文献184篇。新中国成立后，《六大以前》于1951年5月和1980年5月经过修订，分别由中央办公厅和人民出版社两次再版。1943年8月，胡乔木又协助毛泽东编辑出版了《两条路线》。此书出版后取代了《六大以来》选集本，成为中共高级干部路线学习的主要材料。

[31] 指《六大以来》。

有的或许过去看过一眼，有的或许曾经听过传达，但大多数是没有看过的，甚至是没有听说过的，更没有机会能够系统完整地来看、来研究和讨论。对自己能够看到这么多机密文件，了解党的过去，代表们还是兴奋不已，无不努力地阅读。来自闽粤赣边区的伍洪祥在看了王明的《为中共更加布尔塞维克化而斗争》后，发现这篇过去被党内一些人士大力宣扬的文章有许多令人费解的地方，比如，其中说"立三路线表现的形式是左倾，实质上是右倾"。他和不少同志就提出了问题：是不是以"左"来反"左"？对于遵义会议文件中说当时党中央只是在军事上犯了"左"倾冒险主义错误，还肯定其政治路线是正确的，他们也提出了问题，他甚至由此联想到中央苏区的"肃反"和反"罗明路线"问题，可是当时都没有展开讨论。为什么？伍洪祥分析认为："实际上，大家的思想还受'左'倾教条主义的影响，'紧箍咒'还没有冲破。自从党的六届四中全会以来，党内形成了对中央发的文件指示一律认为'绝对正确'，只能表示拥护，不能提出异议的风气，否则就给你戴上'罗明路线'之类右倾机会主义错误大帽子，还得进行'残酷斗争、无情打击'。在这种情况下，虽然听了毛主席《改造我们的学习》的报告，知道要有反对主观主义、教条主义的学习态度，但是思想还没有完全解放，认识还没有真正提高到敢于打破老框框，提出反对意见的水平。如果没有后来的整风学习，实行'知无不言，言无不尽；言者无罪，闻者足戒；有则改之，无则加勉'，开展批评与自我批评，要彻底克服主观主义错误是不容易的。"[32]

值得注意的是，毛泽东发动整风运动，还有一个不可忽略的国际背景，那就是苏德战争的爆发。1941年6月22日，苏德战争爆发，这令中共中央高度关注，毛泽东反应迅速。第二天，中央政治局召开紧急会议，通过了毛泽东起草的《关于反法西斯的国际统一战线的决定》。显然，这是一个高瞻远瞩的对国际国内形势的精确判断。四天后的6月26日，《解放日报》发表了毛泽东修改的社论《世界政治的新时期》，开宗明义地指出："苏德战争是世界政治新的转折点。"毛泽东密切关注苏德战争的发展态势，在深思熟虑之后，决定

[32] 中共中央党史研究室第一研究部编：《七大代表忆七大》（下），上海人民出版社2006年版，第1250页。

由胡乔木完成他的命题社论《苏必胜，德必败》，于6月28日在《解放日报》发表。这是深谋远虑的预见？还是鼓舞士气人心的号角？抑或是表达某种希望和期待？当时有很多人不相信毛泽东的这个论断——苏必胜，德必败。但历史已经证明了毛泽东的预见。

就是在这样的国际和国内历史背景下，中共中央召开了1941年的"九月会议"。毛泽东乘莫斯科无暇他顾之机，用中国化的马列主义，走中国特色的革命道路，中国共产党人开始独立自主地解决自己的历史问题，拉开了延安中央领导层整风运动的序幕。

"九月会议"是毛泽东事实上掌控中共中央之后，在整风运动准备时期召开的一次极其重要的会议。会前，毛泽东在做好宣传舆论的积极准备之后，又从组织上做了充分准备，为他最终赢得中共意识形态的话语权和解释权铺平了道路。

毛泽东又稳扎稳打地做了两件事。

第一件事，制定了关于组织纪律的两个文件。

一是《关于增强党性的决定》。1941年7月1日，是中国共产党建党20周年纪念日。就在这一天，根据毛泽东的提议，中共中央政治局通过了由王稼祥负责、王若飞参与起草的《关于增强党性的决定》。决定要求"党更进一步地成为思想上、政治上、组织上完全巩固的布尔塞维克的党，要求全党党员和党的各个组织部分都在统一意志、统一行动和统一纪律下面，团结起来，成为有组织的整体"。决定指出："今天巩固党的主要工作是要求全党党员，尤其是干部党员，更加增强自己党性的锻炼，把个人利益服从全党的利益，把个别党的组成部分的利益服从于全党的利益，使全党能够团结得像一个人一样。"决定还指出了存在于党内的各种违反党性的错误倾向，如个人主义、无组织的状态、分散主义等，并提出克服这些错误倾向的办法。

二是《关于调查研究的决定》。1941年8月1日，中共中央发出毛泽东起草的这份决定，指出："二十年来，我党对于中国历史、中国社会与国际情况的研究，虽然是逐渐进步的，逐渐增加其知识的，但仍然是非常不足；粗枝大叶，不求甚解，自以为是，主观主义，形式主义的作风，仍然在党内严重地存在着。""党内许多同志，还不了解没有调查就没有发言权这一真理。还不了解系统的周密的社会调查是决定政策的基础。还不知道领导机关的基本任务就在于了解情况与掌握政策，而情况如不了解，则政策势必错误。""还不知道粗枝大叶、自以为是的主观主义作风，就是党性不纯的第一个表现，而实事求是，理论与实际密切联系，则是一个党性坚强的党员的起码态度。""我党现在已是一个担负着伟大革命任务的大政党，必须力戒空疏，力戒肤浅，扫除主观主义作风，采取具体办法，加重对于历史，对于环境，对于国内外、省内外具体情况的调查与研究，方能有效地组织革命力量，推翻日本帝国主义及其走狗的统治。"决定"责成各级党部将本决定与中央七月一日所发关于增强党性的决定联系起来，向党的委员会及干部会议作报告，并讨论实施办法"。

《关于增强党性的决定》和《关于调查研究的决定》，两个文件，一个腔调，就是坚决反对主观主义，强调理论与实际的结合，增强党性。两相比较，毛泽东起草的文件显然要比王稼祥等起草的文件，在文字上要强硬得多。

第二件事，成立了两个新的机构。

一是成立中央调查研究局。1941年8月1日，中共中央在作出《关于调查研究的决定》的同时，又发布了《关于实施调查研究的决定》，具体规定了实施办法，并决定设立中央调查研究局，担负国内外政治、军事、经济、文化及社会阶级关系各种具体情况的调查与研究。毛泽东担任主任，任弼时任副主任。调查研究局下设情报部（又称调查局）、政治研究室、党务研究室，毛泽东兼政治研究室主任。情报部担负收集材料之责，在晋察冀边区设立第一分局，担负收集日本、满洲及华北材料；在香港设第二分局，担负收集欧美材料，同时收集日本及华中、华南沦陷区材料；在重庆设第三分局，担负收集大后方材料；在延安设立第四分局，担负收集西北各省材料。政治研究室担负根据材料加以整理与研究之责，下设中国政治研究组、中国经济研究组、敌伪研究组（包括日本中共沦陷区及其他日本侵略地带)、国际研究组(包括苏联欧美及各殖民地半殖民地)。党务研究室担负研究各地党的现状与党的政策之责,内分根据地研究组、大后方研究组、敌占区研究组和海外研究组。

二是成立思想方法学习小组。1941年8月29日,为加强中央对全党思想上的领导,中共中央书记处会议决定,成立思想方法学习小组,由毛泽东担任组长。9月8日,中共中央书记处会议决定:政治局学习小组,除研究马恩列斯著作外,同时研究六大以来的中央文件,着重研究四中全会至遵义会议一段,由王稼祥任副组长,负责组织这一研究。会议还决定:组织中共中央青年工作委员会,凯丰、冯文彬分别任正副书记;组织大学管理委员会,由凯丰、邓发、李维汉等九人组成;刚刚改名为马列研究院的马列学院再次更名为中共中央研究院,毛泽东担任院长,下设文化思想研究室、政治研究室、经济研究室、文艺研究室、教育研究室、新闻研究室、历史研究室、国际问题研究室、俄语研究室等9个研究室,成为用马列主义方法研究中国历史与现实问题的公开学术机关。

自1941年7月底以来,毛泽东采取了一系列动作,连续召开中共中央政治局会议,专门讨论改革中央机关的组织结构、中央领导同志工作分工、延安学校合并等问题,并作出决议。抗日军政大学和陕北公学转移到晋察冀边区,撤销解散了延安中国女子大学和青年干部训练班。对于中央书记处工作会议问题,8月27日的中共中央政治局会议决定,在七大前不改变中央书记处的组织,但为增强中央工作的效能起见,除每周一次政治局会议外,以住在杨家岭的政治局委员毛泽东、王稼祥、任弼时、张闻天、王明、陈云、凯丰七人组成中共中央书记处工作会议,暂定每周开会两次。会议还决定任弼时担任中共中央秘书长,李富春任副秘书长。

在完成了这些大动作之后,毛泽东认为时机已经成熟,决定召开酝酿已久的中央政治局扩大会议,检讨中共在十年内战后期的领导路线问题,即1931年9月开始的中共临时中央领导时期的领导路线问题。

"九月会议"因为王明的问题,会议开得一波三折,会期长达44

天，实际上只在9月10日、11日、12日、29日和10月22日开了五次大会。到会的中央政治局委员有：毛泽东、任弼时、王稼祥、王明、朱德、张闻天、康生、陈云、凯丰、博古、邓发。列席会议的有李富春、杨尚昆、罗迈、陈伯达、高岗、林伯渠、叶剑英、王若飞和彭真。胡乔木和王首道一起担任会议记录。会议上，先后有28人次发言，以自我批评精神认真检讨了自己历史上所犯的错误，进行了沉痛的检讨，不少同志是两次发言，有的同志甚至作了三次发言。会议同时决定，《解放日报》扩大为四版，增加反对主观主义和宗派主义的宣传教育内容，今后《解放日报》的文字，应力求生动活泼，尖锐有力，反对党八股。

"九月会议"期间，穿插开了多次中央书记处工作会议。

会议伊始，毛泽东就作了关于反对主观主义和宗派主义的报告。他说，党内有这样的历史传统：不切实际，按心里想的去办，这就是主观主义。他话锋犀利，言语激愤。他指出："过去我们的党很长时期为主观主义所统治，立三路线和苏维埃运动后期的'左'倾机会主义都是主观主义。苏维埃运动后期的主观主义表现更严重，它的形态更完备，统治时间更长久，结果更悲惨。"这是因为他们自称为"国际路线"，穿上马克思主义的外衣，其实是假马克思主义。他说："遵义会议，实际上变更了一条政治路线。过去的路线在遵义会议后，在政治上、军事上、组织上都不能起作用了，但在思想上主观主义的遗毒仍然存在。"他又说："六中全会对主观主义作了斗争，但有一部分同志还存在着主观主义，主要表现在延安的各种工作中。在延安的学校中、文化人中，都有主观主义、教条主义。""现在，延安的学风存在主观主义，党风存在宗派主义。"[33]

毛泽东侃侃而谈，深入浅出，底气十足。他分析主观主义的来源主要是党内"左"的传统，苏联的德波林[34]等的影响，以及中国广大小资产阶级的影响。他强调指出："要分清创造性的马克思主义和教条式的马克思主义。"因此，要实行学制的改革，研究马、恩、列、斯的思想方法论，组织思想方法论的研究组，首先从政治局同志做起。"以思想、政治、政策、军事、组织五项为政治局的根本

[33] 中共中央文献研究室编：《毛泽东年谱（1893—1949）》（修订版）中卷，中央文献出版社2013年版，第327页。

[34] 德波林（1881—1963），与列宁同时期的一位苏联哲学家，是普列汉诺夫的忠实学生，曾任苏联科学院哲学研究所所长。在20世纪初俄国的复杂政治斗争中，把唯物辩证法与黑格尔的唯心辩证法相等同，受到斯大林的批判。著有《哲学与政治》。

业务""掌握思想教育是我们第一等的业务"。在报告中，他提出，中央研究组一方面研究马克思主义的思想方法论，一方面研究六大以来的决议。他要求在"延安开一个动员大会，中央政治局同志全体出马，大家都出台讲话，集中力量反对主观主义和宗派主义"。如何粉碎主观主义和宗派主义？毛泽东认为，首先要在理论上分清创造性的真马克思主义和教条式的假马克思主义；其次必须把理论与实践相结合，一面提倡把中国丰富的革命实践经验马克思主义化，一面提倡创造性地把马克思主义中国化，取消过去所谓的理论家头衔。今后能解决实际问题的，真正使马克思列宁主义中国化的人，才算得上理论家。他最后强调："打倒两个主义，把人留下来。反对主观主义和宗派主义，把犯了错误的干部健全地保留下来。"

波澜壮阔的历史如大海，每一个历史人物就像那一叶扁舟，在波峰浪谷间惊心动魄地漂流。思想上的交锋和较量，其激烈程度及其在心灵上的震撼，或许比战争来得更加深远、更加深刻。毛泽东那一口浓重的湖南话，那一支接一支燃烧的香烟，让杨家岭中央政治局会议室里氤氲着一种从未有过的沉重气氛。完全可以想见，一直以"中共理论权威"自居的王明听到毛泽东这些针尖对麦芒的讲话，是多么刺耳。对他来说，真可谓是不用对号也能入座。不难想象，这"座"，真是如坐针毡。

在"九月会议"的第一天，毛泽东就要求"中央政治局同志全体出马，大家都出台讲话"。在报告结束时，毛泽东还宣读了王稼祥拟就的从四中全会至遵义会议这段历史的16个研究题目，包括四中全会的历史估价，主观主义与中国革命的理论问题，主观主义与政治策略路线、军事路线、组织路线问题，主观主义在各个地区及各个方面工作的表现，以及遵义会议后主观主义的遗毒等问题。这些题目分别由延安的政治局委员及有关方面负责人准备研究。毛泽东在"九月会议"第一天的报告和王稼祥拟就的研究题目，为"九月会议"乃至中央领导层后来的整风运动奠定了基调。

张闻天又是第一个诚恳地作了检讨。接着，博古诚恳地作了自我批评。在邓发检讨之后，王明只是作了一个表白式的自我批评。

9月11日，王稼祥也作了自我检讨。接着，朱德发言指出：四中全会的中央主要负责人，多数是从莫斯科回来的，用马列主义的金字招牌压服实际工作者。四中全会的中央，是书生式的领导。陈云在发言中说，过去十年白区工作中的主观主义，在刘少奇、刘晓同志到白区工作后才开始改变。刘少奇同志批评过去的白区工作路线是错误的，现在检查起来，刘少奇同志是代表了过去十年来的白区工作的正确路线。据此，他提出，有些干部位置摆得不适当，要正位，如刘少奇同志将来的地位要提高。不是政治局委员的罗迈（李维汉），在大革命时期和江西苏维埃时期都在中央担负过领导工作，曾经较为积极地贯彻过错误的路线。有人在会上对他进行了措辞极其尖锐的批评。他虚心接受了其他同志的严厉批评，一次又一次诚恳地作了自我检讨，并真诚地说：检查、认识、改正了错误后，思想上感到"轻松愉快"。9月12日，任弼时也检讨了自己到中央苏区后，毫无军事知识，却不尊重毛泽东的意见而指挥打仗的事情。

很难说"九月会议"是一次令人开心的会议。检讨一次比一次深刻，批评一次比一次尖锐，充满着火药味。在这样面对面的交锋和碰撞之中，迸发的是思想的光芒。会议开了两天，大家纷纷对自己所犯的错误进行了深刻的检讨，接受毛泽东的批评。然而，作为十年内战后期错误路线的代表人物，王明竟然无动于衷。

毛泽东这边是锋芒毕露，正面对决；王明那边却避重就轻，不痛不痒。王明这种完全不负责任的姿态，不仅令毛泽东有些失望，也让政治局其他委员们觉得不可理解。

9月12日下午，王明不知为何，突然一时兴起，不仅不自我检讨，竟然义正词严地揭发起自己莫斯科的老同学来了。他说博古、张闻天他们到中央苏区后，先是夺了毛主席的党权，转而又夺了毛主席的军权，到第二次苏维埃代表大会时，竟然连毛主席在政府的权力也给夺走了。他说，当时他在莫斯科对此就不同意，深感不满。谁也没有想到，王明这位延安"天才的演说家"，不知道出于什么动机，在这个时候突然发飙，一本正经地提出还要揭穿一个"秘密"。这到底是一个什么秘密呢？

真是哪壶不开提哪壶。原来，1931年秋，当王明与周恩来离开上海时，虽然推荐博古、张闻天等组织上海临时中央政治局，但当时已经向他们说明，由于博古既不是中央委员，更不是政治局委员，将来到了政治局委员多的地方要将权力交出来。可是没想到的是，博古、张闻天到了中央苏区后对此只字不提，不仅不交权，而且竟然领导起那些真正的政治局委员来了。也就是说，"博古中央"是不合法的。[35]

王明为什么要在这个时候揭露这个"秘密"呢？是为了讨好毛泽东，还是为了推卸自己应当承担的历史责任？答案不得而知。可是，令王明没有想到的是，这次他又是搬起石头砸了自己的脚，捅了一个天大的娄子。这个"秘密"顿时在不明真相的政治局委员们中间引起了巨大震动，也极大地刺激了毛泽东。毛泽东不能不想起在中央苏区时，因为坚决抵制王明的"左"倾错误，他成为王明"左"倾机会主义者经常打击的对象，被他们骂为"右倾机会主义者"、"丝毫马克思主义也没有"的"庸俗的保守主义者"，并在1931年的赣南会议和1932年10月的宁都会议上被排挤出中央苏区党和红军的领导岗位。

一石激起千层浪。会议的气氛骤然紧张起来。当时就有代表提议，把重庆南方局的周恩来调回延安。

"九月会议"开到这里，就像一辆高速行驶的汽车突然驶到了悬崖绝壁面前，不得不转变方向。

9月26日，中共中央书记处召开工作会议，经研究决定，原定的全党动员的计划和研究自中共六大以来的党的决议的提议被暂时取消，中央成立高级学习组（又称高级研究组）；调刘少奇回延安休养。当日，中共中央就发出经毛泽东亲自修改的《关于高级学习组的决定》。决定指出：成立高级学习组的目的是为提高党内高级干部的理论水平与政治水平。高级学习组要"以理论与实践统一为方法，第一期为半年，研究马、恩、列、斯的思想方法与我党二十年历史两个题目，然后再研究马、恩、列、斯与中国革命的其他问题，以达克服

[35] 汪云生：《二十九个人的历史》，昆仑出版社1999年版，第417—418页。

错误思想（主观主义及形式主义），发展革命理论的目的"。中央学习组以中央委员为范围，毛泽东任组长，王稼祥任副组长。

9月29日，毛泽东起草了以中央学习组组长毛泽东、副组长王稼祥的名义给中央研究组及高级研究组各同志的通知。通知指出，中央学习组要"以理论与实际联系为目的"作为研究方针。在实际材料方面，毛泽东和王稼祥确定了六大以来的70份文件作为选读篇目。在理论方面，毛泽东确定了四种书目：一是《"左派"幼稚病》（1939年解放社版）；二是艾思奇翻译的《新哲学大纲》第八章《认识的过程》（即《哲学选辑》第四章）；三是李达翻译的《辩证法唯物论教程》第六章《唯物辩证法与形式论理学》；四是日本经济学家、社会主义活动家河上肇的《经济学大纲》的《序说》。

没有斗争就没有团结。毛泽东之所以要召开"九月会议"，其目的就是加强党的团结，改变党的作风，提高党的战斗力。毛泽东的态度也非常明白，就是"打倒两个主义，把人留下来；反对主观主义和宗派主义，把犯了错误的干部健全地保留下来"。如今，依然稳坐在中共中央政治局委员、书记处书记的位置上，当昔日的盟友张闻天受到批评、博古受到冲击的时候，处心积虑的王明对历史责任问题不仅丝毫不作自我批评，还继续推卸责任，在会议上幸灾乐祸地采取报料、揭秘的手段，试图落井下石地搅浑水，期望进一步洗白自己从而达到保护自己的目的。

王明过头的拙劣表演，招致天怒人怨，以致张闻天、博古等多数发言者不得不把矛头直接指向王明。尽管受到王明的干扰，"九月会议"讨论的问题依然没有偏离目标，继续深入，并在逐渐澄清史实的基础上达成了如下共识：一是第二次国内革命战争后期的"左"倾错误，从六届四中全会就开始了；二是以博古为首的临时中央的组成，王明负有主要的不可推卸的责任；三是王明到苏联的后期，虽然在一些具体政策问题上和五中全会以后的中央有不同的看法，但在形势的分析和政治路线上是完全相同的，并且一直给予很大支持；四是抗日战争期间，王明在负责长江局工作期间，也有许多严重的错误。

现在，就只剩下引火烧身的王明一个人死不认错了。

怎么办？毛泽东见王明一时转不过弯来，就决定采取谈心交流的方式，来帮助他转变态度，认识错误。于是，"九月会议"再次休会。毛泽东、任弼时、张闻天等，或独自，或两人，或三人同行，多次登门和王明谈话、谈心，沟通看法，希望达成共识。然而，王明依然固执己见，不接受批评、不承认错误，一副死猪不怕开水烫的样子。

1941年10月7日晚上，为了做通王明的思想工作，毛泽东与王稼祥、任弼时一起来找王明谈话。

一见面，毛泽东就开门见山地说："昨天，我的态度不好，要检讨。你的态度同样不好。今天我们不要动怒，尽量心平气和。"

谈话中，毛泽东、王稼祥、任弼时都各自谈了自己对当前时局的看法，谈了对苏维埃后期政治路线的认识，并指出王明在武汉时期的错误，真诚希望王明不要固执己见，好好总结经验教训，以利全党统一认识。王明一听，觉得他三人的腔调一致，认为他们三人是事先商量好后专门来对付他一个人的。于是，他不仅拒绝认错，反而批评起中央的方针政策，向毛泽东发起了攻击。

王明说："现在，我党已经处于孤立，与日蒋两面战争，无同盟者，国共对立。原因何在？党的方针太左，新民主主义论太左。新民主主义是将来实行的，现在不行，吓着了蒋介石。我认为，反帝、反封建和搞社会主义是三个阶段，目前只能反帝，对日一面战争，避免同蒋介石摩擦；我们与蒋的关系应当是大同小异，以国民党为主，我党从之。"

王明依然固执地坚持自己的右倾观点，毛泽东、王稼祥、任弼时对此难以理解。任弼时打断王明的话，问道："王明同志，你说说我党怎么处于孤立了？"

"怎么不孤立！我党的黄金时代是在抗战之初的武汉时期。那时两党关系基本融洽，群众运动轰轰烈烈。现在两党摩擦不断，难道还不孤立？我看，1937年十二月会议前和1938年10月六届六中全会以后这两头的政策都是错误的。蒋介石再坏，总比日本人好，现在不能和蒋介石斗，打败了日本人，再和蒋介石斗也不迟。"

皖南事变的枪声似乎还在耳边回响，牺牲的战友尸骨未寒。毛泽东实在忍不住了，说："王明同志，我早就说过，一厢情愿是要吃亏的。对于反动派，你不惹它，它就惹你；你不斗它，它就斗你；你不打它，它就打你。"

"不管你们怎么说，苏维埃时期的四中全会路线、抗战初期的一切经过统一战线的方针，都是经过共产国际批准的，这没有错。而你们搞的《新民主主义论》和《陕甘宁边区施政纲领》是只要民族资产阶级，不要大资产阶级，这是不好的。我建议，中央应该发表声明不实行新民主主义，与蒋介石设法妥协。这个问题，我决心与你们争论到底，不行，就到共产国际去打官司。"

见王明又拿出了共产国际这个挡箭牌，毛泽东站起身，坚定地说："要打官司，好！我毛泽东奉陪到底！"

王明自始至终认为，必须让阶级斗争服从于民族斗争，以达到国家政府的团结，没有团结的中国将不能抵抗日本。正如他所倡导的"一切经过统一战线，一切服从统一战线"。不可否认，在六届六中全会之前，在中共党内，王明有相当多的追随者，并且还有共产国际的支持。中共需要莫斯科的帮助，也自然增强了王明在中共党内的地位。此外，在华中和华南的新四军也由王明的追随者项英领导。凭着他在共产国际的个人声望、他的口才以及他的实权，王明自然成为中共党内唯一能向毛泽东领导地位发起挑战的角色。

然而，毛泽东和王明不同，他不相信蒋介石是一个值得信赖的同盟者。因为大革命的失败和土地革命斗争的经验告诉他，战争可能是局部的，也有可能会和平解决并迅速转变为日蒋联合反对中共的斗争。所以，在他看来，统一战线既是战略也是策略，它可以灵活运用于从中央政府的最高层到最小村落的最底层的中国社会各种政治、军事和社会力量。与蒋介石和国民党政权的关系从整体上来说是重要的，但它绝不是统一战线的全部。在整个战争期间，统一战线的主要目标就是阻止国民党人和日本讲和。因此，当国共之间爆发皖南事变这样大规模的冲突后，正是中共中央和毛泽东冷静成功地采取"政治上取攻势,军事上取守势"的策略,从而避免了蒋介石与日本媾和及全面重开内战。这正是正确贯彻统一战线政策的证明。因此,毛泽东始终认为团结只有通过斗争才能达到,不可能轻易获得。如果团结来得太容易,它就不会持久,不足以支持一场人民的抗日战争。

事实上,自西安事变以来,中共内部开展的这场有关政治路线的辩论或者斗争,主要的矛盾是:王明主张为了斗争以广泛的合作达到团结,而毛泽东则主张通过斗争以有限的合作达到团结。当然,不可否认,路线斗争和党的最高领导权的斗争是相辅相成的。同时,我们也应该看到,毛泽东之所以坚持独立自主的原则,就是因为他有一种王明没有的胆略,或者说是雄心壮志,那就是既打败日本侵略者又打败蒋介石。人无远虑,必有近忧。正因为如此,现在毛泽东想得更多的是如何使蒋介石继续抗战,以及假如蒋与日本媾和,中共将如何独立战斗下去并赢得这场革命。由于军事力量处于劣势,只有动员群众建立并保卫和扩大根据地,才能确保胜利,从而加速全国范围内革命形势的到来。抗日战争的总策略,与以前内战的总战略一样,必须是农村包围城市,以切断城市赖以生存的基础,从而把革命引向城市。与此同时,农村的社会革命仍有共产党的军队加以保护,并由共产党的群众路线加以指引,不断地取得进展。[36]

毛泽东批评王明太右,王明则指责毛泽东太"左"。两个人为此还吵着要到共产国际去打官司。其实,这是王明在那里打着自己的小九九。他私下里认为,只要有了共产国际的干预和对毛泽东的批评,他就可以扭转乾坤。王明事后悄悄对博古说,他之所以这样做,是因为"(共产国际)那边的方式我是清楚的,先提问题,后来就有文章的"。[37]

向来就不怕斗争并且善于斗争的毛泽东,看到王明竟逆向而动,借机发难,不能不感到震惊。这一夜,毛泽东没有睡觉。他觉得,跟王明摊牌的时候到了。

10月8日下午,中共中央书记处在杨家岭召开工作会议。毛泽东、王明、任弼时、王稼祥、张闻天、康生、陈云、凯丰等参加了

---

[36]〔加拿大〕陈志让:《1927—1937年的共产主义运动》,《剑桥中华民国史》(下卷),中国社会科学出版社1998年版,第260页。

[37]汪云生:《二十九个人的历史》,昆仑出版社1999年版,第425页。

会议。李富春、王首道、胡乔木列席会议。这天的中央书记处工作会议结束时，毛泽东提出，鉴于王明提出的政治问题关系重大，准备在政治局会议上开展讨论。也就是说，王明的问题将在还没有结束的"九月会议"上继续讨论。毛泽东说：王明提议检查中央的政治路线，我们要提前讨论一次。关于苏维埃运动后期的错误问题，停止讨论。希望王明对六中全会以前即武汉时期的错误和对目前政治问题的意见，在政治局会议上说明。

"九月会议"的议题再次改变了方向。在王明看来，这是毛泽东在对他进行秋后算账，而且是新账旧账一起算。此时，王明的说法遭到了陈云、凯丰、任弼时、王稼祥的一致反对，不同意他推卸责任的态度，指出许多问题的发生并非与王明无关，尤其是与中央的关系问题。而且王明关于斯大林、季米特洛夫的许多谈话观点，都是不准确的。如斯大林明确主张用军队创造自己的政权，主张搞游击战争等。

见到昔日的支持者众口一词地反对自己，王明的精神防线一下子被击溃。他发现，向毛泽东发起挑战，已经完全得不到共产国际和莫斯科的支持了，当年党内曾经追随他的所谓国际派已经解体，他真正成了孤家寡人，既不能取悦莫斯科，又得罪了毛泽东。他的内心只能用一个词来形容：惶恐！生命中难以承受的轻，也是精神上难以承受的重。

10月12日开会前，王明终于承受不了这样的政治负荷，心脏病突然发作，休克了。

王明病倒了。他自己打败了自己。

"九月会议"至此，又出现了新的情况。因为王明生病，原定于12日召开的政治局会议，被迫改期。10月13日下午，中共中央召开书记处工作会议，王明因病请假缺席。任弼时向会议报告了王明的病情。接着，毛泽东宣布，因为王明生病，关于武汉时期工作讨论只好停止。关于王明在武汉时期工作中的错误，就以10月8日书记处工作会议的意见作为定论。会议同时决定组成两个委员会，一个是清算过去历史的委员会，由毛泽东、王稼祥、任弼时、康生、彭真组成，以毛泽东为首，由王稼祥起草文件；另一个叫审查过去被打击干部的审查委员会，以陈云为首，成员有高岗、谭政、陈正人、彭真。

10月22日，"九月会议"进入最后阶段。这天，中央政治局会议的议题本来是驳斥王明的"讲话大纲"，因为王明的缺席，毛泽东放弃在会议上作报告。关于苏维埃运动后期的错误，会议决定由毛泽东写出书面结论，即《关于四中全会以来中央领导路线问题结论草案》（以下简称"历史草案"）。其实毛泽东在13日下午的中央书记处工作会议上已经论及其主要内容和基本思路。而这个"历史草案"就是后来中共六届七中全会通过的《关于若干历史问题的决议》的最初草案。

"历史草案"综合了"九月会议"的意见，是对那个历史时期的领导路线问题作出的初步历史结论。全文共论列了16个问题，近2万字，由江青抄清，用16开纸横写，共计36页。草案概括地说明："这条路线的性质是'左'倾机会主义的，而在形态的完备上，在时间的长久上，在结果的严重上，则超过了陈独秀、李立三两次的错误路线。"草案分析：这条路线在思想方面犯了主观主义与形式主义的错误；在政治方面，对形势的估计，对策略任务的提出与实施，对中国革命许多根本问题都犯了过"左"的错误；在军事方面，犯了从攻打大城市中的军事冒险主义转到第五次反"围剿"中的军事保守主义（同时也包含着拼命主义），最后在长征中转到完全的逃跑主义的错误；组织方面犯了宗派主义错误。草案还指出，1935年1月召开的遵义会议"实际上克服了当作路线的'左'倾机会主义，解决了当时最主要的问题——错误的军事路线、错误的领导方式和错误的干部政策，实际上完成了由一个路线到另一个路线的转变，即是说克服了错误路线，恢复了正确路线"。[38]

值得强调和注意的是，毛泽东尽管严厉批评了王明、博古，但并没有绝对化。他指出：说"左"倾路线是错误的，"也不是说在这条路线的整个时期，全党没有做一件好事"。他还列举了第四次反"围剿"等许多历史事实进行了证明。此时，尽管对王明的诸种拙劣

[38] 金冲及：《毛泽东传（1893—1949）》，中央文献出版社2004年版，第658页。

行为感到不满,但从毛泽东就王明问题所作的结论和他起草的"历史草案"来看,他对王明依然采取的是积极帮助和与人为善的态度,对王明错误的定性也是十分客观的,并没有借机上纲上线,一定要把王明拉下马、搞臭的想法。尤其是对王稼祥、任弼时在书记处工作会议上介绍共产国际领导人对王明个人品质方面的批评,毛泽东也明确要求不要扩散,包括在政治局会议上也不必再讲。可见,毛泽东还是十分宽容的。至此,有关对王明的批评或者斗争问题,均属于中共党内的高级机密,完全只有中共中央书记处内部掌握。

因此,即使是中共七大代表们,他们在延安中央党校学习、讨论、交流、工作,也并不知道中央政治局有关路线斗争的这些争论。

本来,毛泽东准备将"历史草案"拿到11月份的中央政治局会议上讨论和通过的,但后来他还是取消了这个想法,划掉了原先写在题目下面的"1941年11月□日中央政治局会议通过"这行字。这份花了毛泽东很多心血的"历史草案",为什么搁置了呢?

其实,"九月会议"并没有真正达到毛泽东想要的效果。但毛泽东没有放弃对王明"左"倾错误的批判,他在着手起草"历史草案"之前,还写了题为《关于一九三一年九月至一九三五年一月期间中央路线的批判》的长篇系列文章(分九篇,故简称"九篇文章"),从思想上、政治上、组织上以及策略方面逐篇地系统地批判了"左"倾错误路线,指出其主观主义、冒险主义、宗派主义和关门主义的特征。毛泽东当时只把这些文章给刘少奇、任弼时看过,一直没有发表。我们不妨摘录一段,看一看毛泽东到底是怎么批评王明错误倾向的。

> "左"倾路线随时都把自己的路线冒称为国际路线,许多文件上都可见到。这是不对的。……我们不说共产国际在这个时期内对中国革命的指导上没有错误,这是有过的,并且是严重的;但共产国际指导中国革命的基本路线就是纠正李立三冒险主义的那个路线,就是反对先锋队不顾主客观条件,脱离群众,冒险激进的"左"倾机会主义,同时又反对不顾主客观条件,脱离群众,畏缩不前的右倾机

会主义的那种路线。王明、博古、洛甫的路线并不是共产国际的路线，共产国际并没有叫我们举行上海暴动，又没有叫我们号召罢操，抢劫军粮与举行飞行集会，又没有叫我们强迫示威与强迫罢工，又没有叫我们率领灾民在武汉、九江、芜湖、江北成立苏维埃，又没有叫我们否认革命不平衡，又没有叫我们在华北建立苏维埃，又没有叫我们在广东、江苏、山东组织义勇军，又没有叫我们指挥红军打大城市，又没有叫我们成天地说什么帝国主义全体一致地进攻苏联，又没有叫我们成天地说什么国民经济总崩溃或国民党统治总崩溃，又没有叫我们成天地说什么兵变潮流普及全国，又没有叫我们不顾实际地实行那些错误的脱离群众的土地政策、劳动政策、肃反政策与文化政策，又没有叫我们指定几个毫无经验的新党员成立临时中央这样一件大事也不告诉大多数政治局委员与中央委员一声，就大摇大摆地垄断一切与命令一切……又没有叫我们幼稚得像个三岁小孩子，蠢笨得像个陕北的驴狗子，滑稽得像个鲁迅的阿Q，狂妄得像个塞万提斯的堂·吉诃德。一切这些，共产国际都并没有叫我们做过，都是我们这批坚决执行"左"倾机会主义的老爷们自造自卖的道地货色，这一点是断乎不可以不辨的。[39]

[39] 毛泽东：《驳第三次"左"倾路线》。引自杨奎松《毛泽东与莫斯科的恩恩怨怨》，江西人民出版社2008年版，第132页。

在这里，毛泽东嬉笑怒骂，天马行空，文采飞扬。显然，这个时候，毛泽东只是停留在文字上发泄一下而已。他很清醒，革命不是发牢骚。如此咄咄逼人言辞尖锐的文章公开发表，肯定不利于团结犯错误的同志。关于没有发表的原因，1965年5月毛泽东曾这样写道："这篇文章是在延安写的，曾经送给刘少奇、任弼时两同志看过，没有发表。送出去后也就忘记了。1964年有人从档案馆里找出这篇文章的原稿，送给我看，方才记起确有这回事。在延安之所以没有发表，甚至没有在中央委员内部传阅，只给两位政治局委员看了一下，就再不提起了，大概是因为这篇文章写得太尖锐了，不利于团结犯错误的同志们吧。"因此,这篇文章不但在社会上,并且在党内也没有直接产生影响。

由此可见,为了党的团结,为了把中共七大开成一个团结的大会,毛泽东向历史展开了伟大的格局和胸怀。因为他知道,他需要用这样的情怀,用这样的团结,去拥抱未来的胜利。争取中国革命的胜利,那才真正是毛泽东的理想。后来,胡乔木回忆:毛泽东的这"九篇文章"的确写得尖锐,不仅点了几位政治局委员的名,而且用词辛辣、尖刻,甚至还带有某些挖苦。它是毛主席编辑《六大以来》时的激愤之作,也是过去长期被压抑的郁闷情绪的大宣泄,刺人的过头话不少。后来虽几经修改,然而整篇文章的语气仍然显得咄咄逼人、锋芒毕露。这与1942年初开始的普遍整风运动中他所提倡的"惩前毖后,治病救人"的方针很不协调。它难以为犯错误的同志所接受,也是可以预计的。

"九篇文章"是毛泽东编辑《六大以来》的一个"副产品",但这个"副产品"其实比"产品"的价值更高,更具毛泽东的思想。作为毛泽东在清算六大以来党的历史中所得到的启示,"九篇文章"是毛泽东的心爱之作。没有看到它的发表,是毛泽东一生的遗憾。作为毛泽东的秘书,胡乔木自己也感到"看过此文,属于例外"。"九篇文章"可以说是毛泽东的读书笔记。"如果在整风场合,或者在政治局会议上,他也不会这样讲。这里是他自己写,自己看,把话说得再凶,反正也没有人听见。"胡乔木在回忆这一段历史的时候,认为"九篇文章"表示毛泽东对第三次"左"倾错误的认识深化了,是毛泽东对"左"倾错误认识的一个里程碑。[40] 时隔10年,1974年6月,毛泽东又一次找出"九篇文章"仔细看了一遍,并将其中称赞刘少奇的内容全部删除,打算印发,但后来也只是发给了部分政治局委员看过。逝世前一个月,已经不能读书的毛泽东只好请人将"九篇文章"读给他听了一遍。

胡乔木在《胡乔木回忆毛泽东》一书中第一次将毛泽东的"九篇文章"的写作背景、历史价值和理论贡献公开进行了评析,认为"九篇文章"作为毛泽东花费了大量心血的心爱之作,集中揭露和批

[40]胡乔木:《胡乔木回忆毛泽东》(增订本),人民出版社2014年版,第51页。

判了以王明为代表的第三次"左"倾路线的错误内容、性质及危害，在毛泽东"对这条错误路线的认识史上，是一个巨大的跨越"，同时"阐明了解决中国革命一些基本问题的正确原则、策略和方法，在某些方面丰富和发展了马克思主义的思想理论"，还对毛泽东的哲学思想有很多发展。[41]

从"九篇文章"到"历史草案"，我们可以看到毛泽东的心路历程。"九篇文章"尖锐泼辣，毛泽东个人的喜、怒、嘲、骂跃然纸上，情绪化色彩甚浓。但到写作"历史草案"时，毛泽东控制了自己的感情，从感性上升到理性。毛泽东对"九篇文章"的内容重新进行了梳理和提炼，比较全面、系统、深刻地总结了党的历史经验和教训，为科学地评价六届四中全会以后的中央领导路线提供了一个很好的文件基础。

现在，毛泽东冷静下来了。他之所以放弃在11月份的政治局会议上讨论并通过的这个已经比较理性的"历史草案"，关键是他通过"九月会议"看到了中共党内的思想状况，特别是高级干部的思想状况还没有达成高度的一致，全党对历史问题的认识更没有也暂时无法达到与他一样的高度。在"九月会议"上，尽管中央政治局的绝大部分同志都拥护毛泽东对主观主义和宗派主义的批判，初步地统一了对1931年9月以后的中央领导路线的认识，但大家的认识是参差不齐的，对于六届四中全会本身的评价也不尽一致。中央尚且如此，何况全党呢？显然，毛泽东认识到的东西，中央政治局的委员们不一定会认识到，全党更不可能一下子都认识到。还有，对这样重大的历史问题作出决定不是一件简单的事情，而且中央政治局还有周恩来、刘少奇、彭德怀等几位委员不在延安。毛泽东深谙欲速则不达的道理，他不能操之过急，他必须采取慎重的态度。于是，"历史草案"就这样搁置下来，准备交给中共七大去解决。

无论怎样，同1940年底中共中央政治局讨论党的历史的会议相比，1941年的"九月会议"大大跨进了一步，因为它使中共的领导层对必须反对主观主义和宗派主义这个根本问题大体上取得了共识。毛泽东曾这样评价："九月会议是关键，否则我是不敢到党校

[41] 胡乔木:《胡乔木回忆毛泽东》（增订本），人民出版社1994年版，第213—222页。

去报告整风的,我的《农村调查》等书也不能出版","整风也整不成"。[42]

1941年"九月会议"后,毛泽东集中力量领导高级干部的整风学习。他认为"犯思想病最顽固"的是高级干部,"将多数高级及中级干部的思想打通,又能保存党与军的骨干,那我们就算是胜利了"。

大雪小雪又一年。在毛泽东精心部署下,从1941年冬季开始,全国各地高级干部的整风学习普遍开展起来,为全党范围开展整风运动准备了条件。

1942年2月1日和8日,毛泽东分别在中共中央党校的开学典礼上和中共中央宣传部召集的干部会议上发表了《整顿学风党风文风》[43]和《反对党八股》的报告。这标志着历史上著名的整风运动在这个春寒料峭的春天,轰轰烈烈地正式展开了,就像冰封的延河开始解冻,二月的河里不再平静,有了浪,也有了波……

这一天,毛泽东步行来到延河西南岸北关外的小沟坪,参加重塑后的中共中央党校的开学典礼。身穿1937年下发的粗布棉袄棉裤的毛泽东,远远看上去像一个陕北的农民。但一走上讲台,身材魁梧的他就滔滔不绝,抑扬顿挫,神采飞扬。在典礼上,他作了《整顿学风党风文风》的报告。毛泽东说:"我们的学风还有些不正的地方,我们的党风还有些不正的地方,我们的文风也有些不正的地方。所谓学风有些不正,就是说有主观主义的毛病。所谓党风有些不正,就是说有宗派主义的毛病。所谓文风有些不正,就是说有党八股的毛病。""反对主观主义以整顿学风,反对宗派主义以整顿党风,反对党八股以整顿文风,这就是我们的任务。"

大家知道,毛泽东讲话一般不带讲稿,从来不照本宣科。他站在简易的木桌前,桌上摆着一个机关配发的搪瓷茶缸。他讲累了,口渴了,就端起茶缸咕咚咕咚地喝上一大口。台下听众也有胆大的,口渴了竟然也跑上去端起毛泽东的搪瓷茶缸咕咚地喝上一大口,又回到座位上。遇到这样的情况,毛泽东也不见怪,好像是习以为常的事儿。

[42] 金冲及:《毛泽东传(1893—1949)》,中央文献出版社2004年版,第659页。

[43]《整顿学风党风文风》收入《毛泽东选集》时,题目改为《整顿党的作风》。

关于主观主义，毛泽东指出："我们党内的主观主义有两种：一种是教条主义，一种是经验主义。""但是在这两种主观主义中，现在在我们党内还是教条主义更为危险。""对于马克思主义的理论，要能够精通它、应用它，精通的目的全在于应用。""马克思列宁主义理论和中国革命实际，怎样互相联系呢？拿一句通俗的话来讲，就是'有的放矢'。""马克思列宁主义和中国革命的关系，就是箭和靶的关系。""真正的理论在世界上只有一种，就是从客观实际抽出来又在客观实际中得到了证明的理论，没有任何别的东西可以称得起我们所讲的理论。""我们所要的理论家是什么样的人呢？是要这样的理论家，他们能够依据马克思列宁主义的立场、观点和方法，正确地解释历史中和革命中所发生的实际问题，能够在中国的经济、政治、军事、文化种种问题上给予科学的解释，给予理论的说明。"

关于宗派主义，毛泽东语重心长地说："由于二十年的锻炼，现在我们党内并没有占统治地位的宗派主义了。但是宗派主义的残余是还存在的，有对党内的宗派主义残余，也有对党外的宗派主义残余。对内的宗派主义倾向产生排内性，妨碍党内的统一和团结；对外的宗派主义倾向产生排外性，妨碍党团结全国人民的事业。"

关于党八股，毛泽东说："党八股是藏垢纳污的东西，是主观主义和宗派主义的一种表现形式。它是害人的，不利于革命的，我们必须肃清它。"毛泽东提倡顾全大局，"每一个党员，每一种局部工作，每一项言论或行动，都必须以全党利益为出发点，绝对不许可违反这个原则"。

最后，毛泽东指出："我们一定要建设一个集中的统一的党，一切无原则的派别斗争，都要清除干净。"我们反对主观主义、宗派主义、党八股，有两条宗旨是必须注意的：第一是"惩前毖后"，第二是"治病救人"。"对待思想上的毛病和政治上的毛病，决不能采用鲁莽的态度，必须采用'治病救人'的态度，才是正确有效的方法。"

一个星期后的2月8日，毛泽东走出家门，步行到杨家岭北面山坡上的半山腰上，参加中共中央宣传部召集的干部会议。在会上，他发表了《反对党八股》的演说，矛头直指当时存在于党内的老八股、老教条和洋八股、洋教条，比上一次讲得更彻底、更具体，言语也更狠了。

毛泽东说："党八股也就是一种洋八股。这洋八股，鲁迅早就反对过的。我们为什么又叫它做党八股呢？这是因为它除了洋气之外，还有一点土气。也算一个创作吧！谁说我们的人一点创作也没有呢？这就是一个！"我们要对于主观主义和宗派主义最后地"将一军"，弄得这两个怪物原形毕露，"老鼠过街，人人喊打"，这两个怪物也就容易消灭了。

毛泽东的演讲诙谐幽默，有时绵里藏针，有时锋芒毕露，毫不客气。他说：党八股是主观主义、宗派主义的一种表现形式，打倒党八股，就使主观主义、宗派主义没有藏身的地方。如果五四时期不反对老八股和老教条主义，中国人民的思想就不能从老八股和老教条主义的束缚下面获得解放，中国就不会有自由独立的希望。这个工作，五四运动时期还不过是一个开端，要使全国人民完全脱离老八股和老教条主义的统治，还须费很大的气力，还是今后革命改造路上的一个大工程。如果我们今天不反对新八股和新教条主义，则中国人民的思想又将受另一个形式主义的束缚。"主观主义、宗派主义和党八股，这三种东西，都是反马克思主义的，都不是无产阶级所需要的，而是剥削阶级所需要的。这些东西在我们党内，是小资产阶级思想的反映。"

在演说中，毛泽东详细论列了党八股的"八大罪状"，即：一是"空话连篇，言之无物"，二是"装腔作势，借以吓人"，三是"无的放矢，不看对象"，四是"语言无味，像个瘪三"，五是"甲乙丙丁，开中药铺"，六是"不负责任，到处害人"，七是"流毒全党，妨害革命"，八是"传播出去，祸国殃民"。毛泽东强调指出："无产阶级的最尖锐最有效的武器只有一个，那就是严肃的战斗的科学态度。""要使革命精神获得发展，必须抛弃党八股，采取生动活泼新鲜有力的马克思列宁主义的文风。"

毛泽东的报告很快就整理出来全文下发，各个学习小组按部就班地开始学习、对照，自我反省。时任中央军委直属政治部副主任邓飞参加了总政治部小组的学习。与他一起学习的有总政副主任谭政和傅钟、组织部部长胡耀邦、宣传部部长萧向荣、锄奸部部长吴溉之、敌工部部长李初梨、秘书长彭加伦。大家各抒己见，畅所欲言。对教条主义、经验主义这两种理论与实际相脱离的主观主义，邓飞深恶痛绝。马克思列宁主义理论和中国革命的实际，怎样互相联系呢？带着这个问题，邓飞在军委总政学习小组座谈会上，现身说法着重讲了自己的遭遇。

那是1933年9月，邓飞在粤赣军区第三军分区当政治委员兼政治部主任，部队驻扎在福建省武平县城北30公里的帽村。当时的临时中央负责人博古和军事顾问李德等人，执行王明的"左"倾冒险主义路线，在作战方针上规定，第五次反"围剿"要打堡垒战、阵地战，不打游击战和运动战。邓飞和他的搭档吕赤水司令员认为，这种战略战术不适宜军分区所在区域作战。于是，他们向中央军委写了一个报告，提出了不同的意见。报告送走以后，驻守武平县城的敌军就发动了偷袭。面对数倍于己的敌人，怎能死打硬拼呢？为了避免重大伤亡和无辜牺牲，吕赤水和邓飞商量，当即决定将军分区司令部暂时转移到其他地方，实行"敌进我退，敌驻我扰，敌疲我打，敌退我追"的游击战术，等敌人撤走后再回到帽村。事后，邓飞如实向粤赣军区和中央军委报告此事，阐明了转移的原因。这一军事行动采取游击战，本应是正确的选择，但是没过几天，军委就派了一个参谋来传达命令，说邓飞他们的游击转移是犯了右倾退却逃跑主义错误，撤掉了邓飞和吕赤水的职务，并通知他们两人去会昌县（粤赣省委所在地，省委书记兼军区政委为刘晓）。当时，会昌正在召开粤赣省委党代表大会，指令邓飞在大会上作检查，后又命令吕赤水和邓飞分别到中央军委及总政治部（在江西瑞金）听候处理。

这年11月，邓飞到总政治部后，组织部长李弼庭找他谈话，询问了当时敌我双方等情况。大约一星期后，总政主任王稼祥、副主任贺昌和李弼庭三人在王稼祥的办公室召开党务会议，讨论邓飞等6名师级政工干部的党籍问题。这是一间只有十几平方米的屋子，中间隔着一道木板墙，里面办公兼寝室。邓飞6人就坐在外屋的一条长板凳上，等着3位领导商议后做出处分决定。过了不久，前面5个人被一个一个叫进去谈话，除个别同志受到一点轻微处分外，其余同志都免予处分。邓飞是最后一个被叫进去的。

王稼祥问邓飞："你犯了什么错误？"

邓飞就把军委撤职命令和在帽村打游击战的事情从头至尾复述了一遍。

王稼祥仔细听完后，说："你对错误认识好，思想批判从严，组织处理从宽，免于党内处分，留在总政当巡视员吧。"

王稼祥话音一落，邓飞简直不敢相信自己能得到这样公正的处理。在"左"倾错误路线残酷迫害打击下，王稼祥敢于坚持原则，保护自己的同志，做到了实事求是的正确决定，使邓飞从极度艰难的困境中解脱出来，也算是为他讨回了一个公道。然而，与邓飞同时到军委接受审查的司令员吕赤水，这个曾经参加过秋收起义的老同志便从此不知人在何处，生死不明。

讲着讲着，邓飞的眼圈湿润了，眼泪不听话地流了下来。他说："一想起他来，我就感到痛心。今天，我内心的怨恨终于有机会在这里吐露出来，得到澄清。我多么希望赤水同志如果还活着，也能听到啊……"

在总政小组会上，许多同志都对第三次"左"倾错误路线中的主观主义造成的恶劣影响提出了尖锐的批评。而随着整风运动的一步步深入，邓飞更明辨了党在历史上存在着两条路线斗争的是非问题，进一步看清了以王明为代表的错误路线给革命事业造成的惨重损失，使中共一度处于极端危险的境地。两相对比，邓飞进一步认识到以毛泽东为代表的正确路线，带领党和红军在危急关头取得转危为安的胜利，使大浪淘沙保留下来的革命精华成了不灭的火种。他深有感慨地说："如果我们对这些历史上的路线是非问题搞不清楚，那么，我们的理论水平永远不会提高，我们还会走很多弯路。"[44]

关于整风的方针和方法，毛泽东提出了八个大字——"惩前毖后，治病救人"，这是"我们反对主观主义、宗派主义、党八股

[44] 中共中央党史研究室第一研究部编：《七大代表忆七大》（上），上海人民出版社2006年版，第273页。

的"两条宗旨",这也是他领导整风运动的一大发明创造,成为中国共产党正确地进行党内斗争所采取的一项重要政策而固定下来。具体讲就是:"对以前的错误一定要揭发,不讲情面,要以科学的态度来分析批判过去的坏东西,以便使后来的工作慎重些,做得好些。""但是我们揭发错误、批判缺点的目的,好像医生治病一样,完全是为了救人,而不是为了把人整死。"

1944年4月,毛泽东在《学习和时局》的报告中对这一方针又作了进一步阐述。他说:"实行惩前毖后、治病救人的方针,借以达到既要弄清思想又要团结同志这样两个目的。对于人的处理问题取慎重态度,既不含糊敷衍,又不损害同志,这是我们的党兴旺发达的标志之一。"的确,这一方针经过长期实践检验,成为中国共产党通过解决自身问题达到巩固和发展党的团结和统一的历史经验和优良传统,是中国共产党兴旺发达的重要标志。

1945年4月21日,在中共七大预备会议上,毛泽东专门做了《中国共产党第七次全国代表大会的工作方针》的报告。在报告中,毛泽东还特别引用鲁迅小说中的阿Q形象,生动地阐述了"惩前毖后,治病救人"的问题,第一次意味深长地强调了党和全体党员要有"看齐意识",再次强调"我们要团结"。他说:

> 我再讲一讲治病救人。治病救人是说,为了救人而去治病。人本来是好人,但病菌进去了,得了病,就请医生看一看,吃点药,治好了。要救人不治病不行,要治病不救人也不行,无论偏向哪一方面都不好,都应该改正。一切同志,要在这个历史决议案下团结起来,像决议案上说的团结得像一个和睦的家庭一样。过去常说,团结得像一个人一样,那是写文章的词藻。我们这回说,团结得像一个和睦的家庭一样。家庭是有斗争的,新家庭里的斗争,是用民主来解决的。我们要把同志看成兄弟姊妹一样,从这里能得到安慰,疲劳了,可以在这里休息休息,问长问短,亲切得很。至于犯过错误,那也不是一两个人,大家

都犯过错误，我也有过错误。错误人人皆有，各人大小不同。决议案上把好事都挂在我的账上，所以我对此要发表点意见。写成代表，那还可以，如果只有我一个人，那就不成其为党了。要知道，一个队伍经常是不大整齐的，所以就要常常喊看齐，向左看齐，向右看齐，向中看齐。我们要向中央基准看齐，向大会基准看齐。看齐是原则，有偏差是实际生活，有了偏差，就喊看齐。但是，官长不能打士兵，这就是说，干部与党员要有正确的关系。一个队伍里头，人们的思想有正确的，也有错误的，经常是不整齐的。但对犯错误的同志要有好的态度。家庭里是很少有开除家籍的事情的。阿Q到底姓什么虽不清楚，但也没有听说他曾被开除家籍。阿Q斗争起来也算英勇。他的缺点是主观主义、宗派主义，加党八股，毫无自我批评精神。人家的疮疤他要揭，他的疮疤人家揭不得。至于教条主义和党八股，那厉害得很，长凳一定要叫长凳，不能叫条凳，叫条凳是路线错误，那样教条主义，那样党八股！但是，写阿Q的作家还是喜欢阿Q的，因为反革命把他枪毙了。所以对于有缺点错误的人，我们要团结。[45]

毛泽东的讲话，妙语连珠。他在《关于整顿三风》的讲话中就曾强调纪律意识和看齐意识。他说："身为党员，铁的纪律就非执行不可。孙行者头上套的箍是金的，列宁论共产党的纪律说纪律是铁的，比孙行者的金箍还厉害，还硬，这是上了书的，《共产主义运动中的'左派'幼稚病》上就有。"[46] 再比如："我们要使落后分子、平常分子向积极前进分子看齐，要使落后的、思想意识和行动比较差的、不正确的同志向正确的积极的同志看齐，使平常状态的同志向积极的同志看齐。"[47]

七大代表们十分喜欢听毛泽东作报告或讲话，他们觉得这是一件特别愉悦的事情，机会难得，更重要的是，毛泽东的讲话，不枯燥、不空洞、言之有物。七大期间，代表们见到毛泽东的机会很多，

[45] 中共中央文献研究室编：《毛泽东在七大的报告和讲话集》，中央文献出版社1995年版，第12—13页。

[46] 毛泽东：《毛泽东文集》第2卷，人民出版社1993年版，第416页。

[47] 毛泽东：《毛泽东文集》第2卷，人民出版社1993年版，第419页。

他不只是在大会上讲，还参加小组会。毛泽东的讲话声音洪亮，善于比喻，逸趣横生，有的话一说来就引起哄堂大笑，有的话听起来真是苦口婆心，表现出深切的无产阶级感情。七大代表吕正操记得："一次在会上，毛泽东讲到有的同志过去犯了错误，后来改了，但有的人歧视他，像赵太爷不许阿Q革命……毛泽东的眼圈都红了，大家深受感动。"[48]

非常有意思的是，在七大预备会议的这篇讲话中，毛泽东说："过去常说，团结得像一个人一样，那是写文章的词藻。我们这回说，团结得像一个和睦的家庭一样。"毛泽东为什么要这么修改呢？七大会议期间，李富春还为此专门做了解释：我们过去党内的口号是"党内团结得像一个人一样"，可是有人把这句话念成了"党内团结的像，一个人一样"，弄得全场哈哈大笑。所以，毛泽东就把它改成了"团结得像一个和睦的家庭一样"了。[49]

写到这里，我的心中油然而生一种敬畏，一种敬仰，还有一种说不出的温暖。难怪许多七大代表在听毛泽东报告的时候，禁不住泪流满面……

[48] 中共中央党史研究室第一研究部编：《七大代表忆七大》（上），上海人民出版社2006年版，第502页。

[49] 中共中央党史研究室第一研究部编：《七大代表忆七大》（上），上海人民出版社2006年版，第643页。

3 "没有整风，党就不能前进。"只有从思想上建党，才能统一认识，团结全党

1945年4月24日，中共七大第3次全体会议在杨家岭中央大礼堂举行。朱德担任大会执行主席。

一进会场，每一位代表都收到了一份现在看来印制相当粗糙的小册子，这份名叫《论联合政府》的大会文件，是用共产党人自己在延安制造的马兰纸印刷的。这份文件正是毛泽东在中共七大所作的书面政治报告。所谓书面报告，不言自明，就是报告人不再在大会上口头宣读了。其实，开会之前，这份报告就曾反复征求了代表们的意见，大到一个理论观点，小到一个字词，字斟句酌，改了又改。今天，毛泽东没有照本宣科，而是就其中的一些问题，脱稿作

了口头政治报告。

毛泽东就是一个天生的演说家，天上地下，古今中外，俚语俗语，信手拈来，激情澎湃，充满着一种难以形容的感染力。他的这些演讲，大道理寓于小故事，小道理里有大思想，入木三分，栩栩如生，就是今天读来，也依然令你信服、佩服。

这个口头政治报告，讲了关于党内的几个问题。毛泽东讲的第一个问题就是"个性与党性"。毛泽东为什么首先要说这个问题呢？当然与整风运动大有关系。在整风时，不仅党内有人提出过这个问题，就连《大公报》的记者也写了一篇文章发表出来了，"说共产党是要消灭个性，只要党性，他们的许多文件上只讲党性，还作出增强党性的决定"，等等。

在毛泽东看来，这种意见是不正确的。他饱含感情地说：

> 我在报告（指《论联合政府》，引者注）里讲了，中国是半殖民地半封建的国家，帝国主义与封建势力是摧残个性的，使中国人民不能发展他们的聪明才智，他们的身体也不能发展，精神也不能发展，都受到了摧残。我曾经讲过：鲁迅的骨头很硬，半殖民地的国家有像鲁迅这样硬的骨头是很可贵的。半殖民地的国家是穷得很的，人民生活痛苦，饱受压迫，于是有那么一些人就变成了洋人的奴隶，即买办。上海有所谓"外国火腿"，就是外国人踢了一脚，算作给一个"火腿"。到过上海的人，还看见过有的公园有"华人与狗不准入内"的牌子。民族战争就反对这些东西，外国民族压迫中国民族是不行的，我们要独立。外国野蛮的法西斯压迫中国人民，不讲道理是不行的！中国共产党代表全国人民要求独立！中国如果没有独立就没有个性，民族解放就是解放个性，政治上要这样作，经济上要这样作，文化上也要这样作。广大群众没有清楚的、觉醒的、民主的、独立的意识，是不会被尊敬的。

接着，毛泽东强调党是一支有纪律性的部队，党员必须遵守纪律，必须服从组织，必须强化"看齐意识"。他说："讲到我们党内，这一点是不是有不同？是有不同的，党这个军队同人民的其他军队比较有许多特点，它是先进的部队，是有组织的先进部队，比较别的组织更有组织性，更加严密，更加统一，共同为着一个目标奋斗。一个军队，要有统一纪律，要听号令：立正，稍息，向左看，向右看，开步走，瞄准放，不然敌人在前面，一个往东放，一个往西放，是要被敌人消灭的。党这个军队也是一样，没有统一纪律，没有民主集中制，没有民主或者没有集中都不行。像封建社会皇帝专政是不行的，那是封建时代的事。我们实行革命人民的民主，它和资产阶级的民主、旧民主是不同的，它是更广泛的民主。党是人民中优秀分子的结合，大家是自觉地愿意受约束，就是承认党纲、党章，服从党的决议案，愿意自我牺牲。所以有些人就不能加入我们的党，他不受调动，他干这样工作也好，干那样工作也好，往东也好，往西也好，都得由他，而党员就要服从组织，服从党的决议。"

现在，七大召开了，中国共产党是否就实现完全统一了，实现高度团结了呢？毛泽东坦诚地告诫七大代表们、告诫全党，实事求是地说：

> 我们党现在是不是统一了？历史决议案上写着空前的统一，这是说比较过去要统一，没有讲党是完全统一的。有的同志讲："放下来没有问题，提起来问题很多。"这句话有道理。因为我们党在抗战时期发展了四五十倍，一九三六年有组织的党员才两万多，现在到了一百多万，这样大的党自然不免有各种意见的分歧，所以我们做了一项工作，就是开展整风运动。这是使党推向前进的运动，如果没有整风，党就不能前进了。

"没有整风，党就不能前进了。"毛泽东的话，不是吓唬人，也没有欺骗谁,它已经获得了历史和时间的检验,也获得了中国革命实践的检验。

毛泽东在延安为什么要发动整风运动?整风运动的目的到底是什么?无论是当年还是现在,依然有人误以为毛泽东发动整风运动的目的就是"整"王明。

整风真的是为了"整"王明吗?

其实,历史已经给了我们答案。1941年前后的毛泽东,无论是在延安还是在莫斯科,无论是在中共党内还是在共产国际,已经成为当之无愧的中国共产党的领袖。如果从权力斗争的角度来讲,王明从莫斯科回到中国,意欲取而代之,这种政治上的野心和盘算是有目共睹的。但任何政治人物的巅峰对决,仅仅依靠所谓的意识形态以及权谋,是不够的,重要的一点就在于,政治人物所制定和执行的政治路线(包括战略思想和政治策略)是否推动了国家、民族和社会的进步,是否有利于其服务的政党以及最广大的人民大众的根本利益。

王明为什么一直不顾中国和中共的实际而固执地坚持他的那些教条主义主张?毛泽东后来说过:"王明问题的关键、症结之所在,就是他对自己的事(指中国问题,引者注)考虑得太少了,对别人的事(指苏联和共产国际,引者注)却操心得太多了。"这真是一针见血的评论。

的确,王明考虑中国问题的基本出发点,就是不要得罪国民党,求得他们不脱离抗日阵营,以免苏联遭受两面作战的危险;至于中国共产党的利益和中国的实际情况,却不在或很少在他考虑的范围之内。其实,放弃斗争,一味退让,不仅不利于中国人民的利益,而且也不可能使国共合作真正保持下去。

就在中共七大召开前,也就是1945年的4月20日,扩大的六届七中全会举行最后一次会议。会议也是在杨家岭中央大礼堂召开的,由任弼时主持。会议讨论并通过了朱德准备的军事工作报告,原则上通过了《关于若干历史问题的决议》。

最令大家欣喜且感到意外的是,一直称病没有参加会议的王明给中央写来了一封声明书,对历史决议和它对第三次"左"倾路线所犯严重错误的分析和估计表示"完全同意和拥护"。此前,中共中央将历史决议的三次草案稿都送给王明看了,七中全会主席团的毛泽东、朱德、刘少奇、任弼时和周恩来都先后找他谈过话,传达会议内容,听取意见,帮助他反省错误。

这天会议的第一项议程,就是由李富春宣读王明的这封声明书。王明"心悦诚服"地说:

> 首先,我对这个决议草案的第一个基本认识,就是这个决议草案在党的历史问题、思想问题和党的建设方面,有重大的积极建设性的意义。
>
> 其次,我对这个决议草案的第二个基本认识,就是它将党内在一定历史时期存在过的各种"左"倾思想和"左"倾路线,都作了明确的批评,而对于决议所指出的从四中全会至遵义会议这一时期的中央领导"左"倾机会主义路线的错误,尤其作了最彻底的清算。我对于七中全会根据毛泽东同志的正确思想和正确路线以及近年来全党同志在整风运动与党史学习中的认识,而作出的对各次尤其是第三次"左"倾路线在政治上、组织上、思想上所犯严重的错误的内容实质与其重大的危害以及产生的此种错误的社会的和历史的根源的分析和估计完全同意和拥护。……我不仅以一个党员的资格,站在组织观点的立场上,完全服从这个决议;而且要如中央所指示者,以一个第三次"左"倾路线开始形成的主要代表的地位,站在思想政治观点的立场上,认真研究和接受这个决议,作为今后自己改正政治、组织、思想各方面严重错误的指南……我之所以犯教条主义的"左"倾路线的错误,也不是偶然的,这是由于丝毫不懂马克思主义理论及基础,完全不懂中国社会和中国革命的实际情况,完全不研究中国的政治、军事、文化的历史事实和历史经验,以及简直不懂国际经验和民族传

统的结果。尤其是由于没有群众工作经验和没有群众观点，以及小资产阶级社会出身的劣根性作祟的结果。

再次，我对这个决议草案的第三个基本认识，就是它把许多历史问题作了新的认识和估计……现在认识了三中全会已纠正了立三路线错误，认识了四中全会既过分打击了犯立三路线错误的同志（如停止了立三同志的政治局委员，罗迈、贺昌同志中央委员等），和完全错误地打击了以瞿秋白同志为首的所谓犯"调和路线错误"的同志（如停止秋白同志的政治局委员），又很错误地打击了当时所谓"右派"的大多数同志（如不久后英勇牺牲的何孟雄同志等），而中央苏区红军冲破敌人的四次"围剿"胜利，现在知道了不是执行四中全会错误路线的结果，而是在毛主席领导下实行其正确路线的结果……四中全会的确不仅是对党毫无功绩，而且是对党造成严重错误的会议，是使"左"倾路线在中央领导机关内取得胜利而成为"左"倾路线第三次统治全党的开始的会议！我对于七中全会对三中全会和四中全会的这些新的认识和估计，表示完全服从和同意。

至于我在武汉时期工作中所犯的错误问题，因时间和精力的限制，此时来不及自我学习和自我反省，此后当遵循毛主席所指引的方向，尽可能地去学习和研究抗战时期的一切思想和策略问题，以便改造自己的思想和纠正自己的错误。

最后，我郑重声明：中央根据七中全会这一决议的立场和精神与根据对我在各个历史时期中犯各种错误的性质和程度的认识，对我作出任何政治上和组织上的结论，我都服从接受……我决心在党所指定的任何下层工作岗位上，向毛主席和中央各同志学习，向全体干部和党员同志学习，向劳动人民群众学习，一切从头学起，一切从新做起，以便在长期群众工作中，使自己成为一个好的于党有用的党员，为党的事业，为中国人民的解放事业，尽一个小勤务员的能力和责任,以多少补偿由于自己错误缺点而造成的党的工作的重大损失于万一![50]

这是王明第一次公开向中央比较系统地检讨自己的错误。虽然这种认识还不全面,但他拥护历史决议,对维护党的团结和七大的胜利召开,还是有积极意义的。然而,王明后来在《中共五十年》中却阳奉阴违地说这次检讨是被迫的,是因为"反毛斗争还要长期进行下去",是为了"保留党的真相和反毛斗争的主要领导人",是"留得青山在,不怕没柴烧"。王明的这种出尔反尔的两面手法,令人无法理解。而他寄居苏联的隐痛,大概也只有他自己可怜地默默地去咀嚼了。

对于王明的这个检讨,中共七大代表师哲有着深刻的记忆。时任任弼时秘书、中央书记处办公室主任师哲,是1940年3月随周恩来、任弼时从莫斯科一起回国的。这次回国,任弼时带了一套通信器材和电报密码,在延安建立了同共产国际和苏共中央(斯大林)的通信联络,电台代号为"农村工作部",为毛泽东专用。[51]一般每周都有两三次往返电报,翻译的事情就归师哲负责。因此,师哲名义上是任弼时的秘书,主要工作则是为毛泽东翻译文件、电报。那时,苏联有一个情报组驻在延安,成员有孙平(即弗拉基米诺夫)和阿洛夫(公开身份是中央医院大夫)。1943年5月,共产国际解散,本来以共产国际代表身份出席七大的师哲没有答应季米特洛夫在七大结束后返回莫斯科的要求,留在了延安,还曾担任过陕甘宁边区保安一局局长。

1938年11月因遭日机轰炸,毛泽东从凤凰山的李家窑迁至杨家岭,1940年秋天修建中央大礼堂时,因环境嘈杂,毛泽东等中共领导人和中央部分机关又搬到枣园居住,1942年又搬回杨家岭。1943年5月,毛泽东等又从杨家岭陆续搬到枣园。1945年4月,中共七大召开的时候,因为主会场在杨家岭中央大礼堂,毛泽东每天就与其他代表一样,早出晚归。师哲为了兼顾机关工作,也是奔波于杨家岭和枣园之间,有时就和毛泽东同行。

[50] 戴茂林、曹仲斌:《王明传》,中共党史出版社2019年版,第310—312页。

[51] 早在1927年,著名的"红色匕首"中央特科未成立之前,中共中央交通局就已成立,首任局长是后来叛变的顾顺章,第二任局长是吴德峰。1940年,中共中央再度成立直属中央政治局管辖的全国秘密交通统一领导机构——中共中央交通局,对外称"中央农村工作委员会",简称"中央农委",中组部第二科交通科并入,先后由周恩来、任弼时垂直领导,局长为吴德峰。机关驻扎在延安枣园侯家沟后沟,后搬至杨家岭后沟。下设3个处,第一处为农委电台,主管中共当时等级最高、功率最大的电台,是中央对苏联、共产国际及对外区域联络的专用电台,并负责往苏联派交通员等,苏华任处长;第二处为国际处,由李唐彬任处长(中共七大候补代表);第三处为国内处,由曾任中组部二科科长的王林(中共七大候补代表)任处长。

有一次走在路上，毛泽东问师哲："你认为王明的检讨怎么样？"

师哲回答说："不深刻。"

毛泽东说："你说得对。"

师哲问道："那么王明的根本问题是什么呢？"

毛泽东回答说："王明的问题就是：对自己的事想得太少了，替别人想得太多了！"

师哲知道，毛泽东这里说的"自己"是指中国、中国共产党；而"别人"，那就是指苏联、共产国际。师哲根据自己在苏联多年对王明的了解，觉得毛泽东说得太中肯了，太深刻了，言简意赅，一针见血！但他自己却未能把它概括出来。[52]

1942年是中共的整风学习年，整个延安中共机关、院校、行政事业单位基本上是停止其他一般性的工作，主要搞整风学习。

整风运动是一次全党范围内的马克思主义教育运动，其主要目的是清算六届四中全会以后中共党内长期占据统治地位的"左"倾错误路线及其表现形式——主观主义、宗派主义和党八股。对于整风的意义，用毛泽东的话说，那就是："只要我们党的作风完全正派了，全国人民就会跟我们学。党外有这种不良风气的人，只要他们是善良的，就会跟我们学，改正他们的错误，这样就会影响全民族。只要我们共产党的队伍是整齐的，步调是一致的，兵是精兵，武器是好武器，那末，任何强大的敌人都是能被我们打倒的。"[53]

整风运动分高级干部的整风和全党干部的普遍整风两个层次进行。对延安整风运动的领导，毛泽东是运筹帷幄，稳扎稳打，步步推进，分批分层分阶段有步骤地进行的。从号召加强马列主义理论的学习入手，联系历史和现实，反对主观主义和宗派主义；整风对象先是党的高级干部，后是一般干部和普通党员；整风内容由以讨论党的政治路线为主转变为整顿思想方法和思想作风为主。从中央到各根据地，自1941年"九月会议"之后党的高级干部经过整风学习，在重大理论原则和历史问题上取得共识。在取得一定整风经验的基础上，毛泽东才决定在1942年开展全党整风。

作为全党整风的前奏之一，1942年1月26日，毛泽东就起草了

[52]中共中央党史研究室第一研究部编：《七大代表忆七大》（上），上海人民出版社2006年版，第54页。

[53]毛泽东：《毛泽东选集》第3卷，人民出版社1991年版，第812页。

《中宣部关于反对主观主义反对宗派主义的宣传要点》，内容是反对党内的主观主义和宗派主义。这份要点指出："鉴于遵义会议以前，主观主义与宗派主义错误给予党与革命的损失异常之大，鉴于遵义会议以后党的路线虽然是正确的，但在全党内，尤其在某些特殊地区与特殊部门内，主观主义与宗派主义的残余，并没有肃清，或者还很严重地存在着。"

值得一提的是，这份中共党内的机密文件，被国民党获得。3月26日，国民党中宣部机关刊物《中央周刊》发表了《中共批评本身错误》一文。文章指出："中共最近又有自我检讨的文章，以批评它本身的错误，略谓：'对于敌、友、我，三方情况懂得很少，也安之若素。对客观事物缺乏科学周密的调查研究精神，这些就是主观主义的错误因素。再则例如在党内闹独立性，因此往往不服从党中央，不服从上级，将个人与党独立，甚至个人超过了党，这都是错误的。此外，在外来干部与本地干部的关系上，在老干部与新干部的关系上，不注意互相帮助、互相团结，而是一个轻视一个，甚至一个欺负一个。又如三三制在各根据地并没有完满的彻底十分认真的实行。这就是在党内与党外的关系上存在着十分严重的错误。'"

显然，国民党充分利用自己的情报系统窥探中共，极力渲染整风运动出现的问题，混淆视听，大肆攻击并全盘否定整风运动，以抨击中共和边区。国民党宣传部门在另一篇题为《共产党底三风问题》的文章中，以讥讽的口吻写道："共产党内部这种不良风气，本来由来已久，我们在朋友的立场上，过去不知和他们说过多少次，然而'不见棺材不哭爷'，本是人类共有的劣根性，共党对于我们的忠告和诤言，不独置诸脑后，而且以其逆耳而暗暗怀恨在心。"接着，又虚伪地表示："我们在国家民族的立场上，本着朋友之谊，欣闻毛泽东先生在焦头烂额之后，来这一套整顿三风的自我批判……我们为国家民族的利益打算，总希望共党真的能把三风整顿好……但是共党怎样整顿三风呢？这是共党前途的关键。可惜我们看遍了共党的文件，看不出将来会有什么好结果。"在这篇文章中，他们甚至还诬蔑称"共产党还是一个封建的集团！……闹得危机四伏，有劳毛先生起来大声疾呼地喊救命……其实就整个共产党而论，它根本是宗派主义的残余代表，独立于中央，割据。共产党本身既是一个宗派主义的集团，它的党员如何能免于宗派主义的作风！毛先生不肯放弃边区，交出军权，服从国家政令，那末他的一切宣传，一切反宗派主义的努力，都是假的，都是徒劳的！"[54]

毫无疑问，国民党竭力否定整风运动成功的可能性，一方面给毛泽东敲响了警钟，一方面也更加坚定了毛泽东要把整风运动搞出成效的决心。

1942年国际劳动妇女节前夕，中央妇委准备在《解放日报》出一期专刊。蔡畅就带着《解放日报》副刊《中国妇女》主编罗琼去拜访毛泽东，请他为专刊题词。蔡畅先向毛泽东汇报了中央妇委整风的设想，然后由罗琼汇报专刊的内容，并请毛主席为专刊题词。

听了汇报，毛泽东说：你们整风的设想还对头，专刊内容也可行，你们中央妇委及地方妇救会的干部思想如何？

蔡畅说：王明的主观主义、形式主义、夸夸其谈、不深入群众的作风，还有影响；在整风中我们要重点清除。

毛泽东说：关键在你们自己要以身作则，做出榜样。你们要我题词，我就题一个要求，好吗？

蔡畅和罗琼当然同意，高高兴兴地回去了。果然，没过几天，毛泽东题的"一个要求"送来了，是八个挺拔的大字——"深入群众，不尚空谈"。罗琼回忆说："我想毛主席这八个字，既是肃清王明的影响，又是对中央妇委及妇女工作干部的要求，我深感自己改造主观世界的迫切性、重要性。"

3月30日，毛泽东在中央学习组上作了《如何研究中共党史》的报告。他说："我们要研究哪些是过去的成功和胜利，哪些是失败，前车之覆，后车之鉴。""现在来考虑我们过去所走的路和经验，要有系统地去考虑。路是一步一步走过来的，虽然在走每一步的时候也曾考虑过昨天是怎样走的，明天应该怎样走，但是整个党的历史却没有哪个人去考虑过。"

毛泽东大声疾呼：研究中共党史，应该以中国做中心，把屁股

[54] 卢毅：《国民党眼中的延安整风》，《党的文献》2010年第3期。

坐在中国身上。世界的资本主义、社会主义，我们也必须研究，但是要和研究中共党史的关系弄清楚，就是要看你的屁股坐在哪一边，如果是完全坐在外国那边去就不是研究中共党史了。我们研究中国就要拿中国做中心，要坐在中国的身上研究世界的东西。我们有些同志有一个毛病，就是一切以外国为中心，作留声机，机械地生吞活剥地把外国的东西搬到中国来，不研究中国的特点。不研究中国的特点，而去搬外国的东西，就不能解决中国的问题。如果不研究中国共产党的历史的发展、党的思想斗争和政治斗争，我们的研究就不会有结果。我们要把马、恩、列、斯的方法用到中国来，在中国创造出一些新的东西。

毛泽东不愧是一个伟大的思想家，说他是哲学家和历史学家也不过分。在如何研究历史的问题上，他提出了一种"古今中外法"，令人大开眼界。何谓"古今中外法"？即全面的历史的方法，把问题当作一定历史条件下的历史过程去研究。他说："所谓'古今'就是历史的发展，所谓'中外'就是中国和外国，就是己方和彼方。"

在这次讲话中，毛泽东特别指出：研究党史上的错误，不应该拘泥于个别细节，不应该只恨几个人。如果只恨几个人，那就是把历史看成是少数人创造的。重点是研究路线和政策，找出历史事件的实质和它的客观原因，从而使前车之覆成为后车之鉴。

4月3日，中央书记处工作会议通过了中央宣传部关于在延安讨论中央决定及毛泽东同志整顿三风报告的决定（即第一个"四·三决定"），对整风运动的目的、要求、方法、步骤和学习文件（最初为18个，后增至22个），作了明确的具体规定。这以后，思想整风基本上按照整顿学风反对主观主义、整顿党风反对宗派主义、整顿文风反对党八股三个内容分为三个小阶段依次进行，每个小阶段大致为四个月左右时间。在延安参加这一次整风学习的干部共有一万多人。

4月20日，毛泽东在中央学习组作关于整顿三风的发言时强调说，如果全党干部在现在这个时期，在这一两年以内，能够使作风有所改变，"把马列主义搞通，把主观主义反倒"，"扩大正风，消灭不正之风",那么,"我们内部就能够巩固,我们的干部就能够得到提高","延安的干部教育好了,学习好了,现在可以对付黑暗,将来可以迎接光明,创造新世界,这个意义非常之大",这都是"全国性的"。

现在,我们不妨再来认真读一读毛泽东1942年4月20日《关于整顿三风》的讲话,依然发人深省。他反复强调:"这一次整顿三风的斗争,它的性质是什么样的呢?就是一个无产阶级的思想同小资产阶级思想的斗争。"因为过去的思想方法、教育方法是主观主义、教条主义的,结果弄到现在党内思想庞杂,思想不统一,行动不统一,这个人这样想问题,那个人那样想问题;这个人这样看马列主义,那个人那样看马列主义。一件事情,这个人说是黑的,那个人则说是白的,一人一说,十人十说,百人百说,各人有各人的说法、看法。差不多在延安就是这样,自由主义思想相当浓厚,有许多违反马列主义的东西,如果打起仗来,把延安搞掉,就要哇哇叫,鸡飞狗走,那时候,诸子百家就都会出来的,不仅将来不会有光明的前途,搞不好张家也要独立,王家也要独立,那就不得了。[55]

[55] 杨奎松:《毛泽东与莫斯科的恩恩怨怨》,江西人民出版社2008年版,第116页。

认真分析中共党史和毛泽东的讲话,我们就不难看出,毛泽东发动整风运动的目的并不是针对王明本人,更不存在要把已在中央医院卧床不起的王明搞臭、整死的想法。事实上,此时王明的挑战对毛泽东已经不存在任何威胁,他已经没有任何资本能跟毛泽东争夺中共中央的领导权了。一句话,整风运动不是整王明个人,而是要纠正以王明为主要代表的主观主义错误倾向。我们要把王明和王明所代表的"左"右倾错误采取既区分又联系的态度来看待和研究。

6月2日,中共中央成立中央总学习委员会(简称总学委),由毛泽东主持,日常工作由康生具体负责。总学委下按各系统设分区学委会,领导延安各系统的整风学习。总学委还承担解答各方面所提出问题的工作,由凯丰负总责,陆定一、王若飞、陈伯达和胡乔木一起参加这项工作。

王明作为以王明为代表的错误倾向的代表人物,身为中共中央政治局委员、书记处书记,在中央开始进行检查政治路线和历史问题以来，对自己应当承担的责任始终采取逃避、狡辩或推诿的态度，引起中共中央高层的不满。

"犯思想病最顽固"的高层干部的思想没有完全打通，肯定会引起中下层干部思想的混乱或不统一。自百团大战以后，日军加紧了对敌后根据地的"扫荡"，进一步推行杀光、烧光、抢光的"三光"政策，使得中共领导的敌后根据地在1941年受到了很大损害；再加上皖南事变后，国民党顽固派断绝对八路军的粮饷和其他供应，加紧对边区封锁，使根据地的财政经济遇到了极大困难，1942年、1943年势必将迎来进入抗战以来最困难的时期。怎样克服这些困难呢？除了实行生产自救、发展经济、精兵简政等政策外，就是开展整风，训练干部，一方面使人们振作精神，正确对待困难；另一方面，整顿不好的作风，以迎接将来的光明。

更不容忽视的是中共的干部队伍还存在不少问题。到1942年初，全国党员有80万，中共领导的军队（包括游击队）有57万，大部分是抗战以后在民族主义浪潮高涨时加入革命的。成百上千的青年知识分子从国民党统治区来到延安。在全党，新党员、新干部占90%。他们没有经历过大革命和十年内战，没有参加过长征，对共产主义的许多道理不熟悉，阶级斗争是怎么回事也不懂得。虽然有的读了两年书，但只记得一些教条，不懂得马列主义是什么。因此，在全党，尤其在某些特殊部门内，主观主义与宗派主义残余并没有肃清，甚至还很严重地存在着，有的人自由主义思想也相当浓厚。这就需要加强内部教育，转变作风。而自打退国民党第二次反共高潮之后，特别是苏德战争和太平洋战争爆发后，国共之间的摩擦减少，局势缓和，从而在客观上创造了一个积蓄力量、巩固内部、训练干部、开展整风的外部环境。

从上述这个宏大的时代背景中，我们可以看到，毛泽东已经有了更加长远的战略眼光和雄心壮志，那就是他正在为了迎接中国革命最后的胜利、推翻国民党的统治、建立新中国，教育和培养干部。为此，毛泽东要求：总结党的历史经验教训，消除王明过去"左"右倾错误路线的影响，通过批判教条主义和经验主义两种形态的主观主义，教育全党干部学会运用马克思主义的立场、观点和方法，来研究和解决中国革命的具体问题。延安整风运动的直接结果，是以中国化的马克思主义思想——毛泽东思想统一了全党的思想，为顺利召开党的七大奠定了思想基础，也为下一步的斗争——打败日本侵略者，建立新民主主义的新中国奠定了思想基础。[56]

8月3日，中央书记处会议同意毛泽东的提议，决定将在延安的43名高级干部（8月8日的中央政治局会议又增为48人）编成9个小组，由中央同志直接领导，联系本部门的工作，学习和研究《联共（布）党史简明教程》结束语六条和斯大林《论布尔塞维克化十二条》。毛泽东编在第一组。毛泽东还提出："要从讨论那些细小微末的具体问题，转入到集中火力检讨党内存在着的根本思想倾向，主要是自由主义和对党闹独立性问题。"

根据毛泽东的意见，各地也先后召开高级干部座谈会，联系本地区的实际进行学习和检查。最为重要的是长达88天（1942年10月19日至1943年1月14日）的中共中央西北局高级干部会议。这次会议是在中共中央和毛泽东直接领导下召开的。毛泽东除了在开幕、闭幕之日到会讲话之外，还用两天时间专门结合中国共产党的情况逐条讲解了斯大林的《论布尔塞维克化十二条》。

10月19日，毛泽东在中共中央西北局高级干部会议开幕式上讲了三个问题。第一个是关于国际国内的形势的问题。毛泽东指出法西斯和反法西斯阵线在今年冬天要起变化，德国已宣布今后采取守势，这正是有关整个世界、整个人类历史转变的时候。去年夏天苏德战争爆发后，国共关系比较向好。我们始终坚持抗战的方针，坚持抗日民族统一战线，当摩擦来了，我们采取防御性的斗争。我们总的方针是团结，但有时要斗争，斗争过去又是团结。第二个问题是关于整顿三风的问题。第三个问题是关于边区的建设问题（相关内容见本书第五章）。毛泽东说：

从今春开始的整顿三风，是进行了很大的党内教育，

[56] 胡乔木：《胡乔木回忆毛泽东》（增订本），人民出版社2014年版，第188—189页。

第二章 "我们要向中央基准看齐，向大会基准看齐" | 197

是根据抗战以前和抗战以后新老党员的情况提出的。新党员没有受过马列主义教育，有的只是民族斗争中的教育，老党员中的一些人是从遵义会议以后才纠正了过去的许多缺点，但许多人又增长了新的缺点自由主义、教条主义等。对于"党棍"要坚决清除。没有斗争便不能进步。有人说我们所进行的党内斗争是不符合中国习惯的，但我们说我们必须拿起批评与自我批评的武器，使党员更提高更进步。现在这个会开得非常好，这就是行动上、工作上的整顿三风，是整风学习的考试。[57]

11月21日和23日，毛泽东出席西北局高干会，专门为高级干部讲解斯大林的《论布尔塞维克化十二条》，一条一条地结合中国共产党的实际来讲，讲得非常仔细。师范学院毕业的毛泽东，的确是一个好老师，循循善诱，释疑解惑，深入浅出，切中要害，语言生动活泼，听者大受裨益。毛泽东开门见山，不藏着掖着。他讲：一般地说，中国共产党从它的路线、工作、经验、觉悟程度、同群众的关系来说，是一个布尔什维克党。如果拿完全布尔什维克化的标准来说，那还有许多条件不具备或不完全具备。接着，他对斯大林的12条逐条地进行了讲解，今天读来，仍有启发和教益。

第一条，斯大林讲：党是无产阶级组织的最高形式。毛泽东指出：执行这一条，就要领导一元化，承认中央的九一决定[58]，党要领导军队、政府和民众团体。

第二条，斯大林讲：党特别是党的领导者必须完全精通与革命实践密切联系的马克思主义理论。毛泽东指出：十年内战时期，有马列主义对非马列主义的斗争。遵义会议以后，党的政治路线、思想路线和组织路线是比较正确的，但党内还有很大的缺点，党内产生了一种自由主义坏倾向。遵义会议以前，在党内关系问题上，主要偏向是过火的斗争。遵义会议以后，党内的主要偏向是自由主义，

[57] 中共中央文献研究室编：《毛泽东年谱（1893—1949）》（修订本）中卷，中央文献出版社2013年版，第407页。

[58] 指1942年9月1日《中共中央关于统一抗日根据地党的领导及调整各组织间关系的决定》。

而不是过火的斗争。现在我们要增强理论，党校的同志每人要读三四十本马、恩、列、斯的书。这次高干会后我们应当有一个学习，每人选读几十本马克思主义的书。

第三条，斯大林讲：党在制定各种口号、指示时，应根据对国内和国际具体条件的分析。毛泽东指出：这一条讲方法论、思想方法问题。制定口号、指示时，国际条件、外国的经验固然要考虑，但主要的是对我们国内的具体情况加以周密的研究和分析。

第四条，斯大林讲：党要在群众的革命斗争中检查自己的口号、指示是否正确。毛泽东指出：理论是从客观实际抽出来，又从客观实际得到证明的。实践是考验真理的标准尺度。

第五条，斯大林讲：党的全部工作、每一个行动，都要走向使群众革命化。毛泽东指出：这一条的原意是党不要有社会民主党的作风，要有布尔什维克的作风，不要有改良的作风，要有革命的作风。我们中国共产党没有社会民主党的传统，我们党有两种缺点，一个是"左"，一个是右。现在我们党内自由主义相当浓厚，我们应该反对自由主义，同时当然也要反对过左的。

第六条，斯大林讲：党在工作中要善于把最高的原则性和同群众最大限度的联系相结合。毛泽东指出：这一条是讲群众工作的原则。我们对群众的关系，是一方面要教育群众，一方面要向群众学习。要把党的最高的原则性同群众的当前的日常要求联系起来，最高原则不要变成了关门主义，联系群众不要变成了尾巴主义。

第七条，斯大林讲：党在工作中要善于把不调和的革命性和最大限度的灵活性、机动性相结合。毛泽东指出：这一条是讲统一战线原则，革命与妥协的关系。列宁写了一本书，叫"左派"幼稚病，就是讲的这个第七条。这里有一个最大限度的灵活性、机动性问题，我们的"三三制"

就是最大的灵活性、机动性，要灵活地用各种组织形式和斗争形式达到革命的目的。不调和的革命性不要同冒险主义混淆，最大限度的灵活性不要同迁就主义混淆。

第八条，斯大林讲：必须使党不掩饰自己的错误，不怕批评，要善于在自己的错误中改进和教育自己的干部。毛泽东指出：如果党害怕承认自己的缺点，害怕及时地公开地承认和纠正自己的缺点，那末党就不免于灭亡。公开地承认错误，揭露产生错误的原因，分析产生错误的环境，仔细讨论改正错误的方法，这就是郑重的党的标志。

第九条，斯大林讲：党要善于把先进战斗员中的优秀分子选拔到基本的领导核心中去。毛泽东指出：领导核心有什么条件，斯大林讲两个条件，就是要十分忠诚，十分有经验。

第十条，斯大林讲：党必须经常改善自己的社会成分，消除那些腐化党的机会主义分子。毛泽东指出：不够党员资格的，也要清洗，还要经常吸收好的分子。

第十一条，斯大林讲：党必须建立起无产阶级的铁的纪律。毛泽东指出：建立铁的纪律，是区别于社会民主党的条件之一，也是区别于自由主义。建立铁的纪律的基础是思想的统一。

第十二条，斯大林讲：党应有系统地检查自己的决定和指示的执行。毛泽东指出：整顿三风以后我们要有一次大的检查。这次高干会议也算一次检查，会后要进行精兵简政、整党、整政、整军、整财政、整经济、整民、整关系，是有系统的，而且是有威信的人去检查。

最后，毛泽东总括地说：这个十二条，很值得我们好好地研究一下，这是我们全党的"圣经"，是"圣经"，而不是教条，是可以变化的。[59]

1943年1月14日，毛泽东出席了西北局高干会的闭幕会。在会

[59] 中共中央文献研究室编:《毛泽东年谱（1893—1949）》（修订本）中卷，中央文献出版社2013年版，第411—414页。

上，他发表了关于领导问题的讲演，用"集中起来，坚持下去"两句话，阐明了领导的真实意义。毛泽东鲜明地指出，党的领导就是集中人民意见，经过思考研究变成党的意见，然后又把党的意见拿到人民中去实现，这就是所谓群众观点和领导艺术，就是真正的理论与实际的联系。最后，毛泽东发自肺腑地总结道：我们虽然是从历史中走过来的，但要从观念形态上恰当地反映历史是不容易的。经过这样多的磨折，这样多年，这次高干会才把历史搞清楚。

在这次会议上，高岗作了《边区党的历史问题的检讨》的报告，任弼时作了《关于几个问题的意见》的总结性发言。

历史已经证明，在延安整风正在进行时，中共中央适时召开的西北局高级干部会议，及时纠正了党内闹独立性现象、地方工作的官僚主义倾向和军队工作的军阀主义倾向，对加强党的一元化领导，党清算历史上的路线是非，增强党的团结，确定党政军民各项工作都以生产和教育为中心起到了重要作用。

毛泽东在中共中央西北局高级干部会议上的系列讲话，以及他对斯大林的《论布尔塞维克化十二条》的讲解，是研究毛泽东在延安时期关于党的建设理论的重要文献，对于中共党的政治建设、组织建设和思想建设都具有重要的理论价值和实践价值。胡乔木认为，它的价值主要表现在四个方面：一是确立中国共产党是以马列主义作理论基础的；二是党的决议、政策和理论正确与否，只有客观实践是检验真理的标准尺度；三是把原则性与灵活性结合起来，是马克思主义的一个重要原则；四是对于党内的思想错误、小错误、个别错误，要同一贯的路线错误、派别活动和反党以至反革命问题加以区别。"毛主席的这些思想，总结了二十年代后期到遵义会议前'左'倾宗派在党内搞残酷斗争、无情打击的历史教训。不难看出，这是建国后提出的区分两类不同性质的社会矛盾理论的萌芽。有了过去沉痛的历史教训和这样明晰的思路，在群众性急风暴雨式的阶级斗争基本结束以后，毛主席提出严格区分两类不同性质的矛盾和正确处理人民内部矛盾的思想，就有其自身的理论逻辑和历史的必然了。延安整风运动，从指导思想上说，是按照这个思想进行的。"[60]

[60] 胡乔木:《胡乔木回忆毛泽东》（增订本），人民出版社2014年版，第211页。

整风运动在中共中央高层如火如荼，中共七大代表，他们在中共中央党校又是如何参加整风运动的呢？毫无疑问，作为毛泽东直接领导的党的干部生长基地，中央党校的整风运动在全党整风运动中占有特别重要的地位，可谓全党整风运动的一个晴雨表。

1942年2月28日，为了领导好整风运动，中央政治局做出《关于党校组织及教育方针的新决定》，决定停止党校过去规定的课程。当时，中央党校学员学习的整风文件主要有：《中共中央宣传部关于在延安讨论中央决定及毛泽东同志整顿三风报告的决定》、毛泽东的《整顿党的作风》《反对党八股》《〈农村调查〉序言》《中共中央关于调查研究的决定》《中共中央关于延安干部学校的决定》《中共中央关于在职干部教育的决定》、陈云的《怎样做一个共产党员》《中共中央关于增强党性的决定》、毛泽东的《反对自由主义》、红四军第九次代表大会《反对党内几种不正确倾向》、毛泽东的《在陕甘宁边区参议会的演说》《宣传指南》（主要包括《列宁是怎样进行宣传的》《季米特洛夫论宣传的群众化》《鲁迅论创作要怎样才会好》《六中全会论宣传的民族化》）、斯大林《论布尔什塞克化十二条》和《联共（布）党史简明教程》结束语等。

时任中共中央冀南区委书记王从吾随冀南代表团于1940年9月底抵达延安，先是住在马列学院的窑洞，后来被借调到中央政策研究室（原华北华中工作委员会），1941年底回到中央党校第一部学习。当时，中央党校校长为邓发，教育长为彭真；只有一个部，部主任为黄火青，党校扩大后改任秘书长，古大存继任一部主任。他回忆说："中央党校在整风运动期间，没有设班主任和辅导员。虽有几位历史、政治、法律方面的教授，但没有开课。支部是党校的基层组织。罗瑞卿、薄一波、陈赓、陈锡联、宋时轮、陈奇涵、阎红彦、张平化、钱瑛、赵林、裴梦飞、贺晋年、向仲华、舒同、马文瑞等担任过支部书记或支部干事，我回党校后被编入第一支部，先后任支部副书记和书记。"[61]

1942年6月24日到7月4日，中央党校在组织学习文件告一段落后，进行了考试。考试题目是经过毛泽东修改过的。考试题目主要有：

[61] 中共中央党史研究室第一研究部编：《七大代表忆七大》（上），上海人民出版社2006年版，第626页。

什么是党的学风中的教条主义？你所见到的党的学风中的教条主义最严重的表现是哪些？你自己在学习和工作中曾否犯过教条主义错误？如果犯过，表现在哪些方面？已经改正了多少？什么是党的学风中的经验主义？你在工作中经验主义偏向具体表现在哪些方面？已改正否？今后将如何改正？你接到中央关于调查研究的决定后，怎样根据它来检查并改造或准备改造你的工作？

王从吾说，中央党校整风有一个阶段主要是根据季米特诺夫提出的干部四条标准来检查自己。这四条标准是：第一，自己对于党、对于工人阶级事业是否抱无限忠心？第二，与群众是否有密切联系？第三，在复杂的环境中能否独立决定方向并不怕负责任解决问题？第四，要守纪律。根据这四条标准，王从吾认真对照，写了检查材料。

由中央党校第一部主任改任秘书长的黄火青，从头至尾参与领导了中央党校的整风运动，对此极有发言权。黄火青是长征干部，担任过红一方面军九军团政治部主任、红四方面军政治部军人工作部部长。1940年，他从新疆回延安后，先后任延安军政学院副院长、中央党校第一部（简称一部，下同）主任、秘书长，是七大代表资格审查委员会委员。他在晚年回忆说：

中央党校的整风运动目的在于学习毛泽东思想，宣传党的正确路线、政策，宣传辩证唯物主义的思想和党的优良的工作作风。毛泽东亲笔题写了"实事求是"四个大字镌刻在延安中央党校的礼堂正面墙上，要大家记住：要引导中国革命到胜利，在工作中不犯错误或少犯错误，就必须树立实事求是的科学态度。中央党校在工作和学习中始终坚持三条方针：（一）实事求是，不尚空谈。（二）坚持真理，随时修正错误。（三）把自己的言行，当做客观事物来对待。在这次学习之前,参加党校学习的同志,尽管有一些同志参加过第一、二次国内革命战争,但对党内的路线斗争,并不都是那么清楚。经过在党校系统学习,弄清了党内的路线问题,知道了错误路线对中国革命的严重危害,加深了对正确路线的理解,统一了对党的历史上路线斗争的是非功过的认识,坚定了必须从实际出发进行革命斗争的信心。

党校整风的过程,首先是精读中央规定的22个文件,领会其精神实质。党校领导对组织学习文件是十分认真的。彭真为《解放日报》写了代社论的文章《领会二十二个文件的精神与实质》,对怎样学习文件作了深刻的阐述。同志们学文件也非常认真,边阅读、边思考、边讨论,并认真做笔记。对讨论中的重要问题,请中央负责同志作报告。周恩来、朱德、陈云、任弼时和林伯渠等先后到党校作过报告。为了促进大家认真学习文件,还规定领导人要查看下面同志的笔记,帮助批改,互相借看和传阅。毛泽东曾亲自看了一些同志的学习笔记,改正了某些错字,并加了批语,这对大家鼓舞教育更大。

在领会文件精神实质、掌握思想武器的基础上,联系实际,检查个人思想、工作和历史,以至自己所在地区和部门工作。毛泽东提出要"承认山头"、"照顾山头"、"消灭山头"。为了检查一个地区的工作,还召开过"山头会议",由所在地区的领导亲自召集,大家自由发表意见。[62]

[62] 中共中央党史研究室第一研究部编:《七大代表忆七大》(上),上海人民出版社2006年版,第21页。

"没有整风,党就不能前进。"回顾这一段激情燃烧的岁月,黄火青感慨万千:"在党校这一段期间,我自己在思想上也有很大收获,提高了路线觉悟,并认识到只有从思想上建党,才能统一认识,团结全党,过去我只知道从组织上解决问题,不是服从,就是处分。我在学习总结中自我检查,曾有这样两句话:'疾恶如仇有余,与人为善不足。'我的这个自我检查中央领导也知道。彭真对我思想提高是有帮助的。"

七大代表、时任山西新军工卫旅党委书记康永和，1942年从军政学院第4队调到中央党校学习，分在第1支部，支部书记为李葆华。七大闭幕后，他回到山西太原继续搞地下工作，见到了原来在工卫旅工作过的许多老同志。不过三天，就有老同事一脸惊羡地跟他说："伙计，你现在进步了！"

康永和笑着谦虚地回答："哪里有什么进步？"

"哎呀，具体的一下说不出来，反正听你谈吐，谈起问题、处理起问题来就感到真进步了。这表明有延安的学习实在是好！你有福气，我们没福气去啊！"

听到老同志们这样的评论，康永和心里热乎乎的。事实说明，整风运动对提高干部的思想理论水平和工作能力，作用是非常显著的。

整风运动至此，其实才进行了一半。

毛泽东的思想还在发展。到了1943年"九月会议"，高级干部整风又迎来一个新的高潮。

4　"赤脚天堂"里到处都有"韩荆州"，"作家到群众中去就能写出好文章"

"我赶快脱下皮靴/因为我发现/所有走进天国的男男女女/都是赤脚/啊，延安/好一个赤脚天堂。"这首诗创作于1939年底，它的作者是一名画家，名叫蔡若虹。蔡若虹是著名抗日烈士蔡公时的侄子，生于九江，学于南昌，出道于上海，后来成为新中国美术奠基人之一。这一年，他29岁，正青春。

和千千万万怀抱抗日救国的爱国青年一样，年轻的蔡若虹和妻子夏蕾，从上海出发，取道香港、越南、昆明、贵阳、重庆、西安，经过7个月的颠簸辗转，终于来到向往已久的革命圣地延安，和他在上海就熟悉的老朋友丁里、华君武在延安北门外的鲁迅艺术学院相聚。可一到这里，热情万丈的蔡若虹内心一下子变得冰冰凉，刚刚遭遇日本飞机轰炸的延安到处都是残垣断壁。"一走出城门就是山，到处尽是山，不长树木的山，连野草也稀稀拉拉的荒山。那不黄不赤的颜色和不高不低的形象不但不讨人喜欢，还令人生厌！荒凉，荒凉，天下无比的荒凉！"

延安竟然如此荒凉，这是蔡若虹没有想到的。然而，谁又能知道，仅仅过了一天，他的印象又彻底变了——"歌声出现在这些荒山里，口号出现在这些荒山里，奇迹出现在这些荒山里，原来无比的荒凉正是天堂不可缺少的背景，是天堂的典型环境！"于是，画家瞬间变成了诗人，激情澎湃地写下了这首《赤脚天堂》。这种天堂般的感受一直珍藏在蔡若虹的生命之中，以至到了晚年，他在回忆录中赤诚地写道："延安啊延安，你从艰苦中找得乐观，你从劳动中夺取幸福，你从战斗中获得安乐与发展！延安啊延安，我不能用别的名称叫你，我只能称呼你是个'赤脚天堂'！"

的确，延安就这样成了作家、艺术家们的"赤脚天堂"。他们在这里吃着小米饭、喝着南瓜汤，享受着精神上巨大的自由，获得了从未有过的尊重，拥有着无与伦比的尊严。在那个救亡图存的革命年代，在中国共产党爱国民族统一战线政策的感召下，许许多多的有志青年和知识分子不畏艰难险阻奔赴革命圣地延安，为了看到宝塔山、喝到延河水，跋山涉水几个月甚至一年时间。就像诗人柯仲平所写的这样："我们不怕走烂脚底板，也不怕路遇'九妖十八怪'，只怕吃不上延安的小米，不能到前方抗战；只怕取不上延安的经典，不能变成最革命的青年！"[63] 真可谓是"割掉我肉还有筋，打断骨头还有心；只要我还有口气，爬也爬到延安城"。

[63] 艾克恩:《延安文艺运动纪实》，载《新文学史料》1992年第3期。

延安，就这样成了诗人、作家、艺术家们向往的诗和远方，也成了锻造他们肉体和灵魂的熔炉和学校。战火纷飞，烽火连月，在延安这个"赤脚天堂"里，日子就是在那热火朝天的歌声中、口号声中度过的。转眼就到了1942年。

这一年的2月15日，延安美协主办了一次讽刺画展。参展的70多幅漫画，对延安存在的一些社会现象和问题给予了批评。17日，毛泽东参观了画展。大家请他提意见，毛泽东只说了一句话："漫画要发展。"对毛泽东的回答,华君武说:"我不懂,又不敢问。"不久,毛泽东就主动约华君武、蔡若虹、张谔三人到枣园交换意见,当面对华君武画的《一九三九年所植的树林》提出了不同看法。这是毛泽东第一次出面干预文艺创作问题。

一进枣园,华君武、蔡若虹就远远看见毛泽东坐在一棵高大枣树下的藤椅上,面对远处的群山和天上的流云,好像在沉思。蔡若虹回忆:"主席见了我们,把我们让进一间老式的客堂,完全是一种老大哥对待小弟弟的态度。"

张谔首先向毛泽东介绍说:毛主席,蔡若虹是蔡公时的侄儿。

毛泽东笑容满面地说:好呀!那我今天应该优待烈属了。

谈话就在这样轻松愉悦的氛围中开始了。

毛泽东说:有一幅画,叫《一九三九年所植的树林》。那是延安的树吗?我看是清凉山的植树。延安植的树许多地方是长得很好的,也有长得不好的。你这幅画,把延安的植树都说成是不好的,这就是把局部的东西画成全局的东西,个别的东西画成全体的东西了。漫画是不是也可以画对比画呢?比方植树,一幅画画长得好的,欣欣向荣的,叫人学的;另一幅画画长得不好的,树叶都被啃吃光的,或者枯死了,叫人不要做的。把两幅画画在一起,或者是左右,或者是上下。这样画,是不是使你们为难呢?

华君武说:两幅画对比是可以画的。但是,不是每幅漫画都那样画,都那样画,讽刺就不突出了。有一次桥耳沟发大水,山洪把西瓜地里的西瓜冲到河里,鲁艺有些人下河捞西瓜。但是他们捞上来后,不是还给种西瓜的农民,而是自己带回去吃了。这样的漫画可不可以画呢?

毛泽东说:这样的漫画,在鲁艺内部是可以画的,也可以展出,而且可以画得尖锐一些。如果发表在全国性的报纸上,那就要慎重,因为影响更大。对人民的缺点不要老是讽刺,对人民要鼓励。以前有一个小孩,老拖鼻涕,父母老骂他,也改不了。后来小学的老师看见他一天没有拖鼻涕,对他进行了表扬,从此小孩就改了。对人民的缺点不要冷嘲,不要冷眼旁观,要热讽。鲁迅的杂文集叫

《热风》，态度就很好。

谈话结束后，毛泽东请华君武、蔡若虹、张谔三人在枣园吃了一顿家宴。一张木桌上摆了三个菜，一碟凉拌豆腐，一碟西红柿，当然辣椒也是少不了的，大家吃得津津有味。

20世纪30年代末40年代初，随着丁玲、萧军等一大批国民党统治区和大后方的知名作家、艺术家的到来，延安的文艺事业有了新发展新气象。他们有的是受党组织的派遣，更多的则是出于对延安的仰慕心情投奔光明而来。但由于各自的文艺观点不同，文艺界出现了不团结的现象，有人争生活待遇和名誉地位失去革命热情，对工农兵群众缺乏接近、缺乏了解、缺乏研究、缺乏真心朋友。针对这些问题，毛泽东开始研究作家、艺术家们的作品，或主动找他们交谈，或书面交换意见。

这个时候，延安整风已经开始了。按照中央领导的分工，文艺界的整风运动由毛泽东分管。毛泽东懂得文艺工作在整个革命事业中的地位和作用，他本人就是文学造诣很深的人。延安的许多文艺团体和单位，如中国文艺协会、西北战地服务团、鲁迅艺术文学院、边区文化协会、抗战文工团、民众剧团等，都是在毛泽东的关怀、大力支持下成立和开展工作的。对文艺战线获得的成绩，毛泽东从不吝啬表扬，他在1935年5月看了冼星海《黄河大合唱》的演出后，激动地站起来边鼓掌边说"好"。

在延安文艺运动兴起之初，毛泽东始终掌握着领导权和话语权，同时他一直作为一个旁观者，静默观察，适时干预指导。他知道，文艺工作关乎世道人心。

1936年11月22日，中国文艺协会在陕北保安（今志丹县）成立。大会上，毛泽东号召文艺家们"发扬苏维埃的工农大众文艺，发扬民族革命战争的抗日文艺"。1938年4月10日，他在鲁艺成立典礼上，说："亭子间的人弄出来的东西有时不大好吃，山顶上的人弄出来的东西有时不大好看。有些亭子间的人以为'老子是天下第一，至少是天下第二'；山顶上的人也有摆老粗架子的，动不动，'老子二万五千里'。"他把上海、北平奔赴延安的文艺家比作"亭子间的人",把经过长征到陕北的人比作"山顶上的人"。毛泽东希望两部分的人"都应该把自大主义除去一点","作风应该是统一战线"。他还特别讲道,"亭子间的'大将''中将'到了延安后,不要再孤立,要切实。不要以出名为满足,要在大时代的民族解放的时代发展广大的艺术运动,完成艺术的使命和作用"。

1938年4月28日,毛泽东再次来到鲁艺,谈怎样做一个艺术家。他说,一个伟大的艺术家必须具备三个条件:第一要有"远大的理想","不但要抗日,还要在抗战中为建立新的民主共和国而努力,不但要为民主共和国,还要有为实现社会主义以至共产主义的理想";第二,要有"丰富的生活经验",艺术家的"大观园"是全中国,"要切实地在这个大观园中生活一番,考察一番";第三,要有"良好的艺术技巧",技巧不会,"便不能有力地表现丰富的内容","要下一番苦工夫去学习和掌握艺术技巧"。第二年的5月,他欣然为鲁艺题词,提出了"抗日的现实主义,革命的浪漫主义"的文艺创作主张。

1940年1月,毛泽东在陕甘宁边区文化协会第一次代表大会上发表演讲,明确提出了"民族的科学的大众的"新民主主义文化方向。他说:"这种新民主主义的文化是大众的,因而即是民主的。它应为全民族中百分之九十以上的工农劳苦大众服务,并逐渐成为他们的文化。"

如果把毛泽东的这些主张与他整个的文艺思想联系起来,不难看出,为人民服务,为现实服务,为革命服务,作家应该深入群众、深入生活,以人民为中心,这是他一贯坚持的文艺思想。因此,可以说,延安是毛泽东文艺思想的发祥地。

但是,涌进延安的"亭子间的人",许多尚未真正完成从小资产阶级到无产阶级的转化,还需要一个思想改造过程、一个感情认同过程、一个生活适应过程、一个方向转变过程,一个从口头承认到心灵信服的过程,一个从"化大众"到"大众化"的过程。这个过程,是艰难的,是需要伟大斗争、需要自我革命才能获得的,因为这是一个凤凰涅槃浴火重生的过程。

对1940年后延安文艺界暴露的问题，毛泽东在整风后期的一份文件中曾作过这样的概括：在"政治与艺术的关系问题"上，有人想把艺术放在政治之上，或者主张脱离政治。在"作家的立场观点问题"上，有人以为作家可以不要马列主义的立场、观点，或者以为有了马列主义的立场、观点就会妨碍写作。在"写光明写黑暗问题"上，有人主张对抗战与革命应"暴露黑暗"，写光明就是"公式主义"（所谓歌功颂德），现在还是"杂文时代"。从这些思想观点出发，于是在"文化与党的关系问题，党员作家与党的关系问题，作家与实际生活问题，作家与工农结合问题，提高与普及问题，都发生严重的争论；作家内部的纠纷，作家与其他的方面纠纷也是层出不穷"[64]。

[64] 胡乔木：《胡乔木回忆毛泽东》（增订本），人民出版社2014年版，第255页。

毛泽东看在眼里，急在心中。他需要寻找机会，跟延安的作家、艺术家们谈一谈、聊一聊，说说自己的心里话，也听听他们的心里话。他之所以找华君武、蔡若虹等，就是这个目的。

就在毛泽东宴请华君武、蔡若虹等谈话一个月后，1942年3月13日和23日，《解放日报》文艺副刊发表了中共中央研究院中国文艺研究室研究员王实味写的一组杂文，题为《野百合花》。毛泽东看了，就委托秘书胡乔木致信王实味，并找其谈话，传达了毛泽东的希望和意见，指出其杂文中宣扬绝对平均主义，对同志批评采用冷嘲、射暗箭的方法是错误的，不利于团结。此前的3月9日，《解放日报》发表了丁玲的《三八节有感》。

没想到，丁玲的《三八节有感》和王实味的《野百合花》，在延安文艺界一下子引起轩然大波。就在这时，延安北门外文化沟的墙报《轻骑队》，也出现了一些消极的内容，含沙射影，冷嘲热讽。有人建议中央封掉这张墙报，不许它再出。毛泽东知道后，冷静地说："不能下令封，而是应该让群众来识别，来评论，让群众来做决定。"

3月31日，毛泽东主持召开《解放日报》改版座谈会。毛泽东说："近来颇有些人要求绝对平均，但这是一种幻想，不能实现的。""小资产阶级的空想社会主义思想，我们应该拒绝。""批评应该是严正的、尖锐的,但又应该是诚恳的、坦白的、与人为善的。只有这种态度,才对团结有利。冷嘲暗箭,则是一种销蚀剂,是对团结不利的。"

座谈会上,贺龙、王震等人十分尖锐地批评了丁玲,对她写的《三八节有感》很生气。

贺龙说:丁玲,你是我老乡呵,你怎么写出这样的文章?跳舞有什么妨碍?值得这样挖苦?

贺龙的话说得很重,丁玲有点下不了台。坐在一旁的胡乔木一听,感觉问题提得是不是太重了,这样批评也不能解决问题,就轻轻地跟毛泽东说:"关于文艺上的问题,是不是另外找机会讨论?"

毛泽东装作没听见,没有作声。

第二天,毛泽东批评胡乔木:"你昨天讲的话很不对,贺龙、王震他们是政治家,他们一眼就看出问题,你就看不出来。"

毛泽东批评胡乔木"看不出来"的问题到底在哪里呢?晚年胡乔木回忆说,表现尤为明显的是五个问题:第一是所谓"暴露黑暗"问题,第二是脱离实际、脱离群众的倾向,第三是学习马列主义与文艺创作的关系问题,第四是"小资产阶级的自我表现",第五是文艺工作者的团结问题。

相信群众,发动群众,依靠群众,这是毛泽东从事群众运动的基本经验。因为他相信可以通过群众运动来监督各级干部,揭露问题。广大干部的群众性整风运动分为两个阶段。第一阶段是整顿作风,按毛泽东的说法,这是无产阶级思想同小资产阶级思想的斗争,整顿三风就是要去掉小资产阶级思想,转变为完全的无产阶级思想。这个阶段持续了一年多时间。

就在这个时候,延安的文艺界出现了一些问题,一些抗战全面爆发后来到延安的知识分子和新党员还没有能够理解毛泽东发动这场运动的深刻意图和真正意义。"不少人受到自己经验的局限,误以为整风就是整领导。整什么领导呢?就是整那些直接面对他们的领导。那些高层领导中有什么东西要整,他们当时是看不清楚的。"

如果这样下去,就把人们的注意力从当时最迫切需要解决的反对主观主义和宗派主义这个根本问题转移到一大堆枝枝节节的具体问题上去了。这种倾向不扭转，就会改变整风运动的方向。这引起了毛泽东的高度重视。尤其令他关注的就是中央青年工作委员会部分年轻的知识分子创办的墙报《轻骑队》和中共中央研究院年轻干部创办的墙报《矢与的》。

4月初的一个晚上，毛泽东自己提着马灯来到中共中央研究院，用火把照明，认真阅读了《矢与的》墙报，又看到一些文章在"鼓吹绝对平均主义，以错误的方法批评党的领导干部及当时延安存在的某些问题"。看完墙报后，他认为，中共中央研究院文艺研究室研究员王实味在《解放日报》和《矢与的》墙报上发表《野百合花》等文章，是"不讲成绩，抹煞成绩，只暴露黑暗"。

毛泽东深有所思：思想斗争有了目标了，这也是有的放矢嘛！

也就是在这个时候，延安中共中央研究院文艺研究室主任欧阳山致信毛泽东，反映文艺界出现的各种问题。4月9日，毛泽东复信欧阳山："拟面谈一次。"11日，欧阳山和草明二人面见了毛泽东。13日，毛泽东第二次写信给欧阳山和草明："前日我们所谈关于文艺方针诸问题，拟请代我搜集反面的意见，如有所得，祈随时赐示为盼！"

不久，毛泽东先后邀请丁玲、艾青、萧军、舒群、欧阳山、草明、周立波、姚时晓等谈话，交换意见。毛泽东还曾专门找刘白羽谈话，让他找文抗（中华全国文艺界抗敌协会延安分会简称）的党员作家先行座谈。刘白羽立即找马加、师田手、鲁藜、于黑丁等十余人座谈，并请他们帮助收集文艺界提的各种意见。会后，刘白羽给毛泽东写信报告了座谈会的情况。随后，毛泽东再次约见刘白羽。毛泽东凭其深入细致的作风和真诚坦率的态度，赢得了延安文艺界的尊重和信任。

当时，创作过《八月的乡村》的著名作家萧军，因为工作中的矛盾想离开延安。临行前，性格孤傲的他到毛泽东那里辞行，毛泽东问他究竟是什么原因要离开？萧军回忆说："我看他那么诚恳，那么热情，就把我遇到的一些不愉快的事毫无保留地同他谈了。他听了一方面安慰我，承认延安是有某些缺点的，另方面也希望我及时反映，帮助改正。"毛泽东还专门派秘书胡乔木对他的生活给予关心照顾，同时写信给他，坦率地说"延安有无数的坏现象，你对我说的，都值得注意，都应该改正"，又关切地提醒他"同时注意自己方面的某些毛病，不要绝对地看问题，要有耐心，要注意调理人我关系，要故意地强制省察自己的弱点，方有出路，方能'安身立命'。否则天天不安心，痛苦甚大"。

在与女作家丁玲谈话时，毛泽东诚恳地说："内部批评，一定要估计人家的长处，肯定优点，再谈缺点，人家就比较容易接受了。"丁玲深受启发，她后来说："这话给我印象很深，我一直记在心上。"此外，毛泽东还和鲁艺文学系和戏剧系的教员们进行了集体谈话，有周扬、何其芳、陈荒煤、曹葆华、严文井等。在与作家、艺术家们的谈话、通信中，毛泽东与他们就作家的立场、文艺与政治的关系、文艺为什么人等问题交换了意见。毛泽东还对草明提出的"文艺界有宗派"的问题谈了自己的看法。大家一致认为，应该开个会，让文艺工作者充分发表一下意见，交换思想。接着，毛泽东又与欧阳山、艾青等写信探讨或面谈。

艾青面见毛泽东时，恳切地说："开个会，你出来讲讲话。"

毛泽东说："我说话有人听吗？"

艾青回答："至少我是爱听的。"

4月27日，毛泽东约请欧阳山、艾青草拟了一份参加座谈会的名单。

1942年，延安文艺界的总体情况，有人用"两个阵营、三大系统、四个山头"来概括。所谓"两个阵营"，就是鲁迅艺术文学院和中华全国文艺界抗敌协会延安分会。所谓"三大系统"，是指中共中央文委系统、陕甘宁边区文化系统和部队文艺系统。所谓"四大山头"，是指鲁艺、文抗、青年艺术剧院、陕甘宁边区文协。当时，延安有影响、有成就的作家、艺术家大都集中在鲁艺与文抗两大阵营。

4月底，100多位作家和艺术家，几乎同时收到了一张中共中央办公厅用粉红色油光纸印刷的请帖："为着交换对于目前文艺运动各方面问题的意见起见，特定于五月二日下午一时半在杨家岭办公厅楼下会议室内开座谈会，敬希届时出席为盼。"落款署名"毛泽东、凯丰"。

5月2日，是星期六，这天下午，杨家岭"飞机楼"中央办公厅会议室里人声鼎沸，20多条板凳上坐满了人。当毛泽东穿着上衣袖口和裤子膝盖处都补着巨大补丁、洗得发白，但却十分整洁的粗布棉袄，从"飞机楼"后面不远处的家中，信步向山下走来时，多年不见毛泽东的作家、艺术家们发现他变了：一是胖了，二是精神了。

历史上著名的延安文艺座谈会就这样召开了。与会的作家、艺术家并不是每一个人都收到了请柬，他们有的是自发前来的，有的是碰巧赶上的，有的是文友邀请的，有的是跟着来的。比如，新中国第一部故事片《桥》的编剧于敏，那天正好和干学伟在鲁艺驻地的东山下散步，碰到了院长周扬从山上下来，打了一声招呼，就跟着来了。

会议开始，毛泽东第一个讲话。他开门见山地说："我们的革命有两支军队，一支是朱总司令的，一支是鲁总司令的。""朱总司令"就是朱德，是"手里拿枪的军队"；"鲁总司令"就是鲁迅，就是"文化的军队"。毛泽东生动形象的开场白，赢得大家的掌声和笑声。

在毛泽东讲话期间，外面炮声隆隆。那是国民党军队在洛川向八路军进攻。一些作家、艺术家听到枪炮声有些紧张，就有人递条子给毛泽东，问有没有危险。毛泽东看了条子后说："我们开会，听到炮声，你们不要害怕。前方也有我们的部队，能顶住。我提几个建议：第一，你们的母鸡不要杀了，要让它下蛋；第二，你们的孩子要自己养着，不要送给老百姓；第三，我们的部队在前面顶着，万一顶不住，我带你们钻山沟。"

毛泽东的话赢得一片掌声和笑声。大家又安心开会了。

在讲话中，毛泽东提出了立场、态度、工作对象、转变思想感情、学习马列主义和学习社会等五大问题，要大家讨论。在"工作对象问题，就是文艺作品给谁看的问题"上，毛泽东结合自己的成长经历，讲了一段非常动人的话：

我们的文艺工作者需要做自己的文艺工作，但是这个了解人熟悉人的工作却是第一位的工作。我们的文艺工作者对于这些，以前是一种什么情形呢？我说以前是不熟，不懂，英雄无用武之地。什么是不熟？人不熟。文艺工作者同自己的描写对象和作品接受者不熟，或者简直生疏得很。我们的文艺工作者不熟悉工人，不熟悉农民，不熟悉士兵，也不熟悉他们的干部。什么是不懂？语言不懂，就是说，对于人民群众的丰富的生动的语言，缺乏充分的知识。许多文艺工作者由于自己脱离群众、生活空虚，当然也就不熟悉人民的语言，因此他们的作品不但显得语言无味，而且里面常常夹着一些生造出来的和人民的语言相对立的不三不四的词句。许多同志爱说"大众化"，但是什么叫做大众化呢？就是我们的文艺工作者的思想感情和工农兵大众的思想感情打成一片。而要打成一片，就应当认真学习群众的语言。如果连群众的语言都有许多不懂，还讲什么文艺创造呢？英雄无用武之地，就是说，你的一套大道理，群众不赏识。在群众面前把你的资格摆得越老，越像个"英雄"，越要出卖这一套，群众就越不买你的账。你要群众了解你，你要和群众打成一片，就得下决心，经过长期的甚至是痛苦的磨练。在这里，我可以说一说我自己感情变化的经验。我是个学生出身的人，在学校养成了一种学生习惯，在一大群肩不能挑手不能提的学生面前做一点劳动的事，比如自己挑行李吧，也觉得不像样子。那时，我觉得世界上干净的人只有知识分子，工人农民总是比较脏的。知识分子的衣服，别人的我可以穿，以为是干净的；工人农民的衣服，我就不愿意穿，以为是脏的。革命了，同工人农民和革命军的战士在一起了，我逐渐熟悉他们，他们也逐渐熟悉了我。这时，只是在这时，我才根本地改变了资产阶级学校所教给我的那种资产阶级的和小资产阶级的感情。这时，拿未曾改造的知识分子和工人农民比较，就觉得知识分子不干净了，最干净的还是工人农民，尽管他们手是黑的，脚上有牛屎，还是比资产阶级和小资产阶级知识分子都干净。这就叫做感情起了变化，由一个阶级变到另一个阶级。我们知识分子出身的文艺工作者，要使自己的作品为群众所欢迎，就得把自己的思想感情来一个变化，来一番改造。没有这个变化，没有这个改造，什么事情都是做不好的，都是格格不入的。[65]

[65] 毛泽东:《毛泽东选集》第3卷，人民出版社1991年版，第850—852页。

随后，毛泽东语重心长地说:"文艺工作者应该学习文艺创作，这是对的，但是马克思列宁主义是一切革命者都应该学习的科学，文艺工作者不能是例外。文艺工作者要学习社会，这就是说，要研究社会上的各个阶级，研究它们的相互关系和各自状况，研究它们的面貌和它们的心理。只有把这些弄清楚了，我们的文艺才能有丰富的内容和正确的方向。"

结束时，毛泽东谦虚地说:"今天我就只提出这几个问题，当作引子，希望大家在这些问题及其他有关的问题上发表意见。"

听了毛泽东的话，大家争先恐后发言。

萧军是第一个站起来发言的，口气很大，"说自己讲一个东西，就能写出长篇"。他不仅是第一个发言，而且也是发言最长的一个，许多人都听不下去了。他身旁有个人提一壶水，时时给他添水，一壶水全喝完了，他的话还没有讲完。萧军的"意思是说作家要有'自由'，作家是'独立'的，鲁迅在广州就不受哪一个党哪一个组织的指挥"。

谁知萧军的话音刚落，会场就响起洪亮的声音:"我发言。"大家抬头一看，会场上霍地站起来一个人。此人就坐在萧军旁边，是毛泽东的秘书胡乔木。这多少让大家有些意外，更让大家意外的是，胡乔木的发言既尖锐又明朗，当场对萧军的观点进行了反驳。胡乔木说:"文艺界需要有组织，鲁迅当年没受到组织的领导是不足，不是他的光荣。归根到底，是党要不要领导文艺，能不能领导文艺的问题。"

胡乔木对萧军颇为出格的讲话实在忍不住了，才站起来反驳他的。那时，胡乔木并不知道鲁迅先生与中共有联系。后来，作家刘雪苇写信告诉胡乔木：鲁迅当年跟党是有关系的。对此，萧军当时也不知情。萧军名气很大，毛泽东欣赏他。平素言语不多的胡乔木在关键时刻挺身而出，说了关键的话，在会场引起震动，给大家留下深刻印象，也令毛泽东非常高兴。一开完会，毛泽东就请胡乔木到他家吃饭，说："祝贺开展了斗争。"

5月16日，延安文艺座谈会举行第二次全体会议。

第120师战斗剧社社长欧阳山尊大着胆子发了言："战士和老百姓对于文艺工作者的要求是很多的，他们要你唱歌，要你演戏，要你画漫画，要你写文章，并且还要你教会他们干这些……看起来似乎你付出去的很多，但事实上，你从他们身上收到的、学习到的东西更多。""前方的战士和老百姓很需要文艺工作。这样多的文艺干部，留在后方干什么？大家都上前方去吧，我举双手欢迎！"

2002年，距离延安文艺座谈会召开已经60年，欧阳山尊在北京方庄的家中跟笔者谈起往事，依然兴奋激动，仿佛又回到了延安时代。他说："当时我刚从晋西北回来，把主席讲话的记录一遍又一遍地读着，经过几天的思考，终于鼓起勇气把自己想到的一些意见写了出来，寄给了主席。不多几天就收到了主席的亲笔回信，总共只有七个字：你的意见是对的。"

诗人柯仲平报告了民众剧团在农村演出《小放牛》受到欢迎的情况。他说："我们就是演《小放牛》。你们要瞧不起《小放牛》吗？老百姓都很喜欢。你们要在那些地区找我们剧团，怎么找呢？你们只要顺着鸡蛋壳、花生壳、水果皮、红枣核多的道路走，就可以找到。"柯仲平的发言引起大家一阵欢笑。毛泽东听了非常开心，笑着插话说："你们如果老是《小放牛》，就没得鸡蛋吃了喽。"

杨家岭中央办公厅礼堂不大，屋小人多，光线昏暗，烟雾缭绕，气氛十分活跃。但是，争论的话题、矛盾也十分尖锐。譬如有位作家从"什么是文学艺术"的定义出发，空空洞洞地讲了一个多小时，当时就有人耐不住了，喊起来："我们这里不是开训练班，请你不要给我们上文艺课！"有人在会上大肆宣传"人性论"，说文艺的出发点是人类的爱；也有人狂妄地吹嘘自己，说自己不但要做中国第一作家，还要做世界第一作家，宣称自己从来不写歌功颂德的文章；还有人对整风运动提出了异议；等等。

诗人艾青的发言很短，主要批评鲁艺院长周扬是宗派主义的典型。针尖对麦芒，批评与自我批评在这里不是一句空话。周扬在发言中也幽默了一下自己："好了，现在又多了一个典型，除了哈姆雷特、堂吉诃德之外，又多了一个周扬！"不过，在延安文艺座谈会之后，周扬在代表鲁艺作总结报告时，明确指出鲁艺搞"关门提高"是错误的。

座谈会上，有一位党外作家提出："你们党整顿三风是应该的，但是为什么不在十年以前就提出来呢？"

听完发言，胡乔木立即站起来说："我们党提出整风是因为我们坚信自己的事业的正确性，所以才能够进行这种严格认真的批评和自我批评。我们这么做并不是从现在提出整风才开始，而是从建立党的那一天起就这样做的。我们欢迎各种善意的批评，但也不惧怕任何恶意的中伤和歪曲。"

作为毛泽东的秘书，胡乔木在整风运动中以《解放日报》社论的名义先后写了《教条和裤子》《整顿三风必须正确进行》和《整顿三风中的两条路线斗争》等文章，成为毛泽东的好助手。《教条和裤子》这篇诙谐幽默的社论发表后，在延安反响非常好，形象生动，给胡乔木赢得了不少赞誉，当年阅读过的人在多少年以后谈起这篇社论仍然赞不绝口。文章说：把科学变成教条有两种方法，一是把适用于一种条件的真理，硬邦邦地搬到另一种条件下面；另一种是把适用于一般条件下的真理，原封不动地放到特殊条件下面。"裤子上面出教条"，但"大家怕脱裤子，正因为里面躲着一条尾巴，必须脱掉裤子才看得见，又必须用刀割，还必须出血。尾巴的粗细不等，刀的大小不等，血的多少不等，但总之未必是很舒服的事，这是显而易见的"。胡乔木以"割尾巴"这个形象生动的比喻，改变了《解放日报》社论过去老是板着脸孔说话的样子。

从华君武的"一棵树"（漫画《一九三九年所植的树林》），再到王实味的"一朵花"（杂文《野百合花》），毛泽东一直在思考：延安的文艺到底怎么了？延安的文艺家们到底怎么了？现在，大家争论起来了，吵起来了，红红脸，出出汗，各抒己见，各不相让，这不是坏事，是好事。几乎一言不发的毛泽东，整天时间一直全神贯注地听大家的发言，并不时做着记录。

5月23日，延安文艺座谈会召开了最后一次会议。

又是开了一天。

会上，当谈到鲁迅所走的道路是"转变"还是"发展"的问题时，萧军和欧阳山、何其芳、周扬又争论起来了，胡乔木也加入了这场论争。胡乔木认为，是"转变"。萧军说："是'发展'，不能说是'转变'！'转'者方向不同也，原来向北走，又转向南了或者转向东、向西了，越走越远了。'变'者是质的不同，由反革命的变成革命的，或由革命的变成反革命的，是质的变化。鲁迅先生并不反动，所以只能是'发展'而不能说是'转变'。"

在双方争得不可开交的时候，朱德说话了。他联系自己从旧军阀到参加革命的改造过程，说："岂但有转变，而且有投降咧，比如我吧，就是一个旧军人投降共产党的。我认为共产党好，只有共产党才能救中国。我到上海找党，没有解决参加党的问题，后来到了德国，才入了党。我投入无产阶级，并不是想来当总司令，后来打仗多了，为无产阶级做事久了，大家看我干得还可以，才推我当总司令的。"可萧军还是不服，认为各人有各自不同的具体情况，不能一概而论，总司令可以承认自己是从反动立场转变到革命立场，但鲁迅先生却不是从反动立场转变到革命立场的，所以只能说是"发展"。

在会上，朱德有针对性地说：不要眼睛太高，要看得起工农兵，也不要嫌延安生活太苦。中国第一也好，世界第一也好，都不能自己封，都要由工农兵群众来批准。共产党、八路军和新四军为了国家民族流血牺牲，既有功又有德，为什么不应该歌？为什么不应该颂呢？有人觉得延安生活不好，太苦了。其实比起我们从前过雪山草地的时候，已经是天堂了。有人引用李白"生不用封万户侯，但愿一识韩荆州"的诗句，现在的"韩荆州"是谁呢？就是工农兵。马列主义是真理，我在真理面前举双手投降……

朱德为什么忽然提到"韩荆州"呢？原来，为庆祝《解放日报》文艺副刊出版100期，艾青发表了《了解作家，尊重作家》一文。艾青说："让我们从最高的情操上学习古代人爱作家的精神——'生不用封万户侯，但愿一识韩荆州'。"艾青引用李白《与韩荆州书》的这句诗，赞美韩朝宗善于用人。

后来，毛泽东在1945年4月24日中共七大所作的口头政治报告中，就"关于党内的几个问题"，也提及王实味《野百合花》和"韩荆州"，批评"王实味挑动勤务员反对我们，他像是站在勤务员的立场上反对所谓'三等九级'"。他说：

> 那时分歧达到这样的程度：有个王实味在延安写了一篇文章叫做《野百合花》，很多人愿意看。一九四二年春季中央研究院整风时出了墙报，那墙报受到欢迎，桥儿沟、南门外很多人都到研究院去看墙报，引起我也去看了一次。当时，很多文化人总是和工农兵搞不到一起，他们说边区没有韩荆州。我们说边区有韩荆州，是谁呢？就是吴满有、赵占魁、张治国。这个故事可以说一下。唐朝时，有一个姓韩的在荆州做刺史，所以人们把他叫作韩荆州。后来有一个会写文章的人叫李太白，他想做官，写了一封信给韩荆州，把他说得了不起，天下第一，其实就是想见韩荆州，捧韩荆州是为了要韩荆州给他一个官做。因此就出了"韩荆州"的典故。那时延安有很多人想找"韩荆州"，但是找错了方向，找了一个打胭脂水粉的韩荆州，一个小资产阶级的韩荆州，就是《前线》里的客里空。他们找不到韩荆州在哪里，其实到处都有韩荆州，那就是工农兵。工人的韩荆州是赵占魁，农人的韩荆州是吴满有，军人的韩荆州是张治国。广大的党员还认识不清这个问题。总之，

没有整风党是不能前进的。[66]

朱德讲话结束，已是黄昏时分。借着晚霞的余晖，摄影家吴印咸按下了历史的快门，毛泽东、朱德在"飞机楼"前和延安文艺界的合影成了最好的历史见证。但有许多与会者留下了终生遗憾，因为实际参加座谈会的人数比合影中的105人要多20多人。拍照时，他们以为100多人排队需要很长时间，就跑楼后的厕所方便去了，等回到现场时，照相已经结束。钟敬之等人到前边正在施工的中央大礼堂工地观看，刚刚走到，回头一看照相队伍已经排好，就赶紧往回跑，一边跑一边大声喊"等等我们"，总算挤在了第三排边上。作家、艺术家们还没有摸透毛泽东的性格，他是没有三六九等的架子的，照相时根本没有按照什么官大官小的次序排列，谁想站哪儿就站哪儿，或者说谁抢到哪个位置就是哪个位置。比如，话剧演员田方很想挨着毛主席坐，于是"抢占先机"，坐在了毛泽东的左边，张悟真见田方抢了好位置，便急忙坐在了毛泽东的右边。

就在吴印咸摆好相机对好焦，准备按下快门的那一刻，突然一条狗闯进了镜头。毛泽东看到了，立马站起来轰赶它，并对站在第一排右边顶头的康生喊道："康生，快管好你的狗！"浓浓的湖南话，把大家都逗笑了。把狗轰走了，吴印咸再次聚焦镜头，准备按下快门，这时又出了情况，坐在第一排的刘白羽，因为个子高、体重大，只听"咔嚓"一声，把小马扎给压坏了。

晚饭后，接着开会。

现在，毛泽东开始说话了。他的讲话后来叫作延安文艺座谈会的"结论"。参加会议的人比前两次的还多，因此只得换到"飞机楼"大门外的广场上，但还是挤得满满的。

对亲历者来说，这是一辈子也不会忘记的夜晚。欧阳山尊告诉笔者："主席讲话的时候，天色已经渐渐黑了下来，于是就点了一盏汽灯，挂在一个用三根木椽搭起来的架子上，毛主席就站在架子的旁边，就着灯光，看着提纲讲。恰巧我坐在架子的下边。由于离他那么近，我感到一种巨大的幸福。"

[66] 中共中央文献研究室编：《毛泽东在七大的报告和讲话集》，中央文献出版社1995年版，第142—143页。

一落座，毛泽东轻轻地念叨了一句："这篇文章不好作呀。"

尽管声音很小，但还是被坐在前排的画家罗工柳听到了。毛泽东说：这个会在一个月里开了三次，开得很好。可惜座位太少了，下次多做几把椅子，请你们来坐。我对文艺是小学生，是门外汉，向同志们学习了很多。前两次是我出题目，大家作文章。今天是大家出题目，我作文章，题目就叫作"结论"。朱总司令讲得好，他已经作了结论。

毛泽东一口湘音，北方人听起来有些费劲，但大家都明白毛泽东要说的是什么。正如胡乔木所说：毛泽东以深刻的洞察力和高度的概括力，把全部问题归结为一个"为什么人"的问题，即文艺要为工农兵服务和如何服务的问题。毛泽东围绕这个中心问题，具体讲了"文艺是为什么人的""如何去服务""文艺界统一战线""文艺批评"和作风等五个方面的问题，并号召"一切共产党员，一切革命家，一切文艺工作者，都应该学鲁迅的榜样，做无产阶级和人民大众的'牛'，鞠躬尽瘁，死而后已"。

无论时间过去多久，认真阅读毛泽东《在延安文艺座谈会上的讲话》，你就会发现，字里行间，他说的都是内行话，都是懂文艺工作的人说的话，也是文艺者听得懂的话，至今依然对社会主义文艺创作、对我们新时代的作家具有教育指导意义，可以说达到了毛泽东马克思主义文艺思想的一个高峰。因为篇幅所限，本书不就延安文艺工作展开叙述，仅结合整风运动的有关内容叙说历史。

针对当时延安文艺界的问题和现象，毛泽东指出："我们的要求则是政治和艺术的统一，内容和形式的统一，革命的政治内容和尽可能完美的艺术形式的统一。缺乏艺术性的艺术品，无论政治上怎样进步，也是没有力量的。因此，我们既反对政治观点错误的艺术品，也反对只有正确的政治观点而没有艺术力量的所谓'标语口号式'的倾向。我们应该进行文艺问题上的两条战线斗争。"

毛泽东强调："教条主义的'马克思主义'并不是马克思主义，而是反马克思主义的。那末，马克思主义就不破坏创作情绪了吗？要破坏的，它决定地要破坏那些封建的、资产阶级的、小资产阶级的、自由主义的、个人主义的、虚无主义的、为艺术而艺术的、贵族式的、颓废的、悲观的以及其他种种非人民大众非无产阶级的创作情绪。对于无产阶级文艺家，这些情绪应不应该破坏呢？我以为是应该的，应该彻底地破坏它们，而在破坏的同时，就可以建设起新东西来。"

紧接着，针对延安文艺界存在的种种问题，毛泽东严厉批评了作风不正的东西，比如唯心论、教条主义、空想、空谈、轻视实践、脱离群众等缺点，认为"文艺界需要有一个切实的严肃的整风运动"。为此，他说了一段言辞极为激烈的话：

> 我们有许多同志还不大清楚无产阶级和小资产阶级的区别。有许多党员，在组织上入了党，思想上并没有完全入党，甚至完全没有入党。这种思想上没有入党的人，头脑里还装着许多剥削阶级的脏东西，根本不知道什么是无产阶级思想，什么是共产主义，什么是党。他们想：什么无产阶级思想，还不是那一套？他们哪里知道要得到这一套并不容易，有些人就是一辈子也没有共产党员的气味，只有离开党完事。因此我们的党，我们的队伍，虽然其中的大部分是纯洁的，但是为要领导革命运动更好地发展，更快地完成，就必须从思想上组织上认真地整顿一番。而为要从组织上整顿，首先需要在思想上整顿，需要展开一个无产阶级对非无产阶级的思想斗争。[67]

[67] 毛泽东：《毛泽东选集》第3卷，人民出版社1991年版，第875页。

最后，毛泽东告诫延安文艺界的作家、艺术家们："中国是向前的，不是向后的，领导中国前进的是革命的根据地，不是任何落后倒退的地方。同志们在整风中间，首先要认识这一个根本问题。"同时，他也对大家给予巨大的鼓舞和期望："既然必须和新的群众的时代相结合，就必须彻底解决个人和群众的关系问题。鲁迅的两句诗，'横眉冷对千夫指，俯首甘为孺子牛'，应该成为我们的座右铭。'千夫'在这里就是说敌人，对于无论什么凶恶的敌人我们决不屈服。

'孺子'在这里就是说无产阶级和人民大众。一切共产党员，一切革命家，一切革命的文艺工作者，都应该学鲁迅的榜样，做无产阶级和人民大众的'牛'，鞠躬尽瘁，死而后已。知识分子要和群众结合，要为群众服务，需要一个互相认识的过程。这个过程可能而且一定会发生许多痛苦，许多磨擦，但是只要大家有决心，这些要求是能够达到的。"

延安文艺座谈会结束后，毛泽东又两次发表关于对文艺问题的讲话，对座谈会讲话内容进一步作了申述。

第一次是5月28日在整风高级学习组的会议上。毛泽东说：召开文艺座谈会的目的，就是解决一个"结合"的问题，"文学家、艺术家、文艺工作者和我们党的结合问题，与工人农民结合、与军队结合的问题"。这是"一个长期的过程"，党的政策就是要做好引导工作。他把文艺界存在的问题区别为两种：一种是某些作家发表了含有错误内容的文章、作品、言论，他认为这"不是什么严重问题"，原因在于这些作家"根本都是革命的"，"某些时候或某次说话写文章没有弄好，这是部分性质"；另一种是作家"头脑中间还保存着资产阶级的思想，小资产阶级的思想。这个东西如果不破除，让它发展下去，那是相当危险的"。这后一种是"最基本的问题"。在文艺创作上，不仅要反对只讲艺术性而抹煞革命性的倾向，也要反对只讲革命性而忽视艺术性的倾向，应该把革命性与"艺术形态"这两者很好结合起来。

第二次是5月30日在鲁艺。这一天，毛泽东亲自到桥儿沟为鲁艺的全体学员讲了一次话，提出了"小鲁艺"和"大鲁艺"的关系问题。大家坐在院子的空地上听。毛泽东说：文艺作品中反映出来的生活要比普通的实际生活更高，更强烈，更有集中性，更典型，更理想，因此就更带普遍性。毛泽东还用大树和豆芽菜比喻提高和普及的关系：红军在过草地的路上，在毛儿盖那个地方，长有很高很大的树。但是，毛儿盖那样的大树，也是从豆芽菜一样矮小的树苗苗长起来的。提高要以普及为基础。不要瞧不起普及的东西，他们在豆芽菜面前熟视无睹，结果把豆芽菜随便踩掉了。你们快毕业了，将要离开鲁艺了。你们现在学习的地方是"小鲁艺"，还有一个"大鲁艺"。只是在"小鲁艺"学习还不够，还要到"大鲁艺"去学习。"大鲁艺"就是工农兵群众的生活和斗争。广大的劳动人民就是"大鲁艺"的老师。你们应该认真地向他们学习，改造自己的思想感情，把自己的立足点逐步移到工农兵这一边来，才能成为真正的革命文艺工作者。

毛泽东在延安文艺座谈会上的讲话，把延安的作家、艺术家们的思想引入了一个新的境界，他们在迷茫中找到了方向，在苦痛中找到了力量。从此，延安文艺界的整风真正开展起来了。毛泽东欣喜地注视着作家、艺术家们在新的创作道路上取得的每一个新成就。

6月11日，丁玲在中共中央研究院批判王实味的大会上，对自己主编的《解放日报》文艺专栏允许《野百合花》发表，以及她自己的《三八节有感》一文在"立场和思想方法上的问题"作了生动、深刻的检讨。她说："回溯着过去的所有的烦闷，所有的努力，所有的顾忌和过错，就像唐三藏站在到达天界的河边看自己的躯壳顺水流去的感觉，一种翻然而悟，憣然而惭的感觉。"然而，"这最多也不过是一个正确认识的开端"，她要"牢记拿住这钥匙一步一步脚踏实地的走快"。[68] 40年后，在为纪念讲话发表40周年而写的一篇文章中，丁玲还是这样说："毛主席在文艺座谈会上的讲话教育了一代知识分子，培养了一代作家的成长，而且影响到海外、未来。每回忆及此，我的心都为之振动。特别是，在我身处逆境的二十多年里，讲话给了我最大的力量和信心。我能够活过来，活到今天，我还能用一支破笔为人民写作，是同这一段时间受到的教育分不开的。"[69] 讲话重塑了丁玲和属于她那一个时代的作家和文艺家们。

6月12日，毛泽东亲笔致信写过《还是杂文年代》的作家罗烽（时任陕甘宁边区政府文化工作委员会委员兼秘书长），对他既鼓励，又批评，对推动作家的进步，起到了巨大作用。此前，罗烽把自己来延安后写的几篇文章送交毛泽东审阅。毛泽东说："你的文章读过了，今付还。我觉得关于高尔基的一篇是好的，这篇使我读后得到很大的益处。但其余的文章，和这一篇的观点不大调和，我虽只

[68] 1942年6月16日《解放日报》。

[69] 丁玲：《丁玲全集》第10卷，河北人民出版社2001年版，第282页。

看一遍，但觉有些是不明朗化，有些则论点似乎有毛病。我希望你用马克思主义的观点将自己的作品检查一番，对于你的前进是有益的。"

这年9月，延安文化俱乐部建筑街头艺术台，举办《街头画报》《街头诗》《街头小说》三种大型墙报，分别由张仃、艾青、鲁黎等负责编辑。音乐界也"走向街头，面向工农兵"，举办音乐活动。10月，延安诗歌界举办诗歌大众化座谈会，提出由创作"大众化"的诗转向创作思想感情语言都同于工农兵的"大众的诗"。

11月23日，毛泽东在看完八路军第120师战斗剧社的《虎列拉》《求雨》《打得好》等几个小话剧后，专门给欧阳山尊、朱丹、成荫写信鼓励，说："你们的剧我以为是好的，延安及边区正需看反映敌后斗争生活的戏剧，希望多演一些这类的戏。"

这个时候，鲁艺人开始把身子扑下去，深入到火热的工农兵生活中，专心致志搞"文艺下乡"。陕北人每年春节都要"闹红火"、扭秧歌，鲁艺秧歌队敏锐地抓住了地域文化的特色和群众喜好兴趣的特点，找到了文艺创作的方向。鲁艺秧歌队扭出的新秧歌（老百姓叫"斗争秧歌"）和演出的新秧歌剧，"旧瓶装新酒"，形式上喜闻乐见，内容上耳目一新。

1943年春节注定是鲁艺人的节日，他们的秧歌队扭遍了延安城。王大化和李波成为鲁艺宣传队的明星，他俩演出的《兄妹开荒》第一次展现翻身农民的形象，是最受欢迎的新秧歌剧。只要他们有演出，老百姓就说："看王大化去。"只要听说《兄妹开荒》来了，老百姓就奔走相告："鲁艺家的来了！""鲁艺家"成为老百姓对鲁艺宣传队的一种亲切称呼。

2月5日，是农历正月初一。延安群众敲锣打鼓，扭起秧歌，到毛泽东住处拜年。看了鲁艺的新秧歌剧《兄妹开荒》，毛泽东高兴地称赞道：这还像个为工农兵大众服务的样子！

新秧歌和新秧歌剧的兴起，标志着延安文艺新时代的到来。鲁艺和延安各文艺团体，响应毛泽东的讲话精神，奔赴前线，扎根基层，深入群众，创作出了一大批优秀的文艺作品。

1943年2月，文化界二百余人举行欢迎边区劳动英雄座谈会，与会者一致表示接受劳动英雄们要他们"到农村去，到工厂去"的意见。诗人艾青创作长诗《吴满有》时，把诗稿一行一行地念给吴满有听，征求吴满有本人意见，直到没有任何意见为止，他也因此被评为边区甲等模范工作者。

进入3月，延安整顿三风学习基本结束，文艺界很快掀起下乡运动。3月10日，中共中央文委和中央组织部召开党的文艺工作者会议，刘少奇、陈云、凯丰、博古等领导人出席并讲话，动员文艺界下乡。陈云专门就"文化人是以什么资格作党员的"发表讲话，指出作家、艺术家决不应抱着"基本上是文化人，附带着是党员"的态度，而应树立首先是党员，"文化工作只是党内分工"的观念，一不要特殊，二不要自大。会后，延安文艺界提出响亮口号："到农村、到工厂、到部队中去，成为群众的一分子。"

1943年3月15日，重庆的《新华日报》正式刊登了延安召开文艺座谈会和毛泽东发表讲话的消息，1944年1月1日用一个整版以摘录和摘要的形式刊登了讲话的主要内容。

1943年10月19日，延安的《解放日报》发表了讲话，中宣部随即掀起了学习贯彻讲话的热潮。11月21日，中共西北局宣传部召开会议，要求各剧团下乡演出。随后，陕甘宁边区迅速出现了热火朝天的新秧歌运动，机关、学校都积极排演各种秧歌、戏剧，准备元旦、春节演出。看到这种情势，中央党校也决定组建自己的秧歌队。

12月的一天，中央党校教务部副主任刘芝明找到二部组织科干事兼俱乐部主任的刘廉民[70]，说："我们党校也打算成立一个秧歌队，这件事已经同丁玲、艾青谈过了，要他们负责，他们都表示同意。但是，他们要求派一个党支部书记来掌握政治方向，做组织、思想工作，现在决定由你去做支部书记。"

由于事先没有准备，刘廉民感到很突然，犹犹豫豫地说："艾青、丁玲两位都是有名的作家，我的文化低，对文艺工作不熟悉，担心干不了。"

[70] 刘廉民是平山县民运部部长兼县委组织部副部长，1939年下半年当选为七大代表，1940年6月随晋察冀、冀中、冀东三个区党委七大代表组成的北方分局赴延安参加七大。1943年，正在中央党校一部学习的他，接到调令前往二部组织科任干事。也就是说，在中央党校秧歌队，他既是中央党校公务人员，也是学员。

刘芝明十分坚定地鼓励说："廉民，你是搞党务工作的，有地方工作的经验，比较熟悉工农兵，我想是能够做好这个工作的。"

就这样，刘廉民接受了任务。由艾青担任队长，丁玲任总编剧，刘廉民任支部书记的中央党校秧歌队筹备会成立了。为了尽快将秧歌队成立起来，他们又请党校第一部的俱乐部主任姚铁帮助物色和动员了党校各部学员中的文艺人才，共有一百多人，组成了秧歌队。

中央党校秧歌队是延安一支特殊的秧歌队，人才济济，阵容"魔幻"——既有前线指挥作战的司令员，又有驰骋沙场立下赫赫战功的团长，既有根据地的县级地方干部，又有从各根据地和敌占区来的著名演员，还有中直机关的干部。更加与众不同的是，秧歌剧的男主角是总编剧丁玲的爱人陈明，女主角则有陈赓的爱人傅涯、李卓然的爱人鲁陆，还有孙亚衡（新中国成立后曾任江西省委组织部副部长）、邵清华（陕甘宁边区第一个女县长）等。

作为七大代表的刘廉民，没想到自己这个文艺"门外汉"竟然以组织中央党校秧歌队的方式参加了延安整风运动，这让他一生受益，记忆犹新。他说："秧歌队排演的剧本，大部分都是丁玲、艾青组织演员们集体编写的。其中6个剧本到现在还记得比较清楚。一是《一朵红花》，写的是一对夫妻，女的是劳动英雄，男的是半二流子，在他妻子的教育帮助下，转变了；二是《一家人》，描写军民团结亲如一家；三是《夫妻竞赛》，是以组织农业生产互助组织变工队为题材的；四是《拥军爱民》；五是《走三边》，宣传合作运输的好处；六是《牛永贵负伤》，写敌后拥军的。这些剧本大都取材于工农兵生活。经过紧张的排演，1944年1月29日，也就是农历春节正月初五起，秧歌队正式在延安市内首演了五天，随即出发南泥湾、蟠龙镇等地，进行拥军和拥政爱民活动，取得了很好的社会影响。就拿《牛永贵负伤》来说，因为它描写的是敌后人民和八路军团结抗日的真实事例，演出后引起了很多人的共鸣。在近一个多月的18场演出中，有4万多军民前来观看。"[71]

1944年3月，在中央召开的一次宣传工作会议上，毛泽东特别称赞了秧歌剧所起到的教育作用，说："这就是我们的文化的力量。

[71] 中共中央党史研究室第一研究部编：《七大代表忆七大》（上），上海人民出版社2006年版，第560—561页。

早几年那种大戏、小说，为什么不能发生这样的力量呢？因为它没有反映边区的经济、政治，成百成千的文学家、艺术家、文化人脱离群众。开了文艺座谈会以后，去年搞了一年，他们慢慢地摸到了边，一经摸到了边，就受到广大群众的欢迎。所谓摸到了边，就是反映了群众的生活，真正地反映了边区的政治、经济，这就能够起指导作用。"他要求多组织秧歌队，一个区至少搞一个。

后来，毛泽东在七大口头政治报告中说，陕北人民对共产党开始抱着"敬鬼神而远之"的态度，"直到去年春季，赵毅敏同志带着杨家岭组织的秧歌队，跑到安塞扭秧歌，安塞正在开劳动英雄大会，那些老百姓也组织了秧歌队，和杨家岭的秧歌队一块扭了起来，我说从此天下太平矣！因为外来的知识分子和陕北老百姓一块扭起秧歌来了。从前老百姓见了他们是敬鬼神而远之，现在是打成一片了"。

1944年1月9日，毛泽东在中央党校俱乐部观看了杨绍萱、齐燕铭编导的京剧（时称平剧）《逼上梁山》后，很快就致信向他们"致谢"，赞扬他们把"历史的颠倒再颠倒过来"，打破了旧戏舞台上把人民当成"渣滓"，"由老爷太太少爷小姐们统治着"的局面，使"旧剧开了新生面"；并将这一工作与郭沫若在历史话剧方面的工作相提并论，说这"将是旧剧革命的划时期的开端"。

1944年7月，读了丁玲、欧阳山描写边区合作社劳动模范的新人新事作品《田保霖》和《活在新社会里》后，毛泽东极为快慰，专门派人送信给丁玲和欧阳山，说："快要天亮了，你们的文章引得我在洗澡后睡觉前一口气读完，我替中国人民庆祝，替你们两位的新写作作风庆祝！"当天下午，意犹未尽的毛泽东又专门派人送信给住在延安南门外边区文协的丁玲和欧阳山，请他们到家中吃饭，席间再次对他们的创作给予赞赏和祝贺。后来，毛泽东在高级干部会议上表扬丁玲，说："丁玲现在到工农兵中去了，《田保霖》写得很好；作家到群众中去就能写出好文章。"

对于毛泽东的表扬，丁玲十分清醒地说："这是毛主席在鼓励我，为我今后到工农兵中去开放绿灯。他这一句话可以帮助我，使我通行无阻，他是为我今后写文、作人，为文艺工作，给我们铺上一条平坦宽阔的路。这不只是为我一个人，而是为许许多多的文艺工作者。"她还说："我的新的写作作风开始了。"什么是她的新的写作作风呢？那就是写工农兵，写人民群众，以人民为中心。

还是在1944年春天，由丁玲、吴奚如担纲的西北战地服务团（简称西战团）奉命回到了延安。西战团是1937年8月在延安成立的，得到了毛泽东的关心支持，多次前往华北抗日前线创作、演出。1942年春，根据军区的指示，西战团选拔20余人组成了武装宣传队，到平山、繁峙等县潜入敌人的据点附近开展对敌宣传演出，还创作了60多部剧本，如话剧《程贵之家》《模范公民》《慰劳》，歌剧《团结就是力量》《八路军和孩子》等。5月初，西战团向延安各机关汇报演出了《把眼光放远点》《慰劳》《哈那寇》等独幕剧。周扬、萧三等发表文章给予了很高的评价。

就是在这次汇报演出时，西战团带回了晋察冀边区平山县流传的一个"白毛仙姑"的民间传说。鲁艺院长周扬得知后，建议由西战团组成创作组将邵子南收集的"白毛仙姑"的故事编成新歌剧，向党的七大献礼。最初，《白毛女》的剧本由邓子南执笔写出初稿，舞台、音乐的创作任务由鲁艺戏剧系主任张庚负责。张庚立即把这个任务布置给戏剧系和实验剧团。随后，鲁艺戏音（戏剧系、音乐系）部委员会研究确定，组成集体创作组和集体导演组，由王滨（鲁艺戏剧系的教员和话剧团导演）担任《白毛女》集体创作组和导演组的负责人。眼看着七大召开的日子越来越近了，《白毛女》创作团队就采取流水作业的方式，创作一场戏拍一场戏。在排练过程中，剧组又从文学系选来尖子学生贺敬之参加剧本创作组。当排练进行到最后一场"斗争会"时，贺敬之因过度劳累病倒了，他就推荐丁毅（丁一）来写这一场的歌词，最终成就了永恒的红色经典《白毛女》。

1945年4月28日，为庆祝七大召开，歌剧《白毛女》在延安中央党校礼堂举行首演。毛泽东、周恩来和其他领导人及党的七大代表出席观看。首场演出获得巨大反响，毛泽东等领导对《白毛女》

给予高度评价。当晚，毛泽东夜不成寐，在家里和女儿李讷一起演起了"喜儿""杨白劳""黄世仁"。

《白毛女》采用了老百姓喜闻乐见的虚拟表演手法，布景采用代表性的大道具加平面场景，不设门窗，有益地借鉴了中国戏剧的表演程式、节奏、舞蹈，塑造了白毛女、杨白劳等穷苦人民生活中可信、可爱、可怜、可恨的舞台艺术形象，让老百姓看得懂，真正实现了艺术来自于人民生活又高于生活和服务人民的目的。中共七大召开期间，《白毛女》在延安连演了30多场，场场轰动，时间之久、场次之多在当时是罕见的。在对外公演时，每次观众都达三四千人，很多农民跑十多里路来看戏，房上、墙上、大树上都站满了人……丁玲曾在文章中描写过看戏的场景："每次演出都是满村空巷，扶老携幼……有的泪流满面，有的掩面呜咽，一团一团的怒火压在胸间。"

"一世雄谈万世师。"延安文艺座谈会召开近半个世纪后，把延安比喻为"赤脚天堂"的蔡若虹，曾用这句话真切、深刻、生动、形象地概括毛泽东《在延安文艺座谈会上的讲话》给他、给中国文艺事业带来的巨大影响。延安文艺座谈会是在反对主观主义、宗派主义和党八股的整风运动中召开的。毛泽东的讲话像一盏明灯，照亮了文艺工作者为人民服务的道路，文艺工作者们在"赤脚天堂"里终于找到了"韩荆州"，与工农兵打成一片，陕甘宁边区和各根据地的文艺战线出现了百花盛开欣欣向荣的新气象，涌现出了《白毛女》《王贵与李香香》《李有才板话》《李家庄的变迁》《种谷记》《太阳照在桑干河上》《暴风骤雨》《原动力》等一大批优秀的歌剧、话剧、京剧、诗歌、散文、小说和报告文学，解放区的革命文艺发生了质的变化，文艺成为激励人们同日本侵略者和国民党反动派战斗的号角和鼓点，树立了一个时代的里程碑。

写到这里，延安文艺界的整风运动还不算完整，还得说说毛泽东在中共七大口头政治报告中多次点名批评的王实味。

在那个历史的现场，一开始谁也不会想到，王实味的一篇《野百合花》，竟然酿成了一个政治事件，成为延安文艺界整风运动的火药桶。整风运动也因此出现了王实味的"托派""特务"问题，以及其他一些组织不纯的问题，从而引发对干部成分的怀疑，整风运动开始变得尖锐和紧张。

作为现场的亲历者，胡乔木晚年在撰写《胡乔木回忆毛泽东》书稿的时候认为，尽管《野百合花》引起很大争论，比丁玲的《三八节有感》争论得更尖锐，但《三八节有感》在当时的延安文艺界更具有代表性。他说，延安文艺界的整风运动不能拿王实味作为文艺界的代表。因为在延安文艺座谈会召开前后，尤其是座谈会的后期，主要是围绕萧军和丁玲，斗得相当厉害。多数作家经过这场洗礼，还是觉得有益处。[72] 王实味因为曾经与"托派"有密切往来的问题被揭发，使得对其错误思想的批判转变为对其历史问题的审查，并在延安文艺界在6月15日至18日召开的座谈会上被定性为"政治上的敌人"，被错误地打成"托派"和特务。这个错误的定性，也导致他成为延安文艺界整风斗争的唯一牺牲者[73]，并对康生在审干工作中错误地发动"抢救运动"产生了直接影响。

历史，是慢慢地让人知道的，应该提倡用毛泽东的"古今中外法"来研究。现在重述这一段历史，我们掌握的材料更多更全面更客观了，正面的反面的、敌方的我方的。的确，王实味的"《野百合花》事件"，不仅轰动了延安城，而且很快就引起了国民党的重视。国民党中统立即着手编辑了《关于〈野百合花〉及其他——延安新文字狱真相》一书，并在1942年9月由统一出版社出版。此前，则有一个署名邹正之的人，抢先于6月份就将《野百合花》在重庆翻印出版。国民党广东省党部文化运动委员会编的《民族文化》月刊，也在8月份将《野百合花》作为"延安文献"全文发表，并加编者按说："只因为这是延安里发出的正义呼声，我们应该使他得到更大的同情。"

国民党如获至宝般地开始利用"《野百合花》事件"，断章取义加上歪曲捏造，诋毁和攻击中共和陕甘宁边区。这时，国民党的《中央周刊》《新认识》月刊等，连续发表报道、评论和特辑，大肆炒作。国民党特务机关编印的《关于〈野百合花〉及其他》，一时间成为中统印刷发行的书籍中最为畅销的一种。他们在这本小册子

[72] 胡乔木：《胡乔木回忆毛泽东》（增订本），人民出版社2014年版，第55页。

[73] 1947年，胡宗南军队进攻延安，中央机关撤离，在从延安转移到山西兴县时，经康生负责的中央社会部批准，王实味被错误地处决。这是一起冤案。此后，毛泽东曾多次对王实味的被处决提出了批评。1991年2月7日，公安部发出了《关于对王实味同志托派问题的复查决定》，为王实味平反。

前面加上按语说："中共……歌赞延安是革命的圣地……然而……在陕北，贪污，腐化，首长路线，派系交哄，歌嘻玉堂春，舞回金莲步……的情形之下，使为了抗日号召跑向陕北的青年大失所望，更使许多老共产党员感到前途没落的悲愁。"国民党有的刊物还以"从《野百合花》中看到延安之黑暗"为题恶毒攻击中共和陕甘宁边区。[74]

[74] 卢毅：《国民党眼中的延安整风》，《党的文献》2010年第3期。

国民党对"《野百合花》事件"的炒作，引起毛泽东和中共中央的高度警惕。这也直接导致主张以积极的态度允许"大鸣大放"的毛泽东，开始重新思考"王实味现象"和"《野百合花》事件"的严重性。除此之外，影响毛泽东态度变化的还有一个重要的历史背景，那就是有情报显示，蒋介石正准备乘苏联和中共目前处于最困难的时期，采取军事进攻与内部破坏并举的手段，摧垮中共。这使得毛泽东迫切地感到了一种危机。他开始担心和怀疑延安的医院、学校等诸多机构甚至边区政府中都有可能暗藏有敌特分子，明确提出对"过去参加过派别活动的老的坏分子也要加以考查，对于意识不好的分子也要加以注意"。因为这些人一旦时机适合，常常站在反党的方面。他特别警告要注意那些"故意站在拥护党的方面，实际上暗中进行反党活动"的人。随后，毛泽东决定采取先纵后收的策略，改变斗争的矛头，于是思想问题意外地变成了敌我问题。为此，中共中央接连两度发出"准备应付第三次反共高潮"的通知，全力部署破获"国特"，以绝内患。

王实味"《野百合花》事件"的教训是极其深刻的。回过头来看，如果王实味当年看到了国民党炒作的这些东西，如果王实味现场聆听了延安文艺工作座谈会上的讲话，也许他的"野百合花"将会以另外一种方式开放……当然，生活中没有如果。

1945年4月20日，毛泽东在六届七中全会最后一次会议上，对《关于若干历史问题的决议》草案作说明时，深有体会地说："抗战时期有两个关节就是整风和生产，没有这两项党就不能前进。两万五千共产党员发展到几十万，绝大多数是农民与小资产阶级，如果不整风党就变了性质，无产阶级其名，小资产阶级其实，延安就不得下地，王实味、'轻骑队'、'西北风'占了统治地位，只有经过整风才把无产阶级的领导挽救了。生产运动也是这样，没有生产运动，党就要向后退，就要往下垮。这些都是学习来的，草鞋没样，边打边像，这是有些道理的。我们就是这样慢慢学习着前进，现在也并不是什么都学会了，只是错误犯得少一些。"

5 "一人向隅，满座为之不欢。"毛泽东三番五次为"抢救运动"的错误赔不是

鲁迅先生说：世界上本没有路，走的人多了，也便成了路。的确，世界上有许多事，本来它不是什么事儿，或者是一件孤立，甚至与谁也没有关系的事儿，经过有意无意地（大多数是有意的、别有用心的）炒作起哄、移花接木、断章取义、以讹传讹，结果有的是南辕北辙，有的是乾坤大挪移，蒙蔽了多少双眼睛，欺骗了多少吃瓜群众。尤其在这个自媒体泛滥全媒体发达的网络时代，美西方没有道德底线和无视法律界限的舆论战、认知战、文化战、心理战令人眼花缭乱，简直颠覆了你的三观。而对于历史问题的颠倒黑白，虚无主义的横行霸道，人们似乎已经见怪不怪了。

现在，有的人一谈起延安整风运动，口口相传的似乎就是"整人"，就是"权力斗争"，有的学者甚至将延安整风运动骇人听闻地说成是"文化大革命"的"预演"。这是极其错误的，是不尊重历史的，也是不科学的，不是唯物史观，是唯心主义。对延安整风运动，持有偏见的人们对它的历史认知存在着巨大的误区，对其评论呈现出非黑即白的单一、片面、偏执，是典型的历史虚无主义。这是浅薄的、幼稚的，甚至无知的。

延安整风运动的历史，为啥让戴着有色眼镜的人罔顾事实说三道四？为啥让拿着显微镜的人上纲上线小题大做？为啥让戴着放大镜的人哗众取宠无限放大？一言以蔽之，就是因为中共中央在审查干部过程中出现了一个所谓的抢救失足者运动，冤枉打击了一批中共党员。这也是必须承认的事实。

中共七大召开期间，在大会口头政治报告中，在大会讨论政治报告的结论中，毛泽东都没有回避这个现在看来似乎十分敏感的历史问题，不仅做了客观的陈述，还坦诚地承认了错误，赔礼道歉。这在中国共产党全国代表大会的历史上也是绝无仅有的。

1945年4月24日，在七大口头政治报告中，毛泽东首先对知识分子干部作了解释："因为整风审干，好像把知识分子压低了一点，有点不大公平。好像天平，这一方面低了一点，那一方面高了一点。我们这个大会，要把它扶正，使知识分子这一方面高一点。是不是要反过来？那也不是。"接着，他对在沦陷区、国民党区工作的同志作了道歉："我们搞错了的就要说对不起，戴错了帽子的就要恭恭敬敬地把帽子给脱下来，承认错误。"[75]

5月31日，在七大第19次会议上，毛泽东在做关于七大政治报告讨论的结论时，专门把"整风、审干、锄奸问题"作为"党内若干思想政策问题"中的第4个问题，进行了解释和检讨，"对搞错了的同志，要向他们赔不是"。他说：

> 审干中搞错了许多人，这很不好，使得有些同志心里很难过，我们也很难过。所谓"一人向隅，满座为之不欢"。我们是与天下人共欢乐的。对搞错的同志，应该向他们赔不是，首先我在这个大会上向他们赔不是。在哪个地方搞错了，就在哪个地方赔不是。为什么搞错了呢？应该是少而精，因为特务本来是少少的，方法应该是精精的而不是粗粗的，但我们搞的却是多而粗，错误就是在这个地方。当着潮流起来的时候，没有例外地觉得特务相当的多，进入甄别阶段以后又觉得很少。还有，被认为是特务的多数不是特务。对这个问题，过去不大了解，审干以后才知道的。所以关于特务，从前的估计是"瞎子摸鱼"，究竟有多少并不知道，现在知道了只是极少数。[76]

时间是最好的试金石。无须讳言，新时代的我们，完全有历史

[75] 中共中央文献研究室编：《毛泽东在七大的报告和讲话集》，中央文献出版社1995年版，第148、149页。

[76] 中共中央文献研究室编：《毛泽东在七大的报告和讲话集》，中央文献出版社1995年版，第215页。

的自信和文化的自信，充满理性地打开这本历史之书，在团结和胜利为主题的中共七大带给我们的启示中，找到历史的答案。因为这既是对前人负责，也是对后来者负责。

历史是一本会说话的教科书，也是一瓶富含维生素的营养剂。

现在，让我们回到1943年，看一看那时延安的夏天是什么样子。

5月22日，共产国际宣布解散，使很久以来即能够完全独立地根据自己民族的具体情况和特殊条件，决定自己的政治方针、政策和行动的中国共产党人，自信心与创造性更强，党与中国人民的联系更巩固，党的战斗力更高。在坚持又团结又斗争、以斗争求团结的抗日民族统一战线的伟大斗争中，中国共产党在毛泽东的领导下，紧紧抓住整风和生产两个环子，化军事上的被动为政治上的主动，打败了国民党的两次反共高潮，灵活掌握以时间换空间和以空间换时间的辩证法，赢得了大好局面。

6月4日，毛泽东致电林彪、董必武，要周恩来尽快争取顺利回延安。他在电报中开心地说：陕甘宁边区今年农、工、商、盐各业蓬勃发展，公私生活已大有改善。"参加'三三制'之党外人士情绪很好，认为只有我党有办法，边区为全国唯一乐土。精兵简政、拥政爱民、整顿三风、审查干部诸政策深入实行，党内外关系大为改善，党内主观主义、官僚主义作风大为克服，六月一日中央又发表关于领导方法的决定，当使全党领导方面有一进步。"

面对延安的新局面、新气象，毛泽东的欣喜之情，溢于言表。

延安的夏天，生机勃勃，奋发向上。

6月6日，毛泽东就紧紧抓住整风这个关键，致电彭德怀，对整风运动各阶段的内容及各环节的相互关系作了简明客观的概括。他说："整风前一阶段注重学风是正确的，但后一阶段便应注重党风。因学风是思想方法问题，党风是实践问题，只有在后一时期（今年下半年）注重党风，才能将思想方法应用于党性的实践，克服党性不纯现象。"在党风学习中，自我批评应更发展，应发动各人写一次反省笔记。党风最后阶段还应发动各人写思想自传，可三番五次地写，以写好为度。最后则发动坦白运动，叫各人将一切对不住党的事通通讲出来。在此阶段应着重提出反对自由主义错误，从思想上纠正党内自由主义。直待党风学完后（文风应和学风一起学）才实行审查干部（主要是清查内奸）。如能在今年一年真正做好整风，明年一年真正做好审查干部，就算是了不起的成绩，我党百年大计即已奠定。[77]

这个夏天，毛泽东意气风发，对未来充满着从未有过的自信。

早在3月16日，毛泽东出席中央政治局会议，作了关于时局与方针问题的报告。其中关于方针问题，毛泽东明确指出：今年中央工作总方针是要从研究与指导两个方面来达到保存骨干、准备将来的目的。中央机关的任务是工作、生产和教育，去年以完成整风学习为第一位，今年要以工作为主，从5月1日起开始，干部教育与国民教育，干部教育是第一。中央直属干部要进行思想教育，读马、恩、列、斯著作40本。干部中各种教育主要是整风教育与思想教育，在各种干部中主要是高级干部教育。会议决定，4月底结束整风学习，从5月起实行新的学习计划，陕甘宁边区要以工作为第一，整风不要停了工作，今后要在工作中进行整风。同时，毛泽东也明确提出，整风既要整小资产阶级思想，同时也要整反革命。过去我们招军、招生、招党，招了很多人，难于识别。抗战以来，国民党对我党实行特务政策，在社会部和中央党校都发现了许多特务。现在我们要学会识别特务与贤才。在延安，年内要完成审查干部、清洗坏人的工作。[78]

3月20日，中共中央政治局会议通过《中共中央关于中央机构调整及精简的决定》，推定毛泽东为政治局主席，并决定他为书记处主席。同日，中央总学委发出《关于整风学习总结计划》，规定中央各部委和军委直属各机关的学习文件与工作检查在4月底结束，审查工作可转入学习结束之后的下一阶段，作为今年一年的中心工作之一。学校系统的学习文件、检查工作、审查干部6月底初步结束。也就是说，延安整风运动逐步地结束以学习文件、检查思想为主要内容的第一阶段，转入审查干部、清理队伍为主要内容的第二阶段。

[77] 胡乔木：《胡乔木回忆毛泽东》（增订本），人民出版社2014年版，第207—208页。

[78] 胡乔木：《胡乔木回忆毛泽东》（增订本），人民出版社2014年版，第277页。

到了4月3日，中央发布了《关于继续开展整风运动的决定》，也就是第二个"四·三决定"。由于有些地方的领导同志还不认识整风的深刻意义，还没有获得成绩，有的地方则在部分单位获得成绩，但尚未深入，因此，中央决定，从1943年4月3日到1944年4月3日一年间，继续开展整风运动。整风运动的主要斗争目标，是在纠正干部中的非无产阶级思想（封建阶级思想、资产阶级思想、小资产阶级思想）的同时，肃清党内暗藏的反革命分子。前一种是无产阶级思想与非无产阶级思想的斗争，后一种是革命与反革命的斗争；整风运动既是纠正干部错误思想的最好办法，也是发现内奸与肃清内奸的最好方法。后来，毛泽东进一步指出：整风就是思想上清党，审干就是组织上清党。

4月28日，中央政治局会议决定成立以刘少奇为主任的中央反内奸斗争委员会，委员包括康生、彭真和高岗。

4月中旬，中共中央在延安召开万人大会，传达贯彻"四·三决定"，并以一个叫张克勤（原名樊大畏）的年轻人供出一个"红旗党"（即假党，国民党控制的假共产党）的现身说法，号召所有"失足分子"自首坦白。随后，两三个月内，经过大会控诉、小会揭发、个别谈话，专门负责审干工作的中央总学委副主任、中央社会部部长康生宣布已经有450人"坦白"了他们是"国特"或"日特"。

中共闽粤赣边省委的七大代表伍洪祥在中央党校一部参加整风运动，他清楚地记得："由康生直接主持在中央党校礼堂召开了一个坦白典型大会。河南省委的一个七大代表，被'逼、供、信'逼得编了一套假材料，说什么河南的党是'红旗党'，是由国民党特务控制的。康生就把他当典型，要他在大会上'坦白'。接着，康生又在党校一部大门口的操场上，开了一次几千人的大会。由一个河南来的长得很漂亮的名叫曼丽的18岁女孩子，上台坦白交待，作典型示范。她说，她的父亲是国民党官员，要她到延安来，名为学习，实则做特务工作，她长得漂亮，可施美人计等，讲了一个多小时。这两个典型示范，引起很大的震动。"对这些，伍洪祥当时就产生了怀疑。与他同一个支部的有好几个来自河南党的同学，其中有一个跟他年纪相仿的同学认识曼丽的父亲，悄悄告诉他，曼丽的父亲其实是一个主张民主抗日的进步人士。所以，伍洪祥根本不相信曼丽的"坦白"是真的，觉得康生主持的"坦白典型"大会好像是在演戏，不可信。

除了河南之外，康生还点名四川、甘肃等省的共产党是"红旗党"。七大代表、中共四川北碚特区区委书记江浩然来到延安后，被邓发留在了中央职工委员会工作。听康生说四川共产党是"红旗党"之后，邓发就有些怀疑了，江浩然是四川来的，究竟是真的还是假的？从工作上来看，江浩然为人正直、组织观念强、工作积极，过去也审查过，没有什么问题。怎么办？那就暂停工作，只参加学习和劳动，不急于"抢救"，先问问四川党是不是假的、怎么假的。正好这时周恩来从重庆回来了。邓发就问周恩来：四川党怎么是假的？周恩来说：哪有这回事！四川党是南方局直接领导的，罗世文、廖志高等是中央派过去的，程子健是从南京营救出来派回去的，怎么是假党呢？

同样，浙江省党组织也被指为"国民党打着红旗反红旗"的伪共产党（即"红旗党"）。浙江的5位七大代表没有参加党的六大以来路线斗争学习，被调出中央党校一部，到二部特别支部隔离，其中浙江代表团负责人林一心则被编入一部的特别支部，有一年时间失去了自由。幸亏陈毅到达延安，他指导浙东四明、会稽、三北（指余姚、慈溪、镇海3县姚江以北地区）和浦东4个地区建立了浙东抗日根据地，熟悉浙江党组织的情况，证明浙江党是好的，浙江的几位代表才先后被甄别平反，调回中央党校一部。

审干工作并没有像毛泽东预期的那么顺利，也没有按照他的初衷展开。一个时期，延安似乎"特务如麻，到处皆有"，出现了严重偏差。不少单位违反政策规定，采用了毛泽东一再反对和禁止的"逼、供、信"，把一些思想上工作上有缺点和错误，或者历史上未交代清楚的问题，都轻易地上升为政治问题，甚至反革命问题。鉴于中央苏区肃反的历史，毛泽东向有关负责人强调："我们过去在肃反中有很沉痛的教训。我们这次无论如何不要搞逼供信，要调查研究，要重证据。"

在七大全体会议上，毛泽东对此再次作出沉痛反思。他说："多年来，我们就搞过这项工作，比如内战时期，我就打过AB团[79]。在红四军党的第九次代表大会决议案上，规定有一条叫'废止肉刑'。从理论上讲，资产阶级民主主义就主张废止肉刑，那末我们无产阶级的共产党就更应该废止肉刑，封建主义才采取肉刑。一九二九年十二月作了这个决议，一九三〇年一、二月就打AB团，我们讲不要搞肉刑，结果还是搞了。那时候杀了许多人，应该肯定地说，许多人都杀错了。后来我们作了总结，重申废止肉刑，不要轻信口供。因为不废止肉刑，轻信口供，就要出乱子，一打一逼就供，一供就信，一信就搞坏了。内战时期，在肃反问题上，我们走过了一段痛苦的弯路，有这样一个错误的侧面。当然我们不应从根本上否定反对反革命，反对反革命是应该的。但是，在当着共产党还没有成熟的时候，在肃反问题上搞错了很多人，走过这样一段弯路，包括我自己在内。"[80]

7月1日，毛泽东在《防奸经验》第6期上明确提出防奸工作有两条路线。正确路线即后来明确的"九条方针"："首长负责，自己动手，领导骨干与广大群众相结合，一般号召与个别指导相结合，调查研究，分清是非轻重，争取失足者，培养干部，教育群众。""错误路线是：逼，供，信。我们应该执行正确路线，反对错误路线。"但在实际工作中，由于过分严重地估计了敌情，毛泽东的意见没有得到落实。

毛泽东是在什么情况下提出这"九条方针"的呢？他在七大全体会议上也作了说明："在审干中间，提出一个不杀、大部不捉，九条方针并不是一开始就发明出来的，而是经过几个月情况的反映，逐渐积累才搞出来的。废止肉刑，不轻信口供，再加上九条方针，一个不杀，大部不捉，乱子就出不来了。但是这九条方针没有完全贯彻下去，以致有很多人不知道。"

对"九条方针"的"发明"，中共七大代表、时任陕甘宁晋绥联防军后勤部政治委员邓飞很有发言权。他回忆说："1943年初，我所

[79] AB团是1926年底在江西南昌成立的以反共为目的的国民党右派组织，存在时间不长。1930年5月起，赣西南根据地内开展了所谓肃清AB团的斗争。斗争不断扩大，严重混淆了敌我矛盾。

[80] 中共中央文献研究室编：《毛泽东在七大的报告和讲话集》，中央文献出版社1995年版，第215—216页。

在的军委直属政治部改编为陕甘宁晋绥联防军直属政治部，我为政治部主任。联防军司令员贺龙，副司令员徐向前、萧劲光，西北局书记高岗兼政治委员，谭政副政委兼政治部主任，傅钟、甘泗淇任副主任。此时，中央已决定在整顿党的作风基础上，对全党干部进行一次认真的组织审查。我们联防军直属机关主要负责人开了一个会，传达了有关精神。谭政、甘泗淇指定要在我直属政治部进行干部审查试点。"

6月20日，邓飞随同谭政、甘泗淇一块儿向刘少奇汇报联防军直属机关审干工作情况。在座的有中央社会部长康生和中央办公厅主任杨尚昆。谭政汇报后要邓飞补充。邓飞就把直属政治部工作中总结的经验归纳了六句话，即："首长负责、自己动手、领导骨干与广大群众相结合，一般号召与个别指导相结合，调查研究，分清是非轻重。"

刘少奇听了，对邓飞的这六句话很感兴趣，边听边记边问："你们直属队有多少人？"

邓飞回答："有九千多人。"

刘少奇微笑着点头，又问道："那你是九千多人的政治部主任啰。"

接着，刘少奇又与邓飞拉起了家常，问邓飞是哪里人，什么时间参加革命的，长征时在哪个部队任职，等等。邓飞一一告诉了他。

邓飞汇报完后，刘少奇专门交代康生招待谭政、甘泗淇和邓飞吃了午饭。

后来，刘少奇向毛泽东反映了邓飞汇报的六条审干经验，毛泽东采纳了这六句话，并在后面加上了三句话：争取失足者，培养干部，教育群众。这样就成了九句话。毛泽东7月1日写信给康生，让他登载在《防奸经验》第6期刊物上。[81]

但是，没有想到的是，康生在实际工作中根本没有执行毛泽东要求的防奸工作正确路线的"九条方针"。

7月15日，康生在延安八路军大礼堂举行的中央直属机关大会上变本加厉，作了危言耸听的《抢救失足者》动员报告，说要开展

[81] 中共中央党史研究室第一研究部编：《七大代表忆七大》（上），上海人民出版社2006年版，第273—274页。

所谓抢救失足者运动。整风运动就这样被康生导入歧途——掀起了"抢救运动"的恶浪，敌我不分，伤害了众多好同志，包括中共七大代表。有七大代表回忆说："延安一共只有3万人口，他竟说延安有3000个特务；陕甘宁边区23个县只有150万人口，他却要按10%的比例去'抢救失足者'，弄得各机关、学校、工厂、农村日夜不得安宁。你斗我是特务，他斗你是特务，甚至出现了打、捆、吊和车轮大战等残酷斗争现象。"[82]

的确，延安各地出现了相当普遍的大搞逼、供、信的过火斗争，整风运动中的审干工作一下子变成了"抢救失足者运动"，混淆了敌我界限的错误进一步扩大，造成了大批冤假错案。审干运动实际上成了"抢救运动"。在延安，仅半个月就骇人听闻地揪出所谓特务分子1400多人，许多干部惶惶不可终日。

虽然"抢救运动"持续时间不过四五个月，但在人人自危的紧张气氛中，中共七大代表们也未能幸免，令人感到痛心。

来自陕甘宁边区代表团的七大代表白向银，1943年曾任华池县委书记，他就发现个别地方在审干工作中出现了偏差和错误，其中华池县完全小学，共有师生180多人，就剩下3个好人，其余都成了坏人。为什么会发生这样的事情？就是搞逼、供、信。

华中代表团代表王盛荣回忆说："1942年春，我进中央党校高级班学习，并任班主任，参加了整风运动。康生当时在审查干部问题上掀起了所谓的'抢救运动'，大搞'逼、供、信'的过火斗争，在十几天内造成了大批冤假错案，被打成叛徒、自首变节分子、托派的就有好几百人，有300多人被关押、有十几人自杀。如柯庆施的爱人当时被逼得受不了，跳井自杀了；又如魏庭槐的爱人被逼疯了；又如陈正人的爱人彭儒刚生了孩子不久，被隔离审查。"

谈起康生搞的"抢救运动"，时任中共太岳区委书记、中央太行分局副书记的薄一波极其愤怒，他说这不仅是"错误"，简直是对向往革命的知识分子和革命老干部的迫害、摧残！他回忆说："那时，我母亲也同我一起到了延安，我把她安置在深沟的一个窑洞居住。有一天我去看她时，她说：'这里不好住，每天晚上鬼哭狼嚎，

[82] 本章有关中共七大代表回忆"抢救运动"的内容，均来源于中共中央党史研究室第一研究部编的《七大代表忆七大》，上海人民出版社2006年版。

不知道怎么回事.'我于是向深沟里走去,一查看,至少有六七个窑洞,关着约上百人,有许多人神经失常。问他们为什么,有的大笑,有的哭泣……最后,看管人才无可奈何地告诉我,他们都是'抢救'的知识分子,是来延安学习而遭到'抢救'的。"

来自香港的中共九龙区委书记、七大代表钟明回忆说:"在当时那种氛围下,同志们都普遍感到怀疑和焦虑。我当时是一个党小组的组长,组内有一个工人出身的同志惊慌失措,也自动在小组'坦白',说自己是被敌人突击加入特务组织,讲得活灵活现声泪俱下,可是就讲不出对党组织有何破坏行为,过了一夜,自己又全部推翻了'坦白'的口供。"

不过,在"抢救运动"中也有坚决斗争,敢于拍桌子的。闽粤赣边省委的七大代表伍洪祥在中央党校第4支部被"抢救"了。因为他的一位关系非常好的朋友被怀疑是国民党特务,支部书记就要求他交代:"你是特务的朋友,还是特务的同志?"伍洪祥一听,不高兴了,拍着桌子说:"我13岁就参加革命,没有离开过革命队伍。你怀疑我?!"看见伍洪祥态度坚定,校党务部又派人来找他谈话,要他端正态度,坦白交代问题,谈话中还影射说他参加了"社会民主党",闽粤赣边党组织也有问题。这使伍洪祥更加恼火。面对一次次好像审讯的谈话,他十分不耐烦地说:"你们不要再找我问这问那了,我的历史是清白的,毛主席来了我也这么说。你们不相信我,枪毙我就是了。我是经过无数次和国民党军队打过仗的人,不怕死的。"从此,他们再也不找伍洪祥谈话了。

和浙江省代表肖岗在延安相识、相知、相恋的山东省代表王枫,对丈夫受到的不公正待遇,有着深刻清晰的记忆。1922年11月出生于河北新河的王枫,1938年在担任中共山东省委鲁西区东平县委委员、妇委副书记、妇救会主任时,当选为中共七大代表,成为当时年龄最小的七大正式代表,那时她还不满17周岁。她在1999年前后回忆说:

> 当时我就感到这个"抢救运动"不合乎毛主席的实事求是的思想,特别是和我自己有联系的一件事,更促使我

考虑到这种搞法不对头。我当时深深爱着的肖岗,被说成是"红旗党"的特务分子。我们1941年在马列学院后山就编在一个支部,到党校一部的特别支部后,他是支部的学习委员,我是学习小组长,接触多,互相修改笔记。一两年的时间里应该说是有所了解,怎么也没察觉到他有什么问题。当时支部书记申之澜让我去劝他坦白交待问题。我去劝肖岗时说:你要实事求是地说清问题,不要胡说八道。当时支部书记就很生气地把我喊出来,你是什么意思?你是相信组织还是相信他?还让我和他划清界限。不久把我的学习小组长也免了。1943年9月份把肖岗等被怀疑的人撵出党校一部,让他们到二部去边学习,边交待问题,其余的人都打乱编到其他支部和老同志一起学习两条路线。

我被编到第一支部,支部书记薄一波,副书记康克清。这个支部老同志多,对我学习党的历史和弄清路线是非问题,帮助太大了。开始讨论和批判王明在土地革命战争时期和抗战初期的"左"的和右的错误。我们一个小组也是住在一个窑洞里,就有四个大姐,有周越华(贺诚夫人)、张月霞(博古夫人)、张瑞华(聂荣臻夫人)、康克清(朱德夫人)。组长是江勇(老红军)。当时说我和肖岗划不清界限,没发给我校章,不准出校门。星期天,康克清常带我去王家坪玩,和朱总司令打扑克。这些老领导非常平易近人,我从这些老领导的一举一动中学到不少东西。

1944年初,进行甄别平反,毛主席亲自到中央党校,召开全校大会,给那些受冤枉的同志赔礼道歉。我真是太高兴了,更觉得毛主席太伟大了。可是又总觉得康生这个人在毛主席身边犯这种错误太不应该了。现在看来康生这个人真是个阴谋家,听说他在延安时就在办公室和卧室内贴满了毛主席的语录做座右铭,这都是迷惑人的假象。

这年上半年,由党校副校长彭真亲自批准,我和肖岗结婚了。[83]

王枫和肖岗的爱情经受了"抢救运动"的政治和历史的考验。七大开幕前，1945年4月5日，王枫生了一个男孩。她和肖岗商量："小孩必须送人，决不能耽误我参加七大，另外七大闭幕后，就会马上奔赴前线去战斗，带着孩子不方便。"于是，他们夫妇四处托人打听，看看谁要不要孩子，最后终于找到了一个名叫白玉德的农村党员，他没有男孩，想要个男孩。就这样，儿子在出生的第13天就送走了。谁知，事情偏偏不凑巧，王枫得了产后热。七大代表得到特殊照顾，中央医院给她开了那个年代最先进的磺胺药，很快就退烧了。王枫在产后第16天就正常上班，参加了七大的预备会议和正式会议。山东代表团副团长朱瑞知道王枫生小孩了，在杨家岭中央大礼堂一见面就十分关心地对她说："王枫，我在主席团后边，给你找好了放小孩和喂奶的地方。"王枫笑着说："我已经把小孩送人了。谢谢领导的关心。"朱瑞一听，十分感动，眼睛瞬间湿润了。

其实，对审干工作中出现的偏差，毛泽东始终在纠偏纠错。1943年7月，就在康生搞"抢救运动"的时候，毛泽东在枣园与绥德专署专员袁任远谈话，当询问绥德搞"抢救运动"的情况时，他反复强调：不要搞逼、供、信，你逼他，他没办法，就乱讲，讲了你就信。然后，你又去逼他所供出的人，那些人又讲，结果越搞越大。我们过去在肃反中有很沉痛的教训。我们这次无论如何不要搞逼、供、信，要调查研究，要重证据，没有物证，也要有人证。不要听人家一说，你就信以为真，要具体分析，不要轻信口供。对于有问题的人，一个不杀，大部不捉。杀人一定要慎重，你把人杀了，将来如有证据确实是搞错了，你虽然可以纠正，但人已经死了，死者不能复生，只能恢复名誉。另外，也不要随便捉人，你捉他干什么，他能跑到哪里去。[84]

7月30日，看到审干工作大大偏离了正确的轨道，毛泽东非常焦急，将在《防奸经验》上提出的防奸正确路线明确为"九条方针"，指出"必须拿这种实事求是的方针和内战时期损害过党的主观主义

[83] 中共中央党史研究室第一研究部编：《七大代表忆七大》（下），上海人民出版社2006年版，第958页。

[84] 中共中央文献研究室编：《毛泽东年谱（1893—1949）》（修订本）中卷，中央文献出版社2013年版，第460页。

方针区别开来，这种主观主义的方针就是逼、供、信三个字"。

8月8日，毛泽东出席中共中央党校第二部开学典礼，这是他亲任党校校长后第一次到校讲话。他说：这次党校一共开六门课，就是整顿三风、审查干部、党的历史、马恩列斯著作、军事课和文化课。通过学习，要达到季米特洛夫所说的干部的四条标准，即无限忠心，联系群众，有独立的工作能力和遵守纪律。学好了以后，要干两个革命，一个是新民主主义革命，一个是社会主义革命。这两个革命都要在我们手里完成，我们这一辈子就干这两个革命。他还指出，大地主大资产阶级的"爱民"，是为了从老百姓身上取东西，是为了剥削，所以，反动统治阶级的"爱民"同爱牛差不多。同时，他再次专门强调：延安的整风特别有味道，不是整死人，有些特务分子讲出了问题，也不是把他们杀了，我们要争取他们为人民为党工作。你们整了风以后，眼睛就亮了，审查干部以后，眼睛更亮了。两只眼睛都亮了，还有什么革命不胜利呢？去年有整风，今年有审干，使你们把问题搞清楚，两年之后保证你们提高一步。

七大代表、时任任弼时秘书师哲回忆说，看到"抢救运动"引起的严重负面情况，任弼时向毛泽东提意见："代表中搞出那么多'特务'，我们七大难道同特务一起开会吗？"任弼时还具体分析了自1937年以来从大后方和国民党统治区来延安学习的知识分子和青年组成情况，认为出现特务的情况比较少，且可控。

这时，中央党校副校长彭真和中央社会部副部长李克农，也分别向毛泽东报告了"抢救运动"的严重性。毛泽东听完后说：我看是扩大化了。我们要很快纠正这一种错误做法。我们的政策是一个不杀，大部不抓。这些同志的问题是会搞清楚的，现在可不能随便作结论。我们如果给哪一个同志作错了结论，那就会害人一辈子。现在作错了我们要给人家平反，给受害的同志道歉。要彻底纠正这种"左"倾扩大化的错误。他后来总结审干工作的教训时指出，发生错误的原因主要是两条：一条是缺乏调查研究；一条是没有区别对待。[85]

8月15日，中共中央作出《关于审查干部的决定》，以中央文件形式正式发布毛泽东提出的"首长负责，自己动手，领导骨干与

[85] 金冲及：《毛泽东传（1893—1949）》，中央文献出版社2004年版，第677页。

广大群众相结合,一般号召与个别指导相结合,调查研究,分清是非轻重,争取失足者,培养干部,教育群众"的审干工作"九条方针"。决定明确指出:审干不称肃反,不采取将一切特务分子及可疑分子均交保卫机关处理的方针,实行普通机关、反省机关和保卫机关相结合的审干办法;审干要将"两条心"的人转变为"一条心",争取大部至全部特务为我们服务;不要有怕特务跑掉的恐惧心理,只有少捉不杀才可保证最后不犯错误。

10月9日,毛泽东进一步强调"一个不杀、大部不抓"的政策。

12月22日,中央书记处召开工作会议,总结审干运动的经验教训,听取康生关于反特斗争的汇报。会议指出,延安反特务斗争的过程,是由熟视无睹(指开展斗争前)到特务如麻(指"抢救运动"后),从好的方面来看,一是真正清查出一批特务分子;二是培养了一批有能力的干部;三是打破了官僚主义,提高了工作效能;四是暴露了许多人的错误(如贪污、腐化等);五是深入地进行了阶级教育。从阴暗方面来看,一是夸大了特务组织,甚至弄成特务如麻;二是某些部门或某些地方,产生了群众恐慌的现象;三是有些部门被特务分子利用,进行破坏;四是相当普遍地发生了怀疑新知识分子的现象;五是忽略了统一战线,许多干部对统一战线的观念下降。会议还分析了产生上述偏差的原因,此后审干工作转入甄别是非轻重的阶段。[86]

这个时候,有许多同志开始从不同角度向毛泽东提意见,于是就有了后来毛泽东脱帽鞠躬、赔礼道歉、承担责任之举,随之大刀阔斧地开展平反、恢复名誉工作。除极少数人如王实味之外,大体上恢复了平静和正常。

中央军委所属的通信部门,因所属干部1000多人被"抢救"成"特务",无法进行工作。1944年元旦,该部负责人王诤就带着一批挨整的干部来到毛泽东的家门口,站得整整齐齐地给毛泽东拜年。毛泽东出门一看,就明白了,幽默地说:"这次延安审干,本来是想让大家洗个澡,结果灰锰氧放多了,把你们娇嫩的皮肤烫伤了,这不好。今天,我向你们敬个礼。你们回去要好好工作,你们还有什

[86] 胡乔木:《胡乔木回忆毛泽东》(增订本),人民出版社2014年版,第279—280页。

么意见？如果没意见，也向我敬个礼！你们不还礼，我怎么放下手呢？"毛泽东的这番话，等于宣布挨整的同志解放了，大家高高兴兴地回去工作去了。[87]

1944年1月24日，毛泽东在中央书记处工作会议上指出：过去延安重视知识分子，不重视工农分子；"抢救运动"以来，又走到完全不相信知识分子。现在应估计大多数知识分子是好的。他提出对搞错的同志"均应平反，取消特务帽子，而按其情况作出适当结论"；"在反特务斗争中要注意保护知识分子"。尽管1943年清出的"特务"高达1.5万多人，有的单位清出的"特务"甚至达到其人员的一半以上（如西北公学390人中坦白分子就有208人），但由于坚持一个不杀，不断进行复查、甄别、平反，分别对情况作出了实事求是的结论，对受到冤屈的同志赔礼道歉，因而没有发生大的危害，没有形成大的乱子。[88]

对审干工作出现扩大化的错误，毛泽东主动承担了责任，进行了自我批评，并多次向受到错误伤害的同志"脱帽鞠躬""赔礼道歉"，仅在中央党校，毛泽东就讲了3次。

第一次是在1944年5月。他说：在整风审干中有些同志受了委屈，有点气是可以理解的，但已经进行了甄别。是则是，非则非，搞错了的，摘下帽子，赔个不是。说到这里，他向大家行礼赔不是。

第二次是在1944年10月，他说：去年审查干部，反特务，发生许多毛病，特别是在"抢救运动"中发生过火，认为特务如麻，这是不对的。去年"抢救运动"有错误，夸大了问题，缺乏调查研究和分别对待。在会上，毛泽东再次重申了"九条方针"，要求深入调查研究，分清是思想问题还是政治问题，是现行问题还是历史问题，反对主观主义、片面性；做好善后工作，进行甄别平反，不能冤枉一个好人，当然也不能放走一个坏人；经过整风，应该团结一致向前看，放下包袱，轻装上阵，以便在新的工作岗位上做好工作，去战胜敌人，争取更大胜利。

毛泽东作完报告之后，中央党校组织开大会，全体学员学习讨论，接着宣布"三不"政策：一不戴"帽子"，二不抓"辫子"，三

[87] 汪云生：《二十九个人的历史》，昆仑出版社1999年版，第458页。

[88] 胡乔木：《胡乔木回忆毛泽东》（增订本），人民出版社2014年版，第281页。

不打"棍子"。同时，动员大家上台发言。跟审干工作人员拍过桌子的伍洪祥，第一个上台发言。他说："首先，我拥护毛主席提出的'九条方针'，坚决按照毛主席指示办。我对'抢救运动'的做法是不满的。我讲整风是反对主观主义，但有的人就是用主观主义态度来对待整风审干。1931年苏区'肃反'错杀无辜，这些人忘记了吗？第二，我认为，在敌后抗日根据地不要搞这样的运动，否则，不要敌人打，自己就会乱掉了。"

31岁的伍洪祥站在主席台上，血气方刚，火气很大，语气中带着愤怒，毫不客气地点名批评了一些人，指出他们存在"左"倾主观主义思想还没有转变过来。伍洪祥的发言，立即引起全场的关注。会后，党校通讯还刊登了他的部分发言。有个别好心的同志为他捏了一把汗，不无顾虑地对他说："你的胆量太大！有些话是否冲动了？"发了言，出了气，伍洪祥心情舒畅，坦然地说："我响应毛主席的号召，有话就讲，有气就放出来。为什么有话不敢说呢？"

毛泽东第三次道歉是在1945年2月。他说：这两年运动有许多错误，整个延安犯了许多错误。谁负责？我负责，因为发号施令的是我。别的地方搞错了谁负责？也是我，发号施令的也是我。我是党校的校长，党校也搞错了，如果在座有这样的同志，我赔一个不是。凡是搞错了的，我们修正错误。中央希望大家把包袱甩在延安，有话在延安讲清楚，不要带回去。毛泽东坦诚地承担责任，主动赔礼道歉，这种实事求是、有错必纠的态度，令许多受过冤屈的人气消了，对过去的事也不计较了，心情也舒畅了，同志间的团结也增强了。

遭遇过"抢救"的肖岗回忆说："毛主席在七大的一次讲话中又讲到，我们现在在这里高高兴兴地开大会，可是有一些在审干中受冤屈的同志，还在门后掉泪，我们怎么能不为他们难过呢？又说，今后在审干的甄别平反工作中，要坚持两条：对确实是国民党特务分子的人实行'是则是，自己动手，丰衣足食'（意指劳动改造成新人）；对受冤枉和委屈的同志，实行'非则非，摘掉"帽子"，赔个不是'（意指摘掉戴在他们头上的特务、叛徒、反革命的"帽子"，向他们赔礼道歉）。讲到这里，毛主席摘下自己头上的帽子，向台下鞠了深深一躬，表示赔礼道歉。这使台下听讲的代表们深受感动。少数受过委屈的同志，见到毛主席如此，也就没有什么意见了。"

七大代表关星甫来延安前任八路军冀鲁边区游击支队第8团3营教导员，他在杨家岭中央大礼堂参加七大全体会议时，看见有人给正在作口头政治报告的毛泽东递了个条子，说：不要随便开除一个同志的党籍。因为"抢救运动"中对于不坦白的，支部就可以举手开除一个同志的党籍。毛泽东见到这个条子，又从主席台上站起来跟大家说：递条子的同志，可能在审干时挨整了，受了委屈，再一次向大家赔不是。关星甫回忆说："那时毛泽东还是很谦虚的，不仅对审干审错了的同志，就是对王明也是很客气的。一见王明来了，他在会场上马上站起来和王明打招呼。"

的确，毛泽东在七大全体会议上对"递条子"的同志表达道歉之时，也对"保障党员的政治生命"作出了这样的承诺和表达："现在还有没有宗派主义呢？我听见有一个同志说：没有宗派主义了。这个问题应该如何看？我认为，主观上不要忙于否认有宗派主义，有没有宗派主义，要以客观事实来证明，要在将来工作中来证明，主观上否认，效果很小，不能解决问题。有人要求在党章上加一条：'保障党员的政治生命。'同志们不要小看这个问题，它反映了在审查干部中有的同志受冤屈。我们一定要引以为戒，把这一条当作教训，当作武器，这样就有用处。"

时任冀中军区第二军分区政委、七大代表吴西回忆说："1945年春，对在中央党校一部学习的非七大代表和在'抢救运动'中问题没有弄清楚的同志进行甄别平反，他们当时被转到二部学习。二部主任张鼎丞、副主任安子文在做好调查研究的基础上，分析研究，对每一个人都尽量做出符合实际、合乎逻辑的结论，再向本人征求意见。"这天，安子文找第15支部学员刁正林谈话，宣布他不是"红旗党"时，他本人竟然不敢相信，一开始依然说自己是"红旗党"，但没有干坏事。后来，当确信安子文所说属实时，他才大哭起来，憋在肚子的委屈终于可以释放了……

不过，审干工作在"抢救运动"中也闹了一些笑话。七大浙江省代表林一心回忆说："因为那时候是由长征过来的同志、军队的同志来审查白区做地下工作的党员。这也是战争年代不得已的办法。因为这些同志相对于在白区工作的同志来说，历史大都较为单纯。过去一些人认为：没有拿过枪杆子的人，就是和拿过枪杆子的不一样。我看从打仗的角度来说，这两种人是不一样，但从对党的对人民的忠诚来看，却都是一样的。当时这些审干的同志从对党对人民的忠诚这个角度讲，是当之无愧的，但是其中有的同志缺乏城市工作方面的知识，有时在审干中就闹出了一些笑话来。"

比如，和林一心同在中央党校特别支部的东北抗联第4军军长李延禄，在向组织说明自己的历史时，说自己曾经坐飞机去重庆见过蒋介石。谁知，负责审干的同志因为自己不知道飞机是什么东西，就很不理解，问道："哪有这样的事？我们党校没有介绍信就进不来，你怎么就能在天上自由地飞？不可能。"搞得李延禄哭笑不得，啼笑皆非。

其实，这样的笑话，毛泽东也听说过。比如，关于沦陷区、国民党区工作的同志来延安需要出具介绍信的事情，他在七大口头政治报告中就说了一大段话："这些同志一到根据地里头，他们就感觉吃不开。根据地里的首长多得很，看起戏来，首长总是坐在前面，有大首长、中首长、小首长，这些同志心里怄气。审干的时候又找了他们的麻烦。'你是哪里来的？上海？西安？''有没有问题？'看了又看，有点不相信。'你住在哪一个旅馆？''有没有介绍信？'因为我们根据地都要介绍信，以为在上海住旅馆也要介绍信，你说没有介绍信，那就怪得很。我们搞错了的就要说对不起，戴错了帽子的就要恭恭敬敬地把帽子给脱下来，承认错误。这些同志对根据地的工作作风不习惯，是可以理解的，这个作风问题恐怕要三年五年才可以慢慢地一致。"

作为浙江代表团的领队，林一心也被列入"红旗党"，重新编入特别支部进行政治隔离"抢救"。几十年后，他心静如水地评价说："总的来说，审查干部搞得很好，到现在我还是认为党中央的部署很正确，通过学习武装头脑，通过审干纯洁队伍，最后才能开好七大。当然这中间康生搞了个'抢救运动'。我对这个运动的全面情况不太了解，但这次运动确实伤害了很多我们自己的同志。"

像林一心一样，许多共产党员、七大代表在被审查"抢救"之后，并没有因此丧失斗志、放弃信仰，没有计较个人恩怨得失，依然不忘初心、牢记使命，继续战斗，对中共在当年你死我活的残酷斗争环境下作出整风和审干的决定表示极大的理解和支持。来自八路军山东纵队第8支队的七大代表朱春和回忆："我们支部有位老资格的女党员宋式锋，她的爱人叫温健公，是当时很有名的青年哲学家。两人到太原阎锡山那里工作过，后来到延安。周恩来派这位女同志到重庆做上层统战工作。路过西安时，胡宗南的特务头子请她吃了饭，还给了100块银元。于是，我们支部就审查她，说她是特务。她坚决不承认，把她斗得死去活来。"后来，还是等周恩来从重庆回到延安后，亲自两次为她作证，才解决了问题。1946年7月，在渤海军区担任政治部主任的朱春和与担任东江纵队后勤部政委的宋式锋在山东战场上意外相逢，一见面，朱春和赶紧从马背上跳下来，亲热又内疚地喊道："大姐，在延安时审查你，叫你受委屈了。"宋式锋笑着说："嗨，这说的什么话，那是党的任务嘛！不是你个人的事。"

在七大全体会会议上，毛泽东当着所有代表的面，对审干工作的失误作了经验总结。他说：

> 抗战时期，出了湖西肃反的错误[89]，在延安又来了这样一个"抢救运动"。我看，延安犯的这个错误非同小可，因为延安是有全国影响的。犯了错误，也有好的方面，我现在就讲好的这个方面。在肃反问题上前前后后都犯过错误，打仗也打过许多败仗，这样的政策、那样的政策，也碰过许多钉子。凡是错误认识了，纠正了，就取得了经验，就会变成好武器。这个犯错误的经验，抓到我们手里来，同样也非同小可。中央在这里，党校在这里，七大在这里开，这个问题解决了，中华民族就胜利了。所以犯了错误

[89] 湖西地区，即微山湖以西江苏、山东、河南三省交界地区，又称苏鲁豫边区。1939年8月至11月间，边区内错误地开展肃托斗争，许多党政军干部被诬陷为"托派"分子，先后被逮捕、受审查，有的被错杀，给革命造成了极其严重的损失，是一起重大历史冤案。1940年至1943年，中共中央、中共中央山东分局曾先后作过多次处理。1983年12月，经中共中央批准，予以彻底平反。

不可怕，要把错误抓到手里，变作经验，当作武器。对搞错了的同志，要向他们赔不是。[90]

[90] 中共中央文献研究室编:《毛泽东在七大的报告和讲话集》，中央文献出版社1995年版，第216页。

那么，"抢救运动"究竟是怎么一回事儿？七大山东代表团代表柳运光在中央党校学习期间被任命为党校的秘书科长，他对此有着自己的理解："当时胡宗南要进攻延安，的确部署了他的军队。这时延安的部队不多，王震的第359旅刚从北边调过来，延安只有个萧劲光的留守兵团。所以，我们要赶快发动政治斗争，召开大会，反对胡宗南的进攻。一定要在胡宗南进入延安以前，赶快清理我们的内部，把这些特务都揭发出来。康生提出'抢救运动'的口号，叫'抢救失足者'。意思是说，原来的国民党特务，或者是有什么问题的人，赶快坦白吧，挽救你们哪。现在看来是'左'的东西在作怪。"关于胡宗南准备进攻延安的消息，毛泽东是从西安八路军办事处得到情报的。当时，国民党顽固派乘共产国际解散之机，制造舆论要解散共产党，取消边区，确实调集了20多个师的兵力准备偷袭边区。毛泽东在做好军事准备的同时，再次发挥他政治宣传的本领，揭穿了蒋介石的阴谋，取得国内的同情和国际的理解，打退了敌人来势汹汹却没有来得及掀起的反共浪潮，"制止了这个内战危机"。

国民党反动派确实对延安采取了各种特务手段，试图分裂中共的干部和思想，在中共七大召开前夕仍然加紧对中共的思想渗透。1945年5月的一天，在中央党校第一部学习的八路军第129师司令部机要科长杨国宇，正在参加七大的小组讨论，有人通知他大砭沟邮局有他的家信。星期天的下午，他就高高兴兴地去大砭沟邮局取信，一拿到手发现信沉甸甸的。回到宿舍，拆开一看，杨国宇傻眼了，信中装有一份铅印的《新共产党告中国共产党书》，反动得很，吓得他出了一身冷汗。这封信是杨国宇小时候一位名叫侯林的同学寄来的，前不久杨国宇写信请他帮忙打听家里的情况。侯林在信中说：母亲已经去世，弟妹因年幼、无人扶养亦已死去，剩下两个弟弟，也不知跑到什么地方去了，一直无音信。其他没有讲任何问题。杨国宇看完了，心中直纳闷儿：侯林为啥还装上最反动的东西来害我呢？第二天，杨国宇把这封信交给了党支部，说："我不能参加七大了，请求组织审查。"到了下午，支部书记告诉他："没事儿啦，这封信是西安的特务机关做了手脚，把反动的东西装进去的，党校已经收到不知多少这样的信，与你和同学无关，照样开会，不要为此担心。"杨国宇心中的石头终于落地了。

其实，审干工作，也是中共中央执行共产国际关于"中国问题"决议的一个行动。虽然共产国际在这一年5月宣布解散，但中共作为其曾经的一个支部，依然在沿袭其所执行的许多政策、方针、制度、纪律等，有些方面甚至存在照搬照套的情况，比如干部工作制度。我们可以在1940年2月8日共产国际执行委员会书记处《关于中共组织和干部问题的决议》、3月3日共产国际执行委员会主席团《关于中共组织和干部工作的决议》、3月11日共产国际执行委员会主席团通过的《关于中国问题的决议》等多份文件中看到，共产国际对中共中央的干部审查工作提出了具体的要求："加强同异己分子和挑拨分子向党内渗透的斗争，以及同党内反党思想和宗派思想残余的斗争""清查、不断地考察和揭露变节分子、托洛茨基分子和叛徒的活动，查明并揭露他们同党员的各种联系"，并建议中共中央成立干部部，中央政治局要成立一个小范围的委员会来审查某些中央委员活动情况。[91]可见，延安整风运动和审干工作，是受到共产国际的指导和影响的。

冀鲁豫军区鲁西北军分区副政委刘德海，是一位从红军战士成长起来的七大代表，他认为，延安搞"抢救运动"有点"左"，当时伤了不少人，但有的问题不处理也不行。他说："我认识一个原红一方面军的干部，打仗很勇敢。可是他呢，党风不正。他在分区当司令员，不好好带领部队打仗，而是雇个马车跑运销，搞钱，还有男女关系问题。这些情况以后被上级领导知道了，撤了他的司令员职务，处分了他。"

1944年9月22日，在六届七中全会主席团会议讨论审干甄别工作时，任弼时认为：现在先不要讨论"抢救运动"对与不对的问题，

[91] 中共中央党史研究室、中央档案馆编：《中国共产党第七次全国代表大会档案文献选编》第1卷，中共党史出版社2022年版，第66、69页。

而是主要做好甄别工作。"抢救运动"时搞错了的人，本人自然不高兴，现在让他发点牢骚，然后才能打通思想。"抢救运动"发生问题，基本原因是对敌情过分的估计；群众起来了，下边有意见不敢说；没有真正执行"九条方针"。周恩来也主张现在主要是甄别，先不要讨论经验教训。他说，已经接触了50余人的调查，看来调查的方法要注意，要具体研究，不能推论。毛泽东说，审干工作结论不忙做，待整个甄别工作告一段落后，再由中央讨论一次。因为搞错了许多人，所以对于"抢救"我有些怀疑，乱子就出在这里，以后"抢救"二字不能用。[92]

所以，毛泽东在作七大政治报告讨论结论的时候实事求是地说："这次整风、审干、锄奸工作是有成绩的。有没有缺点错误？有。我是党校校长，整风在党校老一部得到的成绩相当大，但也有缺点与错误；第二部搞得比较好，进步了。以后整风要照第二部的方法，照这种进步的方法去办。"

的确，许多七大代表在整风运动中受了委屈，但在严格的代表资格审查中也确实发现了一些问题，取消了一些七大代表的资格。比如，闽粤赣边省委代表谢南石因过去被国民党逮捕后写过自新书，在"抢救运动"中又立场不稳，被取消了七大正式代表资格，由新四军的陈仁麟补上；候补代表乌溦因表现不好，被撤销候补代表资格，另选何浚补上。在中央党校一部第11支部学习的一名七大代表，曾被敌人逮捕受刑，后来自首并答应帮助敌人提供情报，在审查中他如实交待了问题，只是对他作了取消七大代表资格的处理。后来，他走上前线在东北战场牺牲，被追认为烈士。作为广西唯一的一名七大代表陈序，到延安后因为审查中有些问题没有结论，就被"挂"在那里，没有出席大会。

1945年4月23日，在七大开幕大会上，彭真向大会作了代表资格审查的报告，说明了代表的选举产生"有原则性又有灵活性，有严肃性谨慎性，又要照顾到具体性"。大会审查的结果是，正式代表544名，候补代表208名，其中增补的为246名。他们代表着全党121万党员。取消代表资格49名。代表的党龄比例为：1927年大革

[92] 李蓉：《中共七大轶事》，人民出版社2009年版，第134—135页。

命前入党的210名，占27.9%；1928年至1936年入党的444名，占58.8%；1937年至1941年入党的98名，占13%。代表平均年龄为36.5岁，年龄最小的是来自闽粤赣边省委的22岁女代表方朗（东方曙，候补），年龄最大的是68岁的徐特立。七大代表的文化程度比较可观，中学及以上的422名，小学319名，识字少的仅11名。从部职别来看，军队代表共324名，党务干部315名，政（府）民（社会团体）教（教育界）的最少。

在七大上，毛泽东在作政治报告讨论结论的时候，就审干工作也提出了警醒。他说："在目前，同志们还要警戒自由主义的危险，严肃性是必要的。在这次审干中有很大的成绩，不说清楚这一条，是不好的。列宁在《无产阶级革命和叛徒考茨基》那本书上说：被推翻了的阶级，一定要报复，搞复辟。这件事，将来会要证明的。过去我们没有经过那种危险，如果注意这一条，提高警惕性，警戒自由主义，危险就可能减少。不然，将来要吃大亏的。我们党内有两种情绪，一种是过火的情绪，潮流一来，就是急急忙忙地搞，搞逼、供、信，结果搞错了；另一种是自由主义，熟视无睹，这种情绪也是不对的，要克服的。"[93]

对延安整风的审干工作，国际主义战士、德国共产党党员、曾在西班牙内战时加入国际纵队支援西班牙人民反法西斯斗争，在马德里保卫战失败后来到中国参加抗日战争的毕道文，是1940年1月经宋庆龄介绍来到延安，先后任中央医院内科主任兼中央疗养所主任。他深有感触地说："中国共产党的肃反方针政策，提出'一个不杀，大部不抓'，对特务反革命分子实行劳动改造，使他们'脱胎换骨'重新做自食其力的人，'得了夫人又得兵'，是十分英明正确的。这比斯大林采取的极端政策，要高明得多，这是符合马克思主义原则和中国的具体国情的。"[94]

延安整风，也是中国共产党的一次伟大的自我革命。

诚如毛泽东在致彭德怀的电报中所言，如能真正做好整风和审干工作，"就算是了不起的成绩，我党百年大计即已奠定"。

[93] 中共中央文献研究室编：《毛泽东在七大的报告和讲话集》，中央文献出版社1995年版，第217页。

[94] 郭戈奇：《缅怀国际主义战士毕道文大夫》，《白衣战士的光辉篇章：回忆延安中央医院1939.4—1950.8》，陕西人民出版社1995年版，第89页。

深入群众，不尚空谈。

毛泽东

▶ 1945年6月9日，中共七大选举产生新一届中央委员会。图为任弼时向代表们介绍当选的中央委员

第三章

"大会的眼睛要向前看，而不是向后看"

1. "既放下了包袱，又开动了机器，既是轻装，又会思索，那我们就会胜利"

又是夏天。又是5月。圣地延安，绿树成荫，鲜花遍地，勤劳的农民在庄稼拔节的声音里挥汗劳作，期待着又一个丰收年。

1944年5月20日，中央党校大礼堂座无虚席。在党校参加学习的中共七大代表们，从王家坪、兰家坪、文化沟、马家湾、七里铺和韩家窑子各个学部纷纷赶到党校本部的小沟坪，会聚一堂，聆听毛泽东主席关于时局的演讲。七大代表们记得，1941年的5月，毛泽东也是在党校第一部作了《改造我们的学习》的报告。时间过得真快呀，一晃三年就过去了。

但是，现在的世界和现在的中国，跟三年前相比已经发生了巨大的变化。坐在延安窑洞里的毛泽东，对世界形势了如指掌，对中国革命的前途充满信心。他有理有据地分析说："目前时局有两个特点，一是反法西斯阵线的增强和法西斯阵线的衰落；二是在反法西斯阵线内部人民势力的增强和反人民势力的衰落。前一个特点是很明显的，容易被人们看见。希特勒不久就会被打败，日寇也已处在衰败过程中。后一个特点，比较地还不明显，还不容易被一般人看见，但是它已在欧洲、在英美、在中国一天一天显露出来。"

毛泽东告诉七大代表们，中国人民势力的增强，要以我党为中心来说明。目前国际形势和国内形势都是反法西斯力量在上升，人民革命力量在上升，所以就全世界来说是胜利快要到来，就中国来说也是胜利快要到来。目前，我们就是如何迎接胜利，因此要特别强调两个问题，一个是"放下包袱"，一个是"开动机器"。他说：

> 所谓放下包袱，就是说，我们精神上的许多负担应该加以解除。有许多的东西，只要我们对它们陷入盲目性，缺乏自觉性，就可能成为我们的包袱，成为我们的负担。
> 例如：犯过错误，可以使人觉得自己反正是犯了错误的，从此萎靡不振；未犯错误，也可以使人觉得自己是未犯过

[1] 毛泽东在这里列举了四次"骄傲"的情况：第一次是在1927年上半年。那时北伐军到了武汉，一些同志骄傲起来，自以为了不得，忘记了国民党将要袭击我们。结果犯了陈独秀路线的错误，使这次革命归于失败。第二次是在1930年。红军利用蒋冯阎大战的条件，打了一些胜仗，又有一些同志骄傲起来，自以为了不得。结果犯了李立三路线的错误，也使革命力量遭到一些损失。第三次是在1931年。红军打破了第三次"围剿"，接着全国人民在日本进攻面前发动了轰轰烈烈的抗日运动，又有一些同志骄傲起来，自以为了不得。结果犯了更严重的路线错误，使辛苦地聚集起来的革命力量损失了百分之九十左右。第四次是在1938年。抗战起来了，统一战线

错误的，从此骄傲起来。工作无成绩，可以使人悲观丧气；工作有成绩，又可以使人趾高气扬。斗争历史短的，可以因其短而不负责任；斗争历史长的，可以因其长而自以为是。工农分子，可以自己的光荣出身傲视知识分子；知识分子，又可以自己有某些知识傲视工农分子。各种业务专长，都可以成为高傲自大轻视旁人的资本。甚至年龄也可以成为骄傲的工具，青年人可以因为自己聪明能干而看不起老年人，老年人又可以因为自己富有经验而看不起青年人。对于诸如此类的东西，如果没有自觉性，那它们就会成为负担或包袱。有些同志高高在上，脱离群众，屡犯错误，背上了这类包袱是一个重要的原因。所以，检查自己背上的包袱，把它放下来，使自己的精神获得解放，实在是联系群众和少犯错误的必要前提之一。我党历史上曾经有过几次表现了大的骄傲，都是吃了亏的……[1]全党同志对于这几次骄傲，几次错误，都要引为鉴戒。近日我们印了郭沫若论李自成的文章[2]，也是叫同志们引为鉴戒，不要重犯胜利时骄傲的错误。

所谓开动机器，就是说，要善于使用思想器官。有些人背上虽然没有包袱，有联系群众的长处，但是不善于思索，不愿用脑筋多想苦想，结果仍然做不成事业。再有一些人则因为自己背上有了包袱，就不肯使用脑筋，他们的聪明被包袱压缩了。列宁斯大林经常劝人要善于思索，我们也要这样劝人。脑筋这个机器的作用，是专门思想的。孟子说："心之官则思。"他对脑筋的作用下了正确的定义。凡事应该用脑筋好好想一想。俗话说："眉头一皱，计上心来。"就是说多想出智慧。要去掉我们党内浓厚的盲目性，必须提倡思索，学会分析事物的方法，养成分析的习惯。这种习惯，在我们党内是太不够了。如果我们既放下了包袱，又开动了机器，既是轻装，又会思索，那我们就会胜利。

建立了，又有一些同志骄傲起来，自以为了不得，结果犯了和陈独秀右倾错误有某些相似的错误。这一次，又使得受这些同志的错误思想影响最大的那些地方的革命工作，遭到了很大的损失。

[2] 指《甲申三百年祭》。该文作于1944年，纪念明朝末年李自成领导的农民起义军进入北京推翻明王朝300周年。按照毛泽东的要求，这篇文章先在重庆《新华日报》发表，后来在延安《解放日报》转载，并且在各解放区印成单行本，成为延安整风时期党员干部的必读书目。1949年3月23日，毛泽东从西柏坡出发，踏上"进京赶考"之路，随后中共中央进驻北平香山，他当天随身携带的就是《甲申三百年祭》。

毛泽东的这篇讲演曾以《放下包袱，开动机器》为题，收入人教版初中《语文》课本，是必须全文背诵的课文。其也因这个新颖别致的标题，成为我们这一代人中学时代难忘的文章。那个时候我们年少无知，虽然不懂得其背后的历史，精神却永存心间。

在毛泽东来中央党校作这次关于时局问题的报告的前一天，也就是5月19日，他主持召开了中共中央书记处会议，会议决定5月21日召开六届七中全会。这是一个在非常重要的时刻做出的非常关键的决定，一方面说明中共七大在等待了16年之后，正式提上了议事日程；另一方面说明延安整风运动基本结束。

毛泽东为什么在这个时候决定结束整风运动呢？整风运动是否达到了预期目标呢？

这还要接着从审干说起。

我们知道，在延安，1942年基本上是停止工作搞整风学习，是整风学习年。1943年要以工作为主，从5月1日起恢复正常工作状态，一边工作，一边审干。

在普通干部的整风转入审干阶段以后，中央领导层的整风也进到深入讨论党的历史问题的阶段。于是，中共中央政治局在1943年又召开了一个"九月会议"。

历史往往总是有许多巧合，其中的安排既有天时，有地利，也有人和。

"九月会议"，是一个非常特别的称谓，中共中央在1941年9月召开的政治局扩大会议也称作"九月会议"。到了1943年9月，因为中央领导机构的调整、共产国际的解散，以及全党整风运动的深入，在准备召开中共第七次全国代表大会的情况下，为了统一高级干部思想，中央政治局决定按照1941年"九月会议"的方式继续召开政治局扩大会议，讨论党的路线问题，尤其是抗战时期党中央的路线是非问题。

中共中央为什么在1943年9月按照1941年"九月会议"的方式召开政治局扩大会议呢？

时任毛泽东秘书兼中央政治局秘书的胡乔木认为：1941年"九

月会议"本来主要是讨论苏维埃运动后期的党的路线问题,对1931年九一八事变后的中央路线的认识也基本取得了共识。但是,在10月8日的中央书记处会议上,王明声称抗战以来中央的路线错了,他要到共产国际去告状,这就使认识的分歧加剧了。1942年底刘少奇回到延安,1943年3月张闻天从农村调查归来,王明向他们宣传了中央路线有错误的观点,并要他们主持公道。1943年5月,共产国际解散,王明继续宣扬国民党是民族联盟,实行的是民主政治、是民粹派主张的观点。当时中央正在准备召开七大,中央高级干部的思想必须统一,因此,讨论党的路线问题再次提上日程。由于王明认为抗战以来党的路线错了,这次会议在继续深入揭发批判苏维埃运动后期错误路线的同时,着重讨论抗战时期党中央的路线是非。[3]

瞧!又是王明在惹祸——完全是自不量力,引火烧身,搬起石头砸了自己的脚。

与此同时,还有一个不可忽略的时代背景。那就是国际和国内政治格局已经发生了显著的变化。1941年"九月会议"是在经历皖南事变、打退国民党第二次反共高潮,特别是苏德战争爆发后,欧洲战争形势发展还不太明朗,国共两党关系在这年秋天开始相对缓和的情况下召开的。而1943年"九月会议"则有所不同,国际国内战争形势和国共两党关系发生了新的变化,斯大林格勒战役的胜利和太平洋战争的爆发,使世界格局发生了新的变化,日本冒险进攻苏联的可能性大大降低,这对一直企图利用德日合力攻苏之机挑起反共高潮的蒋介石不啻是个重大打击。但蒋介石并不甘心。

1943年3月,国民党抛出了由陶希圣执笔、蒋介石署名的《中国之命运》,从理论上为国民党再次发动反共内战做舆论准备。5月份共产国际解散后,国民党反共气焰高涨,叫嚣"马克思主义已经破产""共产主义不适用于中国",并提出"解散共产党、交出边区"等。6月,胡宗南在洛川开会,决定调集大军分九路闪击延安。7月,国民党军队开始向陕甘宁边区做试探性进攻。这时,中共中央接到八路军驻西安办事处转来的可靠情报,蒋介石和胡宗南正在秘密调

[3] 胡乔木:《胡乔木回忆毛泽东》(增订本),人民出版社2014年版,第282—283页。

兵准备进攻延安。而早在4月，国民党中央就通知各省党部和政府，称中共为"奸党"。军事上，韩德勤、蒋鼎文、庞炳勋等部也不断挑衅八路军，制造摩擦事件。内战危机空前严重，形势紧张。

为避免内战，毛泽东立即采取三项措施：一是把蒋、胡阴谋进攻边区的消息迅速向外界传播，运用国际国内统一战线发动制止内战运动；二是在边区进行紧急动员，准备以武力还击国民党的进攻；三是请正在由渝赴延途中的周恩来和林彪火速赶往西安，直接向胡宗南交涉。按照毛泽东的部署，中共以"宣传闪击"的方式一下子戳穿了国民党的反共阴谋。在国内人民的反对，美、英、苏三国的压力和边区军民的严阵以待之下，蒋介石被迫改变反共计划。从此至抗战结束，国民党再不能明目张胆地大兴反共之师了。

尽管不费一枪一弹就打退了国民党的第三次反共高潮，粉碎了国民党妄图进攻陕甘宁边区的阴谋，但毛泽东坚持对国民党继续进行斗争的路线并没有改变。于是，反对对国民党的右倾投降，成为1943年"九月会议"的主要倾向。也就是说，国民党发动第三次反共高潮，无形中又成为毛泽东批判王明右倾错误的一个契机。而对王明右倾错误的批判，事实上早在这年7月中旬就已经开始了。

7月11日，中共中央总学委发出《关于在延安进行反对内战保卫边区的群众教育的通知》，要求"利用这次国民党企图进攻陕甘宁边区的具体事实，进行无产阶级和非无产阶级、革命和反革命的思想斗争，使全体干部和党员认识和拥护毛泽东同志的马克思列宁主义的思想方法和他所提出的'既团结，又斗争'的正确路线，反对那'只团结，不斗争'的投降主义，反对那些认为现在国民党还是民族联盟，共产国际取消后中国共产党可以'取消'并'合并'到国民党中去的叛徒理论"。"一切半条心的人，在大敌当前之际，应诚心地批评、纠正和克服自己的错误思想，团结在以毛泽东同志为首的中央的周围，同民族的、阶级的、公开的、暗藏的敌人坚决斗争"。显然，这个通知中"反对那'只团结，不斗争'的投降主义，反对那些认为现在国民党还是民族联盟"一语，就是在不点名地批评王明。

7月13日，在中共中央政治局会议上，毛泽东借机第一次点名批评了王明，并把王明在抗战初期的路线上纲至"右倾机会主义"和"投降主义"的高度。他异常尖锐地指出：抗战以来，我党内部有部分同志没有阶级立场，对大地主大资产阶级的国民党对我进攻、对我大后方党员的屠杀等没有表示义愤，这是右倾机会主义思想。国民党打共、捉共、杀共、骂共、钻共，我们不表示坚决反抗，还不是投降主义？代表人物就是王明同志。他的思想是大地主大资产阶级在党内的应声虫。他曾认为中央路线是错误的，认为对国民党要团结不要斗争，认为他是马列主义，实际上他是假马列主义。对于中国蒋介石的流氓政治，我们屡次站稳阶级立场予以坚决反抗，都被我们打垮了，这是实际的教训。我们党内要把历史问题弄清楚，同志们准备意见，要进行讨论。过去党中央的两条路线也必须弄清楚，把党内无产阶级思想与非无产阶级思想弄清楚，对党外要把革命与反革命弄清楚。机会主义者不改正思想上的错误，有走向当敌人的危险，如张国焘。过去一切犯过错误的同志，只要改正错误，都能团结一起工作。

8月30日，毛泽东在中央政治局会议上，再次批评王明1941年进中央医院前在书记处会议上说中央路线是错误的意见，强调蒋介石集古今中外反革命的大成，是封建买办的法西斯主义，我党的反国民党反动派的宣传还可进行四个月，直到国民党向我有所表示时方可停下来。

毛泽东为什么在这个时候公开批评王明，而且上纲上线，毫不留情，情绪十分激动？主要原因无外乎两个方面：一是整风运动在思想清洗和组织清洗相结合之后，加上国民党持续反共，使得中共彻底纠正以王明为代表的把马克思主义教条化、把苏联经验和共产国际指示神圣化的错误倾向的思想斗争迅速"白热化"。二是王明本人顽固坚持错误路线、拒不承担责任，并且指责毛泽东执行的中央路线是错误路线，这也是最直接最主要的原因，使得毛泽东再也忍不住了，不得不改变对王明的宽容态度。

1943年的"九月会议"就是在这样的历史背景下召开了。而这一历史背景反映到中共党内对以王明为代表的"左"、右倾错误倾向的批评，在基本方向和内容上无疑是正确的，但在言辞上要比1941年"九月会议"尖锐得多，涉及的人也更多。在这样的气候、土壤下，整风运动的确是一方面很民主，一方面很紧张。

"九月会议"是从9月7日开始的，原来准备只开5次会议，隔一天开一次，但后来改变了计划，使整风检查与党史学习穿插进行，断断续续地一直开到年底，实际上直到1944年5月21日六届七中全会召开时才算完全结束检查。参加这次"九月会议"的政治局委员和候补委员有毛泽东、刘少奇、任弼时、朱德、周恩来、陈云、康生、彭德怀、洛甫、博古、邓发，共11人。王明、王稼祥、凯丰因病未参加。列席者有李富春、杨尚昆、林伯渠、吴玉章、彭真、高岗、王若飞、李维汉、叶剑英、刘伯承、聂荣臻、贺龙、林彪、罗瑞卿、陆定一、孔原、陈伯达、肖向荣和胡乔木，共19人。

"九月会议"共分为三个阶段。第一阶段从9月7日至10月6日。在9月7日、8日、9日三天，博古、林伯渠、叶剑英和朱德先后发言，他们对抗战以来王明的右倾错误作了严肃的批评和自我批评。

博古在发言中进一步作了自我批评。他说：抗战时期党的路线问题，我同意毛主席提出有两条路线，一条是毛主席为首的党的正确路线——布尔塞维克路线；一条是王明在武汉时期的错误路线——孟什维克的新陈独秀主义。这条路线，只看见国民党抗战的一面，忘记了它反动的一面，只看见并夸大它变化的方面，忘记了它不变的方面；对八路军，不敢大胆深入敌后，不敢大胆扩充，华中、华南失去许多机会；对根据地，不建立政权，一切要合国民党的法；对国民党不敢批评；对抗战，强调运动战，忽视游击战，对持久战基本观点是不同意的。

针对王明把错误的责任都推给博古，毛泽东在会上插话指出：内战时期的错误路线，第一个是王明，第二个是博古。王明是这个路线理论的创造者与支持者，博古等是执行者与发挥者。

林伯渠批评王明是"洋共"，引用了许多马、恩、列、斯的话来欺负我们许多"土共"；他是"洋钦差"，硬搬外国经验来指导中国革命。

叶剑英在发言中谈到了与国民党的关系，他指出：我们主要做一篇半文章，即进行民族民主革命的半篇文章，与社会主义的一篇文章。国民党只做半篇文章，对抗战也是想半途而废的，因此我们要同国民党进行斗争。在处理与国民党的关系上，王明是身在毛营心在蒋，不能不犯投降主义错误。

朱德结合中国共产党领导革命20年的历史，批评抗战以来王明右倾路线错误的实质是"不要领导权，投降大地主大资产阶级"。具体说来，就是不要政权，不要枪杆子，不要游击战争，不了解中国革命的特色就是靠游击战争来发展我们的力量；对党内，是站在共产国际的立场来指挥中央，党内关系也采取统一战线一打一拉手段，因此，形成对外一切服从、对内"独立自主"的特点。他还对新老陈独秀主义进行了比较，相同点有5个：一是都不要革命的领导权，甘愿让给资产阶级；二是不要武装力量，又幻想革命成功，这完全是空想；三是看不起无产阶级自己的力量，而把资产阶级的力量看得很强大；四是忽视游击战争，陈独秀也骂红军是土匪；五是怕统一战线破裂，打烂家当，其实无产阶级是没有家当的，有家当的是资产阶级，怕打烂就会产生投降心理。两者的不同是，王明有共产国际招牌，穿上马列主义的外衣，把人吓住了，老陈独秀主义则是反共产国际的。

在9月13日的会议上，康生首先发言。他一是攻击王明，二是吹嘘自己。康生说，第一，要用历史的方法来检讨王明的投降主义，不能孤立地看他抗战时期的问题，还要联系十年内战时期来找王明主义的来源。他说：过去我们说，"左"的路线应从1931年9月20日决议起，现在看来要重新考虑，因为王明是在四中全会之前就有一个从中国革命根本问题起的比立三"左"的机会主义纲领——《为中共更加布尔塞维克化而斗争》的小册子。1940年，他不经中央同意，又将这本书印发到延安及各根据地，使许多新干部、新党员误以为他是反立三路线的英雄。我花了两天时间读完这本书，发现这是一个大骗局。王明是扩大"立三路线"更加孟什维克化，因为他不是反立三路线的"左"倾机会主义，而是反对立三的右。王明比"立三路线"要"左"得多，要从1930年的小册子算起，这是代表"左"的纲领。第二，要联系实际工作中造成的恶果来检讨。康生说，王明不仅是几篇文章的问题，还有长江局、东南局的领导路线，并影响到华北，这就是要求长江局的同志应当对这些情况多多揭发。第三，要用自我批评的方法来进行。康生批评博古讲话抽象，不揭发具体事实是不对的，而且博古自我批评精神不够。同时，康生自我吹嘘：在共产国际时期，王明说我要篡他的位，我哪敢？事实上矛盾是有的，政治上虽然跟他走，但组织上不愿与他同流合污。回国后，有组织上的阴谋，我是知道的，他想抓军队。我与王明的关系，如他得势是十年也说不清的。他派了人来侦查我。抗战以来，我在毛主席教育下，没执行王明投降主义路线，真是一个幸福。但假如将来换一个环境，遇到一个不是王明，而是李明，是否受蒙蔽？这可是要常想到的一个问题。

值得一提的是，康生曾是王明的追随者和忠实助手，在1935年8月共产国际召开的第七次代表大会的宴会上，带头举杯高呼："王明同志万岁！"并借机提议拥护王明当中共中央总书记。可当王明在整风运动中逐渐失势没落之时，康生竟然要把"叛徒""特务"的帽子戴到王明的头上，以此与王明划清界限，势不两立，讨得毛泽东的欢心。对此，毛泽东是清醒的，坚决不同意。他对康生说，思想问题、路线问题，认识就好，王明是有代表性的，不能乱整。

当年以中央政治局秘书列席会议的胡乔木晚年分析认为，康生的发言含有严重错误，有些问题混淆了错误的性质，并且对后来的会议进程发生了较大影响。尤其是康生提出的王明的小册子这个问题，就受到毛泽东的重视。毛泽东在第一阶段会议的最后一天（10月6日）说：这次"九月会议"是有收获的，以前许多同志未注意的问题引起了注意，如王明的《为中共更加布尔塞维克化而斗争》一书。现在康生、少奇、恩来等议论，四中全会是错误的，此事大家可以研究。

这一天，毛泽东着重讲了"两个宗派"问题——"教条主义的宗派主义"和"经验主义的宗派主义、山头主义"。对教条主义宗派，毛泽东点名批评王明、博古，说他们是"钦差大臣满天飞"，利用四中全会来夺取中央的权力，打击许多老干部，拉拢一些老干部，凭着"国际"招牌统治中央三年又四个月，党政军民学，东西南北中，无处不被其毒。教条宗派只有罪恶无功劳，超过了李立三、陈独秀。王明有何功劳？四中全会已被揭穿，《八一宣言》还能考虑。洛甫在广昌战役后有转变。在长征途中，稼祥、洛甫从这个集团中分化出来了。遵义会议改变了军事路线，撤了博古，书记换为洛甫。遵义会议以后、抗战以后，原来教条宗派有的同志还有宗派活动。从1937年十二月会议到1938年六中全会，在武汉时期形成两个中央，造成党内危机。对经验主义宗派，毛泽东点名批评张国焘是经验宗派中的邪派人物，不打碎是危险的。在两个宗派中，教条宗派是主要的，穿了马列主义外衣，利用"国际"名义来称雄吓人，与经验宗派中的不正派的人结合起来，危害最大。对王明、博古、洛甫这些同志要"将军"，要全党揭露。说是不对的，还要把一切宗派打垮，打破各个山头，包括其他老干部、新干部。我们只"整"思想，不把人"整死"，是治病救人，做分析工作，不是乱打一顿；对犯错误同志还是要有条件地与他们团结，打破宗派主义来建设一个统一的党。毛泽东还就开会的方法提议：先用一周到十天研究文件，允许交头接耳、交换意见；要提倡展开批评与自我批评，火力不够，不能克"敌"制胜。

毛泽东的这次发言，胡乔木认为确实"有一些过激之词，有些批评也很不恰当。但在当时不可能表示异议"。而毛泽东的这个发言实际上也为1943年"九月会议"的中央领导层整风定下了基调，整风的内容和方式也因此与1941年的"九月会议"发生了变化，犯错误的同志都按照这个思路进行检讨，其他同志也按照这个思路展开批评。毛泽东提出教条主义和经验主义是主观主义在党内的两种具体形态，是正确的，对其中一些过激的话，他自己不久做了纠正。如两个宗派的问题，在扩大的六届七中全会上，肯定了毛泽东的提议："在党的历史上曾经存在过教条宗派和经验宗派，但自遵义会议以来，经过各种变化，作为政治纲领与组织形态的这两个宗派，现在已经不存在了。"[4]

因为要等彭德怀等前方负责人回延安，"九月会议"就暂停下来。9月30日和10月5日，中央书记处先后两次开会，研究党史问题和拟定党史学习计划。决定毛泽东仍担任中央总学委主任，刘少奇和康生为副主任，胡乔木担任秘书。

10月6日，在"九月会议"第一阶段最后一次会议上，毛泽东还作了关于学习党的路线的发言。毛泽东先通报了书记处会议关于整风检查暂停，高级干部先行学习的决定。他充分肯定了这次会议取得的成绩，并且说：整风学习的目的是打碎两个宗派，教条宗派是头，经验宗派是脚。"这些宗派并无组织系统，但有思想方法、政治路线为纲领。打的方法即是改造思想，以马列为武器，批判自己，批判别人。"教条宗派是经验宗派的灵魂，故克服前者，后者再加马列，事情就差不多了。要发展自觉性，也要适当地将军，内力外力合作，才会有成效。对时局问题，他说：今年国民党搞了第三次反共高潮，"我们的方针是后发制人，不为戎首"。国民党十一中全会和国民参政会骂了我们八个字"破坏抗战，危害国家"，又拉了一下"政治解决"。我们"从今天起，对国民党的揭露在《解放日报》一律停止，但阶级教育、反特务斗争继续进行"。[5]他再次强调，斗争的性质是两条路线的斗争，错误的路线以米夫、王明、博古为首。书记处提议，在整风期间，凡参加学习者，人人有批评自由；对任何人、任何文件、任何问题都可以批评。我们希望各人扩大自己头脑中的马列根据地，缩小宗派的地盘，以灵魂与人相见，把一切不可告人之隐都坦白出来，不要像《西游记》中的鲤鱼精，吃了唐僧的经，打一下，吐一字。只有内力、外力合作，整风才会有效。

在毛泽东讲话之后，康生报告了学习计划。随后，刘少奇、朱德和周恩来相继发言。

刘少奇着重谈党内斗争传统问题。他强调，首先要有自我批评的空气，特别是中央负责同志应该有这种精神准备，随时接受干部和群众的监督与批评；其次，批评只准明枪，不许暗箭，彼此挑

[4] 金冲及：《毛泽东传（1893—1949）》，中央文献出版社2004年版，第684页。

[5] 金冲及：《毛泽东传（1893—1949）》，中央文献出版社2004年版，第685页。

拨也是不对的；最后，发言一律称同志，不称首长，以利争论的展开。党内历史有许多不清楚的，要组织几个报告，要留下些文件给后代。

从井冈山时期起就和毛泽东一起患难与共的朱德，在中共党内德高望重，与毛泽东有着"朱毛不可分"的关系。他说，王明的教条主义、投降主义现在看来很明显，他们只知道外国，不知道中国。现在看清楚了，我们也要外国，也要中国，从实际出发都对，从教条出发都错。毛主席办事脚踏实地，有魄力、有能力，遇到困难总能想出办法，在人家反对他时还能坚持按实际情况办事；同时他读的书也不比别人少，并且他读得通，能使理论实际合一。实践证明，有毛主席领导，各方面都有发展；照毛主席的方法办事，中国革命一定有把握胜利。

三年来一直在大后方工作的周恩来是第一次参加政治局整风会议。8月2日，他在中央办公厅举行的欢迎他回延安的大会上说："没有比这三年来事变的发展再明白了。过去一切反对过、怀疑过毛泽东同志领导或其意见的人，现在彻头彻尾地证明其为错误了。""我们党二十二年的历史证明：毛泽东同志的意见，是贯串着整个党的历史时期，发展成为一条马列主义中国化，也就是中国共产主义的路线！""毛泽东同志的方向，就是中国共产党的方向！毛泽东同志的路线，就是中国布尔什维克的路线！"此后，周恩来在会议中多次发言，一边汇报南方局三年工作，一边检讨自己过去工作中的错误。周恩来还在9月16日至30日的半个月时间内写了4篇长达5万多字的学习笔记。在这天的会议上，周恩来系统回顾了党的历史，分析了党成立以来几次出现路线错误的国际原因和社会根源。他说，在这几次错误中，王明的教条更完备，还有"国际"的帽子，又有米夫做后台，这样才在中央占了统治地位。[6]

会议结束时，毛泽东作小结又谈了两点意见：第一，团结问题。他说：我们是要团结的，但办法是要大家觉悟起来，犯路线错误或犯个别错误的同志觉悟起来，弄清路线的是非，是达到真正团结的基础。真正要团结就要展开批评，掩盖分歧的人就是不要团

[6] 金冲及：《毛泽东传（1893—1949）》，中央文献出版社2004年版，第686页。

结。整风是一个大的自我批评，就是以斗争求团结。毛泽东说："我们是要把党斗好，不是斗翻，只要不把党斗翻，言论一概自由。这样做的目的就是为了对付国民党。"第二，党内斗争的方法。他说：这次整风要避免党的历史上的错误斗争方法。"过去党内斗争没有解决思想问题"，现在的斗争还是继续整风的精神，贯彻以马克思主义自我批评方法来惩前毖后，治病救人。毛泽东的这两条意见消除了一些同志的思想顾虑，使中央高层的同志更加明确了中央整风的目的和要求、政策和方法。

"九月会议"第一阶段结束后，中央总学委组织一般干部进行人生观的学习。随后，毛泽东对王明右倾错误的批评由和风细雨变成了疾风骤雨。

10月14日，毛泽东在西北局高干会议上作报告，第一次在比较大的范围公开点名批评了王明的错误倾向。他结合过去在政治局会议上的发言，对王明右倾错误的特点作了概括。他指出：我们党已经有22年三次革命的经验，不能再容许王明路线占领导地位了。他把抗战初期王明右倾错误的特点概括为四条：一是以速胜论反对持久战；二是以一切经过统一战线反对独立自主；三是军事上反对游击战，主张运动战；四是组织上闹独立性，不服从中央，闹宗派主义。这是一条投降主义路线。这条路线在1938年时曾危害过党，全党各地差不多都受了影响，直到六中全会才在政治上克服了。

在这次会议上，毛泽东还揭露："王明最近两年，一面养病，一面还做破坏活动，向一些同志讲怪话，批评中央不对。我们要有对付党可能发生破裂的准备。"

"九月会议"第二阶段是在一个月后的11月13日开始的。在毛泽东作了动员讲话之后，13日，博古作了第二次检查；14日，罗迈（李维汉）作了检查；21日，洛甫作了检查；27日，周恩来作了检查。

在11月13日的讲话中，毛泽东严厉批评了王明宗派，指出：现在的中央并不是六大选的，而是四中全会、五中全会选的。王明的宗派控制了"中央码头"。王明宗派中最主要的人物，在政治上以"左"倾为外衣，用"国际"旗号，用马列招牌，欺骗了党十多年，现在要揭破这个大欺骗。遵义会议为什么不能提出路线问题？就是要分化他们这个宗派。这是我打祝家庄实行内部分化的一幕。当时仅仅反对军事上的机会主义，实际上解决了政治路线问题。因为领导军队的权拿过来了便是解决政治路线。如果当时提政治路线，三人团便会分化。在前年"九月会议"前没有在党内讲王明路线错误，也是大多数人还不觉悟，等待一些同志是需要的。接着，毛泽东还进一步评论了一些中央领导同志的功过与在重大事件和重要关头的表现，认为有的是一贯犯错误，有的只有个别错误，有的是不断犯错误又改正错误，有的则长期坚持错误；有的功大于过，有的有功有过，有的有过无功。他强调整风与审干要经过分析与综合才能得出正确结论。有许多同志在工作中是老练的，但在马列主义方面是幼稚的，这是犯错误的一个认识原因。他要求犯错误的同志宁可把问题看得严重些，不要光是解释，这样才能认识错误，前途才光明。他说："所有经验宗派的人，与教条宗派是有区别的，大多数是被欺骗的，不觉悟的。他们常常被教条宗派利用'共产国际''马恩列斯'的外衣和威逼利诱所蒙蔽，所迷惑。"

《毛泽东年谱》非常清楚地记叙了毛泽东在这次会议上的发言，继续批评王明在十年内战时期的"左"倾机会主义错误和在抗战初期的右倾机会主义错误。毛泽东在发言中说：遵义会议以后的路线和遵义会议以前的路线，是马列主义和非马列主义的区别。遵义会议前被诬为机会主义者的，今天已变为主要领导者。但这个"码头"仍是四中全会、五中全会选出的中央。这是一个矛盾，已经忍耐了多少年，从前年"九月会议"到现在又忍耐了两年，我还要求同志们再忍耐一下，不忙解决这个问题。遵义会议只集中解决军事路线，因为中央在长征中，军事领导是中心问题。当时军事领导的解决差不多等于政治路线的解决。1937年十二月会议时，由于王明的回国，进攻中央路线，结果中断了遵义会议以后的中央路线。十二月会议我是孤立的，我只对持久战、游击战为主、统一战线中独立自主原则是坚持到底的。六届六中全会，我对王明的"一切经过统一战线"等是作了否定的结论的，但当时没有发表。六中全会的很好的条件是王稼祥带回了共产国际的指示。前年"九月会议",提到抗战时期党的路线问题,王明坚决不承认路线错误。我说不说路线错误也可以,但有四个原则错误,即(一)速胜论,(二)运动战,(三)对国民党只要团结不要斗争,(四)组织上闹独立性。但王明仍不承认,不久来了反攻,说他的路线是正确的,中央路线是错误的。对具体问题进行具体分析是马列主义的灵魂。有许多同志喜欢作总结,而不喜欢分析问题。综合是分析的结果,分析是综合的手段。统一的东西必须经过分析,发现问题,暴露问题,分析问题,才能有正确的结论。洛川会议我提出抗战后主要危险是右倾,大家都没有了解。在革命中,资产阶级采取暴力政策,革命队伍容易出"左"倾机会主义;资产阶级采取改良政策,革命队伍容易出右倾机会主义。蒋介石在他的阶级敌人面前是警觉、坚定、明确的,每个共产党员都要学习这一点,他是阶级政治家。大革命时,我们第一个失败的关键是国民党第二次全国代表大会。当时我主张反击,因我们有三分之一,左派三分之一,其他三分之一,左派很赞成,结果我们自动退却。《联共党史》上很少提"路线"二字,中国同志就喜欢咬此二字,以后少用为好。[7]

不过,毛泽东在发言中再次强调:"我们的目的是揭发路线错误,又要保护同志,不要离开这个方向。"

紧接着,博古作了第二次检查。他首先表示,在教条宗派中,除王明外,他是第一名;在内战时期,他在国内是第一名;抗战时的投降主义,以王明为首,他是执行者和赞助者。

11月27日,周恩来在会上作整风检查。参加中共中央核心领导时间最长、资格最老、了解情况最多的周恩来,从11月15日就开始准备发言提纲。这份提纲长达两万字,分为"自我反省"和"历史检讨"两大部分,以"历史检讨"为主线,从大革命后期的中共五大讲起,是整个会议中讲得最细、检查时间最长的发言,可谓是1927年以来的中共党史报告。周恩来说,王明路线的本质是:党外步步投降,党内处处独立。在形势的估计上,是速胜论、外援论;战略思想上是外援论、唯武器论;在统战工作上是投降主义,中心

[7] 中共中央研究室编:《毛泽东年谱(1893—1949)》(修订本)中卷,中央文献出版社2013年版,第480—481页。《联共党史》即《联共(布)党史简明教程》。

是放弃领导权，取消阶级教育和党的独立宣传；在党的关系上是把党作为私人工具，取消党的正确领导，与延安中央闹独立性，准备使"武汉中央化"。归纳起来，这就是"抗战中的机会主义，统战中的投降主义，党的问题上的取消主义，故本质上是较老陈独秀主义坏得多了"。周恩来在讲话中还详细检查了自己的错误，既高度概括又具体详细，既具体问题具体分析又不以偏概全，非常有说服力。后来他自己说：做了20多年工作，就根本没有这样反省过。

40年后，亲历者胡乔木认为，第二阶段的会议有些同志对张闻天和周恩来的整风检查意见有偏激之词，造成了会议的紧张气氛，尤其在康生不断地煽风点火、推波助澜之下，这个阶段的政治局会议气氛十分紧张，不仅是红红脸、出出汗、洗洗澡，而且"火药味"比较浓。

王明在杨家岭的家中养病，始终没有参加会议。11月29日，中共中央委托李富春找王明谈话，传达"九月会议"的精神。李富春告诉王明：中央即将召开七大，正组织各级干部700人学习讨论党的历史问题；同时，中央政治局正在开会讨论六大以来党的路线问题，特别是教条主义宗派的错误，包括王明的错误问题，希望他认真作出检讨。

12月1日，由妻子孟庆树代笔，王明本人签名，给毛泽东并中央政治局诸位同志写了一封信。他在信中说："现在因病不能参加会议和学习，很觉难过。""中央所讨论的关于我的主要的是哪些问题，我还不知道。等我得到中央的正式通知后，我将尽可能的加以检讨。"他写道："关于过去已经毛主席和中央书记处同志指示我的错误和缺点问题，虽然我现在没有精力详加检讨和说明，但我认为有向此次政治局会议作原则上的明确承认之必要。"在这封信中，他承认1941年9月底10月初时，同毛主席讲的关于国共关系和中央抗战路线问题的那些意见都是错误的。"现在我再一次地向中央声明：我完全放弃我自己的那些意见""一切问题以党的领袖毛主席和中央大多数同志的意见为决定""我很感谢毛主席和中央各位同志提出我的这些错误和缺点，使我有可能和我的这些错误和缺点作斗争"。他还表示:"在毛主席和中央各位同志的领导和教育之下,我愿意做一个毛主席的小学生,重新学起,改造自己的思想意识,纠正自己的教条宗派主义错误,克服自己的弱点。"

12月初,中央总学委发出了关于学习《反对统一战线中的机会主义》的通知。这个文件摘录了季米特洛夫、曼努伊尔斯基等共产国际负责人反对统一战线中的机会主义等有关论述,旨在认识统一战线与投降主义的严格区别及反对统战工作中的右倾错误的必要性,提高贯彻执行毛泽东关于民族统一战线的思想的自觉性。12月下旬,中央书记处第一次以中央文件的名义发出了关于研究王明、博古宗派机会主义错误的指示,要求各中央分局在所属地区组织100到200名高级干部学习两条路线的有关文件和《反对统一战线中的机会主义》的辑录,把整风运动引向深入的高级阶段,为将来的七大讨论历史做准备。

在这份文件中,对王明路线问题的表述是十分严重的,即:"王明的投降主义,实质上是国民党在共产党内的代表,是大地主大资产阶级在无产阶级队伍中的反映",是帮助国民党、瓦解共产党的腐蚀剂。这等于将毛泽东7月13日在中央政治局会议上对王明的批评以中央文件的名义进行了法律上的定性。同时,中央政治局发出指示,对王明抗战时期的主要错误作了进一步概括:一是主张速胜论,反对持久战;二是迷信国民党,反对统一战线的独立自主;三是主张运动战,反对游击战;四是在武汉形成事实上的第二个中央,并提倡党内闹独立性,破坏党纪军纪。但是,通知要求在一般干部中目前不传达这些内容,但应使党员和干部明白,自遵义会议以来,以毛泽东同志为首的中央领导路线是完全正确的,一切对于这个路线的诬蔑都是错误的,现在除了王明、博古以外,一切领导同志都是团结一致的。现在我们党已成了中国民族解放战争的核心力量,全党同志均应团结在以毛泽东同志为首的中央的周围,为中央的路线而奋斗!

七大代表、时任晋察冀军区第四军分区副政委王宗槐回忆说:"学习中,大家对'左'、右倾错误进行分析批判,着重揭露以王明的教条主义为特征的'左'倾错误。记得有一次党校一部在校务部前面的坪子里开会,孔原、王盛荣、朱理治等发言,揭露王明1930年反立三路线,不仅没有纠正'左'倾,反而越反越左。有一次在杨家岭开大会,许多同志发言揭发王明的宗派主义错误。王明的老婆孟庆树也上台揭发,说着说着哭了。毛主席劝她,莫要难过,好好讲。"[8]

时任中共中央秘书处处长刘英回忆说:"有一次,中央机关干部会上对王明揭发批判,王明没有到场,其夫人孟庆树参加了。听了许多同志的发言以后,孟庆树跑到台上去发泄不满,说大家对王明的批评是诬蔑,提出用担架把王明抬来,让他澄清事实。她在台上叫嚷了一阵,没有人理睬,跑下台来,又往毛主席膝上一扑,痛哭流涕,口口声声要毛主席主持公道。那天开会,我就坐在毛主席旁边,看到毛主席一动不动,知道这一回毛主席下了决心,对王明不再迁就了。两年前王明拒不承认错误而称病时,毛主席是把对王明'左'、右倾错误的直接批判暂时搁置起来的。对王明的右倾错误的集中批判进行了个把月,接下来就是高级干部和七大代表学习和讨论党的历史和路线是非,通常把它称为学习和讨论两条路线。这是整风运动的深入与提高。参加学习讨论的有七百多人。我是七大正式代表,也参加了。"[9]

至此,关于抗战时期党的路线问题的学习和讨论,以及对王明右倾错误的批判,实际上已在全党高级干部范围内逐渐展开了。而经过第一阶段和第二阶段的会议,中央政治局在政治上、思想上和行动上已经取得了一致。毛泽东觉得中央政治局整风应该转入对整风进行总结和对党的历史问题作出正确结论的阶段了。

与此同时,毛泽东也开始认识到前面两个阶段存在一些过激或过火的问题,应当加以纠正。因此在1943年底到1944年初,中央政治局整风会议暂停了一个段落。按照计划,到1944年4月底前,1000多名干部开始集中学习7本书,即:《共产主义运动中的"左"派幼稚病》《社会民主党在民主革命中的两种策略》《共产党宣言》《社会主义从空想到科学的发展》《联共(布)党史简明教程》和《两

[8] 中共中央党史研究室第一研究部编:《七大代表忆七大》(上),上海人民出版社2006年版,第433页。

[9] 中共中央党史研究室第一研究部编:《七大代表忆七大》(上),上海人民出版社2006年版,第46页。

条路线》上下册。中央要求参加学习的干部必须认识到，中国22年来无产阶级领导的人民大众的反帝反封建的革命运动是轰轰烈烈的，只有在某些关节时，某些领导人犯了错误，使革命受到损失；要把各个时期的历史关节与轰轰烈烈的革命运动作普遍宣传。

读史可以明智，读史可知得失。

整风的目的就是搞清历史，丢掉包袱，开辟未来。毛泽东说：如果不把党的历史搞清楚，不把党在历史上所走的路搞清楚，便不能把事情办得更好。经过9月以来的紧张学习和对错误路线的深入批判，高级干部中对党的历史上的路线是非已能看清。但是又出现一些新的偏向。有些过去受过错误打击的干部对那些犯了"左"倾错误的干部也进行过火斗争，使有些人在毫无思想准备的情况下被揪上台去交代问题，有的甚至被轰出会场，一度造成十分紧张的气氛。对党史中的一些重要问题还存在严重争议，主要是：王明、博古等属于党内问题还是党外问题？临时中央和五中全会是合法的还是非法的？怎样处理思想要弄清和结论要宽大的关系？对六大如何估价？党内的宗派是否还存在？对这些问题，毛泽东非常重视。历史经验告诉他，如果这些问题处理不好，还会重复过去犯过的错误，党内也不可能实现真正的团结与统一。[10]

又是一年春草绿。1944年开春后，中央的整风会议继续进行。

2月24日，中央书记处会议就上述党的历史上有争议的问题进行了讨论，统一了认识：一是王明、博古的错误应视为党内问题；二是临时中央与五中全会因有"国际"承认，应承认是合法的，但必须指出合法手续不完备；三是学习路线时，对于历史的思想问题要弄清楚，对结论必须力求宽大，目前是应该强调团结，以便团结一切同志共同工作；四是在学习路线时，须指出六大基本方针是正确的，六大是起了进步作用的；五是对四中全会到遵义会议时期，也不采取一切否定的态度，凡做得对的，也应承认它。

2月26日，周恩来到杨家岭找王明谈话，系统地指出了他应该反省的问题，希望他认真检查自己的错误。王明和周恩来共事多年，对周应该是比较信任的。当他得知中央对他的错误问题作出的结论

[10] 金冲及：《毛泽东传（1893—1949）》，中央文献出版社2004年版，第689页。

后，他感到难以理解。

第二天，经过复杂的思想斗争之后，王明致信周恩来，感谢周给了他"如何反省问题的宝贵的启示"，同时又很不服气地提出一系列问题，"以供你下次来我处谈话时更便于给我以指示"。他在信中说：

（一）关于四中全会至9月20日决议期间的路线错误问题，我有下列两点，请你考虑给我解释：（1）为什么四中全会决议及9月20日决议是路线错误？其具体内容如何？（2）即假定为路线错误，为什么这是所谓王明路线？因为我总不是此时期重要决议的起草人……同时，也不是这一时期党的主要负责人……当然，我并非推卸责任。我认为从四中全会我当选为中委和政治局委员后，我对中央通过的任何决议，都有政治上和道义上的责任，而那些由我看过和同意通过的文件，如其中有错误缺点，更应负一个政治局委员应负的责任。

（二）关于在莫斯科作代表时期的工作——我自信虽在个别问题上有错误缺点，决无大过……此部分问题，虽中央不准备作结论，但我必须反省和说明清楚。

（三）关于十二月会议及武汉时期的问题——中央虽暂不作结论，但我认为和中央谈清楚，弄清是非，使我了解真实而具体的错误何在，对党的政策了解，对我的教育只有好处。[11]

[11] 周国全、郭德宏：《王明评传》，安徽人民出版社2014年版，第431—432页。

最后，他说"深信在毛主席所坚持的调查研究实事求是的作风及现在强调的全党团结精神领导下，党会弄清一切问题的是非真相的"，请你再抽时间来和我谈一次。

3月2日，周恩来将王明写的信送交中央领导人传阅，并指出王明"还是站在个人利害上来了解问题"。

3月5日，毛泽东主持政治局扩大会议，作关于路线学习、工作作风和时局问题的长篇讲话，并对2月24日中央书记处会议就中共

党史上有争议问题达成的共识,再次进行了具体阐述。他明确指出:

（一）党内党外问题。在去年党的路线学习中,有部分同志对王明、博古同志的错误怀疑是党外问题,现在确定是党内问题。

（二）合法与非法问题。过去有同志认为临时中央和五中全会是非法的。现在……对临时中央共产国际来电批准过,五中全会也经过共产国际的批准,根据这一点应当说是合法的,但选举手续不完备……四中全会得到共产国际和中央的承认,这在形式上是合法的,但政治内容是不好的……

（三）弄清思想与结论宽大问题。我们自整风以来就是"治病救人"的……我们要强调产生错误的社会原因,不要强调个人问题,因此我们的组织结论可以宽大些。这个方针现在就要宣传解释,使同志们了解实行这个方针的必要。思想要弄清,结论要宽大,对党才有利……对抗战时期的问题也许不在七大作结论。七大只作四中全会到遵义会议一段历史的结论……

（四）不要否定一切。对四中全会到遵义会议这一段历史,也不要一切否定。当时我和博古、洛甫同志在一起工作,有共同点,都要打蒋介石,分歧点就是如何打蒋介石,是策略上的分歧……如果把过去一切都否定,那就是一种偏向……

（五）对六大的估计……我认为六大的路线基本上是正确的……

（六）党内的宗派问题现在是否还有……经过遵义会议……现在是没有这个宗派了……现在比较严重的是山头主义……

毛泽东把中共党史上最有争议的6个问题都讲得明明白白,拿出了实事求是的结论性意见。这很不容易！毛泽东的这个讲话，实际上是对中央政治局整风会议上关于中共党的历史问题的讨论作了明确的总结，对全党的团结和巩固起了重要作用。与会者都十分赞同，无不佩服毛泽东的伟大胸怀和雄伟格局。

胡乔木对毛泽东的这个讲话评价很高，认为"让犯过错误的同志解除了思想包袱，未犯错误的同志也对一些历史问题有了正确的看法"。

邓力群说："一批人解脱了，许多人心服了，大家心里的石头都落了地。"

但王明心中的石头并没有落地。

4月12日，毛泽东应邀到中共中央西北局高级干部会议上发表关于学习问题与时局问题的演讲。会上，毛泽东传达了中央政治局关于历史问题的结论，强调研究历史经验的正确态度是：既要使干部对于党内历史问题在思想上完全弄清楚，又要对于历史上犯过错误的同志在作结论时采取宽大的方针；不要着重于一些个别同志的责任方面，而应着重于当时环境的分析，当时错误的内容，当时错误的社会根源、历史根源和思想根源；对于人的处理问题取慎重态度，既不含糊敷衍，又不损害同志；对于任何问题取分析态度，不要否定一切，尽量避免作绝对肯定或绝对否定的简单结论。

后来，中央把毛泽东的这次讲演与5月20日在中央党校第一部所作的报告（即《放下包袱，开动机器》，本节开头已经叙述），合并为《学习和时局》一文，在这年7月份发给八路军总部、各中央局、中央分局等学习讨论。

5月10日，在毛泽东讲话的精神指导下，中央书记处决定成立党内历史问题决议准备委员会。这个准备委员会由任弼时召集，刘少奇、康生、周恩来、张闻天、彭真、高岗为成员，后来博古也参加进来。同时还分别组成了军事问题报告委员会、组织问题报告委员会、统战工作报告委员会，并决定5月20日左右召开六届七中全会，为七大做准备。这标志着中共中央高级干部的整风和党的历史问题的讨论进入了最后的总结阶段。

至此，从1941年"九月会议"开始，经1943年"九月会议"深入开展的中央领导层的整风运动，历经两年八个月结束了。它也宣告从1941年5月毛泽东作《改造我们的学习》报告开始的全党整风运动进入尾声。1945年4月讨论通过《关于若干历史问题的决议》，对党的历史上若干重大问题作出正式结论，标志着整风运动全面结束。中国共产党人在经过艰难困苦的打拼，克服来自内外的各种磨难之后，以一个全新的面貌在陕北的黄土高原上拔地而起，并成为中华民族寻求独立自由的中流砥柱。

延安整风运动为什么会发生？整风运动到底起了什么历史作用？海内外学者对此莫衷一是。作为亲历者，胡乔木认为，整风运动解决了"一切从实际出发的问题"，确立了毛泽东思想在中共的指导地位。他说："整风为什么会产生？要从整个历史背景、党的历史背景来说明。要解决一个从实际出发的问题。对立面就是从教条出发。从教条出发，关键是从共产国际的决议、指示出发。中国革命要依靠中国共产党人根据中国情况来做工作，来解决问题，这是一个总的原则。"胡乔木晚年非常冷静地说："整风运动，一方面很民主，一方面又很紧张。让我给整风打分，我不会打100分。"[12]但毫无疑问，"整风运动是一次深刻的马克思主义思想教育运动，收到了巨大的成效。它坚持马克思主义同中国实际相结合的正确方向，使实事求是的马克思主义思想路线在全党范围内深入人心。这是加强党的建设伟大工程的一大创造。通过整风运动，实现了在以毛泽东同志为核心的中共中央领导下全党新的团结和统一，为抗日战争的胜利和新民主主义革命在全国的胜利，奠定了重要的思想政治基础。"[13]

历史好像是一架望远镜，距离越远，似乎越神秘，也似乎越清楚。如何研究中国党史呢？毛泽东提倡用"古今中外法"。如何来评述延安整风运动，我们不妨也换一个视角，看看当年国民党眼里的延安整风运动又是一个什么样子？

1942年2月初，毛泽东发表《整顿学风党风文风》和《反对党八股》两个报告后，立即引起国民党的高度关注。2月26日，国民

[12] 胡乔木:《胡乔木回忆毛泽东》（增订本），人民出版社2014年版，第70页。

[13] 中共中央党史和文献研究院著:《中国共产党的一百年》，中共党史出版社2022年版，第250页。

党中宣部机关刊物《中央周刊》就发表了题为《毛泽东底"三风主义"》的文章，给予报道和评论。其中，叶青所写的《毛泽东底三风运动》，以他们一贯关注派系之争的思维模式，比较集中地反映了当时国民党对延安整风的普遍看法。他这么写道："很明白的说……这是共产党内毛泽东派与陈绍禹派斗争的表现。必须知道，共产党在陈独秀派开除，李立三派到台，罗章龙派失败以后，只有毛泽东派和陈绍禹派之存在……毛泽东的整顿三风，特别是在学风和文风方面含有打击陈绍禹的意思，并且非常明显。……我以为毛泽东对于陈绍禹们的反对是很有力的。陈绍禹们在共产党内纵还可以苟延残喘，亦必遍体鳞伤。所以毛泽东底三风运动，对于共产党虽不能解决问题，对于他自己则颇能解决问题。他必然压倒'理论家'的陈绍禹们而成为党中唯一的最高领袖。"平心而论，这种观点虽不无偏差，却也在一定程度上体察到了整风运动的用意，即用马克思主义中国化来反对王明等人的教条主义、宗派主义和党八股。

事实正是如此，国民党对延安整风的态度大体上也经历了一个从诋毁到借鉴的转变过程。尤其是蒋介石本人对延安整风更是给予了长期的关注，并极力主张借鉴其经验以改变国民党的面貌。在1947年9月9日召开的国民党六届四中全会上，国民党中央居然印发了中共延安整风的《关于调查研究的决定》《关于在职干部教育的决定》和《关于增强党性的决定》等三个文件作为学习材料。会上，蒋介石还费尽口舌地指出："我们各级干部，必须把他们这一运动的内容和办法作为研究的中心资料，探讨他们的战斗技术，用他们的方法再加以切实的整理来制定比他们更高明更正确的方案，同他们斗争，这样才能消灭敌人……大家要特别注意研究，看看他们是如何增强党性，加强全党的统一，如何调查敌情，研究敌情，如何教育干部，改造学习的风气。如果他们党的纪律、党的组织、党的调查、党的学习，是这样认真这样严密，而我们则松懈散漫，毫无教育毫无计划。"此后，蒋介石还多次提到延安整风，指出中共"发起所谓整风运动，逐渐打破其过去空疏迂阔的形式主义，使一般干部养成了注重客观实际、实事求是的精神。这可以说是共匪训练最大的成功，大家不可不切实注意"。败退台湾后，蒋介石更决心仿效延安整风，在1950年开展了国民党改造运动，又下令翻印了延安整风的有关文献作为参考资料，并要求学习《辩证法》《中共干部教育》《中共工作领导及党的建设》《中共整风运动》等四种书籍，试图借鉴中共整风的方法，使国民党起死回生。蒋介石亲自主持制定的《本党改造纲要》等文件，大量吸收了延安整风运动的基本原则，甚至直接搬用了中共的术语。他还根据延安整风的经验，将研究党史作为政治训练的主要内容，以至于后来台湾有人戏称：应该把蒋介石评为"学习毛主席著作的积极分子"。[14]

[14] 卢毅：《国民党眼中的延安整风》，《党的文献》2010年第3期。

1944年5月，随着中共中央政治局整风会议的结束，全党整风运动进入了尾声，在延安中央党校的中共七大代表们开始了"两条路线"的学习，他们是否能够像毛泽东期望的那样，为争取胜利，"既放下了包袱，又开动了机器，既是轻装，又会思索"了呢？

七大代表、时任太岳区委书记薄一波回忆说："1944年4月12日和5月20日，毛主席先后在延安高级干部会议和中央党校一部两次作《学习和时局》的讲演，传达了中央政治局关于研究历史应取何种态度的六条结论，号召全党'放下包袱'，'开动机器'，使我很受启迪。我在山西工作期间，是有成绩的，得到党中央、毛主席的充分肯定，但自己检查起来，也还有缺点和不足。例如，在山西十二月事变后，我负责太岳区工作时，在处理内部矛盾上，有时也不得当，有'山头'的倾向。"那是1942年，决死一纵队与八路军第386旅合并组成太岳纵队。它不仅原来是两个部分，而且又有本地干部和外来干部、知识分子干部和工农干部以及某种程度上的地方与军队之分。处理这种带有多种矛盾的"两部分"之间的关系，本应该按照毛泽东一向主张的原则，要待人宽，责己严，多做自我批评。但是，薄一波在听了毛泽东的报告后，觉得自己没有这样做，或者说还做得很不够，发生问题争执时，对双方"各打五十大板"，还自以为是公正，实际上有些偏袒曾经由自己领导的决死队，考虑第386旅的困难少了。听了毛泽东的《学习和时局》的讲演后，薄一波根据毛泽东提出的要"放下包袱，开动脑筋"的倡议，给中共中央和毛泽东写了一份材料，总结了自己参加革命以来的经历，检讨了工作中的缺点和错误，表示决心改正。毛泽东看到这份材料后，专门作了一段寓意深刻的批示，极其亲切又谦虚地指出："个人，同整个党一样，都有一个觉悟过程，文内所说，都是这个觉悟过程中的事。其中有些我还没有做到，我还要努力。"

2 要肃清山头主义，就要承认山头、照顾山头，才能缩小山头、消灭山头

1944年5月21日，扩大的六届七中全会在杨家岭开幕。

时间过得真快，距离1938年9月召开的六届六中全会已近6年之久。

在这天举行的第一次全体会议上，毛泽东在会上提出七中全会的两项任务，即准备七大和在全会期间处理中央的日常工作。他代表中央政治局向全会作工作报告，讲抗日准备时期和抗战时期的主要问题。毛泽东说，这两个时期我们的目的就是为驱逐日本帝国主义出中国而奋斗。为达到这个目的，我们的方针就是发展自己，团结友军。这个方针最初决定于1935年12月瓦窑堡会议，直到现在都为执行这个方针而斗争。关于发展自己，即发展八路军、新四军及其根据地，以此为代表中华民族打击日军的中心力量，中央曾做过很多工作来说服反对这个方针或不积极执行这个方针的同志。事实说明没有八路军、新四军的抗战，中国的抗战决不能有今天。关于团结友军，我们始终站在团结国民党抗日的立场上，但遇到反共摩擦则要同它斗争。在反摩擦中，我们是采取有理有利有节的方针，使摩擦斗争归于缓和，将国民党引导到对敌斗争目标上去。我们发展八路军、新四军及其根据地的政策是完全正确的，我们团结友军的政策也是完全正确的。今年军事仍以精练为主，明年准备发展，并占领一批小城市，在获得美国配合时，准备驱逐日本帝国主义出中国。

在第一次全体会议上，决定由毛泽东、朱德、刘少奇、任弼时、周恩来组成七中全会主席团，毛泽东为中共中央委员会主席及七中全会主席团主席。在全会期间由主席团处理日常工作，中央书记处及政治局停止行使职权。会议同意毛泽东代表中央政治局向全会提出的关于党内历史问题的6点意见，并形成决议。会议通过七大的议程及报告负责人，政治报告由毛泽东负责，组织及修改党章报告由刘少奇负责，军事报告由朱德负责，党的历史问题报告由任弼时负责，统一战线报告及公开讲演由周恩来负责。除政治报告不设准备委员会外，会议同意中央书记处提议的其他四个报告的准备委员会的名单。

由此，中共七大的召开真正进入组织程序。

非常欣喜的是，就是在六届七中全会第一次会议上，中央政治局全体同志达成共识，同意毛泽东代表中央政治局向全会提出的关于党内历史问题的6点意见，并形成了正式的决议文本。那么，这个决议到底是啥内容呢？现在，我们就来看一看：

> 同意毛主席代表政治局提出的关于党内历史问题的六项意见，成立如下决议：
>
> 1.中央某个别同志曾被其他一些同志怀疑为有党外问题，根据所有材料研究，认为他们不是党外问题，而是党内错误问题。
>
> 2.四中全会后一九三一年的上海临时中央及其后它所召集的五中全会是合法的，因为当时得到共产国际的批准。但选举手续不完备，应作历史教训。
>
> 3.对过去党的历史上的错误应该在思想上弄清楚，但其结论应力求宽大，以便团结全党共同奋斗。
>
> 4.自四中全会至遵义会议期间，党中央的领导路线是错误的，但尚有其正确的部分，应该进行适当的分析，不要否认一切。
>
> 5.六次大会虽有其缺点与错误，但基本路线是正确的。

6.在党的历史上曾经存在过教条宗派与经验宗派，但自遵义会议以来，经过各种变化，作为政治纲领与组织形态的这两个宗派，现在已经不存在了，现在党内严重存在的是带着盲目性的山头主义倾向，应当进行切实的教育，克服此种倾向。

上述各项全体表决通过。

看了这个决议，真是皆大欢喜。

这个决议的6点意见，比毛泽东3月5日在中央政治局整风会议第三阶段对党的历史问题，即党内党外、合法与非法、弄清思想与结论宽大、不要否定一切、关于六大的估计、党内宗派问题等6个问题所作的6点阐释，更加简洁明了，更加宽容明朗。

千万不要小看这份连标点符号在内才398个字的决议。作为决议，它是党的最高决策，具有权威性、指导性，是党必须贯彻执行的最高文件。这是一件非常了不起的事情，它就像一把钥匙打开了通向团结、通向胜利的大门，为中共七大胜利召开奠定了厚实稳重的阶梯。现在，不仅是一批人，包括王明在内的所有人都解脱了，心里的石头落地了。

但是，细心的读者也会发现问题，譬如这份决议的第6点就指出了一个问题——在党的历史上曾经存在过的教条宗派与经验宗派，现在已经不存在了，现在党内严重存在的是带着盲目性的山头主义倾向。

什么是山头主义呢？山头主义的表现是什么呢？山头主义的盲目性在哪里呢？又将如何进行切实的教育和克服呢？

写到这里，我们不能不佩服毛泽东，他不仅是伟大的政治家，还是一位伟大的管理专家，总能够在关键时刻发现团队管理中出现的问题并拿出科学的解决方案。在历史问题已经不是主要问题的时候，毛泽东紧接着开始解决现实问题。

其实，一个多月前的4月12日，毛泽东在中央西北局高级干部会议上作关于学习问题和时局问题的报告中，详细阐述过"党内历

史上的宗派问题",并对山头主义倾向作了阐释。他说:

> 应该指出,我党历史上存在过并且起了不良作用的宗派,经过遵义会议以来的几次变化,现在已经不存在了。这次党内两条路线的学习,指出这种宗派曾经在历史上存在过并起了不良作用,这是完全必要的。但是如果以为经过一九三五年一月的遵义会议,一九三八年十月的第六届中央委员会第六次全体会议,一九四一年九月的政治局扩大会议,一九四二年的全党整风和一九四三年冬季开始的对于党内历史上两条路线斗争的学习,这样许多次党内斗争的变化之后,还有具备原来的错误的政治纲领和组织形态的那种宗派存在,则是不对的。过去的宗派现在已经没有了。目前剩下的,只是教条主义和经验主义思想形态的残余,我们继续深入地进行整风学习,就可以将它们克服过来。目前在我们党内严重地存在和几乎普遍地存在的乃是带着盲目性的山头主义倾向。例如由于斗争历史不同、工作地域不同(这一根据地和那一根据地的不同,敌占区、国民党统治区和革命根据地的不同)和工作部门不同(这一部分军队和那一部分军队的不同,这一种工作和那一种工作的不同)而产生的各部分同志间互相不了解、不尊重、不团结的现象,看来好似平常,实则严重地妨碍着党的统一和妨碍着党的战斗力的增强。山头主义的社会历史根源,是中国小资产阶级的特别广大和长期被敌人分割的农村根据地,而党内教育不足则是其主观原因。指出这些原因,说服同志们去掉盲目性,增加自觉性,打通同志间的思想,提倡同志间的互相了解、互相尊重,以实现全党大团结,是我们当前的重要任务。

《毛泽东选集》把毛泽东的这篇讲话与5月20日在中央党校的讲话合并为《学习和时局》,对山头主义倾向作了如下注释:"山头主义倾向是一种小团体主义的倾向，主要是在长期的游击战争中，农村革命根据地的分散和彼此间不相接触的情况下产生的。这些根据地开始多半是建立在山岳地区，一个集团好像一个山头，所以这种错误倾向被称为山头主义。"用毛泽东的话说，它主要表现在党政军民的关系上、新老干部的关系上、本地与外来干部的关系上，主要原因是小资产阶级的广大、长期农村分割和缺乏教育。

如果克服盲目的山头主义倾向呢？

共产党的方法就是开会，发扬整风精神，通过学习、教育、讨论，批评与自我批评，找出问题，通过"团结—批评—团结"到达统一思想，解决问题。

1945年4月24日，52岁的毛泽东身穿一身黑色中山装，梳着人民熟悉的大背头，宽敞的额头，炯炯的目光，步履稳健，从容不迫，他站在杨家岭中央大礼堂的主席台上，自带光芒，闪耀着人民领袖的气象，却又那么平易近人。今天，他在给代表们作七大口头政治报告。他娓娓道来，仿佛与你谈心，说的都是家常话、心里话。比如，在谈到党内几个问题时，他在讲完第一个问题关于个性与党性之后，紧接着讲了关于对党内几部分干部问题，专门就本地干部、本地军事干部问题，用了很长的篇幅讲了如何克服盲目山头主义倾向，讲如何相互尊重，讲如何加强团结。毛泽东语重心长地说："我们要肃清山头主义，就要承认山头，照顾山头，这样才能缩小山头，消灭山头。所以我们要承认有山头，不承认也不行，承认以后要照顾各个部分，各个集团，各个历史不同的部分、不同的问题。"

在中共历史上，"山头"是在一定历史条件下形成的，有的是各根据地在武装割据的局面下自然形成的"山头"，有的虽不是一块根据地，但思想一致，气味相投，形成一个派，也是一种"山头"。"山头"是客观存在的东西，在历史上曾起过作用。在武装割据的年代，各个革命根据地的创建和发展，如星星之火，构成中国革命的燎原之势。诚如毛泽东所言："中国革命有许多山头，有许多部分，内战时期，有苏区、有白区，在苏区之内又有这个部分那个部分，这就是中国革命的实际。离开了这个实际，中国革命就看不见了。内战之后是八年抗战，抗战时期也有山头，就是说有许多抗日根据地，白区也有很多块，北方有，南方也有。这种状况好不好？我说很好，这就是中国革命的实际，没有这些就没有中国革命。所以这是好事情，不是坏事情。坏的是山头主义、宗派主义，而不是山头。山头它有什么坏？清凉山有什么坏？太行山有什么坏？五台山有什么坏？没有。但是有了山头主义就不好。因此，对这些问题要分析，任何一块根据地中，也不是说每一个人都有山头主义。"[15]

在延安整风后期的党史学习讨论中，对"山头"问题的议论比较多，七大代表们反映强烈。所以，毛泽东在七大口头政治报告中，专门联系自己的革命实践讲了"山头"问题。他说："我在报告里头已经写了，要像看待自己的兄弟姊妹一样看待本地干部。我们的军队每到一个地方，就要帮助本地干部搞出军队来，搞出民兵、自卫军来，搞出地方兵团、地方部队，然后在这个基础上就可以搞出主力兵团、主力部队。我初到陕北，开头忽视了这一个问题。这个边区是高岗同志他们一手搞起来的，因为我对这个问题处理不好，所以陕北人就讲闲话。有人说，陕北人只能建立苏区，不能当红军。出了这样的言论，是由于对本地一些军队处理得不好。至于华北、华中、华南各地有没有对本地干部和本地军队处理得不恰当的呢？如果有，应当承认是不对的，应当纠正，如我在陕北应当承认的一样。上面那些话，证明这些同志是受了气。"[16]

在讲话中，毛泽东首先讲自己初到陕北就碰到了"山头"问题，还检讨自己"开头忽视了"，"对这个问题处理不好"，"所以陕北人就讲闲话"——"有人说陕北人只能建立苏区，不能当红军"。毛泽东总结"出了这样的言论，是由于对本地一些军队处理得不好"。

毛泽东为什么这么说呢？

这里确实是有原因的。七大代表、时任八路军留守兵团政治部主任莫文骅回忆说："七大前，还出现了两股带有宗派主义倾向的阴风。比如有一股阴风提出：'是陕北根据地挽救了中央红军，还是中央红军挽救了陕北根据地？'这本来是一个非常明了的问题。当时，错误路线使陕北根据地遭受严重挫折，刘志丹、高岗等人都被关押

[15] 中共中央文献研究室编：《毛泽东在七大的报告和讲话集》，中央文献出版社1995年版，第167页。

[16] 中共中央文献研究室编：《毛泽东在七大的报告和讲话集》，中央文献出版社1995年版，第149—150页。

起来。中央红军到达陕北后,党中央、毛主席派王首道同志前去解救,把被捕的人都释放了。显然,党中央、毛主席不到陕北,陕北根据地会被机会主义路线搞垮。当然,陕北根据地对中央红军也是有功的,中央红军如不到陕北根据地,会有更多的困难。但讲陕北救中央不是中央救陕北,是非常错误的。"

陕北有没有盲目山头主义倾向呢?莫文骅回忆说:"刘志丹牺牲后,高岗逐渐成为陕北红军中的最高领导人。延安时期,我对高岗有一定了解。高岗放出来后,开始在军委当科长,不久到三边任骑兵团长,后来任陕甘宁区委书记、边区中央局书记、中央西北局书记。官越升越大,掌握了边区党政大权,只差军权尚未到手,他虽兼保安部队司令,但这只是地方部队。当时边区的部队主要是八路军留守兵团。萧劲光任司令,我任政治部主任,政委空缺。高岗一心想当这个政委。但中央研究后,认为他还不合适。萧劲光对高岗也不感兴趣,觉得'这个人政治水平低,眼界却很高,计较个人得失,品质不好'。我向毛主席和王稼祥建议,让萧劲光兼任政委。军委同意了。这样,高岗的希望落空了,对留守兵团很是不满。"

1938年夏,《论持久战》公开发表后的一天,毛泽东把莫文骅叫到家里。莫文骅高高兴兴地来了,一进门,毛泽东便问他:"莫文骅,你对《论持久战》有什么意见啊?"

毛泽东的问话把莫文骅吓了一跳。莫文骅一时间摸不着头脑,连忙回答说:"没有啊,主席把初稿给我,写信让我提意见,我读了两遍,认为很好,提不出什么意见,本想再看,但叶子龙同志来电话收回去了。"

毛泽东又问:"你没有意见,为什么不向部队传达呀?"

这一下坏了,问题就更大了,莫文骅赶忙如实汇报:"我们早已向部队传达和学习了,还专门组织了学习班,至于学习效果如何,待后还要检查。"

毛泽东说:"你们做的工作为什么自己不汇报?"

听到这里,莫文骅才听出点原委来,就壮着胆子问道:"主席,是谁报告的?"

"高岗。"毛泽东轻轻地说。

莫文骅一听,十分生气,当即骂了一句:"高岗,这个坏蛋!"接着,他便向毛泽东报告了自己和其他人对高岗的看法,以及军政关系方面发生的一些问题。

"哦!"毛泽东静静地听着,若有所思,没有说话,片刻之后突然问莫文骅,"你在什么地方工作啊?"语调缓慢,话音拖得很长。

唉,奇怪了,毛主席的问话是个啥意思?莫文骅感到有些莫名其妙,他一边挠头,一边疑惑地回答说:"我在留守兵团呀!"

"留守兵团在什么地方啊?"毛泽东的语调依然拖得很慢很长。

莫文骅更奇怪了,说:"在陕甘宁边区呀!"

"在陕甘宁边区。"毛泽东点点头,自言自语地重复了一句,态度瞬间变得严肃起来,十分认真地说,"对了,部队驻在边区,你们就要和高岗搞好关系。你要知道,中央的政策,高岗不点头,在边区也行不通啊。"

莫文骅一听,火冒三丈,说:"这是要挟中央!"

毛泽东站起来,没有做声。莫文骅明白了,起身告辞。毛泽东送他出门,拍着他的肩膀说:"你多大年龄了?"

"30岁了。"

"你还年轻啊,过些年就好了。"毛泽东的叮嘱意味深长。

听君一席话,胜读十年书。毛泽东的话,莫文骅一直装在心中。

在七大上,毛泽东说:"我提倡做调查研究,但我到陕北后开始在这方面就没有调查研究,现在我们有了调查研究。同时希望在南方、在北方、在东方、在西方工作的地方同志多提出意见。我们要把窗户打开,让空气流通,听听消息,听听舆论,有缺点有错误的改正一下。这一条搞不好就不行。这个问题,曾经引起我们历史上的大纠纷。这一次开完大会之后,还有很多人要到各地去。去年去湖南的有王首道、王震,去河南的有戴季英、王树声,出发的时候我就对他们讲过这些话。不要怕多讲,不要怕讲得舌敝唇焦,现在看来,舌也没有敝,唇也没有焦,我们说得还不够。"[17]

在杨家岭中央大礼堂,坐在19排22号的莫文骅听了毛泽东的

[17] 中共中央文献研究室编:《毛泽东在七大的报告和讲话集》,中央文献出版社1995年版,第150页。

报告，不禁想起几年前的往事，心中涌起一阵波澜。七大召开前夕，他先后参加了原红七军和红五军团的历史座谈会，对"山头主义"的危害有着深切的体会。

原红七军的历史座谈会是朱德和陈毅主持的，雷经天、叶季壮、李天佑、袁任远、黄一平、吴西、谢扶民、卢绍武、云广英等人参加，人人发言，大家探讨问题，推心置腹，心平气和。朱德、陈毅都说这个会开得是好的。陈毅作了总结性发言。会后，莫文骅根据会议情况和自己收集的有关资料，编写了《红军第七军简史》的小册子，作为内部文件印发给中央领导同志参考。现在这个小册子还保存在中央档案馆里。莫文骅清楚地记得，红五军团的座谈会开得很激烈。因为红五军团是宁都起义加入红军的队伍，不被"左"倾路线信任，肃反时不少人被抓并被当作反革命而错杀了，连总指挥季振同也被杀害。军团长董振堂、参谋长赵博生、前政治部主任刘伯坚、后政治部主任曾日三也相继牺牲。部队随西路军过黄河后基本上打光了。会场上发言的人很激动，当有人拿出董振堂军团长被国民党杀害的头颅照片时，所有人都嚎啕大哭。后来，中央给肃反中错杀的同志都平反了。[18]

[18] 中共中央党史研究室第一研究部编：《七大代表忆七大》（上），上海人民出版社2006年版，第184页。

对于队伍中出现的盲目的"山头主义"倾向及其危害，毛泽东始终把自己摆进去，动之以情晓之以理地做大家的思想工作，希望大家改正缺点，丢下包袱，团结起来。他说：

> 世界上的人都是有缺点的，布尔什维克也不是那样完美，多少还会有毛病，那叫什么？叫带着缺点的布尔什维克。你说他不是布尔什维克，那也很难讲。"我为党英勇奋斗，为什么还不是马列主义？"不能那样讲。我想这一条我也在内，如果说我是完全的布尔什维克，那不见得，说我一点布尔什维克气味都没有，也不是那样，许多同志给我写信，还是写此致"布礼"。我想了一下，我们可以叫带着缺点的布尔什维克。缺点中间有一个，就是背上了一点东西，比如讲多走了路，多走了二万五千里，就增加了

身上的包袱。我不是讲每一个同志，或者具体指某些同志，请同志们不要见怪。但是有相当一些同志，走了二万五千里，变成了一个包袱，增加了他的负担，变成了一个驼子，因为他背的包袱太大了。你走的路多，但是你失去了根据地，江西根据地现在就没有了；人家没有走路，但是陕北还是一个根据地。同志！你走了路，把根据地丢了，人家向你要那个根据地，你赔得起吗？你赔不起，我也赔不起。如果要赔法币边币，还可以想一点办法，但是要赔江西根据地，就毫无办法。人家没有走路，但是有根据地；我们走了二万五千里的路，没有了根据地。你们看，就是用脚一尺一尺走的路走多了，就成了包袱。还有地球也走路，地球围绕太阳转几转人就增加了几年寿命，年纪愈长，包袱愈大，年纪老的同志们不要怪我这样说，我今年也五十二岁了，地球走的路也变成了我们的包袱。青年同志也有他们的包袱。他们的眼睛尖，耳朵听得很远，眼明手快，这是他们的长处，但青年同志说老头子"昏庸老朽"，那可不行。青年同志不要讲人家"昏庸老朽"，老头子也不要讲人家"年幼无知"。大家都是从幼年来的，年幼知道得少，会慢慢地多起来。人家懂得的东西不如你知道得多，但你也不是什么都知道。要讲务农不如吴满有，要讲做工不如赵占魁，要讲当兵不如张治国。几万万样事情我们只能作一两样，那是有限度的，我们不知道的、不会做的东西多得很。如果我们把态度改好了，每到一个地方，就和那里的人民打成一片，尊重那个地方的同志，提高共产主义的觉悟，就能缩小山头主义。[19]

[19] 中共中央文献研究室编：《毛泽东在七大的报告和讲话集》，中央文献出版社1995年版，第150—151页。

如何缩小山头，如何消灭山头主义呢？现在，在中央党校学习的中共七大代表们在学习马列主义理论上取得了很大成绩，他们开始用毛泽东的实事求是和理论联系实际的思想武装自己的头脑。在这个基础上，中央又组织他们转入两条路线和党史的学习。实际上，从1943年9月以后，中央领导层开始讨论党的历史问题、讨论党的路线是非问题，于是各地代表团也提出，要结合学习文件清查各地党的历史，弄清历史事实和路线是非问题，中央同意了大家的意见，接着开始组织高级干部，对党的全部历史，特别是1931年初到1934年底这一时期中央的政治路线进行讨论，还组织曾在各个革命根据地和红军中工作的同志，分别召开了各地区、各部队的历史经验座谈会，如陕甘宁、华北、湘鄂赣、湘赣、鄂豫皖、闽粤赣边区、赣东北、闽西、潮梅地区，以及红七军、红五军团历史座谈会，口头上俗称"山头会议"。

首先是陕甘宁边区召开了党的历史研究座谈会，开得很热烈，争论也很大。

接着，闽粤赣边区在张鼎丞的建议下，也召开了党史研究座谈会。中共中央决定由叶剑英、萧劲光、张鼎丞组成三人领导小组，主持闽粤赣边区党史座谈会。闽粤赣边区是中央苏区的重要组成部分，党的历史问题很多很严重。所谓"肃清社会民主党"问题，反"罗明右倾机会主义路线"问题，都是在闽西苏区发生的。还有查田查阶级问题，不仅在闽粤赣边区，而且影响到全国。闽粤赣边区党史研究座谈会前前后后大约开了三个月时间，开了五六次会，每次都有二三十人参加。曾经在闽西担任领导工作的刘少奇、叶剑英等同志到会，凯丰、洛甫也到会了。座谈会上，大家摆事实，讲道理，实事求是，一致认为所谓"罗明犯了右倾机会主义错误"，完全是颠倒是非，颠倒黑白。"肃清社会民主党"问题，是与提出"肃反中心论"的临时中央有直接关系的。负直接责任的同志捕风捉影地胡乱怀疑，用"逼、供、信"的办法，乱捕乱杀，造成非常严重的恶果，"社会民主党"全是冤案。当年参加这次党史座谈会的七大代表伍洪祥说："通过学习研究六大以来文件和召开座谈会解决了若干有争议的历史问题，为党的六届七中全会的召开，并做《关于若干历史问题的决议》提供了重要的依据。六届七中全会通过的《关于若干历史问题的决议》，对临时中央反'罗明路线'问题和进行'肃反'的错误问题，都做出了正确的结论"。[20]

[20] 中共中央党史研究室第一研究部编：《七大代表忆七大》（下），上海人民出版社2006年版，第1257页。

不过，当年影响最大的还是1945年2至3月间召开的华北工作座谈会。座谈会的发起人是薄一波和彭德怀。薄一波回忆说："当时之所以提出召开这次会议，是因为在华北主要是在晋冀鲁豫区的工作中，地方干部及一部分军队干部对彭德怀同志有某些意见，长期未得到解决。彭德怀为参加七大回到延安后，住在杨家岭，我和他经常往来，每次话题总离不开这些问题。通过交谈，有几个大的不同意见已经得到共识，可以说基本解决。在此情况下，我向德怀同志提议，是否可以开一次华北工作座谈会，总结经验教训，进一步统一认识。"

听了薄一波的建议，彭德怀说："我早有这个想法。我这个人是'高山上倒马桶，臭气出了名的'，让大家批评批评很好嘛。"

薄一波说："是批评和自我批评，大家共同总结经验教训。谁没有缺点、错误！你也有错误，但你的优点更多，是令人钦佩的。你在革命低潮时发动平江起义，上了井冈山，为扩大红军力量、巩固和发展井冈山革命根据地做出了重要贡献；抗战以来，你领导八路军挺进敌后，打击日寇，开辟敌后抗日根据地，立下了不朽功勋。'谁敢横刀立马，惟我彭大将军。'毛主席对你的这个评价，大家是公认的。"

于是，彭德怀就把薄一波的这个意见报告了中共中央，获得中央同意，这样就由彭德怀主持召开了华北工作座谈会。参加人员只限于华北各解放区来延安的高级干部。

座谈会头一天，彭德怀首先发言。他回顾了7年半以来华北敌后斗争的胜利，指出华北几个根据地的工作都有巨大的成绩，并且对取得成绩的经验做了总结。随后他对自己在华北工作中的缺点和错误进行了严格的自我批评，大意是说：我在《新华日报》（华北版）上发表的关于民主、自由、平等、博爱的谈话是错误的；对同志们提出的关于抗战初期我们对敌后根据地建设的规律问题缺乏认识的意见，自己不但不冷静思考，反而借题发挥，批评大家是"小资产阶级狂热性"，这是错误的⋯⋯

彭德怀发言后，各区同志先后发言，除表示赞成彭德怀的意见外,大都是讲各自创建敌后根据地的情况。3月2日,薄一波在会上作了关于山西形势问题的长篇发言。会上的讨论是热烈的、健康的。然而,座谈会开了一段时间以后,突然有个大"转变"。有十几位在中央和其他地区工作的同志,如李富春、陈毅等也来参加会议,康生也来了。康生首先打了一炮,从此座谈会变成了批判会,把意见完全集中到彭德怀身上。讨论、批评的内容,也突破了华北的工作,变成对彭德怀历史问题的"清算"。康生气势汹汹地对彭德怀说:你在抗战开始时执行的是王明路线。你不懂根据地建设的规律,不发动群众。你组织的百团大战,过早地暴露了我军力量,把日军力量大部吸引过来,帮了国民党蒋介石的忙。他还闪烁其词地影射某某根据地某某人就是追随彭德怀的。在批判中,首先集中火力攻百团大战,几乎全场一致。薄一波后来回忆说:"我和杨尚昆、安子文都是参加了并且完全赞成百团大战的,可是在这种气氛下,未能起来据理反驳,内心深感不安和惭愧。"

随后,大会发言对彭德怀的批判就更离谱了。有人说:你在大革命时期没有入党,直到1928年才带领几个营上井冈山。上井冈山来当然很好,但这能说你思想觉悟高?对党有感情?也许正如你自己所说,你是有大志,原名彭得华,就是志在"得中华"。不要把自己吹得过高。这样的无端指责,显然是很荒唐的。有人说:你上井冈山为创造和发展中央苏区建立了功勋,"朱毛彭黄"天下人皆知,我们都赞赏。但你执行的军事路线有偏差,也是人所共知的。造成第五次反"围剿"失利,你也有一份吧?你偏听偏信,杀害对建立井冈山根据地有大功的王佐、袁文才,你是大错特错的。有人说:彭德怀生活一向朴素,我们赞成。但有些矫枉过正,见到人们吃得比较好些就横加批评,说是忘记了党勤俭节约的优良传统。看到八路军西安办事处屋内壁上粘贴了油光纸,也到处作为批评的例子,这不是太过分了一点吗?是否有些虚伪?还有的人批评彭德怀"闹独立性",说有些问题本来应该由中央说,你却自己说了,而且说得有错误。有的甚至批评彭德怀在讲话和文章中不引用或很少引用毛泽东的话,也是"闹独立性",等等。自始至终参加华北工作座谈会的薄一波认为："对彭德怀的批评，首先集中在对百团大战的评价上，认为此次战役的发动，在敌人面前过早地暴露了我们的力量，是'战略错误'和'路线错误'，从而使华北根据地进入了困难时期。这种批评显然是不符合历史事实的。"[21]

七大代表，曾任八路军第129师政治部副主任、冀南军区政治部主任，时任中央军委一局副局长的刘志坚回忆说："会上批评了彭德怀，批评了百团大战，认为百团大战是救了国民党。现在一查历史文件，百团大战事先报告了党中央，毛主席也同意。打完百团大战他还说：像这样的大战还可以再打一个，最好是再打一个。现在来看：抗战敌后真正像样的游击战争，规模大，消灭敌人多的，还是百团大战。其他的零七八碎的打了很多都出不了名。这里消灭几十个人，那里消灭了一个排，影响没那么大。叫百团，实际上比百团还多，是105个团。我们的部队那么多，那么厉害，把正太路整个都给它翻了，平汉路北段也给它翻了。当时有些人要求做决议，说这个百团大战救了国民党，是错误的。毛主席没同意，说现在战争没结束，暂时不要做结论，等到战争结束了，等抗日战争胜利以后再说。"[22]

曾任八路军第120师副师长、冀热察挺进军司令员，时任晋察冀军区副司令员萧克回忆说："会议的议题，本来是总结华北的敌后抗战工作，但后来却发展成为对彭德怀的批判。一些同志在发言中说彭总领导的百团大战，是大错误，一是暴露了自己的力量，二是帮助了国民党顽固派。还说了其他一些错误。我在会上发言，也批评了彭的错误，但没有上纲，并说百团大战在军事上打得不错，扫除了敌伪许多军事设施，恢复了根据地不少面积，云云。散会后，一出会场，有三位同志（内有两位是江西时期的同事）不太高兴地对我说：今天算是知道你的思想情况了！意思是我的思想跟不上形势，落后了。说心里话，我是不愿跟这种形势的。我认为，对人对事应该实事求是，好就是好，不好就是不好，不能说违心的话，因为我认为百团大战虽有缺点，但没有政治性的或严重的军事错误。"[23]

[21] 中共中央党史研究室第一研究部编：《七大代表忆七大》（上），上海人民出版社2006年版，第616页。

[22] 中共中央党史研究室第一研究部编：《七大代表忆七大》（下），上海人民出版社2006年版，第760—761页。

[23] 中共中央党史研究室第一研究部编：《七大代表忆七大》（上），上海人民出版社2006年版，第406页。

第三章 "大会的眼睛要向前看，而不是向后看" | 297

批评与自我批评是中国共产党区别于其他政党的显著标志之一，也是共产党人的一种美德。实际上，彭德怀在会上对自己的缺点、错误和存在问题，已经做了实事求是的检查和认真诚恳的自我批评。华北座谈会后不久，彭德怀又找薄一波谈了一次话。彭德怀郑重其事地对他说："一波，我还欠你一笔账没还。你在太行高级干部会议上批评我的几个问题，我当时没有答复你，后来经过反复思考，觉得你讲得有道理，批评是对的，我完全接受。"薄一波听后非常感动，觉得彭德怀真是一个知错就改、胸襟坦荡的人。对于华北工作座谈会上错误的批评，彭德怀没有做违心的检查。他多次说过："承认错误不要哗众取宠。"此话亦是真言。不管是批评别人还是批评自己，都应有实事求是之意，而不能有哗众取宠之心。这也是共产党人在任何时候都必须遵守的一个原则。彭德怀这样说了，也这样做了。但是对他错误的批评，他有时也难免耿耿于怀。薄一波十分遗憾地回忆说："1959年庐山会议上他就曾经流露过对华北座谈会的不满情绪，说了几句不该说的话；由于对'三面红旗'认识上的分歧，于是'新账''旧账'一起算，终于酿成了一场无论是对毛主席、对彭总本人，还是对全党来说都是悲剧的党内过火的斗争，这是谁都不愿意看到却又发生了的事实。这样的沉痛教训，我们应该永远记取。"[24]薄一波一直很内疚，他在回忆录中写道："即使这样，今天看来，我当时的发言中仍有一些违心的话，这是不能自我原谅的，至今仍负疚在心。"

由此可见，山头主义直接影响党的团结，影响革命事业前途，危害有多么严重。

这正是毛泽东最担心的。

1945年5月14日，刘少奇在七大第12次全体大会上作《关于修改党章的报告》。在报告中，他在谈关于干部问题时，对党内盲目山头主义倾向产生的客观原因也作了具体分析，为山头主义情绪所表现的典型不良现象画了像。他说："只记得、只了解自己部分的光荣历史，而不了解或者忽视其他部分的光荣历史，只了解自己部分的成绩，而不了解自己的缺点，因此，其他部分的人只能赞扬他们的

[24] 中共中央党史研究室第一研究部编：《七大代表忆七大》（上），上海人民出版社2006年版，第617页。

成绩，不能批评他们的缺点，即使这些缺点是真实而明显存在的。但是相反，他们对党的其他部分，就只看见人家的缺点，看不见人家的成绩，因而只批评人家的缺点，不赞扬人家的成绩，也不估计与原谅人家的困难。他们在自己内部，相互之间，有说有笑，生活融洽，照顾周到，甚至无话不谈；而对其他部分的人，则格格不入，表示生疏、冷淡和漠视，没有应有的尊重和照顾。他们在党的关系上，表现他们有特殊的山头关系，甚至互相联合，压抑其他部分的人。某些人们，常是盛气凌人的，而其他的某些人们，就不得不心存戒惧。这些典型的山头主义倾向，是存在于党的某些部分之间的。"

在报告中，刘少奇一针见血地指出："当着我们在党内提出有山头主义倾向存在，并说明这种倾向产生的客观原因时，有人似乎就觉得党内的山头团结有存在之必要，以有山头团结为荣，以没有山头团结为憾，从而就想团结山头，建立山头，加强山头主义，争取山头主义在党内的合法地位，使盲目的山头主义变为自觉的山头主义，很明白，这是违反马克思列宁主义原则的思想。""党内的山头主义倾向必须消灭，山头界线也必须消灭。"[25]

我们知道，在中共七大开幕式上，毛泽东致开幕词的第一句话就宣布了大会的方针——"团结一致，争取胜利。简单讲，就是一个团结，一个胜利。胜利是指我们的目标，团结是指我们的阵线，我们的队伍。我们要有一个团结的队伍去打倒我们的敌人，争取胜利，而队伍中间最主要的、起领导作用的，是我们的党"。

在七大，毛泽东把党的团结举到了历史上前所未有的高度。

为什么？那是因为党曾经发生过不团结的事故，产生过分裂的危险，内战时期曾在这个问题上吃了很大的亏。毛泽东深有体会，长征路上张国焘另立中央使其遭遇了人生至暗时刻。或许七大主席团就是从这个方面考虑，邀请来自红四方面军的七大代表，讲一讲关于团结的问题。于是，曾随红四方面军参加长征，在挫败张国焘分裂阴谋中发挥了积极作用，时任中共中央军委总政治部副主任兼陕甘宁晋绥联防军政治部副主任傅钟，就成为大会发言的合适人选。

[25] 中共中央党史研究室、中央档案馆编：《中国共产党第七次全国代表大会档案文献选编》第2卷，中共党史出版社2022年版，第470页。

1945年5月23日,在七大第16次全体会议上,傅钟和张鼎丞、叶剑英分别在大会上发言。傅钟发言的题目是《增强党的团结,反对山头主义》,主题就是专讲团结。因为曾长期在红四方面军任职,他非常清楚张国焘曾经搞个人专制、实行军阀主义、闹分裂的行为,也深刻地认识到不讲团结的危害,所以他的发言具有说服力和可信度。他首先讲述了自己对四方面军的看法,认为四方面军固然有光辉的一面,如果把它当作平常说的"山头"来说,"并不是那样青山绿水,茂盛修竹般的完美而毫无缺点的"。他言辞激烈地批判了张国焘的叛徒行径,说:"现在早已变为大地主、大资产阶级走狗的张国焘所进行的一切新的阴谋活动(如什么'新共产党',所谓的'排挤红四方面军的干部'),我想只能是徒劳。从这里我们可以看到当张国焘公开投入阶级敌人怀抱的时候,他个人仅仅是单枪匹马而逃。这也证明了原四方面军的干部是党的干部。这点今后还要继续证明。可以说张国焘的任何挑拨离间,那只能是徒劳的,再一次也是徒劳的,永远是徒劳的。"

接着,傅钟专门就党内团结问题,作了一个特别生动的发言,不仅给与会代表留下了深刻印象,而且受到毛泽东罕见的点名表扬:"我全篇都赞成。"

傅钟是四川叙永人,像毛泽东一样,乡音未改,一口四川话听起来特别有味道,讲得确实文采飞扬,生动活泼,诙谐幽默,精彩纷呈,今天读来依然具有启示意义。既然毛泽东"全篇都赞成",这里不妨全文摘录如下:

> 的确,今天在党内阻碍团结的是什么东西?是盲目的山头主义倾向。在少奇同志的报告中提出了,"承认山头、照顾山头,目的在于达到缩小与消灭山头"。那末,我们要解决这个问题,我想,必须用大公无私的与正确的处理"山内山外"的关系问题。(笑声)此话怎讲?我个人了解是在一个山头里作为一个山头来看,在那个山头当中恐怕还有坑坑洼洼、高高矮矮,丘陵起伏的小山包包。如果这

些小山包包不加以消除，同样也是妨碍我们的思想自觉，妨碍我们党内团结的东西。在这个问题上，向前同志曾经跟我谈过，他认为，原四方面军自从入川后，多年以来即存在有应当解决的问题。就是说坑坑洼洼的问题，我们还没有很好的加以认识。徐向前同志的那个观点与想法，我完全同意。为什么同意呢？我觉得这样的看法，不仅是提高我们的思想进步，而同时也才能消除坎坷，达到团结，山内的关系问题就是消除小山包包。

另外，要解决山外山内关系问题应持的态度是什么态度呢？我个人的了解是互相了解、互相尊重、互相帮助。否则，常常容易盲目的引起傲慢，强调自己一方面的特殊原因及困难，而更加助长另方面的"不平之气"，则山头情绪从而暗藏滋生。因而此山头需要随时随地注意，照顾彼山，大山尤其要注意照顾小山。苦乐不均的现象，应该避免。山外山内关系问题，我想尤其在处理干部问题上，更显得重要。我们讲山头情绪，为什么会有情绪，石头不会有情绪，泥巴不会有情绪，人是有情绪的。干部是什么？干部就是人，所以就有情绪。只有这样，才能使山头界限逐渐消除，山头的棱角隐没下去。即使一时未被照顾到的部分或个人，也应该从团结出发，照顾全党的利益，按照党的原则办事，即是经过党的一定的组织路线和党内正常生活秩序去达到解决。应有忍耐，不必急躁。同时，更不应该用山头情绪，以酿成无原则的宗派纠纷。

关于反山头主义倾向，毛主席是说"承认山头，照顾山头，缩小山头，消灭山头"。但是在某些时候，有人只对"承认山头，照顾山头"这前半句话颇感兴趣，而对后半句话好像看得不那样重要。这样一来，不管他主观上如何反对山头主义，而实际却将反山头主义的完整精神腰斩一刀，就使这个精神呜呼哀哉。（笑声）这样腰斩一刀的反山头主义，可以称之为腰斩办法的反山头主义倾向。如果用这种办法去处理党内实际问题，这无疑是不能达到缩小与消灭山头之目的。

另外，我个人的了解，"照顾"与"承认"的办法，可以有两种，一种是无原则的迁就式的承认与照顾，他往往追随着一种盲目的落后的意识，在这种承认与照顾之中，以至于采取互相联合，分别亲疏的办法，以至于形成特殊的作风，特殊的生活形态。于是使人看不顺眼，许多议论就从而生焉。这是一种非马列的办法，是与毛主席的思想和作风完全相反的。另一种承认与照顾的办法，是从思想上去提高他们，加强他们以毛泽东思想的教育，不强调其特殊关系与特殊习惯，不追随于落后的思想意识，以去掉对山头主义的盲目性。这两种办法之间，确实可以说是无产与非无产的对立，后者是马列主义的办法，我们党内只有让后者存在，后者合法。如果在党内合法存在这句话不错的话，那么马列该不该合法？马列应该合法。更进一步来说，反山头主义倾向最好的办法，我个人了解，最主要的是"先正己，而后正人"。只有这样的办法，才能真正有力的消灭这种特殊的宗派主义。

我只就原四方面军的历史发展来看，它也是山头林立，而且山包也有大小之别。在这种情形下，就应该用反省的精神。"各人自扫门前雪，休管他人瓦上霜"，这是自由主义的东西。把这句话作为一个步骤来看的话，我觉得可以，首先自扫门前雪，雪和霜比较起来，雪是一大堆，霜是薄薄一层，首先把自己门前一大堆雪扫干净之后，打开了道路，然后再替别人扫霜。如果只说不做，也是空话。首先要消除对党发生任何怨气，这才是马列的态度。至于那对党提出这个要求，那个要求，这样不满，那样不满，甚至怪中央对我们没有照顾，因此，摆起架子，扳起硬劲，耍起骄气来，这是非马列的。如果我们只是在口头上喊：反对山头主义倾向，反对山头主义倾向呀！而不先从自己反起，或只反人家，那末始终还是腰斩的办法，我们必须加以警惕。这种情形以至于我只反对人家，人家反我就不成，就板起面孔，"老虎的屁股摸不得"，（笑声）这是我个人在几年工作中间和一些干部来往交谈中间，产生这样一个思想。

还有这样一种意见，也须加以解决，就是吃得开、吃不开的问题。吃得开，吃不开是从何而来的？就是认为有山头才吃得开，无山头就吃不开，山头大吃得开，山头小吃不开，或山头软的吃不开。老实说这种思想曾经把我都弄糊涂了。后来自己加以考虑，原因何在呢？才知道没有很好的解决个人与党的关系。把依靠山头看的重，反而把依靠党看的轻了。如果一心一意依靠山头的情绪存在，这不仅使山头主义倾向在党内无法消除，而自己个人亦常因此患得患失，感受到无穷的苦恼，以至在工作与学习上也徘徊不定，遂使得不去选择党和人民极需要我去的地方，甚至在个人不顺意时，均诱之于有无山头的依靠，而忘记了去考虑如何全心全意的为人民服务。没有想到只有依靠人民，才是力量无穷，稳如泰山。有时不如意，不如意的原因甚多，所谓"不如意事常八九"，当共产党员也有不如意的事。共产党员不如意的事，是常二三，三四，一般人是常八九（十分中占八九分）。一遇不如意的事，头脑有些不好过。在这里我想主要的是解决个人与党的关系。依靠党依靠人民，是稳如泰山，万事好办。如果不是这样，如果只说大山头，小山头，其结果把山头背在背上，山头是很重的，把自己压的又是驼子，又是瞎子，使得举步艰难，阻碍前进，这方面也需要警惕。

在少奇同志的报告里面，讲了团结问题，要反对山头主义的倾向与情绪，我把这个问题想了一想。这种山头主义倾向情绪是盲目的，唯其盲目所以反对时甚难，的确是难。怎样的难法？我们自从整风以来，我们讲主义的话，他和教条主义不同，教条主义是时长日久，已经生了霉，虽然是感冒了的鼻子，亦可以嗅出来。山头主义就不同，那个东西形容起来难得形容，好像是既无声，又无色，来无踪，去无影，飘飘忽忽，（笑）所以它不容易看到，要用心看。因为是盲目的，就要好好的看，坐下看，才可以看出来。我们要看盲目的山头主义情绪倾向，最难是在什么地方？最难最主要的是在：看出山头是难，看出自己的山头主义是所谓难上加难。有几难焉？看人容易看己难，一难也；责人容易责己难，二难也；口说容易手做难，三难也；外科容易内科难，四难也。在皮肤上生了疮，擦一些二百二、碘酒就可以好，如果是内科有心脏病或者脑膜炎这一类病就难治。我们应该用一切力量克服此四难，这四难克服了，就天下太平，我们就会像一个和睦的家庭一样。（鼓掌）[26]

[26] 中共中央党史研究室、中央档案馆编：《中国共产党第七次全国代表大会档案文献选编》第3卷，中共党史出版社2022年版，第822—825页。

傅钟的发言，真情实感，恰到好处，"山内山外""坑坑洼洼""小山包包"，比喻贴切，形象生动，大小道理一起讲，入脑入心，风趣幽默，"四难"总结，画龙点睛，赢得了中共七大代表的热烈掌声，笑声不断。

毛泽东听了，而且记了。

第二天，也就是5月24日，在七大第17次全体会议上，毛泽东代表主席团作关于选举方针的报告。在讲到"要不要照顾各方面？就是所谓要不要照顾山头？"的问题时，毛泽东先后三次点名傅钟。

关于第二点，要不要照顾到各方面？这个问题，就是所谓照顾山头的问题。也有两种解决方法，一种是要照顾，一种是不要照顾。主席团认为还是要照顾才好。昨天傅钟同志在这里讲了一篇很好的话，我全篇都赞成。在选举上，应不应该照顾山头？应不应该照顾到各方面？我看那个主张不应该照顾山头、不应该照顾各方面的意见，也是一个理想，但事实上行不通，事实上还是要照顾才好，照顾比不照顾更有利益……山头主义的情绪，也有各种各样的程度上的不同，比如一、四方面军就有不同，一方面军里又有好几个部分，昨天傅钟同志讲了。有一、二、四方面军的区别，还有三军、七军、十军等的区别，因为在各个地方工作，情况不同，关系搞得不好，这就有山头主义倾向，但有些也是我们工作没有做好造成的。昨天傅钟同志讲了山内山外的关系，彼此间关系好，山头主义就可以消灭。但许多事情还带着盲目性，工作就做不好，这就要先分析一下。现在我们在这里搬石头，搞关系。现在我们来他一个总结性的办法，把大小石头纷纷搬开，这样关系就会好一点，山头就少了，山头主义也就少了，这样就搞掉了一半；再把相互关系搞好一点，那一半也没有了。有山头而没有主义，另外来一个主义叫做马克思主义，叫做山上的马克思主义。从前有人讲山上无马克思主义，现在我们把这个"无"字改一下，叫做山上有马克思主义。如果山上没有马克思主义，那我们七大就没有马克思主义了，因为七大是在清凉山开的。[27]

瞧！毛泽东多么风趣幽默！

在轻松愉悦的讲话中，为了团结，毛泽东再次强调："一定要认识山头。从前我们说要承认山头，承认世界上有这么一回事，或者讲认识山头更确当一点，要了解它。照顾也一定要照顾，认识了以后才能照顾，照顾就能够逐步缩小，然后才能够消灭。所以消灭山头，就要认识山头，照顾山头，缩小山头，这是一个辩证关系。山头的关系搞好了，首先是山内的，然后是山外的，山头主义很快就可以消灭了，所以不要怕。将来许多年之后，全国铁路如网，飞机也比这几天来往的要多，那时，你再找山头就没有了。没有全国产业的发展、交通的便利，要彻底消灭山头主义是不可能的。现在我们的革命发展了，根据地也更多了、壮大了，如果我们去掉盲目性，

[27] 中共中央文献研究室编：《毛泽东在七大的报告和讲话集》，中央文献出版社1995年版，第167—168页。

比较善于处理矛盾，那末问题就一定能解决得比较好。"

毛泽东谆谆告诫中共七大代表们：现在，大家眼望延安，信仰延安，我们每到一处，不要当钦差大臣，要先看到人家的长处，都要"鞠躬尽瘁，死而后已"，才能够很好地团结全党、团结全国人民走向胜利。

3　决议历史：要英勇奋斗，又要谦虚谨慎；有漏洞就改，原则是"坚持真理，修正错误"

六届七中全会会议时间之长绝对超出了我们的想象，共计开了11个月，直至中共七大预备会议开幕前一天的1945年4月20日才结束，共开了8次全体会议。

六届七中全会为啥要开这么长的时间呢？

这次会议的主要任务是在整风运动的基础上全面总结党的历史经验，为七大召开做准备。因此，作为全面总结党的历史经验的最基础的工作——起草历史决议，也是六届七中全会最为重要的工作。

出席这次会议的中央委员共17人，分别是：毛泽东、朱德、刘少奇、任弼时、周恩来、康生、彭德怀、洛甫、邓发、陈云、博古、罗迈、李富春、吴玉章、杨尚昆、孔原、陈郁。因病请假者4人：王稼祥、王明、凯丰、关向应。因公出差的3人：林伯渠、董必武、李立三。参加会议的各方面负责同志共12人，分别是彭真、高岗、贺龙、林彪、叶剑英、陈毅、刘伯承、聂荣臻、朱瑞、徐向前、谭政、陈伯达，这12人均有发言权。会议记录由胡乔木和王首道担任。

自1921年以来，中共曲曲折折的历史犹如一条坎坎坷坷的山路，在1944年这个阳光灿烂的夏天开始走出深山，走向坦途。

用一右三"左"来形容中共大革命时期和土地革命时期的历史是恰如其分的：先是陈独秀的右倾错误，接着是瞿秋白的"左"倾盲动、李立三的"左"倾冒险，再就是王明、博古的"左"倾教条主义错误，长征中又发生了张国焘的分裂。到了抗日战争时期，又出现了王明的右倾机会主义错误。为了把中共党史搞清，检讨过去中央领导路线的是非，从1941年"九月会议"开始，深受错误路线之害的毛泽东花了极大的精力，领导全党高级干部学习研究中共党史，并从1942年2月开始了全党性的整风学习运动，来提高广大党员干部的马克思主义水平。再经过1943年的"九月会议"，使中共广大高级干部认清了路线是非，因此起草历史决议的问题再次提上了议事日程。毛泽东决心要还中共的历史一个清白，让中共之舟驶上一条正确的航道。

六届七中全会的会期在中共历史上不仅是创纪录的，而且这次会议还具有划时代的意义：第一次会议选举通过了由毛泽东、朱德、刘少奇、任弼时和周恩来组成的七中全会主席团，毛泽东为中共中央委员会主席；这五人在一年后召开的中共七大上均当选为中共中央书记处书记。中共历史上著名的"五大书记"，即由此而来。

那么这个原本只准备开2个月的会议，为什么一下子开了11个月呢？

毫无疑问，一个最为重要也最为直接的原因就是历史决议的起草和修改。

为历史写决议，这确实是一项政治性、理论性、思想性很强的高难度工作。十天前，中央书记处就成立了党内历史问题决议准备委员会，任弼时作为召集人负责主持历史决议的起草工作。对于任弼时的这个"草案初稿"，毛泽东等中央领导看了，不甚满意。于是，毛泽东指定胡乔木以任弼时的稿子为基础，重新起草一个稿子。但大家仍然感到不满意。于是，中央又指定熟悉这段历史的张闻天参加修改。至此，经过半年多的琢磨，历史决议的大思路和基本格局确定了。

从1945年春天开始，毛泽东在这个"抄清件"上亲自动手进行了修改，前前后后至少又改了7次。第一次修改，毛泽东就将标题改为《关于若干历史问题的决议（草案）》。历史决议的题目从此就定了下来，随后又经过大家七八次的反复修改。第二次修改，毛泽东主要对涉及中共党史上的一些重要事件和人物的评价增加了一些有分量的话：强调了六大的正确方面；批评四中全会在过分地打击犯"立三路线"错误的同志、错误地打击所谓犯调和路线错误的同志后，还错误地打击了当时所谓右派中的绝大多数同志，并对受打击的被诬为右派的何孟雄、林育南、李求实等作出了肯定的评价；还指出遵义会议纠正了当时具有决定意义的军事上和组织上的"左"倾错误，确立中央的新的领导，这是中国党内最有历史意义的转变。他还在第二部分结尾处加写了"团结全党同志如同一个和睦的家庭一样，如同一块坚固的钢铁一样"这段话。第七次修改，毛泽东在分析"左"倾错误路线的社会根源时，加写了一个非常重要的观点，即"一般地说，在资产阶级与无产阶级分裂的时期，轻易发生'左'倾错误。在资产阶级与无产阶级联合的时期，轻易发生右的错误"。这个观点，后来经过修饰和润色，成为毛泽东的名言之一。就这样，历史决议稿在经过反反复复的修改后，终于在六届七中全会第5次大会召开前五天大体上定型。

在会议期间和历史决议起草修改过程中，对四中全会的评价始终是一个敏感的话题。有人提出，历史决议草案中应写上教条宗派和经验宗派，要求写上王明"左"倾路线使白区工作损失百分之百，根据地损失百分之九十，不同意四中全会与临时中央是合法的。为此，毛泽东耐心地作了说服和解释工作。

3月25日，六届七中全会主席团决定将《关于若干历史问题的决议》由原来定于中共七大讨论并通过，改在六届七中全会上讨论通过。为什么要做出这样重大的变动呢？

3月31日，在六届七中全会全体会议讨论中共七大政治报告时，毛泽东专门作了《对〈论联合政府〉的说明》。在这个说明中，毛泽东讲了一段感人肺腑的话，体现了大党领袖的格局、胸怀和气度，展现了毛泽东作为政治家的成熟和高明之处。他说：

> 刚才几位同志提到大会的精神算不算旧账的问题。不算旧账当然不是一个口号，总结经验也可以说是算账，但我们的算账不要含有要搞垮谁的意思。参加七中全会的同

志应当用很好的理由与态度去说服七大的代表们要有这种自觉，把过去历史问题托付给七中全会解决比较好，以便自己集中力量解决抗战建国的任务。过去的历史错误主要是一个社会现象，由于党在政治上不成熟，犯错误的同志是因为不自觉，以为自己是对的才要党内外打倒一切。现在大家都觉悟了，主要思想都一致了，王明同志最近写信给我，也赞成反对国民党反动派与团结全党两点，这是很好的。如果在大会上讨论历史问题，势必要扯两三个星期，转移了中心议题，而结果仍不会超过现在的决议草案。扯到军事历史、华北历史、各个山头等等，更是扯不清楚。决议草案中没有说百分之百[28]，没有说品质，没有说非法，也没有说宗派，这些不说至多成为缺点，而说得不对却会成为错误。遵义会议、六中全会都采取了这个方针。[29]

靠什么团结？凭什么胜利？毛泽东的这段表述，为我们从一个角度在中共党史中找到了答案。

在延安，在扩大的六届七中全会，毛泽东反复跟大家说，七大的任务是争取胜利，只有团结才能胜利。由小块团结达到大块团结。胜利主要靠我们党的团结与政策，胜利的一切客观条件，是已经存在着。现在主要的就在于主观的指导，但必须警惕失败。我们懂得根据情况决定政策，根据政策解决问题，解决问题要有中心，"七大的方针是只解决已经成熟的问题，故历史问题延至现在的七中全会解决才成熟，各地的历史问题现在就不必急于解决，因为不成熟"。

毛泽东坚决主张在六届七中全会上解决历史问题，他说："哪怕最后剩下我一票，也坚决主张在七中全会解决。"其实，在六届七中全会上解决，实际上等于七大解决。只有在六届七中全会解决，七大才能开成团结的大会、胜利的大会。否则，便解决不好，开成了"山头会议"。七大的政治报告，关系中国的政治前途命运。毛泽东甚至提出了一个问题：我们是开胜利的会议，还是要开失败的会议

[28] 此处指的是王明"左"倾路线导致"白区工作损失百分之百、根据地损失百分之九十的问题"。

[29] 中共中央文献研究室编：《毛泽东在七大的报告和讲话集》，中央文献出版社1995年版，第101—102页。

呢？七大不能开成"山头会议"，如果开成"山头会议"就失败了。毛泽东主张七大的作风应来一个革命，不要随便作总结，反对随便作总结的作风。七大要成为开会的模范。要向前看，不要向后看，中心要摆在当前的任务上，不要扯在历史问题上，忘了我们的任务。

在中共七大预备会议上，毛泽东再次强调了他的观点：

> 现在讲一讲《关于若干历史问题的决议》。这个决议，经同志们详细讨论过。同志们提议将这个问题交七中全会处理，不提交大会，使得大会成为团结的大会，胜利的大会。这个意见很好，这是为全党、为全国的人民、为党的将来着想的。决议昨天七中全会基本通过了，交给大会以后的新中央采纳修改。
>
> 大会的工作方针就是团结和胜利。大会的眼睛要向前看，而不是向后看，不然就要影响大会的成功。大会的眼睛要看着四万万人，以组织我们的队伍。[30]

[30] 中共中央文献研究室编:《毛泽东在七大的报告和讲话集》，中央文献出版社1995年版，第9—10页。

进入4月，七大马上就要召开了，毛泽东极其耐心、诚恳地对中共七大代表们做好说服工作，对历史决议问题作出指示要求。他说：历史问题酝酿了10年，讨论了3年，到今天才得到了成熟。这个成熟，才得到了原则上的解决。这成熟，成为七大的序幕。中国革命经过了三个阶段，到今天才得到成熟的解决。凡总结历史问题，必须在后一个阶段，才能看清前一个阶段，将来还要总结的。历史发展到第二、第三阶段，才能很好地解决总结第一阶段的问题。社会发展史也是如此。比如，遵义会议，解决了军事问题和组织路线两个问题。当时也只能解决这两个问题。今天解决了政治路线，再加进去也不迟，如果先总结了，又不对了，又取消了，那便犯错误了。

对历史决议草案中没有说"左"倾路线造成白区损失百分之百、苏区损失百分之九十的问题，没有说犯错误者的品质问题，也没有说四中、五中全会的非法问题，也没有说教条宗派、经验宗派问题，也没有说国际招牌问题，毛泽东说：这些不说，我看至多是缺点；说得过分，说得不对，却会造成错误。今天不写，对党是有利的，不写不等于否定。我们做事不要把武器用完了。如我们的枪不要把子弹一气用完了，用完了，枪带在身上，反成了累赘。共产国际的问题为什么不提？故意不提的。共产国际现在不存在了，我们也不把责任推给共产国际。共产国际对中国革命总的来说是功大过小，犹如玉皇大帝经常下雨，偶尔不下雨还是功大过小。中国革命是中国人的事，中国人应多负责任。不写钦差大臣好。数目字，要说要用，看在什么时候，在今天还是不写的好。

显然，这个时候的毛泽东，已经比1941年"九月会议"和1943年"九月会议"时更成熟更稳健了，也更从容更自信了，更有大党领袖的风范了！

在中共七大预备会议上，毛泽东饱含深情地回顾了马克思主义在中国的传播过程和中国共产党创建的历程。他说：

> 从古以来没有这样的人民，从古以来没有这样的共产党。在这二十四年之中，经过共产主义的小组，经过北伐战争，轰轰烈烈壮大起来了。但中间被人家拦腰一枪打在地上，爬将起来又和他打，叫做土地革命。从一九二一年至一九二七年主要是北伐战争，从一九二七年至一九三七年是国内战争，一九三七年至现在是八年抗日战争。现在的同志经历三个时期的不多，经历两个时期的那就很多。这是就我们全党讲。在座的代表中，这个统计还没有做，究竟是三朝元老多，还是两朝元老多，还是一朝的多，现在还不知道。这二十四年我们就是这样走的：七年是从建党到北伐战争，十年国内战争，八年抗日战争。我们党尝尽了艰难困苦，轰轰烈烈，英勇奋斗。从古以来，中国没有一个集团，像共产党一样，不惜牺牲一切，牺牲多少人，干这样的大事。
>
> 第一次大革命的七年当中，党员的最高数字不超过六万

人。被人家一巴掌打在地上，像一篮鸡蛋一样摔在地上，摔烂很多，但没有都打烂，又捡起来，孵小鸡，这是一大经验。被人家打了一枪，发了气，再干，干得很好，如打倒封建势力，打倒帝国主义，很对。蒋介石与帝国主义、封建势力勾结，我们就提出革命口号，叫打倒蒋介石，和他打了十年。打蒋介石是不错的，但是如何组织队伍，以及组织了队伍又如何放枪，这就发生了很多不同的意见，这就是我们在《关于若干历史问题的决议》上所讲的。大体上说，不同的意见主要不外乎这三个问题：第一，什么是敌人，什么是朋友；第二，如何组织队伍；第三，如何打法。在这三个问题上发生的分歧中，有一部分同志的意见大体上比较恰当，适合中国国情，比较正确些，在组织队伍、如何打法的问题上比较好一些，但也不是十全十美的。当时党内的同志天南地北，除了几个被国民党悬赏几万元捉拿的人以外，大都互相不知道。可是意见可以相同，或者在这样一个问题上相同，或者在那样一个问题上相同。[31]

对决议草案中没有就抗日战争时期党的路线问题作结论之事，毛泽东在七大预备会议上又对全体代表作了解释：七大的方针是只解决已经成熟的历史问题，没有成熟的问题都不必急于作结论。毛泽东说：《联共党史》是一九三八年出版的。苏联一九一七年就胜利了，三八年才由中央出版《联共党史》，经过二十年，可见此事不易。我们在这个短短的历史决议案中，要把二十四年的历史都写进去，那就更不容易。自然我们还不是修党史，而是主要讲我们党历史上的'左'倾错误，讲党史上一种比较适合于中国人民利益的路线与一种有些适合但有些不适合于中国人民利益的路线的斗争，无产阶级思想同小资产阶级思想的斗争。这个问题经过了几年的酝酿，现在比较成熟了，所以写出决议案把它解决了。至于抗战时期的问题，现在还没有成熟，所以不去解决它。这个历史决议案，在将来看，还可能有错误，但治病救人的方针是不会错的。"

[31] 中共中央文献研究室编：《毛泽东在七大的报告和讲话集》，中央文献出版社1995年版，第6—8页。

显然，这么做是科学的、务实的、负责任的，也展现了一种境界。

与此同时，毛泽东告诫大家既要谦虚谨慎戒骄戒躁，也不要杞人忧天。他叮嘱大家：

> 我们现在还没有胜利，力量还小，前面还有困难。我们有九十多万军队，但不是集中的，而是被分割的，打麻雀战；我们根据地有九千多万人口，但也不是一整块，也是被分割的；我们的敌人还很强大，有强大的日本帝国主义，还有国民党，这两个敌人不是一个类型的，一个守着我们的前门，一个守着后门。所以我们必须谨慎谦虚，不要骄傲急躁，要戒骄戒躁。谦虚就不骄，就可以戒骄。从前讲"大贾深藏若虚"，做生意的人本钱大他就藏起来，如像没有一样。我们也是这样，我们要保持谦虚。在我们的历史上也有这样的教训，就是大不得，小了就舒舒服服，没有事情，一大就胀起来了，脑壳胀得很大，骄傲起来了，心里也躁了，躁得很。急躁和骄傲是连在一起的，骄傲就要急躁，急躁的人没有不是骄傲的、不谨慎的、粗枝大叶的。我们现在学会了谨慎这一条。搞了一个历史决议案，三番五次，多少对眼睛看，单是中央委员会几十对眼睛看还不行，七看八看看不出许多问题来，而经过大家一看，一研究，就搞出许多问题来了。很多东西在讨论中你们提出来了，这很好，叫做谨慎从事。要慢慢来，天塌不下来的。从古以来，天都没塌下来过。以前有一个杞国，有人怕天掉下来，天天忧愁，谓之"杞人忧天"。到现在几千年了，二十四史都没说天掉下来过。就是掉下来，我们同志当中也有几个很高的可以撑住，不要紧。若干历史问题的决议，经过三番四复的研究，现在还是基本通过，选举了新的中央委员会之后，再拿去精雕细刻。但这样是不是还会有漏洞呢？还可能有。经过十年八年之后，修中共党史

的时候可以看出来，如果有漏洞，就是有漏洞，就说"这一条历史过去搞掉了，不对，要重新添上"。这没有什么，比如积薪，后来居上，我们对前人也是这样的。有漏洞就改，原则是坚持真理，修正错误。[32]

4月20日，扩大的六届七中全会最后一次会议在杨家岭召开。任弼时主持。

在这次会议上，毛泽东对《关于若干历史问题的决议》草案作了说明。他说："治病救人的方针证明是有效的，要看什么时候需要强调哪一个方面。前年十二月以后治病太多，救人差一点，所以去年就多加些'甘草'。最近的情形也是如此。一九四〇年不许提路线，一九四一年谈了路线，以后就发生了王明同志的问题。他养病的时候，我们整了风，讨论了党的历史上的路线问题，'项庄舞剑，意在沛公'，这是确实的，但'沛公'很多，连'项庄'自己也包括在内。发展的过程就是如此。到了现在，这个决议就比较好，把治病救人两方面统一起来了。王明同志写了这封信，内容有无缺点错误还可以研究，但其态度是好的，应该欢迎的。其他许多同志的意见都很好。错误不是少数人的问题，写几个名字很容易，但问题不在他们几个人。如果简单地处理几个人，不总结历史经验，就会像过去陈独秀犯了错误以后党还继续犯错误一样。对陈独秀应该承认他对中国共产党和中国人民是有功劳的，大体上如同俄国的普列汉诺夫。李立三在大革命时代也有功劳。党是政治团体，不是家族或职业团体，党员都是来自五湖四海，因为政见相同结合起来的。政见不同就要有争论，争论时要分清界限。"[33]

由于会前毛泽东、任弼时等做了大量细致的准备工作，所以六届七中全会进行得很顺利。与会同志完全同意决议草案的内容，对决议草案未提宗派问题、未讲品质问题和对抗战时期的历史问题不作结论这些重大原则也都拥护。历史上犯过错误的同志对这个决议举手赞成，就像博古所说：这个决议是在原则上很严格，而态度对我们犯过错误的人是很温和的。我了解这是给我们留有余地。治病

[32] 中共中央文献研究室编：《毛泽东在七大的报告和讲话集》，中央文献出版社1995年版，第10—11页。

[33] 中共中央党史研究室、中央档案馆编：《中国共产党第七次全国代表大会档案文献选编》第1卷，中共党史出版社2022年版，第206页。

救人，必须我们自己有觉悟，有决心和信心。我们要从头学起，从头做起，愿意接受这个决议作为改造自己的起点。博古等在发言中真诚地表示拥护这个决议，并向那些曾经受过错误路线迫害的同志道歉。任弼时在发言中坦率地谈到他对毛泽东的认识过程，特别说道："皖南事变后毛对政策的掌握，直至整风中的思想领导，使我产生了佩服和信赖。"

最后，毛泽东从历史决议的重要意义、对历史决议中的一些历史问题如何估价、治病救人问题、好事挂账问题和防止敌人利用等五个方面发表了讲话。他说：决议不但是领导机关内部的，而且是全党性质的，与全国人民有关系的，对全党和全国人民负责任的。哪些政策或哪些部分在群众斗争中证明是适合的，哪些是不对的，如果讲得合乎事实，在观念形态上再现了24年的历史，就对于今后的斗争有利。错误不是少数人的问题。政见不同就要有争论，争论时分清界限是必要的。决议要写几个名字很容易，但问题不在他们几个。但今后要少戴帽子为好。

在七大预备会议上，毛泽东对这些问题再次对全体七大代表作出解释：

> 历史决议案上的问题，是关系到多数人的问题还是少数人的问题？我说是关系到多数人的问题，关系到全党和全国人民的问题。所以我们要谦虚谨慎，不要骄傲急躁，这是多数人的问题，也是我们自己的问题。少数人的问题是容易解决的，比如提名字，提上一两个人的名字，那并不难，但多数人的问题并不是那样容易解决的。我们这次写历史决议案是很谨慎的。
>
> 我们在其他问题上，也应该这样。我们要英勇奋斗，但又要谦虚谨慎。历史的教训就是要我们谦虚谨慎。过去有的同志很急躁，希望革命明天就胜利。但是可惜没有胜利，一拖拖了十年。有了三十万党员、几十万军队，头大了，急躁起来了，结果只剩了一个陕北。有人说，陕北这

地方不好，地瘠民贫。但是我说，没有陕北那就不得下地。我说陕北是两点，一个落脚点，一个出发点。七大在陕北开会，这是陕北人的光荣。陕北已成为我们一切工作的试验区，我们的一切工作在这里先行试验，在这里开七大，在这里解决历史问题。[34]

为了增强党的团结，毛泽东在大会小会、会上会下，三番五次地对七大代表们强调："从前许多同志都苦于中国没有马、恩、列、斯那样的革命领袖，我也是如此，中国的落后不能产生列宁那样的伟人。现在提出一个任务，就是加强对马、恩、列、斯著作的学习，首先是我需要加强。凡是政治上过去犯过错误现在改正了的同志，我们都要团结他们，全党要像决议上所说的团结得如同一个和睦的家庭一样。这个支票是要兑现的。决议把许多好事挂在我的账上，我不反对，但这并不否认我有缺点错误，只是因为考虑到党的利益才没有写在上面，这是大家要认识清楚的，首先是我。孔夫子七十而从心所欲不逾矩，我即使到七十岁相信一定也还是会逾矩的。"

8月9日，中共七届一中全会第二次会议一致通过了《关于若干历史问题的决议》，并于8月12日正式印成了中共党内文件。经过3年时间，毛泽东直接参与起草并反复修改，全党高级干部直至中央委员会全体会议多次讨论，一个伟大的历史文献终于诞生了。它总结了中共党的历史经验，特别是对六届四中全会至遵义会议期间中央的领导路线问题作出正式结论。以"历史决议"的方式决议历史，这在中共党史上是空前的创举，在整个国际共产主义运动历史上也是绝无仅有的。胡乔木说："党的历史上没有这样的文件。拿过去历史上党的决议看，如四中全会决议等，对比一下，就显出来这是完全不相同的，这时有从容的环境，以前没有。以前有一些决议是苏联人或共产国际的人写的，写好了拿到我们党中央来通过，如八七会议的决议。别人代我们总结，我们予以通过。"[35]

在七大预备会议上，毛泽东在谈及历史决议时，再一次把自己摆进去，以身说法，承认自己在干革命的过程中也有犯错误的时

[34] 中共中央文献研究室编：《毛泽东在七大的报告和讲话集》，中央文献出版社1995年版，第12页。

[35] 胡乔木：《胡乔木回忆毛泽东》（增订本），人民出版社2014年版，第73页。

候。他十分谦虚又诚恳地说：

> 共产党里头闹别扭的有两个主义：一个教条主义，一个经验主义。这个决议上说我曾受了多少次的打击，我说要勾掉。还有说反罗明路线就是打击我的，事实上也是这样，但是把它勾掉好，不必写这些。我这个人也犯过错误。一九二七年我写过一篇文章，有马克思主义的观点，但是在经济问题上缺乏马克思主义的观点，所以经济问题写错了。[36] 此外，在二十多年的工作中，无论在军事、政治各方面，或在党务工作方面，我都犯了许多错误。这些东西都没写上去，不写并不是否定它。因为按照真实历史，真实情形，我是有错误的。又如最近写决议案，写过多少次，不是大家提意见，就写不这样完备。我们大家都是半殖民地半封建社会出来的人，只有这样多的一点知识，这样大的一点本领。说我毫无本领，一点也不懂马列，那我也不同意。一个托派分子，过去是共产党员，名叫叶青，他说毛泽东这个人一点马列主义也没有，只有一个主义叫做毛泽东主义，代表农民小资产阶级的主义。这我不赞成。好像我这里没有，他那里倒有很多马列主义，甚至都在他那里。说我马列主义成了堆，那也不是。人家喊万岁，我说我五十二岁。当然不可能也不应该有什么万岁，但总是引出一个任务来，即还要前进，要再长大一点。说懂一点马列主义，也引出一个任务来，也是要前进。全世界自古以来，没有任何学问、任何东西是完全的，是再不向前发展的。地球是在发展的，太阳是在发展的，这就是世界。停止了发展就不是世界。[37]

发展是硬道理。经过整风运动，完成历史决议，王明在土地革命战争时期的"左"倾教条主义和抗日战争初期的右倾机会主义，在中共党内得到了揭露和批判。这是中共自我教育、自我革命的一

[36] 这里可能是指1927年3月至4月在中共湖南区委机关刊物《战士》周报上最早发表的《湖南农民运动考察报告》中的一个观点，讲的是农民受商人剥削，不得不采取消极自卫，"农村将完全退缩到自足经济时代"。后来毛泽东修正了这个观点。

[37] 中共中央文献研究室编：《毛泽东在七大的报告和讲话集》，中央文献出版社1995年版，第13—14页。

次思想大洗礼，也是一次精神大塑造。从此，中共的政治、思想和组织路线在毛泽东思想的旗帜下实现了高度统一，开辟了新的时代。

时间流逝，历史永存。今天，作为后来者，我们来追叙和回顾这段惊心动魄的历史，有一个极其重要的细节必须注意，一定要搞清楚：延安整风运动是分三个层面的，第一个层面是全党整风，第二个层面是中高级领导干部整风，第三个层面是中央政治局整风。而有关批判王明错误的问题，是按照从高到低，先从第三个层面再局部地扩大到第二个层面的。当1945年8月中共七届一中全会第二次会议一致通过《关于若干历史问题的决议》的时候，毛泽东特别要求《关于若干历史问题的决议》只能印成党内文件，而且不印发全党。也就是说，这是中共中央的一个秘密文件，除了中央委员以上的高级干部之外，全党的普通党员是无法看到的。

实际上，《关于若干历史问题的决议》正式公开是1953年的事情了。1950年8月19日，毛泽东致信中央政治局，希望将这份历史决议作为附录收入《毛泽东选集》第二卷，"须作若干修改，并加上陈秦二同志名字"，请政治局委员们审阅，提出意见。陈为陈绍禹，即王明；秦为秦邦宪，即博古。随后，中央政治局委员都圈阅同意。最后编入《毛泽东选集》第三卷，于1953年4月出版。遵照毛泽东的意见，参加《毛泽东选集》第三卷编辑工作的田家英、胡乔木和陈伯达，对历史决议主要作了四处改动。

第一处改动，是凡有"毛泽东思想""毛泽东思想体系"用语的地方一律删去，有些是毛泽东亲笔修改的。毛泽东在七届二中全会上曾经强调，不要把他与马、恩、列、斯并列，说"如果平列起来一提，就似乎我们自己有了一套，而请马、恩、列、斯来做陪客，这样不好，我们请他们是做先生的，我们做学生"。所以毛泽东在相当长的时间内不赞成恢复使用"毛泽东思想"这个概念。个中的原因，胡乔木认为与苏联共产党对毛泽东思想的提法不感兴趣密切相关。中共从一开始就是在苏共、共产国际帮助下发展起来的，它在给中共许多积极东西的同时，也给了许多消极的东西。通过整风，历史决议反映全党要求，毛泽东思想确立了在全党的地位，不可避免地有对着苏共干的意思。尽管共产国际解散,但苏共拒绝承认毛泽东思想。苏联报刊绝口不提,这是一个禁区。从苏中友好和中国革命的前途出发,毛泽东决定在历史决议中删除"毛泽东思想"这个提法,并且在 1956 年八大不提了。直到 20 世纪 60 年代初,中苏两党开始论战以后,中共中央才恢复使用毛泽东思想的提法。[38]

[38] 胡乔木:《胡乔木回忆毛泽东》(增订本),人民出版社 2014 年版,第 329—330 页。

第二处改动,就是根据毛泽东 1950 年 8 月 19 日的意见,在讲到土地革命战争时期的"左"倾路线处,点了陈绍禹(王明)、秦邦宪(博古)的名字。可见 1945 年 8 月在延安通过《关于若干历史问题的决议》时并没有点王明和博古的名字。直到 1953 年 4 月《毛泽东选集》第三卷出版时,才正式将王明的本名陈绍禹写进历史决议,而且称呼依然为"同志"二字。这是为什么呢?胡乔木认为,毛泽东决定在 20 世纪 50 年代点王明、博古的名,其实没有其他特别严重的意义,因为"犯路线错误的,陈独秀、瞿秋白、李立三都已经在文件中点了名。王明、博古的'左'倾错误比瞿、李要严重得多,不点名,对这些历史问题摆不平"。

第三处改动,是加重了斯大林对中国革命正确指示的分量。

第四处改动,是将左倾路线的左字都打上了引号,即改为"左"倾路线,一直沿用至今。

到了 1953 年的这个时候——博古因乘坐的飞机在晋西北的兴县黑茶山失事,已于 1946 年 4 月 8 日遇难——历史决议中被点名的人只剩下王明一个人健在,这难免对他也是一种精神刺激。但毛泽东的本意不是冲着王明本人去的。王明当然是王明错误倾向的代表,而作为一个概念(政治的或者历史的),像毛泽东思想并非就是指毛泽东一个人的思想一样,党史上所谓"王明路线"的提法也并非仅指王明个人。

毛泽东在延安整风中提出批判王明路线,尽管其中曾短暂出现了过高的上纲和过火的批判,但始终是采取"惩前毖后,治病救人"的方针,没有任何人身攻击,更没有上升到品质问题。也就是说,毛泽东发动和领导的这次党内斗争,相对于 20 世纪 30 年代江西苏区的"残酷斗争、无情打击"来说,既没有把肃反"逼、供、信"的错误做法搬到党内来，也没有采取简单化的"惩办主义"，这是一个极大的进步。

毛泽东为什么要在六届七中全会和《关于若干历史问题的决议》中，不断地要强调团结，要鼓励进步，要强调成绩？毛泽东说：实际上，我们党在24年来成绩是大的，各种错误合起来，才不过5年零4个月。即使就在这5年零4个月中，中国革命群众及广大干部也还在轰轰烈烈地斗争。所以，在这5年零4个月之外的绝大部分时期，大部分是成绩。如果不写这伟大成绩，那便是错误。七大开会的时候，我们一定要照顾到一万万人的利益，不要缠在少数人的问题上。我们过去破坏够了，是急需要建设的时候了，要求大家对历史问题有明确坚决的态度。弄通思想，要兑现，不仅表现在历史文件认识上，且要表现在将来的选举上。[39]

就这样，中国共产党在毛泽东的领导下，通过延安整风，作出《关于若干历史问题的决议》，顺利召开七大，一环接着一环，与时俱进，一步接着一步，行稳致远，在毛泽东思想的旗帜下空前团结起来了。

六届七中全会通过了《关于若干历史问题的决议》，拉开了七大的序幕。

那个时候，国民党特务机关集合了一些叛徒和反共分子，在西安组成一个所谓的非常委员会，目的是想在中国搞出两个"共产党"来，迷惑群众，混淆视听，印刷散发所谓《新共产党告中国共产党书》，发布宣言，口号是打倒毛泽东。对此，毛泽东做好了准备。他在七大预备会议上强有力地说："我们这个历史决议出来后，敌人一定会利用它。但是我们不管他们利用不利用，还是作出了这个历史决议。我们要不听任何敌人的挑拨。党内也可能有一些有歪风的人进行挑拨。不要怕这些挑拨。在党内，在革命队伍内，我们有一条方针，就是团结，在原则基础上的团结。总起来说，我们党二十四年来有成绩，成绩也相当的大。我们要继续抓紧马克思主义的武器，要有自我批评的精神，全党团结如兄弟姊妹一样，为全国胜利而奋斗，不达胜利誓不休！"

[39] 中共中央党史研究室第一研究部编：《七大代表忆七大》（上），上海人民出版社2006年版，第641—642页。

"大会的眼睛要向前看,而不是向后看。""大会的眼睛要看着四万万人,以组织我们的队伍。"毛泽东誓言要把中共七大开成一个模范的大会。这个模范的意义,一个是团结,一个是胜利。

4 "盛会相逢喜空前"。中国共产党第一次在中国公开召开全国代表大会,这是恰逢其时的盛会

1945年的延安,不愧是红色的首都。

毛泽东说得特别准确,陕北是两点,一个是落脚点,一个是出发点。

落脚,是历史;出发,是未来。

现在,从1939年开始,经过4年多的准备,长城内外、大江南北的代表们从五湖四海赶来了,延迟了17年的七大就要开幕了。

真是天时、地利、人和,一个也不能少,一个也没有少!虽然延迟了17年,但从国际国内形势来看,此时正处于第二次世界大战暨中国人民抗日战争即将赢得胜利的前夜,这不是迟到的大会,而是恰逢其时的盛会!

如此规模的盛会,大会的组织机构是什么样子?勤务保障工作又是如何开展的呢?我们回到历史的现场来看一看。

在1944年5月21日召开的六届七中全会第一次全体会议上,就通过了由毛泽东、朱德、刘少奇、任弼时、周恩来组成七中全会主席团,毛泽东为中共中央委员会主席及七中全会主席团主席。会议决定,在全会期间由主席团处理日常工作,中央书记处及政治局停止行使职权。

六届七中全会持续了11个月,是1945年4月20日结束的。第二天4月21日,就召开了中共七大的预备会议。

按照六届七中全会的提议,七大准备委员会秘书长任弼时,以中共七大秘书长候选人身份主持了七大预备会议。任弼时是湖南人,1904年出生于湘阴县塾塘乡(今属汨罗)一个教员之家,因家境困

难无法继续学业，1920年加入毛泽东、何叔衡等组织的俄罗斯研究会，随后经研究会介绍到上海参加俄语学习班，在那里加入了中国社会主义青年团，从此走上革命的道路。在八七会议上进入中央政治局，成为党史上最年轻的政治局委员。其间曾被捕入狱，后经党组织营救出狱。1931年，进入江西中央苏区。长征时期在红六军团和后来的红二方面军负责领导政治工作。1937年秋，随八路军总部东进抗日前线，翌年春又作为中共代表赴莫斯科争取国际支持。1940年，从共产国际回到延安，1941年任中共中央秘书长，从人事安排到吃喝拉撒，谁吃大灶、中灶、小灶都要管，被大家戏称"党内的老妈妈"。任弼时患有高血压，长年带病工作，是中央领导中身体最差的一人，又是最忙的一人，大家又送他一个雅号——"党的骆驼"。

在预备会议上，作为大会主持人，任弼时首先对中共七大为什么迟迟没有召开作出了两点解释。他说：从六大到七大，已将近17年，照讲七大早应举行，但因战争关系，交通分割，迟至今天才开。这固属缺点，但也有其积极方面，在延期当中，一是准备了发展了我们的力量，二是使党的思想更加一致。

这17年间，中共的力量到底发展得如何呢？任弼时说：七大是1937年十二月会议决定准备召集的，当时党员全部只有五六万人，军队八路军、新四军合起来不超过十万人，根据地只陕甘宁边区和冀察晋边区粗具规模，其余均在创造的开始。现在党员有百二十余万，军队近百万，人口近万万，政策是正确的，经过锻炼，已成为全国政治的决定因素。七大是在这样的基础上开的，其意义与作用是非常伟大的。

其次，任弼时讲到了中共在思想上的准备，在这方面的收获也是相当伟大的。他说：从六大到七大，党内思想是相当混乱的。在全党占过统治地位的错误，有"立三路线"及苏维埃后期的"左"倾机会主义路线，而毛主席的思想和路线是受到压制的；这种情况直到遵义会议才改变过来，但小资产阶级思想在党内仍很严重。1941年毛主席指示中央政治局的第一项重要任务就是思想领导，

1942年毛主席的整顿三风的报告后，开始整风，接着是路线学习、审查干部；这一切使党内思想一致，小资产阶级思想的地盘缩小了，审查干部使党的组织上更纯洁，达到了空前的团结。七中全会通过了《关于若干历史问题的决议》，正是空前团结的反映。这将使七大的决议更能贯彻执行。这种思想上的准备，时间经过三四年，其意义是非常伟大的。

基于以上两点原因，任弼时说："七大可以早开三年五年，但绝不会有今天开的这样好，所以说，推迟是有其积极意义的。"

中共七大的组织准备，实际上从1937年就成立了七大准备委员会，当时设委员25人，可是后来七大的准备工作实际是由中央政治局及书记处执行的。六中全会批准了1937年12月的决定，并决定七大的代表名额和议事日程。后来，随着形势的发展，代表名额逐渐增加，议事日程和报告草案的准备工作也相应作出了调整。

任弼时向大会报告说："自去年5月25日中央即召开了七中全会，至昨日始行闭幕。七中全会考虑了七大的议事日程，认为六中全会所通过者，基本上还可采用：第一项，仍然是政治报告《论联合政府》（六中全会议题名为"团结全民族争取抗战胜利"，引者注），六中全会所通过的；第二项'动员工人阶级参加抗战工作'，现无必要，因为关于这方面现有的问题并不太多，可改为军事报告，因为这是当前的中心任务；第三项改为以修改党章为中心来讨论组织问题；第四项仍然是改选中央委员会。七中全会拟定，提出以上四项为七大的主要议事日程。七中全会根据这四项议程，准备了报告的草案，均已准备好了，已由七中全会基本通过，以便向大会作报告。在此期间，七中全会曾考虑到党的历史问题是否提交七大讨论，曾将《关于若干历史问题的决议》草案交各代表团讨论，各代表团均提议，将这一问题交七中全会处理，不提交七大讨论。七中全会慎重考虑后，认为这个提议很合理很好，这样可使七大集中全力注意当前的问题，故接受了各代表团的提议，取消了这一议程。《关于若干历史问题的决议》经昨日七中全会的讨论，已基本通过，不再交七大讨论了。"

随后，任弼时向大会报告了七中全会拟出的七大主席团、正副秘书长及代表资格审查委员会的名单以及七大的会场规则，提交预备会议讨论。同时说明：大会主席团产生后，六大以来的中央委员会就不存在了，其职权就移交给大会主席团，因此主席团的人数不宜太多也不宜太少，七中全会提出15个人为大会主席团。

经过大会举手表决，全体一致通过了七大预备会议通过的几项议案：一、15人组成的七大主席团名单；二、提议任弼时、李富春两同志为大会正副秘书长；三、四项基本议事日程，即政治报告（毛泽东）、军事报告（朱德）、关于修改党章的报告（刘少奇）、选举中央委员会；四、以彭真为主任的25人组成的代表资格审查委员会；五、七大会场规则。

经过大会表决，七大预备会选举七大的大会主席团由15人组成，名单为：毛泽东、朱德、刘少奇、周恩来、林伯渠、彭德怀、康生、陈云、陈毅、贺龙、徐向前、高岗、洛甫、彭真、任弼时。主席团会议决定：主席团以毛泽东、朱德、刘少奇、周恩来、任弼时五位同志组成主席团常委会。

因为参会人数众多，七大准备委员会按照中央的意见，把各省、地区的代表按地区和职别重新分组，最终755名代表分别分到8个代表团，主席团成员也以普通代表身份下沉到各代表团参与会议、讨论、选举。根据实际情况，经过充分讨论酝酿，七大的八个代表团分别为中直军直代表团、陕甘宁边区代表团、晋绥代表团、晋察冀代表团、晋冀鲁豫代表团、山东代表团、华中代表团和大后方代表团。各代表团之下，又按职别、地区等分为不同的小组。经笔者核实有关史料，各代表团人数和负责人名单如下：

（一）中直军直代表团：正式代表29名，候补代表27名，主任为李富春。下设6个小组：杨家岭一组，组长赵毅敏；杨家岭二组，组长吴铁铮（吴德峰）；党校组，组长王鹤寿，副组长黄火青；王家坪组，组长吴溉之；枣园组，组长陈刚；解放社组，组长许之桢。

（二）陕甘宁边区代表团：正式代表94名，候补代表50名，主任为高岗，副主任为林伯渠、贺龙。下设8个小组：第一组（西北局），组长陈正人，副组长马文瑞；第二组（西北局），组长习仲勋、副组长张德生；第三组（边区政府），组长刘景范；第四组（保安处及延属），组长周兴，副组长李景膺；第五、六组（党校），正组长张秀山，组长贺晋年；第七、八组（联防军），正组长谭政，组长甘泗淇。

（三）晋绥代表团：正式代表39名，候补代表13名，主任为林枫，副主任为罗贵波、周士第。下设5个小组：第一组，组长赵林；第二组，组长解学恭；第三组，组长白坚；第四组，组长姚喆；第五组，组长罗贵波。

（四）晋察冀代表团：正式代表95名，候补代表30名。主任为彭真，副主任为聂荣臻、刘澜涛。下设6个小组：第一组，组长马辉之，副组长刘杰；第二组，组长萧克，副组长程世才；第三组，组长罗瑞卿，副组长王宗槐；第四组，组长侯玉田，副组长吕正操；第五组，组长吴德，副组长阎达开；第六组，组长李楚离，副组长成仿吾。

（五）晋冀鲁豫代表团：正式代表78名，候补代表29名。主任为刘伯承，副主任为薄一波、王从吾。下设7个小组：太行第一组，组长蔡树藩；太行第二组，组长杨秀林；太岳组，组长陈赓；冀南第一组，组长徐深吉；冀南第二组，组长陈再道；冀鲁豫组，组长崔田民；前总组，组长傅钟。

（六）山东代表团：正式代表64名，候补代表10名。主任林彪，副主任朱瑞、黄春圃（江华）。下设7个小组：渤海区组，组长朱春和；滨海区组，组长王叙坤；湖西区组，组长邓克明；鲁中区组，组长阎世印；鲁南区组，组长萧家桢；鲁西区组，组长徐运北；胶东区组，组长吕志恒。

（七）华中代表团：正式代表91名，候补代表22名。主任为陈毅，副主任为张鼎丞。下设7个小组：第一组，组长陶铸；第二组，组长潘汉年；第三组，组长喻屏；第四组，组长邵式平；第五组，组长郭述申；第六组，组长刘培善；第七组，组长刘晓。

（八）大后方代表团：正式代表58名，候补代表26名。主任为叶剑英，副主任为陈铁铮（孔原）。下设5个小组：两广组，组长古大存；两湖组（直属及云、贵在内），组长蔡书彬，副组长帅孟奇；闽粤边组，组长方方；江西组，组长钟荣清（钟平）；四川组，组长廖志高。

七大主席团5名常委所属代表团为：毛泽东和朱德分别在晋冀鲁豫代表团太行第一组和前总组，周恩来在大后方代表团两湖组，刘少奇和任弼时都在华中代表团第二组。

中共七大设置大会主席团、秘书处和总务处三个机构，负责大会工作。主席团下设秘书处、政治委员会、组织委员会、军事委员会、民运委员会（工农青妇）、财政经济委员会、政权工作委员会、少数民族工作委员会、宣传教育委员会、党规党法委员会、统一战线委员会。秘书处下设7个科，即：秘书科，负责处理临时大会文件、文化娱乐、分发文件等事，直接帮助秘书长；材料整理科，负责速记、整理；文书科，负责油印、抄写；机要科，负责译电、电台；编辑科；检查科，负责代表生活上的接待与检查；保卫科，负责警戒、保卫、防空。总务处下设7个科，即：管理科，设有勤务股、特务股、厨房股；供给科，设有粮食股、伙食股、柴水股、临时购置股；运输交通科，设有运输站、牲口股、车辆股、草料股、护送股；会计科；工程科，负责临时候补添置；招待联络科；检查科。其中，秘书处共34人，警卫处41人，总务处199人，总务处炊事员69人还兼做杨家岭中央办公厅机关人员的饭。

七大的代表人数，超过了中共历史上的历次全国代表大会，规模空前。如此规模的大会，安全、勤务、保障工作，显然是极其繁琐又高度紧张。让七大代表们把大会开好，既要让他们吃好喝好，还要保障他们的安全，同时还要安排一些文化娱乐。那个年代没有录音机、录音笔，更没有电视录像，所有大会的发言，都需要依靠手工速记、整理；那个年代也没有复印机、电脑，所有的文件都需要手工缮写、油印。大会的工作人员极其繁忙，会前，他们在准备；会中，他们在工作；会后，他们在整理，迎接下一个会议。也就是说，当代表们开会的时候，他们在会场内工作，当代表们散会的时候，他们在会场外工作。他们为中共七大的召开作出了不可磨灭的贡献，不仅为当年的会议做了强有力的安全保障，还为今天的我们留下了许多宝贵的文献。他们是默默无闻的幕后英雄。

从中央档案馆馆藏档案中，我们可以看到这样一份名单：

大会秘书处的组织

处长：石磊。

一、文书科科长王伯华，副科长钟志雄。第一组组长王文郁，下有王仲珊（铅印）、丁农、裴桐（缮写）、肖克生（油印）。第二组组长（空缺），下有李金德（校对）、王发武、宋学武、小连、袁超俊（收发、登记）、周丰龄、赵德芳（保管）。机要通讯员：吴小山、杨立文。

二、记录科科长廖鲁言。速记组组长张树德，下有卫文秀、周昆〔崐〕玉、周恪、王进、施铸英。每次四人。汉字组组长肖立，下有刘子载、张仲实、周太和、苑子纪、徐明、罗青长、黄爱民、刘秀峰。每次四人。

大会内勤工作人员名单

内勤股：12人

朱世华（党校一部）、吴诚（党校四部）、彭化成（党校四部）、张明（党校五部）、彭大章（政治研究室）、曾宪国（机要科）、梁玉堂（机要科）、宋志远（农委）、郭申振（农委）、刘克勋（农委）、张忠信（农委）、段占源（农委），每次四人。

因工作需进出礼堂的：6人。分别是：陈龙（社会部）、马敬铮（同上）、吴列（警备团）、刘辉山（同上）、杨时（杨家岭）、李林（同上）。不必进礼堂：打开水的8人，均杨家岭警卫科的，陈心良、林代英、翟振双、任世华、刘振奎、贾保禄、刘开山、徐明烈。

以上共26人。

窥一斑而知全豹。从以上名单可以看出大会的组织工作是多么严密细致，连进入杨家岭中央大礼堂打开水的人员，都是一个萝卜一个坑，安排得井井有条，滴水不漏。

七大代表、时任中央警备团团长兼政治委员、延安北区卫戍司令员吴烈，负责大会的警卫工作，同时以中直军直代表团候补代表身份出席大会，分在杨家岭一组。1945年2月底，中央警备团冬季训练结束后，就开始做迎接七大的各项准备工作。为了保证大会安全顺利，吴烈带领组织警备团部队整修了杨家岭的防空洞，构筑了从杨家岭中央大礼堂通往防空洞的防空掩体。春夏之交，时值延河汛期，为保证中央领导和与会代表每天能顺利通过延河来开会，警备团战严寒、斗风雪，与时间赛跑，抢修了枣园到杨家岭的延水桥。

大会开幕后，在大会秘书长任弼时、副秘书长李富春的领导下，吴烈和中央社会部的陈龙负责警卫处的工作，下设内勤组、警卫组、防空指挥组。内勤组由中央机关警卫科长杨时负责，担任会场内部的招待和中央领导同志的随身警卫。警卫组由第1营营长刘辉山、教导员莫异明负责，担任礼堂门卫，会场周围、代表驻地、往返路线上的巡逻任务。防空指挥组由第2营营长罗滋淮负责，担任对空监视和驻地周围山上的警戒。延安城内、南区、东区代表们经过路线的巡逻警戒，由陕甘宁边区保安处处长周兴负责。

与中共一大至六大显著不同的是，中共七大不是秘密召开，而是公开进行的大会。这充分表明，在延安的中共中央和毛泽东，对未来、对胜利，充满着无比的自信。但正因此，也给会议的安全工作带来严峻挑战，七大会场就成了国民党反动派和日寇破坏活动的重要目标。怎么办？

从红军总前委特务大队排长、队长、大队长一步步成长起来，直至担任国家政治保卫局保卫大队长的吴烈，是一位在保卫战线久经沙场的老兵了。根据大会会址杨家岭中央礼堂周围的地形和社会治安情况，吴烈决定采取内外结合的方式，对外采取严密控制，加强对空监视和巡逻警戒，对内加强中央领导的随身警卫。在礼堂各大门和沿围墙以外的各山头、高地等要点，布置了内、外两层警戒，构成严密的警卫网。同时，在中央领导和与会代表通行的路线上，增设了固定的和游动的巡逻哨。

警卫方案确定后，吴烈对中央警备团的大会警卫工作进行了详细分工，第1连负责会场开大会和举办各种晚会的核心警卫，以及礼堂各大门的检验入场证件，检查修理防空洞和杨家岭、延水桥的警卫。第2、第3连分别担负杨家岭礼堂围墙以外的山头、后沟隐蔽地点的监控，代表们驻地、往返路线和中央、军委机关的警戒任务。高射机枪连重点布置在杨家岭、清凉山周围山头上，专门担负防止敌机空袭和对空射击任务。骑兵连担负中央领导和代表们经常通行的路线巡逻、护送等任务。除此之外，警备团还挑选了会游泳的战士负责涉渡延河去新华社和解放日报社递送大会文件等工作。5月的延安，雨水增多，黄土高原沟沟壑壑，山洪易发。有时延河水猛涨，泥沙俱下，桥梁受到威胁，担负守桥任务的战士纪永常、李建国、杜林森等，冒着生命危险，下河与洪水搏斗，抢修和保护桥梁。战士王更臣在河宽、浪大、水流急的情况下，经常不分昼夜，英勇地涉渡延河递送文件，受到中央领导的表扬。

安全工作有了保障，代表们的吃喝拉撒、衣食住行怎么办呢？说白了，召开七大的经费是从哪里来的？

从中央档案馆和有关史料中可以看到，中共中央在1938年秋天召开的六届六中全会上决定，七大的经费预算为1.5万元保证金，折算为1937年7月的法币价值约为10949元。如今，7年过去了，这些经费显然已经是杯水车薪。1945年，中央研究决定七大的会议经费主要由陕甘宁边区政府财政厅提供和解决。3月12日，主持陕甘宁边区财政经济工作的陈云指示西北财经办事处秘书长曹菊如，请陕甘宁边区财政厅厅长南汉宸向中央办公厅提交七大特别经费2000万元整。如果此项经费为流通券，则可折算为4000万元法币，相当于1937年7月的法币约29014元。

4月18日，距离七大预备会议召开只有两天了，中央办公厅行政处处长邓洁给陕甘宁边区财政厅厅长南汉宸了一封信，说："前次在财厅领取之大会会前代表10天伙食补助费663.3万元整，从4月7

日到16日止。现在大会开幕还有数天,请继续批准:代表10天伙食补助费663.3万元正;粮食暂批麦子40石(不足时由过去已领数内调剂)。"同一天,同为七大代表的南汉宸批示:"照发,将来决算报销。"

4月27日,中央办公厅行政处审定七大代表伙食费预算表,正式批准代表10天伙食补助费为663.3万元,平均每天为66.33万元。5月13日,大会副秘书长李富春致函陈云:因大会增加时间,计划到月底结束,请再发经费1500万元整。同日,陈云将此函批转给曹菊如,要求立即送南汉宸,"此款应支,请照付",陕甘宁边区财政厅随即批准同意"照发"。

七大代表的生活后勤保障同样由中央办公厅负责,在保证粮食足量供应的基础上,他们未雨绸缪,提前半个月就采购好猪肉、鸡蛋、香油等副食品,改善代表们的生活。办公厅行政处在4月9日编制了会前代表伙食预算表。其中,粮食类:每天每人白面18两、小米3两。白面用于每日两餐,早上发两个馍;小米用于早上稀饭,豆子在内。按会议代表和工作人员800人计,每10天需要白面9000斤,小米1500斤。肉油类:每人每天4两猪肉,按800人10天计,共为2000斤(均为大秤),300万元钱;每斤肉约为333元;鸡蛋供应标准为每人1/10个,共600个,9万元,平均每个鸡蛋150元。油类:分猪油和香油。猪油标准为6分,共需300斤,金额96万元,平均每斤猪油为3200元;香油标准为1分,共需50斤(小秤),金额20万元,平均每斤4000元。菜类:有蔬菜、各种豆腐、豆芽和粉条。蔬菜标准为12两,各种豆腐6两,豆芽标准5两,粉条标准为3分,各类蔬菜为6000斤、各种豆腐3000斤、豆芽2500斤和粉条150斤,金额分别为120万元、60万元、50万元、22.5万元。除蔬菜中萝卜、洋芋用大秤外,其余均为小秤。

俗话说,萝卜白菜各有所爱,巧妇难为无米之炊。为了做好代表们的菜肴,各类副食也很丰富,有木耳、黄花、粉面、糖面、醋、酱油、各种面酱、调料、碱、盐。这些副食数量不多,木耳标准为1分、黄花1分、粉面7分、糖面8分、醋2分、酱油5分、各种面酱

2分、调料1.4分、碱6分、盐6分。合计起来，木耳5斤8万元、黄花50斤7万元、粉面350斤31.5万元、糖面40斤3.2万元、醋100斤3万元、酱油250斤10万元、各种面酱100斤12万元、调料7斤7万元、碱100斤7万元、盐200斤15万元。此外，还需要燃料、石炭，标准为3斤，合计24000斤（大秤），60万元；葱300斤21万元，白醋15斤18万元，炒菜用酒25斤3.5万元。合计883.7万元。原有标准数221万元，尚需补助数为麦子45石、小米5石。

作为七大中直机关的正式代表，邓洁和吴烈一样在杨家岭一组，他一边开会，一边千方百计地改善七大的伙食供应，保证午餐和晚餐是荤素搭配，四菜一汤，用延安本地生产的陶盆盛着，地地道道的农家菜，八人一桌，很像现在的农家乐，代表们吃得津津有味。机关生产队种的西红柿用汽车直接拉到中央大礼堂门口，作为茶点，请代表们随意吃。许多七大代表都真切感受到伙食保障得好。早餐，二米稀饭，馒头咸菜；中餐、晚餐，四菜一汤，一荤三素，中餐晚餐的一道荤菜每天变化：红烧肉、扣肉、清炖牛羊肉、狮子头、汆丸子……代表10人坐一桌。毛泽东、朱德、陈云等领导同志回自己家吃饭。

"七大期间很突出的一条就是让代表们吃得非常好。"几十年后，七大代表、时任中央军委一局副局长的刘志坚回忆说，"我们吃了早饭去开会。一般的中饭和晚饭都在杨家岭吃。中午饭一顿，因为附近的村子和南泥湾生产的猪呀鸡呀鸭呀，都送来招待七大代表，所以都是七八个菜，每顿都有红烧肉。现在红烧肉不算什么，那时候可是最好的东西了。"苦伢子长大的七大代表王宗槐也说："代表们的生活安排得很好，顿顿都有荤菜，有馒头，有大米饭。我和陈锡联一个桌子吃饭，他比我吃得多，我只能吃4个馒头，他能吃6个。很有意思，我们俩比赛吃馒头。"

那时候，延安没有特别大的招待所。除了中直、军直的代表住在自家外，外地的七大代表是陆陆续续赶来的，大都在中央党校学习两三年了，所以他们的住处都还在党校。另外，大砭沟的总政招待所住了一批，王家坪住了一批，枣园住了一批。还有，西北局、联防军司令部的代表们一般在自己单位吃了早饭再集中去杨家岭开会，中饭和晚饭在杨家岭吃。

分散住宿的七大代表到杨家岭开会，有的是步行，有的是坐车。那时延安汽车很少很少，大会总务处保障了西北局一辆大卡车。高岗坐在驾驶室里，贾拓夫和妻子白茜、欧阳钦等西北局的代表们都露天站在车厢上。车子在黄土路上奔驰，黄土随之飞扬，一阵风来，灰尘弥漫，眼睛都睁不开。更糟的是泥土马路坑坑洼洼，崎岖不平，车子上下颠簸，好像在波峰浪谷间摇来晃去，想抓车厢板都难以抓住。西北局在豆腐川，离杨家岭并不算远，但因路不好走，他们竟在车上颠了半个多小时。欧阳钦风趣地开玩笑说："这要是怀孕的妇女坐这个车子上，孩子都会给颠下来。"大家一听，都哈哈大笑起来，可他们并不知道，白茜那时恰恰怀着孩子，但她并没有对别人说。听了这话，她只能和丈夫贾拓夫相视而笑。

时任八路军总部卫生部政治部主任王英高回忆说："出席七大期间，我们住在总政大砭沟口的招待所，离杨家岭不远，过了河就是。当时延河上没有桥，因为水小，大家到河边，脱了布鞋、草鞋，提着过河。每次听完报告，我们回到住处吃饭。那时是四菜一汤，有时有肉，有时没有，比平时是好一点。大多吃苞米饭、小米饭，也有大米、面条，吃粗粮多一点。那时候觉得很好，很满足。我们白天开会，晚上有时是总结经验、演电影。"

的确，七大期间，代表们的业余生活也是轻松愉快的。他们大多来自戎马倥偬的抗日前线，难得有片刻的闲暇，到了延安就好像到了家一样。会议间隙，大会秘书处经常举行体育活动和文艺晚会，每星期六晚上还举办舞会。中央领导毛泽东、朱德、周恩来、刘少奇、任弼时和他们一起，都穿着布鞋或草鞋在王家坪的桃林草地上跳起交谊舞。会议期间，还上演了《白毛女》《甲申三百年祭》《李秀成之死》《前线》等话剧。这些都是鲁迅艺术文学院和留守兵团部队艺术学校等文艺剧团为七大代表们演出的节目。尤其是话剧《前线》中的戈尔洛夫、客里空等角色成为思想僵化、教条主义、哗众取宠、夸夸其谈、编造假新闻的代名词，成为七大代表们工作、学习和生活的一面镜子。其间，代表们还观看了《列宁在1918》《列宁在十月》等苏联电影。

出席七大是十分严肃的事情，纪律要求非常严格，绝对不准把证件借给别人。刘志坚清楚地记得："七大期间组织跳舞，要有代表证才能进，没有这个证进不去。我的代表证号是第51号。有个中央组织部的代表，他把代表证借给人家去跳舞，没想到那个人把证给丢了，后来就不让他参加七大了，取消他的七大代表资格。舞场就在杨家岭，反正我腿不行，所以没有去跳。每次我们去开会，都是按照规定的座位听报告。我的座位是第16排第4号。"[40]

七大代表们千里万里奔赴圣地延安，他们向往延安，信仰延安，会聚延安，群星灿烂，英雄荟萃。在七大召开前，许多生死相依的战友、同学、同乡由于战争原因，天各一方，音讯渺茫，忽然延安相见，兴奋异常，有叙不完的亲情、话不完的友谊，写下了一幕幕催人泪下的故事。

来自晋察冀边区北岳区的七大代表郑天翔回忆说："我和赵德尊是清华大学的同学。他是我的入党介绍人和领导人，我们保持单线联系。没有他，就没人证明我的党员身份。1937年，他调到中华民族解放先锋队总队工作。日寇占领北平前夕，我从清华大学去找他，他住在北大东院，我住在北大西院。第二天，民先队撤退了，日本包围北平城了。我赶紧找他，已经没有一点消息。这可糟了，我找不着人了。我见着他时，是1937年7月29日。后来，我想办法从北平到天津，从天津到烟台，又从烟台到济南，再从济南到延安。以后，我又从延安到晋察冀抗日根据地，又从晋察冀到延安。有一天，我在中央党校的大食堂里吃饭，突然碰见了赵德尊，那个兴奋劲，真无法用语言来形容。原来，他是七大代表，我也是七大代表，都在党校一部学习，而且在一个大食堂吃饭。天下真有这么巧的事情。"[41]

相逢不是为了告别，告别却是为了相逢。没有想到，时隔8年在延安再重逢，郑天翔一辈子也忘不了。又过了50年，1996年11月7日，82岁的郑天翔念念不忘老战友赵德尊，专门写了一首诗来表达

[40] 中共中央党史研究室第一研究部编：《七大代表忆七大》（下），上海人民出版社2006年版，第762页。

[41] 中共中央党史研究室第一研究部编：《七大代表忆七大》（上），上海人民出版社2006年版，第544页。

当年在延安相逢的喜悦心情。诗曰:"忆昔春日清华园,有说有笑有实践。寻君不见太行去,盛会相逢喜空前。"

是啊!真个是"盛会相逢喜空前"。来延安参加七大的代表们,他们身上发生了许许多多的喜事、奇事、乐事,真是令人拍案惊奇。

有"双喜临门,好事成双"的。比如:延安大学行政学院院长强晓初,在七大开幕的第二天,妻子给他生了一个千金,他乐滋滋地第一次体味到了当爸爸的滋味。冀鲁豫军区保卫部部长刘德海和妻子在延安团聚,七大期间也生了一个女儿,为了纪念七大胜利召开,夫妻俩为宝贝取的小名就叫"七中"。时任山东胶东妇联宣传部部长的李桂枝随丈夫、时任胶东军区参谋长赵一萍来到延安,不仅在延安被增补为七大代表,还生了一个可爱的胖小子,取名"会生",她只是因为休产假没有全程参加大会。

有缘千里来相会。七大,不仅让代表们当上了爸爸妈妈,还成为代表们的"红娘",他们在这里喜结良缘,结婚生子。比如,来自浙江的大后方代表团代表肖岗和山东代表团代表王枫,就是在中央党校学习期间相识相爱的,并且经受了"抢救运动"的考验,忠贞不渝,结为夫妻后,相濡以沫,相爱一生。七大代表任志远1944年认识了在中国医科大学学习的任远,两个人名字就差一个字,在相互交往中情投意合,经山西代表团的战友们撮合,也在延安喜结连理。七大代表刘贞和卢伯明都来自上海,刘贞是上海纱厂的女工,1936年10月加入共产党,做地下工作的卢伯明是工人职员代表,他们随新四军战地服务团一路北上,走了13个月,行程万里。到达延安后,两人相知相恋相爱,结为伉俪。

七大华中代表团代表、出生于湖南茶陵贫苦农民家庭的新四军第1师2旅政委刘培善,是典型的工农干部,在中央党校第一部第二组任组长。新四军卫生部保健科科长左英1943年来延安学习,在中央医院内科作临床医生,被评为陕甘宁边区劳模,1945年2月被增选为七大候补代表,分配到刘培善这个小组学习。此前,刘培善的妻子因病去世了,于是组里就有同志来做月老说合他们,就连陈毅也捎来口信,希望成全刘培善和左英的婚事。知识分子出身的左英有些犹豫不决，因为她还是有些看不惯工农干部的那种"老粗样儿"，害怕结婚后又因为兴趣爱好不同、性格不合而离婚。怎么办？在七大代表罗琼的陪同下，她们一起来看望老大姐蔡畅，征求意见。蔡畅丝毫没有勉强她，只是告诉她革命目标的一致是结合的基础，互相学习，取长补短，结婚不是终端，而是相互适应的开始，婚后可以互爱互助互勉。后来，左英经过认真考虑，决心学人之长，与刘培善喜结战斗伴侣，白头偕老。

其实，在中共七大代表中，夫妻双双出席的还真不少。比如，周恩来和邓颖超、朱德和康克清、张闻天和刘英、王明和孟庆树、博古和张越霞、康生和曹轶欧、李富春和蔡畅、聂荣臻和张瑞华、陶铸和曾志、萧克和蹇先佛、江华和吴仲廉、孙毅和田秀涓、刘澜涛和刘素菲、方方和苏惠、贾拓夫和白茜、郭洪涛和史秀云、段焕竞和李珊、欧阳钦和黄崴、甘泗淇和李贞、朱春和和杨俊亭、丁盛和张兰英等。

除了夫妻双双之外，还有姐妹俩同时出席七大的。比如，来自晋察冀代表团的田秀涓和田映萱（又名田秀玉），人们习惯称她们姐妹为"二田"。其实，她们是三姐妹，家里还有一个小妹妹叫田秀英。"大田"田秀涓的丈夫就是著名的"胡子将军"、七大代表孙毅。"二田"田映萱的丈夫是李大钊的儿子李葆华，化名赵振声，也是七大代表，夫妇俩1940年5月同时奔赴延安参加七大，同年8月进入中央党校学习。后来因为会期推迟，李葆华奉命又返回晋察冀传达中央整风精神，没有参加七大，却当选为中共第七届候补中央委员。田秀涓和田映萱、孙毅和李葆华这一对姐妹连襟都当选中共七大代表，可谓历史传奇。

除了夫妻、姐妹出席七大的，还有一家三人都当选七大代表的。冀南区农民抗日救国总会主任兼冀南第四专区农民抗日救国会主任杨寿堂，是1932年加入中国共产党的，曾任南宫县县长。1942年秋天，50岁的杨寿堂奉命参加七大，自己担着行李、给养，步行穿越敌人封锁线，来到延安，进入中央党校第四部，和时任中共冀南区党委妇女工作委员会副书记的女儿杨俊亭成为同学。杨俊亭的丈夫朱春和来自山东代表团，是1939年7月在八路军山东纵队第一支队的党代表大会上当选为中共七大代表的，当时他担任第一支队政治部组织科科长。在前往延安的路上，朱春和和杨俊亭一起在北方局党校学习，他们相互欣赏，相知相爱，喜结良缘。到延安后，作为军队代表的朱春和被安排在军政学院学习，杨俊亭则被安排在马列学院学习，1942年两所学校并入中央党校后，他们都成为中央党校第一部学员，参加延安整风。杨寿堂和杨俊亭父女俩是晋冀鲁豫代表团代表，朱春和则是山东代表团代表，一家人同时走进了杨家岭中央大礼堂出席中共七大，成为历史佳话。

当然，还有更传奇的事情，那就是一个县出了17名中共七大代表，这在历史上也是罕见的。出自同一个县的17名中共七大代表是：白治民、白栋材、白如冰、白茜、白国英、王俊、高峰、白向银、唐洪澄、惠中权、李景林、李合邦、白成铭、康步云、白炳炘、刘英勇、惠枫林（原名惠凤莲）。他们都来自陕西省清涧县，其中白治民、白栋材、白如冰、白茜、白国英5位代表都来自清涧县高杰村乡。而白治民、白栋材、白国英、白向银4位代表都毕业于同一所学校——清涧县第二高小，其中3人还是同班同学。毛泽东的《沁园春·雪》就是1936年2月在白治民家的小炕桌上创作的。

中共七大代表中有许多英雄模范人物，比如把党的利益放在第一位的绥德地委书记习仲勋，曾经给毛泽东的儿子毛岸英当过"老师"的农业劳动模范吴满有，特等劳动英雄申长林，创建陕甘宁边区第一个消费合作社、南区合作社主任、"合作社的模范"刘建章，著名模范工人赵占魁，"善于领导群众"的延安县委书记王丕年，等等。其中还有一位代表的英雄事迹后来被拍成了电影《51号兵站》，他就是新四军派驻浙江温州办事处主任杨建新。

杨建新是湖南浏阳人，1927年3月参加中国共产党，先后任湖南省赤卫军浏阳第二师政治委员、湘鄂赣边区红军学校五分校二大队政治委员、红16师政治部地方工作科科长。中央红军长征后，他坚持在湘鄂赣开展游击斗争。1938年1月，他随部编入新四军第1支队1团，奔赴皖南抗日前线，不久担任军部军需处少校科长。1938

年下半年担任新四军机关党支部、司令部党支部书记,新四军派驻浙江温州办事处主任。负责大后方抗日青年、知识分子、海外人员和地下党的往来接送,以及药品、物资、医疗器械的转运。1941年,皖南事变发生,杨建新在战斗中身负重伤,在皖南茂林的大山里九天九夜以食盐、露水、野果求生,后来被当地党组织营救,担任新四军中心兵站站长,指挥各兵站工作。1942年春,他担任了新四军2师供给部副部长。1961年国庆节上映的电影《51号兵站》就是以杨建新的这段战斗历程为素材创作的,他也因此成为男主角的原型。

1942年12月,杨建新奉命率队前往延安参加整风学习,队伍中有新四军高级参谋王兴纲、教授张百川、音乐家何士德和孟波、刘峨、莫波等。他们化装成老百姓,渡江越河、翻山越岭,经过7个省,跨过6条铁路和数不清的敌人封锁线,历时一年于1943年11月抵达延安。杨建新进入中央党校学习,被评为模范学员,以候补代表身份出席了七大。投入革命洪流后,杨建新一家为革命牺牲了8口人,包括父亲母亲、5个弟弟和1个妹妹,可谓满门英烈。[42]

[42] 李蓉:《中共七大轶事》,人民出版社2009年版,第265页。

毫无疑问,在那个烽火连天的战争年代,能够作为党代表,参加党的全国代表大会,该是多么骄傲和幸运,又是多么自豪和幸福!参加七大,是每一位代表一辈子都无法忘却的美好记忆。

为了庆祝七大的召开,欢迎代表的到来,大会秘书处和延安各机关、部队还专门为代表们精心准备了纪念品,送给代表们作为留念,成为他们一辈子的珍藏。晋冀鲁豫代表团王锐回忆说:"参加七大,我保存了几个东西作为纪念品,一个笔记本,一个代表证,还有一件礼品,是一块绸手绢。我还保存着一个党校的校徽。但在'文革'中,这些有纪念意义的东西全被弄丢了,真令人扼腕痛惜。"贺晋年代表记得,这个笔记本外表看起来像是一个纪念册,封面是以红、黑两色布面包装,内里用延安自己生产的最好的油光纸装订,扉页上方印有毛泽东为中央党校题写的校训"实事求是,力戒空谈"8个字,下方印有"献给七大代表"字样,十分漂亮精致。这是中央出版局和中央印刷厂专门给七大代表们定制的。

作为中共七大代表的集结地和培训基地,中共中央党校专门为自己的学员代表们制作了精美的纪念品：一个47cm×72cm的小本子，上面印着毛主席侧面头像，下面写着"敬祝七大代表健康"，落款为"中共中央党校赠"。中央出版发行部和新华书店两家也联合制作了"献给七大代表"的笔记本，扉页上方印着毛泽东的半身像，下方则是毛泽东手书的题词"实事求是，力戒空谈"。延安鲁艺文供社送给七大代表们的礼物是一枚刻着毛泽东像的纪念章，还有的单位把毛泽东、周恩来的照片作为礼物送给七大代表，也有七大代表得到一张两寸大小的毛主席正面照片，据说是专门发给七大代表的。八路军第115师344旅687团以全体指战员名义，赠送七大代表们的纪念品是一张方形的柞蚕丝手帕，上方印着"拥护中共第七次代表大会"，中间印着五角星，五角星中央是镰刀、斧头。而做手帕的材料是八路军指战员们的战利品——缴获的日军飞机降落伞，这就具有纪念意义了。

当然，对中共七大代表们来说，伴随着他们南征北战的纪念品中，最为珍贵的还是中国共产党第七次全国代表大会代表证。这是大会秘书处为代表们专门制作的唯一合法证件。代表证的尺寸为9cm×6.6cm，比火柴盒稍大，展开后比香烟盒稍小，以紫红色绸布面料制作，内里以硬质白纸印制。左面为代表证，上部用繁体字自左至右、分两行平行横着书写"中国共产党第七次全国代表大会"，"代表证"3个字为竖写，字号略大，其左侧为代表性质（正式、候补），以钤印方式标明，以及代表证的编号，号码由人工填写。右面内容是代表座位排、号和姓名，以及注意事项（1.绝对不得转借、不得遗失。2.出入会场须受门卫检查），姓名和号码数目字均为手书，落款为"大会秘书处制"。代表证中间加盖红色椭圆形"中国共产党第七次全国代表大会秘书处"骑缝章。

说完七大的衣食住行和喜事奇闻之后，我们还得回到杨家岭中央大礼堂，回到七大会场上来。

肯定有人很好奇：七大代表们都是如何安排座次的呢？毛泽东、周恩来、朱德、刘少奇、任弼时他们都坐在哪里呢？

七大会场的座位，共有32排，每排可坐24座，理论上共有768

个正座，另外增加了8个边座，完全可以满足七大正式代表和候补代表755人以及旁听嘉宾15人的需求。七大代表的座次是面对主席台，从左到右按代表团进行区域划分的，依次为中直军直、大后方、晋冀鲁豫、晋察冀、华中、山东、陕甘宁边区、晋绥代表团的顺序，呈竖排队形；每个代表团的座位都是从第1排直到最后一排，根据各代表团人数的多少，每个代表团占2至4列多少不等的座位。正式代表的座位是1至25排，候补代表的座位是26至32排。所有代表的座位都是大会秘书处会前安排指定的，并在代表证上加以注明，严格对号入座。每个代表团都有前排和后排，相互搭配。各代表团的顺序号并不完全严格，但相对集中，基本上保持了一定的队形，有前有后，公平合理。

按照上述座位排列办法，七大代表证的证号编排是从1号至761号，其分配方案如下：晋冀鲁豫代表团是1—105号，另加759、761号；晋察冀代表团是106—230号，另加750号；中直军直代表团是231—287号；陕甘宁边区代表团是288—430号；晋绥代表团是431—481号，另加751号；山东代表团是482—555号；华中和大后方代表团是556—760号。因为出席七大的代表共755人，所以代表证的编号中有个别空号。因董必武和陈家康到美国出席旧金山联合国大会，不在国内，座位空出。关向应生病不能到会，座位空出。15名旁听七大的嘉宾，没有具体安排固定的座位，但有足够的空座供其选择。七大代表唐天际、张际春在七大开幕后才赶到延安，其座位由秘书处临时安排，证件给予补发。

于是，我们就可以看到，坐在第一排的代表，从左至右（1排1号至24号）依次为：赵毅敏、李富春、徐特立、周恩来、刘伯承、朱德、毛泽东、陈云、罗瑞卿、彭真、聂荣臻、刘少奇、任弼时、王明、陈毅、康生、林彪、朱瑞、林枫、罗贵波、高岗、贺龙、谭政、林伯渠。

参加七大旁听的15名嘉宾也已经被历史记住，他们的参加，从一个侧面证明中国共产党的自信和包容，其不仅是东方大党，也是世界大党。他们分别来自苏联、日本、朝鲜、泰国、越南、菲律宾、缅甸等10个国家和地区，分别是：冈野进（野坂参三，日本）、高山进（日本）、山田一郎（佐藤猛夫，日本）、崔昌益（朝鲜）、金白渊（朝鲜）、陈子广（泰国）、洪水（越南）、谢生（钟庆发，印尼）、林仲（菲律宾）、李光（匡沛兴，缅甸）、孙平（彼得·拉基米洛夫，苏联）、王大才（黄庆光，印尼）和泽田润（冈田文吉，日本，临时旁听），以及蔡前（蔡乾，中国台湾）、马青年（回族，陕西安康人）。朴一禹（王巍，朝鲜）本来也是旁听嘉宾，后来增补为晋察冀代表团代表（座位号为30排13号）；何浚（徐继良，马来亚）原为旁听嘉宾后增补为大后方代表团代表（座位号为31排5号）。

　　1945年4月21日，中共七大召开预备会议。750多名代表佩戴着大会秘书处用红绸布制作的鲜艳夺目的胸标，格外精神，格外神清气爽，格外光荣。

　　可是，预备大会一结束，就有代表提意见了。大后方代表团四川组组长廖志高给主任叶剑英和孔原、钱瑛写信说："关于代表座位的排列，我们不知道是根据什么标准来定的？如果是各代表组先后都有，为何我们只有二十排以后的？如果以工作岗位来定，连文书之类的干部，也有不少在十排以前，而我们独排在后；如果按正式与候补来挑先后，其他组候补有些人都挑在十排以前，而我们正式的也在二十排以后，我们想不通，望解释。我们觉得这样也无多大关系，但究不知其中还有什么关系在？"

　　第二天，叶剑英、孔原、钱瑛又收到江西组组长钟平的来信，并转七大主席团，说："关于会场的座位是否可调节一下，把每一个单位（省份或区党委）的小组都能有三四个同志坐十排以前去，因为坐到了后面实在有点听不清楚，这对于每一个报告的了解对小组有很大关系的。昨天四川组也有这个意见。我想请求大会最好能够照顾到这一点，使得每一个（省份）单位的代表都能更好地完成大会的任务。"

　　4月22日，七大副秘书长李富春也收到了贾拓夫的来信，说："昨日开会后，几个小组同志反映，坐在后面的同志大部分听不到，因此纷纷向大会建议以后开会，是否可安扩音机？请予考虑。另有二组同志提议，因许多同志对昨天毛主席报告未听清楚，因此要求把记录印发一次，会后收回，是否可以，亦请考虑。"

同一天，两广组组长古大存也对七大提议："我们于二十一日参加七大预备会中，一些坐在后面的同志对主席台上同志们的发言大部分是听不清楚的。因此我们建议：（一）如果有可能请增设扩音机。（二）像毛主席当天的七大方针这一类的重要报告，最好能够事先写下提纲，或者会议很快把记录整理印出。（三）座位方面最好能调整一下，尽可能地挤前一些。"

的确，受场地限制，大会秘书处在安排座次时把华中代表团和大后方代表团放在一起了。当天，七大秘书处就七大各代表团关于座位和印发文件等问题的意见给予了答复："各代表团归纳起来的三个问题：（一）关于座位问题：大会代表廿五排以前是正式，廿五排以后是候补。代表团中有同志提出座位的意见（如廖志高同志等），我以为只能就各代表团本身调剂，无法再大变动。廖的意见是不妥的。（二）关于后面听不见的问题。今日试播音机，如不行再设法。（三）毛主席讲话正在整理，印否请主席团决定。"[43]

在那个艰苦的年代，延安还没有麦克风，更没有电视直播，条件实在有限，但代表们都想座位靠前能够清楚地听到毛泽东等中央领导的讲话、指示啊！这从一个侧面反映七大代表们的态度是多么认真、精神是多么专注，他们都渴望着能多听一点儿、多学一点儿、多掌握一点儿，实在是可爱、可敬。不过，从保存下来的历史照片看，有些代表或旁听嘉宾，比如冈野进经常到前几排就座。因为大会主席团的成员每天都有人在主席团就座，他们在台下的座位就空出来了，其他代表也就可以插空就座。当代表们知道了大会秘书处座次安排的规则后，就没有意见了。

七大代表、时任中共中央办公厅秘书处处长的曹瑛，在大会期间担任秘书处处长，负责大会文件、会议安排，工作十分繁忙，白天忙一天，晚上还要开会，有时通宵达旦。他回忆说："七大过程中有很多感人至深的事情，充分体现了我党领袖谦虚、团结、民主的优良作风。开幕那天，主席台上有5个人：毛泽东、刘少奇、朱德、

[43] 中共中央党史研究室、中央档案馆编：《中国共产党第七次全国代表大会档案文献选编》第1卷，中共党史出版社2022年版，第254页。

周恩来、任弼时。位置安排是毛泽东在中间，可是毛泽东不坐，他把自己的椅子挪到一边，形成了刘少奇坐中间，少奇同志立即搬着自己的椅子绕过毛泽东仍然在毛泽东下首就坐，这样毛泽东还是处于中间位置。大家看到这种谦虚、团结的精神和气氛，全场响起了热烈掌声。"[44]

1945年4月23日下午5时，七大秘书长任弼时代表主席团正式宣布：

> 我们党的第七次全国代表大会，我们全党一百多万党员所希望的第七次全国代表大会，全国广大人民及外国朋友关怀着的我们党的第七次全国代表大会，同时又是我们的敌人很注意的我们党的第七次全国代表大会，现在开幕了！

瞬间，杨家岭中央大礼堂爆发了热烈的掌声……这掌声，如暴风骤雨，将冲垮一切横行霸道的封建主义的污泥浊水，奔向蔚蓝的大海；这掌声，如电闪雷鸣，将撕碎一切魑魅魍魉的帝国主义的黑暗凶恶，照亮中国的四面八方；这掌声，如出征锣鼓，将激励全国人民在中国共产党的领导下团结起来打败国内外一切敌人……

5 "我们党要使人民胜利，就要当工具""当选中央委员的人，不要以为自己是做了官"

至1945年5月23日，中共七大已经整整开了一个月时间了。

按照大会议程，毛泽东在4月24日作了大会口头政治报告，朱德在4月25日作了军事报告，刘少奇在5月14日作了关于修改党章的报告，至此，由六届七中全会确定的七大议事日程的4项议程已经顺利完成了3项，就剩下最后一项改选中央领导机关了。选举中央委员和中央候补委员，自然是大会的焦点。为了充分发扬民主，

[44] 中共中央党史研究室第一研究部编：《七大代表忆七大》（下），上海人民出版社2006年版，第1211页。

大会在前几日专门下发了《中国共产党第七次全国代表大会选举新的中央委员会的条例（草案）》，征求各代表团意见，因为讨论实在太激烈了，甚至为此推迟了选举日期。

从现在中央档案馆馆藏档案来看，在5月22日，中直军直代表团，陕甘宁边区代表团联防军组，晋察冀代表团的第一组、第二组、第五组、第六组，晋冀鲁豫代表团太行第二组、前总组，山东代表团渤海区组、滨海区组、鲁南区组、鲁西区组、胶东区组，大后方代表团两广组、两湖组、闽粤边组、江西组、四川组，均对《中国共产党第七次全国代表大会选举新的中央委员会的条例（草案）》提出了意见。这些意见，不仅十分具体，而且有的甚至十分尖锐。

中直军直代表团对选举条例提出了10条意见，比如："新中央委员会委员以精干为好，委员会可有五十至六十人""正式和候补委员候选名单可同时提出，但正式与候补委员的选举必须分别进行""采用不记名投票法，以便确实了解各代表的意向""先将候选人的简历材料用书面介绍给代表""检票人应该是候选人以外的代表"等等。陕甘宁边区代表团联防军组提出了属于疑问的、讨论中之意见等3个方面的建议，希望大会"把历届中委名单、六大以来增补中委名单印发下来"。晋察冀代表团第一组建议"未得半数者应重新选举、重选名单是由落选作为候选名单拟重新提出名单"。晋察冀代表团第二组提出了6条意见，如建议"候选名额应为当选名额加一倍，正式与候补应为三与一或二与一之比""候选中央委员的条件须有十年以上的党龄并经考验者"等。晋冀鲁豫代表团前总组建议，要"根据今天干部状况来决定，而不是以数来迁就人，不称职的会形成滥竽充数"。山东代表团对选举条例提出了9条意见，比如："选举人投票超过原定名额时作废，如不足原定名额时是否作废""不参加大会的同志是否有被选举权""党内的情况需要解释一下，如照顾民族性、地域性""是否可以把中央委员的资格，提出一般的标准"等。大后方代表团每一个小组对选举条例都提出了意见，有的与其他代表团相同，也有不同的。比如，"候补代表无表决权但有提议权，应明确规定""选举时用什么笔也应该明确规定""应该增加监票委员""选票上不要编号"，等等。

5月23日，七大主席团和各代表团主任在杨家岭中央大礼堂举行联席会议。大会秘书长任弼时向会议报告了各代表团对选举中央委员会的意见，除了有关选举的技术性问题之外，主要意见集中在三个方面：一是中央委员要少而精，二是有人提出不要照顾山头，三是像王明这样犯过路线错误的是否列入中央委员会候选人名单。针对这些意见，毛泽东在会上表达了自己的看法，他说：少而精的思想是好的，但这是理想。山头是要照顾的。要照顾到犯错误的，不要一次精得不得了，太精了就会脱离群众。

的确，选举是最能体现民主的事情。共产党如何真正实现党内的民主，中央委员的选举是一个晴雨表。七大代表、时任陕甘宁边区政府行政处处长王恩惠回忆说："一些代表还提出：当中央委员要有三个条件，一是从来没有犯过错误，二是中外驰名，三是具有各方面的知识。照这三条标准谁能当中央委员？提出某个人时不行，他不够格；提出另一人时，也说不行，不够格。讨论热烈，争执不休。到主席团汇报，毛主席听后说，大家提出的三个条件，是一个愿望，是一个良好的愿望，但也是很难实现的愿望。第一条，从来没有犯过错误。我看世界上只有两个人没有犯过错误，一个是列宁，一个还没有生下来。不过列宁讲自己也犯过错误，所以说不犯错误的人大概是没有的。比如我自己也犯过错误，这一条我就没有当中央委员的资格了。你们难道就没有犯过错误？大会发言，你写了稿子，还要修改，改不就有错误嘛，否则你改什么？我们党历史上对犯错误的同志也采取过一些不好的办法，如第一次大革命失败后把陈独秀开除出党，这并没有保证我们不犯错误；批判'立三路线'时，把李立三开除出中央，也没有保证我们不犯错误。遵义会议以后，我们是团结犯错误的同志一道工作，倒是使我们少犯或不犯大的错误，这是一条很重要的经验，值得我们认真考虑。所以犯错误不可怕，只要改正了就是好同志。李立三同志犯过'立三路线'的错误，但他不回避错误，我们合作得很好嘛。第二条，中外驰名。恩来同志、朱德同志、玉章同志、小平同志你们到过国外，大概算中外驰名。我这个人没有到过外国，你到美国或者英国，拉住一个老太太或者一个小孩子，问：你们知道中国有一个毛泽东吗？他们回答：NO，NO（不知道）。所以，这一条我也不够格。第三条，具有各方面的知识。这一条更难，知识就像汪洋大海，人的一生是一个很短暂的过程，只不过像大海里的一滴水。如果归类划分一下，知识有自然科学、社会科学两大类，每一个大类又会分做许多科目，一个专家，也只能专一两门，岂能门门俱通。我这个人知识就很少。你们说中央委员如何产生？中央委员会能否组成？大家回到代表团好好商量商量。各代表团主任传达会议的不同意见的争论及毛主席的精辟分析后，大家都觉得，自己提的条件非常幼稚可笑，经主席一指点，茅塞顿开。各代表团提名很快报上，主席团集中后，认为差不多，就是觉得井冈山下来的人多了一点，对红四方面军、对陕北根据地照顾得不够。毛主席说，长征时，我们都不知道要走到哪里，到了陕西，看见红军的标语，大家很振奋。延安是我们的立足点嘛，大家不要忘了陕北的同志。红四方面军出了个张国焘，大多数同志还是好同志。"[45]

在这次联席会议上，大家都希望毛泽东就选举问题在大会上给全体代表们讲一讲。毛泽东答应了。

5月24日，毛泽东在中共七大第17次全体会议上，专门作了第七届中央委员会的选举方针的报告，就选举的标准、选举的人数作了详细的说明和解释。

在了解七大选举之前，我们有必要回顾一下中共六大以来中央委员会人员变化情况。1939年12月29日，周恩来向共产国际执行委员会主席团作关于中国问题的报告时，在报告中共七大筹备工作情况中汇报了选举党的领导机关问题。原文摘录如下：

中共第六次代表大会选举的中央委员会共23人，候补13人。当时第一次中央全会决定政治局委员7人，候补政治局委员7人，书记处书记5人，无总书记制，只中央委员会选出政治局兼书记处主席1人。1930年10月[46]，中共三

[45] 中共中央党史研究室第一研究部编:《七大代表忆七大》（上），上海人民出版社2006年版，第135—136页。

[46] 原文如此。应为1930年9月。引者注。

中全会补选中央委员7人，候补中央委员8人。1931年1月，中共四中全会补选中央委员2人，候补中央委员2人。1934年1月，五中全会补选中央委员6人，候补中央委员7人。1938年，六中全会补选中央委员3人。中央委员及候补中央委员计先后遇害者14人，病故的2人，被开除中委的2人，先后被开除党籍和自己脱离党的26人，现有27人，内正式20人，候补7人。政治局现有委员15人，内正式11人，候补4人。书记处现有书记7人（名单另附，以上许多数目系就记忆所及写出，不能说毫无出入——报告人注）。

七次代表大会在改选中央委员时，为领导全国党的工作的开展，名额将增加，总书记制中央也拟提出恢复。唯中央委员会及政治局书记处名额究以多少为宜？也请国际给以原则上的指示。[47]

或许你不会想到，中共第七届中央委员会委员候选人的选举的的确确是一次名副其实的"海选"，先由各代表团自下而上提名产生。而且这是一次自由而广泛的提名，任何代表都可以提名，没有任何限制。于是，来自19个根据地的8个代表团提了好几百个候选人。大会秘书处把这些提名集中起来，再反馈给各代表团，几上几下，民主集中，中央委员会候选人也就慢慢地聚焦了。

七大代表、时任中共三原地委书记白治民回忆说："七大的选举是我经历过的最民主的一次。过去的选举是代表里边选代表。这次选举时，七大主席团决定，由各部门提出候选人，中央没有提出候选人名单，只提了个名额的控制问题，即正式委员40人左右，候补委员30人左右。就让代表任意、自由提名单，提谁都可以。提了以后，主席团对提的多的人进行汇总，集中起来。然后，把各代表团提出来的人员中得票多的，汇总出一个名单。然后按照中央委员40个人左右、候补中央委员30个人左右提出一个名单，交大会预选。代表们可以自由地选举。预选的结果，作为候选人名单，再提交大会进行正式选举。正式选举是等额选举。"[48]

[47] 周恩来在报告中提到的"名单另附"，党史文献研究部门迄今没有找到这份名单。中共中央党史研究室、中央档案馆编：《中国共产党第七次全国代表大会档案文献选编》第1卷，中共党史出版社2022年版，第57—58页。

[48] 中共中央党史研究室第一研究部编：《七大代表忆七大》（上），上海人民出版社2006年版，第98页。

新一届中央委员会的选举到底采取一个什么标准，用什么原则来进行选举呢？毛泽东代表大会主席团提出的标准很简单，简单到只有一句话："就是要由能够保证实行大会路线的同志来组成中央委员会。"因为"我们要选举一个全党的领导机关，即在大会闭会以后、两次大会之间的全党的最高领导机关中央委员会"。

新的中央委员会应该如何组成呢？毛泽东说："这次要选举许多过去不是中央委员的同志到中央委员会来。就是说，有两批人要选进中央委员会来。一批是过去中央委员会的同志，人数并不很多。"这一批到底有多少人呢？第六次代表大会召开以来，已经17年了，经过三中、四中、五中、六中全会几次选举，现在这批人还有25个。毛泽东认为这25个人大部分应该继续选进中央委员会工作，因为他们有很多经验。但是，新的中央委员会"必须采取扩大中央委员会的政策"，才能适应党的现在的情况、国内的情况和国际的情况。

按照毛泽东提出的上述标准和原则，结合各代表团队对选举条例提出的意见，出现了三个需要大会主席团给予解释的问题：一是犯过路线错误的同志应不应该选举；二是所谓要不要照顾山头；三是每一个中央委员是不是都应该通晓各方面的知识。这三个问题非常重要，又十分具体。毛泽东结合历史与现实作了回答。

对犯过错误的同志，应不应该选举呢？现在有两种意见，一种是不应该选举，一种是应该选举。

毛泽东说："只选没有犯过路线错误的，凡是犯过路线错误的我们就不选，这样一种意见，主席团认为是一种好的愿望，一种好的理想。这种意见是有理由的，因为过去我们吃了亏，原因就在一些同志犯路线错误。同志们！我们这次大会跟过去历次大会都有很大的区别，过去的大会我参加过三次，代表们一般对选举都不大认真，只有少数人认真。而这次大会，我们各方面的同志对选举都非常认真。这证明什么？证明我们有了经验。过去我们的经验非常不足，觉得我自己也选不到中央委员会去，随便你提一批人吧，你提什么人，我就选什么人，结果是我们自己受了惩罚。这次情况变化了，大家对选举都非常关心。所以这个问题提出来，是有这一方面的理由的。但是，事实上如果我们不选过去犯过路线错误的人，甚至绝对化一个也不选，那就不好，就不恰当。"

为什么不选犯过路线错误的人进入中央委员会，反而不好呢？

毛泽东结合中共的历史教训，谈了自己的看法。他推心置腹地说："我们曾经做过这样的事，就是六次大会不选举陈独秀到中央。结果是不是好呢？陈独秀后头跑到党外做坏事去了，现在看不选他是不对的。我们党是不是因为六次大会不选陈独秀，从此就不出乱子，天下太平，解决了问题呢？六次大会选举出的中央纯洁得很，没有陈独秀，可是我们党还有缺点，还是闹了纠纷，出了岔子，翻了筋斗，并没有因为不选他，我们就不闹纠纷，不出岔子，不翻筋斗。不选陈独秀，这里面有一条原因，就是为了图简便省事。在预备会上我曾讲过，过去我们图简单、爱方便，不愿意和有不同意见的人合作共事，这种情绪在我们党内还是相当严重地存在着的。再有一次，是六届四中全会把李立三开除出政治局，要他离开中央工作，虽然中央委员的名义还保留，但实际工作离开了。以为这样一来"立三路线"的问题就解决了。是不是真的解决了呢？我们把陈独秀赶走得干干净净，结果我们还是跌筋斗；李立三没有到党外干坏事，还是同志，可是政治局的工作赶开了，中央的工作也赶开了，但四中全会也跌了筋斗，赶李立三的那天就是一个筋斗，以后翻的也不少。这两次的经验，都值得我们注意和研究。"

在谈了教训之后，毛泽东也结合历史谈了另一方面的经验。他说："在最近的十个年头之内，从1935年1月的遵义会议到现在的第七次代表大会，这十个年头之内的中央是一种什么样的状况呢？中央委员会主要的成员，是四中全会和五中全会选举的，六次大会选举的现在只剩下5位（即毛泽东、周恩来、任弼时、李立三、关向应，引者注），就是说现在的25位中央委员中，绝大多数是四中全会、五中全会选举的，就是翻筋斗的两次全会选举的。六中全会也选了3位（即林伯渠、董必武、吴玉章，引者注）。恰恰在这十年中，筋斗翻得少了一点，乱子闹得少了一点，我们的工作还算有进步。这一条经验是不是很重要的呢？是一条很重要的经验。1935年1月的遵义会议，就是积极拥护四中全会的人，也就是在第三次'左'倾路线中犯过路线错误的人，出来反对第三次'左'倾路线，他们和其他同志一道反对这条'左'倾路线。现在把这个账挂在我身上，我要声明一下，没有这些同志以及其他很多同志——反'左'倾路线的一切同志，包括第三次'左'倾路线错误中的很重要的某些同志，没有他们的赞助，遵义会议的成功是不可能的。第二次是六届六中全会，大家知道，六中全会是一个重要的关键，没有六中全会，今天的局面不会有这样大。当时如果不克服那么一种倾向，即对放手动员群众这样一条路线不赞成、有所畏惧、心甘情愿地把自己束缚起来的倾向，如果不赞成放手动员群众，发展自己，发展八路军、新四军，扩大解放区，不被国民党反动派的政策所束缚同时又不脱离统一战线这个原则，那末，今天的局面就不一样。参加六中全会的是一些什么人呢？还不就是这么一批人。没有过去犯过错误的同志对这条路线的赞助和拥护，六中全会就不可能纠正右倾投降倾向。但是，在六中全会的文件上，在六中全会的记录上，看不出我们尖锐地批评了什么东西，因为在那个时候，不可能也不应该提出批评，而是从正面肯定了一些问题，就是说在实际上解决了问题。至于到了1942年整风以后的这三年中间，情况就更加起了变化，到七大前作若干历史问题的决议时，这个变化更大。相信经过七大这样重要的党的最高领导机关会议以后，我们党会更加向好的方面前进。我们的这种信心与估计是有根据的。这十年中，虽然也出了些纠纷，但比较顺利，比较内战时期犯的三次路线错误（连张国焘的那一次就是四次）就不大相同。内战时期，喜欢图简便，不愿意同犯过路线错误的人共事，'一掌推开'、'简单明了'的那样一种作风是不好的。最近十年，我们采取了忍耐的态度，这样的方针帮助了我们。因此，七次大会应该接受过去的经验，就是说，对犯过路线错误的同志不应一掌推开。过去中央委员会里头，有的人错误犯得少一些，有的人错误犯得多一些；我今天也声明一下，我就是犯过许多错误的。没有犯过错误的人有没有呢？我说就没有。一个人在世界上，哪有不犯错误的道理呢？所以说：'错误人人皆有，各人大小不同。'"

在总结了正反两方面经验教训的基础上,毛泽东提出了"革命的现实主义"的方法,深入浅出地又形象生动地进一步回答了要不要选犯过错误的同志。他说:

> 如果说对犯过路线错误的同志不应该选举,我看就不如采取这样的原则,即:虽然犯过路线错误,但是他已经承认错误并且决心改正错误,我们还可以选他。我们布尔什维克的党在原则上是不含糊的,与资产阶级不同,我们必须有"承认错误并且改正错误"的这样一条原则,在这个原则下去选他。这个原则和不选的那个原则不同,那个原则是一个很好的理想。虽然理想一定要有,但是还要结合一个东西,叫做"现实"。我们是有理想的现实主义,或者叫做革命的现实主义,我们不是无原则的现实主义。理想主义是原则性,现实主义就是灵活性,理想主义的原则性与现实主义的灵活性要统一起来,这就是马克思列宁主义的革命的现实主义。凡是犯过错误的一概不选举,这是理想。但只确定这一条还不够,还缺少一条,就是说,人家承认错误、改正错误我们就要选举他。我们党必须有一个原则,就是犯错误是不好的,但承认错误、改正错误是好的。一定要把这后一条加上,这样才是全面的。这两条一定要结合起来,不然就要出毛病,我们就会丧失好处,就可能产生缺点,甚至可能造成错误。我们只有制定一个很好的选举方法,才可以避免过去的错误。鉴于历史上闹的乱子,这次要谨慎一点,不是凡犯过错误的就不选,只要承认错误又决心改正错误的同志我们还要选。这就是现实主义,这也是一条原则。这两条原则看起来好像是不一致的,但只有使这两条原则结合起来才能够办好事情。这才是完全正确的,否则,就不完全正确,就搞得不好,就会犯错误。我看没有哪个同志想犯错误,说"我一定要犯

错误"。如果对一些同志犯错误这个问题不加以分析,对历史不加以具体的分析,不采取革命的现实主义,那就不行。就是说,如果不把理想主义与现实主义结合起来,不把原则性与灵活性结合起来,那我们就要造成缺陷、缺点,甚至造成错误。这一点,是必须向同志们提出来的。对犯过错误的同志,从感情上是不愿意选的,但从理智上我们可以选。感情和理智这两个东西,现在我们要统一一下,也是可以统一的,就是在理智指导下的感情,把理智放到第一位。鉴于历史,为着将来,为着全国人民,为着全党,我们要采取这样的方针——现实主义的方针。过去对陈独秀,对李立三,痛快明了,从感情上说倒很痛快,没有烦恼,但结果搞得不痛快,很烦恼。世界上的事,往往是这样,就是为了痛快,往往反倒不痛快,而准备了不痛快,不痛快或者可以少一点。所以我们要下决心不怕麻烦,下决心和犯过错误的同志合作。你不大来,我就去;你口里有许多闲话,我长了耳朵,这个耳朵听不完那个耳朵听;你说那边窗户开得不够,我就连这边也打开。要练习和那些曾经同我闹过纠纷、有过原则分歧、打击过我以及开除过我的党籍的人合作。我们在要求他认识错误、改正错误这个原则下去同他团结、合作。这一条,的确要练习,不练习就做不到,练习就可以做到。所以感情和理智这个矛盾是可以解决的。[49]

毛泽东说得多好啊!真可谓是为人处世的良言,是治国理政的良策。团结人,的确不是一句空话,既需要感情又需要理智。

其实,对犯过错误的同志应不应该选举,焦点集中在王明身上。早在1943年下半年全党高级干部进行关于党的历史问题讨论时,七大代表、时任陕甘宁边区留守兵团副政委方强在讨论中对继续清算王明"左"倾路线错误提出了意见,建议不要让犯有严重错误的同志进入新中央委员会,后来他又把意见写在给中央的信上送

[49] 中共中央文献研究室编:《毛泽东在七大的报告和讲话集》,中央文献出版社1995年版,第164—166页。

给了毛泽东。不久，毛泽东给他写了回信，说："方强同志：来信收到了。很愿同你一谈，因准备七大，近日抽不出时间，等一会再定时间约谈。同志的敬礼！"[50] 虽然因为工作忙等原因，毛泽东没有抽出时间来跟方强谈话，但方强的意见确实代表着许多七大代表的心声。面对这种反对的声音，毛泽东本着团结全党的目的再三强调并希望应该选举过去犯了路线错误的人进入中央。

对于新提拔进入中央委员会的同志，要不要照顾各方面，就是所谓要不要照顾山头，在中共七大上，也存在两种意见，一种是不要照顾，一种是要照顾。七大主席团都认为还是要照顾才好，因为"那个主张不应该照顾山头、不应该照顾各方面的意见，也是一个理想，但事实上行不通，事实上还是要照顾才好，照顾比不照顾更有利益"。毛泽东实事求是地分析："中国革命有许多山头，有许多部分，内战时期，有苏区、有白区，在苏区之内又有这个部分那个部分，这就是中国革命的实际。离开了这个实际，中国革命就看不见了。内战之后是八年抗战，抗战时期也有山头，就是说有许多抗日根据地，白区也有很多块，北方有，南方也有。这种状况好不好？我说很好，这就是中国革命的实际，没有这些就没有中国革命。所以这是好事情，不是坏事情。坏的是山头主义、宗派主义，而不是山头。山头它有什么坏？清凉山有什么坏？太行山有什么坏？五台山有什么坏？没有。但是有了山头主义就不好。"

中央委员的资格和标准是能执行大会的路线，但对他的能力要求如何，是不是要具备各方面知识的人才能当选中央委员，还是有某一方面或者某些方面的知识就可以选他，这是各代表团在选举中提出的第三个问题。这个问题，也存在两种意见，一种是每一个中央委员都应当通晓各方面的知识，一种是每一个中央委员不一定要通晓各方面的知识。

毛泽东的回答是："我们采取这样的方针：不一定要求每个人都通晓各方面的知识，通晓一个方面或者稍微多几个方面的知识就行了，把这些人集中起来，就变成了通晓各方面知识的中央委员会。中国有句老话：三个臭皮匠，合成一个诸葛亮。如果我们有各方面

[50] 中共中央党史研究室第一研究部编：《七大代表忆七大》（上），上海人民出版社2006年版，第251页。

的人，每一个人都通晓一方面或者有比较多的专长，选这样几十个人，我们的中央就会比较完全。我们要从集体中求完全，不是从个人求完全。我们要完全或者比较完全一点才好，但是再过几年我们的中央又会是不完全的……鉴于过去的中央不完全，再选一个中央将来也还会不完全，因此，我们就有一个学习的任务……在经济建设上、文化建设上也不完全。那怎么办呢？我们就来一个比较完全，搞一个现实主义，再来一个学习。选举中央委员会，就要选有学习精神的人，他不懂得这不要紧，我们选他，让他去学。我们的选举，就应该在这样的方针指导下：即不是从个人求完全，而是从集体中求完全，从对现实的学习中求完全。"

总之，毛泽东认为："中央委员会是我们党的领袖，全党都要拿眼睛来望着它。""新的中央要包含这样一些同志：大批未犯过路线错误的同志，一批犯过路线错误而又改正错误的同志；大批有全国影响的同志，大批现在有地方影响、将来可能有全国影响的同志；一批通晓的方面比较多的同志，大批通晓的方面比较少的同志。如果经过同志们考虑，采取了主席团这样一个组织路线的话，我们相信这个中央将是缺点比较更少的中央。这样一个中央委员会，就可以保证大会路线的实行，包括政治路线和组织路线。就是说，这个新的中央要既能弄通思想，又能团结同志。""我们的代表多得很，有的同志送给他一个代表名义他还不要，有许多同志要求不要当选中央委员，这种态度是好的。孔夫子讲过：'临事而惧，好谋而成。'不要说什么革命没有胜利就是因为我没有当中央委员，这样说是不好的。我们要慎重地选举，慎重地就职，这样才是好的态度。"

在这次大会上，毛泽东针对代表们几个担心的问题作了详细的解释。比如：有同志说这样的中央岂不太庞杂了吗？还有同志担心，有一批人难免要落伍、要掉队，就是说要再犯错误怎么办？能不能保证不犯错误？还有人说，这样的选举不大公平，名单规定的人数只有那么多，又要照顾这个方面，又要照顾那个方面，就势必使得有些同志甚至是能力比较强的同志不能当选，这就不公平。

关于庞杂问题，毛泽东说：我们党过去就是庞杂的。在大革命的后期有路线的庞杂；从大革命失败到遵义会议有几次路线的庞杂，从遵义会议到六中全会，六中全会以前还有点庞杂，六中全会以后，特别是三年整风以后，庞杂问题解决了。遵义会议以来，十年工夫，六中全会以来，七年工夫，整风以来，三年工夫，逐步改变了过去庞杂的历史，现在比较不庞杂了。一个庞杂，一个不庞杂，有性质上的区别。是质的区别还是量的区别？是质的区别，性质上的不同。这个质我们要抓到，不抓到这一点就不好。我们要记得这个历史，关于庞杂这个问题不必害怕，再选他们，不会使我们新的中央搞得很危险。

关于会不会落伍、会不会再犯错误的问题，毛泽东说：有些犯过路线错误的同志作了很好的自我批评，我们大会代表都一致地欢迎。在他们讲话的时候，就是希望在大会代表的帮助之下改正错误。我看这讲了一个真理，就是所谓"一个好汉三个帮"，"荷花虽好，还须绿叶扶持"，任何一个人也需要大家帮助的，互相批评，自我批评，大家帮助，才能进步，才能解决问题。从我们全党现在的情况看，从我们这次大会的情况看，以及从我们过去三个时期的经验、抗战八年中的好的坏的事情和整风中的经验看，都可以证明这一真理。过去犯过错误的同志如果不谨慎，还可能再犯错误；没有犯过错误的同志，如果不谨慎，更可能犯错误。过去没有跌过跤、翻过筋斗的，也许这次跌一下，跌过的可能再跌一次。这样的事，世界上还不是有过？老百姓推车子，并不是跌了一次就再也不跌了，搞不好可以跌好几次。所以几十个人中间要一个也不落伍，这个险是保不了的。我们要选举几十个中央委员推车子，载小米，推的推，拉的拉，可能漏掉一些小米，但只要保证明天早上靠得住有吃的就行了。当然这也要谨慎，不然一大堆粮食都翻掉，明天便没有饭吃。同时也不要怕，丢一两颗、两三颗小米也没有什么，我们生产的小米很多，丢两三颗不要紧。

关于不公平的问题，毛泽东说：要照顾各方面，就会发生一个问题，既然老的新的都要照顾，知识又不一定能通晓各方面，我们又不能选举几千几万的中央委员，这就会在选举中使有些在能力上知识上比较好、对党也有功劳的同志没有当选，这岂不是不公平吗？从一个侧面去看，是不公平的；但是从更大的方面看、从全面看，是公平的。因为虽然犯了错误又改正了错误的同志与没有犯错误的同志有不同，但是我们不选他们，单选没有犯错误的同志，就会有另外方面的缺点，所以一定要选他们。当然，我这也是一个建议。因为要照顾各方面，就会使得有些同志按他的能力、知识本来可以当选，但是没有被选上，这种情况会有的，就是说我们要有这种准备。如果我们不在这里说清楚这个问题，就会有同志说：犯过错误的倒又选上了，没有犯错误的倒选不上；人家知识不及我被选上了，我还不错却没有选上。对这种情况，我们大家在精神上都要有准备。

关于第七届中央委员会人数的问题，大会主席团考虑了很久，考虑过三个方案：一个是100人左右，一个是70人左右，一个是30人左右，就是大、中、小的三个方案。毛泽东说："这三个方案中，我想我们两头不要，取一个中间，就是七十人左右。主席团认为这个方案比较好，太小了不能够反映我们党的现状和发展，今天我们党有100多万党员，将来还要发展，比如一年之内可能发展到200万党员。新的中央委员会比过去扩大些，扩大到70人左右可以不可以？我想可以，应该采取这样的方针。"

选举工作是为着保证大会路线的实行，必须要考虑到，这是有关全党的利害的，对党、对人民不仅要有利，而且必须是完全有利。在大会上，毛泽东还特别细心地提醒各位代表："我们要注意没有到会的、我们不认识的同志，如果候选名单里有他的名字，我们就要注意；自然，到了会的也不见得都认识，这就要经过各代表团主任的介绍。这样，我们这次选举，就会选举出一个比较好的（当然是比较的）领导机关，作为指挥中国革命的工具。"

毛泽东为什么强调中央委员会是"指挥中国革命的工具"呢？这个问题对许多代表来说，是一个十分陌生又新鲜的话题，其实也是一个马克思主义的哲学命题。我们来听一听毛泽东是怎样解释的：

我们是马克思主义者，我们相信工具论。政府是什么东西呢？国家是什么东西呢？马克思和恩格斯认为，国家是一个阶级压迫另外一个阶级的机关，是个机器，是个工具。我们的政府是什么呢？是压迫反革命的工具。反革命的政府是什么呢？是压迫革命的工具。总之，都是一种工具，这是马克思主义者的看法。党是阶级斗争的工具，政府也是工具，党的中央委员会、党的领导机关，也是党的工具，都是阶级斗争的工具。我们党是阶级的领袖，中央是全党的领袖，我们都当作工具来看。这一点，我今天讲一下。过去我们有许多同志不了解这个问题，认为自己是英雄，出来是干革命的，很有一番自豪。有一番自豪是对的，但应该是作为工具的一番自豪。我们是阶级使用的武器，我们阶级要胜利，就要选出先锋队来。群众是从实践中来选择他们的领导工具、他们的领导者。被选的人，如果自以为了不得，不是自觉地作工具，而以为"我是何等人物"！那就错了。我们党要使人民胜利，就要当工具，自觉地当工具。各个中央委员，各个领导机关都要有这样的认识。这是唯物主义的历史观，就是《国际歌》上所讲的，少奇同志在这里念过几次，"不是神仙，不是皇帝，更不是那些英雄豪杰，全靠自己救自己"[51]。自己救自己，他就要选举党，选举工具。[52]

毛泽东的这段"工具论"，至今依然值得每一名共产党员学习、思考和践行。

就在毛泽东作七大选举方针的报告3天后，5月27日，经过广泛征求意见，几上几下，大会主席团和各代表团主任联席会议讨论中央委员会选举问题，正式提出了94人的预选名单，提交大会进行选举。这个名单是根据候选名单应较中央委员数"多三分之一"的精神提出来的。会议决定中央委员会拟由正式中央委员45名、候补中央委员25名组成。也就是说，要从94名预选名单中选出70人为中

[51] 这是当年翻译的《国际歌》歌词中的一段。1962年4月28日《人民日报》发表经过修订的《国际歌》歌词的译文，将此段新译为："从来就没有什么救世主，也不靠神仙皇帝，要创造人类的幸福，全靠我们自己。"

[52] 中共中央文献研究室编：《毛泽东在七大的报告和讲话集》，中央文献出版社1995年版，第178—179页。

央委员和候补中央委员。之后，这个94人预选名单交由各代表团进行讨论。具体名单如下：

预选正式及候补中央委员候选名单
（共九十四人）
（一九四五年五月二十七日）

大会主席团

毛泽东　王若飞　王　明　王稼祥　王维舟　王首道
王世太　王　震　王宏坤　古大存　朱　德　任弼时
李富春　李先念　李立三　李克农　宋任穷　吕正操
吴玉章　吴　德　林伯渠　林　彪　林　枫　林　平
周恩来　周士弟　邵式平　洛　甫　高　岗　徐特立
徐向前　徐海东　马明方　陈　云　陈　毅　陈潭秋
陈伯达　陈　郁　陈正人　陈少敏（女）　陈　赓
康　生　陆定一　习仲勋　黄克诚　曾　三［山］
曾镜冰　彭德怀　彭　真　凯　丰　贺　龙　博　古
程子华　粟　裕　云　泽（乌兰夫）　张云逸　张秀山
张鼎丞　张际春　张宗逊　张稼夫　叶剑英　叶　飞
董必武　万　毅（万毅）　赵振声（李葆华）　廖承志
刘少奇　刘伯承　刘　晓　刘子久　刘澜涛　刘宁一
刘长胜　刘澜波　邓子恢　邓小平　邓　发　邓颖超（女）
滕代远　黎　玉　郑位三　蔡　畅（女）　薄一波
戴季英　聂荣臻　边章五　谭震林　谭　政　罗荣桓
罗瑞卿　关向应　萧　克　饶漱石

6月2日，在枣园，七大主席团和各代表团主任联席会议，听取各代表团对候选人意见的汇报，并展开讨论。在会上，各代表团畅所欲言，大家把想讲的话都讲出来了。七大的选举阶段是争论最激烈、民主氛围最热烈的阶段。相争为党，不留情面。有些代表晚上坐在延河边还在争论着选谁不选谁。

有的代表对候选人提出了怀疑。毛泽东说：不管怀疑的内容如何，可以怀疑，被怀疑的同志也有权申述。但是选举问题不是个人问题，要顾全大局。对谁有意见，所有同志应把自己想讲的话彻底讲清楚好。历史证明，凡是原则性的问题，敷衍下去，不知哪一天就会出来的。彻底弄清楚，才有利于团结。

有的候选人听到意见后，提出不做候选人行不行？毛泽东说："选不选自己，自己有自由。你们考虑。只有在自己选自己对党不利时就不选，否则就应自己画自己的圈。我就准备自己画自己的圈。"

听到毛泽东说"自己画自己的圈"，许多代表还是第一次听到这种说法，感到很新奇。

在中央委员选举候选人酝酿过程中，也有代表主动谦让的。七大代表田秀涓回忆说："七大前后共近两个月，开了不少日子的会，有时候开大一点的会，有时候是分组会。我记得蔡畅大姐也在我们晋察冀边区代表团。她挺谦虚的，讨论她当中央委员候选人的时候，她说：'不行，应当找劳苦功高的，特别是对建党、建军，对坚持革命有功劳的人。'说她自己没有对革命做什么贡献。但大家都说：你是德高望重的老大姐，又经过长征长期锻炼，不接受她本人的意见。"[53]

[53] 中共中央党史研究室第一研究部编：《七大代表忆七大》（上），上海人民出版社2006年版，第596页。

6月5日，根据大会主席团安排，各代表团召开大会，对主席团提出的预选名单进行充分酝酿和讨论，听取关于预选人员情况的介绍，然后进行预选，并将预选结果报告主席团。主席团根据各代表团预选情况，再根据选举条例，分别提出正式中央委员候选人名单和候补中央委员候选人名单，交大会表决通过。

在预选中，有几位列在候选名单上的同志落选了。毛泽东就来同张闻天商量落选的几位要不要列入正式名单。七大中直军直代表团代表、张闻天夫人刘英当时也在旁边，毛泽东笑着问她："你是娘娘，有何意见啊？"张闻天在党内负总责的时候，毛泽东经常开玩笑称刘英为"娘娘"。刘英笑着说："娘娘已经下台了！"毛泽东说：

"你是三朝元老，应该听你的意见。"刘英直率地讲了自己的看法，说："除了邓发之外，其他几位都可以列入正式名单。邓发在肃反中错误太大，影响不好。"

还有代表直言不讳地反映：候选人中井冈山下来的人多了一点，对红四方面军、陕北根据地照顾得不够。这相当于是给毛泽东、朱德提意见。主席团商量之后，虚心接受，西北方面增加了绥德地委书记习仲勋和从渭南参加革命的张宗逊，删掉了井冈山下来的李井泉和陈光。李井泉时任抗日军政大学政治委员兼政治部主任，他表示：服从主席团的决定。陈光也是老资格，长征中任师长，参加过平型关战斗，林彪负伤后还代理八路军第115师师长，资历深，贡献大，他听到主席团把他从候选人名单中拿下来时，有些想不通，连晚饭也没有吃，躺在床上说："毛主席，我什么地方对不起你啊。"一连说了好几遍。

中央宣传委员会委员凯丰被提名为中央委员候选人。华中代表团的伍修权看到凯丰的名字，表示不同意。他说：遵义会议时，凯丰对博古、李德在军事指挥上的严重错误缺乏认识，不支持毛泽东，顽强地抵制遵义会议决议，他不宜参加新的中央委员会。后来，凯丰就落选了。

按照七大选举条例，选举分两次进行，先选举中央委员，后选举候补中央委员。

6月9日，七大举行第20次全体会议，选举中央委员。任弼时任大会执行主席。在全部547名正式代表中，有533人到场参加了选举大会。没有到场的14名正式代表中，除了董必武因出席旧金山会议不能与会外，有1人（汪克明）因事迟至选举之后在开票过程中才赶到，决定将之视为弃权，其余12人均属因病或因亲属有病不能到会。为此，大会主席团决定派工作人员乘车送选票，由本人亲自填写选票，结果有10人投票，2人弃权。其中1人（关向应）因病自己弃权，1人（朱涤新）因没有找到被视为弃权。因此，实际参加投票者共计543人，弃权者3人，不能与会者1人。

投票是从6月9日下午3时开始的，原定一个小时的投票时间，结果只用了半个小时就完成了现场全部投票流程，而且543张选票全部为有效票。投票过程十分顺利，只有大后方代表团的一位代表因不小心打翻了墨水瓶将墨水泼在了选票上，另换了一张选票，算是一个小小的意外。

投票之后，代表都回去休息了，计票员开始开票、唱票、计票。计票是一个细致活儿。大会主席团决定按照8个代表团分为8个组分别计票，再汇总，并由各代表团主任任组长。543张选票分配到8个代表团，陕甘宁边区代表团、晋绥代表团、晋察冀代表团、晋冀鲁豫代表团各计67张选票，山东代表团、华中代表团、大后方代表团各计66张选票，中直军直代表团计67张场内选票和10张场外选票。计票办法跟我们现在的方法基本一样，一人唱票，两人分开计票，三人分别监票（检查唱票和计票数）。待8个小组计算结果出来后，报送检查委员会再集中计算投票结果。其过程也包括唱票、计票和监票三个环节。计票工作一直进行到晚上。经最后统计，被选者得票数目的总和22504票和投票者所选人数的总和22504，对照无误。

一投完票，大家都在焦急地等待着最新中央委员会的组成。

你猜猜，谁最着急？

谁也不会想到，最着急的人竟然是毛泽东。

为什么？

因为毛泽东担心王明选不上。

毛泽东为什么担心王明选不上？

一句话，就是要团结。只有团结一切可以团结的人，团结犯了路线错误并能改正错误的人，我们的队伍才能更团结、更有力量，才能获得最后的胜利。

的确，第七届中央委员会选举中争议最大的候选人就是王明。许多同志受过王明路线的伤害，创伤尚在，苦痛难消，认为王明给党的事业造成那么大的损失，还让他当中央委员，思想上想不通，不愿意选举王明。七大代表、时任中共中央西北局陇东分区地委书记段德彰是江西于都人，土地革命战争时期任红军学校政治教员、红一方面军教导师政治部宣传科科长、红军大学营和教导师团的政治委员，参加过二万五千里长征，对王明路线之害有着切肤之痛。他回忆说："当时，党内很多同志，特别是我们这些从江西老区出来的同志，一想到由于王明所代表的'左'倾冒险主义错误所带来的第五次反'围剿'战役的失败，葬送了大好苏区，使我们背井离乡，踏上漫漫长征路；多少同志、亲人倒在了曾是欣欣向荣的红土地上，多少好同志不是牺牲在敌人的屠刀下，不是牺牲在抗日前线，而是被雪山草地夺去了年轻的生命，从感情上真转不过来这个弯子。"[54]

毛泽东不仅在大会上反复做工作，还深入各个小组动员大家给王明投票。他说："一个队伍里头，人们的思想有正确的，也有错误的，经常是不整齐的。但对犯错误的同志要有好的态度。家庭里是很少有开除家籍的事情的。阿Q到底姓什么虽不清楚，但也没有听说他曾被开除家籍。"王明等人"虽然犯过路线错误，但是他已经承认错误并且决心改正错误，我们还可以选他"。临投票时，毛泽东还说："你们不投王明，我姓毛的投王明一票。"

许多七大代表看毛泽东、任弼时代表中央为王明"拉票"，就勉强投了王明一票。也有人没有听毛泽东的劝，仍旧不给王明投票。晋察冀代表团的代表贾梦月在参加小组会时对毛泽东说："我坚决不选王明。"毛泽东建议他选王明。投票时，贾梦月犹豫了好一会儿，想到毛主席的话，最后才在王明的名字后画了一个很小的圈。陕甘宁边区代表白茜说："从团结大局出发，勉强投王明一票。我们边区的代表说：'投王明的票，那个圈故意画得不圆，投其他领导的票，圈画得很圆很圆。'"山东代表团代表王枫说："王明态度极端恶劣，装病不参加会议，有时勉强坐在躺椅上参加一会儿会议。会议中他老婆孟庆树还跑到台上，掀起衣服露着肚皮说，我把心扒出来给你们看看，为王明狡辩。我当时真想跑上台去把她拉下来。所以，在选举时，毛主席再三动员选王明为中央委员，我没听毛主席的话，没画他的圈。"

晋绥代表团的代表刘俊秀投了王明的票，忽然他听到后面有骂声："都是谁投了王明的票？王八蛋！"刘俊秀回头一看，骂人的是

[54] 中共中央党史研究室第一研究部编：《七大代表忆七大》（上），上海人民出版社2006年版，第79页。

白坚和李力果两位代表，就说："我投了王明的票，你们选不选他是你们的事，不要随便骂人。"李力果很奇怪地问："你也选他了？你比我更了解王明，还吃过他的亏，革命差点被他毁了，他还能当中央委员？还能让他来糟蹋党？"几个人说着，气鼓鼓地走了。

王明是1941年"九月会议"期间突发心脏病发生休克住进中央医院的，随后长时间缺席中央政治局和中央书记处会议。1941年10月13日入院，1942年8月13日出院，回到杨家岭家中休养。1943年5月1日，在延安整风进入审干阶段，王明、孟庆树夫妇向任弼时、李富春诬告其主治医师、中央医院外科兼妇产科主任金茂岳是国民党特务，并制造"毛泽东派金茂岳蓄意毒害王明"的谣言。其间，中共中央一直高度关心王明，多次组织专家会诊，恢复了健康。"人有病，天知否？"其实，王明不是身体患病，而是思想患病，患的是政治病。[55]

投票一结束，几个计票员就在后台忙碌起来，他们认真地计算每位候选人得的票数。当时没有计算机，只能把候选人的名字写在黑板上，一个人口念，另一个人在候选人下写"正"字。就在这时，突然一个身躯高大的人出现在他们面前。来自晋冀鲁豫代表团、被大会推举为计票员的高扬文，抬头一看，原来是毛主席来了。真是又惊讶又欢喜，赶紧给毛主席让座。毛泽东笑容满面地对他说："你们辛苦了。"接着，就询问每人得票的情况。高扬文把已经计算出来的票，一一做了报告。毛泽东又很关心地问道："洛甫同志、博古同志得多少票？王明同志得多少票？他们几个能不能选上中央委员？"选票还没有全部统计完，高扬文回答说："洛甫得票还可以，博古、王明得票少，能不能选上很难说。"毛泽东充满期望地说："最好能选上，七大是一次团结的大会，犯了错误的人也有代表性，起码代表同他一起犯错误的人，我们不能把犯了错误的人推出去，而要团结他们，犯了错误，改了就好。"

来自晋察冀代表团的代表刘杰是检票员，对毛泽东关心王明选票的事情，记忆犹新。他回忆说："检票至深夜。没有想到毛泽东到了检票处，他说：同志们辛苦了，并问我选王明的票有多少。因当

---

[55] 有关"王明中毒事件"的历史，笔者著有《王明中毒事件调查》一书，中国青年出版社2012年出版，人民出版社2020年再版，可阅读参考。

时正在检票，难以回答确切数字，我只能笼统地回答选王明的票还不少。毛泽东笑着说：好，好。"同样来自晋察冀代表团的郑天翔是计票员，和刘杰是临时搭档。他说："大会投票以后，在主席台上计票。我和刘杰被代表团指定为计票的人。我们上了主席台，分两个摊子计票。我们那一摊是一位同志念票，我记，刘杰在旁看我记，以防记错。大会优待我们计票的代表，摆了很好的香烟，是从敌占区搞来的。毛主席走来，请我们吸烟，说，你们辛苦了。问了我们每一位同志的姓名，哪里的人。我的口音主席听不懂，刘杰给翻译。计票用了很长时间，已经很晚了，毛主席一直等在台上。当他看到王明已当选时，才放心地走了。"

的确，毛泽东没有离开会场，静静地坐在那里，吸着烟，一直等到计票员把选票计算完。当他看到王明、博古、洛甫都进入中央委员会时，高兴地说："这就好了，七大真正成了一个团结的大会。"但当他得知王稼祥落选时，又惋惜地说："王稼祥同志在历史上有错误，但也有大功，他觉悟得早，改正错误也早，因为有病没有参加大会，可能对投票有影响。明天选举候补中央委员，我要讲一讲王稼祥同志的功劳。"

这一天，七大代表薄一波也没有离开会场，他抱着好奇的态度在看选举的最后结果。他回忆说：1931年六届四中全会后，王明、博古、李德等人，排斥毛泽东的正确路线，解除了他在红军中的领导职务，使中国革命遭受了严重损失。延安整风期间，毛主席对王明错误路线的批判是无情的，但不是'无情斗争'，而是无情地揭露和分析错误的事实及其产生的根源，彻底地分清是非，以利全党同志从中正确地吸取教训。当王明口头表示要检讨错误之后，毛主席亲自到各个代表团去说服大家，一定要把几个犯错误的人选进中央委员会。毛主席说，对于任何问题应采取分析态度，犯王明路线错误的同志也不是一切都错了。他们在反帝、反封建、土地革命、反蒋战争等问题上，同我们仍然是一致的。在中国这个半殖民地半封建的国家里，小资产阶级像汪洋大海一样。从犯错误同志的思想根源来说，主要是小资产阶级思想在党内的反映。我们批判错误路线，要达到既要弄清思想又要团结同志这样两个目的。七大选举中央委员那天，投票以后，毛主席不走，我当时也站在一旁看。直到听到王明的得票超过半数，他才离开会场。这件事意义非同寻常。

6月10日，七大举行第21次全体会议。大会执行主席、七大秘书长任弼时作了《关于中央委员选举开票经过的报告》，宣布中央委员选举结果：选举得票者共87人，按543票计，须有272票为过半数，从87个得票者中，有44人超过半数票，当选为正式中央委员。

接着，大会副秘书长李富春作《关于正式中央委员选举结果的报告》。在本次选举超过半数的44人中，得票最高的是满票543张，最少的是275票，有3张弃权票，缺席1票，废票无；未超过半数的43人中，得票最多的是204张，最少的是1票。其中毛泽东、朱德、刘少奇、任弼时4人各得543票，为全票；陈绍禹得321票、秦邦宪得275票。具体名单如下：

中共七大当选的中央委员名单
（一九四五年六月九日）

毛泽东	朱　德	刘少奇	任弼时	林伯渠	林　彪
董必武	陈　云	徐向前	关向应	陈潭秋	高　岗
李富春	饶漱石	李立三	罗荣桓	康　生	彭　真
王若飞	张云逸	贺　龙	陈　毅	周恩来	刘伯承
郑位三	张闻天	蔡　畅（女）		邓小平	陆定一
曾　三[山]		叶剑英	聂荣臻	彭德怀	邓子恢
吴玉章	林　枫	滕代远	张鼎丞	李先念	徐特立
谭震林	薄一波	陈绍禹	秦邦宪		

王明当选中央委员，毛泽东心中的一块石头终于落地了。

王明当选，意义非比寻常。他不是一个人当选的问题，而是一个政党的胸怀、格局、气象的问题，是一个团结的问题，更是一个政治问题，也是一个历史问题。毛泽东成功地解决了这些问题，为管党治党树立了楷模和典范。事实证明，自整风运动以来，毛泽东对错误路线的批判是彻底的，对犯错误的同志的组织结论和处理很慎重，也很宽大，真正达到了弄清思想，治病救人，团结同志，共同进步的目的。

当选中央委员的中共一大代表董必武是以大后方代表团代表的身份来到延安的。在七大召开前夕，他临时受中共中央委派，随中国代表团赴美国，出席在旧金山召开的联合国大会。这是中共高层第一次以正式和公开身份在国际舞台亮相。1945年6月26日，联合国大会举行《联合国宪章》签字仪式，董必武代表中国共产党与其他中国代表一起在宪章上签名。

中共一大代表陈潭秋在七大上被选为中央委员。然而，令人痛心的是，他此时已经牺牲，由于信息隔绝，七大是在不知情的情况下选举他为中央委员的。1939年，陈潭秋奉命担任中共驻新疆代表和八路军驻新疆办事处主任，1942年9月被军阀盛世才逮捕，1943年9月27日被秘密杀害，时年47岁。与其同时被杀害的还有毛泽东的弟弟毛泽民。

在6月10日这一天，中央委员选举结果公布以后，候补中央委员的选举工作接着紧锣密鼓地进行。毛泽东在大会上专门作了《关于第七届候补中央委员选举问题》的报告，着重阐述了选举候补中央委员的意义、王稼祥的功过和东北问题。

在正式中央委员选举之后，有一位代表写信给大会主席团，希望要选能执行大会路线的同志到中央来。毛泽东听说后，非常高兴地说："这个方针，主席团已经提出过了，我在这里也代表主席团做过报告，各个代表团也讨论酝酿了好几天，昨天同志们选正式中央委员就是按照这个方针选举的。那末，为什么这位同志在昨天选举之后还要提出这个意见呢？他的意思是说，有些候选人并不知名，甚至在某些方面还有若干缺点和错误，但是在长时期中证明他是能够执行大会路线的，我们不要因为他不知名甚至有若干缺点错误而不选他。我认为这位同志的意见是很好的，代表了大多数同志的意见。"

毛泽东十分担心代表们对候补中央委员的作用认识不太清楚，

提醒大家不要以为选的是候补中央委员，就可以马虎一些，希望大家重视这个选举。他说："这个选举的意义也是很重大的，因为我们大会所要选出的候补中央委员名额不少，有34名；他们也参加中央的工作，参加中央委员会的会议，有发言权，可以提出意见；当正式中央委员出缺时，要由他们递补。如果八大推迟不能如期召开的话，那末候补中央委员的作用会更大。"

紧接着，针对王稼祥落选中央委员的问题，毛泽东用很长的时间向七大代表们讲述了王稼祥的功过，不仅建议大会主席团把王稼祥的名字排列在候补中央委员候选人的第一名，而且在大会上做说服工作，要为王稼祥"说几句话"。在昨天的选举中，王稼祥得了204票，不足半数，没有当选。

毛泽东恳切地说："王稼祥同志是犯过错误的，在四中全会前后犯过路线错误，此后也犯过若干错误。但是，他是有功劳的。"接着，他从三个方面肯定了王稼祥的功劳。

第一，四中全会以后，中央派了一个代表团到中央苏区。代表团有三个人，任弼时同志、王稼祥同志、顾作霖同志。第一次反"围剿"结束后，他们就来了。王稼祥同志参加了第二、第三、第四次反"围剿"的战争。在当时，我们感觉到如果没有代表团，特别是任弼时、王稼祥同志赞助我们，反对"削萝卜"的主张就不会那样顺利。所谓"削萝卜"，就是主张不打，开步走，走到什么地方碰到一个"小萝卜"，就削它一下。那时，我们主张跟敌人打，钻到敌人中间去，寻找敌人的弱点，打击敌人。主张"削萝卜"的人反对我们，说我们的办法是"钻牛角"。当时，如果没有代表团，特别是王稼祥同志，赞助我们、信任我们——我和总司令（指朱德，引者注），那是相当困难的。虽然以后在苏区的两个大会上，即中央苏区党代表大会和苏维埃第一次代表大会上，王稼祥同志是有错误的，但上面所说的那一点，却是他的功劳。王稼祥同志是在第四次反"围剿"末期负伤的。

第二，大家学习党史，学习路线，知道中国共产党历史上有两个重要关键的会议。一次是1935年1月的遵义会议，一次是1938年的六中全会。

遵义会议是一个关键，对中国革命的影响非常之大。但是，大家要知道，如果没有洛甫、王稼祥两位同志从第三次"左"倾路线分化出来，就不可能开好遵义会议。同志们把好的账放在我的名下，但绝不能忘记他们两个人。当然，遵义会议参加者还有好多别的同志，酝酿也很久，没有那些同志参加和赞成，光他们两个人也不行；但是，他们两个人是从第三次"左"倾路线分化出来的，作用很大。从长征一开始，王稼祥同志就开始反对第三次"左"倾路线了。

遵义会议以后，中央的领导路线是正确的，但中间也遭过波折。抗战初期，十二月会议就是一次波折。十二月会议的情形，如果继续下去，那将怎么样呢？有人（即王明，引者注）说他奉共产国际命令回国，国内搞得不好，需要有一个新的方针。所谓新的方针，主要是在两个问题上，就是统一战线问题和战争问题。在统一战线问题上，是要独立自主还是不要或减弱独立自主；在战争问题上，是独立自主的山地游击战还是运动战。六中全会是决定中国之命运的。六中全会以前虽然有些著作，如《论持久战》，但是如果没有共产国际指示，六中全会还是很难解决问题的。共产国际指示就是王稼祥同志在苏联养病后回国带回来的，由王稼祥同志传达的。

第三，此后，王稼祥同志就一直在中央工作。虽然他在工作中也有缺点，如在政治工作中就有很大缺点，但是他也做了很多好事，如1939年关于巩固党的决定，1941年关于增强党性的决定，1942年关于党的领导一元化的决定、对待原四方面军干部态度问题的指示及建军的四号指示等，都是他起草的。增强党性的决定是他与王若飞同志合作，在他领导之下起草的；建军的四号指示是他与叶剑英同志合作，在他领导之下起草的。

至于他有些缺点，如对干部的关系，这是大家知道的。但上面这些是大家不大知道的，是中央内部的事，我今天在这里必须讲一讲。

他虽然犯过路线错误，也有缺点，但他是有功的。他现在病中，他的病也是在第四次反"围剿"中负伤而起的。他这次写给我的信，已印发给大家看了，有的同志说写得太简单，但是他的确是考虑很久才下决心写的。

我认为他是能够执行大会路线的，而且从过去看，在四中全会后第三次"左"倾路线正在高涨时，在遵义会议时，在六中全会时，也都可以证明这一点。

昨天选举正式中央委员，他没有当选，所以主席团把他做为候补中央委员的第一名候选人，希望大家选他。[56]

[56] 中共中央文献研究室编:《毛泽东在七大的报告和讲话集》，中央文献出版社1995年版，第230—232页。

"这是发自毛主席内心的公正的历史评价。"七大代表刘英心悦诚服地说，"正式选举中央委员时，王稼祥的落选，出乎毛主席的预料。所以，他就特地在大会上讲话，动员大家选王稼祥当中央候补委员。"

王稼祥在中共六届七中全会和中共七大期间，因病未能参加会议。他在1945年4月17日和22日，给毛泽东写了两封信，谈到对党的批评和自己的错误应采取严肃态度，信中说："党严肃的检讨过去历史问题，每个个人也应严肃对待自己。""我因连年犯病，不能参加过去的与现在的讨论，不能很好的检讨过去自己的工作，不能以新的工作补偿过去的错误，这对于我是一件遗憾的事，但也莫可奈何的。假若将来身体能够恢复康健时，再去补做这个工作吧。""病中脑力不济，思路前后不连续，故写得零乱。是否妥当，尚乞指示。"

在中共七大上，毛泽东为了王明、王稼祥当选中央委员和候补中央委员的事情，真可谓费尽了心思，付出了特别的情感，做出了极大的努力。这在中共历史上是没有过的，在中国历史乃至世界政党史上也写下了宝贵的令人尊敬的一笔。毛泽东说：今后进行一切党内思想斗争时，应避免过去曾发生的"没有在思想上彻底弄清错误的实质及其根源，也没有恰当地指出改正的方法，以致易于重犯错误；同时，又太着重了个人的责任，以为对于犯错误的人们一经给以简单的打击，问题就解决了"。他强调"惩前毖后，治病救人"，"既要弄清思想又要团结同志"的方针，对犯了错误的同志应采取分析的态度，不要否定一切，应热诚相待，团结共事，"只要他已经了解和开始改正自己的错误，就应该不存成见地欢迎他，团结他为党工作。即使还没有很好地了解和改正错误，但已不坚持错误的同志，也应该以恳切的同志的态度，帮助他去了解和改正错误"。毛泽东说到做到，言行一致，知行合一，其所说的与所做的，为全党树立了光辉的榜样，尤其给七大代表们的思想震动很大，他们"深深地觉得毛主席太伟大了，我们党太伟大了。一个真正的无产阶级政党，就是要有这样博大胸怀，才会有凝聚力、战斗力"，感到了自己的思想境界得到了一次升华。

6月11日，七大举行第22次全体会议，也就是大会的闭幕会。大会执行主席是彭德怀。七大秘书长任弼时作了关于候补中央委员选举开票经过及选举结果的报告。本次到会参加投票的共计545人，其中大会现场的531人，会场外的14人，弃权者1人（关向应），缺席者1人（董必武），没有发现废票。选举进行得十分顺利，15分钟即完成了投票，20分钟即开票，共收到选票531张，会场外14张，共计545张。计票工作仍按中央委员选举办法分8个小组计票。选举结果是，得票者共93人，545票应有273票才算过半数，计有33人得票过半，当选为候补中央委员。原候补名单35人中有33人当选，2人落选，名单外提名的没有人超过半数。具体名单如下：

中共七大当选的候补中央委员名单

（一九四五年六月十日）

廖承志　王稼祥　陈伯达　黄克诚　王首道　黎　玉
邓颖超（女）　　陈少敏（女）　　刘　晓　谭　政
程子华　刘长胜　粟　裕　王　震　宋任穷　张际春
云　泽（乌兰夫）　赵振声（李葆华）　王维舟　万　毅
古大存　曾镜冰　陈　郁　马明方　吕正操　罗瑞卿
刘子久　张宗逊　陈　赓　王从吾　习仲勋　萧劲光
刘澜涛

有代表记得，当选中央候补委员的陈赓在选举前曾笑嘻嘻地说："我当中央委员的衣服都做了，照了相，希望大家投我一票！哈哈哈……"与会人员都被他逗得哈哈大笑。陈赓幽默，胸无羁绊，同志们都喜欢他。当主持人宣布陈赓当选时，他健步跳上主席台，乐哈哈地冲大家做了一个鬼脸，又有些不好意思，全场的人又一次开怀大笑。王从吾不是94人预选名单中的候选人，却顺利当选了候补中央委员。当选为候补中央委员的山东军区滨海军区副司令员兼山东军区滨海支队支队长的万毅，没有参加七大，正在山东抗日前线。《大众日报》在刊登新当选的第七届中央委员和候补中央委员名单时，把万毅错写成了"万镒"。不过，在中央档案馆馆藏的中共七大《预选正式及候补中央委员候选名单》中，万毅的署名方式为"万镱（万毅）"。笔者认为，《大众日报》应该是将"镱"字误写为"镒"字了。这天中午，滨海军区司令员梁兴初和万毅在一座农家小院正准备吃午饭，梁兴初拿着报纸对万毅说："老万，你看中央委员里还有姓万的，你好好干，也是大有希望的。"大约到了9月初，《大众日报》刊登了更正启事，并向万毅同志致歉，原来"万镒"就是"万毅"。直到这时，万毅才知道自己当选为候补中央委员了。

中共七大选出中央委员和候补委员总共77名。这个数字十分凑巧，开的是七大，选出来的是77名，十分吉祥，富有美好的寓意。

就像七大始终洋溢着团结、紧张、严肃、活泼的气氛一样，令人对未来充满着希望。大会副秘书长李富春曾在发言中用了一个俗语说："我在1934年1月的六届五中全会上被补选为政治局候补委员，这是'屁股上插党参——候（后）补'。"这个歇后语引起哄堂大笑，把毛泽东也笑得不行，笑出了眼泪，一个劲地用袖子擦。这个"候补"的歇后语在七大代表中也广为流传。

新一届中央委员会产生后，当选的中央委员和候补中央委员走上主席台与代表们见面，会场气氛非常热烈。七大代表们对选举的认真程度超出了我们的想象，无论是中央委员选举，还是候补中央委员选举，540多张选票都没有出现一张废票。诚如毛泽东所说，过去参加代表大会的"代表们一般对选举都不大认真，只有少数人认真。而这次大会，我们各方面的同志对选举都非常认真。这证明什么？证明我们有了经验"。毫无疑问，这是一个宝贵的历史经验。正如邓颖超所说："七届中央委员会的选举，在当时的条件下，最充分地发扬了党内民主。"

靠什么团结？凭什么胜利？七大代表们没有忘记，4月21日傍晚，毛泽东在七大预备会议上说："大会的工作方针就是团结和胜利。大会的眼睛要向前看，而不是向后看，不然就要影响大会的成功。大会的眼睛要看着四万万人，以组织我们的队伍。"在中共七大上，毛泽东做到了，中国共产党做到了。

"中央委员会是我们党的领袖，全党都要拿眼睛来望着它。"当大会宣布中央委员名单之后，毛泽东站在主席台上大声说，"当选中央委员的人，不要以为自己是做了官，而是加重了为人民服务的责任。"

毛泽东的话，直截了当，朴实无华，简单有力，警钟长鸣。

附录　中国共产党第七次全国代表大会议程一览表

次　别	日　期	主　席	议　　程		报告或发言人
第1次预备会议	4月21日（星期六）	任弼时	1.关于七大准备工作的通知		任弼时
			2.通过六届七中全会的提案		
			3.《中国共产党第七次全国代表大会的工作方针》		毛泽东
第2次开幕典礼	4月23日（星期一）	任弼时	1.宣布开幕：在七大开幕典礼上的讲话		任弼时
			2.致开幕词《两个中国之命运》		毛泽东
			3.讲演	在七大开幕典礼上的讲话	朱　德
				在七大开幕典礼上的讲话	刘少奇
				在七大开幕典礼上的讲话	周恩来
				在七大开幕典礼上的讲话	林伯渠
				在七大开幕典礼上的讲话	冈野进
			4.关于代表资格审查的报告		彭　真
			5.通过彭真报告		
			6.唱《国际歌》		
第3次	4月24日（星期二）	朱　德	1.书面政治报告《论联合政府》 2.在中国共产党第七次全国代表大会上的口头政治报告		毛泽东
第4次	4月25日（星期三）	刘少奇	军事报告《论解放区战场》		朱　德
4月26日至29日			休　会		
第5次	4月30日（星期一）	林伯渠	1.大会讨论政治、军事报告		
			2.发言	《论统一战线》	周恩来
				华北八年抗日游击战的成绩和经验》	彭德怀
第6次	5月1日（星期二）	周恩来	1.大会讨论政治、军事报告		
			2.发言	关于党在新四军和华中工作的历史、八年抗战的情形、今后如何执行毛主席的指示和大会决议	陈　毅
				《争取中间分子、生产、作风问题》	高　岗
第7次	5月2日（星期三）	彭德怀	1.大会讨论政治、军事报告		
			2.发言	《听政治报告后的自我反省》	洛　甫
				对政治报告的认识和两年多来反奸工作经验教训	康　生
第8次	5月3日（星期四）	康　生	1.大会讨论政治、军事报告		
			2.发言	《对教条主义机会主义路线所负责任的问题》	博　古
				《关于敌占区的城市工作》	彭　真

续表

次 别	日 期	主 席	议 程		报告或发言人
	5月4日至8日		休 会		
第9次	5月9日（星期三）	陈 毅	1.大会讨论政治、军事报告		
			2.发言	《晋察冀的路线，所处的战略地位以及在今后任务上的几个问题的意见》	聂荣臻
				《关于执行第三次"左"倾机会主义路线的反省》	杨尚昆
				《保存农村家务，保存城市机器》《要讲真理，不要讲面子》	陈 云
				《关于党的机要通讯工作》	李质忠
第10次	5月10日（星期四）	陈 云	1.大会讨论政治、军事报告		
			2.发言	《关于团结和路线问题》	陆定一
				《群众工作与军事工作》	刘伯承
				《山东在三角斗争中右倾投降主义的反省》	朱 瑞
第11次	5月11日（星期五）	高 岗	1.大会讨论政治、军事报告		
			2.发言	《关于广东工作的一些情况》	古大存
				《对政治报告的认识以及自我反省》	李富春
	5月12日、13日		休 会		
第12次	5月14日（星期一）	贺 龙	《关于修改党章的报告》		刘少奇
第13次	5月15日（星期二）	洛 甫	《关于修改党章的报告》		刘少奇
	5月16日至20日		休 会		
第14次	5月21日（星期一）	彭 真	1.讨论政治、军事及修改党章报告		
			2.发言	《关于民族问题》	乌兰夫
				《建设民主的日本》	冈野进
				《日本帝国主义对朝鲜的政策及朝鲜人民反抗斗争的情况》	朴一禹
第15次	5月22日（星期二）	毛泽东	1.讨论政治、军事及修改党章报告		
			2.发言	《关于群众观点和发动群众问题的发言》	林 彪
				《对今后如何进行回民工作并求得回民解放的意见》	马凤舞
				《关于党在东北工作问题》	刘澜波
第16次	5月23日（星期三）	朱 德	1.讨论政治、军事及修改党章报告		
			2.发言	《关于整风问题》	张鼎丞
				《关于团结问题的发言》	傅 钟
				《关于国内外形势的分析》	叶剑英

续表

次 别	日 期	主 席	议 程	报告或发言人
第17次	5月24日（星期四）	刘少奇	1.第七届中央委员会的选举方针	毛泽东
			2.关于选举条例草案的解释	周恩来
			3.通过中央委员选举条例	
5月25日至29日			休　会	
第18次	5月30日（星期三）	周恩来	1.军事报告讨论结论《关于毛泽东军事思想问题》	朱　德
			2.《关于讨论修改党章报告的结论》	刘少奇
第19次	5月31日（星期四）	林伯渠	1.政治报告讨论结论《在中国共产党第七次全国代表大会上的结论》	毛泽东
			2.通过关于政治报告的决议案	
6月1日至8日			休　会	
第20次	6月9日（星期六）	任弼时	选举正式中央委员	
第21次	6月10日（星期日）	任弼时	1.《关于中央委员选举开票经过的报告》	任弼时
			2.《关于正式中央委员选举结果的报告》	李富春
			3.《关于第七届候补中央委员选举问题》	毛泽东
			4.选举候补中央委员	
第22次闭幕大会	6月11日（星期一）	彭德怀	1.关于候补中央委员选举开票经过及选举结果的报告	任弼时
			2.介绍到会新中央委员	
			3.通过军事报告决议	
			4.通过《中国共产党党章》	
			5.决定以七大名义召开中国革命死难烈士追悼大会	
			6.致闭幕词《愚公移山》	毛泽东
			7.讲演《在七大闭幕典礼上的讲话》	朱　德
			《在七大闭幕典礼上的讲话》	吴玉章
			《在七大闭幕典礼上的讲话》	徐特立
附　录			七届一中全会情况	
七大主席团常委会	6月13日（星期三）	毛泽东	决定七届一中全会内容（5项工作）	
七大主席团扩大会	6月15日（星期五）	毛泽东	讨论通过七届一中全会有关事宜和中央政治局委员、书记处书记及中共中央、中央政治局、书记处主席、正副秘书长候选人名单	
七届一中全会第一次会议	6月19日（星期二）	毛泽东	1.通过中央政治局委员人选	
			2.通过中央书记处书记人选	
			3.通过中央委员会正副秘书长人选	

▶1945年，毛泽东在延安迎接美国罗斯福总统特使赫尔利和国民党代表张治中

第四章

"世界将走向进步,决不是走向反动"

1 "你们美国人吃的是面包,我们吃的是小米,你们美国人吃饱了饭愿意干什么是你们的事"

在开始本章叙事之前,让我们回到1945年4月的延安,跟随七大代表们的脚步,先学习毛泽东提交给中共七大书面政治报告《论联合政府》中这段论述当时国际形势的文字,其中诸多名言警句,现在读来依然鲜活有力。

> 目前的国际形势是怎样的呢?
> 目前的军事形势是苏军已经攻击柏林,英美法联军也正在配合打击希特勒残军,意大利人民又已经发动了起义。这一切,将最后地消灭希特勒。希特勒被消灭以后,打败日本侵略者就为时不远了。和中外反动派的预料相反,法西斯侵略势力是一定要被打倒的,人民民主势力是一定要胜利的。世界将走向进步,决不是走向反动。当然应该提起充分的警觉,估计到历史的若干暂时的甚至是严重的曲折,可能还会发生,许多国家中不愿看见本国人民和外国人民获得团结、进步和解放的反动势力,还是强大的。谁要是忽视了这些,谁就将在政治上犯错误。但是,历史的总趋向已经确定,不能改变了。这种情况,仅仅不利于法西斯和实际上帮助法西斯的各国反动派,而对于一切国家的人民及其有组织的民主势力,则都是福音。人民,只有人民,才是创造世界历史的动力。苏联人民创造了强大力量,充当了打倒法西斯的主力军。苏联人民加上其他反法西斯同盟国的人民的努力,使打倒法西斯成为可能。战争教育了人民,人民将赢得战争,赢得和平,又赢得进步。
> 这一新形势,和第一次世界大战时代的形势大不相同。在那时,还没有苏联,也没有现在许多国家的人民的觉悟程度。两次世界大战是两个完全不同的时代。
> 法西斯侵略国家被打败、第二次世界大战结束、国际

和平实现以后，并不是说就没有了斗争。广泛地散布着的法西斯残余势力，一定还要捣乱；反法西斯侵略战争的阵营中存在着反民主的和压迫其他民族的势力，他们仍然要压迫各国人民和各殖民地半殖民地。所以，国际和平实现以后，反法西斯的人民大众和法西斯残余势力之争，民主和反民主之争，民族解放和民族压迫之争仍将充满世界的大部分地方。只有经过长期的努力，克服了法西斯残余势力、反民主势力和一切帝国主义势力，才能有最广泛的人民的胜利。到达这一天，决不是很快和很容易的，但是必然要到达这一天。反法西斯的第二次世界大战的胜利，给这个战后人民斗争的胜利开辟了道路。也只有这后一种斗争胜利了，巩固的和持久的和平才有保障。[1]

[1] 中共中央文献研究室编：《毛泽东在七大的报告和讲话集》，中央文献出版社1995年版，第23—24页。

"世界将走向进步，决不是走向反动。""人民，只有人民，才是创造世界历史的动力。""战争教育了人民，人民将赢得战争，赢得和平，又赢得进步。""两次世界大战是两个完全不同的时代。""只有经过长期的努力，克服了法西斯残余势力、反民主势力和一切帝国主义势力，才能有最广泛的人民的胜利。"如今，毛泽东的这些预见都已经由预言变成现实成为历史。

要说物质生活，延安跟重庆相比，简直是天上地下。重庆的山比延安的高，重庆的河比延安的大，重庆的人也比延安的多，重庆的信息也比延安的发达，但是坐在延安杨家岭窑洞里的毛泽东为啥要比坐在重庆黄山官邸的蒋介石高明呢？一个偏于一隅，一个权重一身；一个穷在山沟，一个富在闹市；一个与民同乐大道至简，一个高高在上不可一世。孰高孰低？高明者，英明也。

俗话说，穷在闹市无人问，富在深山有远亲。然而，曾经贫瘠荒凉的延安，在共产党、在毛泽东的苦心经营之下，经过共产党人艰苦奋斗、自力更生，变得越来越热闹了，从无人问津的西部古旧小城变成了中国抗战的中心乃至世界的焦点。

1944年5月至1945年4月，中共中央举行了长达11个月的扩大的六届七中全会。这次全会之所以开这么长的时间，最重要的原因之一，就是为召开中共七大做充足的思想、理论、历史和政治准备。而就在这一年，中共在延安一边开会，一边开始了外交活动，做了3件非常重要的事情，对之后的历史发展产生了积极的影响。这一切，不仅是当时国际和国内形势的一部分，也应该是中共七大历史及其启示的一部分。

到底是哪3件事呢？一是中外记者西北参观团访问延安，二是美军观察组派驻延安，三是美国总统特使赫尔利访问延安斡旋国共谈判。

1944年6月9日，也就是盟军在法国诺曼底登陆、开辟欧洲第二战场的第三天，中外记者西北参观团一行21人来到了延安。这是国民党当局在对延安实行严密封锁四五年来第一次允许中外记者前往中共管辖的红区。

中外记者西北参观团访问延安，是中共中央南方局周恩来等积极运筹的结果，但受国民党当局百般阻挠和控制。参观团成员有美联社、英国《曼彻斯特卫报》、美国《基督教科学箴言报》记者斯坦因，《纽约时报》、《时代》杂志记者爱泼斯坦，合众社、伦敦《泰晤士报》记者福尔曼，路透社、《多兰多明星周刊》、《巴尔的摩太阳报》记者武道，美国天主教《信号》杂志中国通讯记者夏南汉神父，苏联塔斯社记者普罗岑科，以及国民党统治区的《新民报》记者赵超构（林放）、《大公报》记者孔昭恺等中国记者9人。访问团一行21人中，实际上只有6名外国记者。这6人之中，除了普罗岑科之外，其余5人差不多每人都兼任英美等国两三家有影响的报社记者。这些西方记者的政治倾向不同，爱泼斯坦和斯坦因对中国人民友好，福尔曼是个对政治不感兴趣的严肃的记者，武道与国民党宣传部联系密切，夏南汉神父则对共产主义思想抱有敌视态度。

中外记者来到延安，毛泽东十分高兴，甚至有些许兴奋，觉得终于打开了局面。为什么呢？像1936年美国记者埃德加·斯诺突破9年的新闻封锁秘密访问陕北保安的时候一样，国民党对延安又进行了新闻封锁，红色根据地在外界看来又成了一个十分神秘的地方。

随着共产党在抗日战场的强力表现和政治力量的增长，许多英美在华人士特别是新闻记者对了解抗日根据地的真实情况产生了浓厚兴趣。1944年2月16日，驻华外国记者联盟直接上书蒋介石，要求国民党政府允许外国记者到陕北及延安访问。令人没想到的是，几天之后，蒋介石竟然出人意料地批准了他们的请求。

3月4日，重庆八路军办事处给延安发来一份电报，详细报告了有关情况。毛泽东接到电报后，立即批示转十多位领导同志及相关部门传阅。4月30日，记者团的行程大体确定，毛泽东又特地致电董必武，请他转告外国记者："诸位来延，甚表欢迎。"

蒋委员长这次为啥如此痛快地答应了呢？事情并没有这么简单，这里有一段小插曲。原来，老蒋在背后有自己的盘算。迫于国内外的舆论压力，诡计多端的老蒋想来一个将计就计，为了竭力掌控这次记者团访问的主动权，除了由国民党官员带队之外，采取掺沙子的办法加入他们自己报纸的记者，同时规定在到共产党红区采访之前必须先到西北的国民党统治区考察，且写出的报道必须送交国民党宣传部审查之后才能发表，期限为3个月。如果仅仅设置这些表面上的规定，那自然就不是蒋委员长的做派了，更恶毒的是，蒋介石还训令西安地区国民党军政要员，要他们将收罗准备好的"中共叛徒""受害者""知情者"等材料，专门作为向外国记者提供的写作素材，"以造成中外籍记者对中共知其如何可恶，而无足重视之心理"，达到反共宣传之目的。西安地区国民党当局立即秉承蒋委员长的旨意，积极布置特务人员炮制伪证，乔装打扮。谁知，蒋委员长的这些伎俩很快被中共掌握。4月初，毛泽东和周恩来打电报给在重庆的董必武，请他把蒋委员长的秘密盘算迅速透露给了各位外国记者。蒋介石的反共把戏，还没来得及上演就露馅了。

6月10日，朱德总司令为记者团设欢迎晚宴，同时庆祝盟军在欧洲开辟了第二战场。晚宴后，又专门为记者团举行了盛大的音乐会。演出以雄壮的《同盟国进行曲》开始，以气势磅礴的《黄河大合唱》结束。

6月12日早晨，记者团收到了毛泽东发来的浅红色的请柬，希望他们在下午4时就去，为的是在晚餐之前可以先作长谈。

对于中共领袖毛泽东的宴会，怀抱好奇心的中外记者们是没有理由迟误的。时间到了，汽车也来了。就在大家上车的时候，《新民报》记者赵超构发觉自己穿着新买的凉鞋，未穿袜子，觉得不够郑重，想回去穿上一双袜子。前来接他们的延安交际处干部金城十分坚决地告诉他："没关系，到了那里，你就会发现还有许多比你穿得更随便的人，我们这边是不讲究这些的。"很快，汽车渡过清浅的延河，行驶了10分钟，就看到前方山谷中露出一座长方形的西洋式建筑，那就是杨家岭中央大礼堂了。再驶近一看，赵超构发现环绕着这建筑的山腰上还排列着无数的窑洞。汽车一直驶进大门。门口站着两名八路军战士，衣装整齐，军姿挺拔。

进入大礼堂，来到后面的客厅休息。这个客厅，应该是延安最漂亮的了，又长又宽，两边陈设沙发，中间是一排可以坐40个人的丁字形桌子，洁白的桌布，摆着鲜花。墙壁上除了挂着马恩列斯四大领袖的肖像外，还有两幅巨大的油画分挂两边，一幅是斯大林，另一幅是毛泽东。这时，宾客们纷纷到来，相互寒暄着。赵超构发现共产党干部果然有人是穿着草鞋来的，这终于让他心安理得了，也就坦然地靠在沙发上，依着自己的习惯，伸着两只脚，点上一支当时最名贵的"曙光"牌烟卷，做客人的那种局促与矜持也烟消云散了。大概等候了半支烟的工夫，毛泽东气宇轩昂地走了进来。

在周恩来的介绍下，毛泽东和记者团一行一一握手。在赵超构眼里，毛泽东身材颀长，衣着朴素简单，深咖啡色的毛呢制服已经明显陈旧，脚穿黑色皮鞋，领扣是照例没有扣的，一如他的照相画像那样露着衬衣。他的眼睛始终盯着介绍人，好像在极力听取对方的姓名。谈话时，毛泽东依然满口的湖南口音，或许是因为工作紧张劳累的缘故，看上去略显疲惫，很少见到他展开笑颜。然而，他给人的印象却是态度儒雅，音节清楚，辞令的安排恰当而有条理。毛泽东娓娓道来，从头至尾都是清晰的说理，没有一句煽动性的演说。这令记者们感到十分亲切、友善、平易。

因为大多是第一次来延安，中外记者对这里的一切都感到新鲜好奇，更没有想到，毛泽东这么快就能和他们见面，而且有问必答，耐心从容、轻松幽默、兴致盎然，与蒋委员的刻板、客套、神经质形成了鲜明的对比。在谈话中，作为中国记者的赵超构和孔昭恺，跟外国记者不同，他们似乎把更多的时间来观察和审视这位共产党的传奇人物——"浓厚的长发，微胖的脸庞，并不是行动家的模样，然而广阔的额部和那个隆起而端正的鼻梁，却露出了贵族的气概，一双眼睛老是向前凝视，显得这个人的思虑是很深的"。

宴会前的谈话大约持续了3个小时之久，先由毛泽东致辞，表示十分欢迎各位记者来到延安。关于国共谈判，毛泽东说：我们的目的是共同的，就是打倒日本帝国主义与打倒一切法西斯，全中国，全世界，都在这个共同基础上团结起来。国共谈判还在进行中，希望获得结果。对欧洲第二战场的开辟，表示极大的庆祝，认为其影响不仅在欧洲，而且将及于太平洋与中国。全中国所有抗战的人们，应该集中目标，努力工作，配合欧洲的决战，打倒日本帝国主义。现在时机是很好的。毛泽东特别强调了中共对国事的态度："拥护蒋委员长，坚持国共合作与全国人民的合作，为着打倒日本帝国主义，建立独立民主的中国而奋斗。中国共产党此种政策始终不变，抗战前期是如此，抗战中期是如此，今天还是如此，因为这是全国人民所希望的。"最后他说："中国人民非常需要民主，因为只有民主，抗战才有力量，中国内部关系与对外关系，才能走上正轨，才能取得抗战的胜利，才能建设一个好的国家。"

毛泽东的谈话，词句异常审慎平易，语气虽坚决，却没有国民党人所形容的那种"张脉偾兴"的样子。大家一边吃饭，一边聊天，时间不知不觉就过去了。日色渐渐向晚，通红的夕阳穿过窗棂映得满堂呈现金色的辉煌。

晚餐结束以后，毛泽东邀请记者团一行到大礼堂里看戏。这天，延安平剧研究院为客人演出的是《古城会》《打渔杀家》《鸿鸾禧》《草船借箭》4出戏。在开幕前的锣鼓声中，赵超构静静地坐在第一排，心里还胡乱地琢磨着这4出戏是否也有共产党的宣传意味。就在不知不觉中，他忽然发现自己右侧并肩而坐的人不是别人，正是毛泽东。就那一瞬间,他忽然感到有点局促不安,不过他很快便觉坦然了。因为他发现两颊微酡的毛泽东不再像下午会谈时那样严肃,更像是一位殷勤的主人,不断地让茶让烟,朋友似的和他们聊天。

戏早已开演,毛泽东非常有兴味地听着看着,从始至终。赵超构悄悄地观察着毛泽东看戏的表情——对于《古城会》的张飞,对于《打渔杀家》中的教师爷,对于《鸿鸾禧》中的金老头,对于《草船借箭》中的鲁肃,毛泽东真是一个不折不扣的"戏迷",看到精彩处不断地发出笑声,不是那种挂在脸上的微笑,而是恣意尽情的捧腹大笑。当看到张飞自夸"我老张是何等聪明之人"那一副得意的神情时,当教师爷演出种种没用的鬼态时,当金老头在台上打诨时,毛泽东的笑声尤其响亮。这时,中外记者们看到,毛泽东和所有的普通人一样,有着共通的幽默与趣味,活泼开朗,并不是那种一读政治报告便将趣味性灵加以贬斥的刻板古董式人物。交谈中,毛泽东自谦"对于平剧没有研究",但也承认"很喜欢看看"。

散场时,已是深夜11时,毛泽东起身微笑送客。

夜色归途,缺月衔山,清光似水。有记者朋友问赵超构今天得到了什么印象?他明快地答道:"完全出乎意外的轻松。"

延安归来,赵超构写了一本小书,名叫《延安一月》。在书中,他写下了自己对毛泽东的印象:

> 不管我们喜欢不喜欢,毛泽东目前在边区以内的权威是绝对的。共产党的朋友虽然不屑提倡英雄主义,他们对于毛氏却用尽了英雄主义的方式来宣传拥护。凡有三人以上的公众场所,总有"毛主席"的像,所有的工厂、学校都有毛氏的题字。今年春节,延安书店所发售的要人图像中,毛氏的图像不仅超过其他要人的图像,而且是两三倍的超过。
>
> "毛主席怎样说",虽然不是经典,但是"响应毛主席的号召"依然是边区干部动员民众的有力口号。毛泽东说一声"组织起来",于是通过干部,通过报纸,以至于无知

识的乡农都说"组织起来"。口号标语是共产党宣传工作的有力武器，而毛先生所提的口号，其魅力犹如神符，在工农分子眼中，"毛主席"的话是绝对的，保险的。

自然，单从宣传的作用上去理解毛氏的权威，是不公道的。在造成毛氏权威的因素中，他本身的特点也不能抹煞。他本身的特点在哪里呢？我曾以这个问题就教于许多共产党人，同时自己也冷眼的观察，综合起来，可以这样说："毛泽东是一个最能熟悉中国历史传统的共产党行动家！"

我们知道共产党是舶来品，在过去所有的共产党领袖中，都有一个共同的缺点：那就是原版翻印共产党理论，却不知道怎样活用到中国社会来。在以农民占大多数的中国社会，这种作风的不受欢迎，是无可避免的；毛泽东则不然，他精通共产党理论，而同时更熟悉中国历史。据说，从中学生时代起，历史是他最喜欢的课程，在他的行动中，《资治通鉴》和列宁、斯大林的"全集"有同等的支配力。中国的史书包括许多统治民众的经验，同时也指示许多中国社会的特性，精通了这些，然后可以知道在某种程度以内尊重传统的力量，或利用旧社会的形式，以避免不必要的摩擦；此外，再加上共产党所有的组织宣传，以及列宁斯大林的经验，毛泽东成功了。

边区有许多事实可以证明上面的论断。这个有机会时再说，我现在先提一两件小事为例。在我的想象，边区一定是共产理论像洪水一样泛滥的世界。然而不然，马列主义固是边区的基本思想，但已经不再以本来的面目出现了。因为现在边区马列主义已经照毛氏所提的口号化装过，那便是"马列主义民族化"。换一句话说，马克思和列宁，不再以西装革履的姿态出现，却已穿起了中国的长袍马褂或农民的粗布短袄来了。小如变工队、秧歌队、合作社，大如新民主主义，我们都可发现，是马列理论的内容和民族形式的外衣的综合品。在边区，开口马克斯，闭口列宁，是要被笑为发狂的表现的，"打倒洋教条主义"是他们整风运动之一点，毛泽东给共产党员的教训，是在尊重农民社会的旧习惯与旧形式中播种共产党的理论与政策。

毛先生另一点长处，是综合的功夫。不论是一场辩论，不论是一个问题的检讨，他最善于综合各种意见，而作一个大家认可的结论，或者综合过去的经验，而决定以后的方针，这种功夫，也不妨解释为熟读史书的成就。[2]

[2] 丁晓平、方健康：《毛泽东印象》，中国青年出版社2011年版，第311—312页。

7月2日，毛泽东在周恩来的陪同下，与中外记者西北参观团举行谈话会。毛泽东在谈话之初就声明这次谈话是非正式的，希望大家不要披露。《大公报》记者孔昭恺记得，那一次谈话持续了八九个小时。毛泽东有问必答，毫无倦容。谈话中，毛泽东几乎不停地吸烟，只见他深深地吸，又缓缓地吐出来。在这吞云吐雾之中，毛泽东安详而深刻地解答各项问题，谈到有趣的地方，有时也哈哈大笑，场面十分轻松愉悦。

就在这时，应国民党当局要求，记者团的领队提出要"回重庆去"。本想在正式参观之后再作若干日自由活动的赵超构和孔昭恺，不得不终止自己的采访计划。7月11日，朱德在延安交际处为记者团设宴饯行。12日清晨，记者团除5名外国记者留下继续参观访问，其余离开延安返回重庆。

此后，毛泽东抽空与留下来的外国记者进行了深入交谈，并根据每个记者的不同情况和采访需求有针对性地介绍了中共的基本政策、策略和态度，以及中国的抗战形势。最重要的两次谈话是在7月14日和18日进行的。

7月14日，毛泽东会见了斯坦因。这次会见从下午3时持续到第二天凌晨3时。谈话是在毛泽东杨家岭的家中进行的。在斯坦因眼里，那是"四个窑洞组成的'公寓'的会客室"。

斯坦因问：毛主席，我们知道世界共产党所信仰的都是马克思主义，但各国情况不同，你们如何理解和执行马克思主义的思想方法？

毛泽东"坐在一只东倒西歪的椅子上，把烟一支又一支地点燃了，然后带着中国某些地方农夫所特有的奇怪声，把烟吸了进去"。他一边抽烟，一边思考，再认真回答。毛泽东说：各国的共产党只有一件共同的东西，那就是马克思主义的政治思想方法。中国共产党特别需要严格地把共产主义观察、研究、解决社会问题的方法，和新民主主义的实际政策相区别。没有共产主义的思想方法，我们将不能指导中国社会革命的民主阶段；没有新民主主义政治制度，我们就不能把共产主义哲学正确地适用于中国社会。中国现在所需要的是民主，不是社会主义。

斯坦因坐在一只"钉有拙劣的弹簧的矮沙发上"，采访本放在一只可以"摇动的微小的台子"上，一边认真地记录，一边仔细地提问：毛主席，你前不久发表了新的理论著作《新民主主义论》，我想知道新民主主义的主要社会经济内容是什么？

谈话中，毛泽东不时地在窑洞里来回踱步，然后又巍巍然地走到斯坦因的面前站一会儿，用眼睛注视着他，然后用平静有力的言语慢条斯理地说：新民主主义的中心经济特点是土地革命，就是在当前，对日作战是我们的主要任务时，也是如此。农民是我们战争努力的基础。将来的新民主主义不能建立在分散的落后的农业经济基础上。中国社会的发展主要地要依靠工业的发展，因此，工业必须是新民主主义的主要基础。只有工业社会才能成为完全民主的社会。但是为了发展工业，土地问题必须首先解决。毛泽东说：在抗日战争时期，我们实行减租减息政策，我们的减租政策（不是土地没收）具有两重利益，一方面改善农民生活，一方面吸引地主留在乡村，参加抗日战争。

斯坦因问：我们期望战争很快获得胜利，请问在战后中国共产党对中国工商业资本将采取什么样的态度？要知道，这是很多人关心的问题。

毛泽东说：中国的私人资本及外国的私人资本，在战后都必须给以宽大的机会，以便扩大发展，因为中国需要发展工业。在战后中国与世界的商业关系上，我们要以与一切国家自由平等的贸易政策来代替日本把中国做为殖民地的政策。铁路、矿山等能够操纵国民经济的主要产业，最好由国家经营，其他工业必须由私人资本来发展。为了利用我们在手工业及农村小规模工场手工业方面巨大的潜力，我们必须依靠强大的民主的合作社。

斯坦因问：你们口口声声说共产党是人民的政党，是为人民服务的，那么你们是如何听取群众的意见的呢？

看到斯坦因用来写字的小台子来回摇晃，很不稳当，毛泽东走到户外捡来一块平滑的石头，垫在了台子的一只脚下。接着，他不紧不慢地说：这是重要的一点。假若一个党的领袖人物真是为广大人民的利益而工作，忠实地为此而努力着，他们就有听取人民群众意见的许多机会。通过乡、镇、区、县的人民会议，通过党员和各阶层人民的交谈，通过其他的会议、报纸和人民的来信，我们能够而且常常发现群众的真正的意见。你要知道，我们的权力是人民给的。

夜已经很深了，斯坦因十分疲惫了，毛泽东不知从哪里找来一瓶葡萄酒，给斯坦因倒上一杯。斯坦因轻轻地喝了一口，问道：现在，我想问一个有意思的问题，希望你不要见怪，就是在你们看来，是"中国第一"还是"共产党第一"？

毛泽东不停地吸着烟，一支接着一支，沉稳地说：没有中国，就没有中国共产党。你提的问题等于是问是先有孩子，还是先有父亲。这不是一个理论问题，而是一个实际问题。我们相信马克思主义是正确的思想方法，并不是说我们就忽略了中国文化遗产及非马克思主义的思想的价值。接受中国古代思想或外国思想，并不是无条件地接受过来，它们必须和中国实际情形结合，根据实际情形而实行。我们的态度是批判地接受中国历史遗产和外国思想，盲目地接受和盲目地拒绝，我们都反对。我们中国人必须以自己的头脑来思想，并决定什么东西能在中国土地上生长起来。

斯坦因问：你们正在搞整风运动，对于脱离党的路线的人们，将采取什么政策呢？

毛泽东把香烟从嘴边移开，轻轻地吐出烟圈，笑着说：你不要打击一个害病的人，你必须打击的，是这人的疾病。我们有一个原则叫"惩前毖后、治病救人"。

谈话中，毛泽东在窑洞外面的苹果树下请斯坦因吃了一顿晚餐。毛泽东还向斯坦因阐述了中国共产党的外交方针，锐利地、不可妥协地批评了国民党片面亲美而对苏联抱有敌意的政策，主张中国与美苏都保持友谊的关系，以便使中国在战后能成为美苏之间的一座桥梁。

7月18日，毛泽东会见了记者武道，同他进行了关于政治科学、国共两党关系等问题的谈话。会见依然是在杨家岭的窑洞进行的，情景和斯坦因访问时也差不多。

武道问毛泽东：我来到延安以后，发现延安保留着很多中国传统文化的东西。可是，你知道，马克思主义是外国的东西，你们共产党是如何处理中国和外国的这些事物的？

毛泽东十分耐心地解释说：我们批判地接收中国长期的传统，继承那些好的传统，而抛弃那些坏的传统。我们以同样的态度对待来自国外的事物。我们曾经接受了诸如达尔文主义、华盛顿和林肯树立的民主政治，18世纪的法国哲学，费尔巴哈的唯物主义，德国的马克思主义以及俄国的列宁主义。我们接受一切来自国外的、对中国有益和有用的东西，我们抛弃坏的东西，例如法西斯主义。

武道问：对国民党的态度，你们有时候比较温和，有时候又表现出声色俱厉，比如最近就对他们批评得比较厉害，这里有什么考虑？

毛泽东一边抽着延安本地生产的香烟，一边说：1943年7月以前，我们在较长的一段时间内克制对国民党的批评，因为我们期待着国共两党关系会得到改善。然而发生了国民党进行军事威胁的七月事件，我们接连用了3个月时间进行了十分广泛的批评。到了9月，国民党在十一中全会上提出和共产党的分歧应通过政治方式解决，从那时到今年5月，我们没有进行批评。最近提出的批评是由于以下的原因造成的：第一，国民党军队没打好，没能顶住日军的进攻。第二，来自华盛顿和伦敦的批评比我们尖锐激烈得多，并指出中国有不抵抗的危险。鉴于全国局势的严重性,我们才提出批评。为了改变局势,国民党必须改变它的根本政策,它必须在政治和经济领域采取同人民团结的政策。只有这样,军事形势才能得到改观。我诚恳地盼望你和其他志愿援助中国人民的外国朋友们,帮助国民党认清新的形势。我们一切希望都是团结和民主。

其间,毛泽东还向苏联记者普罗岑科谈了中共的组织和发展,中共在抗战胜利后将要采取的方针路线及中国革命前途问题。

青年时代就开始办报纸、搞出版的毛泽东,不愧是新闻宣传的大师,他深深懂得宣传不仅是一门艺术,也是一种斗争。埃德加·斯诺1936年访问陕北写出了《红星照耀中国》,就是最好的例子,所以毛泽东是特别喜欢跟西方记者谈话的。在延安,他会见的西方记者超过两位数,最为著名的除了埃德加·斯诺,还有海伦·斯诺、史沫特莱、斯特朗、爱泼斯坦、斯坦因、福尔曼等。他们把真实的中国共产党、毛泽东告诉中国人民,也传遍世界。显然,中外记者西北参观团的访问交流,不仅使得外国记者对中共的各项政策有了比较深入切实的认识,而且让毛泽东、朱德等中共高层领导人了解到外部的重要情况,比如:英美人士对国共两党的观感和对中国局势的看法,盟军有可能向八路军提出配合作战的请求,美国政府已开始考虑战后对华政策,等等。有的外国记者还十分友好地向毛泽东提出了一些改进对外宣传的建议和办法。

按照计划安排,5位外国记者在延安访问了边区的机关、学校、生产部门,还跟随部队前往晋绥抗日根据地。经过几个月的访问,他们发现共产党边区是一个与国民党统治区完全不同的新天地。回到重庆后,他们根据亲身经历,每个人都写出了描述根据地斗争生活的生动报道,其中最为著名的是福尔曼写的《来自红色中国的报道》和斯坦因的《红色中国的挑战》。

毫无疑问,毛泽东凭借着他的思想和人格魅力,赢得了外国记者们的啧啧赞叹。爱泼斯坦在《突破封锁访延安》一文中这样写道:

> 我个人感觉,在延安,毛是可以接近的,并且是很简

朴的。他会在遍地黄土的大街上散步，跟老百姓交谈，他不带警卫。当和包括我们在内一群人拍照时，他不站在中间，也没有人引他站在中间，他站在任何地方，有时在边上，有时站在别人身后。

毛在延安给我们留下的另一深刻印象是他的从容不迫和安然自得。他领导的中国共产党正面临十多个抗日根据地频繁的战事和多方面的大量行政组织工作。在和国民党多方面的关系中，他是主要决策人，他既要躲开对手的攻击以避免发生内战，又要推动对手更有力地去打击日军。他已在制定第二次世界大战后的国内政策和国际政策，从事于理论写作和解决党内争论的问题。

我们这些外国记者都来自重庆，我们不由得注意到毛和重庆的蒋介石在举止方面的强烈反差。蒋介石刻板，拘谨，神经质，语言单调，似乎经常处于紧张状态之中。蒋经常没有必要地过问过多的繁琐事务，事后批评他的指挥官做的大小每一件事。……毛则相反，他极擅长于委任他人负责某件事，以便他有充分的时间去考虑、分析一个更大的远景；他也擅长于树立榜样，总结经验。由于交通的阻断和困难，内部通讯联络不可能对很远的抗日根据地在军事和政治上给以具体的指示，这就要求每个人了解并遵循总体的方针路线，把一致性和主动性灵活地结合起来，由他们自己判断，决定自己的行动。[3]

[3] 伊·爱波斯坦：《突破封锁访延安——1944年的通讯和家书》，人民日报出版社1995年版，第27、28页。

中外记者西北参观团的访问结果，完全出乎蒋介石的意料之外。蒋介石不高兴了，感觉是搬起石头砸了自己的脚，立即下令国民党当局重新对陕甘宁边区实行新闻封锁。但毛泽东对这次访问是非常满意的。他曾在一些指示中说：外国记者对我党抗战发展甚感兴趣，对国民党腐败专制甚为不满，对国共关系甚为关心；他们从延安所发出的电讯，大多描述我党民主实施、抗战工作及生产建设之努力和成绩，夏南汗神父亦认为边区是好的，国民党想利用他反共，没有成功。

的确，毛泽东带领共产党在新闻舆论战上又打了漂亮的一仗！

7月1日，《纽约时报》根据记者发回的报道发表评论："无疑地，五年以来，对于外界大部分人是神秘的共产党领导下的军队，在对日战争中，是我们有价值的盟友。正当地利用他们，一定会加速胜利。"

现在，问题摆在了美国及其盟友们的面前：该如何"正当地利用他们"——中国共产党及其领导下的军队呢？

好消息很快就来了！这个消息，对中共、对毛泽东来说，比中外记者西北参观团来访延安还要重要，还要重大。

当然，蒋委员长又不高兴了，但迫于美国的压力，他没有办法。

这到底是一个什么消息呢？

亲爱的读者，或许你不一定知道，在第二次世界大战期间的1944年，中国共产党就已经开始了与美国政府的外交活动。周恩来把在当时国民党蒋介石政权统治下的这种外交活动称作"半独立的外交"。而这个鲜为人知的外交活动，不仅是中共外交的开始，而且对中共在抗战胜利后的解放战争乃至新中国成立后赢得中国和世界，都具有不可忽视的历史价值和深远意义。

——这就是美军观察组进驻延安。这个名叫USAOG — U.S.Army Observer Group的小分队，从1944年7月22日第一批9人抵达延安，至1947年3月最后一个军事观察员离开，他们共在延安工作生活了963天。其间，他们虽然在1946年7月24日被改名为延安联络组，置身于当时中共、国民党和美国三方联合组建的北平军事调处执行部的军队改编部门（Army Reorganization Section）之下，但它一直以其一个不变的诨名——迪克西（Dixie）使团在历史上闻名。为什么叫迪克西呢？这真是一个能够引起人们好奇心的名字。其实，迪克西是美国南北战争时期的一个"叛乱地区"。美国年轻的外交官们想到自己将要去延安，就无意中想起美国历史上的这个富有传奇色彩的迪克西，因为它暗示着"造反者的家园也是一个太阳照耀的地方"。当时，在美国南部流行一首非常好听的民歌，其中有两句歌词是这样的："那是一个太阳永远照耀的地方，人们所说的关于迪克西的事情是真的吗？"

为啥中外记者西北参观团前脚走了，美军观察组后脚就来了呢？

毛泽东最早得知美国政府准备向延安派遣一个军事观察组是在1944年3月初。当时，八路军驻重庆办事处给中共中央发来一份电报，说一位在国民党政府内担任顾问职务的美国人告诉我们，罗斯福总统已经致电蒋介石，要求派遣一个军事考察团去西北。据这位友人介绍，蒋介石起先拒绝了，稍后又勉强同意了，但条件是不得与中共接触。后来，罗斯福又致电蒋介石，说明派遣军事考察团到西北的目的就是考察中共军事，但蒋介石迟迟不作答复。直到这年6月下旬，美国副总统华莱士访华时在会谈中直接向蒋介石几次提出这个要求，蒋介石迫于无奈才勉强同意了。

美国政府为什么这个时候开始关注延安了呢？主要还是因为战局。日本侵略者在太平洋战场上节节败退和本土开始遭受大规模轰炸的情况下，开始实行"一号作战"计划，重点瞄准中国大陆战场："占领并确保湘桂、粤汉及平汉铁路南部沿线的要地"，以实现贯通中国东北到越南的大陆运输线；同时，要摧毁设立在广西和湖南的盟军空军基地。4月中旬，日军沿平汉路向河南发动大规模军事行动。接着，又从湖北沿粤汉路南下湖南，再沿湘桂路折向广西，前锋直达贵州独山。在日军进攻面前，国民党战场出现了骇人听闻的大溃退。短短8个月，相继丢失20万平方公里的富饶国土，6000多万中国同胞沦于日军的铁蹄之下。作为大后方的重庆，陷入一片惊慌之中。谁都看得出来，造成大溃退的直接和根本原因是国民党蒋介石当局在政治、经济、军事各个方面腐败无能的集中暴露。民怨沸腾，人心惶惶，国将不国，人民不答应了！国民党统治区掀起了前所未有的民主运动浪潮，人民对蒋介石政府已经完全失去了信心和信任。自然，这也引起了美英西方驻华官员和新闻舆论的强烈关注。

与之相反，共产党越来越发挥抗日战争中流砥柱的作用，也越来越引起美国政府的注意。我们知道，1941年12月7日，日本偷袭珍珠港，太平洋战争爆发后，中国就自然成为赢得战争胜利无法取代的政治力量和战后利益分配的重要平衡砝码，美国和英国开始对华改变政策。22日，英国首相丘吉尔在白宫与罗斯福总统举行了代号为"阿卡迪亚"的首脑会晤。1942年1月1日，由中国与美国、英国、苏联等领衔签署了26国《联合国家宣言》。罗斯福是个聪明人，他毫不掩饰自己的计划：战时依靠中国的地理和人力优势牵制日本，战后出现一个紧密追随美国的中国政府。那时，他便批准成立了由陆军总参谋长马歇尔提议的同盟国中国战区，蒋介石担任战区最高司令，史迪威被任命为参谋长。

然而，从大洋彼岸传来的各种关于中国的信息，让罗斯福感到中国问题并非他想象的那么简单，且觉得越来越复杂棘手了。除了长期在美国驻华使馆的约翰·范宣德、约翰·戴维斯、约翰·斯图尔特·谢伟思、雷蒙德·卢登等"中国通"之外，罗斯福还从亚洲问题专家欧文·拉铁摩尔、美国驻重庆军事代表团团长约翰·马格鲁德等人的报告、谈话中了解到，在中国真正作深入调查研究的官员、学者们，都建议美国政府的对华政策不应该只片面地支持一心想打内战的蒋介石，也应该支持"中国国内更认同美国目标的力量"，可以派人到中共领导的抗日根据地进行考察。更让罗斯福没想到的是，职业军人出身的史迪威根本瞧不上他的顶头上司蒋介石，尤其对"攘外必先安内"的政策嗤之以鼻，不仅给蒋介石取了一个绰号"花生米"，形容老蒋是一条咬人不出声的"响尾蛇"，甚至愤怒地设计了一个代号为"蓝鲸"的暗杀计划，拟破坏蒋介石专机和降落伞，乘其飞越喜马拉雅山脉的时候除掉他。1943年9月，罗斯福不无担忧地跟副国务卿韦尔斯说："这些日子，我越来越对我们派驻中国的那些年轻外交官所提的问题更加理解了。我们看远一点的话，战后最麻烦的地方是中国，因为中国极有可能爆发内战，从而把苏联和我们都卷进去，形成西班牙内战那样的局面，而且范围要大得多，危险性要严重得多。"

一开始，美国驻华外交官的这些建议，并没有受到美国政府足够重视。但进入1944年以后，随着国民党战场严重失利和共产党解放区敌后游击战争迅猛发展，在盟军进入大反攻的时刻，美国又进入了大选年，62岁的罗斯福披着那件全世界都熟悉的海军斗篷，想继续以总司令的身份争取连任总统。虽然，他已经坐在轮椅上执政了12个年头。面对蒋介石的暧昧态度，罗斯福开始考虑与中国共产党及其军队合作的问题，就像《纽约时报》评论所说的那样，"正当地利用他们"的时候到了。

1944年2、3月间，罗斯福通知蒋介石，为了搜集日本在华北、东北的情报和研究将来在中国大陆作战的各种可能，准备向延安派出一个军事考察团。蒋介石一直以种种附加条件来进行阻挠和拖延，直到6月，豫湘桂大溃退开始，华莱士奉罗斯福总统之命访华，亲自交涉才算搞定。

其实，罗斯福一直关注着中国战场、关注着中共及其军队的一举一动。他曾3次在白宫椭圆形办公室秘密会见埃德加·斯诺，畅谈中国形势。就在华莱士访华前夕的1944年5月26日，罗斯福告诉斯诺："我在开罗时，就曾坦率地告诉蒋介石夫妇，反法西斯战争已经进入了关键时刻，而中国国内的形势一直使我担忧。可是蒋介石却说'这种担忧的局面是由共产党造成的。'我告诉他，你们的国民政府很难称得上是现代民主政府。蒋介石却说'中国的情况太复杂，历史包袱太重。'总之，我是希望他与共产党之间的分歧通过谈判来解决，应该在战时成立一个联合政府。但是，蒋介石对共产党始终心怀戒心。"但是，这一次，罗斯福已经下定决心要去派人看看共产党、毛泽东和他领导的军队了。

另外，除了埃德加·斯诺之外，罗斯福私下里了解中国的渠道还是很多的。比如，早在1937年他就与其佐治亚州温泉公寓的侍卫官埃文斯·福·卡尔逊有过秘密约定。1927年，卡尔逊以海军陆战队第4团情报官的身份来到中国，并在此期间与斯诺相识，直至1930年调离。1933年，卡尔逊第二次来到中国，两年后返回。1937年，他以海军陆战队情报官的身份第三次前往中国。临行前，罗斯福单独会见了卡尔逊，希望他积极了解中日军事冲突发展的情况，直接把信件寄往白宫，并叮嘱他要保守秘密。在目睹了淞沪抗战之后，卡尔逊决定独自前往八路军前线访问，并得到了毛泽东的欢迎，成为第一个徒步考察八路军抗日根据地的美国军人。在晋察冀根据地，卡尔逊先后见到了朱德、彭雪枫、左权、刘伯承、邓小平、薄一波、徐向前、张浩、陈赓、陈锡联、聂荣臻、贺龙等高级将领。1938年5月5日，毛泽东在延安会见了卡尔逊。卡尔逊感觉毛泽东"是一位谦虚的、和善的、寂寞的天才，在黑沉沉的夜里在这里奋斗着，为他的人民寻求和平公正的生活"。在延安生活了10天，卡尔逊又出发了。出发前，毛泽东将八路军在战斗中缴获的一件日本军官的皮衣、一个日记本和一些日军文件，送给卡尔逊作为纪念。后来，卡尔逊把这些寄给了罗斯福。1944年3月2日，罗斯福就中国问题给卡尔逊写过一封信，说："关于中国，我想我们正经历一个过渡时期，特别是关于华北部分。我已经尽我最大的努力来劝阻中国某些领导人不要对八路军领袖们采取更激烈的反对行动，但这似乎使委员长很为难。然而，我确信，总有一天，我们大家需要你回到那儿去。"

也就是说，罗斯福对中国抗日战场上的情况是做了调查研究的，他向延安派驻军事观察组，是深思熟虑的决定。

6月28日，林伯渠、董必武电告毛泽东，美军观察组进驻延安一事已经确定，不久即可起程。

当天，毛泽东复电："美军事人员来延，请你们代表我及朱、周表示欢迎，飞机场即日开始准备，来延日期请先告。"

6月29日，毛泽东主持六届七中全会主席团会议，讨论美军观察组来延安问题。会议决定：对美方表明，我们现在需要合作抗战；抗战胜利后需要和平建国，民主统一；在交涉中，以老实为原则，我们能办到的就说办到，办不到的就说办不到；使团到后，由毛泽东、朱德、周恩来、彭德怀、林彪、叶剑英出面接待。不久，中共中央发出由周恩来起草的《关于外交工作的指示》，指出："我们不应把他们的访问和观察当作普通行为，而应把这看作是我们在国际间统一战线的开展，是我们外交工作的开始。"

7月22日上午8时5分，一架美国空军C-45运输机运送着第一批美军观察组成员离开重庆九龙坡机场，于上午11时30分飞抵延安。飞机在飞行员杰克·E.钱皮恩上尉操纵下稳稳着陆。当离开滑行跑道即将要停下来时，飞机的左轮却压塌了机场的地面，陷入了一个隐藏在平坦地表下的旧坟坑之中。这个小小的意外，损坏了飞机左螺旋桨和机头，螺旋桨像轮子一样猛转着切入了驾驶舱，在铝壳上钻了一个大洞，恰好擦过飞行员座椅的后背，差一点儿要了钱皮恩上尉的性命。幸运的是，当时他正好低头去关发动机，所以只是左手受了一点轻微的擦伤。观察组组长包瑞德上校微笑着庆幸地说："人未伤，不问马。"

　　前来欢迎的周恩来连忙赶来对包瑞德说："上校先生，一位英雄负了伤。你的飞机是一位英雄。很幸运，另一位英雄，也就是你，没有受伤。毛主席要我向你转达他的问候。"

　　美军观察组到达延安后，受到了热烈欢迎。朱德总司令作了一个谦和的致词，欢迎美国朋友的到来。他们被安排在延安城南关交际处的一排窑洞和几间平房里住宿和办公，或两人或三人或四人一间。简朴而干净的窑洞、粗糙的木桌椅，没有地毯，没有自来水管，没有卫生间，没有电风扇，桌面的蜡烛是夜里照明用的。这些年轻的美国人感到十分新奇而激动，感觉像是回到了古代。不过，他们的办公桌上摆放着延安当天出版的《解放日报》。

　　7月26日，毛泽东出席为美军观察组第一批人员到达延安举行的晚宴。毛泽东打量着坐在自己身边的两个美国人。他已经了解了这两人的身世、经历，这个矮胖些的包瑞德上校显然是负责领导与监督观察组的，是一个职业军人；但这个瘦高个谢伟思兼有大使馆二秘与中缅印战区司令部政治顾问职务，显然是负有政治使命的。美军观察组的到来就说明美国对华政策有所变化，对中共的认识也就有了转折性的变化。

　　晚宴是在延安王家坪八路军总部举行的。席间，毛泽东跟谢伟思攀谈起来。出生于中国四川的谢伟思，中文水平很高，可以直接用汉语交谈。谢伟思回忆说："宴会前后都没有机会进行私下谈话，但是进餐中主席跟我讲了许多个人的意见。"

毛泽东举起酒杯,与谢伟思轻轻碰杯,说:"谢伟思先生,你参加美军观察组,我们都很高兴,欢迎你到延安来。我从周恩来将军和董必武先生那里知道了你对中国政治很感兴趣,而且我还听说你一直是我们驻重庆代表团的好朋友。"

"谢谢主席!"谢伟思微笑着回答。他们一边吃一边谈,似乎一见面就很投缘。

"我听说,你是史迪威将军参谋部的政治顾问,但同时仍然在美国驻中国大使馆工作。对吗?"

谢伟思确认了毛泽东的话,补充说:"因为某种你能理解的原因,我这次来延安,名义上只能以军人身份工作,虽然我可能撰写的关于政治问题的报告都要由大使过目。"

毛泽东点点头,笑着问道:"你是否会长期留在这里工作呢?"

谢伟思说:"我从属于一个在此间从事研究和调查的小组,我目前不能肯定回答你我能在这里留住多少日子。但是,我们希望将会发现我们总部的代表派驻延安是值得的,并且这些代表中可能包括有文职顾问。"

于是,毛泽东就试探性地问道:"谢伟思先生,你觉得美国国务院是否有可能在延安建立一个领事馆呢?"

谢伟思想了想,提醒道:"这可能有许多实际困难,第一在这个地区的美国人数太少了。"

毛泽东点头表示同意,说:"我之所以提出这个问题,是因为在打败日本人之后,美军观察组会立即撤离延安,而这时正是国民党进攻和打内战的最危险时机。"毛泽东一边说一边给谢伟思夹菜:"据我所知,美军观察组是华莱士副总统在获得蒋委员长的同意之后,才顺利来到延安的。我不知道,你们在此之前是否作过其他努力以求得到蒋委员长的允许。"

谢伟思笑了,暗示道:"我有许多问题想在你有空的时候与你探讨,虽然说没有一个算得上是公事。"

毛泽东笑了,说:"等你们安顿好以后,我们会有充分的机会交换意见的。"

这时，谢伟思转移话题问毛泽东："你们和蒋委员长在重庆的谈判进展如何呢？"

毛泽东说："没有进展，而且现在蒋委员长还不让我们林祖涵（伯渠）同志回来了。"

毛泽东在第一次与美国政府官员谢伟思的谈话中，双方坦诚地将自己的想法进行了交流。可见，毛泽东和罗斯福一样，对于美军观察组到延安的期望，不只是停留在军事情报及营救美军飞行员的合作上，他是有着更深层的思索的。

7月28日，谢伟思向华盛顿报告了他在延安的第一份备忘录：毛泽东希望美国继续在延安派驻外交代表性机构。

杨尚昆在晚年写回忆录时说："以后，毛主席和恩来同志经常同谢伟思谈话，阐明解决国共两党关系的症结和战后两党合作、和平建国的条件，使观察组成为同美国政府沟通信息的一个渠道。"

从外交层面来说，尽管美军观察组的级别不高，并且不办理外交事务，但这个行动本身具有外交性质。因此，毛泽东对美军观察组的到来格外重视。延安机场非常简陋，只偶尔使用一下，大飞机起降很不安全。为保证美军观察组安全抵达，毛泽东草拟了一份电报，详细说明机场的情况，包括规模、走向以及各种标记。他对宣传工作也抓得很紧。美军观察组来延前夕，适逢美国建国168周年。7月4日，延安举行了热烈的庆祝会。毛泽东还特地要求《解放日报》写了一篇社论，题目是《祝美国国庆日——自由民主的伟大斗争节日》。写好后，他又提出修改意见。社论表达了中共对美国外交的希望："罗斯福总统、华莱士副总统的外交主张，是美英苏中的战时团结和战后团结……这个外交路线是符合于美国利益，也符合于全人类利益的。我们中国不但在战时要求国际反法西斯的团结，以求得民族的独立，而且在战后也要求国际的和平合作，以推进国家的建设，所以，我们在庆祝美国国庆日的今天，深望罗斯福总统和华莱士副总统的这个外交路线，能够成为美国长期的领导路线。"

在美军观察组到来之后，为表示郑重欢迎，毛泽东还修改了

《解放日报》8月15日的社论。这篇社论的题目是《欢迎美军观察组的战友们》，其中"战友们"三个字是毛泽东修改时添加上去的。在社论中，毛泽东醒目地指出美军观察组到达延安，"这是中国抗战以来最令人兴奋的一件大事"，因为经过持久的抗战，中国共产党所领导的八路军、新四军以及解放区军民的力量终于逐渐被同盟国所认识，"国民党想要永远一掌遮天，已经困难了"。毛泽东预祝美军观察组的工作成功，并希望这一成功会增进中美两大盟邦的团结，加快最后战胜日本侵略者的进程。

因为正在召开扩大的六届七中全会，为七大的召开做准备，所以中共的高级将领云集延安。为了使美军观察组尽快了解抗日根据地的情况，中共中央和中央军委先后组织安排了彭德怀、叶剑英、陈毅、林彪、聂荣臻、贺龙等高级将领向美军观察组做了有关敌后战场的全面介绍。这些介绍是非常细致的，例如彭德怀的报告就讲了三天。此外，还召开了一些专门问题的座谈会，组织了各种参观活动。

美军观察组按美方总部要求，向中共提交了美军所需要的敌军战斗序列、敌军作战行动、敌军在中国北部的机场和防空力量、敌空军战斗序列、敌军轰炸的损失情况、伪军战斗序列、共产党军队的实力和组成及运作、共产党官员的全部名单、共产党对目前抗战所能作出的贡献的估价、共产党控制地区目前的扩展情况等19类情报清单。毛泽东让负责接待工作的叶剑英根据美方要求，很快就向各军区下达了详细指示。中央军委还决定在敌后各战略司令部增设联络处，专为盟军收集提供战略情报。

8月16日，中共中央收到了南方局发来的一封长电，内容是对党外交工作的意见及建议。毛泽东仔细阅读并重点批阅了这封电报。电报中有关美国对华政策两面性的分析和对我党外交政策基础的看法，引起了毛泽东的特别注意。8月18日，毛泽东批准下发了由周恩来起草的《中共中央关于外交工作的指示》，说明了在目前还是"半独立的外交"的现实情况下，我党外交工作的性质、内容，指出我们的外交政策首先必须站稳民族立场。这也是中国共产党历史上第一份外交工作方针性的文献。

8月23日，毛泽东和谢伟思进行了第二次谈话。这次会谈持续了6个小时。

会谈中，毛泽东告诉谢伟思，他相信，美国对中国的影响如果现在就运用起来会是决定性的，而且美国的政策对中国人民有极其重大的关系。所以，毛泽东想知道美国对中国的政策到底是什么，或者将来会是怎样一种政策。他提出了美国对中国民主问题的政策、对中国共产党的政策和对中国内战的政策等问题。他认为，如果在战争时期不能实现民主，内战将不可避免。具体说来，毛泽东想要美国支持中共的一个建议，即通过召开一次中国所有主要政治集团参加的会议，建立起一个新的全国性政府。

从24年后美国国务院解密的这份谈话备忘录来看，这次会见是毛泽东主动提出的，并且由他来主持谈话。谢伟思在备忘录中写道："他态度友好，不拘礼节，并且我相信他谈话直率。可以肯定，他的陈述是直截了当和给人启示的。我认为，这些陈述是我们迄今所得到的共产党希望在最近的将来在中国全国性事务中起什么作用的想法和计划的最明确的示意。"通过这次谈话，谢伟思认为："为了十分现实的种种原因，共产党人并不期望苏联将能在中国起重大作用。并且他们相信，为了中国在民主基础上团结一致，这种俄国人的参与比起美国来应是第二位的。"

最后，毛泽东直接问谢伟思："美国政府对中国共产党的态度和政策是什么？它是否承认共产党军队是一支积极的抗日军队？它是否承认共产党人在争取中国民主中的影响？存在美国支持中国共产党的任何可能吗？如果中国爆发内战，美国对国民党和对共产党会持什么态度？为了确保国民党不使用它的新式美国武器来打内战，美国正在做些什么？"

毛泽东之所以这样连珠炮似的提问谢伟思，就是想对美国政策进行摸底，可能性能否成为现实。对于这些问题，特别是毛泽东所提的第二点和第三点，谢伟思说这"形成了我们深入一层谈话的框架"。然后，谢伟思又回到正题，提出了一些问题并进一步和毛泽东做了详细的讨论。

在有关"援助"的问题上,毛泽东以其犀利的历史眼光给谢伟思作了辩证的分析。他说:"现在我们可以撇开不顾美国供应的武器可能被国民党用于将来打内战的问题。但是我们必须想到历史会重演。民国初年,列强只承认北洋政府,很久以后才看清楚,唯一能够宣称代表中国人民的政府是广州政府。在北伐战争胜利结束之后,南京政府才得到承认。目前中国国内局势正处于变化之中。情况还不明朗。但是可能发展为某种相似的局势。美国将继续承认并支持一个只能与过去北洋政府相比的、无能而又得不到人民支持的政府吗?"

毛泽东还结合中共在延安成功实行的民主政策告诉谢伟思:"我们的经验已经证明:中国人民理解民主并且要求民主。它无需经过长期实验,或者教育,或者'监护'。中国农民并不愚蠢;和每个人一样,他很精明地关心于他的权利和利益。在我们地区你能领会到这种差异,人民精神抖擞,兴致蓬勃,友好待人。他们有着人情的流露。他们已从致命的压迫下解放出来。"

在当时"半独立的外交"情况下,中共中央、毛泽东对美国对华政策的认识是非常清醒的,周密的安排和坦诚的合作的确赢得了美国人的心。为了联络感情,中央还专门为美军观察组成员用延安土产的棉布各定制了一套得体的黑色中山装,并安排他们集体合影留念。观察组组长包瑞德认为,八路军给予美国陆军的衷心合作和实际协助几乎是尽善尽美的,所提供的材料超出了他们的希望。一位被我根据地军民营救的美军飞行员临走前曾恳切地说,"中国共产党前途之大,除苏联外无可比拟,而蒋介石的不进步为世所闻"。他甚至表示,蒋介石在战后必然向八路军进攻,造成内战;如八路军有所需要,他愿以个人的一切来相助。当时还没有人发明出"洗脑筋"这个词。如果说美军人员来到根据地后在思想感情上发生了变化,那并不是因为共产党对他们进行过什么说教,而是耳闻目睹的事实使美国人深受触动。不是洗脑筋,而是开眼界。

就在这个时候,新的问题又出现了。史迪威准备用美军缴获的德军武器来装备八路军，他与蒋介石的矛盾已经到了白热化。而就在太平洋战场捷报频传时，中国战场情况极其糟糕：长沙失守、衡阳沦陷，国民党军队在豫湘桂战役中大溃败，中国战局亦将崩溃。罗斯福接到战况报告后，次日就给蒋介石发去电报，宣布史迪威已经提升为四星上将，建议让其直接隶属于蒋介石来指挥一切中美军队，并授予其协调和指挥作战的全权。蒋介石当然不会同意，但又不敢直接拒绝，于是就在7月23日复电罗斯福，不提撤走史迪威，而要求总统另派一个直接代表总统的私人代表到重庆来，调整蒋与史迪威的关系。8月18日，经马歇尔、史汀生推荐，一个在中美关系史上身败名裂的角色粉墨登场了，他就是靠挖煤暴富的"俄克佬"——美国陆军部前部长赫尔利。

1944年的确是国共谈判最关键的一年。就在毛泽东和谢伟思在王家坪八路军总部的舞会上谈话之后的几天，情况又发生了意想不到的变化。这个变化就是罗斯福不顾马歇尔的反对，与蒋介石达成了妥协，撤换史迪威。而当赫尔利奉命在10月15日与蒋介石讨论取代史迪威的人选时，赫尔利因协助搞掉史迪威出了大力，随即提出了要与中共代表接触，甚至去延安的要求，蒋介石竟然也改变主意立即应允。于是，赫尔利迫不及待地主动与驻重庆的中共代表团频繁接触。显然，这位喜欢满胸口挂着勋表的家伙急于在中国干出成绩来。他在一份报告中明确提到他来中国的目的是：一、防止国民政府崩溃；二、支持蒋介石任共和国总统和军队统帅；三、协调委员长与美军指挥官的关系；四、促进中国战争物资的生产和防止经济崩溃；五、为打败日本统一所有中国军队。

赫尔利是怎样"急"于插手国共谈判的呢？

作为美国总统特使的赫尔利是9月6日到达重庆的。

也就是从这个时候开始，国共谈判进入了一个新的阶段。随着战场上的大溃败，国民党独裁专制、腐败无能，在经济上横征暴敛，导致物价飞涨，激起全国上下一致愤慨，人们要求结束国民党一党专政，改组政府，纷纷响应中国共产党向全国人民提出的新的政治口号——成立"联合政府"。"联合政府"这个口号真是太响亮了！

时值国民参政会第三届第三次会议召开前夕，中共中央认为，目前向国民党及国内外提出改组政府的时机已经成熟，并且今后这一主张应成为中国人民的政治斗争目标。

9月5日，国民参政会在重庆开幕。参会的各党、各派、各民众团体代表对国民党当局义愤填膺，发言之热烈、批评之直率，前所未有。特别令代表们欣喜的是，在国内外巨大压力下，国民党当局不得不在这次会议上增加了一个议程——国共关系问题。15日，林伯渠、张治中分别作了国共谈判经过的报告，会场座无虚席。林伯渠代表中共中央提出"希望国民党立即结束一党统治的局面"，召开国是会议，"组织各抗日党派联合政府，一新天下耳目"。

共产党"联合政府"的口号一提出来，如同一枚思想的炸弹，在重庆、在全国民众中引起巨大反响，各界纷纷集会，要求成立联合政府，对国民党政府形成强大的政治和舆论压力。

9月27日，毛泽东审时度势，认为国共谈判的中心应该转移到"联合政府"问题上来。他为林伯渠起草了复国民党王世杰、张治中的信，一针见血地指出："现在唯一挽救时局的办法，就是要求国民政府与国民党立即结束一党专政的局面，由现在的国民政府立即召集全国各抗日党派、各抗日部队、各地方政府、各民众团体的代表，开紧急国是会议，成立各党派联合政府，并由这个政府宣布并实行关于彻底改革军事、政治、经济、文化各方面的新政策。"毛泽东强调，这样的新政府"决不是请客式的、不变更一党专政实质的、不改变政策的"。

10月13日，林伯渠将这封信送给王世杰、张治中，但始终没有得到国民党方面的积极回应。诚如毛泽东所言"战争教育了人民，人民将赢得战争，赢得和平，又赢得进步"。伴随着这场斗争，中国共产党在大后方民众中的威望大大提高。毛泽东在中共六届七中全会主席团会议上说："现在在全国面前暴露了中国有两个不平等的东西，不是一大一小。""现在解决中国问题，必须估计到我们。"

就是在这样的背景和环境中，赫尔利来到了中国。当时美军在太平洋战场上用跳岛战术进行的大反攻获得了巨大成功，正在攻占菲律宾，向日本本土逼近。随着战争接近胜利，美国的战略立即聚焦中国，它要在中国建立起一个能有效适应并服从美国统治阶级利益的政府。

赫尔利是一个极其自负的旱鸭子，他不知道中国的水有多深。不过，他新官上任，很想烧好三把火、踢好头三脚。从10月17日至24日，短短一个星期内，赫尔利就主动与中国驻重庆的代表林伯渠、董必武连续进行了三次会面，向他们表示自己受罗斯福总统派遣到中国来，是为了帮助中国团结，决不对党派有所偏袒，并希望尽快访问延安。

在重庆，赫尔利也与美国外交部门谢伟思这样的"中国通"进行了谈话。在谢伟思看来，赫尔利"爱信口雌黄"。赫尔利与在延安待了三个月的谢伟思只谈了一个半小时，其中大部分时间都是赫尔利在夸夸其谈。他告诉谢伟思，他明白史迪威的难处，认为史迪威不是完成该工作的合适人选。赫尔利说，他肯定要为共产党争取武器。他信誓旦旦地告诉谢伟思："先生，我来这儿的目的就是为了让他们得到武器，而且他们也会得到武器。我知道也要学会对付他们。人们总是告诉我，而他们不知道我有很多经验，他们认为我是个小孩！"谢伟思明明白白地告诉他，中国共产党非常顽强，而且坚持他们的主张，但赫尔利不是一个喜欢问为什么的人。事后证明，在美国对华政策的重点已经放在蒋介石统一中国的军事力量的前提下，赫尔利在处理国共关系上就是一个幼稚的小孩。

赫尔利从未读过谢伟思的任何报告，又不愿意听取外交人员的意见。不久，谢伟思前往华盛顿参加政策讨论并报告他在延安的情况。他在华盛顿告诉罗斯福的长期顾问霍普金斯，高思大使有辞去驻中国大使的打算。高思的这个决定，既是发泄他对赫尔利浮躁举止的不满，也是表达对蒋介石拒绝与中国共产党妥协的沮丧情绪。谢伟思警告说，用赫尔利取代高思将是灾难性的。正如谢伟思预测的那样，高思大使在11月1日辞职。

作为候任驻华大使最可能的人选，赫尔利急于表现自己的能耐，想大干一场。这位靠挖煤起家的百万富翁，竟然立即命令给他从美国空运一辆凯迪拉克轿车来。

　　大使的椅子还没有坐上，赫尔利就迫不及待地要前往延安。对赫尔利要来延安，中共中央和毛泽东高度重视。11月6日，毛泽东主持中共六届七中全会主席团会议。他认真分析道：蒋介石要赫尔利来调停，可得救命之益。蒋想给些小东西而对我们加以限制，至于能拿出什么东西来，多少可以拿一点。对国民党问题，赫尔利看得相当乐观。毛泽东说：赫尔利来，我们要开个欢迎会，由周恩来出面介绍，再搞点音乐晚会。会议决定，对谈判应采取积极态度，基本问题是要改组政府，对国民党仍要批评。

　　11月7日，赫尔利身穿"胸部是除了谢斯叛乱外所有在美国参与战争中的绶带"的军装，突然飞临延安。当他炫耀着胸前各色勋表出现在舷梯上时，就连周恩来还得请教包瑞德上校"这位尊贵的客人是谁"。更让人没有想到的是，这位自高自大的不速之客，在检阅八路军的仪仗队时，竟然当着毛泽东的面发出了一声怪叫，包瑞德上校说其"身体像中了毒的小狗似的肿了起来"。

　　11月8日上午，毛泽东、朱德、周恩来同赫尔利举行了第一次会谈，会谈时间不到一个小时，主要以赫尔利发言为主。美方成员还有包瑞德上校及译员和秘书。

　　赫尔利首先申明：我受罗斯福总统的委托，作为总统的私人代表来谈判关于中国的事情。我这次来，得到了蒋委员长的同意和批准。他说："我的任务，是企图帮助中国一切军事力量的统一，来与美国合作，击败日本。"他表示，美国不愿意干预中国内部的政治，美国相信民主，中国亦相信民主，他本人也是民主主义的信徒。来延安前，赫尔利曾与蒋介石交谈，蒋表示愿意与共产党达成谅解，承认共产党作为一个政党的合法地位，也愿意承认中国其他一切政党的合法地位，还考虑吸收共产党人参加军事委员会，共产党军队将获得和其他军队一样的平等待遇。

　　接着，赫尔利拿出一份提纲，说：这份提纲蒋委员长认为是可以同意的，愿请毛主席、朱德总司令考虑以此作为谈判的基础，提出应该增改或不同意见的地方。说完，他就宣读了起来。这份由赫尔利起草的题为《为着协定的基础》的文件，主要内容是："一、中国政府与中国共产党，将共同工作，来统一在中国的一切军事力量，以便迅速击败日本与重建中国。二、中国共产党军队，将遵守与执行中央政府及其军事委员会的命令。三、中国政府与中国共产党将拥护为了在中国建立民有、民治、民享的孙中山的原则。双方将遵行为了提倡进步与政府民主程序的发展政策。四、在中国，将只有一个国民政府和一个军队。共产党军队的所有军官与士兵，当被中央政府改组时，将依照他们在全国军队中的职位，得到一样的薪俸与津贴，共产党军队的一切组成部分，将在军器与装备的分配中得到平等待遇。五、中国政府承认中国共产党的政党地位，并将承认中国共产党作为一个政党的合法地位。中国一切政党，将获得合法地位。"

赫尔利读完后，一直耐心倾听的毛泽东立即提了一个问题："赫少将刚才所说的这份基础文件究竟是什么人的意见？"

赫尔利没有听懂毛泽东的意思，解释说："原来的草案很长，我把它压缩成了五点。我相信，这五点可以作为谈判的适当基础，但这五点并不是必须接受的，而是试验性方案。"

这时，懂得汉语、能讲一口流利北京话的包瑞德提醒赫尔利说："毛主席是想知道，这五点，是你的意见，还是蒋委员长的意见。"

赫尔利说："原来是我的意见，后来蒋委员长做了若干修改。我尽力提出民主自由，希望中国实行多党政治。"

对这个细节，包瑞德后来在他的回忆录《美军观察组在延安》一书中说："毛泽东查询这些条款体现了谁的思想，我当时觉得他有些唐突。然而后来，当我阅读这些条款时便觉得，毛泽东提的问题是公正的，因为某些语言听上去的确不像委员长自己惯常的表述方式。"[4]

然后，赫尔利又接着说了一些罗斯福总统如何希望中国团结自强以及蒋介石如何爱国并愿意与毛主席见面之类的话。随后，他建议会谈暂停，以便毛主席考虑他的建议。

毛泽东笑着说："感谢你到中国来，帮助中国团结抗日。团结一

[4]〔美〕D.包瑞德：《美军观察组在延安》，解放军出版社1984年版，第76页。

切力量，快快打倒日寇，重建民主、自由的中国，这是我们共同的意志。"

当天下午，举行第二次会谈，主要由毛泽东发言。

会谈一开始，毛泽东就开门见山地说：中国的事情很难办，这一点在中国多年和来延安已有一些时候的包上校知道得很清楚，还有许多美国朋友也都知道。中国有丰富的人力物力，我们所需要的就是团结。但是，要团结必须有民主，也就是说，我们需要在民主基础上团结全国抗日力量。现在全世界反法西斯战争都打得很好，唯有中国的正面战场打得不像样子，这是因为中国缺乏民主。现在，赫尔利将军来到，想帮助中国人民，促进中国民主团结，我们极表欢迎。尤其是在今天，日寇向中国西南进攻，美军打到菲律宾需要中国配合，但国民党当局所负责的正面战场却天天打败仗。中国人民和盟国朋友们都非常着急。希望经过赫尔利将军的努力援助，中国局势能有一个转机。今天上午赫尔利将军说要自由的、公开的、坦白的谈话，现在我就按照你提的方法来谈一谈。

毛泽东说：现在国民党还是一个大政党，拥有庞大的军队，这支军队在抗战头两年打仗打得比较好，现在总算也还在打日本，国民党当局还没有最后破裂民族团结，这是蒋介石先生领导的党和政府好的一方面。因此我们一向愿意与蒋先生合作打日本，从未放弃这一条。但是，还应当看到另一方面，那就是中国的困难、缺点与严重危机。如果不看到这方面，就不能解决问题。现在中国政府的政策是不利于全中国人民团结，是妨碍全国人民起来打日本的。

接着，毛泽东简略介绍了敌占区、解放区和国民党统治区的情况。他说：对于敌占区，国民党当局是不管的，如何在这个地区内组织地下军以期配合同盟军登陆作战，国民党当局也是不管的。对于解放区，国民党当局则是拼命妨碍、限制、缩小、消灭，但解放区还是天天生长，这是八年来广大人民艰苦战斗的结果。他们前面打日本，后面又有国民党破坏，处于被前后夹击的非常困难的环境中。国民党对解放区施行包围、进攻、派遣特务捣鬼等可以说是千方百计，一言难尽。在国民党统治区，存在着严重的危机，尤以军事危机为甚。自今年4月起，在日寇进攻面前，国民党军队已由300万减至195万。大部分国民党军队是打不得仗、一触即溃的。在大后方，民不聊生，土匪横行，人民对政府的信任从未有像今天这样低，各界人民包括大学教授、学生、小党派人士以及国民党党员都对当局不满和怨恨。

谈话的中心话题当然是针对赫尔利上午宣读的五点意见。

毛泽东说：赫尔利将军曾提出几个要求，希望作为形成协定的基础。我们感觉还有这样一些问题，虽然还没有形成条文，但值得提出来谈一谈。显然，上午会谈结束后，毛泽东和朱德、周恩来进行了认真的研究。

毛泽东强调的第一点是："必须改组现在的国民政府，建立包含一切抗日党派和无党派人士的联合政府。同时，现在政府的不适合于团结全中国人民打日本的老政策必须有所改变，而代之以适合于团结全中国人民打日本的政策。"他说：中国大多数人民，包括我们共产党人在内，首先希望国民政府的政策和组织迅速来一个改变，这是解决问题的起码点。如果没有这一改变，也可能有某些协定，但是这些协定是没有基础的。国民党统治的各种机构，腐化达于极点。国民党总埋怨盟国军火接济不够，可是如果政府不改组，老的政策不改变，虽有大量坦克、飞机等新式武器，也无济于事。对此，蒋先生历次表示的是拖，想拖到战争结束一年以后来办这件事。有人向他提出改组政府和成立联合政府的问题，他便一巴掌打回去。如果国民党自以为大权在握，不肯改变，只有把危机拖长和扩大，使国民政府有崩溃之危险。对于这一危险，不只我们共产党人，就是外国朋友，如许多外国记者，都是感觉到的。

接着，毛泽东强调说："国民党统治区域的危机来源，在于国民党的错误政策与腐败机构，而不在于中国共产党的存在。"他说：我们共产党人在沦陷区组织地下军，准备配合盟军作战；在解放区实行民主，坚持抗战。我们从不妨碍国民党，而国民党却来妨碍我们抗日民主活动，在195万国民党大军里面有77万多被用来包围我们，其中有一部分在进攻我们。在国民党区域，当局见到共产党人非捉即杀，我们在那里的党被迫成为地下党，只有在重庆和西安的少数共产党人可以公开活动。虽然如此，我们一不罢工，二不罢市，三不罢课，我们还是拥护国民政府打日本。我们在敌后战斗的63万军队和9000万人民，拖住了日寇的牛尾巴，这样保护了大后方。假若没有这个力量拖住日寇的牛尾巴，国民党早被日寇打垮了。今年6月间，国民党当局提出了一个方案，要取消我们军队百分之八十，还要取消解放区的民选政府。这方案如果实行，就没有人拖住日寇的牛尾巴，就只有害他国民党自己。

其次是关于军队的问题。毛泽东告诉赫尔利："赫尔利将军所提的要点中，有一条说改组我们的军队，在改组后我们的军官和战士将获得和国民党军队一样的薪俸和津贴。这一条主要的恐怕是蒋先生自己写的。我以为应当改组的是丧失战斗力、不听命令、腐败不堪、一打就散的军队，如汤恩伯、胡宗南的军队，而不是英勇善战的八路军、新四军。现在美军观察组，参观边区、晋西北、晋察冀等抗日根据地。我们在敌后有几十个根据地，大的有17个。我们愿意你们组织几百个人的观察组，到各根据地去看看来做出结论，应当改组的究竟是哪一种军队。中国人民的公意是：哪个军队腐败，就应该改组哪个。关于薪饷待遇，国民党军队的士兵饥寒交迫，走路都走不动，士兵月薪50元，只够买一包纸烟。我们的军队，吃得饱，穿得暖，走起路来蛮有劲，现在要我们拿和国民党军队一样的薪俸，那不是要我们军队也和他们一样吃不饱、穿不暖、走路都没有力吗？这如何使得呢？"

毛泽东一边抽烟，一边娓娓道来，有理有据有节。最后，毛泽东和缓地说："我们的意见大要如此。对赫尔利将军为帮助中国不辞劳累、长途跋涉的热忱，我们在延安的人深表感谢……在不破坏解放区抗战力量及不妨碍民主的基础上，我们愿意和蒋介石先生取得妥协。即使问题解决得少一些，慢一些，也可以。我们并不要求一下子解决所有的问题，但是要破坏解放区抗战力量和妨碍民主，那就不行了。我很愿意和蒋介石先生见面，过去有困难，没有机会。今天有赫尔利将军帮助，在适当时机，我愿意和蒋先生见面。"

后来，毛泽东在谈到他与赫尔利谈判的方法和策略时说："我与赫尔利谈话的章法是先把国民党攻一攻，把赫尔利带来的五点中心内容驳掉，指出目前局势不民主造成了各种危机，强调国民党政府有崩溃的危险因而需要改组。"

毛泽东确实把中国当前存在的问题都精彩地搬到了桌面上，但赫尔利显然没有料到毛泽东会对国民党政府提出如此尖锐的批评，因而脸上不免露出了颇为失望的神色。在替国民党政府辩护了几句之后，赫尔利说："直到今天上午，我才了解到你们国共两党之间存在着这样深刻的鸿沟和这样严重的对抗，如果局势已经无望的话，那我又何必枉费心力来到中国呢？我曾经要求蒋介石委员长合理一些，以期有助于全中国的利益；现在，我也希望毛主席合理一些。"言谈之中，赫尔利还以指责的口吻提出："毛主席刚才的话有重复敌人所说的地方，是不公平的。蒋介石抗战八年，是他周围的贪污腐化分子利用了他。"

听到赫尔利说到国民党的腐败，毛泽东立即插话问道："赫将军，你承认那里有贪污腐化分子？"

赫尔利点点头："是的。"

这时，毛泽东则以严肃而沉重的口吻说："我所重复的，在外国是罗斯福总统和丘吉尔首相的话，在中国是孙夫人和孙科先生的话。我想重复这些人的话，是可以的吧！说我重复敌人——日本人的话，那是不合事实的。"

赫尔利赶紧解释说："我指的并不是日本人，而是那些希望中国继续分裂的人。"

毛泽东深深地吸了一口香烟，严肃地说："正因为不团结，我们才谈团结，正因为不民主，我们才谈民主。如果中国已经团结，已经民主，那么又何用我们来谈它呢？说中国不团结不民主的，有两种人。一种人的确希望中国继续分裂。还有一种人希望中国团结民主，他们批评中国的缺点是为了克服这些缺点，使中国团结民主。我的话决不反映前一种人，而是反映后一种人的意见，就是反映希望中国团结民主的人们的意见。"

听完毛泽东的话,赫尔利又高兴起来,笑着说:"现在我们有一致的意见了!"他还带着一点儿歉意说:"在几分钟以前,我误解了毛主席的意思,现在我了解了!你是要团结民主的。如果毛主席和我一起工作,我们可以使蒋介石和我们一起工作,我们就可以促成中国团结,发展民主,肃清贪污。为此我们必须一起工作。"

毛泽东、周恩来认真地听着,面带微笑,点头示意。

赫尔利接着说:"现在我们所应做的,就是设法找寻毛蒋可以会面的基础。你们两人知道中国情形,当然非我局外人所能及,以你们的智慧和手中的材料,你们可能得到协定。我现在想再问一下毛主席,你们是否可以给我一个声明。"

赫尔利是个毛躁的急性子,毛泽东一下子抓住了他的弱点。于是,就赫尔利带来的《为着协定的基础》的五点意见,毛泽东逐条提出了自己的意见。

毛泽东说:"赫尔利将军所提的《为着协定的基础》有几条我是同意的。""第一条很好,我们完全赞成。"然后,他建议把原先的第三条放在第二条之前,以强调提倡进步与民主的政策,确立各种自由权利。

这时,周恩来补充说:"这包括言论自由、出版自由、集会结社自由、信仰自由、居住自由和人身自由。"

赫尔利也接着话茬说:"再加思想自由,向政府请愿要求平反冤屈之自由。"这样,修改后的第二条成为国共双方所需遵循的共同原则。

在讨论关于政府的问题时,赫尔利说:"关于改组政府的问题,现在请毛主席写一条,作为修改后的第三条。"

毛泽东说:"将现在的国民政府改组为由各抗日党派及无党派人士参加的联合国民政府;并宣布和实行关于改革军事、政治、经济、文化各方面的民主政策。同时,改组统帅部,成为联合统帅部,由各抗日军队代表参加。"

毛泽东增写的这一条其实是最重要的,但赫尔利显然没有意识到这一点,他当即表示:"可以加这一条,我们应尽可能公正,以期取得国民政府之同意。"

随后,毛泽东又建议将原先的第二、四两条合并,作为新的第四条,内容是一切抗日军队将遵守与执行联合国民政府及其联合统帅部的命令,由联合国得来的物资将被公平分配。第五条没有什么变化,仍是关于中国共产党及一切抗日党派的合法地位问题。

会谈结束时,毛泽东说:"就是这几条,为了妥协不再多提了。"

赫尔利说:"从今天的谈话中,我感觉到毛主席的热忱和智慧。我刚才误解了毛主席的意思,后来明白了。请各位将我误解毛主席的话,从记录上完全勾去。"

11月9日下午,双方举行第三次会谈。在中共中央提出经过修改的协定草案后,双方就各自认为的关键问题进一步交换了意见。

毛泽东首先发言,说:"我们所同意的方案,如蒋介石先生也同意,那就非常好。以前未解决的问题,今天如能解决,那是中国人民之福。"

赫尔利说:"我将尽一切力量使蒋接受,我想这个方案是对的。"他还表示,毛主席不仅有非凡的智慧,而且有公平的态度,这次能和毛主席一起工作,实为平生快事。尤其使他感到庆幸的是中国人民已经得了这样一位大公无私、一心为人民谋福利的领袖。赫尔利还提出,如果蒋介石表示愿意见毛主席,他愿意陪毛主席去见蒋。不管会谈成败如何,他将以美国的国格来担保毛主席及其随员在会谈后能安全返回延安。

毛泽东回答:"我很久以前就想见蒋先生,过去情况不便未能如愿。现在有美国出面,赫尔利将军调停,这一好机会,我不会让它错过。"

接着,毛泽东表示了自己的担心:"我还不了解蒋先生是否会同意我们的五要点。他如同意,我即可与他见面。我总觉得在我和蒋先生见面时,要没有多大争论才好。我很希望在赫尔利将军离开中国以前能见到蒋先生,问题也就解决了。"

赫尔利看毛泽东如此爽快,十分兴奋。他根本没想到还会有什么麻烦,再次表示回到重庆后当尽力使蒋介石接受五要点。他问毛泽东:"如蒋接受了,毛主席愿意做些什么?与蒋见面在什么地方?不要在重庆见面,是否可另选一地点?"

毛泽东回答:"见面地点当然在重庆。"

赫尔利高兴地说:"顶好!就这样解决吧。"

随后,赫尔利试探着问道:"毛主席是否可签字于五要点之上?"

毛泽东高兴地说:"当然可以。"

赫尔利似乎比毛泽东更要高兴,好像打赢了一场战斗一样,他怀着胜利的愉悦心情,说:"那我也要在这上面签字!"

毛泽东说:"今天把文件准备好,明天签字,不知蒋先生愿意签字否?"

这时,坐在一边的包瑞德上校插话说:"这五要点,在赫尔利将军见证之下,毛主席已予以接受,蒋如拒绝,赫尔利将军就可以很清楚地告知罗斯福总统,'这五要点,我认为很公平,毛同意了,蒋不同意'。"

这时,赫尔利又有点儿担心地提出了一个问题:"如蒋问,'接受五要点,是否是不要我在政府里面了?'对这个问题,请毛主席告我如何答复。"

毛泽东回答:"仍要他在政府里面。"

赫尔利还不放心,又问道:"我要再证实一下,你是否和他合作,要他当政府主席?"

毛泽东再次回答:"要他当主席。"

赫尔利这才放心地说:"很好!"

第三次会谈就是在这样一种十分融洽的气氛中结束的。毛泽东再次感谢赫尔利为帮助中国人民所做的努力。赫尔利说:"我们的谈判进行得这样顺利。我敬佩毛主席的宽大态度。你所希望的各种改革,我完全同意。"他还愉快地说:"明天早晨我们签字后我还要赶回重庆去。请毛主席不要笑我迷信,明天星期五是我的吉日,我生日是星期五,结婚在星期五,第一个小孩子生于星期五,获得第一个勋章也在星期五!"

毛泽东站起来，笑着说："祝福你，赫尔利将军，星期五永远好运！"

11月9日晚上，毛泽东主持中共六届七中全会全体会议，向全会报告了同赫尔利会谈的情况。他说：经过三次会谈修改后的五点协定，没有破坏我们的解放区，把蒋介石要破坏解放区的企图扫光了；破坏了国民党的一党专政，使共产党得到合法地位，使各小党派和人民得到了利益。如果蒋介石签字承认这个协定，就是他最大的让步。明天签字后，我们的文章做完了，问题即在重庆了。关于见蒋介石的问题，不能拒绝，尤其此时要考虑，为了民族的利益。签字后不去见蒋，我们就输理了。现在我不去，将来再说。今天中央委员会批准这个新五条，明天即可签字。

在会上，周恩来说，蒋介石所谓的让我们参加政府和我们主张的建立联合政府是有区别的。但赫尔利却把二者混而为一，他以为蒋介石不至于为难。尽管现在与赫尔利所进行的谈判看上去是顺利的，但是我们也要做好蒋介石决不会轻易同意这个协定的准备。

11月10日上午10时，毛泽东与赫尔利举行第四次会谈。

会谈伊始，毛泽东首先讲了三点：第一，请赫尔利将双方商谈的协定转达给罗斯福总统；第二，这个协定已经获得中共中央委员会的同意；第三，周恩来同志将和赫尔利将军一同去重庆与蒋介石谈判。

毛泽东告诉赫尔利："总之，我们以全力支持赫尔利将军所赞助的共同纲领，希望蒋先生也在这个纲领上签字。抗战八年来未能得到的东西，今天在赫尔利将军帮助之下，有了实现的希望。在这个纲领下，全国一切力量团结起来，打倒日本，建立新中国。"

随后，赫尔利说："我有一个提议，希望毛主席立即写一封信给罗斯福总统，我会亲自带给他的。我还想交给主席先生一封感谢信。将来有机会，我愿意设法使毛主席和罗斯福总统商量问题，以使全世界承认毛主席的地位。"

会谈结束时已经是中午12时45分，双方举行了签字仪式。毛泽东与赫尔利在文件上签字，并交换了信件。要知道，上午一般都在睡觉的毛泽东，为了与赫尔利谈判，这些日子也主动调整了自己的生物钟，改变了作息时间。

赫尔利和毛泽东达成的《中国国民政府、中国国民党与中国共产党协定》，内容如下：

一、中国政府、中国国民党与中国共产党应共同工作，统一中国一切军事力量，以便迅速击败日本与重建中国。

二、现在的国民政府应改组为包含所有抗日党派和无党无派政治人物的代表的联合国民政府，并颁布及实行用以改革军事政治经济文化的新民主政策。同时，军事委员会应改组为由所有抗日军队代表所组成的联合军事委员会。

三、联合国民政府应拥护孙中山先生在中国建立民有、民享、民治之政府的原则。联合国民政府应实行用以促进进步与民主的政策，并确立正义、思想自由、出版自由、言论自由、集会结社自由、向政府请求平反冤抑的权利、人身自由与居住自由。联合国民政府亦应实行用以有效实现下列两项权利，即免除威胁的自由和免除贫困的自由之各项政策。

四、所有抗日军队应遵守与执行联合国民政府及其联合军事委员会的命令，并应为这个政府及其军事委员会所承认，由联合国得来的物资应被公平分配。

五、中国联合国民政府承认中国国民党、中国共产党及所有抗日党派的合法地位。

这天下午2时，赫尔利乘机离开延安返回重庆，周恩来、包瑞德同行。

与赫尔利的这次会谈及达成的协议，中共中央、毛泽东是满意的。应赫尔利的建议，毛泽东给罗斯福写了一封信。在信中，毛泽东这么写道："这个协定的精神和方向，是我们中国共产党和中国人民八年来在抗日统一战线中所追求的目的之所在……我们党的中央委员会已一致通过这一协定之全文,并准备全力支持这一协定而使其实现。我党中央委员会授权我签字于这一协定之上,并得到赫尔利将军之见证。"在信的末尾,毛泽东对罗斯福的努力表示感谢。他说:"我们中国人民和美国人民一向是有历史传统的深厚友谊的。我深愿经过你的努力与成功,得使中美两大民族在击败日寇,重建世界的永久和平以及建立民主中国的事业上永远携手前进。"事实上,赫尔利并没有及时地将这封信电告罗斯福,而是用军邮投递,结果过了很长时间才到华盛顿,以致罗斯福迟至1945年3月10日才给毛泽东复信。

在11月10日这一天,除了写信之外,毛泽东还专门致电罗斯福,祝贺他连任美国总统。

果然不出毛泽东、周恩来的预料,赫尔利返回重庆后,于11月15日同蒋介石谈话,将其11月10日在延安与毛泽东签署的五条协定草案交给蒋介石,被蒋拒绝。

11月17日,赫尔利被美国政府任命为驻华大使。从此,赫尔利改变态度,一屁股坐到了蒋介石一边。

11月21日,国民党方面另行提出了一个"反建议",由赫尔利转交给周恩来,共三条:一、国民政府允将中共军队加以改编,此后,承认中共为合法政党;二、中共应竭诚拥护国民政府,将其一切军队移交国民政府军委会统辖,国民政府指派中共将领以委员资格参加军委会;三、国民政府之目标为实现三民主义之国家。这三条建议实际就是要共产党交出军队,接受国民党的"招安"。

周恩来看完后,立刻一针见血地问赫尔利:"蒋介石对联合政府态度如何?"

"啊,这件事情已经过去了。"终于坐上大使宝座的赫尔利,支支吾吾地耍起了外交辞令,狡辩道,"我不能使用同意的字眼,因为我不是谈判的当事人,我只是见证人。我认为你们联合政府的主张是适当的,但我并不处在同意的地位。"

为劝说周恩来,让共产党接受国民党的反建议,赫尔利还唠唠叨叨地为自己开脱道:"我原来不知道实际情形,所以在延安时,毛主席提出意见之后，我也添上一大堆。现在蒋介石肯定不会接受。国民党的这个建议也许是个基础。原来，我们是准备帮助你们的，成百架飞机的东西等着帮助你们；但是没有这一协定，我就无法帮助你们。"

与赫尔利会谈一结束，周恩来立即将会见情况电告毛泽东。毛泽东在来电上批示："党治不动，请几个客，限制我军。"

面对新情况，周恩来在11月29日和30日，致电毛泽东，提出了自己的建议：在坚持联合政府主张的前提下，我党有两种选择，一个办法是使谈判继续下去，并设法寻找一个折中方案，作为成立联合政府的准备步骤；另一个办法是固守五条协定，不怕谈判陷于僵局。周恩来和董必武比较倾向于前一个办法。

周恩来在前台谈判，毛泽东在后台决策。

对于周恩来的建议，毛泽东态度慎重，一时没有作出决断。关键问题是，究竟哪一种办法更符合我党当前的和长远的战略利益。善于做调查研究的毛泽东，也善于集思广益。收到周恩来的复案后，毛泽东请来延安参加七大的陈毅作参谋，专门研究此事。陈毅在看了有关材料后，连夜把自己的看法写成了一封长信，于12月1日送到毛泽东手中。

陈毅在信中分析了国共谈判两种可能的趋势：第一种是蒋介石顺利地在赫尔利和毛主席的提案上签字；第二种是不在赫毛协定上签字，却提出符合他愿望的办法。陈毅认为，第一种情况仍然挽救不了西南大局，反而增加了美国对蒋的幻想，帮助他骗骗人，因为蒋介石的病症是一针强心剂救不了的，它的整个封建腐朽的法西斯机构不会因签字而能改善。至于蒋介石目前的做法，就是只在和缓空气，使全部腐烂的机构原封不动，其结果只会更促进其腐烂，加速日寇的进攻。陈毅写道：本来如蒋决心改变，学唐德宗下罪己诏，起用良将，西南危急是可以缓解的；但蒋介石鉴于大革命和西安事变后两次控制不住中共的发展，这一回更是恐慌、动摇、害怕，他决心不这样做而宁愿走上反动的绝路。关于赫尔利斡旋，陈毅认为，美国的企图不过是着眼其军事利益，认为我党的军事力量必须动用；

但其全部政治见解仍是保持蒋的体系，并无诚意要政治改革。美国玩的是帝国主义极其精巧的商业手法，这是他们的传统，口惠而实不至，惯会牺牲别人替自己打仗，而外表装潢得十分漂亮。陈毅认为，依照我党目前和将来的战略利益，蒋介石不走第一条赫毛蒋合作的路而走现时的第二条路，反而对我们的战略利益好得多。

在信中，陈毅得出的结论是：肯定蒋无望，蒋不愿自救，美救亦无望，我们不能做为其"殉葬"之事。因此，陈毅建议应付赫尔利和蒋介石所选的现局的办法是：五个原则，暂作整案，即五条协定所包含的内容不拆开提出；同时我不入阁，也不宜急于成立解放区联合委员会。我党应继续在敌后争取一两年的时间大发展，"招美依我，而我取得全局的中心地位"。

看了陈毅的来信，毛泽东大喜过望，心里有了定盘星，立即复电周恩来，指示他坚持五条协定，并说明过早提交复案是不利的，准备七大开过之后再议复案。随后，他又给陈毅写了回信："来示读悉，启示极多，十分感谢！今日已电渝不交复案，周、董均回，拖一时期，再议下着。至于基本方针，如你所说那样，除此再无二道。"

国民党毫无改变一党专政的诚意，赫尔利也背信弃义，国共谈判再次陷入僵局。12月2日，周恩来约见赫尔利，转达了毛泽东的意见。赫尔利仍不断劝说，希望共产党参加未经改组的国民政府，并说你们"先踏进来一只脚"，即可得到美军援助。

周恩来果断地回答："我们参加政府，就要替人民负责；现在要我们参加进去而不能负责，这样的政府我们拒绝加入。"

12月7日，周恩来、董必武回到延安，包瑞德同机回来。

其间，为了向国民党施加压力，毛泽东曾考虑公开发表与赫尔利签署的五条协定，并为此征求赫尔利的意见。赫尔利听到后，大为震怒，认为这是故意使其难堪。同时，他还怀疑中共态度转趋强硬是因为苏联施加了影响。随后，毛泽东指示当时在重庆的王若飞向美方作出说明。原来赫尔利误以为中共已经将五条协定发表，现在完全释然了。

就在周恩来回到延安的当天，毛泽东主持中共六届七中全会全体会议，听取周恩来报告同国民党谈判的情况。会议认为，国民党所提的三条"反建议"明显地不同意成立联合政府，因此无法求得双方提案的基本共同点。

12月8日，毛泽东和周恩来会见包瑞德，坚决拒绝蒋介石的"反建议"，严肃批评赫尔利背信弃义并为蒋介石充当说客的行为。毛泽东十分尖锐地说：蒋介石提出的三点建议等于要我们完全投降，交换的条件是他给我们一个全国军事委员会的席位，而这个席位是没有任何实际作用的。赫尔利说我们接受这个席位，就是"一只脚跨进大门"，我们说如果双手被反绑着，即使一只脚跨进了大门也是没有任何意义的。毛泽东以十分强硬的态度说：我们欢迎美国的军事援助，但不能指望我们付出接受这种援助要由蒋介石批准这样的代价。美国的态度令人不解，五条协定是赫尔利同意的，现在他又要我们接受牺牲我们自己的蒋介石的建议。在五条协定中，我们已经作了我们将要作的全部让步，我们不再作任何进一步的让步。由于蒋介石已经拒绝成立联合政府，我们决定成立解放区联合委员会，这个委员会是组成一个独立政府的初步的步骤。

第二天，在六届七中全会全体会议上讨论是否成立解放区联合委员会问题，会议最后决定只成立准备委员会。在几天后的主席团会议上，又决定暂缓成立。

12月12日，毛泽东和周恩来复电在重庆的王若飞："牺牲联合政府，牺牲民主原则，去几个人到重庆做官，这种廉价出卖人民的勾当，我们决不能干，这种原则立场我党历来如此。希望美国朋友不要硬拉我们如此做，我们所拒绝者仅仅这一点，其他一切都是好商量的。""中央在三个月内集中精力开七大，解放区联合委员会只能在七大以后再说。"毛泽东、周恩来要王若飞将这些意见转告包瑞德或戴维斯。

转眼就进入了1945年。新年的钟声没有给赫尔利带来他想象中的星期五生日吉利，他确实读不懂中国，在复杂的政治面前还是个不懂事且脾气倔强、孤傲、有戾气的坏孩子。事情到了这种地步，中共已无法再同国民党讨论如何建立联合政府的问题了。

1945年1月11日，毛泽东复信赫尔利，对他1月7日来信提出的在延安召开有他参加的国共两党会议的提议，给予婉言拒绝。毛泽东说："恐此项会议得不到何种结果。"并请赫尔利向国民党政府转达中共的提议："在重庆召开国是会议之预备会议，这种预备会议应有国民党、共产党、民主政团同盟三方代表参加，并保证会议公开举行，各党派代表有平等地位和往返自由。"如果国民党政府同意这一提议，周恩来可以再到重庆磋商。

显然，中国共产党仍没有关闭谈判的大门。

1月20日，赫尔利致电毛泽东，说他相信国民党政府准备作出重要让步，建议再派周恩来到重庆谈判。

1月22日，毛泽东复电赫尔利，中共中央同意派周恩来赴重庆同国民党谈判。

1月24日，周恩来飞抵重庆。行前，毛泽东叮嘱继续谈判的方针是：一、争取建立联合政府，和民主人士合作。二、召开党派会议作为具体步骤，国民党、共产党、民盟三方面参加。三、要求国民党先办到释放张学良、杨虎城、叶挺、廖承志等；撤退包围陕甘宁边区的军队；实现一些自由，取消特务活动。

在谈判中，赫尔利和国民党谈判代表提出在政务委员会以外的两个补充办法：一、由美国、国民党、共产党各派一人组织军队整编委员会；二、由美军派一名将官任敌后中共军队的总司令，共产党派一人为副总司令。周恩来立即加以拒绝。

1月28日，毛泽东复电周恩来："你拒绝了赫尔利的两个补充办法是很对的。这是将中国军队尤其将我党军队隶属于外国，变为殖民地军队的恶毒政策，我们绝对不能同意。"针对蒋介石在元旦广播中宣称一旦军事形势稳定、最后胜利更有把握时，就要召开国民大会，颁布宪法，毛泽东在电报中指出："如果谈到国民大会问题时，应表示：我们不赞成在国土未完全恢复前召集任何国民大会，因为旧的国大代表是贿选的过时的，重新选举则在大半个中国内不可能。即在联合政府成立后也是如此，何况没有联合政府。并望以此征小党派同意，共同抵制蒋的国大把戏。"2月5日，毛泽东在电报中再次强调:"如无真民主,我们是万难加入政府的。"

2月13日,周恩来在赫尔利陪同下会见蒋介石。在会谈中,蒋介石态度极其傲慢地宣称其根本拒绝接受建立联合政府的主张,他甚至狂妄地说出这样的话来:"组织联合政府是推翻政府,党派会议是分赃会议。"而当时就站在蒋介石身边的赫尔利又是怎么想的呢?他在2月18日写给美国国务卿的报告中说:"我不同意,或不支持任何在我看来会削弱国民政府和蒋介石的地位的原则和方法。"可见,赫尔利与蒋介石只是在演双簧而已。

就这样,在抗日战争期间,国共两党的最后一次谈判,不欢而散。

2月16日上午12时,周恩来乘坐美军观察组的班机飞返延安。

中共七大正在等着他回来。

谈判不欢而散,一方面是因为简单粗暴的赫尔利的出尔反尔与背信弃义,更重要的一方面还是因为蒋介石的顽固不化、一意孤行。但在谈判的过程中,毛泽东、周恩来等对美国人展现出了共产党人的魅力。美国人承认,毛泽东使谈判者无拘无束。同时,毛泽东、周恩来表现出了中国人的机警和睿智,遇到威胁时的从容和严肃,宠辱不惊,不卑不亢,兵来将挡,水来土掩。他们所展现的中国作风、中国气派、中国精神,令他的敌人和对手也不得不投上尊敬的目光。

在赫尔利背弃五条协定后,包瑞德上校在延安的一次会谈中善意地劝说毛泽东,最好不要顶撞脾气暴躁的赫尔利。毛泽东听了,十分生气地说:"你们美国人吃的是面包,我们吃的是小米,你们美国人吃饱了饭愿意干什么是你们的事!"

2 "我们不放第一枪。一旦中国发生内战,希望美国对国共双方采取不插手政策"

1945年,历史正在重新构建,国际秩序正在重新洗牌。弱肉强食的丛林原则和强权政治似乎在人类历史上不断重演。历史就是这样螺旋式上升的。"兵者，以武为植，以文为种。武为表，文为里。"（《尉缭子·兵令上》）世界的舞台上，大国博弈的游戏再一次向我们证明军事学家克劳塞维茨的格言是对的——政治是不流血的战争，战争是流血的政治，是政治的继续。但是，善良的人们永远相信：正义终究战胜邪恶。

1945年2月4日至11日，苏、美、英三国首脑斯大林、罗斯福和丘吉尔在苏联克里米亚半岛上的雅尔塔里瓦吉亚宫举行秘密会议，并在最后一天签署了一个秘密协定。这个伤害了中国利益的协定，也影响了罗斯福的对华政策。因此赫尔利公开宣布：罗斯福说，没有蒋介石的同意就不援助共产党。[5] 2月14日，周恩来在重庆会见了刚刚从美国探亲休假回来的谢伟思。周恩来面告谢伟思，国共谈判又陷入僵局，蒋介石除了成立政治咨询委员会外，不同意其他任何事物，这同共产党的建议大相径庭，它甚至比以前提的"战时内阁"的形式还后退了一步。周恩来说，在离渝之前，他将发表声明，说明共产党的立场。还说这次协商的再次破裂表明蒋介石决不会对限制他的权力的人或根本改变现状作出让步，这次谈判破裂的责任在于国民党。

2月16日，就在周恩来离开重庆返回延安的这一天，即将回国述职的赫尔利在辞行时对蒋介石说："我来华调解国共关系已经为时半年，尽管未能达成协议，我还是要向委员长表示，我是坚决支持你的。雅尔塔会晤表明打败日本已经为时不远，等到对日战争结束，你的那些装备精良的师团就可以轻而易举地战胜共军了！"

赫尔利一头栽入了蒋介石的怀抱。

自太平洋战争爆发以来，美国陆军部与驻华美军总部挑选了谢伟思、戴维斯、卢登等年轻的"中国通"兼职做中国战区美军的政治顾问。中国战区的史迪威参谋长很欣赏他们，后来接任的魏德迈也觉得他们不错。但从赫尔利担任驻华大使后，要求魏德迈将他们"弄走"。结果，在调走包瑞德的同时，赫尔利又将"迪克西使团"中第一个令他生气的戴维斯打发去了莫斯科。

[5] 2015年，为纪念中国人民抗日战争暨世界反法西斯战争胜利70周年，笔者曾著述《另一半二战史：1945·大国博弈》由华文出版社出版，还原了开罗会议、德黑兰会议、雅尔塔会议和波茨坦会议的历史现场，有兴趣的读者可阅读参考。

2月19日，赫尔利、魏德迈从重庆飞返华盛顿述职。

赫尔利一走，谢伟思和曾经深入晋察冀抗日根据地调查的卢登、担任临时代办的乔治·艾奇逊参赞等年轻的外交官们商量，决心努力挽救中国危局。他们坚持认为，如果让时局这样发展下去，"美国在中国所做的和为中国所做的一切都会前功尽弃"。2月25日晚上，他们经过商量取得了一致意见，要"采取行动"——越过顶头上司给国务院直接上书，发一封急电，把他们的想法与意见全部写出来。这就是后来有名的"2·28报告"。这份报告是谢伟思起草的，然后交给艾奇逊负责发回美国。考虑到赫尔利和魏德迈两人正在华盛顿，年轻的外交官们知道赫尔利的脾气，就在信的末尾专门写上了："魏德迈将军和赫尔利将军都在华盛顿，这是讨论这一问题的良好机会。"

在卡萝尔·卡特的《延安使命》一书中是这样记述的："在魏德迈离开重庆前，卢登和谢伟思给卢登的观察记录写了一份总结。该总结言简意赅地说明，国民党对打败日本没有多大兴趣，却对维持自身权力有更多兴趣，政治上的分裂造成中国军事上的失败。美国最安全和最明智的行动途径是靠它们准备抗击敌人的决心，而不是他们的意识形态来判断各方团体和势力。"事实上，魏德迈在重庆时曾和卢登单独面谈过，并对卢登在日本封锁地区考察抱有极大兴趣。

2月28日下午1时，艾奇逊签发了这封急电。几天之后，这份被赫尔利称作"反叛"的电报准时在其到达华盛顿之前就摆在了国务院中国科负责人阿瑟·林沃特的办公桌上。

3月4日，赫尔利在获悉这封电报的内容后，气得脸色铁青。作为驻中国大使，他曾千方百计通过审查部属的文件而使得他们乖乖地听话。这下好了，这帮年轻人竟然在他离开的时候，以大使馆的名义起草"反叛"电报，企图密谋"通共造反"。当阿瑟·林沃特交给他这份"言辞尖锐"的电报后，赫尔利当即发疯一般地在林沃特递过来的电报上画了一把手枪，愤怒地咆哮着："我知道是谁起草了这份电报，是谢伟思！我最后要做的一件事就是惩罚这个狗娘养的！"

这个时候,"2·28报告"也送到了白宫。国务院大楼因此引发了一场对华政策的极其激烈的辩论。当被法官和审问者"要求在国务院里同一群亲共分子一道回答关于美国驻华使馆的官员如何捍卫美国在中国的政策"的问题时,赫尔利气得鼻子冒烟,吹胡子瞪眼。他认为重庆的年轻外交官是在故意与他作对,就等着他离开重庆才发这封电报,实际上他们也确实是这么干的。3月8日和3月24日,赫尔利在与罗斯福会见时,愤愤不平地抱怨他受到了那些仍然依恋史迪威的不忠诚的下属的攻击。

述职结束,赫尔利决心回到中国后要做的第一件事就是将这一群桀骜不驯的年轻人驱逐出中国。赫尔利说到做到。当他回到重庆,听说驻华美军总部又将谢伟思派往延安了,怒火顿时冒了出来。他立即找到魏德迈,要驻华美军总部立即命令谢伟思马上离开延安返回美国。在大使馆,他随便找了一个理由,首先把临时代办艾奇逊调走。后来,当他见到从延安回来并特意为他送来精美日本马刀的卢登时,赫尔利做的唯一的事,就是劈头盖脸地问他为什么被第一批派往延安。

赫尔利的扶蒋反共政策,进一步助长了蒋介石的气焰。他不顾全国人民的强烈反对,于3月1日在重庆宪政实施协进会上发表演说,公然宣称:不能结束党治,也不同意成立联合政府。他宣布将在11月12日单方面召集国民党一手包办的"国民大会"。

对蒋介石的倒行逆施,毛泽东迅即作出严厉抨击。3月13日和4月1日,他两次会见谢伟思,尖锐地指出:蒋介石现在正在走的道路是直接导向内战和国民党终将自杀的道路。他请谢伟思转告美国政府:我们不打第一拳,不放第一枪。……一旦中国发生内战,希望美国对国共双方采取不插手政策。

4月1日上午,毛泽东主持召开中共六届七中全会主席团会议。会议决定董必武带随员章汉夫、陈家康二人参加中国出席旧金山联大会议代表团。

这天下午4时,谢伟思应邀来到枣园毛泽东的住所。毛泽东、周恩来、朱德已经在那里等他了。谁也没有想到,这竟然是毛泽东和谢伟思的最后一次谈话。董必武在谈话即将结束时也来了。按照谢伟思的回忆："在我接到返回重庆的命令的头天晚上，周将军已经得到了消息。这次谈话持续了半个下午和整个晚餐时间，显然是想就中国共产党在即将召开的代表大会上将要采取的立场路线，给我一个直到最近的说明。"

因为谁也不知道谢伟思突然被召回的真正原因，连谢伟思自己也不清楚到底发生了什么，没有人向他透露任何信息。他后来回忆说："大家对我返回重庆的原因都表示关心，特别关心是否可能返回美国表明要磋商关于中国的事情。"所以，毛泽东对这次会谈非常重视，也充满期待。谈话涉及国共、中美、中苏关系等许多重要问题，其深度和广度均超过以往的历次谈话。

真正的谈话是在大家进行了大约半个小时的寒暄之后开始的。

一开始，毛泽东旧事重提，真诚地表达了中共的愿望："谢伟思先生，我们希望美国对延安的政治观察和接触能维持下去。中国未来几个月的发展会是很重要的，共产党人希望美国人根据现场接触取得了解。希望你很快再回到延安。"

周恩来有些惋惜地说："很遗憾，你不能在延安再逗留十天，如果再多呆十天的话，你会发现你这次来延安是值得的和有意思的。"

谢伟思知道周恩来的意思是说他无法亲眼看到即将召开的中共七大。接着，谢伟思提到了当前的军事形势。

周恩来说："目前，我不认为日军仍然有肯定的迹象表明打算占领西安或汉中，但是我相信，日本人终将想占领这两座城市，目的是把美国空军的力量向后推移，以保护他们的侧翼和重要的交通线，达到他们计划在中国的长期战斗得以进行下去的目的。"

谢伟思说："去年，在日军的河南战役好像有发展为对西安的威胁之势时，共产党人曾提出派部队参加保卫西安的战斗。"

周恩来和毛泽东、朱德互相看了一眼，朱德说："去年共产党的建议遭到拒绝，这次我们愿意等待接受邀请。"

现在，我们可以在谢伟思给美国国务院的备忘录中看到，他对当时会谈的场景作了这样的描述："接着，由毛主导了这次谈话。他情绪异常好——离开他的椅子，用动作给他的谈话添加戏剧情节，并且离题回忆起逗乐的轶事。周偶而解释或引伸一下毛的论点。朱坐在后排，沉默不语和微笑着。"

显然，枣园的谈话是在非常轻松愉悦的气氛中进行的，彼此似乎都把对方当作可以信任的朋友。

在简略回顾最近举行的毫无结果的国共谈判之后，毛泽东说："我认为，一般来讲，外国人还是不了解国共之间的问题远远超过两个普通政党之间通常的争吵。对中国的未来而言，我们谈判的问题是带有根本性的和生死攸关的问题。"说着，毛泽东还列举美国《经济学家》和《纽约先驱论坛报》上最近发表的一篇文章，略带讽刺意味地说："这两家报刊是不是算得上外国舆论对中国缺乏了解的典型？"

接着，毛泽东重申了共产党的目标并无变化，他强调说："当共产党还不够强大，兵力不多和完全孤立时，我们就为这些目标而奋斗了；而且不管外来的影响是赞成还是反对，我们都决心为这些目标而继续奋斗下去。"毛泽东还就共产党对美国的政策发表一项简短的声明："中国共产党对美国的政策，现在是将来仍然是，寻求友好的美国支持在中国实现民主和在对日作战中进行合作。"

对毛泽东的声明，谢伟思在备忘录中这样写道："但是不管美国的行动如何，无论他们是否得到哪怕是一门炮或者一粒子弹，共产党人将用对他们来说任何可能的方式，继续寻求和实行合作。他们能做的任何一件事，诸如提供情报、气象报告和营救航空兵，共产党人都把它当作一种义务和责任，因为它有助于盟军作战和更快打败日本。假如美军登上或进入共产党地域，他们将会看到一支彻底组织起来、渴望对敌人战斗的军队和人民。共产党人将继续寻求美国的友谊和了解，因为中国在战后建设时期需要它。自然，美国是否与共产党人进行合作，只能由美国来决定。但是共产党人认为这只会对美国有好处——尽可能快地赢得战争，帮助中国团结和民主事业，在解决土地问题的基础上通过工业化，促进中国健康的经济发展，和赢得压倒多数的中国人民，农民和知识分子的永恒的友谊。"

同时，毛泽东在对国民党的政策发表的声明中说："对国民党的政策仍旧是：一方面批评并试图激励其进步；另一方面提出能够作为实现真正统一、民主和使全国一切力量致力于赢得战争的基础的妥协。这个妥协必须意味着国民党和蒋介石专政的结束，这个妥协必须包括承认共产党军队是国家军队的一部分，解放区政权是合法的地方政府……对于国民党，我们不打第一拳，不放第一枪。但是蒋介石现在计划召开的国民大会一定会带来内战。一旦受到攻击，我们将予以反击。一旦中国发生内战，希望美国对国共双方采取不插手政策。"

对此，谢伟思在备忘录中评述道："问题的症结是，国民党不会接受对它的专政提出的任何限制，因此不可能召开一次具有权威性的会议。所以蒋不理睬召开党派间会议的提议，而赞成召开他的国民大会。在战争结束之前，在一切党派取得合法地位之前，在全体人民选出新代表之前，必须毫不妥协地反对国民大会的召开。共产党的反对，将是拒绝承认国民大会或接受它的命令。这是合乎逻辑的行动方针，因为解放区人民没有代表。下一步就要看蒋的了。"

会谈中，毛泽东直言不讳地告诉谢伟思："但是，现在计划召开的大会一定会带来内战。它将为蒋提供口实宣布反对党为叛逆。假如他要继续吓唬人，他将尝试使用武力，因为这是他们知道和懂得的唯一的手段。一旦受到攻击，我们将予以反击。我们不怕后果如何，因为人民站在我们一边。日军一直没能够消灭掉解放区，蒋的征来的士兵，由未经思想训练的不愿作战的农民组成的军队，又怎么行呢？内战时我们战斗力比现在差一百倍，蒋也不曾打败我们，现在他有什么可能呢？我们不害怕蒋的美国武器，因为一支由征募来的农民组成的军队，不会有效地使用这些武器去反对为他们的国家和经济、政治民主而战的应征士兵兄弟的。我们担忧的是对中国造成的代价——生命苦难和损失，财产破坏和国家重建推迟。中国需要和平，但是她更需要民主，因为对和平来说民主是根本的。而且，首先她必须赶走日军。我们想，美国也应该关切这一点，因为这涉及它自己的利益。"

美国解密的谢伟思档案称,这次枣园会谈,毛泽东和谢伟思除了谈了以上问题之外,还谈到了中共"建立一个'中国人民解放联合委员会'的决议已经作出","共产党人将拒绝承认战争结束前召开的国民大会,并拒绝认可这样一次国民大会的代表性,坚决主张代表必须由全民自由选举"。

枣园会谈一直谈到晚饭结束。这天,周恩来还特意赠送了一张个人英文亲笔签名照片给谢伟思留作纪念。此前,毛泽东也曾送给谢伟思一张亲笔签名的个人照片。

然而,言者谆谆,听者藐藐。以赫尔利为代表的美国对华政策,不仅完全违背中国人民的意愿,而且不肯回头。4月2日,赫尔利在华盛顿美国国务院的一次记者招待会上公开宣布美国不同中共合作,攻击中共和它领导的军队阻碍了中国的统一,声称美国的军事援助只能给国民党政府。美国政府奉行的错误政策带来了什么后果呢?正如毛泽东所评论的:"进一步破坏中国人民的团结,安放下中国大规模内战的地雷,从而也破坏美国人民及其他同盟国人民的反法西斯战争和战后和平共处的共同利益。"

三天后的4月4日,谢伟思乘美军观察组的班机从延安返回重庆。一回到重庆,谢伟思在来不及与朋友们告别的情况下,就被迫仓促地收拾行李登上了回国的旅程。显然,这一切是赫尔利早就安排好了的。4月12日,谢伟思回到了华盛顿。他一踏上美国的土地,就传来了罗斯福总统在佐治亚州温泉别墅脑溢血去世的消息。

4月13日,毛泽东、朱德致电美国新任总统杜鲁门,对罗斯福的逝世表示哀悼。同时向驻延安的美军观察组致函吊唁,并派叶剑英、杨尚昆到观察组表示哀悼。

罗斯福的突然去世,使美国对华政策和中美关系变得更加扑朔迷离。然而谢伟思怎么也不会想到,他之所以被急召回国,是因为遭到了赫尔利的恶意告发。当时,白宫中国科科长文森特曾经坚决反对按赫尔利的要求从延安紧急召回谢伟思,但是,副国务卿格鲁此时却转而支持赫尔利,格鲁认为赫尔利手眼通天(总统),是不能得罪的。其实,被赫尔利称为"反叛"电报的"2·28报告"事件,注定要成为赫尔利泄私愤的特别目标。对此,包瑞德曾经好心地警告过谢伟思:"你自视很高,当成了哈曼,小伙子!"谢伟思说:"戴维,如果他们不喜欢就直说吧,我只是把我认为的真相说出来而已!"

随后,从4月到6月,毛泽东全身心地进入了中共七大,对赫尔利的表演置之不理。

7月1日,中共七届一中全会刚刚闭幕,毛泽东、朱德、周恩来、林伯渠到延安机场,欢迎由王若飞陪同从重庆飞抵延安的6位国民参政员褚辅成、黄炎培、冷遹、傅斯年、左舜生、章伯钧一行。第二天下午,毛泽东在杨家岭会见了他们,听取他们的意见。就国共谈判问题,毛泽东说:双方的门没有关,但门外有一块绊脚的大石挡住了,这块大石就是国民大会。此后几天,他们举行了多次深入交谈,并形成了《中共代表与褚辅成、黄炎培等六参政员延安会谈记录》,更是成就了黄炎培与毛泽东的"窑洞对"。

7月10日,新华社发表毛泽东写的评论《评蒋介石参政会演说》。毛泽东指出:蒋介石在第四届国民参政会开幕时说什么政府对于国民大会召集有关的问题,拟不提出任何具体的方案,而要听取参政会的意见。这表明所谓今年11月12日召集国民大会一件公案,大概就此收场了。这件公案和帝国主义者赫尔利有关系,他是极力怂恿蒋介石干这一手的。蒋介石今年3月1日的演说,赫尔利4月2日的声明,在以中国人民为牺牲品的共同目标下,一唱一和,达到了热闹的顶点。从此以后,似乎就走上了泄气的命运。反对者到处皆是,不计其数。毛泽东警告蒋介石及其一群:"对于违反人民意志的任何欺骗,不管你们怎样说和怎样做,是断乎不许可的。"这篇评论编入《毛泽东选集》时,毛泽东将标题修改为《赫尔利和蒋介石的双簧已经破产》。

7月12日,新华社发表毛泽东撰写的评论《赫尔利政策的危险性》。毛泽东在评论中指出:赫尔利4月2日在华盛顿所发表的声明,宣称美国只同蒋介石合作,不同中共合作,这是代表美国政府中的一群人的意见，但这是错误的而且危险的意见。以赫尔利为代表的美国对华政策的危险性，就在于它助长了国民党政府的反动，增大了中国内战的危机。"假如赫尔利政策继续下去，美国政府便将陷在中国反动派的又臭又深的粪坑里拔不出脚来，把它自己放在已经觉醒和正在继续觉醒的几万万中国人民的敌对方面，在目前，妨碍抗日战争，在将来，妨碍世界和平。"

7月19日，新华社发表了毛泽东修改的评论《新华社记者再评赫尔利政策》。毛泽东加写了一段话："为了共同战胜日寇与建设世界和平，我们希望一切愿以平等待我的公正的美国舆论界、政府人员及军队人员积极起来纠正赫尔利式的错误政策，因为这个政策的结果只会拖延对日战争的和平与破坏世界和平。"

新华社接二连三的评论，尖锐批评赫尔利，引起了美方的注意，美国大使馆劝告中共不要批评赫尔利。7月30日，毛泽东就此致电中共中央重庆工作委员会委员徐冰、刘少文，严正指出：美国报纸经常批评外国元首，为什么中国人不能批评赫尔利？赫尔利曾经批评中共，把中共和军阀并列，并且是当作整个党来批评的，为什么中共不能批评他？"我们的批评是将美国政府与美国人民分开，又将美国政府中决定对华政策的人物与其他人员分开，又将美国政府一部分错误政策与其他正确政策分开。只要美国政府的现行扶蒋反共政策有一天能改变，我们就将停止批评这个政策，否则是不可能停止的。以上意见，请向有关方面给予解释。"

其实，不仅是中国共产党人讨厌赫尔利，说他是"草包"和"纸老虎"，就是美国人也并不喜欢他。自1944年11月赫尔利到达延安，美国驻中国的年轻外交官们都认为"丑陋的美国人的传闻就是从赫尔利开始的"。因为赫尔利的傲慢、暴躁、自大和多变的性格，以及他在中国拙劣表演的"个人外交"，美国驻华大使馆的官员都在背后叫他"胖上校"，说他是"粗鲁的傻瓜"，是一个"笨蛋"和"一个想成为伟人的草包"，有的人甚至骂他是"50%或大于50%的公牛"，是个"吹牛大王"。当赫尔利称蒋介石"Shek 先生"、称毛泽东为"Moose Dung"时，美国战略情报局给他取了一个代号叫"信天翁"。

苏联《真理报》给赫尔利贴上了"美国帝国主义分子的喉舌"的标签。美国的历史学家们则这样评论赫尔利：他是"一个装模作样的傻瓜，一个演起来像大人物的无能者，因为他没有足够的权威，因此挤占了官方的决策。他懦弱、自大，对中国一无所知，而且对上司撒谎，至少他给上司讲他们爱听的"。

然而这一切，并没有让美国杜鲁门政府改变对赫尔利的认识，也没有让国务院重新信任谢伟思。坐在从重庆返回华盛顿的飞机上，谢伟思还一厢情愿地以为"召我回国是要向我咨询重要问题或要我参加讨论有关对华政策的重要会议"。后来，赫尔利在参议院外交关系委员会就他辞职的原因作证时，还恬不知耻地说："艾奇逊和谢伟思都暗中破坏他统一中国的努力。我不能控制谢伟思，因为谢伟思说他在史迪威将军手下工作。"赫尔利还作证说："谢伟思1944年10月曾建议让国民党政府垮台。而且他还说，'在战争期间，帝国主义列强是德国和日本。今天帝国主义是英国、法国、荷兰、比利时和葡萄牙'。"赫尔利的诬陷，使谢伟思与中共的亲密接触成了"叛逆行为"。

1945年的夏天，随着美国将名叫"小男孩"和"胖子"的两颗原子弹先后投入日本广岛和长崎，第二次世界大战接近尾声。根据雅尔塔会议的秘密协议，美国与苏联已就苏联红军出兵东北以及战后分享在华利益以保证苏方和蒋介石合作达成了默契，亲蒋的"院外援华集团"和极端反苏、反共的共和党右翼开始联手向民主党政府发难，质疑是谁"丢掉了中国"。美国国内政治形势急转直下，风雨欲来。也就在这个时候，谢伟思偶尔邂逅了一位名叫菲利浦·杰弗的报人。杰弗是《美亚》杂志主编。谢伟思将自己撰写的有关中国问题的一些报告借给杰弗阅读。谁知这一无意举动，却导致飞来横祸。因为联邦调查局早就怀疑杰弗为苏联间谍，将其置于长期监控之下。谢伟思受此案牵连，蒙冤与包括杰弗在内的另外五人同时被捕，这就是著名的"美亚事件"。谢伟思一时间成了轰动全美的新闻人物，一些媒体不问青红皂白，以"赤色分子制造了史迪威和蒋介石的分裂"的大标题，歪曲报道说"共产党获得了美国机密"，给谢伟思戴上了"赤色分子"的"红帽子",错误地把他说成史迪威和蒋介石矛盾的"罪魁祸首"。[6]

当谢伟思遭逮捕的消息传到延安的时候,毛泽东亲自执笔撰写《解放日报》社论,认为这次逮捕谢伟思的行为"标志着美国对华政策的一个转折点"。毛泽东以其敏锐的观察和分析,在文章中警告说:"如果美国当局决心支持中国反动派,那他们将从中国人民那里得到其应有的教训。"随着美国政府日复一日错误地把自己和蒋介石集团捆绑在一起,美国对华政策的战车没有及时悬崖勒马而最终摔了个人仰马翻,真的"失去了中国"。

其实在1945年初,美国疏远中共的种种迹象已经显露出来。随着对中共友好的包瑞德、戴维斯等外交官调离美军观察组,美国新闻舆论对重庆的批评也突然缓和下来。美国正增加援华物资,以加速装备国民党的军队。当时,就有美国友人对在重庆的王若飞等人透露,美国政府的政策是:"第一个朋友是重庆,第二个朋友是延安,不能因为延安得罪重庆。"赫尔利一心想拿所谓的援助作为诱饵,企图用软的一手拉拢中共,换取中共同意蒋介石的谈判条件。在遭到毛泽东的拒绝后,他反过来使用硬的一手。但是,毛泽东并没有跟他一般见识,而是从全局出发,采取了十分谨慎的政策,对赫尔利的出尔反尔始终保留余地,没有立即公开地批评他,并继续保持联络和合作。

尤其是在军事方面,1944年底,毛泽东、朱德、周恩来、叶剑英曾与包瑞德上校、美国战略情报局伯德上校,就美军向敌后派遣特种部队以及在山东半岛登陆后的军事合作问题进行磋商。美方试探中共可能提供何种支援,并表示最低限度可向中共军队提供2.5万人的武器装备。毛泽东知道,这或许就是美国给共产党最大的支援了。后来事实证明,中国共产党人说到做到,中美的军事合作,成了中共单方面向美军提供帮助。据八路军总部的不完全统计,到战争结束,中共军队提供给美军经过整理的情报书面报告就有120多份,营救盟军人员主要是美军人员共102人,并为此付出牺牲军民110余人的代价。

[6] 1945年8月10日,谢伟思被大陪审团宣布无罪,但在结论中留下了"尾巴",说他"不够检点和谨慎"。不久他被派往东京,在麦克阿瑟的占领军总部外事处工作。

历史没有假设。中国人民的血也不会白流。无论是与美军观察组的交往，还是在与赫尔利斡旋期间的斗争，虽然从表面上没有让人们看到积极的外交成果，用失败二字来形容赫尔利的斡旋也不过分。但是，在这个历史的进程中，中国共产党提出的"联合政府"的主张已经深入人心，谁也无法把它抹掉。同时，中国共产党利用这样的"半独立的外交"，塑造了态势，赢得了主动，越来越多的人再也不相信国民党一党专政下的政府能给中国带来什么光明的前途，大后方的民主运动又推进到一个新的阶段。在中国，共产党事实上已处在同国民党对等的地位，并且被人们看作中国未来的希望所在。这不仅影响抗战最后阶段的国内政治形势，而且延伸到战后，在相当程度上埋下了日后国民党失败的种子。

1945年6月11日，毛泽东在中共七大第22次全体大会上致闭幕词《愚公移山》，慷慨激昂地说：

> 昨天有两个美国人要回美国去，我对他们讲了，美国政府要破坏我们，这是不允许的。我们反对美国政府扶蒋反共的政策。但是我们第一要把美国人民和他们的政府相区别，第二要把美国政府中决定政策的人们和下面的普通工作人员相区别。我对这两个美国人说：告诉你们美国政府中决定政策的人们，我们解放区禁止你们到那里去，因为你们的政策是扶蒋反共，我们不放心。假如你们是为了打日本，要到解放区是可以去的，但要订一个条约。倘若你们偷偷摸摸到处乱跑，那是不许可的。赫尔利已经公开宣言不同中国共产党合作，既然如此，为什么还要到我们解放区去乱跑呢？
>
> 美国政府的扶蒋反共政策，说明了美国反动派的猖狂。但是一切中外反动派的阻止中国人民胜利的企图，都是注定要失败的。现在的世界，民主是主流，反民主的反动只是一股逆流。目前反动的逆流企图压倒民族独立和人民民主的主流，但反动的逆流终究不会变为主流。现在依

然如斯大林很早就说过的一样，旧世界有三个大矛盾：第一个是帝国主义国家中的无产阶级和资产阶级的矛盾，第二个是帝国主义国家之间的矛盾，第三个是殖民地半殖民地国家和帝国主义宗主国之间的矛盾。这三种矛盾不但依然存在，而且发展得更尖锐了，更扩大了。由于这些矛盾的存在和发展，所以虽有反苏反共反民主的逆流存在，但是这种反动逆流总有一天会要被克服下去。[7]

七大代表、时任太岳区二地委组织部部长彭德回忆说："七大结束，举行了闭幕式。由几位老同志讲话，包括林伯渠、谢觉哉[8]、徐特立。徐特立是毛主席的老师。他说：中国近百年来受帝国主义侵略压迫，在抗日战争中，美国援助过中国的抗战，但我们知道，帝国主义从来不会诚心诚意地援助被压迫民族的解放事业。我们在这一点上，在抗日战争胜利后，必须清醒。如果我们自己不强大起来，还会挨打受压迫。徐特立说，我今年已经快70岁了，其他事我可以糊涂，在这个问题上不糊涂。大会对此报以热烈的掌声。"

正如毛泽东在七大开幕式上所言，两种中国之命运——光明的和黑暗的，已经摆在了中国人民的面前。中国人民正在跟随共产党选择光明的命运，也必将选择光明的命运。

顺便说一句，1947年4月11日，美军一天之内向延安派出了7架运输机，撤走了美军观察组的装备和物资，仅留下几辆中小型吉普车和手摇马达发电机，折价给中共，由中央军委三局验收。美军观察组一走，当天下午蒋介石就派飞机空袭了延安。杨尚昆慨叹说："毛主席第一次和谢伟思见面的预言，不幸而言中！"是的，人们还清楚地记得，1944年7月26日晚宴上，毛泽东在第一次见到谢伟思时就曾说过，抗日战争结束后，美军观察组会立即撤离延安，而这时正是国民党发动进攻和打内战的最危险的时机。

预言，不仅仅是预言。

预见，就是领导力。

毛泽东用他的预言，证明了他的领导力！

[7] 中共中央文献研究室编：《毛泽东在七大的报告和讲话集》，中央文献出版社1995年版，第235—236页。

[8] 原文如此。此处有误，谢觉哉在七大闭幕式上没有发言。

3 毛泽东说联合政府"这个口号好久没有想出来，可见找一个口号、一个形式之不易"

1945年的春天，世界反法西斯战争和中国的抗日战争处于最后胜利的前夜。国民党统治区出现了民主运动的新高潮，学生界、妇女界、文化界和民主同盟纷纷举行座谈会、讲演会和游行示威，发表宣言，呼吁召开国是会议，成立联合政府。从国际国内的形势来判断，中国共产党、毛泽东始终在思考一个极其重要的问题，那就是：战争胜利之后怎么办？

这个问题，具体反映到中共扩大的六届七中全会上，那就是毛泽东在中共七大的政治报告应该讲什么，中共应该怎么做。我们知道，在六届六中全会上，中共中央政治局决定中共七大政治报告的主题为"团结全民族争取抗战胜利"，这个主题能否与时俱进地准确反映当前和今后一个时期的中国政治面貌，同时解决中国的政治问题？更重要的是，中国共产党在这样的政治斗争面前，能否掌握主动权和领导权，这是中共七大在政治报告中必须解决的核心问题。

1945年3月31日，毛泽东主持六届七中全会全体会议，会议讨论为七大准备的政治报告草案和党章草案。毛泽东负责对政治报告的草案作说明。他开门见山地说："中国在这一次有成为独立、自由、民主、统一、富强的中国之可能，为近百年来、五四以来、有党以来所仅有。我们应该在此时机提出适当纲领，动员全国人民争取其实现，也就是团结全党全民打败日本帝国主义，建设新中国。这个纲领以前大部分是有的，现在加以综合及发挥。"

毛泽东所讲的这个纲领是什么呢？

最简单、最直接和最核心的就是四个字——"联合政府"。是的，毛泽东在中共七大的政治报告就是《论联合政府》。

在这一天的会议上，毛泽东深有感慨地说："这个口号好久没有想出来，可见找一个口号、一个形式之不易。这个口号是由于国民党在军事上的大溃退、欧洲一些国家建立联合政府、国民党说我们讲民主不着边际这三点而来的。这个口号一提出，重庆的同志如获至宝，人民如此广泛拥护，我是没有料到的。"

毛泽东为什么说"这个口号好久没有想出来，可见找一个口号、一个形式之不易"呢？现在，我们就回顾一下中共七大自筹备以来，到底是如何找到这个"口号"的，也就是说中共七大的议程到底经历了一个怎样的变化和调整的过程。

早在1930年12月通过的《中共四中全会决议案》中，就把召开七大，总结苏维埃运动经验，通过党纲和其他文件作为"最不可延迟"的任务。1931年1月的六届四中全会正式提出要召开七大。但不久，国民党军队对中央苏区进行第二次"围剿"，此后战事连绵；中共中央在上海站不住脚，转移到中央苏区；及至红军长征到达陕北，才日渐安定。1937年12月的中共中央政治局会议（即十二月会议）通过了《中共中央政治局关于召集七次全国代表大会的决议》，要求"在最近时期内"召开七大，初步规定了七大的主要议事日程，并宣布成立一个由毛泽东为主席、王明为书记的七大准备委员会。但这个委员会并未工作，也没有拿出具体的议题方案。

1938年2月27日至3月1日，中央政治局会议（即三月会议）提出，应"立刻进行具体准备"召开七大，包括：发表为召集七大告全党同志书和告全国同胞书；给地方党部发出关于七大准备工作的指示；成立大会各主要议程的报告草案委员会，责成政治局及中央同志起草报告提纲。按照会议精神，七大主要包括四项议程，第一项议程是十年结论，第二项议程是统一战线，第三项议程是职工运动，第四项议程是组织报告。这一年3月5日，任弼时受中央指派，前往莫斯科向共产国际报告中国党的问题。[9]

1938年9月29日至11月6日，扩大的六届六中全会通过了《关于召集第七次全国代表大会的决议》，提出"在不久的将来"召开，中心任务是讨论坚持抗战，争取和保证抗日战争的最后胜利问题。七大的议程再次发生改变，主要原因是任弼时去莫斯科汇报之后，共产国际认为"中共七次大会要着眼于实际问题，主要着重于抗战中的许多实际问题，不应花很久时间去争论过去十年内战中的问题"。关于总结十年经验，国际认为要特别慎重，不太赞成对十年

[9] 任弼时在汇报时，将三月会议确定的七大议事日程由四项调整为五项：一是十年斗争的基本总结和当前斗争的基本方针；二是如何组织和保障全中国人民对日抗战的胜利；三是动员工人阶级积极参加对日抗战工作；四是在新工作条件下党的建设问题；五是改选党的中央领导机关。

斗争做基本总结。于是，会议决定将第一项议程十年斗争的基本总结与第二项议程统一战线合并。与此同时，根据共产国际指示，将十二月会议规定的议程——由王明做政治报告、毛泽东做工作报告，改为由毛泽东做政治报告，王明做组织报告，不再做工作报告。

再一次研究召开七大，是在1941年3月12日的中央政治局会议上。会议初步议定在5月1日开会，议程只有三个大报告，即由毛泽东作政治报告，朱德作军事报告，周恩来作组织报告，并相应作三个决议；原定的党章报告并入组织报告，职工报告不单另报告，改为就职工问题作专门讲演；组织问题和军事工作开始准备报告材料，各种政策条例由政策委员会加快讨论，编集成册，作为大会材料。

中共中央又一次讨论召开七大，是在1943年7月17日的书记处会议上。这时整风运动早已全面展开，书记处会议向政治局提议在八至九个月内召开七大，并指定各主要抗日根据地的一些负责人来延安参加七大。这一年的8月1日，中央政治局发出《关于七大代表赴延出席大会的指示》，七大改在年底举行，要求代表"须于最近期间启程来延"。随后，中央政治局重新召开整风会议，并号召高级干部学习党史，七大再次延期。

1944年2月24日，毛泽东主持中央书记处会议，决定七大的议程为，由毛泽东作政治报告，朱德作军事问题（包括政治工作）报告，刘少奇做组织问题（包括党章修改）报告，彭德怀、陈毅、高岗各准备一发言。整风进入总结阶段以后，在5月10日召开的书记处会议上，决定立即着手七大各方面的准备，在7月内开预备会，8月内开大会；各种公开决议及发表的演讲内容，是给党员、民众和中外人士看的，须做到道理是充分的，人家驳不了的；在5月内将大会报告及指定发言的提纲写出，6月上半月写成文字；正式大会前的预备会开1个月，正式大会一部分公开举行，可邀请党外人士参加。会议确定了大会各个报告的准备委员会成员。军事问题报告准备委员会成员为朱德、彭德怀、林彪、刘伯承、陈毅、叶剑英、谭政、徐向前、贺龙、聂荣臻，由朱德负责召集；组织问题报告准备委员会成员是刘少奇、周恩来、彭真、高岗、谭政、王若飞，由刘少奇负责召集；周恩来准备在大会上作关于统一战线工作报告，统战工作报告准备委员会成员有邓颖超、陈毅、王若飞、薄一波、贾拓夫、林伯渠、林彪，由周恩来负责召集。会议还决定在七大前召开七中全会，并于5月20日左右召开首次会议。

5月21日下午2时，六届七中全会召开第一次全体会议。在全会召开前一个小时，毛泽东召集政治局会议，通报了11天前的书记处会议内容，说七中全会的任务，第一是准备七大，第二是在七大以前负责处理日常工作。会议决定七中全会期间设主席团，由书记处三位书记毛泽东、刘少奇、任弼时加朱德和周恩来组成，书记处与政治局在此期间停止工作；七大议程，除拟由毛泽东作政治报告、刘少奇作组织与党章报告、朱德作军事报告、周恩来作统一战线工作报告、任弼时作四中全会至遵义会议历史报告外，还拟安排高岗、彭德怀、陈毅分别作边区、华北、华中三个地区工作的讲演。同时，决定七大先开预备会，后开正式会（准备对外界公开报道）。毛泽东说：从六大到现在16年，要作详细的中央工作报告很难。过去联共中央向大会作工作报告，实际上就是政治报告，只解决已经成熟了的中心问题。过去中央的工作，到会的同志都是知道的。现在即使要作工作报告也不能发表，准备将过去的中央工作放在历史总结中讲。

进入9月，秋天的黄土高原多了一丝暖色调，"赤橙黄绿青蓝紫，谁持彩练当空舞"，千山万壑，如诗如画。延安的清凉山，在这秋高气爽的季节令人心旷神怡。正在进行的六届七中全会主席团会议上，毛泽东带领中共中央高层深入讨论了提议召开各党派会议成立联合政府的问题。9月15日，林伯渠代表中共在国民参政会上公开提出了成立民主联合政府的主张。

就在这个时候，国际上，英、美联军在法国诺曼底地区登陆，开辟了第二战场；在国内，中外记者西北参观团和美军观察组先后来到延安，中共与美方开始"半独立的外交"。而日本法西斯发动"一号作战"，国民党军队兵败如山倒。在国际国内形势发生如此深刻变化的情况之下，中共提出改组国民政府、成立联合政府的主张，一下子点燃了中国政治的火药桶，引爆了社会舆论。这不仅成为重庆国共谈判和在延安同赫尔利谈判的中心议题，也为起草七大政治报告提出了新的主题。从此，联合政府成为中共中央和毛泽东的重要工作抓手。

然而，蒋介石对联合政府的建议坚决拒绝。怎么办？中共中央决定两条腿走路，在11月至12月间多次在六届七中全会及其主席团会议上进行反复讨论，准备先行组织解放区联合会，作为而后组成独立政府的初步步骤；并且成立了由周恩来、林伯渠等14名共产党人和李鼎铭、续范亭等19名党外人士共同组成的筹备委员会。毛泽东在会见美军观察组组长包瑞德上校时，还试探性地通报了准备成立解放区联合委员会的想法。在包瑞德不太赞成的情况下，中央全会又重新反复讨论，决定暂缓成立解放区联合委员会，进一步明确肯定现在全国总的任务是建立统一中国一切力量的民主联合政府，其他的暂不提，同时决定即将召开的七大也要采取这种态度。

1945年2月3日，毛泽东主持六届七中全会主席团会议，进一步肯定了提出联合政府的意义。他说：去年9月提出联合政府的主张是否错了？不提，别人将提，我们反而被动。提了，蒋介石至多不理我们，我们反而主动。去年9月提出联合政府的主张是正确的。这是一个原则的转变。以前是你蒋介石的政府，我为人民。9月以后是改组政府，我可参加。联合政府仍然是蒋介石的政府，不过我们入了股，造成一种条件。为着大局，可能还要忍耐一点。如何避免缴枪，要采取慎重步骤。但要注意前途是流血斗争，绝不能剥笋，无法剥笋，要反对右的危险。党派会议是预备会议性质，是圆桌会议，不是少数服从多数。对我们提出的条件，国民党要先实行几条才能召开国是会议。蒋介石如提出召开国民大会，我们要抵制。

也就在这一天，毛泽东先后两次致电在重庆参加谈判的周恩来。因为从2月4日开始，苏、美、英三国政府首脑在克里米亚半岛的雅尔塔举行会议，所以，毛泽东在第一封电报中，告诉周恩来说：罗斯福、丘吉尔、斯大林已在开会，数日后即可见结果。苏联"红军迫近柏林，各国人民及进步党派声势大振。苏联参与东方事件可能性增长。在此种情形下，美、蒋均急于和我们求得政治妥协"。"请明白告诉国民党及小党派：除非明令废止一党专政，明令承认一切抗日党派合法，明令取消特务机关及特务活动，准许人民有真正自由，释放政治犯，撤销封锁，承认解放区，并组织真正民主的联合政府，我们是碍难参加政府的。"

接着，在第二封电报中，毛泽东说：除坚持废除党治外，请着重取缔特务、给人民真正的自由、释放政治犯、撤销对边区的包围四条。请直告赫尔利、宋子文、王世杰、张治中，"如这四条不先办到，不能证明废党治、行民主不是骗局，我们万难加入政府。因加入政府要负责任，没有先行四条，我们无从负责任，即使形式上废除党治，成立联合政府，亦将毫无用处，不过骗人的空招牌而已"。

由此可见，联合政府的原则，作为具体的纲领，它是在特定历史时期的纲领，即在抗战期内搞联合政府。这样，尽管在重庆的国共双方关于成立联合政府的谈判未能达成协议，但中共必须抓住国际国内的有利形势，坚决地提出联合政府的主张。

2月16日，在国共谈判无果的情况下，周恩来飞返延安。18日，毛泽东主持六届七中全会主席团扩大会议，听取并讨论周恩来关于联合政府问题的国共两党谈判的报告。毛泽东说：自去年9月以来，每次谈判都对我们有益，特别是这一次，因为每谈一次就孤立了一次顽固派。国民党军队现在情况与以前不同了，不但杂牌军而且中央军也开始变化了。谈判的方针我看是对的，赫尔利来时我们开了中央会议，现在还是那五条方针。国民党和赫尔利都是要我们廉价或无代价下水，我们抵制了这些东西，现在又要套我们的军队，我们也抵制了。毛泽东还说，中共要求派代表参加制定联合国宪章的旧金山会议。

在这一天的会议上，毛泽东还就联合政府的几种可能性谈了自己的看法。他说：以蒋介石为主，希腊式；以我们为主，波兰式；还有第三种可能，即蒋与我们合作的政府，这要看政府设在什么地方，若设在重庆蒋介石的刀尖上则本质上仍是蒋介石的，独裁加若干民主，这样的政府我们也要，因为可以宣传，可以做工作，但不要幻想。只要成立了联合政府，一切要由国民党、共产党、民主同盟商决。这样，他们的文章就不好做，我们的文章就好做。

3月16日，毛泽东在枣园主持六届七中全会主席团会议，讨论七大准备工作，会议决定七大正式议程为6项，即：一、毛泽东作政治报告。二、朱德作军事问题报告。政治报告和军事报告合并讨论，重要发言有周恩来讲统战问题、彭德怀讲华北情况、陈毅讲华中情况、高岗讲陕甘宁情况等。三、党章问题报告及讨论，报告人刘少奇。四、历史问题报告及讨论，报告人任弼时。五、通过各种问题决议及通电。六、选举中央委员会。

10天后的3月25日，毛泽东在主持六届七中全会主席团会议时，提出关于历史问题决议改在七中全会上讨论通过，先召集四五十人的座谈会征求意见。会议决定，为求得七大能集中注意力去讨论当前问题，也就是政治、军事、组织报告，原先拟定许多同志发言的办法取消，到会代表可根据这几项报告所提出的问题，正面地联系当地实际情况发表意见，希望在七大上不涉及历史问题，以免妨碍集中注意当前的全国问题。

"阳乌景暖林桑密，独立闲听戴胜啼。"春天来了，阳光普照大地，枣园的春色日益浓郁，红肥绿瘦，姹紫嫣红，满园关不住了。

3月31日，六届七中全会在枣园举行全体会议，讨论为七大准备的政治报告草案和党章草案。毛泽东对其负责撰写的政治报告作了说明。他指出：现在是有更大希望的时期，我们应在此时机提出适当的纲领，动员全国人民来实现。这个纲领就是动员全党全国人民打败日本侵略者，建设新中国。我们的方针是放手发动群众，这是与蒋介石有根本区别的。

中共七大政治报告如何评价国民党呢？毛泽东在报告中说：对国民党如何措辞，我曾考虑半年之久。是否采取绅士腔调如同招待新闻记者那样？那时我们的名誉很好，可是斯坦因、福尔曼对我的谈话就很不满意，那种腔调有一很大缺点，即不能说透问题，不能揭破蒋介石。《解放日报》可以那样说，但也并非天天说，我们的负责人就不宜于那样说。我在这个报告里面批评了他九分，批评很尖锐，但留了余地，有希望，虽然只占一分不足，但这一分是需要的。不留这个余地就会犯错误。对国民党抗战成绩我没有说，从科学的意义上应该说国民党是半法西斯主义，我没有说，免得为他们张目。对他们的说法我是随地而异的，其基本精神是我们的独立性更强了，但对蒋介石仍留有余地。对一切要联合的对象，我们都采取联合的态度，但也略示区别，略有批评。这一点也很重要，没有区别是不好的。中国的政治力量是两头硬中间软。惟有区别才能领导。中间派是有前途的，他们的壮大现在是对我们无害的，但他们是动摇的，他们是可以听我们的，但需要我们的坚强领导。国民党反动派也在动摇，是两面派。一面抗日，一面投降；一面联共，一面反共；一面联苏，一面反苏。蒋介石的欺骗我们都揭穿了，而且有外国人压。赫尔利来延安，美军观察组驻延安，这个影响很大，国民党特务机关也受到影响。爱金生、高桂滋这些人都说天下是我们的，文化界签名谢冰心、顾颉刚都参加了。这个报告中我没有说这样的话，但有这股神气。我们要准备迎接胜利。

同时，毛泽东对联合政府的三种可能性作了进一步的分析。他说：第一种是坏的可能性，那就是要我们交出军队，国民党给我们官做。军队我们当然是不交的，政府还是独裁的，我们去不去做官呢？我们要准备这种可能性，不应完全拒绝去做官，这是委曲求全为了团结抗战，好处是可以进行宣传。第二种可能性是形式上废止一党专政，实际上是独裁加若干民主。第三种是以我们为中心，我们的军队发展到一百五十万人以上、人口一亿五千万以上时，政府设在我们的地方。在蒋介石发展到无联合的可能时，就应如此做。这是中国政治发展的趋势和规律，我们要建设的国家就是这样一个国家。但是现在还没有，所以我只写了不管多少迂回曲折，前途是光明的。

在作《论联合政府》的说明时，毛泽东主要讲了三个大家比较关心的问题。

第一个问题是政治报告中对孙中山讲得是否太多了？毛泽东说："不多。我们要善于引用他，这没有害处，只有好处。列宁也要我们发挥他。他的遗嘱中唤起民众、联合世界上以平等待我之民族这两条是基本策略，他关于民主讲得最好，为一般平民所共有。美国共产党现在把华盛顿、林肯都当作自己的旗帜，我们就有孙中山，而且有一段姻缘，曾经和他合作过。内战时期不讲他不能怪我们，因为那时我们被打倒在地上，不把孙中山丢开自己就站不起来，如同五四时期打倒孔家店一样。现在不同了。对党内一些人存在不尊重孙中山的情绪，应该说服。"

第二个问题是政治报告中要不要讲共产主义？毛泽东说：报告中讲共产主义，我删去过一次又恢复了，不说不好。关于党名，党外许多人都主张我们改，但改了一定不好，把自己的形象搞坏了，所以报告中索性强调一下共产主义的无限美妙。农民是喜欢共产的，共产就是民主。报告中对共产主义提过一下以后，仍着重说明民主革命，指出只有经过民主主义，才能达到社会主义，这是马克思主义的天经地义。这就将我们同民粹主义区别开来，民粹主义在中国与我们党内的影响是很广大的。这个报告与《新民主主义论》不同的，是确定了资本主义的广大发展，又以反专制主义为第一。蒋介石不是什么旧民主主义，而是专制主义。资本主义的广大发展在新民主主义政权下是无害有益的，而且报告里也说明了有三种经济成分。国有资本主义在苏联也存在了好几年，十月革命后列宁就想要有一个国家资本主义的发展而未得，富农存在得更久一些。

第三个问题是关于一般纲领与具体纲领。毛泽东说："一般纲领与具体纲领，这个区别以前没有指出，其实大革命时期、内战时期、抗战时期的一般纲领都没有改变，以后还可以用若干年。工农民主专政是新民主主义的本质。具体纲领在各个阶段是不同的。联合政府是具体纲领，它是统一战线政权的具体形式。这个口号好久没有想出来，可见找一个口号、一个形式之不易。这个口号是由于国民党在军事上的大溃退、欧洲一些国家建立联合政府、国民党说我们讲民主不着边际这三点而来的。这个口号一提出，重庆的同志如获至宝，人民如此广泛拥护，我是没有料到的。"

在讨论中，与会同志都表示完全同意毛泽东的报告和说明意见，并对报告作了高度评价。董必武说：我们提的纲领这样完善，蒋介石他们再提也很难超出我们的范围。吴玉章说：毛主席的这个报告可比于列宁的《四月提纲》，现在国际国内的形势都成熟了，党外的人都同意我们联合政府的主张，要集中全党精神，团结全党力量来实现党的纲领，迎接新的胜利。在对这个方案付诸表决时，全体一致通过毛泽东准备在七大所作的政治报告《论联合政府》提出的方针。

现在，从上述中共七大会议议程的变化尤其是七大政治报告主题的变化，我们可以看出来，也终于可以理解，毛泽东所说的"找一个口号、一个形式之不易"。

确实，太不容易了！

毛泽东为了中共七大能够在团结中胜利召开，真是操碎了心，倾注了全部的心血。而从1944年9月开始提出联合政府的主张，到1945年3月31日中央全会通过《论联合政府》的政治报告，前前后后才半年时间，毛泽东自己动笔写出了如此高质量的政治报告草案，真是令人敬佩，不愧是大手笔。在这天的会议上，毛泽东诚恳地说："如果同志们同意这些基本观点，政治报告修改后可以印发，我已修改了八次。"

从提倡实事求是、改造我们的学习、总结历史经验，到发动整风审干和大生产运动，再到提出七大的路线方针政策、中央委员会选举和组成，毛泽东集中全党智慧创造性地提出马克思主义中国化的科学命题，不仅为七大奠定了思想基础，同时也在政治上、组织上为七大开成团结的大会、胜利的大会打下了坚实的基础。

查阅历史档案，我们可以看到，在中共七大筹备和召开期间，毛泽东在公开大会上所作的报告、讲话有10次之多，从大会的开幕词到闭幕词，从阐述大会方针到作政治报告，从对政治报告的说明到论述大会选举工作的方针，这也创造了中共党史的记录。

历史是一本教科书。回望七大的历史，更像是在阅读一本智慧之书。七大报告的起草工作有一个十分突出的特点，那就是既要领导自己动手，又要发挥集体智慧。毛泽东更是身体力行。起草文件、指示、报告、文章，毛泽东向来都是自己动手。多谋善断的他提倡

"要亲自动手，不要秘书专政"，要求领导干部要亲力亲为，要有自己的头脑，不能一切都依靠秘书，让秘书代劳，但不是说做任何事情都不与秘书商量、讨论，或征求意见，而应该做到"多谋善断"。七大秘书处处长曹瑛回忆说："为了召开七大，中央政治局和中央书记处，很早就决定在大会上由毛泽东作政治报告，朱德作军事报告，刘少奇作修改党章的报告，周恩来作统一战线工作的重要发言。中央书记处还决定，要写一个《关于若干历史问题的决议》，由任弼时负责。这样，大会之前要起草5个重要文件。那时起草文件不像现在有专门的写作班子，而是领导亲自动手，最多由秘书做些记录和誊抄，并帮助找一些资料，查一些文献。刘少奇的《关于修改党章的报告》第一稿就是王发武誊抄的，任弼时起草的《关于若干历史问题的决议》是张树德帮助记录和抄写的。文件写好后，中央书记处召开会议，一个文件一个文件地讨论研究，反复修改。这些会议我都参加了，都是由我记录。"[10] 因此，毛泽东同时又强调大会报告的起草，要注意集思广益，主张大会的重要报告都由一位主持人负责，集体讨论、研究、修改、完善，以便充分发扬民主，发挥集体的力量，集中大家的智慧，而不赞成一个人完成一个文件起草。

早在1944年5月10日，中共中央书记处会议决定：七大凡公开的决议及发表的演讲内容必须是能给党员、民众和中外人士看的；必须是说理的，人家驳不倒的；必须是已经成熟的中心问题。事实上，在中共七大准备过程中，毛泽东所作的书面政治报告《论联合政府》，朱德所作的军事报告《论解放区战场》，刘少奇所作的《关于修改党章的报告》，周恩来所作的《论统一战线》的重要发言，都是在他们自己动手起草后，经过集体讨论和反复修改而成的。毛泽东所作的书面政治报告没有成立专门的准备委员会，而是由中共六届七中全会主席团和全会讨论、修改的。

善于纳谏，从善如流，毛泽东极其注意听取大家的意见。任弼时在认真阅读《论联合政府》讨论稿后，提交了自己的书面修改意见：建议在国民党统治区有关段落中分析一下国民党的成分，区别其领导成分和下层广大党员群众，说明统治集团代表的是大地主和

[10] 中共中央党史研究室第一研究部编：《七大代表忆七大》（下），上海人民出版社2006年版，第1210页。

买办阶层的利益；强调中共是中国政治生活中的主要决定因素；说明中国人民在抗战胜利中应完全摆脱帝国主义的束缚压迫；等等。这些意见和建议，受到毛泽东的重视和采纳，吸取到了文稿中。

根据七大主席团的要求，《论联合政府》在中央全会通过之后，下发给七大代表人手一册，征求意见。代表们充分发扬民主，畅所欲言，热烈讨论，一字一句地认真研究。《论联合政府》等报告经过修改完善才最后定稿。因为毛泽东和大会主席团对大会文件非常重视，做了比较充分的准备，代表们在阅读后没有提出大的修改意见，但小的意见还是有的。比如，有代表提出，《论联合政府》中两段话意思一样，但用词不同。第一段中是"将中国建设成为一个独立、自由、民主、统一和富强的新中国"，在后面讲到中国两个前途时又变成"将中国建设成为一个独立、自由、民主、统一和强盛的新中国"。一个富强，一个强盛，意思差不多，但前后的提法不统一，最好能统一起来，把"强盛"改为"富强"。毛泽东听到大会秘书组报告后，高兴地说："提得好，马上改过来。"一个词语的改动，让代表们感受到领袖的民主作风，精神倍受鼓舞。

七大代表、时任毛泽东秘书胡乔木回忆说：《论联合政府》，发给大会代表，每人一册。这个书面报告，分析了国际国内形势，总结了抗战中两条路线的斗争，阐述了中国共产党的一般纲领和具体纲领，并指出了中国人民应当争取打败侵略者、建设新中国的前途。书面报告的内容很丰富。现在读起来，仍能被其深邃的思想、精辟的分析、严谨的逻辑和高屋建瓴的气势所吸引。报告中有许多重要思想至今仍很有意义。[11]

毛泽东在《论联合政府》中到底都写了啥？说了啥呢？

《论联合政府》共分五个部分，即：一、中国人民的基本要求；二、国际形势和国内形势；三、抗日战争中的两条路线；四、中国共产党的政策；五、全党团结起来，为实现党的任务而斗争。报告分析了国际国内形势，比较了国共两党的不同抗战路线，全面论述了中国共产党的政策。报告指出加强党的领导是胜利的关键，并深刻地阐述了党的三大作风，即理论和实践相结合的作风、和人民群

[11] 胡乔木：《胡乔木回忆毛泽东》(增订本)，人民出版社2014年版，第376页。

众紧密地联系在一起的作风以及自我批评的作风。并指出，我们共产党人区别于其他任何政党的又一个显著的标志，就是和最广大的人民群众取得最密切的联系。全心全意地为人民服务，一刻也不脱离群众；一切从人民的利益出发，而不是从个人或小集团的利益出发；向人民负责和向党的领导机关负责的一致性，这些就是我们的出发点。报告完整地阐述了党的三大作风，丰富和发展了马克思主义关于党的建设的学说，对于夺取抗日战争的最后胜利、建立新中国，具有重要意义。

其中，第三部分《抗日战争中的两条路线》阐述了12个方面的问题，即中国问题的关键、走着曲折道路的历史、人民战争、两个战场、中国解放区、国民党统治区、比较、"破坏抗战、危害国家"的是谁、所谓"不服从政令、军令"、内战危险、谈判、两个前途。

其中，第四部分《中国共产党的政策》阐述了5个方面的问题，即我们的一般纲领、我们的具体纲领、中国国民党统治区的任务、中国沦陷区的任务、中国解放区的任务。在我们的具体纲领中主要讲了10个问题，包括：第一，彻底消灭日本侵略者，不允许中途妥协；第二，废止国民党一党专政，建立民主的联合政府；第三，人民的自由；第四，人民的统一；第五，人民的军队；第六，土地问题；第七，工业问题；第八，文化、教育、知识分子问题；第九，少数民族问题；第十，外交问题。

在这份政治报告中，毛泽东清晰地指出了中国抗日战争的两条路线：国民党政府压迫中国人民实行消极抗战的路线和中国人民觉醒起来团结起来实行人民战争的路线。这两条路线，或者是人民的全面的战争，这样就会胜利；或者是压迫人民的片面的战争，这样就会失败。同时，毛泽东又指出，战争将是长期的，必然要遇到许多艰难困苦；但是由于中国人民的努力，最后胜利必归于中国人民。紧接着，毛泽东对国民党战场和解放区战场这两个战场、中国解放区和国民党统治区这两个区域进行了翔实论述和客观比较，让人民看清楚"破坏抗战、危害国家"的到底是谁，批评国民党当局无理责备中共所谓的"不服从政令、军令"，其实本质就是坚持独裁和内战的反动方针,"如果国人不加注意,不去揭露它的阴谋,阻止它的准备,那末,会有一个早上,要听到内战的炮声的"。

接着,毛泽东从国际国内整个形势来分析,指出中国存在好的和坏的两个前途——"继续法西斯独裁统治,不许民主改革;不是将重点放在反对日本侵略者方面,而是放在反对人民方面;即使日本侵略者被打败了,中国仍然可能发生内战,将中国拖回到痛苦重重的不独立、不自由、不民主、不统一、不富强的老状态里去。这是一个可能性,这是一个前途";第二个前途,"就是克服一切困难,团结全国人民,废止国民党的法西斯独裁统治,实行民主改革,巩固和扩大抗日力量,彻底打败日本侵略者,将中国建设成为一个独立、自由、民主、统一和富强的新国家"。

讲到这里,毛泽东充满希望和信心地告诉大家:"我们希望国民党当局,鉴于世界大势之所趋,中国人心之所向,毅然改变其错误的现行政策,使抗日战争获得胜利,使中国人民少受痛苦,使新中国早日诞生。须知不论怎样迂回曲折,中国人民独立解放的任务总是要完成的,而且这种时机已经到来了。一百多年来无数先烈所怀抱的宏大志愿,一定要由我们这一代人去实现,谁要阻止,到底是阻止不了的。"

众所周知,在国民党统治区,在国外,由于国民党当局的封锁政策,很多人被蒙住了眼睛。国民党政府非常害怕解放区的真实情况泄露出去,所以在1944年中外记者西北参观团自延安回去之后,立即将大门堵上,不许一个新闻记者再来解放区。对于国民党区域的真相,国民党政府也是同样地加以封锁。因此,导致国共两党争论、谈判,在有些人眼里似乎不过是一些不必要的、不重要的,甚至是意气用事的争论。毛泽东提醒中国人民,国共两党的争论是关系着几万万人民生死问题的原则的争论。

那么,中国共产党的主张是什么呢?在《论联合政府》的第四部分,毛泽东详细地阐述了中国共产党的政策。他开宗明义地指出:"我们主张在彻底地打败日本侵略者之后,建立一个以全国绝对大多数人民为基础而在工人阶级领导之下的统一战线的民主联盟的国家制度，我们把这样的国家制度称之为新民主主义的国家制度。"

中国共产党为什么采取这个主张呢？毛泽东说："在彻底消灭日本侵略者和建设新中国的大前提之下，在中国的现阶段，我们共产党人在这样一个基本点上是和中国人口中的最大多数相一致的。这就是说：第一，中国的国家制度不应该是一个由大地主大资产阶级专政的、封建的、法西斯的、反人民的国家制度，因为这种反人民的制度，已由国民党主要统治集团的十八年统治证明为完全破产了。第二，中国也不可能、因此就不应该企图建立一个纯粹民族资产阶级的旧式民主专政的国家，因为在中国，一方面，民族资产阶级在经济上和政治上都表现得很软弱；另一方面，中国早已产生了一个觉悟了的，在中国政治舞台上表现了强大能力的，领导了广大的农民阶级、城市小资产阶级、知识分子以及其他民主分子的中国无产阶级及其领袖——中国共产党这样的新条件。第三，在中国的现阶段，在中国人民的任务还是反对民族压迫和封建压迫，在中国社会经济的必要条件还不具备时，中国人民也不可能实现社会主义的国家制度。"

因此，毛泽东认为，新民主主义的国家制度，是一个真正适合中国人口中最大多数的要求的国家制度。在这个制度下，通过合理调节工人、农民和城市小资产阶级、民族资产阶级、开明绅士及其他爱国分子的阶级矛盾，可以共同完成新民主主义国家的政治、经济和文化建设。接着，毛泽东极其科学、理性、冷静地阐述了中国共产党的最低纲领与最高纲领问题，诸多理论观点和论断至今依然闪耀着马克思主义真理的光芒。原文抄录如下：

> 我们共产党人从来不隐瞒自己的政治主张。我们的将来纲领或最高纲领，是要将中国推进到社会主义社会和共产主义社会去的，这是确定的和毫无疑义的。我们的党的名称和我们的马克思主义的宇宙观，明确地指明了这个将来的、无限光明的、无限美妙的最高理想。每个共产党员入党的时候，心目中就悬着为现在的新民主主义革命而奋

斗和为将来的社会主义和共产主义而奋斗这样两个明确的目标，而不顾那些共产主义敌人的无知的和卑劣的敌视、污蔑、谩骂或讥笑；对于这些，我们必须给以坚决的排击。对于那些善意的怀疑者，则不是给以排击而是给以善意的和耐心的解释。所有这些，都是异常清楚、异常确定和毫不含糊的。

但是，一切中国共产党人，一切中国共产主义的同情者，必须为着现阶段的目标而奋斗，为着反对民族压迫和封建压迫，为着使中国人民脱离殖民地、半殖民地、半封建的悲惨命运，和建立一个在无产阶级领导下的以农民解放为主要内容的新民主主义性质的，亦即孙中山先生革命三民主义性质的独立、自由、民主、统一和富强的中国而奋斗。我们果然是这样做了，我们共产党人，协同广大的中国人民，曾为此而英勇奋斗了二十四年。[12]

[12] 中共中央文献研究室编：《毛泽东在七大的报告和讲话集》，中央文献出版社1995年版，第53—54页。

毛泽东讲得多好啊！把如何正确处理中国共产党的最低纲领与最高纲领之间的关系说清楚了，讲得既尖锐又深刻，值得深思。

经典，管用。这就是毛泽东思想的精髓！的确，像胡乔木所说的那样，即使今天静下心来阅读《论联合政府》，"仍能被其深邃的思想、精辟的分析、严谨的逻辑和高屋建瓴的气势所吸引。报告中有许多重要思想至今仍很有意义"。由此可见，能够穿越时间和空间的从来不是物质，而是思想。

值得一提的是，毛泽东在阐述具体纲领10个方面内容（相关内容本书后面有相应叙述）之后，强调说："再说一遍，一切这些具体的纲领，如果没有一个举国一致的民主的联合政府，就不可能顺利地在全中国实现。"接着，他说了一段极具斗争精神且十分强势的自信的话：

中国共产党在其为中国人民的解放事业而奋斗的二十四年中，创造了这样的地位，就是说，不论什么政党或社会集团,也不论是中国人或外国人,在有关中国的问题上,如果采取不尊重中国共产党的意见和态度,那是极其错误而且必然要失败的。过去和现在都有这样的人,企图孤行己见,不尊重我们的意见,但是结果都行不通。这是什么缘故呢?不是别的,就是因为我们的意见,符合于最广大的中国人民的利益。中国共产党是中国人民的最忠实的代言人,谁要是不尊重中国共产党,谁就是实际上不尊重最广大的中国人民,谁就一定要失败。"[13]

[13] 中共中央文献研究室编:《毛泽东在七大的报告和讲话集》,中央文献出版社1995年版,第84页。

因为国民党当局反对共产党提出、民主同盟积极响应的成立联合政府的政治主张,毛泽东就策略性地在七大书面政治报告《论联合政府》中向各解放区人民提议,"尽可能迅速地在延安召开中国解放区人民代表会议,以便讨论统一各解放区的行动,加强各解放区的抗日工作,援助国民党统治区人民的抗日民主运动,援助沦陷区人民的地下军运动,促进全国人民的团结和联合政府的成立"。

七大代表、时任陕甘宁晋绥联防军政治部秘书长杜平回忆说:"毛主席在七大会议上一次次讲话和报告,我总的感受是太精彩了!特别是毛主席著名的《论联合政府》的政治报告,他当时并没有在大会宣讲,而是印发给我们的。我拿到这份报告就日以继夜地学习,直到会议结束时,报告中的很多内容,我都能背出来。"

作为书面政治报告,因为在七大召开前就已经征求过代表们的意见,所以就成为大会提交的文件,在开幕之日正式印发,不再宣读了。因此,按照会议议程,毛泽东4月24日又作了一个口头政治报告。

在这个口头政治报告中,毛泽东就《论联合政府》中提出的问题尤其是报告里没有展开的问题,作了深入的阐述,主要讲了三个问题,即路线问题、政策的几个问题、关于党内的几个问题。其中在讲到政策方面的问题时,毛泽东先后讲了11条,包括一般纲领与具体纲领、关于孙中山、关于资本主义、关于共产主义、关于国民党、关于改造旧军队、关于我们的军队、扩大解放区、准备转变、军队与地方和召开中国解放区人民代表会议。

就召开解放区人民代表会议的问题，毛泽东作了较为深入的说明。他说："召集这样一个会议，是我们大会向各解放区人民的提议，这是一件大事。报纸上还没有公布。现在只能是召集代表会议，代表不是普选的，是由军队、政府、民众团体选派的，这样简便一些。开人民代表大会就要调查年龄、有没有选举权等，普选还是在战争结束后搞比较好。当然要搞也可以搞，现在各解放区也有普选，但是这次我们要求比较快，不能太慢了。决定召集这个会议，要准备召开以后发表宣言，作决议案，建立经常的领导机关，这个机关不叫政府，而叫'中国人民解放联合会'。这是我们拟定的、心里设想的东西，报纸上现在不登，也不写，只在这里讲一讲。要召集会议作出决议案，发出宣言，打电报给委员长，请他组织联合政府。同志们！我那个政治报告名叫《论联合政府》，关于这个问题我今天讲得很少，在这里就讲一下。请委员长组织联合政府，我们请了没有呢？请过多次了，前些日子周恩来同志去请过，我们《解放日报》、新华社不是几天就请一次吗？你每请一次，他总是摇头，不大高兴。他说组织联合政府就是要'推翻政府'。组织联合政府怎么就是推翻政府呢？我们说是和他联合，他说是要推翻他的政府。我们说开党派会议，他就叫'分赃会议'，他说他的政府是赃，不赞成人去分。周恩来同志同蒋介石讲：'孙中山先生讲过，将来要召集国民会议。'他就说：'你们把我的政府当作北洋军阀的政府，你们就是总理！'那个人实在难得讲理，还有一点流氓脾气，比较坏。"

接着，毛泽东说了一段特别霸气的狠话：

> 我们召开解放区人民代表会议，党外人士要占大多数。我们准备选举一个机关，它的名称叫什么好，大家都想一想，你们想的也许很好。现在拟定的名称叫"中国人民解放联合会"。国民党有一个政府，我们避免对立，所以叫"中国人民解放联合会"。要解放中国人民，谁人敢讲不要解放呢？人民都有抗日的权利，都要争取这个权利，

反动派如干涉进步，取消人民的抗日权利，是绝对不许可的。提起这样的事情，有些人会骂我们"称王称霸"，我们就是称王称霸，是称解放之王，称解放之霸。什么人敢不要我们解放！[14]

显然，毛泽东在这里讲得已经很清楚了，召开中国解放区人民代表会议成立"中国人民解放联合会"，其实也是一个过渡，是针对国民党当局反对成立联合政府的权宜之计，是战略中的策略。

5月31日，毛泽东在中共七大第19次全体会议上作关于政治报告讨论的结论，在讲党内若干思想政策问题时，对13个方面的问题作出了结论性的报告。其中第10个问题讲的就是关于中国人民解放联合会。毛泽东说："我们的文件上说，要召集解放区人民代表会议，这个会议一开，就要搞一个中国人民解放联合会，或者叫解放区人民联合会。中国要解放，所以叫解放联合会。它是不是一个政权机关呢？我们已经打了电报告诉各地，这不是第二个中央政府，和内战时期我们成立的苏维埃中央政府不同，和那时组织苏维埃中央政府的情形也不同。它的名称不叫政府，叫解放联合会。它是不是有政权机关的性质？我们说它有发号施令的职权，是带有政权机关性质的，是为了联合各解放区而奋斗的过渡时期的组织形式。什么时候召集呢？大概在11月份。"[15]

与此同时，毛泽东在这里还强调了党外合作的问题。他要求"全党要注意同党外人士的合作，并且要加强这个合作，使我们能联合更多的人，联合得更好"。毛泽东说："统一战线是一门专门科学，我们党内有很多人还没有学会，很多人不善于同党外人士合作，我们要学会这一门科学。"[16]

七大代表、时任绥德分区专员的杨和亭清楚地记得，绥德地委书记习仲勋和他带领绥德地区代表来到延安参加七大。大会期间，为了帮助从事地方实际工作的七大代表做好各个地方工作，毛泽东专门在枣园用了一天时间约各地委书记和专员谈话，给他们讲了"三三制"[17]和统一战线工作的问题。毛泽东说："在我们周围，党

[14] 中共中央文献研究室编:《毛泽东在七大的报告和讲话集》，中央文献出版社1995年版，第140页。

[15] 中共七大结束后，1945年7月13日，各解放区、各人民团体以及八路军、新四军等各方面的代表，曾在延安开会，成立"中国解放区人民代表会议筹备委员会"。日本投降后，因为时局的变化，中国解放区人民代表会议没有召开。

[16] 中共中央文献研究室编:《毛泽东在七大的报告和讲话集》，中央文献出版社1995年版，第223页。

外人士总是多数，党员人数总是少数。因此，很多工作要靠党外人士去做，不能光靠党员来包办。搞'清一色'倒容易，但'清一色'不容易成功啊！"他还说："统一战线，这是一大法宝。我们党员是少数，要靠党外人士做工作，要和党外人士搞好团结。"

在那个历史的现场，成立联合政府到底有没有希望呢？毛泽东早就做好了两手准备。他实事求是地告诉中共七大代表们："我们要尽量争取。将来如果能成立解放区人民联合会，还是要打电报请他（指蒋介石，引者注）组织联合政府。我们总是请，但他总是不出来，就像新媳妇一样不肯上轿。那怎么办呢？你不出来我们就请，你还不出来我们就再请，在没有全面破裂以前我们还是要请，明天早晨破裂，今天晚上我们也还要请。"

瞧！毛泽东就是这么幽默风趣。

蒋介石在这样的幽默和风趣面前，又该怎么办呢？

在七大上，毛泽东也代表蒋介石给了代表们一个答案。他说："有的同志问，我们这个《论联合政府》的报告发表后，对于国民党的大会（指国民党六大，引者注）以及在外面起了何种影响？最近我们才收到报告，是起了影响的。《论联合政府》小册子在重庆发了3万份，每一个《新华日报》的读者都能看到，有些平时不看《新华日报》的人这回也看了，有人一晚上没有睡觉看完了这个小册子。蒋介石是很不喜欢的，他说是国民党有史以来最大之耻辱，大概他们那个大会也有一部分人认为是国民党的最大耻辱。蒋介石侍从室的秘书陈布雷看了这本书说，只有两个字，就是'内战'。他们要打内战，要消灭我们。但是在他们的很多代表中这个小册子是发生了影响的，说共产党有办法，说得头头是道，别看国民党有几百条，但没有办法。"

此时此刻，杨家岭中央大礼堂已经被中共七大代表们热烈的欢呼声和掌声所覆盖。就在中共750多名代表会聚延安杨家岭，在民主、和谐、团结的热烈氛围中，情绪高涨地为中国革命的前途畅所欲言的时候，国民党的第六次全国代表大会也同时在重庆召开了。正如毛泽东所言，国民党蒋介石还真是没有办法。不仅没有办法，

[17]"三三制"是中国抗日战争时期在根据地建立的抗日民主政权在人员组成上采取的制度。是中国共产党的抗日民族统一战线政策的具体体现。对于孤立顽固势力，发展进步势力，争取中间势力，打败日本侵略者发挥了重要作用。根据"三三制"的规定，在政权机构和民意机关的人员名额分配上，代表工人阶级和贫农的共产党员、代表和联系广大小资产阶级的非党左派进步分子与代表中等资产阶级、开明绅士的中间分子各占三分之一。为防止地主豪绅钻进政治机关，规定基层政权的成分可以依据实际情况酌情变通。这一制度对团结抗日、推动全国的民主化，反对蒋介石的一党专政起到了积极作用。

而且方寸大乱。《论联合政府》发表后，一下子把原本想与共产党七大唱对台戏的国民党六大打乱了，其原本已经准备好的大会宣言不得不重新改写，原本准备开10天到5月15日结束的会议不得不延迟一周到21日才闭幕。

延安，中国革命的红都；重庆，国民政府的陪都。一个生气勃勃，一个苟延残喘，中国现代史上两个最主要的政党就这样一个在西北、一个在西南，以开大会的形式唱起了"对台戏"。对这样的叫板，毛泽东似乎觉得还不过瘾。生性爱挑战的他，不想放过这样的机会，既然同在中国这个大舞台上演出，那就是骡子是马拉出来遛遛。于是毛泽东立即授意秘书胡乔木给《解放日报》写一篇社论，将中共的七大和国民党的六大来比一比。

经过一个晚上的挑灯夜战，胡乔木在对国民党六大文件做了研究之后，这篇题为《评国民党大会各文件》的社论在5月31日的《解放日报》发表了。胡乔木开门见山地将国民党六大文件分成三类："第一类是反动的，第二类是'漂亮'的，第三类是看似'漂亮'，实质却是反动的。"在这篇评论的最后，胡乔木得出了这样的结论：

> 现在在中国人民面前，同时开了两个大会，同时发表了两套文件，这对于中国人民是一种幸运，因为便于比较选择。每一个客观地比较过的人，都会很快发现：共产党大会的文件，其内容是一贯的，它从事实与逻辑的分析出发，它不说中国人民在现在条件下不能做、不必做以及不准备做的事，它所提出的任务坦白、确定，而且有切实可靠的行动基础。相反地，国民党大会的文件，其内容是矛盾的，反动的和表面"漂亮"实质反动的东西支配着并取消着"漂亮"的东西；它没有事实与逻辑的分析；因而它所规定的工作，如果不是不应做的，就是不能做的，或者虽然应做能做，但是不准许有实行的前提；因而它的措辞也就既武断，又暧昧。它是武断的，因为它不可能诉之于事实与逻辑；它又是暧昧的，因为它不敢坦白、确定地

诉之于群众，而只能乞灵于两面三刀的官样文章与阴谋词令。人民是善于判断的，历史是善于判决的，法西斯必须在全世界消灭，而民主必须在全世界胜利。国民党当局如果始终坚持它的反动政策，不管他们自恃有什么"奥援"而冲昏头脑，他们就只能在人民的伟大奋斗中找到自己的失败。[18]

[18] 胡乔木：《胡乔木文集》第1卷，人民出版社2012年版，第170—171页。

几十年后，胡乔木对自己写的这篇社论评价说："当时的这篇评论对国民党六大采取了非常'客气'的态度。历史为这两个大会做了结论，对国民党六大是报之以无情的否定。"

26天前的5月5日，也就是在国民党六大开幕之日，《解放日报》发表社论《中国人民胜利的指南——读毛泽东同志的〈论联合政府〉》。社论指出："毛泽东同志这个中国人民的舵手，在欧洲反法西斯战争已经基本上胜利结束，全世界的目光转到东方的反法西斯战争的战场上来，以及转到战后世界和平的问题上来的时候，代表中国共产党的中央委员会，向全党提出这个政治报告，其重要性就不仅限于一个中国共产党的范围，不仅限于中国一个国家的范围，而且对于全世界都有其重要性。毫无疑义，在全中国、全世界，不论是共产党人或非共产党人，不论是我们的朋友或敌人，都会深刻注意这个文献，都会加以仔细的研究，都会得出其自己的结论。"

5月14日，刘少奇在中共七大作《关于修改党章的报告》时，开宗明义地指出："毛泽东同志在党的第七次全国代表大会的报告中，对于目前国际、国内形势，作了一个深刻的英明的分析，对于八年来中国民族的抗日战争以及我们党在抗战中所坚持奋斗的路线，作了一个全面的总结，对于如何动员与统一中国人民一切力量，最后战胜日本侵略者，以及在战胜日本侵略者以后，如何建设一个独立、自由、民主、统一和富强的新中国，制订了全国人民和一切民主党派共同奋斗的伟大的纲领。毛泽东同志的报告，是中国人民战斗的胜利的号召，是建设新民主主义共和国的大宪章。"

5月31日，在中共七大第19次全体会议上，毛泽东作完政治报告讨论结论后，大会通过了中共七大《对于政治报告的决议案》，全文如下："大会完全同意毛泽东同志的政治报告《论联合政府》，并认为必须将报告所提出的任务，在全党的实际工作中予以实现。"

4 毛泽东告诫：我们开这个会，不是决定割头！这个头割不得！还是执行"洗脸政策"

看到中共七大4月23日在延安开幕了，国民党立即跟共产党唱起了"对台戏"，于5月5日在重庆开起了六大，大会的口号是"精诚团结、天下为公，统一意志"，听起来也十分响亮。出席会议的正式代表600人，列席代表162人，前届中央执、监委员，候补委员149人也作为正式代表出席会议，代表人数似乎也跟共产党的规模差不多。会议通过了《对于中共问题之决议案》，强调当务之急在于团结本党，建立反共体系，为发动反共内战制造舆论。国民党六大，开在全国人民迫切要求废止国民党一党专政，成立联合政府、实现民主团结、加强对日作战、反对内战危机的时候，开在中国共产党第七次全国代表大会已将全国人民的要求加以总结和宣布的时候，这种逆潮流而动的会议，给希望国民党有所改进的国民党员与国内外人士带来的只有失望。国民党六大在拒绝成立联合政府的同时，决定11月12日召集国民党当局一手包办的所谓国民大会，坚持独裁的反人民的"统一"，准备随时把"妨碍抗战、危害国家"的帽子戴在共产党头上，走上了一切问题实行武力解决，准备内战的道路。

毫无疑问，国民党六大这台"对台戏"是选错了时间、看错了时势，其作出的所谓民主姿态其实是伪善之举，自己把戏给演砸了。

现在，让我们回到延安，回到杨家岭，再来看看中共七大。

从大会的议程来看，七大的会期一开始并非为50天，而是因为在会议期间，诸多代表团的代表主动要求发言，才延长会期的。

在1945年4月23日开幕这一天，共有8个人讲话或作报告，先后分别是任弼时、毛泽东、朱德、刘少奇、周恩来、林伯渠、冈野进和彭真。毛泽东作的是《两个中国之命运》的开幕词，彭真作的是《关于代表资格审查的报告》。

此后，大会议程安排了3个主要报告，即毛泽东作的书面政治报告《论联合政府》和口头政治报告、朱德作的军事报告《论解放区战场》、刘少奇作的《关于修改党章的报告》。随后周恩来、彭德怀、陈毅、高岗、张闻天、康生、博古、彭真、聂荣臻、杨尚昆、陈云、李质忠、陆定一、刘伯承、朱瑞、古大存、李富春、乌兰夫、冈野进、朴一禹、林彪、马凤舞、刘澜波、张鼎丞、傅钟、叶剑英等作了大会发言。从这些发言的主题、方向和内容来看，都是大会精心筹备、谋划和选择的结果，具有代表性、针对性、前瞻性和指导性。

其中，周恩来的《论统一战线》，看似是大会发言，实际上也具有大会报告性质。周恩来是在4月30日中共七大第5次全体会议上发言的。

在报告中，周恩来开门见山地说："自从我们党提出抗日民族统一战线的主张，到去年提出联合政府的主张，有了发展，实际上是一个东西。联合政府就是抗日民族统一战线在政权上的最高形式。国民党对于我们的主张，不管是抗日民族统一战线也好，民主共和国也好，联合政府也好，总是反对的。因为他是站在极少数人的利益的立场上，反对我们代表的极大多数中国人民的利益。毛泽东同志在《论联合政府》的政治报告中告诉我们，这是两条路线的斗争。一方面是国民党政府压迫中国人民实行消极抗战的路线，另一方面是中国人民觉醒起来团结起来实行人民战争的路线。"

随后，周恩来在报告中将抗日民族统一战线分为5个阶段，进行了回顾和分析，即：第一个阶段是从"九一八"到西安事变；第二个阶段是从西安事变到"七七"事变；第三个阶段是从"七七"事变到武汉撤退；第四个阶段是从1939年国民党五中全会到1944年国民参政会召开；第五个阶段是从中共联合政府口号提出到现在中共七大召开。作为中共抗日民族统一战线的忠实执行者，周恩来是代表中共与国民党在前线直接打交道的最佳人物，扮演了一个在国共谈判的历史活剧中无与伦比无可替代的鲜亮角色。

中共七大代表、曾任太岳区委宣传部部长、时任《解放日报》评论组组长的高扬文回忆说："周恩来在4月30日作了《论统一战线》专题发言。这个发言与其他同志在大会的发言是不同的，不是自由发言，而是七大以前党中央指定要讲的。因为'统一战线'是我们党克敌制胜的'三大法宝'之一（其他两大法宝是武装斗争、党的建设），自党诞生那天起，就有与无产阶级以外的各阶级各党派进行统一战线的问题。特别是与国民党孙中山时代和蒋介石时代，有成功的经验（与孙中山），更有严重斗争的经验教训（与蒋介石），全党同志必须对统一战线这一法宝有深刻的理解，接受过去的经验教训，才能既有原则性又有灵活性地运用这个法宝，团结广大朋友，集中力量打击主要敌人。因此有必要在七大会议上专门论述党的统一战线问题。周恩来有丰富的统一战线工作经验，和国民党蒋介石谈判主要都是由他进行的，所以讲起来很详细、很具体，讲了很多过去我不知道的内部谈判材料，听起来很有兴趣，像听故事一样，既了解了我们党的几个时期的统一战线主张，又认清了蒋介石自始至终要消灭共产党的反动思想和反动主张，以及在被逼的情况下耍两面派的嘴脸。发言叙述了从九一八事变后我们党与国民党谈判抗日民族统一战线问题的五个阶段……"[19]

比如，在第一阶段，周恩来讲述了他与蒋介石谈判的故事。在西安事变时，周恩来曾经问蒋介石："我们要求停止内战，为什么不停止？"蒋介石说："我等你们到西北来。"周恩来说："我们已经到西北一年多了。"蒋介石就没有话说了。蒋介石的意思很清楚，就是要在西北消灭共产党，所以在西安事变前还打了山城堡一仗。东边也堵，西边也堵，就是要消灭中国共产党。对于全国的救亡运动，蒋介石也是极力压迫，导致发生"七君子事件"。毛泽东写信给国民党："爱国有罪，冤狱遍于国中；卖国有赏，汉奸弹冠相庆。"作为西安事变谈判所谓和平使者宋子文，曾经答应周恩来在蒋介石获释以后，负责改组南京政府。8年后，1944年周恩来在重庆谈判时见到

[19] 中共中央党史研究室第一研究部编：《七大代表忆七大》（下），上海人民出版社2006年版，第698页。

宋子文，讽刺地问了他一句："西安事变时你答应的诺言，我还没有给你宣布过。"事实证明，国民党蒋介石内战之心没有死。虽然内战是暂停了，和平是取得了，但这是逼出来的。[20]

到了第二阶段，1937年2月，中共给国民党三中全会发电报，提出了四项诺言、五项要求。四项诺言大意是，答应改编我们的军队，把苏区改为民主的边区，停止武装暴动推翻国民党政权，停止没收地主土地的政策。五项要求大意是，要求国民党停止内战，给人民自由和释放政治犯，召集各党派会议，真正实行抗战的准备，改善民生。而国民党的回答是什么呢？就是来一个"根绝赤祸"的决议案。蒋介石有一次对朱德说："你抗战了还要边区！"他想给个总司令的名义，就取消边区。中共要求各党派合法地位，建立各党派的联盟，但在第一次庐山谈话会上，蒋介石居然敢说："请毛先生、朱先生出洋。"周恩来告诉七大代表们说："你看，他竟然会这样想！我们这样好好地同他谈判，他却以送杨虎城出洋的办法来对付我们。"后来，全民族抗战爆发后，蒋介石不得不给了八路军番号，紧跟着发表了十八集团军的番号，要中共的军队去打仗。蒋介石一方面承认中共，另一方面还是要取消红军，取消苏区，说共产党是一个派，不承认是一个党，强调要集中在国民党领导之下，还是以阿Q的精神来对付共产党。

在第三阶段，中共提出了持久战争、人民战争，要求全面的抗战、全民族的抗战。国民党则要速决战，只许政府抗战，不许人民起来。他们觉得只要打几个胜仗，就可以引起国际的干涉。最大的希望是苏联出兵，次之就是英美在上海干涉。所以他们就打阵地战，把一二百万军队都调到上海，拿去拼，牺牲极大。在南京快丢失之前，蒋介石给斯大林打电报：哎呀！我这个地方不能苟安了，请你赶快出兵吧！他还要求同苏联缔结军事协定。蒋介石实行阵地战的结果，把主力拼掉了很多，所以在南京撤退的时候曾一度动摇过，想和日本议和，日方的条件太苛刻没有搞来，而主要的是全国抗战高潮已经起来了，他不敢投降。而这个时候中共领导下的敌后抗战风起云涌，在华北创造了游击战场、根据地。随后，到了武汉，

[20] 中共在倡导第二次国共合作期间，经过了反蒋抗日、逼蒋抗日和联蒋抗日三个阶段。1936年5月5日发表的《停战议和一致抗日通电》，实际上是公开宣布党的反蒋抗日政策已开始向逼蒋抗日政策转变。9月1日和17日，中共中央先后发出《关于逼蒋抗日问题的指示》和《关于抗日救亡运动的新形势与民主共和国的决议》。西安事变促进了中共中央逼蒋抗日方针的实现。

蒋介石提出了一个政党、一个主义、一个领袖的口号，开始实行所谓的"溶共政策"，"想把我们吸收到国民党里头去，加以溶化"。周恩来幽默地说："国民党是水做的林黛玉，但是我们没有做贾宝玉，化不了。"在这个阶段，国民党蒋介石速胜论失败了，依赖外国参战干涉的想法落空了，投机不成，投降不敢，被八路军的力量、人民的力量逼得不能不走向持久战，不能不在政治上表示一点进步，但蒋介石的投机性、反动性依然继续保留着。

第四阶段从1939年国民党五中全会一直到1944年参政会国共两党公开谈判为止，持续了6年时间。共产党坚持抗战、团结、进步，国民党则是妥协、分裂、倒退。共产党创建了19个解放区，有力支持了正面战场，推动了全国的民主运动。国民党则先后发动了3次反共高潮，制定了《限制异党活动办法》，消极抗战、积极反共，又不得不与共产党进行了3次谈判。用朱德的话说，"蒋介石就是怕一个东西，怕力量。你有力量把他那个东西消灭得干干净净，他就没得说的"。周恩来说："世界上最不守信义的莫过于蒋介石。"

到了第五阶段，也就是1944年9月中共提出联合政府的口号到中共七大召开，国民党蒋介石包办国民大会，继续一党专制。这个时候，第四次反共高潮没有掀起来，倒是谈判方式发生了改变，不仅有第三方面的民主人士参加了，而且有了外国人参加，也就是美国赫尔利来了。同时，这次谈判不再是秘密的，都是公开的了。这一次，赫尔利出尔反尔，蒋介石一意孤行，完全抹杀了共产党的主张，反而叫嚷什么"你们要联合政府就是要推翻政府，开党派会议就是分赃会议"。也就是说，从《根绝赤祸案》到《限制异党活动办法》，蒋介石历来的主张就是要共产党把军权、政权交出来，他能够给共产党的就是请毛泽东等共产党人参加政府去做客。

在七大上，对中共坚持统一战线的经过和情形，周恩来总结道："从九一八以来的国共关系发展到今天，一般地是停止了大规模的内战，发动了抗战，这是统一战线的成功。我们创造和扩大了解放区，振奋了中国人民，推动了中国的民主运动。但是，就是在抗战之下还是有局部的内战，还是充满了反共、反人民、反民主的行动，这是国民党所实行的。这个对立斗争现在还是继续着。我们一方面反对这种反动的消极抗战的路线，另方面还是留有余地，不关谈判之门。三次反共高潮三次谈判，三次谈判后又继续谈判。谈判是为了胜利，为了民主，为了团结，这样的谈判才有作用，否则那真是谈话会了，那就不会有结果。"[21]

中国共产党为什么坚持统一战线？其目的是在国内政治斗争上争取以和平的方式改造国民党，将资产阶级的纲领提高到无产阶级的纲领，达到国内的团结，成立联合政府，建立新中国。

4月24日，毛泽东在七大口头政治报告中，要求各级宣传员要向全国人民广泛宣传共产党的主张，为此他还口头上草拟了两段具有鼓动性的宣传词。

第一段是写给农民和小资产阶级的。毛泽东说，我们应该这样广泛地宣传："农民们！小资产者们！各位同胞！你们要知道：只有自己团结起来，改造我们的国家制度，把它改造成为有民主，有人民的军队，有人民的政府，有人民的团体的，日本帝国主义才能打倒！如果没有这些，中国就是黑暗的中国，日本帝国主义就打不倒！即使借外国的力量把它打倒了，中国还是黑暗的！"

第二段是写给非共产党员的。毛泽东说，我们要告诉他们，要向他们宣传："全国人民要团结起来，组织人民的军队，组织人民的政党，组织人民的政府；要改造国民党，改造国民政府，改造国民党的军队。"

共产党为什么提出要改造国民党、国民政府和国民党军队呢？

毛泽东说："我们为什么要提出改造它呢？是要把它提高到我们纲领的水平上。但是你要它起来，它就不起来，怎么办？那就要依靠全国人民，依靠进步力量的发展，依靠中间势力的争取，还有依靠国民党里头的民主分子。我们曾经设想过改造国民党，这件事似曾犯过错误，就是说这个估计不确当，没能照那时候我们所设想的做，国民党并未改造。应当说，要改造它并没有错误，但是它不听你的。国民党能不能改造呢？可能，也不可能。我们那时候要改造它，就要创造一定的条件，要发展进步势力，争取中间势力，并

[21] 中共中央党史研究室、中央档案馆编：《中国共产党第七次全国代表大会档案文献选编》第2卷，中共党史出版社2022年版，第497—498页。

且国民党内部要发生分化,但是没有来得及。进步势力没有发展得那样大,中间势力也没有来得及争取,国民党里头的民主分子又被法西斯卡住了,结果改造就落空了。这样我们蚀本了没有?一个大麻钱的本也没有蚀。我们说改造它,并不是说我们就不发展进步势力,不发展八路军,不发展新四军,不做广大的宣传,而且说要改造它这个宣传本身就是一个收获。老百姓听了我们这个话以后,会觉得共产党的话有道理,委员长的脸上是不大好看,所以要叫他洗一下。"

这是毛泽东在中共七大上第一次以"洗脸"的比喻来形容蒋介石与国民党,来形容国共关系。毛泽东是在七大口头政治报告上讲的,而这份口头政治报告直到七大召开整整50年之后的1995年,才第一次公开面世,收入《毛泽东在七大的报告和讲话集》出版。

接着,毛泽东向七大代表们详细解释了"洗脸"与"割头"的关系,以此来说明共产党的统一战线政策,再一次生动展现了他丰富鲜活的语言表达艺术和幽默风趣的才能。他说:

> 听说西安有一次开大会,三青团的人当主席,当时到了很多农民,散会的时候台上喊口号"蒋委员长万岁!"农民就喊"赶快完粮纳税!"什么原因呢?因为国民党要农民开会没有别的,就是要农民完粮纳税,他们脑子里装的就是完粮纳税,所以台上有人一喊,他们也就喊出来了。国民党那个脸上黑得很,如果说要给它洗脸,全国四万万五千万人里头恐怕就有四万万三四千万人是赞成的。我们提出要委员长洗脸,他不洗,我们并没有蚀本,而且赚了钱,这就是让老百姓知道了为什么要他洗脸。同志们,直到今天我们是不是还是这个方针呢?是请他洗脸,还是要割他的头?直到今天,我们还是请他洗脸,不割他的头。我们开这个会,不是决定割头!这个头割不得!还是执行"洗脸政策",请他修改他那个错误政策。至于他洗不洗?还要看,今天他不洗!到明天洗不洗呢?那很难

说。年纪大的老人不爱洗脸,老同志不要怪我,委员长也很老,他不洗的可能性比洗的可能性大,或许稍微抹一下做个样子,也许连抹都不抹,弄得满头大汗,乌烟瘴气!

七大代表高扬文坐在杨家岭中央大礼堂21排5号,他一边听一边记,和其他代表一样都被毛泽东的讲话逗得合不拢嘴。他回忆说:"关于在抗日战争时期,我党对国民党蒋介石的合作与斗争,毛主席规定了既有原则性又有灵活性的策略和政策,取得了伟大的胜利,壮大了我们的力量,削弱了反动势力,减弱了蒋介石的政治影响。用给'蒋介石洗脸,不割他的头'说明我党的斗争策略,语言多么生动、形象,含义多么深刻,使人听了又轻松,又严肃,充分体现了毛主席对蒋介石的反共的反动政策又斗争又团结的策略。当然,要叫蒋介石洗脸是很难的,毛主席说:他不洗的可能性比洗的可能性大。"[22]

的确,就像周恩来在《论统一战线》大会发言中所谈的情形那样,国共斗争经历了一个十分曲折的过程,也犯过"左"的或右的错误——右的错误常常把敌人当成朋友,"左"的错误常常把朋友当成敌人。而敌人的营垒也是会变化的。于是,右的观点把昨天是朋友而今天已成为敌人的人仍当作朋友,"左"的观点把昨天是敌人而今天可能成为朋友的人还当作敌人。这里面也有一个辩证法。所以,毛泽东很生气,及时纠正了王明片面强调的"一切经过统一战线、一切服从统一战线"这类错误思想,即:"不要求国民党洗脸,而是说它那个脸漂亮得很,我们的脸上都是灰,比不上它,至多和它差不多。时时拥护国民政府,事事拥护国民政府,处处拥护国民政府,就是这类错误思想的一个标准的口号。"等到打退了国民党的三次反共高潮,"国民党'跳加官'戴的一副假面具脱掉了,他那个不好看的样子就露出来了,这时我们一些同志就逐渐觉悟了",到这个时候,毛泽东认为:"我们党内就大体上肃清了对国民党的幻想。消除了认为国民党不要改造,中国就可以有救,日本就可以被赶出去的思想;改变了认为主要的不是依靠我们自己,发展我们的力量,发

[22] 中共中央党史研究室第一研究部编:《七大代表忆七大》(下),上海人民出版社2006年版,第693页。

展解放区，使八路军、新四军不受限制的思想；树立了要放手动员人民群众，壮大人民力量，在我们的领导下打倒日本侵略者，建设新中国的思想，在广大的人民中间，在同志的脑子中间，展开了一幅新图画。"

在七大口头政治报告中，毛泽东感慨万千，颇有意味地说："所以思想这个东西很怪，要去掉那一部分坏的东西，不适合于马列主义的东西，不适合中国情况的东西，就要经过一定的阶段，就要有经验，单靠讲是讲不通的。列宁说'要在经验中来教育人民'，因为人民是只信经验不信讲话的。但是讲还是要讲的。我们有两个大教员：一个是日本人，一个是委员长，这两个大教员不要薪水给我们上课。没有这两个大教员，就教育不了中国人民，教育不了我们党。至于我们党里面有一些小教员，字也认得不多，也讲不出好多道理，他们去讲人家就不听。后来请了一个日本人，一个中国人，一个是日本法西斯，一个是委员长，这两个教员帮我们一教，就教好了。"

毛泽东在七大口头政治报告第二部分"政策方面的几个问题"中，在谈第五个问题时，再次谈到了国民党的问题。毛泽东说了一段非常实在的大白话，但细细琢磨起来又无比深刻。他说：

> 对国民党我们尖锐地批评它，但也很客观，并没有超过他们的实际。他们有一点好处，我们也要给他们挂在账上。可惜国民党的好处不多，虽然想挂，却是很难，只能挂几笔，而且还拖了一个尾巴，要委员长洗去脸上黑的东西。这是我们的方针。我们一方面是尖锐的批评，另一方面还要留有余地。这样就可以谈判、合作，希望他们改变政策。我们说过打倒委员长没有呢？没有。在我的报告里，就连一个委员长也没有提。这位委员长写了一本"很好"的书，叫做《中国之命运》，本来应当提一提，但还是没有提，这实在是可惜。我的报告里提到的，去世的人有孙中山，现在又加上一个罗斯福，活着的人革命的有斯大

林，反革命的有希特勒，其他的人以少提为妙。因此，我们给国民党留有余地，就不会犯错误；如果不留余地，实际的结论只有一条，就是"打倒"，那我们就会犯政治上的错误。关于这一条，委员长也看出来了，他有几次要挑动我们去犯这样的错误，挑动我们的军队打出去，向西安打，挑动我们提出推翻国民党。同志们！我们要注意这些东西，注意这些挑动。你说要合作，那好得很，但是你必须要洗一洗脸，才同你"结婚"；你若不洗脸，那就不好看，就不同你"结婚"。这就是我们的方针。[23]

一边尖锐地批评，一边留有余地，毛泽东对国民党采取这种"洗脸政策"，到底对不对呢？

毛泽东的政治报告，不仅在国民党产生强烈反响，在七大代表中间引起的反响也是空前的。在随后的大会发言中，绝大多数代表都是围绕政治报告的主题和内容展开讨论的，其中张闻天和李富春的发言题目就叫《听政治报告后的自我反省》《对政治报告的认识以及自我反省》。对国民党采取"洗脸政策"，作为七大副秘书长的李富春深有感触地说："我们对国民党的态度，就是说对大地主、大资产阶级的态度，'尖锐的批评，留有余地'，对不对？我说很对。两者缺一不可。单是尖锐批评，不留余地，不对；只讲留余地，不尖锐批评，更不对。没有尖锐批评，不足以孤立反动集团，不足以提高人民觉悟。如果我们共产党、无产阶级没有坚定的立场，我们就不能去坚定中间分子，自己没有坚定的立场要想去争取动摇的人，不可能。自己是动摇的，就不能争取动摇的人；自己是坚定的，才能去争取动摇的。所以尖锐的批评是争取人民，为着孤立大地主大资产阶级，又为了提高人民的觉悟，为了争取中间势力。留有余地的政策，就是洗脸政策，表现了我们估计到他今天还有力量。同时，今天中国人民中间还有一部分人没有认识他的实质，估计到他今天在抗战中间还有一点作用，所以我们要留余地。尖锐批评留有余地，是适合于中国当前阶级关系的。"[24]

[23] 中共中央文献研究室编：《毛泽东在七大的报告和讲话集》，中央文献出版社1995年版，第128—129页。

[24] 中共中央党史研究室、中央档案馆编：《中国共产党第七次全国代表大会档案文献选编》第2卷，中共党史出版社2022年版，第719页。

其实，毛泽东采取的"洗脸政策"，也是有原则的。他在口头政治报告中专门阐述了共产党的"斗争哲学"。他说：

> 我们对国民党的方针，是又团结又斗争。讲到斗争，我们是有理、有利、有节的。我们是在自卫的立场上和它斗，我们是有理的；这斗争是局部的，对我们有利才斗；但这种斗争又是暂时的，为了团结我们是有节制的。反过来讲，自卫的、局部的、暂时的斗争，要有利于团结。国民党天天想打我们，但也不敢和我们作大的决裂。我们的斗争也是有节的。比如我们去了一封信，要求派人参加旧金山会议，国民党开始不肯，但结果我们还不是去了？至于我们说去三个，他说你去一个，一个就一个，我们不大争，现在我们的代表已经到了华盛顿。同志们！权利是争来的，不是送来的，这世界上有一个"争"字，我们的同志不要忘记了。有人说我们党的哲学叫"斗争哲学"，榆林有一个总司令叫邓宝珊的就是这样说的。我说"你讲对了"。自从有了奴隶主、封建主、资本家，他们就向被压迫的人民进行斗争，"斗争哲学"是他们先发明的。被压迫人民的"斗争哲学"出来得比较晚，那是斗争了几千年，才有了马克思主义。放弃斗争，只要团结，或者不注重斗争，马马虎虎地斗一下，但是斗得不恰当、不起劲，这是小资产阶级软弱性的表现。[25]

[25] 中共中央文献研究室编：《毛泽东在七大的报告和讲话集》，中央文献出版社1995年版，第118—119页。

什么是有理、有利、有节？毛泽东在这里说得明明白白，令人恍然大悟。

毛泽东是思想家、战略家，也是哲学家，不愧是灵活运用辩证法的大师。

其实，对于国民党到底是采取"洗脸政策"和"割头政策"的问题，直到1945年8月日本投降之后，毛泽东准备赴重庆谈判的时候，依然采取的是"洗脸政策"。那个时候，中共和毛泽东是真心期望与国民党、蒋介石成立联合政府的,表现了共产党对国民党极大的诚意和忍让,可谓仁至义尽。

1945年8月23日下午,七大产生的崭新的中共中央政治局在延安枣园召开扩大会议,在延安的高级干部大约50人参加了这次会议。其实,会议的议题只有一个,就是毛泽东是否应该答应蒋介石的邀请去重庆参加谈判。

会议一开始,毛泽东首先发言。第一句话就说:"恩来同志先去谈判,我后一下。现在的情况是抗日战争的阶段已经结束,进入和平建设阶段。全世界欧洲、东方都是如此,都进入到和平建设时期。不能有第三次世界大战是肯定的。"

开门见山,这就是毛泽东的性格。在这个长篇讲话中,毛泽东全面分析了抗战结束后的形势和中共准备采取的对策。毛泽东承认:中共力争在得到一部分大城市的情况下进入和平阶段的计划没有成功,因为既缺乏外援(美国不帮助,苏联不可能也不适于帮助),又没有像蒋介石那样使日本完全向他投降的合法地位,此外城市工作和军队工作也没有做好。也就是说中共仍然是在没有得到大城市的情况下走"农村包围城市"的道路进入和平阶段。紧接着,毛泽东从国共两党所处的地位、美苏两国对华政策及影响、战争与和平问题、中共在谈判中所提出的条件、谈判期间的宣传、军事和解放区工作以及中共今后的斗争道路等问题进行了长篇讲话。毛泽东说:七大讲的长期迂回曲折,准备最大困难,现在就要实行了。希腊、法国的共产党得了雅典、巴黎,但政权落在或主要落在别人手里;我们现在在全国范围内大体要走法国的路,即资产阶级领导而有无产阶级参加的政府。中国的局面,联合政府的几种形式,现在是独裁加若干民主,并将占相当长的时期。

说到这里,毛泽东以他一贯的幽默,再次引用了他在七大口头政治报告上打的这个比方:"我们还是钻进去给蒋介石洗脸,而不要砍头。这个弯路将使我们党在各方面达到成熟,中国人民更觉悟,然后实现新民主主义的中国。四万万五千万人的中国等于一个欧洲,欧洲现在许多国家还没有胜利或不由共产党完全领导。我们要准备有所让步，准备最大的困难。从外国得不到帮助，军队可能由谈判缩小，内部出现不一致等等。决定的一点就是我们内部的团结，只要我们团结一致，敌人是不能压倒我们的。"

最后，毛泽东说：准备以中央委员会的名义发表一个宣言，以和平、民主、团结的姿态出现。恩来同志马上就去谈判，谈两天就回来，我和赫尔利就去。这回不能拖，应该去，而且估计也不会有什么危险。我去了请少奇同志代理我的职务。只要我们站稳脚跟，有清醒的头脑，就不怕一切大风大浪。

8月26日，中共在枣园继续召开政治局扩大会议。毛泽东向中央高级干部宣布了立即去重庆的决定。他说：去！这样可以取得全部主动权。要充分估计到城下之盟的可能性，但签字之手在我。自然必须做一定的让步，在不伤害双方根本利益的条件下才能得到妥协。我们让步的第一批资本是广东至河南；第二批资本是江南；第三批资本是江北。这就需要看看，在有利条件下有些可以考虑让步的。如果我们做了这些让步还不行，那么就城下不盟，准备坐班房。

瞧！毛泽东已作了最坏的打算——坐牢！为此，中共党内许多人有这样那样的担心，毛泽东说：我党的历史上还没有随便缴枪的事，所以决不怕；如果软禁，那更不怕。国际压力是不利于蒋介石独裁的。将来，还可能有多一些的同志到外面去工作，领导核心还在延安。延安不要轻易搬家；因为有了里面的中心，外面的中心才能保住。

为了巩固中共的地位，毛泽东做好了两手准备。在他离开延安期间，他不仅安排了刘少奇代他行使职权，并增选陈云、彭真为中央书记处候补书记，以保证他和周恩来在重庆期间中央书记处五人会议；而且他还作出了非常重要的战略部署，决定把中共的力量集中在华北、山东和陇海路以北至内蒙古一带，并力争东北。毛泽东十分自信地说："由于我们的力量，全国的人心，蒋介石自己的困难，外国的干涉四个条件，这次是可以解决一些问题的。"

毛泽东真的要来重庆了！

这个消息，如同晴天霹雳，出乎蒋介石的意料之外。他没有想到毛泽东真的敢来跟他谈判，他不得不暗暗地佩服这个老对手了。1926年他们曾在国共合作的广州国民政府中共过事，如今已经有20个年头没有见面了。

其实，蒋介石接二连三地发电报邀请毛泽东来重庆谈判的决定，并没有得到国民党内部的派系头目的支持，像陈立夫等人是坚决反对的。但蒋介石却采纳了其政府的文官长吴鼎昌的建议，并令吴起草了电报。这件事情甚至连蒋介石的侍从室主任陈布雷也不知道。毫无疑问，蒋介石玩弄的这个"政治花招"，难以令人相信，就连国民党高层也认为这是"假戏真做"。曾为蒋介石代笔写《中国之命运》的《中央日报》总主笔陶希圣明确指出："我们明知共产党不会来渝谈判，我们要假戏真做，制造空气。"他们乐滋滋地认为国共谈判决不可能，毛泽东决不会来重庆与国民党谈判，这样他们就可以借此发动宣传攻势，说共产党蓄意制造内乱，不愿和谈。

明知山有虎，偏向虎山行。大智大勇的毛泽东早就看清了蒋介石"假和平、真内战"的伎俩。

秋高气爽。8月28日这天，延安的天气真好。毛泽东今天就要动身去重庆了。延安的人民和八路军的将士乃至中央机关干部的心情实在难以形容，因为重庆依然在白色恐怖的笼罩之中。许多还没有离开延安的中共七大代表，也赶来为毛泽东送行。是担心？是忧虑？许多人思想上还没有转过弯来，心里像压着一块石头，点着一把火，又沉重又焦急，通夜未眠。机场上那架草绿色的美国C-47军用运输机昨天就已经停在那里等着了，张治中将军和美国那位去年就曾来过延安给人印象"有点草包"的大使赫尔利也来了。这是毛泽东十年来第一次离开延安，也是延安军民第一次离开毛泽东。与蒋介石这个心怀叵测的人打交道，大家实在担心毛主席的安全呀！

上午8时30分，毛泽东出了枣园的窑洞，信步向门口停着的一辆乳白色的救护车走去。救护车是抗战期间南洋华侨捐赠的，在延安可是一个宝贝，平时一般不用。司机已经打开了车门，周恩来和胡乔木等已经站在门前等候了。毛泽东停住脚步，站在车前转身回望着枣园的窑洞，又环顾着延安这片深情的黄土地，仰起头看了看延安的晨曦,若有所思。

作为秘书的胡乔木,也跟随毛泽东前往重庆。他赶紧走上前接过主席的随身物什,放在了车上。周恩来走过来悄声说:"主席,时候不早了,上车吧!"

毛泽东点点头,随手将那顶盔式帽子戴在了头上。毛泽东不太喜欢戴帽子,在延安他一直穿着布鞋和粗布衣。为了这次谈判,叶剑英特意为他买了一双皮鞋,就连这身新的灰布中山装也是早些时候专门在北平请人定做的,一直没舍得穿。而这顶帽子还是江青从别人那里借来的。

"主席,你这帽子好像不太合适,有点小。"细心的周恩来看了看毛泽东的头顶,一边说一边摘下自己头上的那顶盔式帽递给毛泽东,"来,你试一试我这顶吧。"

毛泽东的确感到自己头上的帽子有点紧,便接过周恩来的帽子,戴在了头上。"哈,正好。好像专门为我准备的。那我就夺人所好了。"毛泽东笑着说。

周恩来也笑了。站在一旁的胡乔木和毛泽东的警卫员陈龙都开心地笑了。大家高高兴兴地上了车,直奔机场而去。

延安东关机场已经是人山人海。毛泽东下了车,千百双眼睛随着毛泽东高大的身影移动。毛泽东和前来送行的中央负责同志一一握手告别。当他一步一步登上飞机,人们像疾风卷过水面一样向飞机拥去;他转身站在机舱门口,摘下帽子向送行的人们致意,留下了历史铭记的"挥手之间"。

中午11时,飞机起飞了。毛泽东、周恩来、王若飞在蒋介石的代表张治中、美国驻华大使赫尔利的陪同下,踏上了重庆谈判的历史之旅。

飞机起飞之前的那一刻,他们在飞机前拍下了一张珍贵的合影。合影自左至右依次为:张治中、毛泽东、赫尔利、周恩来、王若飞、胡乔木、陈龙。

飞机起飞后,毛泽东要周恩来告诉飞行员,让飞机在延安上空转一圈:"我要向陕北人道个别。"

飞机在机场上空盘旋一周。毛泽东看见机场上送行的人群依然不愿离去,仰望着天空,挥手致意。

坐在飞机上,胡乔木探身问毛泽东:"主席,我们能不能回来?"

毛泽东不紧不慢地说:"不管它,很可能是不了之局。"

"不了之局?"毛泽东的回答像一个问号,悬挂在胡乔木的心里,但他不好再追问下去,只能一个人在心里独自琢磨。胡乔木觉得,毛主席所谓的"不了之局"就是:蒋介石想要我们交出军队和解放区,不可能;蒋介石想消灭我们,也不可能。蒋介石要谈判,我来了;蒋介石不要和平,那是你蒋介石的事。

毛泽东决心已定:达成协议,照协定办就停战,就和平;不要和平,要打,我也奉陪到底。

这真应了一句古话:不入虎穴,焉得虎子。

当然,对于谈判,毛泽东早就做好了两手准备。

3个多月前的4月24日,在七大口头政治报告中,毛泽东在解释"洗脸政策"的同时,也向七大代表们专门阐述了关于自卫与反击的问题。他说:

> 我们要站在自卫的立场反击国民党的进攻,一个是自卫,一个是反击。一切国民党的大小进攻,必须给以反击,给以回答。不论是文的也好,武的也好,特别是武的,只要它进攻,就要把它消灭干净。我们曾经提出,要坚决、彻底、干净、全部消灭之。我和国民党的联络参谋也这样讲过,我说我们的方针:第一条,就是老子的哲学,叫做"不为天下先"。就是说,我们不打第一枪。第二条,就是《左传》上讲的"退避三舍"。你来,我们就向后转开步走,走一舍是三十里,三舍是九十里,不过这也不一定,要看地方大小。我们讲退避三舍,就是你来了,我们让一下的意思。第三条,是《礼记》上讲的"礼尚往来"。来而不往非礼也,往而不来亦非礼也,就是说"人不犯我,我不犯

人；人若犯我，我必犯人"。还在一九三九年我们就提出了这个口号，现在还是这个方针。好比说，我们有一百条枪，你们缴了我们九十九条，我们当然不高兴，但是不怪你们，因为你们本领大，高明得很。但是，就是只剩一条枪，我们也要打到底的。只要我们手里还有一条枪，我们被打倒了，就把枪交给我们的儿子，儿子再交给孙子。[26]

[26] 中共中央文献研究室编：《毛泽东在七大的报告和讲话集》，中央文献出版社1995年版，第129—130页。

接着，毛泽东给七大代表们第一次讲了《愚公移山》的故事，随后又分别在政治报告的结论和七大闭幕词中两次提到这个中国古代寓言故事，宣示自己的决心和意志，确实有一种誓师的味道。

事实上，共产党和国民党真正的决裂是在1946年。按照历史教科书的说法，大规模的内战是从1946年6月26日国民党军队大举进攻中原解放区起算的，但实际上国共两党完全的、真正的破裂还在其后半年多的时间。可以说以美国驻华特使马歇尔将军与美国大使司徒雷登在8月10日发表的联合声明宣布调停失败为标志，以国民党在11月15日召开一党包办的"国大"关闭和谈的大门为分界，国民党蒋介石决心把内战进行到底。

从1946年5月底开始，中共不仅面临着与国民党全面破裂的问题，而且面临着与美国破裂的问题。尽管不论是合作还是决裂，中共都做好了准备，可下决心立即面对这两个破裂，绝对不是一件容易的事情。胡乔木回忆说："我在毛泽东身边工作二十多年，记得两件事是毛主席很难下决心的。一件是1950年派志愿军入朝作战（毛主席思考了三天三夜），再一件就是1946年我们准备同国民党彻底决裂。当然，决裂的不是我们，而是国民党。只要还有一线希望，我们还想在不放弃原则和人民既得利益的情况下寻求妥协，原则是人民的利益寸土必争。这是重庆谈判的观点。一方面维持和平局面，一方面达到妥协，妥协有原则。"

也就是说，到了1946年的这个时候，共产党、毛泽东对国民党、蒋介石不得不放弃"洗脸政策"，被逼无奈实施"打倒蒋介石"的"割头政策"了。解放战争打响了，为新中国的成立鸣响了礼炮。

5 "这条路线里面有一个队伍问题,有一个敌人问题,还有一个队伍的领导者、指挥官问题"

巍巍宝塔山,滚滚延河水。

1945年的延安,是黑暗中国的灯塔,是黎明之前的闪亮星座。

人民信仰延安,眼睛都在望着延安。延安的一举一动,不仅牵动着中国人民的神经,也带动着世界的脉搏。

在那个历史的现场,中国共产党应该扮演怎样的角色呢?历史又会安排中国共产党担任什么样的角色呢?中国共产党是否能够把历史需要他扮演的角色与他自己想扮演的角色合二为一呢?

机遇与挑战并存,危机也是转机。

时代是出卷人,共产党是答卷人,人民是阅卷人。历史在考验着中国共产党,等着中国共产党作出庄严的回答。

1945年4月21日,下午5时,中共七大在晚霞满天的黄昏中拉开了序幕。

夕照红于烧,晴空碧胜蓝。这天傍晚6时左右,在中共七大预备会议上,当大会秘书长任弼时作了关于大会准备工作的通知、通过六届七中全会的提案之后,毛泽东斩钉截铁地宣布了中国共产党第七次代表大会的方针。他说:"我们大会的方针是什么呢?应该是:团结一致,争取胜利。简单讲,就是一个团结,一个胜利。胜利是指我们的目标,团结是指我们的阵线,我们的队伍。我们要有一个团结的队伍去打倒我们的敌人,争取胜利,而队伍中间最主要的、起领导作用的,是我们的党。没有我们的党,中国人民要胜利是不可能的。"

多么豪迈!多么自信!多么意气风发!多么大气磅礴!

那么,为了完成七大确定的方针,中共应该为它的未来决定一条什么样的路线、一条什么样的政治路线呢?怎么样决定才好呢?

毫无疑问,路线就是生命线,是国之大者,是军之大事,关乎生死存亡。饱尝过"左"和右的路线斗争之苦,毛泽东在历史的现场斩钉截铁地回答：

> 我们党的七大应该决定一条什么路线呢？一条什么政治路线呢？怎么样决定才好呢？我们想，应该是："放手发动群众，壮大人民力量，在我党的领导下，打败日本侵略者，解放全国人民，建立一个新民主主义的中国。"这就是我们党的路线，我们党的政治路线。这里所说在我们党的领导之下，放手发动群众，壮大人民力量，就是组织我们的队伍。组织队伍干什么呢？不干别的，就是要打倒敌人——日本帝国主义和它的走狗。打败以后，得来一个什么结果呢？就是得到全国的解放，全国人民的解放，建立一个新中国，一个新民主主义的中国，一个独立的、自由的、民主的、统一的、富强的中国。这就是我们的总路线。

其实，毛泽东所说的这条总路线，是中国共产党自成立以来就确定的路线。如果用一句话来说，就是"无产阶级领导的人民大众的反帝反封建的革命"。

无产阶级领导的人民革命是什么性质的革命？

毛泽东回答："是无产阶级领导的人民大众的反帝反封建的革命，这就是新民主主义的革命。因此，我们的政治就是无产阶级领导的人民大众的反帝反封建的政治，我们的经济就是无产阶级领导的人民大众的反帝反封建的经济，我们的文化就是无产阶级领导的人民大众的反帝反封建的文化。政治、军事、经济、文化，总之当前的各个革命任务，都是这样一种性质，各个革命力量都是这样一种性质。这条路线里面有一个队伍问题，有一个敌人问题，还有一个队伍的领导者、指挥官问题。这个队伍就是人民大众，这个敌人就是帝国主义和封建势力，这个领导者、指挥官就是无产阶级。无产阶级领导什么呢？领导人民大众。领导人民大众干什么呢？干反帝反封建。"

那么，什么是无产阶级领导呢？

毛泽东回答："所谓无产阶级领导，就是共产党领导。中国共产党是无产阶级的政党。无产阶级里头出了那样一部分比较先进的人，组织成一个政治性质的团体，叫共产党。共产党里当然还有别的成分，有别的阶级如农民、小资产阶级出身的人，有别的阶级出身的知识分子。但出身是一回事，进党又是一回事，出身是非无产阶级，进党后是无产阶级，他的思想、他的行为要变成无产阶级的。共产党是要革命的，革命就要组织队伍，组织队伍主要是组织农民，还有其他阶级，包括小资产阶级、自由资产阶级，有时还有大资产阶级，甚至地主。队伍要有司令官、指挥官，司令官、指挥官在中国主要是两个，或者是无产阶级，或者是大资产阶级、大地主。中国这个社会两头小，但是两头强，中间大，但在政治上是软弱的。中间阶层是动摇的，无论哪个中间阶层都有它的动摇性。坚决的阶级就只有两个：无产阶级和大地主大资产阶级。他们的政治代表分别是共产党和国民党。自由资产阶级也同我们争领导权，不要以为自由资产阶级就革命得不得了，同共产党差不多。自由资产阶级也有它独立的意见，有它独立的政治团体，现在就是民主同盟。民主同盟里有一部分小资产阶级，但主要的是自由资产阶级，它有它的性质。"

共产党到底有没有能力当司令官、指挥官呢？

人们还清楚地记得，共产国际主席团在1943年5月22日宣布解散共产国际。这个消息，在当年可谓一枚重磅炸弹，打破了国共两党之间保持了两年的相对平静状态。国民党顽固派错误地估计了形势，趁机发动新的反共高潮。他们一面以共产国际解散为借口，制造舆论，要求解散共产党，取消边区，另一面调集20多个师的兵力，准备向边区发动突然袭击。形势严峻。在获悉情报后，毛泽东一边展开军事部署，一边打响了舆论战。他不仅为《解放日报》撰写社论《质问国民党》，呼吁爱国的国民党人行动起来，"制止这个内战危机"，而且乘势在全国范围内发动了一场巨大的宣传攻势，批判蒋介石在这年3月出版的著作《中国之命运》，反对中国的法西斯主义的势力，以消除中国的内战危机。

令人吃惊的是，蒋介石在《中国之命运》中竟然大言不惭地叫嚣"没有国民党就没有中国"，讽刺中共领导的武装力量和敌后抗日根据地是"新式封建与变相军阀"。为了驳斥蒋介石的无耻谰言，中国共产党先后发表《国共两党抗战成绩的比较》《共产党抗击的全部伪军概况》的材料，说明中国抗日战争的真实情况。在中国共产党强大的政治攻势面前，蒋介石在9月6日至13日召开的国民党五届十一中全会上不得不表示，中共问题是"一个政治问题，应用政治方法解决"。毛泽东给这个时期的斗争以高度评价，他说："过去宣传总是不痛不痒，唯独此次打到痛处，故能动员群众压倒反动派气势。"同时，中国共产党在党内系统地进行了关于国民党统治的本质及如何对待国民党的政策教育，用抗战以来直到眼前的种种事实来加以说明。一些原来对国民党抱有幻想的党员，通过这场斗争和党内的政策教育，提高了觉悟。在事实面前，经过对照比较，人们对王明所鼓吹并推行的右倾投降主义错误就看得更清楚了。在这个时期，王稼祥、刘少奇先后提出"毛泽东思想，便是马克思列宁主义与中国革命运动实际经验相结合的结果"，"应该用毛泽东同志的思想来武装自己"的重要论断，并被党内广大干部所接受。在这种有利形势下，系统地清算王明的错误路线、统一全党思想的历史条件已经成熟。整风运动按照原定计划转入最后一个阶段——总结党的历史经验时期。

蒋介石之所以宣传"没有国民党就没有中国"，其实就是自我标榜只有国民党才能当司令官、指挥官。中国的历史真的像蒋介石所言，"没有国民党就没有中国"吗？其实这是一个非常低级的错误，不仅中国共产党不答应，而且中国人民也不答应——没有中国，哪里有中国国民党呢？就在那一年，一首《没有共产党就没有中国》[27] 的革命歌曲也唱响了解放区。1949年经中共中央宣传部指示，在这首歌的歌词中国前面加了"新"字。

　　没有共产党就没有新中国，没有共产党就没有新中国，共产党，辛劳为民族，共产党他一心救中国，他指给了人

[27] 1949年1月，民主建国会常务理事章乃器从香港抵达东北后，在沈阳参观时听到了这首《没有共产党就没有中国》，就向中共方面建议应该在歌词中的"中国"前面加一个"新"字，才能科学而准确地反映中国共产党的历史功绩。章乃器的建议得到了采纳，中央宣传部立即决定在歌词中加进一个"新"字，歌名也因此成了《没有共产党就没有新中国》。后来，毛泽东在会见章乃器时，也对他说："你提的意见很好，我们已经让作者把歌词改了。"曹火星本人曾回忆说：当时没有新中国的"新"字，是针对蒋介石《中国之命运》中'没有国民党就没有中国'的言论而写的。在解放天津的战役中，部队驻扎在天津外围，等待天津和谈的消息。

第四章 "世界将走向进步，决不是走向反动" | 477

民解放的道路，他领导中国走向光明，他坚持了抗战八年多，他改善了人民生活，他建设了敌后根据地，他实行了民主好处多。没有共产党就没有新中国，没有共产党就没有新中国！

为什么要写这首歌呢？其目的就是反驳蒋介石1943年3月发表的《中国之命运》。这年11月，河北平山县铁血剧社（抗日救国青年联合会宣传队）年仅19岁的音乐队队长曹火星，在听到蒋介石所谓"没有国民党就没有中国"的叫嚣后，十分愤怒，有感而发，创作了这首后来传遍中国城乡的红色经典歌曲。

历史已经让人民看见，中国共产党给了世界一个漂亮的答案，就像这首来自人民心中的歌曲所歌唱的那样：没有共产党就没有新中国。中国共产党不愧是中国革命的指挥官、司令官！

没有共产党就没有新中国，已经成为人民的共识。其实，翻开历史，中国共产党还有资格说，没有共产党就没有国民党，或者说国民党就不成其为一个现代化的政党，就不会有当时中国最大政党的样子。也就是说，中国共产党才真正是中国革命的组织者、领导者。这绝对不是笔者在这里胡言乱语，可谓千真万确。为什么呢？

我们不妨一起来回顾国共合作的历史，听一听亲历者所说，你将大开眼界，感到研究历史真是一件非常有意义又有意思的事情。

大家知道，中国共产党的最早组织是在中国工人阶级最密集的中心城市上海建立的。1920年8月，共产党早期组织在上海法租界老渔阳里2号陈独秀寓所成立，那里也是《新青年》的编辑部所在地，推举陈独秀担任书记。1921年7月23日至8月3日前后，中国共产党召开了第一次全国代表大会，发布纲领，作出决议，选举成立中央局，宣布中国共产党正式成立。中国国民党呢？它最早成立于1894年，前身是兴中会、同盟会、国民党、中华革命党。1912年，同盟会联合其他几个党派组成国民党。1919年，中华革命党改组为中国国民党。1923年11月，在苏俄的撮合下，中国共产党党员以个人身份加入中国国民党，有了这新鲜血液、新鲜力量注入的中国国

在此期间，战士们时常唱起《没有共产党就没有中国》这首歌。后来，中共中央宣传部指出名字不妥，让部队暂时不要唱。我想，没有共产党就没有中国，确实不妥，便在'中国'前面加了一个'新'字。进天津时，部队就是唱着加了"新"字的这首歌进城的。关于《没有共产党就没有新中国》这首歌的修改，还有一种说法。逄先知在《毛泽东和他的秘书田家英》一书中写道：1950年的一天，毛泽东的女儿在院子里唱"没有共产党就没有中国"，毛泽东听到后，立即给她纠正，说没有共产党的时候，中国早就有了，应当改为"没有共产党就没有新中国"，并把这个问题正式提到中央的会议上，从此这首歌才改了过来。

民党在中共的帮助下发表了国民党改组宣言，并于1924年1月召开了中国国民党第一次全国代表大会。这是国共第一次合作的开端。实际上，从1921年到1926年的一个很长时期内，中国共产党的广大同志，组织工人，领导工人运动，领导学生运动；1924年后又积极推动国民党改组，帮助组织国民党；最后在革命过程中组织了广大的农民协会，会员遍及中国的南方和北方，有几千万人。也就是说，第一次国共合作后的国民党，其省以下党部及其基层组织，大多是共产党帮助组织、领导建设的。因此，在组织建设上，可以毫不夸张地说没有中国共产党的帮助改组和合作，就没有当时孙中山领导的中国国民党，或者说国民党依然是一个空架子、一副招牌、一盘散沙而已。

作为亲历者和见证人，毛泽东在七大预备会议上对这一段历史有过非常精彩的回顾。他说："当时国民党开第一次全国代表大会，在座的林老（即林伯渠，引者注）也是参加的一个。我们以共产党员的资格出席国民党的代表大会，也就是所谓'跨党分子'，是国民党员，同时又是共产党员。当时各省的国民党，都是我们帮助组织的。那个时候，我们不动手也不行，因为国民党不懂得组织国民党，致力于国民革命三十九年，就是不开代表大会。我们加入国民党以后，1924年才开第一次代表大会。宣言由我们起草，许多事情由我们帮他办好，其中有一个鲍罗廷，当顾问，是苏联共产党员，有一个瞿秋白，是加入国民党的中国共产党员。孙中山这个人有个好处，到了没有办法的时候，他就找我们。鲍罗廷说的话他都听。那时候叫做'以俄为师'，因为他革命三十九年老是失败。我们当时提出打倒帝国主义，打倒封建势力，打倒贪官污吏，打倒土豪劣绅，有很多人反对我们，说中央委员会的委员是三十六天罡星[28]。搞军队也是国共合作，当时的主要干部，军队的与党的，都有国共两党的人。第一军是蒋介石当军长，恩来同志是党代表，第二军军长谭延闿，党代表是李富春同志，第六军党代表是林老。那个时候也就是联合政府，军队是政府的主要部分，所以联合政府以前就有过。"

4月23日，林伯渠在七大开幕典礼上的讲话中，对这一段历史

[28] 据道家说，北斗丛星中，有36个天罡星。《水浒传》中把梁山泊的前36名头领称为36天罡星。国民党第二届中央执行委员会有36名委员。

也有同样精彩的回顾。遗憾的是，现在有的历史学者似乎很少注意国共关系史开篇的这段美好时光，忘记了中国共产党在大革命时期所发挥的领导和组织作用，有历史虚无主义者更是在故意遮蔽和篡改这一段不可忽略的历史。现在，就让我们一起来听一听亲历者林伯渠是怎么说的。

十月革命成功，苏联红军建立了，给中国青年很大影响。民国八年巴黎和会以后，五四运动起来了，五四运动是中国一个大的历史转变年代。这件大事，孙中山自己没有跟上，因为他开始还反对五四运动，例如五四运动提倡白话文，他反对白话文，因为人家骂他是孙大炮，说他不能建设，他在那时搞了个《建设》杂志，当时国民党里有朱执信、廖仲恺、胡汉民等人在搞这个东西，研究建设，准备以后发展实业计划。后来五四运动搞得蓬蓬勃勃，有很多新的人物发现了，以后他对五四运动转变了态度。转变了态度以后，他就感觉自己以前不对了。五四运动以后，中国有了马克思主义的小组，有了共产党。这个时候，他觉得这些青年搞得也还有道理，但在那个时候，他很苦闷，年纪已经很大了，致力于国民革命已经有三四十年，但是没有搞出什么结果，虽然他有这个感觉，但是摸不出什么方法。

从我经历的这一段，也说明了一个问题，就是只有马克思主义，只有共产党才能解决中国问题，中国革命的方法也只有马克思主义者，共产党人才能够了解。中国共产党，马克思主义者，要担负起我们民族解放的事业，如果不善于掌握马克思主义也是不行的，就在国民党身上也可以看出这个历史的特点，孙中山所讲的余致力国民革命凡四十年，这几句话，是在一九二五年的遗嘱上讲的，他搞了四十年的国民革命没有摸到这个方法。但自从一九二一年共产党成立，帮助了国民党之后，情形就不同了，特别是国民党第一次代表大会，以前他搞党搞了很多年，但未开过代表大会，现在国民党准备开六次大会。我们共产党历史虽短，从一九二一年成立到现在，已经开了七次大会了，可见它落后得很！（全场哄笑）

国民党是怎样改组的呢？就孙中山一个人的力量也搞不成，是因为有共产党帮助他。我之讲中华民族不会亡，中国不会亡，就是这个道理。国民党所以能有后来，是因为共产党、共产国际帮助了它，这个话是千真万确的，是我亲眼看到的。党是我们帮助它改组的，黄埔军官学校是我们帮助它建立的，假使没有共产国际与中国共产党的帮助，那就没有国民党，就没有国民党以后的北伐，也没有国民党的军队。为什么这样说？孙中山在民国五年以后就想在广东搞一个革命根据地，但是他不晓得怎样搞，他没有群众观点，（笑声）他虽然组织过军队，但也没有搞成什么好军队，所以说他摸了多少年还没有摸到头绪。（笑声）那时他也搞过北伐，叫做第一次北伐，他个人组织了一些粤军，双十节出师，从广西桂林出发到郴州，但是那个时候南北军混战，南北军互相割据，湖南军阀赵恒惕主张联省自治，广东军阀所谓孙中山的部下陈炯明也不主张他北伐，说慢慢来，因此他没有办法非常苦闷。正在这个时候，就来了一个人[29]，这个人就是共产国际派来的，共产国际积极得很，对于东方殖民地半殖民地的革命运动尽量帮助。共产国际派人要找中国的民族领袖，谁是民族领袖、民族英雄，就找谁。共产国际派的这个人首先到了北京，那个时候，北京正是吴佩孚活跃的时候，那个人就去找吴佩孚，在那里住了三个月，看吴佩孚这个人是否民族英雄，（笑声）当时吴佩孚成天饮酒赋诗，他一看不是民族英雄。以后听说南京（应为广州。引者注）有个孙中山，他就去找孙中山，孙中山搞辛亥革命，列宁曾经称赞过。正当孙中山苦闷之时，这人来了，他首先说明来意，孙中山高兴

[29] 即马林，本名亨德立克斯·约瑟夫·弗朗西斯克斯·马里·斯内夫利特，荷兰人。1920年8月，时任共产国际民族和殖民地委员会委员的马林，被指派为共产国际驻远东代表，并于1921年3月动身来华。1920年，在莫斯科召开的共产国际第二次代表大会上，列宁指派他来中国开展革命活动。1921年参加了中共一大。

得很，就问他十月革命是怎样搞成功的，把他留在那里住了两个多月，最后那个人讲："你是中国的民族英雄，不过你这个方法不行，搞不成功，我给你一个建议，你应该有一个很好的、有纪律的、由各阶级各阶层联合的党，现在你的军队也不行，要有革命的军官干部，要开设军官学校。"孙中山这个时候才恍然大悟，他说："那么，请你们给我们帮助，以后应该如何搞，希望共产国际能帮助我。"那个人说："我只是来交涉一下，如何进行，我回去问一下！"

同志们！现在可以在书上看到国民党的历史上，一九二三年有《越飞与孙文宣言》，这就是那个人回去以后，苏联派越飞来和孙中山订立的一个帮助中国的宣言，这个文件许多书上都有。苏联派来的人，就是搞这件事。从这个时候起，就正式谈判，越飞不久病了，到日本去养病。当时提出首先要改组国民党，孙中山相信这个话，就派廖仲恺与越飞到日本谈判。国民党的组织这时候才开始叫区分部、支部、执行委员会等，这一套都是照苏联的办法搞的。（笑声）至于以后还有许多事情，现在我不详细讲。国民党所以像个政党，就是这样来的。国民党过去叫同盟会，以后叫国民党，以后改为中华革命党，以后又改为中国国民党，这些我都知道，因为那时我就是在国民党里办事的人。在这以前，国民党在中国没有党，没有党员，只有在外国华侨之中有些党员，每一年拿一些钱帮助孙中山，所以实际上它在中国没有什么力量。

现在我们再讲改组国民党。国民党没有改组之前，虽经辛亥革命胜利，但他没有办法，那个时候，北洋军阀的势力统治了北方，南方也有军阀的势力，孙中山自己并没有很大的势力，他的力量很小。到一九二二年，他才开始搞党，在上海环龙路二十四号开会，搞了一个中央党部，那时候还是秘密的，也没有什么事可做。在当时，中国共产党已经有了，我记得那个时候，国民党的组织也是共产党帮助他开展的。湖南国民党就是共产党帮助开展的，所以国民党倒还在中国共产党后一些。那个时候，有一个人在上海住，叫覃振，现在是立法院的副院长，也是湖南人，他就在上海搞中央党部。他问我有办法没有？我说我有办法，因为从湖南来了一批青年人，毛主席在湖南搞新民学会，还有夏曦同志（现在已经牺牲），我就和他们接洽。北方和湖北、山东、河南的国民党，都是在这个秘密时期在我们帮助下搞起来的。在一九二四年开国民党第一次全国代表大会，各省选三个代表，由孙中山圈定三个代表，所选的代表差不多都是共产党员，这就是说，国民党的开始组织所以能搞得这样大，是由于共产国际、共产党所帮助的。军队的组织，同样是这样。刚才我们讲的越飞来到中国以后，就商量了这个问题，以后又派鲍罗廷、加伦来，管军事，帮助建立军队，一九二三年六月搞黄埔军校，这样一来就把军官学校成立起来，训练军事干部了。冬十月，组织了党的筹备委员会，这时就改组国民党，所以才能有以后国民党的样子。军官学校的建立，也是共产国际、共产党人帮助的，是因为有共产党的帮助。这些道理很明显，那个时候黄埔学校里的政治工作是由周恩来同志担任，以后编国民革命军，第一军是周恩来同志任党代表，第二军党代表是李富春同志，三军党代表是湖南人，姓朱（指朱克靖，引者注），现在在新四军，第六军是我在那里搞的。这样就把军队创办起来了，从这个时候，就有了国民革命军，开始一共有六个军。

在党里面，国民党中央党部也有我们的人，国民党中央执行委员会一共有二十四个人，我和毛泽东同志、恽代英同志等都是中央委员，我是常委之一。这样看来，国民党之所以能够恢复同盟会时代的精神，都是共产党帮助搞的，军队也是这样。这个话，孙中山自己说得很明白，他讲"余致力国民革命凡四十年"，四十年没有摸到头绪，（笑声）但有了马克思主义就不同了，那时中国有了马克思主义，中国工人阶级已经起来了，但是马克思主义怎么样掌握，他们国民党不懂得。共产党拿着马克思主义的武器就去帮助国民党，所以国民党成立了，革命军队成立了，孙中山说："余致力国民革命凡四十年，其目的在求中国之自由平等，积四十年之经验，深知欲达到此目的，必须唤起民众。"已经搞了四十年，才知道要达到目的必须唤起民众。他革命四十年，不知道唤起民众，共产党一开始就知道，这就是马克思主义，共产党告诉了他，他就改组了国民党，因此一九二四年国民党的改组，我们可以这样说：那个时候的党是合作的党，军队也是合作的军队，各省的党部是许多共产党在那里搞的，孙中山革命四十年没有搞出名堂，为什么改组两年的功夫，就能把封建军阀势力打倒呢？不是别的，一个原因，就是马克思主义在那里起了作用，它帮助国民党改组，帮助国民党办黄埔军校，从这些事实上看，从国民党的这一段历史看，可以说马克思主义传到中国后，帮助了中国，指导了中国，所以才有北伐的初步胜利。但是那个初步胜利，并没有巩固起来。我想，这个主要原因，就是因为中国无产阶级在革命运动中还没有取得很多经验，当时我们的党还是处在一个幼年时期，经验很不丰富，还不善于掌握马克思主义，所以大革命失败了。[30]

历史原来如此简单。林伯渠的讲话解开了国共关系的第一粒扣子，令七大代表们恍然大悟，终于明白为什么说蒋介石是中国革命的叛徒了！原来，国共两党竟然是系在一根藤上的两个瓜，也曾是同一个战壕里的战友。但是，在共同前进的中途，在北伐战争进行时，蒋介石于1927年突然发动了四一二反革命政变，叛变了革命，屠杀自己的兄弟共产党，血雨腥风，血流成河。

除了毛泽东、林伯渠之外，国共关系最初这段蜜月期的亲历者

[30] 中共中央党史研究室、中央档案馆编：《中国共产党第七次全国代表大会档案文献选编》第1卷，中共党史出版社2022年版，第271—274页。本文引用时，为便于阅读，对段落划分稍作调整。

还有周恩来。1946年9月，周恩来在接受美国记者李勃曼采访时，也回顾了国共第一次合作的历史。他说："孙中山的革命思想，一方面继承了太平天国的精神，加以发扬，要改革土地制度。另一方面学得了美国改革土地的办法——即收土地税。但他的活动始终未深入农村去了解和组织农民，革命运动并未与农民结合起来，在城市也未与小市民结合，奔走数十年，都是在狭小的圈子里。因此，大革命以前，觉悟的知识分子和工人对孙中山没有深刻印象。当时的三民主义仅有几个简单口号，没有政纲和政治理论。后来，国共合作，三民主义的内容才充实起来，成为林肯的民有、民治、民享的民主主义。这以后经过大革命时期，共产党广泛发动群众，三民主义才深入群众，在群众中生根。所以，今天我们所遵行的三民主义，是以国民党第一次全国代表大会上发表的主张作标准的。""1924年改组后，改称中国国民党，基础大为扩大。因为有中共的加入，所以它的成员就有工人、农民、士兵、知识分子、商人以及其他中上层人士，总之，成分包括各阶层，成为一个民族的政党。也正因此，党内分成左右两派。革命发展到了一定时期，两派破裂，发生了'四·一二'的清党运动。"而"国民党本身就成为大地主大资产阶级的政党"。[31]

大革命为什么失败了呢？在毛泽东看来，站在共产党的角度来分析，就是因为大革命后期，在执行无产阶级领导的人民大众的反帝反封建的革命这条路线上，我们党犯了错误，那时光讲无产阶级领导，而实际上放弃了领导。

1945年4月24日，毛泽东在七大口头政治报告中说："昨天林老讲得好，那时候有马克思主义，马克思主义传到中国来，被中国人民拿到了，也实行了，但是又似乎不很多，甚至似乎没有。这就是说，在那时候有一部分人是不懂马克思主义的，那时候我们党的领导中占统治地位的以陈独秀为代表，他到了大革命后期就不要马克思主义了。"

什么是不要马克思主义呢？

在中共七大上，作为大革命历史的亲历者，毛泽东以其诙谐幽

[31] 中共中央文献研究室第二部编研部：《周恩来自述》，人民出版社2006年版，第24、25页。

默的语言，跟七大代表们回顾了这一段惨痛的教训。他说："什么是不要马克思主义？就是忘记了无产阶级的领导，忘记了人民大众，忘记了农民。当地主哇哇叫的时候，就向农民泼冷水。他又要无产阶级的领导，又不要农民，你看无产阶级的领导权还有没有？在中国，现在搞马克思主义，怎样搞法呢？他不搞无产阶级领导，他又不要这个领导地位，那还领导什么呢？无产阶级领导，主要应当领导农民，他不要农民，当农民伸出手来的时候，就泼冷水，因为地主也伸出手来了。地主说：共产党，你可不行！于是乎，共产党就夹在地主与农民中间，最后接受了地主的影响，向农民泼冷水。反帝反封建不要农民，还有什么反封建？没有反封建，还有什么反帝呢？帝国主义是干什么的？就是看到中国身上有油水，要揩一点油。中国五个人里面，有四个是农民，如果把四万万五千万人分成五份，每一份是九千万，那末就有四个九千万是农村人口，只有一个九千万是城市人口。用五个指头去打那个'帝'，他说多了，无须乎那么多，要割掉四个，拿一个指头去打，力量大得很，那个'帝'就慌得不得了，就哇哇大叫哭脸了，光哭还下不得台，就跪在我们面前。你看四个指头都掉了，就剩下了一个，无产阶级也孤立了，变成了无军司令、空军司令。当一个总司令，你总要有兵。你没有农民，你看小资产阶级还来不来？他跑到你屋子一看，没有几个人，就吓得不来了。小资产阶级最容易变，有时他神气十足，把胸膛一拍，'老子天下第一'；有时就屁滚尿流。你屋子里一个兵也没有，又没有饭吃，他老先生望一望就开了小差。这怪不怪人家？不怪，怪我们总司令，因为你不招兵。小资产阶级的脾气就是这样，他看力量，看政策，你力量大，他就积极，'我来一个怎么样？要不要我去打先锋？'他看见你屋子里没有几个大人，就说：'下一回来吧！我今天还有事，家里老婆生病。'只有无产阶级招兵买马，积草屯粮，五个指头中间有了四个指头，另一个指头无产阶级占了一半，大地主大资产阶级成了指甲，那半个指头是小资产阶级、自由资产阶级，这时如果你再说：'来不来？同志，来开会吧！'他就是老婆有病，也不说了。他看见你有那样大的力量，就说：'我家没有事，饭有得吃，老婆很好。'"

你不能不服毛泽东思想之敏锐，你不得不服毛泽东语言之尖锐，嬉笑怒骂皆成文章，小资产阶级的摇摆形象栩栩如生跃然纸上。接着，毛泽东不点名地批评了党的历史上因为不懂或者不要而放弃领导权所犯的"左"的或右的错误及其带来的惨痛后果，他带着反省和反讽的口吻说：

> 我们曾经犯过错误，忘记过领导权，忘记过农民群众。所谓领导权，你总要有一个东西去领导，有被领导者才有领导者，有被领导才发生领导的问题。你不要农民，小资产阶级跑了，自由资产阶级也跑了，大地主大资产阶级集中力量来打我们，无产阶级就从台上滚下来了，鼻子也跌烂了。然后爬起来望一望："为什么你打老子？你蒋介石不是朋友！"于是脑子清醒了，搞了一个土地革命。土地革命时期又来了一个急性病。但还是不要农民，不要领导权，不要中国人民最大的力量，五个指头不要四个。为什么急性病也不要农民呢？因为急性病就是要工人暴动，城市起义，对搞大城市很积极，农民虽然也要，但是是附带的，它不注意去研究农民，研究他的面貌，他的眼睛，他的个子大小，研究他姓张姓李，心里想些什么，有些什么吃的。有的人走遍了多少省份，走过二万五千里再加多少里，参加土地革命多少年，可是出一个题目给他："什么叫富农？"他说对不起，没有研究。问他："什么叫中农？"也没有研究。即便是走马观花，那也应该看啊，可是他走马不看花，这个花就是农民。当然下马看花是更仔细，那叫做调查研究。犯急性病的人连小资产阶级、中产阶级也不要，结果自己变成了空军司令，队伍越打越小。我们党有两次变小过，大起来又小了，大起来又小了。头一次，五万多党员剩下没有多少；后来一次，三十万党员也剩下没有多少。按比例说，头一次的损失还小些，五万多人剩

下万把人，剩下了五分之一；后来三十万剩下不到三万，只有二万五千左右有组织的党员，还不到十分之一。现在又大起来了，小指头变成了拳头，今后不要再让它变小了。[32]

[32] 中共中央文献研究室编：《毛泽东在七大的报告和讲话集》，中央文献出版社1995年版，第110—111页。

没有冷语，直吹热风。正如毛泽东所说，共产党确实曾经犯过忘记领导权、忘记农民群众的错误。早在1940年12月4日，毛泽东在中共中央政治局会议上总结说：关于抗日战争以来的错误倾向，在统一战线初期是"左"倾；国共合作建立后有一个时期是右倾，反摩擦后又是"左"倾。总结过去的经验教训，大体上要分大革命、苏维埃与抗战三个时期，总的错误是不了解中国革命的长期性、不平衡性。不了解中国革命的长期性，便产生了对革命的急躁性。他强调指出，大革命末期的右的错误和苏维埃后期的许多"左"的错误，是由于马列主义没有与实际联系起来。总结过去的经验教训，对于犯错误和没有犯错误的人都是一种教育。了解过去的错误，可以使今后不犯重复的错误。1941年1月15日，毛泽东在中共中央政治局会议上指出："左"转到右，则说明了"两极相通"。非"左"即右都根源于一个思想方法，即不了解中国革命具体实际或不能揭示中国革命的客观规律的主观主义。

七大代表柳运光对放弃领导权的错误有着深切体会。1939年10月，时任胶东区党委统战部部长兼八路军山东纵队第5支队25旅政委的柳运光，在当选胶东区党委委员的同时当选七大正式代表。这一年冬天，他奉命奔赴延安，先后在中央社会部、中央党校学习、工作，担任中央党校校部秘书科科长、党校第一部组织教育科副科长。他回忆说："毛主席给我们讲的是两点论，就是说要有辩证观点。具体讲的是统一战线里面的问题，讲国民党与我们党的关系问题。毛主席说，该团结的时候团结，该分裂的时候分裂。团结的时候也要有斗争，又团结又斗争。毛主席打比方说，犹如鸟之两翼，现在只讲团结和只讲斗争都不行。"

在胶东，作为统战部长，柳运光参与建设地方抗日政权。发动群众,建立起了抗日武装。但是,有了军队就要吃饭,饭从哪里来呢?肯定是从农民手里来的。这是一个问题。于是,老百姓问柳运光:"你们为什么不去当区长?"

柳运光一时间没有明白老百姓的话是啥意思。

老百姓接着说:"你们这个军队太好了。但你们这样,走到哪里吃到哪里,我们受不了。我们这个村子,你们来一吃,住上十天就把我们吃光了。你们去当区长,叫这个区里把粮食摊派起来,不就好了吗!"

老百姓的一句话,让柳运光开窍了,才知道当区长的重要性。区长重要,县长更重要。于是,他们就派人去当县长了。一开始,让有的同志去当县长,大家还不愿意去。为啥?跟柳运光一样,不知道政权的重要,不懂得领导权的重要。后来才认识到政权问题的重要,胶东区党委就开始自己任命县长,还在上面设一个专员,这样一来,有了指挥官、司令官,革命工作就顺当多了。

柳运光回忆说:"枪杆子里面出政权,这会儿才明白。就是在这个时候,来了王明路线,叫做'一切经过统一战线,一切服从统一战线'。我们也在城墙上写了这样的标语。当时国民党山东省政府主席是沈鸿烈。我们的县长还要报请他批准,他很为难。我们搞抗日武装斗争,成立了县政府,任命了蓬莱、黄县、掖县三个县长,他要把我们的县长免了,好像不大敢,他也没有这个力量。于是,他承认了我们三个县长,但不承认我们的专员。以后我们就不能自己任命县长了,自己把自己束缚起来了。所以王明的这个路线不对,叫右倾。正确的应该是:我们还是要独立自主地发展。没有国民党县长的地方,我们还是可以任命的。后来山东把王明路线的影响给消除了,罗荣桓起了重要作用。他能够深刻体会统一战线中独立自主的含义。"[33]

柳运光当年的经历在中共党内来说不是个例,无论高层还是基层,都具有一定的普遍性。所以说,即使认清了敌人,有了队伍,还不行,这正是毛泽东反复强调的,要学会当司令官,要掌握领导权。

[33] 中共中央党史研究室第一研究部编:《七大代表忆七大》(下),上海人民出版社2006年版,第971页。

毫无疑问，正是因为在抗日战争时期，中国共产党正确地执行了毛泽东的正确路线，坚决地放手发动群众，壮大人民力量，才把国民党"挤到了那样一个地位，即影响低落，势力缩小，而把我们党放在了这样一种地位，即成为抗日救国的重心，全国广大的人民都拿眼睛望着我们"。现在已经完全证明，只有这样的路线，才是正确的路线。力争领导权、力争独立自主的路线，是共产党的路线，是反映了全党大多数同志要求的路线，是反映了全国大多数人民要求的路线。

那么，请问这条正确的路线是从哪里来的呢？是从天上掉下来的吗？是从外国送来的吗？

当然都不是。毛泽东告诉七大代表们说："它是从中国自己的土地上生长出来的。鲁迅讲过：路是人走出来的。我们这条路线，也是中国人民用脚踩成的。力争领导权，力争独立自主，就是无产阶级领导的人民大众，也就是共产党领导的人民大众，反对日本帝国主义及其走狗的抗日战争的路线。这条路线的正确性，现在已经完全可以证明得清清楚楚了。"

关于军队如何领导的问题，毛泽东说，八路军、新四军、山西的新军等，也是实行统一战线的政策，是在共产党领导下的人民大众的反帝反封建的军队。这个军队是在无产阶级领导下的。"有些人听说无产阶级领导他，他就不高兴。有些人却偏要喊你要归我领导，如果你不归我领导那就不正确，路线就发生问题。这种神气就不好，人家就不大欢迎。在这里，我们要讲清领导的性质。什么叫做领导？它体现于政策、工作、行动，要在实际上实行领导，不要常常叫喊领导。常常叫喊领导，人家不愿听，就少说些。对领导权要弄清其性质"，而不要天天像背经似的去念。

理解了领导权的重要性，掌握了领导权，就要懂得领导谁、如何领导、什么叫做领导，才能做好指挥员、司令官。

4月30日，周恩来在七大作《论统一战线》的发言中，紧紧围绕毛泽东所说的要认清楚敌人、队伍和司令官三个问题，总结了统一战线的经验教训。在说到领导权问题时，周恩来做了有理有据的分析。他说：

> 无产阶级比别的阶级先进，是应当领导别的阶级的，这就是毛泽东同志说的"司令官"。但无产阶级也不是天然的司令官，不是从农民一直到大资产阶级都公推你、公认你为司令官。大革命时期有一个彭述之，他写了一篇文章，说无产阶级的领导权是天然的，不要争！这和毛泽东同志关于争领导权的思想完全相反。领导权要用力量来争，因为领导权是有人和无产阶级争，和共产党争的。不但大资产阶级争，自由资产阶级也争，小资产阶级也争。他们总要照他们的思想来领导这个队伍。但是和我们争领导权最主要的力量，还是代表大地主、大资产阶级的国民党这个统治集团。所以在统一战线当中，互争领导权的主要是国共两党，大资产阶级就成为我们斗争的主要对象。

在大革命后期，因为犯了"不要领导权"的右倾错误，"认为只要说一句风凉话，所谓天然领导权就够了，实际上他觉得既是资产阶级革命，领导权就是资产阶级的，无产阶级顶多是抬轿子的，顶多搞一些集会、结社、言论、罢工的自由"。在农民问题上，陈独秀连减租减息都不赞成，更谈不上解决土地问题了。周恩来说："那时贴了很多标语，有两个口号，一个是要建立无产阶级的领导权，一个是要争取非资本主义的前途。我们党的第五次代表大会，这样的口号也有很多。但口号是口号，而实际上是放弃领导权，认为领导权是天然的，用不着争。所以在政策上就不发展工农武装，不建立工农领导的政府。虽然那时候湖南、江西、湖北等省，还有一些县政权是归武汉政府的，但是陈独秀压制工农斗争，一切都退让，退让的结果使大革命失败了。"周恩来进一步分析说：

> 因为一个队伍有两个司令官，就要打架，两个中间总要下去一个。在大革命初期，国共两党曾经联合成一个队

伍，大革命失败以后，就分了家，成了两个队伍。一直到现在还是两个队伍。一个是无产阶级，共产党为代表，所领导的队伍，发展到今天有了解放区，有了人民的武装。另一个是大地主大资产阶级，国民党为代表，所领导的队伍，十八年来国民党实行一党专政的统治。这两个队伍在那里斗争，双方争取的对象就是农民、小资产阶级、自由资产阶级。有人说我们只争取农民和小资产阶级，这是不对的。我们还要争取自由资产阶级。双方进行争取和领导的方法是不同的。国民党是采取压迫的方法，不但压迫工农，也压迫小资产阶级、自由资产阶级。我们的方法是同一切可以争取的力量合作。我们和农民的关系搞得最好，和小资产阶级的关系也很好。至于对自由资产阶级，领导的方法有所不同，就像和友军的关系一样。大革命初期、中期就是这样的方法。这里头有一个问题，就是自由资产阶级并不那样听话，常常闹独立性。所以我们对自由资产阶级的领导，只能是主要问题上的领导，而不可能是完全的领导。当然，在另一种条件下，我们对自由资产阶级，不但实质上可以领导，而且形式上也可以领导。如在解放区，自由资产阶级就可能在形式上也受我们的领导，但他的独立性还是要保持的。

　　大地主大资产阶级有时是不是可以受我们领导一下呢？从历史的经验看，一时的或一个问题上的领导也是可能的。一般地说，当他们的力量小的时候可以受我们领导。譬如蒋介石在一九二六年三月二十日以后，就不愿受我们的领导了，但他没有力量北伐，就叫我们帮助他，叫苏联帮助他。这时还受我们领导，但这是靠不住的，因为他表面上受你领导，实际上他准备和你分裂。[34]

　　正因此，在武汉时期，王明搞"一切经过统一战线，一切服从统一战线"，又犯了不懂领导权的错误，放弃了领导权，没有把国民

[34] 中共中央党史研究室、中央档案馆编：《中国共产党第七次全国代表大会档案文献选编》第2卷，中共党史出版社2022年版，第504—505页。

党的主张提高到共产党的主张上来，而是把共产党的主张降低到国民党的主张上去，在争取领导权上犯了右倾错误。

周恩来说："所以领导权的问题，是统一战线中最集中的一个问题。右的是放弃领导权，'左'的是把自己孤立起来，成了'无兵司令''空军司令'。可以说右倾是把整个队伍送出去，'左'倾是把整个队伍推出去。"

周恩来在七大关于领导权的论述，给中共七大代表高扬文留下了深刻印象。他在《难忘的七大》一文中这么写道："关于司令官的问题，主要是无产阶级领导权的问题。司令官不是自然而来的，也不是别人封你的，而是要有力量去争取当司令官，掌握革命的领导权。领导权是有人要争的，小资产阶级要争，自由资产阶级也要争，大资产阶级更要争。但小资产阶级和自由资产阶级是软弱的，真正有力量同无产阶级争取领导权的是大资产阶级。在我国革命历史上，就是代表大资产阶级的国民党和无产阶级先锋队共产党争领导权。两个司令官领导两个队伍争领导权，就要看谁的队伍大，谁的力量大，两个队伍两种力量的较量，决定革命的成败。在党的历史上右倾机会主义不要领导权，把领导权拱手送给大资产阶级国民党，做空头司令官。'左'倾机会主义，是空喊领导权，而不去争取农民、小资产阶级、自由资产阶级，扩大队伍，司令官是架空的，领导权也是无力的。周恩来对领导权的问题，做了如下结论：我们党在历史上几个时期的许多成功，都是因为执行了毛泽东同志关于领导权问题的思想和路线。'左'右倾机会主义在领导权问题上翻的跟头最厉害。可以说'左'倾右倾都不懂得领导权问题，不懂得争取这个领导权。非常可贵的是周恩来同志在发言中检讨了在领导权的问题上所犯的错误。"[35]

新民主主义革命和旧民主主义革命的根本区别在于无产阶级是否掌握了领导权。关于无产阶级领导权的问题，在中国共产党内早就提出来了。但是，在中国这样复杂的环境中，无产阶级怎样才能实现领导权？这个问题，毛泽东也经历了长期的思考和探索。他在《〈共产党人〉发刊词》中作出了全面的论述，指出："十八年的经验，

[35] 中共中央党史研究室第一研究部编：《七大代表忆七大》（下），上海人民出版社2006年版，第699页。

已使我们懂得：统一战线，武装斗争，党的建设，是中国共产党在中国革命中战胜敌人的三个法宝，三个主要的法宝。"关于这三者之间的相互关系，毛泽东写道："统一战线和武装斗争，是战胜敌人的两个基本武器。统一战线，是实行武装斗争的统一战线。而党的组织，则是掌握统一战线和武装斗争这两个武器以实行对敌冲锋陷阵的英勇战士。""正确地理解了这三个问题及其相互关系，就等于正确地领导了全部中国革命。"而现在，"我们已经能够正确地处理统一战线问题，又正确地处理武装斗争问题，又正确地处理党的建设问题"。

面对波诡云谲的世界，身处延安山沟窑洞中的毛泽东坚信中国共产党不仅解决了队伍问题、敌人问题，而且解决了队伍的领导者、指挥官问题，并且已经牢牢掌握了中国革命的领导权，对未来充满必胜的信心，拥有无比的定力，观时势闲庭信步，处时事游刃有余。他坚定地告诉他的同志，也勇敢地告诉他的敌人："人民民主势力是一定要胜利的。世界将走向进步，决不是走向反动。"

这就是历史的结论。

马克思主义是对的。

毛泽东是对的。

自己动手
毛泽东

丰衣足食
毛泽东

▶ 1943年,毛泽东在大生产运动中开荒种地

第五章

"放手发动群众,壮大人民力量"

1 "雷公为什么不打死毛泽东？"组织起来！"没有整风党是不能前进的，没有生产党也不能前进"

雷公为什么不打死毛泽东？

这个典故，已经不是新闻了。

但是，不得不承认，和许多读者一样，我在第一次听说这个故事的时候，还误以为这是作家艺术家的文学想象，是文艺剧本创作的一个情节，完全符合虚构演绎的逻辑。然而，真实的历史总是比虚构更精彩，总是超乎我们贫穷的想象。

在中共七大上，在杨家岭中央大礼堂，毛泽东当着750多名大会代表的面，公开讲了这个自己被农民咒骂的故事。他说：

> 要有坚定的原则，要多听地方同志的意见，因为地方同志的话你们很难听得到，他们也难得有机会讲。我就有这个经验，许多话就是从闲话中听到的。例如，说什么陕北人就只能创造苏区不能当红军，为什么陕北红军不编一个师？说什么张国焘学问好，毛泽东学问不好。说什么雷公为什么不打死毛泽东？这些都是闲话，对这些话我怎么看呢？为什么有人希望雷公打死我呢？当时我听到这个话是很吃惊的。说这个话的时间是一九四一年，地方是边区，那年边区公粮征收二十万担，还要运公盐六万驮，这一下把老百姓搞得相当苦，怨声载道，天怒人怨，这些事还不是毛泽东搞的？因为我也主张征收二十万担公粮，主张去运盐。当时不运盐也不行，但是运得久了就不好。这就迫使我们研究财政经济问题，下决心搞大生产运动，一九四二年公粮减少了，一九四三年也减少了，这就解决了问题。为什么说张国焘的学问比我好呢？就是因为批判张国焘路线把人家整苦了，抗大派去的十八岁娃娃当指导员，把什么都说成是张国焘路线，拿老百姓一个鸡蛋也是张国焘路线。三八五旅的旅部打电报给留守兵团司令部反

映这些情况。我说再也不要整人家的张国焘路线了。那个张国焘路线好不好呢？我说当然不好。但三八五旅的同志他们从另一方面想，张国焘没有整他们的张国焘路线，毛泽东就整了他们的张国焘路线，所以张国焘的学问就好，毛泽东的学问就不好。我是不是也承认了这一条呢？我承认了这一条，必须要承认这一条。说雷公为什么不打死我是有原因的，说我的学问比张国焘差也是有原因的，要分析这些原因，要解决问题。[1]

[1] 中共中央文献研究室编：《毛泽东在七大的报告和讲话集》，中央文献出版社1995年版，第210—211页。

这是毛泽东在中共七大第19次全体大会上作关于政治报告讨论结论时的讲话，时间是1945年5月31日。

"雷公为什么不打死毛泽东？"毛泽东为什么如此深刻地反省自己呢？的确，陕甘宁边区在对农民的政策上出现了问题。也正如毛泽东所说，出现了问题就要分析原因，要解决问题。

那是1941年夏天发生的事情。

6月3日下午，陕甘宁边区政府在政府小礼堂召开县长联席会议，讨论征粮问题。会议由边区政府主席林伯渠主持。这一天，延安的天气比较燥热。谁知，会议正在进行时，天气骤变，暴雨倾盆，电闪雷鸣。小礼堂的一根柱子突然遭到雷击，瞬间折断，延川县代县长李彩云不幸触电，经救治无效死亡。《解放日报》在6月5日以《前日雷电中，李代县长触电惨死，今日举行追悼大会》为题做过新闻报道。报道说："突然天空阴雨，电光闪闪，一声巨响，雷电从东面屋角穿入会议室内，所有到会人员受巨雷声震动，头脑皆晕，纷纷逃出室外。时会议室内突然传出'救命'呼声，林主席当即派人入室，将触电人员携出。延川县四科科长（代县长）李彩云触电过重，经多方救治无效，遂以殒命！延安市高市长、志丹县赵县长、延长县白县长也受雷击，经有效救护，已脱离危险……"

这次意外事故，造成一死七伤的惨痛伤害。为了表示哀悼，6月5日下午，边区政府在延安城南门外广场举行了追悼会。谁知，本来只是一个意外事故，传到百姓的口中，却变味了，雷电打死人的自然事故成为发泄对边区政府、对共产党的不满情绪的某种"天意"。一位农民的毛驴因为也在这场雷电事故中被雷电打死。事后，他便借故发泄对征粮负担过重的不满，逢人便说：老天爷不睁眼，咋不打死毛泽东？保卫部门要把这件事儿当成反革命事件来追查，被毛泽东在第一时间制止了。听到这个农民的咒骂后，毛泽东不仅没有生气，反而引起他深深的思考：不要为难老乡，事出必有原因，一个农民为啥要说出这种话来，这骂声的背后是不是有我们工作的失误，或者政策的不对头？

于是，毛泽东就派西北局宣传部部长李卓然率领秦川、柯华等6人组成考察组，从1941年9月24日至11月25日，到陕西固临县遍访贫农、中农、富农，写出了一份近10万字的《固临调查》的调查报告，对边区党和政权的下层组织机构、农村土地革命后农民成分的变化和思想斗争、农民负担的问题作了深入细致调研。调查结果显示，这位农民之所以咒骂毛泽东，就是因为1941年边区征收公粮20万石（每石300斤），导致农民负担太重而引发不满。在这样调查研究的基础上，中共中央、毛泽东研究决定减少征收公粮，将1942年的公粮由原定的19万石降为16万石。

民以食为天。粮食问题，确实是陕甘宁边区经济工作中最急迫需要解决的问题。为什么会出现公粮征收过重的问题呢？

那个时候，边区机关、学校、部队等各部门的粮食供应来源于两个方面：一个是征粮，征收的对象主要是地主、富农，中农负担很轻，贫农没有任何负担；另一个就是边区政府拨款采购。

我们知道，陕甘宁边区曾经是一个土地贫瘠、地广人稀、粮食不足的地方，庄稼靠天收，老百姓靠天吃饭。1939年起到1941年，边区又遭受了旱、病、水、雹、风等五大灾害的轮番侵袭，农业生产连年歉收，导致边区物资供应严重匮乏。日本侵略者从1939年开始在中国大陆战场停止了全面进攻，对国民党采取政治诱降为主、军事进攻为辅的策略，重点进攻共产党领导的人民武装和抗日民主根据地，企图通过"扫荡"和"三光"政策消灭共产党和掠夺抗日根据地。与此同时，国民党蒋介石反动集团对共产党实施军事包围和经济封锁，制造种种事端和借口，不仅从1940年冬天起停发八路军的军饷，而且调集嫡系胡宗南部为主的部队，形成5道封锁线，完全切断了陕甘宁边区同外界的一切经济往来，断绝了边区的全部外援。国民党反动派还以种种卑劣手段，肆意干扰破坏边区的财政经济，公开叫嚣："一斤棉花、一尺布，也不准进入边区。"

我们知道，此时的陕甘宁边区已经不是共产党、毛泽东1936年抵达时的模样了。全国抗战爆发后，中国共产党高举抗日民族统一战线的大旗，延安已经成为中国革命的指导中心和抗日战争的总后方，奔赴边区的爱国青年学子、知识分子、党政机关和军事人员越来越多，边区人口急剧增长。全面抗战初期边区人口为1362254人，其中脱产人员1937年仅为14000余人。但在随后的几年中，脱产人员的比例越来越大，1938年增至16000余人，1939年增至49686人，1940年增至61144人，到1941年则高达73117人，占边区总人口的5.37%。

显然，供需出现了严重的不平衡，矛盾出来了，问题就接踵而至。1940年，因为外援断绝，边区财政困难，政府已经没有足够的能力拨款采购，只能全部依靠征粮。1940年所征收的公粮，供应到1941年3月时，在部分地区已经出现断粮现象，群众的公粮负担逐年增加。1937年是13895石，人均负担1升（3斤），占边区全年粮食收获量的1.28%；1938年为15972石，人均1升2合，占总收获量的1.32%；1939年是52250石，人均4升多，占年收获量的2.92%；1940年是97354石，人均7升多，占年收获量的6.3%；到1941年为200000石，人均1斗5升，占年收获量的12.76%，比上一年翻了一倍多。同时，还发行了救国公债600万元，以弥补财政赤字。[2]

毋庸讳言，边区农民的负担确实太重了。就是在这样的现实背景下，那位自家的毛驴意外被雷电打死的农民逢人便发牢骚：老天爷不睁眼，咋不打死毛泽东?

看了上面的情况，难以想象，边区当时面临的困难有多大。俗话说，僧多粥少。吃饭是最大的政治。粮食危机是最大的危机。如果边区的饭碗端不住了，共产党在陕北就站不住脚、扎不了根。毛

[2] 张金锁:《延安精神》，中共党史出版社2017年版，第155页。

泽东后来曾经这样概括道："最大的一次困难是在1940年和1941年，国民党的两次反共磨擦，都在这一时期。我们曾经弄到几乎没有衣穿，没有油吃，没有纸，没有菜，战士没有鞋袜，工作人员在冬天没有被盖。国民党用停发经费和经济封锁来对待我们，企图把我们困死，我们的困难真是大极了。"[3]

[3] 毛泽东:《毛泽东选集》第3卷，人民出版社1991年版，第892页。

是的，毛泽东知道，必须把饭碗牢牢地端在自己手里。他在农民的咒骂声中更加清醒，也更加坚定。没有退缩，不可动摇，更不能被困难吓倒！无论是面对自然界的困难，还是面对国内外强大的敌人，共产党人的词典里没有惧怕，只有坚韧不拔，只有迎难而上，只有向死而生。

当然，毛泽东向来不打无准备之仗。对于边区可能会面临的政治、经济和军事困境，他早就有思想准备。在抗日战争转入相持阶段时，他就意识到："长期抗战中最困难问题之一，将是财政经济问题，这是全国抗战的困难问题，也是八路军的困难，应该提到认识的高度。"

其实，在困难一露头的时候，毛泽东就已经未雨绸缪，提醒共产党人要做好克服困难的准备。1938年12月8日，在后方军事系统干部会议上，毛泽东说：我们现在钱虽少但还有，饭不好但有小米饭，要想到有一天没有钱、没有饭吃，那该怎么办？无非三种办法，第一饿死；第二解散；第三不饿死也不解散，就得要生产。我们来一个动员，我们几万人下一个决心，自己弄饭吃，自己搞衣服穿，衣、食、住、行统统由自己解决，我看有这种可能。

1939年2月2日，在延安党政军生产动员大会上，毛泽东说：今天开生产动员大会，意义是很大的。要继续抗战，就需要动员全中国的人力物力。要发动人力，就要实行民权主义；要动员物力，就要实行民生主义。今天的生产动员大会，也就是实行民生主义的大会。陕甘宁边区有二百万居民，还有四万脱离生产的工作人员，要解决这二百零四万人的穿衣吃饭问题，就要进行生产运动。生产运动还包含一个新的工农商学兵团结起来的意义。这二百零四万人中，有学生、军人、老百姓等等，今年都要种田、种菜、喂猪，这是农；

要办工厂，织袜做鞋等，这是工；要办合作社，这是商；全体都要学习，老百姓要开展识字运动，这是学；最后是军，八路军自然是军，学生要受军训，老百姓要组织自卫军。这样，工农商学兵都有了，聚集在每一个人身上，叫作工农商学兵团结起来，也叫做知识与劳动团结起来，消灭了过去劳心与劳力分裂的现象。

三年后的1942年12月，毛泽东在《经济问题与财政问题》中谈及1939年召开的这一次生产动员大会，他重复强调说："我们在干部动员大会上曾经这样提出问题，饿死呢？解散呢？还是自己动手呢？饿死是没有一个人赞成的，解散也是没有一个人赞成的，还是自己动手吧——这就是我们的回答。"

中共七大代表、时任留守兵团司令员兼政治委员的萧劲光回忆说：

> 一天，毛泽东同志把林伯渠、高岗和我找去，对我们说：我们到陕北来是干什么的呢？是干革命的。现在日本帝国主义、国民党顽固派要困死、饿死我们，怎么办？我看有三个办法：第一是革命革不下去了，那就不革命了，大家解散回家。第二是不愿解散，又无办法，大家等着饿死。第三是靠我们自己的两只手，自力更生，发展生产，大家共同克服困难。他的这段话，既风趣，又易懂，像一盏明灯，一下子把我的心照亮了。我们三人不约而同地回答说：大家都赞成第三种办法。毛泽东同志听了，笑笑，接着说：现在看来，也只有这个办法。这是我们唯一的出路，是打破封锁、克服困难的最有效最根本的办法。[4]

[4] 萧劲光：《萧劲光回忆录》，解放军出版社1987年版，第298—299页。

"自力更生，发展生产。"两句话，八个字，实实在在，是号召，也是行动，更是精神。为了减轻老百姓的负担，毛泽东抓了两件事：一是号召积极开展以农业为中心的大生产运动，二是实行精兵简政。

在延安，党、政、军、民、学参加大生产运动是从军队开始的。1939年8月，八路军第120师359旅从华北调回陕甘宁边区，担任保卫党中央和保卫边区的任务。然而,"边区养不起军队"的矛盾也同样尖锐地摆在了中共中央、边区政府的面前。就这样,359旅与南泥湾紧紧联系在了一起。

1939年冬天,毕业于北京农业大学(中国农业大学前身)、曾任第一任中共北农大党支部书记的乐天宇,在逃脱国民党的追捕之后,辗转来到延安。这位曾经与毛泽东一起参加过驱张运动和农民运动的湖南人,是一位以"黄河流碧水,赤地变青山""绿荫护夏,红叶迎秋""四时花香,万壑鸟鸣"为终生奋斗目标的农林生物学家。与毛泽东长沙一别,一晃就是20个春秋,两位老友久别重逢,相谈甚欢。交谈中,乐天宇说起了家乡湖南宁远的九嶷山。毛泽东还没去过,十分神往,从此称乐天宇为"九嶷山人"。乐天宇在陕甘宁边区政府建设厅工作,他一边搞调查研究,一边在边区的农校任教。1940年春,他向中央财政经济部长李富春提出建议,组织科技人员对边区进行一次考察。他的建议很快就得到中央和毛泽东的批准。6月14日,他带着自己拟定好的《陕甘宁边区森林考察团工作纲要》,率领边区考察团从延安出发了。他顺着桥山山脉和横山山脉前进,途经甘泉、志丹等15个县,于7月30日返回延安。通过47天的考察,他们共搜集重要标本2000余件,了解了南泥湾、槐树庄、金盆湾一带的植物资源和自然条件,根据考察资料撰写了《陕甘宁边区森林考察报告》,详细介绍了陕甘宁边区森林资源情况。他分别向毛泽东、朱德作了汇报,提出开垦南泥湾的建议,得到了首肯。1941年,乐天宇就任延安自然科学院生物系主任兼陕甘宁边区林务局局长、延安中国农学会第一届主任委员。

1940年5月,从华北回到延安的朱德,看到延安"几月来未发一文零用,各机关、学校、军队几乎断炊"的情形,非常焦急。这年秋天,他特邀董必武、徐特立、张鼎丞、王首道以及一些负责财经工作的人员一起,对边区的经济建设问题进行调查研究,相继在《新中华报》《中国工人》《团结》等报刊发表了《论发展边区的经济建设》《参观边区工厂后对边区工人的希望》《完成边区一九四一年度财政经济计划》等系列文章,提出了"发展陕甘宁边区经济建设"

的方略。这年年底,中央直属财经处处长邓洁奉命研究开发南泥湾的计划。1941年春节刚过,朱德就带领邓洁、359旅718团政委左齐和一些技术干部奔赴南泥湾实地勘察。

南泥湾,地处延安东南方向45公里,汾川河的上游,是延安的南大门,系丘陵沟壑区,土壤为黄绵土、水稻土,林草覆盖率为83%。很早以前,这里曾是延安、延长、固临、鄜县、甘驿道间人口稠密的闹市。从南泥湾考察回来后,朱德向中央、毛泽东建议,在不影响部队作战和训练的前提下,实行"屯田军垦"。这个建议,立即得到中央和毛泽东的认可。1941年3月,在朱德的直接指挥下,359旅1万余名将士在王震旅长的带领下,以"一把镢头一支枪,生产自给保卫党中央"的豪迈气概,从绥德浩浩荡荡地开赴南泥湾,开创了人民军队"屯田军垦"的历史。

曾经是方圆百里的富庶之地,因为战乱和民族纠纷,南泥湾变成了人烟稀少、荆棘丛生、杂草遍地的荒芜之地。359旅官兵要用自己的双手唤醒这块沉睡的沃土。没有房子住,或用树枝、杂草搭建一个窝棚,或在山坡上挖凿窑洞;粮食不够吃,或到几百里之外的延长县去背,或挖野菜、摘野果充饥;缺少了锄头工具,就千方百计收集废铜烂铁,自己打造;没有衣穿,把布匹省下来,夏天光着膀子干,冬天天气冷,就自己砍柴烧木炭御寒取暖;没有纸张,就用桦树皮代替;没有肥皂,就用皂角和草木灰凑合……树林变成了营房,茅柴变成了床铺,避雨用的是茂密的树叶,遮风用的是齐眉的杂草,风餐露宿,意志弥坚,没有什么困难可以阻挡359旅官兵的脚步,没有什么艰难能够让人民子弟兵低下他们的头颅,他们在深山密林里安家,向荒山野岭要粮。

面对困难,359旅提出口号:"上至旅长,下至马夫,一律参加生产劳动,不使一人站在生产线之外。"说到做到,身为旅长,王震身先士卒,同战士们一起开荒种地,双手打满血泡,鲜血染红镢头,不下火线,不退半步。第718团团长陈宗尧带领战士们顶风冒雪去延长县背粮食,归途中他毫不犹豫地破冰涉水带头冲过冰天雪地的延水,为战士们树立了榜样。毛泽东曾在一次报告中深情地说:"陈宗尧同志是八路军第718团的团长，他率领全团走几百里路去背米，他不骑马，自己背米，马也驮米，全团指战员为他的精神所感动，人人精神倍增，无一个开小差。左齐同志是该团政治委员，他在战争中失去了一只手，开荒时他拿不了锄头，就在营里替战士们做饭，挑上山去给战士们吃，使得战士们感动得不可名状。"他号召全体党的干部"学习这两位同志的精神，和广大群众打成一片"，只要这样，"我们就一定会胜利"。

718团有一个名叫李位的班长，11小时开荒3.67亩，在全团175名突击手参加的开荒竞赛中拔得头筹。不久，第719团的战士刘顺义又赶超李位，一天开荒4.1亩，一把5斤重的镢头，最后只剩下马掌那么大。接着，一个名叫尹光普的战士又创造了日开荒4.28亩的新纪录。一个个劳动英雄不仅创造了劳动的奇迹，更激发了"气死牛"的精神，在南泥湾掀起了你追我赶、争先恐后的劳动竞赛热潮。第717团的劳动英雄李黑旦是一名模范班长，抡起5寸宽口面、4.5斤重的锄头，上下翻飞，令人眼花缭乱，好像黑旋风李逵，于是"劳动英雄李黑旦，一开荒二亩半"的顺口溜响遍了南泥湾。

撸起袖子加油干，南泥湾的每一天都有新故事，每一天都有新纪录，每一天都有新英雄。359旅官兵用自己的双手创造了以自力更生、艰苦奋斗为核心的南泥湾精神。1941年，开荒1.12万亩，生产粮食1200石，蔬菜实现自给。1942年，开荒2.68万亩，生产粮食3050石，经费自给率达92.2%。1943年，开荒10多万亩，收获粮食1.2万石，土豆、南瓜等折合粮食（3斤折粮1斤）3000石；收获蔬菜590多万斤；养猪4200多头，羊7800只，牛820余头。1944年，开荒种地26.1万亩，生产粮食3.7万石，收获棉花5000斤，完全实现了年初制定的"一人一只羊，二人一头猪，十人一头牛"的生产目标。官兵们的生活完全变了样，住上了宽敞整洁的窑洞，穿上了整齐暖和的冬装，盖上了厚实松软的棉被，每人每月可吃2斤肉，每天可吃5钱油、5钱盐、1.5斤菜，以前稀有的大米、白面、鸡鸭也能经常吃到。359旅完全实现了党中央、毛泽东开发南泥湾的目标，"不要政府一粒米、一寸布、一文钱"，而且还达到耕一余一，向政府交纳公粮1万石，创造了军队建设史上的奇迹。

359旅的将士们不忘初心，继续前进，在南泥湾这片肥沃的热土上尽情地挥洒着中国共产党人的想象力和创造力。陕北农民从来没有种植水稻的习惯，他们硬是通过艰苦的探索和试验，在黄土高原上成功种植了水稻。他们还办起了纺织厂、被服厂、造纸厂、粮食加工作坊，成立了运输队、军人合作社等，用人民子弟兵的聪明才智、辛勤劳动、无私奉献和勇于创新的精神，用鲜血、汗水甚至生命在昔日荒凉的南泥湾描绘出了一幅"绿水青山就是金山银山"的美丽画卷。1942年7月，朱德邀请徐特立、谢觉哉、吴玉章、续范亭四位老人同游南泥湾。面对南泥湾翻天覆地的变化，曾经8次来过这里并为此倾注了无数心血的朱德喜出望外，他情不自禁地赋诗一首《游南泥湾》："去年初到此，遍地皆荒草。夜无宿营地，破窑亦难找。今辟新市场，洞房满山腰。平川种嘉禾，水田栽新稻。屯田仅告成，战士粗温饱。农场牛羊肥，马兰造纸俏。小憩陶宝峪，青流在怀抱。诸老各尽欢，养生亦养脑。薰风拂面来，有似江南好。散步咏晚凉，明月挂树杪。"

1943年，陕甘宁边区军民大生产运动渐入高潮，作为"生产模范"的359旅，更是名震边区。1月14日，在中共西北局高干会议上，西北局表彰和奖励了大生产运动中取得突出成绩的单位和个人。毛泽东分别题词表示祝贺。毛泽东为359旅题词"发展经济的前锋"，为王震题词"有创造精神"，为359旅供给部长何维忠题词"切实朴素，大公无私"，为717团政委晏福生题词"坚决执行屯田政策"，为359旅锄奸科科长罗章题词"以身作则"。南泥湾翻天覆地的巨大变化强烈吸引着延安各行各界的知名人士，他们络绎不绝地前来参观访问，并写下了不少赞颂的诗文。著名爱国将领续范亭就写下了《南泥杂咏》20多首诗作，著名诗人萧三创作了诗歌《我两次来到南泥湾》，诗人何其芳创作了散文《记王震将军》等，纷纷对南泥湾屯垦开荒的伟大成就给予褒奖。

1943年春节，延安军民精心筹办了慰问品，并带上文艺节目到南泥湾去慰劳359旅全体官兵。鲁迅艺术文学院秧歌队在负责准备文艺节目时，专门为359旅策划创作了一个节目。经过编创人员一番苦思冥想，构思出一支名为《挑花篮》的秧歌舞，由8位女演员挑着8对花篮，伴着插曲在台上表演，插曲歌词的最后一段名叫《南泥湾》。曾在南泥湾烧过木炭的诗人贺敬之接到为该插曲创作歌词的任务后，结合自己对边区军民大生产运动的考察特别是自己的亲身经历，一气呵成写出了歌词，由作曲家马可采用陕北民歌的调式，为它谱了曲。秧歌舞《挑花篮》在南泥湾慰问演出中，受到359旅官兵的极大欢迎。旅长王震看完节目后，高兴地跑上舞台，与演员们一一握手，并与她们合影留念。歌曲《南泥湾》就这样诞生了。后来，随着《挑花篮》在陕甘宁边区的巡回演出，特别是由郭兰英演唱之后，这首歌迅速在边区走红，家喻户晓。

> 花篮的花儿香，听我来唱一唱，唱一呀唱。来到了南泥湾，南泥湾好地方，好地呀方。好地方来好风光，好地方来好风光，到处是庄稼遍地是牛羊。
>
> 往年的南泥湾，到处呀是荒山，没呀人烟。如今的南泥湾，与往年不一般，不一呀般。如呀今的南泥湾，与呀往年不一般，再不是旧模样，是陕北的好江南。
>
> 陕北的好江南，鲜花开满山，开呀满山。学习那南泥湾，处处呀是江南，是江呀南。又战斗来又生产，三五九旅是模范，咱们走向前呀，鲜花送模范。

南泥湾的美名和南泥湾的精神，伴随着这首《南泥湾》迅速传遍大江南北、长城内外，"陕北的好江南"也成为南泥湾的代名词。当年，延安电影团也专门来到南泥湾，拍摄了电影纪录片《生产与战斗结合起来》（后改名《南泥湾》），真实记录了359旅的劳动英雄们将"烂泥湾"变成"好江南"的战天斗地的火热画面，成为永恒的历史记忆。拍摄归来后，摄影队队长吴印咸来到枣园，请求毛泽东为电影题词。毛泽东欣然同意，挥毫写下"自己动手，丰衣足食"八个大字。

1943年10月，毛泽东和任弼时、彭德怀也来到了南泥湾，他们要亲眼看一看359旅的屯垦和生产情况。时逢金秋，橙黄橘绿，瓜果飘香，生机勃勃的南泥湾呈现出一派大丰收的喜人景象。毛泽东目睹了"瓜果蔬菜堆如山，牛羊成群猪满圈，鸭鹅满塘鸡满院，窑洞整齐布满山，厂房林立路通达，市场繁荣军民欢"的繁荣景象，十分高兴。他深有感慨地说："困难，并不是不可征服的怪物，大家动手征服它，它就低头了。大家自力更生，吃的、穿的、用的都有了。目前我们没有外援，假定将来有了外援，也还是要以自力更生为主。"

　　"到处是庄稼，遍地是牛羊"的南泥湾，实际上只是陕甘宁边区大生产运动的一个缩影。在那个年代，延安和边区的党、政、军、民、学都投身于热火朝天的劳动生产当中，生产的高潮一浪高过一浪，人民的生活一年胜似一年。据边区财政经济部统计，边区群众在1939年开荒100.27万亩，1940年开荒69.9万亩，1941年开荒48.1万亩，1942年开荒35.5万亩，1943年开荒77万亩，1944年开荒105.47万亩，总计开荒436.24万亩，人均开荒3亩。随着耕地面积的增加，粮食产量逐年增加，由1937年的126万石提高到1944年的160万石。1943年，边区政府提出的粮食生产"耕二余一"的目标，到1945年已基本实现。边区的财政难关已经渡过。对此，毛主席说："这是中国历史上从来未有的奇迹，这是我们不可征服的物质基础。"

　　以359旅开发南泥湾为代表的陕甘宁边区大生产运动产生了强烈的示范效应，各抗日根据地以陕甘宁边区为榜样，相继奏响了自力更生、丰衣足食的凯歌。其他敌后抗日根据地的生产运动是从1942年开始的，1943年、1944年发展为普遍运动。敌后的情况不同于陕甘宁边区，那里战斗频繁，不像陕甘宁边区处在相对和平的环境中。因此，中共中央和毛泽东所确定的敌后根据地的第一位的任务是战争，即不断粉碎敌人残酷的"扫荡"和"蚕食"。但是，为了使自己立于不败之地，生产也毫无例外地是所有根据地的重要任务之一。1943年6月1日，毛泽东在发给彭德怀的一个电文中说：抗战还须准备三年,"我党应在此三年中力求巩固,屹立不败"。为此就必须实行各项正确政策。在对人民的政策方面,"除坚持'三三制'外,应以大力发展农业、手工业,如人民(主要是农民)经济趋于枯竭,我党即无法生存,为此除组织人民生产外,党政军自己的生产极为重要"。10月1日,毛泽东在为中央起草的指示中又指出:敌后各根据地"必须于今年秋冬准备好明年在全根据地内实行自己动手、克服困难(除陕甘宁边区外,暂不提丰衣足食口号)的大规模生产运动,包括公私农业、工业、手工业、运输业、畜牧业和商业,而以农业为主体"。"各级党政军机关学校一切领导人员都须学会领导群众生产的一全套本领。凡不注重研究生产的人,不算好的领导者。"当然,由于各地情况不同,要求也应不同。以军队、机关、学校的自给率说,毛泽东认为,陕甘宁边区应力争达到100%,其他巩固区要达到50%,游击区应达到15%~25%。

七大代表、时任延安县委书记王丕年回忆说:"当时公粮征收是毛主席非常担心的一个问题,我去做了比较深入的调查,写出了一个调查报告,说明公粮征收以后对群众影响怎么样。实际上当时征收的粮食一般是收成的1/3,或者一半。通过算账,可以看出农民的负担重,但是能够负担得起,就是征收一半,群众的粮食也够吃。所以我写了一篇文章,说明公粮征收以后对人民生活的影响。《解放日报》社一位姓赵的记者帮我修改以后,在报纸上刊登出来。在40年代初期,我在《解放日报》发表了不少文章,大多是调查报告。有一次我到西北局去,高岗和陈正人部长说,毛主席看了你那个调查,认为写得不错,他看了那个东西放心多了。毛主席对我们报告的重视,对我是个很大的鼓励。用现在的话说,我那时成了先进典型。"[5]

1942年12月,在中共中央西北局高干会议期间,毛泽东亲自组织收集和整理经济和财政方面的历史的和现状的材料,专门为会议撰写了题为《经济问题与财政问题》的长篇书面报告,共十章。原计划写的税收和节约两章,因高干会议闭幕,来不及写而付阙如。毛泽东在这份报告中指出,"发展经济,保障供给,是我们的经济工

[5] 中共中央党史研究室第一研究部编:《七大代表忆七大》(上),上海人民出版社2006年版,第154页。

作和财政工作的总方针"，批评了不从发展经济、开辟财源而企图从收缩必不可少的财政开支去解决财政困难的保守观点，也批评了离开具体条件搞空洞的不切实际的大发展计划的冒险思想。在公私关系上，毛泽东提出正确的口号是"公私兼顾"或"军民兼顾"，批评不顾战争需要单纯地强调政府应施"仁政"的观点，也批评不顾人民困难，只顾政府和军队的需要，竭泽而渔、诛求无已地加重人民负担的观点。

在报告中，毛泽东一针见血地指出：为了抗战建国的需要，人民是应该负担的，同时要使人民经济有所生长、有所补充，才能支持长期的抗战。"一切空话都是无用的，必须给人民以看得见的物质福利。"我们有许多同志的头脑还没有变成一个完全的共产主义者的头脑，他们只做了向人民要东西的工作，而没有做给人民以东西的工作。"我们的第一方面的工作并不是向人民要东西，而是给人民以东西"，在目前条件下，就是领导人民发展生产，增加他们的物质福利，并在这个基础上逐步提高他们的政治觉悟和文化程度。否则就会军民交困，一切也就无从说起了。"所以党与政府用极大力量注意人民经济的建设，乃是我们非常重要的任务。"许多部队、机关、学校的生产活动，负行政指挥责任的人不大去管，有少数人甚至完全不闻不问，只委托供给机关或总务处去管，这是由于不懂得经济工作的重要的缘故，有的人是中了董仲舒等所谓"正其谊不谋其利，明其道不计其功"这些唯心的骗人的腐化之毒。在目前陕甘宁边区的条件下，就大多数同志来说，中心工作"确确实实地就是经济工作与教育工作，其他工作都是围绕着这两项工作而有其意义"。

王丕年回忆说："毛主席在做《经济问题与财政问题》报告时，将我关于开荒种地、移民生产和改造'二流子'的调查报告全文引用，并大加称赞。"毛泽东说："我们希望全边区的同志都有延安同志这样的精神，这样的工作态度，这样的学会领导群众克服困难的马克思主义的艺术，使我们的工作无往而不胜！"也就是在这次西北局高干会上，王丕年受到西北局的表扬并授予"劳动英雄"的称号，林伯渠为他颁发了毛泽东亲笔题写的"善于领导群众——赠王丕年同志"的奖状。当然,也正是因为工作出色,王丕年当选为中共七大代表。

1943年初,中共中央提出了"丰衣足食"的口号。2月9日,毛泽东在一份电报中说:边区在渡过财政难关的基础上,"今年决定大发展农、工、盐、畜生产,提出丰衣足食口号,如不遭旱大有办法,人民经济亦大有发展,可达到丰衣足食"。这是党中央对边区生产运动的一个新的部署。5月1日,朱德在《解放日报》上发表文章,号召建设好"革命家务",在工业生产方面,"争取一二年内首先做到党政军学主要必需品的全部自给,并照顾将来稳健的向前发展"。对朱德建设"革命家务"的提法,毛泽东十分赞成。他风趣地发挥说:"国民党以前不是常说我们'窜回老巢'吗?过去我们并没有'巢'。在陕北这个地方,靠着桥山山脉的确可以建立一个又深又好的'巢',敌人不能去,里面有工农商业,有牛羊鸡犬,有女子娃娃,有生产班。这要好好计划一下,要如朱总司令所讲的好好的搞一个革命家务。"经过一年的努力,党中央提出的"丰衣足食"的口号基本得到实现。1944年,边区的经济状况进一步改观。由于部队机关学校自给率显著提高,边区财政收入中取之于民的部分只占31%,因此老百姓的负担大大减轻。1941年财政最困难时,征收公粮20万石,1945年减至12万石。

"只见公仆不见官。"在如火如荼的大生产运动中,毛泽东、朱德、周恩来、刘少奇、任弼时等中共领导人也没有置身事外,同样以身作则带头参与开荒生产,搞变工,交公粮,艰苦朴素。边区政府主席林伯渠是勤俭节约、廉洁奉公的表率,他不仅参加生产劳动,还将自己的节约计划张榜公布:在农业上完成细粮2石交粮食局(用变工合作办法);收集废纸交建设厅;戒绝吸外来纸烟;棉衣、单衣、衬衣、鞋袜、被单、毛巾、肥皂完全不要公家供给。1943年初,他还自题"生产节约计划"诗一首刊登在墙报上:"待客开水不装烟,领得衣被用三年。淡巴菰一亩公粮缴,糖萝卜二分私费赡。施肥锄草自动手,整旧如新不花钱。发动男耕和女织,广开草莱增良田。边区子弟多精壮,变工扎工唐将班。"毛泽东看到林伯渠制订的"生产节约计划",说:"你个人的计划能实行,必有好的影响。我也定了一点计划,准备实行。"毛泽东就在杨家岭窑洞下面的山沟里开垦了一块长方形的荒地,种上了辣椒、茄子、西红柿。勤务员对毛泽东说:"主席,您工作忙,晚上加班加点,点灯熬油,身体不好,就不要参加生产劳动了。"毛泽东说:"小鬼啊,那怎么行?!生产是党的号召,我应该和同志们一样,只要有空就应该参加劳动,响应党的号召。"只要有时间,毛泽东就扛着锄头提着水桶来到田间,浇水、施肥、拔草,他种的辣椒、茄子、西红柿长势喜人。

朱德总司令在王家坪住地,也开了3亩地,种上10多种蔬菜。从前线回来的同志,都喜欢到他这里来打牙祭。1943年11月举行的边区生产展览大会,展出了朱德种植的一个大冬瓜。有参观者看到后特别感动,当即作诗一首:"工余种菜又栽花,统帅勤劳天下夸。愿把此风扬四海,逢人先说大冬瓜。"朱德的蔬菜为什么种得这么好呢?来自晋察冀代表团的七大代表王宗槐发现了一个秘密,那就是朱德勤拾粪、勤施肥。那是1943年冬天的一个早晨,王宗槐和几位战友走出党校大门到马路上散步,忽然遇见朱德总司令在马路上拾粪。只见警卫员肩头背一个筐,总司令拿个粪耙子,见到马粪、牛粪、狗粪就拾。此情此景,让王宗槐惊呆了,他没有想到八路军的总司令会在乡村公路上捡狗屎,内心深受感动和教育。那时,他确实听说毛泽东、朱德、刘少奇、任弼时等中央领导都亲自动手开荒种菜,学习纺纱,但从未亲眼见过。现在亲眼见到朱总司令拾粪,更加鼓起了他参加大生产的劲头。他说:"我们党校一部的同志都分了地,自己动手种菜。我和刘澜波、刘英勇三人分了一点地,种了十几棵西红柿、烟叶,利用业余时间掏粪、浇水。我们党校的全体同志还参加了修建延安飞机场的劳动。在参加生产劳动的同时,大家都能严格要求自己,克服生活上的困难。"[6]

说起拾粪,延安也曾发生一些奇闻轶事,还出现过"偷粪"的事情。在中央党校学习的每一位七大代表都要种好自己的"自留地",而要想种好西红柿,就必须准备大量的肥料。因此,支部各组都挖有各自的小厕所,谁都不愿意到公共厕所去解大小便,肥水不

[6] 中共中央党史研究室第一研究部编:《七大代表忆七大》(上),上海人民出版社2006年版,第433—434页。

流外人田嘛！可是，有一个小组小厕所里的大便经常天不亮就被人"偷"走了。这令他们十分气愤，怎么办？于是，他们设了一个暗哨，轮流派人在天亮之前蹲守抓"小偷"。有一天，天还未大亮，只见一位个儿高高的人提着筐子拿着铲子来了，一铲铲地将粪往自己筐里装，这一下就被抓了个现行。早饭后，"抓小偷"的事情就悄悄地在小组里传开了，有的说那高个儿是一位著名的教授，有的说是一位著名的诗人，还有的说是一位有名的艺术家，总之是一位在延安很有名的人物。很快，这事儿被伍云甫（1942年春中央军委秘书长、1943年夏调任中共中央党校第四部副主任兼支部书记）知道了，赶紧过来把人放了，还要求大家不准说出去。不久，毛泽东也知道了这件事。七大代表杨国宇清楚地记得："毛主席说要保密，名字绝对不准公布出去，这是了不起的新闻。在中国发生这样的事，说明中国革命大有希望。"可不是嘛，经过整风运动，诗人、作家和艺术家们在延安文艺座谈会之后纷纷走进了人民中间，深入群众，扎根基层，现在又全身心地投入到大生产运动之中。虽然"偷粪"的行为值得商榷，但如此积极参加生产劳动的精神，也确实令毛泽东十分欣慰，看到了希望。后来，杨国宇他们种的西红柿喜获丰收，吃都吃不完，中央党校的食堂也不收，为了庆祝六一儿童节，他们就把保育院的小朋友们请过来，让可爱的小宝贝们体会了一把采摘的乐趣。

时任八路军第129师司令部机要科科长杨国宇，是1943年11月18日来到延安的，被分配到中央党校第一部。刚到延安时，中央党校的伙食每天都是四菜一汤，大盆四方红烧肉，让你吃个够。他很好奇，就问同组的同学是不是七大代表都吃这么好。那意思就是说是不是有特殊照顾。他得到的回答却是："你来已减少了一半，过去是八个菜。"1944年2月22日，是星期天。这天下午，杨国宇到刘伯承的窑洞去拜访。恰好有一个从太行来的干部也在那里，闲谈中说起太行今年的日子不好过，部队、机关拼命搞生产，开荒修渠搞水利闹得欢。刘伯承就问来延安不久的杨国宇："你们党校生活怎么样？"杨国宇回答说："还可以。"刘伯承严肃地说："不是可以，是天堂，不要人在福中不知福。"[7]

1944年2月26日，《解放日报》公布了中共七大代表、绥德地委书记习仲勋的个人生产节约计划："在生产方面，和勤务员变工种一垧棉花、一垧白菜（或其他），完成六斗米任务；自己多做一点勤务，让勤务员抽时纺毛纺线，每天自己也捻毛线一小时，在院子附近自己种一分地白菜西瓜、一百棵西红柿，保证个人菜蔬完全自给。在节约方面，不吸纸烟，改抽旱烟，且准备慢慢全部戒绝，办公用品节省三分之二，棉衣、单衣、单鞋、棉鞋、被褥等，不要公家补充。自己打麻鞋穿，冬天睡冷床，只烧炉子不烧炕，提早停火半个月，每月在伙食上节省一升小米。此外，注意身体健康，不花公家一文药费。"延安的党、政、军、学一边轰轰烈烈地搞大生产，一边一点一滴厉行节约，自力更生、艰苦奋斗，勤俭朴素、廉洁奉公，从身边事、从小事做起。细节决定成败，细节也彰显共产党人的本色。

除开荒种地外，纺纱、纺毛线等手工业也是大生产运动中的一大奇观。1940年，各机关学校响应朱德总司令的号召，掀起了手摇纺毛运动。接着各单位纷纷建立纺织、被服、制鞋、木工、造纸、榨油等工厂。1942年，边区政府提出"巩固现有公营工厂，发展农村纺织业"的方针，一方面对现有公营工厂进行调整合并，另一方面以投资和订货等办法，扶助私营工厂的发展。这一年，边区生产的布匹已经能够满足军民年需要的40%，接近了半自给，而公营纺织厂已能供给党、政、军、学需要的70%。

那个时候在延安，机关的干部、学校的教员和学员、部队的指挥员和战斗员，在工作、学习、练兵的间隙里，谁没有使用过纺车呢？纺车跟战斗用的枪、耕田用的犁、学习用的书和笔一样，成为大家亲密的伙伴。纺纱工具有两种：一种是手摇的纺纱车；另一种工具比较简易，是用一根小木棍或竹子，底下有个小托盘，一手拿着棉花或羊毛，一手拿着棍子转，棉线、毛线就捻出来了。这种工具很方便，可以随身带着走，一边或开会或听报告，一边捻线，很多时间、场合都能利用。的确，在延安，纺车是作为战斗的武器使

[7] 中共中央党史研究室第一研究部编：《七大代表忆七大》（上），上海人民出版社2006年版，第635页。

用的。开荒、种庄稼、种蔬菜,是足食的保证;纺羊毛、纺棉花,是丰衣的保证。

延安的纺纱劳动给时任陕甘宁边区文化协会秘书长吴伯箫留下了深刻的印象。1962年,参加过延安文艺座谈会的他回忆起参与大生产劳动的往事,那惊天动地的劳动大军、那翻天覆地的劳动画面、那改天换地的劳动热情,依然历历在目,他创作出了日后收入《星火燎原》丛书并入选中学语文课本的散文《记一辆纺车》,成为延安大生产运动的生动写照。

> 大家用自己纺的毛线织毛衣,织呢子,用自己纺的棉纱合线,织布。同志们穿的衣服鞋袜,有的就是自己纺的线织的布或者跟同志换工劳动做成的。开垦南泥湾的部队甚至能够在打仗练兵和进行政治、文化学习而外,纺毛线给指战员做军装呢。同志们亲手纺的线织的布做成衣服,穿着格外舒适,也格外爱惜。那个时候,人们对一身灰布制服,一件本色的粗毛线衣,或者自己打的一副手套,一双草鞋,都很有感情。衣服旧了,破了,也"敝帚自珍",舍不得丢弃。总是脏了洗洗,破了补补,穿了一水又穿一水,穿了一年又穿一年。衣服只要整齐干净,越朴素穿着越称心。华丽的服装只有演员演戏的时候穿,平时不要说穿,就连看着也觉得碍眼。在延安,美的观念有更健康的内容,那就是整洁,朴素,自然。
>
> 纺线,劳动量并不太小,纺久了会腰酸胳膊疼;不过在刻苦学习和紧张工作的间隙里纺线,除了经济上对敌斗争的意义而外,也是一种很有兴趣的生活。纺线的时候,眼看着匀净的毛线或者棉纱从拇指和食指之间的毛卷里或者棉条里抽出来,又细又长,连绵不断,简直有艺术创作的快感。摇动的车轮,旋转的锭子,争着发出嗡嗡、嘤嘤的声音,像演奏弦乐,像轻轻地唱歌。那有节奏的乐音和歌声是和谐的,优美的。

纺线也需要技术。车摇慢了，线抽快了，线就会断头；车摇快了，线抽慢了，毛卷、棉条就会拧成绳，线就会打成结。摇车抽线配合恰当，成为熟练的技巧，可不简单，很需要下一番功夫。初学纺线，往往不知道劲往哪儿使。一会儿毛卷拧成绳了，一会儿棉纱打成结了，急得人满头大汗。性子躁一些的甚至为断头接不好而生纺车的气。可是关纺车什么事呢？尽管人急得站起来，坐下去，一点也没有用，纺车总是安安稳稳地呆在那里，像露出头角的蜗牛，像着陆停驶的飞机，一声不响，仿佛只是在等待，等待。直等到纺线的人心平气和了，左右手动作协调，用力适当，快慢均匀了，左手拇指和食指之间的毛线或者棉纱就会像魔术家帽子里的彩绸一样无穷无尽地抽出来。那仿佛不是用羊毛、棉花纺线，而是从毛卷里或者棉条里往外抽线。线是现成的，早就藏在毛卷里或者棉条里了。熟练的纺手趁着一线灯光或者朦胧的月色也能摇车，抽线，上线，一切做得从容自如。线绕在锭子上，线穗子一层一层加大，直到大得沉甸甸的，像成熟了的肥桃。从锭子上取下穗子，也像从果树上摘下果实，劳动以后收获的愉快，那是任何物质享受都不能比拟的。这个时候，就连起初生过纺车的气的人也对纺车发生了感情。那种感情，是凯旋的骑士对战马的感情，是"仰手接飞猱，俯身散马蹄"的射手对良弓的感情。

纺线有几种姿势：可以坐着蒲团纺，可以坐着矮凳纺，也可以把纺车垫得高高的站着纺。站着纺线，步子有进有退，手臂尽量伸直，像"白鹤晾翅"，一抽线能拉得很长很长。这样气势最开阔，肢体最舒展，兴致高的时候，很难说那究竟是生产还是舞蹈。

为了提高生产率，大家也进行技术改革，在轮子和锭子之间安装加速轮，加快锭子旋转的速度，把手工生产的工具改成半机械化。大多数纺车是从纺羊毛、纺棉花的劳动实践中培养出来的木工做的；安装加速轮也是大家从劳动实践中摸索出来的创造发明。从劳动实践中还不断总结出一些新的经验。譬如纺羊毛跟纺棉花有不同的要求，羊毛要松一些、干一些，棉花要紧一些、潮一些。因此弹过的羊毛折成卷，弹过的棉花搓成条之后，烘晒毛卷和润湿棉条都得有一定的分寸。这些技术经验，不靠实践是一辈子也不会知道其中的奥妙的。

为了交流经验，共同提高，纺线也开展竞赛。三五十辆或者百几十辆纺车摆在一起，在同一段时间里比纺线的数量和质量。成绩好的有奖励，譬如奖一辆纺车，奖手巾、肥皂、笔记本之类。那是很光荣的。更光荣的是被称为纺毛突击手、纺纱突击手。举行竞赛，有的时候在礼堂，有的时候在窑洞前边，有的时候在山根河边的坪坝上。在坪坝上竞赛的场面最壮阔，"沙场秋点兵"或者能有那种气派。不，阵容相似，热闹不够。那是盛大的节日赛会的场面。只要想想，天地是厂房，深谷是车间，幕天席地，群山环拱，世界上哪个地方哪个纺织厂有那样的规模呢？你看，整齐的纺车行列，精神饱满的竞赛者队伍，一声号令，百车齐鸣，别的不说，只那嗡嗡的响声就有飞机场上机群起飞的气势。那哪里是竞赛，那是万马奔腾，在共同完成一项战斗任务。因此竞赛结束的时候，无论纺得多的还是纺得比较少的，得奖的还是没有得奖的，大家都感到胜利的快乐。

就这样凭劳动的双手，自力更生。纺线，不只在经济上保证了革命根据地的军民有衣穿，不只使大家学会了一套生产劳动的本领，而且在思想上教育了大家，使大家认识劳动"本身成了生活的第一需要"的意义，自觉地"克服那种认为劳动只是一种负担，凡是劳动都应当付给一定报酬的习惯"。在劳动的过程里，很少有人为了个人的什么斤斤计较；倒是为集体做了些什么有意义的事情，才感到是真正的幸福。

就因为这些,我常常想起那辆纺车。想起它就像想起旅伴和战友,心里充满着深切的怀念。围绕着这种怀念,也想起延安的种种生活。在党中央和毛主席的周围工作,学习,劳动,同志的友谊,革命大家庭的温暖,把大家团结得像一个人。真是既团结,紧张,又严肃,活泼。那个时候,物质生活曾经是艰苦的、困难的吧,但是,比起无限丰富的精神生活来,那算得了什么!凭着崇高的理想、豪迈的气概、乐观的志趣,克服困难不也是一种享受吗?

跟困难作斗争,其乐无穷。

什么叫艰苦奋斗?什么叫乐观主义?什么叫革命的浪漫主义和革命的现实主义?历史已经成为旧迹,精神依然跃然纸上。

来自新四军的七大代表段焕竞,是带着妻子李珊和女儿从南方千里迢迢来到延安的,分配在中央党校第四部学习。"赤手空拳"的他一面学习、一面劳动,在小砭沟的山上找了一块荒地,种上土豆、南瓜和烟叶。1944年秋天不但按规定上交了120斤南瓜、120斤干草,一家人还可以经常做甜甜的南瓜饼吃。可是,因为来延安时是冬天,夫妻俩所带衣物大都是孩子的,大人只有上级配发的一床棉被、一套穿了三年的棉衣棉裤,因此穿的问题就亟须自己解决。于是,他向木匠师傅请教,制造了纺车,开始学习纺纱。夫妻俩还每人做了个捻线葫芦,学捻羊毛,还削了几根竹针,准备用自己捻的毛线打毛线衣。学着学着,段焕竞感觉自己不是那块料,闹了不少笑话,纺线线断,捻毛毛散,还是男耕女织比较好。的确,妻子李珊很快就学会了纺纱,每天可以纺4两线,捻的毛线也很像个样子,在冬天来临前居然给宝贝女儿打了一件小毛衣。

当时,延安还搞过纺纱比赛。中直直属机关纺得最好的要属任弼时,他纺的纱又细又匀,是头等纱,得过中直机关和中央警卫团纺纱比赛第一名。周恩来也曾获得过"纺纱能手"的称号。陈赓、陈锡联、陈再道、薄一波都曾用臭羊毛纺线,或5斤或7斤地交公。

关于纺纱，也闹过笑话。有一位1942年从晋察冀前线来的老同志，是黄埔军校毕业的，组织上发了一辆纺车给他。他一见就大发脾气，说"他妈的，搞这个名堂"，说着就抓起纺车从山上摔到山下去了。后来，在小组会上，他接受了同志们的批评，也作了自我批评。

榜样的力量是无穷的。毛泽东、朱德、周恩来、刘少奇、任弼时带头参加劳动，给大家树立了榜样。当时在中央党校学习的冀中军区第二军分区政委吴西回忆说："我们党校各部，领导干部和学员、工作人员听了以后，大家很激动，立即计划生产。我们二部规定学员量力而行，自动找荒地种小米、种南瓜交公，西红柿自种归自己当水果吃。经过努力，我们八支部种小米的任务基本完成，西红柿也获得了丰收，只有南瓜未完成任务。除此之外，中央还号召大家自纺毛线、棉线。我爱人刘仁当时带着孩子住在招待所，她一边照顾孩子，一边纺线，解决了一些费用问题。我的一架旧纺车，是红军老战士雷经天送我的，尽管我当支部书记，工作比较忙，但为了以身作则，我提出'工作生产两不误'的口号，照样完成纺线任务。回想当时的情景，真是十分有趣，我们大都以学习组为单位，三五人成一圈，一边纺线，一边提出问题讨论，气氛热烈而融洽。我们当干部的，一般每个星期六晚饭后都可以到招待所与爱人团聚。招待所离党校有一段距离，去招待所的同志，都习惯背个筐子，沿途捡些骡马粪，施到招待所附近的'自留地'里。1944年冬，我领到了一套用自己纺的毛线缝制的衣服，真是又高兴又自豪。我们在党中央、毛主席的领导下，不仅战胜了敌人，同时也用双手创造出新的生活，这证明我们共产党人是不可战胜的。"[8]

毛泽东说："延安就是一座革命的大学校。"艰苦的环境是磨炼人意志、品格的最好课堂。延安时期，中国共产党在延安创办了30多所干部院校，各个院校也是白手起家，自己动手，建设校舍、装备器材。中共七大代表集中的中央党校6个部，都在各自驻地附近开垦荒山荒地，种粮种菜。他们还在南泥湾、金盆湾和西川建设了农场，不仅大面积地种植粮食和油料、烟叶、蓼蓝（制靛）等经济作物，还饲养了鸡、羊、猪，烧制木炭，开设了豆腐坊、粉坊、糖

[8] 中共中央党史研究室第一研究部编：《七大代表忆七大》（上），上海人民出版社2006年版，第398页。

厂、酒厂、烟厂、肥皂厂、染坊等，有自己的运输队。中央党校的学员一边参加学习，一边参加劳动，实现了蔬菜、肉食和马料的全部自给，其他日常消耗也实现了半自给。在大生产运动中，中央党校涌现出了许多劳动英雄和模范工作者。1944年，中央党校就表彰了特等劳模48名、甲等劳模132名、乙等劳模210名。像杨绍萱、齐燕铭、陈波儿、姚仲明、艾青、周而复等文艺界、知识界的名人也位列其中。

七大晋冀鲁豫代表团代表王锐是1943年8月从太岳区来到延安的，那时延安的大生产运动正搞得轰轰烈烈，除了参加中央党校的集体生产之外，个人还得搞生产。为什么呢？因为党校食堂规定每年每个学员必须上交一定数量的蔬菜，有的10斤，有的20斤，还要交3把扫帚。这些都得靠自己种和自己做。王锐一到延安，就参加了大生产运动，他们小组种的是土豆、大葱，都交公给了食堂。那时延安的荒地也多，上点肥料就行。他一开始是纺毛线，后来是纳鞋底，什么能挣钱就干什么。延安有一种叫"远志"的植物，皮可以入药，能止咳。1944年，王锐只要有空，就上山去刨这种药材，刨回来晒干了卖。那时也开始讲究存钱。早去延安的同志，离开延安的时候用存款甚至可以买头毛驴。而且，延安成立了许多生产合作社，合作社都是要分红的。大家就看哪个合作社办得好、分红多，就把自己的钱存到哪个合作社去。当时，刘建章的延安南区合作社办得好，利润高，分红最多，存钱的人也最多。

七大代表、时任冀鲁豫边区抗联总会青年部长杨泽江回忆说："同学们参加了大生产运动，我们自己有生产任务，听说是毛主席关心前方回来的同志，将任务减为100斤南瓜、5个扫把。我们自己还开小片荒地种烟叶、西瓜，学会纺羊毛等。在浇大粪时，同学们有意往我身上弄，说是对知识分子的'照顾'。在生活上党中央很照顾，粮食米、面搭配，一个月4斤肉，确实是空前丰衣足食。在文化娱乐上也空前丰富，《白毛女》《逼上梁山》《三打祝家庄》等新剧多在党校首演，年年春节秧歌队都到党校演出，有时还看到电影。我们住在二支平房，党校后勤十分周到、亲切，为我们创造了十分安定、幸福、民主、舒畅的学习环境。在七大会议期间，对病号特别关照，用最好的药品治疗，我的胃肠病和腿关节就是此时治好的，至今未犯。在延安，可以说从身心两方面都做到了'治病救人'。"[9]

对七大代表个人的生产任务，说法不一。有的代表说，当时规定的任务是，每个男同志要上山割足可编12把扫帚的扫帚草，种土豆100斤；每个女同志每年要打毛衣12件，或做短裤120条，或纺线12斤。贫苦农民出身的七大代表姜占春，一个人一年收了700多斤北瓜、土豆，真是大丰收。

晋冀鲁豫代表团代表鲁大东是1943年11月下旬来到延安的，经过大生产运动，这个时候延安的经济状况已经有了明显改善。他清楚地记得，到延安的那天，已是下午太阳快落山的时候了，他们一行三人就直接去中央组织部报到。谁知，接待的同志也不问他们是哪里来的，也不看手续，而是客客气气地叫他们先吃饭。他们就跟着来到一间草房子里，只见屋子里有一张小桌子，桌子上放着一筐馒头。鲁大东他们知道延安正在搞大生产运动，生活艰苦，所以他和两位战友一坐下来就自言自语地说："今天要叫吃饱就满足了。"这时，负责接待的同志告诉他们说："今天改吃面条，炒几个菜。"很快，三五个菜放上了桌子，一锅面也端上来了。一人一碗，当然不够，又给他们下了一锅。呼啦啦，呼啦啦，他们很快就吃完了，又下了第三锅。吃到第三锅，鲁大东他们都不好意思了。[10]可见，大生产运动让延安的生活已经大变样了。

大后方代表团代表江浩然来自四川，到延安比较早一些，是1940年10月抵达的，在中央职工运动委员会研究室工作。他回忆说："延安的生活条件是很艰苦的，七大的会场布置得庄严而朴素，主席台上除了党旗和横幅是鲜红的而外，只有一个长条桌子和六七个木椅；代表们坐的是几十排长条凳子，而且坐得很挤，可做笔记，很难放水杯，开水桶是放在会场后边的。大家都穿原来的衣服，住窑洞，睡木板，开大会步行上会场，开小会坐床边或土凳，唯有伙食有所改善。由于毛主席号召艰苦奋斗，发展生产，自己动手，丰

[9] 中共中央党史研究室第一研究部编：《七大代表忆七大》（下），上海人民出版社2006年版，第783页。

[10] 中共中央党史研究室第一研究部编：《七大代表忆七大》（下），上海人民出版社2006年版，第756页。

衣足食，经过两年多，边区大生产运动已见成效，对大会的供给也就相当不低了。我们每天可以吃上大约四五两肉，用油来炒的三四个菜；荤菜主要是猪肉和羊肉，还吃过几次黄河的鲤鱼。至于西红柿、黄瓜等蔬菜，则供应很足，可以大吃而特吃，饭后还可以当水果吃。每隔两天可以轮换吃上一顿馒头或大米饭，当然主要的还是吃小米。生活条件虽然艰苦，但是同志们还是得到保障，以比较健康的身体和饱满的精神、严肃认真负责的态度，在毛泽东思想指引下，开成了这次团结、胜利的大会。"[11]

在大生产运动中，陕甘宁边区和各抗日根据地军民自觉实践独立自主、自力更生精神，焕发出巨大的能量，大大改变了根据地的经济面貌，生活蒸蒸日上，社会欣欣向荣，粉碎了国民党的经济封锁，克服了极其严重的财政困难，为夺取抗日战争和解放战争的胜利，奠定了物质基础。1943年11月底，毛泽东在招待边区劳动英雄大会上兴奋而自豪地说："吃的菜、肉、油，穿的棉衣、毛衣、鞋袜，住的窑洞、房屋，开会的大小礼堂，日用的桌椅板凳、纸张笔墨，烧的柴火、木炭、石炭，差不多一切都可以自己造，自己办。我们用自己动手的方法，达到了丰衣足食的目的。"

延安的西红柿，又多又大，国民党的军政人员来延安，见了十分羡慕，临走时，接待处就让他们的飞机随便装。延安生产的棉纱制作的呢子服，虽然粗糙但十分笔挺好看，国民党的联络参谋来了，也给他们送上一套。外国记者来了，也不得不承认共产党真有办法，大生产运动彻底改变了边区的面貌，提升了边区人民的精神，口袋富了，脑袋也富了，物质精神双丰收。

大生产运动是中国共产党和人民军队历史上的一个伟大创举，它不仅解决了经济和财政困难，更是一个具有重大政治意义的战略决策。现在衣食无忧的年轻人，或许已经不知道这一段历史了，更不会知道大生产运动的背后还有一个农民咒骂"雷公为什么不打死毛泽东"的典故。在中共七大上，毛泽东当着750多名代表，不止一次地讲述这个故事。1945年4月24日，毛泽东在七大口头政治报告中又就此事做了检讨。我们不妨听一听当年他是怎么说的：

[11] 中共中央党史研究室第一研究部编：《七大代表忆七大》（下），上海人民出版社2006年版，第1309—1310页。

没有整风党是不能前进的。我们做的第二项工作是解决了生产问题，没有生产党也不能前进。当时我们没有东西吃，王实味挑动勤务员反对我们，他像是站在勤务员的立场上反对所谓"三等九级"、吃小厨房，因为那时大厨房没有什么东西吃，其实小厨房东西也不多。后来我们用发展生产解决了这个问题。一九四一年边区要老百姓出二十万担公粮，还要运输公盐，负担很重，他们哇哇地叫。那年边区政府开会时打雷，垮塌一声把李县长打死了，有人就说，唉呀，雷公为什么没有把毛泽东打死呢？我调查了一番，其原因只有一个，就是征公粮太多，有些老百姓不高兴。那时确实征公粮太多。要不要反省一下研究研究政策呢？要！从一九二一年共产党产生，到一九四二年陕甘宁边区开高干会，我们还没有学会搞经济工作。没有学会，要学一下吧！不然雷公要打死人。当时我们的同志，不管是参加过万里长征的也好，千里长征的也好，老共产党员也好，抗战时期到延安的青年也好，延安人民对我们是什么态度？我说就是"敬鬼神而远之"。为什么会这样呢？因为他们觉得共产党虽然很好，他们很尊敬，但是加重了他们的负担，他们就要躲避一点。直到去年春季，赵毅敏同志带着杨家岭组织的秧歌队跑到安塞扭秧歌，安塞正在开劳动英雄大会，那些老百姓也组织了秧歌队，和杨家岭的秧歌队一块扭起来，我说从此天下太平矣！因为外来的知识分子和陕北老百姓一块扭起秧歌来了。从前老百姓见了他们是敬鬼神而远之，现在是打成一片了。还有到杨家湾小学工作的一位知识分子女同志，在清凉山工作的一位知识分子医生，他们和老百姓结合得很好。我们各个根据地都有这样的共产党员，到哪个地方就和哪个地方的人民打成一片，为老百姓"鞠躬尽瘁，死而后已"。因此，没有整风和生产这两个环子，革命的车轮就不能向前推进，党就不能前进了!从前有一段时间《解放日报》有三分之一的同志进医院,周扬同志也告诉我,鲁艺的学生每天早晨起来刚抬头就打瞌睡。为什么呢?因为没有东西吃。如果我们解决了整风和生产这两个问题,我们的事业就会前进。整风是前进的精神基础,生产是前进的物质基础,我们党学会整风和生产是从不自觉到自觉的。[12]

陕甘宁边区部队、机关、学校的生产自给,是整个延安大生产运动的重要组成部分。这就涉及社会分工和生产自给的关系这样一个经济理论问题。马克思主义认为,随着生产力的提高,必然出现社会分工,而分工又会促进生产力的发展。对自然状态下的自给型经济来说,分工是一种历史的和社会的进步。理论是灰色的,实践在于创新。作为亲历者和见证人,七大代表胡乔木晚年在回忆毛泽东时说:"毛主席没有教条地去理解马克思主义的生产理论,束缚住自己的手脚。他'从建立在个体经济基础上的、被敌人分割的、因而又是游击战争的农村环境这一点出发',阐述了现时条件下生产自给的必要性、可能性和进步性。由于国内外敌人对我们的分割包围,使我们的经济事实上处于封闭状态,无法对外交往。由于根据地是处在经常被敌人摧残、经济凋敝甚至是枯竭的农村,要支持长期的战争,部队和机关就必须生产自救,舍此别无出路。由于半殖民地半封建社会的中国农村仍是以自给自足的个体经济为基础的,由于分散的游击战争在时间和空间上提供了机会和条件,部队和机关也可以从事生产自给。毛主席认为,生产自给在形式上违背了分工的原则,是落后的、倒退的;但是,在我们的特殊条件下,这样做,实质上就是进步的,并具有重大的历史意义,因为它支持了长期战争,保证了革命事业的进行。毛主席的这些论述,成为中外革命战争史上仅见的大规模生产运动的思想理论基础。"[13]

5月31日,毛泽东在七大上作政治报告讨论的结论时,联系军队和地方的关系、联系军民关系问题,就"发展经济、丰衣足食"的问题,再一次讲了自己被农民"咒骂"而后努力学习搞经济工作

[12] 中共中央文献研究室编:《毛泽东在七大的报告和讲话集》,中央文献出版社1995年版,第143—145页。

[13] 胡乔木:《胡乔木回忆毛泽东》(增订本),人民出版社2014年版,第243页。

的体会。他说：

> 要经常存一个心，就是总怕对不起地方，如果我们出了错误，就允许地方同志批评我们，我们应当采取这样的态度。说雷公为什么不打死我，我不怪说这个话的人，而怪我们自己征了二十万担公粮，因此我们是有责任的。于是，我们就研究财政经济问题，只有从这方面才能解决问题，不然有一天雷公就真会打死我了。整风前延安出了《野百合花》，是王实味写的，为什么出了这篇东西呢？就是因为我们缺少吃的东西，营养不够打瞌睡，缺少维他命，因此他就有了资本。现在就没有《野百合花》了，不单是因为经过整风，而且因为物质条件也好了。我在西北局同高岗同志谈过这个问题，我说我们要答复王实味的《野百合花》，要从物质上来答复，用发展经济、丰衣足食来答复他。我当了几十年共产党员，过去没有学会搞经济这一条，没有学会就要承认，现在就要学。陈云同志讲，进了城市不要打烂机器，这就有一个学习问题，不学会还是要打烂的。抓到机器，抓到工业以后怎么办？这不是一件容易的事情，是一个重要的问题。我们没有学会的东西还多得很。[14]

"艰难困苦，玉汝于成。"大生产运动的开展，不仅使中国共产党领导的革命力量和地区度过了严重的经济困难而走上坚实发展的道路，而且使根据地内部的各种关系都得到调整和改善，进一步增强了党政、军政、军民、上下级的团结，积累了领导生产的经验，培养了一批经济专家和干部，以雄辩的事实证明共产党所指引的新民主主义道路是为广大人民谋幸福之路。大生产运动是中国共产党在战争条件下已经会办政治、会办军事、会办党务的基础上，又在会办经济的道路上前进了一步，是一次学习治国安邦的伟大实践。

"雷公为什么不打死毛泽东？"毛泽东从农民的骂声中找到了

[14] 中共中央文献研究室编：《毛泽东在七大的报告和讲话集》，中央文献出版社1995年版，第213—214页。

矛盾并抓住了矛盾的主要方面，解决了矛盾，从此他"不怕骂"了；一手抓整风，一手抓生产，精神和物质的基础打牢了，他"骂不怕"了。现在，七大召开了，他希望全党要继续抓紧马克思主义的武器，要有自我批评的精神，团结如兄弟姊妹一样，为全国胜利而奋斗，他反而"怕不骂"了……

2 如果把"农民"这两个字忘记了，"就是读一百万册马克思主义的书也是没有用处的"

"咱们的战马喝过河，咱们的战士蹚过河，咱们的大刀河里磨，咱们的英雄回延河……"一曲高亢热烈的信天游从延河那边的山头上飘过来了，扎着白羊肚毛巾的老汉浑厚浓郁的西北腔犹如天籁划破了尘世的喧嚣。天空瓦蓝瓦蓝的，大地碧绿碧绿的，河水哗哗地流淌着，阳光普照，生机盎然……

瞧！1945年的春天，杨家岭热闹了，一支支队伍正向那里集中，有的步行走上了新搭的延水桥，有的骑着马，有的骑着毛驴或者骡子，还有的坐在延安难得一见的卡车上，更有抄近路的沿小路走到河边，脱下鞋袜蹚水过河，上了岸洗洗脚穿上鞋拍拍屁股上的尘土，紧走几步跟上了队伍。

听！桥头上有老汉大声跟队伍打着招呼："毛主席招呼开会哩？"

"开会哩！"队伍中有人回应着，有人向老乡微笑着招手。

"问老毛好！"

延安的乡亲们习惯把毛泽东叫"毛主席"，熟悉他的老乡们张口闭口都是"老毛"，好像"老毛"就是他们的隔壁邻居，是在一个锅里吃饭的伙伴，亲切得很。因为"老毛"个子高，老乡们经常在傍晚看见他在延河边散步，不知道他一边溜达一边想着全中国全世界什么样的大事情。如果迎面碰见了老乡或者"红小鬼"，"老毛"就停下来，笑眯眯地跟他们聊天，或家长里短问收成好不好，或嘘寒问暖问被谁欺负了没有，没有一点儿架子，总是和蔼可亲的模样，就像是一个地道的陕北农民。

然而，"老毛"又不是一般的农民，虽然他同样身穿延安本地棉纱生产的粗布衣服，但身材魁梧的他，举止稳重，从容不迫，沉着而友好，让每一个与他碰上面的人都觉得毫无拘束。他那渐渐圆润的脸上，表情平静而含蓄，微笑起来显得生动而幽默。他那一头浓密蓬松的黑发让人看上去像一头雄狮，宽阔敞亮的前额和敏锐的眼睛里始终散发着一种光，富有洞察力，似乎没有什么能够逃脱他的注意，那是一种深邃而机智的理性，又周身散发着活力，用现在流行的话说就是身上自带光芒。

就是这样一位从农村长大的农民的儿子，为了更广大的穷苦农民的幸福和中华民族的复兴，在中国的土地上创造性地走出了一条"农村包围城市"的中国革命道路。

在七大书面政治报告《论联合政府》中，毛泽东就土地问题曾经说过这样一段意味深长的话："孙中山是中国最早的革命民主派，他代表民族资产阶级的革命派、城市小资产阶级和乡村农民，实行武装革命，提出了'平均地权'和'耕者有其田'的主张。但是可惜，在他掌握政权的时候并没有主动地实行过土地制度的改革。自国民党反人民集团掌握政权以后，便完全背叛了孙中山的主张。现在坚决地反对'耕者有其田'的，正是这个反人民集团，因为他们是代表大地主、大银行家、大买办阶层的。中国没有单独代表农民的政党，民族资产阶级的政党没有坚决的土地纲领，因此，只有制订和执行了坚决的土地纲领、为农民利益而认真奋斗、因而获得最广大农民群众作为自己伟大同盟军的中国共产党，成了农民和一切革命民主派的领导者。"

何谓"耕者有其田"？在毛泽东看来，"耕者有其田"，就是把土地从封建地主手里转移到农民手里，把封建地主的私有财产变为农民的私有财产，使农民从封建的土地关系中获得解放，从而造成将农业国转变为工业国的可能性。但这个主张，不只是中国共产党人的主张，而是资产阶级民主主义的主张；不只是无产阶级社会主义的主张，而是一切革命民主派的主张。因此，毛泽东认为，除了无产阶级是最彻底的革命民主派之外，农民是最大的革命民主派。然而，背叛孙中山先生的国民党反人民集团，不但反对"耕者有其田"，而且反对共产党为建立抗日民族统一战线而提出的"减租减息"政策。

因此，大敌当前，摆在中国面前的就是两条路线——或者坚决反对中国农民解决民主民生问题，而使自己腐败无能，无力抗日；或者坚决赞助中国农民解决民主民生问题，而使自己获得占全人口百分之八十的最伟大的同盟军，借以组织雄厚的战斗力量。前者是国民党政府的路线，后者是中国解放区的路线。毛泽东在《论联合政府》中一针见血地指出：

> 国民党反人民集团动员一切力量，向着中国共产党放出了一切恶毒的箭：明的和暗的，军事的和政治的，流血的和不流血的。两党的争论，就其社会性质说来，实质上是在农村关系的问题上。我们究竟在哪一点上触怒了国民党反人民集团呢？难道不正是在这个问题上面吗？国民党反人民集团之所以受到日本侵略者的欢迎和鼓励，难道不正是在这个问题上面，给日本侵略者帮了大忙吗？所谓"共产党破坏抗战、危害国家"，所谓"奸党""奸军""奸区"，所谓"不服从政令、军令"，难道不正是因为中国共产党在这个问题上做了真正符合于民族利益的认真的事业吗？[15]

[15] 中共中央文献研究室编:《毛泽东在七大的报告和讲话集》，中央文献出版社1995年版，第73—74页。

耕者有其田。民以食为天。

中国共产党把根扎在中国的土地上，带领农民挖掉千年穷根，谋温饱谋幸福，从而成为中国革命的领导者。

"三十亩地一头牛，老婆孩子热炕头。"这是中国农民对美好生活的向往。在中国农村土生土长的毛泽东深深懂得农民的渴望和诉求，所以才能一针见血地指出："中国革命的中心问题是农民问题，而农民的中心问题是土地问题。"也正是因为抓住了中国革命的核心问题，毛泽东才创造性地走出了"农村包围城市"的革命道路。

土地改革问题始终是中国革命的核心问题。我们知道，在中国共产党领导的新民主主义革命史上，1927年8月至1937年7月被称作土地革命战争时期。旧中国是一个半殖民地半封建的大国，农民占全国人口的80%以上。土地制度极不合理，约占农村人口10%左右的地主、富农，占有70%至80%的土地，借以残酷剥削广大农民，过着寄生虫式生活。而人口约占90%的雇农、贫农、中农及其他人民，却总共只占有20%至30%的土地，终年辛勤劳动，却缺衣少食，逃荒要饭，不得温饱。这种不合理、不平等、不正义的封建土地制度不进行彻底改革，广大农民得不到解放，中国的新民主主义革命就不可能取得胜利。因此，中国民主革命的基本问题是农民问题，而农民问题的核心是封建的土地所有制的改革问题。"为着消灭日本侵略者和建设新中国，必须实行土地制度的改革，解放农民。"中国共产党正是紧紧地抓住了中国革命的关键问题和关键矛盾，才找到了开启革命胜利之门的钥匙。

9年前的1936年，毛泽东在陕北接受了美国记者埃德加·斯诺的采访。那是毛泽东第一次与美国记者打交道。出于信任，毛泽东高高兴兴、原原本本地把自传和长征的故事告诉了这个美国人，后者则完成了巨著《红星照耀中国》，成为闻名世界的"记者之王"。那时，毛泽东住在保安的一间破旧的石孔窑洞里，四壁简陋，只挂了一些地图，卧室的财物只是一卷铺盖、几件随身衣物。在斯诺眼里，毛泽东唯一的奢侈品就是一顶蚊帐。

7月19日晚上，毛泽东与斯诺在蜡烛闪耀的亮光中，谈到了土地革命的问题。斯诺问毛泽东："在反对日本帝国主义的战争之后，国内最重要的革命任务是什么？"

毛泽东回答道："中国革命作为资产阶级民主革命的性质，有它最基本的任务，就是土地调整的问题——实现土地改革。参考一下目前中国的土地分配数目，就可以对农村改革的迫切性多少有个概念。在国民革命时期，我当时是国民党农民委员会（部）的书记，负责收集21个省区的统计数据。我们的调查显示出惊人的不平等，整个农村人口大概70%都是贫农、佃农、半佃农和农业工人，大约20%是耕种自己土地的中农，高利贷者和地主只占人口的10%左右，这10%里还包括富农和军阀、税吏等剥削者。10%的富农、地主和高利贷者总计拥有耕地的70%多，12%至15%的土地掌握在中农手里，占70%的贫农、佃农、半佃农和农业工人只占有全部可耕地的10%到15%……革命主要是由两大压迫者——帝国主义者和10%的地主及中国剥削者所引起。因此我们可以说在我们提出的民主、土地改革和反对帝国主义战争的新要求中，我们只遭到不足10%人口的反对，实际不到10%，也许只有5%左右，因为参加联合'反共协议'计划的这些成为卖国贼的中国人并没有超出这个数目。"

斯诺又问道："为了统一战线的利益，苏维埃纲领中其他的内容已经在延缓，土地分配是否也有推迟的可能呢？"

毛泽东说："如果不没收地主的地产，不满足农民主要的民主要求，就不可能为民族解放取得革命斗争的胜利而建立广泛的群众基础。为赢得农民对民族事业的支持，有必要满足他们对土地的要求。"[16]

"谁赢得农民，谁就赢得中国。谁能解决土地问题，谁就能赢得农民。"毛泽东的这句话，让斯诺明白了中国革命胜利的真谛。后来，他在自传《复始之旅》中这么写道：

> 亚里士多德在《政治学》中说："无论何时何地，反抗的背后总是有要求平等的愿望。"当然，要求平等的愿望有多种形式。任何革命热情和活力都掺杂了人类的极为复杂的需求和愿望。但是，在始终存在着饿死的危险的东方，辘辘饥肠就足以使数百万穷人起来反抗富人。
>
> 共产党人从不把土地再分配看作是目的。但是，他们看到了，只有先进行"土地改革"才能使农民参加战斗联盟，继而支持他们的主要纲领。在理论和学说上，共产党仍然是无产阶级的政党，但实际上这些共产主义和知识分

[16]〔美〕埃德加·斯诺：《红星照耀中国》，李方准、梁民译，河北人民出版社1996年版，第388—389页。

子成了三分之二的更为贫穷的农民的政党，而国民党同拥护它的地主结合在一起，是无法声称代表农民的。

"我相信，"马克·吐温著的《圣女贞德回忆录》中的年轻侍从说，"总有一天，人们会发觉农民也是人。是的，是在许多方面和我一样的人。而且，我相信，总有一天，他们自己也会发觉——到那时候！嘿！到那时，我想他们会起来要求承认他们是人类的一部分，而且麻烦事会因此产生！"

共产党人实际上成了一支流动的、武装的、无处不在的宣传队伍，在亚洲数十万平方英里的土地上传播其主张。共产党人使亿万农民首次接触现代世界；他们为青年和妇女——他们自始至终是共产党的争取对象——开辟了前所未闻的个人自由和重要作用的新前景。他们答应给穷苦农民分土地，使他们免遭苛捐杂税、高利贷、饥饿和家破人亡之苦。他们要建立一个为每个人提供均等机会的新国家，这个国家以共同劳动、共同享受为哲学基础，没有腐败的现象，为普通百姓谋福利。中文"共产党"字面上的意思是"共享财富的政党"。

开始的时候，这把火在中国燃得慢，但也扑灭不了，其原因是交通落后，缺少公路、铁路和桥梁。由于交通落后，就有可能在先是由外国列强控制，后来由国民党统治的现代工业中心之间的广阔地带建立起武装斗争的根据地。在内地，共产党能够指出农村怨声载道的症结所在，进行领导，激发起新的愿望，并建立起一支为他们的目标而战斗的军队。他们切实分配了土地，消除了一些最不平等的现象，推翻了乡村中豪绅的统治体系，而不为自己谋利，这时，农民就接受了共产党，并且最终同他们联合了起来。

农民过去从来不知"政党"为何物，而共产党却真的希望他们成为"党员"，这对农民们来说也是新奇而又有号召力的。因此，他们开始把共产党看作是"我们的"党，还有什么可奇怪的呢？尽管分得土地的农民后来不仅要承担其作为一个阶级要解体的重负，还要担负起革命战争和建设社会主义的重担；尽管父辈分到的土地后来又并入了儿辈的集体农庄，这些都无关紧要。重要的是，人们已发现"农民是人民"而且是和党联结在一起的。农民曾经从宗族制度那里得到保护，这个制度由于工业经济的冲击被粉碎了，他们因而失去了保护，如今是由党取代宗族制度保护他们。

二千二百年前，著名哲学家荀子说过："君者，舟也；庶人者，水也。水则载舟，水则覆舟。""我们是鱼，"荀子的后裔——现代共产党人说，"人民是水，我们的生命离不开水。我们不骑在他们的头上，我们和他们鱼水相依。"他们把这作为口号提了出来，而这些口号农民是能接受的。[17]

[17]〔美〕埃德加·斯诺:《复始之旅》，宋久等译，新华出版社1984年版，第208—210页。

斯诺对共产党土地革命政策的分析，是令人信服的。作为世界上最大的农业国家，土地是中国农民的命根子。千百年来，处于封建或半封建的制度下，中国农民最大的愿望就是拥有自己的土地，成为土地的主人。

农民是谁？谁是农民？人们似乎很少思考过这个词语在中国历史天平上的重量。农民是我们的祖祖辈辈，他占中国人口的绝大多数。在旧社会，他们是一个沉默的大多数，一个容易被忽略和忽视的大多数。他们勤劳善良，小富即安，忍耐饥寒，忍受贫穷，却又以微笑报答生活的鞭子。

在《论联合政府》中，毛泽东清清楚楚明明白白地告诉我们中国农民的地位和作用，今天读来依然值得我们回味和思考。

农民——这是中国工人的前身。将来还要有几千万农民进入城市，进入工厂。如果中国需要建设强大的民族工业，建设很多的近代的大城市，就要有一个变农村人口为城市人口的长过程。

农民——这是中国工业市场的主体。只有他们能够供给最丰富的粮食和原料,并吸收最大量的工业品。

农民——这是中国军队的来源。士兵就是穿起军服的农民,他们是日本侵略者的死敌。

农民——这是现阶段中国民主政治的主要力量。中国的民主主义者如不依靠三亿六千万农民群众的援助,他们就将一事无成。

农民——这是现阶段中国文化运动的主要对象。所谓扫除文盲,所谓普及教育,所谓大众文艺,所谓国民卫生,离开了三亿六千万农民,岂非大半成了空话?[18]

毛泽东对农民历史地位和社会价值所做的概括和描述,是精准而生动的。如果从今天的中国回望三千年以来中国社会的变迁,就可以在毛泽东的平铺直叙中发现历史是如此逼真,中国农民以其勤劳、勇敢、善良、朴素和智慧始终扮演着历史中那个最容易满足于现实又付出最多劳力、汗水和牺牲的历史分母的角色。在陕甘宁边区参议会上,毛泽东曾清醒地告诫人民大众:"共产党是为民族、为人民谋利益的政党,它本身决无私利可图。它应该受人民的监督,而决不应该违背人民的意旨。它的党员应该站在民众之中,而决不应该站在民众之上。"[19]正因此,中国共产党长期以来把解决"三农"问题作为中国政府每个年度出台的一号文件。

农业稳,天下安。

在七大口头政治报告中,毛泽东强调中国共产党的政治路线就是要"放手发动群众,壮大人民力量",其中一个很重要的问题就是农民问题。毛泽东说,中国的战争,就是人民战争,农民战争。中国的革命,就是农民革命。他语重心长地告诉七大代表们,千万不要忘记农民。他说:

无产阶级领导什么呢?领导人民大众,领导人民大众

[18] 中共中央文献研究室编:《毛泽东在七大的报告和讲话集》,中央文献出版社1995年版,第74页。

[19] 毛泽东:《毛泽东选集》第3卷,人民出版社1991年版,第809页。

干什么呢？干反帝反封建。

我们的纲领就这样几个字，可是常常被我们的一些同志忘记了。是不是忘记反帝呢？有时也忘记，不过反帝不大容易忘记，比较记得牢一点。反封建有时就忘记了。反封建为什么有时会忘记呢？是因为忘记了农民。

是要农民呢？还是要地主呢？在这个问题上，要地主，就忘记了农民；要农民，可以不完全忘记了地主。要农民不忘记地主比较容易，要地主不忘记农民就比较困难。所谓人民大众，主要的就是农民。不是有一个时期我们忘记过农民吗？一九二七年忘记过，当时农民把手伸出来要东西，共产主义者忘记了给他们东西。抗战时期，这种差不多相同性质的问题也存在过。靠什么人打败日本帝国主义？靠什么人建立新中国？力量在什么地方？有些人在这个时候弄不清楚，给忘记了。

人民大众最主要的部分是农民，其次是小资产阶级，再其次才是别的民主分子。中国民主革命的主要力量是农民。忘记了农民，就没有中国的民主革命；没有中国的民主革命，也就没有中国的社会主义革命，也就没有一切革命。我们马克思主义的书读得很多，但是要注意，不要把"农民"这两个字忘记了；这两个字忘记了，就是读一百万册马克思主义的书也是没有用处的，因为你没有力量。靠几个小资产阶级、自由资产阶级分子，虽然也可以抵一下，但是没有农民，谁来给饭吃呢？饭没得吃，兵也没有，就抵不过两三天。[20]

"不要把'农民'这两个字忘记了；这两个字忘记了，就是读一百万册马克思主义的书也是没有用处的，因为你没有力量。"瞧！毛泽东说得多么实在！这不是危言耸听，这是革命的经验，也是革命的教训，更是革命的根本和力量之源。

"人民就是江山，江山就是人民。"的确，没有农民就没有饭吃、

[20] 中共中央文献研究室编：《毛泽东在七大的报告和讲话集》，中央文献出版社1995年版，第106—107页。

没有衣穿。吃饭是天大的事情，也是最大的政治。随着军队、学校、机关各部门脱产人员的逐年增加，边区财政经济困难，影响到边区群众的生活，主要表现为粮食紧缺和公粮缴纳负担过重。当时主持边区财政厅的南汉宸后来坦言："在粮食上，1940年对军需的严重性估计不足，还没有改变单纯的量入为出的财政方针，仅征收公粮9万石。1941年春，人数增加，缺粮太多，四月初即闹饥荒，又无通盘计划，曾被迫下令，两次借粮，一次征购，个别地区如延安、鄜县、借粮有达八九次的，扰民太甚。但粮食供给，仍不能保证，有的部队曾两天没有吃上饭。"[21]

为了保障供给，适当控制农民负担，中共中央曾规定各根据地党、政、军"吃公家饭"的脱产人员不能超过人口总数的3%。但到了1941年，陕甘宁边区总人口为136.254万人，其中"吃公家饭"的"公家人"占人口总数的5.37%，大大超过了中央规定的警戒线。在经济困难的情况下，其他财政支出可能紧缩，但7万多"公家人"和8120匹骡马及其他牲口（一匹马相当于2~3人的消费），不能一天不进食。除了少量的生产自救外，只能增加农民的负担来缓解燃眉之急。然而，农民的政治觉悟不是天生的，也不受任何纪律约束。负担过重，自然就怨声载道，甚至铤而走险。

不能忘记了农民！不能苦了农民！青年时代就在家乡韶山搞过"平粜阻禁"运动的毛泽东深谙其中的道理。中国农民是最忍耐的大多数，但忍耐是有限度的。

怎么办？在提倡部队、机关、学校这些脱产的"公家人"开展大生产运动的同时，毛泽东接受了党外人士、后来担任了陕甘宁边区政府副主席的李鼎铭的建议，在边区实施精兵简政。

1941年11月6日至21日，陕甘宁边区第二届参议会第一次会议在延安举行。毛泽东出席开幕式并发表演讲，批评不善于同党外人士合作的狭隘的关门主义和宗派主义作风，号召党员要和党外人士合作，鼓励大家多提意见。时任米脂县参议会议长、边区参议员的开明绅士李鼎铭与其他参议员响应毛泽东号召，根据边区群众几年来经济负担过重的实际情况，联名提出有关财政问题的提案，建议

[21] 南汉宸：《陕甘宁边区的财经工作》（1947年），见《抗日战争时期陕甘宁边区财政经济史料摘编》第6编，陕西人民出版社1981年版，第33页。

"政府应彻底计划经济，实行精兵简政主义，避免入不敷出经济紊乱之现象"，同时提出5条具体实施建议。谁知，提案一经提出，就招来一些反对声音，指出该提案有碍军队建设和民主政权的巩固发展，有些人担心这会使边区在遭到敌军进攻时没有足够的力量来抵挡。毛泽东看到李鼎铭等的提案后非常重视，他把整个提案抄到自己的本子上，重要的地方用红笔圈起，并在一旁加了一段批语："这个办法很好，恰恰是改造我们的机关主义、官僚主义、形式主义的对症药。"在毛泽东的说服下，11月18日，大会通过提案。毛泽东后来说："'精兵简政'这一条意见，就是党外人士李鼎铭先生提出来的；他提得好，对人民有好处，我们就采用了。"

11月27日，参议会闭幕后的第6天，边区政府召开第一次政务会议，重点讨论贯彻执行精兵简政的问题。会上，李鼎铭重申了提案的要义，谢觉哉、萧劲光分别就精兵简政问题提出建议。会议决定设立由刘景范、高自立、周文、周兴、南汉宸组成的边区编整委员会，具体负责边区各级行政组织机构的精简裁并及人员编制等工作，定于12月15日以前拟出精简方案，年底办妥，翌年1月1日起实行。12月初，边区政府第二次政务会议再次重点讨论精简方案问题，初步确定了各机关、部队、群众团体裁减人数，以及相关部门的调整、精简问题，会后分别以训令和指示信的形式，向各厅、院、处和各专署、县府发出决策部署。精兵简政开始在陕甘宁边区实施。边区机关率先示范，迅速展开行动。至12月20日，边区民政厅精简工作基本完成；22日，边区政府保安处精简完成；24日，边区政府财政厅精简完成；26日，边区政府建设厅精简完成；28日，边区高等法院精简完成，边区银行总分行也精简就绪；30日，边区保安司令部开始实行精简……同月25日，清涧县政府召开会议部署精简工作，成为边区第一个精兵简政的县级政府。

这年12月，中共中央发出精兵简政的指示，要求切实整顿党、政、军各级组织机构，精简机关，充实连队，加强基层建设，提高效能，节约人力物力。根据中共中央的指示，陕甘宁边区先后进行三次精简，取得很大成效。中共中央下决心实行精兵简政的主要原因,毛泽东当时是这样说的:"敌后的严重的必然趋势就是缩小。敌后变化是突然的,在事变后再干就被动,故要主动和定出办法","在目前,战争的机构和战争的情况之间已经发生了矛盾,我们必须克服这个矛盾。敌人的方针是扩大我们这个矛盾,这就是他的'三光'政策"。

为了切实贯彻中共中央关于精兵简政的精神,毛泽东多次致电华北、华中各抗日根据地,要求他们下大决心实行彻底的精兵简政,否则"弄到民困军愁,便有坐毙危险"。在中央持续指导和陕甘宁边区的影响带动下,晋察冀、晋冀鲁豫等抗日根据地先后开始精兵简政。精兵简政工作开展一段时间后,不断有问题暴露出来。毛泽东在与党内外人士多次沟通后,认为主要症结在于调查研究做得不够,应进行全面精密的分析,拿出切实的举措来。

1942年4月9日,陕甘宁边区召开第二次全体会议,对前一阶段精兵简政工作进行总结。会议接受了李鼎铭等人的建议,兼顾军、政、民三方利益,邀请党与军队方面参与编整委员会并加强其职权,筹备开展第二阶段的工作。4月22日,中共中央书记处发出关于总结精兵简政经验的通知,指出了各地区第一阶段工作中存在的普遍性问题。

8月22日,毛泽东在中央政治局会议上就整顿三风、精兵简政和陕甘宁边区工作问题发言。他说:总的目标就是整顿三风、精兵简政;办法是"五整",即整军、整政、整党、整财、整关系;中央和军委要以工作和教育作为两个标准来进行大整。工作按现状条件布置,过去要四五个人的,现在只要半个人。29日,中央政治局会议正式通过《关于统一抗日根据地党的领导及调整各组织间关系的决定》。会上,毛泽东说:财政比例,要保证军事第一,党、政、军按比例支钱,根据人数、工作、生产能力三个条件确定财政比例。精兵简政,除包括精简、效能、统一外,加上节约和反官僚主义两项。精兵简政是一个政策,牵涉到军民关系、军事建设、行政效能、工作作风、财政政策等各方面。中央和军委共有2.4万余人,应减为五六千人。

9月7日，毛泽东为《解放日报》撰写了社论《一个极其重要的政策》，深入阐述了精兵简政的必要性和重要性。他说："什么是抗日航船今后的暗礁呢？就是抗战最后阶段中的物质方面的极端严重的困难……今后的物质困难必然更甚于目前，我们必须克服这个困难，我们的重要的办法之一就是精兵简政……假若我们还要维持庞大的机构，那就会正中敌人的奸计。假若我们缩小自己的机构，使兵精政简，我们的战争机构虽然小了，仍然是有力量的；而因克服了鱼大水小的矛盾，使我们的战争机构适合战争的情况，我们就将显得越发有力量，我们就不会被敌人战胜，而要最后地战胜敌人。所以我们说，党中央提出的精兵简政的政策，是一个极其重要的政策。"

10月19日，毛泽东出席中央西北局高级干部会议开幕式，就国际国内形势、整顿三风和边区建设三个问题发表讲话。在谈到边区建设时，他说：我们的军队将来要采取朱总司令提出的"南泥湾政策"，开荒生产，建立工厂，减轻人民负担。要重视作经济工作的同志，中央去年就有了决定。这次开会我们是要大检查、大整顿。在这次大会上，毛泽东将"五整"改成"七整"，即整政、整军、整民、整党、整财政、整经济、整关系。目的是通过"七整"，达到精简、效能、统一、节约、反官僚主义五项目的。

12月1日，中共中央发出《关于加强统一领导与精兵简政工作的指示》，强调了精兵简政的迫切性，要求部队实行彻底的精简，而不是小的不痛不痒的精简。指示还指出，除特殊情况外，各部队原则上不再补兵；作战损失后，连、营、团两个并为一个，旅的番号撤销一部分，军区分区两级许多性质相类似的机关合并办公；全军精简后，做到"量小而质精，更有战斗力"。

在这期间，为了加强陕甘宁边区的领导，毛泽东派原中央西北工作委员会秘书长李维汉到边区政府工作，希望他到任后，团结内部，在执行党的各项政策中带个头，自觉承担起试验、推广、完善政策的任务。毛泽东还为陕甘宁边区等抗日根据地的精兵简政工作制定出具体原则和办法。他强调：这一次精兵简政，必须是严格的、彻底的、普遍的，而不是敷衍的、不痛不痒的、局部的。毛泽东的一系列指示和部署，对边区和其他抗日根据地的精兵简政工作起了重要的推动作用。遵照中央指示精神，各抗日根据地及时总结经验教训，结合自身实际分别开展了第二次、第三次甚至第四次精简工作，历时两年多，至1944年基本完成。

不能忘了农民，还要帮助农民，为农民谋福利、谋幸福，这就需要在政策上既找主观原因，也找客观原因，既要发挥主观能动性，也要利用客观条件创造新的条件和可能。因此，毛泽东还要求边区政府全力支持农民自身搞好发展生产，挖掘农民自身的潜力和创造力，提高农民的文化素质和生产效率。在毛泽东看来，只有农民富裕了，才能支持抗战。西北局和边区政府根据毛泽东的指示，采取了三项措施：第一，制定优待移民、难民的政策，鼓励他们开荒生产；第二，开展减租减息，调动农民积极性；第三，倡导劳动竞赛，表彰劳动模范。这些措施推动群众性大生产运动轰轰烈烈地开展起来，并涌现了大批劳动模范。农民获得实际好处后，与共产党、八路军结成了命运共同体。

如何把毛泽东的指示落实到位呢？中国共产党领导的边区政府想了不少办法，在开展大生产运动的同时，通过精兵简政，多管齐下，减少和降低了"公家人"对于公粮供给的依赖度，边区农民的负担明显减轻。农业生产的第一要务就是劳动力。陕甘宁边区地广人稀，生产力低下，如何大量吸收引进因战乱、灾荒而逃亡的难民、移民？边区政府在广大农村轰轰烈烈地开展了优待难民、开垦荒地、发放农业贷款、改良种植技术、减租减息、鼓励劳动合作、奖励劳动模范等一系列活动，改善生产关系，提高生产力，提升了农村的文化、科技和精神面貌。早在1940年3月，边区政府就颁布了《优待外来难民和贫民之决定》，制定优惠政策吸引难民移民边区，安家落户，搞农业生产。1941年1月，边区政府发布布告，用通俗的顺口溜式的民谣宣传移民优待政策。

本府去年三月，决定优待移民；

时间不到一年，成绩确实惊人。
单是延安甘泉，移民两万有零。
为了抗战胜利，扩大这种精神；
边区荒地宽广，开垦就要移民。
华池二将川地，以及延安临镇；
划作两大垦区，政府补助移民。
不论战区灾区，难民或是贫民；
愿意移进边区，一律都是欢迎。
办理登记手续，各级政府都行；
军民机关任务，帮助介绍移民。
官荒任其开垦，公粮三年免征；
租借私人荒地，免纳三年租金；
缺少农具籽种，政府一定相帮；
没有窑洞食粮，借助依靠乡邻；
至于从事工商，保护另有明章；
民主权利共享，新户老户不分；
义务劳动负担，一律予以减轻；
欺压客户之徒，政府法纪以绳。
特此晓谕大众，务须遵照执行！

这份《陕甘宁边区政府优待移民的布告》，采取六言诗句，情真意切，温暖人心，把移民的安家落户变成了安居乐业，让他们告别贫穷，走向温饱，真可谓是送了一份大礼包。

1942年2月，边区政府明确划定延安、甘泉、鄜县、志丹、靖边、华池、曲子等七个县为移民开垦区。各地区专员公署和县政府专门设立移民站，负责接待安排移民工作。随后，边区政府又出台了多项优待移民政策，对新移民"实行三年免收救国公粮，并减轻其义务劳动"，还帮助他们解决住宿窑洞、种子、农具、口粮、柴火等日常生计问题。移民安家后，如缺乏耕牛，还可以向银行申请耕牛贷款。而且，移民站发给移民的路费、补贴费，均由边区政府支出。其中，延安县在执行移民政策中做得最好，成绩很大，全县人口增加了一倍，户数增加一倍以上。但整个边区"尚在自流阶段"。1943年，边区政府重新修订颁布了《陕甘宁边区优待移民难民垦荒条例》，共计19条，系统梳理规范优待移民难民垦荒、发展农业、安定民生、增长抗战力量的政策规定，对移民生活、生产、政治、经济、文化、卫生、安全等一切权利保障都做了详细规定。其中对垦荒和移民生活生产条件规定如下：

> 甲、经移民难民自力开垦或雇人开垦之公荒，其土地所有权概归移民或难民，并由县政府发给登记证，此项开垦之公荒三年免收公粮；经开垦之私荒，依照地权条例，三年免纳地租，三年后依照租佃条例办理，地主不得任意收回土地。
>
> 乙、移居垦区之移民难民，如因种菜或种料，需少许熟地，得呈请区乡政府视可能情况，酌予调剂。
>
> 丙、移难民无力自行打窑洞，或在未打好窑洞之前，得由县政府就当地公私窑洞或房屋予以调剂暂住，待该移难民自行建有窑洞或房屋后归还之。
>
> 丁、凡移难民无力购买耕牛、农具、种子，或缺乏食粮者，得由县政府呈请边区政府优先予以农贷帮助。如农贷尚不足需要时，得由乡政府帮助向老户借贷，或发动老户互助解决之。
>
> 戊、移难民自移入边区居住耕种之日起，对于运输公盐、运输公粮、修公路等义务劳动，第一年全免，第二年、第三年分别家庭经济状况酌减，如第二年、第三年仍然生活困难者，将全免。[22]

[22] 朱鸿召：《延安曾经是天堂》，陕西人民出版社2012年版，第49—50页。

相对于中国革命来说，延安是共产党人治国理政的试验田。而现在的垦区，则是陕甘宁边区的"特区"，共产党优待移民难民的政策体贴入微，很有人情味。边区政府将管理融入服务中，对移民难民进行严格的登记制度，建立档案跟踪管理。对于移民难民来说，生活有了着落，生产有了条件，生病有了免费医疗，生命有了安全保障，不再受地主老财压榨欺负，每一个走进边区的移民难民都有了回家的感觉，有了温暖的归宿。同时，边区政府及时调整农业减租减息的政策，让从前逃亡在外的地主重回故土，组织他们进行农业生产。

1944年3月20日，谢觉哉在日记里记载了一个真实的移民故事，讲述了一个名叫张宗麟的教育家在延川县的亲身经历。

曾协助陶行知经办南京晓庄师范、生活教育社和国难教育社的张宗麟，1942年参加了新四军。此前，他在上海任光华大学教授、上海《周报》社社长，积极开展上海文化界救亡活动。1937年，他以国难教育社代表身份积极参加宋庆龄等人发起的营救爱国"七君子"活动，为国难教育社主编抗战课本。上海沦陷后，与胡愈之一起组织复社，编辑出版了《西行漫记》（即《红星照耀中国》）、《鲁迅全集》、《列宁全集》等，被日伪与国民党特务机关列为暗杀对象。1943年，张宗麟来到延安，任延安大学教育系副主任，被评为陕甘宁边区模范文教工作者。有一天，他来到延川县调查研究，目睹了一位新来的移民在区政府登记的情景。

一位拖家带口的移民走进了区长的屋子，区长站起身来笑盈盈地说："我是区长。"

只见这位移民一屁股就坐在了区长坐的长凳上，区长关心地问道："你们一家几个人？"

"四个，一个婆姨两个娃娃。"

"住进窑没有？"区长嘘寒问暖，"露地难受。"

"住进窑了。"

"带的粮够否？"

"还有。"

"那么，明天替你雇牲口。"

"好！"

张宗麟原以为这位移民是区长认识的熟人，接下来看见区长正在找移民登记簿作登记，才知道这是一位新来的移民。这一幕，令张宗麟大为惊叹，佩服共产党领导的边区政府确实为农民办实事。

随着《陕甘宁边区优待移民难民垦荒条例》等政策的落实落地，边区外来务工者迅速增加，劳动生产力数量直线上升。据不完全统计：1941年边区移民7855户，约20740人；1942年边区移民5056户，约12431人；1943年边区移民8570户，约30447人；1944年边区移民6813户，约22197人。因为移民难民的主体大多数是青壮年，不仅增大了劳动力的比例，还带来了一定的生产物资。据统计，1943年延安县共接收移民855户，带来了45头牛、21头驴；移居盐池县的99户移民，带来了14峰骆驼、13头牛、564只羊；移居庆阳县的51户移民，带来了42头牛。像这样的移民，一落脚即可开始搞生产耕种，建设家园。

比如，1942年11月底从湖北移民到淳耀县的难民胡文贵夫妇，就是移民的先进典型。冬天，丈夫上山打柴、烧木炭，媳妇在家编草鞋，变卖后维持生计。开春后，他们在政府帮助下开荒种地，和别的农户开展劳动竞赛，结果开荒47亩，收获苞谷10石、糜谷7石、豆子麻子一石多、洋芋1500公斤、蔬菜400多公斤，还与邻居合伙喂养了一头猪，年底分得猪肉三四十斤。仅仅用一年时间，家里缝制了新被子，添置了新衣服，从饥寒走进了温饱，并有余粮。胡文贵还被推举为关中分区难民劳动英雄，出席了边区劳动英雄代表大会。

像胡文贵这样的移民致富典型，在当时的《解放日报》上经常有报道，三天两头就能看见。截至1943年初，5年来迁入边区内地的移民难民在10万以上，"虽然他们来时是那样的贫苦，枵腹破衣，双手空空，到现在就是发达得最慢的，也能饱食暖衣，变成了自耕农，至于那些发展快的，则上升为富农"；边区扩大耕地240多万亩，其中有200多万亩是靠移民难民开荒种植的，他们承担了边区粮食60%的生产任务。

移民政策，像一个有力的杠杆，撬动了陕甘宁边区农业生产的生产链条。移民难民依靠劳动自力更生勤劳致富后，成为老家亲朋好友的榜样，其他亲友也跟随结伴而来。本地老农户在政府组织的劳动竞赛中，受新来移民劳动热情的推动，纷纷焕发出劳动致富的冲天干劲。老百姓打心底里称赞共产党，用《边区是我们的家》的歌声唱出了自己的心声。

> 当我们来到陕甘宁边区，我们是光荣的，只剩了一条垂死的生命……我们像逃犯一样的，奔向自由的土地，呼吸自由的空气，我们像暗夜迷途的小孩，找寻慈母的保护与扶持，投入了边区的胸怀！

在中国的旧社会，无论是城市还是乡村，都有一些不务正业、不事生产，以鸦片、赌博、偷盗、阴阳、巫神、土娼等生活的人。这些人或搬弄是非，或装神弄鬼，或为非作歹，藏在社会的阴暗角落，成为人间的蛀虫，被老百姓们称为"二流子"。这些"二流子"多数为青壮年，相当一部分既有体力又有脑力，脑瓜子也好使。如果对他们进行思想改造，转化为对社会、对人民、对家庭有用的人，不仅消灭了吃闲饭的人，反过来还增加了劳动力，可谓两全其美。因此，改造"二流子"，同样是解决边区农业大生产劳动力不足、减少消费人口、增加劳动力的工作。

陕甘宁边区开展改造"二流子"活动，是从延安县1940年春召开的一次生产动员大会开始的。在会上，两位对农村情况十分熟悉的干部胡起林、王庆海提出，要拿出有效办法，迫使农村二流打瓜的人参加生产。这个提议很快得到县委、县政府的批准。活动中，他们采取先确认目标，用群众运动的方式认定本村闲杂人员中的"二流子"或"半二流子"。然后，召开群众集会，检举揭发，采取集体劝说与长辈上门个别劝说相结合的方法，实在不听话的再采取强制处罚，制定整改目标和阶段目标，软硬兼施，辅以必要的扶持帮助，迫使其悔过自新，改正陋习，重新做人。对于没有资金、缺乏生产资料的，政府则给以农业贷款，想法子解决他们的土地、牲畜、农具困难，鼓励他们参加生产劳动。随即，在大生产运动中，延安县改造"二流子"运动的经验被推广到全边区农村。

为杜绝游手好闲者的存在，延安市制定出"二流子"改造公约，提出了六条要求，即：一、不染不良嗜好；二、不串门子；三、不招闲人；四、不挑拨是非；五、要有正当职业；六、如有违反，罚工。通过"二流子"改造的活动，把他们改造为积极参加生产劳动、没有不良嗜好的新型农民或劳动者，从而达到改造社会、促进生产发展的目的。根据延安市的调查，1937年前全市人口不到3000人，而流氓地痞将近500人，约占人口总数的17%。同时期，延安县的人口总数为3万人左右，流氓地痞为1692人，约占人口比例的6%。"如果以延安县流氓比率数来推算全边区，则140余万人口中'二流子'约占7万左右，即从低估计，说革命前全边区有3万流氓分子，当不为过。"到1943年初，经过改造运动，全边区有"二流子"9554人，包括一部分也从事一些劳动的所谓"半二流子"。同年底，又完成改造5587人，占年初总数的58.5%。俗话说"浪子回头金不换"，许多"二流子"经过改造后，不仅像普通农民一样参加生产劳动，自食其力，养家糊口，而且劳动积极性很高，有的还被评选为劳动英雄。如延安县的申长林、甘泉县的丁有仁、吴旗县的刘生海等。刘生海因吸毒、赌博成为四处游荡、不务正业的"二流子"，接受改造后，不仅戒毒戒烟，还通过辛勤劳动成为劳动致富能手。他当选王洼子乡苏维埃政府主席，1944年边区政府还赠送其"劳动英雄"金匾一块，毛泽东称赞："你这个运盐模范好啊！"

根据西北局调查研究室的估计，如果按照每人每年至少生产细粮1石5斗的标准，5500余名当年改造的"二流子"就可以生产细粮8300多石，供给近万人一年的口粮。

值得一提的是，在大生产运动中，陕甘宁边区乡村里不仅没有了闲散人员，而且妇女、老人和儿童都被组织动员起来，尤其是广大妇女从封建礼教中解放出来，纷纷从灶间炕头走向户外走向田间，参加劳动合作社和生产劳动，一股朴实、勤劳的革命风尚逐渐在陕甘宁边区农村兴起。劳动在改善家庭生活的同时，改变了妇女"烧锅做饭、缝衣补烂、养儿刨蛋"的传统生活方式，同时也改变了她们自身的形象和社会地位。曾经裹脚的妇女感受最深刻，劳动合作社的生活促使边区妇女社会、家庭和劳动观念悄悄地发生了变化，能够识字算账既成为她们美好生活的向往，也成为她们渴望的生存本领。

与此同时，陕甘宁边区政府及时推出了农业贷款、推广农业科技、改善农村医疗卫生条件、开展农民识字扫盲运动、增设学校教育等配套措施，提升了边区的农业生产力，促进生产水平的提高。

自1941年12月起，边区自主创设了农业贷款，鼓励移民开荒耕地。为了做好引导工作，政府农贷人员邀请文艺工作者编写《农村贷款三大纪律八项注意》歌曲，广为传唱，家喻户晓。

> 农村贷款大家要牢记，三大纪律八项要注意：
> 第一反对包办耍私情，民主讨论群众来决定；
> 第二贷款数字要公布，区乡负责不许打埋伏；
> 第三到期保证要收回，有借有还年年有贷款。
> 八项注意时时要宣传，贷款才能收到好成绩：
> 第一大家到处要宣传，银行贷款为发展生产；
> 第二归还一律要边币，谁用法币政令不允许；
> 第三放款要适合农村，过迟过早一律都不好；
> 第四放款数字要适宜，帮助解决群众的问题；
> 第五放出切记要检查，用途不当收回再另放；
> 第六放款手续要简单，太得麻达群众不喜欢；
> 第七账目切实弄清楚，一分一毫也不让漏掉；
> 第八依照农村的利息，十成咱们最多收四成。
> 这样贷款群众最欢迎，发展生产都过好光景。

1943年，边区政府总共发放农业贷款3700万元，分三次贷出：第一次在1月份，放贷2080万元，其中耕牛农具贷款1480万元、植棉贷款300万元、青苗贷款300万元；第二次在4月份，增拨移民难民贷款500万元；第三次在9月份，从上年回收的农业贷款中划拨

200万元，用于救济鄜县、甘泉两县牛疫损失。此外，还发放机关生产农业贷款920万元。1944年，边区发放农业贷款增加到1亿元，其中：耕牛、农具贷款6000万元，占农贷总数的60%；移民难民贷款2000万元，改良耕作技术贷款2000万元，各占农业贷款总数的20%。

向穷苦农民发放贷款，不仅帮助农民解决了在青黄不接时的困难，而且抵制了商人和高利贷的剥削，赢得了农民的赞赏——称边区银行是"青天"。

1942年，毛泽东在接见西北局高干会表彰的劳动模范时，询问他们生活中还有什么困难，来自农村的劳动英雄代表说：现在我们有吃有穿，日子过得好，就是婆姨生娃娃活不了，"财旺人不旺"，请毛主席想想办法。

的确，陕甘宁边区当时缺医少药，水质和医疗条件差，老百姓生病仅靠传统的民间中医甚至巫术治病。当时流行的疾病主要有三类，首先是梅毒，志丹及三边一带患者占51%以上；其次是"格劳"（疥疮）；再次为"流水病"（伤寒）、老年肺病等。直至1940年，成年人平均死亡率为30%，儿童平均死亡率为60%。特别是妇女分娩卫生条件落后，有的安排产妇在茅厕生孩子，有的要产妇生产后在炕土或草木灰上坐三天三夜，有的用瓦片割断婴儿脐带，有的难产时就请巫婆来变法子让产妇推磨子……稀奇古怪，无奇不有，导致产妇和婴儿死亡率居高不下。根据延安13个村庄的调查统计，1943年至1945年间，人口自然出生率为82%，死亡率为59%。农民的生活好了，生儿育女的大事却犯了难，怎么办？

毛泽东的回答是：要做好群众卫生工作，做到"人财两旺"。根据毛泽东的指示，中央卫生处协同边区政府，组织巡回医疗队下乡，开展群众性卫生救治工作。同时，号召延安的边区医院、中央医院、白求恩国际和平医院、八路军留守兵团野战医院等及机关各单位的卫生诊所，敞开大门，负责所在地农村群众的卫生工作，划定区域，分片包干，无条件地为当地老百姓看病，普及卫生防病知识、破除封建迷信，把群众卫生工作上升到党性原则的高度来对待。

1944年的一天下午，毛泽东紧急召见时任延安市委书记的张汉武。张汉武快马加鞭地赶到枣园，一见面，毛泽东就问道："枣园这里有个叫小砭沟的村庄，村里的婆姨不生娃你知道吗？"张汉武被这突如其来的问题给难住了。毛泽东继续问道："你作为延安人民的父母官，调查过没有，采取过什么办法没有？"张汉武不知如何回答。毛泽东接着说："我今天约你来，不是批评你，而是要和你商量一下，如何解决这个问题。生儿育女是关系到群众传宗接代的大事，我们作为人民的政府，应该考虑到人民群众的疾苦，并尽力给他们一些帮助。汉武同志，你说对吗？"面对毛泽东耐心细致的教导，张汉武频频点头，脸红得发烫。

会见结束后，张汉武立即带领市委、市政府组织人力到小砭沟调查妇女不生娃娃的原因，毛泽东还请中央医院派大夫和化验员给予协助。经过调查研究，最终找到了不生娃娃的根源，是村民饮用的山泉水里有一种有害的物质，导致妇女不孕。原因找到后，延安市政府和中央医院立即帮助群众对饮用水进行了科学处理，给村里全体百姓进行了检查诊断，特别是对不生孩子的妇女给予调理治疗。一年后，小砭沟村就不断传出了婴儿的啼哭声。

1944年7月，中央卫生处经过两个多月的精心筹备，在杨家岭中央大礼堂举办了延安卫生展览会。揭幕这一天，烈日炎炎，通往杨家岭的大路小路上却人来人往，络绎不绝，大礼堂里人山人海，人声鼎沸，热闹非凡。七大代表、延安县县委书记王丕年和县长徐天培，亲自带领20多位中医和30多位已经改造的巫神巫婆，以及各区、乡宣传员，冒着酷暑汗流浃背地赶来，给大家上了一堂卫生知识课。午饭后，就在杨家岭七大代表们会议用餐的大餐厅里举行座谈会，大家畅所欲言，说认识，表态度，倡导相信科学，讲究卫生，不搞巫术。

延安市北郊乡是一个卫生防疫工作的先进典型，其经验就是：领导重视，率先垂范，建立组织，群众运动。乡长高文亮在安排各村选举卫生小组长时现身说法："毛主席领导咱们丰衣足食，生活过美了，现在他又要我们讲卫生，做到'人财两旺'。咱们想一想，咱们在旧社会，穿破裤子，虱子一串串，饭吃了上顿没下顿；那时候就也没法讲清洁。现在情形变了，咱们生活都过美了，可是病痛多得过余。譬如黑龙沟村有11个婆姨，养了67个娃娃，死掉的就有45个，存活的22个中，还有2个在病着，这就叫'财旺人不旺'。"

生活中，高文亮以身作则，率先将自己家里卫生搞好。儿子上山种庄稼，儿媳妇每天打扫窑洞内卫生，外院子归他和婆姨两人打扫，婆媳还负责洗被子、洗衣服。自家门内门外都干净了，他动员邻舍文生荣、江树两家搞好卫生，可是人家不买账，他就带领本村的变工队帮助他们打扫。坚持数日，江树不好意思了，赶紧自己动手，文生荣也坐不住了，也跟着打扫起来。就这样，家家户户卫生都搞好了。接着，高文亮又发起北郊乡与北关乡开展卫生竞赛、文化竞赛活动，他提出十条具体卫生指标：一、全村居民受卫生小组长领导，进行卫生工作；二、每家挖一个厕所，一家或两家挖一个垃圾坑；三、不喝冷水和吃腐烂了的瓜果；四、每月大扫除三次，窑内外经常保持清洁；五、每月洗衣服两次；六、每年拆洗被子两次；七、每天洗脸洗手；八、每家做一个蝇拍子打苍蝇；九、牲口都圈起来；十、有病请医生，不请巫神。

1944年12月，陕甘宁边区第二届参议会第二次会议批准了边区文教大会通过《关于开展群众卫生医药工作的决议》。通过上上下下的努力，边区的群众性卫生工作取得了良好效果，解决了"人财两旺"问题，老百姓的幸福感、获得感更多更足。

那个年代，陕北教育资源极度匮乏，学校稀少，知识分子若凤毛麟角，陕甘宁边区农村识字的人极少，遍地文盲，是一块教育的蛮荒之地。比如，盐池县100个人中识字者只有2人，华池县则200人中仅有1人，平均起来，陕甘宁边区识字的人只占总人口的1%。至于小学，全边区过去也仅有120个，在校读书的也只是富家子弟。整个边区的中学生屈指可数，穷苦老百姓的文盲率达到99%，有些村庄几乎全部是文盲，社会教育简直是天方夜谭。

如何把农民从文盲中解放出来，进行普及教育，是中共中央和毛泽东关心的大事之一。从中国共产党落脚陕北开始，一直不停地抓群众文化教育工作，广泛地开展各类扫除成年文盲的运动，以开办冬学、夜校、半日校、识字班、识字组、民众教育等6种组织形式为基础，采用群众喜闻乐见的戏剧、民歌等形式，促进社会教育工作开展。边区教育厅派出社教指导团，分赴各区、县检查督促工作，开展了"突击识字运动月""识字提灯大会""识字竞赛""识字小先生"等活动，进行扫盲。对学龄儿童则实行比较普遍的免费义务教育，从根本上改变了此前穷苦人家的孩子无法入学的状况。农民参加学习，要求能够读报，看路条、信件、便条、钞票等，能记账、写信、开路条和便条、打算盘。解放区的民众学校和小学，能教给他们这些东西，农民当然很高兴。

很快，陕甘宁边区在校小学生人数和农民参加识字扫盲人数呈现逐年攀升的喜人局面。1937年秋在校小学生10396人，参加识字扫盲人数10337人；1938年秋在校小学生15348人，参加识字扫盲人数64791人；1939年秋在校小学生23089人，参加识字扫盲人数53266人；1940年秋在校小学生43625人，参加识字扫盲人数59953人；1941年春在校小学生40366人，参加识字扫盲人数47073人。到1945年秋，边区共有小学1377所，其中民办小学1057所，在校小学生达34004人，参加识字扫盲人数30113人。从这些数字可以看到，边区农民的文化教育权利得到了很大的尊重和满足。

更加人性化的是，边区农村学校教育采取了因时、因地、因人制宜的灵活策略，根据不同季节、不同对象调整教学方式，到麦收特别忙的时节，家里需要儿童帮忙收麦，学校不是放农忙假，就是减少教学时间，整日班改为半日班，日班改为早、午班。放假制度也改变了，一般不放暑假，改放麦假和秋假，以适应农事生产的需要。这些实事求是的教学改革，消除了工学矛盾，让农民不仅愿意送孩子入学，而且自己也高兴地参加识字扫盲活动。像这种灵活的教学模式，生于20世纪60年代末70年代初的农村学生都有体会，笔者就曾亲历过。这首《延水儿歌》就是当年陕甘宁边区孩子们挂在嘴边的童谣。

延水湾，延水长，延水流过俺门旁；新窑洞，新院墙，妈给俺穿新衣裳；携着新书本，跑进新学堂；妈妈说："再不像爹爹不识字，当了半辈子受气囊！"

....

听人说：鬼子是坏蛋，汉奸狠心肠；这个不用讲，俺也见过那黄狼追羊群；但是，可不怕，看俺磨的小刀明晃晃，来了宰掉它！

1944年3月，毛泽东在中央宣传工作会议上信心百倍地说："边区35万户，140万人，十年之内消灭全部文盲。一天识一个字，一年365天识365个字，十年识3650个字。十年又可以分作两个五年计划，一个五年计划识2000字左右，如果能够识2000字，就接近消灭文盲了。在这个基础上，我们提出140万人在五年之内都可以看《边区群众报》。即使再推迟五年，十年之内人人都可以看《边区群众报》，也可以。"[23]

解放战争爆发后，中共中央主动撤离延安。1947年4月，胡宗南占领延安后，为了炫耀其所谓的"武功文治"，组织中外记者团赴延安采访，搞了一场贻笑大方的"真人秀"。留在延安的老百姓对共产党八路军的军纪赞赏有加，说他们自己搞生产，不打人不骂人，不拿群众一针一线。特别让农民们念念不忘的是看病和娃娃们读书都不要钱。

说起不拿群众一针一线，自然就让人想起《三大纪律八项注意》这首歌曲，也会让我们想起解放战争中的"一个苹果"的故事。1948年秋，辽沈战役锦州攻坚战前夕，正值苹果成熟收获之际。东北野战军要求部队"保证不吃老百姓一个苹果，无论是挂在树上的、收获在家里的、掉在地上的，都不要吃，这是一条纪律，要坚决做到"。战士们的确是这样做的，他们严守纪律，无论是路过还是借住在老乡家，无论如何饥渴难耐，都自觉地不吃不拿一个苹果。毛泽东后来知道了这个故事，他在一份报告中批示："我看了那个消息很感动。在这个问题上，战士们自觉地认为：不吃是很高尚的，而吃了是很卑鄙的，因为这是人民的苹果。我们的纪律就建筑在这个自

[23] 毛泽东:《毛泽东文集》第3卷，人民出版社1996年版，第114页。

觉性上边。这是我们党的领导和教育的结果。人是要有一点精神的，无产阶级的革命精神就是由这里头出来的。"

鲜为人知的是，七大代表们早在1940年就曾亲历过"一个柿子"的动人故事。来自香港的七大代表钟明是随着新四军战地服务团历时一年多辗转万里来到延安的。在太行山八路军总部，钟明亲身经历了彭德怀指挥的关家垴战斗。在左权县桐峪镇，他成为"一堂柿子政治课"的见证者。

时值深秋，山西的柿子已经成熟了，有的掉落在八路军驻地的院子里。由于总部经常转移，机关人马多，粮食供应缺乏，战斗生活的艰苦可想而知。这一天，战士宿营后，有人肚子饿得慌，就顺手摘了一个柿子吃，新四军战地服务团的同志也有在地上捡柿子吃的。第二天一早，司令部突然紧急集合。哨音一响，机关全体人员开大会，钟明和"服务团"其他同志都参加了。一开始，大家都以为又要部署新的战斗任务，去打仗了。谁知，会议伊始，彭德怀开门见山讲的却是昨天有人摘院子里老百姓家柿子的事情，他劈头盖脸地把大家狠狠批评了一顿："我们是八路军，是共产党领导的队伍，立下了'三大纪律八项注意'的规矩。为什么要拿老百姓的东西吃？有人说是掉在地上捡起来吃的。我说掉在地上的也是老百姓的东西嘛，为什么要拿来吃？现在总部责令各单位负责同志进行检查，凡是摘了的柿子，一律送还给老百姓，吃了的就赔钱。"彭德怀严于律己也严于治军，这一次给来自大后方的中共七大代表们上了一课，教育很大。钟明回忆说："彭老总的讲话给我上了一堂活生生的政治课。我深深感到，共产党人必须时刻严格遵守群众纪律，越是在困难的时候越是不能纪律松弛，这样，群众才会真正相信我们。"[24]

谁把人民放在心上，人民就把谁放在心上。群众的眼睛是雪亮的，谁是可以仰赖的靠山，老百姓心中自有一杆秤。

好就是好，孬就是孬，农民不会说假话。陕甘宁边区的老百姓发自内心地说："只要你不好吃懒做，公家就能帮你把生活搞得美美的，几年不要你出公粮，天底下到哪去找这样好的政府和队伍啊！

[24] 中共中央党史研究室第一研究部编：《七大代表忆七大》（下），上海人民出版社2006年版，第1191—1192页。

咱活了六七十年，真连听也没有听说过。"还有老百姓比较边区和其他地方老百姓的生活时说："我今年正月到×县看我女儿，那里老百姓叫苦连天，苦的苦，甜的甜，贫富就不用说了，连个安稳的光景也过不成，政府把老百姓欺压得气也喘不过来。你一家十口饿死五对他也不管，公款可不能不交，真是有理没处说。回到咱这里一看，老百姓真是天堂里过日子哩！人常说：'识货不识货，单怕货比货'，比一比看吧，一比就明晃晃地看出来了……"

"边区的天是晴朗的天，边区的人民好喜欢……"毛泽东曾这样自豪地描述陕甘宁根据地："这里一没有贪官污吏，二没有土豪劣绅，三没有赌博，四没有娼妓，五没有小老婆，六没有叫化子，七没有结党营私之徒，八没有萎靡不振之气，九没有人吃磨擦饭，十没有人发国难财。"这种景象让南洋华侨陈嘉庚叹为观止。1940年5月31日至6月8日，陈嘉庚在延安度过了他毕生难忘的9天。他不顾66岁高龄，广泛接触各界人士，悉心进行考察研究。正如他后来在《南侨回忆录》中所写的那样："余观感之余，衷心无限兴奋，梦寐神驰，为我大中华民族庆祝也。"怀着"喜慰莫可言喻，如拨云雾而见青天"的心情，陈嘉庚离开延安之后热情地向国内外宣传自己在延安的所见所闻，宣传陕甘宁边区建设所取得的伟大成就，宣传中国共产党团结救国的诚恳态度和英明政策，说"中国的希望在延安"。

人民心中有杆秤。抗日战争进入相持阶段后，国民党政府各级官员大发国难财，战时陪都重庆党、政、军、宪、特官场腐败之风弥漫，各地军队纪律败坏奢侈腐化成灾，被人们形容为"前方吃紧，后方紧吃"。当时驻守河南的汤恩伯集团就被老百姓列为"水旱蝗汤"四大灾害之一，"水"即洪水，"旱"为旱灾，"蝗"是蝗虫，"汤"就是汤恩伯。可见人民群众与国民党及其军队的关系已经是水火不容。尤其是后来国民党政府接收大员在抗战胜利中下山"摘桃子"，大搞"五子登科"，四处抢金子、票子、房子、车子、女子，孙中山先生的"三民主义"荡然无存。

为了保持和发扬党的政治本色和优良作风，出于对国民党作风侵蚀的警惕和防止其对共产党干部所推行的升官发财、酒色逸乐的引诱，毛泽东特别提出："我们要养成一种新的作风：延安作风。我们要用延安作风打败西安作风。"诚哉斯言。

在大生产运动中，共产党人始终没有忘记在提升农民物质生活的同时，也革农民落后思想的命，满足他们日益增长的文化需求，提高他们的精神追求，让他们口袋富了，脑袋也富起来。要想更有效地推动边区农业生产发展，就必须改变千百年来根深蒂固的旧观念，消除人们对农民身份和农业生产的鄙夷思想，变"劳动下贱"为"劳动光荣"，摒弃"穷是命里注定的"观点，树立"劳动致富"的理念，提高那些在大生产运动中埋头苦干、劳动成绩优秀的农民的政治待遇，授予他们"劳动英雄"荣誉称号。

从1942年起，陕甘宁边区广泛开展了向劳动英雄学习的生产竞赛运动。七大代表、延安县委书记王丕年为了推动延安的大生产运动，背着行李来到农村，亲自参加了一支变工队。他白天和变工队一起劳动，晚上到各乡各村、各家各户了解情况，推动全区的开荒进度。除了参加生产，他还和其他县领导一起召开会议，专门研究和总结了柳林区扎工队、变工队的经验，在全县推广。延安县柳林区二乡吴家枣园村的吴满有变工队搞得最好，王丕年多次去了解情况，蹲点指导。吴满有后来成为边区著名的劳动模范。他打完粮食以后，首先给毛主席送去。他对毛主席说："毛主席，您不要劳动了，就好好把大事抓好，我们多劳动点就行了。"

就是这位延安县的农民吴满有，成为陕甘宁边区涌现的第一位劳动英雄。在旧社会，种地的庄稼人，向来没有社会地位，用陕北方言说是"下苦的"，就是下地里干苦力活的人。

吴满有原籍陕北横山县石湾镇麻地沟村，出身贫苦，从小就给人拦羊。1928年横山大旱，年馑饥荒，他携家眷移民到距离延安城东60多里的吴家枣园，租地耕种，打柴佣工，勉强维持生存。迫于生计，他曾以24元价格将11岁大女儿卖给北峁村一个张姓独眼龙，又以5升糜子将3岁小女儿让人带走。贫困交加中，妻子病饿致死，自己也因短缴捐税，被官府衙役抓进牢狱，捆绑吊打。幸亏1935年底中央红军来到延安，他被释放出狱，分得土地，在土地革命时期翻了身。他送二弟参加红军，自己带领孩子早起晚睡，辛勤劳作，多施肥，勤锄草，深耕土地，及时播种，较其他农民每亩地平均多收粮六分之一。到1938年，他家收获粮食20石，养牛2头、驴1头、马1匹、羊50只。1941年，他家开荒种地33垧，收粮34石，缴公粮14.3石、公草1000斤，购买公债150元、公盐代金665元。这在边区经济困难时期，是非常令人惊叹的义举。

1942年初，在延安县各区区长检查春耕联席会上，柳林区区长介绍了吴满有的先进事迹，说他"地种得多，荒开得多，粮打得多，缴公粮踊跃争先，数量既多，质量又好，是一个抗属，模范的农村劳动英雄"，声望高，影响好，"有了他，公事就好办，他一个人的行动，比一百张嘴的解释还有效"。说者有意，听者更有心。旁听会议的《解放日报》记者莫艾，抓住了这个新闻线索，随即专门找到吴家枣园去采访。4月30日，《解放日报》在头版头条刊登长篇通讯，报道吴满有劳动致富的事迹，是乡邻们公认的劳动英雄，同时配发社论《边区农民向吴满有看齐！》，号召"成百成千的吴满有涌现出来"。这篇报道引起了中央领导层的关注。毛泽东专门约请莫艾到自己住处谈了4个多小时，指出只有自力更生，发展生产，保障供给，才能冲破国民党的经济政治军事封锁，坚持抗战到最后胜利。

5月1日，边区政府、延安县政府在柳林区二乡南庄召开群众大会，正式宣布吴满有为边区模范劳动英雄、模范抗属、模范公民，给予奖励。边区政府主席林伯渠、副主席李鼎铭通令边区干部群众，开展向吴满有学习运动。5月6日，《解放日报》再次发表社论《吴满有——模范公民》，"因为他能够把自己的命运跟边区群众的命运紧密地结合在一起，他能够把自己的命运跟昨天的土地革命，跟今天的民族抗战紧密地结合在一起——他是典型的抗战中的模范公民"。

时值热火朝天的春耕季节，吴满有在有关方面的鼓励支持下，公布了自己全年生产计划目标。谁知，一石激起千层浪。安塞县军人出身的农民杨朝臣，率先提出挑战。这边，吴满有也不示弱，积极应战，并提出建设"劳动英雄庄"，开展村与村之间的劳动竞赛，将个人劳动、家庭致富扩大为集体致富。双方的挑战书、应战书，在《解放日报》公开发表后，朱德总司令立即电令边区所有部队积极响应，多生产一粒粮食，就是多增加一份抗日的力量。贺龙接到电令后，连夜打电话给南泥湾屯垦部队，迅速接受吴满有、杨朝臣的挑战。西北局和边区政府也分别通知各地党政机关，把学习吴满有，响应生产劳动竞赛的号召，迅速推广到每个乡村群众中。就这样，一场以丰衣足食、争取抗战胜利为主题的延安军民劳动英雄竞赛在陕北大地轰轰烈烈地上演了。

5月23日，朱德在参加延安文艺座谈会最后一次会议时，对出席会议的100多位作家、艺术家说："《解放日报》发表关于吴满有的新闻报道，其社会价值不下于20万石救国公粮。"这个数字，相当于1941年陕甘宁边区征收公粮的总数。

真是天遂人愿。1942年，陕北全境迎来了大丰收。这一年，吴满有一家有3个劳动力，另外雇用1个长工、1个拦羊娃和半个拦牛娃，农忙时还雇用一个短工，种地77垧，收获粮食42石，饲养5头牛、2匹马、1头驴、200只羊。在吴满有的带领下，吴家枣园16户人家组成一个大变工队，原计划开荒80垧，实际开荒达120垧，种地263垧，收获粮食141.5石。缴纳公粮公草后，家家户户生活都达到了温饱。

毛泽东对吴满有运动十分重视，1942年12月，他在西北局高干会上指出："一切空话都是无用的，必须给人民以看得见的物质福利。我们还有许多同志的头脑没有变成一个完全的共产主义者的头脑，他们只是做了一个方面的工作，即是只知向人民要这样那样的东西，粮呀，草呀，税呀，这样那样的动员工作呀，而不知道做另外一方面的工作，即是用尽力量帮助人民发展生产，提高文化……我们的第一个方面的工作并不是向人民要东西，而是给人民以东西。我们有什么东西可以给予人民呢？就目前陕甘宁边区的条件说来，就是组织人民、领导人民、帮助人民发展生产，增加他们的物质福利，并在这个基础上一步一步地提高他们的政治觉悟和文化程度。"他还强调，"1943年应大大提倡吴满有式的生产运动"，使边区内"产生很多的吴满有"。

1943年1月11日,《解放日报》根据毛泽东的讲话精神,再次发表社论《开展吴满有运动》,将吴满有精神概括为"肯劳动、会经营、会计划、公民模范",明确指出"吴满有这种响应政府号召,努力生产、周密计划的精神,是值得大家学习的。他的方向,就是今年边区全体农民的方向",号召全边区农民都以吴满有为榜样,争做劳动好、打粮多、开荒养畜、植棉织布的劳动英雄模范。

谁知,《解放日报》的这篇社论发表后不久,报社就收到一位名叫赵长远的读者来信,他在信中提出了一个疑问:"能不能把富农的方向(吴满有的方向)当做今年边区全体农民的方向?"这是一个严肃的政治问题,因为它涉及对边区大生产运动的社会性质和革命方向的认识问题。《解放日报》一时间不知如何回答,就呈请中央党务研究室给予解答。最后,由研究室主任王若飞组织一班人进行了认真研究,以"本报编辑部"名义,在3月15日作出公开回复:"吴满有是新民主主义政权下一种新型的富农,他与旧式的富农,在本质上是有区别的。因为吴满有之所以成为今日的吴满有,是从得到革命利益而发展起来的。他曾经是因受半封建社会的压迫,吃树皮,吃糠秕,逃到边区参加革命斗争的难民。他的弟弟过去和现在都是八路军的战士,他自己又是一个模范的抗属。因此,他在经济上虽然是富农,但在政治上却是共产党员,他对革命是坚决拥护的。"他不是普通的富农,而是革命的富农。边区奖励这些革命的富农,同时保护雇农的利益。吴满有的方向就是边区农民的方向,"就是要全边区农民都能努力劳动发展生产,使雇农升为贫农,贫农升为中农,中农升为富农"。[25] 显然,吴满有的做法,完全符合马克思主义,因为它"给人民以看得见的物质福利"。

1943年8月,毛泽东在一份电报中说:"吴满有方法就是劳动互助,深耕,多锄草,多施肥,多开荒,达到增加生产目的。""此种方法(特别是劳动互助方法)",不仅适用于陕甘宁边区,别的根据地也"正须提倡"。吴满有运动即是生产竞赛运动。在这一运动中,劳动英雄辈出,大大地推动了边区农业生产的发展。在大生产运动

[25]《关于吴满有的方向——复赵长远同志的信》,《解放日报》1943年3月15日。

中初尝甜头的农民们，劳动热情更加高涨，劳动光荣、劳动致富的思想在他们心中扎下了根。

王丕年回忆说："1943年，毛主席在西北局高岗的办公室接见了我和延安县的县长刘秉温，询问情况，并鼓励我们抓好生产，继续搞好调查研究，解决群众生产、生活中的实际困难，有了成绩不要骄傲自满，要培养典型，树立更多的模范让大家学习。我们回县后立即传达毛主席的指示，在全县掀起了树英雄、学先进的热潮，推动了生产的进一步发展。"

1943年11月26日至12月16日，陕甘宁边区第一届劳动英雄暨模范生产工作者代表大会在延安南门外隆重举行。这是中国历史上第一次召开劳动英雄及模范生产工作者代表大会。把农民树为劳动英雄，还要开表彰大会，的的确确是上下五千年中国历史上破天荒的事情！

参与大会者，除200余位劳动英雄及模范生产工作者之外，还有各机关、部队、学校、团体的代表，以及从附近30里以外的乡村闻讯自发赶来的农民，共计有3万余人。第一天的表彰大会是下午2时开始的，宝塔山下的会场庄严肃穆，红色、蓝色、黄色的彩旗在灿烂的阳光下随风飘扬，士兵手持红缨枪威武林立，到会人员都身穿崭新的冬装，精神饱满，步伐整齐。主席台前整齐排放着吴满有、申长林、黄立德、李位、冯云鹏、张振财、刘玉厚、赵占魁、郭凤英、张芝兰、贺保元等劳动英雄的大幅肖像画。下午1时许，劳动英雄们佩戴大红花，在喧天的锣鼓声中来到边区政府门前广场，观看延安大学宣传队组织的文艺演出。《向劳动英雄看齐》《赶骡马大会》《兄妹开荒》等新秧歌剧将气氛烘托得热烈高昂。文艺表演结束后，劳动英雄代表们跟随在毛泽东、朱德、高岗、贺龙、林伯渠、李鼎铭的巨幅画像队伍之后，踏着欢快有力的鼓乐声进入会场，欢声如雷，掌声如潮，会场瞬间成为一片欢腾喜庆的海洋。

在大会上，在林伯渠、朱德、贺龙、高岗等领导人发言后，国民党爱国将领续范亭激动地说："向劳动英雄代表致敬，比向老师行礼、向家长行礼都要快乐，他们才真正是人民的代表。"他深情追述了自己抗战初期在南京中山陵前忧国自杀的沉痛往事，欣慰地说："自从有了共产党，有了毛主席，中国就有办法了，中国就不会亡了。"他还说，自己50岁了，还是第一次看见劳动的农民成为英雄这样的事情。会场下，一位来自杜甫川的农民兴高采烈地称颂这些受表彰的劳动英雄是庄稼汉中的"状元"，是咱种地人的光荣。大会期间，在185名劳动英雄中，评选出了25位特等劳动英雄，每人荣获奖金3万元，并得到毛泽东等领导的亲笔题字。

11月29日，中共中央在杨家岭中央大礼堂举行招待会，招待劳动英雄和模范生产工作者代表。毛泽东接见了他们，并发表了题为《组织起来》的著名讲话。他称赞劳动英雄和模范生产工作者"是人民的领袖"，希望他们"不要自满"，回去之后，要"领导人民，领导群众，把工作做得更好"。这次大会把边区生产竞赛运动推向了新的高潮。

1945年1月10日，中共中央在延安又举行了陕甘宁边区劳动英雄和模范工作者大会。会议期间，毛泽东在枣园专门抽出一天的时间与各地地委书记和专员进行了谈话。毛泽东的谈话给七大代表、绥德地区专员杨和亭留下了极为深刻的印象。就劳动英雄的作用问题，毛泽东提纲挈领地总结了三条：第一条是带头作用，第二条是骨干作用，第三条是桥梁作用。杨和亭回忆说，对每一条的内容，毛主席只用几句话，就把意思说得既准确又完整，大家惊叹又佩服他的伟大才能。在谈到生产建设的问题时，毛泽东说："我们搞经济建设，我们的想法、我们的做法，要适合于目前我们所处的环境。要我们认识到，当时我们是处在'个体经济的被分割的游击战争的农村环境中'。因此，我们的主张是，自力更生，不依赖外援，根据农村分散的特点，对生产和供给要采取'发展生产，保障供给''统一领导，分散经营''大家动手，丰衣足食'的方针；为了减轻农村人民的负担，坚持战斗，对付荒年，一切部队和机关，一律要参加生产。"[26]

组织起来，就是要把农民从物质到精神上都提高起来。在实际工作中，农民是中国共产党领导的新民主主义革命的主力军，党的

[26] 中共中央党史研究室第一研究部编：《七大代表忆七大》（上），上海人民出版社2006年版，第257页。

工作对象包含农民。公粮、军需、军队扩员，都必须依靠农民。但当年中国农民的情况怎样？农民对共产党抱什么态度？共产党人对农民应该抱什么态度？毛泽东在七大口头政治报告中强调，如果把农民这两个字忘记了，"就是读一百万册马克思主义的书，也是没有用处的"，同时他还强调"不能把党和农民混合起来，不然就不是马克思主义者"。他说：

> 农民的情况怎样？农民抱什么态度？八年以来也好，二十四年以来也好，农民非常欢迎我们的政策，非常欢迎像我刚才所讲的政策。但是作为党来说，作为领导思想来说，我们和农民要分清界限，不要和农民混同起来。这对于农民出身的同志可能不容易理解，"我就是农民，为什么不能和农民混同呢？"我说你现在叫做共产党员，农民是你的出身，出身和入党是两件事情，共产党是无产阶级的先锋队。但是这一点要慢慢地搞清楚，一年搞不清楚，两年，两年搞不清楚，三年，不要讲我们共产党开了会，你就照念。昨天有一位同志说：季米特洛夫书上写的一个德国同志，在柏林一次失业工人大会上讲话时，就照念了共产国际执委会十三次全会的决议，所以老百姓不喜欢听，现在我们也不要照抄七大。七大说"不要和农民混同起来"，你回去这样一讲，很多农民同志就不赞成，他说他就是农民。我说不要和农民混同，是说要把农民提高一步，提高到无产阶级的水平。将来几十年以后，要把一切党外农民，提高到无产阶级的水平。如不相信这一条，就不是马克思主义者。将来我们要搞机械化，要搞集体化，那就是提高他们。[27]

[27] 中共中央文献研究室编：《毛泽东在七大的报告和讲话集》，中央文献出版社1995年版，第120—121页。

毛泽东的话发人深省，能用管用，值得共产党人学习和铭记。因为这是一个真正的马克思主义者的态度，也是马克思主义的方法论。

3 共产党为什么不怕资本主义？毛泽东"学习治国"，第一次提出检验政策好坏关键看生产力

请问：没有饭吃，没有菜，没有油，没有衣穿，没有鞋袜，没有被盖，没有纸，怎么办？

回答：第一饿死；第二解散；第三不饿死也不解散，就得要生产。

无法想象，这是1940年毛泽东面临如此极大困难的时候，作出的回答。

1941年，在打退国民党第二次反共高潮之后，毛泽东立即把精力投到边区的经济建设上来。在毛泽东看来，就现实状态，即不发生大的突变的情况来说，经济建设一项乃是其他各项的中心，有了吃穿用，什么都活跃了，都好办了。他还把解决好财政经济问题看成是"学习治国"。

毛泽东是如何"学习治国"呢？也就是说，在延安，他是如何战胜困难，开始以经济建设为中心建设陕甘宁边区的呢？

回到历史的现场，我们来看一看。历史是长河，但这一条长河也是有河段的，是曲折前进的，像黄河一样是经过九曲十八弯滚滚向前奔流的。在延安，中国共产党高举的是新民主主义旗帜，要建设的是新民主主义政治、经济和文化。那么，什么是新民主主义经济呢？毛泽东在七大书面政治报告《论联合政府》中这样写道：

> 我们主张的新民主主义的经济，也是符合于孙先生（即孙中山，引者注）的原则的。在土地问题上，孙先生主张"耕者有其田"。在工商业问题上，孙先生在上述宣言（即《中国国民党第一次全国代表大会宣言》，引者注）里这样说："凡本国人及外国人之企业，或有独占的性质，或规模过大为私人之力所不能办者，如银行、铁道、航路之属，由国家经营管理之，使私有资本制度不能操纵国民之生计，此则节制资本之要旨也。"在现阶段上，对于经济问

题，我们完全同意孙先生的这些主张。

有些人怀疑中国共产党人不赞成发展个性，不赞成发展私人资本主义，不赞成保护私有财产，其实是不对的。民族压迫和封建压迫残酷地束缚着中国人民的个性发展，束缚着私人资本主义的发展和破坏着广大人民的财产。我们主张的新民主主义制度的任务，则正是解除这些束缚和停止这种破坏，保障广大人民能够自由发展其在共同生活中的个性，能够自由发展那些不是"操纵国民生计"而是有益于国民生计的私人资本主义经济，保障一切正当的私有财产。

按照孙先生的原则和中国革命的经验，在现阶段上，中国的经济，必须是由国家经营、私人经营和合作社经营三者组成的。而这个国家经营的所谓国家，一定要不是"少数人所得而私"的国家，一定要是在无产阶级领导下而"为一般平民所共有"的新民主主义的国家。[28]

[28] 中共中央文献研究室编：《毛泽东在七大的报告和讲话集》，中央文献出版社1995年版，第52—53页。

毛泽东认为，这就是"我们共产党人在现阶段上，在整个资产阶级民主革命的阶段上所主张的一般纲领，或基本纲领。对于我们的社会主义和共产主义制度的将来纲领或最高纲领说来，这是我们的最低纲领。实行这个纲领，可以把中国从现在的国家状况和社会状况向前推进一步，即是说，从殖民地、半殖民地和半封建的国家和社会状况，推进到新民主主义的国家和社会"。

正因此，毛泽东在《论联合政府》中接着说了下面这样一段话：

有些人不了解共产党人为什么不但不怕资本主义，反而在一定的条件下提倡它的发展。我们的回答是这样简单：拿资本主义的某种发展去代替外国帝国主义和本国封建主义的压迫，不但是一个进步，而且是一个不可避免的过程。它不但有利于资产阶级，同时也有利于无产阶级，或者说更有利于无产阶级。现在的中国是多了一个外国的帝国主义和一个本国的封建主义，而不是多了一个本国的资本主义，相反地，我们的资本主义是太少了。说也奇怪，有些中国资产阶级代言人不敢正面地提出发展资本主义的主张，而要转弯抹角地来说这个问题。另外有些人，则甚至一口否认中国应该让资本主义有一个必要的发展，而说什么一下就可以到达社会主义社会，什么要将三民主义和社会主义"毕其功于一役"。很明显地，这类现象，有些是反映着中国民族资产阶级的软弱性，有些则是大地主大资产阶级对于民众的欺骗手段。我们共产党人根据自己对于马克思主义的社会发展规律的认识，明确地知道，在中国的条件下，在新民主主义的国家制度下，除了国家自己的经济、劳动人民的个体经济和合作社经济之外，一定要让私人资本主义经济在不能操纵国民生计的范围内获得发展的便利，才能有益于社会的向前发展。对于中国共产党人，任何的空谈和欺骗，是不会让它迷惑我们的清醒头脑的。[29]

[29] 中共中央文献研究室编：《毛泽东在七大的报告和讲话集》，中央文献出版1995年版，第55—56页。

共产党人为什么不怕资本主义？
共产党人为什么在一定的条件下还要提倡资本主义的发展？毛泽东是怎么回答的呢？

对于任何一个共产党人及其同情者，如果不为这个目标（即建立一个独立、自由、民主、统一和富强的中国，引者注）奋斗，如果看不起这个资产阶级民主革命而对它稍许放松，稍许怠工，稍许表现不忠诚、不热情，不准备付出自己的鲜血和生命，而空谈什么社会主义和共产主义，那就是有意无意地、或多或少地背叛了社会主义和共产主义，就不是一个自觉的和忠诚的共产主义者。只有经过民主主义，才能到达社会主义，这是马克思主义的天经地义。而在中国，为民主主义奋斗的时间还是长期的。没有一个新民主主义的联合统一的国家，没有新民主主义的国家经济的发展，没有私人资本主义经济和合作社经济的发展，没有民族的科学的大众的文化即新民主主义文化的发展，没有几万万人民的个性的解放和个性的发展，一句话，没有一个由共产党领导的新式的资产阶级性质的彻底的民主革命，要想在殖民地半殖民地半封建的废墟上建立起社会主义社会来，那只是完全的空想。[30]

[30] 中共中央文献研究室编：《毛泽东在七大的报告和讲话集》，中央文献出版社1995年版，第54—55页。

——"只有经过民主主义，才能到达社会主义，这是马克思主义的天经地义。"

——"没有一个由共产党领导的新式的资产阶级性质的彻底的民主革命，要想在殖民地半殖民地半封建的废墟上建立起社会主义社会来，那只是完全的空想。"

穿越历史时空，聆听伟人的话语，作为一个1971年出生、亲身经历并见证改革开放历史全过程的中国人，笔者忽然获得了一种久违了的历史纵深感，心底油然而生一种难以名状又无法抵达的深层的感动。曾几何时，我们因为姓"资"姓"社"问题开展过讨论；曾几何时，我们因为黑猫白猫问题发生过争论。其实，历史早已给过我们可以参考的答案。

历史就是教科书。

现在，让我们回到陕甘宁边区最为困难的那段时间。1941年是克服边区财政经济困难关键的一年，毛泽东开始以经济建设为中心，开始了他的"学习治国"。

这一年，为了统一对财政经济工作的领导，中共中央决定由林伯渠、朱德、任弼时、李富春、高岗组织中央财政经济委员会，以林伯渠为主席。中共中央除每星期召开一次政治局会议外，增加了书记处工作会议，由在杨家岭的政治局成员毛泽东、任弼时、王稼祥、王明、张闻天、陈云、凯丰7人组成。在这一段时期内，政治局或书记处的会议几乎每次都要谈到财政经济问题。毛泽东还请周恩来、董必武将重庆的经济书籍尽力搜集寄来，他要带头好好学习研究。

如何建设边区、改善边区的财政经济面临的困境呢？

在中央政治局，任弼时、朱德以及边区中央局的一些负责人主张采取积极发展的方针。具体办法是：整理税收和发展生产，发展生产的资金主要依靠军队组织人民运盐和增发边币。但是，在边区政府，林伯渠、谢觉哉则担心这些做法会加重人民负担，因此主张把解决困难的基点放在节约和拖欠党、政、军的经费上，不赞成增发边币。盐的产、运、销在政府管理下实行自由贸易。

现在，对如何解决边区的财政经济问题，党内出现了不同的声音，两种意见尖锐对立。这个问题同时摆在了桌面上，摆到了毛泽东的面前。怎么办？

毛泽东是赞成积极发展的方针的。他提出要实行新的政策，就必须立即投资生产事业，主要是投资盐的生产。也就是在这个时候，他提出一个怎样对待边区的资本主义经济的重要政策问题。他说：各种垄断的办法必须立即改变，不要妨碍私利，要实行贸易自由政策，过去实行以公营事业吞并私人事业的政策是不对的。对边区发展资本主义不要害怕，过去党内反对发展资本主义的口号，今后改用反对贪污腐化。

毛泽东为什么提出对边区发展资本主义不要害怕呢？1945年4月24日，他在中共七大口头政治报告中作出了说明。他说：

> 关于资本主义。在我的报告（即《论联合政府》，引者注）里，对资本主义问题已经有所发挥，比较充分地肯定了它。这有什么好处呢？是有好处的。我是在这样的条件下肯定的，就是孙中山所说的"不能操纵国民之生计"的资本主义。至于操纵国民生计的大地主、大银行家、大买办，那是不包括在里面的。在写具体纲领的时候，有人提出增加一条："没收大地主、大银行家、大买办的财产。"其实在全文里，引用了孙中山所说的"凡本国人及外国人之企业，或有独占的性质，或规模过大为私人之力所不能办者，如银行、铁道、航路之属，由国家经营管理之"，意思

已经有了。现在如果讲没收，就是要没收蒋介石、宋子文、孔祥熙这三家，那就不大好。所以我没有讲要没收他们的财产，但是这个意思也讲了，因为那是孙中山讲过的。在后头，我还要讲新的资产阶级民主革命，他们就是这个革命的对象，因为他们不是一般的资产阶级。所谓一般的资产阶级，就是指中等资产阶级和小资产阶级，也就是中小资产阶级。孙中山讲过的"操纵国民之生计"的特殊的资产阶级，则不在其内。将来我们的新民主主义，在大城市里也要没收操纵国民生计的财产，没收汉奸的财产（这一点，我在报告里已经讲过了）。我们是在这样的条件下，没收这些财产为国家所有的。另外，在下面我也说到要广泛发展合作社经济和国家经济，这二者是允许广泛发展的。

我们这样肯定要广泛地发展资本主义，是只有好处，没有坏处的。对于这个问题，在我们党内有些人相当长的时间里搞不清楚，存在一种民粹派的思想。这种思想，在农民出身的党员占多数的党内是会长期存在的。所谓民粹主义，就是要直接由封建经济发展到社会主义经济，中间不经过发展资本主义的阶段。俄国的民粹派就是这样。当时列宁、斯大林的党是给了他们以批评的。最后，他们变成了社会革命党。他们"左"得要命，要更快地搞社会主义，不发展资本主义。结果呢，他们变成了反革命。布尔什维克就不是这样。他们肯定俄国要发展资本主义，认为这对无产阶级是有利的。列宁在《两个策略》中讲："资产阶级民主革命，与其说对资产阶级有利，不如说对无产阶级更有利。"我们不要怕发展资本主义。俄国在十月革命胜利以后，还有一个时期让资本主义作为部分经济而存在，而且还是很大的一部分，差不多占整个社会经济的百分之五十。那时粮食主要出于富农，一直到第二个五年计划时，才把城市的中小资本家与乡村的富农消灭。我们的同志对消灭资本主义急得很。人家社会主义革命胜利了，还要经过新经济政策时期，又经过第一个五年计划，到第二个五年计划时，集体农庄发展了，粮食已主要不由富农出了，才提出消灭富农，我们的同志在这方面是太急了。[31]

[31] 中共中央文献研究室编：《毛泽东在七大的报告和讲话集》，中央文献出版社1995年版，第125—127页。

在1941年前后的一个时期内，毛泽东下大力气研究财政经济问题。他在致谢觉哉的信中写道："近日我对边区财经问题的研究颇感兴趣，虽仍不深刻，却觉其规律性或决定点似在简单的两点，即（一）发展经济；（二）平衡出入口。首先是发展农、盐、工、畜、商各业之主要的私人经济与部分的公营经济，然后是输出三千万元以上的物产于境外，交换三千万元必需品入境，以达出入口平衡或争取相当量的出超，只要此两点解决，一切问题都解决了，而此两点的关键，即粮盐二业的经营。""今年之仅仅注意公业投资未能顾及私业投资，是由于等着公营事业救急的特殊情况，但由此产生的害则是与民争利（垄断）及解决不了大问题。明年决不能继续这个方针，仅有盐业投资是明年应该继续的，而其他公营的农、工、商业则只当作必要的一部分继续下去。"要把盐作为例外，因为边区北部盛产食盐，盐的收入是边区政府除公粮外的最大收入，盐的外销占边区对外出口的百分之九十。"盐的第一个好处是解决出入口平衡问题。出入口问题一解决，则物价、币价两大问题即解决了。"

为什么要实行这些政策？毛泽东这样回答："首先是根据于革命与战争两个基本的特点，其次才是根据边区的其他特点（地广，人稀，贫乏，经济落后，文化落后等）。""边区有了今年经验，明年许多事都好办了。"

面对在边区财政经济建设上出现的不同意见，中共中央政治局委托毛泽东找林伯渠、谢觉哉、任弼时、朱德等谈话，先做个别商讨，沟通意见，然后再开会议，解决分歧，统一党内的思想。林伯渠、谢觉哉都是中共党内德高望重的长者，深受毛泽东的敬重。为了说服这两位老同志，毛泽东多次登门拜访，常常谈至深夜。凡是这两位老同志提出的问题，毛泽东都要请边区中央局去核实情况，做出答复。

因为毛泽东"从不轻臧否人",林伯渠、谢觉哉都对毛泽东信任有加,愿意与他交流沟通。1941年7至8月,谢觉哉写给毛泽东的信就达数万言。对林伯渠、谢觉哉的每一封来信,毛泽东不仅"过细地读了",还及时回信。他在一封信中说:"事情确需多交换意见,多谈多吹,才能周通,否则极易偏于一面。对下情搜集亦然,须故意(强所不愿)收集反面材料。我的经验,用此方法,很多时候,前所认为对的,后觉不对了,改取了新的观点。客观地看问题,即是孔老先生说的'毋意,毋必,毋固,毋我',你三日信的精神,与此一致,盼加发挥。此次争论,对边区,对个人,皆有助益。各去所偏,就会归于一是。"毛泽东还说:"事情只求其'是',闲气都是浮云","求达'和为贵'之目的。"他曾恳切地向林伯渠表示,工作中遇到什么困难,可以随时找他,说:"我虽不能为你分忧,但人事调整方面可多少帮你的忙。"

关于党内在边区财政经济问题上产生争论的原因,毛泽东深知主要是缺少经验,对没有做过的事,谁也难以说有十足的把握,因此应该加强调查研究,多掌握第一手材料。他说:"凡人(包括共产党员)都只能根据自己的见闻即经验作为谈话、做事、打主意、定计划的出发点或方法论,故注意吸收新的经验甚为重要,未见未闻的,连梦也不作。"为此,他要求负责起草财经纲领的陈正人多听取边区政府银行行长朱理治、财政厅厅长南汉宸、建设厅厅长高自立、八路军总后勤部部长兼政委叶季壮及粮食局、贸易局的意见,因"他们是实际经手人员,从他们收集各方面确实的材料与意见,起草的东西方更准确"。

8月13日,中共中央召开政治局会议,会议同意毛泽东所提的意见:"根据革命与战争两个基本特点,边区应从发展经济与平衡出入口,以解决人民生活与政府财政两方面问题。规定:发展经济应以民营为主,公营为辅,平衡出入口,增加盐的运销,以官督民运为主,自由运盐为辅。"在这次会上,毛泽东还强调,在革命与战争的环境下,部分的强制性负担不但是必要的,而且是可能的。毛泽东细心观察并研究了实际工作中积累的经验后提出的这些意见,终于基本上统一了几个月来党内对如何解决边区财政经济问题存在的不同认识。

也就在这一天晚上,边区政府工作人员高克林,专门召开了一个小型调查会,邀请富县城关区副区长鲁忠才和王毓贤、孔照庆三人座谈,询问运输队驮盐至定边的情况。随后,他在谈话的基础上撰写了一份调查报告,翔实地记述了富县城关区第一次运盐的经过,包括牲口数、往返日期、沿途各站概况、生活情况及存在问题、经验教训等。

8月26日,毛泽东在审阅这份调查报告后,为其拟定题目为《鲁忠才长征记》,并写了编者按语:"这是一个用简洁文字反映实际情况的报告,高克林同志写的,值得大家学习。现在必须把那些'下笔千言、离题万里'的作风扫掉,把那些'夸夸其谈'扫掉,把那些主观主义、形式主义扫掉。高克林同志的这篇报告是在一个晚上开了一个三个人的调查会之后写出的,他的调查会开得很好,他的报告也写得很好。我们需要的是这类东西,而不是那些千篇一律的'夸夸其谈',而不是那些党八股。"

9月14日和15日,《解放日报》分上、下两篇全文刊登了《鲁忠才长征记》,在边区引起较大社会反响。

1941年之后,特别是1942年的高干会后,陕甘宁边区经过艰苦奋斗在经济发展上取得了惊人的成绩,度过了最困难的时期。在这几年的精心探索中,毛泽东对经济工作也积累起比较丰富的经验。1942年12月,他为西北局高干会提供的《经济问题与财政问题》的长篇书面报告就是这些经验的总结。

为了写好这篇报告,毛泽东做了大量的准备工作。他请李富春、南汉宸等协助收集整理了有关粮食、税收、贸易、金融、财政、供给等方面的大量材料,并告诉他们:每个材料"要说政策,说工作,是向广大的干部说话,使他们看了懂得政策的方向,懂得工作的做法。在说政策说工作时要批评错误意见,批评工作缺点,使他们有所警惕。每样要有点历史,有点分析,又有1943年应如何做法"。

在报告中，毛泽东着重批评了那种离开发展经济而单纯在财政收支问题上打主意的错误思想，指出："他们不知道财政政策的好坏固然足以影响经济，但是决定财政的却是经济。未有经济无基础而可以解决财政困难的，未有经济不发展而可以使财政充裕的。""忘记发展经济，忘记开辟财源，而企图从收缩必不可少的财政开支去解决财政困难的保守观点，是不能解决任何问题的。"毛泽东特别强调认真做好经济工作在全局中的极端重要性。他指出："我们不是处在'学也，禄在其中'的时代，我们不能饿着肚子去'正谊明道'，我们必须弄饭吃，我们必须注意经济工作。离开经济工作而谈教育或学习，不过是多余的空话。离开经济工作而谈'革命'，不过是革财政厅的命，革自己的命，敌人是丝毫也不会被你伤着的。"

针对某些人轻视经济工作的态度，毛泽东还指出："食之者众，生之者寡，用之者疾，为之者舒，是要塌台的，因此，大批的干部必须从现在的工作或学习的岗位上转到经济工作的岗位上去。而各级党部、政府、军队、学校的主要负责同志必须同时充分地注意经济工作的领导，要调查研究经济工作的内容，负责制订经济工作的计划，配备经济工作的干部，检查经济工作的成效，再不要将此项极端重要的工作仅仅委托于供给部门或总务部门就算完事。"在这篇报告中，毛泽东还引用高克林的《鲁忠才长征记》举例说明。

毛泽东在西北局高干会上做的《经济问题与财政问题》书面报告，同他后来在1943年写成的《开展根据地的减租、生产和拥政爱民运动》《组织起来》等文章，构成了当时中共中央领导陕甘宁边区和各抗日根据地的经济工作的基本纲领。

在西北局高干会上，当时兼任西北财政经济委员会副主任的贺龙讲了这样一段话：

> 毛泽东"真正实际解决了边区当前最重大的问题（假若没有饭吃，一切工作都无从说起），他比我们负责领导财经工作的任何同志，更懂得边区情况（因为他有正确的研究问题解决问题的方法），这是马列主义经济学在边区的具

体运用，是活的马列主义经济学（不是能读《资本论》不懂边币的经济学），他不是夸夸其谈的提出一般的方针与任务，而是对于每个问题都经过周密的调查研究，总结了过去的经验教训，实事求是的确定今后能做应做的事，并详细指出如何实现的办法（开荒、移民、水利、纺织合作社、运盐、调剂劳动力均有极生动模范的例子），他解决了摸索几年的众说纷纭的许多财经问题上的原则问题，实际问题。他明确地指出了边区经济与财政的大道，提高了全体人民的信心。他真正能使我们克服困难，渡过难关去争取抗战胜利。他不仅解决了边区的经济问题财政问题，并且给各个抗日根据地和全国都提供了解决问题辉煌的模范的例子。"[32]

[32] 贺龙：《整财问题报告大纲》，《陕甘宁边区抗日民主根据地·文献卷》（下），中共党史资料出版社1990年版，第307—308页。

贺龙的讲话，恰如其分地说出了毛泽东领导陕甘宁边区经济建设、战胜严重困难的重大历史贡献和优良工作作风。

在七大上，毛泽东在做政治报告讨论的结论时，再次强调了共产党提倡的新民主主义的资本主义是革命性的，是有利于社会主义发展的。他说：

> 中国也要发展资本主义。中国的资本主义是什么性质？前边说过，世界上的资本主义有两部分，一部分是反动的法西斯资本主义，一部分是民主的资本主义。反动的法西斯资本主义主要的已经打垮了。民主的资本主义比法西斯资本主义进步些，但它仍然是压迫殖民地，压迫本国人民，仍然是帝国主义。它一方面打德国，一方面又压迫人民，打法西斯是好的，压迫人民是不好的。在它打法西斯的时候，对它的压迫人民要忍一口气。蒋介石也是这样，他打日本是好的，压迫人民是不好的，在他还打日本的时候，我们也是要忍一口气，不提打倒蒋介石。蒋介石搞的是半法西斯半封建的资本主义。我们提倡的是新民主主义

的资本主义，这种资本主义有它的生命力，还有革命性。从整个世界来说，资本主义是向下的，但一部分资本主义在反法西斯时还有用，另一部分资本主义——新民主主义的资本主义将来还有用，在中国及欧洲、南美的一些农业国家中还有用，它的性质是帮助社会主义的，它是革命的、有用的，有利于社会主义的发展的。[33]

[33] 中共中央文献研究室编:《毛泽东在七大的报告和讲话集》,中央文献出版社1995年版,第189—190页。

1943年2月5日，是中国农历年正月初一。

这一天，延安群众敲锣打鼓，扭起秧歌，来到了杨家岭毛泽东的住处，给毛泽东拜年。负担减轻了，吃饱饭了，穿暖衣了，一首嘹亮的信天游《农民谣》唱出了延安老百姓的心声："今年的生产大号召，哪一个百姓不说好！又利公来又利家，日子越过越美扎。水有源，树有根，麻雀儿还报奶娘的恩；共产党对咱这样好，叫咱八辈子也忘不了。"

一边看新秧歌剧《兄妹开荒》，毛泽东一边跟前来拜年的干部和群众代表谈话，问大家能不能做到"耕三余一"，他还希望大家在大生产运动中要把劳动力组织起来，搞变工互助。

在七大书面政治报告《论联合政府》中，毛泽东专门强调要推广像变工互助形式的农业生产合作社以提高生产力问题。他说：

> 土地制度获得改革，甚至仅获得初步的改革，例如减租减息之后，农民的生产兴趣就增加了。然后帮助农民在自愿原则下，逐渐地组织在农业生产合作社及其他合作社之中，生产力就会发展起来。这种农业生产合作社，现时还只能是建立在农民个体经济基础上的（农民私有财产基础上的）集体的互助的劳动组织，例如变工队、互助组、换工班之类，但是劳动生产率的提高和生产量的增加，已属惊人。这种制度，已在中国解放区大大发展起来，今后应当尽量推广。

这里应当指出一点，就是说，变工队一类的合作组织，原来在农民中就有了的，但在那时，不过是农民救济自己悲惨生活的一种方法。现在中国解放区的变工队，其形式和内容都起了变化；它成了农民群众为着发展自己的生产，争取富裕生活的一种方法。[34]

[34] 中共中央文献研究室编：《毛泽东在七大的报告和讲话集》，中央文献出版社1995年版，第75页。

对于通过发展农业生产合作社提高根据地农业生产力的问题，毛泽东早在江西苏区时就有所考虑。他在主持苏区中央政府工作期间，对农村经济进行过大量调查研究，在此基础上提出了组织劳动互助社、耕田队和犁牛合作社等主张。土地革命战争时期的苏维埃政府也曾根据江西苏区的经验，号召农民组织劳动互助社、耕牛合作社、农民生产小组、杂务队、优红耕田队等，但由于环境的动荡，这些组织基本流于形式。

在陕甘宁边区，民间很早就有变工队、扎工队、唐将班子等集体互助的劳动组织，用以解决农忙季节劳力和畜力不足的问题。所谓变工，就是农户之间的换工，属于等量劳动直接交换的性质，有人换人工，也有人工换牛工、技术互助（取长补短）等形式。所谓扎工，就是短工的集体出雇，也有耕种自己土地的农民参与其中，扎工队一般在10人左右。所谓唐将班子，类同于扎工队，是陕西关中地区方言。参加变工队的农民，以自己的劳动力或畜力彼此相互交换，结算时一工抵一工，多出的按劳补给工钱。人员组成大多是本族、亲戚、朋友和邻居。

1939年，中共中央和毛泽东发动大生产运动，不但部队、机关、学校行动起来，边区农村也掀起开荒热潮。这时，劳力和畜力不足的问题越加明显。为适应这种情况的需要，一方面，民间原有的各种劳动互助又自发组织起来；另一方面，一些地区的党政领导也开始进行较大规模的组织劳动力的尝试。其实，大生产运动的整个过程，也可以说就是一个发动群众、组织群众，即发动和组织劳动大军的过程。

1943年，毛泽东在论及西北局高干会上确定的经济方针时说："高级干部会议方针的主要点，就是把群众组织起来，把一切老百姓的力量、一切部队机关学校的力量、一切男女老少的全劳动力半劳动力，只要是可能的，就要毫无例外地动员起来，组织起来，成为一支劳动大军。"在这支劳动大军中，部队机关学校本来就是有组织的人群，相对来说，把这部分劳动力组织到生产运动中来，还是比较容易办到的。更为艰巨的任务，是把边区140万群众中的几十万劳动力和半劳动力组织起来。边区的经济，主要是一家一户的个体小农经济。生产工具和耕作技术落后，农田基础设施薄弱，资金短缺，劳力和畜力严重不足。在这样的情况下，怎样才能使农业生产力得到较快的发展呢？这是越来越迫切需要解决的问题。

为了提高劳动生产效率，毛泽东号召开展变工互助，把农业劳动力组织起来。后来，他总结这样做的好处是："在农民群众方面，几千年来都是个体经济，一家一户就是一个生产单位，这种分散的个体生产，就是封建统治的经济基础，而使农民自己陷于永远的穷苦。克服这种状况的唯一办法，就是逐渐地集体化；而达到集体化的唯一道路，依据列宁所说，就是经过合作社。"毛泽东强调，组织起来，"这是人民群众得到解放的必由之路，由穷苦变富裕的必由之路，也是抗战胜利的必由之路。每一个共产党员，必须学会组织群众的劳动"。[35]

[35] 毛泽东：《毛泽东选集》第3卷，人民出版社1991年版，第931、932页。

1942年春耕时节，延安县为了完成开荒8万亩的任务，就利用了陕北农村传统的扎工方式，搞变工互助，全县组织了487个扎工队，吸收4937个强壮劳动力参加集体劳动，占全县劳动力的三分之一。结果，在开荒期间的三分之一时间里就突击完成了58%的开荒任务，大大提高了农业生产效率。

延安县组织劳动力的经验，受到毛泽东的高度重视。他在西北局高干会所作的《经济问题与财政问题》的报告中，把推广延安县的"劳动互助"，列为发展边区农业的重要政策之一，并且详加解释。他说："在一村之内，或几村之间，不但每一农家孤立地自己替自己耕种土地，而且于农忙时实行相互帮助。例如以自愿的五家六家或七家八家为一组，有劳动力的出劳动力，有畜力的出畜力，多的出多，少的出少，轮流地并集体地替本组各家耕种、锄草、收割，秋后结账，一工抵一工，半工抵半工，多出的由少出的按农村工价补给工钱。这个办法叫做劳动互助。从前江西苏区普遍实行的劳动互助社或耕田队，就是用这个办法组织起来的。人口密集的乡村，还可集合多少互助组为一互助社，组有组长副组长，社有社长副社长。组与组之间还可互相调剂；在必要与可能时，社与社之间亦可有些调剂。这就是农民群众的劳动合作社，效力极大，不但可使劳动力缺乏的农家能够及时下种、及时锄草与及时收割，就是那些劳动力不缺的农家，也可因集体劳动而使耕种、锄草、收割更为有利。"他还说："此外还有一种扎工，也为边区农民所欢迎，其法不是劳动互助，而是一种赶农忙的雇工组织，也是几个人或更多人为一组，向需要的人家受雇而集体地做工，一家做完再往他家，亦能调剂劳动力。"在各种调剂劳动力的办法中，"特别是劳动互助社的办法最为重要，应在全边区普遍实行起来"。[36]

[36] 毛泽东：《毛泽东选集》，1948年东北版，第771—773页。

毛泽东的这些论述，既是对全边区发出的号召，又是具体的工作指导。1943年1月25日，《解放日报》根据西北局高干会议和毛泽东报告的精神，发表社论《把劳动力组织起来》。社论说："生产是目前边区的中心任务，而农业生产更是全盘生产工作的中心。要完成这任务，首先要依靠边区农村中的三十多万个全劳动力和三十多万个半劳动力。这六七十万人，只要组织起来，便是一支雄健的生产大军，便能发生雄厚无比的力量。"而把这些劳动力组织起来的有效方法之一，"就是实行劳动互助"。

在中共中央和毛泽东的大力倡导下，陕甘宁边区的劳动互助蓬蓬勃勃地发展起来。1943年春耕期间有10%~15%，夏锄期间有40%左右，秋收期间有30%左右的劳动力参加了各种形式的劳动互助组织。这时的劳动互助继承了民间旧有的组织形式，但已不再是农民自发地进行，而是在党和政府的领导下有组织地进行，通过劳力、畜力的调剂和分工与协作，不仅保证了农活及时完成，还节省了劳力，提高了效率，扩大了生产规模，有力地推动了边区的农业生产大发展，改善了人民生活，积累了雄厚的物质基础，社会生产力水平得到空前提高。

在农业方面，连年开荒造田，耕地面积不断扩大，由1937年的862.6万亩，增加到1944年的1520.56万亩。大兴水利，灌溉面积由1937年的801亩，扩大至1943年的411万亩。粮食产量大幅度提高，1937年全边区粮食产量为111.63万石，到1945年增至200万石左右。畜牧业极大发展，三边的羔羊、走马，关中的同羊、黄羊，华池、定边、保安的骆驼，淳化、耀县的骡子都是国内名产。牛马驼骡羊的数量日渐增长。边区积极开展植树造林运动，1937年插柳条14万棵，1940年植活树木23万棵，1942年植树近26万棵。

在工业方面，边区在抗战以前几乎没有工业可言。抗日战争时期，边区工业发展较大，逐步建成具有公营工厂、私营工厂、合作社工厂、家庭手工业和手工作坊的半自给工业体系，有了自己的重工业和轻工业。工业门类比较齐全，包括炼铁、炼油、机械制造、军工、煤炭、陶瓷、玻璃、制药、化工、造纸、印刷、农具、火柴等。工人和工厂数量逐年增加，抗战前仅有工人270人，到1939年，政府直接经营的工厂已有10家，工人700多名。1940年，公办、社办工厂增到33家，职工1000多人。1941年公营工厂达97家，职工6000多人。到1945年，公营工厂多达130多家，加上私营工厂职工1万余人，职工总数达27300多人。边区的工业生产，据1943年和1944年统计，公营纺织厂年产大布4万匹，私营工厂、合作社和家庭纺织业产量达11万匹。造纸行业年产纸1万令（1令500张1开纸），肥皂年产40万至50万条，火柴1000多箱。毛巾、袜子、陶瓷等达到全部或大部分自给。边区盛产食盐，1942年产盐60万驮（每驮150斤）。除满足边区需要外，主要是外销。各种农业农具基本都能生产自给，军需用品大部分自给。到抗日战争胜利时，基本上形成了完整的工业体系，完全可以满足日常生活和生产及再生产需求。

在商贸方面，工农业的发展促进了商业贸易的兴盛。边区的公营商业有两类：一类是政府经营的企业性组织，较大的如光华商店、盐业公司、土产公司、南昌公司、陇东联合商店等，其中南昌公司下辖两个分公司。另一类是机关、部队、学校经营的自主性的公营商店。1943年边区系统各机关单位共有商店27个，总投资约1000万元。另外，边区机关还投资1500万元，与其他机关合作，到外地外县或农村办货、做流动生意。1944年延属7县、陇东分区6县、关中分区及定边、绥德、子洲、清涧共有商店348家，工作人员2500人至3000人，公营商店不仅不同程度地解决了边区机关、部队、学校的经费和物资供给，而且活跃了经济。对外贸易，如盐和土产的"出口"额1943年达到25.24亿元，换回了大量的边区必需品。

合作商店是广大群众的集体经济组织，从1937年到1941年，全边区的消费合作社由130个增到155个，1942年时股金逾600万元，红利增至390.8万元。

消费合作社对于繁荣边区商业起到了重要作用。私营商店也欣欣向荣。以延安为例，1936年有私人商户123个，1940年增至280个，1944年达473个，流动资金10.713亿元。其中：资本在1000万元至2500万元的大商户16个，占商户总数的3.4%，占资本总额的28.7%，占总资本的49.1%；资本在40万元至150万元的小商户321个，占商户总数的67.9%，占总资本的27%。私人商业之盛，因此可见一斑。

在边区军民生活方面，粮食够吃有余，这是人民生活得到改善的一个重要标志。据统计，全边区1943年以前余粮20万石；1943年产粮184万石，军民及牲畜消费162万石，尚余22万石；1944年产粮203万石，消费175万石，尚余28万石。农民收入增加，负担减轻。以产粮为例，1944年比1940年年产量增加25%，而同期的农业税下减20%，1945年减轻40%，延安农民生活改善很大。

延安及其所属各县的工人生活亦普遍改善，工资提高，没有失业工人。1944年延安铁工、线衣工人的工资比1937年分别增加163%和125%，流动工人中大工和小工分别增加150%和210.6%。工人每天工作10小时，有节假日和礼拜天。工人每年发一套新棉衣，两套新单衣，还有工作服，有自己的工会、俱乐部，文体用具应有尽有。周末和节庆，组织晚会、表演戏剧、办舞会等，业余文化生活丰富多彩。[37]

看到如此亮眼的成绩，毛泽东对边区的大生产运动和劳动互助运动给予了充分肯定，认为边区的生产"可以说是走上了轨道"，"军

[37] 张金锁：《延安精神》，中共党史出版社2017年版，第125—127页。

民两方大家都发展生产，大家都做到丰衣足食，大家都欢喜"，"都是实行把群众力量组织起来的结果"。大生产运动促成了劳动互助运动，反过来，劳动互助运动又成为推动生产运动再向前发展的关键一环。

七大代表、时任延安县委书记王丕年回忆说："1940年初，我从党校毕业，根据组织决定，我仍回到延安县任县委书记。前任县委书记崔曙光、贺斌章干得不错，我想我有这个本事吗？颇有些担心。但组织决定我去，我就必须考虑这些工作如何开展。延安县紧靠中央，是中央的所在地。中央机关的粮食问题必须靠当地来解决。不解决好，中央就没粮食吃，学校没饭吃，这怎么行呢？于是，我就带了一批人下乡，到老百姓家里了解情况，考虑怎样组织、发展生产。我一方面抓粮食生产，一方面发动群众发展副业生产以解决花钱的困难。为了发展合作社，我多次到南区合作社，帮助解决资金不足等问题，终于通过群众入股等方式，扩大资金做生意，使合作社的业务越做越红火。我还组织县委、县政府分管经济的同志起草有关南区合作社的专题报告，引起了党中央、西北局和边区政府的重视。毛泽东看了报告后，亲自写信询问情况，并在西北局表彰会上，为南区合作社主任刘建章题词：'刘建章同志，合作社的模范。'"[38]

理论来源于实践，又高于实践，从而指导实践。人民群众的成功的实践经验，使毛泽东的认识进一步深化。1943年10月1日，他在为中央起草的关于减租、生产和拥政爱民运动的指示中向全党指出："在目前条件下，发展生产的中心关节是组织劳动力。""共产党员必须学会组织劳动力的全部方针和方法。"接着，在10月14日西北局高干会的报告、11月29日招待边区劳动英雄大会上关于《组织起来》的讲话中，毛泽东对通过"合作社"方式把劳动力组织起来的问题，作了深刻的论述。

对于组织合作社的意义，毛泽东认为，合作社是当时根据地"在经济上组织群众的最重要形式"。它可以调动"群众生产的积极性"，使生产力"大大提高"。"这办法，可以行之于各抗日根据地，

[38] 中共中央党史研究室第一研究部编：《七大代表忆七大》（上），上海人民出版社2006年版，第154页。

将来可以行之于全国，这在中国经济史上要大书特书的。这样的改革，生产工具根本没有变化，生产的成果也不是归公而是归私的，但人与人的生产关系变化了，这就是生产制度上的革命。"这是继破坏封建剥削关系之后的"第二个革命"。

对于合作社的性质，毛泽东指出，"变工队""扎工队"一类农业劳动互助组织，"还是一种初级形式的合作社"，即"建立在个体经济基础上（私有财产基础上）的集体劳动组织"，是"新民主主义的"，而不是社会主义的。这是对当时互助合作组织的性质作出的科学而又准确的判定。

对于发展合作社的方向，根据边区劳动互助运动的情况，毛泽东提倡发展这样四种类型的合作社：（一）"集体互助的农业生产合作社"，即变工队、扎工队等集体劳动组织，这是普遍推行的一种；（二）"包括生产合作、消费合作、运输合作（运盐）、信用合作的综合性合作社"；（三）"运输合作社（运盐队）"；（四）"手工业合作社"。他还认为，部队机关学校的群众生产，虽不要硬安上合作社的名目，但也是"带有合作社性质的"。

"每一个模范合作社，都是一本活的教科书！"毛泽东在这里所讲的"综合性合作社"，在边区最著名的就是劳动英雄刘建章领导的延安南区合作社。该社成立于1936年冬，第一年只有社员160人。由于经营有方，得到群众拥护，股金和社员不断增加。到1943年，社员增至1600多人，包括了南区所有家庭，其中还包括许多在中央党校学习的七大代表。同时，经营范围逐渐扩大，除设有多处商店和营业部外，还成立了运输队、信贷社，开办了饭馆、客店、手工工场，把供销、生产、运输、信贷联为一体。毛泽东称赞这个合作社为"模范合作社"，说它有四大优点：一是冲破了合作社的教条主义、公式主义，不拘守成规，从消费合作开始，发展到南区全体人民经济生活各个方面的合作。二是打破了合作社的形式主义，认真贯彻面向群众、替人民谋利益的方针。三是以公私两利的方针，作沟通政府与人民经济的桥梁。四是根据人民的意见改善合作社的组织形式。由于南区合作社带动了全区整个经济事业的发展，所以毛泽东认为，"南区合作社式的道路，就是边区合作社事业的道路"。

时任晋察冀边区合作总社社务部部长王纯，曾经专门去南区合作社参观学习过，对此印象极为深刻。王纯是1944年12月28日来到延安的，被安排在刘秀峰领导的中央党务研究室工作。没过几天，中央党校副校长彭真找到他，亲切地说："王纯同志，分局交给你的任务完成得不错，委托你带来的同志，全部顺利地到达延安了。你来延安学习，是一个难得的学习机会，要系统地学习马列主义原著和基本原理，要认真学习毛主席著作，还要学习南区合作社的经验。我让刘秀峰给你安排。"

就这样，在西北局一位名叫张伯森的科长带领下，王纯来到模范合作社——南区合作社，向劳动模范刘建章学习取经。参观中，刘建章向王纯详细介绍了南区合作社的情况和经验：他们是怎么按毛主席的指示办合作社，为社员服务的；怎样走群众路线，建立和发展合作社的；怎样通过合作社组织群众，发展经济，促进生产，保障群众生活，保卫边区的。刘建章还拄着拐杖，热情地带着王纯走村串户，联系实际地传授他的工作经验。

当时，已近年关，马上就要过春节了，家家户户都在做着过年的准备。刘建章告诉王纯："边区在党中央的领导下，通过大生产运动，自己动手，丰衣足食，群众的生活有很大的改善。过年时，家家户户都准备过年吃的东西。最低生活水平的是8盘8碗，中等水平的是16盘16碗，最富裕的是32盘32碗。"

走访中，王纯品尝了陕北的炸年糕，吃起来蛮有味道。在南区合作社参观学习的3个月时间里，王纯和刘建章吃在一起，住在一起。刘建章和群众非常熟悉，走到哪里和群众的关系都非常融洽，他坐在群众家的炕头上和大家聊家常，非常注意了解群众的疾苦和要求。王纯回忆说："从他的身上，我学到了很多东西。直到今天，他密切联系群众的思想和作风还影响着我的行动。"学习归来，王纯被增补为中共七大代表。

在合作社组织建设中，毛泽东再三强调，在通过各种形式把农民组织起来的过程中，一定要遵循"自愿和等价的原则"。必须是农民"自愿参加",而"决不能强迫"。这是因为劳动互助本来就是群众自己的事业,只有在他们切实认识到组织起来的优越性并真心愿意参加之时,他们的积极性和创造力才能发挥出来,劳动互助也才能真正取得成效。强迫命令只会适得其反。当时也有一些合作社是硬性组织起来的,结果只能是流于形式。到1945年初,毛泽东又提出两个方针的问题:一是"强迫命令、欲速则不达的方针",一是"耐心说服、典型示范的方针",我们只能采取后一种方针,反对前一种方针。而自愿是与等价和互利联系在一起的。

在毛泽东发表《组织起来》的讲话后,边区的劳动互助运动更加广泛地开展起来。他进一步提出应把合作事业的范围扩大,举凡文化的、卫生的、社会公益的及一切同群众利益密切相关的事业,都应当像经济工作一样,实行把群众力量组织起来的方针。1944年7月3日,他在边区合作社会议上发表讲话,指出合作社的业务包括十项:工业、农业、运输、畜牧、供销、卫生、信用、教育、植树、公益。又说:"合作社是统一战线的性质,所有农民、工人、地主、资本家都可以参加合作社,它是政府领导,各阶层人民联合经营的经济、文化及社会公益事业的组织。"7月5日,毛泽东改写《召开陕甘宁边区第二届参议会第二次大会的决定》,指出:"应使现在已经蓬勃发展或已开始发展的经济运动,文化运动,卫生运动,更加向前大踏步发展";通过"民办公助,号召人民组织各种形式的合作社"。不难看出,毛泽东已把合作社当作推动边区所有经济、文化和公益事业发展的主要组织形式了。

实践出真知。以互助合作的方式把群众组织起来,不仅是发展农业生产、改造个体经济的正确道路,而且还能带动农村社会的全面改造;不仅改变了生产关系,而且还大大提高了生产力。毛泽东说:"这种生产团体,一经成为习惯,不但生产量大增,各种创造都出来了,政治也会进步,文化也会提高,卫生也会讲究,流氓也会改造,风俗也会改变。"在陕甘宁边区,已经初步地展示了这些方面的变化,无论就个人、家庭、社会来看,组织起来前后都有许多显著的不同。胡乔木回忆说:"新中国成立之后,当我们党思考、制定中国农村发展战略时，陕甘宁边区'组织起来'的经验，无疑起到了强化毛主席领导亿万农民走合作化道路的信念的作用。"

值得一提的是，那时陕甘宁边区只有很少的一点工业。但在毛泽东眼里，它的数目虽小，意义却非常远大，是最有发展、最富于生命力、足以引起一切变化的力量。他在给博古的一封信中写道：新民主主义社会的基础是工厂与合作社（变工队在内）而不是分散的个体经济，是机器而不是手工，"这是马克思主义区别于民粹主义的地方"。"现在的农村是暂时的根据地，不是也不能是整个中国民主社会的主要基础。由农业基础到工业基础，正是我们革命的任务。"

像在农业生产树立劳动英雄吴满有一样，当时工业战线上最著名的模范工人是赵占魁。赵占魁于1938年到延安，1939年入农具厂，任翻砂股股长。他的具体工作就是炉前看火。无论是严冬，还是酷夏，他都坚守在熔炉前，工作极为平凡，又十分艰苦，但他几年如一日，从无懈怠。同时，他又努力改进技术，不断提高工作质量。1942年9月11日，《解放日报》发表社论，号召"向模范工人赵占魁学习"，使全边区"有千个万个像赵占魁一样的模范涌现出来"。从这时起，赵占魁运动同吴满有运动一样，持续开展下去，成为工业建设发展的推动力量。

就工业的发展问题，毛泽东在《论联合政府》中说："就整个来说，没有一个独立、自由、民主和统一的中国，不可能发展工业。消灭日本侵略者，这是谋独立。废止国民党一党专政，成立民主的统一的联合政府，使全国军队成为人民的武力，实现土地改革，解放农民，这是谋自由、民主和统一。没有独立、自由、民主和统一，不可能建设真正大规模的工业。没有工业，便没有巩固的国防，便没有人民的福利，便没有国家的富强。"与此同时，毛泽东饱含深情地告诉大家：

> 在一个半殖民地的、半封建的、分裂的中国里，要想发展工业，建设国防，福利人民，求得国家的富强，多少年来多少人做过这种梦，但是一概幻灭了。许多好心的教

育家、科学家和学生们，他们埋头于自己的工作或学习，不问政治，自以为可以所学为国家服务，结果也化成了梦，一概幻灭了。这是好消息，这种幼稚的梦的幻灭，正是中国富强的起点。中国人民在抗日战争中学得了许多东西，知道在日本侵略者被打败以后，有建立一个新民主主义的独立、自由、民主、统一、富强的中国之必要，而这些条件是互相关联的，不可缺一的。果然如此，中国就有希望了。解放中国人民的生产力，使之获得充分发展的可能性，有待于新民主主义的政治条件在全中国境内的实现。这一点，懂得的人已一天一天地多起来了。[39]

毛泽东相信，中国共产党在新民主主义的政治条件获得之后，中国人民及其政府必须采取切实的步骤，在若干年内逐步地建立重工业和轻工业，使中国由农业国变为工业国。因为"新民主主义的国家，如无巩固的经济做它的基础，如无进步的比较现时发达得多的农业，如无大规模的在全国经济比重上占极大优势的工业以及与此相适应的交通、贸易、金融等事业做它的基础，是不能巩固的"。对于如何发展工业，毛泽东指出："在新民主主义的国家制度下，将采取调节劳资间利害关系的政策。一方面，保护工人利益，根据情况的不同，实行八小时到十小时的工作制以及适当的失业救济和社会保险，保障工会的权利；另一方面，保证国家企业、私人企业和合作社企业在合理经营下的正当的赢利；使公私、劳资双方共同为发展工业生产而努力。"

从组织起来，到开展劳动互助建立合作社，再到发展工业，以至提倡新民主主义经济要广泛发展资本主义，毛泽东在陕甘宁边区经济建设上的探索是成功的，也是符合现实和历史条件的，是按照经济发展的客观规律办事的。在七大书面政治报告《论联合政府》中，毛泽东还发表了关于生产力标准的科学论断。他说：

中国一切政党的政策及其实践在中国人民中所表现的

[39] 中共中央文献研究室编：《毛泽东在七大的报告和讲话集》，中央文献出版社1995年版，第77—78页。

作用的好坏、大小，归根到底，看它对于中国人民的生产力的发展是否有帮助及其帮助之大小，看它是束缚生产力的，还是解放生产力的。消灭日本侵略者，实行土地改革，解放农民，发展现代工业，建立独立、自由、民主、统一和富强的新中国，只有这一切，才能使中国社会生产力获得解放，才是中国人民所欢迎的。[40]

这是一段曾经广为人知，如今却鲜为人知的论述。不是认真阅读毛泽东的著作，你很难想象，早在1945年春天，毛泽东在中共七大上就代表中国共产党人提出了生产力标准问题。这是马克思主义的历史唯物论，既属于根本原理，又具有重要方法论的意义，是中共七大和毛泽东对马克思主义中国化的重大理论贡献。

正是根据生产力标准和发展生产力的要求，毛泽东大胆地说"共产党人不怕资本主义，反而在一定条件下提倡它的发展"。在资本主义发展的问题上，毛泽东在中共七大上罕见地提出了"两个广大"：一是"资本主义的广大发展"，二是"外国投资的容量将是非常广大的"。对此，毛泽东富有远见地说：

> 为着发展工业，需要大批资本。从什么地方来呢？不外两个方面：主要地依靠中国人民自己积累资本，同时借助于外援。在服从中国法令，有益中国经济的条件下，外国投资是我们所欢迎。对于中国人民与外国人民都有利的事业，是中国在得到一个巩固的国内和平与国际和平，得到一个彻底的政治改革与土地改革之后，能够蓬蓬勃勃地发展大规模的轻重工业与近代化的农业。在这个基础上，外国投资的容量将是非常广大的。一个政治上倒退与经济上贫困的中国，则不但对于中国人民非常不利，对于外国人民也是不利的。[41]

新中国成立之初，毛泽东编选的《毛泽东选集》第三卷在1953

[40] 中共中央文献研究室编：《毛泽东在七大的报告和讲话集》，中央文献出版社1995年版，第75—76页。

[41] 胡乔木：《胡乔木回忆毛泽东》（增订本），人民出版社2014年版，第378页。

年出版时，考虑到当时国际国内环境及他本人对这个问题认识的变化，将《论联合政府》中的这段话删除了。

七大结束后，《解放日报》在6月21日发表社论《关于发展私人资本主义》，指出："中国共产党第七次代表大会的极重要的成就之一，就是对于发展私人资本主义的问题，作了极其明确的规定。"毛泽东在《论联合政府》的报告中，关于中国革命的性质，他说："为什么把目前时代的革命叫做'资产阶级民主主义性质的革命'？这就是说，这个革命的对象不是一般的资产阶级，而是民族压迫与封建压迫；这个革命的措施，不是一般地废除私有财产，而是一般地保证私有财产；这个革命的结果，将使工人阶级有可能聚集力量因而引导中国向社会主义发展，但在一个相当长的时期内仍将使资本主义获得适当的发展。"中国革命的性质，决定了中国资本主义是要发展的，这是马克思主义的社会发展的规律。企图否认中国应该让资本主义有一个广大的发展，跳过这个阶段，一直发展到社会主义，"毕其功于一役"，或者不敢正面提出要发展资本主义的问题，这些论调，看似很"革命"，而实际上却是错误的。所以，"中国共产党人，对于发展私人资本主义的主张，综合起来就是：我们是主张发展私人资本主义的，这种发展，应在'不操纵国民生计'的条件之下，并且在发展私人资本主义的同时，也要发展国营经济和合作社经济。在这样的基础上，广大发展资本主义，是只有好处没有坏处的，是对于各阶层人民都有利的。中国的私人资本主义要想求得发展，除了这条道路以外再也没有其他道路"。

细心的读者还可以从这篇社论的标题中发现一个小秘密，那就是在资本主义之前加了一个定语"私人"。这两个字，就是告诉你中国共产党人鼓励发展的资本主义是"私人"的，而绝不是"操纵国民生计"的。最后，这篇社论强调："要走上这条道路，必须有一个民主的联合政府，还必须解决农民土地问题，实行'耕者有其田'。这些乃是中国工业化的最主要的先决条件，也是发展私人资本主义的先决条件。"

毛泽东之所以反复强调发展资本主义，用胡乔木的话说，是因为毛泽东敏锐地看到了共产党内部存在害怕资本主义的倾向，这妨碍对新民主主义政策的认识和实践。在我们这个党里，这样的思想是会经常冒出来的，需要不断地警惕。

历史好像跟我们开了一个玩笑，毛泽东的这些符合马克思主义的极具开放性、前瞻性、现代性、开阔性的思想理论，或许连他自己也没有想到，在20世纪六七十年代走了一条曲折的道路，直到在中国改革开放的伟大事业中得以成功实践，直至今天，我们的国家和人民乃至全世界人民都成了它的受益者。

历史是清醒剂，对真理的认识是一个十分复杂又艰难的过程，看似一加一等于二那么简单的问题，要证明起来却需要专业的理论素养和巨大的现实勇气。政治最可怕的病灶就是走极端，要么"左"，要么右，忽左忽右，左右不分，曾经高喊"只要社会主义草，不要资本主义苗"的荒唐口号耽误了多少国家大事，迟滞了人民前进的步伐，留下的教训又是多么深刻。其实，从哲学层面，或者从政治经济学视角来审视，资本也好，资本主义也罢，都是治国理政工具箱中的工具，就像货币一样，是金融的一种工具。资本主义社会有市场经济，社会主义社会也有市场经济，市场经济只是工具箱的工具。就是从这个意义上，邓小平提出了"不管黑猫白猫，捉到老鼠就是好猫"的理论。因此，解放思想，实事求是，按照经济规律办事，一切向前看，是多么重要啊！

1945年6月17日，七大结束后，毛泽东在中国革命死难烈士追悼大会上发表演说，又深刻阐述了解放生产力和发展生产力的思想。他激情澎湃又痛彻肺腑地说：

> 中国有两大敌人、两座大山压迫我们四万万五千万人民，一座大山就是帝国主义，另一座大山就是封建主义，外国的压迫和中国的压迫，压得我们四万万五千万人民不能抬头，破坏了我们的生产力。中国人民的生产力是应该发展的，中国应该发展成为近代化的国家、丰衣足食的国家、富强的国家。这就要解放生产力，破坏帝国主义和封

建主义。正是帝国主义和封建主义束缚了中国人民的生产力，不破坏它们，中国就不能发展和进步，中国就有灭亡的危险。帝国主义早在一百年前就开始侵入中国。现在我们同日本帝国主义的战争已经打了八年，如果从九一八事变算起，就已经有十几年了，日本帝国主义是我们第一个大敌。中国内部的反动派，实际上是跟日本侵略者互相配合来压迫中国人民的。这些反动力量还很大，它们压迫全中国人民，束缚中国人民的生产力，使其不能发展。革命是干什么呢？就是要冲破这个压力，解放中国人民的生产力，解放中国人民，使他们得到自由。[42]

1944年3月22日，在中共中央宣传委员会召开的宣传工作会议上，毛泽东就陕甘宁边区的文化教育问题发表讲话，就以马克思主义政治经济学的思想深入浅出地阐释了生产力问题。他说："我们应该知道，政治是上层建筑，经济是基础。政治好比就是这个房子，经济就是地基。我们搞政治，搞政府，搞军队，为的是什么？就是要破坏妨碍生产力发展的旧政治、旧政府、旧军队。日本帝国主义占了我们的地方，我们还有什么生产力可以发展？这是妨碍生产力发展的。妨碍生产力发展的旧政治、旧军事力量不取消，生产力就不能解放，经济就不能发展。因此，第一个任务就是打倒妨碍生产力发展的旧政治、旧军事，而我们搞政治、军事仅仅是为着解放生产力。学过社会科学的同志都懂得这一条，最根本的问题是生产力向上发展的问题。我们搞了多少年政治和军事就是为了这件事。"[43]

时代是思想之母，实践是理论之源。恩格斯说："一个知道自己的目的，也知道怎样达到这个目的的政党，一个真正想达到这个目的并且具有达到这个目的所必不可缺的顽强精神的政党——这样的政党将是不可战胜的。"毛泽东领导中国共产党在延安进行的革命理论和实践的探索，为恩格斯的论断作了最好的诠释。

[42] 中共中央文献研究室编：《毛泽东在七大的报告和讲话集》，中央文献出版社1995年版，第239页。

[43] 毛泽东：《毛泽东文集》第3卷，人民出版社1996年版，第108—109页。

4 "没有一个人民的军队，便没有人民的一切。"毛泽东把农民战争升华为人民战争

"黄河之滨，集合着一群中华民族优秀的子孙，人类解放，救国的责任，全靠我们自己来担承。同学们，努力学习，团结紧张，严肃活泼，我们的作风，同学们，积极工作，艰苦奋斗，英勇牺牲，我们的传统。像黄河之水，汹涌澎湃，把日寇驱逐于国土之东！向着新社会前进，前进，我们是抗日者的先锋……"这首脍炙人口的中国人民抗日军政大学校歌，曲调庄严、沉稳、雄壮、有力，以其活泼富有朝气和铿锵有力的进行曲节奏，形象地表现了抗大红军将士勇往直前、所向披靡的气概，在抗日根据地广泛流传，并成为抗日救亡歌曲的代表作之一，为后人所传唱。这首歌是毛泽东1937年11月让中共中央宣传部负责人凯丰为抗大谱写的一首新校歌，取代原来的《红大校歌》，由吕骥谱曲。

对中国人民抗日军政大学（简称抗大）的建设发展，毛泽东倾注了大量心血。1937年，在抗大的开学典礼上，毛泽东对红军学员们提出过这样的要求："把自己变成一把雪亮的利刃，去打倒日本，去创造新社会。"但是，怎样才能变成利刃呢？怎样才能打倒日本并创造新社会呢？毛泽东在反复思考如何办好抗大，如何锻造一支人民的军队。

1938年3月5日，抗大同学会成立。毛泽东欣然题词："坚定不移的政治方向，艰苦奋斗的工作作风，加上机动灵活的战略战术，便一定能够驱逐日本帝国主义，建立自由解放的新中国。"这是毛泽东第一次对抗大的教育方针做出清晰的概括。随后，在3月19日、20日，以及4月9日、30日，毛泽东又分别对抗大学员做了多次讲话。其中，4月9日，毛泽东重点讲了"在抗大应当学习什么"的问题。他向学员们提出了能够打败敌人最重要的"三样东西"，即："你们在这里要学到坚定正确的政治方向，艰苦奋斗的工作作风，加上灵活的战略战术。有了这三样东西，我们便能够最后战败敌人。"4月30日，毛泽东在抗大第三期第二大队的毕业典礼上，巧妙地以评

价《西游记》唐僧师徒的方式，生动形象地解读了这"三样东西"。他说，唐僧这个人，一心一意去西天取经，遭受九九八十一难，百折不回，他的方向是坚定的。但他也有缺点，麻痹，警惕性不高。敌人换个花样就不认识了。猪八戒有许多缺点，但有一个优点，就是艰苦，八百里七绝山的稀柿衕就是他拱开的。孙悟空很灵活，很机智，但他最大的缺点就是立场方向不坚定，三心二意。你们别小看了那匹小白龙马，它不图名，不为利，埋头苦干，把唐僧一直驮到西天，把经取回来。这是一种朴素、踏实的作风，是值得我们取法的。

到了1939年，抗大成立三周年。5月26日，毛泽东特地写了纪念文章《抗大三周年纪念》，进一步把"三样东西"明确为"抗大的教育方针"，即："坚定正确的政治方向，艰苦奋斗的工作作风，灵活机动的战略战术。这三者，是造成一个抗日的革命的军人所不可缺一的。"后来，人们把这"三句话"加上此前毛泽东为抗大确定的校训"团结、紧张、严肃、活泼"八个字，通称为"三八作风"，成为人民军队优良作风的代名词和传家宝。再后来，部队的文艺工作者又把它谱写成歌曲《三八作风歌》。[44]

"抗大抗大，越抗越大。"抗大的办校理念和青年们燃起的爱国激情不谋而合。到延安去，成为青年人对生活、人生和未来的美好向往。当时一位浙江大学的学生高喊："同学们，我们都要做亡国奴了，这张大学文凭还有什么用？我们要赶快上陕北去，到真正抗日救国的前线去！"一时间，延安这座陕北小城成为大家心中的"圣城"。无数青年背井离乡，坐火车、乘轮船、换汽车、搭马车，越过秦川，跨过黄河。他们之中有中学生、大学生，也有各界名人、海归华侨和国际友人。一路上千辛万苦，常遭遇日寇飞机轰炸，可大家没有放弃。"延安的城门成天开着，成天有从各个方向走来的青年，背着行李，燃烧着希望，走进这城门……"诗人何其芳描绘了当时延安的真实场景。从1937年7月到1939年6月，有15000多名青年冲破日寇和国民党顽固派层层封锁，奔赴延安抗大。

"抗大没有考试，通过敌人的封锁线到延安来，这就是最好的

[44] 1960年1月，中央军委扩大会议提出，要在全军普遍提倡以"坚定正确的政治方向，艰苦奋斗的工作作风，灵活机动的战略战术"三句话和"团结、紧张、严肃、活泼"八个字为重点的优良传统和作风。5月6日，总政治部主任谭政就宣传这一传统作风等问题向毛泽东等做了书面请示报告。谭政在报告中说：关于延安抗大时所提的有关作风的三句话和团结、紧张、严肃、活泼八个字，我们计划好好宣传一下。但是这三句话目前流行的提法不尽一致，一是1938年抗大同学会成立时毛主席的题词"坚定不移

考试！"毛泽东曾这样说。中华民族千千万万的优秀子孙，跋涉千山万水，历尽千难万险，尝遍千辛万苦，追随中国共产党在延安进行着前无古人的伟大斗争、伟大工程、伟大事业、伟大梦想——打败日本侵略者，建立新中国。他们艰苦奋斗，自力更生，意气风发，斗志昂扬，歌声嘹亮。

的确，那个年代的延安，是一个会唱歌的城市，无论是山沟里还是山腰上，无论是礼堂里还是广场上，无论是劳动间隙还是大型集会，无论是白天还是黑夜，你都会听到此起彼伏的歌声，一浪高过一浪，没有伴奏带，没有乐队，没有麦克风，张开嗓子，放声歌唱，那歌声那阵势哪里是唱出来的，完全是吼出来的，排山倒海，惊天动地，嗓子喊哑了喊破了，也在所不惜，唱着吼着似乎就能乘着歌声的翅膀飞到天上。时任陕甘宁边区文化界救亡协会秘书长吴伯箫1961年在散文《歌声》中完美还原了延安唱歌的历史现场。

<small>的政治方向，艰苦奋斗的工作作风，机动灵活的战略战术"。一是1939年抗大三周年时毛主席文章中的提法"坚定正确的政治方向，艰苦奋斗的工作作风，灵活机动的战略战术"。两个提法用词不同，究竟以哪个为好，请予批示，以求统一。5月8日，毛泽东在请示报告上做了定论。他批示道："以一九三九年的三句为好，奋斗二字改朴素为宜。"此后"艰苦奋斗的工作作风"改为"艰苦朴素的工作作风"。其完整表述为："坚定正确的政治方向，艰苦朴素的工作作风，灵活机动的战略战术。"</small>

> 随着指挥棍的移动，上百人，不，上千人，还不，仿佛全部到会的，上万人，都一齐歌唱。歌声悠扬，淳朴，像谆谆的教诲，又像娓娓的谈话，一直唱到人们的心里，又从心里唱出来，弥漫整个广场。声浪碰到群山，群山发出回响；声浪越过延河，河水演出伴奏；几番回荡往复，一直辐散到遥远的地方。抗日战争的前线后方，有谁没有听过、没有唱过那种从延安唱出来的歌呢？
>
> 延安唱歌，成为一种风气。部队里唱歌，学校里唱歌，工厂、农村、机关里也唱歌。每逢开会，各路队伍都是踏着歌走来，踏着歌回去。往往开会以前唱歌，休息的时候还是唱歌。没有歌声的集会几乎是没有的。列宁记十九世纪七十年代德国工人歌咏团，说他们是"在法兰克福一家小酒馆的一间黑暗的、充满了油烟的里屋集会，房子里是用脂油做的蜡烛照明的"。在黑暗的时代里，唱唱歌该是多么困难啊。在延安，大家是在解放了的自由的土地上，为什么不随时随地集体地、大声地歌唱呢？每次唱歌，都有

唱有合，互相鼓舞着唱，互相竞赛着唱。有时简直形成歌的河流，歌的海洋，歌声一波未平，一波又起，接唱，联唱，轮唱，使你辨不清头尾，摸不到边际。那才叫尽情的歌唱哩！[45]

瞧！延安的歌声是团结的战鼓，是胜利的号角！至今，唱歌、拉歌，依然是中国人民解放军的一种传统，它是红色基因的传承，也是思想政治工作的美好表达，那排山倒海的气势，那激越昂扬的斗志，只有经历过的人才能感受那热血澎湃的震撼，那舍身舍骨的激情。

延安，是被歌声包围的城市，也是被歌声重塑的城市。

中共七大代表、时任晋绥军区司令员吕正操[46]是1944年冬天来到延安的。到延安那天，刚刚下过一场小雪，山川，宝塔，延河，窑洞，在蓝蓝的天空下，显得格外明净。这里的一切，让他感到是那么熟悉，又是那么亲切，好像是重新回到了自己久别的家乡。

1999年，吕正操在回忆自己参加七大的文章《催人奋进的盛会》中以优美抒情的笔触再现了第一次到延安的所见所闻。

延安，真是一片新天地，另一番景象。这里是新中国首府的雏型、缩影。这里的建筑，有新有旧，延安城里，虽遭敌机轰炸，风貌犹存，有点像冀中的县城。这里是纯朴的民间生活，开展大生产运动后已做到丰衣足食。工业品，有自己生产的布匹、毛线、粗呢料、鞋袜、毛巾、肥皂等；农产品，有大米、小麦和各种杂粮、水果等；文化用品，有纸张、本子、铅笔、水笔等。沿街的店铺，出售自己生产的东西。这都是自己动手的丰硕果实。

延安新建筑——杨家岭的礼堂尤为突出。前面有宽阔的广场，夏天就在这里跳舞，冬天在礼堂里开周末舞会或演出大家喜闻乐见的文艺节目。离这里不远还有别墅式的建筑，玻璃门窗，有山水、树木、花草。我先后住过联防

[45] 吴伯箫:《歌声》，光明日报1961年10月1日。

[46] 吕正操，1904年出生，辽宁海城人，1922年参加东北军，1925年毕业于东北讲武堂，在东北军中曾任张学良的副官、秘书、师参谋处长，团长，参加了西安事变。1937年5月加入共产党，率东北军第691团参加抗战，任人民自卫军司令员，后任八路军第3纵队兼冀中军区司令员、晋绥军区司令员。中共七大后，吕正操先后担任东北民主联军副总司令员兼西满军区司令员、东北军区副司令员兼东北铁路总局局长。新中国成立后，曾任铁道部部长兼军委军事运输司令员、铁道兵政委，第六届全国政协副主席。1955年被授予上将军衔。

司令部和杨家岭，前者住平房，后者住窑洞。美军观察组就在联防司令部的左面，他们自己发电，有电灯，我还去过那里和他们打过桥牌。

延安有古迹宝塔山，有风景区柳树店。清凉山下可以游泳。延河有很宽的河滩，平常河水不深，垫上大石头可以踩过去。交通工具有汽车，也有马和毛驴，平时多为步行。每逢节假日，党校学员和机关干部三五成群散步聊天，走在碎石细流的河川里。

延安不仅有众多杰出的政治家、军事家，也聚集着从平津和上海投奔来的大批的作家、艺术家和各类运动爱好者。文化生活很丰富，歌舞、京剧（还有各种地方戏），麻将、桥牌、扑克，各种棋类等。一到晚上，山坡上阶梯式的窑洞一片灯火，欢声笑语。每到星期六和星期天，更是聚会言欢，喜气洋洋。

延安学校很多，有中央党校、鲁迅艺术文学院、医科大学、抗中、保小、保育院等等。还有很多医院，有中央医院、国际和平医院，以及各部门的医务室、诊所等，虽然有国民党对陕甘宁的长期封锁，医药、器械缺乏，但是却有不少中西名医，有国际朋友外国医生。提倡中西医结合，当时曾在石家庄开业的西医朱琏转战到延安后即开始研究针灸，医疗卫生事业相当发达。

在联防司令部我和林枫住隔壁，贺龙、徐向前、谭政、张经武等同志住我们后边一排平房。杨家岭机关生活管理更是井井有条，机关食堂办得相当好。这里虽然都是粗布、粗呢子、土毛线，但小孩们的穿戴，样子都很新颖。妈妈们用各种颜色的土毛线，给孩子们编织成合体的毛衣、各种花样的帽子。对孩子的教养，比以前讲究得多。连年生活在硝烟炮火中，一旦回到延安，明显感到安居乐业、歌舞升平的景象。

延河两岸，可以骑马奔驰，汽车往来，可以漫步谈心。党校礼堂，经常有京剧演出，有许多京剧爱好者，还有从北平来的不少名票友，除传统剧目外，还上演过新编京剧《三打祝家庄》。有歌舞话剧，曾演出《茶花女》《钦差大臣》《雷雨》《日出》等中外名剧。《白毛女》《血泪仇》等更是生动逼真，催人泪下。到处都有歌声，战士唱，干部唱，男女老少都唱，山歌、小调随地编到处唱。每逢假日或喜庆事，干部、群众纷纷走上街头（河川），边扭秧歌边放声歌唱。

延安不愧是抗日根据地政治文化的中心，洋溢着一派首都的振奋人心的新气象。[47]

[47] 中共中央党史研究室第一研究部编：《七大代表忆七大》（上），上海人民出版社2006年版，第498—500页。

无论是作家吴伯箫笔下的延安，还是抗日前线将领吕正操笔下的延安，都给我们展示了一幅蒸蒸日上、欣欣向荣、军民一家、生机勃勃的革命之城的画卷。这是真实的延安，也曾是人们向往的天堂。

吕正操知道，在那个严酷的战争年代，从全国各地——大后方、敌占区及各个敌后战场、前线，先后投奔聚集到延安的干部、学员、家属和机关服务人员，人口密度太大了，陕北的物质生产条件有限，还不能满足人们多方面的需要。而他所在的晋绥地区是靠近与直通延安的根据地，他觉得自己有责任从财力、物力上给延安以尽可能多的支援。为此，他们晋绥代表团在来延安之前，就经过八分区从敌占城市陆续买来一些烟、酒、茶叶、药品、丝绸、细布、皮毛等，带到延安后交给了晋绥办事处，统一分发处理。也把少量东西直接送给了有困难、生病、生孩子的熟识同志，聊表心意。

到延安两三天后，吕正操就接到了毛泽东要接见他的通知。这当然是他渴望已久的，也是他意料之中的。因为早在1939年，贺龙离开冀中时，吕正操就给毛主席写过信，一是简要汇报了冀中的情况，二是表达了想到延安学习的愿望。来到延安以后，他又听说毛泽东为开好七大，要找外地来的代表一一谈话。所以，他一直在等待着这一天的到来。

这天，吕正操带着妻子、儿子一起，在时任中共中央晋绥分局代书记、晋绥军区政治委员林枫的陪同下，来到枣园，见到了毛泽东。

一见面，当吕正操来到毛泽东跟前时，心情很激动，好多心里话却不知从何说起，倒是毛泽东先开了口。

毛泽东微笑着说："你那封信我是看了的。就是你那个签名为难了我，猜了半天，才认出是吕正操三个字。干吗要把三个字连成一个字呢！"

吕正操笑了笑，没有回答。尽管毛泽东的神态、语气毫无责备之意，但他却感到很不安，心想："毛主席那么忙，为猜测我的连笔字耽误时间，实在是我太疏忽大意了。从此以后，不管是起草报告，签发文件，我都力求写得工整些，以免再给任何同志添麻烦。"

这天，毛泽东留林枫和吕正操全家在他的窑洞里吃了午饭。因时间关系，未能详谈，毛泽东让吕正操改日再来。

两天后的一个下午，毛泽东派人用一辆大汽车把吕正操和林枫接到了枣园，吃晚饭时，边吃边谈，一直谈到深夜。

毛泽东说：冀中、晋绥，用"挤"的办法，快把日本人挤出去了。现在恐怕要有人来挤你们来了。

吕正操说：那我们就再把他们挤出去。

毛泽东说：对！你们冀中有八百万老百姓，晋绥有三百万老百姓，加起来力量可不小呢。

听了毛泽东的话，吕正操想起了1939年正当冀中军民抗战进入困难阶段，党中央、毛主席及时派八路军第120师来支援他们的情景，不觉有一股力量油然而生，直想立即赶回前方，向冀中和晋绥军民传达毛主席的关怀和期望。

夜已经很深了，吕正操和林枫告辞出来，毛泽东端着蜡烛为他们照明，一直送他们走下山坡，上了汽车。那时，大汽车是延安最先进的交通工具了。这些小小的细节，吕正操一辈子也没有忘记。

1945年4月23日下午，中共七大开幕了，作为晋察冀代表团第四组副组长，吕正操的代表证号码是154号，他在杨家岭中央大礼堂的座位是第2排11号。这是一个相当不错的位置，可以听清楚任何人所作的报告或发言。这也是吕正操第一次出席这样庄严、隆重的大会。他一边听，一边记，他清楚地记得毛泽东在开幕词《两个中国之命运》中这样说道："中国共产党从来没有现在这样强大过，革命根据地从来没有现在这样多的人口和这样大的军队，中国共产党在日本和国民党统治区域的人民中的威信也以现在为最高，苏联和各国人民的革命力量现在也是最大的。在这些条件下，打败侵略者，建设新中国，应当说是完全可能的。"

听了毛泽东的开幕词，吕正操马上联想到毛泽东接见他和林枫时所说的话，使他更加感到"毛主席真是高瞻远瞩，为我们夺取抗日战争的胜利以及今后斗争指出了前进的光明道路"。

大会第一天，让吕正操感慨万千的是，毛泽东在开幕词中还谆谆告诫七大代表们："我们应该谦虚，谨慎，戒骄，戒躁，全心全意地为中国人民服务，在现时，为着团结全国人民战胜日本侵略者，在将来，为着团结全国人民建设新民主主义的国家。只要我们能够这样做，只要我们有正确的政策，只要我们一致努力，我们的任务是必能完成的。"

"全心全意地为中国人民服务"，这是吕正操第一次听毛泽东亲口说。作为一个从旧军队、从国民党军队走过来的职业军人，现在离乡背井，从东北来到了陕北，为了抵抗日本的侵略，又参加了共产党的军队，听了毛主席的话，他思绪万千。自从1937年5月参加共产党以来，吕正操确实感到这是一支与历史上的任何军队都完全不同的军队，他率领的东北军691团接受共产党的领导加入抗日的洪流，也经受了浴火重生凤凰涅槃的蜕变，从旧军阀式的队伍彻底变成了人民的军队。在这个转变的过程中，他看到了中国共产党、中国人民和中国革命的方向和希望。

当然，这不是毛泽东第一次讲全心全意为人民服务的宗旨问题。1944年9月8日，中共中央机关在枣园为一个名叫张思德的战士开了隆重的追悼大会，毛泽东亲自参加，不仅亲笔题写了"向为人民利益而牺牲的张思德同志致敬"的挽词，还发表了《为人民服务》的著名演说。

毛泽东为什么要为一个战士举行追悼会呢？

张思德是一个孤儿，1915年4月19日出生于四川省仪陇县六合场雨台山下的一个贫苦的农民家庭。1933年12月入伍红四方面军，1935年参加了长征。在部队，张思德英勇顽强，不怕流血牺牲，先后参加过黄泥坪、龙须寨、玉山等多次战斗，爬雪山过草地，屡立战功，被战友们誉为"小老虎"。1937年10月加入中国共产党。全国抗战伊始，张思德所在部队开赴前线。当时由于他身体患病，被留在警卫连，负责警卫八路军留守处和后方，先后担任了副班长、班长。1940年春天，张思德随警卫连来到延安，分配在中央军委警卫营通信班。因为他懂得烧木炭的技术，这年7月，他奉命带领一个班去延安南黄土沟深山中烧木炭。砍树、进窑、出窑、装运，这不仅是一个又脏又累的体力活儿，还是一个技术活。用张思德的话说，烧炭像打仗一样，来不得半点马虎。在连队里，张思德有"三个一绝"：烧炭一绝，当地老百姓烧一窑炭要用10天，他仅用7天；打草鞋一绝，一宿打3双；做事"不掉链子"一绝，领导和战友交代的事情从不出差错。

1942年10月，中央军委实施精简整编，中央军委警卫营与中央教导大队合编为中央警备团，班长岗位编制有限，支部研究决定张思德由班长改为战士。领导找他谈话时，他说："当班长是革命需要，当战士也是革命需要。"他愉快地服从组织分配，高高兴兴地站岗放哨。第二年春，组织选派他到中央警备团直属警卫队，也就是到毛主席身边当内卫班警卫战士。这可把张思德乐坏了，下定决心一定要好好当一名枣园哨兵！

在枣园，张思德全心全意站好岗放好哨。每次毛泽东外出开会，他总是提前把枪擦得亮亮的，提着水壶早早地等在车边。毛泽东坐的轿车是爱国华侨陈嘉庚先生送的，车身宽大，可以乘坐十个人，车后还有一个专供警卫人员站立的踏板。为了安全，每次外出，张思德都站在踏板上。有一次，毛泽东拍着张思德的肩膀说："小张，以后别站这儿，就坐车里，外面有危险的！"张思德说："主席，没关系，后面还凉快呢！"

1944年夏天，为了解决中央机关和枣园冬天的取暖问题，上级决定警卫队内卫班的部分同志到延安北部的安塞去烧木炭。张思德有烧炭经验，主动请缨。领导知道他在烧炭上有技术，马上同意了他的请求。7月，他就背着工具，带领战士们来到石峡峪村，开始了艰苦的劳动。这里是一个风景秀丽却十分偏僻的大山沟，张思德带领大家日夜奋战，在短短一个月的时间里就烧了5万多斤木炭。

9月5日，上级决定组成突击队，再赶挖几座新窑。时任枣园石峡峪农场生产队副队长的张思德与战士小白一组，两个人配合默契，窑很快就挖得很深。快到中午时，窑已经快挖好了。这时，突然，窑顶土层传来"咔咔"声，有碎土从上面坠落。凭着经验，张思德预感有塌方的危险，就一把将小白推出窑洞："快！快出去！"他把小白刚刚推出窑口，就听到"轰隆"一声闷响，窑塌了。小白的两条腿被压在洞口，张思德却被深深地埋在里面。小白一边拼命地喊，一边拼命地刨土。但已经来不及了，张思德就这样离开了战友们，年仅29岁。

噩耗传来，大家都非常悲痛。毛泽东的秘书胡乔木和张思德朝夕相处过，深深为这样一位长征老战士的牺牲悲痛和惋惜。他立即把张思德牺牲的情况报告给毛泽东，说张思德参加过长征，曾英勇负伤，平时工作积极，关心同志。毛泽东听了，很受感动。深受毛泽东器重的胡乔木，此时不仅是毛泽东的政治秘书，还兼任中央政治局秘书、中央总学委秘书和中央宣传委员会秘书，他向毛泽东建议为张思德开一个追悼会，并请毛主席在会上讲话。毛泽东欣然同意了胡乔木的建议，并交代："一、给张思德身上洗干净，换上新衣服；二、搞口好棺材；三、要开追悼会，我去讲话。"

胡乔木迅速传达了毛泽东的指示，中央机关工作人员根据指示，将张思德的遗体擦洗干净，换上新衣服，又买了一口好棺材，并定于9月8日为张思德举行追悼大会。七大代表、当时兼任枣园中央机关生产委员会主任的陈刚[48]在第一时间赶到石峡峪村，为张思德

[48] 陈刚（1906—1967），四川富顺人，原名刘家镇，又名刘作抚。1932年和中共一大代表何叔衡女儿何实山结为夫妻。1935年7月至8月出席共产国际七大，会后入莫斯科国际列宁学院学习。抗日战争时期，任中共中央敌区工作委员会干部部负责人，1943年兼任枣园中央机关生产委员会主任。七大后被派到东北工作。1948年12月调任中共中央社会部副部长。新中国成立后，历任中共四川省委书记、中共中央西南局书记处书记兼中央监察委员会西南组组长等职。

换衣、入殓、抬棺、下葬，并向毛泽东汇报了张思德牺牲及善后的情况。

9月8日这一天，中共中央机关和中央警备团共一千多人，在中央警备团枣园沟口的操场上为一个普通士兵召开了隆重的追悼大会，这也是中国共产党自1921年建党以来第一次召开如此规模的追悼会。在向张思德默哀后，毛泽东带着十分沉重的心情，站在一个临时修建的小土墩上，即兴为张思德致了悼词。

毛泽东说："我们的共产党和共产党所领导的八路军、新四军，是革命的队伍。我们这个队伍完全是为着解放人民的，是彻底地为人民的利益工作的。""因为我们是为人民服务的，所以，我们如果有缺点，就不怕别人批评指出。""我们都是来自五湖四海，为了一个共同的革命目标，走到一起来了。我们还要和全国大多数人民走这一条路。""要奋斗就会有牺牲，死人的事是经常发生的。但是我们想到人民的利益，想到大多数人民的痛苦，我们为人民而死，就是死得其所。"从此，张思德成了家喻户晓的人民英雄。

追悼会结束后，胡乔木根据现场记录，对毛泽东的这篇动情的即兴演讲进行了整理，引用了司马迁的名言说："人总是要死的，但死的意义有不同。中国古时候有个文学家叫做司马迁的说过：'人固有一死，或重于泰山，或轻于鸿毛。'为人民利益而死，就比泰山还重；替法西斯卖力，替剥削人民和压迫人民的人去死，就比鸿毛还轻。张思德同志是为人民利益而死的，他的死是比泰山还要重的。"

20世纪50年代，毛泽东在编辑整理《毛泽东选集》时，将为张思德作的悼词定名《为人民服务》。这就是不朽名篇《为人民服务》的由来。而"为人民服务"这五个金光闪闪的大字，鲜明地概括了中国共产党的根本宗旨和行动指南，也是中共及其军队光辉实践的真实写照，哺育了一代又一代共产党人。

鲜为人知的是，在毛泽东参加张思德追悼会10天之后，也就是9月18日，毛泽东参加了中共中央办公厅举办的招待八路军留守兵团全体模范学习代表及从敌后转战归来参加整训的各部队战斗英雄代表大会。在大会上，毛泽东又发表了题为《坚持为人民服务》的讲话。这篇讲话文字很短，只有三段话，刊登在9月23日的《解放日报》上，其核心思想在最后一段。

> 因为我们的军队是真正人民的军队，我们的每一个指战员以至每一个炊事员、饲养员，都是为人民服务的。我们的部队要和人民打成一片，我们的干部要和战士们打成一片。与人民利益适合的东西，我们要坚持下去，与人民利益矛盾的东西，我们要努力改掉，这样我们就能无敌于天下。我们的军队一向就有两条方针：第一对敌人要狠，要压倒它，要消灭它；第二对自己人，对人民、对同志、对官长、对部下要和，要团结。[49]

就在吕正操1944年12月刚刚抵达延安的时候，毛泽东在陕甘宁边区参议会上作了题为《一九四五年的任务》的演说。在这篇演说中，毛泽东再次强调："我们一切工作干部，不论职位高低，都是人民的勤务员，我们所做的一切，都是为人民服务。"

"人民，只有人民，才是创造世界历史的动力。"作为中共七大代表，在大会正式开幕之前，吕正操就已经认真阅读了毛泽东在七大的书面政治报告《论联合政府》，也参加了代表团的小组讨论。和所有参加七大的代表们一样，他深深地被《论联合政府》中许多经典的、富有哲理的、散发着真理光芒的思想所吸引、所熏陶、所开悟，而自己思想的灯盏仿佛在挑了灯花之后变得更加明亮了。在这份政治报告中，吕正操第一次看到毛泽东系统地论述了"人民战争"，明确提出"全心全意地为中国人民服务"是人民军队的唯一宗旨。

> 中国共产党领导的移到了西北的中国红军主力，改编为中国国民革命军第八路军，留在长江南北各地的中国红军游击部队，则改编为中国国民革命军新编第四军，相继开赴华北华中作战。内战时期的中国红军，保存了并发

[49] 毛泽东：《毛泽东文集》第3卷，人民出版社1996年版，第210页。

展了北伐时期黄埔军校和国民革命军的民主传统，曾经扩大到几十万人。由于国民党政府在南方各根据地内的残酷的摧毁、万里长征的消耗和其他原因，到抗日战争开始时，数量减少到只剩几万人。于是有些人就看不起这支军队，以为抗日主要地应当依靠国民党。但是人民是最好的鉴定人，他们知道八路军新四军这时数量虽小，质量却很高，只有它才能进行真正的人民战争，它一旦开到抗日前线，和那里的广大人民相结合，其前途是无限的。人民是正确的，当我在这里做报告的时候，我们的军队已发展到了九十一万人，乡村中不脱离生产的民兵发展到了二百二十万人以上。不管现在我们的正式军队比起国民党现存的军队来（包括中央系和地方系）在数量上要少得多，但是按其所抗击的日军和伪军的数量及其所担负的战场的广大说来，按其战斗力说来，按其有广大的人民配合作战说来，按其政治质量及其内部统一团结等项情况说来，它已经成了中国抗日战争的主力军。

这个军队之所以有力量，是因为所有参加这个军队的人，都具有自觉的纪律；他们不是为着少数人的或狭隘集团的私利，而是为着广大人民群众的利益，为着全民族的利益，而结合，而战斗的。紧紧地和中国人民站在一起，全心全意地为中国人民服务，就是这个军队的唯一的宗旨。

在这个宗旨下面，这个军队具有一往无前的精神，它要压倒一切敌人，而决不被敌人所屈服。不论在任何艰难困苦的场合，只要还有一个人，这个人就要继续战斗下去。

在这个宗旨下面，这个军队有一个很好的内部和外部的团结。在内部——官兵之间，上下级之间，军事工作、政治工作和后勤工作之间；在外部——军民之间，军政之间，我友之间，都是团结一致的。一切妨害团结的现象，都在必须克服之列。

在这个宗旨下面，这个军队有一个正确的争取敌军官兵和处理俘虏的政策。对于敌方投诚的、反正的，或在放下武器后愿意参加反对共同敌人的人，一概表示欢迎，并给予适当的教育。对于一切俘虏，不许杀害、虐待和侮辱。

在这个宗旨下面，这个军队形成了为人民战争所必需的一系列的战略战术。它善于按照变化着的具体条件从事机动灵活的游击战争，也善于作运动战。

在这个宗旨下面，这个军队形成了为人民战争所必需的一系列的政治工作，其任务是为团结我军，团结友军，团结人民，瓦解敌军和保证战斗胜利而斗争。

在这个宗旨下面，在游击战争的条件下，全军都可以并且已经是这样做了：利用战斗和训练的间隙，从事粮食和日用必需品的生产，达到军队自给、半自给或部分自给之目的，借以克服经济困难，改善军队生活和减轻人民负担。在各个军事根据地上，也利用了一切可能性，建立了许多小规模的军事工业。

这个军队之所以有力量，还由于有人民自卫军和民兵这样广大的群众武装组织，和它一道配合作战。在中国解放区内，一切青年、壮年的男人和女人，都在自愿的民主的和不脱离生产的原则下，组织在抗日人民自卫军之中。自卫军中的精干分子，除加入军队和游击队者外，则组织在民兵的队伍中。没有这些群众武装力量的配合，要战胜敌人是不可能的。

这个军队之所以有力量，还由于它将自己划分为主力兵团和地方兵团两部分，前者可以随时执行超地方的作战任务，后者的任务则固定在协同民兵、自卫军保卫地方和进攻当地敌人方面。这种划分，取得了人民的真心拥护。如果没有这种正确的划分，例如说，如果只注意主力兵团的作用，忽视地方兵团的作用，那末，在中国解放区的条件下，要战胜敌人也是不可能的。在地方兵团方面，组织了许多经过良好训练，在军事、政治、民运各项工作上说来都是比较地更健全的武装工作队，深入敌后之敌后，打击敌人，发动民众的抗日斗争，借以配合各个解放区正面战线的作战，收到了很大的成效。

在中国解放区，在民主政府领导之下，号召一切抗日人民组织在工人的、农民的、青年的、妇女的、文化的和其他职业和工作的团体之中，热烈地从事援助军队的各项工作。这些工作不但包括动员人民参加军队，替军队运输粮食，优待抗日军人家属，帮助军队解决物质困难，而且包括动员游击队、民兵和自卫军，展开袭击运动和爆炸运动，侦察敌情，清除奸细，运送伤兵和保护伤兵，直接帮助军队的作战。同时，全解放区人民又热烈地从事政治、经济、文化、卫生各项建设工作。在这方面，最重要的是动员全体人民从事粮食和日用品的生产，并使一切机关、学校，除有特殊情形者外，一律于工作或学习之暇，从事生产自给，以配合人民和军队的生产自给，造成伟大的生产热潮，借以支持长期的抗日战争。在中国解放区，敌人的摧残是异常严重的；水、旱、虫灾，也时常发生。但是，解放区民主政府领导全体人民，有组织地克服了和正在克服着各种困难，灭蝗、治水、救灾的伟大群众运动，收到了史无前例的效果，使抗日战争能够长期地坚持下去。总之，一切为着前线，一切为着打倒日本侵略者和解放中国人民，这就是中国解放区全体军民的总口号、总方针。

这就是真正的人民战争。只有这种人民战争，才能战胜民族敌人。国民党之所以失败，就是因为它拼命地反对人民战争。

中国解放区的军队一旦得到新式武器的装备，它就会更加强大，就能够最后地打败日本侵略者了。[50]

阅读这样的政治报告，看到这样的精辟文字，吕正操终于明白了什么叫做人民战争，懂得了毛泽东说人民战争是汪洋大海的

[50] 中共中央文献研究室编：《毛泽东在七大的报告和讲话集》，中央文献出版社1995年版，第31—35页。

意义了。

毛泽东说："军队是关系中国革命存亡的问题。"自古以来，中国历史上下五千年，如果从秦朝陈胜吴广起义算起，一直到李自成，再到太平天国运动，以至今天中国共产党领导的反帝反封建的斗争，可以说都是农民战争，一部中国的战争史，实际上就是农民战争史。然而，无论是陈胜吴广还是李自成，以及太平天国的洪秀全，他们最终都失败了，都没有逃脱始兴终亡的历史规律。

回望历史，中国共产党和毛泽东领导的中国革命为什么能胜利？不可否认，伟大的人物就是一次历史运动中的战略支点，而其之所以伟大就是因为他适时地出现在了彼时彼地，并适时撬动了他手中的杠杆。毛泽东就是这样的一个历史人物。

毋庸讳言，在20世纪中国历史乃至世界历史上，除了中国共产党领导的中国革命取得胜利之外，再没有哪个事件在当时看起来是如此不可能，但事后却成为中国历史的必然。毛泽东领导的中国共产党带领中国人民用"小米加步枪"打败了日本帝国主义又打败了蒋介石，推翻"三座大山"，成为中国历史上迄今为止最引人注目的政治成就，塑造了中国历史的新纪元，包括我们自己的当代史。

是的，不可否认，毛泽东领导的中国革命是一场农民战争，但以毛泽东为核心的那一代中国共产党人，改变了中国历史，改变了中国农民起义始兴终亡的历史规律，把农民战争升华为人民战争！农民战争与人民战争，仅仅只有一字之差，但这是天壤之别，这是一个伟大的差别！毛泽东用中国共产党创造的人民战争理论赢得了抗日战争和解放战争的胜利！就像美国人"将美国独立战争看作是美国服从天定命运的第一步"一样，中国共产党人创造了人类历史上人民战争的伟大奇迹，开辟了人类历史新的纪元。在那个创造历史的现场，作为一个中国农民的儿子，毛泽东不是也根本算不上中国政治的精英阶层，与蒋介石及其领导的国民政府高层官僚、"四大家族"或蒋的任何一个拜把子兄弟相比，他都黯然失色。但是历史也同样告诉我们，在那个创造历史的现场，作为一个中国农民的儿子，毛泽东在黑暗中创造的光明、在苦难中创造的辉煌、在大无中创造的大有，也令他的敌人或对手望尘莫及。

要打人民战争，就必须有一支有组织、有纪律、有力量的人民军队。在《论联合政府》中，毛泽东在论述中国共产党的具体纲领时，专门讲到了如何建设人民军队的问题。他说：

中国人民要自由，要统一，要联合政府，要彻底地打倒日本侵略者和建设新中国，没有一支站在人民立场上的军队，那是不行的。彻底地站在人民立场的军队，现在还只有解放区的不很大的八路军和新四军，还很不够。可是，国民党内的反人民集团却处心积虑地要破坏和消灭解放区的军队。一九四四年，国民党政府提出了一个所谓"提示案"，叫共产党"限期取消"解放区军队的五分之四。一九四五年，即最近的一次谈判，又叫共产党将解放区军队全部交给它，然后它给共产党以"合法地位"。

这些人们向共产党人说：你交出军队，我给你自由。根据这个学说，没有军队的党派该有自由了。但是一九二四年至一九二七年，中国共产党只有很少一点军队，国民党政府的"清党"政策和屠杀政策一来，自由也光了。现在的中国民主同盟和中国国民党的民主分子并没有军队，同时也没有自由。十八年中，在国民党政府统治下的工人、农民、学生以及一切要求进步的文化界、教育界、产业界，他们一概没有军队，同时也一概没有自由。难道是由于上述这些民主党派和人民组织了什么军队，实行了什么"封建割据"，成立了什么"奸区"，违反了什么"政令军令"，因此才不给自由的吗？完全不是。恰恰相反，正是因为他们没有这样做。

"军队是国家的"，非常之正确，世界上没有一个军队不是属于国家的。但是什么国家呢？大地主、大银行家、大买办的封建法西斯独裁的国家，还是人民大众的新民主主义的国家？中国只应该建立新民主主义的国家，并在这个基础之上建立新民主主义的联合政府；中国的一切军队都应该属于这个国家的这个政府，借以保障人民的自由，有效地反对外国侵略者。什么时候中国有一个新民主主义的联合政府出现了，中国解放区的军队将立即交给它。但是一切国民党的军队也必须同时交给它。

一九二四年，孙中山先生说："今日以后，当划一国民革命之新时代。……第一步使武力与国民相结合；第二步使武力为国民之武力。"八路军、新四军正是因为实行了这种方针，成了"国民之武力"，就是说，成了人民的军队，所以能打胜仗。国民党军队在北伐战争的前期，做到了孙先生所说的"第一步"，所以打了胜仗。从北伐战争后期直至现在，连"第一步"也丢了，站在反人民的立场上，所以一天一天腐败堕落，除了"内战内行"之外，对于"外战"，就不能不是一个"外行"。国民党军队中一切爱国的有良心的军官们，应该起来恢复孙先生的精神，改造自己的军队。

在改造旧军队的工作中，对于一切可以教育的军官，应当给予适当的教育，帮助他们学得正确观点，清除陈旧观点，为人民的军队而继续服务。

为创造中国人民的军队而奋斗，是全国人民的责任。没有一个人民的军队，便没有人民的一切。对于这个问题，切不可只发空论。[51]

历史是一面镜子。

毛泽东说："没有一个人民的军队，便没有人民的一切。"这是历史得出的经验，也是用鲜血和生命换来的革命理论。

早在1934年1月，毛泽东就在《关心群众生活，注意工作方法》一文中指出："真正的铜墙铁壁是什么？是群众，是千百万真心实意地拥护革命的群众。这是真正的铜墙铁壁，什么力量也打不破的，完全打不破的。"

[51] 中共中央文献研究室编：《毛泽东在七大的报告和讲话集》，中央文献出版社1995年版，第68—70页。

1938年5月，毛泽东在《论持久战》一文中指出："兵民是胜利之本。"在中国革命伟大又艰苦的实践中，毛泽东深深地懂得，人民群众是历史的创造者，是历史的主人，是社会发展的动力，也是进行革命战争的主体以及战争胜负的决定力量。人民群众中蕴藏着战争所需要的人力、物力和财力。战争的伟力之最深厚的根源，在民众。动员了全国的老百姓，就造成了陷敌于灭顶之灾的汪洋大海，造成了弥补武器等缺陷的补救条件，造成了克服一切战争困难的前提。只有代表人民群众的根本利益、促进社会发展的正义战争，才能得到人民群众真心实意的拥护和全力以赴的支持。争取抗战胜利的唯一途径是充分动员和依靠群众，实行人民战争。共产党必须坚持统一战线中的独立自主原则，保持自己在思想上、政治上、组织上的独立性，坚持对人民军队的绝对领导，放手发动群众，努力发展人民武装力量，领导全国人民进行抗战。

江山就是人民，人民就是江山。打江山守江山，守护的就是人民的心。在中共七大政治报告《论联合政府》中，毛泽东提及"人民"二字共计403次！

人民军队源自人民，又全心全意为人民服务。正如人们非常喜欢的革命歌曲《我是一个兵》所唱的那样："我是一个兵，来自老百姓，打败了日本狗强盗，消灭了蒋匪军；我是一个兵，爱国爱人民，革命战争考验了我，立场更坚定……"

现在，在延安，在中共七大，毛泽东带领他的战友们正在为迎接人民战争的伟大胜利而团结起来。回到1945年4月24日的杨家岭中央大礼堂，毛泽东正滔滔不绝口若悬河地作七大口头政治报告。当着所有七大代表的面，他一边回顾历史，一边论述人民战争的伟大意义，把它上升到马克思主义认识论的高度作了具体的阐释。

> 抗战一起来，我们的方针就是"放手发动群众，壮大人民力量"。那时候，中央认为只有人民战争，才能打败日本。所谓人民战争，基本上或者说主要的，就是农民战争。我们从来没有说过，没有广大农民参加的抗日战争，

可以打倒日本。从有马克思主义以来，已经有一百零二年了，所有全世界真正的马克思主义者，是不是说过不要人民的斗争可以打败敌人呢？从来也没有说过。所谓人民的斗争，或者是比较和平的斗争，比如罢工、思想斗争、经济斗争、政治斗争，或者是政治斗争的最高峰，也就是战争。如果有一个什么人，自称为马克思主义者，说"不要人民的斗争可以打败敌人"，那末，他说这句话的时候，就宣告了他本人不是一个马克思主义者，原来他自称为马克思主义者是假的。有些人有这种思想是暂时的，是暂时的动摇，好像不要人民的战争也可以打败敌人。那他想依靠什么力量呢？比如，依靠国民党，甚至依靠国民党里面的顽固部分，认为依靠他们可以打败日本。但是过一个时期，他又觉得这样不行了。那时候这些人的马克思主义不是很多，后来才多起来的。在我们党里头，这种情况很多，这种同志也相当多。我们党一九三七年五月开了全国代表会议，八月开了洛川会议，十一月在延安开了一个党的活动分子会议。在这些会议上，中央曾经肯定了这样一条路线，就是：放手发动群众，壮大人民力量，在我们党的领导之下，打败日本帝国主义，解放全中国，建设新民主主义的新中国。这条路线被这些会议批准了、决定了。在这些会议上，中央不相信不发动人民战争的专制政府能够解放中国，这一点，在决议案上是写了的，在文件上也写了的。一个压迫人民的专制政府能够解放中国吗？依靠它能够胜利吗？我们是坚决不相信的！因为相信了这个，马克思主义就跑掉了，至少是在一个早晨暂时地跑掉了。以后就要找一下，把马克思主义找回来。马克思主义，你要找它，它就会回来，你不找它，它就不会回来，因为它不晓得你要不要它！我们不相信不要广大人民的力量，能够轻轻巧巧地打败日本。我们这样地提出问题，不是将无产阶级的纲领降低到资产阶级的纲领，而是要将资产阶级的纲领提高到无产阶级的纲领。[52]

没有一个人民的军队，便没有人民的一切！没有人民的军队，自然也就无法打赢人民战争。中共七大，标志着毛泽东军事思想的成熟。

按照中共七大的议程，除了毛泽东作政治报告之外，还有刘少奇作《关于修改党章的报告》和朱德作军事报告。七大的军事报告，是中国共产党对党领导创建人民军队以来的实践和经验所进行的一次全面回顾和总结。1938年3月，在中共中央政治局扩大会议上讨论七大准备工作时，毛泽东就认为除了政治报告、历史报告、统一战线报告之外，还应该有军事方面的副报告，他提议军事报告由朱德和他两人来准备。到了1941年3月，中共中央政治局会议决定5月召开七大，由朱德准备军事报告。七大延期后，至1944年5月10日，中央书记处关于立即准备七大的决定，以朱德为召集人的军事问题报告委员会在延安成立，成员有朱德、彭德怀、林彪、刘伯承、陈毅、叶剑英、谭政、徐向前、贺龙、聂荣臻、萧克等。

受军事报告委员会的委托，陈毅开始先行执笔起草七大军事报告。在朱德的领导下，陈毅参加了若干地区的、专题的历史座谈会（俗称"山头会议"），查阅大量档案、文献资料，结合自己革命斗争的亲身经历和所见所闻，于1945年3月1日完成了军事报告的草稿，拟定的题目为《建军报告》。这份报告的草稿共分"中国人民在历史上的武装斗争的优良传统""我党建军的目的是为人民大众服务""论创造军队""论内战""论抗战""论毛泽东军事学派""驱逐日本帝国主义出中国"等7个部分，共5.7万多字，对中国共产党认识和领导武装斗争的历史作了系统回顾，其中对党领导八路军、新四军抗战的历史过程、伟大成就及其经验教训进行了重点阐述。

然而，因为国际国内时局的急剧变化，随着美军观察组和赫尔利的到来，尤其是提议召开各党派会议成立联合政府问题，成为国共谈判和准备七大政治报告的新主题。中共六届七中全会遂决定，为七大准备的其他各报告由原来"只对内不对外"转为"对外兼对

[52] 中共中央文献研究室编：《毛泽东在七大的报告和讲话集》，中央文献出版社1995年版，第111—112页。

内"，内外兼顾。因此，军事问题报告委员会认为陈毅起草的《建军报告》不再适合形势需要，决定另起炉灶重新起草七大的军事报告。尽管陈毅起草的《建军报告》没有被采用，但是其中的一些重要思想为后来的军事报告所吸收。胡乔木回忆说："这个报告最早是准备讲讲建军的几个问题，其中第六个问题拟为'论毛泽东军事学派'，写了数千字。报告初稿阐述了毛泽东军事学派形成和发展的历史，在理论上同古代的孙吴兵学、近代取法西欧的中国的军事学派，以及同苏联革命军事学派之间的区别；并分析了毛泽东军事学派的特点，毛泽东军事学派基本理论、战略战术和革命本质及研究方法等等。但是后来没有被采用。因为'毛泽东军事学派'这个提法不如'毛泽东军事思想'覆盖面广。"《建军报告》后来收入《陈毅军事文选》，1996年由解放军出版社出版。

重新起草的军事报告在朱德的直接领导下，由时任中共中央宣传部部长陆定一执笔。当时，陆定一还负责《解放日报》的编辑工作。接到任务后，他立即离开解放日报社，到中央军委翻阅有关资料，听取朱德的指示，起草了报告的初稿。军事问题报告委员会的同志都为这个报告的撰写提了意见。伍修权回忆说，除了准备委员会的同志，中央军委总参谋部的同志还为这个报告提供和整理了许多材料，也参加起草了报告的初稿，叶剑英等也参加这个报告的修改和定稿工作。报告几易其稿，在起草过程中，胡乔木也被找去写了个初稿提纲，并写过部分初稿。最后，经过讨论，七大军事报告的题目确定为《论解放区战场》。

4月初，在朱德的主持下，《论解放区战场》完成了初稿，送毛泽东等领导同志审阅。4月12日，毛泽东在有关领导传阅通知上批示：朱总司令的"抗战军事报告"，昨已印发，请即行阅看，在附纸上签注意见，以便汇送朱总司令斟酌修改，提交下次七中全会上通过。

4月20日，在六届七中全会最后一次会议上，讨论通过军事报告、历史问题决议和七大的议事日程等问题。朱德就重新起草的这份《论解放区战场》作了说明。朱德说：这个报告写了两次。第一次写的报告是准备大会不公开时对内讲的。后来改为对外兼对内。因为时间匆促，大家没有充分讨论。昨晚谈了一下，认为报告主要缺点是对内意义不足，战争关节说得不清楚。现在请大家提出意见，以便基本上通过后再修改，好在大会上讲。而后，毛泽东提议，赞成就基本内容通过。基本内容就是人民战争与打败日本侵略者。文字上在讲话以后与发表以前再加修改。

这样，六届七中全会全体一致通过了朱德拟向七大所作军事报告的基本内容。

4月25日，中共七大召开第4次全体会议，朱德作了《论解放区战场》的军事报告。

朱德的报告分为"抗战八年""论解放区战场""中国人民抗战的军事路线""今后的军事任务""结束语"五个部分。报告总结了中国共产党领导武装斗争特别是抗日战争的经验，论述了解放区战场的创造、解放区抗战的三个时期、光荣的牺牲和伟大的成绩、解放区抗战的经验；具体阐述了中国人民抗战的军事路线，并从建军的原则、兵役问题、怎样养兵、怎样带兵、怎样练兵、怎样用兵、军队中的政治工作、军队的指挥、怎样解决装备及其他事项、强大的主力与强大的后备、怎样瓦解伪军等方面，对人民战争的军事路线作了系统的归纳总结，特别是抗日战争的经验——"解放区的战争，是伟大的真正全面的人民战争"，是"从全民总动员、团结一切抗日力量、积极打击日寇出发，从团结军民、团结官兵出发，从团结一切友军出发，从积极打击敌人增强自己的战略战术出发，这样就构成了一条中国人民的抗日的军事路线"，"人民军队的路线，就是人民战争的路线。这正是使抗战胜利的路线"。

作为七大的军事报告，《论解放区战场》是紧紧围绕政治报告《论联合政府》来论述人民战争思想的。朱德在报告中赞成毛泽东所指出的，中国的抗日战争一开始就分为两个战场，即国民党战场和解放区战场。朱德着重讲述了解放区战场问题，概括了解放区战场的作战特点，认为"人民的军队、人民的战争、人民的战略战术，三者是一致的东西，这三者一致的东西造就了各解放区战场，又恰是各解放区战场作战的特点"。朱德提出，要实行从抗日游击战争到抗日正规战争的战略转变，以迎接抗日大反攻的到来。

朱德完全同意毛泽东在政治报告中关于"人民战争"和"人民军队"的部分所提出和所解决的建军问题。在军事报告中，他提出了著名的用兵主张："有什么枪打什么仗，对什么敌人打什么仗，在什么时间、地点打什么时间、地点的仗。"也就是要根据部队武器装备、敌情和时间、地形等各种条件来打仗，这就是实事求是的唯物主义的用兵新法。"这是我们进行人民战争所创造出来的新兵法，也即是毛泽东同志的新兵法。"朱德在报告中阐述的毛泽东军事辩证法思想，是他从几十年军事生涯中概括总结出来的体会，是对毛泽东军事思想的重大贡献。

作为中共七大的三大报告之一，《论解放区战场》是系统阐述毛泽东军事思想的经典之作。朱德高度评价毛泽东所作的七大书面政治报告《论联合政府》，认为这是一个伟大的文件，具体地总结了中国人民为中国的独立、自由、民主、统一与富强而流血斗争的经验，规定了和提出了打败日寇和建设新中国的具体步骤与具体纲领，真正给我党和全国人民指示了决定中国抗战胜利和决定战后中国命运的道路。

来自晋冀鲁豫代表团的代表高扬文，听了朱德《论解放区战场》的报告后，觉得"这是一篇内容丰富、论点精辟、体现毛泽东军事思想的既有很高理论性又有很强的实践性的报告"。报告总论了全国抗战以来的基本情况，"全面叙述了解放区战场和原国民党统治区战场两种不同的军事路线，两种不同的战争形势和战争结局；叙述了解放区创建、发展、形成的伟大的成绩与经验；叙述了我军建军的原则，军内执行的各项政策和各种工作；叙述了今后的军事任务，包括全国的军事任务、沦陷区的军事任务和解放区的军事任务。报告说明了抗日战争发展过程，完全证实了毛主席《论持久战》中所表述的三个阶段——日军战略进攻阶段、战略相持阶段、战略反攻阶段。报告中对战略相持阶段的特点主要是日军与解放区军民的相持，做了具体分析。综合说来，就是：自从日军攻占武汉、广州后，即改变战略，回师敌后，对解放区军民进行残酷战争，而对国民党蒋介石则采取诱降政策。国民党蒋介石也趁机改变抗战初期对抗战比较积极的态度，采取消极抗战、积极反共的曲线救国政策，发动三次反共高潮。在相持阶段，解放区军民抗击64%的侵华日军、95%的伪军，成为抗战的重心。而国民党由于消极抗战，积极反共，镇压国统区的人民抗日运动，导致军心涣散，人民反对，在日军又一次带有战略性进攻，企图打通大陆交通线时，国民党军队一触即溃，短期内丧失了河南、湖南、广东、广西大片土地，造成国民党统治区抗日战争以来空前未有的危机。朱德总司令指出，由于德国法西斯即将崩溃，英美的军队在远东的胜利，我们所进行的抗日战争已处于大反攻阶段的前夜"[53]。

[53] 中共中央党史研究室第一研究部编：《七大代表忆七大》（下），上海人民出版社2006年版，第695页。

的确，当时德国希特勒法西斯政权马上就要崩溃，日军在太平洋战场上节节失败，朝不保夕，中国共产党领导的八路军、新四军正处在大反攻的前夜。毛泽东在七大书面政治报告《论联合政府》和口头政治报告中都分析了国际国内这种变化了的形势，号召全党、全军要实行转变，改善军队装备，由游击战向运动战转变，准备夺取大城市，准备进军东北，这都是宏观的战略准备。朱德的军事问题报告《论解放区战场》，既讲了宏观的战略问题，也讲了具体措施，把毛泽东的军事战略部署落到了实处，体现并充实了毛泽东军事思想。

就在中共七大召开前夕，欧洲战场发生了著名的"斯科比事件"，这给中国共产党敲响了警钟。斯科比是谁？斯科比是英国当时派驻希腊的英军司令。1944年10月，德国侵略军在希腊败退，斯科比率领英军，带着在伦敦流亡的希腊反动政府进入希腊。12月，斯科比竟然指使并协助希腊反动政府进攻长期英勇抵抗德寇的希腊人民解放军，屠杀希腊爱国人民，把希腊投入恐怖的血海之中。

对"斯科比事件"，毛泽东在七大书面政治报告《论联合政府》中以"内战危险"作为一节进行了突出强调。他以对内提醒、对外警告且十分节制的语气说：

迄今为止，国民党内的主要统治集团，坚持着独裁和内战的反动方针。有很多迹象表明，他们早已准备，尤其现在正在准备这样的行动：等候某一个同盟国的军队在中国大陆上驱逐日本侵略者到了某一程度时，他们就要发动内战。他们并且希望某些同盟国的将领们在中国境内执行英国斯科比将军在希腊所执行的职务。他们对于斯科比和希腊反动政府的屠杀事业，表示欢呼。他们企图把中国抛回到一九二七年至一九三七年国内战争的大海里去。国民党主要统治集团现在正在所谓"召开国民大会"和"政治解决"的烟幕之下，偷偷摸摸地进行其内战的准备工作。如果国人不加注意，不去揭露它的阴谋，阻止它的准备，那末，会有一个早上，要听到内战的炮声的。[54]

4月24日，毛泽东在七大口头政治报告中，再次强调了"斯科比事件"。他说："他们要推出斯科比，那就不行。我在报告中提醒了这个意思。在国外还有反动势力，而反动势力还很强大。""给蒋介石撑腰的那些外国人，他们的脸也不好看，有些装着天官赐福的样子，还是不好看，我们要警觉。"[55]

5与31日，毛泽东在作七大政治报告结论时，又一次强调了"斯科比事件"。他说："出了斯科比，中国变成希腊。这种情况我们要用各种方法来避免，如果发生了，就采取有理、有利、有节的斗争方针。""无论斯科比来了也好，蒋介石来了也好，我们都是采取有理、有利、有节的自卫原则。不打第一枪这个原则我们要谨记，从一个时期来看好像不一定有利，但从长远来看则是很有利的。当然到了该打的时候，就要坚决、彻底、干净、全部消灭之。有人讲两面作战怎么得了？他们要搞两面作战，我们有什么办法，我只好准备这一着。我们现在好像坐牢一样，前门是日本人守着，后门是蒋介石守着。"[56]

毛泽东一而再再而三地提醒、警告，柔中有刚、绵里藏针。

4月25日，朱德作《论解放区战场》军事问题报告，在讲到中

[54] 中共中央文献研究室编:《毛泽东在七大的报告和讲话集》，中央文献出版社1995年版，第45页。

[55] 中共中央文献研究室编:《毛泽东在七大的报告和讲话集》，中央文献出版社1995年版，第123页。

[56] 中共中央文献研究室编:《毛泽东在七大的报告和讲话集》，中央文献出版社1995年版，第194、195页。

间部分时，他忽然离开讲稿，以激愤的心情对着七大代表们高声讲道："斯科比有什么了不起，我们要和他比一比！"

朱德总司令话音一落，代表们就报以热烈的掌声。会场里有人高呼："打倒斯科比！"

七大代表们都知道，在中国如果出现"斯科比"，它不是别人，就是美国，就是支持蒋介石的赫尔利和杜鲁门。只不过毛泽东在《论联合政府》与七大口头政治报告中，都没有点名而已。不点名，是因为国共重庆谈判还在继续，给美国留足面子，也给自己留有余地。这就是毛泽东的理性，也是共产党人的智慧。

5月30日，朱德在中共七大第18次全体会议上作关于军事报告讨论的结论。因为他作完《论解放区战场》报告后，各代表团进行了热烈讨论，并提出了一些问题，需要朱德作出回答。这一天，朱德将代表们的问题归纳为毛泽东军事思想、百团大战、反攻的军事转变、对敌伪友顽军队工作以及军事干部等问题，一一进行了解答。

关于毛泽东军事思想问题，朱德认为："毛泽东的军事思想，也就是马克思主义的中国化。用辩证法来分析中国的政治，同时也分析中国的军事"，是"人人都学得会的，不是神秘的，就是说很大众化，很实际，很具体，很通俗的，人人都可以照着去做"。"在建军初期毛泽东同志就晓得要有人民群众的观点，军队来自人民，取自人民，依靠人民打仗，依靠人民养活。"因此，"我们要把军队搞好，必须把与人民的关系先搞好。军队要为人民服务"，"我们大家要学习毛泽东的军事思想，彻底站在人民方面，为人民服务，把军队变成完全为人民服务的军队，人民就很喜欢"。"毛泽东的军事思想从有红军一直到现在，经过内战、抗战两个阶段，是完成了，成熟了，什么东西都有它的一套。将来反攻的时候有了新式武器在我们手里，并有补充，我们的战略、战术要根据那个时候的物质条件来变迁，来消灭敌人。"

朱德还着重强调了军队干部问题。他说：现在军事干部有11万多名，团以上的干部有5000名，营级的有1.1万名。军队干部中有老干部也有新干部。老干部是民族的珍宝，负有重责，要精通毛主席的军事思想，要为人民服务，力求上进，要起模范作用。新干部是新的血液，打仗要靠他们，做事也要靠他们。老干部要负起责任来，领导他们，他们才能够搞好。不论老干部、新干部，外来干部、本地干部，军队干部、地方干部，大家团结一致，这是我们这次代表大会得到的果实。我们的一百几十万党员，几十万军队，要和一万万老百姓团结起来，团结全中国，甚至团结全世界民主力量。我们要提高共产党的国际地位。看问题要从远大处看，不要注意个人的问题，事情就少了。[57]

[57] 李蓉:《中共七大轶事》，人民出版社2009年版，第173页。

朱德关于军事报告的结论，观点鲜明，思路清晰，解答很有针对性，七大代表们听了表示满意。

6月11日，中共七大第22次全体会议一致基本通过《关于军事问题的决议（草案）》:"大会听了朱德同志《论解放区战场》的报告，对于抗战八年来党中央的军事路线和我党在军事工作方面的伟大成绩，表示满意。大会认为，自六次大会以来，我党在军事工作方面，在毛泽东同志领导之下，在十七年的奋斗中，创造了一套完整的中国人民战争的军事理论，并且同人民一起，建立了八路军、新四军等这样巨大的武装力量。我党在军事工作方面的这些伟大成绩，乃是抗战胜利的保证，乃是实现独立、自由、民主、统一与富强的新中国的保证，乃是对于民族对于人民的宝贵的贡献。"

同时，为了打败侵略者，建设新中国，决议（草案）指出今后全党在军事工作方面的十项具体任务：一、扩大解放区，缩小敌占区；二、扩大人民武装（消灭与瓦解敌军）；三、加强主力兵团、地方兵团与游击队民兵自卫军的训练；四、准备提高军事战术；五、全军在不妨碍战斗与训练条件下，厉行可能与必要的生产与节约，储蓄粮食与物资，准备大反攻的需要；六、加强优待抗属，抚恤伤亡，安置残废军人及退伍军人的工作；七、加强人民军队内部与外部团结；八、人民军队的共产党员必须与军界的一切民主分子和军队，进行广泛的军内合作与军外合作；九、八路军新四军每到一地，应立即帮助本地人民，组织建立本地人民的干部为领导的民兵与自卫军、地方部队与地方兵团；十、加强瓦解敌伪军的工作并坚持正确的对待俘虏的政策。

可以说，自1927年中国共产党创建人民军队以来至新中国成立，这22年的历史，人民军队的历史和党的历史是同步前进的，党史军史是一体的，不可分割的。在朱德代表中共中央作《论解放区战场》的军事问题报告之后，中共七大又邀请彭德怀、陈毅、聂荣臻、刘伯承、朱瑞、林彪等高级军事干部作了相关地区军事问题的发言，这些前线高级指挥员的发言，是对朱德所作的中共七大军事问题报告的有益补充，堪称军事报告的副报告。

彭德怀是在4月30日中共七大第5次全体会议上发言的，题目为《华北八年抗日游击战的成绩和经验》。在彭德怀的发言中，我们可以看到，自1937年卢沟桥事变以来，八路军在八年的时间里在华北从日本侵略者手中收复55.4万平方公里的失地，解放了6000万人民，建立了6个解放区，即：晋察冀、晋冀豫、山东、冀鲁豫、晋绥、冀热辽。在这些解放区，实行民主制度，建立了三三制的地方性联合政府。在华北，八年来，八路军和敌人进行了大小战斗91584次，毙伤敌军中将阿部规秀及旅长常岗宽治以下373460人，毙伤伪军296966人，俘虏日军2886人，俘虏伪军239754人；争取敌军投诚166人，伪军反正69658人；缴获长短枪227392支，轻重机枪4549挺，各种炮816门。据不完全统计，民兵作战共有21606次，敌伤亡共11360人，缴获步枪2069支，机枪30挺，掷弹筒迫击炮75门，缴获骡马220匹，收回电线111222斤。在华北战场上，八路军抗击着日寇14个师团、12个混成旅团、2个骑兵团、2个机械化联队（1939年是22个师团）和近40万伪军，如同一把锋利的刺刀插入敌人的心脏。八年来，八路军指战员阵亡112245人，负伤201381人，而地方党政干部和人民群众付出的巨大牺牲则无法统计。[58]

在总结英勇奋斗的伟大成绩的同时，彭德怀也作了经验教训的总结。他说："我们在敌后的坚持，一切的一切，都是依靠于人民群众和为了人民群众，也只有如此，才能使敌人无法征服我们。经验证明，要做到军民一体，进行人民战争，必须使劳苦群众在政治上、经济上获得应有的改善，即是说，抗日斗争必须与民主、民生密切

[58] 中共中央党史研究室、中央档案馆编：《中国共产党第七次全国代表大会档案文献选编》，中共党史出版社2015年版，第316、318页。

结合，而民生的改善，又成为抗日斗争、民主运动的基本环节。"

5月1日，在中共七大第6次全体会议上，陈毅作了发言，主要讲了党在新四军和华中工作的历史、抗战的情形和今后如何执行毛主席的指示和大会的决议。陈毅是一个知识分子型的干部，腹有诗书，能说会道，古今中外，能文能武。他回顾了南方三年游击战争的艰苦卓绝，也反思了皖南事变失败的痛心。在讲到打黄桥战役时，如何打顽固派，如何对付中间派，如何反"摩擦"，如何反"扫荡"，形象生动，给七大代表们留下了深刻印象。陈毅说：顽固派有三条，或者来故意使你犯错误，或者麻痹你，或者精神制服。顾祝同、蒋介石就是用精神制服，冷欣进行挑拨，使你犯错误；韩德勤是给你白兰地和火腿，给你刷浆糊，准备消灭你。中间派是看你的力量，趁你危难之际，敲你的竹杠，有时候也会帮你一把。发言中，陈毅说："大会以后我们回到华中去，华中的任务是四个字：'破敌收京。'"显然，陈毅已经把未来的作战目标放到了上海、南京这样的大城市，给中共七大代表们带来了极大的鼓舞。

5月4日至8日，中共七大休会。5月9日，聂荣臻在中共七大第9次全体会议上作了发言，主要讲了晋察冀的路线、所处的战略地位以及今后任务上的几个问题的意见。聂荣臻认为，八路军就是在人民战争中发展壮大起来的，而人民战争的发动和组织，是一个艰苦的群众工作过程，这不是什么英雄站在五台山上高喊"人民战争"，人民战争就会起来的。随后，他联系晋察冀的实际，详细讲了内战危险问题、国际形势问题、耕者有其田问题和"两个转变"（由游击战转为运动战、由乡村转到城市）问题。最后，他说："毛主席在报告中对整个的形势分析的很清楚。指出胜利的道路，不管胜利途上有任何困难与障碍，我们都能够克服。我在胜利的前进中充满着这种胜利信心和愉快的情绪。在晋察冀应付这伟大的斗争，更正确的说，全华北将是最激烈的战场。国民党在华北处于劣势，当然国民党军队还很多，他是可以来的，但是我们应该有这决心，打败日本，不让国民党来。如果说我们和新四军分工的话，那天陈毅同志已经讲了，他们可破敌收南京，那么华北党的任务就决定破敌收北京。"

陈毅"破敌收京"的军令状，得到了聂荣臻的响应，也决心"破敌收京"，一个要收南京，一个要收北京，大旆征戎，阵势纵横，南北呼应，枕戈坐甲，七大好像开成了一个誓师大会，代表们一个个听得慷慨激奋，中央大礼堂里雷鸣般的大鼓掌，如战鼓催征，旌旗飘飘。

刘伯承和林彪分别是在5月10日、22日发言的，两人发言的主题差不多。刘伯承讲的是群众工作与军事工作，林彪讲的是关于群众观点和发动群众问题，各有侧重，但都十分精彩。刘伯承重在反思与检讨，林彪重在认识与理解。林彪主要讲了四个方面的问题，即：一是群众工作对于军事干部的重要性，二是为什么要为人民，三是为什么要依靠人民，四是要把人民发动起来。他说："中国半封建社会没有民主，中国是独裁的传统，没有公开的民主的机关，这个传统使我们不容易发现群众的力量。另方面是中国思想上的传统，就是历来不把历史、社会说成是群众的运动，是群众的需要而产生的，而是少数的英雄豪杰、帝王将相，他们的好他们的坏所造成的。社会历史每个朝代都是讲帝王的政治，没有反过来看成是当时社会状况影响政治运动，影响社会历史的变化。而只有共产党、马克思主义者才这样看。全世界发现社会运动的规律，不是很早，而是很迟，就是近百年的事。社会变化是什么原因？还是帝王的好坏，还是整个群众的需要呢？历来的解释都是帝王政治行动的好坏。相反的说法，经过各方面的证明，真理是由于群众的需要，群众的运动，在这个运动当中，发现代表他们的人物，使他们走向胜利或者走向失败，这是科学的思想。这种科学的发展不很早。我们在中国受到的教育是这样的教育，中国从来没有把社会历史的变化看成是群众的需要。""而历来所受的教育是'劳心者治人''劳力者治于人'，自己就是天生的爬在群众的头上，管人家的"，这是造成我们群众观点不足的客观原因。但真正的原因，是"主观上没有把这件事情当成一件事情看，当成学问，当成思想体系，当成问题研究一番"。现在，"经毛主席再三的讲，再三的写文章"，是不是我们就学会了？"我们现在学习马列主义，主要的就是学习毛主席的著作。

毛主席已经有很多的著作，都是马列主义，和列宁一样，列宁并不是马克思，但是他的著作是马克思主义，应当把他当成社会科学来学，当成我们的行动指示来学。要想真正的学习毛主席的东西就要掌握一个总的东西，就是人民的立场人民的路线，群众路线与群众观点。""它是真理的标准。合乎人民利益的就是真理。""我们是代表人民大众，人民大众是代表社会发展的，我们只有把握了毛主席的根本观点，人民观点，才能把握毛主席的学说，批判其他一切学说的体系，这是我们真理的标准。""客观上我们是人民的军队，进行的战争是人民的战争，但是我们主观上自觉的承认这个东西可以说是不够的。我们要在主观上把这个军队变成人民的军队，把这战争变成人民的战争。"[59]

中共七大确立"全心全意为人民服务"是人民军队的唯一的根本宗旨，并把这个宗旨上升到党的意志，显然这是中共七大和毛泽东对中国革命、对马克思主义中国化的又一重大理论贡献。

在《论联合政府》的最后，毛泽东又特别强调了中国共产党与人民群众的关系问题，郑重地向全世界宣布中国共产党就是一个全心全意为人民服务的政党。

[59] 中共中央党史研究室、中央档案馆编:《中国共产党第七次全国代表大会档案文献选编》，中共党史出版社2015年版，第469、470、471页。

> 我们共产党人区别于其他任何政党的又一个显著的标志，就是和最广大的人民群众取得最密切的联系。全心全意地为人民服务，一刻也不脱离群众；一切从人民的利益出发，而不是从个人或小集团的利益出发；向人民负责和向党的领导机关负责的一致性；这些就是我们的出发点。共产党人必须随时准备坚持真理，因为任何真理都是符合于人民利益的；共产党人必须随时准备修正错误，因为任何错误都是不符合于人民利益的。二十四年的经验告诉我们，凡属正确的任务、政策和工作作风，都是和当时当地的群众要求相适合，都是联系群众的；凡属错误的任务、政策和工作作风，都是和当时当地的群众要求不相适合，都是脱离群众的。教条主义、经验主义、命令主义、尾巴

主义、宗派主义、官僚主义、骄傲自大的工作态度等项弊病之所以一定不好，一定要不得，如果什么人有了这类弊病一定要改正，就是因为它们脱离群众。我们的代表大会应该号召全党提起警觉，注意每一个工作环节上的每一个同志，不要让他脱离群众。教育每一个同志热爱人民群众，细心地倾听群众的呼声；每到一地，就和那里的群众打成一片，不是高踞于群众之上，而是深入于群众之中；根据群众的觉悟程度，去启发和提高群众的觉悟，在群众出于内心自愿的原则之下，帮助群众逐步地组织起来，逐步地展开为当时当地内外环境所许可的一切必要的斗争。在一切工作中，命令主义是错误的，因为它超过群众的觉悟程度，违反了群众的自愿原则，害了急性病。我们的同志不要以为自己了解了的东西，广大群众也和自己一样都了解了。群众是否已经了解并且是否愿意行动起来，要到群众中去考察才会知道。如果我们这样做，就可以避免命令主义。在一切工作中，尾巴主义也是错误的，因为它落后于群众的觉悟程度，违反了领导群众前进一步的原则，害了慢性病。我们的同志不要以为自己还不了解的东西，群众也一概不了解。许多时候，广大群众跑到我们的前头去了，迫切地需要前进一步了，我们的同志不能做广大群众的领导者，却反映了一部分落后分子的意见，并且将这种落后分子的意见误认为广大群众的意见，做了落后分子的尾巴。总之，应该使每个同志明了，共产党人的一切言论行动，必须以合乎最广大人民群众的最大利益，为最广大人民群众所拥护为最高标准。应该使每一个同志懂得，只要我们依靠人民，坚决地相信人民群众的创造力是无穷无尽的，因而信任人民，和人民打成一片，那就任何困难也能克服，任何敌人也不能压倒我们，而只会被我们所压倒。[60]

[60] 中共中央文献研究室编：《毛泽东在七大的报告和讲话集》，中央文献出版社1995年版，第93—94页。

这是中国共产党写给世界的宣言书，也是对中国人民的庄严承诺。

　　历史已经证明并将继续证明，中国共产党说话算话，说到做到。

　　兵民是胜利之本。中国共产党人对待人民群众的态度，得到了人民的回报。据统计，辽沈战役中，东北人民共出动民工183万人，担架13.7万副，大车12.9万辆，抢修公路2185公里，筹集运送粮食5500万公斤，提供棉衣100万套。可以说，东北人民巨大的物质和精神支援，从根本上保证了我军的兵员补充、物资供给、战勤服务，为辽沈战役胜利奠定坚实基础。淮海战役的胜利也离不开解放区人民群众的支持，80万敌人陷入了人民战争的汪洋大海，凸显了毛泽东人民战争思想的伟力。据统计，60万人民解放军，每一个战士就得到了10个民工的支持。在辽阔的华东大地上，成千上万的翻身农民抬着担架，推着小车，赶着马车，背着粮食，从四面八方向战场会聚。难怪陈毅说："淮海战役的胜利，是人民群众用小车推出来的。"国民党第12兵团（即黄维兵团）司令长官黄维被俘后，在押下战场的路上看到浩浩荡荡的支前大军，感慨地说："国民党失去了老百姓的支持，气数已尽矣！"

　　诚如毛泽东所言："军民团结如一人，试看天下谁能敌！"

5　要"准备应付大事变"，毛泽东列出17条困难清单，坚信"要在中国这个海里淹死我们党，那是不可能的"

　　古人云："生于忧患，死于安乐。"

　　毛泽东是一个向来不打无准备之仗的人，也是一个从来都做两手准备的人。何谓两手准备？就是既做好的准备，也做坏的准备，甚至要做最坏的准备，只有这样才能赢得最好的结果。

　　这就是辩证法。

　　在中共七大书面政治报告《论联合政府》的原稿上，本来写有"两三年中将是中国情况大变化的关键"这样一句话，但是在发表时，毛泽东把它删去了。为什么删去这句话？毛泽东说："不是因为说得不对，而是不说为好。但是我们要有这种精神准备，准备应付大事变。"

毛泽东要求中共准备应付什么样的大事变呢？

1945年5月31日，毛泽东在七大第19次全体会议上作政治报告讨论结论时，他分别从国际和国内两个方面分析了形势发展趋势。

从国际层面，毛泽东在《论联合政府》中就这样说过："人民民主势力是一定要胜利的。世界将走向进步，决不是走向反动。"但同时应该"估计到历史的若干暂时的甚至是严重的曲折，可能还会发生，许多国家中不愿看见本国人民和外国人民获得团结、进步和解放的反动势力，还是强大的"。现在的世界就是一个矛盾的世界，但是，"说苏、美、英三国不团结，说英、美两国要联合日本，联合德国的那些俘虏，组织一个反苏反世界人民的第三次世界大战，这种可能性今天存在不存在？不存在，这种可能性是没有的"。

七大代表关星甫记得，毛泽东在作出这个判断时，脱开讲稿说："如果爆发第三次世界大战，杀我的头。"[61] 毛泽东提醒中共七大代表注意，"要看大的东西，要看普遍的大量的东西，许多同志往往对于普遍的大量的东西看不见，只看见局部的小量的东西"。在毛泽东看来，"资本主义有一种特性，就是'蚀大本，算小账'。第一次世界大战失掉一只脚，第二次世界大战又失掉一只脚，现在却抓着一根头发死也不放"。但是"英、美都是现实主义的，一手打日本，一手抓一把（做生意）。打败日本后，两只手都要做生意"。"所谓资本主义的稳定已经没有了，不稳定就经常产生危机。资本主义的经济危机是在第一次世界大战前就有的，大概十年八年来一次，是有规律的有周期性的。这次美国的战时繁荣是带特殊性的，以后也不会有稳定。他们要和平，要建立国际安全机构，要做生意，都是求得战后资本主义的稳定。"

在国内形势上，毛泽东谈及了民主同盟召开的全国代表会议、国民党刚刚召开的六大和共产党正在召开的七大，他说："三个大会。去年九月民主同盟开了全国代表会议，日前国民党开了第六次全国代表大会，我们党正在开第七次全国代表大会。三个大会如果

[61] 中共中央党史研究室第一研究部编：《七大代表忆七大》（下），上海人民出版社2006年版，第879页。

说有一点相同,那就是都要打日本。不同的是国民党的大会是法西斯主义性质的,实际上也是法西斯主义的。"

在国民党召开的第六次全国代表大会上,出现了一个特殊的现象,那就是蒋介石的话就是国民党的命令,还规定国民党员不准加入其他政党。过去这仅仅是事实,这次变成了纪律,"中央委员要赌咒发誓服从总裁"。面对国民党这种新情况新现象,毛泽东认为"世界上除法西斯政党外,资产阶级民主的政党都没有这样一条","我们共产党不是谁想入就能入,党章规定要经过支部大会表决通过,入党是有条件的,但出党是自由的"。这个现象说明了什么呢?毛泽东说:"说明国民党现在更虚弱了,更惧怕了,他们的党员中想要加入其他政党的人更多了。但这个赌咒发誓,在现在这个时代往往是不行的。一个党不是靠党员个人的思想自觉,而是靠赌咒发誓,它的事情就大不妙了,其命运也就可想而知了。"

在讲话中,毛泽东认为,国民党大会的性质依然是没有大的变化,依然是法西斯主义,民主同盟是旧民主主义,共产党是新民主主义。这是中国当时政党性质的基本区分。毛泽东说:"民主同盟可以跟我们联合。国民党里也有旧民主主义者,这些人虽然赌了咒,还是可以和我们联合的。"

与此同时,当时还有一种说法,也令共产党人非常担心,那就是第二次世界大战结束后中国可能变成美国的半殖民地。这个说法有没有可能呢?毛泽东认为:"我看这个提法很对。在抗战以前近一百年中间,中国是几个帝国主义国家统治的半殖民地。九一八事变日本发动侵略战争以后,国民党削弱了,就不得不依赖美国,这样中国就可能变成以美国一个帝国主义国家为主统治的半殖民地。以美国为主控制国民党,英国可能插进一只小脚。这一变化将是一个长期的麻烦,我们共产党要好好准备,以应付这个变化。日本也许在明年就倒下去,这将是1931年日本进攻中国以来16年中的大变化,这个变化对我们是有利的。把日本侵略者打跑了,可是又来了一个'特殊繁荣'的美国,它现在控制着国民党,所以我们要做国际联络工作,争取美国的无产阶级援助我们。我们党的高级干部,应该特别注意美国的情况。中国可能变成美国的半殖民地，这是一个新的变化。"[62]

面对国际国内波诡云谲的变化和复杂的政治、军事和外交形势，毛泽东是清醒的，也是坚定的。

清醒，是面对现实困难的准备；坚定，是面向未来必胜的信心。

正因为有着这样的清醒与坚定，毛泽东在中共七大上郑重地向750多位代表们语重心长地讲了一个问题，那就是"准备吃亏"。

毛泽东说："有些同志希望我讲一些困难，又有些同志希望我讲一点光明。我看光明多得很，国内民主运动已经兴起，将来更有希望，苏联援助我们，美国、英国的无产阶级将来也还是要帮助我们的，这些都是光明。但是我们更要准备困难。"

5月31日，在等待了17年才召开的全国代表大会上，在第二次世界大战欧洲战场已经打败德国法西斯、东方战场也即将迎来决战的关键时刻，毛泽东审时度势，看到了光明的前途，更看到了困难，要求全党做好最困难的打算，"准备吃亏"，而且清清楚楚明明白白地列出了17条困难。毫无疑问，这给七大代表们打了一针"清醒剂"。

第一条困难是"外国大骂"。毛泽东说："现在英、美的报纸和通讯社都在骂共产党，将来我们发展越大，他们会骂得越有劲。他们有人曾经向我们示过威，说：你们那样不行，美国舆论要责备你们。我说：你们吃面包，我们吃小米，你们吃面包有劲，嘴长在你们身上，我们管不了。这叫做没有办法，要准备着挨外国人的骂。"的确，当赫尔利违背五条协定的时候，毛泽东也毫不留情地批评了他。当美军观察组组长包瑞德上校劝解毛泽东的时候，毛泽东说的就是这句话："你们美国人吃的是面包，我们吃的是小米，你们美国人吃饱了饭愿意干什么是你们的事。"

第二条困难是"国内大骂"。毛泽东说："是大骂，不是小骂，他们将动员一切人来大骂，什么破坏抗战，危害国家，杀人放火，共产共妻，毫无人性，等等。只要是世界上数得出的骂人的话，我们都要准备着挨。"有了人民群众的支持，有了人民战争的战略，中

[62] 中共中央文献研究室编：《毛泽东在七大的报告和讲话集》，中央文献出版社1995年版，第192页。

国共产党和毛泽东已经做好了挨骂的准备，不怕骂了。

第三条困难是"准备被他们占去几大块根据地"。毛泽东说："不是说几小块，也不是说统统占光，而是被他们占去几大块，他们要打内战'收复失地'。在十年内战时期，他们就曾经占去我们几大块，这次我们还要准备被他们再占去几大块。"

第四条困难是"被他们消灭若干万军队"。毛泽东说："1941年中央曾打电报给各中央局、中央分局，说我们要把估计放在最困难的基础上，可能性有两种，我们要在最坏的可能性上建立我们的政策。那时我们有50万军队，准备被搞掉25万，还有25万。这25万是什么？原来50万是伸开的手掌，这25万是握紧的拳头，虽然缩小了，可是精壮了。现在我们的军队差不多有100万，我们还要发展，到将来蒋介石进攻我们时，我们可能有150万，被他搞掉三分之一，还有100万，搞掉一半，还有75万。如果我们不准备不设想到这样的困难，那困难一来就不能对付，而有了这种准备就好办事。"

第五条困难是"伪军欢迎蒋介石"。毛泽东说："伪军摇身一变，挂起蒋介石的旗子，欢迎蒋介石，欢迎阎锡山，使我们很不好办。日本人撤出的地方，他们马上就占了，我们来不及。我们要有这种精神准备。"

第六条困难是"爆发内战"。毛泽东说："我们要用各种方法制止内战。现在的揭露就是一种方法，我们要经常揭露，在大会文件上、在报纸上、在口头上揭露。此外，还要用别的办法来制止内战。内战越推迟越好，越对我们有利。抗战八年以来，我们的政策就是使蒋介石既不能投降又不能'剿共'。我们的政策还要这样继续下去，使他不敢轻易地发动内战，但是我们要准备他发动内战。"也就是说，到这个时候，毛泽东始终还是坚持联合政府的主张，依然没有想到与国民党决裂。后来，内战还是不可避免地发生了，就是因为蒋介石一心"剿共"，但历史已经证明其"内战内行，外战外行"。在毛泽东面前，蒋介石内战外战都变成了"外行"了。

第七条困难是"出了斯科比，中国变成希腊"。英国斯科比将军率领英军支持希腊流亡政府，调转枪口镇压长期抵抗德国法西斯的希腊解放军和爱国人民群众，引起了共产党方面的高度关注，中国打败日本法西斯之后，美西方会不会调转枪口对准长期坚持抗战的共产党和解放区，的确是值得高度关注的问题。毛泽东说："这种情况我们要用各种方法来避免，如果发生了，就采取有理、有利、有节的斗争方针。"对此，毛泽东也曾同国民党驻延安的联络参谋郭仲容等人讲过，他引经据典又形象生动地提出了共产党的三条原则：第一条是"不打第一枪"，《老子》上讲"不为天下先"，共产党不先发制人，而是后发制人。第二条是"退避三舍"，一舍三十里，三舍九十里。《左传》记载，晋文公在晋楚爆发城濮之战时，采取了"退避三舍"的退让政策，以求和平。第三条是"礼尚往来"，《礼记》曰："来而不往非礼也，往而不来亦非礼也。"毛泽东说："你来到我这里，我不到你那里去，就没有礼节，所以我们也要到你们那里去。我叫国民党的联络参谋把这三条告诉胡宗南，希望他们也采取'不为天下先'、'退避三舍'、'礼尚往来'的政策，这样就打不起来。他们不喜欢马克思主义，我们说：这是老子主义，是晋文公主义，是孔夫子主义。无论斯科比来了也好，蒋介石来了也好，我们都是采取有理、有利、有节的自卫原则。"同时，毛泽东强调："不打第一枪这个原则我们要谨记，从一个时期来看好像不一定有利，但从长远来看则是很有利的。当然到了该打的时候，就要坚决、彻底、干净、全部消灭之。"

第八条困难是"不承认波兰"。毛泽东说："这里是比喻我们得不到承认。现在我们是一个中指头，你不承认，将来是一个大指头，你也不承认，到了是一个拳头、两个拳头的时候，看你承认不承认？你九十年不承认，一百年不承认，将来到一百零一年，你就一定得承认。因为我们的政策正确，得到全国人民的拥护。"

第九条困难是"跑掉、散掉若干万党员"。因为已经做好了最坏的准备，所以毛泽东提出，将来如果形势不好，蒋介石、斯科比两面夹攻，到处打枪，可能有些党员就向后转开步走，跑掉了，散掉了。他说："在我们党的历史上，散得最厉害的是1927年，还有散得多的是内战时期，有组织的党员只剩下三几万。在不好的情况下，党员中有一部分悲观失望的人就跑了，有一部分被压散了，也无非就是这样，我们准备散掉三分之一，或者更多一些。"

第十条困难是"党内出现悲观心理、疲劳情绪"。毛泽东实事求是地说："中国革命是长期的，从1921年到现在24年了还没有胜利，还要搞下去，还要牺牲许多党员和军队。党内会出现悲观心理、疲劳情绪的问题，不仅要对我们大会、中央、中央局，还要对区党委、地委这些领导机关都讲清楚。从前我们党内有一个传统，就是讲不得困难，总说敌人是总崩溃，我们是伟大的胜利，是百分之百的布尔什维克！现在我们要有充分的信心估计到光明，也要有充分的信心估计到黑暗，把各方面都充分估计到。"

第十一条困难是"天灾流行，赤地千里"。1939年至1941年间，陕甘宁边区就出现了天灾的情况，华北解放区也出现了蝗灾，导致粮食大量减产，边区出现经济困难，吃饭穿衣都成了问题。在延安、在陕甘宁边区这个"试验田"里，有了十多年战天斗地的治理经验，毛泽东既辩证又自信地说："天灾是天不下雨，玉皇大帝不帮忙。最近得到报告，华北、华中很多地方都天旱。古人说过：'艰难困苦，玉汝于成。'艰难困苦给共产党以锻炼本领的机会，天灾是一件坏事，但是它里头含有好的因素，你要是没有碰到那个坏事，你就学不到对付那个坏事的本领，所以艰难困苦能使我们的事业成功。今年我们边区没有收成，这是一件大事。所以，我们要讲节省，从中央起都要讲节省，准备天灾流行，赤地千里。共产党有本领就是要在这种情况下打出一条生路来！华北、华中许多地方都要准备这一条。"

第十二条困难是"经济困难"。俗话说："打江山容易，坐江山难。"这一条困难，毛泽东是面对执政提出来的。此时此刻，通过大生产运动已经学会搞经济工作的毛泽东，冷静而理性地说："有天灾经济是困难的，没有天灾经济也是困难的，所以我们要大力学做经济工作。我们曾经提出这样的口号——在两三年内学会做经济工作，要首长负责，亲自动手，克服困难。"

第十三条困难是"敌人兵力集中华北"。现在，在共产党内部有同志问：日军退出华南、华中，把兵力统统撤到华北，怎么办呢？毛泽东是这么回答的："现在日本法西斯作战是寸土必争，看样子是不会撤的。但我们要把事情往坏一点想，即使长江流域的日军统统撤到华北，难道我们就呜呼哀哉了吗？中国抗战的局面是明年日本就要被打倒了，它横行不了多久了。敌人集中华北，提出和平妥协的条件，跟英、美讲和，假如这件事出现了怎么办？我们准备想各种办法对付之，这些办法大家想，中央也想。"然而，连毛泽东也没有想到，在美国人投下两颗原子弹，尤其是在苏联红军8月9日出兵中国东北之后，日本天皇不得不在8月15日宣布投降了，胜利比毛泽东想象的要早一年。

第十四条困难是"国民党实行暗杀阴谋，暗杀我们的负责同志"。因为历史上有过这样的事发生，所以毛泽东提醒全党"我们要有准备，以防万一"。

第十五条困难是"党的领导机关发生意见分歧"。瞧！经历过党的多次"左"的或右的错误路线斗争之后，毛泽东更加成熟，也更加自信了。越是到胜利的最后时刻，越需要保证内部的高度统一和团结，尤其是思想上的统一。在七大这样空前团结的气氛中，毛泽东在口头政治报告中就曾说过，党还没有也很难达到完全团结，所以还是要警钟长鸣，泼泼冷水。他说："不要以为不会发生意见分歧，上述困难一来，许多情况出现，就可能产生党内意见的分歧，议论纷纷，莫衷一是，不满意等等。如果我们准备了，分歧就可能少一些，没有准备，分歧就可能多一些。"

第十六条困难是"国际无产阶级长期不援助我们"。毛泽东说："中国革命是长期的，由于各种情况的原因，国际无产阶级还没有来得及帮助我们，他们还料不到我们的困难来得这样早，就是料得到也没有办法，远水救不了近火。我们要做国际联络工作，做外交工作，很希望国际无产阶级和伟大的苏联帮助我们。但由于各种情况的原因而没有援助，我们怎样办？还是按照过去那样，全党团结起来，独立自主，克服困难，这就是我们的方针。"

独立自主是中国革命的成功密码之一。早在1930年5月，毛泽东就在《调查工作》(20世纪60年代公开发表时题目改为《反对本本主义》)中明确提出"中国革命斗争的胜利要靠中国同志了解中国情况"的著名论断。1962年1月,毛泽东在回顾20世纪二三十年代这一段历史的时候再次强调:"中国这个客观世界,整个地说来,是由中国人认识的,不是在共产国际管中国问题的同志们认识的。共产国际的这些同志就不了解或者说不很了解中国社会,中国民族,中国革命。"所以在延安整风中,毛泽东对王明、博古的教条主义采取了"惩前毖后、治病救人"的方针。胡乔木后来感慨地说:"中国革命、建设要胜利,主要依靠自己的力量。任何革命斗争,不能仅仅依靠别人的援助来达到胜利,不依靠自己的力量找到自己的道路,是不能达到胜利的。要争取外援,学习外国先进的东西,但不能离开自力更生这个基本点。在这一点上不能有任何动摇。绝不能屈服于任何外国的压力。如果那样,就丧失了革命的原则。同时也要反对自己有任何大国主义的表现。""中国有十亿人口,一定要依靠自己,绝不能依靠苏联,也不能依靠美国,子子孙孙都要继承这个思想,要把这个思想固定下来。"

中国共产党通过革命,为中国人民谋幸福,为中华民族谋复兴,在绝境中求生存、求发展,没有任何人会真心真意地希望我们强大,靠模仿和照搬照套别人的理论、道路和制度,百试不灵,头破血流,是死路一条。毛泽东相信中国人民,相信中国共产党,他曾放言:"我们中华民族有同自己的敌人血战到底的气概,有在自力更生的基础上光复旧物的决心,有自立于世界民族之林的能力。"他说:"教条主义者是过分的谦虚,照抄外国,你自己干什么?你就不动脑筋,抄是要抄的,抄的是精神,是本质,而不是皮毛。"正因此,2021年,在中国共产党第十九届中央委员会第六次全体会议审议通过的《中共中央关于党的百年奋斗重大成就和历史经验的决议》指出:"独立自主是中华民族精神之魂,是我们立党立国的重要原则。走自己的路,是党百年奋斗得出的历史结论。"坚持独立自主,是我们党百年奋斗积累的十条历史经验之一,必须倍加珍惜、长期坚持。

第十七条困难是"其他意想不到的事"。毛泽东真是婆婆嘴妈妈心,他语重心长地告诫大家:"许多事情是意料不到的,但是一定要想到,尤其是我们的高级负责干部要有这种精神准备,准备对付非常的困难,对付非常的不利情况,这些,我们都要透彻地想好。"

在中共七大上,毛泽东一口气说了17条困难,这让七大代表们感到十分震惊。没有想到,毛泽东在这个时候说这些话,更没想到他们能想到的困难,毛泽东都想到了;他们没有想到的困难,毛泽东也想到了。震惊之外,剩下的就是敬仰、就是佩服了。

毛泽东说得太好了!七大的方针是"团结一致,争取胜利",七大的路线是"放手发动群众,壮大人民力量",但是没有想到困难,没有做好"应付大事变"和"准备吃亏"的物质的和精神的准备,或许就无法放手发动群众,壮大人民力量;或许就不可能有团结的局面,争取到胜利,将来事到临头抱佛脚都来不及了。虽然,后来毛泽东提出的这17条困难,有的困难成为事实,有的困难没有出现,出现的困难中有的因为有了准备不再是困难,被及时克服和化解,但实际的历史进程中的的确确还出现了许多想不到的困难。极而言之,危而言之,从最坏处打算,毛泽东提醒全党"准备吃亏",绝不是危言耸听!都是生死存亡的国之大事,在你死我活的残酷斗争中,必须警醒同志们不要被胜利冲昏了头脑。从血雨腥风中走出来的毛泽东,他的高瞻远瞩、深谋远虑和强烈的危机意识,让中共七大代表们对中国革命的艰巨性和长期性有了更加深刻的系统的认识。毛泽东的这种清醒意识、问题意识、忧患意识,不仅具有马克思主义方法论意义,也成为中国共产党的宝贵精神财富。

其实,关于"准备吃亏",做好应对困难准备的问题,在4月21日中共七大正式开幕前的预备会议上,毛泽东在《中国共产党第七次全国代表大会的工作方针》的报告中,就已经指出:大会的眼睛要向前看,而不是向后看。我们现在还没有胜利,前面还有困难,必须谨慎谦虚,不要骄傲急躁,全党要团结得像一个和睦的家庭一样。

4月24日,毛泽东在作七大口头政治报告的时候,还曾用鲁迅先生的小说《风波》打比方,说了一段如何面对困难和麻烦的话。

他说："同志们！麻烦还在后头，不要怕麻烦。要革命就会有麻烦，而且有时非常麻烦。如果想省掉麻烦，就坐在家里抽长烟管。现在夏天来了，坐在树底下，拿一把大蒲扇，那麻烦比较少。但是还有风波，鲁迅不是写过一篇《风波》吗？世界上不会没有风波，怕风波就不能做人，那就赶快到阎王那里去交账。我们党现在经常遇到风波，有大风波、中风波、小风波，我们不要怕风波。现在我们的意志更加坚强了，不至于被风波淹没。要在中国这个海里淹死我们党，那是不可能的，也是不会的。"

"毛主席非常善于总结经验并善于深入浅出地教育干部。一件看来很平常的事，经过他的总结，经过他一讲述，就会透出很生动很深刻的哲理，使人深受教益。"七大代表薄一波联系毛泽东派王震、王首道千里跃进大别山的实际，回想毛泽东教导他们如何面对困难、克服困难。1944年10月25日，毛泽东在对王震、王首道等南下干部的讲话中，用柳树比喻灵活性，用松树比喻原则性，强调共产党员必须是两者的结合体。1945年2月15日，毛泽东在中央党校的讲话中说："王震同志率部南下，出发时，我对他讲：第一条叫要看到光明，第二条叫要看到困难。要看到光明也要看到困难，这是辩证法。""你们出发到各地去，到一个地方，要喊万岁，九千岁都不行。为什么要喊万岁？因为那里是中国共产党领导的中国人民反帝反封建的根据地，做的是艰苦奋斗英雄事业。""但是也要有准备，准备人家不了解你，不尊重你。""准备各种不如意的事，有多少封锁线，有敌人的袭击，不开欢迎会，开了欢迎会掌声不够，稀稀拉拉的几个巴掌。"

在七大上，毛泽东在列举了17条困难之后，他紧接着清醒又坚定地讲了"我们一定要胜利"。如何争取胜利呢？毛泽东说了8条意见，语言生动活泼、诙谐幽默、妙趣横生。

毛泽东说的第一条是"暂时吃亏，最终胜利"。他说："这个原则是不会错的，全世界无产阶级吃亏都是暂时的，终久我们是要胜利的，马克思主义者要坚信这一条。"

接着，毛泽东灵活运用辩证法说了第二条"此处失败，彼处胜利"。他说:"中国革命的发展是不平衡的,此处吃亏,彼处胜利,东方不亮西方亮,黑了南方有北方,我们总有道路。"

第三条是"一些人跑了,一些人来了"。毛泽东对革命队伍的建设和家底有着自己清晰的认知,对人员和组织也有着清醒的判断。他说:"天要下雨,他硬要跑那有什么办法?就让他跑掉吧。党员中间的动摇分子,他们在革命热闹的时候来凑热闹,在困难的时候就跑了,要跑就跑,我们开欢送会。今天有一些人跑了,明天有一些不怕困难的人又来了,我们党二十四年的历史证明了这一点,我们说一定有许多的人会来的。"

革命不是请客吃饭,革命必然有流血牺牲。中国共产党的历史是一部血泪史。毛泽东提出的第四条是"一些人死了,一些人活着"。他说:"天有不测风云,人有旦夕祸福。我们要准备一些人牺牲,但总有活着的人。这样大的党,这样大的民族,怕什么。"

毛泽东强调的第五条是"经济困难就学会做经济工作"。他半开玩笑地说:"我们要感谢何应钦,他不给八路军、新四军发饷,他这样一困,我们就提出了是解散,是饿死,还是自己动手搞生产的问题。解散不甘心,饿死不愿意,那剩下一条,就是首长负责,自己动手,发展生产,克服困难。"

第六条是"克服天灾"。毛泽东举例说:"太行有经验,共产党会捉蝗虫,这些经验很好。"

"毛铁炼成钢,是要经过无数次的敲打的。"毛泽东把"党内发生纠纷,这也是给我们上课,使我们获得锻炼。来一次大纠纷,就是一次大锻炼"列为第七条。这也是辩证法。

最后一条是"没有国际援助,学会自力更生"。毛泽东说:"没有援助有一个好处,援助太多了也有一个坏处。在全世界无产阶级联合起来这个国际主义的原则下,要学会自力更生,准备没有援助。现在对中国共产党就是一个大考验,考验我们究竟成熟了没有,有本事没有。国际无产阶级的援助一定要来的,不然马克思主义就不灵了,不是只有外国援助我们,我们也援助外国。二十四年来我们是国际无产阶级的一支队伍,我们这个队伍的斗争就援助了外国无产阶级，也援助了苏联，国际无产阶级也一定会援助我们的。"

那么，面对这么多困难，如何做好准备呢？

几十年后，七大代表、时任晋绥军区第四军分区司令员杨秀山回忆说："在那次报告中，毛泽东英明地预见到革命形势的发展变化，适时地提出了革命转变的问题，如游击战转到运动战、乡村转到城市、减租减息转到耕者有其田等等。他要我们认识这种转变的必要性与可能性，要自觉地准备这种转变，以免在转变关头犯'左'或右的错误。到了今天，这些英明的预见，早已经成为现实的时候，重温毛泽东的讲话，真是耐人寻味啊！"[63]

为了应付即将到来的大事变和做好"准备吃亏"，在中共七大口头政治报告中，毛泽东特别强调了要"扩大解放区"的问题。他说："在一切可能进攻的地方，就要发动攻势。但是我们要注意防御敌人的进攻，敌人进攻我们就粉碎它，我们要以进攻为主、防御为辅。"

之所以要采取"以进攻为主、防御为辅"的新策略，毛泽东给七大代表们作了历史的分析，并对未来的作战方式作出了具体的指导性部署。他说："在抗战初期，是进攻的，到处发展。在抗战中期1941年至1942年，是缩小，以防御为主。1943年至1944年，又向前发展。根据这两年的经验，我们规定了这样两条：第一条是进攻，第二条是防御。不要因为1941年和1942年受了损失，被蛇咬了一口，看见绳子就怕。根据1943年和1944年，特别是1944年的经验，我们的任务需要发展攻势，扩大解放区，集中大的兵力（五至六个团）和小的兵力（武工队），到敌后之敌后举行攻势。因为日寇的情况变化了，它的兵力疲惫，自顾不暇，而我们的地方扩大了。我们和敌人两方面的情况都变化了，世界的情况也变化了，柏林快打下来了，所以我们应该集中相当的兵力，在可能条件下，对敌人最薄弱的地方举行进攻。这对我们的防御，也有很大的好处。现在各地作的关于1945年任务的计划，第一条就是进攻，第二条就是防御。这不是冒险主义，因为我们讲是在可能条件下，不是讲在没有可能的条件下去进攻，而且还讲了敌人有可能来进攻我们，要注意巩固根据地，所以这不是冒险主义。"[64]

[63] 中共中央党史研究室第一研究部编：《七大代表忆七大》（上），上海人民出版社2006年版，第245页。

[64] 中共中央文献研究室编：《毛泽东在七大的报告和讲话集》，中央文献出版社1995年版，第134页。

当然，之所以需要而且能够"扩大解放区"，根本的原因是中共七大确立了"放手发动群众，壮大人民力量"的方针和路线。1945年5月31日，毛泽东在七大上作政治报告讨论的结论时，说："在这条方针里面：'放手发动群众，壮大人民力量'，就是说的组织队伍。"只有队伍强大了，才有力量。没有人民的军队，就没有人民的一切，讲的就是这个道理。毛泽东对此深有体会，因为中共在这个问题上有着惨痛的历史教训。他说："这个斗争早就有了。1926年3月20日的中山舰事件，就是不让我们放手发动群众，壮大人民力量。大革命为什么失败？除了客观原因之外，还有主观原因，就是蒋介石不让我们放手，汪精卫也不让我们放手，我们自己也就不敢放手。那时我们应该大大放手，但我们却不敢放手，所以失败了。内战时期我们放手了，但又过了一点，没有把放手发动群众同冒险主义相区别。在抗战时期，中央的路线就是这条路线，这次大会只是批准这条路线，并对这条路线有所发挥。如果没有过去多年的经验，我们的大会不可能作出肯定这条路线的决定。""国际共产主义运动的历史上就是如此。第二国际一直不敢放手发动群众。1848年发表的马克思、恩格斯的《共产党宣言》，是放手发动群众的方针；第二国际违背这一方针，崇拜自发论，一切听其自然。共产国际和俄国布尔什维克党恢复了马克思主义，发展了马克思主义，放手发动群众，壮大人民力量，在联共党的领导下，先打倒沙皇，建立工农民主专政，后打倒资产阶级，建立社会主义社会。所以我们要宣传这条方针，肯定这条方针。"

现在，如何放手发动群众呢？毛泽东的回答是："关于放手发动群众问题……手是我们自己的，放不放在我们。谁不叫我们放手呢？有许多人，其中就有蒋介石。现在国民党开了第六次全国代表大会，大会通过的三十条政纲中有一条是'绝对禁止违背政府法令及在外交、军事、财政、交通、币制上有任何破坏统一之设施与行动'。比如军事的统一，那就是要我们把军队统统交给他们，不要八路军、新四军。"毛泽东针锋相对地指出："放手是在有理、有利、有节的条件下，而不是冒险。有理、有利、有节，就是放手而不冒险。这一个方针一直到全国胜利都是不会改变的。我们的压力很大，要使无产阶级先锋队从束缚手足的精神压迫下解放出来，是不容易的。""阶级不消灭，我们的这条方针是不会取消的。由于各个阶段情况不同，政策会有变化，但总方针是不变的。至于如何实行这条方针，这须要根据周围情况及其内部联系来决定。"[65]

坐在杨家岭中央大礼堂里，聆听毛泽东口头政治报告，对中共七大代表们来说，简直就是一种享受，是一次难得的"思想的盛宴"，是一辈子也不会忘怀的"思政课"。七大代表、时任陕甘宁边区政府粮食局局长兼财政厅副厅长黄静波回忆说："正确的理论和实践相结合，就能成功。……毛主席有三句很简单的话：不要以为穷就打不赢富的，弱就打不赢强的，小就打不赢大的。只有团结一致，小可以打败大，弱可以打败强，穷可以打败富。"七大山东代表团代表朱春和对毛泽东以杨树和柳树打比方的讲话印象深刻："他讲到，共产党员要像柳树一样，插到哪个地方就能活，适应能力要强。他说：你们不是从前方来的吗？日本鬼子一来，国民党的军队跑了，政权垮了，县长跑了，就靠你们去发动群众，组织人民群众拿起枪来。当时讲脱下长衫，拿起刀枪抗日。所以毛主席说：你们要像柳树一样，插到哪个地方，就要在哪里生根发芽，组织群众，建立抗日武装，建立抗日政权，做群众工作。另外，你们还要像松树一样，风吹不弯，挺拔坚强，坚持斗争。"[66]

"不入虎穴，焉得虎子。"毛泽东的胆识，也给七大代表们留下了极其深刻的印象。中共七大结束两个多月后，日本投降了，抗战迎来了胜利，毛泽东主动接招，应蒋介石之邀前往重庆谈判，勇赴"鸿门宴"。行前，开了一次中央委员会。与会的同志都为毛泽东此行表达了安全上的担心。但是，毛泽东谈笑风生，豪迈地说："我到重庆以后，你们回到各自的根据地，坚决打击进犯的蒋军。胜仗打得越多，我就回来得越快；打不胜，我就回不来。"后来，刘伯承、邓小平指挥的上党、平汉两次战役，坚决地消灭了来犯的蒋军，取得了很大的胜利，给重庆谈判以有力的配合。果然如毛泽东所料，他平安地回到了延安。

[65] 中共中央文献研究室编：《毛泽东在七大的报告和讲话集》，中央文献出版社1995年版，第181—182页。

[66] 中共中央党史研究室第一研究部编：《七大代表忆七大》（下），上海人民出版社2006年版，第860页。

"青山遮不住，毕竟东流去。"历史证明，毛泽东为了应付即将发生的"大事变"，提醒全党要"准备吃亏"，要坚持"放手发动群众，壮大人民力量"的路线方针不动摇，既实事求是，也是远见卓识。诚如他5月24日在中共七大第17次全体会议上代表主席团作关于中央委员会选举方针的报告时所指出的："最近十年，我们采取了忍耐的态度，这样的方针帮助了我们"，虽然也出了纠纷，但是比较顺利。"历史的经验证明：要图痛快，就不痛快；准备了麻烦，麻烦就少。"只要有了这样"应付大事变"的准备，有了"准备吃亏"的准备，一切国内外的敌人和反动派"要在中国这个海里淹死我们党，那是不可能的，也是不会的"。

军队向前进
生产长一寸
加强纪律性
革命无不胜

毛泽东

▶1945年4月23日至6月11日，中共七大在延安举行

第六章

"没有我们的党,中国人民要胜利是不可能的"

1. 确立毛泽东思想在全党的指导地位，团结在毛泽东的旗帜下，形成第一代中央领导集体

1945年4月23日，中共七大开幕了。

这是中国共产党人第一次在中国的土地上公开召开全国代表大会，是中国共产党人第一次"在我们自己修的房子里"召开全国代表大会，还是中国共产党人第一次选举产生自己培养的伟大领袖，也是中国共产党人第一次创造、掌握、树立属于自己的思想和旗帜。也就是说，中共七大，把毛泽东思想写进党章，确立了毛泽东思想在全党的指导地位。这是七大最大的政治成果，在党的历史上具有里程碑式的意义。

这一天的杨家岭中央大礼堂，迎来了改变中国命运的历史性盛会，中国共产党将在这里以全国代表大会的形式创造历史，同时又塑造崭新的自己。中国共产党为什么能？历史已经反复证明，更准确地说，在那个创造历史的现场，在延安，人们已经找到了最有说服力的答案。

如今，当你走进这座保护完好的中西合璧的建筑，粗糙的农家长椅、简陋原始的办公木桌依然散发着岁月的光辉，鲜艳的红旗、醒目的会标、苍劲的题词一下子就把你带进了那个激情燃烧的年代，在古朴简洁的宏阔中体味到历史并没有走远。

回到大会现场，我们可以听到七大秘书长任弼时在开幕典礼上说："在二十四年的奋斗过程中，我们党产生了自己的领袖毛泽东同志。毛泽东同志的思想，已经掌握了中国广大的人民群众，成为不可战胜的力量。毛泽东三个字不仅成为中国人民的旗帜，而且成为东方各民族争取解放的旗帜！我们应该感到荣幸，我们应该庆贺这个成功。我们每个同志应该认识共产党员这个称号是非常光荣的。"

是的，这是一个美好的开幕！

瞧！毛泽东思想的旗帜树立起来了。

瞧！中国共产党从此真正有了自己的领导核心。

瞧！"在毛泽东的旗帜下胜利前进"，这不仅是革命的号召，更

是中国革命的指导思想和实际行动。

历史选择了毛泽东，时代选择了毛泽东，人民选择了毛泽东！

延安人民清楚地记得，去年（1944年）春天，葭县城关三乡农民屈增全、李增正率领着一支70多人的移民队伍，从葭县经绥德迁移到延安。时任绥德专署副专员的杨和亭主持接待并举行了欢送仪式。绥德地委机关报《抗战报》主编田方随即安排记者陈伯林采写了一篇《移民歌手》的通讯，记录了民间歌手李有源（1903—1955）仿照"骑白马·挂洋枪"的曲调（即《白马调》）编创新民歌《毛主席领导穷人翻身》的事迹，称赞共产党领导实施的边区移民政策。

> 太阳升，东方红，中国出了个毛泽东，他为人民谋生存，他是人民大救星。
> 山川秀，天地平，毛主席领导陕甘宁，迎接移民开山林，咱们边区满地红。
> 三山低，五岳高，毛主席治国有勋劳，边区办得呱呱叫，老百姓颂唐尧。[1]

曾经饥寒交迫，才懂得温饱的珍贵。吃得饱，穿得暖，住得安，健康有保障，孩子能读书，陕北农民将这样的日子视为天堂。他们切实感受到，"边区的天是明朗的天，边区的人民好喜欢，民主政府爱人民"，将共产党比为太阳，称颂毛泽东为"人民救星"。

1945年，被陕甘宁边区称颂为"人民救星"的毛泽东，不仅是闪耀在中国大地上的一颗巨星，在世界政治舞台上也是一颗冉冉升起的红星。

道路由来曲折，征途自古艰难。人民领袖毛泽东的成长之路，也充满着坎坷和曲折。诚如毛泽东在七大预备会议上所言："人世间的事总是不完全的，儿子比老子完全一些，孙子比儿子完全一些，后来居上。""这次大会有些同志未当选为代表，不能出席，也不能旁听，很着急。其实这没有什么，大家可以解释解释。就拿我来说，我是'一三五不论，二四六分明'，逢双数的大会，我都没有参加。

---

[1] 1944年3月11日，《解放日报》全文发表了《毛主席领导穷人翻身》的九段歌词和所用《骑白马·挂洋枪》的曲谱。后来，延安大学鲁迅艺术文学院音乐工作者对其进行了再创作，收入由公木（署名张松如）和何其芳共同编注的《陕北民歌选》一书。新中国成立后，文艺工作者又在其基础上编创了红遍全国、唱响几代人的红色经典《东方红》。1992年，《火花》杂志第7期发表了一篇谷威撰写的《东方红词曲"原籍"新考》。该文提出：据刘炽同志考证，移民模范李有源和他的侄儿李增正唱的六段《移民歌》是佳县一语文老师（指李锦旗）所作。曾任毛泽东保健医生的王鹤滨老人认为，这么多年过去了，《东方红》从1944年初现，到1945年的定格与传唱，其间数易其词，客观地说应该算得上是集体创作。

五次大会我参加了,但没有表决权。我当时身为农委书记,提出一个农民运动决议案,中央不通过,五次大会也没有采纳。现在党是比过去公道些了,但是不公道的事仍然会有的。这就是说,事情总是不完全的,这就给我们一个任务,向比较完全前进,向相对真理前进,但是永远也达不到绝对完全,达不到绝对真理。所以,我们要无穷尽无止境地努力。"

众所周知,中国共产党从正式成立那一刻起,就与共产国际有着密不可分的关系。这给中共带来的影响极大,这种影响有积极的,也有消极的。以历史的眼光回溯这种关系,中共作为共产国际的一个支部,在20世纪二三十年代,既得到共产国际的指导,又受到其制约,没有实现完全的独立自主。这一点,从陈独秀到瞿秋白,从李立三到王明(包括博古临时中央),都可以在他们人生和政治的悲喜剧中找到历史印证。他们要么试图独立、摆脱共产国际的"紧箍咒",要么亦步亦趋地搞教条主义,最终被中国革命的正确实践所抛弃。作为中国革命土生土长的领袖毛泽东,他的人生命运也与共产国际有着千丝万缕的关联,这种关联直接导致毛泽东在中共中央的政治身份和政治地位的起起伏伏。

现在,我们以时间为经,以毛泽东在中共中央政治地位和身份的变化为纬,对毛泽东与共产国际的关系做一梳理,从中可看出历史的惊心动魄和波诡云谲。

1923年6月12日至20日,作为中共湘区党组织代表,毛泽东出席在广州召开的中共第三次全国代表大会并当选中央执行委员会委员。陈独秀为中央局委员长,毛为中央局秘书,协助委员长处理中央日常工作。毛泽东时年30岁。

1927年3月,毛泽东撰写的《湖南农民运动考察报告》先后在众多报刊刊载。5月和6月,共产国际机关刊物《共产国际》的俄文版、英文版以及《革命东方》杂志,先后译载、转载了中共中央机关刊物《向导》刊印的《湖南农民运动考察报告》。英文版的编者按说:"在迄今为止的介绍中国农村状况的英文版刊物中,这篇报道最为清晰。"当时的共产国际执委会主席布哈林在执委会第八次扩大全会上谈到毛泽东的这篇报告时说，"我想有些同志大概已经读过我们的一位鼓动员记述在湖南省内旅行的报告了"，"报告写得极为出色，很有意思，而且反映了生活"，"其描写极为生动"，"提到的农村中的各种口号也令人很感兴趣"，"文字精练，耐人寻味"。在共产国际能够享此殊荣的，毛泽东算得上是中国第一人。这年5月，毛泽东在中共五大当选候补中央执行委员。

1927年11月9日、10日，在共产国际代表罗米那兹指导下，瞿秋白在上海主持召开中共中央临时政治局扩大会议，通过《中国现状与共产党的任务决议案》等。会议强调，中国革命形势是"不断高涨"，中国革命性质是"不断革命"。在中央领导机关形成了"左"倾盲动错误。14日，印发《政治纪律决议案》，批评湖南省委在秋收起义指导上"完全违背中央策略"，毛泽东应负严重责任，决定撤销其中央政治局候补委员和湖南省委委员职务。但这个决定直到1928年3月才传到井冈山。

1928年6月18日至7月11日，中共六大在莫斯科召开。毛泽东未出席大会，当选中央委员。但这个大会的决议案直到1929年1月才传到井冈山革命根据地。1929年7月2日，苏共中央机关报《真理报》发表社论《中国统一的假象》介绍说，任何"稍微注意一点有关中国事态报道的人"，已经都很熟悉毛泽东和朱德这两位"中国游击运动"的领导人了，他们是"极为出色的领袖的名字"。而在其他相关的报道中，对毛泽东"上山"创立根据地并使中国从此也像苏联一样有了一支共产党领导的武装力量——"红军"，给予了高度评价。称毛泽东"史诗般的英雄行动是十分引人注目和具有重大意义的"，"现在恐怕谁也否定不了朱德和毛泽东的红军已取得重大胜利，有了很大发展。这支军队无疑已成为中国游击运动中出现的最为重要的现象"。

1930年4月15日，马马耶夫在共产国际执行委员会一次会议的报告上强调，毛泽东作为党的前委书记对部队进行掌握和领导。在斯大林对毛"工农武装割据"的做法表示肯定后，共产国际开始公开肯定毛泽东的革命方式。共产国际执行委员会远东局直接建议中共中央任命毛泽东为军事委员会主席。9月24日至28日，由瞿秋白、周恩来主持的中共六届三中全会在上海举行，会议结束了李立三"左"倾冒险错误在中央的统治。周恩来传达了斯大林和共产国际的指示，毛泽东在未出席会议的情况下，被补选为中央政治局候补委员。这个会议的文件，直到12月才传达到红一方面军党内。

1931年1月7日，中共扩大的六届四中全会在上海举行。毛泽东未出席会议，被选为中共中央政治局候补委员。王明在共产国际代表米夫的扶持下进入中央政治局。这次会议成为以王明为代表的"左"倾教条主义在中共中央占据领导地位的开端。1月15日，根据共产国际和六届三中全会后中央的决定，项英在宁都小布组成中共苏区中央局。周恩来任书记（未到职），项英代理书记，毛泽东、朱德等九人为委员，撤销毛泽东为书记的中共红一方面军总前委。同时宣布，建立中共苏区中央局领导的中央革命军事委员会，项英为主席，朱德、毛泽东为副主席，取消毛泽东为主席的中国工农革命委员会。9月，因王明决定去莫斯科任中共驻共产国际代表，周恩来将赴中央苏区，根据共产国际远东局的提议，由博古负总责的中共临时中央在上海成立，随后报共产国际批准。10月11日，中共苏区中央局致电临时中央，指出项英因"工作能力不够领导"，"决定毛泽东代理书记，请中央批准"。10月下旬，中共临时中央局复电苏区中央局，同意中央局书记由毛泽东代理。

1931年10月，根据共产国际的指示，中共中央开始酝酿在中央苏区成立中华苏维埃共和国临时中央政府。11月27日，毛泽东在中华苏维埃共和国中央执行委员会第一次会议上当选为主席。按照莫斯科拟定的模仿苏联的政权体制，毛泽东兼任中央最高行政机关人民委员会的主席。

1934年1月15日至18日，中共临时中央在瑞金召开六届五中全会，会议由博古主持。博古本想撤销毛泽东的苏维埃人民委员会主席和政治局候补委员的职务，但没有得到莫斯科的同意。毛泽东在没有参加会议的情况下，反而被选为中央政治局委员。但是，在2月3日召开的中华苏维埃共和国第二届中央执行委员会第一次会议上，毛泽东兼任的人民委员会主席一职被张闻天取代，其中央执行委员会主席的职务也徒有虚名。当博古负责的临时中央在瑞金取消毛泽东人民政府主席职务的同时，王明却在莫斯科苏共第十七次代表大会上宣布，在"以毛泽东同志任主席"的"中央执行委员会和苏维埃人民委员会"的统一领导下，我们现在已经在几百个县建立了巩固的苏维埃政权。1934年8月，王明根据共产国际领导人的意见，专门询问苏维埃政府选举结果，当得知"博古中央"擅自撤换毛泽东人民委员会主席一事后，明确表示莫斯科"很不满意"。这是毛泽东革命战争年代最为痛苦的一个时期，他后来说："洋房子先生"来了，我被扔到茅坑里去了。其实，莫斯科对临时中央压制毛泽东的做法不知情也不赞同。尽管王明后来知道了，但面对既成事实，只是睁一只眼闭一只眼地批评"博古中央"，说这"不能不是工作当中一个大的缺陷"，却并没有马上报告共产国际，更没有立即纠正"博古中央"的错误。没有纠正，即是纵容。

事实上，莫斯科对毛泽东的态度是越来越看重。由于通信的障碍，毛泽东在第二次苏维埃代表大会上所作的四万字的报告，以及他所作的大会闭幕词，在几个月之后终于送到了莫斯科。无论是苏共领导人还是共产国际，对毛泽东所作的报告和结论，都给予了高度评价，并当即指示有关部门将其迅速印成各种文本的小册子广为散发。

8月3日，王明、康生在给中共中央政治局写的密信中这么写道："毛泽东同志的报告和结论，除了个别地方有和五中全会决议同样的措辞的缺点外，是一个很有意义的历史文件！我们与国际的同志都一致认为，这个报告明显地反映出中国苏维埃的成绩和中国共产党的进步。同时认为，这个报告的内容也充分反映出毛泽东同志在中国苏维埃运动中丰富的经验。这个报告的中文单行本不日即将出版（其中欠妥的词句已稍加编辑上的修正），其他俄、德、英、法、日本、高丽、蒙古、西班牙、波兰、印度等十几个国家的译本也正在进行译印。中文本印刷得极漂亮。"

9月16日，王明再次兴奋地致信中共中央政治局说："毛泽东同志的报告，中文已经出版，绸制封面，金字标题，道林纸，非常美观，任何中国的书局，没有这样美观的书。与这报告同时出版的，是搜集了毛泽东同志的文章（我们这里只有他三篇文章）出了一个小小的文集，题名为《经济建设与查田运动》，装潢与报告是一样的。这些书籍，对于宣传中国的苏维埃运动，有极大的作用。"

莫斯科如此高规格地为个人出版著作和文集，毛泽东乃中共党内第一人也。即使后来以马列主义理论权威自居的王明，也没有得到如此高的待遇。从这两封信的字里行间看，王明似乎为中国共产党领导人毛泽东受到共产国际和苏共如此的重视，发自内心地感到高兴。而事实上，莫斯科在这个时候不止一次地提醒中共中央：中国需要像毛泽东这样的人才，大家必须学习毛泽东和朱德的经验，把军事工作放到党的第一等重要的地位上来，甚至直接到军队中去工作。

1935年7月，共产国际第七次代表大会在莫斯科召开。毛泽东在没有出席的情况下，破天荒地排在了共产国际总书记季米特洛夫、共产国际名誉主席台尔曼的后面，与王明、周恩来一起当选共产国际执行委员会委员。应邀在共产国际七大第一个致贺词的来自中国苏区的代表滕代远（李光），按照中国代表团拟就并得到共产国际批准的发言稿，高呼："我们对共产国际中有像季米特洛夫、台尔曼、毛泽东、拉科西和市川正一这样的英勇旗手而感到骄傲，他们在一切情况下都高举共产主义的伟大旗帜，并且保护和捍卫它，在列宁、斯大林所创建的共产国际的旗帜下，领导群众走向胜利。"中国代表团团长王明在发言中，赞扬毛泽东是"出色的党内领袖和国家人才"。无论是从为共产国际七大准备的材料中，还是苏联公开出版的报刊上，莫斯科都把毛泽东称作"年轻的中华苏维埃共和国富有才干和自我牺牲精神的、伟大的政治家和军事家"。莫斯科给予毛泽东如此殊荣，在当时中共党内找不出第二人，意义非同一般。

然而，由于通信联络中断，共产国际并不知道中共在这年的1月15日至17日召开了中央政治局扩大会议——遵义会议。遵义会议以前，中国共产党无论在革命理论上还是在斗争实践中，都尚未成熟。毛泽东提出的一些正确理论、路线和策略，遭到在中央占据统治地位的"左"、右倾错误，特别是执行王明"左"倾教条主义的博古把持的临时中央的反对、排斥和打击。但是，这些错误倾向在实际工作中却不断碰壁，甚至直接导致了各主要根据地的丢失和党在国民党统治区组织的严重破坏。这些错误"开始在更多的领导干部和党员群众面前暴露"，"引起了他们的怀疑和不满"。党内一些曾经犯过错误的同志也不断"开始觉悟"。这样，毛泽东所代表的正确方向和毛泽东思想为越来越多的人所认识和接受。遵义会议集中解决了当时具有决定意义的军事和组织问题，增选毛泽东为中央政治局常委，取消长征前成立的"三人团"，仍由最高军事首长朱德、周恩来为军事指挥者，而周恩来是党内委托的对军事指挥下最后决心的负责者。会后不久，决定毛泽东为周恩来在军事指挥上的帮助者，后成立由毛泽东、周恩来、王稼祥组成的三人小组，负责全军的军事行动。这就在事实上确立了毛泽东在党中央和红军的领导地位，开始形成以毛泽东同志为核心的党的第一代中央领导集体。同时，遵义会议结束了"左"倾教条主义错误在中央的统治，充分肯定了毛泽东从中国革命战争特点出发提出的战略战术原则的正确性，从而确立以毛泽东同志为主要代表的马克思主义正确路线在党中央的领导地位。两个月后，在贵州鸭溪、苟坝一带，决定成立周恩来、毛泽东、王稼祥为成员的新三人团，统一指挥军事行动。遵义会议事实上确立了毛泽东在党中央和红军的领导地位，开始确立了以毛泽东同志为主要代表的马克思主义正确路线在党中央的领导地位，为毛泽东思想发展成熟和发挥作用奠定了根本的政治基础。之后，在中共中央和毛泽东的领导下，中央红军一改被动局面，四渡赤水，爬雪山、过草地，突破天险腊子口，最终于1935年10月19日落脚陕北吴起镇，完成了历程二万五千里的战略大转移。遵义会议虽然变更了政治路线，过去的路线在政治上、军事上和组织上都不能起作用了，但是"在思想上主观主义的遗毒仍然存在"。

1935年《共产国际》（俄文版）第33和34期合刊上，发表了署名"赫"（亦有译为赫鲁晓夫）的文章《中国人民的传奇领袖》（亦译作《勤劳的中国人的领袖毛泽东》)。文章开头还引用了毛泽东《湖南农民运动考察报告》中的"革命不是请客吃饭，不是做文章，不是绘画绣花，不能那样雅致，那样从容不迫，文质彬彬，那样温良恭俭让。革命是暴动，是一个阶级推翻一个阶级的暴烈的行动"。全文对毛泽东给予高度评价，认为毛是"一位不知疲倦的人，真正的布尔什维克，人民的真诚朋友"，"具有铁一般的意志、布尔什维克的顽强精神、卓越的革命统帅和国务活动家的惊人勇敢、博学和无穷的天赋"。同年12月13日，《真理报》发表了哈马丹写的文章《中国人民的领袖——毛泽东》。

在中央档案馆保存的中共驻共产国际代表团1935年的档案中，有一份题为《毛泽东传略》的中文手稿，1992年3月由《党的文献》杂志全文发表。迄今为止，这是发现存世最早的中国共产党主要领导机关第一次为毛泽东立传，较为详细地记述了毛泽东的生平。原稿未署作者和时间，在文件保管单上注有"（1935）？"的字样。根据这篇《毛泽东传略》的内容，可初步判定它的写作时间在1935年底或1936年，是共产国际档案中保存的一篇较早的全面记述和评价毛泽东的文字材料。这篇传略的开头是这么写的：

> 毛泽东这个名字，不仅是在中国的人而且在外国的人均是知道他的，中国闻名的革命家和广大的学生中以及国民党底许多所谓党国要人如蒋介石、汪精卫、叶楚伧、陈果夫、孙科，以及中国许多文学家、哲学家、教育家或则是与他同事工作过或则与他会面畅谈过。而且许多外国底闻名革命家或则会面过或则通书信过。许多过去朝暮相见于办事室的，至今已成了政敌，这些政敌不仅在文字上或口头上极尽其能来咒咀、毁谤这位伟大人民底公认领袖的毛泽东底人格，而且不只一次两次的以重金厚禄来收买刽子手企图陷害这位革命的伟人。
>
> 中国共产党出席共产国际七次世界大会的代表王明，现在他是共产国际的主席团主席之一。当他在七次世界大

会这个世界讲台上说话的时候，他指出："中国共产党根据共产国际底列宁—斯大林底路线，在民族斗争和阶级斗争底战斗火焰里锻炼出了成千成万的忠于革命事业的战士，培植出了许多忠实善战和智勇双全的干部，这些干部不仅不怕困难，而且善于克服困难。"他指出，这些党内领袖和国家人材，为首的一个便是毛泽东。而毛泽东这个名字一经全世界代表听到之后，全体起立，热烈鼓掌，欢呼万岁的空气，延长到五分钟之久。再回想他在大革命时全国农民协会代表大会和中华苏维埃第一、第二两次全国代表大会以及在许多群众大会中，当他出现于大会中那种代表们所表示的热烈紧张狂呼、鼓掌的情绪看来，那末，这个伟人便是全国、全世界以及中国共产党全党所公认的领袖，这是毫无疑问的。这位伟大领袖的事业和名望，本来不仅可以从中外许多报纸上看出来，并且也可以从反对这位领袖的许多侮辱的文字中看出来。但这只是零碎的、部分的记载，因其处在四方八面的白色恐怖下，还不能取得一个机会把他底传略作有系统的介绍。

接着，这篇传略以《中国共产党的组织者与领导者》《中国国民党的领导者》《中国农民运动的领导者》《中国苏维埃红军的创造者与领导者》《伟大的军事天才家》《伟大的煽动家与组织家》《马克思、恩格斯、列宁、斯大林学说理论实际的执行者》《共产国际的领导者，国际路线的坚决拥护者》《群众领袖，群众底生活》《居最高的领袖地位，以平等的坦白的态度对待干部》等10个篇章，深入记录和阐述了毛泽东的革命道路、革命事迹、革命贡献，其用词之好、评价之高世所罕见。

进入20世纪30年代中期，莫斯科和共产国际不仅在组织上、政治上全力支持毛泽东成为中共党的领袖人物，而且还重点翻译、发表和出版毛泽东的著作，积极宣传、赞颂毛泽东的功绩，把"中国人民的领袖"这样崇高的称呼送给了毛泽东。由此可见，毛泽东在共产国际的地位和影响力。王明、博古、周恩来、朱德、张闻天、王稼祥、彭德怀等其他中共领导人，没有谁像毛泽东这样长期得到莫斯科的赞誉和宣传，直至共产国际1943年5月22日宣布解散。这也就难怪在莫斯科喝洋墨水吃洋面包、遥控中共中央并以"钦差大臣"自居的王明，一回到延安时就称赞毛泽东"把中国共产党带入了一个新的境界"了。

1935年11月3日，中共中央在甘泉下寺湾决定成立西北革命军事委员会，由毛泽东任主席，周恩来、彭德怀任副主席，首次在组织上确定了毛泽东的最高军事领导地位。1937年8月，洛川会议决定毛泽东任中共中央革命军事委员会书记，朱德、周恩来任副书记，毛泽东成为名副其实的最高军事领导人。但是，毛泽东在中共中央和军队中的核心地位还没有得到组织上的确立。1937年3月，刘少奇在给张闻天的一封信中就谈及："我们还没有中国的斯大林，任何人想作斯大林，结果都画虎不成。"这句话说明了党内的实际状况，而王明回国对毛泽东领导地位的冲击，就是一个最好的佐证。

1937年11月29日，王明、康生从莫斯科回到延安，毛泽东、张闻天、周恩来等中共中央领导到机场迎接。十天后，中共中央政治局在延安举行会议（即"十二月会议"），增选王明、陈云、康生为中央书记处书记。王明倚仗自己共产国际执委、中央书记处书记的身份，"对毛主席的领导大有取而代之的味道"，对毛泽东提出在抗日民族统一战线中应保持独立自主等观点进行责难，导致党内认识出现混乱，毛泽东陷入孤立之中。后来，毛泽东曾感慨地说，"遵义会议以后，中央的领导路线是正确的，但中间也遭过波折。抗战初期，十二月会议就是一次波折"，"十二月会议上有老实人受欺骗，作了自我批评，以为自己错了"。他甚至愤愤不平地说"我是孤立的"，"鬼都不上门"。

此时，回国后的王明不知天高地厚，得意忘形又忘乎所以了，思想膨胀，忘记了共产国际、季米特洛夫的嘱托和对毛泽东的评价，意欲由"钦差大臣"摇身变为"太上皇"。在武汉主持长江局工作期间，他独断专行，不经中央同意就擅自以中央名义发表《中国共产党对时局宣言》，擅自以中共中央名义递交《对国民党临时全国代表大会的提议》，还未经毛泽东同意就以毛泽东个人名义发表对《新华日报》记者的公开谈话，把自己凌驾于中央之上，另立第二中央。1938年2月27日至3月1日，根据王明提议，中共中央在延安召开政治局会议，王明作了《目前抗战形势与如何继续抗战和争取抗战胜利》的报告，对毛泽东的正确主张再次进行了批评。

  1938年3月，中央政治局会议决定派任弼时为代表，赴苏联向共产国际汇报中共的抗战路线和党内领导层的情况。1938年8月，中共驻共产国际代表王稼祥从莫斯科返回延安，带回了共产国际执委会总书记季米特洛夫的口信。9月14日至27日，中共中央召开政治局会议，在14日的会议上，首先由王稼祥传达共产国际的指示和共产国际执行委员会总书记季米特洛夫的意见："中共一年来建立了抗日统一战线，尤其是朱、毛等领导了八路军执行了党的新政策，国际认为中共的政治路线是正确的，中共在复杂的环境及困难条件下真正运用了马列主义。""在领导机关中要在毛泽东为首的领导下解决，领导机关中要有亲密团结的空气。"共产国际的决定剥夺了王明以共产国际"钦差大臣"自居、不断对中央政治路线说三道四的资格。10月，王稼祥在六届六中全会上再次传达了共产国际的重要指示，"从此以后，我们党就进一步明确了毛泽东的领导地位，解决了党的统一领导问题"。

  六届六中全会前，陈云等提议由毛泽东担任总书记，后来根据毛泽东本人的意见，没有把这个问题拿到六中全会上去讨论，但张闻天已主动地把工作逐渐向毛泽东转移。六中全会后，张闻天把中央政治局会议转移到杨家岭毛泽东住处召开，他虽然仍主持会议，但一切重大问题实际上都由毛泽东决断。七大代表、张闻天夫人刘英回忆说："1937年冬王明到延安后，党中央书记处扩大，闻天已不再'负总责'。1938年8月稼祥同志回国，传达了共产国际的意见，中国党应以毛泽东为首来领导。闻天衷心拥护，即向毛主席提出'让位'。毛主席从大局考虑，要闻天将'总书记'的名义继续担下去。所以六届六中全会以后，闻天形式上还主持中央会议，但实际权力都交给毛主席，会到毛主席那边开，一切事情都由毛主席决断。"[2] 张闻天的主要工作是管党内的理论宣传和干部教育。

六届六中全会正确地分析了抗日战争的形势，规定了党在抗战新阶段的任务，基本纠正了王明的右倾错误，进一步巩固了毛泽东在全党的领导地位。毛泽东在六届六中全会上作了《论新阶段》的政治报告，不仅指出了"抗日民族战争与抗日民族统一战线发展"进入"新阶段"，而且也表明中国共产党在实现马克思主义中国化方面，事实上也达到了一个"新阶段"。一方面，毛泽东代表中共中央第一次向全党提出了"马克思主义的中国化"的任务——"把马克思主义应用到中国具体环境的具体斗争中去"，"使之在其每一表现中带着中国的特性，即是说，按照中国的特点去应用它"。另一方面，毛泽东在这次全会上，对之后被概括为中国革命"三大法宝"的统一战线、武装斗争和党的建设等问题都作出了十分精辟的论述。

[2] 刘英：《我和张闻天命运与共的历程》，中共党史出版社1997年版，第114页。

六届六中全会为实现党对抗日战争的领导进行了全面的战略规划，进一步巩固了毛泽东在全党的领导地位，在毛泽东思想发展史上第一次明确提出"马克思主义的中国化"的指导原则。全会虽然批评了王明的错误，但中央最高层的人事并没有调整。中央政治局委员为毛泽东、张闻天、王明、周恩来、任弼时、博古、朱德、康生、陈云、项英、彭德怀，中央政治局候补委员为刘少奇、王稼祥、邓发、凯丰，中央书记处书记为毛泽东、王明、张闻天、博古、陈云、康生和在重庆的周恩来。从组织上说，中央书记处名义上仍由张闻天负责，毛泽东实际主持中央书记处工作，掌握了实权，中共中央的重大方针、政策也由他拿主意、作决定，但毛泽东在中共中央的领袖地位尚未取得法律程序上的认定。但毛泽东并没有把个人的权力地位看得那么重要，他始终把党的利益放在第一位，把党的思想建设、领导建设和组织建设放在第一位。

1941年九月会议之后，中央书记处的7位书记有5位不在岗位——王明患病，一直住在中央医院，不参加任何工作；张闻天承认错误，1942年初就离开延安，主动到基层做调查研究工作；博古

第六章 "没有我们的党，中国人民要胜利是不可能的" | 651

主管《解放日报》，对中央工作早已不负主要责任；周恩来常驻重庆，难以参与中央全盘工作；王稼祥旧伤复发，对整风运动持有保留意见，工作起来难以得心应手。也就是说，中央书记处书记有一半以上或在外工作或犯有严重路线错误，书记处难以履行职责，几乎成了一个空架子，影响了党的工作。

对中央领导层出现的这种微妙变化，毛泽东是有所准备的。1941年10月3日九月会议一结束，毛泽东就电告刘少奇返回延安，准备参加七大。对刘少奇返回延安，毛泽东极为关心，隔三差五地打电报或催促或嘱咐或慰问，周密布置一路的安全保护工作。直到1942年12月30日刘少奇平安抵达延安后，毛泽东心中的一块石头才落地，放下心来。1943年元旦，《解放日报》以大字标题刊登了中共中央办公厅举行新年晚会，欢迎刘少奇从华中归来的消息。对此，胡乔木回忆说："少奇同志在路上走了差不多十个月的时间，毛主席无时不在挂念。对少奇同志的安全这样关怀备至，在不少人的亲见亲闻中是很少有的。"

虽然在中共中央早已能一言九鼎，但一个篱笆三个桩，毛泽东还需要左膀右臂，还需要亲密的志同道合的战友一起战斗。毛泽东之所以选中刘少奇，不仅因为刘是白区工作正确路线的代表，更重要的是在抗战开始之后他力倡独立自主和开展华北游击战争，与毛遥相呼应。而且刘在调到华中局工作后，一度受到王明和项英影响的新四军工作也变得有声有色，备受毛泽东赞赏。1941年九月会议上，刘少奇还被党内众多高级干部视为除了毛泽东之外中共党内唯一的正确路线的代表。陈云、王稼祥、康生都曾在大会上力挺提高刘少奇的地位。毛泽东曾在自己一生珍爱的"九篇文章"[3]中多处援引刘少奇的观点，批判以王明为代表的教条主义者对刘的责难。他还在第八篇文章中说，刘少奇同志是中共在国民党区域工作中"正确的领袖人物"，是唯物的辩证的革命观的代表；"刘少奇同志的见解之所以是真理，不但有当时的直接事实为之证明，整个'左'倾机会主义路线执行时期的全部结果也为之证明了"。毛泽东如此高度评价中央的一位领导同志，这在延安时代是极其少有的。足见毛

[3] 指毛泽东于1941年所写的《关于一九三一年九月至一九三五年一月期间中央路线的批判》，是对王明"左"倾机会主义路线的九个文件的批判，每一批判独立成章，所以称为"九篇文章"，长达五万多字。用胡乔木的话来说，毛泽东的这组文章是"嬉、笑、怒、骂跃然纸上，情绪化色彩甚浓"，可视为"激愤之作，也是过去长期被压抑的郁闷情绪的大宣泄"。我们现在尚不能读到九篇文章之全部，已经权威发布的节选部分，见于1993年出版的《毛泽东文集》第2卷，以《驳第三次'左'倾路线》为题，约5000字。尽管现在不能读到九篇文章之全部，但客观地说，就目前所见到的文字而言，毛泽东在这几篇文章中，已经全面而深入地揭示了"马克思主义中国化"的科学内涵，已经掌握了马克思主义与中国共产党的事业之内在辩证关系，预示了马克思主义在中国的必然成功这一未来事实。

对刘的倚重。

历史是一面镜子，团结是最大的政治。实现中央和地方各根据地政治、思想、组织上的高度团结统一是延安整风运动的根本目的。而抗战全面爆发以来，中共从中央到基层，从党内到军内，形势十分复杂，不仅在延安存在着王明这样的领导人，而且各根据地也存在着各自为政的"山头主义"。为此，自1942年8月起，中共中央陆续制定颁布了《关于党对军政民学关系问题的决定》《关于统一抗日根据地党的领导及调整各组织间关系的决定》《关于加强统一领导与精兵简政工作的指示》等一系列重要文件，逐步系统地规范了上下级关系和全党服从中央的具体模式，力图解决各根据地"机关庞杂、系统分立、单位太多、指挥不便"的问题。与此同时，毛泽东将中央领导机构的精简调整工作也提上了日程。

1943年3月16日，中央政治局召开会议，出席会议的政治局委员和候补委员有毛泽东、刘少奇、任弼时、朱德、张闻天、凯丰、邓发，列席会议的有杨尚昆、彭真、高岗、叶剑英等，共13人。毛泽东作了关于时局与方针的讲话，随即由1941年九月会议后担任中央秘书长、主持中央书记处日常工作的任弼时报告了中央机构调整与精简方案。他说，现在中央机构比较分散，需要实行统一和集中，拟定在中央政治局下面分设组织和宣传两个委员会作为中央的助手。在中央苏区时，书记处在政治局之上，实际上等于政治局常委，不合适。前一时期多为书记处工作会议，实际上等于各部委联席会议，与政治局会议无多大区别。现在要确定书记处的性质与权力，使书记处成为政治局的办事机关，根据政治局的决议、方针处理日常工作。

3月20日，中共中央政治局继续开会。会上，康生介绍了机构调整的酝酿过程。他说："少奇同志意见，书记处应有一个主席，其他两个书记是主席的助手，不是像过去那样成为联席会议的形式，要能处理和决定日常工作。"为加强党的集中统一领导，会议通过了《中共中央关于中央机构调整及精简的决定》，重新明确了政治局和书记处，以及下属各机构的权限。决定规定：在两次中央全会之间，中央政治局担负领导整个党的工作的责任，有权决定一切重大问题。政治局推定毛泽东为主席，凡重大的思想、政治、军事、政策和组织问题必须在政治局会议上讨论通过。书记处是根据政治局所决定的方针处理日常工作的办事机关，它在组织上服从政治局，但在政治局方针下有权处理和决定一切日常性质的问题。书记处由毛泽东、刘少奇、任弼时组成，毛泽东为主席。书记处会议所讨论的问题，主席有最后决定权（这里的"最后决定权"是书记处处理日常工作的决定之权。政治局决定大政方针，并无哪一个人有最后决定之权的规定）。会议还决定，刘少奇参加中央军委，并为军委副主席之一（其他副主席是朱德、彭德怀、周恩来、王稼祥）。在中央政治局及书记处之下，设立宣传委员会和组织委员会，作为政治局和书记处的助理机关。毛泽东任宣传委员会书记，刘少奇任组织委员会书记。为了统一各地区的领导工作，对在延安的中央政治局委员进行了分工：华北党政军民工作统归王稼祥负责；华中党政军民工作统归刘少奇负责；陕甘宁、晋西北党政军民工作统归任弼时负责；大后方工作统归陈云负责；敌占区工作统归杨尚昆负责。中央党校校长由毛泽东兼任。4月5日，中央书记处会议又决定，为指导工作便利，驻重庆办事处工作由毛泽东直接管理，驻西安办事处工作由任弼时管理。

这是一次重大的中央机构和人事调整，从组织程序上完成了毛泽东在全党的领导核心地位的确立，标志着毛泽东名正言顺地从政治上、思想上、组织上确立了在中共党内的领导权威和领导地位。刘少奇也从此上升为中共中央的第二把手。

对毛泽东来说，这真是如虎添翼，"气象一新，各事均好办了"。但令毛泽东没有想到的是，喜事还在后面呢！

中共中央政治局和书记处的机构和人事变动，的确是一次历史性的改革，这是中国共产党历史上第一次完全意义上独立自主地推选出自己的领导机构。在中共党史上，此前的任何一次人事变动，包括陈独秀、瞿秋白、李立三等担任中共最高领导人，都是需要经过莫斯科和共产国际批准同意的。遵义会议撤了博古，换了张闻天，也是派陈云专门到莫斯科进行报告。但这次人事变动，毛泽东解除了王明的书记处书记职务，不再也无须征求莫斯科的意见了。

这是一个大胆的决策，毛泽东是冒着风险的。

没有当选书记处书记，王明是不甘心的。

一直养病的王明没有闲着，他通过苏联驻延安的联络小组，接连不断地向莫斯科发密电"告状"，希望莫斯科对毛泽东施加压力和影响，干预正在日益深入的中共全党整风运动，状告毛泽东"拼凑'整风运动'的领导班子"，"夺取中央总书记的职务"，以解除自己在中共中央的地位危机。但令王明百思不得其解的是，莫斯科对他的密电竟然没有作出任何反应。他实在难以理解莫斯科竟然如此容忍毛泽东在延安这样"无法无天"的大动作。

此时此刻，决定苏联命运的斯大林格勒保卫战激战正酣即将胜利，斯大林正全力对付希特勒的疯狂进攻，根本没有心思搭理王明的"告状"。还有一点更为重要的是，因为中国的抵抗和太平洋战争的爆发等因素，日本侵略者没有发动远东战争，斯大林曾经十分担心的日本进攻苏联使其东西两面受敌的局面并没有出现。尽管毛泽东婉拒了莫斯科提出的中共出兵抗日保卫苏联的要求，但共产国际的季米特洛夫还是深信毛泽东不会与莫斯科分道扬镳。而且在他看来，毛泽东成为中共的最高领导人，这是自然又是必然的。再者，中共在毛泽东的领导下不断发展壮大，也是不争的事实。

整整过去了两个月，一则震惊世界的消息传到了延安。这个消息，对王明来说，如同晴天霹雳，他顿时陷入失望和痛苦的旋涡，从此"昨夜西风凋碧树，独上高楼，望尽天涯路"。而对毛泽东来说，却如同一声春雷，正是"沉舟侧畔千帆过，病树前头万木春"。这是一则什么消息呢？

5月20日，毛泽东接到了来自莫斯科的绝密电报。电报是共产国际总书记季米特洛夫打来的。他提前告诉毛泽东，共产国际将于两天后宣布解散。电报说："共产国际主席团将于5月22日向各支部公布解散国际工人运动领导中心——共产国际的提议。该提议的主要原因在于，这种国际联合的集中的组织形式，已经不能适应各个国家共产党进一步发展成为本国（本民族）的工人政党的需要，并且还成为其障碍。"电报还请中共中央急速讨论这一提议，并将意见告知。

几年前，当王明乘坐苏军的专机降落延安的那个时刻，毛泽东发表讲话，真诚表达了对共产国际大力援助中共的感激之情。如今，"昆仑山上下来的神仙"已经病倒，共产国际这个"太上皇"也解散了，毛泽东好像孙悟空摘掉了"紧箍咒"，一下子感到了精神上的巨大解放。从此，中共解除对于共产国际的章程和历次大会决议所规定的各种义务，真正掌握意识形态的话语权，完全可以根据中国的国情和实际独立自主地解决一切问题。所以当翻译师哲将这份电报送到毛泽东手里时，他兴奋地说："他们做得对，我就主张不要这个机构。"

5月21日，毛泽东主持召开中共中央政治局会议，讨论季米特洛夫的电报，同意解散共产国际的提议。26日，中央收到莫斯科《真理报》发表的共产国际执委会主席团《关于提议解散共产国际的决定》后，毛泽东立即主持召开中央政治局会议，一致通过了《中国共产党中央委员会关于共产国际执委会主席团提议解散共产国际的决定》，并于当日晚在延安召开了干部大会，进行了传达。毛泽东肯定了共产国际为中国革命作出的贡献，同时指出："共产国际的解散，将使中国共产党人的自信心与创造性更加加强，将使党与中国人民的联系更加巩固，将使党的战斗力量更加提高。""中国共产党人是马克思列宁主义者。因为马克思列宁主义是科学，而科学是没有国界的。中国共产党人必将继续根据自己的国情，灵活地运用和发挥马克思列宁主义，以服务于我民族的抗战建国事业。"可以肯定地说，毛泽东内心对莫斯科的遥控指挥表现出了相当的不满，后来他公开宣称"革命运动是不能输出也不能输入的"。[4]

共产国际的解散，对毛泽东来说可谓是一次政治上、组织上和精神上的大解放。但对王明来说，他失去的不仅是靠山，同时也失去了他的理论之源。从此，他所坚持的政治思想路线将成为无源之水、无本之木。而毛泽东正在开展的批判主观主义、宗派主义和党

[4] 共产国际为什么突然解散呢？笔者认为：作为第二次世界大战的转折点，斯大林格勒战役迫使希特勒由攻转守后，斯大林希望得到英、美等国的支持和帮助，彻底击败法西斯，在欧洲开辟第二战场。为了消除英、美等国参与世界反法西斯战争的疑虑，斯大林从苏联的根本利益出发，快速作出了解散共产国际的决定。

八股的整风运动，其根本目的就是清算在中共党内依然存在的王明"左"倾错误倾向。用毛泽东后来的话说，"共产国际解散后我们比较自由些。这以前，我们已经开始批评机会主义，开展整风运动，批评王明路线"了。

原先毛泽东在批判王明"左"倾错误倾向上还十分在乎共产国际的意见，一定程度上对莫斯科的干预有某些顾虑。后来对王明"左"倾错误倾向批判的升级，极其重要的一个原因还是王明自高自大，没有摆正自己的位置，也与他见人说人话、见鬼说鬼话的两面三刀的作风密切相关。毋庸讳言，整风运动为中共确立毛泽东思想为全党指导思想扫清了思想上的障碍。

对毛泽东在中共中央任职履历进行上述梳理之后，我们可以发现，毛泽东核心地位的确立并不是一帆风顺的，其间起起伏伏，历尽波折。现在，我们不妨从舆论宣传及其思想影响力来进行梳理，来看一看毛泽东思想是如何在中国革命的土壤里扎根、成长、壮大的，毛泽东思想指导地位的确立又经过了怎样的历程。

1927年大革命失败，中国共产党经受了自创立以来从未有过的巨大挫折：共产党员和革命群众遭到反动派的疯狂屠杀，党员数量由大革命高潮时期的近6万人急剧减少到1万多人，党的活动被迫转入地下。毛泽东在七大预备会议上曾形象地比喻："被人家一巴掌打在地上，像一篮鸡蛋一样摔在地上，摔烂很多。"在大革命进入低潮的时候，中共党内一些人不顾中国革命实际，把共产国际决议和苏联经验奉若神明，机械照搬资本主义国家无产阶级政党特别是俄国经验，企图以夺取中心城市的武装暴动实现一省或数省的首先胜利，因而接连发生了1927年11月至1928年4月的"左"倾盲动错误、1930年6月至9月的"左"倾冒险错误和1931年1月由党的扩大的六届四中全会开始的长达四年的、以王明为代表的"左"倾教条主义错误，使中国革命几乎陷于绝境。

"茫茫九派流中国，沉沉一线穿南北。烟雨莽苍苍，龟蛇锁大江。黄鹤知何去？剩有游人处。把酒酹滔滔，心潮逐浪高！"毛泽东没有气馁，坚决同这些错误倾向作坚持不懈的斗争。为了保存和发展革命力量，他率领秋收起义部队上井冈山，把工作重点由城市转入农村。从1928年10月到1930年1月，在领导红军作战和根据地建设实践中，毛泽东先后写成《中国的红色政权为什么能够存在？》《井冈山的斗争》《星星之火，可以燎原》等著作，阐明中国革命为什么必须实行"工农武装割据"，并在此基础上提出了以农村包围城市为特征的中国式的武装夺取政权的革命道路思想，从而"在理论上更具体地和更完满地给了中国革命的方向以马克思列宁主义的科学根据"。与此同时，与之相关的土地革命的思想、根据地建设的思想、党的建设和人民军队建设的思想等，在毛泽东的论述中也逐步建立。农村包围城市、武装夺取政权思想的提出，标志着毛泽东思想的初步形成。1930年5月，毛泽东写下《反对本本主义》一文，尖锐批评脱离中国革命实际、照抄决议本本、照搬苏联经验的教条主义，在党的历史上第一次明确提出了"没有调查，没有发言权"等重要思想。这篇文章初步形成了毛泽东思想活的灵魂的三个基本方面，即实事求是、群众路线、独立自主，初步解决了怎样把马克思主义基本原理同中国具体实际相结合的根本原则问题。

经历了大革命和土地革命的起伏曲折，中国共产党人在比较中清楚地认识到中国社会的历史和现状、中国革命的特点和规律。中央红军到达陕北后，毛泽东先后写下《论反对日本帝国主义的策略》《中国革命战争的战略问题》《实践论》《矛盾论》等著作，从政治路线、军事路线、思想路线上对土地革命战争时期的历史经验教训进行理论总结和哲学概括，创造性地发展了马克思主义哲学，为系统提出实事求是的思想路线奠定了基础。在全民族抗战爆发后新的历史条件下，毛泽东先后发表《抗日游击战争的战略问题》《论持久战》两篇军事理论著作，系统论述了抗日游击战争的战略地位、抗日战争的持久战总方针和人民战争思想等。毛泽东认为自己在这一时期撰写的文章和起草的文件，"都是革命经验的总结。那些论文和文件，只有在那个时候才能产生，在以前不可能，因为没有经过大风大浪，没有两次胜利和两次失败的比较，还没有充分的经验，还不能充分认识中国革命的规律"。

全国抗战爆发以后，中国共产党从原来遭受严密封锁的狭小天地里走出来，变成全国性的大党，公开走上全国政治生活的大舞台，受到人们越来越密切的关注。1939年到1940年初，毛泽东接连发表《〈共产党人〉发刊词》《中国革命和中国共产党》《新民主主义论》等著作，从总结论述统一战线、武装斗争、党的建设"三大法宝"，到第一次明确提出"在无产阶级领导之下的人民大众的反帝反封建的革命"，再到系统阐述新民主主义的政治、经济和文化，不仅回答了当前时局中提出的种种问题，而且回答了中国现阶段民主革命和未来建设新中国的一系列根本问题。随着抗日民族统一战线实践的深入展开，毛泽东在1940、1941年撰写《目前抗日统一战线中的策略问题》《论政策》《关于打退第二次反共高潮的总结》等著作，科学论述了"争取中间势力"和"有理、有利、有节"的斗争策略，丰富和完善了抗日民族统一战线思想，并提出了许多重要的政策和策略思想。新民主主义理论的提出和抗日民族统一战线的一系列方针政策的确定，标志着毛泽东思想已经日渐成熟。

到了20世纪40年代，中国共产党开展了深刻的马克思主义思想教育运动——整风运动。在学习讨论党的历史路线，明辨思考党的若干历史问题的基本是非过程中，全党高度评价了毛泽东的革命功绩和对马克思主义的创造性发展，从而深刻地认识到确立毛泽东核心地位和确立毛泽东思想指导地位的必然性和必要性。也就是说，学习毛泽东、宣传毛泽东，在中共党内已经达成了共识。

从树立、塑造毛泽东个人形象和生平事迹的角度来说，以美国记者埃德加·斯诺为代表的西方记者，发表出版了《红星照耀中国》和《毛泽东自传》等一大批影响中外的作品，同时中共也开始在自己的新闻和理论界宣传毛泽东和毛泽东思想。1939年2月22日，《新中华报》刊登了毛泽东的画像，并在旁边写道："中国人民的领袖——毛泽东"。5月4日，毛泽东出席在中国抗日军政大学第五大队坪场举行的延安青年群众纪念五四运动20周年大会，作《青年运动的方向》讲演，之后接受青年献旗，旗上书写"新中国的火炬"。

1940年，延安解放社和八路军军政杂志社出版了毛泽东的《中国革命和中国共产党》《新民主主义论》《辩证法唯物论（讲授提纲）》等著作。

这年5月3日，王明在延安泽东青年干部学校作的题为《学习毛泽东》的讲演中说：一是"学习毛泽东同志的始终一贯地忠于革命的精神"。二是"学习毛泽东勤于学习的精神"，毛泽东没有进过马列主义学校，"但毛泽东同志却比我们党内任何同志都学得多，比我们党内任何同志都学得好，真正地学习了马列主义，真正地善于把马列主义灵活地应用到中国革命的实践中。正由于毛泽东同志不断地工作，不断地学习，不断地从工作中学习马列主义，从马列主义学习中处理工作，所以他才能把理论与实际联系起来，所以他才不仅成为中国革命的伟大政治家和战略家，而且是伟大的理论家"。三是"学习毛泽东同志勇于创造的精神"。四是"学习毛泽东同志长于工作的精神"。"他能做最下层的群众工作，他也能做最上级的领导指挥工作，在农民工作中，他是一个有名的农民工作大王，在军事工作中，他是伟大的战略家，在政权工作中，他是天才的政治家，在党的工作中，他是公认的领袖。不管什么工作，只要放在他手里，他都能做好，只要你向他请教，他都能告诉你经验和方法"。五是"学习毛泽东同志善于团结的精神"。"毛泽东同志现在不仅是共产党中央和共产党全党团结的核心，不仅是八路军和新四军团结的中流砥柱，而且是全中国无产阶级和人民大众众望所归的团结中心"。但从王明后来的表现来看，他的这次讲话显然是言不由衷的，但也不能因此全盘否定他的讲演在延安所起的积极影响。

1941年3月，党的理论工作者张如心较早使用了"毛泽东同志的思想"这一概念。张如心是在《共产党人》杂志第16期发表《论布尔什维克的教育家》一文中，提出毛泽东的言论和著作"是马列主义理论与中国革命实践结合典型的结晶体"。这个表述已经有"毛泽东思想是马克思主义中国化的理论成果"的影子了，并把毛泽东思想与马列主义并列了起来。4月，张如心在《解放》周刊第127期上发表了《在毛泽东同志的旗帜下前进》，在论述马克思、恩格斯、列宁、斯大林对中国问题和中国革命的论断和指示后，提出"说到创造性马克思主义在中国问题上的发展，最主要最典型的代表，应指出的是我们党的领袖毛泽东同志。毛泽东同志是我们党伟大的革命家，天才的理论家，战略家，他是一个中国最好的创造性马克思、列宁主义者，他精通马克思列宁主义的理论，他具有近二十年极丰富的革命斗争经验，善于把渊博的马克思列宁主义的理论和丰富的具体的中国革命实践像士敏土[5]一样结合在他身上，他善于把马列主义的坚定的原则与灵活的策略有机地联系在一起，他是我们党政治领袖与军事战略家品质兼优的最好的典型人物"。张如心认为，毛泽东创造性发展马克思主义具体表现在四个方面：一是关于中国社会性质、阶级关系及中国民族民主革命的特质问题；二是关于民族统一战线问题；三是关于民族民主革命中的政权问题；四是关于革命军队、革命根据地的建设和革命战争的战略战术问题。

[5] 即水泥，系英文单词cement的音译。

同年7月，张如心在《解放》周刊第131、132期合刊上发表《论创造性学习》，提出"我们要学习修养成为中国的创造性的马克思主义的信徒，成为毛泽东同志的门生，把创造性的毛泽东旗帜高高举起，向着光明革命前途迈进"。8月，张如心在《共产党人》第19期上发表《理论与实践的统一》，提出毛泽东是中共具有高度理论素养及丰富斗争经验的领导者，也是理论与实践一致的典型人物，他的言论著作是马列主义理论与中国革命实际结合典型的结晶体，是马列主义中国化的典型著作。

这年6月，中共中央北方局、八路军野战政治部发布指示，要宣传"我党领袖毛泽东同志发展了马列主义的关于中国革命的各项学说和主张"，要"介绍我党领袖——中国最伟大的革命家、天才的理论家、政治家、战略家毛泽东同志，列举他的生平、他的奋斗的历史、他对中国革命的贡献、他的学问人格"。

这年9月19日和20日，《解放日报》分两期发表了艾思奇的《反对主观主义》一文，该文在引述了毛泽东关于学习马克思列宁主义，主要是学习"他们观察问题与解决问题的立场和方法"等论点后，指出毛泽东是在中国新的条件下，用一些新的原理和论点，新的规律知识来丰富马克思列宁主义内容的模范。

这年的9月至10月，中共中央政治局举行扩大会议，与会领导人充分肯定毛泽东和他的理论对于中国革命的伟大意义。陈云提出"毛主席是中国革命的旗帜"；李维汉认为毛主席是"创造的马克思主义者之模范、典型"；王稼祥说"毛主席代表了唯物辩证法"；叶剑英认为"毛主席由实践到理论，这是我们应该学习的"。任弼时说："理论与实践联系，便是理论与实践的统一，这便是创造性的马克思主义。如新民主主义，三三制政权，统一战线中一打一拉的策略等，都是马克思主义新的创造"，它"是用辩证唯物论来解决工作问题的，是根据当时可能客观条件来解决问题，是抵抗那些不正确路线的"。

1942年2月8日，延安举行"泽东日"，徐特立、萧三应邀作了关于毛泽东生平的报告，张如心也作了《怎样学习毛泽东》的报告。2月18日、19日，张如心又在《解放日报》上发表了《学习和掌握毛泽东的理论和策略》，使用了"毛泽东同志的理论"这一提法，提出"毛泽东同志的理论就是中国的马克思列宁主义"，他"是我们党天才的领袖，党的最好的政治家、理论家、战略家"，"中国最好的创造性的马克思列宁主义者"。抗日战争时期，张如心有关论述毛泽东思想的理论文章，曾先后结集为《论毛泽东》《毛泽东思想与作风》《毛泽东的人生观与作风》《毛泽东对马克思主义唯物论的贡献》等公开出版发行。

这年7月1日，朱德在《解放日报》发表《纪念党的二十一周年》，明确提出："今天我们党已经积累下了丰富的斗争经验，正确的掌握了马列主义的理论，并且在中国革命的实践中创造了指导中国革命的中国化的马列主义的理论"；"我们党已经有了自己的最英明的领袖，毛泽东同志。他真正精通了马列主义的理论，并且善于把这种理论用来指导中国革命步步走向胜利"。同日，晋察冀边区机关报《晋察冀日报》发表了由社长兼总编辑邓拓撰写的社论《全党学习和掌握毛泽东主义》，最早提出"毛泽东主义"的概念。

与此同时，华中局代理书记、新四军代军长陈毅在《盐阜报》发表《伟大的二十一年——建党感言》，从"关于中国社会性质、革命的动力、前途""关于革命战略和策略问题""关于苏维埃政权问题""关于建党问题""关于思想方法问题"五个方面,深入阐述了毛泽东在中国革命实际斗争中把马列主义中国化的历史贡献。陈毅说:"毛泽东同志领导秋收暴动,辗转游击湘赣粤闽四省之间,进行苏维埃的红军建设,进行实地的中国社会的调查,主张以科学头脑、科学方法对待马列主义中国化问题,主张世界革命的一般理论与中国革命的具体实践相结合,有了更具体完整的创获。正确的思想体系开始创立。"

1943年春,党内有同志酝酿为毛泽东祝贺五十寿辰,提议宣传毛泽东的思想。时任中共中央宣传部部长的凯丰把这个意见告诉了毛泽东。毛泽东既不同意祝寿,也不同意宣传他的思想。4月22日,他写信给凯丰说:"我的思想(马列)自觉没有成熟,还是学习时候,不是鼓吹时候;要鼓吹只宜以某些片断去鼓吹(例如整风文件中的几件),不宜当作体系去鼓吹,因我的体系还没有成熟。"

这年夏天,中共中央办公厅拟请萧三写一本《毛泽东传》,因毛泽东反对没有写成,后来只在《解放日报》以连载形式发表了《毛泽东同志的初期革命活动》(1944年7月1日、7月2日),标题下附注"伟大的五十年的第一章——初稿"。

这年6月,为纪念中国共产党成立22周年,刘少奇撰文强调:"中国共产党的历史,是马列主义在中国发展的历史,也是中国的马列主义者和各派机会主义者斗争的历史。这种历史,在客观上是以毛泽东同志为中心构成的。"他提出"需要把毛泽东同志的指导贯彻到一切工作环节和部门中去"。6月29日,中共中央政治局会议讨论《中共中央为抗战六周年纪念宣言》草案,同意刘少奇的提议,在宣言末段增加"全体共产党员必能巩固地团结在以毛泽东同志为首的中央的周围"一语。

同时,任弼时撰文《共产党员应当善于向群众学习》,提出共产党员要"真正使马克思主义不是教条,而是行动的指南,真正使马列主义的普遍真理与中国革命的具体实践相结合,真正使马列主义具体化、中国化,并有新的发展","我们要学习马列主义理论,便不只是去学习马克思列宁的原著，特别要去学习中国化的马列主义，学习毛泽东同志的著作及党的决定，并要在领导群众实践中发展马列主义"。

这年7月6日，中共中央书记处书记刘少奇为纪念党成立22周年，在《解放日报》上发表了《清算党内的孟什维主义思想》。刘少奇说：斯大林所说的两种马克思主义者，在中国共产党历来也是存在的，前一种假马克思主义者，实质上是中国的孟什维主义。后一种真马克思主义者，在中国就是毛泽东同志以及团结在毛泽东同志周围的其他许多同志，他们历年来所坚持、所奋斗的路线，他们的工作方法，实质上就是中国的布尔什维主义。一切干部，一切党员，应该用心研究22年来中国党的历史经验，应该用心研究与学习毛泽东同志关于中国革命的及其他方面的学说。全党应该"用毛泽东的思想来武装自己"，并用毛泽东同志的思想体系去清算党内孟什维主义思想。

这年7月5日，作为中共中央宣传委员会副书记的王稼祥，在《解放日报》发表《中国共产党与中国民族解放的道路——纪念共产党二十二周年和抗战六周年》，首次使用"毛泽东思想"这个概念，指出"毛泽东思想就是中国的马克思列宁主义"。他这么写道："中国民族解放整个过程中——过去、现在与未来——的正确道路就是毛泽东同志的思想，就是毛泽东同志在其著作中与实践中所指出的道路。毛泽东思想就是中国的马克思列宁主义，中国的布尔什维主义，中国的共产主义。"王稼祥分析和论述了毛泽东思想产生的历史条件，认为"毛泽东思想与中国共产党的民族解放的正确道路是在与国外国内敌人的斗争中，同时又与共产党内部错误思想的斗争中生长、发展与成熟起来的"。"以毛泽东思想为代表的中国共产主义，是以马克思列宁主义的理论为基础，研究了中国的现实，积蓄了中共22年的实际经验，经过了党内党外曲折斗争中而形成起来的。它既不像那些简单抄袭书本搬运理论，把理论当教条而自命为马列主义，把主观主义当作马列主义，也不像那些以中国人民民族意识来投机，抄袭一些封建时代的古书，同时偷运一些外国最反动的法西斯思想而自命其理论为中国'本国货',把封建思想与法西斯主义当作中国民族解放的理论。它是创造的马克思列宁主义,它是马克思列宁主义在中国的发展,它是中国的共产主义,中国的布尔什维主义","是马克思列宁主义与中国革命运动实际经验相结合的结果","这个理论也正在继续发展中","这是引导中国民族解放和中国共产主义到胜利前途的保证"。王稼祥这篇文章,是党的七大以前对毛泽东思想进行详尽阐述的文章之一。

这年8月2日,刚刚从重庆归来的中共中央南方局书记周恩来,在延安为他举行的欢迎会上发表讲话,说:"我们党二十二年的历史证明:毛泽东同志的意见,是贯串着整个党的历史时期,发展成为一条马列主义中国化,也就是中国共产主义的路线";"毛泽东同志的方向,就是中国共产党的方向";"毛泽东同志的路线,就是中国的布尔什维克的路线"。与此同时,晋察冀边区在一份《一年来宣传工作的检查和目前党的中心任务》的文件中明确指出:我们不但要以马列主义理论为依据,而且要以中国的共产主义——毛泽东思想作为我们思想建设的指南。

这年11月10日,中共中央北方局代理书记邓小平在北方局党校第8期开学作的整风动员讲话中,不仅使用了"中国化的马列主义即毛泽东思想"这样的概念,而且明确指出"中国共产党及其中央是以毛泽东思想为指导的"。他指出:"遵义会议之后,在以毛泽东为首的党中央领导之下,彻底克服了党的'左'右倾机会主义,一扫主观主义、宗派主义和党八股的气氛,把党的事业完全放在中国化的马列主义,即毛泽东思想的指导之下。""在以毛泽东思想为指导的党中央的领导之下,我们回忆起过去机会主义领导下的惨痛教训,每个同志都会感觉到这九年是很幸福的。"12月25日,邓小平在北方局、第十八集团军总部直属机关第一学区反省大会上又说:"党中央老早就告诉我们,整风就是把全党从思想上、政治上、组织上统一在中国布尔什维克主义——毛泽东思想下,思想上、政治上、组织上把全党团结得像一个人一样,增强党的战斗力量。"

1944年1月5日,中共中央晋绥分局发出关于学习与发行《毛泽东三大名著》的决定。《毛主席三大名著》包括《论持久战》《论新阶段》《新民主主义论》，是晋绥分局1943年10月印制的。决定指出：毛泽东的三大名著，是指导中国革命解放人民的理论武器与具体方略，所有共产党员都应该熟读深思，领会贯通，并运用到实际工作中去。各机关部队应该认真组织学习讨论，作为经常课本。1月10日，中共中央在对晋察冀分局筹备召开的干部扩大会议的指示中指出，要把整风的重点放在干部的思想改造上，在干部特别是高级干部中"建设正确的思想——毛泽东同志的思想，以达到统一全党的思想"。

这年2月17日，中共中央党校副校长彭真在关于中央党校第一部整风学习与审查干部的总结中，在讲到整风运动的实质时，提出了"毛主席的中国化的马列主义的思想"这一概念，提出要在毛泽东的中国化的马列主义的思想基础上，建立思想上、政治上、组织上完全巩固的中国共产党。

这年4月17日，中共中央华中局召开师以上干部参加的整风会议，代理书记饶漱石在会议总结中提出："中国党应以毛泽东思想来建设党。"

这年5月，由晋察冀日报社社长兼总编辑邓拓主编、以中共中央晋察冀分局名义出版了中国第一部《毛泽东选集》一至五卷。在《编者的话》中，邓拓写道："中国共产党与中国工人阶级，中国革命的人民，在长期曲折复杂的斗争中，终于找到了天才的领袖毛泽东同志。""他真正掌握了科学的马克思列宁主义的理论原则，使之与中国革命实践密切结合，使马列主义中国化。""毛泽东同志的思想，是在与党外各种反革命思想和党内各种错误思想作斗争中生长、发展和成熟起来的。""中国新民主主义革命的历史，中国共产党的历史，在实际上是以毛泽东同志为领导核心的。""毛泽东同志的思想就是代表中国无产阶级及其政党——共产党的思想，就是党内布尔什维克的思想，就是最能代表中国革命人民利益的思想。""中国无产阶级及其政党与中国革命人民所有的革命事业，凡是在毛泽东思想指导下进行的，其结果总是前进的，上升的，也就是胜利的。""过去革命的经验教训了我们,要保证中国革命的胜利,全党同志必须彻底团结在毛泽东思想的指导之下。"

这年7月,中共中央山东分局书记罗荣桓在为纪念党的23周年而写的《学习毛泽东的思想》一文中说:"毛泽东同志的思想是从马列主义的普遍真理与中国革命具体实践日益互相结合上发展起来,继承了中国革命百年来的历史传统而民族化了的思想";我们党"是以毛泽东思想为遵循的方向"。"在第一次大革命失败后,在民族抗战阶段上,毛泽东同志思想,已成为全党所公认,是代表着党的正确方向,马列主义的方向,胜利的旗帜。"

坐镇西北,胸怀天下;身居窑洞,心系苍生。谁说山沟沟里出不了马克思主义?现在的《毛泽东选集》一至四卷收入毛泽东著作159篇,有112篇就是在延安撰写的,占到70%,除了七大书面政治报告《论联合政府》之外,著名的《矛盾论》《实践论》《论持久战》《新民主主义论》等都写于此,其中写于凤凰山窑洞的有16篇、杨家岭窑洞的有40篇、枣园窑洞的有29篇。《毛泽东文集》一至五卷收入的新民主主义革命时期的毛泽东著作504篇,其中在延安窑洞撰写的有385篇,占到76%。这些著作构建了毛泽东思想的哲学体系,总结了中国革命战争的规律,阐述了人民战争思想为主导的完备军事理论,形成了新民主主义的政治、经济、文化纲领和一整套的战略方针和策略方法。思想的光芒伴着窑洞的灯火,照亮了黑夜漫漫的前行之路。2022年10月,习近平总书记在参观中共七大旧址时深刻指出:"毛主席的著作大多数是在延安13年里完成的。面壁黄土,窑洞的思考,思考的是中国的前途命运。这也奠定了毛泽东思想的根基。七大开始,党的思想和行动定于一尊。"

中共在党的会议上首次提出"毛泽东思想"这一概念,是1945年4月20日召开的六届七中全会。这次会议通过的《关于若干历史问题的决议》明确指出:党在奋斗的过程中产生了自己的领袖毛泽东同志,形成了中国化的马克思列宁主义的思想体系——毛泽东思想。这次会议对毛泽东思想重要地位的概括为中共七大正式确立毛泽东思想在全党的指导地位奠定了基础。《关于若干历史问题的决议》明确指出："以毛泽东同志为代表的马克思列宁主义的思想更普遍地更深入地掌握干部、党员和人民群众的结果，必将给党和中国革命带来伟大的进步和不可战胜的力量。"毫无疑问，整风运动的开展，对推动毛泽东思想进一步成熟、建立起独特的思想体系并取得全党共识起了重要的催化作用，全党加深了对毛泽东思想的认识，掀起了学习和研究毛泽东思想的热潮。在整风基础上通过的《关于若干历史问题的决议》，高度评价了毛泽东运用马克思列宁主义基本原理解决中国革命问题的杰出贡献，肯定了确立毛泽东在全党领导地位的重大意义，增强了全党在毛泽东思想基础上的团结。

1945年5月14日，刘少奇在中共七大上作了《关于修改党章的报告》，对毛泽东思想进行了完整概括和系统阐述。他指出：毛泽东思想"就是中国的共产主义，中国的马克思主义"，包括"新民主主义""解放农民""革命统一战线""革命战争""革命根据地""建设新民主主义共和国""建设党""文化"等方面的理论与政策，"是我们党的唯一正确的指导思想，唯一正确的总路线"。他说："我们党之所以获得伟大的成就，在于我们的党从最初建立时起，就是一个完全新式的无产阶级政党，是全心全意为中国人民服务而在最坚固的中国化的马克思列宁主义理论的基础上建立起来的党。它以马克思列宁主义理论与中国革命实践之统一的思想——毛泽东思想作为自己一切工作的指针，规定了彻底代表中国民族和人民利益的革命纲领与革命政策，不但和中国民族与人民的敌人及一切违反中国民族与人民利益的反动政治派别作了不调和的斗争，并且粉碎了党内各种各色的机会主义。我们党正是在这种伟大的毛泽东思想指导之下，集合了中国工人阶级与劳动人民中最忠实、最勇敢、最觉悟与最守纪律的代表，从而使我们党成为中国工人阶级的先进的有组织的部队，使它在和民族与人民的敌人斗争时十分坚决、十分勇敢，并且知道如何去打击敌人与如何避免敌人的打击。"

在报告的"引言"中，刘少奇旗帜鲜明地指出："我们的党，已经是一个有了自己伟大领袖的党。这个领袖，就是我们党和现代中国革命的组织者与领导者——毛泽东同志。我们的毛泽东同志，是我国英勇无产阶级的杰出代表，是我们伟大民族的优秀传统的杰出代表。他是天才的创造的马克思主义者，他将人类这一最高思想——马克思主义的普遍真理与中国革命的具体实践相结合，而把我国民族的思想水平提到了从来未有的合理的高度，并为灾难深重的中国民族与中国人民指出了达到彻底解放的唯一正确的道路——毛泽东道路。""他是人民群众的领袖，但他的一切都根据人民群众的意志，他在人民面前是最忠实的勤务员和最恭谨的小学生。"

在报告"关于党的指导思想问题"时，刘少奇指出："毛泽东思想，就是马克思列宁主义的理论与中国革命的实践之统一的思想，就是中国的共产主义，中国的马克思主义。毛泽东思想，就是马克思主义在目前时代的殖民地、半殖民地、半封建国家民族民主革命中之继续发展，就是马克思主义民族化的优秀典型。它是从中国民族与中国人民长期革命斗争中，在中国伟大的三次革命战争——北伐战争、土地革命战争和现在的抗日战争中，生长和发展起来的。它是中国的东西，又是完全马克思主义的东西。它是应用马克思主义的宇宙观与社会观——辩证唯物论与历史唯物论，即在坚固的马克思列宁主义理论的基础上，根据中国这个民族的特点，依靠近代革命以及中国共产党领导人民斗争的极端丰富的经验，经过科学的缜密的分析而建设起来的。它是站在无产阶级利益因而又正是站在全体人民利益的立场上，应用马克思列宁主义的科学方法，概括中国历史、社会及全部革命斗争经验而创造出来，用以解放中国民族与中国人民的理论与政策。它是中国无产阶级与全体劳动人民用以解放自己的唯一正确的理论与政策。""毛泽东思想，从他的宇宙观以至他的工作作风，乃是发展着与完善着的中国化的马克思主义，乃是中国人民完整的革命建国理论。""这是中国民族智慧的最高表现和理论上的最高概括。"

同时，刘少奇充满感情地向全党发出号召：

> 我们的毛泽东同志，不只是中国有史以来最伟大的革命家和政治家，而且是中国有史以来最伟大的理论家和科

学家，他不但敢于率领全党和全体人民进行翻天覆地的战斗，而且具有最高的理论上的修养和最大的理论上的勇气，他在理论上敢于进行大胆的创造，抛弃马克思主义理论中某些已经过时的、不适合于中国具体环境的个别原理和个别结论，而代之以适合于中国历史环境的新原理和新结论，所以他能成功地进行马克思主义中国化这件艰巨的事业。

我们党和许多党员，曾经因为理论上的准备不够，因而在工作中吃了不少的徘徊摸索的苦头，走了不少的不必要的弯路。但现在已经由于毛泽东同志的艰巨工作和天才创造，为我们党和中国人民在理论上作了充分准备，这就要极大地增强我们党和中国人民的信心和战斗力量，极大地加速中国革命胜利的进程。因此，现在的重要任务，就是动员全党来学习毛泽东思想，宣传毛泽东思想，用毛泽东思想来武装我们的党员和革命的人民，使毛泽东思想变为实际的不可抗御的力量。为此目的，一切党校和训练班，必须用毛泽东同志的著作作为基本教材；一切干部，必须系统地研究毛泽东同志的著作；一切党报，必须系统地宣传毛泽东思想；为了适应一般党员的水准，党的宣传部门，应将毛泽东同志的重要著作，编为通俗读物。

在闭塞头脑的党内的教条主义被克服之后，还须继续努力去克服经验主义的阻碍，并在党内发动学习毛泽东思想的运动，那我们就可以预期，党内将会有一个很大的马克思主义文化的高涨。这就从思想上准备着中国人民革命的胜利。

毛泽东思想，就是这次被修改了的党章及其总纲的基础。学习毛泽东思想，宣传毛泽东思想，遵循毛泽东思想的指示去进行工作，乃是每一个党员的职责。[6]

伟大的斗争必将产生伟大的人物，伟大的事业必然需要伟大的思想。

[6] 中共中央党史研究室、中央档案馆编：《中国共产党第七次全国代表大会档案文献选编》，中共党史出版社2015年版，第268—269页。

6月11日，中共七大通过的《中国共产党党章》明确规定："中国共产党，以马克思列宁主义的理论与中国革命的实践之统一的思想——毛泽东思想，作为自己一切工作的指针，反对任何教条主义的或经验主义的偏向。"诚如刘少奇所言："对于中国的与外国的历史遗产，我们既不是笼统地一概反对，也不是笼统地一概地接受，而是以马克思主义的辩证唯物主义与历史唯物主义为基础，批判地接受其优良的与适用的东西，反对其错误的与不适用的东西。"毛泽东思想指导地位的确立，标志着中共全党在思想上的成熟和统一。胡乔木后来回忆说："为什么要提毛泽东思想？有这个需要。如果中国共产党不提毛泽东思想，很难在全党形成思想上的统一。""党内各方面的关系，党同群众之间的关系，都在毛泽东思想基础上确定下来。为什么四十年代中国党能够在那么困难的条件下取得那么大的胜利？根本原因是党正确解决了这个问题。"

七大陕甘宁边区代表团代表王恩惠回忆说："在讨论《关于修改党章的报告》时，大家对把毛泽东思想写入新党章一致赞成。代表们说，王明、李德他们搞教条主义，照搬外国经验，照着书本打仗，牺牲了那么那么多同志，还差点断送了中国革命，他们那一套根本行不通。只有把马列主义理论与中国革命的实践结合起来，我们的革命才有前途。新党章规定以马克思列宁主义的理论与中国革命的实践统一的思想——毛泽东思想，作为我们党的一切工作的指针，这是我们革命胜利的思想保证。"七大代表杜平激动地说："使我一生永远铭记的是七大把毛泽东思想作为'一切工作的指针'，写进了当时党的章程，在通过《中国共产党章程》时，我回想跟随主席从胜利不断走向更大胜利的情景，禁不住流出了兴奋和幸福的热泪。后来我总结成一句话：'跟着毛主席就是胜利！'"这也诚如毛泽东1920年所说："主义譬如一面旗子，旗子立起来了，大家才有所指望，才知所趋赴。"

1945年6月19日，在毛泽东思想作为中国共产党的指导思想写入《中国共产党党章》8天后，七届一中全会选举产生了中共中央政治局委员，他们是毛泽东、朱德、刘少奇、周恩来、任弼时、陈云、康生、高岗、彭真、董必武、林伯渠、洛甫、彭德怀；选举毛泽东、朱德、刘少奇、周恩来、任弼时为中央书记处书记，毛泽东为中央委员会主席、中央政治局主席、中央书记处主席，全党在政治上思想上组织上达到了空前的团结，正式形成以毛泽东同志为核心的党的第一代中央领导集体。

七大晋冀鲁豫代表团代表赵德尊回忆说："毛主席在七大作报告时也非常谦虚。他说：大家都讲毛泽东怎么正确，毛泽东怎么正确呢？我头天写的文章，写好了我也要放在抽屉里过两天再改，然后再放抽屉里，然后再审查，再改。你正确，为什么还改呢？他说，我做工不如赵占魁，当兵不如张治国，务农不如吴满有，我不过是代表党，代表大家，集中大家正确的意见，然后贯彻执行。我不过是个大家的代表。他说，国民党还有一个头儿，蒋介石。共产党没个头不行呀，我不过是党的代表。他的谦虚的精神，给我的印象很深。"[7]

中共七大选出的五大书记是一个极其优秀的领导集体，是一个经过革命岁月磨洗的最佳战斗组合，是一个经过革命斗争磨合的成熟领导团队。在这个团结奋进担当作为的领导集体中，毛泽东是核心，有威信，实事求是，远见卓识，运筹帷幄，善于掌握大局，知道在什么情况下应该掌握什么原则，并善于集中、总结来自集体、来自基层人民群众的意见。朱德是有胆有识有才能的军事指挥员，在军事领域具有崇高威望和才干，他与毛泽东共同创造了红军和根据地，全世界都知道朱毛红军，朱毛不可分。刘少奇有锐气有胆识，对新问题感觉灵敏，在工作中能独当一面，被毛泽东称赞为白区正确路线的代表，在党内干部中像他这样富有经验的人是不多的。周恩来是毛泽东的有力助手，组织能力超强，机敏灵活，细致缜密，善于团结大多数，特别善于外交和统战工作，有人说在中国革命的过程中"谋事在毛，成事在周"，这话不无道理。任弼时敢于坚持原则，服从真理，性格沉稳，工作细致，任劳任怨，被誉为"党的骆驼、人民的骆驼"，七大前担任中央书记处书记和中央秘书长，是毛泽东的得力干将。

[7] 中共中央党史研究室第一研究部编：《七大代表忆七大》（上），上海人民出版社2006年版，第665页。

回溯历史，我们可以得出这样的结论：中国共产党在1945年确立毛泽东在党中央和全党的核心地位、毛泽东思想的指导地位，是党和人民在长期奋斗中的巨大收获，是获得团结和赢得胜利的根本保证。毛泽东在党内的核心地位和毛泽东思想作为党的指导思想，是全党的共同选择，是历史形成的，也是民族之幸、国家之幸、人民之幸。历史已经充分证明并将继续证明，我们这么大一个党，这么大一个国家，只有党中央有权威，只有党中央有核心，才能把全党牢固凝聚起来，进而把全国各族人民紧密团结起来，形成万众一心、无坚不摧的磅礴力量。朱德曾指出："在我们党方面，如果没有毛泽东同志的正确领导，如果没有毛泽东思想的指导而不断地纠正了各方面的缺点和错误，就不能使党和人民革命事业得到如此迅速而巨大的发展，则胜利的获得也同样地是很难想象的。"用邓小平的话说：毛泽东思想教育了整整一代人，使我们赢得了革命战争的胜利，建立了中华人民共和国。"没有毛泽东思想，就没有今天的中国共产党，这也丝毫不是什么夸张。毛泽东思想永远是我们全党、全军、全国各族人民的最宝贵的精神财富。"

在中共七大闭幕会上，在《中国共产党党章》通过的那一刻，杨家岭中央大礼堂里爆发了潮水般的掌声，"毛主席万岁"的口号声此起彼伏，一浪高过一浪。七大代表、时任晋察冀军区第三军分区司令员孙毅回忆："我坐在会场几百人中间，毛主席说话听得很清楚，大家喊：'毛主席万岁！'毛主席接着说：'我52岁！'"[8]

[8] 中共中央党史研究室第一研究部编：《七大代表忆七大》（上），上海人民出版社2006年版，第528页。

2　世界上需要共产党，就是为了团结大多数人。毛泽东开启党的建设"伟大的工程"

"办好中国的事情，关键在党。"这是中国革命、建设和改革开放事业得出的一条基本经验。近代以来，只有中国共产党完成了其他各种政治力量不可能完成的中华民族和中国人民赋予的艰巨任务，而中国共产党自身党的建设"伟大的工程"也随着时代的发展不断发展。

在抗日战争时期，面对艰苦的战争环境和党员大发展后党的成分复杂问题，中共中央更加重视从思想上、政治上、组织上巩固党。为了加强对新党员的政治思想教育，1939年10月，中共中央、毛泽东决定创办《共产党人》杂志，作为"专门的党报"。毛泽东不仅欣然题写了刊名，而且撰写了创刊词。在《〈共产党人〉发刊词》中，毛泽东第一次提出党的建设是一项"伟大的工程"，"建设一个全国范围的、广大群众性的、思想上政治上组织上完全巩固的布尔什维克化的中国共产党"。

随着敌后抗日根据地的发展，中共党的自身建设也进入了一个大发展时期。1938年中共中央下发了《关于大量发展党员的决议》，各地党的组织和党员队伍得到迅速发展，到1938年年底，全国的中共党员人数就从4万多增加到50多万，许多原来没有党组织的地区建立起党的组织和领导机构。但是，在发展新党员的过程中，一些地方为了追求新党员的数量，进行所谓发展党员的突击运动，导致有些党员素质参差不齐，更为严重的是，一些异己分子、投机分子以及奸细也乘机混入了党内。1939年6月13日，毛泽东在延安高级干部会议上明确指出：去年三月会议以来，"党已在全国有了大数量的发展。现在的任务是巩固它"。8月25日，中共中央政治局作出《关于巩固党的决定》，指出："党的发展一般的应当停止，而以整理、紧缩、严密和巩固党的组织工作为今后一定时期的中心任务。"为了正确贯彻执行中央的决定，中央组织部于10月7日发出了《关于执行中央巩固党的决定的指示》。中央关于巩固党的决定下达后，各地党的组织迅速开展了巩固党的工作，如：加强对党员的马克思列宁主义教育，提高他们的政治思想觉悟；提供党员学习教材；建立党课制度，定期学习党的基本知识和方针政策的学习制度，以及检查组织纪律及思想作风的组织生活制度；大力整顿党的组织，审查党员成分，清洗混入党内的叛变分子、阶级异己分子和投机分子等。

在此期间，为了加强对党员特别是新党员的政治思想教育，毛泽东等中央领导人发表了一系列有关党的建设的论著。1939年五六月间，中央组织部部长陈云发表《怎样做一个共产党员》《党的支部》等文章，系统地阐明党员的标准、支部的基本任务和地方组织如何领导支部等问题，要求党员做到终身为共产主义奋斗，把革命利益放在首位，遵守党的纪律严守党的秘密，百折不挠地执行党的决议，努力学习，做群众的模范；要求党支部成为团结群众的核心和教育党员的学校，并在各项工作中起领导作用。7月，刘少奇在延安马列学院作《论共产党员的修养》的演说，阐述了共产党员进行革命锻炼和加强党性修养的重要性，要求党员必须牢固地树立共产主义世界观，认真学习马克思列宁主义，努力参加革命实践，研究社会发展规律，遵循共产主义道德规范。他号召共产党员要勇于克服困难，既要有远大的共产主义理想，又要有求实精神。从9月起，张闻天连续发表《共产党员的权利与义务》《略谈党与非党员群众的关系》等六篇文章，对党的组织、思想、作风建设中的基本问题作了深刻的论述。

在《〈共产党人〉发刊词》中，毛泽东提出了党的建设的总目标、总任务，把一直"进行之中"的党的建设称为"伟大的工程"，深刻指出统一战线、武装斗争、党的建设是中国共产党在中国革命中战胜敌人的"三个法宝"。统一战线和武装斗争，是战胜敌人的两个基本武器，而党的组织则是掌握统一战线和武装斗争这两个武器以实行对敌冲锋陷阵的英勇战士。《〈共产党人〉发刊词》对18年来中国革命和党的建设的经验进行系统总结，阐明了统一战线、武装斗争、党的建设是我们党在中国革命中的三个基本问题，正确地理解了这三个问题及其相互关系，就等于正确地领导了全部中国革命。毛泽东立足抗日民族统一战线发展的形势，对党的建设作出战略性判断，指出"我们党已经走出了狭隘的圈子，变成了全国性的大党"。毛泽东把党的建设同党的政治路线密切联系起来，科学回答了建设一个什么样的党、怎样建设党这一重大问题，为中国共产党更好地适应国际国内形势变化带来的众多挑战和更好地解决党的发展中出现的新问题，为推进党的建设"伟大的工程"指明了正确方向，从而"使党铁一样地巩固起来,而避免历史上曾经犯过的错误"。

如同中国革命有很大的特殊性一样,中国共产党的自身建设也有很大的特殊性。中国是一个无产阶级人数很少,农民和其他小资产阶级占人口大多数的国家。在这样的国度里,建设一个具有广泛群众性的、马克思主义的无产阶级政党,是极其艰巨的任务。正因为如此,毛泽东称它为"伟大的工程"。毛泽东把党的建设提高到"伟大的工程"的高度,表明了中共对加强自身建设重要性的认识更加自觉和深刻。党的建设"伟大的工程"的实施,为中共在抗日战争中发挥中流砥柱作用提供了强有力的政治保证。

1941年,皖南事变爆发后,中共中央政治局多次召开会议,研究事变后的局势与对策。毛泽东敏锐地指出:"自遵义会议后党内思想斗争少了,干部政策向失之宽的方面去了。对干部的错误要正面批评,不要姑息。我们党的组织原则是团结全党,但同时必须进行斗争,斗争是为了团结。"中共中央提出"全党特别是军队中干部与党员的党性教育与党性学习,决不可轻视"。这是中共中央第一次向全党提出加强党性教育的问题。这年7月,中共中央政治局通过《关于增强党性的决定》,指出了各种违反党性的错误倾向,如个人主义、无组织状态、分散主义等,并提出了克服这些错误倾向所应采取的措施和办法。1941年下半年,中共中央秘书长任弼时撰写《关于增强党性问题的报告大纲》,指出党中央作出关于增强党性的决定,绝不是偶然的,因为"我们的党生存在一个半封建半殖民地的社会中","各阶级、各阶层的复杂的不同的思想意识,不能不影响我们的党和我们的党员"。此后,增强党性锻炼成为党的建设这项"伟大的工程"的一个重要内容,其中包括修订完善党章。

到了1945年春天,抗日战争已经到了胜利的前夜。3月16日,中共六届七中全会主席团召开会议,讨论七大准备工作,修改《中国共产党党章》被列入大会正式议程,并决定由刘少奇作修改党章的报告。党章,就是党的章程,是一个政党的最高法规,党员和党组织活动的基本准则,包括总纲、党的性质、指导思想、组织制度、党的纪律、党员的条件、党员的权利和义务等。在六届七中全会第一次会议（1944年5月21日）上，中央就决定将组织问题报告委员会改为组织问题报告及党章问题委员会，新加了修改党章的问题，刘少奇担任该委员会召集人，成员有刘少奇、周恩来、彭真、高岗、谭政、王若飞。

1945年3月31日，中共六届七中全会在延安杨家岭举行全体会议，讨论了党章报告草案，刘少奇在会上对修改党章报告作了说明。同六大党章相比，拟提交七大审定通过的新党章有八个方面的变化：一是第一次在条文前增写了总纲部分，首次明确规定了党的最高纲领和最低纲领；二是第一次确立了毛泽东思想为党的指导思想；三是鲜明提出了全心全意为人民服务的精神，特别强调了党的群众路线，警戒脱离人民群众的危险性，必须经常注意防止和清洗自己内部的尾巴主义、命令主义、关门主义、官僚主义等脱离群众的错误倾向；四是更加完善了党的民主集中制原则和制度，个人服从组织、少数服从多数、下级服从上级、部分服从中央，规范了党的集体领导制度、工作制度、党的纪律；五是第一次明确规定了党员的权利和义务；六是第一次对党的基层组织的组织范围、权利和任务作出明确规定，提出具体要求；七是对地方各级组织系统的名称进行了统一规范；八是第一次在全党设置了中央委员会主席一职，中央委员会主席同时担任中央政治局和中央书记处主席。

在内容上，新党章的架构和条款有了重大变化，将六大党章的15章53条改为11章70条，删除了许多过时的、不适宜的内容，合并了部分内容，新增了《奖励与处分》《党的地下组织》和《党的监察机关》三章。刘少奇说：七大党章照顾了现在和将来，一方面肯定了严肃性，一方面允许了灵活性。总纲是党的基本纲领，作为新党章的前提与组成部分，可以更加促进党内的一致。新党章以毛泽东思想来贯串，这是一个前所未有的历史特点。新党章强调了保证党与广大人民群众密切联系的群众路线，强调扩大党内民主，也就是党内的群众路线，包括党员有在一定的会议上批评党的任何工作人员的权利。全会一致通过提交七大讨论的党章草案。

4月21日，七大预备会议通过大会议事日程为四项，刘少奇作

《关于修改党章的报告》为其中之一。七大山东代表团代表王枫回忆说："刘少奇作《关于修改党章的报告》。他在报告中解释说：大会前举行了六届七中全会，在这次会议上讨论了修改党章的报告。党章强调了保证党与广大群众联系的群众路线，强调扩大党内民主，也就是党内的群众路线，包括党员在一定会议上批评党的任何工作人员的权利。对'任何'两个字，圈了写，写了圈，最后周恩来、毛泽东、任弼时都同意放上'任何'两字，七中全会全体同志一致通过。大家听后长时间地鼓掌。"

《关于修改党章的报告》共计5.8万字，刘少奇一天没有讲完，就在5月14日和15日举行的七大第12次和第13次全体大会上连续讲。这在中共七大上也是唯一的。1950年1月经刘少奇校阅，《关于修改党章的报告》改名为《论党》，由人民出版社出版，2011年收入中央文献出版社出版的《建党以来重要文献选编》第22册。这份报告讲了九个问题，即：引言、关于党章的总纲、关于党员、关于党员的义务与权利、关于党内的民主集中制、关于干部问题、关于党的基础组织、关于奖励与处分、党的严肃性与灵活性。报告总结了中国共产党加强自身建设的经验，全面地论述了党的性质、党的指导思想、中国革命的特点、党的群众路线等一系列重大理论问题。胡乔木说："少奇同志作的关于修改党章的报告，是大会的三大报告之一。他在会上讲了两天。整个报告都很好，特别是对作为党的指导思想——毛泽东思想的阐述，讲得非常精辟，是七中全会通过的'历史决议'的思想进一步发展，也是七大的一个重要理论成果。"

的确，从1921年成立以来，经过24年的英勇奋斗，特别是在八年全民族抗战中，走过了无数艰难困苦和迂回曲折的道路，在毛泽东的领导下，这时期中国共产党同它历史上的任何时期相比较，都有了极大的特点。刘少奇在《关于修改党章的报告》中将中共当前的情况总结为五个特点：第一，我们的党，已经是一个全国范围的、广大群众性的党，是一个全国人民集中仰望的党。第二，我们的党，已经是一个在长期革命战争中锻炼过来，并已完全掌握了领导革命战争艺术的党。第三，我们的党，已经是一个领导着敌后九千五百万人民建立了强大革命根据地的党。第四，我们的党，已经是一个克服各种错误思想，经过整风，使全党在思想上、政治上、组织上空前团结和统一的党。第五，我们的党，已经是一个有了自己伟大领袖的党。这个领袖，就是我们党和现代中国革命的组织者与领导者——毛泽东同志。刘少奇说："我们的党，已经是一个全国范围的，广大群众性的，在思想上、政治上、组织上巩固的，有了自己领袖的马克思列宁主义的党。它在今天，就已经成为中国政治生活中的决定因素了。"

《关于修改党章的报告》不仅是刘少奇个人的讲话，而且是代表中共中央作的报告。这个报告的任务，就是要总结六大以来的17年间党如何加强自身建设的历史经验，对作为反映党的建设新成果的大宪章——七大新党章作出说明。在报告中，针对党的建设，刘少奇一针见血地指出："在我们党内，最本质的矛盾，就是无产阶级思想与非无产阶级思想的矛盾，其中最主要的是无产阶级思想与农民、小资产阶级思想的矛盾。只有这个矛盾的逐渐解决，只有在党内加强马克思列宁主义——无产阶级科学思想的教育与锻炼，不断克服小资产阶级以及其他各阶级反映在党内的思想，我们党的建设和党的事业，才能进步，才能发展。相反，如果党内的小资产阶级思想自由泛滥起来，甚至侵夺党的领导，压抑无产阶级思想的发展，我们党的建设和党的事业，就要后退，就要缩小。因此，我们党的建设中最主要的问题，首先就是思想建设问题，就是以马克思列宁主义——无产阶级的科学思想去教育与改造我们的党员、特别是小资产阶级革命分子的问题，就是和党内各种非无产阶级的思想进行斗争并加以克服的问题。"

紧接着，刘少奇详细分析了中共在党的建设上为什么会出现右的或"左"的错误，非常具体且深刻，今天读来依然震撼。

> 当着小资产阶级的思想在党的领导机关中占居优势时，他们不只是在政治上实行右的或"左"的机会主义路线，而且也在党的建设和党的组织上实行右的或"左"的机会

主义路线。

党的建设和党的组织上的右倾机会主义路线，就是党内某些同志的自由主义路线。这些同志企图使我们党变成小资产阶级自由主义的党，反对与废弃党在思想上、组织上的严肃性，破坏党内的民主集中制与党内铁的纪律，集体地无分别地接收党员，听任各种错误思想在党内发展而不加以纠正，对党的敌人及暗害分子丧失警戒，提倡党内的风头主义，拥护党内的散漫性和小团体倾向及自发性等。很明白，这将影响我们党不能完成任何事业，并将瓦解我们的党。

党的建设和党的组织上的"左"倾机会主义路线，表现在某些同志无视中国的特点，机械地搬运外国党的建设的经验，并把它当作教条而加以绝对化；片面地强调党内的集中制与党内斗争，强调一切不妥协，强调机械的纪律，而废弃党内民主、党内和睦与对于问题的认真讨论和批评以及党员的自觉性自动性等。他们在党内实行命令主义，遇事武断，实行家长式的统治，实行"愚民政策"，提倡党员的盲目服从，实行无情打击的党内斗争与惩办主义，大批处罚、开除与清洗党员，造成党内机械的纪律与封建的秩序，使党内生活死气沉沉。他们这样，虽然也可能造成党内某种一时的统一现象，但这种统一，是虚伪的、表面形式的、机械的统一，一旦这种虚伪形式被揭破，就要产生党内极端民主的无政府状态。很明白，这将影响我们党不能完成任何事业，并将瓦解我们的党，要使我们党变成狭隘的无生气的宗派主义的小团体。

这两种偏向，就是小资产阶级的自由主义、宗派主义与急性病在组织问题上的反映。

除开上述两种偏向外，还有一些同志因为他们在思想上、政治上的软弱与盲目性，他们不知道着重从思想上、政治上建党，而只是单纯地着重从组织上建党，因而使党的建设流于形式主义。他们喜爱与奖励那些只知盲目服从的所谓"老实人",而惧怕与责备那些有思想、有能力但不盲目服从的人。他们只是琐碎地从生活上去注意人家的小节,而不注意一件极端重要的工作,这就是必须从思想上、政治上去启发与提高党员群众的觉悟,从而巩固党的组织和纪律。更不了解为了达此目的,首先必须启发与提高高级干部与中级干部的觉悟。他们只是注意党内的工农成份,而惧怕有能力的知识分子。他们忙于所谓组织上的"领导",忙于开会,忙于奔跑,忙于各种琐事,但是不用思想,不能将组织上的领导提到思想领导与政治领导的水平上来,而是党的组织工作脱离党的思想领导与政治领导。这就是在党的建设工作中的盲目性。很明白,照这种做法,也同样不能建设一个马克思列宁主义的无产阶级的党,并可能被党内机会主义者所利用。[9]

刘少奇说:"我们党对于上述各种错误路线,不断地进行了不调和的斗争并加以克服,而一致地拥护与实行了毛泽东同志的建党路线。毛泽东同志的正确的建党路线和上述各种错误路线相反,他首先着重在思想上、政治上进行建设,同时也在组织上进行建设。他经常指示我们:要把思想教育和思想领导放在党的领导的第一位。他为我们党制订了详尽的政治路线、军事路线和组织路线。他在1929年古田会议的决议中,就着重提出了党内非无产阶级意识的各种不正确倾向,号召同志们起来彻底加以纠正。毛泽东同志还采取了整风这种创造性的教育方法,去改造一切反映在党内的小资产阶级思想(主观主义、宗派主义与党八股,都是小资产阶级的思想方法、组织方法与千篇一律的滥调)。他把我们党的发展过程,看作是马克思列宁主义的普遍真理与中国革命的具体实践日益互相结合的过程。他把党的建设过程,同党的政治路线密切联系着,同党与资产阶级的关系及党与武装斗争的关系密切联系着。"

在中共七大上,毛泽东在书面政治报告《论联合政府》中,深

[9] 中共中央党史研究室、中央档案馆编:《中国共产党第七次全国代表大会档案文献选编》,中共党史出版社2015年版,第265页。

刻总结了中国共产党的建党经验和形成的新的三大工作作风。他说："中国共产党自从1921年诞生以来，在其24年的历史中，经历了三次的伟大斗争，这就是北伐战争、土地革命战争和现在还在进行中的抗日战争。我们的党从它一开始，就是一个以马克思列宁主义的理论为基础的党，这是因为这个主义是全世界无产阶级的最正确最革命的科学思想的结晶。马克思列宁主义的普遍真理一经和中国革命的具体实践相结合，就使中国革命的面目为之一新，产生了新民主主义的整个历史阶段。以马克思列宁主义的理论思想武装起来的中国共产党，在中国人民中产生了新的工作作风，这主要的就是理论和实践相结合的作风，和人民群众紧密地联系在一起的作风以及自我批评的作风。"

的确，自中国共产党创建以来，同探索具有中国特色的新民主主义革命理论和道路一样，实际上也就开始了探索如何建设具有中国特色的党的建设"伟大的工程"。原中央党史研究室副主任石仲泉先生研究认为："党的创立者和早期革命家们对党的建设问题发表了许多精辟见解。长期担负组织工作的领导人也有不少著述。在党的成熟的第一代领导集体中，毛泽东、刘少奇对马克思主义中国化的党的建设理论的形成、丰富和发展，作出了尤为突出的贡献。毛泽东推进党的建设的'伟大的工程'的基点，是将党的建设同党的政治路线的正确解决密切联系起来。他通过总结党的历史发展的经验强烈地感受到，当着党的政治路线是正确的时候，党的发展和巩固就前进一步；当着党的政治路线出现错误的时候，党的建设就后退一步。因此，他强调，要推进党的建设同党的政治路线的互动关系。在这个前提下，他对于加强思想建设、理论建设、组织建设、干部建设、作风建设等都有许多深刻的论述。刘少奇的'三论'（《论共产党员的修养》《论党内斗争》《论党员在组织上和纪律上的修养》）等著作，奠定了其作为党建理论专家的地位。在党的七大前，以毛泽东为核心的中央领导集体的党建理论，大多分散在他们的各种著述中。就是比较集中地讲党建问题的著作，也主要是论述某一个或几个党建问题；就此而言，七大既是党的建设理论的大论坛，也是党的建设实践的大舞台。如果将包括为七大作准备的六届七中全会也视为七大的一部分来看的话，那么在这一年多时间，完全可以说，七大极大地推进了党的建设的伟大工程，实现了在理论认识层面和实践活动层面的双飞跃。"[10]

在《关于修改党章的报告》中，刘少奇还详细列举了毛泽东为党的建设"伟大的工程"所作的理论建树，比如：毛泽东的《关于纠正党内的错误思想》《论新阶段》《〈共产党人〉发刊词》《改造我们的学习》《整顿党的作风》《反对党八股》，以及1943年4月3日《中央关于继续整风运动的决定》、1943年6月1日《关于领导方法的若干问题》等著作以及其他著作。刘少奇认为，这些文章就是毛泽东建党路线的集中表现，就是毛泽东针对我们党的特点而提出的正确的建党路线。"我们党实行了这条路线，因而克服了各种机会主义和各种错误的建党路线，因而使党得到了极大的进步与成功。"

中共七大不仅在党建理论上实现了马克思主义中国化的历史性飞跃，而且开创了中国共产党全国代表大会的范例，第一次设置了关于修改党章（包括党建理论）的报告。回溯历史，从中共一大到五大，都没有关于组织问题或修改党章的专门报告。因为大革命失败，环境恶劣，中共六大不得不转移到苏联莫斯科召开。周恩来在六大上作了组织问题的报告，概述了五大以后党的政治环境和组织状况，指出党的组织工作中的问题，对加强党的组织建设提出了要求，但没有作理论的阐释。刘少奇在中共七大上专门作关于修改党章的报告，主要讲党建理论问题，这是首创。此后，党的八大、九大、十大、十一大等都有专门的关于修改党章的报告或发言，对党的建设的若干重大问题作出说明。党的十二大尽管没有修改党章的报告，但在大会的政治报告中有专门一节讲党的建设问题。此后，从十三大到二十大，基本上都采用了七大"模式"。

因为七大通过的新党章作了诸多重大修改，刘少奇作《关于修改党章的报告》时就不能不对这些重大乃至根本性的修改作出必要说明。这就决定了这份报告必然涉及中共党的建设的一系列重大问

[10] 中共中央文献研究室第一研究部编：《团结的大会，胜利的大会——纪念中共七大召开60周年论文集》，上海人民出版社2006年版，第17页。

题,并将此前散见于毛泽东和其他领导人著作中的党建思想作系统的阐发,因而不能不更具全面性、完整性,使党的建设理论初步形成一个理论体系。

在中共七大新党章的总纲和条文上,都特别强调了党的群众路线,也就是党内民主建设问题,这也是七大修改党章的一个显著特点。因为群众路线,是中共的根本的政治路线,也是中共的根本的组织路线——党的一切组织与一切工作必须密切联系群众。这是毛泽东的一个重要创造,也是马克思主义中国化的党建理论的重要内容。早在1939年2月2日,毛泽东为抗大第五期学员杨海泉的题词,特别强调"与民众在一道,一刻也不脱离民众,中国革命就一定能够胜利"。七大中直、军直代表团代表赵毅敏是1938年随中共驻共产国际代表任弼时一起从莫斯科回国的。他清楚地记得,抵达延安后,很快就见到了毛泽东和张闻天。张闻天向毛泽东介绍了赵毅敏工作分配的情况,让他担任鲁迅艺术学院副院长,并请他到鲁艺后好好作一个报告。毛泽东听了之后,劝说道:"你三个月不要作报告,先做调查,了解情况,讲话要解决问题。"赵毅敏按照毛泽东的要求做了,没有当下车伊始叽里呱啦的"钦差大臣",而是同学员、教员打成一片,深入了解情况,逐步开展工作。[11]

对毛泽东倡导的群众路线,刘少奇在《关于修改党章的报告》中作了特别的强调和充分的论述。他说:

> 毛泽东同志屡次指示我们,在一切工作中要采取群众路线。他在向这次大会的报告中,又以极恳切的词句指示我们,要根据群众路线去进行工作。他说:我们共产党人与最广大的人民群众取得最密切的联系,是我们区别于任何其他政党的一个显著的标帜。他要我们:"全心全意地为人民服务,一刻也不脱离群众;一切从人民的利益出发,而不是从个人或小集团的利益出发。"他要我们同志明了:"共产党人的一切言论行动,必须以合乎最广大人民群众的最大利益,为最广大人民群众所拥护为最高标准。"要我们

[11] 中共中央党史研究室第一研究部编:《七大代表忆七大》(上),上海人民出版社2006年版,第3页。

同志明了："只要我们依靠人民,坚决地相信人民群众的创造力是无穷无尽的,因而信任人民,和人民打成一片",我们就是不可战胜的。他说:"在一切工作中,命令主义是错误的,因为它超过群众的觉悟程度,违反了群众的自愿原则,害了急性病。"又说:"在一切工作中,尾巴主义也是错误的,因为它落后于群众的觉悟程度,违反了领导群众前进一步的原则,害了慢性病。"所有毛泽东同志的这些指示,都是极端重要的,每个同志都必须细心领会和切实执行。[12]

[12] 中共中央党史研究室、中央档案馆编:《中国共产党第七次全国代表大会档案文献选编》第2卷,中共党史出版社2022年版,第439页。

刘少奇的这段论述,来源于毛泽东在七大的书面政治报告《论联合政府》。原文是这样的:

我们共产党人区别于其他任何政党的又一个显著的标志,就是和最广大的人民群众取得最密切的联系。全心全意地为人民服务,一刻也不脱离群众;一切从人民的利益出发,而不是从个人或小集团的利益出发;向人民负责和向党的领导机关负责的一致性;这些就是我们的出发点。共产党人必须随时准备坚持真理,因为任何真理都是符合于人民利益的;共产党人必须随时准备修正错误,因为任何错误都是不符合于人民利益的。二十四年的经验告诉我们,凡属正确的任务、政策和工作作风,都是和当时当地的群众要求相适合,都是联系群众的;凡属错误的任务、政策和工作作风,都是和当时当地的群众要求不相适合,都是脱离群众的。教条主义、经验主义、命令主义、尾巴主义、宗派主义、官僚主义、骄傲自大的工作态度等项弊病之所以一定不好,一定要不得,如果什么人有了这类弊病一定要改正,就是因为它们脱离群众。我们的代表大会应该号召全党提起警觉,注意每一个工作环节上的每一个同志,不要让他脱离群众。教育每一个同志热爱人民群众,细心地倾听群众的呼声；每到一地，就和那里的群众打成一片，不是高踞于群众之上，而是深入于群众之中；根据群众的觉悟程度，去启发和提高群众的觉悟，在群众出于内心自愿的原则之下，帮助群众逐步地组织起来，逐步地展开为当时当地内外环境所许可的一切必要的斗争。在一切工作中，命令主义是错误的，因为它超过群众的觉悟程度，违反了群众的自愿原则，害了急性病。我们的同志不要以为自己了解了的东西，广大群众也和自己一样都了解了。群众是否已经了解并且是否愿意行动起来，要到群众中去考察才会知道。如果我们这样做，就可以避免命令主义。在一切工作中，尾巴主义也是错误的，因为它落后于群众的觉悟程度，违反了领导群众前进一步的原则，害了慢性病。我们的同志不要以为自己还不了解的东西，群众也一概不了解。许多时候，广大群众跑到我们的前头去了，迫切地需要前进一步了，我们的同志不能做广大群众的领导者，却反映了一部分落后分子的意见，并且将这种落后分子的意见误认为广大群众的意见，做了落后分子的尾巴。总之，应该使每个同志明了，共产党人的一切言论行动，必须以合乎最广大人民群众的最大利益，为最广大人民群众所拥护为最高标准。应该使每一个同志懂得，只要我们依靠人民，坚决地相信人民群众的创造力是无穷无尽的，因而信任人民，和人民打成一片，那就任何困难也能克服，任何敌人也不能压倒我们，而只会被我们所压倒。

紧接着，刘少奇举例说明，作为人民群众的先锋队，中国共产党在政治上代表人民群众的利益，必须用正确的态度去对待人民群众，必须用正确的方法去领导人民群众，然后先锋队才能密切联系人民群众。他警告全党必须防止脱离人民群众的情形。首先，就是先锋队如果不能履行自己当作人民先锋队的应有职责，不能在一切时期和一切情况下代表最广大人民群众的最大利益，不能及时提出正确的任务、政策及工作作风，不能坚持真理，不能在有错误时及时修正错误，那就要脱离人民群众。这就是说，尾巴主义、自流主义，是要脱离人民群众的。其次，就是先锋队如果不用正确的态度与正确的方法去领导人民群众，不设法使群众在自己的亲身经验中来体会党的口号的正确，因而在党的口号之下行动起来，或者提出了过高的口号、过左的政策，或者提出了当时情况所不能允许的与群众所不能接受的过高的斗争形式、组织形式，那就要脱离人民群众。这就是说，命令主义、冒险主义与关门主义，是要脱离人民群众的。除开上述两种倾向外，官僚主义与军阀主义的倾向也在我们党内有些同志中发生了。这也是严重脱离人民群众的倾向。

  在中共七大召开前夕，1944年12月下旬到1945年1月中旬，延安召开了陕甘宁边区劳动模范和模范工作者代表大会。七大代表、时任中共绥德地委书记习仲勋率绥德地区代表参加了这次盛会。大会期间，毛泽东在枣园专门用一天的时间约各地委书记和专员谈话。毛泽东问道："你们都是来自地方工作的同志，你们的工作，群众赞成的有哪些？不赞成的有哪些？"大家根据自己工作实践，你说一条，我说一条，他说一条，纷纷向毛泽东汇报各自的体会。等大家发言后，毛泽东概括地说："群众表示赞成的，恐怕有那么十多条。比如干部经过整风，作风民主了；搞了大生产运动，减轻了群众负担，没有要饭吃的了；禁止抽大烟，禁止赌博，改造二流子，社会风气好了；婚姻自由，废除了买卖婚姻；消灭了土匪，群众能安居乐业等。这些都使群众满意。他们做事感到不满意的方面还有个别干部深入群众差，工作方法简单片面；有些问题群众还未接受，宣传工作搞得不那么好；有的地方还有懒汉，要求改造二流子等。"毛泽东还说："群众不满意，说明我们工作没有做到家。如果你们按政策办，给群众交代清楚，群众会接受我们的政策和意见的，这些问题也就可以解决了。"对于大家工作中的缺点和错误，毛泽东没有正面批评，而是采用启发式的方式，提高大家的认识，教给解决问题的方法，进而增强大家的政策观念和群众观念。[13]

  在《关于修改党章的报告》中，刘少奇除了对中国共产党作为

[13] 中共中央党史研究室第一研究部编：《七大代表忆七大》（上），上海人民出版社2006年版，第256—257页。

人民群众的先锋队如何处理好与人民群众的关系作了深入分析之外，还逐一详细地论述了毛泽东创立的群众路线的四个重要观点，即：第一，一切为了人民群众，全心全意为人民群众服务的观点；第二，一切向人民群众负责的观点；第三，相信群众自己解放自己的观点；第四，向人民群众学习的观点。这些观点，虽然都是毛泽东反复强调的，但他自己没有作过这样集中的专门的整体性论述。

比如，1943年5月26日晚上，在中共中央书记处召集的延安干部大会上，毛泽东向大会作关于共产国际解散问题的报告时，专门强调有两种团结是绝对必要的，一种是党内的团结，一种是党同人民的团结，这些就是战胜艰难环境的无价之宝。全党同志必须团结在党中央的周围，只要共产党人团结一致，同心同德，任何强大的敌人，任何困难的环境，都会被我们战胜的。党的干部应当和广大群众打成一片，克服一切脱离群众的官僚主义。他说："我们共产党人不是要做官，而是要革命，我们人人要有彻底的革命精神，我们不要有一时一刻脱离群众。只要我们不脱离群众，我们就一定会胜利。"

再比如，6月1日，中共中央政治局通过毛泽东起草的《中共中央关于领导方法的决定》，决定指出："我们共产党人无论进行何项工作，有两个方法是必须采用的，一是一般和个别相结合，二是领导和群众相结合。""在我党的一切实际工作中，凡属正确的领导，必须是从群众中来，到群众中去。这就是说，将群众的意见（分散的无系统的意见）集中起来（经过研究，化为集中的系统的意见），又到群众中去作宣传解释，化为群众的意见。使群众坚持下去，见之于行动，并在群众行动中考验这些意见是否正确。然后再从群众中集中起来，再到群众中坚持下去。如此无限循环，一次比一次地更正确、更生动、更丰富。这就是马克思主义的认识论。"

在中共七大上，刘少奇通过《关于修改党章的报告》，第一次对毛泽东思想的群众观点作了全面、系统的归纳整理。

刘少奇的报告给中共七大代表、时任《解放日报》评论组组长的高扬文留下了深刻印象。他回忆说："我学习了少奇同志关于毛泽东思想的报告,才比较深刻而具体地了解了毛泽东思想的内涵和它在中国革命中所产生的强大精神力量,大开眼界,在思想认识上有一个飞跃。老实说,在整风时,在七大开会以前,我对毛泽东思想的理解还是比较抽象的,还不能历史地、唯物地、辩证地、全面地和具体革命实践结合起来。关于在党章总纲中所规定的中国革命的性质和特点,少奇同志在报告中都做了说明。他还用大段文字叙述了中国共产党所走过的曲折、复杂、艰难的道路。少奇同志报告中对于党的群众路线给予了足够的注意,讲了群众路线的内容、理论依据和贯彻执行的措施和方法。他说:在党的总纲上和条文上,都特别强调了党的群众路线,这也是这次修改党章的一个特点。我对毛主席倡导的群众路线并不陌生。在解放区,战争是残酷的,工作是复杂的,经常吃住甚至隐蔽在群众家中,如果不和广大群众打成一片,生命就会朝不保夕,更不要说取得斗争的胜利,在这种情况下,不走群众路线是不行的。因此办一切事情,都要依靠群众,动员群众,组织群众,教育群众,一时一刻都不能忘记保卫群众的利益。但是这时我对群众路线的认识,还处在感性阶段,没有上升到理性认识。同时,那时年轻好胜,还残存着个人英雄主义,工作方法简单,有时免不了对群众利益照顾不够(如屯粮),对群众的态度生硬(在战斗紧急时)。听了少奇同志对群众路线的论述,我对群众路线的认识提高一大截。"[14]

毛泽东坚持把思想教育和思想领导放在党的领导的第一位,把党的建设过程与党的政治路线密切联系在一起,同步推进思想上、政治上和组织上建党,吹响了党的建设"伟大的工程"的冲锋号。中共七大确实是中国共产党全国代表大会的样板,也是党的建设"伟大的工程"的一次大检阅,极大地推进了党的建设"伟大的工程"。

事实证明,毛泽东思想反映了全世界无产阶级实践斗争的马克思列宁主义的普遍真理,在它同中国无产阶级和广大人民群众的革命斗争的具体实践相结合的时候,就成为中国人民百战百胜的武器。在24年的奋斗中,中国共产党的发展和进步,就是从同一切违反这个真理的教条主义和经验主义作坚决斗争的过程中发展和进步

[14] 中共中央党史研究室第一研究部编:《七大代表忆七大》(下),上海人民出版社2006年版,第696—697页。

起来的。"教条主义脱离具体的实践,经验主义把局部经验误认为普遍真理,这两种机会主义的思想都是违背马克思主义的。"正是因为克服了和正在克服着这些错误思想,中国共产党在思想上得到了极大的巩固。所以,毛泽东在七大上说:"几年来的整风工作收到了巨大的成效,使这些不纯正的思想受到了很多的纠正。今后应当继续这种工作,以'惩前毖后、治病救人'的精神,更大地展开党内的思想教育。必须使各级党的领导骨干都懂得,理论和实践这样密切地相结合,是我们共产党人区别于其他任何政党的显著标志之一。因此,掌握思想教育,是团结全党进行伟大政治斗争的中心环节。如果这个任务不解决,党的一切政治任务是不能完成的。"

在《关于修改党章的报告》中,刘少奇首次集中系统地论述了党内的民主集中制。他说:"我们的党,不是许多党员简单的数目字的总和,而是由全体党员按照一定规律组织起来的统一的有机体,而是党的领导者被领导者的结合体,是党的首脑(中央)、党的各级组织和广大党员群众依照一定规律结合起来的统一体。这种规律,就是党内的民主的集中制。"

什么叫组织呢?刘少奇在报告中给大家举了一个具体的例子:"在一个工厂或一个农村中,仅有三个党员在一起,这还不是党的组织,还必须按民主的集中制组织起来。在通常的情况下,这三个党员中必须有一个是组长,其余两个是组员,即是在各种活动中有一个领导者,两个被领导者,才能成为党的组织。有了这种组织,就产生出新的力量。无产阶级的力量,就在于组织。"

按照七大《中国共产党党章》规定,党内民主的集中制,即是在民主基础上的集中和在集中指导下的民主。它是民主的,又是集中的。它反映党的领导者与被领导者的关系,反映党的上级组织与下级组织的关系,反映党员个人与党的整体的关系,反映党的中央、党的各级组织与党员群众的关系。党内民主的集中制,就是党内的群众路线,即是党的领导骨干与广大党员群众相结合的制度,即是从党员群众中集中起来,又到党员群众中坚持下去的制度。

为什么说党的集中制是在民主基础上的集中呢?刘少奇说:党

的领导机关是在民主基础上由党员群众所选举出来并给予信任的，党的指导方针与决议，是在民主基础上由群众中集中起来的，并且是由党员群众或者是党员的代表们所决定、然后又由领导机关协同党员群众坚持下去与执行的。党的领导机关的权力，是由党员群众所授予的，因此，它能代表党员群众行使它的集中领导的权力，处理党的一切事务，并为党的下级组织和党员群众所服从。党内的秩序，是由个人服从组织，少数服从多数，下级服从上级，全党各个部分组织统一服从中央的原则来建立的。这就是说，党的集中制是建立在民主基础上的，不是离开民主的，不是个人专制主义。

为什么说党的民主制是在集中指导下的民主呢？刘少奇说：党的一切会议是由领导机关召集的，一切会议的进行是有领导的，一切决议和法规的制订是经过充分准备和仔细考虑的，一切选举是有审慎考虑过的候选名单的，全党是有一切党员都要履行的统一的党章和统一的纪律的，并有一切党员都要服从的统一的领导机关的，这就是说，党内民主制，不是没有领导的民主，不是极端民主化，不是党内的无政府状态。

的确，七大代表们特别关注民主与集中的关系问题。因为许多代表都有这种真切的体会，过去工作中总也处理不好民主与集中的关系，常常面临所谓"放手就乱，集中就死"的局面。七大代表、陕甘宁边区政府行政处处长王恩惠说："在发动群众时只讲放手，不敢讲集中，结果是群众运动发动起来了，有时却失去领导，搞出一些乱子；讲集中时，又不敢提民主，群众发动不起来。所谓放手就乱，集中就死。刘少奇讲，我们是放手的民主与高度的集中相结合，是民主基础上的集中，集中指导下的民主。代表们对这样的解释感到服气。"[15]

[15] 中共中央党史研究室第一研究部编:《七大代表忆七大》(上)，上海人民出版社2006年版，第135页。

在七大上，针对党内工作和党内生活中对民主集中制的错误理解，刘少奇也作了十分具体又深入浅出的现实指导和理论阐述。他说：

有些同志，不了解党的集中制是在民主基础上的集中制，如是就使自己的领导脱离党内的民主，脱离党员群众，并把此种状态名之曰"集中"。他们认为自己的领导上的权力，无须由党员群众授予，而是可以自己攫取的。他们的领导地位，也无须经过选举，无须取得党员和下级组织的信任，而是可以自封的。他们的指导方针与决议，也无须从群众中集中起来并经过群众去决定，而是可以独断的。他们是站在党员群众之上，而不是结合于党员群众之中。他们是站在党的组织之上来命令党，支配党，而不是站在党的组织之内来服从党，受党的支配。他们对于上级，则利用党内的民主制向上级闹独立性，对于下级和党员，则利用党内的集中制来压制下级和党员的民主权利。他们既不民主（对下级），又不集中（对上级）。多数通过的决议和党的纪律，别人都得服从与遵守，但他们领导人自己觉得是可以不服从不遵守的。所有个人服从组织，少数服从多数，下级服从上级这些党的基本组织原则，他们都不遵守。他们认为党的法规和决议，是为那些普通人写的，而不是为他们这些特殊的领导人写的。这是党内一种反民主的个人专制主义倾向，是社会上特权阶级的思想在党内的反映。这与我们党的集中制没有丝毫相同之点。这种偏向，在我们党的组织中是存在着的，应该完全肃清它。

有些同志，不了解党的民主制是在集中指导下的民主制，如是他们就使自己的行动脱离党的集中领导，脱离党的整体。他们不顾大局，不顾整体的长远的利益，按照他们自己的兴趣和自己的见解在党内任意地自由行动，他们不严格地遵守党纪，不执行党的领导机关的决议，在党内发展各种非组织的、非政治的、非原则的言论和行动，或者故意夸大事实，在党内播弄是非，或者在党内实行无限制的空谈与争论，不顾环境的严重与紧急情况，甚至利用党员群众一时在思想上没有准备的盲目状态，来表决自己的要求，利用"多数"的名义来实现自己的企图等。这些就是极端民主化的思想。这与我们党的民主制没有丝毫相同之点。这种思想的危险，正如毛泽东同志所说："在于损伤以至完全破坏党的组织，削弱以至完全毁灭党的战斗力。"这种思想的来源"在于小资产阶级的自由散漫性。这种自由散漫性带到党内，就成了政治上的和组织上的极端民主化的思想。这种思想是和无产阶级的斗争任务根本不相容的。"

党内反民主的专制主义倾向，和党内极端民主化的现象，是党内生活上的两种极端现象。而极端民主化的现象，又常常当作专制主义倾向的一种惩罚而出现，凡是专制主义倾向较严重的地方，那里就可能出现极端民主化的现象。这两种倾向都是错误的，都极大地妨害与破坏党内的真正统一与团结，全党必须警惕，严防这些现象的发生。

现在必须放手地扩大我们党内的民主生活，必须实行高度的党内民主，同时，在实行高度民主的基础上实行党的领导上的高度集中。[16]

[16] 中共中央党史研究室、中央档案馆编：《中国共产党第七次全国代表大会档案文献选编》第2卷，中共党史出版社2022年版，第458—460页。

5月31日，毛泽东在作七大政治报告讨论结论时专门谈到了民主集中制问题。他说："关于这个问题，少奇同志讲得很好，放手的民主，高度的集中。我跟他交谈过，这是我们共同的意见，别的同志也赞成。我想可以叫做高度的民主，高度的集中。'放手'这两个字，还可以再斟酌一下，这是个程度的问题。我们党历来就讲民主，但是有些时候、有些地方不够民主。我们党历来也是讲集中的，但是有些时候、有些地方集中得不恰当或者集中不够。民主要有很高程度的民主，集中也要很高程度的集中，这两个东西有没有矛盾呢？有矛盾的，但是可以统一的，民主集中制就是这两个带着矛盾性的东西的统一。要广开言路，打开窗户。封建专制时代还有那么几个开明的皇帝能广开言路，何况我们共产党呢？我们更要广开言路，打开窗户，不要怕打开窗户可能吹进沙子来。进来一点尘土，坏处有一点，但并不大，而开窗户透空气的利益却很大，我们要从这种利害关系上看这个问题。我们是干革命的，还怕民主？还怕人家发表意见？你说对了就可以说出一个正确的道理来，说错了也不要紧，说错了还可以让人知道一条错误的道理，所以要实行高度的民主。"[17]

听了刘少奇的《关于修改党章的报告》，七大代表高扬文在《难忘的七大》一文中这么写道："他把民主集中制的内容和二者的辩证关系讲清楚了。他说：党内民主的实质，就是要发扬党员的自觉性与积极性，提高党员对党的事业的责任心，发动党员或党员的代表在党章规定的范围内尽量发表意见，以积极参加党对于人民事业的领导工作，并以此来巩固党的纪律和统一。少奇同志在报告中对违反民主集中制的错误倾向做了批判并提出改正的措施。写到这里，我想起1962年党中央召开的七千人大会上毛主席对党内民主集中制讲了很长一段话，其中讲到有些党委不按民主集中制办事，而是第一书记说了算。他用秦末刘邦、项羽之争的故事做例子说，长此下去，就要演'霸王别姬'了。可见，党的领导机关是否坚持民主集中制这一原则，对党的事业的成败和领导者是否得到群众信任，关系是多么重要。七大代表对刘少奇的报告报以热烈掌声。特别是报告中讲到有关毛泽东在党内、在人民中的领袖地位和以毛泽东思想作为党的一切行动指导原则时，大家更是无比兴奋，会场上一片欢腾。作为一个代表，我眼含激动的泪水，认为有了这两条，中国革命彻底胜利是指日可待了。"[18]

在中共七大上，无论是毛泽东在口头政治报告、大会政治报告结论、七大的选举方针中，还是刘少奇在《关于修改党章的报告》中，都提出了正确处理各方面干部关系的原则，丰富了党的干部政策理论。经过24年的艰苦奋斗，这个当初只有58名党员的小组织现在发展成为拥有1211186名党员的全国性大党，涌现了大批久经锻炼的、以毛泽东思想武装起来并围绕在毛泽东同志周围的中坚干部。由于党的性质和宗旨使然，党的干部政策是用人唯贤、五湖四海。怎样贯彻这样一条马克思主义的干部路线呢？一个重要的问题就是要正确处理各方面干部之间的关系。在口头政治报告中，毛泽

[17] 中共中央文献研究室编：《毛泽东在七大的报告和讲话集》，中央文献出版社1995年版，第205—206页。

[18] 中共中央党史研究室第一研究部编：《七大代表忆七大》（下），上海人民出版社2006年版，第697页。

东专门讲了党内几部分干部的问题,其中涉及理论工作者、知识分子、在沦陷区和国民党区工作的同志、本地干部和本地军事干部、经济工作和后勤工作干部、民运工作干部和工青妇干部、抗战时期入党干部、党外干部等,随后他又专门列举了不同类型干部的关系,比如地方干部和军队干部、本地干部和外来干部、工农干部和知识分子干部、长征干部和陕北干部、军事干部和后勤干部、政工干部和技术干部、老干部和新干部、党内干部和党外干部、苏区干部和白区干部、犯过错误的干部和没有犯过错误的干部等。对于这些,毛泽东提出了"消灭山头,就要认识山头,照顾山头,缩小山头,这是一个辩证关系。山头的关系搞好了,首先是山内的,然后是山外的,山头主义很快就可以消灭了"。

比如,就军队干部和地方干部关系问题,毛泽东在边区就见过外来干部和本地干部、军队干部和地方干部的关系搞得不好的情形,甚至发生了连"躲飞机"都不走一条路的怪事儿。在七大上,他对代表们说:"这个问题得出的教训深刻得很,因此值得提出来讲一下。1936年从窗户吹了一点风进来,有同志说:边区的人民只能创造苏区,不能当红军。检查一下,原来我们搞错了,先是对待红二十六军,后头是对待红二十七军。中央派到各县的人自称英雄,说什么我是二万五千里,你是什么?你是土包子,吃不开,只能创造苏区,不能当红军,这就引起本地人的不满。关于知识分子,我也讲一个例子。去年春节,杨家岭的秧歌队到安塞演出,正赶上安塞的劳动英雄开会,我们杨家岭的娃娃同志、青年同志和劳动英雄一起扭秧歌,这说明关系好了,我说从此天下太平了。从前躲飞机也不走一条路,现在在一起扭秧歌了。同志们!躲飞机这是要命的事,还分得这样清,不走一条路,可见这个问题的严重。军队里面也是一样,总是说地方对不起军队,提起这些事来,他们可以说出几十条。那个时候,我们就想说服,但是很难说服,这个问题要怪我们自己,因为没有系统地分析和系统地解决问题。系统地解决问题才叫做科学,不是系统的而是零碎的,就是正确的也不是科学的。1942年冬的高干会议我们系统地解决了这个问题,所以就说服了同志们。高干会议以前，我们没有系统地说清楚这个问题，没有说服同志们，这个责任在我们。经济问题也是一样，也是1942年高干会议才系统地说明了。现在高干会议已开过两年多了，军队与地方的关系、军民关系是不是彻底好了呢？我看还没有。在座的有许多是边区的军队同志与地方同志，我想大家得不出这样的结论。"[19]

毛泽东把干部称作"是党的光荣，也是全民族的光荣"。刘少奇在《关于修改党章的报告》中，也专门讲了干部问题。刘少奇说："党的干部，就是党的领导骨干，中国革命的领导骨干。'干部决定一切'，这是大家知道的。没有干部，我们党的纲领与政策，就不可能通过群众去执行，就不能完成中国人民的解放事业。""我们的干部，也是从群众中来，又到群众中去的。他们应该是群众的领袖，又是群众路线的执行者。他们是人民群众中的领导骨干，是从人民群众的斗争中产生出来，又去指导人民群众的斗争的。"因此，刘少奇说："我们党的干部政策，毛泽东同志的干部政策，首先就是团结干部的政策，团结工农干部与知识分子干部的政策，团结新老干部的政策，团结各种工作干部和各种地区干部的政策，团结全党干部的政策。所以一切妨碍团结的东西，都是应该克服的。"

"干部决定一切"，也决定着党的建设"伟大的工程"的质量。七大正确地处理了干部关系，是形成团结的大会、胜利的大会的一个重要原因，也为中共处理干部关系问题建立了根本的制度和基本原则，为进一步加强党的建设"伟大的工程"奠定了干部的基础。对此，毛泽东在七大口头政治报告中作了生动的阐释。他苦口婆心地说：

> 如果在全中国，我们的党员有四百五十万，也只占人口的百分之一，而现在我们占的比例是百分之零点几。如果我们有四百五十万党员，在一百个人里，也只有一个共产党员。他的任务是什么？他的任务是团结九十九个非党人士。我们要组织军队，打倒敌人，就必须这样做。一个共产党员，如果不能团结多数人，团结工人、农民、知

[19] 中共中央文献研究室编：《毛泽东在七大的报告和讲话集》，中央文献出版社1995年版，第208—209页。

识分子、小资产阶级和其他民主分子，那就不算是一个好共产党员。世界上为什么需要共产党呢？要共产党干什么呢？共产党有无存在之必要呢？叶青说中国共产党没有存在之必要，那是反动派的提法，我们不赞成。我们自己也可以提出要不要共产党的问题：是因为世界上的小米太多，剩下了，非请我们吃不可，因此需要共产党，还是因为房子太多，专门要有一批房子给共产党住呢？当然都不是。世界上需要共产党，就是为了团结大多数人，组织军队，打倒敌人，建设新中国。此外还有什么事？没有了。这就是说，我们吃一点小米，吃一点大米，穿一点衣服，都是为了给人民做事，团结广大的群众，组织军队，打败敌人，建设新中国。如果革命不是这样的革法，那末，就是专门革财政厅的命。有的人不革别的命，一心一意甚至几十年的工夫，专门革财政厅的命，那是不好的。同志们不要见怪，我讲的不是哪一个人，或者哪几个人，不过我总有这样的感想，就是我们要做事情，就要了解了解，要研究一下，尤其是对各种所谓小事情，如生产、卫生、文化、民众团体、政权工作等各种具体工作。老百姓的许多东西我们要学，我们的知识很差，首先我的知识很差，运盐怎样运，我不大了了，合作社怎样办，我不大了了，我没有办过合作社。因此向我们提出了一个任务，就是要学习。经验不够，就要研究，就要工作，在工作中进行研究。

党外的人占百分之九十九，只有他们和我们一起革命才能取得胜利，单靠党员毫无办法，是不是这样？这是不是真理？完全是真理。他们中间有领袖，有干部，我们要帮助他们，培养人民中的优秀分子，同时尊重他们，和他们好好合作。[20]

毛泽东的话深深地震撼了七大代表们，赵毅敏在《七大的往事永远在我心中》一文中回忆说："1945年4月24日，毛泽东在党的第

[20] 中共中央文献研究室编：《毛泽东在七大的报告和讲话集》，中央文献出版社1995年版，第154—155页。

七次代表大会上作口头政治报告，其中提到了我们的秧歌队。他说，陕北人民对共产党开始抱着'敬鬼神而远之'的态度，'直到去年春季，赵毅敏同志带着杨家岭组织的秧歌队，跑到安塞扭秧歌，安塞正在开劳动英雄大会，那些老百姓也组织了秧歌队，和杨家岭的秧歌队一起扭了起来，我说从此天下太平矣！因为外来的知识分子和陕北老百姓一块扭起秧歌来了。从前老百姓见了他们是敬鬼神而远之，现在是打成一片了'。毛主席赞扬我们秧歌队的活动，认为这是和人民群众相结合，密切党和人民的关系，密切知识分子和人民群众关系的好方法，应该继续发扬光大。听到毛主席的夸奖，当时坐在台下的我，心情非常激动。我当时任中央宣传部秘书长兼教育科长及延安大学副校长。后来，毛主席还几次讲到我们秧歌队的事，还问我在不在场。毛主席强调说，党和群众的关系要改善，干部要放下架子和群众接近，从此天下太平……"[21]

[21] 中共中央党史研究室第一研究部编：《七大代表忆七大》（上），上海人民出版社2006年版，第1页。

3 "团结—批评—团结"，不偷不装不吹，我们开的是政治工厂，要讲真理不要讲面子

刚刚抵达革命圣地延安，八路军第129师司令部机要科科长杨国宇就遇到了烦心事，甚至连中共七大代表都不想当了。

到底是啥烦心事儿呢？

杨国宇确实有点烦。这不，连中央党校的大门都不让出了。

抵达延安的那一天，是1943年11月18日。这是杨国宇第一次到延安，心情甭提有多激动多喜悦。要知道，来延安的路途充满着艰辛，差点儿要了命。在部队渡汾河的时候，遭到了敌人大炮、机枪加飞机的轰炸。只见炮弹在空中爆炸，河水虽然不深，但污泥很深，腿陷进去了拔不出来。一上公路，又遇到了敌人装甲车在公路来回巡逻，幸好有地下武工队掩护，冒险冲过了封锁线。

一到延安，杨国宇就到王家坪八路军总政治部报到，然后经介绍到杨家湾干部招待处。按照规定，杨国宇进行了登记，上交了随

身携带的手枪。那是一把在战场上缴获的日本手枪,他清楚地记得号码是"32967昭十六",同时上交了48枚子弹。

两天后,像其他七大代表一样,杨国宇被分配到中共中央党校学习。搬到党校,党校要他交枪。于是,他只好骑着骡子去杨家岭找中央组织部,再到干部招待处要回手枪和子弹,转交给了党校。回到党校,已经天黑了。

在中央党校,杨国宇分配到第一部第九支部,支部书记是伍云甫。做好登记,发了物资,领了教材,杨国宇被安顿在一孔窑洞中住了下来。这间窑洞里已经住了两个人,一个是山西人叫石清,一个是陕西人叫张文辉。杨国宇感觉张文辉似乎不太欢迎他的到来,石清知道他是从太行来的,就特别亲热,两人畅谈了一夜。

11月22日,来到延安已经四天了,杨国宇很想串串门,去中央机要科看看老战友李质忠、杨志宏。谁知,来到党校大门口,被荷枪实弹的卫兵拦住了,一脸严肃地说:"不准外出。"杨国宇有点儿蒙了,为啥不让我外出?一问才知道,他的胸前没有挂红牌牌——毛主席像章。而这胸前的红牌牌——校徽是中央党校的出门证。

杨国宇赶紧跑到接待室,向值班员说明自己是刚刚抵达延安的新学员,求他们放行。谁知,接待室的同志回答得十分干脆:"刚来的也不行!"

不行就是不行,咋办?杨国宇只好没趣地回到窑洞。

回到窑洞,杨国宇很生气,就和石清闲聊起来。石清很有耐心地劝他:"你没参加延安的'抢救运动',好多大后方来的党员被整得够呛。你来没几天,就觉得憋得很,我已憋了好几年了。因为身体残废,眼睛也有病,党对我很宽大。我要准备长期学习下去。你也不要着急,毛主席像章,很快就会发给你的,因为你是从抗战前线来的,不像我们社会关系复杂。没有事的时候,可以到下面公园转一转。老蹲在窑洞里,确实枯燥得很。还没有给你发羊毛,我们每月要交5斤毛线,我上个月交了7斤,还有奖励呢!我还会纺线。到时,我教你。"

说着,石清就在窑洞里搬过纺车,纺起线来。

刚刚抵达中央党校，杨国宇觉得这哪里像个学校呢，一不上课，二不下操，学习是靠自觉，只是吃饭时，大家一起到饭堂。不过，伙食真是太好了，每天都是四菜一汤，大盆四方块红烧肉让你吃个够。

1944年的元旦，杨国宇是在延安过的。晚上大会餐，他感觉是自己1933年参加红军以来过得最好的一个新年。新年之夜，还有舞会。杨国宇不会跳，就站在侧道上，听广东音乐《旱天雷》《雨打芭蕉》《金蛇狂舞》，那感觉，就好像自己已经进入了社会主义社会。因此，杨国宇称延安是"福地"。

新年放假，因为是单身，杨国宇和石清哪儿也没去，就在窑洞里待着。石清纺线，杨国宇抱着《两条路线》一边学习、一边摘抄。

放假一结束，支部就通知杨国宇写自传。这是七大代表的必修课，要审查个人的历史。等他把自传交给支部，小组长张文辉翻了翻，还没看内容，就说写得太简单了。没办法，只得重新写。杨国宇觉得很委屈，自己的历史单纯、清白，可经小组长这么一审查，自己内心也不自觉地打起鼓来，心跳得厉害，不得不好好地反省自己，重新写一遍，抄得整整齐齐。

谁知，自传交上去以后，历史审查还是出问题了，因为家里"一条水牛三条腿"的问题交代不清楚。小组长张文辉问杨国宇："你说说，一条牛能活多少年，你爷爷起，就有水牛。到你手里，还是那条水牛。再说，牛都是四条腿，你家的牛为何只有三条腿？！"

杨国宇说："我不当家，只是听父母说的。"

这"一条水牛三条腿"的来龙去脉说不清楚，历史审查就不能通过。不能通过历史审查，结果可想而知。杨国宇思来想去，就干脆不想当七大代表了。

2月的一天，杨国宇找支部开了一张证明，走出了中央党校的大门，直奔杨家岭。他要去找师长刘伯承吐吐心中的苦水。

到了杨家岭。这里管得更严，总算打通了电话，找到了刘伯承师长。进了窑洞，看见刘伯承和夫人汪荣华都在，杨国宇就很丧气地说："师长，我不想在延安待了，也不当代表了，我想回太行。"

刘伯承关心地问道："为什么？"

杨国宇心里很难过，一时又答不出来。

汪荣华小心翼翼地问道："是不是延安找爱人困难？"

"绝对不是。"杨国宇坚定地回答。

刘伯承问道："那为什么？"

"我讲不清我的历史。"

"你的历史是清白的，"刘伯承沉稳地说，"你一定同别人发牛脾气了。你们支书是谁？"

"伍云甫。"

"伍云甫是个好同志，你耐心向他讲讲道理。"

听了刘伯承的劝说，杨国宇一回到中央党校，就去找支部书记伍云甫。

伍云甫听了杨国宇的诉说，就耐心地开导他："你好好想想，我们南方有这种情况，一条水牛，为什么活那么长，比如说水牛用老了，到市场少花几块钱，即可换条小水牛，从爷爷到你手里当然还是一条水牛。"

杨国宇连连点头说："是，是的，我们四川跟你说的一样。"

接着，伍云甫又说："为何一条牛只有三条腿、两条腿的。你家田多，出三条腿的钱，他家钱少，田地少的出一条腿的钱，两家合买一条水牛，你家占四分之三，当然是三条腿。"

听伍云甫这么一解释，杨国宇恍然大悟，高兴得不知怎么感谢这位文质彬彬的老同志，兴奋地说："我家的风俗，同你那一样。"

伍云甫笑着说："那不见得，你得好好想想，要耐心，不要同人家发脾气。"

过了两天，杨国宇按照伍云甫所讲的道理，把"一条水牛三条腿"的事儿一条条地写了出来，准备回答党小组的历史审查。为了很快解决问题，他就把写好的说明先交给小组长张文辉看看。

又过了一天，小组开会了，杨国宇刚讲到一半，小组长张文辉就说："你早这样讲，不就早解决了。"

这时候，杨国宇发现大家的脸色也与以前不一样了，你一句我一句地说：你的历史很简单，你没经过整风"抢救运动"，但历史清白，你也应该虚心接受审查和批评。话里话外，大家都是勉励了。杨国宇在会上作了自我批评，决心要做个忠诚老实的好党员。

就这样，杨国宇的历史审查算是通过了。当天晚上，张文辉就送给他一个红色的带有镰刀斧头的毛主席像章，下面印着"学习"二字。这是当时就地取材利用废电影胶片粘成的党校校徽。杨国宇把它挂在胸前，从此可以自由进出党校第一部的大门了。[22]

[22] 中共中央党史研究室第一研究部编：《七大代表忆七大》（上），上海人民出版社2006年版，第634—635页。

就像杨国宇在党小组会议上所经历的批评与自我批评一样，中共七大确实充满了民主和团结的气氛。在讨论大会的报告和发言中，许多代表畅所欲言，或者具体地总结本地区、本部门、本单位在长期革命斗争中积累起来的经验教训，或者对过去党内所犯的错误，特别是以王明为代表的"左"倾教条主义和经验主义的错误，从团结的愿望出发，深入开展批评，一些犯过错误的同志也进行了自我批评。大会对犯错误的同志进行了耐心的帮助和教育。毛泽东在大会的报告和讲话中，对犯错误的同志采取一分为二的态度，既看到他们犯错误的一面，又充分地肯定他们对党对革命做出贡献的一面。整个会议开展了批评和自我批评，像周恩来、彭德怀等好多高级领导干部都进行了自我批评，连毛泽东自己也在大会上多次作自我批评。可以说，整个七大都始终贯彻了批评和自我批评的精神，批评与自我批评真正地展开了，真正地做到了"红红脸""出出汗"。

七大冀察晋代表团代表孙毅，时任晋察冀军区第三军分区司令员，在小组讨论会上，他怀着激动的心情，畅谈了自己1944年12月奔赴延安之后，一直到参加党的七大这段时间里的收获体会，大家听了，报以热烈的掌声。

1904年出生的孙毅，是河北大城人，1931年参加宁都起义，1933年加入中国共产党，历任中国工农红军第5军团14军谍报科科长、第41师参谋长，粤赣军区第22师参谋长，军委教导师参谋长，红1军团参谋长等职，参加了长征。全国抗日战争开始后，先后任八路军第115师教导大队大队长、晋察冀军区军政干部学校校长、晋察冀军区参谋长、冀中军区参谋长。1940年夏，任中国人民抗日军政大学第二分校校长。在抗大二分校整风学习运动中，高上科（高级科、上级科）有个学员，因犯有男女关系方面的错误，学员队开会对他进行批评教育，谁知他不仅不接受批评，反诬好人。队长多次通知他到会，他却以红军老干部和当过某军分区副团长的经历，摆老资格，拒不出席会议，甚至躲进医院避风，态度蛮横。

学员队经过研究，准备要处分这个副团长学员。情况报到校长孙毅那里，孙毅十分谨慎地说："批评要抓紧，但组织处理可略缓，我要派人再核实一下事实，并要亲自找他谈一次话。"

不久，学员队队长又来找孙毅，说："他还是不到会，校长，你看怎么办？"

"你告诉他，他是一个共产党员，党组织批评他所犯的错误，他应无条件到会嘛！"孙毅十分严肃地说，"你第三次通知他，如果他还是不到会，用担架把他抬来，出席党的会议。"

这一带强制性的办法还算灵，那位副团长终究没有让人用担架抬来，而是步行走进支部大会的会场，接受同志们的批评和帮助。

从此以后，这位副团长学员不仅对学员队队长不满，见了孙毅就像见到仇人一般，而且还利用在医院住院的机会，四处搜罗整风运动中人们给校长孙毅提的意见，不加分析地统统列成孙毅在二分校所犯"错误"的"黑材料"。

1943年4月，二分校高上科500多人调赴延安，这位犯错误的副团长学员也随队编入中央党校第二部参加整风学习。这时，他自认为时机已到，就借着"知无不言，言者无罪"的名义，在二部全体人员大会上，大骂孙毅三个钟头。说孙毅是家长式的领导作风，官僚主义的典型，旧军阀式的带兵方法，还说孙毅让团级干部和战士一样跑步，手里经常拿着一根小木棍，看着谁不顺眼，就打谁的屁股。总之，在他的眼里，孙毅这个校长连国民党的军官都不如。这位受到孙毅批评的副团长还在中央几个大单位的会场上，作过同样内容的发言。这种有轰动效应的发言，为延安的街头巷尾增加了议论的新话题。

1944年10月中旬，在延安参加整党学习的聂荣臻司令员电报通知孙毅到延安中央党校学习。他就和妻子田秀涓一起，带领军队和地方干部共20多人组成的小分队，步行一个半月，于12月初抵达延安。到延安不久，孙毅就去拜访刘伯承校长。

一见面，刘伯承就亲切地说："全党都在整顿三风，这是毛主席的伟大战略部署，我赞成你到党校学习。"

孙毅说："这一次是我主动要求来学习的，得到了上面的批准。"

这时，刘伯承关切地问道："你们二分校有个干部，在中央党校二部发言，骂了你三个钟头，骂得你狗血淋头，不是人样了。我在这里看过他的一份发言稿，足有1万多字。"

"我在二分校执教多年，工作中肯定有不少缺点错误，人家批评，对我有好处。"

"你这个人我是了解的，工作一贯积极，从不偷懒，说话直爽，办事认真，但方式方法有些生硬，容易引起别人的不满。"

"刘校长，你讲的话我一定牢牢记在心里，好的方面，我继续保持，不足的方面，下决心克服！"

听了孙毅的回答，刘伯承点点头，满意地笑了。

在延安，孙毅住在军委招待所，那里住的都是团以上干部，有不少老红军战士，有军分区司令员、政委、副司令员，共70多人，组成干休所党支部。总政组织部部长胡耀邦指定孙毅担任干休所党支部书记。

这时，在中央党校二部学习的原二分校高上科的学员们，每晚都有人来到军委招待所看望孙毅。久别重逢，格外亲切。热情交谈中，大家都不约而同地围绕那位犯错误的副团长在党校二部"大骂孙毅三个钟头"一事展开聊天。交谈中，不少学员开诚布公地谈论孙毅在抗大二分校的功过，既肯定了成绩，也指出了不足。

事实胜于雄辩。没过多久，那个犯错误的副团长经过整风运动的洗礼，大概有些醒悟，终于说出了自己的心里话："要让我当校长，我也得那样做，我实在对不住日夜操劳的孙毅校长。"

学员们当面提出的批评和意见，给孙毅极大的教育和震动，心情极不平静，常常是深夜坐在油灯下，认真思考自己过去工作中的缺点和不足。50年后，孙毅还为此反思自己，说："我是从旧军队过来的人，思想深处潜存的非无产阶级意识和作风不可能在短时间内消除。加上自己性情急躁，爱发脾气，对同志恨铁不成钢，所以在平时工作中得罪了不少人。通过七大前的整风学习，自己深刻检查了身上的缺点，欢迎同志们给自己提意见，收获很大，印象很深，对我确实有触动，一些事情使我终生难忘。"[23]

[23] 中共中央党史研究室第一研究部编:《七大代表忆七大》(上)，上海人民出版社2006年版，第528—530页。

1938年前后，出任鲁迅艺术学院副院长的赵毅敏与毛泽东住得很近，所以走得也很近，经常有机会与毛泽东闲谈。有一次，毛泽东对他说："你说共产党人有什么能耐？能耐就在于错了就改。做事情无非两种结果，做好和做错。做好了就是经验，做错了改了就是教训，把坏事、错事改了也学到了东西。开展批评、自我批评无非是坚持好的、改正坏的。有些同志分配工作不愿干，说没经验。可以问他对什么有经验呢？革命都是学着干，打仗也是学着来的。书本上的知识是间接地学，在实践中学是直接地学。"

听了毛泽东的话，赵毅敏觉得很有道理，深有感悟："毛主席很强调在实践中学习和提高。他的话很简单，但包含了深刻的哲理。坏事变好事就是辩证法，任何人也不可能不犯错误，能改正错误的人才是聪明的有能耐的人"。

有一次，毛泽东跟赵毅敏说："有些同志太理想化、主观主义，分配工作，先看首长怎样，是不是官僚主义，同事怎样，下级服不服从自己。结果到哪里都不满意。解决这个问题很简单，就是多从坏处考虑。对整个革命形势的估计，也应该用这个办法，把坏的可能估计够，如红军减少、党员退党、赤地千里、寸草不生等。有了这样的思想准备，真正遇到困难时就不会懵懵懂懂，措手不及。坏的东西准备充分了，就不怕困难局面，同时也要争取好的结果。预先就有两手，空想不行。"毛泽东还告诉他，人们的认识总是在实践中逐步提高的。比如，我们先是对不敢讲话的同志提倡"知无不言，言无不尽"。后来，在实践中看到，有的人讲了话，却挨了批，于是加上一个"言者无罪"。有的人什么都讲，讲得也不一定对，所以又来了一个"闻者足戒"，"有则改之，无则加勉"。这样，就比较完善了，既让人讲话，又能够正确地对待别人的意见，这里面充满了辩证法。[24]

1942年12月底，毛泽东在接见八路军、新四军干部时，同他们促膝而谈，说："你们当旅长、团长的同志，在整风中不要怕丢脸。下级对你们有意见，让他们统统讲出来，他们窝在心里的怨气吐完了，心情就舒畅了。你们把架子放下来，从实地向群众检讨反省一番，上下级之间的关系就改善了，内部就更加团结了。"

席间，当毛泽东听说陕甘宁边区有一家老百姓给一个分区司令员提了意见，就高兴地说："这是天大的好事！那个老百姓很有觉悟。中国几千年的历史，都是老百姓受官府的气，受当兵的欺负，他们敢怒而不敢言。现在他敢向我们一个分区司令员提意见，敢批评这位'长官'，你们看这有多么好！这是多么了不起的变化！"[25]

在中共七大书面政治报告《论联合政府》中，毛泽东就深刻指出："有无认真的自我批评，也是我们和其他政党互相区别的显著的标志之一。我们曾经说过，房子是应该经常打扫的，不打扫就会积满了灰尘；脸是应该经常洗的，不洗也就会灰尘满面。我们同志的思想，我们党的工作，也会沾染灰尘的，也应该打扫和洗涤。'流水不腐，户枢不蠹'，是说它们在不停的运动中抵抗了微生物或其他生物的侵蚀。对于我们，经常地检讨工作，在检讨中推广民主作风，不惧怕批评和自我批评，实行'知无不言，言无不尽'，'言者无罪，闻者足戒'，'有则改之，无则加勉'这些中国人民的有益的格言，正是抵抗各种政治灰尘和政治微生物侵蚀我们同志的思想和我们党的肌体的唯一有效的方法。以'惩前毖后、治病救人'为宗旨的整风运动之所以发生了很大的效力，就是因为我们在这个运动中展开了正确的而不是歪曲的、认真的而不是敷衍的批评和自我批评。"

1945年4月24日，毛泽东在七大作口头政治报告时，语重心长地说：

> 那天在预备会议上我已经讲过：我们党并不是完全统一的，我们还需要更高的统一，更高的团结。要团结就

[24] 中共中央党史研究室第一研究部编：《七大代表忆七大》（上），上海人民出版社2006年版，第3页。

[25] 中共中央文献研究室编：《毛泽东年谱（1893—1949）》（修订本）中卷，中央文献出版社2002年版，第419页。

要有民主，没有民主，没有批评与自我批评，不把意见搞清楚是不可能团结的。许多不公平的事情要逐渐走向公平。哪一天都有不公平的问题，因此我们哪一天也要解决问题。问题是解决了又发生，发生了又解决，我们就是这样地前进。中央和各级领导机关的领导同志，要注意听人家的话，就是要像房子一样，经常打开窗户让新鲜空气进来。为什么我们的新鲜空气不够？是怪空气？还是怪我们？空气是经常流动的，我们没有打开窗户，新鲜空气就不够，打开了我们的窗户，空气便会进房子里来。我们的房子是什么房子呢？是政治房子、政治工厂。开工厂就得有原料，有工人，有技师、工程师。原料为什么不够？人员为什么不够？就要想想自己的责任。有没有贴广告？广告大不大？有没有出高价收买原料？事实上原料并不要花什么钱，只要贴上"欢迎"两个字，各种原料就源源而来。所以各种各样的意见，都要让它发表，要做到"知无不言，言无不尽；言者无罪，闻者足戒；有则改之，无则加勉"。这是老话，但很有意义。我要声明一下，如果有什么人讲起来讲得很好，做起来不兑现，他讲的他自己也不执行，那就不对。[26]

[26] 中共中央文献研究室编：《毛泽东在七大的报告和讲话集》，中央文献出版社1995年版，第145页。

时任陕甘宁边区政府主席林伯渠秘书的王恩惠，是在七大召开前几个月被增补为七大候补代表的。作为一名出生在陕北神木县穷乡僻壤的农村娃娃，从小就品尝过被地主恶霸欺负的滋味，现在作为一名普通的党员竟然被推选为七大代表，和许多德高望重的老革命家一起讨论决定党和国家命运的大事，心情格外激动。坐在杨家岭中央大礼堂里聆听毛主席的讲话时，他禁不住热泪盈眶，浮想联翩。大会开始后，他又被陕甘宁边区代表团的代表一致推选为边区政府分团的秘书。为代表们服务，他感到无上光荣。王恩惠回忆说："会议始终贯穿着批评和自我批评的精神。许多同志结合自己的经历，畅谈路线斗争的体会，既有自我批评，也指名道姓地批评别人，绝大多数同志都能正确对待。当然，有时也难免有点紧张气氛。但我们边区政府分团没有这种现象。我们分团中既有参与中央苏区路线斗争的人，也有参与陕北苏区路线斗争的人；有的同志既被错误路线整过，也整过别人，都没有互相指责，其中起主要作用的是林老和罗迈同志。林老是当时延安德高望重的五老之一，他是大会主席团成员，循循善诱，引导大家正面讨论。林老在中央苏区是坚定地站在正确路线一边的，他从不盛气凌人地指责别人，总是正面讲道理。罗迈在中央苏区犯了路线错误，他从不讳言自己的错误，不指责别人，也不推诿责任。对自己的问题，他在小组会讲，大会也讲，既讲错误的事实，也分析错误的原因，理论水平比较高。林老的原则性和谦和态度的完美结合，罗迈同志的勇于自我批评，给大家做出了榜样。"[27]

[27]中共中央党史研究室第一研究部编：《七大代表忆七大》（上），上海人民出版社2006年版，第135页。

七大代表关星甫来自八路军地方部队，1939年8月就当选七大代表，1940年来到延安，先被安排在军政学院学习，后又合并到中央党校学习。他认真听了大会发言，对陈毅、聂荣臻、朱瑞等人在发言中开展批评与自我批评记忆犹新。他回忆说："陈毅在大会上发言，特别讲了黄桥之战。他说：毛主席说：我们不打第一枪，不能教条主义。我们打第一枪，我们就完了。我们当时只有3个团，而韩德勤有一两万人，比我们多好几倍。而中间势力扬州二李[28]要捡我们的'洋料'，我就敞开仓库让他们拿。结果我们以少胜多，打了胜仗，扬州二李对我们的态度也不一样了。聂荣臻在大会上发言，曾讲了百团大战过早地暴露了我们的力量……朱瑞讲了山东问题，也作了自我批评，说没有认真发动农民减租减息，而是搞什么青年工作，特别是搞抗协，给抗协搞武装，自己树起一个内部的对立面。刘少奇代表党中央解决了山东的统一领导问题，把朱瑞和陈光调回延安，使罗荣桓把山东省的党政军（第115师和山东纵队）都统一起来了，使我们党和军队有了很大的发展。林彪在发言中讲了军队工作中的群众路线问题，还受到了刘少奇的赞扬。"

[28]"二李"指国民党军地方实力派李明扬、李长江。

时任晋绥军区第四军分区司令员杨秀山，是在一个春意浓郁的黄昏抵达延安的。一走进联防司令部的窑洞，他就收到了一份重要文件。这本用延安本地生产的马兰纸印制的小册上，清晰地印着"政治报告"四个大字。这是毛泽东在七大所作书面政治报告《论联合政府》的初稿，事先发给代表们阅读，征求意见。顾不得安顿住宿，他一口气就把文件读下去，一字一句，都紧扣着他的心弦，越看越有味，越看越入神。在杨秀山的记忆中，中共七大始终洋溢着非常民主、非常团结、非常融洽的气氛。大会的每个报告、决议和文件，不仅事前均经中央做了充分的准备，而且还经过全体代表、各代表团小组、代表团会议详尽地讨论，提出意见，加以修改。大会主席团尽一切可能让每个代表均能发表自己的意见，就是那些因故不能到会的同志，也要请他们用书面发言的方式表达自己的意见。杨秀山回忆说："记得关向应当时在中央医院养病，不能参加会议，毛泽东就要贺龙常常去看他，将会议进行的情况不断告诉关向应，并征求他的意见。这样，就使大会的每个决议和报告更臻于完善、丰富、生动、正确。在选举中央委员会时，也是经过充分的酝酿讨论，才进行正式选举。经过这样严肃、慎重选举产生的新的中央委员会，当然是完全能够代表全体党员的意志而为全党所一致拥戴的最坚强、最有力的无产阶级的战斗司令部。大会高度地发扬了无产阶级的民主，在小组讨论中，人人各抒己见，个个畅所欲言，有坦率诚恳的建议与批评，也有由衷的自我批评，更多的是以亲身的经历生动地证实了遵义会议以来党的路线、方针和许多具体政策的正确性。在一些具体问题上，难免也有争论，但是一旦是非辨明之后，大家又能很快地统一了认识。同志们对待问题是一切从全党出发，从全局出发，坚持原则，修正错误，充满了对党负责的精神。"[29]

在七大上，代表们在全体会议上听取报告后，就开始进行小组讨论。在小组讨论时，大会主席团想方设法让每名代表都能发表自己的意见，代表们情绪始终是高涨的。讨论中大家都能畅所欲言，到处洋溢着民主、团结的气氛。原定讨论的时间不够，大会主席团又临时决定延长几天，会议的议程也不断地改变。七大代表、陕甘宁边区留守兵团副政委方强回忆说："记得各代表团在讨论选举中央

[29] 中共中央党史研究室第一研究部编：《七大代表忆七大》（上），上海人民出版社2006年版，第243页。

委员会候选人名单时，有的同志提意见具体到人，指名道姓，做到知无不言，言无不尽。后来毛主席发表讲话说：一些被选举人听到意见后，提出不做候选人行不行？你们考虑。选不选自己，自己有自由。只要在自己选自己对党不利时就不选，否则就应该画自己的圈。我就准备画自己的圈。毛主席说：对谁有意见，所有同志应把自己想讲的话彻底讲清楚比较好。历史证明凡是原则性的问题，敷衍下去，不知哪一天就会出来的。彻底搞清楚，才有利于团结。"[30]

[30] 中共中央党史研究室第一研究部编：《七大代表忆七大》（上），上海人民出版社2006年版，第252—253页。

为了指导会议的进行，在小组讨论期间，毛泽东只要有空就参加各小组的会议。他非常注重听取同志们的发言，从中吸取经验，发现问题，有时也做一些诱导，启发大家更深一步地去思考。毛泽东腹有诗书，又口才好，善于表达，讲问题总是那样深入浅出，通俗易懂，并夹着一些风趣的比喻，形象生动，很吸引人。一些让人百思不得其解的问题，经他一讲就顿时豁然开朗。所以，每当毛泽东去哪里参加会议，哪里的会场上总是非常活跃。七大代表杨秀山清楚地记得：在小组酝酿提中央委员候选名单时，有个小组对于要不要考虑"山头"的问题，出现了两种不同意见。有的同志主张应该取消"山头"，有的同志主张还需要照顾"山头"。当时毛泽东也在场，他听完两方面的意见以后，讲了一下他的看法。大意是：我们要反对、要消灭的只是"山头主义"的错误倾向；我们之所以要反对它、消灭它，是因为它妨碍我们党的团结与统一；至于"山头"，它是在中国革命的具体历史条件下形成的，在革命历史上曾起过一定的作用，它是一个客观存在着的东西，不能简单地宣布取消了事；我们的原则应该是"承认山头，削弱山头，最后再消灭山头"。他还表示，这仅仅是他自己的一点意见，至于这样做好不好，请大家再考虑一下。后来，其他代表团也同样提出了这个问题。为此，毛泽东在七大政治报告讨论的结论中专门提到了这个问题。

七大代表、时任《解放日报》评论组组长高扬文认为，七大在会议准备期间和会议全过程，充分发扬民主，是大会成功的重要保证。他回忆说："《关于若干历史问题的决议》起草花了11个月的时间，在征求意见的基础上修改了多次。发给代表讨论时，又根据代表提的意见，做了最后的修改，才送给毛主席审定。这充分说明决议是民主精神的产物，集体智慧的产物。在讨论决议中代表们通过摆事实、讲道理，充分发表意见，开展批评与自我批评，分清是非，消除分歧，取得统一认识，共同接受经验教训，达到在思想上、政治上的坚强团结。讨论会洋溢着民主气氛。会议的几个报告，特别是《论联合政府》主题报告，事先都经过代表们认真讨论，吸取大家的意见，做了多次修改。尤其值得称道的是，犯过'左'倾路线错误的代表人物，除了王明外，博古、洛甫都在大会上做了深刻的检讨，深挖自己的小资产阶级思想病根，痛心疾首地指出自己的错误对革命事业所造成的严重损失。洛甫诚恳表示今后要放下架子，拉下面子，认真改正错误。博古则眼含泪水，表示决心纠正错误。两个人共同声明，今后一定要团结在毛主席周围，努力工作，以功补过。这种诚恳的检讨，也感动了大多数代表。大会的民主作风，还表现在会议期间除各代表团在小组会上充分自由地发表意见外，对其他代表团的某一同志有意见，也可以到那位同志所在的代表团或其他代表团发表意见。在大会期间，共有20多位代表在大会上发言，除博古、洛甫做检讨外，其他代表都围绕对毛泽东思想的理解与态度、大会总路线的贯彻执行、做好争取全国胜利的准备，各抒己见。发言联系实际，内容深刻，使代表们了解许多新情况，也很受教育。大会诸多自由发言也表现了大会的民主精神。毛主席非常谦虚，对进入陕北初期处理地方问题的缺点和多征了过头粮（20万石），不止一次地做了自我批评。这种以身作则的谦虚的态度，使代表们深受感动（我的一生从不掩饰自己的错误，这和在七大受到民主精神的教育是分不开的）。在选举中央委员时也充分体现了民主精神。对每一位候选代表，各代表团都进行充分的酝酿，还进行一次预选，当看到犯'左'倾错误的几位同志在预选中没有选上中委，毛主席专门作了一次讲话，除了选举标准和人数外，对犯路线错误的同志，应不应当选，毛主席在总结了历史经验教训后，指出：对犯路线错误的同志，不应一掌推开。虽然犯过路线错误，但是他已经承认错误，并且决心改正错误，我们还可以选他。这种对犯路线错误的同志的态度，体现了最大的民主精神。由于七大始终贯彻了民主精神，最后达到了高度的集中，把全党集中到贯彻执行大会的路线上，集中到高举毛泽东思想的旗帜上，使七大成为团结的大会、胜利的大会。"[31]

七大代表们在延安大都参加了整风学习，普遍阅读学习了中央陆续发下的22个整风文件。这些文件主要是反对主观主义、宗派主义和党八股的。学习中，每个人先把文件粗读一遍，然后逐句逐段精读，领会文件精神实质后，再理论联系实际，即把这个理论联系自身工作中的主、客观实际，实事求是地解决自我认识问题，并展开民主的、互助的自我批评和互相批评，使大家口服心服。在七大代表们看来，"中共七大表现出的这种非常团结的气氛，来源于伟大的整风运动，当时他们把它叫做整风精神。在整风精神的感召下，许多犯过错误的同志心悦诚服地接受了党的教育与同志们的帮助，回到了正确路线上来，有的人和我们坐在一起参加七大，还有的人选进了新的中央委员会"。毛泽东思想开出整风运动之花，结成了七大之果。经过整风运动，全党在毛泽东思想的旗帜下，达到了空前一致的团结。党的第七次全国代表大会所表现出的，正是"又有集中又有民主，又有纪律又有自由，又有统一意志又有个人心情舒畅、生动活泼，那样一种政治局面"。

在学习反主观主义这一问题中，中央党校第十支部的一位曾担任团政委的老红军梁诚提出了一个问题："毛主席是不是也有主观主义？"

梁诚提出的这个问题很快反映到党校第二部主任张鼎丞那里，他立即召开支部会议进行讨论。在支部会上，张鼎丞说："毛主席历来坚持用唯物主义的眼光看问题，党校一部门牌上'实事求是'四个大字就是他题写的，一个人有没有主观主义要从他的实践活动中去看，也要从他的著作和讲话中去看，对毛主席也是一样，你们完全可以照此衡量，并得出实事求是的结论。"

真理是越辩越明。

梁诚也和大家一起，对此进行了认真的学习讨论，越学越觉得

[31] 中共中央党史研究室第一研究部编：《七大代表忆七大》（下），上海人民出版社2006年7月版，第700—701页。

毛主席是特别讲实事求是的，而王明是犯了主观主义、教条主义的大错误的。

同样，在中央党校第二部学习的中共浮山县委书记王锐回忆："我们在党校学习时，二部主任张鼎丞说'有话就说，有屁就放。提倡充分发表意见，然后经过讨论，统一认识'。"七大代表、时任冀中军区第二军分区政委吴西是1943年派往延安中央党校参加整风学习的，他也参加了这一次支部会议，对梁诚提出的这个问题感到十分敏感。他深深感到，大家通过对《关于若干历史问题的决议》的学习，更加深刻认识了王明的"左"倾教条主义和经验主义对党和革命事业造成的巨大危害，自觉地和中央站在一起，抵制和批判王明的错误路线。经过深入讨论，中央党校学习的学员和七大代表们都赞成采取"惩前毖后，治病救人"的方针，运用团结—批评—团结的方法，通过正常的而不是歪曲的，认真的而不是敷衍的批评与自我批评，学习马克思主义，总结党的历史经验，达到了既弄清思想又团结同志的目的，造成了既有民主又有集中，既有个人心情舒畅又生动活泼的政治局面。[32]

1945年5月31日，毛泽东在作七大政治报告讨论结论时，再次强调了我们"是开政治工厂"，要扩大民主，广泛开展批评与自我批评，做到"知无不言，言无不尽；言者无罪，闻者足戒；有则改之，无则加勉"。他说：

[32] 中共中央党史研究室第一研究部编：《七大代表忆七大》（上），上海人民出版社2006年版，第397页。

> 同志们！我们党是最公平的，最讲道理的，大多数的人是公平的，大多数的人也知道要集中，他们也要求集中。我们党内的同志是有这个觉悟的，他们不会不懂得集中，也不会妨碍集中。当然，无政府主义、极端民主化的思想也是有的，那是小资产阶级的思想，我们要批评它，指出这些思想是不好的。现在我们的觉悟程度提高了，我们的领导干部、我们的同志懂得高度集中的必要了。我们不怕人家批评，我们是批不倒的，就是犯过路线错误的也不怕批评，也是批不倒的，只要有改正错误这一条就行。

愈是不怕人家批评，愈是敢让人家讲话，给人家讲话的机会，人家的批评可能会愈少。我们要学会听闲话，我们长两个耳朵就要听闲话。我们的党员有意见要在组织里面讲，不许在组织外面讲，这是一个原则。但是还有在组织以外讲的，那是闲话，这也是事实。我不是提倡小广播，不是要大家在七大以后去大搞小广播，我是说小广播是存在的，哪一年也有一点，我们要去听，去收集材料。这些材料无非是两种：一种是错误的，一种是正确的。正确的收集起来，错误的也收集起来，都把它当作原料。我们现在是开工厂，七大就是开政治工厂，我们中央也是开政治工厂，这个工厂没有原料怎么行呢？原料贫乏制出的东西就不像样子，所以我们要收集原料。打开窗户就使原料有来源，我们还要登广告："知无不言，言无不尽；言者无罪，闻者足戒；有则改之，无则加勉。"登广告就是为了要收集原料，为了使我们的政治工厂的原料多一些，其中包括小广播这种原料在内。如果我们扩大民主，把小广播合法化，把"黑市"变成合法的，原料就会多起来。大家有意见，有气，就应该打开窗户，让他们把气出完，把意见都说出来，只有这样，才能团结同志，统一意志，集中意志，形成高度的集中。没有集中，就不能胜利，就要失败，就要被消灭，所以没有集中不行。但是我们要在高度民主的基础上，建立高度的集中。[33]

[33] 中共中央文献研究室编：《毛泽东在七大的报告和讲话集》，中央文献出版社1995年版，第206—207页。

在七大上，毛泽东不厌其烦地强调："知无不言，言无不尽；言者无罪，闻者足戒；有则改之，无则加勉。"朝气蓬勃的共产党人不怕红红脸、出出汗，有敢于和善于进行批评和自我批评的勇气，忠言逆耳，良药苦口，有包容宽容的肚量，有从善如流的雅量。七大代表、时任中央军委二局总支书记戴镜元回忆说："毛主席还特别强调开展自我批评。他以'天天要洗脸，天天要扫地，写文章要反复修改，重要的文章要修改十多次'来说明错误是难免的和进行自我批评的重要性和必要性。"过去犯了路线错误的同志，大多数进行了认真、诚恳的自我批评，有些同志对自己的错误作了深刻的检讨。如博古对自己过去所犯"左"倾错误给中国革命造成的损失非常内疚和痛心。他发自内心、痛哭流涕地检讨了两个多小时，痛切地表示，要实行脱胎换骨的改造，脱小资产阶级之胎，换教条主义之骨，重新做起，在毛主席领导下，多做对革命有益的事情。

在中共七大上，除了毛泽东、朱德、刘少奇代表中共中央作了政治、军事和修改党章三大报告之外，在大会发言的代表有二十余位，他们大多是中央委员和中央各部门以及各地区的负责同志。他们发言的内容总的说来是谈自己对中央三大报告的理解，有的结合自己分管工作的实际情况，检查总结经验教训；有的根据中央文件精神着重讲自己在什么情况下犯了错误，严肃地做自我批评；有的是针对党内正在发展的一些不良思想倾向提出诚恳的告诫、恳切的批评；有的是对中央政治报告的重要补充，如周恩来《论统一战线》实际上是中央提出"联合政府"问题之前两条路线斗争的总结。其中张闻天、博古、杨尚昆、朱瑞等人的发言，都带有检查、反省和自我批评的味道。

在延安整风运动中，在七大筹备和召开期间，张闻天的态度与王明截然不同。从一开始，张闻天就同意毛泽东的观点，承认土地革命战争后期的路线是错误的，并从政治上、军事上、组织上、思想上全面地分析批判了错误，明确了自己应该担负的责任。为了克服主观主义、教条主义，他表示要离开中央机关，到农村做调查研究和实际工作，以便补缺乏基层实际工作经验这一课。后来，经中央同意，从中央几个部门抽调了9名干部，组成一个延安农村工作调查团，由张闻天当团长，从1942年1月出发，到陕北、晋西北农村调查。这次调查进行了一年两个月，写出了十几个调查报告，尤其是思想上取得了很大的收获。张闻天在《出发归来记》中说："调查研究是从实际出发的中心一环。接触实际，联系群众，这是一个共产党员的终身事业。"许多高级干部都进行了调查研究，张闻天不过是其中最为突出的一个。通过这一年多的调查，他对毛主席的调查研究的理论和方法也有了实际的认识和体会。

七大代表、张闻天的夫人刘英回忆说:"两条路线的学习,思想斗争相当尖锐,但生活过得比较轻松。杨家岭大礼堂早已建成,晚上经常举办舞会。就是民族音乐伴着陕北的锣鼓,倒也别开生面。毛主席常去跳舞,他只会一般的四步、三步,说自己跳舞的水平是'踏着音乐走路'……学习两个月后,所有参加学习的人都对照检查写自传。像我这样的一般的代表比较简单,在历史上两条路线斗争中犯有错误的同志就写得详细得多了。闻天很认真,写了将近4万字,称为'反省笔记'。有些部分是我帮他誊清的。在笔记中,他扼要地叙述了自己的经历和思想发展过程,几乎绝口不谈自己的贡献,而对于自己在六届四中全会后一段时间里所犯的'左'倾错误,进行了系统深刻的揭发批判,对曾经参与的历史事件和与此相关的同志,他都负责地一一说明事实真相,客观地评价其功过是非。毛主席看后,立即到我们窑洞里来,说:我一口气把它读完了,写得很好!"[34]

[34] 中共中央党史研究室第一研究部编:《七大代表忆七大》(上),上海人民出版社2006年版,第47页。

除了写书面的"反省笔记",张闻天还在5月2日中共七大第7次全体会议上专门作了《听政治报告后的自我反省》的发言。他说:

> 首先使我深刻感觉到的,就是我过去自高自大,自以为是的骄傲态度,曾经妨碍了我认真的学习毛泽东同志的思想与作风,因而妨碍了我在思想上与作风的进步。骄傲的态度,即是拒绝批评与自我批评的态度,拒绝进步的态度,是小资产阶级革命家的个人主义的一种表现。整风运动,在改变我过去这种骄傲态度上,实在给了我莫大的好处。关于我过去教条主义,"左"倾机会主义,宗派主义等错误的尖锐的与深刻的批评,使我的骄病有了转机。这里,我首先应该感谢毛泽东同志、刘少奇同志对于我的帮助。"良药苦口利于病"的这句中国俗话,实在是很有道理的。而且现在我觉得,药性愈猛,作用也愈大,虽有点"副作用",也不要紧。

由于外力的推动与帮助，我开始反省我自己的一切错误，我开始严厉的批判自己，我开始抛弃自己的包袱，我开始虚心了。但是如果说，我在这个转变过程中，我没有内心的矛盾，毫无悔恨与不平的情绪的交替，一句话，毫无一个痛苦的过程，那我不是在说真话，而是在说谎。相反的，为了真理，我曾经必须从我自己的身上撕去一切用虚假的"面子"与"威信"所织成的外衣，以赤裸裸的暴露我自己的一切丑相；我曾经必须打倒把我高悬在半空中的用空洞的"地位"与"头衔"的支柱所搭成的空架子，使我自己从天上直摔到地下。一句话，为了真理，我曾经必须抛弃我的小"资产"，使自己变为"无产"者。这对于小资产阶级的灵魂说来，当然是非常痛苦的，然而不使它痛苦，它就肯轻易地把它的宝座让位给无产者吗?!

我的无产阶级的灵魂，就是这样，慢慢的在斗争中占了上风。我终于慢慢虚心起来了。我开始认真的学习毛泽东同志的思想与作风了。而且我觉得，我愈是虚心，我愈能接受批评与发展自我批评，我的进步亦愈快。[35]

张闻天在七大上的发言给七大代表关星甫留下了深刻印象。他说："在大会发言中，我记得张闻天作了自我批评，讲了一个架子、一个面子，为什么不能认识自己的错误呢？一个是架子放不下，一个是面子抹不开，只顾自己的面子，而没有真正认识自己的错误。博古也作了自我批评的发言，特别讲了在武汉工作时期，看起来搞得是轰轰烈烈，实际上是空空洞洞，就是没有认识到根据地的重要性，没有更多地动员广大知识分子、进步青年到根据地去做建立扩大根据地的工作，而是满足于在城市轰轰烈烈的工作。后来敌人占领了武汉，我们缺乏踏踏实实的工作，而显得空空洞洞。"[36]

像张闻天一样，博古也是在写完书面反省之后，5月3日在七大第8次全体会议上再作检讨性发言的。他发言的题目是《对教条主义机会主义路线所负责任的问题》。他诚恳地说："我是与这一条教

[35] 中共中央党史研究室、中央档案馆编：《中国共产党第七次全国代表大会档案文献选编》第2卷，中共党史出版社2022年版，第574—575页。

[36] 中共中央党史研究室第一研究部编：《七大代表忆七大》（下），上海人民出版社2006年版，第878页。

条主义'左'倾机会主义路线共其始终的人，就是说从头到尾有始有终我都参加了的。这路线底各个阶段，它的萌芽、形成、发展、破产及转化为右倾机会（主义）投降路线，我都是有份的。比起别的教条主义的同志来，我在这路线错误中，时间最长，所负的工作更全面。因此，由我来叙述一下这一条路线的萌芽、形成、发展、破产底整个的历史过程，是比较适当的；而且也只有从这个叙述中间，才能说明我自己的错误和责任。"他把教条主义、机会主义分为四个阶段进行了详细的回叙和总结。最后，他痛哭流涕地说："我是一个很长时期坚持错误的人，是认识错误比较晚的。今后怎样呢？今后我想只有脱胎换骨，重新作起。脱什么胎？脱小资产阶级革命家之胎。换什么骨？换教条主义之骨，来重新作起。我想在我党领袖毛泽东同志领导下，在党中央领导下面作一个党员。好在自己的年纪在同犯错误的同志中还比较年轻一些，所以希望能够在以后更多的替党做一些有益的事，来补偿自己所犯错误使党所受损失于万一。"[37]

七大会期整整50天，其间是开大会和开小会轮回穿插进行的。从预备会议开始，全体大会共开了22次大会，各个小组的会也开了几十次。各小组讨论的情况也是相当认真，发言也相当积极，批评与自我批评的空气也是相当浓厚。而各小组的讨论情况，都将及时反映到代表团，再及时向主席团汇报。如此学习、讨论、汇报，轮回几次之后，主席团有何反映、有何指示、有何要求，也及时传达下来。七大代表、时任晋察冀边区北岳区第十一（平西）地委书记李德仲（李默然）回忆说："七大的民主作风很好。七大开会讨论期间，我们小组讨论非常热烈，还发生过争论。一天，李光裕（在定县工作）给组长提意见，说：我们组长反映情况太迟钝。毛主席讲的问题，别的组很快就反映出来了，可我们的组长回来也不讲。李光裕这么一说，组长就发火。两人吵了起来，我是副组长，赶快劝架，后来两人又讲和了。"[38]

七大大后方代表团代表、时任中共中央职工运动委员会研究室大后方组副组长江浩然，清楚地记得他们的小组会开得像整风学习

[37] 中共中央党史研究室、中央档案馆编：《中国共产党第七次全国代表大会档案文献选编》第2卷，中共党史出版社2022年版，第610页。

[38] 中共中央党史研究室第一研究部编：《七大代表忆七大》（上），上海人民出版社2006年版，第590页。

一样，先是分头学习文件，独立思考，然后再集体讨论，充分发表自己的意见。大家有不同的认识，还可以争论、探讨，务求弄通、理解文件的精神实质，对实践证明在思想上、政治上、组织上犯有原则性的错误还要开展批评和自我批评。周恩来是七大主席团成员，叶剑英是大后方代表团团长，博古是江浩然所在大后方代表团四川组小组成员，他们都分头参加过四川组的小组讨论。在小组会上，代表们对周恩来、叶剑英、博古这些领导同志都很尊重，对他们也敢讲真心话，大胆地提出问题，发表自己的意见。

因为江浩然是贵州赤水县人，对于红军长征的历史就非常关心，参加革命八年，他看过一些书，听过一些报告，总是没有了解清楚，特别是党内两条路线斗争的实际情况没有弄清楚。七大会上，他在听了周恩来、博古的发言后，感到讲的问题很多，但对长征到遵义这一段的历史还是模糊不清。所以，当博古参加四川小组会时，江浩然口快心直地向他提出了这个要求，请他把两条路线斗争的具体情况讲得更明了些。江浩然的提议，大家都赞成，请博古给大家讲一讲。博古也不回避，马上以检查自己的坦诚态度，讲了基本的情况，同时又着重做了自我批评。听了博古的介绍，江浩然当场表示深受教育，要好好学习，吸取教训。四川组的同志们也都点头表示有同感，鼓掌散会。[39]

无论是全体大会，还是小组会，由于大家争相做自我批评，后来毛泽东在大会上讲："我看破坏性的东西讲得太多了，希望多讲一点建设性的东西。"

其实，在4月24日，毛泽东在七大口头政治报告中，就专门讲了"建设性的东西"，那就是提倡大家要讲真话，要谦虚谨慎，不骄不躁。他说："今天再说这样一点，就是要讲真话，不偷、不装、不吹。偷就是偷东西，装就是装样子，'猪鼻子里插葱——装象'，吹就是吹牛皮。讲真话，每个普通的人都应该如此，每个共产党人更应该如此。"

什么叫不偷？毛泽东说："我曾经看到过这样的事情，把别人写的整本小册子，换上几个名词，就说是自己写的，把自己的名字

[39] 中共中央党史研究室第一研究部编：《七大代表忆七大》（下），上海人民出版社2006年版，第1312页。

安上就出版了。不是自己的著作,拿来说是自己的,这是不是偷?呀!有贼。我们党内也有贼,当然是个别的、很少的。这种事情历来就有的,叫做'抄袭'。这是不诚实。马克思的就是马克思,恩格斯的就是恩格斯的,列宁的就是列宁的,斯大林的就是斯大林的,朱总司令讲的就是朱总司令讲的,刘少奇讲的就是刘少奇讲的,徐老(指徐特立,引者注)讲的就是徐老讲的,哪个同志讲的就是哪个同志讲的,都不要偷。"

什么是不装?就是"知之为知之,不知为不知"。毛泽东说:"孔夫子的学生子路,那个人很爽直,孔夫子曾对他说:'知之为知之,不知为不知,是知也。'懂得就是懂得,不懂得就是不懂得,懂得一寸就讲懂得一寸,不讲多了。为什么世界上会出现'装'?为什么有人感到不装不大好呢?这是一个社会现象。偷是社会现象,装也是社会现象。装的现象现在特别多,在我们党内也特别多。爱装的人,是他母亲生他下来就要他装的?他母亲怀他在肚子里就在观音菩萨面前发誓、许愿,一定要生一个会装的儿子?当然不是,这是社会现象。我们党内历来不允许装。不知道不要紧,知道得少不要紧,即使对马列主义知道得很少、马列的书读得很少也不要紧,知道多少就是多少。"为此,毛泽东现场向七大代表们推荐阅读5本马列主义的书,即:马克思和恩格斯合著的《共产党宣言》,恩格斯的《社会主义从空想到科学的发展》,列宁的《在民主革命中社会民主党的两个策略》和《共产主义运动中的"左派"幼稚病》,以及斯大林主持写的《联共(布)党史简明教程》。不过,对当下的共产党员来说,除了不懂不能装懂之外,还应该加上一条,就是不能装傻,要坚持原则、坚持真理,不能明哲保身,不能时时事事都是"热情大方一问三不知",当老好人,八面玲珑,四方讨好,做精致的利己主义者。

什么是不吹?就是报实数,"实报实销"。毛泽东说:"在座的同志不是讨论过党的历史吗?有的同志在发言中说,内战时期养成了一种习惯,向上级报告工作时,要讲好一点,夸大一点,才像样子。其实这不解决任何问题。我们的工作是整个人民工作的一部分,是全党工作的一部分，我们都有份，人民都有份。为什么我现在当首长？就是恰好要我当首长，没有别的道理，本来张三、李四都可以当，但是点将点到了我的身上，要我当。至于这一份家业是哪个的？是张三、李四的？不是，是全党的，是全国人民的。延安是谁的？延安是全国人民的。我曾经和一个党外人士讲过，有人说延安是共产党的，这是不对的。说共产党在这里当首长，这是正确的，因为这个天下是我们领导老百姓打出来的。'实报实销'，要求我们的情报要真实，不要扯谎。要把自己领导工作中的缺点向大家公开，让大家来参观，看我这个旅有没有马屎、驴屎、有害的微生物，如果有，就来打扫一下，洗干净，扫除官僚主义。我提倡人家将军，有些事不逼我们就做不出来。鲁迅先生讲过，文章是逼出来的，如果不逼就写不出来。但是我们不搞逼供信的'逼'。"

最后，毛泽东告诫七大代表们说："关于要讲真话，我们现在发一个通令，要各地打仗缴枪，缴一支讲一支，不报虚数。知之为知之，不知为不知，一支为一支，两支为两支，是知也。这个问题解决了，我们党的作风就可以更切实了。我们一定要老老实实。"[40]

听了毛泽东的报告，张闻天在发言中深刻地反省自己，说："我曾经在某一个问题上自以为我了解了毛泽东同志的思想，但后来一次二次的反复证明，我的了解是不对的。我曾经在某一种作风上，自以为学习了毛泽东同志的作风，但后来无数次的证明，我并没有学到多少。一种伟大的思想与作风的学习，必须要有长期的思想上的奋勉，及长期的实际工作中的锻炼，才能慢慢的有所进步。这里，牛皮是万万吹不得的！过去我们那种以不知为知，以假知为真知，以人知为我知，以小知为大知的，不做精密的调查研究的夸夸其谈的作风，实在不但害己，而且害人。我们必须以毛泽东同志在这次大会上所指示的'不偷、不装、不吹'的老实作风，来代替我们过去的那种虚浮与空谈的作风。我想，只要我是在工作中进步着，那末即使我的进步迟慢得像蜗牛的爬行一样，也是不足为耻的。但是，如果我毫无进步，却反而装出我有进步，甚至很有进步的样子，那或许反而是可耻的吧。"[41]

[40] 中共中央文献研究室编:《毛泽东在七大的报告和讲话集》，中央文献出版社1995年版，第156—158页。

[41] 中共中央党史研究室、中央档案馆编:《中国共产党第七次全国代表大会档案文献选编》第2卷，中共党史出版社2022年版，第577页。

在整风运动中，毛泽东曾经给大家讲过两个亲身经历的小故事。一个故事是，在遵义会议期间，一个同志硬说毛泽东的军事战略都是从《孙子兵法》学来的，现在用不上了。毛泽东问他：你读过《孙子兵法》没有？你知道《孙子兵法》一共有几章？问得这个同志哑口无言。因为他本来就连《孙子兵法》这本书也没有读过。没有调查研究，不懂装懂，当然就被取消了发言权。另一个故事是，一位同志刚到陕北洛川，第二天就下命令取消一切苛捐杂税。毛泽东问他：一切苛捐杂税你都取消了，究竟有哪几种苛捐，哪几种杂税？这个同志完全答复不上来。毛泽东就是通过这样真实生动的故事，"使很多干部懂得了究竟什么是唯物主义，什么是唯心主义，调查研究有什么重要的意义，为什么一切工作不能靠装腔作势，不能闭目塞听，而必须从实际出发，首先从了解情况着手"[42]。

毛泽东提倡讲真话，提倡"不偷、不装、不吹"，其实就是要求中国共产党人"说老实话、办老事、做老实人"，就是要做"真人"，"言之有理，行之有效"，厚德载物，自强不息。与其相对立的，就是说假话、办假事、做假人。刘少奇曾经说过，有一种人的手特别长，很会替自己个人打算，至于别人的利益和全党的利益，那是不大关心的。"我的是我的，你的还是我的。"这种人闹什么东西呢？闹名誉，闹地位，闹出风头。在他们掌管一部分事业的时候，就要闹独立性。为了这些，就要拉拢一些人、排挤一些人，在同志中吹吹拍拍，拉拉扯扯，把资产阶级政党的庸俗作风也搬进共产党里来了。这种人的吃亏在于不老实。我们应该老老实实地办事；在世界上要办成几件事，没有老实态度是根本不行的。"共产党员必须言行一致，这是党规定的。违反了这一条，就是违反党的纪律。有些人对党说一次两次假话，经过教育不加改正，反而假话越说越多，越说越大。这样的人，不管你口里讲得如何革命，不管你过去有多大的功劳，应该立即开除出党，没有价钱可还。"

七大代表陈云1937年11月从新疆回到延安后，担任中央组织部部长，1944年3月任西北财经办事处副主任兼政治部主任，主持中共中央所在的陕甘宁边区的财政经济工作，提出领导者指导工作应

[42] 陈云：《坚持实事求是的革命作风》，载《学习毛泽东》，上海人民出版社1979年版，第32—33页。

该采取"不唯上、不唯书、只唯实"的科学态度,并把它作为自己的行动准则。他在主持边区财经工作时,就反对从《资本论》和经济学的原理出发模仿伦敦或上海的做法,主张从边区的实际情况出发。他说:"我们不要那些洋的,要那些土气的,要向土的学习,向自己的历史学习,向自己的经验学习。我们要从土的出发,从延安出发,不从伦敦出发,不从上海出发。"陈云反对空头政治、空头革命家,提出业务第一,政治第二;实际第一,书本第二;挑担第一,研究第二;先做工作,后摸规律。他说:"我们的同志喜欢书本子,讲的和实际不对头,我们一定要实际第一。书本的东西是人家的经验,是过去的经验,外国的经验,上海的经验,我们要总结自己的经验。"[43]

1945年5月9日,在中共七大第9次全体会议上,陈云专门作了题为《要讲真理,不要讲面子》的发言。他开门见山地说:"这七年来我看到一点,就是在我们党内一部分干部中间,有一股骄气。什么是骄气?就是骄傲之气。七年中间我在工作中接触的干部多不多呢?不很多。去过华北没有?去过华中没有?去过大后方没有?都没有。但是,这些地方来延安'朝山进香'的很多,就在这些接触中间,我看到有一种情形,就是许多人喜欢人家说他好,不喜欢人家说他坏。有的人只能升官,不能降级,有功必居,有过必避。有功的时候他一定要居;有过的时候你批评他,他总是想很多道理来解释,其目的就是说明他没有过。人家说功他就舒服,说过就不舒服。我们党内一部分干部中间是有这种倾向的。"

接着,陈云耐心地阐述了自己对于功劳和错误的看法。在讲到对犯错误的看法时,他循循善诱地说:

> 对于犯错误的看法,我觉得除了一个人的立场不正、心术不正以外,犯错误还有其他原因。因为他对客观的事物看错了,所以行动也错了,这是结果。这种情形多得很,过去多,现在多,将来还不知道有多少。人家说"老兄你错了",是不是面孔就要红,就不高兴?有错误当然

[43] 陈云:《陈云文选》第1卷,中央文献出版社2005年版,第399、398页。

不好，但只要态度正确，也不要紧。假如你有错误，人家讲了，就请教请教，问一问人家怎样看法，纠正一番，以后可以少犯错误。我们要讲真理，不要讲面子。是什么就是什么，应该怎样就怎样。有的时候你愈要面子，将来就愈要丢脸。只有你不怕丢脸，撕破了面皮，诚心诚意地改正错误，那时候也许还有些面子。共产党员参加革命，丢了一切，准备牺牲性命干革命，还计较什么面子？把面子丢开，讲真理，怎样对于老百姓有利，怎样对于革命有利，就怎样办。我们肩头担负这样重的任务，如果强调讲面子，在讨论问题时，就会不客观，看问题就有个人的角度，有利于他，有利于他的面子，就赞成你的意见；对于他的面子不好看的，便不赞成。如果一切从自己面子的角度出发，讨论问题、看问题搀杂个人得失在里面，立场不正，就不会看得很清楚，不会讲真理，结果一定害人害己。错误就是把客观看错了，结果也错了。例如敌人很强，我们侦察错了，以为很弱，便打了败仗，败仗就是其结果。这种情形不但过去有，将来还有很多，每个人都会有的。[44]

[44] 中共中央党史研究室、中央档案馆编：《中国共产党第七次全国代表大会档案文献选编》第2卷，中共党史出版社2022年版，第655—656页。

陈云说："如果我们的同志都把心摆得非常正，非常实事求是，毫无个人主义，可以抵得十万军队，一百万军队，这是无敌的力量。"陈云说："中国共产党是有军队的党。我们干革命，有地方工作，有军事工作，现在主要是军队工作，武装斗争。军队是拿枪杆子的，它的组织更集中，干部的责任很大，高级干部的责任更大。……如果我们搞得好，便胜利得早，人民解放得早。如果搞得不好，四万万五千万人便不能很快解放，革命胜利会推迟多少年，人要多牺牲很多，那我们就对不起老百姓。我们党的工作好坏，决定着中国革命的命运。共产党员，是老百姓派你当代表干革命，老百姓要你领导他们求得解放。我们有这样的责任，不能搞坏，搞坏了不是一个人、几个人的事，而是关系全中国四万万五千万人的得失。我们要兢兢业业，所有坏的东西，一切应该丢的东西，统统丢掉。我们要在老百姓面前，负起责任，如果不是这样做，便没有尽到责任。人们说中国共产党员是中华民族的优秀子孙。是否对人民尽了责任，可以考验谁是优秀子孙，谁是不孝子孙。"

陈云的讲话给七大代表们留下了深刻印象，代表们深受教育。七大代表江浩然回忆说："陈云发言的题目是《要讲真理，不要讲面子》。他说，当中央组织部长7年中，接触过一些人，有许多人喜欢说他好，不喜欢人家说他坏，有的人只能升官，不能降级，有功必居，有过必避，有一股骄气。有骄气的干部，下级、中级、高级的都有，大头子也有。这股骄气是共产主义者的思想里有个人主义成分的'包袱'。他进一步讲了对功劳和错误的看法。在党的领导下做一点工作，还做得不错，应该看到这里有三个因素：头一个是人民的力量，第二是党的领导，第三才轮到个人。这个次序是不能倒转的，任何人离开了人民，离开了党，是一件事也做不好的。我们确实不能把个人的作用看得过了头，看得太大。陈独秀、张国焘从前还不是了不起！可是当他离开了老百姓，离开了党的时候，一个大钱也不值……陈云的讲话，非常生动，扣人心弦，全场雅静，肃穆聆听，十分感人，深受教育，警钟长鸣。"[45]

靠什么团结？凭什么胜利？

历史不仅是教科书，也是磨刀石，更是试金石。现在看来，中共七大不仅是一次政治的大会，也是一次思想的大会，不仅是总结历史的大会，也是向未来出发的大会，不仅是团结的大会，也是胜利的大会，中国共产党不仅在这里完成了自我塑造、自我革命，还完成了自我提升、自我超越，锻造形成了党的三大优良作风，即理论联系实际的作风、和人民群众紧密联系在一起的作风、批评与自我批评的作风，成为中国共产党区别于其他任何政党的显著标志。有了这样优良的作风，有了这样能够继承和发扬优良作风的领导集体和优秀团队，我们的事业当然无往而不胜！在中共七大上，在《论联合政府》中，毛泽东满怀豪情地号召全党团结起来，坚持真理，修正错误，为实现党的任务而斗争。他充满感情地说：

[45] 中共中央党史研究室第一研究部编：《七大代表忆七大》(下)，上海人民出版社2006年版，第1312页。

以中国最广大人民的最大利益为出发点的中国共产党人，相信自己的事业是完全合乎正义的，不惜牺牲自己个人的一切，随时准备拿出自己的生命去殉我们的事业，难道还有什么不适合人民需要的思想、观点、意见、办法，舍不得丢掉的吗？难道我们还欢迎任何政治的灰尘、政治的微生物来玷污我们的清洁的面貌和侵蚀我们的健全的肌体吗？无数革命先烈为了人民的利益牺牲了他们的生命，使我们每个活着的人想起他们就心里难过，难道我们还有什么个人利益不能牺牲，还有什么错误不能抛弃吗？[46]

[46] 中共中央文献研究室编：《毛泽东在七大的报告和讲话集》，中央文献出版社1995年版，第95页。

每每静下心来阅读毛主席的这段话，我的眼睛总是被这段自带情感的文字打湿，真切地感受到置身于历史中的人才是置身于真实世界中的人，内心涌起的是无边的崇敬、愧疚和责任感，以及接力奋斗的信心和勇气……

4 没有预见就没有一切。"要做好准备，由小麻雀变成大鹏鸟"；要到大城市开党的八大

有人说，如果没有辽沈战役的胜利，就没有平津战役的成功，也就没有淮海战役的凯旋，以至整个中国大陆的全面解放。由此可见，抢占东北对中国革命的历史贡献和历史地位是巨大而具有奠基意义的。

让我们用历史的眼光追溯发生在1945年的那一段历史，我们就不难发现这个判断不无道理。抢占东北，史称"是千载一时之机"，对此，中国共产党和毛泽东早就有所准备，在中共七大上就作出了重大决策。

古人云：凡事预则立，不预则废。

只有预见，才有准备。

何谓预见？

毛泽东的回答是："所谓预见，不是指某种东西已经大量地普遍地在世界上出现了，在眼前出现了，这时才预见；而常常是要求看得更远，就是说在地平线上刚冒出来一点的时候，刚露出一点头的时候，还是小量的不普遍的时候，就能看见，就能看到它的将来的普遍意义。"一句话，预见就是预先看到前途趋向，就是能够做到草摇叶响知鹿过、松风一起知虎来、一叶易色而知天下秋的能力。

何谓领导？

领导和预见有什么关系？如果没有预见，叫不叫领导？毛泽东的回答是："我说不叫领导。斯大林说：没有预见就不叫领导。为着领导，必须预见。"毛泽东甚至说："没有预见就没有领导，没有领导就没有胜利。因此，可以说没有预见就没有一切。"

在中共七大上，毛泽东在口头政治报告中对预见作了哲学层面的解释。青少年时代就"一心想当教员"的毛泽东，在延安这个革命的大课堂里给七大代表们上了一堂又一堂"大思政课"。他说："整个人类在马克思主义产生以前对于社会的发展历来没有预见，或者没有很清楚的预见。例如原始社会变成奴隶社会，奴隶社会发生革命变成封建社会，封建社会又发生革命变成了资本主义社会，这些革命往往是自发的。资产阶级在自然科学方面有很多好的预见，但在社会科学方面还是盲目的。只有产生了马克思主义，才对社会发展有了预见，使人类对社会发展的认识达到了新的阶段。共产党是以马克思主义为思想基础的，它对于将来和前途看得清楚，对于社会各个阶级向什么方向发展也看得清楚。比如，我们中国有无产阶级、大资产阶级、中间阶级，我们能看清它们的前途。这三个阶级都在活动，尤其是在抗日战争快要胜利的时候，都在那里准备日本打垮以后干什么。去年九月召开的民主同盟代表会议，日前召开的国民党第六次全国代表大会，和正在召开的我们党的第七次全国代表大会，就是这种准备的体现。我们的文章，我们的大会文件，根据我们的预见，指出了中国人民将要走什么道路，并规定了我们的政策。"

那么，为什么说"没有预见就没有领导"呢？

"没有预见就没有领导",这是斯大林讲的。毛泽东则以其思想家、战略家、革命家和诗人的情怀和智慧,结合中国革命的实际,作出了自己诗意的解读。他说:"坐在指挥台上,如果什么也看不见,就不能叫领导。坐在指挥台上,只看见地平线上已经出现的大量的普遍的东西,那是平平常常的,也不能算领导。只有当着还没有出现大量的明显的东西的时候,当桅杆顶刚刚露出的时候,就能看出这是要发展成为大量的普遍的东西,并能掌握住它,这才叫领导。人们通常看得见大东西,看不见小东西,但是有些大东西,也看不见。比如,大城市是一个大东西吧,国民党加帝国主义是大东西吧,可是我们就是看不见,总叫国民党是'总崩溃'。日本帝国主义也是一个大东西吧,但是我们也曾看错过,以为这个东西很容易打,很容易就可以把它赶走,于是产生轻敌观念、速胜论。陈独秀那个时期,农民要土地,这是一个大东西吧,土地问题是一个大量的普遍存在的东西吧,但是那时候也看不见。凡是政策上犯错误的,一定是大东西看不见。小东西看不见,也会犯错误,但那只是一点一件的错误,牵涉的面不大,这种错误十个、八个也不是很关紧要的。当然,犯了这样的错误也不好,但毕竟不算大错误。凡是大的错误,就是对大量的普遍的东西看不到。"[47]

接着,毛泽东给七大代表们认真梳理了马克思主义诞生及其对世界社会主义革命带来积极影响的历史,他深刻指出:"盲目性是没有预见的,是妨碍预见的。教条主义、经验主义是不可能有预见的。而没有预见就没有领导,没有领导就没有胜利。因此,可以说没有预见就没有一切。无产阶级已经存在了几百年,但无产阶级成为自觉的阶级只不过几十年。1843年马克思创造了马克思主义,到1903年整整60年,地球上的俄国才产生一个无产阶级政党,叫做社会民主工党,社会民主工党内出了一个派别,叫做布尔什维克派,然后全人类才找到新的方向。60年前人类就已经有了马克思主义,但是没有普及,没有去实现,60年以后,才产生了这样一个派别,后来成为独立的马克思主义政党,在行动中去实现马克思主义。从1903年到1914年,11年后,世界上来了一次世界大战,1914

[47] 中共中央文献研究室编:《毛泽东在七大的报告和讲话集》,中央文献出版社1995年版,第200—201页。

年到1917年，又是3年，来了一个十月革命。1903年到1917年，14年，十月革命胜利了。没有1903年在俄国出现布尔什维克派，没有布尔什维克在俄国革命中的活动，就没有十月革命。没有十月革命，我们中国会不会有共产党呢？当然中国大批的无产阶级产生了以后，总会产生党的，所以不能说不会产生共产党，但要拖到什么时候才能产生，就不知道了。1903年产生了布尔什维克，1917年俄国十月革命胜利，就使得全世界历史改变了方向。"

最后，毛泽东信心百倍地说："1921年产生了中国共产党，中国就改变了方向，五千年的中国历史就改变了方向。我们共产党是中国历史上的任何其他政党都比不上的，它最有觉悟，最有预见，能够看清前途。"

这哪里像是在做政治报告呢？这倒像是毛泽东在给他的政党、给他的同志授课。传道授业，释疑解惑。什么叫"听君一席话，胜读十年书"？历史已经证明并将继续证明，毛泽东的这些真知灼见，就是人类的真理。谁说山沟沟里不出马列主义？中国的山沟沟里不仅出马列主义，更出中国的马列主义！

毛泽东是在1945年5月31日讲这些的。当时，他在第19次全体会议上作政治报告讨论结论，中共七大已经进入了尾声。会议的前一天，也就是5月30日，《解放日报》发表了苏联人华西里也夫写的一篇题为《论科学的预见》的文章。据毛泽东说，这篇文章是华西里也夫在1939年第二次世界大战爆发前几个月写的，很久以前就翻译好了，因此文章没有谈到第二次世界大战的情况，但是可以从中看到对于这次大战有预见。七大代表关星甫清楚地记得，就是在这一天的大会上，"毛主席作了政治报告讨论的总结。他讲了国际形势，还讲第三次世界大战不会爆发。他说：如果爆发第三次世界大战，杀我的头"[48]。历史证明，毛泽东的预见是正确的。

在七大上，毛泽东谆谆告诫七大代表们："我们的同志要注意，要看大的东西，要看普遍的大量的东西。许多同志往往对于普遍的大量的东西看不见，只看见局部的小量的东西。十月革命，砍掉了资本主义一只脚；第二次世界大战，德、意法西斯资本主义打倒了，

[48] 中共中央党史研究室第一研究部编：《七大代表忆七大》（下），上海人民出版社2006年版，第879页。

法国内部最坏的东西垮台了，许多小皇帝也垮台了，小国家起了变化，都进步了，这又砍掉了资本主义一只脚。这些都是大事情，必须看到这些大事情，才能正确地进行分析，才能在分析时不会犯错误。现在英、美各国的通讯社和报纸，专为一些小问题咬住不放，吵闹不休，令人看起来很觉奇怪。他们为什么要这样呢？我说资本主义有一种特性，就是'蚀大本，算小账'。第一次世界大战失掉一只脚，第二次世界大战又失掉一只脚，现在却抓着一根头发死也不放。本钱蚀去了，不仅把法西斯打掉了，而且英国本身也打得五劳七伤，这表示资本主义残废了，苏联和欧洲人民强大了，他们不抓小辫子，那就什么也没有了。他们的资本很小了，所以只得抓着小辫子不放，放不得，放了就无话可讲了。"[49]

[49] 中共中央文献研究室编：《毛泽东在七大的报告和讲话集》，中央文献出版社1995年版，第185—186页。

在作七大政治报告讨论结论时，毛泽东向七大代表们讲了三个问题，即国际形势、国内形势和党内若干思想政策问题。在谈及党内若干思想政策问题时，毛泽东讲的第一个问题就是领导问题，并从思想方法的视角阐述了领导和预见的关系问题。

毛泽东为什么在这个时候强调预见呢？

显然，在1945年春天，在抗日战争获得胜利的前夜，毛泽东必须提醒全党下一步的任务、目标，要未雨绸缪，要见微知著，要提前做好准备，要准备转变。

其实，4月24日，七大一开幕，毛泽东就在口头政治报告的关于"政策"的问题中提出了"准备转变"，以"应付大事变"。5月31日，毛泽东再次强调了"准备转变"的问题。

毛泽东提出的"准备转变"的内容是什么呢？主要是两个方面的转变，即：由农村转变到城市，由游击战转变到正规战。

毛泽东说："这些都是民主革命阶段中因形势变化而产生的。对各方面的转变，我们要作准备，某些方面也已经有了准备。有些同志让我解释一下将来如何转变，我想现在不用多讲，就是按实际情况去学习，去准备。比如，我们可能要集中二十到三十个旅，用新式武器装备起来，去打大城市，这也要有准备，具体的步骤交给中央军委去办。各位同志回去后要告诉各个地方，就是要开始准备，这个问题朱总司令已经讲了很多。到城市去是一个极大的问题，我们七大现在只能提出这样的问题，要在精神上作准备。现在可以做的具体的工作，就是派人去或者调人来训练，或者再多派一点人去训练地下军。把日本赶走以后，我们如果占领了城市，首先要搞吃饭、穿衣的问题。在座的将军们，如果你们搞到北京，没有煤炭烧，搞到上海，没有饭吃，火车不能开，电车不能开，怎么行呢？因此，现在我们要有这种精神准备。"接着，毛泽东还强调了工人运动和东北地区的重要性。

将来如何转变，毛泽东没有具体说，只强调要做好精神上的准备。但是，毛泽东详细讲了如何准备转变。比如，关于"由分散的游击战逐渐转变到正规的运动战，由游击战为主逐渐转变到以运动战为主"的问题。他说：

在抗战初期，我们提出过，但那时只是一种希望。那时候的任务是什么呢？有些同志在这个问题上没有搞清楚。那时我们前面的敌人是日本人，后面有国民党内的反动派，我们被夹在中间。我们的力量在那时是个小手指头。1936年我们在全国的军队，包括南方游击队，仅有三万人，到1937年增加了一点，也不多。那时候我们的任务是增加力量，长大起来。加一个指头，又加一个指头，再加一个指头，使它长大起来。怎样长法？靠打麻雀战，打游击战。麻雀满天飞，哪里有东西吃，就飞到哪里去。六中全会时我们特意为游击战列出十八条好处，这个方法是好的，八年来证明了这一点。满天的麻雀就是种子，可以发很多芽。有了这个种子之后，党建立了，政权建立了，根据地有了，老百姓有了，饭也有得吃了，干部也锻炼出来了。那时候我们到处飞，前面的敌人日本人搞我们，后面的国民党反动派也搞我们，他们两个都在挑动我们，挑动我们干什么？集中兵力打大仗。他们对我们一鼓一骂，一个说共产党英勇，是抗日民族英雄，一个又骂我们是机会主义，怕死。谁愿意当机会主义？谁不愿意当民族英雄？但是我们还要学麻雀，虽然麻雀有机会主义，哪里有粮食到哪里去，虽然它现在还是小麻雀，但集合起来有九十一万。是不是就永远做麻雀，"麻雀万岁"呢？客观事实完全证明了，我们这个麻雀与别的麻雀不同，可以长大变成鹏鸟。从前中国神话中说：有一个大鹏鸟，从北方的大海飞到南方的大海，翅膀一扫，就把中国扫得差不多了。我们也准备那样，准备发展到三百万、五百万，这个过程就要从小麻雀变成大麻雀，变成一个翅膀可以扫尽全中国的大鹏鸟。

聆听毛泽东的讲话，简直就是一种享受。七大代表高扬文特别佩服毛泽东的语言艺术。他说："在会议期间，最使我惊讶的是，毛主席是用最通俗易懂的语言，阐述了最深奥的理论问题、最复杂的思想问题和政策问题。讲话中警句连篇，幽默而又十分恰当的比喻经常出现，不但使代表们加深了对报告和讲话的理解，而且越听情绪越高。毛主席是带着感情讲话的，有时娓娓而谈，有时慷慨激昂，当讲到蒋介石消极抗日积极反共，阴谋消灭共产党时，则厉声怒斥。毛主席讲话的艺术，可以说达到了炉火纯青的地步。不仅如此，毛主席对形势预测得那样准确，对问题分析得那样透彻，处处都表现出精通马克思主义历史唯物论和辩证唯物论。没有熟练运用辩证法的功力，是达不到如此高的水平的。可以说整个报告和讲话，是一部运用辩证法分析复杂问题的杰作。当然不能说毛主席料事如神，但许多预见都是准确无误的。"[50]

如何"从小麻雀变成大麻雀，变成一个翅膀可以扫尽全中国的大鹏鸟"呢？

毛泽东提出现在的办法就是要"就敌就粮"。敌人的据点很多，但敌人只有点、线及小面。敌人要搞点、线，我们就分散搞面，这是"就敌"。人要吃饭，集中在一起没有饭吃，要分散吃饭，这是"就粮"。结合历史过往，毛泽东诙谐幽默地说："内战时期搞正规

[50] 中共中央党史研究室第一研究部编：《七大代表忆七大》（下），上海人民出版社2006年版，第692页。

化，就是因为忘记了人是要吃饭的，路是要用脚走的，子弹是会打死人的，没有搞通这一点。军队不生产，专门吃老百姓的，吃上几个月，吃上一年，粮食吃完了，只好向后转，开步走，来个万里长征，可谓'英雄豪杰'。现在我们要集中更大的兵力，以多胜少，去打敌人薄弱的地方。你一百人，我一千人，一千人可以消灭你一百人。"

4月24日，在七大口头政治报告中讲政策几个方面的问题时，毛泽东专门强调了"军队与地方"的问题。他说："要深入农村，争取国民党统治区，争取沦陷区。我们要夺取大城市，但我们现在的旗子并没有插在北平、武汉，还是插在山上，像清凉山、太行山、五台山等等。我们现在的根据地，是战略的出发地，但现在拥有的人口太少了，我们要发展到全国四万万五千万人口的一半。我们要是发展到两万万人口，事情就好办了。现在我们有一百万军队，但这个军队是分散的，不可能在一个地方集中十万军队。首先因为没有饭吃，又没有飞机大炮。要是把五台山、太行山、晋绥、山东的军队，集中几万人，拿着步枪去打北平就不行。一个吉安，攻了八次没有攻进去，一个赣州，攻了七次没有攻进去，原因不是热情不够，也不是马列主义不显灵，而是我们能用来攻城的东西太少了，想爬也爬不上去。如果将来有了武器，能够装备一二十万的军队，我们就能集中地从日本人手里打开石家庄、保定、北平，一路打下去，不向后退，或者退了一两天，又向前进。能够装备一二十万军队，条件就不同了，力量就不小了。将来我们是'武器加数量'，我们要有几百万军队，全国就在我们手里。将来三百万到五百万的军队是需要的，这样才能使整个中国胜利，天下太平，使中国成为独立、民主、自由、统一、富强的中国。"

既然作战的样式要"由游击战为主逐渐转变到以运动战为主"，那么军队的建设也要转向正规化，战略战术自然都要发生改变。毛泽东又站在马克思主义方法论的高度，意味深长地说："在解放区的任务里面，我讲到进攻为主，防御为辅，就是说，进攻应在前，防御应在后。我们要有这样的准备，将来一旦得到新式武器时，如果没有准备就不好了。现在情况变了,我们的方针也要变,要来一个完全彻底的马克思主义。我们历史上的马克思主义有很多种,有香的马克思主义,有臭的马克思主义,有活的马克思主义,有死的马克思主义,把这些马克思主义堆在一起就多得很。我们所要的是香的马克思主义,不是臭的马克思主义;是活的马克思主义,不是死的马克思主义。我们要做好准备,由小麻雀变成大鹏鸟,一个翅膀扫遍全中国,让日本帝国主义滚蛋。"

毛泽东是坚定的马克思主义者,始终保持着冷峻的清醒和坚定的自信。对即将到来的"大事变",他保持着难得的淡定和从容。在七大上,他沉着冷静,不紧不慢、不慌不忙地告诫全党同志:"要转变,但不能希望一切皆在一个早上改变。要看具体情况,有力量就打堡垒,打大城市。打堡垒时打得开,有饭吃,我们就打;打不开,又没有饭吃,我们就向后转,把队伍分散开,来一个'聋子放爆竹——散了'。"

对于毛泽东提出的"两个转变"问题,也就是由游击战转为运动战、由乡村转到城市的问题,七大代表们给予高度重视,在大会、小组会上也纷纷发表了自己的意见。

5月9日,晋察冀军区司令员聂荣臻在七大第9次全体大会上,作了《晋察冀的路线,所处的战略地位以及在今后任务上的几个问题的意见》的大会发言,专门谈了自己的认识。他说:

> 抗战中间,由于思想没有搞通,特别是存在着经验主义,在转变中间非常困难,执行中间也有了偏差。在今后的转变上会有更大的困难,同样的,我们要搞通思想。不是过去我们没有转变,今后我们要求一个转变这样简单的问题。由内战转到抗战,在基础上,物质条件上我们有与此适合的战略战术,是很相称的,但是要转变,还发生困难,发生偏差。如果在反攻的时候,我们的战略要适应于反攻,那是很明显的,必须用运动战来消灭敌人。但是如果没有一定的物质基础,没有一定装备的改善,这个转

变还是很困难的。我想到现在要准备运动战,怎样打运动战?我想了一下,如果像在内战中间那样,在长征到陕北中间很多重机枪沿途都不要了,轻机枪又休息,步枪每支只有十颗八颗子弹,有的甚至只有三颗子弹,东北军进攻,一直打到山城堡,每人只有十几颗到二十颗子弹,就解决了问题,把胡宗南打败,结束了十年内战。现在是不是拿那些子弹来干呢?不是的,这不是一两个战斗,只打一下,打五分钟的事。所以我们应该了解这些具体情况,在华北应当准备一下,到反攻一来,我们就打运动战。如果光有运动战的思想,而无具体准备,是运动不起来的,应该求得装备的改善。将来很可能来一个突变,所以我们要在技术上、战术上有准备,特别在干部上,应该有准备。如果没有准备,光是思想搞通也不见得好。所以现在应该很好的准备。[51]

对于中共党内十几年来一直争论的"从乡村到城市,还是从城市到乡村"问题,毛泽东形容这是一个"争得一塌糊涂"的问题。作为"农村包围城市"道路的发明者和创造者,毛泽东笑着说:"正确路线是要先搞乡村,要研究农村情况。大家说这是正确的路线,是马克思主义。马克思主义者走路,走到哪个地方走不通就要转弯,因为那个地方走不过去。当然在乡村尽走尽走,走他几百万年,这也不叫马克思主义,而叫反马克思主义。真正的马克思主义是:当需要在乡村时,就在乡村;当需要转到城市时,就转到城市。现在要最后打败日本帝国主义,就需要用很大的力量转到城市,准备夺取大城市,准备到城市做工作,掌握大的铁路、工厂、银行。那里有成百万的人口,比如北平有一二百万的人口,保定、天津、石家庄的人口也很多。把重心转到城市去,必须要做很好的准备。不要想到城市就忘了乡村,说要我搞乡村工作我就不干,不分配我搞城市工作就是干部政策不正确。你也去城市,他也去城市,城市没有那么多房子,乡村没有人去,行吗?所以我在报告中号召大批知识

[51] 中共中央党史研究室、中央档案馆编:《中国共产党第七次全国代表大会档案文献选编》第2卷,中共党史出版社2022年版,第638页。

分子下乡，不要穿学生装，而要穿粗布衣。但我们夺取了大城市，像北平、天津这样大的三五个中心城市，我们八路军就要到那里去。我们一定要在那里开八大，有人说这是机会主义；恰恰相反，八大如果还在延安开，那就近乎机会主义了。"

瞧！这就是毛泽东的马克思主义，这就是毛泽东的实事求是，这就是毛泽东的远见卓识。

5月3日，就城市工作问题，时任中央城市工作部部长彭真在七大第8次全体会议上专门作了《关于敌占区的城市工作》的大会发言。中共中央、毛泽东对城市工作非常重视，在1944年6月召开的六届七中全会第二次会议上，决定成立由刘少奇、彭真、陈云、李富春、康生、刘晓、吴德、刘慎之、孔原、邓发、陈郁、刘宁一、朱瑞、朱宝庭14人组成的中共中央城市工作委员会，彭真任主任。9月初，六届七中全会主席团决定，成立中央城市工作部，彭真任部长，刘晓、刘长胜任副部长。9月中旬，中央发出指示，要求地委以上各级党部建立城市工作部。[52]

对于敌占区的城市工作，彭真说："今天城市工作的任务与方针，毛泽东同志在政治报告中已作了明确的指示，就是领导与号召'一切抗日人民，学习法国和意大利的榜样，将自己组织于各种团体中，组织地下军，准备武装起义，一俟时机成熟，配合从外部进攻的军队，里应外合地消灭日本侵略者'。这就是说，要团聚群众，准备力量，等待时机，实行武装起义，里应外合地收复大城市与交通要道，以使抗战获得最后的胜利。"

在发言中，彭真详细汇报了中央对城市工作的方针政策，几乎涉及方方面面，具体地回答了毛泽东提出的为什么要转变、如何转变的问题。他说：

> 过去，中央曾经正确地指出，城市工作的任务是"精干隐蔽，保存组织，渡过黑暗"，并不是准备武装起义。现在，抗日战争已经转入反攻阶段，必须提出准备武装起义的任务。这就要求我们准备从乡村转入城市，"将沦陷区的

[52] 1945年8月，因彭真派往东北，中央决定刘少奇兼任中央城市工作部部长，王若飞任副部长。1947年1月，中央城工部决定内部分党务、统战、农村、文教、顽军5个组开展工作。3月，中央城工部迁至河北省平山县，对外代号"工校研究室"。同时增设解放区城市政策委员会，其下分工业、商业、文教、市政4个组。1948年9月，根据中央决定，中央城市工作部改名中央统一战线工作部。

工作提到和解放区的工作同等重要的地位上"来，准备夺取与掌管大城市及交通要道，并且以城市为中心建立新民主主义的革命秩序。

夺取城市与掌管城市，从乡村转变到城市，对于我们来说是一个新的课题。夺取一个交通便利、兵力集中的近代的设防城市的武装斗争，不同于分散的乡村游击战争，也不同于农村环境中的运动战。管理流动性很大、社会内部极其复杂、人口集中、地主与资产阶级和帝国主义势力集中的城市，和管理人口分散、流动性很小、一切都比较凝固的乡村不同，和管理中小县镇也不同。领导商业金融瞬息万变、经济完全商品化的城市生产，和管理半自给自足的农村经济也不相同。即以燃料、饮水的供给来讲，在乡村是不大成问题的，在城市则会成为极大的问题，更不用说粮食了。此外，城市的统一战线、群众工作、文化教育工作，都不同于乡村，不同于现在的根据地。我们对于诸如此类的新问题，都还缺少经验，一切都需要从工作中不断地学习。

特别要看到，现在的城市工作，是抗战由相持阶段转入反攻阶段时期中的战时的城市工作。各个城市的政治、军事、经济、群众、敌我关系等具体情况本来就极其不同，而且变化又极其迅速，除了正面的敌人日本帝国主义外，又有盟军及国民党的微妙的关系掺杂其中。情况复杂，变化多端，我们又缺乏这方面的经验，因此不可能也不应该主观地定一个划一的具体计划和划一的具体政策与工作方针，而应该实事求是地按各个城市变化着的具体情况，按照总的方针政策，规定具体的计划与具体的政策，进行具体的准备工作，并在工作中不断地蓄积经验，不断地学会夺取与掌管城市的工作，自觉地有计划地完成由乡村到城市的转变，自觉地从转变中学会转变。此外别无他法。[53]

[53] 中共中央党史研究室、中央档案馆编:《中国共产党第七次全国代表大会档案文献选编》第2卷，中共党史出版社2022年版，第611—612页。

随后，彭真从11个方面向七大代表们报告了敌占区城市工作问题：一是不同地区的地下党工作；二是里应外合，收复大城市；三是积极地发展力量，审慎地发动斗争；四是精干隐蔽，利用合法形式，争取千百万群众；五是非法的宣传形式与合法的组织形式相结合；六是争取老一代工人是争取工人、苦力的中心一环；七是瓦解与争取伪军伪警工作；八是广泛地组织地下军；九是瓦解敌军工作；十是准备并正确使用一切干部；十一是建立民主的新秩序。彭真的发言，十分具体，而且十分专业，切合实际，符合现实，具有极强的操作性、指导性、启发性。

5月9日，聂荣臻在发言中，也提到了城市工作问题，并结合实际谈了自己的见解。他说：

> 关于城市问题，彭真同志报告的我很同意。这报告的精神，就我了解的，今天把它提出来，就是里应外合，夺取大城市。在夺取大城市的方针上，毛主席讲过，我们是和大革命时代不同的。当然，大革命时代是有便利条件，城市工作有基础，配合作了一些军事组织的准备。譬如上海暴动和广州暴动。但是上海的里应外合，是合给了白崇禧、何应钦。现在条件不同，城市周围是我们的，现在是与我们自己合，与乡村合。城市的工作基础是薄弱的，虽然过去撒下了种子，但只是等待主义，没有作内应的准备工作。所以在方针上是和过去不同了，重点应放在什么地方呢？就是组织地下军。根据我片面的了解，敌人重要的据点，一般的说不是伪军，主要是敌人。甚至我们可以设想到将来重要城市即有战略意义的城市，还是日本而不是伪军。拿今天来看，对付我们第一线的都是日军，不是伪军，因为敌人吃过亏有经验，上过这个当。所以我们一方面不放弃争取伪军工作，但主要的应放在组织地下军上可靠，可能性大。现在有时争取伪军效果大，但组织地下军工作较可靠，可能性大。现在许多大城市的周围，都有民

众武装，有很多的条件来进行这个工作。如派遣人进行各种组织的准备，派人运输武装进去，甚至到那时还可以组织临时便衣队。大家可以考虑一下，可根据各个地区的情形来决定。关于城市工作的组织要采取平行路线，就是一方面暴动里应外合，另一方面我们其它党的工作，如产业交通不一定完全做这工作，但是配合是有重要意义的。同时我想这种暴动组织的指挥问题，不应放在城市党里头，因为这是有危险性的，有可能把我们的党全部搞垮。所以我们党的经常发展工作搞据点和我们准备内应的指挥系统要分开。[54]

无论是彭真的发言，还是聂荣臻的发言，既没有夸夸其谈，也没有照本宣科，如果没有躬身实践的经历，没有深入细致的调查研究，他们是不可能讲得出来的。他们的发言稿都是自己动手写成的，没有"秘书专政"，没有写作班子，更不是组织专班住到宾馆里一边喝茶一边吹牛推稿子推出来的。他们有一说一，有二说二，实事求是，紧紧围绕着党的中心任务和战斗目标，拿出切实可行的方案，提出建设性的真知灼见。

回到历史的现场，听了毛泽东的报告，再听听彭真、聂荣臻的发言，我们不能不把崇敬的目光投给那一代共产党人，每一个人都了不起！在延安，在七大，在黎明前的黑暗，在胜利的前夜，毛泽东提出"八大如果还在延安开，那就近乎机会主义了"，这需要怎样的气魄？这需要怎样的自信？这又是何等的气象和格局？毛泽东说"我们一定要在那里开八大"，那里是哪里？没有人怀疑，那里就是北平，那里就是天津，那里就是大城市。当然，毛泽东是清醒的，他没有盲目的乐观，更没有盲目的预见。他还是要提醒大家："城市工作要提到与根据地工作同等重要的地位，这不是口头上讲讲的，而是要实际上去做的，要派干部，要转变思想。七大散了会，要把干部一批一批地派出去，在可能的条件下，一批一批地走。到城市去做秘密工作，不要像《水浒传》里的好汉，行不改名，坐不更姓，

[54] 中共中央党史研究室、中央档案馆编：《中国共产党第七次全国代表大会档案文献选编》第2卷，中共党史出版社2022年版，第638—639页。

而是要改名换姓。梁山泊也做城市工作，神行太保戴宗就是做城市工作的。祝家庄没有秘密工作就打不开，如果内部没有动摇，内部不发生问题，就很难解决问题。"

"准备转变"是一件事，转变又是一件事。转变，确实不是一件容易的事情，分歧在所难免。党内两条路线的斗争已经充分证明了这一点，经过三年的整风运动，才统一了思想。

面对"准备转变"，毛泽东也做好了思想上产生分歧的准备。他实事求是又语重心长地告诫七大代表们："由于作战方法从游击战转变为正规战，工作重心从乡村转向城市，我们也要准备在这个转变上发生意见分歧。在这个问题上，我看一定会或多或少发生意见上的分歧，我们准备得好，意见上的分歧可能少一点，准备得不好，意见上的分歧可能多一点。这一点中央应该有准备，各地也应该有准备，事先要头脑清醒，首先是高级干部要头脑清醒，这样意见分歧可能减少一些。"

只有头脑清醒，才不会被暂时的胜利冲昏头脑，才能团结一致，争取更大的胜利。

毛泽东是清醒的，中共中央领导集体是清醒的，中共七大也是清醒的。

既然已经有了科学的预见，摆在中共七大、摆在中国共产党、摆在毛泽东面前的就是如何准备"应付大事变"。毫无疑问，现在是处在黎明前的黑暗的历史时刻，这是一个千载难逢的历史机遇，中国共产党必须抓住这个机会！所以，毛泽东代表中共中央提出了要注意大城市，要注意东北，要注意工人运动，就属于预见。

毛泽东说："现在还有很多同志对于这些问题感觉不到，因为现在我们还是在农村，还是在关内。大城市是一个大量的普遍的东西，东北四千万人口也是一个大东西，但是在今天来讲，还不是一个眼前的现实问题，还不容易注意到。现在我们大会就已经指出这是明天的事，是一个大量的有普遍意义的东西。我们在这个问题上，如果犯了错误就不得了。如果我们对于工业问题，对于大城市问题，对于经济问题，对于军队正规化问题，不能解决，那共产党就要灭亡。二十四年来，我们没有解决这些问题，再有二十四年还不解决，那就一定要灭亡。"

这绝不是危言耸听！

这绝不是杞人忧天！

毛泽东很清楚党的历史，更清楚现实的危机。毛泽东说：现在"工业在人家手里，大城市在人家手里，机械化在人家手里，正规军在人家手里，我们都没有，过了四十八年还没有，那还不灭亡吗？我们要依靠老百姓，但总是吃小米，靠小米加步枪是不行的。不能设想，我们党永远没有大城市，没有工业，不掌握经济，没有正规军队，还能存在下去。马克思主义在中国不能解决这些问题，那马克思主义也就不灵了。其实，不能解决这些问题，就是因为没有采取马克思主义的立场、观点和方法，也就是没有马克思主义。所以，我们一定要解决这些问题。农民运动，我们比较会搞，工人运动就比较生疏了。我们党走过的路是这样的，从工人运动到农民运动，再到工人运动。过去我们是从工人运动起家的，从工人运动到农民运动，比如内战时期、抗战时期都是搞农民运动，将来我们要再转到搞工人运动，搞大工业，搞正规军队等。这就是我们的预见。为着领导，必须有预见"。正因此，毛泽东在七大上反复强调了工人运动的重要性。他提醒过去作过工人运动的同志，要很好地注意城市工人，培养他们。

对毛泽东提出的夺取城市后的工业和经济工作问题，或者说得更直接一点，也就是吃饭的问题，怎么养活自己，又怎样养活人民的问题，七大代表们也进行了认真的讨论。聂荣臻在发言中，结合自己革命历程，并结合国民党统治区中等资产阶级组团来晋察冀考察提出的6个具体的经济问题，谈了自己的意见。他说：

> 在夺取城市以后，毛主席的报告中讲的很清楚，就是搞经济工作，这问题很重要。假如我们进城以后，这问题不解决，要维持治安建立秩序是不可能的。我举一个小小的例子，比如在广州暴动时，暴动后三天，我们没得到

饭吃，有几个女同志把饼干厂没收了才吃了一点。现在进了城市，由于经过了战斗以后，城市是死的，所以要帮他复活起来，就是要有饭吃有炭烧，要有生活必需品。进城后不仅要自己吃饭，而且还有百十万的群众也要吃饭，那时是有些麻烦的，所以要把郊外的粮食煤炭运进去，这是起码的一个很大问题。只要有饭吃有炭烧，群众是会高兴的。关于进了城市以后整个经济政策问题，在毛主席报告的一般纲领与具体纲领已经提出来了。我想具体问题还有很多。举例子来讲：比如最近上海、天津、北平的中等资产阶级，组织了一个考察团到晋察冀去，他们是来看我们对资产阶级的政策究竟怎么样，就提出下面这样的问题。如果我们搞城市这样的问题一下就会来的。比如沦陷的都市解放后，对伪币的整顿维持问题，对法币的态度，这是第一。第二，战后我国货出口与洋货入口，政府是否加以统制或限制，战后对沿海商埠外人之出入口商及工厂，政府预备作何措施。第三，敌区内私人企业在敌威胁下及自愿协助敌人者，政府对之采取何种态度。第四，战后敌营工商业处置问题，是政府管理还是让工商业家代管。第五，战后一切工厂是以私营为主还是以公营为主。第六，战后是实行计划经济还是由工商业家盲目投资。这六个问题都是有重要意义的，我们可以想一想。我对这些问题没有什么高见。现在我们虽没进城也可以提出来想一想。等到一进城马上这问题就来了。从这些中等资本家所提的经济上的问题来看，这不仅是经济上的问题，同时有它的政治意义。毛主席说我们要胜利，资本家也说我们要胜利，如果不胜利他找我们干什么呢？比如我们在政治上组织联合政府，就是要解决这些问题。城市工作有资本家来找我们，我们为什么不可以找他们呢？所以从这样看城市工作是需要有很多办法，而且要有很好的办法。这是我对城市工作提出的几个问题。[55]

[55] 中共中央党史研究室、中央档案馆编：《中国共产党第七次全国代表大会档案文献选编》第2卷，中共党史出版社2022年版，第639—640页。

聂荣臻提到的这6个城市经济方面的问题实实在在，就在眼前，给七大代表们以很大的提醒，赢得了大家热烈的鼓掌。

5月9日，在聂荣臻发言之后，负责陕甘宁边区经济工作的陈云作了发言。他说："刚才聂荣臻同志讲得很多，那些问题与我有关系，因此我记下来了。因为进城市就不同了，像北平、天津那样的大城市里，有几十万、上百万的人口，那时候的城市也不是1937年的城市，1937年的城市是没有经过破坏的，没有经过八年抗战的破坏，没有经过反攻时候日军的大破坏，将来那些地方一定被破坏得相当厉害。现在，我们收复一个小据点，还要背小米去救济，将来这样大的城市，问题一定更多，所以一进城市许多工作都来了。今年正月我生病的时候，心血来潮，想了一想，我们假如占领一个省，或者是拿到全国政权，跟我要钱我怎么办？到哪里搞钱呢？于是乎去找王思华[56]，他那里材料很多，可以看一看，找一找。在国民党一个省政府财政收支和财政年鉴上，收入的办法原则上都有，那是国民党的，他们的书本与实践还有好多距离，同时他们是国民党，我们是共产党，大不相同，所以政策上有好多不对头，但可以参考参考。"

面临从乡村到城市的转变，作为中国社会主义经济建设的开创者和奠基人之一，被誉为"红色掌柜"的陈云十分谦虚地说："我讲一讲我的本行，叫做保存农村家务，到城市里头保存机器。"在发言中，陈云既讲了城市，也讲了乡村根据地的工作，在他看来，二者不可偏废，都需要建设，都不能破坏，都不能浪费。

在发言中，陈云结合自己在陕甘宁边区的所见所闻所思所想，谈得更加具体更加深入。他说："现在，我们快由乡村转到城市，快要离开农村，这个问题有无准备？有一点是陕甘宁边区的经验教训，就是说陕甘宁边区的出征部队，对几年以来生产劳动的结果——农村家务，有的处置不妥当，就是说还可以处置得更好一点。他们的东西很多，这些东西都是自己动手生产得来的结果，应该爱惜。我们可不可以使这些东西损失得更少一点，使走的人有所得，使边区

[56] 王思华，又名王慎明，1904年出生于乐亭县王滩十家子村。曾就读于北京大学，经常与李大钊接触，逐步接受了共产主义思想。1926年赴法国、英国学习，其间着手翻译马克思的《资本论》。1930年冬回国应聘于北京大学和中法大学，任政治经济学教授，同时参加了地下党组织——左翼教授联盟。1936年6月，与侯外庐合作翻译出版了中国第一部《资本论》（第一卷）中译本，并撰写了《资本论解说》一书。1937年9月奔赴延安，1938年6月加入中国共产党，任中央党校政治经济学教员。1942年任中央研究院中国经济研究室主任，参加了对陕北绥德专区的农村调查工作。1943年兼任西北财经办事处计委会副主任。

的人少所失，我们可不可以达到这样一个目的？是可以的。但是，在开始走的时候就没有达到这样一个目的，一些东西糟蹋了，浪费了。这个好不好呢？一定不好。为什么要说这个问题？这样的问题还值得在大会上来讲吗？我曾经考虑过，认为值得来讲。我认为这个经验教训，不仅是陕甘宁边区的问题，在现在是带有全国意义的。因为我们将来都要进大城市，如果我们进城，就把家里的鸡鸭搞掉，猪娃子也不留一个，就不好。这些东西是我们自己劳动创造的，所以在我们将来进城市的时候，要使农村家务不受损失，还要保存着。出征部队他们多带一些东西是完全可以的，因为他们出征打仗，创立新根据地，在前方流血牺牲，是艰苦的。我们在后方的人应该多辛苦辛苦，应该做到使走的人带的东西一样多，家里头的东西也一样不受损失，不被糟蹋。这一条，陕甘宁边区有经验教训，其他根据地也要注意。"[57]

俗话说，不当家不知柴米贵。陈云的发言，是一个负责任的发言，是一个有担当的发言，不是小题大做，也不是大题小做，是一针见血。因此，他的发言在获得七大代表们掌声和笑声的时候，也引起了大家深深的思考。

研究历史和写作历史，就像剥洋葱，越剥越新鲜，越剥越好奇。当你深入历史的深处，总有很多新的发现，让你大吃一惊，拍案叫绝。

尤其值得点赞的是，在中共七大上，毛泽东反复强调了东北的问题。他说："东北是一个极其重要的区域，将来有可能在我们的领导下。如果东北能在我们领导之下，那对中国革命有什么意义呢？我看可以这样说，我们的胜利就有了基础，也就是说确定了我们的胜利。现在我们这样一点根据地，被敌人分割得相当分散，各个山头、各个根据地都是不巩固的，没有工业，有灭亡的危险。所以，我们要争城市，要争那么一个整块的地方。如果我们有了一大块整个的根据地，包括东北在内，就全国范围来说，中国革命的胜利就有了基础，有了坚固的基础。现在有没有基础呢？有基础，但是还不巩固，因为我们没有工业，没有重工业，没有机械化的军队。如

[57]中共中央党史研究室、中央档案馆编：《中国共产党第七次全国代表大会档案文献选编》第2卷，中共党史出版社2022年版，第648—649页。

果我们有了东北，大城市和根据地打成一片，那末，我们在全国的胜利，就有了巩固的基础了。"[58]

6月10日，在关于第七届候补中央委员选举问题的讲话中，毛泽东再次强调了东北问题。他说："我觉得这次要有东北地区的同志当选才好。东北是很重要的，从我们党、从中国革命的最近将来的前途看，东北是特别重要的。如果我们把现有的一切根据地都丢了，只要我们有了东北，那末中国革命就有了巩固的基础。当然，其他根据地没有丢，我们又有了东北，中国革命的基础就更巩固了。现在我们的基础是不巩固的，不要以为很巩固了。为什么不巩固呢？因为我们现在的根据地在经济上还是手工业的，没有大工业，没有重工业，在地域上也没有连成一片。所以，我觉得这次要有东北同志当选才好。当然，这不过是个建议，请同志们考虑。"

这个时候，毛泽东已经预见到抗日战争胜利后蒋介石要打全面内战，作出了一系列远见卓识的预见，提出了一系列的对策和准备工作，以争取全国范围内的胜利。七大代表高扬文认为："毛主席指出：我们这次大会提出注意大城市，注意东北，注意工人运动，就属于这种预见。在讲到'准备转变'那一段中也讲到准备进大城市。其中有一项战略部署是至关重要的，就是要进军有大工业基础的东北，抢占东北，以此为根据地，就可以解放全国。事实早已证明毛主席的这个战略决策是非常正确的。当我们有了东北，有了重工业，有了近代化装备，这对解放全国、打赢抗美援朝战争，都起了决定性作用。"

七大代表李德仲回忆说："开会期间，开会、听报告中间休息和散会以后，大家都到院子里去，毛主席也到院子里来。每到这时，他的周围总是围着很多人，他对我们东北人（他称老表）特别感兴趣。那时我仍穿着在敌后穿的军装，一看就知道是从敌后新来的。他说：'你们东北的老表要多发挥作用，现在中国的事业要靠东北的胜利才能取得全国的胜利。'一见面他就讲这些事情，讲得特别好。七大结束后，我还听毛泽东作过一个报告。毛主席作报告，我们都爱听。一些东北来的同志说：'咱们坐到前边听毛主席的报告吧！'

[58] 中共中央文献研究室编：《毛泽东在七大的报告和讲话集》，中央文献出版社1995年版，第218—219页

大家都同意。于是，抢着坐在前边，靠近主席台，以便能听得更清楚一些。要回东北了嘛！大家心情都很激动。听报告的地方，不是中央大礼堂，而是用围墙围起来的一个地方，我们自己带小板凳坐下来。我们这些东北同志坐到了前边，毛主席认识我们中的一些人，他就讲：'你们东北老表要打回去，有了东北就有了全中国！'这话我还记得很清楚。他说的这话很对！他当时做了一个比喻，说我们现在回到东北以后，等于是坐到了沙发上面，后边有苏联，这边有朝鲜嘛！他看到东北是国民党蒋介石必抢的，所以花了大力气。我们共派了3万干部、8万部队到东北去。"[59]

七大代表赵德尊来自太行山的冀西根据地，时任冀西六地委书记，老家也是东北。他回忆说："开完七大后，日本投降了。毛主席到党校给我们作形势和任务的报告，说我们就是要夺取全国解放的胜利。他说，这抗日战争胜利的桃树是我们栽的，水是我们浇的，现在蒋介石要下山摘桃子，抢夺胜利果实啦。所以我们要赶紧奔赴前线，到各个地区，针锋相对，寸土必争。毛主席的讲话非常形象和幽默。他还讲到，我们许多的根据地，如果总是分散，最终成不了气候。要有大块的整个的地区，首先是东北，东北有企业，还有兵工厂。他动员大家到东北去。许多七大代表和领导干部响应党中央的号召奔赴东北。因为我是东北人，所以对进军东北责无旁贷。"[60]

七大山东代表团女代表王枫来延安参加七大，还收获了美满的爱情，和来自大后方代表团的浙江代表肖岗结婚生子。她回忆说："七大胜利闭幕之后，人人摩拳擦掌，准备奔赴前线参加战斗。我和肖岗两人被编到去华东游击区工作的干部队。出发之前，先集中起来学习。学习刚要结束，传来了日本帝国主义无条件投降的振奋人心的喜讯。大家都兴奋万分，当时没有鞭炮和锣鼓，大家都以脸盆为锣鼓，以铺的草垫子为鞭炮，热闹万分，用各种形式来庆贺胜利。很快我们这个干部队就出发了，原来是去华东打游击，但走到晋东南左权县，带队的同志传达了党中央的指示：'全体干部一个不留，昼夜兼程，限二十天赶到山海关。'于是我们加快行军速度，直

[59] 中共中央党史研究室第一研究部编：《七大代表忆七大》（上），上海人民出版社2006年版，第590页。

[60] 中共中央党史研究室第一研究部编：《七大代表忆七大》（上），上海人民出版社2006年版，第666页。

向沈阳进发。我们10月下旬到达沈阳郊外的马三家子，在这里休整数日，于11月7日进入沈阳城里。当时，沈阳的气氛有点紧张。苏联红军和我们总的方面是友好的，但言语不通，加之，苏联和国民党政府签订了《中苏友好同盟条约》，所以敌伪的枪弹药库，苏军不对我们开放。枪支弹药很多，但我们想搞一点却很困难，因此，许多同志没有武器自卫；而隐藏的一些伪满汉奸、特务、宪兵、警察和国民党反动分子勾结起来到处捣乱。"[61]

[61] 中共中央党史研究室第一研究部编：《七大代表忆七大》（下），上海人民出版社2006年版，第960页。

王枫说得没错，的确如此。共产党、八路军进入东北，在接管沈阳时遇到了麻烦，甚至连苏联红军也不给予配合。为什么会出现这种意料不到的情况呢？

其实，比王枫更早进入东北的部队，来自冀热辽军区十六军分区。他们在9月5日，就因为武器弹药的交接问题，与苏联红军进行了多轮交涉，也没有得到一个结果，最后这场"官司"在苏军马利诺夫斯基元帅的支持下打到了延安，请毛泽东来裁决。这到底是怎么回事呢？

我们知道，在中共七大闭幕后不到两个月，1945年8月8日，苏联宣布对日作战。9日清晨，苏联红军兵分东、北、西三路，突破日本法西斯和伪满三千公里防线进入东北。同日，毛泽东发表《对日寇的最后一战》，号召"中国人民的一切抗日力量应举行全国规模的反攻，密切而有效地配合苏联及其他同盟国作战"。10日，朱德总司令代表八路军延安总部向各解放区发布了第一号大反攻的命令，所有抗日武装部队"依《波茨坦宣言》规定，向其附近各城镇交通要道之敌人军队及其指挥机关送出通牒，限期投降。……"第二天，又发布了第二号命令，指出为配合苏联红军作战，"现驻河北、辽宁边境的李运昌部即日向辽宁、吉林进发"。

8月25日，冀热辽军区十六军分区司令员曾克林率部在台头营镇召开挺进东北动员大会。曾克林和副政委唐凯率领十二团、十八团、朝鲜支队和分区直属队4000人，从抚宁县出发，向锦州、沈阳方向前进。山海关，是通向关内外的重要门户，也是我军挺进东北的必经之道。当时，山海关是临榆县的县治所在地，驻有日军600

多人，伪军1000多人，还有警察大队及敌宪兵、特务等防守，且离重要港口秦皇岛敌伪据点很近。而在长城内外还有敌人的19个旅、27个讨伐队、2个骑兵团和华北伪治安军3个团，共有10万人。虽然日本已宣布投降，但并没有放下武器，而许多日、伪军按蒋介石的"命令"仍固守据点，完整地保持着战斗力，拒绝向八路军投降。显然，凭实力想打下山海关，无疑如"拿鸡蛋跟石头碰"。曾克林深知不能"捡了芝麻，丢了西瓜"，因小失大，完成不了挺进东北的任务。于是，他当即决定：避开山海关，绕道九门口，速向锦州、沈阳挺进。

8月28日，曾克林率军一路势如破竹，所遇敌人纷纷缴械，并占领了柳江和日伪盘踞的石门寨煤矿，截断了秦皇岛、山海关敌人的燃料基地。29日，曾克林派侦察参谋董占林侦察山海关以北绥中以西的敌伪动向，并于当日解决了驻前所车站的400多伪军，截断了北宁路山海关至锦州的铁路交通，使山海关处于孤立无援之地。这时，军分区副参谋长罗文送来重要情报：有一支苏联红军侦察小分队从林西、赤峰方向经叶柏寿、前所，向山海关奔来。曾克林接到报告激动万分，立即决定以隆重的方式欢迎苏联红军的到来。

8月30日上午，曾克林率部队在前所车站以东公路上排成四路纵队，并临时抽调了一些司号员组成"军乐队"，"隆重"欢迎苏联红军。9点多钟，苏联红军由一位上校部队长和一位少校营长伊万诺夫带领到达前所，六七十人，还有电台、汽车和大炮。谁知，因为语言不通，一见面苏联红军就将曾克林特意安排的欢迎部队团团围住，并要缴械。后经苏军的蒙籍翻译介绍，才彼此解除误会，互相握手，亲切拥抱，共庆胜利会师。

这是苏联红军和八路军在抗日战场上第一次会面。两军会师后，曾克林有了更大的信心。山海关之敌虽然较强，但已如惊弓之鸟陷入孤立之境。现在，如果解放了山海关，必将为后续挺进东北的部队扫清第一道障碍。

"我们何不来一个回马枪？"曾克林迅速将这一想法用电台报告冀热辽军区司令员李运昌，很快就得到了批准。接着，曾克林和唐凯请求苏联红军一起攻打山海关。

"我们的任务是到东北作战，山海关属于华北，我们不能去。"谁知，一沟通，竟遭到了苏联红军的拒绝。

怎么办？曾克林不想放弃。

"我们是受毛主席、朱总司令的命令到东北来的，任务是配合你们作战，收复东北失地，接管东北主权。而山海关是我军通往东北的要道，还有日军的战斗部队没有缴械投降，不打败他们，怎么谈得上配合？"

曾克林据理力争，终于说服了苏联红军，由我军主攻，苏联红军配合。

从前所到山海关有20多公里，时值夏末，天气闷得让人吐不过气来。头顶烈日，走不了多远就是汗流浃背。但战士们依然排着整齐的四路纵队，个个如老虎下山，快速前进。山海关是历史古城，为减少不必要的伤亡和损失，曾克林决定"先礼后兵"，先后两次向日、伪军发出了"受降通牒"，均遭敌人拒绝。

下午5时，曾克林下达了总攻命令，战斗开始。经过4个小时的激烈战斗，击毙和俘虏日军200多人，打死打伤和俘虏伪军1500多人，收缴步枪3000多支，掷弹筒、迫击炮50多门，轻、重机枪70多挺，子弹10万发，还有大量军用物资。解放山海关的消息迅速报告了晋察冀军区和中共中央。9月6日，延安《解放日报》在头版用大字标题作了报道："华北军事要冲山海关，及沦陷敌手12年之久之榆关镇，已于8月30日为我军光复。"

谈起解放山海关，曾克林将军在1998年接受笔者采访时，深有感慨地说："这是我军与苏联红军在抗日战场上的第一次合作，也是我军历史上第一次与外军的并肩战斗，非常成功，为我军进驻东北打开了大门。"

解放了山海关，曾克林率部继续向沈阳开进。列车在宽阔的辽西平原上飞驰。望着窗外即将进入收获季节的田野，曾克林的心中油然而生一种从未有过的欢畅和喜悦。看着斗志昂扬的队伍，他不禁感慨万千，日本帝国主义的罪恶统治一去不复返了！9月3日、4

日，他们一路前进，先后接管了绥中、兴城、锦西和锦州。9月5日早晨，当沈阳铁西区高耸入云的烟囱映入官兵的眼帘时，车厢里爆发出一阵雷鸣般的欢呼声。大家沉浸在进驻东北第一大城市沈阳的喜悦之中。

说起这段往事，曾克林将军靠在沙发上，仿佛陷入了无边的回忆。他说："沈阳是8月21日由苏联红军解放的。当我们作为中国共产党的第一支八路军部队进来时，他们事先没有接到我军的照会及联系，所以就感到非常突然。当他们看到一支没有军衔的部队来得这么迅速，就非常怀疑，速调部队将我们的火车包围起来，不准我们下车。"

苏联红军的做法，确实给雄赳赳气昂昂的八路军部队当头一棒，也让曾克林感到百思不得其解。谁也不会想到也不希望看到，浴血奋战后抵达沈阳，等待的竟然是这样的一种结局。是退，还是进？

进——队伍已经深入东北腹地400公里，可兵力只有几千人。

退——队伍就再也无法进驻沈阳，完成不了党中央交给的任务，只有坐等蒋军来接管。

这怎么行！在这关系到革命前途的关键时刻，曾克林和同志们迅速作出决定：一定要争取留下来。于是，他就和张化东、刘云鹤等5名地方干部，主动大胆地前往苏军驻沈阳城防司令部进行交涉。

苏军驻沈阳城防司令名叫卡夫通，是一位少将。一见面，他就十分傲慢地责问曾克林："你们是什么部队？是从哪里来的？是谁叫你们来的？"

"我们是中国共产党毛泽东、朱德领导的八路军，是坚持冀热辽地区抗日的部队。我们是遵照延安总部的命令，挺进东北，来配合你们共同作战，解放东北，收复失地，接管东北，维持东北秩序的。"曾克林心平气和地说。

"根据《雅尔塔协定》和《中苏友好同盟条约》，最高统帅是不会同意你们进沈阳的。"卡夫通发着脾气，态度十分傲慢，坚决不同意。

第一次交涉不了了之。这到底是什么原因造成的呢？后来曾克林才搞清楚，苏联在出兵中国东北、向日本侵略者宣战的同时，背着中国共产党与国民党蒋介石政府派出的全权代表宋子文，于8月14日在莫斯科签订了《中苏友好同盟条约》。条约规定，苏联解放东北后，要把东北政权移交给蒋介石政府。国民党政府企图独霸东北，派大员从苏联手中接管东北。斯大林亲自导演的这种政治伎俩导致形势更加复杂，使抗战胜利后中共如何接管东北、向东北进军变得十分复杂和严峻。尽管斯大林出兵，促使日本投降，为八路军挺进东北创造了有利条件，但苏联政府当时只承认蒋介石政权为合法政权，答应由国民党接管东北，又为共产党开辟东北根据地带来了极大困难。

回到火车上，曾克林和唐凯等同志商量。经过讨论分析，大家一致认为：虽然所谓的《中苏友好同盟条约》限制了我们的行动，但八路军是国民党承认的合法军队，是坚持抗日的中国人民武装，有权进驻沈阳，接管东北。况且，我们有中央的二号命令，一定要和苏军力争。然而，卡夫通这个人固执己见，蛮不讲理，坚持不让曾克林的部队下火车。

这时，曾克林的态度也变得强硬起来，针锋相对地大声说道："你们是苏联共产党、斯大林领导的部队，我们是中国共产党、毛泽东领导的部队，我们中苏两党的目标是一致的，你凭什么对我们发脾气？我们提出抗议！"

看到曾克林生气了，紧绷着脸的卡夫通两手一摊，耸耸肩，依然不答应。第二次交涉还是没有结果。

怎么办？部队已经在车上停留了一天，吃喝拉撒睡都成了难题。

这天下午3时，曾克林和唐凯决定第三次找卡夫通，进行严肃交涉。

这一次，曾克林和唐凯一见面就表现出了强硬姿态。一见到卡夫通，唐凯就伸出手，捋起衣袖，指着参加革命后在手臂上刺的镰刀、斧头和五角星，一边比画一边大声说："毛泽东！毛泽东！共产党，毛泽东！"

曾克林十分严肃地说："现在，我们与你们交谈，请用你们的翻译，减少不必要的犯疑。"

对曾克林的提议，卡夫通表示同意，并找来了一个叫克拉夫钦科的政工干部作翻译。

曾克林心平气和地据理力争道："我们是共产党、毛泽东领导的队伍，是执行朱德总司令的命令来配合你们共同作战的，我们在山海关已经与你们共同战斗过了，又在锦州与你们会师，冀热辽是我们的土地，我们长期在这里抗日，你们不要我们来，让谁来？如果你们不相信，你们可以去问莫斯科……"

面对曾克林、唐凯连珠炮般的质问，卡夫通哑口无言，显得有些尴尬。经过思考后，卡夫通觉得曾克林说的很有道理，但他又感到很为难。经过仔细商量，卡夫通最后终于同意八路军可以下车，但队伍要退到驻离沈阳30多公里的苏家屯。好汉不吃眼前亏，谈判总算有了进展，尽管这种安排不能令人满意，但也算是取得了初步胜利。

当日傍晚，曾克林命令部队下车，行动迅速，两千人的队伍一下子就集合得整整齐齐，荷枪实弹，威武雄壮。曾克林和唐凯牵着马，走在队伍的最前面。

八路军进入沈阳的消息迅速传遍了大街小巷，成群结队的工人、学生、店员、市民冲破汉奸、特务、国民党地下军的阻挠，潮水般地涌向车站、街头，三四万群众挥动着旗子，"中国共产党万岁！""中华民族解放万岁！""不愿当亡国奴！""抗日胜利万岁！"的口号声此起彼伏，震天动地。令曾克林没想到的是，人民群众欢迎八路军的场景感动了苏军，卡夫通马上改变了原来的态度，立即派两名上校乘吉普车拦住了曾克林他们："你们不是一般的队伍，不要去苏家屯了，就住在沈阳故宫东面的小河沿。"

就这样，在人民群众的夹道欢迎中，曾克林率领部队顺利进驻沈阳。第二天，苏军让曾克林搬到原伪满市政府大楼办公。至此，八路军挺进东北的第一步任务基本完成。

9月7日，苏军近卫军第六集团军司令克拉夫琴科上将、军事委员图马尼扬中将和各兵种军长接见并宴请了曾克林和唐凯。席间，苏军不仅对他们过去的行为表示道歉，还以"同志"互相称呼。经双方研究，为照顾苏军受《中苏友好同盟条约》限制的处境，八路军将对外的称呼改成东北人民自治军。苏军远东司令部下达命令，凡佩戴"东北人民自治军"臂章的部队，可以在东北各地活动，不受限制。这样，曾克林率领的第一支进入东北的八路军在东北就取得了合法而有利的地位。

为迅速控制沈阳市的混乱局面，有效地实施接管，曾克林果断采取措施，首先解决伪满警察司令部，成立东北人民自治军沈阳卫戍区司令部。曾克林任司令，唐凯任政委。他们在两三天内迅速解除了沈阳15000多名伪军、宪兵的全部武装。

9月9日，曾克林在原伪政府所在地宣布成立沈阳市临时人民政府，这标志着共产党正式接管沈阳市。此后，以沈阳为中心，八路军分兵五路对全省各地进行接管，先后顺利接管了本溪、抚顺、鞍山、营口、锦州、绥中等大、中城市，基本上控制了辽宁全省的局势，为以后解放东北打下了坚实基础。

曾克林率领的十六军分区部队进驻沈阳后，随时都在变化的斗争形势又日益严峻起来。驻东北的苏联红军与国民党军、苏军与八路军、八路军与国民党军之间都存在着矛盾，局面又变得复杂了。此时，欧美一些不明中国国情的通讯社和国民党报刊电台，纷纷制造舆论，指责和攻击苏联政府违背《波茨坦公告》，允许中国共产党的正规军进入沈阳。美、英等国继续向苏联政府施加压力。在这种情况下，苏军派人告诉曾克林和唐凯，根据所谓《中苏友好同盟条约》，要把沈阳、长春、哈尔滨、锦州、承德等城市都交给国民党政府接管，要求八路军马上离开沈阳。

曾克林和唐凯当即表示反对，说："我们是奉中国共产党中央主席毛泽东和朱德总司令命令来的，只有接到中央的命令，我们才能撤走，你们命令我们走是不行的。"

曾克林和唐凯的坚决，让苏联红军也没有办法，他们就向驻长春的最高司令马利诺夫斯基和远东前线最高司令华西列夫斯基作了报告。

面对这种局面，曾克林内心承受着巨大压力。他从15岁参加红军，游击战争里摸爬滚打，长征路上的血雨腥风，陕北窑洞的艰苦磨炼，冀东抗日的生死搏斗，什么难题什么场面没有碰到过！可像进驻沈阳这么大的场面也是第一次经历。再说这在八路军的历史上也是开天辟地头一回呀！曾克林深深感到经验不足和力不胜任。他就和唐凯等同志商量：怎样开创工作的新局面？党中央何时派人来东北？关里的主力部队何时来？怎么才能和中央联系上？……可是，手头仅有一部15瓦的电台，由于功率太低，既无法请示中央，也无法收到上级的指示。怎么办？

"到延安去，找毛主席、朱总司令去！"曾克林的想法得到了大家的认可，也得到了李运昌的同意。

可是，从沈阳到延安，千里之遥，怎么去呢？

就在此时，面对东北的复杂形势，苏联红军方面也急于找中共中央联系协商。经过沟通，一拍即合，曾克林的想法立即得到苏军的支持。为尽快联系上中共中央、毛泽东，马利诺夫斯基元帅决定派一架飞机和两名代表作为全权代表与曾克林一起飞赴延安。这真是太好了！

9月14日，飞机从沈阳北陵机场起飞，当天在内蒙古的多伦着陆加油。第二天上午，飞机越过崇山峻岭飞临延安。在空中俯瞰延安城，曾克林抑制不住内心的激动，热泪盈眶。离别延安，已经整整8年了，在抗日军政大学读书学习的场景如在眼前，几回回梦里回延安，如今真的又回到了她的怀抱，犹如游子回到了母亲的身边，充满了激动、喜悦和幸福。飞机在延安东关机场着陆，杨尚昆、伍修权到机场迎接。曾克林怎么也不会想到，他的延安之行在中国革命史上具有非同寻常的意义和分量。

在整个抗日战争时期，中共中央对东北的情况一直非常重视，并派出骨干依靠东北人民建立了东北抗日联军。尽管在中共七大上，毛泽东反复强调东北的重要价值、地位和作用，并作出了抢占东北的决定。但是抗战胜利后，出兵中国东北的苏联对我党我军进入东北的态度如何，中央并不清楚。况且，毛泽东在17天前的8月28

日去重庆与蒋介石谈判去了，抢占东北对重庆谈判势必带来重大影响。"不入虎穴，焉得虎子。"此时的中共中央也正在酝酿决定未来的战略方针——是"向北防御，向南发展"，还是"向北发展，向南防御"？中共中央迫切希望得到东北的最新最真实的情况，以确定整个战略方针。

曾克林的到来，对延安来说，可谓是"雪中送炭"。

9月15日当天下午，中央政治局就紧急召开了"杨家岭会议"。会前，彭真带曾克林和临时主持中央工作的刘少奇见面，并和朱德、彭德怀、叶剑英、陈云、张闻天、任弼时、李富春等中央领导同志一一握手。刘少奇微笑着对曾克林说："先锋官同志，你从前线回来，辛苦了，我们很想了解东北的情况，你来得正好。为了力争控制东北，中央准备派大批干部和主力部队向东北开进。但是，我们对东北问题研究了好几天，就是不知道具体情况，下不了决心。现在政治局的同志都在这里，请你谈谈东北情况，越详细越好。"

会上，曾克林一五一十地向刘少奇、朱德等中央政治局委员汇报了和唐凯一起进驻、接管沈阳的经过，以及东北当前面临的情况、苏联红军的担忧。

听完汇报，刘少奇一边指着地图，一边打着手势说："东北是战略要地，进便于攻，退便于守，可以成为我们革命的重要战略地区。现在，人民斗争胜利了，国民党一定会抢占东北。我们的部队先进去了，就站住了脚，就可以控制东北，我们掌握了东北，就能为毛主席、周副主席在重庆谈判创造有利地位。我们有了东北就可以加速中国革命的进程。曾克林同志，你们执行朱总司令的命令坚决，行动快，发展迅速，值得表扬。"

朱德高兴地说："你们是第一批进入东北的部队，责任更是重大。"

而后，朱德和伍修权与苏军代表作了正式谈话，并达成协议。

会议期间，中央还以刘少奇的名义给在重庆谈判的毛泽东、周恩来发了电报。汇报结束后，党中央又立即给各中央局发出了《曾克林对东北情况的报告》的通报，并向毛泽东作了报告。通报说：

"我冀东军区十六军分区司令员曾克林奉命率一千五百人于日寇投降后向东北前进，曾配合红军打下山海关、兴城、绥中、锦州、北镇等城市。8月12日（曾克林将军说应该是9月5日，引者注）进入沈阳城，并被红军委为沈阳卫戍司令。昨随红军代表飞抵延安……"

当天晚上，曾克林和刘少奇等一起吃了晚饭。晚饭后，刘少奇继续主持召开中央政治局会议，最后作出了"向北发展，向南防御"战略决策，强调全党全军目前的主要任务是完全控制热河、察哈尔两省，发展东北力量并争取控制东北。为此，派出2万名干部和11万人的军队进入东北，包括10名中央委员、10名中央候补委员。远在重庆的毛泽东，对此完全赞同。刘少奇强调指出："这是千载一时之机。"

为了抓住这个"千载一时之机"，加强东北力量，完成控制东北的任务，中共中央果断改变南下意图，将原来计划从延安等地派到中南华东的部队和干部一律改派东北，并准备从各解放区抽调10万主力部队和2万干部到东北。同时，中央决定成立中共中央临时东北局，由彭真同志任书记，并派彭真、陈云、伍修权等立即乘飞机前往东北工作，并令在途中的林彪不再去山东，转赴东北，统一领导军事工作。

9月16日，曾克林陪同彭真、陈云、叶季壮、伍修权、段子俊、莫春和六位同志乘飞机离开延安，于18日到达沈阳。而在此之前，李运昌已于9月14日率领东北前进工作委员会和冀热辽军区部分部队到达沈阳。当天晚上6时，以彭真同志为首的中共中央东北局正式成立。

此时，沈阳的形势又发生了变化，苏军出于外交上的需要，在曾克林去延安汇报时，把交给八路军看守的一些重要工厂、军用仓库全部收回了。这就使八路军在东北的工作，遇到了像七大代表王枫所说的"敌伪的枪弹药库，苏军不对我们开放。枪支弹药很多，但我们想搞一点却很困难"的局面。这是没有想到的。但是，中共中央东北局的成立，以及后来十万大军的挺进，实际上已经完成了与国民党争夺东北关键性的第一步。

和王枫、肖岗夫妇一样,七大代表、时任中央妇委秘书长曾志和她的丈夫陶铸也是在南下的半途接到命令,转赴东北的。

在七大开幕前,中共中央就决定在大会结束后派一批干部并调一支军队到两湖、两广,深入日军占领区去加强武装斗争,并在敌后更大区域内开展党的群众工作。时任总政治部秘书长兼宣传部部长的陶铸主动要求到敌后去,中共中央同意他的请求。作为妻子,作为1926年参加革命的老党员,曾志为了弥补自己在闽东工作期间曾因病离开苏区所犯的"过错",彻底洗刷身上的污水、甩掉思想包袱,用鲜血甚至生命来证明自己不是贪生怕死之徒,证明自己政治的坚定和对党的忠诚,主动申请到最危险的敌后战场去。当时中央规定,这次深入敌后一律不调女同志,也不准带家属。然而,曾志下定了决心,要用实际行动来证明自己,为此专门给毛泽东写了报告。最终,中央同意了她的请求。随即,曾志把4岁的女儿亮亮(陶斯亮)托付给参加过长征的二级残疾战士杨顺卿照顾,做好随时出征的准备,告别生活了5年零8个月的延安。谁知,临行前,她忽然患了阑尾炎,不得不做手术。手术前,她临时又决定同时做绝育手术,免得以后在敌后工作中再添拖累。她向中央副秘书长李富春提出了这个请求。李富春告诉她,这件事要征求陶铸的意见才行。于是给陶铸打了电话,陶铸没有意见,由曾志自己决定。就这样,她第二天就一下子做了阑尾炎和绝育两个手术。由于术后受了风寒,曾志咳嗽不止,把腹内的缝线崩断了一处。曾志在术后10天就出院了,准备等开完七大再动身南下。

七大一闭幕,曾志和陶铸夫妇就迫不及待地出发了。她回忆说:"党的七大是6月11日闭幕的,6月12日,我们来不及参加牺牲同志的追悼会,就随警备第1旅的大部队出发了,杨叔叔抱着亮亮和朱仲丽(王稼祥夫人)等同志一起来送行。当我骑上马时,看到亮亮很惊慌,却又不敢啼哭,而我则早已泪如雨下了。因为我是抱着赴死的决心踏上那喋血沙场的,这一别,五年十年难再见,而且很可能就是我与女儿的永诀了……"

离开延安,经过清涧、绥德后,曾志随部队在吴堡境内横渡黄河。这个地方虽崖高谷深,水流却还平缓,几条小船,只两三小时就把5000人马渡过去了。过了黄河,进入山西的山区。从此地到太岳根据地,要经过宽约20里的敌占大平原。而且这里距日军的巢穴太原城很近,所以碉堡林立,戒备森严。但地方机构却多是两面政权,名义上是敌人的乡、村、保、甲,实际上是共产党控制的人民政权,而且几乎村村通地道。许多地方,碉堡上站岗的是日、伪军,碉堡下的村庄里却住着武工队、八路军。部队预定急行军180里,天亮前在太原附近过封锁线,然后渡过汾河进入太岳山区根据地。队伍在傍晚6点下山,尽管是急行军,但因有几千人的大部队,加上马匹辎重的拖累,所以过汾河时天已大亮了。一夜辛苦,指挥员命令部队停止前进,布好警戒做好战斗准备,吃完早饭立即开拔。

一路上,曾志欣喜地看到,八路军部队一停下,当地群众便欢天喜地拥了过来。过去八路军的大部队经过这里都是晚上,敌占区群众第一次看到这么多八路军,兴奋得不得了。各村都拿出了粮食、蔬菜等,男女老少抢着为八路军做事,烧火、做饭、喂马,或站岗放哨、侦察敌情。军民情同手足,感人至深。她不禁感慨万千:有了这样好的人民群众,我们的军队能不赴汤蹈火多打胜仗吗?!吃过饭,正要出发,日军从太原乘火车追来了,曾志随部队立即向太岳根据地急行军。沿途碉堡里的敌人不断向他们开枪,太原追来的敌人还向他们开了炮,子弹在身边"嗖嗖"地飞,炮弹也不时在附近爆炸。更可恨的是在附近一个村子驻扎的伪军,竟摆开一副阵势企图阻击八路军。这时,警备第1旅旅长兼关中军分区司令员文年生身先士卒,带着身边的战士像饿虎扑食一样呼啸而上,一下就把敌人打傻了。这时大部队也到了,向伪军包抄过去,吓得伪军立即抱头鼠窜。

在太岳根据地,部队进行了休整,进入河南境内已经是7月了。不料连日大雨,河水暴涨,黄河过不了,其他几条河,涉水也过不了。这一个月里,陶铸、曾志夫妇只能随部队在河南焦作、渑池、孟县、孟津一带来回运动。8月中旬,突然得到日本投降的消息,她们和全体将士一样,都高兴得手舞足蹈起来。党中央来了命令，要警1旅停止南下，就地勒令日、伪军投降，收复据点，收缴枪械。部队立即按党中央命令，开始了行动。新安县铁门镇驻守的日军不肯向共产党八路军缴械投降，部队坚决采取军事行动，强攻铁门镇。但因敌人工事坚固，且地势险要，所以接连两天没有打下，进入了胶着状态。就在这时，中央致电陶铸，命他率领随队南下做地方工作的十几位同志立即北上，日夜兼程赶往沈阳接受新任务。看了电报，他们一刻也没有停留，由四匹牲口驮着行李就出发了。

9月20日，陶铸和曾志一行抵达沈阳，住在汇丰银行大楼里。这一路长途行军，曾志的伤口还没有愈合，经常发炎，腹部时肿时消，非常痛苦。她回忆说："住在大楼里的还有全国各地调来东北的同志，如张平化、吴亮平、朱光、李天佑、邓华等，桌上、地上都睡了人，我也睡在一张大会议桌上。因为人多，一些设备又不懂使用方法，所以银行所有的抽水马桶都塞满了粪便，自来水龙头终日滴着水，电风扇开了不会关，只好昼夜吹着风。在这里我们住了三四天，其间听了一次彭真的报告。报告讲了抗日战争胜利后的形势和党中央的战略方针：一方面要尽力反对内战，争取和平；另一方面对帝国主义和反动派不抱幻想，坚决保卫人民的斗争果实。报告说我们的目标是：建立一个以全国绝大多数人民为基础，以工人阶级为领导的统一战线的民主联盟的新民主主义国家。对他的报告印象最深的是讲当时的苏联政府与国民党政府刚刚签订了'友好同盟条约'和其他协定，这些协定承认中国在东北的主权，但又规定这些主权要交给国民党政府。彭真说：东北是战略要地，我们决不轻易放弃，人民的果实，要靠坚决的斗争来保卫。我党我军正是在这种态势下，像楔子一样'挤'进东北的。"[62]

历史已经证明，这个像楔子一样"挤"进东北的过程，就是毛泽东所说的"从小麻雀变成大麻雀"的过程，就是小麻雀"变成一个翅膀可以扫尽全中国的大鹏鸟"的过程。

什么叫远见卓识？什么叫雄才大略？毛泽东说："没有预见就没有领导，没有领导就没有胜利。因此，可以说没有预见就没有一

[62] 中共中央党史研究室第一研究部编：《七大代表忆七大》（下），上海人民出版社2006年版，第1019页。

切。"历史也进一步证明，毛泽东在中共七大上要求全党做好准备"应付大事变"，"准备吃亏"，做好"两个转变"，把预见变成了现实——小麻雀变成了大鹏鸟，一个翅膀扫遍全中国，让日本帝国主义滚蛋，接着就是要推翻"蒋家王朝"，建立新中国。

5 一定要把黑暗的中国从地球上除掉，建设一个光明的中国，把中国变为人民的中国

1945年6月的延安，如同正在拔节的庄稼，节节生长，生机勃勃，到处呈现着一片欢乐、繁忙的景象——农民们在整理农具，准备收割早熟作物，工人们开展了热火朝天的劳动竞赛，派往前线的部队在整装待命，来自各地的七大代表，怀着胜利的喜悦，即将走向新的岗位，准备奔赴战场开赴前线，执行大反攻的光荣任务。

6月11日，中共七大闭幕大会在杨家岭中央大礼堂召开。从4月23日开幕，已经整整进行50天了。其间，大会先后6次休会，共计29天，为庆祝苏联红军攻占柏林，5月8日还特别放了一天假，实际大会时间为21天。这21天里，会议也没有闲着，主席团会议、各代表团会议或小组会议持续不断，学习、讨论、汇报，热火朝天，完成了大会的所有议程。诚如毛泽东所说："我们开了一个很好的大会。我们做了三件事：第一，决定了党的路线，这就是放手发动群众，壮大人民力量，在我党的领导下，打败日本侵略者，解放全国人民，建立一个新民主主义的中国。第二，通过了新的党章。第三，选举了党的领导机关——中央委员会。今后的任务就是领导全党实现党的路线。我们开了一个胜利的大会，一个团结的大会。代表们对三个报告[63]发表了很好的意见。许多同志作了自我批评，从团结的目标出发，经过自我批评，达到了团结。这次大会是团结的模范，是自我批评的模范，又是党内民主的模范。"

的确，这是一个胜利的大会，这是一个团结的大会！

团结就是力量！团结才能胜利！这是历史的经验，也是革命的

[63] 指在中共七大上，毛泽东所作的政治报告、朱德所作的军事报告和刘少奇所作的《关于修改党章的报告》。

真理。

　　作为亲历者，没有人不认为参加七大是人生中最美好的经历之一，成为革命生涯的新"启蒙"。七大代表高扬文满怀深情地说："1945年4月，我以一个不满28岁的青年党员身份，有幸参加决定中国、中国革命、中国各族人民命运的中国共产党第七次全国代表大会。在会前的学习中，在会议期间，聆听毛主席八次报告、讲话和若干次插话，聆听朱总司令《论解放区战场》的报告，刘少奇《关于修改党章的报告》，周恩来《论统一战线》发言以及一批老同志在大会上的发言，使我受到深刻的马克思列宁主义、毛泽东思想教育。我的一生思想、行动之所以始终没有迷失过方向，跟上党的前进的步伐，是和在七大受的教育分不开的。实事求是地说，七大也决定了我一生的命运，使我能够分辨什么是真马克思主义，什么是假马克思主义，看清什么是真理，什么是谬论。所以我把我在七大受到的教育，称为是对我的共产主义思想的'第三次启蒙'。"高扬文的回忆，说出了众多七大代表的心里话。

　　的确，1945年，对中国人民乃至对世界人民来说，都是一个极其重要的年份。这是一个转折的年代，也是一个破坏旧秩序建立新秩序的时代。作为终结第二次世界大战、建立联合国的重要年份，历史学家把这一年作为现代世界诞生的"零年"。然而，对中国革命、对中国共产党和中国人民来说，这不是结束，而是开始，依然任重道远。毛泽东在七大书面政治报告《论联合政府》中，特别提醒全党同志必须保持清醒的头脑，戒骄戒躁，既不要只看见光明的一面，不看见困难的一面，也不能只看见成绩的一面，不看见缺点的一面。他说：

> 目前国际国内的形势，在我们和中国人民面前显示了光明的前途，具备了前所未有的有利条件，这是显然的，毫无疑义的。但是同时，依然存在着严重的困难条件。谁要是只看见光明一面，不看见困难一面，谁就会不能很好地为实现党的任务而斗争。

我们的党和中国人民一道，不论在整个党的二十四年历史中，在八年抗日战争中，为中国人民创造了巨大的力量，我们的工作成绩是很显然的，毫无疑义的。但是同时，我们的工作中依然存在着缺点。谁要是只看见成绩一面，不看见缺点一面，谁也就不会很好地为实现党的任务而斗争。[64]

七大代表们清楚地记得，在4月23日举行的开幕式上，毛泽东致开幕词《两个中国之命运》，开门见山地指出："我们需要一个正确的政策。这个政策的基本点，就是放手发动群众，壮大人民的力量，在我们党领导之下，打败侵略者，建设新中国。中国共产党从1921年产生以来，已经二十四年了，其间经过了北伐战争、土地革命战争、抗日战争这样三个英勇奋斗的历史时期，积累了丰富的经验。到了现在，我们的党已经成了中国人民抗日救国的重心，已经成了中国人民解放的重心，已经成了打败侵略者、建设新中国的重心。中国的重心不在任何别的方面，而在我们这一方面。"

听！现在，"中国的重心不在任何别的方面"，中国共产党就是中国"抗日救国的重心""人民解放的重心""建设新中国的重心"。一切似乎都是天意。从1941年到1945年，毛泽东利用并统筹国际国内两个格局中的复杂环境，充分展示了他政治家、军事家、思想家的雄才大略和纵横捭阖的风范，以思想整风的形式把中国共产党和人民军队从政治、思想、组织、干部和行动上高度团结凝聚起来，锻造成了钢铁长城。革命的钢铁洪流，浩浩汤汤，不可阻挡！现在，雄心勃勃的中国共产党和信心满满的毛泽东，义不容辞，义无反顾，勇往直前，无往而不胜！

听！毛泽东在七大闭幕大会上再次发出了这样的号召：

大会闭幕以后，很多同志将要回到自己的工作岗位上去，将要分赴各个战场。同志们到各地去，要宣传大会的路线，并经过全党同志向人民作广泛的解释。

[64] 中共中央文献研究室编：《毛泽东在七大的报告和讲话集》，中央文献出版社1995年版，第91页。

我们宣传大会的路线，就是要使全党和全国人民建立起一个信心，即革命一定要胜利。首先要使先锋队觉悟，下定决心，不怕牺牲，排除万难，去争取胜利。但这还不够，还必须使全国广大人民群众觉悟，甘心情愿和我们一起奋斗，去争取胜利。要使全国人民有这样的信心：中国是中国人民的，不是反动派的。[63]

接着，毛泽东给七大代表们讲了《愚公移山》的故事。

中国古代有个寓言，叫做"愚公移山"。说的是古代有一位老人，住在华北，名叫北山愚公。他的家门南面有两座大山挡住他家的出路，一座叫做太行山，一座叫做王屋山。愚公下决心率领他的儿子们要用锄头挖去这两座大山。有个老头子名叫智叟的看了发笑，说是你们这样干未免太愚蠢了，你们父子数人要挖掉这样两座大山是完全不可能的。愚公回答说：我死了以后有我的儿子，儿子死了，又有孙子，子子孙孙是没有穷尽的。这两座山虽然很高，却是不会再增高了，挖一点就会少一点，为什么挖不平呢？愚公批驳了智叟的错误思想，毫不动摇，每天挖山不止。这件事感动了上帝，他就派了两个神仙下凡，把两座山背走了。现在也有两座压在中国人民头上的大山，一座叫做帝国主义，一座叫做封建主义。中国共产党早就下了决心，要挖掉这两座山。我们一定要坚持下去，一定要不断地工作，我们也会感动上帝的。这个上帝不是别人，就是全中国的人民大众。全国人民大众一齐起来和我们一道挖这两座山，有什么挖不平呢？[66]

瞧！毛泽东不愧是人民的领袖，他总能用老百姓听得懂的语言，用中华民族优秀传统文化，深入浅出地传递深刻的思想。在那个年代，"愚公"是被"智叟"这样的帝国主义者、资产阶级、封

[65] 中共中央文献研究室编：《毛泽东在七大的报告和讲话集》，中央文献出版社1995年版，第234—235页。

[66] 中共中央文献研究室编：《毛泽东在七大的报告和讲话集》，中央文献出版社1995年版，第235页。

建地主阶级和国民党的精英阶层们所嘲笑的，但却是老百姓所喜欢的。而"愚公"的精神则一直是鼓励着共产党人艰苦奋斗、自力更生的精神图腾。毛泽东说："中国有两大敌人、两座大山压迫我们四万万五千万人民，一座大山就是帝国主义，另一座大山就是封建主义，外国的压迫和中国的压迫，压得我们四万万五千万人民不能抬头，破坏了我们的生产力。"他艺术地借用愚公移山的故事，号召中国共产党人要发扬愚公这种坚韧不拔的意志、毅力、气概和精神，领导中国人民挖掉帝国主义和封建主义这两座大山，打败外国和中国国内的两种敌人，"就是要使全党和全国人民建立起一个信心，即革命一定要胜利。首先要使先锋队觉悟，下定决心，不怕牺牲，排除万难，去争取胜利"。

在延安，毛泽东不止一次讲过这个古代寓言。最早是在1938年4月30日，他在中国抗日军政大学第三期第二大队毕业典礼上发表讲话时，号召大家学习愚公挖山的精神，把帝国主义、封建主义和资本主义三座大山统统移掉。目前，全党高级干部要有对付非常不利情况的精神准备，包括许多意料不到的事情。我们的方针是全党团结起来，克服困难，可能暂时吃亏，但终究我们要胜利。

在中共七大上，毛泽东先后三次讲愚公移山的故事。第一次是在4月24日作口头政治报告时，讲到自卫与反击问题，他复述了愚公移山的故事。第二次是在5月31日作政治报告讨论结论时，谈到大会团结的精神，毛泽东指出："我多次讲愚公移山的故事，就是要大家学习愚公的精神，我们要把中国反革命的山挖掉！把日本帝国主义这个山挖掉！"第三次就是在6月11日的闭幕大会上。

现在，七大就要闭幕了，毛泽东特地以"愚公移山"作为闭幕词的题目，又一次深情讲述这个古老的寓言故事，自然有着与众不同的意味和意义。

"毛主席越讲越兴奋，讲到愚公移山时，情绪异常激动，挥动着双臂，操着湖南口音大声说：'压在我们头上的两座大山，必须搬掉。我们搬不走，有我们的儿子，儿子死了，还有孙子，子子孙孙搬下去，一定能够搬掉。'"七大代表、时任陕甘宁边区政府主席林伯渠的秘书王恩惠一辈子都没有忘记这一幕。毛泽东的话音刚落，大家长时间热烈地鼓掌。

是的，中国共产党人的"上帝不是别人，就是全中国的人民大众。全国人民大众一齐起来和我们一道挖这两座山，有什么挖不平呢？"七大代表、时任中央军委二局总支书记戴镜元说："毛主席在大会闭幕时，作了深刻而有深远影响的讲话。他以愚公移山的寓言故事号召全党，要以愚公移山的精神，搬掉压在中国人民头上的帝国主义和封建主义两座大山。当讲到要'下定决心，不怕牺牲，排除万难，去争取胜利'的时候，引起了全体代表的共鸣，全场顿时爆发出经久不息的掌声，人人激动，振奋不已，个个焕发出无穷的力量。毛主席还风趣地说，文章是逼出来的，牛奶是挤出来的，教育大家不要怕困难，不要怕压力，要把困难和压力当动力。毛主席说，人就是要压的。人没有压力是不会进步的。他说他的文章《中国革命战争的战略问题》《实践论》《矛盾论》都是逼出来的，大家听了都深受教育。我当时理解，革命是在不断克服困难和压力中前进和发展的，胜利是在不断克服困难和压力中取得的。革命已经克服了无数困难和压力，取得了伟大胜利。但革命还将遇到很多困难和压力。在困难和压力面前，一定要跟过去一样，一定要有信心，一定要有决心，还一定要有恒心。只要有了这'三心'，像愚公一样，每天挖山不止，紧紧依靠人民群众，任凭什么困难和压力，都是可以克服的，任何敌人都是可以战胜的。"[67]

此时此刻，杨家岭中央大礼堂里洋溢着的是昂扬的斗志、对未来的渴望和必胜的信心。最后，毛泽东说：

> 现在中国正在开着两个大会，一个是国民党的第六次代表大会，一个是共产党的第七次代表大会。两个大会有完全不同的目的：一个要消灭共产党和中国民主势力，把中国引向黑暗；一个要打倒日本帝国主义和它的走狗中国封建势力，建设一个新民主主义的中国，把中国引向光明。这两条路线在互相斗争着。我们坚决相信，中国人民

[67] 中共中央党史研究室第一研究部编：《七大代表忆七大》（上），上海人民出版社2006年版，第36—37页。

将要在中国共产党领导之下，在中国共产党第七次大会的路线的领导之下，得到完全的胜利，而国民党的反革命路线必然要失败。[68]

在历史上，列子的《愚公移山》是一个劝学励志的寓言。

而如今，毛泽东的《愚公移山》是一个成竹在胸的预言。

毛泽东的闭幕词《愚公移山》，掀起了中共七大的最后一个高潮。这是毛泽东在七大上的第八篇报告。"我们不怕敌人！东方不亮西方亮，黑了南方有北方，我们一定胜利！"七大代表们清楚地记得，毛泽东讲到这几句时，情绪激动，声音提高，敞亮的额头上的筋都鼓起来了。全场寂静。代表们还看到，毛泽东的眼睛湿润了，流泪了，他用手擦擦眼睛，他的讲话和情绪把代表们的情绪引向了高潮，代表们也激动地鼓着掌流着泪。

七大代表田秀涓回忆说："毛主席举愚公移山的例子说，咱们要挖帝国主义、封建主义两座大山，咱们这一代人挖不好，儿子们再挖，孙子们再挖，反正，一代一代地要把这山挖掉。毛主席最后讲愚公移山的这几句话，我记得挺清楚。他还以伟大的胸怀和革命乐观主义精神说，东方不亮西方亮，丢了南方有北方，以鼓励大家革命，顽强战斗，代表们的劲都鼓得挺足地回到前方，革命的方向也更明确了，每个人都想好好地在建设新中国方面做点贡献。"[69]

闭幕大会是七大第22次全体会议，6月11日这一天是星期一，大会执行主席是彭德怀。当日的会议议程有9项：一是由大会秘书长任弼时作33名候补中央委员选举开票经过及选举结果的报告；二是由任弼时介绍到会新当选的中央委员；三是基本通过《关于军事问题的决议（草案）》，具体条文交由新的中央斟酌确定；四是大会通过《中国共产党党章》；五是大会决定以七大名义召开中国革命死难烈士追悼大会；六是毛泽东致闭幕词；七是朱德、吴玉章、徐特立发表讲演；八是全体代表唱《国际歌》；九是由大会执行主席彭德怀宣布中国共产党第七次代表大会胜利闭幕。

大会闭幕后，全体代表照了合影。在照相的过程中，刚刚当选

[68] 中共中央文献研究室编：《毛泽东在七大的报告和讲话集》，中央文献出版社1995年版，第236—237页。

[69] 中共中央党史研究室第一研究部编：《七大代表忆七大》（上），上海人民出版社2006年版，第595页。

为中央候补委员的陈赓诙谐地问毛泽东:"什么叫候补?"这时,有人同喜欢开玩笑的陈赓开玩笑:"屁股上插党参——候补。"有人还拿着树枝往陈赓的屁股上插。陈赓招架不住,笑嘻嘻地往毛泽东、朱德身边躲。毛泽东哈哈大笑,开心地说:"这个歇后语是富春同志的发明。"

这天晚上,七大代表们聚餐。每张餐桌上比平日里多了一只整鸡,其他都是陕北的土菜。旁听会议的日本人佐藤猛夫[70]说:"各种食物堆得像小山似的。与美味佳肴从来无缘的我,直吃到肚子里实在装不下为止。"代表们高兴得频繁碰杯:"喝酒喝酒,天长地久。"

邵式平拉着贺晋年的手来到宋时轮身边,笑着说:"时轮,你说话不算数呀,得罚你三杯。"宋时轮说:"我什么时候说话不算数啦?共产党人说话都是算数的。"

邵式平说:"开幕那一天你说什么来着?我可一直记住哩。"

贺晋年站在一边提醒说:"中央委员,中央委员。"

这时,宋时轮才想起自己曾经开过邵式平的玩笑,说他为准备当选中央委员穿上了新衣服,便哈哈大笑起来:"开玩笑嘛。我认罚,我认罚。"

晚宴后,鲁迅艺术文学院在杨家岭中央大礼堂演出了京剧《玉堂春》。大会工作人员在每个代表的座位上摆放了一纸兜礼品,里面装着炒花生、炒葵花子、边区生产的麻糖、一把红枣。发放礼品,这在中共进驻延安十余年来,还是头一次。

七大是中国共产党走向成熟的重要标志,更是中国共产党人坚定革命信仰、信念和信心的重要里程碑。

靠什么团结?凭什么胜利?

每一个七大代表都铭记着毛泽东在中共七大上的嘱托,迅速奔赴前线。

> 同志们,我们的大会闭幕之后,我们就要上战场去,根据大会的决议,为着最后地打败日本侵略者和建设新中国而奋斗。为达此目的,我们要和全国人民团结起来。我

[70] 佐藤猛夫,又名山田一郎,1939年8月被八路军俘虏,加入日本反战组织,后担任八路军第129师卫生部野战医院内科主任,八路军野战医院副院长和卫生学校讲师。

重说一遍，不管什么阶级，什么政党，什么社会集团或个人，只要是赞成打败日本侵略者和建设新中国的，我们就要加以联合。为达此目的，我们要把我们党的一切力量在民主集中制的组织和纪律的原则之下，坚强地团结起来。不论什么同志，只要他是愿意服从党纲、党章和党的决议的，我们就要和他团结。我们的党，在北伐战争时期，不超过六万党员，后来大部分被当时的敌人打散了；在土地革命战争时期，不超过三十万党员，后来大部分也被当时的敌人打散了。现在我们有了一百二十多万党员，这一回无论如何不要被敌人打散。只要我们能吸取三个时期的经验，采取谦虚态度，防止骄傲态度，在党内，和全体同志更好地团结起来，在党外，和全国人民更好地团结起来，就可以保证，不但不会被敌人打散，相反地，一定要把日本侵略者及其忠实走狗坚决、彻底、干净、全部地消灭掉，并且在消灭他们之后，把一个新民主主义的中国建设起来。

　　三次革命的经验，尤其是抗日战争的经验，给了我们和中国人民这样一种信心：没有中国共产党的努力，没有中国共产党人做中国人民的中流砥柱，中国的独立和解放是不可能的，中国的工业化和农业近代化也是不可能的。

　　同志们，有了三次革命经验的中国共产党，我坚决相信，我们是能够完成我们的伟大政治任务的。

　　成千成万的先烈，为着人民的利益，在我们的前头英勇地牺牲了，让我们高举起他们的旗帜，踏着他们的血迹前进吧！[71]

[71] 中共中央文献研究室编：《毛泽东在七大的报告和讲话集》，中央文献出版社1995年版，第95—96页。

"踏着先烈血迹前进"是毛泽东1934年在江西瑞金红军烈士纪念塔前留下的题词，10多年后的今天，又被他在中共七大的书面政治报告中再次提起。1933年，中央苏区正处于血雨腥风的白色恐怖包围之中，被敌人严密封锁、残酷"围剿"，经济陷入困境，但那样极其艰难的局面下，中央政府仍坚持修建了红军烈士纪念塔。从巍巍井冈到黄土高原，中国共产党没有忘记革命队伍中每一个为革命事业流血牺牲的人，这些牺牲者，有几十万的共产党员，有上百万的革命民主主义者，他们中间，既有高级干部，也有普通一兵，他们当中有伙夫、马夫、战斗员、工人、农民，真可谓是遍地英雄。

6月17日，中国革命死难烈士追悼大会在中央党校大礼堂举行。毛泽东在讲话中对"踏着他们的血迹前进"这句话，作了深刻具体的诠释。毛泽东非常激动地说：

> 从1841年平英团在广东起义反对英帝国主义起，到现在1945年已经有一百零四年的历史了，在这一百零四年中，中国人被杀的有多少，被关的有多少，已计算不清了。中国自有共产党以来，在二十四年里，单共产党人就死了几十万，革命民主主义者跟我们一道反对外国的和中国的反革命势力，也成百万地牺牲了。反动派为了消灭革命力量，就采取杀人的办法，以为屠杀会使革命者退却，可以停止或缩小中国的革命运动。他们是这样想的，也是这样做的。但一切却和他们的主观愿望相反，事实是他们杀人越厉害，革命队伍发展就越大。我讲这是成正比例的，是一条规律，一条不可抗拒的规律。反动派的希望和企图是他们杀人越多革命队伍就越小，但是希望和结果是两回事。

> 从国民党的历史上也可以证明上面所说的规律。清王朝和外国帝国主义曾经压迫国民党，是把国民党压迫小了还是大了呢？最后还不是爆发了辛亥革命，推翻了清朝的统治。国民党拿帝国主义、封建势力曾经用来对付他们的办法来对付中国人民，压迫共产党、工人、农民、革命的知识分子。我说他们这就错了！他们的队伍开来得越多，他们自己就会变得越小，而我们的队伍就会越大。这是我们从几十年的历史中得出的一条结论。日本帝国主义杀了很多人，难道它是越杀的多越大吗？希特勒也是杀了很多

人，难道他是越杀的多越大吗？不管是中国的还是外国的反动派，只要他们杀人越多，他们自己的力量就会越小，而革命的力量就会越大。

我们建设的党是东方的共产党，我们建设的队伍是东方人民革命的队伍，我们是英勇奋斗的。想用杀人、压迫这一套来缩小我们，来消灭我们，那是不可能的。几十万共产党、成百万的革命民主主义者被屠杀了，但我们的队伍却有更多的几十万、几百万人起来继续战斗。拿中国共产党的三个时期来说吧，头一个时期发展到五万多党员，一巴掌被打散了，剩下的很少；第二个时期我们发展到三十万党员，又被打散了很多，剩下的也是很少；到抗日战争中我们就发展到一百二十多万党员。至于军队，同志们都知道，中国历史上没有红军，要说有就是明朝朱洪武起过一次"红军"，他们打的旗子是红旗。有的人以为红军这个名称一定是外国来的，我说不一定，你就只知道外国的事情，中国祖宗的事情就不知道。1927年以后，国民党反动派压迫和屠杀人民，中国又产生了红军。这个红军是在先进政党领导下的，开头数目很小。我经常和一些同志讲"其作始也简，其将毕也必巨"，这是古书《庄子》上讲的。"作始"就是开头的时候，"简"就是很少，是简略的，"将毕"就是快结束的时候，"巨"就是巨大、伟大。这可以用来说明是有生命力的东西，有生命力的国家，有生命力的人民群众，有生命力的政党。中国革命力量现在"巨"了没有呢？在1841年，广东平英团的力量有好几万人，他们的口号是反对英国的侵略，但那时的人们没有料到他们的子孙、他们的后代将来会怎么样。孙中山搞出一个辛亥革命，也没有料到有五四运动，没有料到又产生了共产党。我们的前人没有料到世界会发生十月社会主义革命这样重大的历史事变，更没有料到中国会进步到有共产党领导的进行新民主主义革命这样的队伍，同时他们也没有料到中国革命会这样长还没有胜利。他们那时在敌人压迫面前只是开始起来反抗，至于下文如何，我看是还没有考虑成熟。不像我们现在开七大这样，对历史经验进行了总结，对当前的形势和前途都有明确的认识，因此我们有巩固的信心。我们的前人没有预料到这些，也不能怪他们，他们那时还没有革命的社会科学，还没有马克思主义武装头脑。我们是用科学社会主义武装头脑的人，看清楚社会前途的人，我们比他们进步，我们要完成他们没有完成的事业。我们今天的公祭可以一直上溯到1841年平英团那些英雄们，也祭奠他们。平英团的反英斗争，太平天国运动，都是英勇的斗争。太平天国有几十万军队、成百万的农民，打了十三年，最后南京城被清兵攻破的时候，一个也不投降，统统放起火烧死了，太平天国就这样结束的。他们失败了，但他们是不屈服的失败，什么人要想屈服他们，那是不行的。平英团现在没有了，太平天国也没有了，义和团也没有了。但是平英团以后出了一个太平天国，太平天国以后出了一个义和团，义和团以后出了一个辛亥革命，辛亥革命以后出了一个共产党，因此有了北伐战争、土地革命、抗日战争。革命力量的这一部分或那一部分，可能被消灭，弄得不好就会被敌人消灭，被敌人屠杀，甚至可能几十万地被他们消灭，但是跟着却会有更多的人加入我们的队伍。我看见过这样的家庭，同志们一定也看见过许多这样的家庭，反动派杀掉了父亲，他的儿子，三个四个，甚至七个八个，还有女儿，统统加入共产党，统统跑到延安来了。所以，反动派杀人越多，革命队伍反而扩大了。[72]

七大代表、毛泽东的秘书胡乔木现场聆听了毛泽东的演说。他在晚年回忆说，毛主席"拿洪秀全的太平天国作例子，表示宁可失败，决不投降。太平天国那么多人最后死在南京。讲到这里时，他

[72] 中共中央文献研究室编:《毛泽东在七大的报告和讲话集》，中央文献出版社1995年版，第240—244页。

非常激动。讲这个话是表示一种决心，一方面认为必然会胜利，同时带有一种誓师的味道"。

追悼大会会场肃穆庄严，哀乐萦耳。祭奠主席台的正中矗立着一座巨大的中国革命死难烈士碑，周围被花圈环绕着。会场上布满了七大代表、各解放区与延安各界送来的挽联、哀词和花圈，还挂满了革命烈士的遗像。毛泽东的挽词为"死难烈士万岁"，朱德的挽词为"浩气长存"。七大全体代表敬献的挽联为："为人民而生，为人民而死，你们的事业永与人民同垂不朽；为胜利而来，为胜利而去，我们的任务是向胜利勇往直前。"

祭奠开始，音乐队、歌咏队齐声奏响哀乐，唱挽歌，由毛泽东主祭，朱德、刘少奇、周恩来和邢肇棠等陪祭，全体代表肃立致敬。没有离开延安的中共七大代表都出席了追悼大会。中共七大代表及延安各界人民代表发表了对中国革命死难烈士的祭文，致祭革命先烈之灵。

在追悼大会上，朱德发表讲话。他说：在中国有两种人，一种人是靠反动压迫而生活的反动派，这种人的死将遗臭万年；另一种人是代表受压迫、受剥削的广大人民，而为争取人民的自由和幸福起来战斗的战士，这些人的死，引起人民很大的哀痛，人民永远悼念他们，他们将流芳百世。此外还有一种人，由于他们认识不清，他们暂时跟着反动派走，对于这种人，我们要教育他们，使他们清醒过来，改正过来。朱德总司令号召全国人民更亲密地团结起来，踏着烈士们的血迹，在共产党、在毛泽东同志的领导下勇往前进，用胜利来追悼先烈！

林伯渠、吴玉章等老同志也在中国革命死难烈士追悼大会上发表了讲话。他们"赞扬死难烈士的伟大业绩，并号召全国人民与全党同志团结在毛泽东同志的旗帜下，为完成烈士们未竟的事业而奋斗"。林伯渠说："死不会吓倒革命者，一个人倒下了，有更多的人起来代替他，站在他的岗位上继续战斗，直达胜利。"吴玉章列举了近几十年革命运动中，许多革命先烈的英勇行为，说："先烈们的血没有白流，他们流一滴血，牺牲一条性命，将有成千成万的群众起来替他报仇，我们的事业永远向前，不达胜利不止！"

接着，邢肇棠、贺连城、黄曼曼等代表社会各界人士发表讲话。邢肇棠是代表晋冀鲁豫参议会及革命的国民党员发表讲话的。他说，由于无数革命先烈的流血牺牲，而动摇了帝国主义和封建势力统治者的统治，并教育了全国人民。他追述辛亥革命的往事，指出由于当时的革命没有很好发动群众，革命不彻底，致使革命果实落于袁世凯之手。1921年出现了真正代表民族与人民利益的共产党，孙中山先生实行与共产党合作的政策，改组国民党，唤起民众，故发动了轰轰烈烈的大革命。大革命后如没有反动派的叛变革命，则中国的革命早已成功，不会发生九一八以来日本侵略者在中国这样猖獗的局面，不会给中国人民带来这样大的灾难。中国反动派在抗战期间依然不放弃反共反人民的错误政策，目前更在"民主"的伪装下积极准备大规模的内战。但是历史证明，谁反革命，谁就要失败。希望国民党内孙中山先生的一切真正信徒共起挽救国民党的危机，与全国人民站在一起制止内战的爆发。边区政府教育厅副厅长贺连城对死难者致悼惜，对人民抗日力量的发展致希望。他说，除了向侵略者与反动派作斗争外，还要与天灾作斗争。

黄曼曼是烈士鲁耕夫的女儿，代表死难烈士子弟讲话。她说："我父亲在十三年前被反动派杀了，我没见过他，但我知道他是一个坚强的共产党员，他为人民而死了。父亲死后，只剩下我母亲和我，但反动派对我们也不肯放松，把我们关在监狱里，一个小黑屋子，整天看不到太阳，所以我生下来不但是一个没父亲的孩子，而且是黑暗的法西斯监狱里的一个小犯人！"讲到这里，黄曼曼伤心地哭了，许多七大代表们也热泪盈眶。接着，黄曼曼大声地说："我们没有了父亲，共产党就是我们的父亲，我们在共产党的抚育下长大起来，要为父亲的遗志奋斗！"

为纪念先烈，中共中央决定在延安市清凉山修建中国革命死难烈士纪念塔。

七大代表、时任八路军第8团3营教导员关星甫回忆说："纪念会在中央党校礼堂举行，讲话的有国民党代表邢肇棠，其次是烈士子女代表黄曼曼（黄火青的外甥女）。黄曼曼是个十几岁的小女孩，随她爸爸妈妈被囚在国民党的监狱里。她说监狱里没有窗子，没有阳光，她爸爸是被国民党杀害的，还讲项阿毛（项英的儿子）的爸爸也被国民党杀害了。她还讲了很多小孩的名字。很多小孩的爸爸或妈妈都被国民党杀害了。这是最生动的阶级斗争课，很多人流泪了，激起了更加坚定地同国民党斗争的决心。最后是毛主席讲话，讲了30年来我们牺牲了多少同志。他还讲了太平天国失败时，太平军十万多人统统自己放火烧死了，没有一个投降的。"[73]

在毛泽东看来，中国人民反对帝国主义和封建主义的斗争是经过了好几个阶段的。"太平天国之前，有反对英国侵略的广东平英团，后头有太平天国革命，有义和团运动，有辛亥革命，有五四运动，所有这些，都是带着群众性的民族主义的性质和民主主义的性质。这些运动的目标，在要求独立、要求民主这一点上跟我们是相同的。在这几十年的斗争中都还没有共产党，这些斗争是由别的团体和政党领导的。因为没有共产党，中国人民就没有一个能够代表他们利益的彻底的革命纲领，没有一个正确的领导者毫不动摇地始终如一地领导他们进行斗争。国民党是发生了变化的，孙中山时期的国民党和蒋介石时期的国民党是不同的，前者是奉行革命三民主义的国民党，后者是退步的走向反动的国民党。中国共产党对革命从来没有发生过动摇，也只有共产党才能不动摇，彻底地干下去，不怕死多少人，不怕牺牲。"

在追悼大会上，毛泽东为革命先烈洒下了热泪。他慷慨激昂地说：

> 我们今天开大会，我们是有信心的。烈士们是已经离开我们了，他们的责任交给了我们，我们要完成这个责任。同志们，现在同死难烈士他们进行斗争的那个时期是不同了，在两年到三年内中国要起变化，或者变得很坏，或者变得很好，总之是要起变化。日本帝国主义要被打倒。日本帝国主义被打倒以后，中国与外国的反动派又想

[73] 中共中央党史研究室第一研究部编：《七大代表忆七大》（下），上海人民出版社2006年版，第879页。

要把我们打倒，把中国人民打倒，下决心要把中国一切人民的民主力量、革命力量统统消灭。那时或者就是这样的情况，那全国就是黑暗的，延安也是黑暗的，中国像沉到大海里去了，每天都是夜晚不见太阳，黑暗得很，要再过上几十年恐怖日子。这是一种可能性。或者是另外一种可能性，另外一个样子，那就是把黑暗势力压下去，把拿刀子杀人的人压下去。中外新闻记者们去年来延安的时候，问了我一些问题，就包括这方面的问题。我们是君子动口不动手的，但如果谁拿刀子杀人，要来杀我们，我们就有办法对付。我曾和国民党的联络参谋讲过：我们有一百支枪，你们有本领缴我们九十九支，我佩服你们，因为你们会打，我们不会打。一百支枪被你们缴去了九十九支，我们还剩下一支，用这一支枪，我们也要打下去。剩下一支枪了，你们说投降吧！我们说那不行，"投降"这个词在我们的字典里是没有的，在你们的字典里可能有。

同志们，现在国际国内的形势很好。我们的人民，我们的朋友，真正的民主主义者，同我们共产主义者需要更懂得团结，更懂得共产党的路线、方针、政策。懂得了党的路线、方针、政策，我们就更能团结，人家就打不散我们。同志们要注意，将来是一定要打的，因为他们已经有准备了。现在，他们实际上是同民族的敌人日本帝国主义互相配合要消灭中国人民的革命力量，一切革命力量他们都想统统消灭。但是结果将像我在七大闭幕词中所讲的，革命一定要胜利，中国是中国人民的，不是反动派的。来延安的美国人问过我这个问题，我说给你开一张支票，你回到美国去，将来再见面时还是这些人，因为中国是人民的。这是一种前途。中国是反动派的，这是又一种前途。现在美国政府赫尔利所实行的政策是反动的，是赞助中国反动派的。现在我们党有清醒的头脑，有正确的路线、方针和政策，我们一定能胜利。我们有这样的信心，一定要把黑暗的中国从地球上除掉，建设一个光明的中国。这个光明的中国是烈士们长期奋斗的目标，他们虽然没有成功就牺牲了，但是他们给了我们经验教训。我们今天开追悼大会纪念他们，革命也还没有成功，但是明天我们就要成功。我们下决心要把中国变为人民的中国，要战胜一切外国的、中国的反动派，一切外国的、中国的压迫者，不战胜他们决不罢休。我们全党团结起来，解放区一万万的人民团结起来，沦陷区及其他区域的革命民主主义者团结起来，这个目的就一定能达到，不达到目的是不停止的。[74]

[74] 中共中央文献研究室编：《毛泽东在七大的报告和讲话集》，中央文献出版社1995年版，第244—245页。

——"剩下一支枪了，你们说投降吧！我们说那不行，'投降'这个词在我们的字典里是没有的。"

——"我说给你开一张支票，你回到美国去，将来再见面时还是这些人，因为中国是人民的。"

——"我们有这样的信心，一定要把黑暗的中国从地球上除掉，建设一个光明的中国。"

——"革命也还没有成功，但是明天我们就要成功。我们下决心要把中国变为人民的中国！"

毛泽东说得多好啊！大气磅礴，气吞山河，听起来就带劲！每读一遍，都能读出力量，读出勇气，读出信心，读出中国人的精气神！这就是中国作风，这就是中国气派，这就是中国精神！而毛泽东给美国人开出的支票，也确实兑现了！

七大代表们使劲地鼓掌，眼含着热泪鼓掌，鼓了很长时间，把两个手掌都拍疼了。

七大胜利闭幕了，各地代表和参加延安整风学习的同志，陆续奔赴四面八方的根据地，奔向全国解放的战场，去宣传贯彻七大的路线，夺取新的胜利。会议结束时，在杨家岭中央大礼堂外的坪场上，杜平遇到了毛泽东。毛泽东紧握着他的手说："杜平同志，这次会议开得好，还要落实好，下面就靠你们了。"杜平立即表态说："坚决照您说的去做。"毛泽东微笑着朝他点点头，又和其他代表

——握手。

像杜平一样，时任晋察冀军区第四军分区副政委的王宗槐也要出发了。出发前，组织上对他打招呼说："准备南下，跟王震的第359旅到华中根据地去工作。"后来，组织上又通知他："你们的工作分配都要征求原战略区首长的意见。聂荣臻的意见是让你回晋察冀根据地，因你对那里的情况比较熟悉。"8月的一天，聂荣臻把王宗槐叫到他在杨家岭的住处，说："组织上决定了，你带一批干部回晋察冀去。"说着，聂荣臻交给他一只缝得严严实实的黄布小挎包，叮咛道："这是密电码，军委刚下发的，马上就要启用。你把它带回军区，交给唐延杰参谋长。路上要小心，要万无一失。"

来延安快两年了，现在要回晋察冀根据地，王宗槐心情很是激动。他和爱人范景明赶紧收拾行装。他知道，密电码关系重大，头可断，身可亡，密电码绝对不能落入敌人手里。为了密电码的安全，王宗槐轻装再轻装，私人物件尽量不带，把朋友送给他的最心爱的铜火锅也送给了罗瑞卿，以应付途中之不测。这天下午，王宗槐和纪亭榭、严庆堤、杨瑞亭、俞占先、黄光明及各自的家属、警卫员准备出发了，忽然又接到通知，中央党校副校长、晋察冀的老领导彭真要他去一趟。于是，他就让纪亭榭等人先行一步，自己跑步赶到彭真办公的窑洞。

一见面，彭真亲切地与王宗槐谈心谈话，主要问他对七大的认识，对毛泽东和毛泽东思想的看法。王宗槐充满信心地回答："过去打仗靠毛主席，将来胜利还是靠毛主席。通过七大对毛泽东思想的认识明确了，坚信毛主席的领导，对胜利充满信心。"

见王宗槐回答得如此干脆，彭真面带笑容地对他说："好，坚信这一条，就能胜利。回晋察冀后，要好好工作。"

见到老领导如此关心器重，王宗槐很是感动，起身告辞时，他下意识地整理了一下军装，把不容离身的那只装着密电码的黄布小挎包朝身体侧后方移了移，立正站好，向彭真敬了个军礼。

与彭真告别后，王宗槐一路小跑着赶到了延安东边的四十里堡，找到了先行的同志们。队伍在这里住了一宿，第二天继续向东行进。走了几天，快到绥德县城时，忽然一辆卡车在他们身边停了下来。坐在驾驶室的一位首长模样的同志探出身来，兴奋地对他们大声喊道："告诉大家一个好消息：日本鬼子投降啦！延安一片欢腾啊，彻夜火光通明，庆祝胜利，有的同志高兴得连草垫子都烧啦……"

抬头一看，王宗槐一眼就认出给他们带来特大喜讯的是贺龙司令员。贺龙还对东北籍的纪亭榭开玩笑说："你可以打回老家喽！"

听到这样的特大喜讯，王宗槐和战友们异常兴奋，享受着胜利的喜悦。他回忆说："漫长而艰难的抗战，终于以中国人民的胜利结束了。为了这一天，我们共产党人和八路军、新四军及全中国人民付出了多大的代价和牺牲呀！用毛主席的话说，那叫'愚公移山'啊！欣喜之余，我们明确地意识到，抗战胜利了，新的工作在急切地等着我们去完成。同志们欢快地目送贺老总乘坐的卡车疾驰而去，我们也策马扬鞭，加快了行进速度。"[75]

[75] 中共中央党史研究室第一研究部编：《七大代表忆七大》（上），上海人民出版社2006年版，第438页。

既然打败日本之后，还是存在着两个前途，那末，我们的工作应当怎样做呢？我们的任务是什么呢？我们的任务不是别的，就是放手发动群众，壮大人民力量，团结全国一切可能团结的力量，在我们党领导之下，为着打败日本侵略者，建设一个光明的新中国，建设一个独立的、自由的、民主的、统一的、富强的新中国而奋斗。我们应当用全力去争取光明的前途和光明的命运，反对另外一种黑暗的前途和黑暗的命运。我们的任务就是这一个！这就是我们大会的任务，这就是我们全党的任务，这就是全中国人民的任务。

对七大代表们来说，无论他们在哪里战斗，也无论他们战斗到哪里，毛泽东在中共七大开幕式上的讲话，依然在耳畔回响。

靠什么团结？凭什么胜利？

经过24年的浴血奋战，经过17年的漫长等待，中国共产党召开了第七次全国代表大会，制定了一套建立一个独立、自由、民主、统一、富强的新中国的路线、纲领、政策，坚定正确光荣地选择了自己的伟大领袖毛泽东，确立了毛泽东在全党的领导地位，确立毛泽东思想为党的指导思想，树立了自己的旗帜，坚定走自己正确的道路。

东方红，太阳升，中国出了个毛泽东。

红太阳升起来了！

"几回回梦里回延安，双手搂定宝塔山。"巍巍宝塔山，是革命圣地延安的红色地标，也是中国共产党人革命精神谱系的精神坐标。滚滚延河水，它怒吼着，奔流着，旋转着，势不可挡地汇入了黄河咆哮的大合唱，汇入全心全意为人民服务的革命铁流，汇入民族解放、国家独立、人民翻身的历史洪流……

瞧！ 1940年，毛泽东在《新民主主义论》中写的最后一句话是："新中国航船的桅顶已经冒出地平线了，我们应该拍掌欢迎它。举起你的双手吧，新中国是我们的。"

听！ 1945年，毛泽东在中共七大书面政治报告《论联合政府》中写的最后一句话是："一个新民主主义的中国不久就要诞生了，让我们迎接这个伟大的日子吧！"

仅仅四年多之后，1949年10月1日，新中国——中华人民共和国成立了！

这是人民的胜利！

这是人民的中国！

▶1945年，毛泽东和周恩来、刘少奇、朱德、任弼时在七大主席台上

后记

一本永远读不完的书

"一切向前走,都不能忘记走过的路,走得再远、走到再光辉的未来,也不能忘记走过的过去,不能忘记为什么出发。"2022年10月27日,党的二十大闭幕不过四五天,习近平总书记就带领中共中央政治局常委全体同志来到中国革命的落脚点和胜利的出发点——延安,瞻仰圣地,缅怀先辈,展现信念,宣示决心。金秋送爽,枫叶流丹,碧空如洗,苍茫辽阔的黄土地在秋日朝阳的照耀下仿佛镀上了一层明媚的金色。这天上午,习近平一行迈着稳健的步伐走进了中共七大会址杨家岭中央大礼堂。是啊!已经记不清来多少次了。上一次来,是2015年2月。习近平总书记满怀深情地说:"这里我来过多次,插队时每次到延安都要来看看,每次都受到精神上的洗礼。"

看似寻常最奇崛,成如容易却艰辛。一砖一瓦写沧桑,一枝一叶总关情。从"覆屋之下、漏舟之中、薪火之上"的水深火热,到迎来从站起来、富起来到强起来伟大飞跃的光明前景。习近平总书记说:"延安是中国革命的圣地、新中国的摇篮。……巍巍宝塔山,滚滚延河水。延安用五谷杂粮滋养了中国共产党发展壮大,支持了中国革命走向胜利。延安和延安人民为中国革命事业作出了巨大贡献,我们要永远铭记。""延安革命旧址见证了我们党在延安时期领导中国革命、探索马克思主义中国化时代化的光辉历程,是一本永远读不完的书。"

筚路蓝缕,以启山林;艰难困苦,玉汝于成。站在杨家岭中央大礼堂里,习近平总书记抚今追昔,感慨万千。他意味深长地表示,党的七大在党的历史上具有重要里程碑意义,标志着我们党在政治上思想上组织上走向了成熟。在政治上,党通过延安整风,使全党团结在毛泽东的旗帜下,实现了党的空前统一和团结。在思想上，党确立了毛泽东思想在全党的指导地位，把毛泽东思想写入了党章。在组织上，党形成了一支高举毛泽东旗帜的久经考验的政治家集团。党的七大在党的历史上具有极其重要的地位，为党后来不断从胜利走向胜利指明了正确方向、开辟了正确道路。习近平总书记对中共七大的历史作用和历史意义作出的高度评价，是符合历史的、科学的、精准的概括。

时间是最精准的指南针，岁月是最放心的过滤器。历史历经岁月洗礼愈加夺目，思想历经时间淬炼愈加闪光。萌发写中共七大的故事，始于2012年，书名《靠什么团结 凭什么胜利》也是那个时候就想好了的。因为深感自己知识储备和史实掌握都还不足，一直都不敢动笔。那时，我的著作《中共中央第一支笔》（胡乔木传）和《王明中毒事件调查》刚刚出版。而随着业余研究的深入，我也越来越发现中共七大在中共党史上的地位、作用与价值，它像一块磁铁般深深地吸引着我，令我着迷而神往。更重要的是，在研究的过程中，我发现至今还鲜有作家以中共七大为主题创作文学作品，这更增添了挑战自我的意志和决心。作为一名喜欢党史的军旅作家，我立志要填补这个空白。但尽管酝酿了十年之久，我仍然迟迟不敢动笔，也不知该如何动笔。因为要想全景式反映中共七大的历史及其给新时代带来的启示，它不是靠讲故事、说轶事、聊往事或者凭想象就能完成的一项任务，而是一项巨大的创作工程。也就是说，我要做的不只是写一本书，也不仅是重述人们知道又不完整地知道的那段历史，而是要力求从一个更辽阔的视野、更高远的视角，在还原历史的过程中呼应时代、观照现实，让置身现实的我们在历史中寻找到奔向未来的正确方向和伟大力量。我知道，我要做的这件事情的意义，以及它的难度。因此，我必须在坚持我的"文学、历史、学术跨界跨文体写作"道路上超越自己，改变自己过去的历史写作范式，写出一部与众不同的中共七大史。

写什么？怎么写？写什么不是问题，怎么写才是关键。不知道经过多少个日夜，我反复阅读毛泽东主席在中共七大上所作的所有报告和讲话，反复揣摩，仔细领悟，辗转反侧，酝酿结构。从我过去的创作实践来看，历史写作最大的难点就在于，如何在人人都知道结果的情况下，让故事依然保持新鲜和悬念，在推陈出新中无限接近和抵达历史的现场和真相，从而让人人都能在历史中看到新意，读出新思想，获得新启迪，从而增添奋力前行的力量和勇气。或者从另一个角度说，我的历史写作不是给读者"洗脑筋"，而是给读者"开眼界"。而要让读者"开眼界"，首先得自己有眼界。这就要我们有一双善于发现的眼睛。如何发现呢？那就必须找到问题，找到历史的活的灵魂。因此，本书的写作，我决心以问题书写为导向，以历史书写为根本，以文学书写为依托，以故事书写为牵引，以思想书写为灵魂，从而完成历史整体的由点、线、面组成的立体的几何性书写。

"团结"和"胜利"不仅是中共七大的主题词，也是中国革命事业的关键词，是中国特色社会主义、中国式现代化道路的关键词，既具有历史性，也具有时代性，是永恒的历史命题，也是永恒的政治课题。团结就是力量，团结就能胜利，这是颠扑不破的真理。"堡垒总是从内部攻破的"，说明了"团结"和"胜利"的核心要义和价值命脉。保持团结，追求胜利，已经成为中国共产党的一种文化。经过深思熟虑，沿着上述创作思路，我紧紧围绕着中共七大"团结"和"胜利"这两个关键词，带着"靠什么"和"凭什么"的设问，精心布局，建立了一个以延安为中心的历史坐标系。它以"两种中国之命运"之"光明的中国"为正方向,以"确立毛泽东思想为全党的指导思想"为纵坐标,以打败"两个敌人"建设新中国的目标任务为横坐标,总共6个篇章(除了第一章的标题来自陈毅的诗句之外,其余五章的标题都来自毛泽东在中共七大的报告和讲话),解答了中共七大为什么相隔17年召开、为什么搞整风运动和大生产运动、为什么要作历史决议、如何处理好有中美关系背景的国共关系、如何放手发动群众壮大人民力量打赢人民战争、如何进行党的建设"伟大的工程"和建设光明的人民的中国等6个方面的问题。同时,通过6个篇章各5个方面共30个问题,以宏观、中观、微观三重视角,全方位解读以毛泽东同志为主要代表的中国共产党人在延安所进行的政治、经济、军事、文化、外交、社会各领域的成功探索、伟大实践和历史经验,从一个侧面深刻地回答了"红太阳是怎样升起来的"这一历史命题,进而生动立体地揭示"为了胜利,必须团结;只要团结,就能胜利"这一革命事业成功的真谛。

结构是蓝图,是思想和逻辑的样子,是让看不见的东西变成看得见的东西。本书试图站在更为宏阔的高处来观察历史,以天花板式的视角来进行顶层叙事,努力让读者获得视野开阔、立体简括、收放自如的阅读享受,既打破编年史的传统套路,又改变断代史的固有程式,有机耦合历史与时代,让历史在我们的心中复活,从而建筑起历史写作与历史阅读之间的桥梁,获得"一切真历史都是当代史"的真谛。全书以中共七大的筹备、召开为主线,再现了延安整风运动、大生产运动、第一次历史决议和确立毛泽东思想为全党指导思想的经过,呈现了以毛泽东为核心的党的第一代领导集体,在延安这块"试验田"中把马克思主义与中国革命实践紧密结合,锻造伟大延安精神的光辉历程。

习近平总书记说："从1935年到1948年，党中央和毛泽东等老一辈革命家在延安生活和战斗了13年，领导中国革命事业从低潮走向高潮、实现历史性转折，扭转了中国前途命运。"历史是最好的教科书。对中国共产党人来说，中国革命历史是最好的营养剂。延安的革命岁月是中国革命史雄伟壮丽的篇章，也是治国理政的历史活教材。靠什么团结？凭什么胜利？中国共产党人在延安找到了答案，并给后来者、给新时代以启示，对我们进一步深刻领悟"两个确立"的决定性意义，增强"四个意识"，坚定"四个自信"，做到"两个维护"，贯彻军委主席负责制，都具有直接的镜鉴意义。如今，中国共产党已经走过了苦难辉煌的一百年，在领导中国人民进行的伟大奋斗中积累了宝贵的历史经验——坚持党的领导，坚持人民至上，坚持理论创新，坚持独立自主，坚持中国道路，坚持胸怀天下，坚持开拓创新，坚持敢于斗争，坚持统一战线，坚持自我革命。这些历史经验与延安精神、与中共七大息息相关，一脉相承，水乳交融。这是党和人民共同创造的精神财富，在推进"伟大斗争，伟大工程，伟大事业，伟大梦想"的历史进程中，我们须倍加珍惜、长期坚持，并在新时代新征程中不断丰富和发展。

不忘本来才能开辟未来，善于继承才能更好创新。历史总是要前进的，历史从不等待一切犹豫者、观望者、懈怠者、软弱者。只有与历史同步伐、与时代共命运的人，才能赢得光明的未来。面对世界之变、时代之变、历史之变，勿忘昨天的苦难辉煌，无愧今天的使命担当，不负明天的伟大梦想。延安，是一本永远读不完的书，中共七大是这本书最核心的章节和最精彩的高潮。本书创作的过程，也是一路仰望的旅程，尤其是在阅读近百位中共七大代表的回忆录时，内心始终充满着景仰、充满着敬畏、充满着神圣，仿佛有一种命中注定的力量在推动着我不忘初心，不负使命，朝着历史的圣殿砥砺前行，也更真切地感受到只有置身于历史中的人才是置身于真实世界中的人，才是拥有更多底气、更大志气和更强骨气的人，内心涌起的是无边的崇敬、愧疚和责任。本书的创作得到了中共中央党史和文献研究院研究员李蓉老师的指导和帮助，得到了众多师友的关心和支持，参考引用了诸多中共党史研究专家、学者搜集、整理的大量宝贵文献和回忆录，在这里我深表敬意和感谢！

雄鸡一唱天下白，人民高歌东方红。在中共七大预备会议上，毛泽东说："我说陕北是两点，一个落脚点，一个出发点。"在七大政治报告中，毛泽东眼含热泪饱含深情地说："成千成万的先烈，为着人民的利益，在我们的前头英勇地牺牲了，让我们高举起他们的旗帜，踏着他们的血迹前进吧！"正像毛泽东所说的，中国共产党从延安出发，走上抗日前线，走向解放战场，转战陕北、东渡黄河、进驻西柏坡、挺进北平城，实现了走出延安窑洞、走上天安门城楼的伟大壮举，成功走好了建立新中国的"赶考之路"。

延安是中国革命的圣地，新中国的摇篮。中国式现代化的根脉和基本要素在延安得到了孕育。在新时代，面对百年未有之大变局，面对这个充满不确定性的世界，面对新的挑战和机遇，在实现中华民族伟大复兴这个充满光荣和梦想的征途中，在向第二个百年奋斗目标进军的关键时刻，习近平总书记率领中共中央政治局常委集体重回延安，回望七大，意义深远，寓意深刻。他坚定自信地说："党的二十大制定了当前和今后一个时期党和国家的大政方针，描绘了以中国式现代化全面推进中华民族伟大复兴的宏伟蓝图。"新时代、新征程，新的出发，也从这里迈步。习近平总书记的目光环视四方，言语铿锵有力："让我们踏上新征程，向着新的奋斗目标，出发！"

他的身后,"胜利的出发点"6个金色大字在红墙上耀眼夺目,熠熠生辉,绽放着灿烂的光芒……

——"俱往矣,数风流人物,还看今朝!"

丁晓平

2022年12月至2023年2月一稿
2023年3月至4月二稿
2023年9月三稿
2024年3月定稿

本作品中文简体版权由湖南人民出版社所有。
未经许可,不得翻印。

图书在版编目(CIP)数据

靠什么团结 凭什么胜利:中共七大启示录 / 丁晓平著. —— 长沙:湖南人民出版社;北京:作家出版社,2025.3(2025.7重印)
ISBN 978-7-5561-3485-4

Ⅰ.①靠… Ⅱ.①丁… Ⅲ.①报告文学-中国-当代 Ⅳ.①I25

中国国家版本馆CIP数据核字(2024)第041852号

KAO SHENME TUANJIE PING SHENME SHENGLI:ZHONGGONG QIDA QISHI LU

靠什么团结 凭什么胜利:中共七大启示录

著　　者	丁晓平
出 版 人	张勤繁
责任编辑	吴向红　桑良勇
特约编审	李　蓉
装帧设计	谢　颖
版式设计	丁晓平
责任校对	杨萍萍　蔡娟娟　丁　雯

出版发行	湖南人民出版社[http://www.hnppp.com]
地　　址	长沙市营盘东路3号
邮　　编	410005

印　　刷	长沙鸿发印务实业有限公司
版　　次	2025年3月第1版
印　　次	2025年7月第2次印刷
开　　本	710 mm × 1000 mm　1/16
印　　张	50
字　　数	942千字
书　　号	ISBN 978-7-5561-3485-4
定　　价	145.00元

营销电话:0731-82221529　　(如发现印装质量问题请与出版社调换)

下定决心

不怕牺牲

排除万难

去争取胜利

——摘自毛泽东在中共七大上的闭幕词《愚公移山》

向先同志：这封信
延安东南开斗胜利
是属於我们的

毛泽东